CHAMA DE FERRO

4ª reimpressão

REBECCA YARROS

CHAMA DE FERRO

Tradução
Laura Pohl

Planeta minotauro

Título original: *Iron Flame*

Preparação: Renato Ritto
Revisão: Ligia Alves e Caroline Silva
Projeto gráfico: Toni Kerr
Diagramação: Vivian Oliveira
Mapa e diagrama: Melanie Korte e Elizabeth Turner Stokes
Capa: Bree Archer e Elizabeth Turner Stokes
Ilustrações de capa e miolo: Peratek/Shutterstock, yyanng/depositphotos, stopkin/Shutterstock, detchana wangkheeree/Shutterstock e d1sk/Shutterstock
Adaptação de capa: Isabella Teixeira

DADOS INTERNACIONAIS DE CATALOGAÇÃO NA PUBLICAÇÃO (CIP)
ANGÉLICA ILACQUA CRB-8/7057

Yarros, Rebecca
Chama de ferro / Rebecca Yarros ; tradução de Laura Pohl. - São Paulo : Planeta do Brasil, 2024.
784 p. : il.

ISBN 978-85-422-2810-6 (capa dura)
Título original: *Iron Flame*

1. Ficção norte-americana 2. Literatura fantástica I. Título II. Pohl, Laura

24-3300 CDD 813

Índice para catálogo sistemático:
1. Ficção norte-americana

MISTO
Papel | Apoiando o manejo florestal responsável
FSC® C019498
FSC www.fsc.org

Ao escolher este livro, você está apoiando o manejo responsável das florestas do mundo

2024
Todos os direitos desta edição reservados à
EDITORA PLANETA DO BRASIL LTDA.
Rua Bela Cintra, 986 – 4º andar
01415-002 – Consolação
São Paulo-SP
www.planetadelivros.com.br
faleconosco@editoraplaneta.com.br

Para meus companheiros zebras.
Nem toda força precisa ser física.

O CONTINENTE
MAR ESMERALDA
NAVARR
PROVÍNCIA
DE LUCERAS
RIO IAKOBOS
MORRAINE
O VALE
BASGIATH
PROVÍNCIA
DE ELSUM
CALLDYR
PROVÍNCIA DE CALLDYR
PROVÍNCIA DE DEACONSHIRE
PROVÍNCIA DE TYRRENDOR
LEWELLEN
ARETIA
DESFILADEIRO
DE MEDARO
PENHASCOS
DE DRALOR
DRAITHUS
OCEANO ÁRCTILE

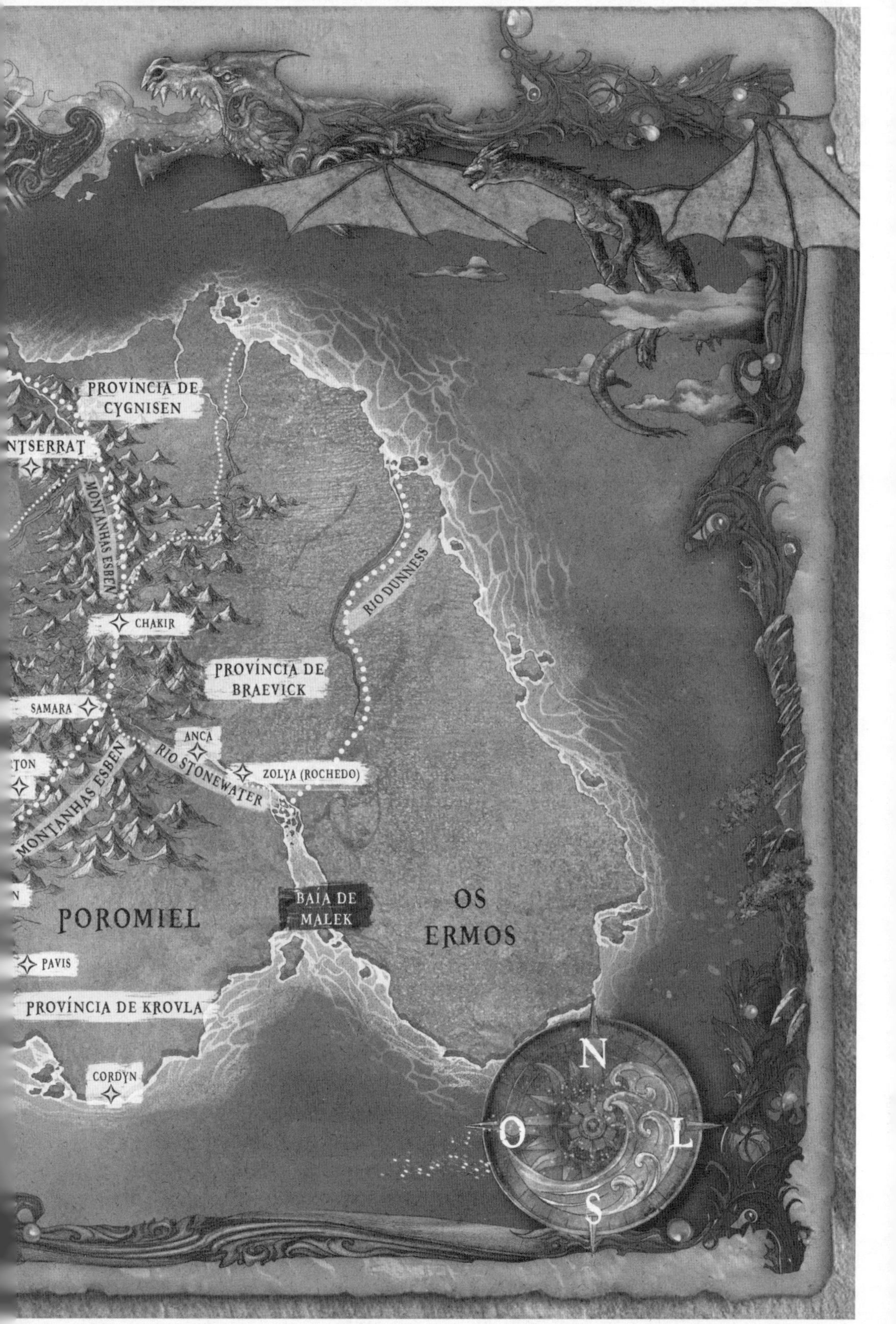

PROVÍNCIA DE CYGNISEN
NTSERRAT
MONTANHAS ESBEN
CHAKIR
PROVÍNCIA DE BRAEVICK
RIO DUNNESS
SAMARA
ANCA
RIO STONEWATER
ZOLYA (ROCHEDO)
TON
MONTANHAS ESBEN
POROMIEL
BAÍA DE MALEK
OS ERMOS
PAVIS
PROVÍNCIA DE KROVLA
CORDYN
N
O
L
S

Chama de Ferro é uma aventura emocionante de fantasia que se passa em um instituto militar competitivo e brutal para cavaleiros de dragão. Elementos relacionados a guerra, batalhas, combate corpo a corpo, situações de perigo, sangue, violência intensa, ferimentos graves, morte, envenenamento, linguajar pesado e atividades sexuais são relatados nestas páginas. É importante que leitores que se sentem sensibilizados diante desses conteúdos estejam cientes antes de prosseguir. Preparem-se para entrar no Instituto Militar Basgiath…

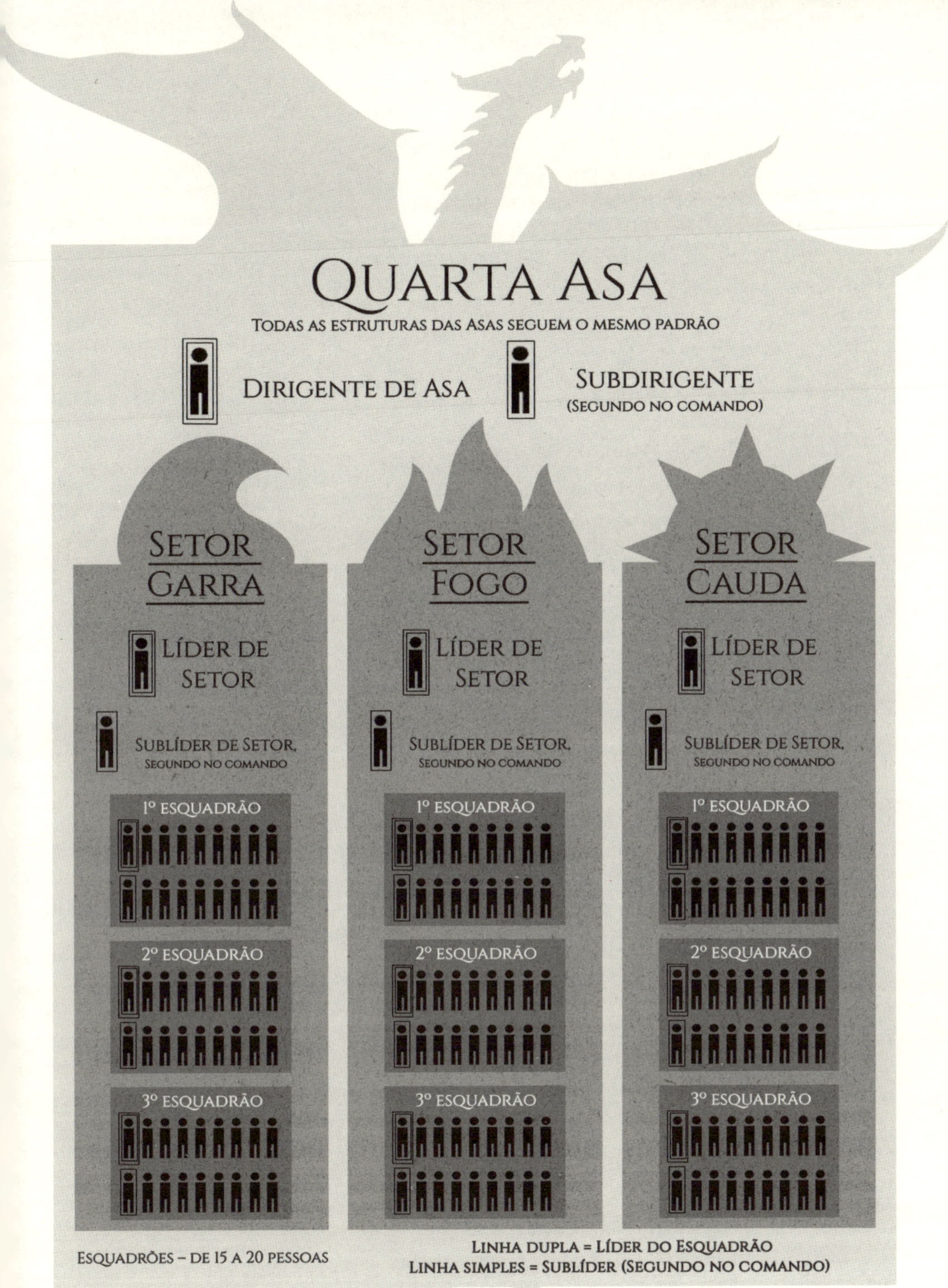

IMB
INSTITUTO MILITAR BASGIATH

O texto a seguir foi fielmente transcrito do navarriano para um idioma moderno por Jesinia Neilwart, Curadora da Divisão dos Escribas no Instituto Militar Basgiath. Todos os eventos descritos são verdadeiros, e os nomes foram preservados para honrar a coragem daqueles que caíram. Que suas almas sejam protegidas por Malek.

PARTE UM

Neste ano, o 628º após a nossa Unificação, fica registrado que Aretia foi incendiada por um dragão, em conformidade com o Tratado, encerrando o movimento separatista. Aqueles que fugiram conseguiram sobreviver, e aqueles que não escaparam permanecem enterrados em suas ruínas.

— Comunicado Público 628.85, transcrito por Cerella Neilwart

CAPÍTULO UM

O gosto da revolução é estranhamente... doce.

Encaro meu irmão mais velho do outro lado de uma antiga mesa de madeira na enorme e movimentada cozinha da fortaleza de Aretia, mastigando o biscoito de mel que ele depositou no meu prato. Caramba, é bom. Muito bom.

Talvez seja só porque faz três dias que eu não como, depois que um ser não-tão-mitológico-assim me esfaqueou no dorso com uma lâmina envenenada que deveria ter me matado. Eu *teria* morrido, não fosse por Brennan, que não para de sorrir enquanto eu como.

Essa talvez seja a experiência mais surreal da minha vida. Brennan está vivo. Venin, que usam magia sombria que eu acreditava só existir nas fábulas, são reais. Brennan está vivo. Aretia ainda está de pé, mesmo depois de ter sido queimada na rebelião Týrrica seis anos atrás. Brennan está *vivo*. Eu tenho uma cicatriz nova de sete centímetros na barriga, mas não morri. Brennan. Está. Vivo.

— Os biscoitos são bons, né? — pergunta ele, pegando um do prato que está entre nós dois. — Eles me lembram daqueles que o cozinheiro costumava fazer quando estávamos em Calldyr, lembra?

Eu o encaro, ainda mastigando.

Ele é tão... ele mesmo. Ainda assim, parece diferente do que me lembro. Os cachos castanhos arruivados estão cortados rente à cabeça em vez de caindo sobre a testa, e não existe mais a suavidade nos ângulos do rosto dele, que agora exibe pequenas rugas ao redor dos olhos. Mas o sorriso? Os olhos? São *mesmo* dele.

E o fato de a única condição que ele me impôs antes de me levar até meus dragões ter sido comer alguma coisa? É a coisa mais Brennan do mundo.

Não que Tairn algum dia tenha esperado por qualquer permissão, o que significa…

— *Eu também acho que você precisa comer alguma coisa* — a voz baixa e arrogante de Tairn ecoa na minha cabeça.

— *Tá, tá* — respondo da mesma forma, esticando meu elo mental até Andarna outra vez enquanto um dos ajudantes da cozinha passa por nós, lançando um sorrisinho rápido para Brennan.

Andarna não responde, mas consigo sentir a união cintilante entre nós, apesar de não ser mais dourada como suas escamas. Não consigo ter uma imagem mental do elo, mas meu cérebro ainda está um pouco turvo. Ela está dormindo outra vez, o que não é estranho depois de eu ter usado toda a sua energia para parar o tempo, e, depois do que aconteceu em Resson, ela provavelmente vai passar a semana inteira dormindo.

— Você quase nem falou nada, sabe? — Brennan inclina a cabeça da mesma forma que fazia quando estava tentando resolver um problema. — Meio bizarro.

— Ficar me vendo *comer* é que é bizarro — rebato depois que engulo, minha voz ainda rouca.

— E daí? — Ele dá de ombros, sem vergonha nenhuma, uma covinha se formando em sua bochecha quando sorri. É a única coisa nele que resta de seu rosto travesso de menino. — Alguns dias atrás eu tinha bastante certeza de que nunca mais veria você fazer... bom, *qualquer coisa*. — Ele dá uma mordida enorme no biscoito. O apetite dele ainda parece o mesmo, o que é estranhamente reconfortante. — Aliás, de nada pela regeneração. Considere meu presente de vinte e um anos para você.

— Obrigada.

É mesmo. Passei meu aniversário dormindo. E tenho certeza de que ficar deitada na cama à beira da morte foi um dramalhão mais do que suficiente para todo mundo nesse castelo. Nessa casa. Sei lá, tanto faz.

O primo de Xaden, Bodhi, entra na cozinha trajando um uniforme, o braço apoiado em uma tipoia e a nuvem de cachos negros com uma aparência de ter sido aparada há pouco.

— Tenente-coronel Aisereigh — diz Bodhi, entregando uma missiva dobrada para Brennan. — Acabou de chegar de Basgiath. O cavaleiro vai ficar aqui até à noite, se quiser responder.

Ele me lança um sorriso e mais uma vez fico abismada ao ver como ele se parece com uma versão mais delicada de Xaden. Depois de dispensar um aceno de cabeça para o meu irmão, Bodhi dá as costas e vai embora.

Chegou de Basgiath? Outro cavaleiro, aqui? Em quantos eles são? Qual é o tamanho exato dessa revolução?

As perguntas disparam em minha cabeça mais rápido do que consigo encontrar minha língua.

— Espera aí — digo. — Você é tenente-coronel? E quem é Aisereigh?

Ah, sim, porque essa é *mesmo* a pergunta mais importante a ser feita neste momento.

— Precisei mudar meu sobrenome por motivos óbvios. — Ele olha para mim e desdobra a carta, rompendo o selo de cera azul. — E você ficaria abismada ao saber quão rápido se é promovido por aqui, considerando que todo mundo ao seu redor morre com uma frequência altíssima — completa ele, e então lê a carta e xinga baixinho, enfiando-a no bolso. — Preciso ir me encontrar com a Assembleia agora, mas termine de comer os biscoitos e eu te encontro no saguão daqui a meia hora para te levar aos dragões.

Todos os traços da covinha e do meu irmão mais velho risonho se foram, substituídos por um homem que mal reconheço, um oficial desconhecido. Talvez Brennan também seja só mais um estranho.

Sem esperar por minha resposta, ele arrasta a cadeira para trás e vai embora da cozinha.

Tomando um gole do leite, encaro o espaço vazio que meu irmão deixou a minha frente, a cadeira ainda afastada da mesa como se ele fosse voltar a qualquer instante. Engulo o último farelo de biscoito preso no fundo da garganta e levanto o queixo, determinada a nunca mais ficar sentada esperando meu irmão voltar até mim.

Eu me afasto da mesa e vou atrás dele, saindo da cozinha e caminhando por um corredor comprido. Ele devia estar com pressa, porque não o vejo em lugar nenhum.

O tapete ornamentado abafa o som dos meus passos no corredor largo e arqueado quando eu chego a… *uau*. As escadarias duplas, enormes e polidas, com corrimãos esculpidos, erguem-se três, não, quatro andares acima de mim.

Eu estava concentrada demais em meu irmão para prestar atenção antes, mas agora encaro, embasbacada, a arquitetura desse espaço imenso. Cada nova plataforma é levemente recuada da plataforma abaixo, como se a escadaria subisse na direção da montanha na qual a fortaleza foi esculpida. A luz matinal entra por uma dúzia de janelinhas que são a única decoração na parede de cinco andares acima das enormes portas duplas que compõem a entrada da fortaleza. Parecem formar uma espécie de padrão, mas estou perto demais para notá-lo.

Não existe perspectiva aparente, o que na verdade parece uma metáfora para a minha vida inteira nesse momento.

Dois guardas observam meus movimentos, mas não tentam me deter quando passo por eles. Ao menos isso significa que não sou prisioneira.

Continuo caminhando pelo saguão principal da casa, captando, por fim, o som de vozes vindas de um cômodo do outro lado, onde uma de duas portas grandes e trabalhadas está aberta. Enquanto me aproximo, reconheço imediatamente a voz de Brennan, e a pressão em meu peito parece aliviar ao ouvir o timbre familiar.

— Isso não vai funcionar. — A voz profunda de Brennan ecoa. — Próxima sugestão.

Eu atravesso o enorme saguão, ignorando o que parecem ser duas outras alas, para a esquerda e a direita. Esse lugar é fantástico. Metade palácio, metade casa, mas que juntos formam uma fortaleza. As paredes de pedra grossa haviam-na salvado da destruição seis anos atrás. Pelo que tinha lido, a Casa Riorson nunca fora invadida por nenhum exército, mesmo durante os três cercos já documentados.

Pedra não queima. Xaden me disse isso antes. A cidade (que agora foi reduzida a um vilarejo) havia sido silenciosa e secretamente reconstruída durante esses anos todos, bem debaixo do nariz do general Melgren. As relíquias, marcas mágicas que os filhos dos oficiais rebeldes executados carregam na pele, de alguma forma os escondem do poder sinete do general quando se reúnem em grupos de três ou mais. O general não consegue prever o resultado de nenhuma batalha nas quais eles estão presentes, então nunca os "viu" organizando a guerra a ser travada por aqui.

Certos aspectos da Casa Riorson, desde sua posição esculpida nas montanhas até os pisos de pedra e as portas reforçadas de aço, me lembram muito Basgiath, o instituto militar que eu chamo de lar desde que minha mãe recebeu o cargo de comandante-general por lá. Porém, é aí que essas semelhanças terminam. Há obras de arte de verdade penduradas nas paredes aqui, e não só bustos de heróis de guerras exibidos em pedestais; além disso, tenho bastante certeza de que uma tapeçaria poromielesa autêntica está pendurada do outro lado do corredor, onde Bodhi e Imogen estão parados na porta aberta.

Imogen leva os dedos aos lábios e faz um gesto na minha direção para que eu me aproxime e fique no lugar vazio entre ela e Bodhi. Eu o ocupo, notando que o cabelo de Imogen, raspado pela metade, foi pintado recentemente de um tom de rosa ainda mais forte enquanto eu estive descansando. Ela transmite uma sensação clara de estar confortável aqui. Bodhi também. Os únicos indícios de que os dois estiveram em uma batalha são a tipoia para o braço fraturado de Bodhi e o corte no lábio de Imogen.

— Alguém precisa constatar o óbvio — diz um homem mais velho, com um nariz de bico de gavião e um tapa-olho, do outro lado de uma mesa comprida que ocupa quase toda a sala com pé-direito equivalente a dois andares. Tufos de cabelos grisalhos emolduram as linhas profundas da sua pele levemente escurecida pelo sol e enrugada, as costeletas penduradas como as de um gnu. Ele se reclina no encosto da cadeira, levando uma mão grande à barriga redonda.

A mesa poderia acomodar facilmente cerca de trinta pessoas, mas somente cinco estão sentadas de um lado só, todas vestidas com o uniforme preto dos cavaleiros, empoleiradas um pouco adiante da porta num ângulo no qual precisariam se virar por inteiro para nos ver, coisa que não fazem. Brennan caminha em círculos na frente da mesa, mas também não num ângulo através do qual conseguiria nos ver com facilidade.

Sinto meu coração na garganta e percebo que vou precisar de um tempo para me acostumar a ver Brennan vivo. Embora esteja, de certa forma, exatamente igual a como me lembro dele, ainda assim parece diferente. Mas lá está ele, vivo, respirando, encarando, neste momento, um mapa do continente pendurado na parede comprida. O mapa só perde em tamanho para aquele na sala de Preparo de Batalha em Basgiath.

Parado na frente do mapa, com um braço encostado em uma cadeira enorme enquanto encara a mesa e seus ocupantes, está Xaden.

Ele está bonito, mesmo com as olheiras que mancham a pele marrom-clara sob seus olhos pela privação de sono. As inclinações elegantes de suas bochechas, os olhos escuros que sempre parecem se suavizar quando encontram os meus, a cicatriz que divide a sobrancelha dele em duas partes e acaba logo embaixo do olho, a relíquia circular e brilhante que termina em sua mandíbula e as linhas esculpidas da boca que conheço tão bem quanto a minha compõem a imagem de alguém fisicamente perfeito pra caralho para o meu gosto para homens, e estou falando só do rosto. O corpo dele? De alguma forma é ainda melhor, e a forma como ele o usa quando me tem nos braços…

Não. Balanço a cabeça e interrompo os pensamentos. Xaden pode ser lindo de morrer, poderoso e assustadoramente letal (uma característica que não deveria aumentar o meu tesão por ele, embora aumente), mas não posso confiar nele para me contar a verdade sobre… bom, qualquer coisa. O que me *magoa*, considerando o quanto estou pateticamente apaixonada por ele.

— E qual é a coisa óbvia que precisa ser constatada, major Ferris? — pergunta Xaden, o tom completamente entediado.

— Isso aqui é uma reunião da Assembleia — sussurra Bodhi para mim, explicando. — Só precisam de um quórum de cinco para convocar uma votação, já que todos os sete quase nunca estão aqui ao mesmo tempo, e apenas quatro votos favoráveis são necessários para aprová-la.

Guardo essa informação.

— Nós podemos ficar ouvindo?

— As reuniões são abertas a quem quiser comparecer — responde Imogen, no mesmo tom sussurrado.

— E nós estamos comparecendo… no corredor?

— Isso — responde ela, sem mais explicações.

— Voltar é a única opção — continua Nariz de Gavião. — Não fazer isso coloca tudo o que construímos aqui em risco. Patrulhas de busca virão, e não temos cavaleiros o suficiente…

— É meio difícil recrutar pessoas enquanto ainda estamos tentando não ser detectados — diz uma mulher pequena com cabelos negros brilhosos como as penas de um corvo, a pele marrom-escura no canto dos olhos se encrespando enquanto olha feio para o homem mais velho do outro lado.

— Vamos tentar não desviar do tópico, Trissa — responde Brennan, esfregando o nariz. É o mesmo nariz do nosso pai. A semelhança entre eles é impressionante.

— Não adianta nada aumentar nosso contingente sem uma forja funcional para fornecer armas para todos. — A voz de Nariz de Gavião se eleva acima dos outros. — Ainda não temos lucernas, caso não tenha notado.

— E qual é o estado da negociação com o visconde Tecarus para usar a dele? — pergunta um homem grandalhão numa voz calma e retumbante, a mão cor de ébano esfregando a barba prateada espessa.

Visconde Tecarus? Não me lembro desse nome como sendo de uma família nobre nos registros navarrianos. Nossa aristocracia nem sequer contempla viscondes.

— Ainda estamos tentando encontrar uma solução diplomática — responde Brennan.

— A solução não existe. Tecarus não superou a ofensa que você fez a ele no verão passado. — Uma mulher mais velha, robusta como um machado de batalha, trava seu olhar em Xaden, os cabelos loiros chegando até o queixo quadrado cor de alabastro.

— Eu já disse que não faz diferença, o visconde nunca teria concordado em nos dar, para começo de conversa — responde Xaden. — Ele só *coleciona* coisas. Não faz *trocas*.

— Bom, agora é que ele não vai *trocar* nada com a gente, mesmo — rebate ela, estreitando o olhar. — Especialmente considerando que você nem sequer considerou a última oferta dele.

— Ele que se foda com aquela *oferta* dele. — A voz de Xaden transmite calma, mas os olhos adquirem uma dureza que desafia qualquer um na mesa a discordar. Como se para mostrar que as pessoas ali não valem o tempo dele, passa o braço ao redor da enorme cadeira à frente de todos e se acomoda ali, esticando as pernas compridas e repousando os braços nos descansos de veludo como se não tivesse nenhuma outra preocupação no mundo.

O silêncio que se abate na sala é significativo. Xaden detém tanta importância na Assembleia dessa revolução quanto em Basgiath. Não reconheço nenhum dos outros cavaleiros a não ser por Brennan, mas apostaria que Xaden é o mais poderoso de toda a sala, considerando o silêncio.

— *Por enquanto* — Tairn me lembra, com uma arrogância que somente cem anos sendo um dos dragões de batalha mais formidáveis no Continente pode conferir. — *Instrua os humanos a levarem você para o vale assim que a politicagem houver terminado.*

— É melhor que exista uma solução. Se não conseguirmos providenciar armas boas o suficiente para que as revoadas tenham chance de lutar, de fato, no próximo ano, nossa maré de esperança vai sumir e não vamos conseguir conter o avanço dos venin — comenta Barba Prateada. — Tudo que fizemos terá sido em vão.

Meu estômago revira. No próximo ano? Estamos *tão* perto assim de perder uma guerra sobre a qual eu nada sabia há apenas alguns dias?

— Como falei, estou trabalhando em uma solução diplomática para a lucerna — diz Brennan, mais afiado —, e fugimos tanto do assunto a ser discutido que nem sei mais o motivo desta reunião.

— Eu voto para pegarmos a lucerna de Basgiath — sugere Machado de Batalha. — Se estamos tão perto assim de perder a guerra, não temos outra opção.

Xaden lança um olhar indecifrável para Brennan, e eu respiro fundo quando percebo: ele provavelmente conhece meu irmão melhor do que eu.

E manteve meu irmão longe de mim. De todos os segredos que ele guardou, esse é o que não consigo engolir.

— *E o que teria feito com esse conhecimento, caso ele tivesse sido compartilhado com você?* — pergunta Tairn.

— *Pare de tentar rebater com lógica um argumento emocional.*

Cruzo os braços. É meu coração que não deixa a cabeça perdoar Xaden.

— Nós já discutimos isso — fala Brennan, num tom de conclusão. — Se tomarmos o equipamento da forja de Basgiath, Navarre não conseguirá reabastecer os suprimentos nos entrepostos. Inúmeros civis vão morrer se as égides fracassarem. Algum de vocês quer ser responsável por isso?

O silêncio reina.

— Então concordamos — diz Nariz de Gavião. — Até conseguirmos dar suprimentos às revoadas, os cadetes *precisam* voltar.

Ah.

— Estão falando de nós — sussurro.

É por isso que estamos longe dos olhares diretos.

Bodhi assente.

— Você está estranhamente quieta, Suri — comenta Brennan, olhando para a mulher de cabelos escuros, ombros largos e pele marrom-clara com uma única mecha prateada no cabelo, sentada ao lado dele, cujo nariz franze como o de uma raposa.

— Digo para mandarmos todos menos os dois. — A indiferença dela faz um arrepio subir por minha coluna enquanto tamborila os dedos magros na mesa, um anel de esmeralda gigante refletindo a luz. — Seis cadetes mentem tão bem quanto oito.

Oito.

Xaden, Garrick, Bodhi, Imogen, três marcados que eu nunca tive a chance de conhecer antes de sermos enviados para a batalha e… eu.

A náusea me invade como uma maré. Os Jogos de Guerra. Devíamos ter terminado a última competição do ano entre as Asas da Divisão dos Cavaleiros em Basgiath, mas em vez disso travamos uma batalha mortal com um inimigo que até semana passada eu acreditava que só existia em mitos, e agora… bem, agora aqui estamos nós, em uma cidade que supostamente não deveria existir.

Mas nem todos chegaram até aqui.

Sinto um aperto na garganta e pisco os olhos para amainar a ardência. Soleil e Liam não sobreviveram.

Liam. Cabelos loiros e olhos azuis da mesma cor do céu preenchem minha memória, e sinto uma dor entre as costelas. A gargalhada animada dele. O sorriso rápido. A lealdade e a gentileza que demonstrava. Tudo isso se foi. *Ele* se foi.

Tudo porque ele tinha jurado a Xaden que iria me proteger.

— Nenhum dos oito é dispensável, Suri. — Barba Prateada se inclina para trás e se apoia nas duas pernas traseiras da cadeira, examinando o mapa atrás de Xaden.

— O que propõe que façamos, então, Felix? — rebate Suri. — Que comandemos nosso próprio instituto militar no tempo livre? A maior parte deles não terminou os estudos. Ainda não são úteis para nós.

— Como se fosse da conta de qualquer um de vocês se vamos voltar para lá ou não — interrompe Xaden, chamando a atenção de todos. — Vamos ouvir os conselhos da Assembleia, mas vamos considerá-los apenas como tais. *Conselhos*.

— Não podemos nos dar ao luxo de arriscar a sua vida… — argumenta Suri.

— Minha vida vale tanto quanto a deles. — Xaden gesticula na nossa direção.

Brennan se vira, encontrando meu olhar, e então arregala os olhos.

Todas as cabeças na sala se viram na nossa direção, e eu resisto ao impulso de fugir enquanto quase todos os olhos se estreitam ao me ver.

Quem será que eles veem? A filha de Lilith? Ou a irmã de Brennan?

Ergo o queixo, porque afinal eu sou as duas coisas… e não me sinto nenhuma delas.

— Nem todas as vidas — diz Suri, olhando diretamente para mim. *Ai*. — Como foi que ficou aí parado deixando que ela ouvisse toda a conversa da Assembleia?

— Se não quisessem que ela ouvisse, deveriam ter fechado a porta — retruca Bodhi, entrando na sala.

— Não podem confiar nela! — A raiva pode até enrubescer as bochechas dela, mas o que vejo nos olhos de Suri é medo.

— Xaden já disse que é responsável por ela. — Imogen dá um passo para o lado, chegando mais perto de mim. — Por mais que essa seja uma tradição brutal.

Eu me viro para encarar Xaden. De que porra ela está falando?

— Ainda não compreendo essa decisão em particular — acrescenta Nariz de Gavião.

— A decisão foi simples. Ela vale uma dúzia de mim — diz Xaden, e prendo a respiração ao constatar a intensidade nos olhos dele. Se não o conhecesse, acharia que ele está falando sério. — E não estou falando só do sinete. De qualquer forma, eu teria contado a ela tudo que discutimos aqui, então a porta estar aberta é irrelevante.

Uma faísca de esperança se acende em meu peito. Talvez ele tenha mesmo parado de guardar segredos.

— Ela é filha da general Sorrengail — pontua Machado de Batalha, a frustração saliente na voz.

— E eu sou o filho da general — argumenta Brennan.

— E você já provou sua lealdade nos últimos seis anos! — grita Machado de Batalha. — Ela, não!

A raiva faz meu pescoço esquentar, tingindo meu rosto de vermelho. Estão falando de mim como se eu nem estivesse presente.

— Ela lutou do nosso lado em Resson. — Bodhi fica tenso, o tom de voz se elevando.

— Ela deveria estar confinada. — O rosto de Suri fica completamente corado enquanto ela se afasta da mesa e se põe de pé, seu olhar descendo pela metade prateada do meu cabelo que forma a coroa da minha trança. — Pode arruinar a todos nós com o conhecimento que tem agora.

— Concordo. — Nariz de Gavião se junta a ela no olhar de ódio palpável que lança em minha direção. — Ela é perigosa demais para que não a mantenhamos em cativeiro.

Tensiono os músculos da barriga, mas disfarço a expressão como já vi Xaden fazer inúmeras vezes e solto as mãos na lateral do corpo, perto das minhas adagas embainhadas. Meu corpo pode ser frágil, minhas articulações pouco dignas de confiança, mas minha mira com uma adaga é letal. Nem fodendo que vou deixar que me prendam aqui.

Observo cada um dos membros da Assembleia, avaliando qual deles é a maior ameaça.

Brennan endireita a postura.

— Mesmo sabendo que ela se uniu a Tairn, dragão que faz uniões cada vez mais profundas a cada cavaleiro e cuja última união, com Naolin, foi tão forte que a morte dele quase o matou? Sabendo que tememos que ele morra se ela morrer agora? E que, por esse motivo, a vida de Riorson está conectada à dela? — Brennan indica Xaden com a cabeça.

A decepção é amarga em sua língua. É só isso que sou para ele? A fraqueza de Xaden?

— Somente eu sou responsável por Violet. — A voz de Xaden fica mais rouca, perversa. — E se apenas eu não for o suficiente, não temos apenas um, mas *dois* dragões que garantem a integridade dela.

Já chega.

— *Ela* está bem aqui — rebato, e uma quantia nada elogiosa de satisfação percorre meu sangue quando várias pessoas ficam boquiabertas. — Então parem de falar *sobre* mim e tentem falar *comigo*.

Um canto da boca de Xaden se levanta, e o orgulho que transparece na expressão dele é inconfundível.

— O que querem de mim? — pergunto à Assembleia, entrando na sala. — Querem que eu caminhe pelo Parapeito para provar minha coragem? Já fiz isso. Querem que eu traia o meu reino e defenda cidadãos de Poromiel? Já fiz também. Querem que eu guarde todos os segredos dele? — Gesticulo na direção de Xaden com a mão esquerda. — Fiz isso também. Guardei *todos* os segredos dele.

— Tirando o que mais importava. — Suri ergue a sobrancelha. — Todos sabemos como vocês foram parar em Athebyne.

Sinto a culpa entalar na garganta.

— Aquilo não foi… — começa Xaden, levantando-se da cadeira.

— Não foi culpa dela, em absoluto. — O homem mais perto de nós, o da barba prateada, se põe em pé. Felix. Ele se coloca entre mim e Suri, bloqueando a visão que ela tinha do meu corpo e a encarando. — Nenhum primeiranista poderia lidar com um leitor de memórias, especialmente um que ela considerava amigo. — Ele me olha. — Mas você deve saber que tem inimigos em Basgiath agora. Caso retorne, entende que Aetos não será um de seus amigos. Fará tudo em seu poder para matar você pelo que viu.

— Eu sei. — As palavras parecem grossas demais para saírem da minha boca.

Felix assente.

— Acabamos por hoje — diz Xaden, o olhar encontrando o de Suri e depois o do homem com nariz de gavião. Os ombros dele se abaixam, derrotados.

— Espero uma atualização de Zolya pela manhã — diz Brennan. — Considerem esta reunião de Assembleia terminada.

Os membros do conselho saem de suas cadeiras e passam por nós três assim que damos passagem. Imogen e Bodhi permanecem ao meu lado.

Por fim, Xaden começa a sair, mas para na minha frente.

— Estamos indo para o vale. Nos encontre quando acabar.

— Vou com você agora. — Esse é o último lugar no Continente em que quero ser deixada para trás.

— Fique e converse com seu irmão — retruca ele, baixando a voz. — Não dá pra saber quando vai ter outra oportunidade.

Olho por cima do ombro de Bodhi e vejo que Brennan está parado no meio da sala, esperando por mim. Brennan, que sempre arrumava tempo para me ajudar a atar os joelhos quando eu era criança. Brennan, que escreveu o livro que me ajudou a sobreviver no meu primeiro ano. Brennan… de quem sinto saudades há seis anos.

— Pode ir — incentiva Xaden. — Não vamos embora sem você, assim como não vamos deixar que a Assembleia controle o que fazemos. Vamos decidir o que fazer juntos. Os oito que sobreviveram.

Ele lança um olhar demorado para mim que faz meu coração traiçoeiro se apertar e depois se afasta. Bodhi e Imogen o seguem.

Sozinha na sala, a única escolha que tenho é me voltar para o meu irmão, munida de seis anos de perguntas acumuladas.

É no vale acima da Casa Riorson, aquecido por energias termais naturais, que fica nosso maior recurso. É ali que se localizam os campos de eclosão de ovos da linhagem Dubhmadinn, de onde dois dos maiores dragões do nosso tempo (Codagh e Tairn) descendem.

— O GUIA DAS ESPÉCIES DE DRAGÕES, POR CORONEL KAORI

CAPÍTULO DOIS

Fecho a porta atrás de mim antes de caminhar até Brennan. *Esta* reunião definitivamente não está aberta ao público.

— Você comeu direito? — pergunta Brennan, encostado na beirada da mesa como fazia quando éramos crianças. Esse gesto é tão... ele. Quanto à pergunta, eu a ignoro por completo.

— Então é aqui que você esteve nos últimos seis anos? — Minha voz ameaça falhar.

Estou feliz por ele estar vivo. É só o que importa. Ainda assim, não consigo me esquecer dos anos em que ele permitiu que eu vivesse o luto por ele.

— Isso. — Os ombros dele se encolhem. — Sinto muito por ter feito você acreditar que eu tinha morrido. Era o único jeito.

Um silêncio constrangedor recai sobre nós. O que eu deveria responder? *De boa, mas, na real, nem tanto?* Tem tantas coisas que quero dizer para ele, tantas que preciso perguntar, mas de súbito os anos que passamos distantes parecem... decisivos. Nenhum de nós dois é a mesma pessoa de antes.

— Você parece diferente. — Ele abre um sorriso, mas é triste. — Não de um jeito ruim. Só... diferente.

— Eu tinha catorze anos quando você me viu pela última vez. — Faço uma careta. — Acho que ainda tenho a mesma altura. Costumava alimentar esperanças de que teria um estirão de crescimento de última hora, mas aqui estou eu.

— Aí está você. — Ele assente devagar. — Sempre imaginei você vestindo as cores dos escribas, mas você fica bem de preto. Deuses… — Ele suspira. — O alívio que senti quando me contaram que você tinha sobrevivido à Ceifa foi indescritível.

— Você sabia? — Arregalo os olhos.

Ele tem contatos em Basgiath.

— Eu sabia. E aí Riorson apareceu com você machucada e morrendo. — Ele desvia o olhar e pigarreia, e então respira fundo antes de continuar. — Fico tão feliz que esteja curada e que tenha sobrevivido ao primeiro ano…

O alívio nos olhos dele alivia um pouco a raiva que eu mesma sinto.

— A Mira ajudou.

Chega a ser um eufemismo.

— Com a armadura? — ele adivinha, certeiro.

O peso delicado da armadura feita de escamas de dragão embaixo do uniforme de couro foi crucial. Faço que sim com a cabeça.

— Foi ela que mandou fazer. Ela também me deu seu livro. O que você escreveu pra ela.

— Espero que tenha sido útil.

Penso na garota inocente e ingênua que atravessou o Parapeito e em tudo a que ela sobreviveu durante as provações de seu primeiro ano para que se tornasse a mulher que sou agora.

— Foi, sim.

O sorriso dele oscila e ele olha pela janela.

— Como está a Mira?

— Falando por experiência própria, acho que ela estaria bem melhor se soubesse que você está vivo — digo. Não adianta tentar abrandar palavras se temos pouco tempo.

Ele se encolhe.

— É, acho que eu merecia ouvir essa.

E acho que isso responde a *essa* pergunta. Mira não sabe. Mas deveria saber.

— *Como* exatamente você ficou vivo, Brennan? — Alterno o peso do corpo para a outra perna, cruzando os braços. — Cadê o Marbh? O que você está fazendo aqui? Por que não voltou pra casa?

— Uma coisa de cada vez. — Ele ergue as mãos como se estivesse sendo atacado, e noto uma cicatriz em formato de runa na palma de sua mão antes de ele voltar a segurar a beirada da mesa. — Naolin… ele era…

Vejo os músculos de sua mandíbula ficarem tensos.

— O antigo cavaleiro de Tairn — sugiro lentamente, me perguntando se ele teria sido algo mais do que isso para Brennan. — Foi o sifão que morreu tentando salvar você, de acordo com o professor Kaori.

Sinto um aperto no coração.

— *Sinto muito que seu cavaleiro tenha morrido para salvar meu irmão* — digo para Tairn.

— *Não falamos sobre aquele que veio antes* — responde ele, a voz áspera.

O canto da boca de Brennan se levanta.

— Sinto saudade do Kaori. Ele era um cara legal. — Ele suspira, erguendo a cabeça para sustentar meu olhar. — Naolin não fracassou, mas custou *tudo* para ele. Eu acordei em um penhasco não muito longe daqui. Marbh ficou ferido, mas também estava vivo, e os outros dragões… — Os olhos cor de âmbar dele encontram os meus. — Tem outros dragões aqui, e eles nos salvaram e nos esconderam em uma rede de cavernas dentro do vale. E depois nos escondemos entre os civis que sobreviveram ao incêndio da cidade.

Franzo a testa, tentando entender cada palavra que sai da boca dele.

— E onde está Marbh agora?

— Ele está no vale com os outros faz dias, cuidando da sua Andarna com Tairn, Sgaeyl e, desde que você acordou, com Riorson também.

— Era lá que Xaden estava? Tomando conta de Andarna? — Isso me deixa menos irritada por ele ter me ignorado tão descaradamente. — E por que você está aqui, Brennan?

Ele dá de ombros, como se fosse óbvio.

— Estou aqui pelo mesmo motivo que levou você a lutar em Resson. Porque não consigo mais ficar parado, em segurança, atrás dos limites das égides de Navarre, e assistir a pessoas inocentes morrerem nas mãos de dominadores das trevas porque nossa liderança é egoísta demais para ajudar. Foi por isso, também, que eu não voltei para casa. Não teria conseguido continuar a servir Navarre sabendo o que fizemos, o que *ainda fazemos*, e nem ferrando que conseguiria olhar para a cara da nossa mãe e ouvir a justificativa dela para toda essa covardia. Eu me recuso a viver essa mentira.

— Então você só largou Mira e eu para vivermos essa mentira por lá. — As palavras saem com mais raiva do que era a minha intenção, ou talvez eu só esteja mais ressentida do que imaginava.

— Essa é uma escolha que tenho questionado todos os dias desde então. — O arrependimento nos olhos dele me faz respirar fundo, voltando a me concentrar no momento. — Imaginei que vocês fossem ter o papai para…

— Até não termos mais.

Minha garganta ameaça se fechar, então eu me viro para encarar o mapa e me aproximo ainda mais para observar os detalhes. Diferente do que temos em Basgiath, que é atualizado diariamente com ataques de grifos nas fronteiras, este aqui reflete a verdade que Navarre vem escondendo. A região dos Ermos (a península seca e desértica a sudeste que os dragões abandonaram depois que o general Daramor arrasou a terra durante a Grande Guerra) está pintada por inteiro de uma cor escarlate. A mancha se estende até Braevick, passando pelo Rio Dunness.

O que deduzo é que novas batalhas estão sendo marcadas com um número alarmante de bandeirolas vermelho-sangue e laranja. As vermelhas não marcam apenas a fronteira oceânica leste inteira da província de Krovla, acompanhando a Baía de Malek, mas estão largamente concentradas também ao norte, nas planícies, alastrando-se feito doença, até mesmo infectando pontos em Cygnisen. As bandeirolas laranja, porém, concentram-se ao longo do Rio das Pedras, que leva diretamente à fronteira de Navarre.

— Então todas as fábulas são de verdade — comento. — Venin saindo dos Ermos, sugando a magia da terra, indo de cidade em cidade.

— Você já testemunhou isso pessoalmente. — Ele anda até chegar ao meu lado.

— E os wyvern?

— Temos conhecimento da existência deles há alguns meses, mas os cadetes não os conheciam. Até agora, limitamos o que Riorson e os outros sabem para a própria segurança deles, o que, em retrospecto, parece ter sido um erro. Sabemos que tem ao menos duas raças, uma que produz fogo azul e outra, mais rápida, que sopra fogo verde.

— Quantos são? — pergunto. — Onde estão sendo feitos?

— Você quer saber onde está a ninhada deles?

— Não, onde estão sendo feitos — corrijo. — Você não se lembra das fábulas que o papai costumava ler pra gente? Diziam que os wyvern são criados por venin. Que eles canalizam o poder *para dentro* dos wyvern. Acho que foi por isso que os que não tinham cavaleiros morreram quando eu matei os dominadores das trevas. A fonte de poder deles havia morrido.

— Você se lembra de tudo isso só pelas leituras do papai? — Ele me encara, aturdido.

— Ainda tenho o livro. — É uma coisa boa que Xaden tenha colocado uma égide no meu quarto em Basgiath para que ninguém descubra os livros lá dentro enquanto estamos aqui. — Então está me dizendo que você não só não sabia que eles eram criados, mas também não fazia ideia de onde eles vêm?

— É... uma descrição precisa.

— Uau, que alívio — murmuro, sentindo a eletricidade percorrer minha pele. Balanço as mãos, chegando ainda mais perto do mapa. As bandeirolas laranja estão muito perto de Zolya, a segunda cidade mais populosa de Braevick, *e também* onde fica Rochedo, a academia dos paladinos. — O homem da barba prateada disse que temos um ano para virar essa maré?

— Felix. Ele é o mais racional da Assembleia, mas pessoalmente acho que está equivocado. — Brennan acena a mão no ar, apontando na direção da fronteira de Braevick com os Ermos, seguindo o Rio Dunness. — As bandeirolas vermelhas são todas dos últimos anos, e as laranja são dos últimos meses. Nesse ritmo de expansão, não só do número de wyvern, mas também dos territórios dominados? Acho que estão subindo direto pelo Rio das Pedras, e temos seis meses, talvez menos, até estarem fortes o bastante para chegarem em Navarre. Não que a Assembleia tenha me escutado quando eu disse isso.

Seis meses. Engulo a bile que parece subir pela garganta. Brennan sempre foi um estrategista brilhante, de acordo com a nossa mãe. Eu apostaria que a análise dele está correta.

— O padrão geral segue a noroeste, na direção de Navarre. Resson é a exceção, junto com seja lá que bandeirola for essa... — Aponto para aquela que parece estar a um voo de uma hora de Resson.

A paisagem ressecada ao redor do que seria um entreposto próspero volta a minha memória. Aquelas bandeiras representam mais do que um perímetro: são manchas laranja idênticas em uma área intocada.

— Achamos que a caixa de ferro que Garrick Tavis encontrou em Resson é algum tipo de chamariz, mas tivemos que destruí-la antes de conseguirmos investigar a fundo. Uma caixa parecida foi encontrada em Jahna, mas já estava esmagada. — Ele olha para mim. — Mas o padrão da caixa é navarriano.

Absorvo essa informação respirando fundo e me pergunto que motivo Navarre teria para criar chamarizes, ignorando que talvez tenham usado um para nos matar em Resson.

— Acha mesmo que vão para Navarre antes de destruir o resto de Poromiel?

Por que não dominar os alvos mais fáceis primeiro?

— Acho — responde Brennan. — A sobrevivência deles depende disso tanto quanto a nossa depende de impedir esse avanço. A energia dos campos dos ninhos em Basgiath poderia alimentá-los por décadas. Ainda assim, Melgren acha que as égides são tão infalíveis que se recusa a alertar a população. Ou ele tem medo de que contar isso ao povo faça todo mundo perceber que não somos os mocinhos da história. Não mais. A rebelião de Fen ensinou para a liderança que é muito mais fácil controlar civis felizes do que civis descontentes. Ou pior, assustados.

— E ainda assim conseguiram esconder a verdade — sussurro.

Em algum lugar do passado, uma geração de navarrianos destruiu os livros de história, apagando a existência dos venin da educação e do conhecimento público, tudo porque não estávamos dispostos a arriscar nossa própria segurança para providenciar o único material capaz de matar dominadores das trevas: a mesma liga metálica que fornece os poderes das nossas égides.

— Bom, pois é, papai sempre tentou nos avisar. — A voz de Brennan fica mais suave. — Em um mundo de cavaleiros de dragões, paladinos de grifos e dominadores das trevas…

— São os escribas que detêm todo o poder. — São eles que fazem os comunicados ao povo. Que mantêm os registros. Que escrevem nossa história. — Você acha que o papai sabia disso?

Pensar que ele estruturou toda a minha existência ao redor de fatos e conhecimento e depois decidiu que não me contaria a parte mais importante de toda a história é impensável.

— Escolhi acreditar que não. — Brennan me lança um sorriso triste.

— Todos vão acabar descobrindo, quanto mais perto aquelas forças chegarem das fronteiras. Não vão conseguir esconder a verdade. Alguém vai ver. Alguém *precisa* ver.

— Sim, e nossa revolução precisa estar pronta quando descobrirem. No segundo em que o segredo se espalhar, não existirá mais motivo para manter os marcados sob a supervisão dos líderes e vamos perder o acesso à forja de Basgiath.

Esta palavra outra vez: *revolução*.

— Você acha que vão conseguir ganhar.

— Por que acha isso? — Ele se vira para mim.

— Está chamando de revolução em vez de rebelião. — Ergo a sobrancelha. — Týrrico não é a única coisa que papai nos ensinou. Você acha que vão conseguir ganhar, ao contrário de Fen Riorson.

— *Precisamos* ganhar, ou vamos morrer. Todos nós. Navarre acha que está segura atrás das égides, mas o que vai acontecer se elas falharem? Se não forem tão poderosas quanto os líderes acham que são? Já estão estendidas até o máximo possível. Isso sem falar das pessoas que vivem fora das égides. De um jeito ou de outro, estamos encrencados, Vi. Nunca vimos eles se submeterem a uma liderança como fizeram em Resson, e Garrick disse que o líder escapou.

— O Mestre. — Eu estremeço, envolvendo o corpo com os braços. — Foi assim que a que me esfaqueou o chamou. Acho que era professor dela.

— Eles estão *ensinando* uns aos outros? Como se tivessem montado uma escola para venin? Porra, que ótimo. — Ele balança a cabeça.

— E você não está dentro do perímetro das égides — aponto. — Aqui, não.

O escudo mágico de proteção providenciado pelos ninhos dos dragões no Vale termina um pouco antes das fronteiras montanhosas oficiais de Navarre, e toda a costa sudoeste de Tyrrendor (incluindo Aretia) está exposta. Um fato que nunca importou muito quando pensávamos que os grifos eram os únicos perigos ali, já que são incapazes de voar alto o suficiente para ultrapassar a altura dos cumes.

— Aqui, não — concorda ele. — Embora seja engraçado que Aretia tenha uma pedra de égide que está dormente. Ao menos, acho que é isso que aquela pedra é. Nunca me deixaram chegar perto o bastante da de Basgiath para comparar as duas em muitos detalhes.

Ergo as sobrancelhas. Uma segunda pedra de égide?

— Achei que só uma tivesse sido criada durante a Unificação.

— Pois é, e eu achei que venin eram um mito e os dragões eram a única chave para alimentar as égides. — Ele dá de ombros. — Infelizmente a arte de criar novas égides é uma magia perdida, de qualquer forma, então é basicamente só uma estátua. Mas é bem bonita.

— Vocês têm uma pedra de égide — murmuro, meus pensamentos em turbilhão. — Não precisariam de tantas armas se tivessem égides. Se pudessem gerar a própria proteção, talvez conseguissem fazer a extensão dela chegar até *dentro* de Poromiel, assim como tínhamos feito ao expandir nossas próprias égides ao máximo possível. Talvez fosse possível manter ao menos alguns dos nossos vizinhos em segurança…

— Uma pedra *inútil.* O que precisamos de verdade agora é da porcaria da lucerna que intensifica o fogo de dragão até ficar quente o bastante para derreter o metal na única arma capaz de derrotar venin. É a nossa única chance de verdade.

— Mas e se a pedra não for inútil? — Sinto o coração acelerar. Tinham dito pra gente que só existia uma única pedra de égide, e que a proteção dela havia sido esticada até o mais longe possível. Porém, se existia outra… — Só porque ninguém sabe criar novas égides hoje não significa que esse conhecimento não exista em *algum* lugar. Tipo nos Arquivos. Me parece ser uma informação que não teríamos apagado. Teríamos protegido a qualquer custo, só para o caso de precisarmos.

— Violet, seja lá o que estiver pensando, só pare. — Ele passa o dedão pelo queixo, o que sempre foi o gesto dele de demonstrar nervosismo. É incrível quantas coisas estou lembrando sobre Brennan agora. — Considere os Arquivos território inimigo. As armas são as únicas coisas que podem vencer essa guerra.

— Mas vocês não vão ter uma forja funcional ou um contingente de cavaleiros grande o bastante para se defender se Navarre descobrir o que estão tramando. — Sinto o pânico subir por minha coluna feito uma aranha. — E acha mesmo que vai ganhar a guerra com um monte de *adagas*?

— Você fala como se estivéssemos fadados a morrer. Não estamos. — Um músculo salta na mandíbula dele.

— A primeira rebelião separatista foi esmagada no período de um ano, e, até alguns dias atrás, achei que tinha levado você de mim também. — Ele não entende. Não consegue entender. *Ele* não precisou enterrar nenhum membro da própria família. — Eu já vi suas coisas sendo queimadas uma vez.

— Vi… — Ele hesita um segundo, e então passa os braços ao meu redor e me puxa para um abraço, me balançando de leve como se eu fosse criança outra vez. — Nós aprendemos com os erros de Fen. Não vamos atacar Navarre como ele fez ou declarar independência. Já estamos lutando, só que bem debaixo do nariz deles, e temos um plano. *Alguma coisa* matou os venin seiscentos anos atrás durante a Grande Guerra, e estamos numa busca intensa por essa arma. Forjar as adagas vai nos manter na guerra por tempo o bastante até encontrarmos o que buscamos, mas para isso precisamos do acesso a uma lucerna. Podemos até não estar prontos agora, mas vamos estar quando Navarre entender o perigo da situação.

O tom dele não é muito convincente.

Dou um passo para trás.

— Com que exército? Quantas pessoas vocês têm nessa revolução? Quantas pessoas morreriam dessa vez?

— É melhor se você não souber o número específico… — Ele fica tenso, e então estica o braço para me segurar. — Já coloquei você em perigo ao contar esse monte de coisas. Ao menos até você conseguir se proteger de Aetos.

Sinto um aperto no peito e me solto de seu abraço.

— Você está falando igual ao Xaden.

Não consigo evitar demonstrar a amargura em minha voz. No fim, se apaixonar por alguém só traz aquela paz abençoada sobre a qual todos os poetas escrevem se o sentimento for recíproco. Agora, se guardarem segredos que colocam em perigo todos e tudo com o que você se importa? O amor não tem nem a decência de morrer. Só se transforma numa agonia desprezível. Essa é a dor que sinto no peito: agonia.

Porque amor, lá no fundo, é esperança. A esperança do amanhã. A esperança do que poderia ser. A esperança de que aquele a quem você se confiou por inteiro vai te resguardar e te proteger de tudo. E a esperança? Essa merda é mais difícil de matar do que um dragão.

Sinto um zumbido leve estremecendo sob a pele e um calor nas bochechas quando o poder de Tairn responde às emoções fortes dentro de mim. Ao menos sei que ainda tenho acesso a isso. O veneno da venin não me tirou isso de forma permanente. Ainda sou *eu*.

— Ah. — Brennan me lança um olhar que não consigo interpretar. — Eu estava mesmo querendo saber por que ele fugiu correndo como se a roupa estivesse pegando fogo. Problemas com o casalzinho?

Encaro Brennan com raiva.

— É melhor se *você* não souber nada *disso*.

Ele solta uma risada.

— Ei, tô perguntando pra minha irmã, e não pra cadete Sorrengail.

— E faz só cinco minutos que você voltou pra minha vida depois de fingir ter morrido seis anos atrás, então me perdoa aí se eu não estiver disposta a me abrir pra falar sobre minha vida amorosa assim de repente. E você? Casou? Teve filhos? Mais alguém para quem você tenha basicamente mentido durante todo o relacionamento?

Ele se encolhe.

— Nunca casei. Nem tive filhos. Entendi o recado. — Ele suspira, enfiando as mãos nos bolsos do uniforme. — Olha, eu não queria ser babaca. Mas você não precisa saber dos detalhes até conseguir aperfeiçoar seus escudos para que funcionem o tempo todo contra leitores de memórias…

Estremeço ao pensar em Dain me tocando, vendo isso, vendo *Brennan*.

— Você tem razão. Não me conte.

Brennan estreita os olhos.

— Você concordou fácil demais.

Balanço a cabeça e começo a caminhar na direção da porta.

— Preciso ir embora antes que acabe matando mais alguém — digo, por cima do ombro.

Quanto mais eu sei, maior é o risco em que coloco ele e tudo à minha volta. E quanto mais tempo passamos aqui… deuses. Os outros.

— *Precisamos voltar* — digo a Tairn.

— *Eu sei*.

A mandíbula de Brennan fica tensa quando ele corre para me alcançar.

— Não sei se voltar para Basgiath é a melhor ideia para você. — Mesmo assim, ele abre a porta.

— Não, mas para *você* é, sim.

***

Estou nervosa pra caralho quando Brennan e seu Rabo-de-adaga--laranja, Marbh, além de Tairn e eu, chegamos até Sgaeyl, a Rabo-de--adaga-azul enorme de Xaden, que está sob a sombra de diversas árvores ainda mais altas do que ela, como se estivesse tomando conta de alguma coisa. *Andarna*. Sgaeyl arreganha os dentes para Brennan, rosnando e dando um passo ameaçador na direção dele, as garras completamente estendidas em diversas armas pontiagudas.

— Ei! É o meu irmão — aviso a ela, me colocando entre eles.

— Ela sabe disso — murmura Brennan. — Ela só não gosta de mim. Nunca gostou.

— Não leve para o pessoal — falo, bem na cara dela. — Ela não gosta de ninguém além de Xaden e só me tolera. Mas acho que o sentimento carinhoso que sente por mim está começando a crescer.

— *Como se fosse um tumor* — responde ela, através do elo mental que conecta nós quatro. Então a cabeça dela se vira e eu sinto.

O elo sombrio e cintilante no fundo da minha mente fica mais forte, repuxando gentilmente.

— Na verdade, Xaden está chegando — eu informo a Brennan.

— Isso é esquisito pra porra. — Ele cruza os braços e olha para trás. — Vocês sempre conseguem sentir o outro?

— Meio que sim. Tem a ver com o elo entre Sgaeyl e Tairn. Eu diria que uma hora você se acostuma, mas não é verdade.

Eu entro na clareira e Sgaeyl me faz um favor enorme e não me obriga a pedir para ela sair do caminho, dando dois passos para a direita para que eu fique entre ela e Tairn, diretamente na frente de…

Mas. Que. Caralhos?

Não pode ser… não. Impossível.

— *Fique calma. Ela vai responder à sua agitação e acordar mal--humorada* — avisa Tairn.

Eu encaro a dragão que dorme (que agora tem quase o dobro do tamanho que tinha poucos dias atrás) e tento fazer meu cérebro assimilar o que estou vendo, o que meu coração já sabe graças ao elo forjado entre nós.

— Essa é… — balanço a cabeça, e meu coração acelera.

— Eu não estava esperando por isso — diz Brennan, baixinho. — Riorson não deu muitos detalhes quando fez o relatório hoje de manhã. Nunca vi um crescimento tão acelerado em um dragão antes.

— As escamas dela são pretas.

Tá, falar isso em voz alta não ajuda a deixar nada mais real.

— *Dragões só têm penas douradas quando são filhotes.* — A voz de Tairn carrega uma paciência pouco característica.

— "Crescimento acelerado" — sussurro, repetindo as palavras de Brennan, e então ofego. — Por causa do uso de tanta energia. Forçamos ela a crescer. Em Resson. Ela parou o tempo por tempo demais. Nós... *eu* forcei ela a crescer.

Não consigo parar de repetir isso.

— *Teria acontecido de qualquer forma, Prateada, apesar de que o ritmo seria mais lento.*

— Ela já está adulta? — Não consigo tirar os olhos dela.

— *Não. Ela é o que você chamaria de adolescente. Precisamos levá-la de volta para o Vale para que entre no Sono Sem Sonhos e termine o processo de crescimento. Eu preciso avisar você, antes que ela acorde, de que essa é uma... idade notoriamente perigosa.*

— Para ela? Ela está em perigo? — Volto a olhar para Tairn durante um instante de terror.

— *Não, para todos ao redor. Existe um motivo para os adolescentes também não formarem elos. Eles não têm paciência com humanos. Ou com os mais velhos. Ou com coisas lógicas* — resmunga ele.

— Então é o mesmo que acontece com os humanos.

Uma dragão adolescente. Inacreditável.

— *Só que com mais dentes e, a certa altura, soprando fogo.*

As escamas dela são de um preto tão profundo que seu brilho é quase roxo, iridescente, sob a luz do sol que atravessa as folhas acima. A cor das escamas de um dragão é hereditária...

— Espera aí. Ela é *sua?* — pergunto a Tairn. — Juro pelos deuses que, se ela for mais um segredo que você guardou de mim, eu vou...

— *Eu já disse ano passado que ela não é minha prole* — responde Tairn, recuando a cabeça como se estivesse ofendido. — *Dragões pretos são raros, mas não são impossíveis.*

— E foi só por acaso que eu me uni a dois deles? — rebato, encarando-o diretamente.

— *Tecnicamente, ela era dourada quando o elo foi forjado. Nem mesmo ela sabia qual cor de escamas teria quando amadurecesse. Apenas os dragões mais velhos dos nossos covis conseguem pressentir o pigmento de um filhote. Na verdade, dois outros dragões pretos foram chocados no ano anterior, de acordo com Codagh.*

— Você não está ajudando.

Deixo que a respiração estável de Andarna me transmita a certeza de que ela está mesmo bem. Gigantesca, mas... bem. Ainda consigo identificar suas feições: o focinho levemente mais arredondado, o rodopio espiral dos chifres encurvados, e mesmo a forma como ela enrosca as asas para dormir ainda é... ela, só que maior.

— Se ela acabar com um rabo de chicote... — começo.

— *Os rabos são uma questão de escolha e necessidade.* — Ele bufa, indignado. — *Não ensinam nada a vocês?*

— Bom, vocês não são uma espécie notoriamente conhecida por compartilhar coisas.

Tenho certeza de que o professor Kaori ficaria com água na boca de aprender algo desse tipo.

Aquele elo de sombras na minha mente se reforça.

— Ela já acordou? — O timbre profundo da voz de Xaden faz meu coração dar um pulinho, como sempre.

Eu me viro e o vejo parado ao lado de Brennan, acompanhado de Imogen, Garrick, Bodhi e os outros na grama alta. Meu olhar se demora sobre os cadetes que não conheço. Dois homens e uma mulher. É bastante constrangedor que tenha batalhado ao lado daquelas pessoas e mesmo assim só as tenha visto antes passando por elas rapidamente pelos corredores. Eu não saberia nem arriscar o nome de cada um ali sem me sentir uma idiota. Em minha defesa, não é como se Basgiath incentivasse amizades fora dos nossos esquadrões.

Ou relacionamentos, ponto-final.

Vou passar cada segundo do resto da minha vida reconquistando sua confiança. A memória das palavras de Xaden preenche o espaço entre nós enquanto nos encaramos.

— Precisamos voltar — digo, cruzando os braços, preparada para uma briga. — Não importa o que a Assembleia diga, se não voltarmos, vão matar todos os cadetes com uma relíquia da rebelião.

Xaden assente, como se já tivesse chegado à mesma conclusão.

— Eles não vão acreditar em nenhuma mentira que contarem e vão executar você, Violet — retruca Brennan. — De acordo com nossas informações, a general Sorrengail já sabe que está desaparecida.

Ela não estava lá na plataforma quando as instruções dos Jogos de Guerra haviam sido dadas. O ajudante dela, coronel Aetos, estava no comando dos jogos desse último ano.

Ela não sabia.

— Nossa mãe não vai deixar me matarem.

— Repete o que você disse — diz Brennan baixinho, inclinando a cabeça de uma forma tão parecida com nosso pai que pisco por um momento para ver se não estou confundindo os dois. — E dessa vez tente se convencer do que está falando. A lealdade da general está tão clara que ela seria capaz de tatuar "sim, venin existem, agora voltem pra aula" na porra da testa.

— Isso não significa que ela vá me matar. Consigo fazê-la acreditar na nossa história. Ela vai *querer* acreditar, se for eu contando.

— Você não acha que ela vai te matar? Ela te mandou pra Divisão dos Cavaleiros!

Bom, nessa ele me pegou.

— Tá, ela me mandou mesmo, mas e aí? Eu me tornei uma cavaleira. Ela pode ser muitas coisas, mas *não* vai deixar o coronel Aetos, nem mesmo Markham, me matarem sem evidências. Você não viu como ela estava quando você não voltou pra casa, Brennan. Ela ficou... devastada.

Ele fecha as mãos em punhos.

— Mas eu sei das atrocidades que ela cometeu em meu nome.

— Ela não estava lá — retruca um dos caras que eu não conheço, erguendo as mãos quando os outros se viram para encará-lo.

Ele é mais baixo que os outros, e exibe um brasão do Terceiro Esquadrão, Setor Fogo, no ombro, com cabelos castanho-claros e um rosto redondo levemente rosado que me lembra os querubins entalhados aos pés das estátuas de Amari.

— Sério mesmo, Ciaran? — diz a moça do segundo ano de cabelos pretos, levando a mão à testa e protegendo a pele clara do sol, revelando um brasão do Primeiro Esquadrão, Setor Fogo, no ombro; depois ergue a sobrancelha, levantando junto o piercing que ostenta nela. — Agora vai defender a general Sorrengail?

— Não vou, Eya. Mas ela não estava lá quando deram as ordens... — Ele se interrompe quando duas testas se franzem para ele, em aviso, mas acrescenta: — E quem estava no comando dos Jogos esse ano era Aetos.

Ciaran e Eya. Olho para o cara mais magro, que ajeita os óculos no nariz empinado com uma mão marrom-escura, parado ao lado da forma grandalhona de Garrick.

— Desculpa mesmo, mas qual é o seu nome? — pergunto. Parece errado não saber quem são todos eles.

— Masen — responde ele, com um sorriso rápido. — E, se te faz sentir melhor — ele olha rapidamente para Brennan —, também não acho que a sua mãe teve qualquer coisa a ver com os Jogos de Guerra desse ano. Aetos ficou se gabando pelo pai dele ter planejado tudo.

Dain. Aquele arrombado.

— Obrigada. — Eu me viro na direção de Brennan. — Aposto minha vida que ela não sabia o que estava esperando por nós.

— Está disposta a apostar nossas vidas também? — pergunta Eya, claramente pouco convencida, olhando para Imogen em busca de apoio e não recebendo nada em troca.

— Meu voto é para voltarmos — diz Garrick. — Precisamos arriscar. Vão matar os outros se não voltarmos, e não podemos interromper o fluxo de armas que vem de Basgiath. Quem concorda?

Todas as mãos se erguem, uma por uma, exceto as de Xaden e Brennan.

A mandíbula de Xaden se tensiona, e duas linhas aparecem entre suas sobrancelhas. Conheço aquela expressão. Ele está pensando, tramando alguma coisa.

— No segundo em que Aetos colocar as mãos nela, perdemos Aretia, e vocês perdem suas vidas — diz Brennan para ele.

— Eu vou treinar Violet para que não permita que ele a acesse — responde Xaden. — Ela já ergue os melhores escudos do ano dela porque precisou aprender a bloquear Tairn. Só precisa aprender a manter os escudos em tempo integral.

Não discuto. Ele tem uma conexão direta com a minha mente através do elo, e faz sentido que seja a pessoa com quem eu devesse praticar.

— E o que vamos fazer até ela conseguir se proteger de um leitor de memórias? Como vai mantê-lo longe dela se nem vai estar *lá*? — desafia Brennan.

— Vou acertá-lo em sua maior fraqueza: no orgulho. — A boca de Xaden forma um sorriso impiedoso. — Se todo mundo concorda em partir, vamos voar assim que Andarna estiver acordada.

— A gente concorda — Garrick responde por nós, e tento engolir o nó que se forma em minha garganta.

É a decisão certa. Mas também pode nos matar.

Ouço um farfalhar em minhas costas que me chama a atenção e vejo Andarna se levantar, os olhos dourados piscando lentamente para mim enquanto ela se ergue, meio desajeitada, sobre as patas, que agora exibem novas garras. O alívio e a alegria que formam um sorriso no meu rosto duram pouco enquanto ela se esforça para ficar em pé.

Ah... deuses. Ela me lembra tanto um cavalo recém-nascido. As asas e pernas parecem desproporcionais ao corpo, e *tudo* nela bambeia enquanto tenta se pôr em pé. De forma alguma ela vai conseguir voar. Nem sei se vai conseguir andar pelo campo.

— Oi — digo, lançando um sorriso na direção dela.

— *Eu não consigo mais parar o tempo.* — Ela me observa com cuidado, os olhos dourados me avaliando de uma forma que me lembra o dia da Apresentação.

— Eu sei. — Aceno com a cabeça, examinando as faixas cor de cobre dos olhos dela. Sempre estiveram ali?

— *Você não está decepcionada?*

— Você está viva. E salvou a *todos nós*. Como é que eu ficaria decepcionada? — Sinto um aperto no peito quando encaro aqueles olhos que não piscam, escolhendo com cuidado as próximas palavras. — A gente sempre soube que esse dom só duraria enquanto você fosse pequena, e você, meu amor, não é mais pequenininha. — Um rosnado ecoa no peito dela, e eu ergo as sobrancelhas. — Você está… bem?

O que foi que eu fiz pra merecer *isso* em resposta?

— *Adolescentes* — resmunga Tairn.

— *Eu estou bem* — retruca ela, cerrando os olhos para Tairn. — *Agora quero ir embora.*

Ela abre as asas, mas só uma delas se estende ao tamanho máximo, e tropeça naquele peso desbalanceado, pendendo para a frente.

As sombras de Xaden se destacam das árvores e a seguram ao redor do peito, impedindo-a de cair de cara no chão.

Puta merda.

— Eu, hum… acho que vamos precisar modificar um pouco a sela — comenta Bodhi enquanto Andarna se esforça para recuperar o equilíbrio. — Vai demorar algumas horas.

— *Você consegue voar de volta segurando ela até o Vale?* — pergunto a Tairn. — *Ela está… enorme.*

— *Já matei cavaleiros menos dignos por ouvir esse tipo de ofensa.*

— *Como você é dramático.*

— *Eu consigo voar sozinha* — argumenta Andarna, recuperando o equilíbrio com a ajuda das sombras de Xaden.

— É só para algum caso de emergência — eu prometo a ela, mas Andarna me encara com um ceticismo que eu mereço.

— Arrumem a sela rápido — instrui Xaden. — Eu tenho um plano, mas precisamos voltar dentro de quarenta e oito horas para ele funcionar, e vamos gastar um dia inteiro desse prazo só voando até lá.

— O que vai acontecer daqui a quarenta e oito horas? — pergunto.

— O dia da graduação.

Não existe nenhum momento tão gratificante, tão emocionante e tão... anticlimático quanto a formatura da Divisão dos Cavaleiros. Foi a única vez que invejei a Divisão da Infantaria. *Eles* sabem como planejar uma cerimônia legal.

— O guia para a Divisão dos Cavaleiros, por major Afendra (edição não autorizada)

CAPÍTULO TRÊS

O campo de voo de Basgiath ainda está escuro e parece deserto quando nos aproximamos dele uma hora antes do nascer do sol, abraçando a paisagem das montanhas, a legião fazendo o possível para se esconder.

— *Isso não significa que não nos verão pousando* — Tairn me lembra, as asas batendo firmes, apesar de ter voado praticamente sem parar nas últimas dezoito horas desde Aretia. A janela de oportunidade que tínhamos conseguido para levar Andarna até o Vale sem que ela fosse vista é pequena, e, se perdermos, colocaremos todos os filhotes em perigo.

— *Ainda não entendo por que o Empyriano teria concordado em deixar dragões se unirem a cavaleiros humanos sabendo que precisam proteger os próprios filhotes não só de paladinos de grifos, mas também dos humanos em que supostamente podem confiar.*

— É um equilíbrio delicado — responde Tairn, inclinando-se para a esquerda para acompanhar a geografia do terreno. — *Os Seis Primeiros cavaleiros estavam desesperados para salvar seu povo quando se aproximaram dos covis há seiscentos anos. Aqueles dragões formaram o primeiro Empyriano e se uniram a humanos para proteger seus ninhos dos venin, que eram uma ameaça maior. Nós não temos polegares opositores para tecer égides ou runas. Nenhuma espécie é assim tão inteiramente honesta, e cada uma usa a outra para seus próprios propósitos e nada além.*

— *Nunca me ocorreu tentar esconder qualquer coisa de você.*

Tairn faz aquela coisa esquisita que faz o pescoço dele parecer não ser sustentado por ossos, virando a cabeça para me encarar com olhos levemente estreitos por um segundo, antes de voltar sua atenção para o terreno.

— *Não posso fazer nada para remediar esses últimos nove meses além de responder suas perguntas pertinentes.*

— *Eu sei* — respondo baixinho, desejando que as palavras dele fossem o bastante para acabar com o gosto amargo da traição que parece que não consigo tirar da boca.

Preciso superar tudo o que aconteceu. Sei disso. Tairn estava preso ao elo que tinha com sua consorte, Sgaeyl, então ao menos tinha um motivo para guardar segredos de mim, e não é como se eu pudesse culpar Andarna por ser uma filhotinha que o tivesse seguido. Mas Xaden é outra história.

— *Estamos nos aproximando* — avisa ele. — *Prepare-se.*

— *Acho que deveríamos ter praticado mais essa coisa de desmontar rolando* — brinco, segurando o pomo da sela com força enquanto Tairn dá uma guinada, meu peso o acompanhando para a direita. Meu corpo vai me punir pelas horas que passei nessa sela, mas eu não trocaria a sensação do vento de verão que sopra em meu rosto por nada nesse mundo.

— *Um desmonte rolando estraçalharia cada membro seu com o impacto* — ele retruca.

— *Você não sabe* — rebate Andarna, com o que agora parece ser seu novo padrão de conversa: avisar a Tairn que ele está errado.

Um rosnado retumba pelo peito de Tairn, fazendo a sela vibrar sob mim e também o arreio que prende Andarna contra ele.

— *Eu tomaria cuidado* — digo a ela, reprimindo um sorriso. — *Ele pode ficar cansado e derrubar você sem querer.*

— *O orgulho dele nunca permitiria que fizesse uma coisa dessas.*

— *Isso vindo da dragão que passou vinte minutos se recusando a colocar o arreio* — rebate Tairn.

— *Beleza, gente, sem brigar.*

Meus músculos ficam tensos e as faixas em minhas coxas apertam mais quando Tairn mergulha, passando perto da ponta do Monte Basgiath e, com isso, nos permitindo uma visão do campo de voo novamente.

— *Ainda está deserto* — nota Tairn.

— *Sabe, desmontar rolando é uma manobra que aprendemos no segundo ano.* — Não é necessariamente uma manobra que quero aprender, mas não muda que seja para alunos do segundo ano.

— *Uma que você não vai aprender* — resmunga Tairn.

— *Talvez ela aprenda a manobra comigo, se não for com você* — palpita Andarna, a última palavra terminando em um bocejo digno de dragão.

— *Talvez você devesse treinar o seu próprio pouso antes de voar com nossa cavaleira e provavelmente fazê-la se encontrar com Malek.*

Caramba, esse ano vai ser bem longo.

Meu estômago vai ao chão quando ele se abaixa no cânion quadrado designado como campo de voo.

— *Vou deixar Andarna no Vale e depois volto para ficar por perto.*

— *Você precisa descansar.*

— *Não vou ter descanso se decidirem executar vocês oito na plataforma.* — A preocupação na voz dele faz um nó se formar em minha garganta. — *Me avise se suspeitar de que seu plano não dará certo.*

— *Pode deixar* — eu garanto. — *Me faça um favor e avise a Sgaeyl que preciso falar com Xaden quando entrarmos.*

— *Segure firme.*

O chão vem ao nosso encontro, e eu seguro a faixa na minha coxa, meus dedos abrindo as fivelas enquanto Tairn abre as asas para desacelerar a descida com rapidez. O ímpeto do movimento me lança para a frente quando ele pousa, e me obrigo a me sentar outra vez antes de arrancar o cinto.

— *Leve ela embora daqui* — eu digo a ele enquanto subo por seu ombro, ignorando todos os músculos que ousam reclamar.

— *Não se arrisque se não for necessário* — ele avisa enquanto escorrego pela pata dianteira na inclinação íngreme que a posição de Andarna o força a tomar.

Meus pés batem no chão e eu cambaleio para a frente, me equilibrando em seguida.

— Eu amo vocês também — sussurro, me virando o bastante para fazer um carinho na pata dele e na de Andarna antes de correr para a frente e sair logo do caminho.

Tairn vira a cabeça para a direita, onde Sgaeyl pousa com uma eficiência brutal, o cavaleiro desmontando da mesma forma.

— *O Dirigente de Asa se aproxima.*

Ele só vai continuar sendo meu Dirigente de Asa por mais algumas horas, se sobrevivermos a essa próxima etapa.

Xaden passa longe de Tairn, para que ele consiga alçar voo outra vez, enquanto caminha até mim. Sgaeyl decola em seguida, acompanhada pelo resto da legião. Acho que agora estamos sozinhos.

Levanto os óculos para o topo da cabeça e abro a jaqueta. O mês de julho em Basgiath é muito abafado, mesmo no começo.

— Você disse mesmo para Tairn avisar a Sgaeyl que queria falar comigo? — pergunta Xaden enquanto os primeiros raios de sol pintam o cume das montanhas de roxo.

— Foi. — Passo a mão pelas bainhas das adagas, checando se nenhuma se deslocou durante o percurso enquanto saímos do campo de voo na dianteira dos outros, seguindo na direção da escada que passa pela Armadilha e que vai nos levar de volta à Divisão.

— Você lembra que consegue… — Ele dá um tapinha na própria têmpora e se vira para ficar de frente para mim, andando de costas.

Aperto os punhos para me impedir de afastar aquele cacho de cabelo negro da testa dele. Alguns dias atrás eu o teria tocado sem restrições. Inferno, eu até teria passado os dedos pelo cabelo dele e o puxado para um beijo.

Mas isso foi antes, e agora é outra história.

— Falar assim parece um pouco… — Deuses, por que isso é tão difícil? Parece que cada coisinha que sacrifiquei no último ano por Xaden foi apagada e estamos de volta ao início de uma pista de obstáculos que não sei se algum de nós alguma vez escolheu atravessar. Eu dou de ombros. — Íntimo demais.

— E não somos íntimos? — Ele ergue a sobrancelha. — Porque consigo pensar em mais de uma ocasião em que você estava bem em cima do meu…

Eu dou um passo à frente dele e cubro sua boca com a mão.

— Não começa.

Ignorar a química explosiva entre nós já é bem difícil sem que ele fique me lembrando da sensação de estarmos juntos. Na parte física, nosso relacionamento (ou seja lá o que temos) é perfeito. Mais do que perfeito. É gostoso pra caralho, e é viciante. Meu corpo inteiro se aquece quando ele beija a pele sensível da palma da minha mão. Eu a retiro com pressa dali.

— Estamos indo para o que provavelmente vai ser um julgamento, e talvez até uma execução, e você fica aí de brincadeirinha.

— Confie em mim, não estou brincando. — Ele se vira de novo quando chegamos à escadaria e desce primeiro, virando a cabeça para olhar para mim por cima do ombro. — Estou surpreso por você não estar me dando um gelo, mas definitivamente não estou brincando.

— Estou brava por você ter escondido informações de mim. Te ignorar não ajudaria em nada.

— Tem razão. Sobre o que você quer conversar?

— Tenho uma pergunta. Estou pensando nela desde Aretia.

— E só vai perguntar agora? — Ele chega ao fim dos degraus e me olha, incrédulo. — Comunicação não é mesmo o seu forte, né? Relaxa. A gente pratica isso junto com seus escudos.

— Sabe, esse comentário vindo de você é bem… irônico. — Começamos a cruzar o caminho até a Divisão enquanto o sol continua a subir à nossa direita, a luz refletindo nas duas espadas que Xaden carrega atadas às costas. — O movimento conta com algum aliado que seja escriba?

— Não — responde ele. A cidadela assoma à nossa frente, as torres aparecendo por cima da beira da cumeeira que o túnel percorre. — Eu sei que você cresceu confiando em muitos deles…

— Não me conte mais nada. — Balanço a cabeça. — Pelo menos até eu conseguir me proteger de Dain.

— Sinceramente, já considerei descartar todo esse plano e simplesmente jogar ele do Parapeito.

Ele está falando sério, e não consigo culpá-lo por isso. Xaden nunca confiou em Dain, e, depois do que aconteceu durante os Jogos de Guerra, eu tenho 99% de certeza de que também não posso confiar nele. É aquele 1%, que fica gritando na minha cara que Dain era meu melhor amigo, que é o problema.

O 1% que me faz questionar se Dain sabia o que esperava por nós em Athebyne.

— Ajudaria, mas não tenho certeza se vamos conseguir passar a *confiança* que queremos se você fizer isso.

— E você confia em *mim*?

— Você quer a resposta descomplicada?

— Considerando que não vamos ter muito mais tempo sozinhos, eu prefiro. — Ele para diante das portas que nos levam ao túnel.

— Confio em você com a minha vida. Afinal, estamos falando da sua vida também.

O resto depende do quanto ele decidir ser aberto comigo, mas agora provavelmente não é uma boa hora para termos uma DR.

Juro que vejo um vislumbre de decepção nos olhos de Xaden antes de ele assentir, olhando, em seguida, para os outros seis cavaleiros, que rapidamente nos alcançam.

— Vou garantir que Aetos não encoste a mão em você, mas talvez precise dançar conforme a música.

— Deixa eu tentar lidar com isso primeiro. Depois você faz seja lá o que acha que vai funcionar.

Os sinos de Basgiath interrompem a conversa, anunciando a hora. Temos quinze minutos até a formatura, quando vai começar a chamada do dia de graduação.

Os ombros de Xaden se endireitam quando os outros nos circundam, a expressão dele mudando para uma máscara indecifrável.

— Todo mundo está ciente do que vai acontecer agora?

Esse não é o mesmo homem que implorou pelo meu perdão por esconder segredos de mim, e certamente não é o que jurou que iria recuperar minha confiança em Aretia. Não, esse Xaden é o Dirigente de Asa que matou todos os agressores no meu quarto sem nem suar e sequer perdeu o sono por isso depois.

— Estamos prontos — responde Garrick, rolando o pescoço como se estivesse se aquecendo antes de entrar em combate.

— Sim — assente Masen, ajustando os óculos no nariz.

Um por um, todos concordam.

— Vamos logo — digo, erguendo o queixo.

Xaden me lança um olhar demorado e, por fim, assente.

Meu estômago revira quando entramos no túnel, as luzes mágicas se acendendo conforme passamos. A outra porta já está aberta quando passamos, e não discuto quando Xaden se cola à parede ao meu lado. A chance de sermos detidos assim que pisarmos na Divisão é grande, ou, pior ainda, a chance de sermos mortos, dependendo do quanto souberem sobre o que aconteceu.

Poder surge dentro de mim, zumbindo sob a minha pele, não exatamente ardendo, mas se colocando à disposição; entretanto, ninguém aparece enquanto atravessamos o pátio coberto de pedras. Temos alguns minutos até que esse espaço esteja cheio de cavaleiros e grupos.

Os primeiros cavaleiros que encontramos saem dos dormitórios e entram no pátio com poses convencidas e brasões da Segunda Asa no uniforme.

— Olha só quem chegou! Aposto que acharam que iam ganhar o jogo, né, Quarta Asa? — diz um cavaleiro com cabelos tingidos de verde com um sorrisinho zombeteiro. — Mas nem conseguiram! A Segunda Asa levou *tudo* quando vocês não apareceram!

Xaden nem se dá ao trabalho de olhar na direção deles enquanto passamos.

Garrick ergue o dedo médio do meu outro lado.

— Acho que isso significa que ninguém sabe nada do que aconteceu de verdade — sussurra Imogen.

— Então temos uma chance de o plano funcionar — responde Eya, a luz do sol refletindo no piercing em sua sobrancelha.

— É claro que ninguém sabe, caralho — murmura Xaden. Ele olha para o topo da Ala Acadêmica, e eu acompanho sua linha de visão, meu coração se apertando na imagem do fogo aceso no topo da torre mais longe.

Sem dúvida são ofertas para Malek, os pertences dos cadetes que não sobreviveram aos Jogos de Guerra. — Não vão se denunciar por nossa causa.

Na entrada dos dormitórios, todos trocamos um olhar e depois nos separamos silenciosamente de acordo com o plano. Xaden me segue até virar no corredor que chamei de lar pelos últimos nove meses, mas não estou interessada no meu quarto.

Olho para os dois lados para me certificar de que ninguém esteja nos observando enquanto Xaden abre a porta de Liam. Ele faz um gesto para mim e eu passo por baixo do braço dele e entro no quarto, fazendo a luz mágica acima se acender.

Sinto meu coração afundar com o peso do luto quando Xaden fecha a porta atrás de nós. Há apenas algumas noites, Liam estava dormindo nessa cama. Estudando nessa escrivaninha. Trabalhando nas estatuetas ainda não finalizadas deixadas em cima da mesa de cabeceira.

— Precisa ser rápida — Xaden me lembra.

— Pode deixar — prometo, indo direto até a escrivaninha.

Não tem nada ali em cima além de livros e canetas. Verifico o guarda-roupa, a cômoda e o baú ao pé da cama, mas não encontro nada.

— Violet — me avisa Xaden, baixinho, parado de guarda na porta.

— Eu sei — digo, por cima do ombro.

No momento em que Tairn e Sgaeyl chegassem ao Vale, todos os dragões saberiam que eles tinham retornado, o que significa que todos os membros da liderança da Divisão saberiam que chegamos também.

Ergo o canto do colchão pesado e suspiro de alívio, pegando o maço de cartas preso com corda antes de voltar o colchão para o lugar.

— Peguei.

Eu *não* vou chorar. Não quando ainda preciso esconder isso no meu quarto.

Mas o que aconteceria se precisassem queimar minhas coisas logo depois das de Liam?

— Vamos — diz Xaden.

Ele abre a porta e eu saio no corredor no mesmo instante em que Rhiannon, minha amiga mais próxima na Divisão, sai do quarto dela acompanhada de Ridoc, outro membro do nosso esquadrão.

Ah. Puta merda.

— Vi! — Rhi fica boquiaberta e corre na minha direção, me agarrando e me puxando para um abraço. — Você chegou!

Ela aperta com força e eu me permito relaxar naquele abraço por um instante. Parece que faz uma eternidade que não a vejo, e não só seis dias.

— Cheguei — garanto, segurando as cartas embaixo da axila de um braço e abraçando-a com o outro.

Ela aperta meus ombros e depois me afasta, os olhos castanhos percorrendo meu rosto de uma forma que me faz sentir mal sobre a mentira que vou precisar contar a eles.

— Pelo que todo mundo estava falando por aí, achei que você tivesse morrido. — Ela ergue o olhar do meu rosto. — Achei que vocês dois tinham.

— Teve uns boatos também de que vocês tinham se perdido — acrescenta Ridoc. — Mas, considerando com quem você estava, todo mundo estava apostando na teoria da morte. Que bom que estávamos errados.

— Prometo que vou explicar tudo depois, mas preciso de um favor agora — sussurro, e minha garganta se fecha.

— Violet — fala Xaden, em tom baixo.

— Podemos confiar nela — digo, olhando para ele. — Em Ridoc também.

Xaden não parece muito feliz com isso. Acho que realmente voltamos para casa.

— Do que você precisa? — pergunta Rhi, a testa franzida em preocupação.

Dou um passo para trás e entrego as cartas na mão dela. A família de Rhiannon nem sempre obedece à tradição de queimar todas as coisas também. Ela vai entender.

— Preciso que guarde isso para mim. Esconda. Não deixe ninguém… queimar. — Minha voz falha.

Ela abaixa os olhos para as cartas e os arregala antes de seus ombros se curvarem para dentro, o rosto desmoronando.

— O que é iss… — Ridoc começa a perguntar, olhando por cima do ombro dela e ficando em silêncio logo em seguida. — Que merda.

— Não — sussurra Rhiannon, mas sei que ela não está me negando o favor. — O Liam, não. Não.

O olhar dela lentamente se ergue e encontra o meu.

Sinto os olhos arderem, mas consigo assentir, pigarreando.

— Prometa que não vai deixar que peguem isso quando vierem buscar as coisas dele se eu não… — Nem consigo terminar a frase.

Rhiannon assente.

— Você não está machucada, está? — Ela me analisa outra vez, piscando ao ver a costura na jaqueta de couro onde antes havia estado o buraco da lâmina da venin, costurado em Aretia.

Balanço a cabeça. Não estou mentindo. Não de verdade. Meu corpo, agora, está perfeitamente saudável.

— Precisamos ir — fala Xaden.

— Vejo vocês na graduação — digo, dando um sorriso fraco, seguindo Xaden.

Quanto mais distantes meus amigos ficarem de mim, mais seguros vão estar no futuro.

— Como você consegue? — sussurro para Xaden quando viramos no corredor principal lotado dos dormitórios do primeiro ano.

— Consigo o quê?

Os braços dele estão soltos na lateral do corpo enquanto avalia as pessoas ao nosso redor, depositando, em seguida, uma mão na base das minhas costas como se estivesse preocupado em acabarmos nos separando. Somos engolidos pela multidão, e, para cada pessoa que está ocupada demais para nos notar, outra se sobressalta quando cruza nosso caminho. Cada um dos marcados que vemos acena discretamente com a cabeça para Xaden, sinalizando que recebeu o aviso dos outros.

— Mentir para as pessoas com quem você se importa? — termino a pergunta.

Nossos olhares se encontram.

Passamos pelos bustos dos Seis Primeiros e seguimos o fluxo da multidão, descendo a escada larga em espiral que nos conecta aos dormitórios dos outros anos.

Xaden cerra a mandíbula.

— Vi…

Ergo a mão para interrompê-lo.

— Não é uma ofensa. Preciso aprender a fazer isso.

Nós nos separamos da multidão de cadetes que passam pelas portas para seguir para o pátio e Xaden caminha, decidido, até o átrio, abrindo as portas e me levando para dentro. Eu me solto da mão que ele levou às minhas costas.

Zihnal deve estar nos concedendo alguma graça, porque o cômodo está felizmente vazio pelos segundos que Xaden demora para me esconder atrás do primeiro pilar que encontramos. O dragão vermelho nos esconde de qualquer um que possa passar pelo espaço que conecta todas as alas da Divisão.

Dito e feito: vozes e passos preenchem o salão abobadado um instante depois, mas ninguém nos vê atrás do enorme pilar, que é exatamente o motivo para termos escolhido esse lugar como nosso ponto de encontro. Olho por cima de Xaden, notando os pilares vazios que nos rodeiam. Ou todo mundo ficou do outro lado do átrio, ou somos os primeiros a chegar.

— Só para deixar claro, eu não minto para as pessoas com quem me importo — Xaden abaixa a voz enquanto me encara, a intensidade de seu olhar me fazendo encostar no pilar de mármore. Ele se inclina para mais perto e preenche todo o meu campo de visão. — E eu *nunca* menti pra você. Por outro lado, a arte de contar meias-verdades é algo que você vai precisar dominar, ou vamos todos morrer. Sei que confia em Rhiannon e Ridoc, mas não pode contar a verdade para eles, tanto para o bem deles quanto para o nosso. O conhecimento os colocaria em perigo. Você precisa conseguir compartimentalizar a verdade. Se não consegue mentir para os seus amigos, afaste-se deles. Entendeu?

Fico tensa. É claro que sei disso, mas ouvir dessa forma tão clara deixa tudo muito real, como se eu estivesse levando uma facada no estômago.

— Entendi — respondo.

— Eu nunca quis colocar você nessa situação. Não com seus amigos e especialmente com o coronel Aetos. Esse foi um dos muitos motivos pelos quais nunca contei nada a você.

— Quanto tempo faz que você sabe de Brennan? — pergunto. Pode não ser a hora certa para essa pergunta, mas, de súbito, me parece ser a única hora.

Ele solta a respiração lentamente.

— Sei sobre o Brennan desde a *morte* dele.

Abro os lábios e algo pesado muda na atmosfera, tirando um peso do meu peito que estava lá desde Resson.

— Que foi?

— Você não desviou da pergunta. — Preciso admitir que estou surpresa.

— Eu prometi que te daria algumas respostas. — Ele se inclina para a frente. — Mas não posso prometer que vai gostar do que ouvir.

— Sempre prefiro a verdade. — *Algumas* respostas?

— Você diz isso agora — fala ele, um sorriso seco nos lábios.

— Eu *sempre* vou preferir.

O som de botas ecoando atrás de nós enquanto os alunos aparecem para a formatura me lembra de que não estamos completamente sozinhos, mas preciso que Xaden ouça só mais uma coisa.

— Se as últimas semanas serviram para mostrar alguma coisa para você, deveria ser que eu nunca fujo da verdade, não importa se ela é difícil ou o que vai me custar.

— Bom, a verdade me custou *você* — responde ele. Meu corpo fica tenso e ele fecha os olhos. — Merda. Eu não devia ter dito isso. — Ele abre os olhos, balançando a cabeça, e a angústia que vejo ali aperta meu coração. — Sei que foi o fato de eu *não* te contar a verdade. Entendo isso. Mas, quando a vida de todo mundo ao seu redor depende da sua facilidade em mentir, não fica fácil perceber que é a verdade que pode te salvar. — Ele suspira. — Se eu fosse fazer tudo de novo, faria diferente, prometo. Mas não posso, então aqui estamos nós.

— Aqui estamos nós. — E eu nem sei onde *é aqui*. Alterno o peso do meu corpo de uma perna para a outra. — Mas desde que você esteja falando sério sobre me contar tudo…

Ele se encolhe, e meu coração fica apertado.

— Você *vai* me contar tudo o que sabe quando eu conseguir criar um bom escudo, certo? — Quase não me contenho em agarrá-lo e sacudi-lo, com força. — Foi isso que me prometeu no seu quarto. — Ele *não* vai fazer isso comigo. — Tudo o que quiser saber, e tudo o que *não* quiser. Foi isso que você me disse.

— Tudo sobre *mim*.

Ah, puta que pariu, ele *vai* acabar fazendo isso comigo. De novo.

Balanço a cabeça.

— *Não* foi isso que você me prometeu.

Xaden começa a dar um passo na minha direção, mas ergo o queixo, desafiando-o a me tocar. Como ele é um cara inteligente, fica exatamente onde está.

Ele passa as mãos pelo cabelo, soltando um suspiro.

— Olha, vou responder qualquer pergunta que você tiver sobre *mim*. Deuses, eu *quero* que você pergunte, quero que me conheça tão bem que confie em mim mesmo quando eu *não* puder te contar tudo. — Ele assente como se aquelas palavras sempre tivessem sido ditas na promessa original, e nós dois sabemos muito bem que não foram. — Porque você não se apaixonou por qualquer cavaleiro. Você se apaixonou pelo líder de uma revolução — ele sussurra, o tom tão suave que mal chega aos meus ouvidos. — De certa forma, eu sempre vou guardar segredos.

— Você só pode estar me zoando.

Deixo a raiva voltar à superfície, esperando que me queime até exaurir a dor que as palavras me causam. Brennan mentiu para mim por seis anos, permitindo que eu chorasse sua morte quando estava vivinho da silva esse tempo todo. Meu amigo mais antigo roubou minhas memórias e possivelmente me enviou numa missão suicida. Minha mãe construiu minha *vida inteira* em cima de uma mentira. Eu nem sei mais quais partes da minha educação são verdade e quais foram inventadas, e ele acha que eu *não* vou exigir honestidade total e completa dele?

— Eu não estou te zoando. — Não tem nenhum tom de arrependimento na voz dele. — Mas isso não significa que não vou deixar que entre na minha vida, como prometi. Eu sou um livro aberto quando…

— Quando *você* quer. — Balanço a cabeça. — E isso *não* vai mais dar certo comigo. Não dessa vez. Não vou conseguir confiar em você de novo se não souber tudo o que você sabe. Ponto-final.

Ele pisca, como se eu tivesse acabado de aturdi-lo.

— Tudo. O. Que. Você. Sabe — exijo, como qualquer mulher racional encararia o homem que escondeu o fato de que o irmão dela estava vivo, além de mentir sobre toda uma guerra. — Posso te perdoar por ter me deixado no escuro antes de hoje. Você fez isso para salvar vidas, possivelmente até a minha. Mas, a partir de agora, preciso de honestidade *total* e completa, ou...

Deuses, será que vou precisar falar isso?

Estou mesmo prestes a dar um ultimato no cuzão do Xaden Riorson?

— Ou o quê? — Ele se inclina para mais perto, o olhar afiado.

— Ou vou ter que começar a me *des*apaixonar por você — eu digo.

Vejo surpresa brilhando em seus olhos segundos antes de sua boca formar um sorrisinho.

— Boa sorte tentando fazer isso. Eu tentei por uns cinco meses. Me avise se der mais certo pra você do que deu pra mim.

Eu bufo, completamente sem palavras, enquanto os sinos tocam, anunciando o começo da formatura.

— Chegou a hora — diz ele. — Erga os escudos. Bloqueie todo mundo, como praticamos a caminho daqui.

— Eu não consigo nem bloquear *você*.

— Eu sou mais difícil do que os outros. — O sorrisinho de canto de boca dele me dá tanta raiva que fecho os punhos só para ter algo para fazer com as mãos.

— Olha, odeio interromper o que obviamente é uma conversa importante — sussurra Bodhi à minha esquerda. — Mas aquela foi a última badalada do sino, então está na hora de começarmos esse pesadelo.

Xaden lança um olhar impaciente para o primo, mas nós dois assentimos. Ele não comete a desonra de perguntar aos amigos se conseguiram completar as missões às quais tinham sido designados quando nós oito seguimos para o centro do átrio.

Meu coração parece bater na garganta quando o soar da chamada dos mortos ressoa no pátio.

— Eu não vou morrer hoje — sussurro para mim mesma.

— É bom que o que você planejou dê certo, caralho — fala Garrick para Xaden enquanto encaramos a porta aberta. — Seria meio tosco ter conseguido sobreviver por três anos para morrer no dia da graduação.

— Vai dar. — Xaden sai primeiro e nós o seguimos, iluminados pela luz do sol.

A voz do capitão Fitzgibbons ressoa pela formatura enquanto ele lê a chamada dos mortos:

— Garrick Tavis. Xaden Riorson.

— Bom, isso é meio constrangedor — anuncia Xaden.

Todas as cabeças no pátio se viram na nossa direção.

Considerando que os dragões guardam seus filhotes tão ferozmente quanto todas as informações sobre o amadurecimento deles, apenas quatro fatos são conhecidos sobre o Sono Sem Sonhos. Primeiro, que é um tempo crítico de crescimento e desenvolvimento rápido; segundo, que a duração varia de raça para raça; terceiro, que, como o nome sugere, é sem sonhos; e quarto e último: que eles acordam famintos.

— O Guia das Espécies de Dragões, por Coronel Kaori

CAPÍTULO QUATRO

Meu coração bate tão rápido quanto as asas de um colibri enquanto atravessamos o pátio na direção da plataforma, Xaden dois passos à frente de todos nós. Ele segue sem medo, os ombros eretos e a cabeça erguida, a raiva se manifestando em cada passo daquela caminhada solene, em cada linha retesada de seu corpo.

Ergo o queixo e me concentro na plataforma à nossa frente enquanto esmago o cascalho com as botas, o som abafando os ruídos de surpresa dos cadetes à minha esquerda. Posso não ter a confiança de Xaden, mas consigo fingir que tenho.

— Vocês… não morreram. — Capitão Fitzgibbons, o escriba designado à Divisão dos Cavaleiros, nos encara de olhos arregalados sob as sobrancelhas prateadas, o rosto enrugado ficando da mesma cor pálida do uniforme enquanto ele se atrapalha com o pergaminho da chamada dos mortos, derrubando-o.

— Aparentemente não — responde Xaden.

É quase cômico ver a forma como a boca do comandante Panchek fica aberta enquanto se vira para nós do assento na plataforma, e, dentro de poucos segundos, minha mãe e o coronel Aetos ficam em pé, bloqueando a visão que tínhamos dele.

Jesinia dá um passo à frente, os olhos castanhos arregalados sob o capuz cor de creme enquanto pega o pergaminho do chão e o entrega de volta para o capitão.

— Estou feliz que esteja viva — ela diz, sinalizando com as mãos, antes de pegar a chamada.

— Eu também — sinalizo de volta, sentindo a náusea tomar conta do meu corpo.

Será que ela sabe o que a Divisão dela lhe vem ensinando de verdade? Nenhuma de nós fazia ideia durante os anos e meses em que tínhamos estudado juntas.

As bochechas do coronel Aetos ficam cada vez mais vermelhas a cada passo que damos, o olhar percorrendo o grupo de oito, sem dúvida notando quem está presente e quem não está.

Minha mãe cruza o olhar comigo por um instante, um canto da boca se levantando numa expressão que quase tenho medo de chamar de... orgulho, antes que rapidamente a esconda, retornando para aquela distância profissional que tinha mantido de forma impecável durante o ano anterior. Havia sido apenas um segundo. Mas foi tudo o que eu precisava para saber que estava certa. Não vejo raiva nos olhos dela, tampouco medo ou choque. Somente alívio.

Ela não sabia dos planos de Aetos. Sei disso com toda a firmeza do meu ser.

— Não entendi nada — diz Fitzgibbons para os dois escribas atrás dele, e então se volta para Panchek. — Eles não estão mortos. Por que teriam sido adicionados à lista?

— Sim, *por que* foram adicionados à lista? — minha mãe pergunta ao coronel Aetos, estreitando os olhos.

Sinto uma brisa fria, e, por mais que seja um alívio momentâneo para o calor insuportável, sei o que significa de verdade: a general está com raiva. Olho para o céu, mas só vejo azul. Ao menos ela não invocou uma tempestade. Ainda não.

— Estavam desaparecidos há *seis* dias! — Aetos se irrita, a voz elevando-se a cada palavra dita com raiva. — É claro que foram reportados como mortos, mas deveríamos mesmo é tê-los reportado por desertarem seus postos e negligenciarem seus deveres.

— Quer nos reportar por deserção? — Xaden caminha até as escadas da plataforma, e Aetos dá um passo para trás, o medo estampado em seus olhos. — Você mandou a gente para uma zona de *combate* e ainda assim quer nos reportar por deserção?

Xaden não precisa gritar para que sua voz ecoe por todos os alunos na formatura.

— Do que ele está falando? — pergunta minha mãe, alternando o olhar entre Xaden e Aetos.

E lá vamos nós.

— Não faço ideia — responde Aetos, entre dentes.

— Recebi ordens para levar um esquadrão até além das égides em Athebyne e montar guarda no quartel-general para os Jogos de Guerra da Quarta Asa, e foi isso que fiz. Paramos para descansar a legião no lago mais próximo longe das égides e fomos atacados por grifos.

A mentira sai da boca dele tão fácil quanto se estivesse contando uma verdade, o que é tanto impressionante quanto… exasperante, porque não dá pra diferenciar quando ele está mentindo e quando está falando a verdade, porra.

Minha mãe pisca, surpresa, e Aetos franze as sobrancelhas espessas.

— Foi um ataque surpresa, e pegaram Deigh e Fuil desprevenidos. — Xaden se vira um pouco, como se estivesse falando com os alunos, e não com a liderança. — Os dois morreram antes de terem chance de revidar.

Uma dor se desdobra em meu peito, roubando minha respiração. Os cadetes à nossa volta murmuram, mas continuo concentrada em Xaden.

— Perdemos Liam Mairi e Soleil Telery — acrescenta Xaden, depois olha por cima do ombro na minha direção. — E quase perdemos Sorrengail.

A general se vira para mim por um segundo, encarando meu rosto como se não fosse minha líder ali, com certa preocupação e pavor nos olhos. Olha para mim como se fosse só… a minha mãe.

Aceno com a cabeça, sentindo a dor no peito ficar mais intensa.

— Ele está mentindo — acusa o coronel Aetos. A certeza na voz dele faz minha cabeça disparar por todas as possibilidades de que talvez não consigamos sobreviver, de que talvez sejamos mortos aqui e agora antes de termos uma chance de convencer minha mãe.

— *Estou bem atrás da crista das montanhas* — me informa Tairn.

— Respire fundo — sussurra Garrick. — Ou vai desmaiar.

Eu inspiro e me concentro em tentar acalmar meu coração.

— Por que eu iria mentir? — Xaden inclina a cabeça e olha para o coronel Aetos com puro desdém. — Mas, se não acredita em mim, então a general Sorrengail pode descobrir a verdade através da própria filha.

Essa é a minha deixa.

Um passo de cada vez, subo as escadas até a plataforma grossa de madeira e fico à esquerda de Xaden. O suor pinga da minha nuca enquanto o sol matinal esquenta o couro do uniforme.

— Cadete Sorrengail? — Minha mãe cruza os braços, olhando para mim com expectativa.

O peso da atenção irrestrita da Divisão me faz limpar a garganta.

— É verdade.

— Mentira! — grita Aetos. — De forma alguma dois dragões seriam derrubados por uma revoada de grifos. É impossível. Deveríamos separar todos eles e interrogá-los individualmente.

Meu estômago revira.

— Não acho que isso seja necessário — rebate a general, um sopro gelado bagunçando as mechas soltas do meu cabelo. — E eu reconsideraria essa sua insinuação de que um Sorrengail seria capaz de mentir.

O coronel Aetos fica rígido.

— Me conte o que aconteceu, cadete Sorrengail.

Minha mãe inclina a cabeça para o lado e me encara com aquele olhar que costumava lançar durante toda a minha infância nos momentos em que precisava arrancar a verdade de quando Brennan, Mira e eu nos juntávamos para fazer alguma travessura.

— *A verdade parcial* — Xaden me lembra. — *Não conte mentiras.*

Ele faz isso parecer fácil pra caralho.

— Voamos até Athebyne, seguindo as ordens dos Jogos. — Eu a encaro diretamente nos olhos. — Como disse Riorson, paramos no lago, a uns vinte minutos do local, para podermos dar água aos dragões, e desmontamos. Só vi dois grifos aparecerem com seus cavaleiros, mas tudo aconteceu muito rápido. Antes que eu conseguisse sequer registrar o que estava acontecendo…

Aguenta firme. Passo a mão no bolso, sentindo os detalhes da estatueta de Andarna que Liam estava entalhando antes de morrer.

— O dragão de Soleil foi morto e Deigh foi eviscerado. — Sinto meus olhos se encherem de água, mas pisco forte até a visão voltar ao normal. Mamãe só respeita a força. Se eu demonstrar qualquer sinal de fraqueza, vai achar que toda a minha história é fruto de histeria. — Não tínhamos a menor chance para além das égides, general.

— E depois disso? — pergunta mamãe, sem emoção alguma.

— Fiquei segurando Liam enquanto ele morria — declaro rapidamente, escondendo a forma como meu queixo treme. — Não pudemos fazer nada por ele depois que Deigh morreu.

Preciso de um segundo para enfiar as memórias, a emoção, tudo de volta em uma caixinha onde vão precisar ficar para que o plano funcione.

— E, antes que o corpo dele esfriasse, fui esfaqueada com uma lâmina envenenada — concluo.

Os olhos de minha mãe se arregalam e ela afasta o olhar do meu.

Eu me viro na direção do coronel Aetos.

— Mas, quando fomos procurar ajuda em Athebyne, encontramos o entreposto deserto. Tudo o que achamos por lá foi uma missiva avisando que o Dirigente de Asa Riorson poderia escolher vigiar um vilarejo próximo ou correr até Eltuval.

— Aqui está a missiva. — Xaden coloca a mão no bolso e tira de lá as ordens que recebemos dos Jogos de Guerra. — Não sei o que a destruição de um vilarejo estrangeiro tinha a ver com os Jogos de Guerra, mas não ficamos por lá para descobrir. A cadete Sorrengail estava morrendo, e escolhi preservar o que restava do meu esquadrão. — Ele entrega as ordens amassadas para minha mãe. — Escolhi salvar a sua filha.

Ela pega as ordens e fica completamente rígida.

— Foram necessários *dias* para encontrar alguém capaz de me curar, embora eu não me lembre de como isso aconteceu — informo. — E, no instante em que minha vida não estava mais em perigo, voamos direto para cá. Chegamos há meia hora mais ou menos, e tenho certeza de que Aimsir pode verificar isso.

— E os cadáveres? — pergunta Aetos.

Ô, porra.

— Eu… — começo, mas não faço ideia do que aconteceu, fora o fato de que Xaden me informou que enterraram Liam.

— Sorrengail não sabe o que aconteceu — responde Xaden. — Ela estava delirando por causa do veneno. Depois que descobrimos que não encontraríamos nenhuma ajuda em Athebyne, metade da legião voou de volta para o lago e queimou os corpos dos cavaleiros e dos dragões, enquanto eu levei a outra metade para encontrar ajuda. Se quiser mais provas, pode encontrá-las a cerca de noventa metros do lago, na clareira à leste, ou nas novas cicatrizes dos nossos dragões.

— Chega — declara minha mãe, fazendo uma pausa, sem dúvida para confirmar com seu dragão, e então se vira lentamente para o coronel Aetos; apesar de ele ser mais alto que ela, de repente parece diminuto. Geada começa a aparecer na superfície da plataforma. — Isso foi escrito na sua caligrafia. Esvaziou um entreposto estrategicamente valioso nas terras além das égides por causa dos *Jogos de Guerra?*

— Foi só por alguns dias. — Ele teve o bom senso de recuar um passo. — Você me falou que os Jogos ficariam a meu critério este ano.

— E claramente a porra do seu critério não conta com um pingo de bom senso — retruca ela. — Já ouvi tudo de que precisava. Corrija a lista de mortos, leve esses cadetes para a formatura e comecem a graduação para que os novos tenentes possam entrar em suas Asas. Quero você em meu escritório em trinta minutos, coronel Aetos.

O alívio quase faz meus joelhos cederem. Ela acredita em mim.

O pai de Dain se coloca em posição de sentido.

— Sim, senhora, general.

Minha mãe se vira para mim.

— Você sobreviveu a uma punhalada depois de entrar em um combate sendo cadete do primeiro ano — diz ela.

— Sim.

Ela assente, um sorriso satisfeito formando-se em sua boca durante um segundo inteiro.

— Talvez você seja mais parecida comigo do que eu imaginava.

Sem dizer mais nenhuma palavra, minha mãe caminha entre mim e a beirada da plataforma, nos deixando com o coronel Aetos enquanto desce as escadas. A geada se dissipa instantaneamente, e ouço os passos dela no cascalho atrás de nós enquanto o coronel olha para Xaden e para mim.

Parecida com ela? Essa é a última coisa que quero ser no mundo.

— Não vão sair impunes dessa — sibila Aetos, mas mantém a voz baixa.

— Sairmos impunes do quê? — responde Xaden, no mesmo tom baixo.

— Nós *dois* sabemos que vocês não foram desviados da missão por *grifos*. — Quando ele fala, sai cuspe de sua boca.

— O que mais poderia ter nos atrasado e matado dois dragões e seus cavaleiros? — pergunto, estreitando os olhos, deixando toda a minha raiva transparecer ali. Foi por culpa dele que Liam e Soleil morreram. Ele que se foda. — Se conhecesse alguma outra ameaça existente, certamente compartilharia essa informação com o resto do esquadrão para treinarmos de maneira adequada para a hora de precisarmos enfrentá-la.

Ele me lança um olhar afiado.

— Estou muito decepcionado com você, Violet.

— Chega — ordena Xaden. — Você fez sua jogada e perdeu. Não pode expor o que pensa ser a verdade sem… bom, expor tudo, não é? — Um sorriso cruel curva a boca de Xaden. — Mas, pessoalmente, acho que isso vai se resolver facilmente se enviar uma missiva ao general Melgren. Ele com certeza viu os resultados da nossa batalha com os grifos.

A satisfação percorre minhas veias quando a expressão do coronel desaba.

Graças às relíquias da rebelião, Melgren não consegue confirmar *nada* quando três ou mais marcados estão envolvidos, e Aetos aparentemente sabe disso.

— Presumo que estamos dispensados? — pergunta Xaden. — Não sei se notou, mas a Divisão inteira está observando atentamente tudo o que falamos aqui. Então, a não ser que queira que eu os entretenha um pouco e conte tudo o que aconteceu conosco…

— Entrem. Em. Formatura. Já — responde ele, as palavras entre dentes.

— Com o maior prazer, senhor.

Xaden espera por mim para descer as escadas e depois me segue.

— Está resolvido — informa a Garrick quando nos juntamos ao grupo. — Todo mundo de volta em formatura.

Olho por cima do ombro e vejo Fitzgibbons balançando a cabeça, confuso, enquanto corrige a lista da chamada dos mortos; então vou até meu esquadrão e me posiciono entre Imogen e Xaden.

— Você não precisa me escoltar de volta — sussurro, ignorando os olhares dos cadetes enquanto passamos.

— Prometi ao seu irmão que lidaria com Aetos.

— Eu consigo lidar com o Dain.

Um chute bem dado nas bolas não seria nada desproporcional, seria?

— Nós tentamos do seu jeito no ano passado. Agora é a vez de tentar do meu.

Imogen ergue as sobrancelhas, mas não diz nada.

— Violet! — Dain sai da formatura, andando até nós quando chegamos ao Segundo Esquadrão, Setor Fogo. A preocupação e o alívio nas linhas de seu rosto fazem o poder formigar em minhas mãos.

— *Não pode matar ele aqui* — avisa Xaden.

— Você está viva! Estavam comentando que… — Dain tenta encostar em mim, mas eu me afasto.

— Se tocar em mim, juro pelos deuses que vou cortar fora a porra das suas mãos e pedir que a Divisão te costure na próxima rodada de desafios, Dain Aetos.

Minhas palavras são recebidas com alguns suspiros de surpresa, mas não estou nem aí para quem está ouvindo.

— *Isso é que é Violência.* — O tom divertido de Xaden não transparece em seu rosto.

— Quê? — Dain para antes de chegar até mim, as sobrancelhas subindo tanto que quase chegam ao couro cabeludo. — Não pode estar falando sério, Vi.

— Estou sim. — Solto as mãos perto das bainhas, nas coxas.

— É melhor ouvir o que ela disse. Na verdade… — Xaden não se dá ao trabalho de abaixar a voz. — Se não fizer isso, vou comprar essa briga. Ela fez a escolha dela, e não foi você. Nunca vai ser você. Eu sei disso. Ela sabe disso. A Divisão inteira sabe disso.

Ah, por favor, alguém me mata logo de uma vez. Sinto o calor subir pelas bochechas. Ser pega usando a jaqueta de voo dele logo antes dos Jogos de Guerra é uma coisa. Declarar que somos um casal em público (quando nem sei se *existe* mais um "nós" aqui) é outra.

Imogen abre um sorrisinho, e fico pensando se me sentiria melhor dando uma cotovelada nas costelas dela.

Dain olha para os dois lados, o rosto tão escarlate que consigo ver a cor até embaixo da barba castanho-clara enquanto todos nos encaram.

— Vai fazer mais o quê? Ameaçar me matar, Riorson? — ele retruca, o nojo em seu rosto tão parecido com o do pai que sinto o estômago revirar.

— Não. — Xaden balança a cabeça. — Por que eu faria isso se Sorrengail é perfeitamente capaz de fazê-lo sozinha? Ela não quer que você toque nela. Tenho certeza de que *todo mundo* aqui na Divisão ouviu. Deveria ser o suficiente para você tomar bastante cuidado com essas suas mãozinhas. — Ele chega mais perto de Dain, o sussurro mal alcançando meus ouvidos. — Mas, caso não tenha ficado claro, todas as vezes que você pensar em tocar no rosto dela, quero que se lembre de uma palavra.

— E que palavra é essa? — rebate Dain, irritado.

— Athebyne.

Xaden se afasta, e a expressão dele de pura ameaça provoca um calafrio em minha espinha.

Dain arruma a postura, e o coronel Panchek pede a atenção da formatura.

— Não vai responder nada? Que interessante. — Xaden inclina a cabeça para o lado, examinando o rosto de Dain. — Volte para o seu posto, *Líder de Esquadrão*, antes que eu perca toda e qualquer educação que finjo ter com você por causa de Liam e Soleil.

Dain fica pálido e tem a decência de desviar o olhar antes de voltar para o seu lugar como líder do nosso esquadrão.

O olhar de Xaden encontra o meu um instante antes de ele caminhar até ficar em frente à Quarta Asa.

Eu deveria saber que tentar atacar o orgulho de Dain significaria dar um show.

O esquadrão se remexe, abrindo espaço para Imogen e eu em nossos devidos lugares, e sinto as bochechas esquentarem com os olhares descarados que meus amigos me lançam.

— Isso foi... interessante — sussurra Rhiannon ao meu lado, os olhos inchados e vermelhos.

— Foi bem sexy — comenta Nadine na nossa frente, parada ao lado de Sawyer.

— Triângulos amorosos são uma coisa *tão* constrangedora, né? — fala Imogen.

Lanço um olhar irritado para ela por cima do ombro por ter conseguido entender a implicação, ou suposição, de Xaden, mas ela dá de ombros, nada arrependida.

— Deuses, eu estava com saudades de vocês. — A faixa azul nos cachos curtos e loiros de Quinn balança enquanto ela abaixa para bater no ombro de Imogen. — Os Jogos de Guerra foram uma merda. Não perderam muita coisa.

O capitão Fitzgibbons dá um passo à frente na plataforma, o suor pingando de seu rosto enquanto continua de onde foi interrompido, lendo os nomes da lista.

— Foram dezessete até agora — sussurra Rhiannon.

O último teste dos Jogos de Guerra sempre é fatal, para garantir que apenas os cavaleiros mais fortes cheguem até a graduação... embora Liam fosse o mais forte do nosso ano, e isso não o tenha salvado de nada.

— Soleil Telery. Liam Mairi — anuncia o capitão Fitzgibbons.

Eu me esforço para que o ar passe por meus pulmões, relutando contra a ardência nos olhos enquanto os outros nomes são abafados até os escribas terminarem a leitura, clamando para que as almas sejam protegidas por Malek.

Nenhum de nós chora.

O comandante Panchek pigarreia, e, apesar de não ter necessidade nenhuma de ampliar a voz considerando os números a que fomos reduzidos durante o último ano, ele não consegue evitar se exibir.

— Tirando as honrarias militares, cavaleiros não recebem elogios. Nossa recompensa por um trabalho bem-feito é termos ficado vivos para chegar a nossa próxima missão, subir até a próxima patente. Mantendo nossas tradições e padrões, aqueles de vocês que completaram seu terceiro ano serão elevados a tenentes no exército de Navarre. Deem um passo à frente se o nome de vocês for chamado para receberem suas ordens. Vocês têm até amanhã de manhã para partirem até seus próximos postos.

Começando pela Primeira Asa, os alunos do terceiro ano são chamados, setor por setor, e cada um pega suas ordens antes de sair do pátio.

— Isso é meio decepcionante — sussurra Ridoc ao meu lado, e recebe um olhar mortal de Dain por cima do ombro duas fileiras à frente.

Ele que se foda.

— Sério, sobreviver a três anos desse inferno deveria vir com um suprimento infinito de bebida e uma festa tão boa que no dia seguinte você não se lembrasse de nada. — Ele dá de ombros.

— Vai ser hoje à noite — responde Quinn. — Eles estão... escrevendo as ordens à mão?

— Para os terceiranistas que acharam que tinham morrido — comenta Heaton, da fileira do fundo.

— Quem você acha que vai ser nosso novo Dirigente de Asa? — sussurra Nadine atrás de mim.

— Aura Beinhaven — opina Rhiannon. — A atuação dela foi crucial na vitória da Segunda Asa durante os Jogos, mas Aetos também não se saiu tão mal no lugar de Riorson.

Heaton e Emery são chamados do nosso esquadrão.

Olho para os outros, me recordando dos primeiranistas que começaram conosco mas não chegaram ao final dele. Os primeiranistas que estão enterrados nos pés de Basgiath em fileiras infinitas de pedras, ou que foram levados para casa para o descanso eterno. Os segundanistas que nunca vão receber a terceira estrela no ombro. Os terceiranistas, como Soleil, que tinham tanta certeza de que chegariam à graduação e morreram antes da hora.

Talvez esse lugar seja exatamente o que a paladina de grifo disse que era: uma fábrica de mortes.

— Xaden Riorson — chama o comandante, e meu batimento cardíaco acelera quando Xaden dá um passo à frente para receber as ordens, o último terceiranista da formatura.

A náusea toma conta de mim e eu cambaleio. Amanhã de manhã, ele já terá partido. De vez. Eu me acalmo pensando que vou vê-lo a cada poucos dias, já que Tairn e Sgaeyl são consortes, mas isso não diminui o pânico que acelera minha respiração. Ele não vai estar aqui. Não vai estar no tatame, me testando e me fazendo melhorar. Não vai estar na sala de Preparo de Batalha ou no campo de voo.

Eu deveria ficar feliz por ter essa distância, mas não estou.

Panchek volta a seu lugar no pódio, alisando o uniforme com as mãos como se quisesse tirar alguma ruga.

— *Vou encontrar você antes de ir.* — A voz de Xaden atravessa meu escudo e meus pensamentos bagunçados e depois some quando ele sai do pátio e volta para o dormitório.

Ao menos vamos poder nos despedir. Ou brigar. Seja lá o que acontecer.

— Parabéns aos novos tenentes — diz Panchek. — O restante de vocês deve se reportar ao comando central para devolver os uniformes antigos (sim, podem guardar os brasões que receberam) e depois retirar os novos uniformes. A partir de agora, os alunos do segundo ano são do terceiro, e os primeiranistas são do segundo ano, com todos os privilégios que cada posto traz. As novas designações de comando serão postadas na ala comum hoje à noite. Estão dispensados.

Um grito de comemoração ecoa no pátio, e sou agarrada para um abraço por Ridoc, depois Sawyer, Rhiannon e até mesmo Nadine.

Nós conseguimos.

Somos oficialmente alunos do segundo ano.

Dos onze primeiranistas que passaram pelo nosso esquadrão esse ano, tanto antes quanto depois da Ceifa, sobramos só nós cinco.

Por enquanto.

Depois de três mortes consecutivas de prisioneiros durante interrogatórios conduzidos pelo major Burton Varrish, é da opinião deste comandante que o citado major seja demovido de qualquer Asa ativa por tempo indeterminado.

— Carta do tenente-coronel Degrensi, entreposto de Samara, destinada ao general Melgren

CAPÍTULO CINCO

Festas de cavaleiros são tão intensas quanto lutas.

E nós lutamos pra caralho.

O salão comum está mais barulhento do que nunca quando o sol começa a se pôr naquela noite. Os cadetes se reúnem ao redor (ou, no caso da Segunda Asa, em cima) das mesas cheias de comida e das jarras de vinho doce, cerveja cheia de espuma e uma limonada de lavanda que claramente recebeu uma dose generosa de licor destilado.

Só a mesa na plataforma está vazia. Neste momento não temos Dirigentes de Asas, Líderes de Setor e nem mesmo Líderes de Esquadrão. Fora as estrelas nas ombreiras do uniforme, que denotam quantos anos passamos em Basgiath, somos todos iguais hoje à noite. Nem mesmo os tenentes recém-patenteados que aparecem para se despedir são nossos superiores.

Sinto um zumbido agradável na cabeça, cortesia da limonada e das duas estrelas prateadas no ombro.

— Chantara? — pergunta Rhiannon, inclinando-se para a frente para olhar além de mim e erguendo as sobrancelhas para Ridoc, que está sentado do meu outro lado. — De todos os privilégios que temos no segundo ano, é pra isso que você está animado? É só um boato.

O vilarejo que fornece suprimentos a Basgiath sempre esteve aberto para as visitas dos alunos do segundo ano da Divisão Hospitalar, dos Escribas e da Infantaria, mas não para a nossa. Fomos banidos por quase uma década depois que uma briga fez um bar ser incendiado.

— Só estou dizendo que ouvi falar que finalmente vão revogar a proibição, e estamos aqui presos com essas mesmas opções de pessoas para pegar durante *um ano* — declara Ridoc, usando a taça para gesticular pelo saguão, que em sua maior parte está às nossas costas. — Então quero me agarrar até mesmo à mais remota possibilidade de ter folga para passar umas horas em Chantara.

Nadine abre um sorriso, os olhos faiscando enquanto repuxa os cabelos, que pintou de roxo para hoje à noite, a fim de não caírem no jarro, e se inclina na mesa para fazer um brinde com a taça de Ridoc.

— Isso aí. As coisas estão ficando meio… — Ela franze o narizinho, olhando para os outros esquadrões da nossa Asa que estão atrás de Sawyer. — Meio familiares demais. Aposto que no terceiro ano tudo vai parecer incesto.

Todo mundo ri e nenhum de nós atesta o óbvio. De acordo com as estatísticas, um terço da nossa turma não vai sobreviver até o terceiro ano, mas recebemos o prêmio de Esquadrão de Ferro do nosso ano, perdendo o menor número de cadetes entre o Parapeito e a Armadilha, então vou escolher pensar positivo hoje e nos próximos cinco dias. Nosso único dever por agora é nos prepararmos para a chegada dos novos alunos do primeiro ano.

Rhiannon puxa uma das tranças até debaixo do nariz para fazer um bigode e franze a testa, imitando Panchek enquanto passa um sermão de brincadeira:

— Você sabe muito bem que as viagens para Chantara são motivadas apenas por fins religiosos, cadete.

— Ei, eu nunca disse que não daria uma passadinha no templo de Zihnal para deixar uma oferenda para o Deus da Sorte. — Ridoc coloca uma mão sobre o coração.

— E não vai nem rezar pra ter um pouco de sorte nas suas empreitadas amorosas enquanto a cidade estiver cheia de cadetes, né? — comenta Sawyer, limpando a espuma da cerveja do lábio superior sardento.

— Vou mudar minha resposta — rebate Ridoc. — Poder conhecer e sair com outras Divisões *em qualquer lugar* no meu tempo de folga é o que estou mais animado pra fazer.

— Que negócio é esse de "folga" de que nunca ouvi falar? — brinco.

Podemos até ter algumas horas livres a mais aqui e ali se comparados aos alunos do primeiro ano, mas ainda temos uma lista de aulas difíceis que vamos precisar enfrentar.

— Agora a gente tem *finais de semana*, então vou aproveitar o tempo que tiver. — O sorriso de Ridoc se torna malicioso.

Rhiannon se inclina nos cotovelos, piscando para mim.

— Você também vai usar cada segundinho desse tempo com um tal tenente Riorson.

Minhas bochechas, que já estavam coradas por causa do álcool, ficam ainda mais vermelhas.

— Eu não…

Uma vaia alta ecoa pela mesa.

— Todo mundo viu você com a jaqueta dele na formatura logo antes dos Jogos de Guerra — solta Nadine, revirando os olhos. — E depois do showzinho que ele deu hoje de manhã? Me engana que eu gosto.

Ah, sim. Aquele showzinho que ele deu logo depois de me dizer que *sempre* guardaria segredos de mim.

— Já eu estou bem animada pra poder receber cartas — comenta Rhiannon, claramente querendo me salvar quando Imogen e Quinn chegam para se juntar a nós e se sentam ao lado de Nadine. — Faz muito tempo que não falo com a minha família.

Lançamos um sorrisinho uma para a outra sem mencionar que demos uma escapulida do entreposto de Montserrat para visitar a família dela há alguns meses.

— E não temos mais que cumprir nenhuma tarefa! — acrescenta Sawyer. — Nunca mais vou precisar lavar louça.

Eu nunca mais vou empurrar o carrinho da biblioteca com Liam.

— Eu tô com Sawyer nessa — concorda Nadine, empurrando os jarros de álcool na direção de Imogen e Quinn.

Alguns meses atrás, Nadine sequer reconhecia a presença de Imogen devido à relíquia da rebelião que ela tem na pele. Isso me dá a esperança de que os novos tenentes que exibem a mesma marca podem não sofrer tanta discriminação em seus novos deveres, mas vi em Montserrat como as Asas tratam os marcados: como se tivessem sido eles que perpetuaram a rebelião, e não seus pais.

Mas até aí, considerando o que sei agora, todo mundo tem razão em não confiar neles. De não confiar em *mim*.

— O segundo ano é o melhor — constata Quinn, servindo-se de cerveja em uma caneca de latão. — Um monte de privilégios e só algumas responsabilidades de terceiro ano.

— Mas poder conhecer pessoas das outras Divisões definitivamente é a maior vantagem — acrescenta Imogen, forçando um sorriso e estremecendo antes de levar o dedo ao machucado que divide seu lábio.

— Foi o que eu disse! — Ridoc se anima, erguendo o punho no ar.

— Você arrebentou o lábio enquanto vocês… — Nadine começa a perguntar para Imogen, a voz sumindo quando um silêncio recai sobre a mesa.

Abaixo o olhar para a limonada. O álcool não entorpece a dor da culpa que sinto em meus ombros. Talvez Xaden esteja certo. Se eu não conseguir mentir para meus amigos, talvez precise começar a me afastar deles para não colocar ninguém em perigo.

— Foi — responde Imogen, virando a cabeça para mim, mas eu não a encaro.

— Ainda não acredito que vocês entraram em combate — diz Ridoc, sem nenhum tom de brincadeira. — E não o combate dos Jogos de Guerra, que já foram assustadores pra caralho quando o Aetos precisou ficar no lugar do Riorson. Mas, tipo, um combate contra grifos de verdade.

Seguro o copo com mais firmeza. Como vou conseguir ficar aqui sentada, agindo como se fosse a mesma pessoa, considerando que o que aconteceu em Resson mudou tudo no que acredito?

— Como foi? — pergunta Nadine, baixinho. — Se vocês não ligarem de falar disso.

Eu ligo sim, porra.

— Eu sempre soube que as garras de grifos eram afiadas, mas para abater um dragão… — a voz de Sawyer vai sumindo.

Meus nós dos dedos ficam brancos, e o poder estremece sob minha pele quando me lembro das veias vermelhas ao redor da dominadora das trevas que vinha até mim enquanto estava no dorso de Tairn, do olhar no rosto de Liam quando percebeu que Deigh não ia sobreviver.

— *É natural ter curiosidade* — lembra Tairn. — *Ainda mais considerando que, na opinião deles, a experiência de vocês pode prepará-los para a batalha.*

— *Eles deviam cuidar da própria vida* — rebate Andarna, a voz dela rouca como se estivesse se acomodando para dormir. — *É melhor que não saibam de nada.*

— Gente, talvez agora não seja… — começa Rhiannon.

— Foi uma merda — declara Imogen, antes de virar a bebida num gole só e bater com o copo na mesa com força. — Querem saber a verdade? Se não fosse por Riorson ou Sorrengail, todo mundo tinha morrido.

Ergo o olhar até encontrar o dela.

Isso foi o mais próximo de um elogio que ela já me fez.

Não vejo pena naqueles olhos verde-claros quando ela me encara de volta, mas também não vejo nem sinal de ironia. Apenas respeito. A mecha cor-de-rosa dela cai sobre a bochecha quando inclina a cabeça na minha direção.

— E, por mais que eu não quisesse que nada daquilo tivesse acontecido — completa ela —, ao menos quem estava lá agora conhece o horror do que estamos enfrentando.

Minha garganta fica apertada.

— Ao Liam — declara Imogen, erguendo a taça e desafiando a regra tácita de não falarmos os nomes dos cadetes mortos depois que já foram lidos na chamada.

— Ao Liam — repito, erguendo o copo.

Todo mundo na mesa faz o mesmo, bebendo em homenagem a ele. Não é o suficiente, mas é o que conseguimos fazer.

— Posso oferecer um conselho para quem estiver entrando no segundo ano? — diz Quinn, depois de um instante. — Não se apeguem aos primeiranistas, ainda mais antes de a Ceifa acontecer e selecionar quais deles de fato valem a pena. — Ela faz uma careta. — Confiem em mim.

Uau, que coisa mais pavorosa.

A sombra cintilante da conexão que tenho com Xaden fica mais forte, curvando-se em minha mente como um segundo escudo, e olho por cima do ombro para avistá-lo do outro lado do salão, recostado na parede ao lado da porta, as mãos nos bolsos. Garrick fala com ele, mas o olhar de Xaden cruza com o meu.

— *Está se divertindo*? — pergunta ele, penetrando meus escudos com uma facilidade irritante.

Um arrepio passa pela minha pele. Misturar álcool e Xaden definitivamente não é uma boa ideia.

Ou talvez seja a melhor ideia do mundo?

— *Seja lá o que estiver pensando nessa sua mente linda, eu topo*. — Mesmo dessa distância, vejo o olhar dele ficar mais escuro.

Espere aí. Ele está usando o uniforme de voo, já trajado para ir embora. Meu coração desaba, ceifando um pouco da minha alegria.

Ele indica a porta com a cabeça.

— Eu já volto — digo, largando o copo na mesa e titubeando um pouco ao tentar ficar em pé. Chega de limonada batizada.

— Espero que não volte — murmura Ridoc. — Ou vai destruir todas as fantasias que tenho com esse aí.

Reviro os olhos e atravesso o salão caótico para me encontrar com Xaden.

— Violet — ele diz, o olhar percorrendo meu rosto, demorando-se em minhas bochechas.

Eu amo a forma como ele diz meu nome. Tudo bem que é o álcool falando mais alto que meu bom senso, mas quero ouvir ele falar de novo.

— Tenente Riorson.

Uma linha prateada no colarinho dele exibe a nova patente, mas não há qualquer outro indício que poderia denunciar sua identidade caso ele ficasse preso em território inimigo. Sem designação de unidade. Sem brasão de sinete. Ele poderia ser qualquer tenente em qualquer Asa, não fosse a relíquia que sobe por seu pescoço.

— Oi, Sorrengail — fala Garrick, mas não tiro os olhos de Xaden para olhar para ele. — Fez um bom trabalho hoje.

— Obrigada, Garrick — respondo, chegando mais perto de Xaden. Ele vai mudar de ideia e me deixar conhecê-lo por inteiro. Precisa me deixar.

— Deuses, vocês dois. — Garrick balança a cabeça. — Façam um favor pra todo mundo e se resolvam. Encontro você no campo de voo. — Ele dá um tapa no ombro de Xaden e vai embora.

— Você ficou… — Suspiro, porque não é como se algum dia tivesse conseguido mentir para ele, e o zumbido em minha cabeça não está ajudando. — Ficou bonito. Nesse uniforme oficial.

— É quase igual ao dos cadetes. — Ele levanta um canto da boca, mas não forma bem um sorriso.

— Não falei que você não ficava bonito no outro também.

— Você… — Ele inclina a cabeça. — Você bebeu, né?

— Estou só alegrinha, não chego a estar completamente bêbada. — Isso não faz muito sentido, mas é uma descrição precisa. — Ainda não. Mas a noite é uma criança, e não sei se você sabe, não temos nada pra fazer nos próximos cinco dias além de nos prepararmos para a chegada dos alunos novos e comemorar.

— Queria poder ficar e ver o que você vai fazer com todo esse tempo livre. — Ele me lança um olhar preguiçoso que vai ficando cada vez mais lascivo, como se estivesse se lembrando de como fico nua, e meu batimento cardíaco acelera. — Vamos dar uma volta?

Aceno com a cabeça, e então o sigo para a área comum, onde ele pega a mochila ao lado da parede e a joga casualmente por cima do ombro, como se duas espadas não estivessem penduradas ali.

Um grupo de cadetes se reúne perto do quadro de avisos como se a nova lista de lideranças fosse aparecer a qualquer segundo e o nome deles fosse sumir dela caso alguém descobrisse que não tinham mantido guarda ali.

E é claro que Dain está com eles, bem no meio do grupo.

— Não vai esperar para ir embora amanhã de manhã? — pergunto a Xaden, mantendo a voz baixa enquanto atravessamos o chão de pedra daquele espaço enorme.

— Eles preferem que os Dirigentes de Asa sejam os primeiros a desocupar os quartos, já que normalmente os caras novos querem se mudar às pressas. — Ele olha de relance para a multidão ao redor do quadro. — E, já que imagino que não vai me oferecer um lugar na sua cama…

— Não estou assim tão bêbada para cometer esse erro de julgamento — eu garanto enquanto ele abre a porta que dá no átrio. — Já falei, não transo com homens em quem não confio. E, se você não vai me contar tudo o que sabe…

Balanço a cabeça e imediatamente me arrependo, quase me desequilibrando.

— Vou recuperar sua confiança assim que você perceber que nem sempre precisa saber de tudo. Só precisa de coragem para saber as respostas do que realmente quer perguntar. Não se preocupe com a cama. A gente fala disso de novo depois. Essa expectativa vai ser boa para nós dois.

Ele abre um sorriso (*um sorriso*, caralho) e isso quase me faz repensar minha decisão.

— Eu falei que não estamos juntos porque você não me dá a única coisa de que preciso, que é honestidade, e a sua resposta é falar que isso é bom pra gente? — Bufo, descendo as escadas e passando entre dois pilares do átrio. — Como você é *arrogante*.

— Ter confiança não é a mesma coisa que ser arrogante. Eu não perco as brigas em que escolho entrar. E nós dois podemos ter limites. Você não é a única que pode ditar regras nesse relacionamento.

A insinuação de que o problema sou eu me irrita.

— Então está escolhendo brigar comigo?

O mundo gira quando ergo o olhar para ele.

— Estou brigando *por* você. Tem uma diferença.

A expressão dele endurece quando olha para a esquerda, vendo o coronel Aetos se aproximar acompanhado de um cavaleiro com a patente de major.

— Riorson. Sorrengail. — A boca do coronel forma um sorriso sarcástico. — Que *agradável* noite para trombar com vocês. Já vai indo para a Asa Sul assim tão cedo? O fronte vai ter sorte de contar com um cavaleiro tão capaz.

Sinto um aperto no peito. Xaden não foi alocado para uma Asa mais protegida, como a maioria dos tenentes. Estaria sendo enviado para o fronte?

— Vou estar de volta antes que sinta a minha falta — responde Xaden, as mãos soltas na lateral do corpo —, mas ouvi dizer que irritou tanto a general Sorrengail que foi realocado para um entreposto na costa.

O rosto do coronel fica vermelho.

— Posso até não estar mais por aqui, mas você também não vai estar. Só uma vez a cada quinze dias, de acordo com suas novas ordens.

Como assim? Meu estômago embrulha, e preciso de todo o meu autocontrole para não esticar a mão e me apoiar em Xaden.

O major desliza a mão até o bolso do peitoral do uniforme perfeitamente engomado e tira de lá duas missivas dobradas. Seus cabelos pretos estão perfeitamente penteados, as botas perfeitamente engraxadas, e ele exibe um sorriso perfeitamente cruel.

Sinto o poder em mim acordar, respondendo à ameaça.

— Que falta de educação a minha — solta o coronel Aetos. — Violet, esse é o novo vice-comandante, major Varrish. Ele chegou para botar ordem na bagunça, como dizem por aí. Parece que as regras por aqui estão muito relaxadas. Naturalmente, o comandante atual da Divisão ainda vai chefiar as operações, mas o novo cargo de Varrish responde apenas a Panchek.

— Cadete Sorrengail — eu corrijo o coronel.

Vice-comandante? Que ótimo, porra.

— A filha da general — responde Varrish, olhando para mim de uma forma claramente avaliativa, a atenção pairando em cada adaga que tenho ao meu alcance. — Fascinante. Ouvi dizer que era frágil demais para sobreviver a um ano na Divisão.

— Minha presença aqui sugere o contrário.

Cuzão do caralho.

Xaden pega as duas missivas, tomando cuidado para não encostar nas mãos de Varrish, e então me repassa uma que tem meu nome escrito. Nós abrimos o selo pessoal de Melgren ao mesmo tempo e desdobramos as ordens oficiais.

A partir desta, a cadete Violet Sorrengail receberá dois dias de folga a cada catorze dias para serem usados estritamente para voar com o dragão Tairn diretamente até o posto atual ou a localização momentânea de sua consorte, Sgaeyl. Qualquer outra ausência das aulas será considerada ofensa punível pela escola.

Aperto os dentes para me impedir de demonstrar ao coronel a reação que ele obviamente quer ver com essas ordens e dobro o papel de novo com cuidado, enfiando-o no bolso do quadril. Meu palpite é que o papel de Xaden diz a mesma coisa, e nossas folgas rotativas nos permitem nos vermos a cada sete dias. Tairn e Sgaeyl nunca ficaram mais do que três dias longe um do outro. Uma semana? Vão chegar a um estado de dor quase constante. É impensável.

— *Tairn?* — chamo, em minha mente.

Ele ruge com tanta ferocidade que meu cérebro se sacode.

— Os dragões dão suas próprias ordens — anuncia Xaden calmamente, guardando seu papel no bolso.

— É o que vamos ver. — O coronel Aetos assente e se vira na minha direção. — Sabe, eu estava preocupado com aquela conversa que tivemos antes, mas me lembrei de uma coisa.

— E do que se lembrou? — pergunta Xaden, claramente perdendo a paciência.

— Os segredos têm um poder muito pequeno. Eles morrem com aqueles que os guardam.

O que ninguém comenta é que, enquanto todas as quatro Divisões obedecem ao Código de Conduta, a responsabilidade de um cavaleiro é sempre com o Códex, que muitas vezes anula o regulamento que as outras Divisões guardam com a vida. Portanto: os cavaleiros fazem suas próprias regras.

— O guia para a Divisão dos Cavaleiros, por major Afendra (edição não autorizada)

CAPÍTULO SEIS

O embrulho que sinto no estômago não tem nada a ver com a bebida que tomei. Tenho bastante certeza de que o coronel Aetos acabou de ameaçar nossa vida.

— Que bom que não estamos guardando segredo nenhum — retruca Xaden.

O sorriso de Aetos fica mais parecido com aquele suave que vi durante a minha vida toda. A transformação é sinistra.

— Tome cuidado com as pessoas com quem você compartilha suas histórias de guerra, Violet. Eu odiaria ver sua mãe perder qualquer uma das filhas.

Mas que porra é essa? Sinto a eletricidade estalar na ponta dos dedos.

Ele me encara por um instante, certificando-se de que eu entendi o recado, e então se vira e volta para a área comum sem dizer mais uma palavra, com Varrish em seu encalço.

— Ele acabou de ameaçar te matar — rosna Xaden, sombras chicoteando atrás dos pilares.

— E matar Mira também.

Se eu contar para alguém o que realmente aconteceu, Mira também vai virar um alvo. Entendi o recado. O poder queima pelas minhas veias, procurando uma forma de sair. A raiva apenas alimenta a energia que rapidamente se acumula em uma onda avassaladora, ameaçando me destruir.

— Vamos levar você lá pra fora antes que derrube o prédio — diz Xaden, pegando minha mão.

Eu cedo, tentando me concentrar em afastar os relâmpagos enquanto andamos até o pátio, mas, quanto mais tento domá-los, mais quente fico, e, assim que adentramos a escuridão do pátio, arranco minha mão da de Xaden enquanto o poder parece me estilhaçar por dentro, esquentando cada terminal nervoso ao sair.

Um raio ilumina o céu, caindo no pátio a apenas doze metros de distância. O cascalho se esparrama.

— Merda! — fala Xaden, levantando um escudo de sombras que detém as pedrinhas antes que atinjam os cadetes mais próximos. — Acho que a bebida não entorpece o seu sinete — diz ele, lentamente. — Que bom que tudo aqui é feito de pedra.

— Desculpa! — digo em voz alta para os outros enquanto eles se espalham, fazendo uma careta devido à minha falta de controle vergonhosa. — Esquece isso de precisar me proteger. É a Divisão que precisa se proteger *de mim*.

Respiro fundo e me viro para encarar Xaden.

— Asa Sul? Foi isso que você escolheu? — pergunto.

Os Dirigentes de Asa sempre podem escolher seus postos.

— Não tive escolha, porque escreveram nossas ordens à mão depois de todas as outras. Fui lotado em Samara. Passei o dia todo guardando e encaixotando minhas coisas para serem enviadas.

É o entreposto mais a leste da Asa Sul, onde as fronteiras das províncias de Krovla e Braevick se cruzam, a um dia inteiro de voo.

— Eles vão ter só algumas horas juntos cada vez que fizermos esse voo — digo para ele.

— É. Ela está bem brava.

— Tairn também.

Tento alcançar Andarna, para o caso de ela não ter adormecido ainda.

— *Você ficou doida se acha que vou chegar perto dele agora* — responde ela, a voz sonolenta. — *Ele está de mau humor.*

— *E você deveria estar dormindo.*

Ela deveria estar se ajeitando para o Sono Sem Sonhos. Não sei exatamente o que isso significa, e Tairn também não gosta de responder perguntas sobre os segredos de como criar dragões, mas insiste que passar os próximos dois meses dormindo é uma coisa crucial para o crescimento e desenvolvimento de Andarna. Uma parte de mim não consegue evitar se perguntar se esse não é só um jeito esperto de evitar a maior parte da adolescência temperamental dos dragões.

Como se estivesse esperando por uma deixa, Andarna responde, bocejando:

— *E eu lá ia perder todo esse drama?*

— Só temos algumas horas para… — sussurro, desviando os olhos do olhar intenso de Xaden. — Sabe. Repassar informações.

O pátio estava me parecendo um salão de baile duas horas depois de todas as pessoas sensatas já terem ido embora de uma festa, repleto de bêbados e decisões ruins a serem tomadas. Como é que Xaden e eu vamos conseguir consertar o que quer que tenhamos se não tivermos tempo juntos?

— Tenho certeza de que esse foi o motivo. Vão nos separar o máximo que conseguirem, com a maior frequência possível. Precisaremos aproveitar o pouco tempo que vamos ter.

— Eu não consigo mais te odiar tanto assim por hoje — sussurro.

— É o álcool falando. Não se preocupe, você vai me detestar de novo amanhã.

Ele estica a mão, e não recuo quando ele a deposita na minha nuca. O calor se espalha por cada centímetro do meu corpo. O efeito que ele tem sobre mim me deixa furiosa, e também é inegável.

— Me escuta. — Ele baixa a voz e gentilmente me puxa contra si, olhando de relance para um grupo de cadetes embriagados que nos observam ali perto. — *Presta atenção.*

Eu assinto.

— Vou estar de volta daqui a sete dias — diz ele, para as pessoas que estão passando ali perto ouvirem. — *Sgaeyl e Tairn não vão conseguir se comunicar a essa distância. Podem até sentir emoções, mas só isso. Lembre-se de que a liderança vai ler todas as cartas que trocarmos.*

Ele se abaixa ainda mais e faz parecer para todos os que nos observam que estamos enlaçados num abraço de adeus, o que não está muito longe da verdade.

— Muita coisa pode acontecer em sete dias. — Eu compreendo o que ele me diz em pensamentos. — O que devo fazer enquanto você estiver longe?

— Nada que importa de verdade vai mudar — ele me garante, também para os ouvintes. — *Não se envolva em nada do que Bodhi e os outros fizerem.*

Ele está com aquele olhar, aquele determinado que exibe quando sabe que está certo.

— Você nunca vai mudar, né? — sussurro, meu peito comprimindo.

— *Isso não é sobre nós dois. Todo mundo vai estar de olho em você, que não tem uma relíquia da rebelião para esconder suas ações de Melgren se for pega sozinha. Envolver você nisso coloca em risco tudo que estamos trabalhando para conseguir.*

Outro grupo de cadetes passa mais perto, seguindo na direção do átrio.

É difícil argumentar contra isso, especialmente quando o que planejei requer que eu esteja sozinha.

— Vou sentir saudades. — Ele afaga minha nuca enquanto alguns cavaleiros da Terceira Asa chegam um pouco perto demais. — *Você só pode confiar de verdade naqueles que estavam em Resson com a gente.*

— Pense em todo o tempo livre que você vai ter sem precisar treinar comigo no tatame.

Cedo à tentação interminável de tocar nele, levando minhas mãos ao peito de Xaden para que possa sentir o bater firme de seu coração sob as pontas dos dedos, e culpo totalmente o álcool por esse lapso no julgamento.

— Prefiro ter você embaixo de mim no tatame a ter tempo livre. — Ele passa o braço pela minha cintura, me puxando para mais perto. — *E, quanto aos outros marcados, não arrisque confiar em ninguém. Ainda não. Eles sabem que não podem matar você, mas alguns ainda assim ficariam felizes em machucar você por causa da sua mãe.*

— Então voltamos pra essa fase, é? — Tento sorrir, mas meu lábio inferior treme.

Não estou triste de verdade por ele estar indo embora. É só o álcool.

— Nós nunca saímos — ele me lembra, mantendo a voz baixa mesmo que os outros no pátio agora estejam nos dando bastante privacidade. — Fique viva, e eu volto daqui a sete dias. — A mão dele desliza até a lateral do meu pescoço, o dedão roçando meu queixo enquanto ele abaixa a boca para pairar a apenas centímetros da minha. — Conseguimos ficar vivos juntos hoje. Confia em mim agora?

Meu coração se sobressalta. Quase sinto o gosto desse beijo, e deuses, como desejo isso.

— Com a minha vida — sussurro.

— Só?

A boca dele paira acima da minha apenas prometendo, sem entregar nada.

— Só.

A confiança precisa ser conquistada, e ele não está nem *tentando.*

— Que pena — ele sussurra, erguendo a cabeça. — Mas, como eu disse, a expectativa é uma coisa boa.

O bom senso rompe a névoa de tesão com uma facilidade vergonhosa. Puta que pariu, o que foi que quase acabei de fazer?

— Sem expectativas. — Eu o encaro furiosa, mas minhas palavras não contêm veneno. — Não vai acontecer nada entre a gente, lembra? A escolha foi sua. Tenho todo o direito de voltar lá praquele salão e escolher quem eu bem quiser pra passar a noite na minha cama. Alguém um pouco mais *simples*.

É um blefe. Talvez. Ou talvez seja o álcool. Ou talvez eu queira que ele sinta a mesma incerteza que estou sentindo.

— Você tem mesmo todo o direito, mas não vai fazer isso. — Ele abre um sorriso lento.

— Porque é impossível substituir você? — Isso não foi um elogio. Pelo menos é disso que tento me convencer.

— Porque você ainda me ama. — A certeza nos olhos dele provoca toda a minha irritação.

— Vai se foder e vai embora, Riorson.

— Eu até iria, mas você está me segurando com força demais. — Ele desce o olhar entre nossos corpos.

— Argh! — exclamo, e tiro as mãos da cintura dele, dando um passo para trás. — Vai logo.

— Te vejo daqui a sete dias, Violência. — Ele se afasta, indo na direção do túnel que leva ao campo de voo. — Tente não botar fogo na escola enquanto eu estiver fora.

Fico encarando enraivecida o lugar por onde ele foi embora até estar muito longe da vista. Depois fico ali parada mais alguns minutos, respirando devagar até ter certeza de que consigo controlar as emoções ao menos em minhas expressões faciais. O que caralhos tem de errado comigo? Como posso desejar tanto alguém que se recusa a me contar toda a verdade? Quem é que transforma essa coisa de *pode me perguntar o que quiser* em um joguinho? Como se eu soubesse por onde começar as perguntas?

— Ele vai voltar — diz Rhi, aparecendo atrás de mim e segurando ela mesma uma missiva, a empolgação clara em seus olhos apesar do tom sóbrio das palavras.

— Eu nem deveria me importar. — Ainda assim, coloco os braços ao meu redor, como se precisasse de um abraço. — Por que está tentando segurar um sorriso?

— Alguma coisa rolou entre vocês? — Ela guarda a carta no bolso.

— Qual é a da carta? — rebato. — Recebeu ordens?

Ordens só podem significar uma coisa. Eu a agarro pelos ombros, abrindo um sorriso.

— Recebeu?

Ela faz uma careta.

— Tenho boas e más notícias.

— As más primeiro — digo. Esse é meu novo lema.

— O Aetos é nosso Dirigente de Asa.

Minha empolgação desmorona.

— Eu já deveria imaginar. Qual é a boa notícia?

— Cianna, nossa Sublíder de Esquadrão, agora virou Sublíder de Setor. — O sorriso dela está mais luminoso que as luzes mágicas. — E agora você está olhando para a sua nova Líder de Esquadrão.

— Eba! — Eu praticamente solto um gritinho de alegria, puxando-a para um abraço. — Parabéns! Você vai ser incrível! Já é incrível!

— Estamos comemorando? — pergunta Sawyer bem alto da beirada do pátio.

— Aê, porra! — grita Ridoc, a cerveja derramando pelas laterais da caneca enquanto corre até nós. — Líder de Esquadrão Matthias!

— Qual sua primeira ordem, Líder de Esquadrão? — pergunta Sawyer.

Nadine vem logo atrás, em seu encalço.

Rhi olha para cada um de nós, assentindo como se tomasse uma decisão.

— Fiquem vivos.

Eu abro um sorriso, desejando que as coisas fossem simples assim.

Todos os pedidos de exemplares dos Arquivos de Basgiath devem ser registrados e arquivados. Qualquer cadete que não fizer isso será reportado por negligência de dever, além de ser punido pela perda de qualquer texto que tenha fracassado em rastrear.

— O guia para se destacar na Divisão dos Escribas, por coronel Daxton

CAPÍTULO SETE

— Nunca vi essa sala antes — fala Ridoc, cinco dias depois, jogando-se no assento ao meu lado no anfiteatro em que teremos aula, que fica no terceiro andar e tem formato de U.

A sala está enchendo para recebermos a Orientação. Fomos agrupados nos Setores e Esquadrões que ocupamos dentro de nossas Asas, o que nos deixou na segunda fileira do lado direito, encarando, pelo chão rebaixado, a Primeira Asa.

O barulho do lado de fora se torna um zumbido cada vez mais constante enquanto os civis chegam para o Dia do Alistamento amanhã, mas dentro da Divisão o silêncio ainda impera. Passamos essa última semana nos preparando para a chegada dos alunos do primeiro ano, descobrindo quais seriam nossos papéis no Parapeito e bebendo até cair durante a noite. Isso deixa a caminhada matinal pelos corredores mais interessante, com certeza.

— Nunca fomos alunos do segundo ano antes — responde Rhiannon, sentada do meu outro lado, o material escolar perfeitamente alinhado na carteira.

— Justo — assente Ridoc.

— Consegui! — Nadine desliza para o assento ao lado de Ridoc, empurrando mechas rebeldes do cabelo roxo do rosto, a mão envolta em uma tala e ataduras. — Como é que eu nunca estive nessa sala antes?

Rhiannon só balança a cabeça.

— Nós nunca fomos alunos do segundo ano antes — eu informo a Nadine.

— Ah, é. Faz sentido. — Ela pega as coisas da mochila e as joga no chão. — Acho que no ano passado nunca tivemos que andar até tão fundo nos corredores para chegar em nossas salas.

— O que aconteceu com sua mão? — pergunta Rhiannon.

— Hm, é meio vergonhoso. — Ela ergue a tala para avaliarmos. — Escorreguei e torci nos degraus ontem à noite. Não precisam se preocupar, os médicos acham que Nolon talvez tenha um espaço na agenda amanhã antes do Parapeito. Ele anda com a agenda bem cheia desde os Jogos de Guerra.

— Ele precisa de férias — diz Rhiannon, balançando a cabeça.

— Queria que a gente tivesse férias igual às outras divisões. — Ridoc tamborila a caneta na mesa. — Nem que fosse uns cinco ou seis dias. Só pra espairecer.

— Eu ainda estou tentando me recuperar dos últimos seis dias que passei longe daqui — falo, tentando fazer uma piada.

O rosto de Rhi desmorona e o resto do nosso Esquadrão fica em silêncio.

Merda. Essa *não* era a coisa certa a ser dita, mas estou exausta. Não adianta tentar dormir quando não consigo parar de sonhar com o que aconteceu em Resson.

— Você sabe que, se quiser conversar sobre isso, estou aqui. — O sorriso gentil de Rhi me faz sentir como se eu fosse minúscula por não contar as coisas para ela.

Se quero conversar? Claro. Se posso? Não depois que o coronel Aetos deixou muito claro que não posso compartilhar *histórias de guerra*. Ele já está com Mira no alvo, não preciso colocar minha melhor amiga na mesma situação. Talvez Xaden esteja certo. Se não consigo mentir, talvez seja mais seguro me afastar dos meus amigos.

— Boa tarde, segundanistas — diz um cavaleiro alto, a voz ecoando enquanto ele anda a passos largos até o centro da sala e todos ficam em silêncio. — Eu sou o capitão… — Ele estremece, cofiando a barba rala, que é um pouco mais escura que a pele clara com subtom dourado. — Eu sou o professor Grady. E, como podem notar, sou novo aqui esse ano e ainda estou me acostumando com toda a coisa de ser *professor* e de estar perto de um bando de crianças de vinte e poucos anos. Já faz um tempo que passei pela Divisão.

Ele se vira para os fundos da sala (a única parte sem cadeiras) e aponta um dedo para a escrivaninha de madeira pesada ali. Uma magia menor faz com que ela guinche ao se arrastar pelo chão até o professor

Grady estender a palma no ar. Com esse gesto, ela para. O professor se vira na nossa direção e se inclina sobre a beirada da escrivaninha.

— Bem melhor. Parabéns por terem sobrevivido ao primeiro ano. — Ele vira a cabeça lentamente, o olhar se demorando sobre cada um de nós. — Vocês são oitenta e nove nesta sala. Pelo que os escribas me contaram, são a menor turma a andar por esse corredor desde os Seis Primeiros.

Olho para as fileiras de assentos vazias acima da Primeira Asa. Ano passado, sabíamos que tínhamos o menor número de dragões dispostos a se unir, mas ver como somos poucos é… preocupante.

— *Menos dragões estão se unindo* — falo para Tairn, sabendo que Andarna já se aconchegou para o Sono Sem Sonhos alguns dias atrás. — *É porque o Empyriano sabe sobre os venin?*

— *Sim.* — Quase consigo ouvir o suspiro exasperado na voz de Tairn.

— *Mas precisamos de mais cavaleiros, e não menos.*

Isso não faz sentido.

— *O Empyriano ainda não tem certeza se deveríamos ou não nos envolver* — resmunga Tairn. — *Os humanos não são os únicos a guardar segredos.*

Por outro lado, Andarna e Tairn já fizeram a escolha deles. Disso eu tenho certeza.

— … mas o segundo ano tem seus próprios desafios — o professor Grady continua, e volto a me concentrar na aula. — Ano passado, vocês aprenderam a montar nos dragões que escolheram vocês. Esse ano, vão aprender o que fazer se caírem deles. Bem-vindos à Aula de Sobrevivência de Cavaleiros, ou ASC, para encurtar.

— Que porra é essa? — murmura Ridoc.

— Não sei — sussurro, escrevendo as letras ASC na folha de caderno em branco à minha frente.

— Mas você sempre sabe de tudo. — Ele arregala os olhos.

— Obviamente nem tudo.

Parece que esse tem sido um tema recorrente em minha vida.

— Não sabem o que é? — o professor Grady pergunta com um sorriso, encarando justamente Ridoc. — Que bom. Nossas táticas funcionam. — Ele cruza as botas. — A ASC é mantida em sigilo por um motivo: para podermos saber qual é a reação genuína de vocês com as situações que vamos enfrentar.

— Ninguém quer ver minha reação genuína — murmura Ridoc.

Reprimo um sorriso, balançando a cabeça.

— A ASC vai ensinar vocês a sobreviverem se forem separados dos seus dragões atrás das linhas inimigas. É uma aula fundamental do segundo ano e vai culminar em duas avaliações completas nas quais precisam atingir um nível aceitável para continuar em Basgiath. Uma daqui a algumas semanas… e a outra *por volta* do meio do ano.

— O que caralhos vão fazer se um cavaleiro unido a um dragão *não* passar? — pergunta Rhiannon baixinho.

Todos os membros do esquadrão me encaram.

— Não faço ideia.

Caroline Ashton ergue a mão de onde está sentada com a Primeira Asa do outro lado da sala. Sinto um calafrio na espinha ao me lembrar de como ela era próxima de Jack Barlowe, o cavaleiro que estava determinado a me matar até eu matá-lo primeiro.

— Pois não? — pergunta o professor Grady.

— O que significa "por volta do meio do ano", exatamente? — pergunta Caroline. — Ou "daqui a algumas semanas"?

— Vocês não saberão as datas exatas — responde ele, erguendo as sobrancelhas.

Ela bufa e se acomoda novamente em seu assento.

— E eu não vou falar, não importa quantas vezes revirem os olhos. Nenhum dos professores vai falar pelo simples fato de que queremos que sejam surpreendidos. Mas também queremos que estejam preparados. Nesta sala, vou instruir vocês sobre orientação geográfica, técnicas de sobrevivência e como sobreviver a interrogatórios caso sejam capturados.

Sinto um embrulho no estômago, e meu coração acelera. Tortura. Ele está dizendo que vamos ser torturados. E agora eu sou digna de ser torturada porque tenho informações valiosas.

— E vocês vão acabar enfrentando esses testes a qualquer hora — continua o professor Grady. — Eles podem acontecer em qualquer lugar da Divisão.

— Vão raptar a gente? — ofega Nadine, o medo transparecendo em sua voz.

— Parece que sim — murmura Sawyer em resposta.

— Parece que tem sempre alguma coisa rolando nesse lugar, né? — acrescenta Ridoc.

— Os outros assessores e eu vamos fazer sugestões de melhora a vocês durante esses testes, então, quando chegar a hora da avaliação completa, vocês serão capazes de aguentar… — Ele inclina a cabeça para o lado, escolhendo as palavras cuidadosamente. — Bom, serão capazes de aguentar o inferno pelo qual vão ter que passar. Aqui vai um conselho de alguém que já passou por isso: desde que não cedam durante a parte do interrogatório, vão se sair bem.

Rhiannon ergue a mão, e o professor Grady acena para ela com a cabeça.

— E se a gente ceder? — pergunta ela.

Todos os traços de divertimento desaparecem do rosto do professor.

— Não cedam.

***

Meu coração ainda está acelerado uma hora depois da Orientação, então sigo para o único lugar que costumava acalmar meu nervosismo: os Arquivos.

Quando passo pela porta, absorvo o aroma de pergaminho e tinta e o cheiro acre inconfundível da cola de livros e solto uma respiração longa e relaxada. Fileiras e mais fileiras de estantes dominam esse espaço gigantesco, mais altas do que Andarna, mas não tão altas quanto Tairn, cheias de inúmeros livros de história, matemática e política. Eu costumava achar que aqui repousava todo o conhecimento do Continente. E pensar que, a certa altura da vida, eu achava que subir as escadas dessas prateleiras seria a coisa mais assustadora que faria.

Neste momento, estou tendo que seguir vivendo com o perigo constante do vice-comandante Varrish, a ameaça de Aetos pairando acima da cabeça, uma revolução secreta que pode nos matar a qualquer momento e, agora, uma sessão de tortura iminente graças à ASC. Sinto saudades das escadas das estantes.

Depois de cinco dias que passei observando, o nome de Jesinia finalmente apareceu no cronograma dos escribas que é postado do lado de fora nessa manhã, o que significa que é hora de começar.

Foda-se essa coisa de não me envolver. Eu é que não vou ficar sentada fazendo nada enquanto meu irmão e Xaden arriscam as próprias vidas. Não quando tenho certeza de que a resposta para proteger tanto Aretia quanto os civis de Poromiel está bem aqui, em Basgiath. A revolução pode até não contar com nenhum escriba, mas conta *comigo*, e, se existir uma chance de ganharmos essa guerra sem as armas que a revolução não fez ou *encontrou*, então vou arriscar. Ou ao menos vou investigar a possibilidade de me arriscar.

Somente os escribas são permitidos além da mesa de carvalho comprida perto da porta, então fico parada de frente para ela, traçando os dedos pelos riscos familiares da madeira enquanto espero. Se teve uma coisa que aprendi com meu treino de escriba foi a ter paciência.

Deuses, como eu sinto saudades daqui. Sinto saudades do que achei que minha vida seria: simples, silenciosa e nobre. Porém, não sinto saudades da mulher que fui, aquela que não conhecia a própria força. Aquela que acreditava em tudo que lia com uma confiança inabalável, como se o simples ato de escrever algo em uma página em branco o decretasse como verdade.

Uma silhueta pequena usando uma túnica, calças e capuz cor de creme se aproxima, e pela primeira vez na vida fico nervosa ao ver Jesinia.

— Cadete Sorrengail — sinaliza ela, sorrindo quando chega até mim e afastando o capuz. O cabelo dela agora está mais longo, a trança castanha chegando quase na altura de sua cintura.

— Cadete Neilwart — eu sinalizo de volta, sorrindo ao ver minha amiga. — Eu diria que estamos sozinhas, já que recebi esse cumprimento tão entusiasmado.

Os escribas são desestimulados a demonstrar emoções. Afinal de contas, o trabalho deles não é interpretar, é registrar.

— Estamos sim — sinaliza ela, e então se inclina para olhar atrás de mim. — Quer dizer, tirando o Nasya.

— Ele está dormindo — eu garanto. — O que estava fazendo lá dentro?

— Consertando lombadas — sinaliza ela. — A maioria das pessoas está se preparando para a chegada dos cadetes novos amanhã. Dias tranquilos são sempre meus favoritos.

— Eu me lembro.

Nós passávamos quase todos os dias tranquilos nessa mesa, nos preparando para o exame, ajudando Markham ou… meu pai.

— Ouvi dizer que… — O rosto dela fica triste. — Sinto muito. Ele sempre me tratou muito bem.

— Obrigada. Ele faz muita falta.

Fecho as mãos em punhos e faço uma pausa, sabendo que o que eu falar a seguir pode ou me levar para mais perto da verdade… ou me matar.

— Que foi? — gesticula ela, mordendo o lábio.

Ela é a primeira qualificada do ano dela. Isso significa que provavelmente vai tentar fazer o caminho do adepto, o diploma mais difícil de conseguir para qualquer escriba e o que todos os que almejam chegar a Curadores da Divisão dos Escribas precisam ter. Isso significa não só que ela vai passar mais tempo com Markham do que os outros escribas, mas também que quase nunca vai sair dos Arquivos.

A náusea domina meu estômago quando considero a real possibilidade de não poder confiar nela. Talvez exista uma razão para nenhum escriba querer participar do movimento.

— Eu queria saber se você tem algum livro antigo sobre a fundação de Basgiath. Talvez algo sobre o motivo para terem escolhido essa localização para as égides? — eu sinalizo.

— Égides? — gesticula ela, mais lenta.

— Estou preparando uma defesa para um debate na aula de história sobre o motivo para Basgiath ficar aqui em vez de ter sido construída em Calldyr.

Pronto. Aí está, minha primeira mentira de verdade. Não existe nenhuma mentira parcial nessa frase. Nenhuma forma de retirar o que disse. Para o bem ou para o mal, acabei de me comprometer de verdade com a minha própria causa: salvar o máximo de pessoas que conseguir dessa guerra.

— Claro. — Ela sorri. — Espere aqui.

— Obrigada.

Dez minutos depois, ela me entrega dois livros que foram escritos há mais de cem anos, e eu a agradeço outra vez antes de ir embora. A solução para proteger Aretia está nos Arquivos. Tem que estar. Só preciso encontrá-la antes que nem mesmo as égides possam nos salvar.

Uma coisa é atravessar o Parapeito no primeiro ano.
Outra é assistir enquanto inúmeros candidatos
perdem suas vidas; é como se uma parte
de você estivesse morrendo também.
Se puder, não fique assistindo.

— Página 84, o Livro de Brennan

CAPÍTULO OITO

O Dia do Alistamento é bem diferente quando você já passou por ele. Eu me inclino sobre o peitoril da torre do prédio principal do instituto militar e observo o tamanho da fila enquanto os sinos tocam avisando que já são nove horas, mas tento evitar registrar as feições de candidatos individuais quando entram, começando a subir pela longa escadaria em espiral que vai levá-los até o Parapeito.

Não preciso de rostos novos em meus pesadelos.

— Estão começando a subir as escadas — aviso a Rhiannon, que está a postos, segurando um pergaminho e uma pena.

— Parecem nervosos — comenta Nadine, inclinando-se, imprudente, muito além da torre para ver os candidatos enfileirados vários andares abaixo.

Não somos os únicos ali. Estou a quatro passos de Dain e daquelas mãos dele que roubam memórias, que poderiam arrancar todos os segredos da minha cabeça.

Travo os escudos mentais no lugar deles, como Xaden me ensinou a fazer, e fico imaginando como seria empurrar Dain dessa torre.

Ele tentou falar comigo uma vez e eu rapidamente o cortei. E a expressão estampada em seu rosto? Que tipo de direito ele acha que tem para ficar com cara de que… *eu parti o coração dele*?

— Você não estava nervosa? — Rhiannon pergunta a Nadine. — Pessoalmente, eu nem teria conseguido atravessar se não fosse por Vi.

Dou de ombros e pulo de volta para a parede, indo para a esquerda de Rhi.

— Só te dei um pouco de firmeza. Você já tinha a coragem e o equilíbrio para conseguir atravessar.

— E não está chovendo igual estava no nosso Parapeito — constata Nadine, erguendo o olhar para o céu sem nuvens do mês de julho e esfregando o suor da testa com o dorso da mão. — Tomara que mais gente consiga sobreviver. — Ela me encara. — Imaginei que sua mãe teria evitado a tempestade no ano passado, considerando que você estava atravessando.

— Você claramente não conhece minha mãe.

Ela não chegaria a invocar uma tempestade para me matar feito uma covarde, mas com certeza não evitaria a tempestade para me salvar.

— Só noventa e um dragões concordaram em se unir esse ano — diz Dain, reclinado contra a parede ao lado da entrada do Parapeito.

Ele está na exata posição em que Xaden estivera no ano passado e usa o mesmo brasão no ombro: o de Dirigente de Asa. Esse babaca é responsável pela morte de Liam e Soleil e ainda conseguiu ser promovido como recompensa. Vai entender.

— Mais candidatos conseguirem atravessar não quer dizer que teremos mais cavaleiros — completa ele. Então olha para mim, mas rapidamente desvia o olhar.

Nadine abre a porta de madeira no topo da torre e dá uma espiada na escadaria.

— Estão na metade do caminho.

— Ótimo. — Dain se afasta da parede. — Lembrem-se das regras. Matthias e Sorrengail, o trabalho de vocês é apenas anotar a última chamada antes do Parapeito. Não conversem…

— A gente conhece as regras — eu interrompo, apoiando as mãos na parede na altura das coxas, e me perguntando pela décima vez desde que acordei hoje de manhã que horas Xaden vai chegar.

Talvez aí eu possa conversar com ele sobre os três livros que ensinam a arte de tecer nós týrricos tradicionais que ele deixou na mesa do meu novo quarto no andar do segundo ano, com os tecidos para praticar incluídos. Não é como se eu tivesse tempo para um novo hobby.

Mas Xaden também deixou um bilhete junto com a pilha de livros. Estava escrito: *Eu estava falando sério no Parapeito. Mesmo quando não estou com você, só tenho olhos para você.* Para esse bilhete eu não precisei de explicações.

Ele está lutando por mim.

— Bom — fala Dain, esticando a palavra enquanto me encara. — E Nadine…

— Eu não tenho obrigações. — Nadine dá de ombros, repuxando os fios de onde ficariam as mangas de seu uniforme, caso ela não as tivesse cortado fora. — Estava só entediada.

Dain franze a testa para Rhiannon.

— Vejo que está fazendo um ótimo trabalho no comando, Líder de Esquadrão.

Babaca.

— Não existe regulamento que impeça que quatro cavaleiros estejam presentes na torre durante o Parapeito — rebate ela. — Nem começa, Aetos. — Ela ergue o olhar do pergaminho perfeitamente enumerado e levanta um dedo. — E nem *pense* em me obrigar a chamar você de *Dirigente de Asa*. Preciso lembrar que o Riorson fez um trabalho incrível sem ninguém precisar ficar se jogando de joelhos na frente dele?

— Só porque ele é assustador pra caralho com todo mundo — murmura Nadine. — Bom, todo mundo menos a Violet.

Tento esconder um sorriso, mas não consigo. Dain fica tenso, claramente sem palavras.

— Já que estamos só nós aqui — solta Rhiannon —, o que acha do novo vice-comandante?

— Varrish? Não sei nada a não ser o fato de que ele é durão e acha que a Divisão ficou mais preguiçosa desde que ele se formou — responde Dain. — Ele é amigo do meu pai.

Claro que é.

— É, realmente, tudo tão preguiçoso que a vida aqui parece um sonho — responde Rhiannon, sarcástica.

Depois de Resson, estou começando a entender que existe um motivo para nos fazerem chegar quase ao limite. É melhor que estraguemos as coisas aqui do que acabemos sendo o motivo da morte dos nossos amigos assim que sairmos de Basgiath.

— Aí vêm eles — fala Nadine, saindo do caminho quando os primeiros candidatos chegam ao topo, ofegantes por causa da subida.

— *Eles são tão novinhos* — digo a Tairn, apoiando o peso do meu corpo na parede e desejando que tivesse tomado mais cuidado atando o joelho esquerdo hoje de manhã. O suor já afrouxou a tala, e a forma como o tecido escorrega está me irritando demais.

— *Você também era* — responde ele, com um rosnado baixo.

Faz dois dias que ele está de mau humor, e não posso culpá-lo. Está dividido entre fazer exatamente o que quer (voar ao encontro de Sgaeyl) e saber que serei punida por suas ações, caso o faça.

O olhar da primeira candidata vai do cabelo roxo de Nadine para a coroa trançada que mostra todos os fios prateados do meu.

— Nome? — pergunto.

— Jory Buell — diz ela, tentando recuperar o fôlego. Ela é alta e está usando botas boas e o que parece ser uma mochila bem equilibrada, mas o cansaço não vai ajudá-la a atravessar o Parapeito.

— Suba — ordena Dain. — Assim que estiver do outro lado, informe o seu nome para a pessoa que estiver com a chamada por lá.

A garota assente, e Rhiannon escreve o nome dela no primeiro espaço.

Todos os conselhos que Mira tinha me dado no ano passado se embolam em minha mente, mas não tenho permissão para dar nenhum deles. Esse é um tipo novo de desafio: ficar ali parada e não fazer nada enquanto esses candidatos arriscam as próprias vidas tentando... se tornar como nós.

Para muitos deles, vamos ser os últimos rostos que verão na vida.

— Boa sorte.

É tudo o que tenho permissão de dizer.

Ela começa a atravessar o Parapeito, e o próximo candidato aparece no lugar dela. Rhiannon anota o nome dele e Dain espera que Jory tenha atravessado um terço do caminho antes de deixar o garoto começar.

Fico observando os primeiros candidatos, o coração pulsando na garganta enquanto me recordo do terror e da incerteza que passei nesse dia no ano passado. Quando um dos candidatos escorrega a um quarto do caminho e cai, a ravina lá embaixo engole os últimos gritos dele, e paro de acompanhar a prova. Meu coração não vai aguentar.

Duas horas depois, pergunto os nomes sem nenhuma intenção de guardá-los, mas atento àqueles que parecem especialmente agressivos, tipo o cara grandalhão com um queixo marcado que se projeta pelo parapeito e joga pro lado a ruiva magrela com dificuldades no meio do caminho sem nenhuma hesitação.

Um pedacinho de mim morre ao ver essa crueldade acontecer, e preciso me esforçar para me lembrar de que todos os candidatos estão aqui por escolha própria. São todos voluntários, diferentemente das outras Divisões, que só aceitam recrutas que tenham passado no exame de admissão.

— Esse aí é o Jack Barlowe Júnior — comenta Rhiannon, baixinho.

Não deixo de notar a forma como Dain estremece e olha na minha direção.

Soltando o fôlego lentamente, eu me viro para o próximo candidato na fila, tentando me esquecer de como acabei na enfermaria ano passado por causa de Barlowe. Estremeço pensando no fato de que ele jogou energia pura para dentro de mim com as mãos naquele dia no tatame, sacudindo meus ossos.

— Nom... — começo, mas a palavra morre na minha língua enquanto encaro, em choque, o candidato que está muito acima de mim.

Ele é mais alto do que Dain, mas menor que Xaden, musculoso e com um queixo forte, e, apesar de o cabelo castanho-claro estar mais curto do que da última vez que o vi, eu reconheceria essas feições e esses olhos em qualquer lugar do mundo.

— Cam? — pergunto.

O que é que ele está fazendo aqui?

Os olhos verdes dele se arregalam, surpresos, e então piscam quando me reconhecem.

— Aaric... Graycastle.

Reconheço o nome do meio, mas que sobrenome é esse?

— Você inventou isso agora? — eu sussurro para ele. — Porque é horroroso.

— Aaric. Graycastle — repete ele, flexionando a mandíbula.

Ele ergue o queixo com a mesma arrogância que já vi todos os seus irmãos exibindo, especialmente seu pai. Mesmo que eu não o reconhecesse das dezenas de vezes que as vidas de nossos pais haviam nos reunido na mesma sala, aqueles olhos verdes o tinham marcado da mesma forma que o meu cabelo me marca. Ele não vai enganar ninguém que já tenha conhecido o pai dele, ou *qualquer um* de seus irmãos.

Eu olho para Dain, que encara Cam, quer dizer, *Aaric*, abertamente.

— Tem certeza disso? — pergunta Dain, e a preocupação nos olhos dele me faz vislumbrar o *meu* Dain outra vez, mas é por pouco tempo. Aquela versão de Dain, com quem eu sempre poderia contar, morreu no mesmo dia em que ele roubou minhas memórias e nos mandou para um encontro com os venin. — Se atravessar o Parapeito, não vai ter volta.

Aaric assente.

— Aaric Graycastle — repito para Rhiannon, que escreve o nome, mas nota claramente que tem alguma coisa errada.

— Seu pai sabe? — Dain murmura para Aaric.

— Não é da conta dele — responde Aaric, subindo no Parapeito e rolando os ombros para trás. — Eu já tenho vinte anos.

— Claro, porque isso vai fazer toda a diferença quando ele souber o que você fez — retruca Dain, passando a mão pelo cabelo. — Vai matar todo mundo.

— *Você* vai contar? — pergunta Aaric.

Dain balança a cabeça e olha para mim como se eu tivesse qualquer resposta, mas *ele* é a porra do Dirigente de Asa.

— Ótimo, então me faz um favor e ignora que eu existo — diz ele para Dain.

Mas não fala isso para mim.

— Somos do Segundo Esquadrão, Setor Fogo, da Quarta Asa — eu digo para Aaric. Talvez eu consiga convencer os outros a não mencionarem nada se o reconhecerem.

Dain abre a boca.

— Nem pense — eu digo, balançando a cabeça.

Ele fecha a boca.

Aaric ajeita a mochila e começa a atravessar o Parapeito, e não consigo me obrigar a assistir.

— Quem era esse? — pergunta Rhiannon.

— Oficialmente? Aaric Graycastle — informo.

Ela ergue uma sobrancelha, e o peso da culpa se acomoda em meu estômago.

Já guardei muitos segredos dela, mas isso é uma coisa que posso contar. Algo que ela merece saber, já que acabei de direcioná-lo para o nosso esquadrão.

— Só entre a gente, aqui? — sussurro, e ela continua me olhando, a sobrancelha arqueada. — O terceiro filho do rei Tauri.

— Ah, merda.

Ela olha por cima do ombro para o Parapeito.

— Nem fale. E eu garanto que o pai dele não sabe o que ele está fazendo.

Não depois de como ele reagiu quando o irmão mais velho de Aaric morreu durante a Ceifa três anos atrás.

— Vai ser um ano tão fácil… — comenta Rhiannon, sarcástica, e então chama a próxima pessoa sem pestanejar. — Nome?

— Sloane Mairi.

Viro a cabeça na direção dela e meu coração bate na garganta. Vejo o mesmo cabelo loiro, apesar de estar na altura dos ombros, solto e enroscando na brisa. Os mesmos olhos azuis, da cor límpida do céu. A mesma relíquia da rebelião subindo pelo braço. A irmã mais nova de Liam.

Rhiannon a encara.

Dain parece que acabou de ver um fantasma.

— Tem um "e" no final — diz Sloane, andando na direção das escadas e enfiando o cabelo atrás das orelhas, nervosa. Se ela começar a prova desse jeito, o cabelo vai ricochetear em sua cara no próximo sopro do vento e impedi-la temporariamente de ter uma visão do Parapeito, e não posso deixar isso acontecer.

Prometi a Liam que cuidaria dela.

— Espera aí. — Eu salto de perto da parede e pego a faixa de couro pequena que deixo no bolso do uniforme, entregando-a para ela. — Primeiro prende esse cabelo. Se fizer uma trança, é melhor.

Sloane se sobressalta.

— Vi... — começa Dain.

Lanço um olhar feio para ele por cima do ombro. Ele é o motivo de Liam não estar aqui para proteger Sloane. A raiva percorre minhas veias, aquecendo minha pele.

— Não ouse falar mais nada, ou vou explodir essa torre com você junto, Aetos.

O poder estala nas minhas mãos sem ser invocado e irrompe acima, marcando o céu na horizontal.

Ops.

Ele se senta, murmurando algo sobre perder todas as lutas hoje.

Sloane pega a faixa lentamente e então trança os cabelos (de forma simples e rápida), usando-a para deixar tudo bem preso no fim, me encarando o tempo todo de cima, porque é oito centímetros mais alta.

— Estique os braços para se equilibrar — eu digo, sentindo náusea ao pensar no risco que ela vai correr agora. — Não deixe o vento atrapalhar seus passos. — Foram as palavras de Mira, mas agora são minhas. — Mantenha os olhos nas pedras na sua frente e não olhe pra baixo. Se a mochila escorregar, largue ela. Melhor a mochila do que você.

Ela olha para o meu cabelo e depois para os dois brasões costurados no meu uniforme de verão, logo acima do meu coração. Um deles é o brasão do Segundo Esquadrão que ganhamos durante a Batalha de Esquadrões no ano passado, e o outro é um relâmpago que se espalha em quatro direções.

— Você é a Violet Sorrengail.

Eu faço que sim, minha língua presa. Não consigo pensar nas palavras certas para comunicar o quanto sinto pela perda dela. Nada do que penso parece o suficiente.

A expressão dela muda, algo que se parece muito com ódio enchendo seus olhos, e ela se inclina para perto, a voz abaixando para que eu seja a única a ouvir o que diz em seguida.

— Eu sei o que aconteceu de verdade. Você deixou o meu irmão morrer. Ele morreu por *sua causa*.

Consigo sentir o sangue deixando o meu rosto enquanto pisco para afastar a memória de Deigh chocando-se contra um wyvern que lutava com Tairn, lançando Liam para minha sela. Ele era tão pesado que meus ombros quase se deslocaram ao tentar impedir que caísse.

— Sim. — Não posso negar, e não consigo desviar o olhar. — Eu sinto muito…

— Vai pro inferno — sussurra ela. — E tô falando sério. Espero que Malek não proteja sua alma. Espero que ele rejeite você direto. Liam valia umas dez de você, e espero que passe o resto da eternidade pagando pelo que me custou. Pelo que custou a *todo mundo*.

Bom, o olhar que vejo nela *definitivamente* demonstra ódio.

Meu coração parece abandonar o corpo, indo direto para o lugar para onde ela recomendou que eu fosse.

— *Não foi sua culpa* — diz Tairn.

— *Foi, sim.*

E, se eu não segurar o tranco agora, vou fracassar com Liam outra vez.

— Pode me odiar — digo para Sloane, dando um passo para o lado e deixando o caminho do Parapeito livre. — Só me faz um favor e estica a porra desses braços para não encontrar com Liam antes de mim. Faça isso por ele. Não por mim.

Não vou poder ser a mentora gentil e acolhedora que esperava ser para ela.

Ela desvia o olhar do meu e sobe no Parapeito.

O vento começa a soprar mais forte e ela oscila, acelerando meu coração.

— Mas que porra foi essa de uma Mairi nervosinha? — pergunta Rhiannon.

Balanço a cabeça. Eu só… não consigo.

Por fim, aquela garota teimosa abre os braços e começa a andar. Não desvio o olhar. Fico assistindo a cada passo que ela dá como se meu futuro dependesse do dela. Perco o fôlego quando ela tropeça na metade do caminho e não consigo respirar direito até vê-la chegar do outro lado.

— Ela conseguiu — sussurro para o alto, direcionando meu comentário a Liam.

Então, por fim, chamo o próximo nome.

***

Setenta e um candidatos caem do Parapeito, de acordo com as listas de chamada. Quatro a mais do que no nosso ano.

Uma hora depois de os números terem sido calculados, a Divisão se organiza em uma formatura típica (três colunas por Asa) e faz uma chamada, nome após nome, dividindo os primeiranistas em esquadrões.

Nosso esquadrão está quase cheio, e não vejo nenhum sinal de Sloane.

Procurei por ela no pátio mais cedo, mas ou ela está se escondendo de mim… ou está se escondendo de mim. É a única possibilidade lógica.

Nadine, Ridoc e eu esperamos atrás dos oito primeiranistas que estão cambaleando e parecem a forma corpórea do sentimento de ansiedade. A postura de Aaric é impossivelmente perfeita, mas ele fica de cabeça baixa ao lado de uma garota ruiva cujo rosto está esverdeado na fileira da frente.

O medo que irradia deles é palpável. Está contido em cada gota de suor que desce pelo pescoço do cara troncudo duas fileiras na frente, em cada lasca de unha roída que a morena ao lado dele cospe no cascalho. Dá pra sentir saindo dos poros deles.

— Sou só eu ou isso é estranho pra caralho? — pergunta Ridoc à minha direita.

— Estranho pra caralho — concorda Nadine. — Eu meio que quero falar pra eles que vai ficar tudo bem…

— Mas não é educado mentir — rebate Imogen atrás de nós, onde está parada com Quinn, que parece completamente entediada enquanto corta as pontas duplas dos cachos loiros com uma adaga. — Não se apeguem. Eles são só petisco de dragão até a Ceifa.

O cara troncudo de pele marrom-escura olha de relance por cima do ombro, encarando Imogen com olhos arregalados.

Ela o encara, fazendo um círculo com o dedo indicador e informando silenciosamente que ele deve se virar. Ele faz isso.

— Seja boazinha — eu sussurro para ela.

— Eu vou ser boazinha quando achar que vão continuar por aqui — responde ela.

— Achei que tivesse dito que mentir era coisa de gente mal-educada — alfineta Ridoc com um sorriso torto, balançando a cabeça de uma forma que faz o colarinho do uniforme se mexer, mas não os cabelos espetados com gel que resolveu exibir hoje.

Eu pisco, me inclinando para perto dele, encarando a lateral de seu pescoço.

— O que… você fez uma tatuagem?

Ele sorri e abre mais o colarinho, mostrando a ponta tatuada de um Rabo-de-espada na pele marrom de seu pescoço, que termina quase na base do colarinho.

— Passa pelo ombro e vai até a relíquia do Aotrom. Irado, né?

— Irado — concorda Nadine, olhando para a tatuagem.

— Com certeza — eu comento.

Visia Hawelynn é enviada para o nosso esquadrão. O nome dela é estranhamente familiar, e, quando ela aparece, seguindo para a formatura duas fileiras à frente, eu me lembro do motivo. Uma cicatriz de queimadura se espalha do pescoço até o início do couro cabeludo, dominando a metade direita do rosto dela. Ela é repetente. Sobreviveu a um embate com um Rabo-de-adaga-laranja na Ceifa ano passado, mas foi por pouco.

Sloane é chamada para a Primeira Asa.

— Merda — murmuro.

Como é que vou conseguir ajudá-la se estiver em uma Asa diferente?

— Acho que isso é uma benção — diz Nadine, baixinho. — Ela não parece ser muito sua fã.

Dain dá um passo em frente na plataforma para falar com Aura Beinhaven, a Dirigente de Asa principal, e as adagas que ela prendeu nos antebraços parecem cintilar sob a luz do sol enquanto assente em resposta. Dá uma olhada na minha direção e depois anda até a mulher que está com a chamada na beira da plataforma. Ela faz uma pausa, erguendo a caneta para escrever algo no pergaminho.

— Correção! — anuncia ela para a multidão. — Sloane Mairi para o Segundo Esquadrão, Setor Fogo, Quarta Asa.

Isso! Sinto os ombros relaxarem de tanto alívio.

Dain volta para a posição dele, ignorando o olhar de repreensão do vice-comandante Varrish, e sua compostura se desmancha no segundo em que se vira e me encara, com um olhar indecifrável. O quê? Sloane deveria ser algum tipo de oferta de paz?

A mulher continua a anunciar a lista, designando os primeiranistas a seus esquadrões.

Sloane aparece um segundo ou dois depois, e meu alívio dura só o suficiente até ela abrir a boca.

— Não — ela diz. — Eu me recuso. Fico em qualquer outro esquadrão, menos nesse.

Ai.

Rhiannon sai do lugar que ocupa na frente do nosso esquadrão e lança um olhar para Sloane que me deixa feliz por nunca ter brigado com ela.

— Você acha que eu ligo pro que você quer ou deixa de querer, Mairi?

— Mairi? — pergunta Sawyer, olhando para trás até as fileiras de primeiranistas que nos separam, e o brasão novo no ombro dele me faz sorrir. Ele foi a escolha perfeita para ser Sublíder de Rhi.

— É a irmã do Liam — eu informo.

Ele fica boquiaberto.

— Tá zoando? — pergunta Ridoc, alternando o olhar entre mim e Sloane.

— Tô nada — respondo. — E, ah, se você não percebeu, ela já me odeia.

— Eu não posso ficar no mesmo esquadrão que *ela*! — Sloane me encara com puro ódio nos olhos, mas o cabelo dela ainda está trançado, então vou contar isso como vitória. Ela pode até me detestar, mas talvez escute meus conselhos o bastante para continuar viva.

— Pare de desrespeitar sua Líder de Esquadrão e entre logo na formatura, Sloane — sibila Imogen. — Tá parecendo uma riquinha mimada.

— Imogen? — Sloane se sobressalta.

— Entre. Na. Formatura — ordena Rhiannon. — Não vou pedir de novo, *cadete*.

Sloane fica pálida e se alinha à frente de Nadine, preenchendo nossa última vaga para alunos do primeiro ano.

Rhiannon passa por Nadine e chega mais perto de mim.

— Tenho quase certeza de que essa menina quer que você morra — sussurra ela. — Eu deveria saber o motivo? Quer ver se consigo trocá-la com outro esquadrão?

Bom, eu sou o motivo para o irmão dela estar morto. Ele jurou me proteger e perdeu o próprio dragão (e a própria vida) mantendo essa promessa. Mas não posso contar isso a ela, assim como não posso dizer que existem venin para além das fronteiras.

Meu estômago revira ao pensar que vou precisar mentir para Rhiannon. *Verdades parciais*.

— Ela me culpa pela morte de Liam — eu digo baixinho. — Deixe ela ficar. Ao menos se estiver no esquadrão, o Códex diz que não pode me matar.

— Certeza? — Rhi franze as sobrancelhas.

— Prometi a Liam que cuidaria dela. Quero que ela fique.

— Primeiro Aaric, agora Sloane. Você está colecionando os perdidos — avisa Rhiannon, baixinho.

— Nós também já fomos perdidas.

— Tem razão. E olha só aonde a gente chegou. Ficamos vivas e tal. — Um sorriso leve curva os lábios dela antes de caminhar de volta para sua posição na formatura.

O sol do meio-dia assola o pátio, e percebo o quanto estamos longe da plataforma, onde os Dirigentes de Asa aguardam com o comandante Panchek. Tufos do cabelo dele se mexem com a brisa enquanto ele examina a formatura com olhos castanhos arregalados, avaliando tudo. Esse é o auge do corpo discente esse ano. Vamos começar a morrer praticamente de imediato.

Mas eu não. Já brinquei demais com Malek no último ano e o mandei se foder em todas elas. Talvez Sloane esteja certa e ele simplesmente não me queira.

— *Você está agitada.* — Sinto a preocupação no tom de Tairn.

— *Estou bem.*

É assim que a gente deve estar sempre, né? Bem. Não importa quem morrer do nosso lado, quem matarmos durante o treinamento ou na guerra. Precisamos estar *bem*.

A cerimônia finalmente começa com o discurso de boas-vindas pomposo, porém sinistro, de Panchek, e depois do nosso vice-comandante. Em seguida, Aura faz um discurso surpreendentemente motivacional sobre a honra de defender nosso povo antes de Dain tomar a dianteira, claramente tentando imitar o Xaden.

Só que ele não é nem um pouco igual ao Xaden.

O som do bater de asas e os arquejos assustados dos primeiranistas enchem o ar, e respiro fundo quando seis dragões (cinco pertencentes aos Dirigentes de Asa e um Rabo-de-adaga-laranja de um olho só que não reconheço) pousam nas paredes do pátio atrás da plataforma.

Aquele dragão laranja parece temperamental, o olhar faiscando sobre a formatura enquanto o rabo estremece, mas nenhum deles parece tão ameaçador quanto Sgaeyl ou tão assustador quanto Tairn. Olho para baixo, espanando poeira do meu uniforme escuro.

Os gritos dos alunos do primeiro ano ecoam pelas paredes de pedra enquanto as garras dos dragões se flexionam, esmigalhando a alvenaria. Uma pedra pesada cai, errando a plataforma por uma questão de metros, e ainda assim nenhum dos cavaleiros que está lá em cima estremece. Agora entendo o motivo para Dain ter ficado tão indiferente quando isso aconteceu no ano passado.

Não existe nenhum dragão ali em cima que ousaria arriscar a fúria de Tairn ao tentar me incinerar. Eles são lindos de se ver? Claro. Intimidantes? Com certeza. Sinto meu batimento cardíaco até acelerar um pouco. E tudo bem que o Rabo-de-clava-vermelho de Aura esteja olhando para os cadetes como se fossem almoço, mas eu sei que é para ver se consegue separar os mais fracos...

A ruiva bem na minha frente vomita, o jorro esborrifando no cascalho, e depois nas botas de Aaric enquanto ela se curva para a frente, esvaziando todo o conteúdo do estômago.

Que nojo.

Sloan cambaleia e depois alterna o peso do corpo como se estivesse prestes a correr.

O que é uma ideia *ruim*.

— Não se mexa e vai dar tudo certo, Mairi — eu digo. — Vão soprar fogo em você se tentar correr.

Ela enrijece, mas suas mãos se fecham em punhos.

Ótimo. É melhor ficar com raiva do que com medo. Os dragões respeitam a raiva. O que exterminam são os covardes.

— Vamos torcer pro resto não seguir a onda e vomitar junto — murmura Ridoc, franzindo o nariz.

— É, essa aí não vai conseguir se fizer isso na Apresentação — sussurra Imogen.

Esses primeiranistas cagariam nas calças se Tairn voasse perto deles. Tem quase o dobro do tamanho de qualquer um dos dragões empoleirados na muralha.

— *Não tava a fim de usar seu poder de intimidação nesse showzinho?* — pergunto a Tairn.

— *Eu não participo de circos* — responde ele, o desdém me fazendo sorrir enquanto Dain continua tagarelando sobre qualquer coisa. Está tentando, desesperado, demonstrar o carisma de Xaden, mas decepcionando todo mundo.

— *O que você sabe sobre o laranja do major Varrish? Ele parece... instável.*

E também faminto.

— *Solas está aí?* — O tom dele fica afiado.

— *Solas é um Rabo-de-adaga-laranja que tem um olho só?*

— *Sim.* — Tairn não parece feliz. — *Fique de olho nele.*

Esquisito, mas tudo bem. Ainda consigo ver o dragão laranja enquanto encara os cadetes com seu olho bom.

— Um terço de vocês vai estar morto no fim de julho do ano que vem. Se quiserem vestir o preto dos cavaleiros, precisam *merecer*! — grita Dain, a voz se elevando a cada palavra. — E fazer por merecer todos os dias!

Cath afunda as unhas vermelhas nas pedras e se inclina sobre a cabeça de Dain, balançando o rabo de espada atrás dele como se fosse uma serpentina, soprando fumaça quente sobre a multidão e fazendo meu estômago revirar. Dain realmente precisa dar uma olhada nos dentes de Cath, porque deve ter algum osso podre preso lá dentro, *só pode*.

Gritos ressoam pelo pátio e um primeiranista à nossa direita (Setor Cauda) sai da formatura e corre na direção do Parapeito, acelerando em meio às fileiras de cadetes.

Não, não, *não.*

— Pronto, um correu — murmura Ridoc.

— Merda.

Eu estremeço, meu coração afundando enquanto dois outros da Terceira Asa decidem seguir o exemplo, os braços açoitando o lado do corpo enquanto tentam sair do Primeiro Esquadrão, Setor Cauda. Isso não vai dar certo.

— Parece contagioso — acrescenta Quinn, enquanto correm.

— Porra, eles acham mesmo que vão conseguir. — Imogen suspira, os ombros abaixando.

O trio praticamente se lança diretamente ao centro da nossa Asa (do nosso setor) e então se vira na direção da abertura da parede do pátio onde fica o Parapeito.

— *Fique de olho em Solas!* — berra Tairn.

Eu viro a cabeça para a frente outra vez, observando Solas estreitar seu único olho até virar um filete e virar a cabeça, inspirando fundo, retumbante. Meu peito mais parece chumbo, e olho por cima do ombro para ver os desertores perto do Parapeito. Os dragões não deixaram eles chegarem tão longe no ano passado.

Estão brincando com eles, e desse ângulo…

Puta merda.

Solas estica o pescoço, inclinando a cabeça num ângulo horrivelmente baixo, e curva a língua, o fogo se acumulando em sua garganta…

— Abaixem-se! — eu berro, me lançando em cima de Sloane e a atirando no chão enquanto o fogo é soprado por cima de nós, as labaredas tão perto que o calor parece chamuscar cada pedaço da minha pele exposta.

Sloane aguenta firme e pelo menos não grita enquanto eu a cubro ao máximo com meu corpo, curvando meu peso sobre ela, mas os gritos de partir a alma atrás de nós são inconfundíveis. Abro os olhos só o bastante para ver Aaric no chão em cima da ruiva enquanto aquele sopro de fogo infinito continua.

O rugido de Tairn preenche minha cabeça enquanto uma sensação como lava assola minhas costas arqueadas.

Gritos se acumulam na base da minha garganta, mas não consigo respirar em meio a este inferno, e muito menos dar voz ao meu pavor.

Tão rápido quanto começou, o calor se esvai, e encho meus pulmões com o oxigênio precioso, ofegando antes de empurrar o cascalho com os pés. Eu me viro para avaliar o impacto daquilo enquanto os outros alunos do segundo e terceiro ano ao meu redor se endireitam.

Aqueles nos fundos do nosso setor que agiram quando gritei estão vivos.

Os que não se mexeram não estão.

Solas eliminou os desertores, um dos nossos primeiranistas e pelo menos *metade* do Terceiro Esquadrão.

O caos explode ao nosso redor.

— *Prateada!* — chama Tairn.

— *Estou viva!* — grito de volta para ele, mas sei que consegue sentir a dor que minha adrenalina está escondendo.

O cheiro… *deuses*, o cheiro de enxofre, pele queimada e cadetes mortos me faz sentir a bile na garganta.

— Vi, suas costas… — sussurra Nadine, chegando mais perto e depois puxando a mão de volta. — Você tá toda queimada.

— Tá muito feio? — Puxo a frente do meu uniforme, que sai nas minhas mãos, o tecido completamente queimado nas costas. Ao menos a armadura embaixo do uniforme continua no lugar.

Ridoc passa as mãos pelas pontas chamuscadas e lisas do cabelo e eu olho em volta, verificando quem mais sobreviveu. Quinn e Imogen estão seguras atrás de nós, já saindo apressadas para ajudar o Terceiro Esquadrão.

Sawyer. Rhiannon. Ridoc. Nadine. Todos trocamos olhares rápidos que fazem a mesma pergunta e dão a mesma resposta: estamos intactos.

Solto um longo suspiro, minha cabeça atordoada de alívio.

— Não… não queimou a sua armadura — diz Nadine.

— Que bom. — Graças aos deuses pela armadura de escamas de dragão. — Você se machucou? — eu pergunto a Sloane enquanto ela cambaleia, encarando chocada o massacre do Terceiro Esquadrão, e Aaric ajuda a ruiva a se levantar. — Sloane! Você se machucou?

— Não. — Ela sacode a cabeça, mas percebo que o corpo inteiro treme.

— Voltem para a formatura! — A voz de Panchek se amplia sobre a desordem. — Cavaleiros *não* se amedrontam com fogo!

O caralho que não. Quem não se amedrontou está *morto.*

Os olhos arregalados de Dain encontram os meus. Ou ele está tão surpreso quanto eu com o que aconteceu, ou é um ótimo ator. Todos os Dirigentes de Asa devem ser, porque todos parecem igualmente chocados.

Ao olhar para ver o que restou do Terceiro Esquadrão, vejo que Imogen está encarando um amontoado de cinzas. Como se sentisse que eu a estava encarando, ela arrasta lentamente o olhar entorpecido de volta para mim.

— Agora! — ordena Panchek.

Ela cambaleia para a frente e eu a pego no ar, segurando seus cotovelos.

— Imogen?

— Ciaran — sussurra ela. — Ciaran morreu.

A gravidade, lógica, seja lá o que me mantém no lugar, muda de repente. Isso não pode ter sido... intencional, certo?

— Imogen...

— Não fale mais nada — avisa ela, olhando em volta.

Nós voltamos para as nossas posições na formatura enquanto o major Varrish segue para o palco da plataforma, parecendo completamente inabalado pelo fato de que o dragão dele acabou de eliminar pessoas que *não* romperam a formação, algumas até com *elos*.

— Não são só os alunos do primeiro ano que precisam fazer por merecer seu uniforme em Basgiath! — berra ele, e eu poderia jurar que está falando diretamente comigo. — As Asas são tão fortes quanto o seu cavaleiro mais fraco!

A raiva sobrecarrega meus sentidos, uma fúria quente e que inegavelmente *não* me pertence.

Uma menina de cabelos azuis duas fileiras na minha frente tenta fugir, correndo do nosso esquadrão, e meu coração para de bater quando Solas se inclina para a frente outra vez, apesar de Cath já ter fechado as mandíbulas em aviso à direita. A boca do dragão laranja se abre.

Ah. Deuses.

Considero correr até a menina e jogá-la no chão quando um par de asas tão familiar quanto o som do meu próprio coração ressoa atrás de mim. E a raiva que consome todas minhas respirações, passando por cima de todas as minhas emoções, transforma-se em algo mais mortal: ira.

Tairn pousa na muralha atrás de nós, as asas se abrindo tanto que uma delas quase toca a parede do dormitório enquanto ele se acomoda na fileira mais alta de pedras ao lado do Parapeito. Alunos do primeiro ano gritam, correndo por suas vidas.

— *Tairn!* — grito, me sentindo aliviada, mas não adianta tentar fazê-lo me escutar enquanto sente a fúria que o domina agora.

Minha atenção vai de um lado para outro, entre ele e os dragões atrás da plataforma.

Os dragões dos Dirigentes de Asa recuam, incluindo Cath, mas Solas continua firme, a língua se curvando enquanto o peito de Tairn expande.

— *Você não tem o direito de queimar o que é meu.* — As palavras dele consomem todos os caminhos na minha mente enquanto Tairn solta um rugido na direção de Solas que quase causa um terremoto.

Todo mundo leva as mãos aos ouvidos, incluindo eu, meu corpo inteiro vibrando com o som, um ar quente soprando em minha nuca.

Os dragões dos Dirigentes de Asa dão um passo para o lado quando o rugido termina, para longe do Rabo-de-adaga-laranja, mas Solas continua firme, o único olho se estreitando até virar uma fenda dourada.

— Puta que pariu — sussurra Nadine.

É, resume bem tudo o que rolou.

Tairn estica o pescoço para a frente, muito acima do nosso esquadrão, e então fecha os dentes em alto e bom som na direção de Solas. É uma ameaça clara.

Meu coração bate tão rápido que praticamente emite um zumbido.

Solas solta um rosnado baixo, chiado, e então vira a cabeça em um movimento de serpente. As garras se abrem e se fecham na muralha, e eu prendo a respiração até ele se lançar aos céus, as asas batendo rápido enquanto se retira.

Tairn ergue a cabeça, observando-o voar até voltar a atenção para a plataforma mais uma vez, exalando um sopro de fumaça carregada de enxofre na direção dos cabelos pretos escuros de Varrish.

— *Acho que ele entendeu o recado* — informo a Tairn.

— *Se Solas chegar perto de você outra vez, ele sabe que vou devorar o humano dele por inteiro e deixá-lo se dissolvendo dentro do meu estômago enquanto o coração dele ainda bate, depois vou arrancar o olho que tão generosamente permiti que continuasse com ele antes disso.*

— *Que… descritivo.* — Não vou nem mencionar a pergunta que quero fazer sobre o histórico daqueles dois enquanto as ondas de raiva parecem retumbar de Tairn como uma tempestade.

— *O aviso deve ter sido efetivo. Por enquanto.*

Ele se retrai, empinando-se para pegar impulso antes de se lançar da parede, as asas espalhando cascalho enquanto levanta voo.

Panchek volta ao pódio, mas sua mão não está muito firme quando ajeita o pouco cabelo na cabeça e as medalhas que tem no peito.

— Bem, onde estávamos? — pergunta ele.

Varrish me encara e eu sinto o gosto do ódio dele em minha própria boca; sei que, mesmo que ele não fosse meu inimigo antes, agora, pela certeza que tenho em Dunne, com certeza é.

E foi nas montanhas das cordilheiras da Crista de Aço que os dragões verdes da linhagem de Uaineloidsig, conhecidos por seu intelecto e semblante racional, ofereceram, em benefício de todos os dragões, o lugar ancestral no qual haviam feito os próprios ninhos, e as égides de Navarre foram tecidas pelos Seis Primeiros no local em que agora fica o Instituto Militar Basgiath.

— A UNIÃO DE NAVARRE: UM ESTUDO EM SOBREVIVÊNCIA, POR GRATO BURNELL, CURADOR DA DIVISÃO DOS ESCRIBAS

CAPÍTULO NOVE

Na manhã seguinte, acordo suando frio. O céu está claro com a luz matinal, segundo o que vejo pela minha janela que dá para o leste, e meu corpo ainda está tenso pela adrenalina do pesadelo que acabei de ter. Sigo minha rotina matinal desde que Xaden se foi, atando meus joelhos e me vestindo rápido, escolhendo colocar, por cima da armadura, o uniforme mais flexível do verão para as lutas e penteando o cabelo em uma única trança solta enquanto saio do quarto.

Minha cabeça ainda está doendo, e desço correndo a escadaria em espiral, meu cérebro incapaz de afastar os pesadelos tão vívidos que me assolam enquanto durmo. Isso é, *quando* consigo dormir.

Engulo a bile que sobe por minha garganta. Um dos venin escapou em Resson, as veias vermelhas espalhando-se ao redor dos olhos malignos. Vai saber quantos ainda são, uma ameaça que se aproxima de nossas fronteiras enquanto descansamos.

No térreo, os primeiranistas se apressam para cumprir suas tarefas recém-designadas, mas o pátio está, felizmente, vazio. O ar úmido é espesso, embora mais brando do que ontem graças à tempestade que apareceu.

Seguro o calcanhar da minha bota contra a parte de trás das coxas, alongando os músculos. Apesar de passar uma quantidade absurda da pomada de Winifred nas costas, a pele ainda está sensível da queimadura de ontem, mas mil vezes melhor do que estava à noite.

— Ninguém te avisou que a vantagem de estar no segundo ano é ter uma hora a mais para dormir pela falta de tarefas? — pergunta Imogen quando se aproxima, os passos leves no cascalho.

— Aham. Aposto que é ótimo para quem consegue dormir. — Passo a alongar a outra perna. — O que tá fazendo aqui?

— Acompanhando você. — Ela também se alonga, rolando o pescoço sempre na mesma direção. — Mas o que eu não consigo entender é por que você começou a correr todo dia de manhã.

Sinto o estômago revirar.

— Como é que você sabe que tenho corrido todo dia? Se o Xaden acha que eu preciso de alguém tomando conta de mim esse ano...

Balanço a cabeça, incapaz de terminar a frase. Era para ele ter me visitado ontem, mas não apareceu, para irritação de Tairn... e também minha preocupação.

— Relaxa. O Xaden não sabe. Meu quarto é bem em cima do seu. Digamos que eu também não tenho dormido muito bem.

O olhar dela segue para o átrio ao ver um grupo de cadetes sair de lá.

Dain. Sawyer. Rhiannon. Bodhi. Reconheço a maioria como sendo da liderança da Quarta Asa.

Rhi e Sawyer nos veem imediatamente e começam a andar na nossa direção.

— Mas e aí, por que estamos correndo, Sorrengail? — pergunta Imogen, terminando o aquecimento.

— Porque eu geralmente sou horrível nisso — respondo. — Sou boa em tiros curtos, mas qualquer coisa mais do que isso e eu... não consigo aguentar.

Sem mencionar que sinto uma dor do inferno nas articulações quando corro.

Imogen me encara, de olhos arregalados.

Bodhi está mais longe, e começa a vir na nossa direção. O andar dele é tão parecido com o de Xaden que olho mais uma vez só para ter certeza de que não entendi errado.

— O que vocês estão fazendo acordadas? — pergunta Rhiannon, enfiando um caderno embaixo do braço quando ela e Sawyer chegam mais perto.

— Poderia perguntar o mesmo. — Forço um sorriso. — Mas vou chutar que foi por causa de uma reunião da liderança.

— Isso. — Ela franze as sobrancelhas, preocupada, examinando meu rosto. — Tá tudo bem com você?

— Claro. A reunião foi boa?

É uma tentativa patética de ter uma conversa normal, considerando que as cenas de Resson continuam repassando em minha cabeça desde que acordei do pesadelo.

— Foi tranquila — responde Sawyer. — Mudaram Bodhi Durran do Setor Cauda para o Setor Fogo.

— Tivemos que reestruturar algumas coisas, considerando que a maior parte do Terceiro Esquadrão morreu queimada ontem — acrescenta Rhiannon.

— É. Faz sentido. — Olho por cima do ombro dela e vejo que tenho cinco segundos antes de Bodhi nos alcançar. Se ele souber que estou com problemas, sem dúvida vai contar a Xaden, e não preciso mesmo ter essa conversa. — Então, eu vou indo.

— Pra onde? — pergunta Rhiannon.

— Correr — respondo, falando a verdade.

Ela afasta a cabeça, franzindo ainda mais o cenho.

— Você nunca corre.

— Então está mais do que na hora de começar — falo, em uma tentativa de fazer piada.

Ela alterna o olhar entre mim e Imogen.

— Com a Imogen?

— Isso — responde Imogen. — A gente corre agora, parece.

Bodhi chega a tempo de ouvir isso e levanta as sobrancelhas.

— Juntas? — O olhar de Rhiannon continua indo de uma para a outra. — Não tô entendendo nada.

Se não consegue mentir, se afaste.

— Ué, não tem nada pra entender. A gente só vai correr. — Meu sorriso é tão apertado que sinto que meu rosto inteiro vai quebrar só com o esforço que faço para mantê-lo ali.

Bodhi estreita os olhos.

— Mas e se não voltarem pro café? — insiste Rhiannon.

— Ah, a gente vai sim — promete Imogen. — Isso se a gente sair agora. — Ela olha pra Bodhi. — Deixa comigo.

— Deixa elas irem — responde Bodhi.

— Mas… — começa Rhiannon, o olhar encontrando o meu como se conseguisse olhar através de mim. Imogen me treina desde o ano passado, mas Rhi sabe que não somos amigas.

— Deixa elas irem — repete ele, e dessa vez não é uma sugestão, mas uma ordem do Líder de Setor.

— Vejo você depois? — pergunta Rhi.

— Isso — concordo, sem ter certeza de que estou falando sério enquanto me viro sem mais nenhuma palavra e começo a andar mais rápido, atravessando o pátio na direção do túnel.

O cascalho é uma merda para a tração da corrida, dificultando os passos, mas tudo bem. Eu preciso que seja mais difícil.

Imogen me alcança com alguns passos.

— Como assim você não aguenta?

— Quê? — pergunto, parando nas portas.

— Você disse que não consegue aguentar. — Imogen alcança a maçaneta antes de mim, impedindo a porta de abrir. — Quando perguntei por que você estava correndo. Como assim?

Por um segundo, penso em não contar a ela, mas Imogen estava lá também. Ela também não está conseguindo dormir.

— Soleil não conseguiu. — Meu olhar encontra o dela, mas a expressão não muda. Juro pelos deuses que nada a abala. Invejo isso nela. — Ela estava no chão quando *ela* a matou. O jeito que canalizou poder... drenou tudo da terra. Tudo que *tocava* a terra. Incluindo Soleil e Fuil. Eu vi tudo aquilo acontecer. Assisto uma reprise toda noite quando fecho os olhos. Se espalhou tão rápido, e eu sei que... não conseguiria correr mais rápido do que aquilo. Não se eu estiver longe demais de Tairn. Com a velocidade que tenho, não chego a lugar nenhum.

Tento engolir o nó na garganta, mas parece que ele simplesmente resolveu morar ali ultimamente.

— Ainda não — responde Imogen, escancarando a porta do túnel. — *A gente* ainda não corre rápido o bastante. Mas vamos correr. Vem.

***

— É esquisito pra caralho estar aqui em cima — diz Ridoc, à minha esquerda, quando nos sentamos para a primeira aula de Preparo de Batalha do ano acadêmico mais tarde naquele mesmo dia, olhando para baixo e encarando os alunos do primeiro ano ocuparem mais de um terço da sala.

Os terceiranistas atrás de nós só têm espaço para ficar em pé naquela sala enorme de patamares diferentes. É o único lugar da Divisão projetado para caber todos os cadetes com exceção do saguão principal, mas ainda faltam algumas semanas de mortes antes de podermos nos sentar, todos, de frente para o enorme mapa do Continente de novo.

O mapa me faz pensar naquele que vi com Brennan em Aretia. Ele acredita que só temos seis meses até os venin ameaçarem as égides, e ainda assim não existe nenhum indicativo nesse mapa.

— A visão é um pouco melhor — comenta Nadine, ao lado dele.

— Com certeza é mais fácil de ver a parte mais alta do mapa — concorda Rhiannon, sentada à minha direita, pegando seu material e dispondo na carteira. — Correu *bem* hoje de manhã?

— Não muito, mas foi eficiente. — Coloco o caderno e a caneta na mesa, estremecendo ao sentir a dor nas canelas, e reforço meus escudos. Mantê-los erguidos o tempo todo é mais difícil do que imaginei, e Tairn ama ficar me dando bronca quando eles cedem.

— Olha só todos esses primeiranistas com penas e tinteiros — comenta Ridoc, inclinando-se para ver os calouros.

— Sabe, teve uma época em que não tínhamos acesso a magia para fazer canetas funcionarem — retruca Nadine. — Pare de ficar agindo como se fosse superior.

— A gente é superior — responde ele, sorrindo.

Nadine revira os olhos, e não consigo segurar um sorriso.

A professora Devera desce os degraus de pedra estreitos à esquerda de onde estamos, que acompanha a elevação dos assentos, com sua espada favorita presa às costas. Os cabelos pretos estão um pouco mais curtos do que na última vez que a vi, e vejo uma ferida feia e recente na pele cor de mogno de seus bíceps.

— Ouvi dizer que na semana passada ela ficou com a Asa Sul — fala Rhiannon baixinho.

Meu estômago dá um nó e eu me pergunto se ela viu alguma coisa.

— Bem-vindos a sua primeira aula de Preparo de Batalha — anuncia a professora Devera.

Eu paro de prestar atenção quando ela faz o mesmo discurso do ano passado, avisando aos primeiranistas para não se surpreenderem se os alunos do terceiro ano forem chamados para o serviço ativo mais cedo, para ficarem nos entrepostos do interior ou acompanharem as Asas avançadas. O olhar dela passa por cada um deles antes de voltar a atenção para os segundanistas, os olhos formando rugas por um instante antes de abrir um sorriso orgulhoso para mim e continuar olhando para cima, explicando como é necessário que entendamos o estado dos acontecimentos atuais em nossas fronteiras.

— Essa também é a única aula em que vocês terão não apenas uma cavaleira como professora, mas também um escriba — completa ela, erguendo a mão na direção das escadas.

O coronel Markham ergue a barra das vestes cor de creme enquanto desce até o piso mais baixo da sala de aula.

Sinto meus músculos enrijecerem e resisto ao impulso de lançar uma adaga na direção daquelas costas traidoras. Ele sabe de tudo.

Tem que saber. Foi ele que escreveu a porra do livro didático sobre a história de Navarre com que todos os cavaleiros aprendem. E até o ano passado eu era a aluna mais exemplar dele, a que ele escolhera pessoalmente para sucedê-lo na Divisão dos Escribas.

— Vocês devem respeito ao coronel Markham assim como devem a qualquer outro professor — diz a professora Devera. — Ele é a maior autoridade que temos em Basgiath quando se trata não só da nossa história pregressa, mas também de acontecimentos atuais. Talvez alguns de vocês não saibam disso, mas a informação do fronte é recebida primeiro por Basgiath para depois ser enviada para o rei em Calldyr, então sempre vão ficar sabendo de tudo primeiro.

Eu olho para baixo e encaro Aaric, sentado ao lado de Sloane na fileira com os primeiranistas do nosso esquadrão, e, para o bem dele, não estremece nem se remexe no assento à menção do rei. Se Markham der uma boa olhada, vai saber quem ele é, mas, com aquele cabelo, se mantiver a cabeça baixa, ele ainda tem chance de se misturar aos outros.

Ao menos até o pai dele anunciar aos quatro ventos que ele desapareceu da cama banhada a ouro que tem em Calldyr.

— Primeiro tópico de discussão — fala Markham, quando chega ao piso mais baixo da sala, as sobrancelhas prateadas unidas. — Nas últimas semanas não houve apenas um ataque na fronteira, mas dois, feitos por revoadas de grifos.

Um murmúrio ecoa pela sala.

— O primeiro aconteceu perto da vila de Sipene — arremata a professora Devera, erguendo a mão e usando uma magia menor para mover um dos marcadores de bandeirolas da lateral do mapa até a fronteira que compartilhamos com Braevick, uma província de Poromiel. — Bem alto nas montanhas Esben.

A uma hora de voo de Montserrat.

O único som audível na sala é o de canetas e penas nos pergaminhos enquanto fazemos anotações.

— Tudo o que podemos dizer sobre o assunto é o seguinte — diz Markham, cruzando as mãos atrás das costas —, a revoada atacou às duas da manhã, quando poucos aldeões estavam acordados. Não foi retaliação a um ataque anterior, e, considerando que Sipene é um dos poucos vilarejos que ficam além das égides, a Asa Leste não detectou violência por algumas horas.

Abaixo os ombros, mas continuo escrevendo, parando apenas para olhar o mapa. Aquele vilarejo fica a uma altitude de quase dois mil e quinhentos metros, que é desagradável para grifos. O que estavam procurando? Talvez eu devesse ter passado a noite anterior lendo sobre o que tem naquelas montanhas em vez de ramificações políticas de seiscentos anos atrás ao estabelecer o instituto militar aqui e não em Calldyr, a capital a oeste.

— A revoada foi afugentada por três dragões que patrulhavam no entreposto local, mas, quando chegaram, a maior parte dos danos já havia sido feita. Tivemos suprimentos roubados e casas incendiadas. O último cavaleiro de grifo foi encontrado em uma das cavernas nos arredores perto do vilarejo, mas nem ele nem o grifo puderam relatar o motivo do ataque, já que foram queimados assim que encontrados.

É bem difícil para os prisioneiros falarem sobre os venin contra quem lutam se já estão mortos.

— É isso que eles merecem — murmura Ridoc, balançando a cabeça. — Atacando civis dessa forma, onde já se viu?

Mas será que estavam mesmo? Markham não mencionou nenhuma baixa civil, apenas destruições.

Olho por cima do ombro e encaro Imogen, ao lado de Bodhi e Quinn, com os braços cruzados. Ela olha de volta, espremendo a boca antes de se concentrar novamente em Markham.

Merda. Queria estar lá em cima com eles, perguntando o que acham disso, ou até mesmo com Eya, que está com o resto do seu esquadrão do terceiro ano no canto. Podemos não ser próximas, mas ao menos ela conhece a verdade. Mais do que tudo, quero falar com Xaden. Quero as respostas que ele não está disposto a me dar.

— Quanto ao segundo ataque… — continua a professora Devera, mexendo em outra bandeirola, dessa vez em direção ao sul. Meu café da manhã revira no estômago quando ela finca o marcador. — O entreposto de Athebyne foi atacado três dias atrás.

Eu ofego, e a caneta cai da minha mão, batendo na carteira e ressoando alto na sala silenciosa.

— Tudo bem com você? — sussurra Rhiannon.

— Você tem algo para compartilhar conosco, cadete Sorrengail? — pergunta Markham, inclinando a cabeça e me encarando com aquela expressão inescrutável de que parece gostar tanto.

Porém, vejo o desafio que costumava avistar quando ele tentava me fazer pensar na resposta correta ali presente com um simples levantar de sobrancelhas.

Sei que ele sabe muito bem o que está acontecendo para além das nossas fronteiras, mas será que o coronel Aetos informou a ele que *eu* também sei?

— Não, senhor — respondo, pegando a caneta do chão antes que role para longe da carteira. — Só fiquei surpresa. Que eu me lembre do que aprendi durante a preparação que tive para entrar para a Divisão dos Escribas, os entrepostos raramente sofrem ataques diretos.

— E o que mais? — Ele se reclina sobre a escrivaninha no centro da sala, tamborilando um dedo contra o nariz largo.

— E Montserrat também sofreu um ataque direto no último ano, então fico me perguntando se essa seria uma tática que está sendo mais usada ultimamente pelo inimigo.

— Um pensamento interessante. Isso é algo que temos considerado entre os escribas. — O sorriso dele não é nada amigável quando se afasta da mesa, unindo as mãos mais uma vez e assentindo para mim.

— Normalmente começamos perguntando aos alunos do primeiro ano — interrompe a professora Devera, lançando um olhar ao coronel Markham. — Para terminar de dar os detalhes sobre o ataque em Athebyne, ele ocorreu pouco antes da meia-noite, enquanto nove entre os doze dragões postados lá ainda estavam fazendo patrulhas. O total de inimigos era de duas dúzias, pelo que sabemos, e foram derrotados por três dragões com a ajuda da infantaria. Dois cavaleiros de grifo conseguiram chegar ao nível mais baixo do entreposto antes de serem interceptados e mortos.

— *Levante os escudos* — rosna Tairn, e eu volto a erguê-los.

— *Nem notei que tinham escorregado.*

— *Deveriam funcionar como roupas a essa altura* — censura ele, parecendo mais resmungão do que o habitual.

— *Quê?*

— *Você certamente sentiria uma brisa se esquecesse de vesti-las.*

Recado entendido.

— Não era lá que vocês estavam? — pergunta Rhiannon. — Em Athebyne?

Assinto, torcendo para que nenhum daqueles paladinos tivesse sido um dos que haviam lutado ao nosso lado em Resson.

Os alunos do primeiro ano começam a falar quando chega a hora das perguntas.

Qual foi a formação dos grifos para o ataque em Athebyne?

Em "V", a formação típica.

Os dois ataques estavam conectados?

Não há nenhum motivo que nos leve a considerar isso.

As perguntas continuam eternamente, e nenhuma chega nem perto da questão, o que me faz olhar para os cadetes abaixo com uma dose saudável de ceticismo. Eles não estão pensando da forma crítica que deveriam pensar. Mas, até aí, talvez os outros anos talvez sentissem o mesmo sobre a nossa turma no ano passado.

Por fim, Devera abre espaço para os outros anos.

A mão de Rhiannon dispara para cima e Devera a chama pelo nome.

— Acha que é possível que o inimigo soubesse que o entreposto havia sido esvaziado para os Jogos de Guerra e estivesse tentando se aproveitar da situação?

Exatamente.

A professora Devera e Markham olham de forma significativa um para o outro.

— Acreditamos que sim — responde a professora, por fim.

— Mas essa diferença de dias denuncia um atraso na forma como recebem informações, correto? — continua Rhiannon. — O entreposto ficou vazio por quanto tempo? Alguns dias?

— Cinco dias, para ser exato — responde Markham. — E esse ataque ocorreu oito dias depois que foi reocupado. — Ele passa o olhar por mim e depois o sobe para as fileiras acima. — O entreposto poromielês ali perto, Resson, foi arrasado semanas atrás devido a um descontentamento da população algumas outras semanas antes, e nós acreditamos que isso pode ter ajudado a romper as linhas de comunicação sobre o nosso entreposto.

Descontentamento da população?

O poder emerge de dentro de mim tão rápido que sinto minha pele aquecer.

Devera olha de soslaio para Markham.

— Geralmente, também não fornecemos tantas respostas assim para vocês.

Markham dá uma risadinha e abaixa a cabeça.

— Minhas desculpas, professora Devera. Não devo estar em meus melhores dias. Tenho dormido pouco ultimamente.

— Acontece com todo mundo.

Ergo a mão, e Devera me permite a palavra.

— Onde os cavaleiros foram encontrados no entreposto?

— Perto do arsenal.

Merda. Assinto. Estavam em busca de armas no entreposto. Nossas égides não se estendem até tão longe, mas aposto minha vida que adagas haviam sido levadas para lá se a liderança tinha conhecimento de que havia venin nos arredores. Brennan não consegue oferecer suprimentos para sequer uma fração das revoadas. É claro que vão lutar para roubar armas. Precisamos dar um jeito de contrabandear ainda mais para lá.

— O que vocês fariam se estivessem no comando da horda que fica no entreposto de Athebyne? — pergunta ela à sala, e então pede que Caroline Ashton responda quando ela ergue a mão.

— Reforçaria a patrulha nas próximas semanas para mostrar nossa força e consideraria atacar alguns vilarejos fronteiriços de Poromiel — sugere ela.

Rhiannon bufa baixinho.

— É melhor não pisarmos no calo dessa daí — murmura Ridoc.

— Em retaliação? — interrompe Dain. — Não fazemos esse tipo de coisa. Leia o Códex para saber as regras de combate, Ashton.

E esse é o homem que me enviou para morrer.

— Ele está certo — concorda Devera. — Para defender nossas fronteiras, chegamos a usar força letal, mas não provocamos guerra contra os civis.

Nós só não nos damos ao trabalho de salvar nenhum deles. Mas será que ela sabe disso? Merda, será que posso confiar em *alguém* aqui nessa escola?

Mas... talvez o relatório inteiro esteja errado. Talvez tenha sido um ataque de wyvern e venin, e não de grifos. Talvez toda essa exposição seja uma mentira muito bem contada.

— Quantos cavaleiros foram feridos em Athebyne, considerando que um foi morto? — pergunto.

— Quatro dos nossos — responde Devera, apontando para o braço. — Incluindo eu. Isso aqui foi cortesia de uma cavaleira que tinha boa mira com o arco.

Bom, lá se vai a ideia de que não eram grifos.

Somos dispensados depois de mais meia hora de discussão de eventos atuais, e me afasto do meu esquadrão na multidão, procurando por Bodhi.

Ele já está quase nos degraus da sala quando eu o alcanço.

— Sorrengail? — pergunta ele, quando saímos pelo engarrafamento das portas.

— Quero ajudar — sussurro. Talvez eu possa fazer mais do que ficar só lendo.

— Ah, cacete. — Ele pega meu cotovelo e me puxa para uma alcova, ficando acima de mim, a exasperação estampada no rosto. — Recebi instruções diretas para manter você o mais longe de "ajudar" que for possível.

— Ele nem está aqui e ainda assim te dá ordens? — Ajeito a alça da bolsa no ombro enquanto boa parte da Divisão passa por nós.

— Essa tática não vai funcionar comigo porque é exatamente o que acontece. — Ele dá de ombros, enfiando a caneta no gesso do braço para se coçar.

— E eu achando que você era o mais sensato do grupo. — Suspiro. — Olha, se eu puder ajudar, então talvez possamos prevenir o que eu presumo ser… buscas por suprimentos. — Falar em código é ridículo, mas qualquer um poderia estar nos ouvindo conversar. — Me dá alguma coisa pra fazer.

— Ah, eu *sou* o mais sensato do grupo. — Ele me lança um sorriso, inclinando-se nos calcanhares. — Mas não tenho nenhum desejo suicida. Sobreviva ao segundo ano e fortaleça seus escudos, Sorrengail. É isso que tem que fazer agora.

— Ela está tentando te convencer a deixá-la participar dos esquemas? — pergunta Imogen, parando ao nosso lado.

— "Tentando" é a palavra-chave aqui — diz Bodhi. — Só tentando.

Ele se afasta, misturando-se à multidão.

— E agora a gente volta pras aulas como se nada tivesse acontecido? — pergunto para Imogen enquanto seguimos o fluxo de cadetes que se dirigem à escadaria principal da Ala Acadêmica.

— A gente *finge* que nada aconteceu — responde Imogen baixinho, acenando para Quinn, que está esperando com Rhiannon mais à frente. — Foi o acordo que fizemos quando viemos pra cá. — Ela mexe a bolsa de lugar, virando o pulso para que a relíquia da rebelião esteja estampada entre nós. — E, goste ou não disso, agora você é uma de nós. Bom, quer dizer, o mais perto que vai chegar de ser uma de nós sem isso aqui.

Eu passo a mochila pesada de um ombro para o outro, percebendo que ainda sei muito pouco para conseguir ajudar os marcados e demais para uma conversa franca com meus amigos.

— Oi — Imogen fala pra Quinn. — Bora almoçar?

— Bora — responde Quinn.

As duas saem na frente enquanto Rhiannon fica para trás para me acompanhar.

— A Quinn geralmente não almoça com a namorada? — pergunta Rhi.

— Pois é, mas ela já se formou.

— Ah, é mesmo. — Ela suspira, abaixando a voz. — Queria falar com você antes do café, mas não tive a chance. Acho que a escola está escondendo alguma coisa da gente.

Eu quase tropeço nas minhas próprias botas, mas recupero o equilíbrio antes de conseguir passar vergonha.

— Como assim?

Ela não pode saber. Não pode. Eu quase não sobrevivi à perda de Liam… não consigo imaginar o que sentiria se alguma coisa acontecesse com ela.

— Tem alguma coisa rolando na Divisão Hospitalar — diz ela, abaixando a voz. — Tentei levar um primeiranista lá para uma consulta com Nolon ontem, depois que a formatura virou o churrasco da turma, e ele está com uma cara péssima. Tipo, ele mal parava em pé. E, quando perguntei se estava tudo bem, o novo vice-comandante disse que ele tinha coisas mais importantes a fazer do que ficar de conversinha com cadetes e basicamente o escoltou de volta para aquela portinha nos fundos da enfermaria. Agora tem *guardas* lá. Acho que estão escondendo alguma coisa nela.

Abro e fecho a boca algumas vezes, dividida entre a confusão e o alívio.

— Talvez tenham trazido alguns dos cavaleiros machucados dos entrepostos para se regenerar aqui — sugiro. Aquela tarefa extra explicaria o motivo do braço de Bodhi ainda estar dentro de um gesso.

Ela balança a cabeça.

— E desde quando remendar uns ossos cansa tanto assim um regenerador?

— Talvez tenham trazido um prisioneiro de Poromiel — lança Ridoc, forçando o caminho para ficar entre nós duas. — E Nolon precisa remendar o cara depois que Varrish quebra ele no meio. Ouvi um terceiranista falar que Varrish é conhecido por isso. Sabe, tipo… tortura.

— E você é conhecido por ser um intrometido. — Rhi balança a cabeça.

Em vez de almoçar com meus amigos, dou desculpas esfarrapadas e levo minha bandeja para uma alcova pequena da biblioteca na área comum para terminar minha leitura de *A união de Navarre: um estudo em sobrevivência*.

Infelizmente, depois de uma hora encurvada sobre o volume, percebo que já conheço a maior parte dos fatos que o livro regurgita sobre o triunfo da unificação e os sacrifícios que foram feitos tanto por humanos quanto por dragões para estabelecer a paz. A decepção arde em mim como um corte de papel. Naturalmente, os segredos sobre tecer égides não iriam estar no primeiro livro de pesquisa que eu encontrasse, mas seria uma surpresa agradável se *alguma coisa* fosse fácil.

Fico pensando que deveria pedir a Jesinia um volume mais focado nos Seis Primeiros cavaleiros enquanto me troco para a avaliação no meu quarto e depois me dirijo ao ginásio para me encontrar com meu esquadrão na beirada de um tatame.

— Odeio o dia de avaliação — murmuro, me colocando entre Rhi e Nadine.

— Não dá pra te culpar depois do que aconteceu com a sua no ano passado — provoca Ridoc, parando ao lado de Sawyer.

A primeira luta começa entre dois alunos do primeiro ano, mas não deixo de notar que Rhi olha para mim a cada poucos minutos. No fim da luta, Visia (a repetente) massacrou a garota corpulenta de cachos ruivos que vomitara em Aaric ontem, e Rhi está praticamente franzindo o cenho para mim.

E ela não é a única. Sloane me encara como se fosse capaz de me matar apenas com um olhar, alternando o peso do corpo de um pé para o outro sem parar do lado esquerdo do tatame.

— Baylor Norris e Mischa Levin! — anuncia o professor Emetterio, que dá aula de combate para o nosso esquadrão, gritando para os primeiranistas ao lado de Sloane, e então inclina a cabeça raspada para baixo, examinando a prancheta nas mãos carnudas.

Merda. Eu realmente não queria saber o nome de ninguém. O cara grandalhão com os olhos agitados enfrenta a moça de cabelos pretos que não parava de roer as unhas ontem.

— Tudo bem com você? — pergunto a Rhi depois que a moça, de alguma forma, joga o cara musculoso de costas no tatame. Impressionante.

— Acho que eu deveria estar te perguntando isso — responde Rhi, abaixando a voz para conversarmos em sussurros. — Você tá brava comigo?

— Quê? — Desvio a atenção da forma como a menina está humilhando o cara para olhar para minha amiga. — Por que eu estaria brava com você?

— Entre essa coisa de sair pra correr e não almoçar com todo mundo, parece que você está me evitando. E eu sei que é ridículo, mas só consigo pensar que talvez você tenha ficado brava por eu ter escolhido Sawyer como Sublíder ontem em vez de você, e, se for esse o caso, a gente pode conversar…

— Espera. *Quê?* Não. — Eu balanço a cabeça, levando a mão à barriga. — Claro que não. Eu seria a *pior* escolha para Sublíder, considerando que preciso voar até Samara a cada duas semanas pra Tairn e Sgaeyl poderem se ver.

— Não é? — assente ela, o alívio transparecendo nos olhos. — Foi exatamente o que eu pensei.

— O Sawyer é uma ótima escolha, e eu tenho zero vontade de ocupar uma posição de liderança. — Estou tentando mesmo é passar despercebida. — Não estou nem um pouquinho brava.

— Então você não está me evitando? — pergunta Rhi.

— Eu seria uma Sublíder incrível — interrompe Nadine, me poupando de ter que responder. — Mas pelo menos você não escolheu o Ridoc. Ele teria aproveitado o palco pra fazer ainda mais piadas.

Acho que não estávamos falando tão baixo quanto pensávamos.

Mischa destrói Baylor com firmeza, e Emetterio chama o próximo par ao tatame.

— Sloane Mairi e… — ele lê a chamada. — Aaric Graycastle.

— Quero lutar com *ela* — diz Sloane, apontando a adaga para mim.

Ela só pode estar zoando, mas é claro que não está. Suspirando, cruzo os braços e balanço a cabeça para a irmã caçula de Liam.

— Deuses, Sloane — bufa Imogen, soltando uma risada à direita, de onde observa tudo ao lado de Quinn. — Você quer mesmo morrer no seu primeiro dia?

— Ela acabou de te elogiar? — sussurra Rhiannon.

— Por mais estranho que pareça, acho que sim.

— Eu consigo enfrentar ela — retruca Sloane, a adaga firme nos nós dos dedos brancos. — Pelo que você disse na sua carta no ano passado, as articulações dela se soltam fácil. Não vai ser difícil.

— Sério mesmo? — Lanço um olhar de reprovação para Imogen.

— Eu posso explicar. — Imogen leva uma mão ao coração. — Eu não gostava de você no ano passado, lembra? Demorei pra superar o ranço.

— Ótimo. Bom saber disso — eu devolvo, sarcástica.

— Não estou nem aí pro ressentimento que você tem contra Sorrengail, Mairi. — Emetterio suspira como se aquele ano já o estivesse deixando exausto. — Sei quem a treinou, e não vou deixar ela lutar contra um aluno do primeiro ano. — Ele ergue a sobrancelha escura para Imogen. — Eu também cometi um erro no ano passado. — Ele se vira outra vez para Sloane, os cantos da boca voltados para baixo. — Agora largue essas armas e suba no tatame. Vai lutar contra Graycastle.

Sloane entrega as armas e encara Aaric, que é facilmente doze centímetros mais alto, sem contar todos os anos que recebeu de aulas de luta particulares. Porém, ela é irmã de Liam, então existe uma chance de aguentar o tranco sozinha.

— Alguém falou em Sorrengail? — uma voz profunda pergunta atrás de nós.

Nossa fileira de alunos do segundo ano olha por cima do ombro para o primeiranista que atirou a magricela do Parapeito. Ele exibe o brasão da Segunda Asa no ombro quando dá um passo à frente, as mãos pendendo na lateral do corpo.

— Hoje você tá popular, né? — sussurra Nadine, com um sorriso, virando-se, brincalhona, para o primeiranista. — Oi. Eu sou a Violet Sorrengail. — Ela aponta o cabelo roxo. — Violeta, igual meu cabelo. Tem alguma coisa pra dizer para…

Ele agarra Nadine pela cabeça e a gira, torcendo seu pescoço.

Não é inédito que um cadete tenha entrado na Divisão dos Cavaleiros após receber dinheiro para assassinar outro cadete. Sinto muito que Mira tenha sido alvo de um ataque, mas tenho orgulho de dizer que ela neutralizou a ameaça rapidamente. Você tem inimigos, general.

— Bilhete escrito pelo comandante Panchek e endereçado à general Sorrengail

CAPÍTULO DEZ

Encaro, chocada, durante o tempo da batida de um coração quando o primeiranista larga o corpo de Nadine no chão. Ele cai com um baque abafado, a cabeça virada em um ângulo nada natural.

Ela está morta.

Não. De novo, não.

— Nadine! — grita Rhiannon, ajoelhando-se ao lado dela.

— Nadine? — pergunta o primeiranista, as sobrancelhas grossas se juntando.

— O que pensa que está fazendo, porra? — rosna Emetterio.

— Ninguém se intromete — eu ordeno, e duas das minhas adagas estão nas mãos antes mesmo que perceba que as peguei.

O gigante afasta os olhos do corpo de Nadine e se vira para encarar minhas adagas, depois meu cabelo.

— Eu sou Violet Sorrengail. — Meu coração está acelerado, mas ninguém mais vai morrer em meu nome.

Segurando a lâmina entre as pontas dos dedos, não espero pela resposta, lançando as duas adagas. Porém, ele é rápido para alguém daquele tamanho, e ergue os braços para se defender. Minhas adagas se enterram ali até o cabo.

Droga.

— *Violet!* — grita Andarna.

— *Vá dormir!*

Eu reforço os escudos para bloquear tudo e todos. Xaden não está aqui. Me proteger foi o que matou Liam.

Não importa o *porquê* de esse cara estar tentando me matar agora. Ou eu sou forte o bastante para sobreviver, ou não sou.

O primeiranista arranca as adagas ensanguentadas dos braços rapidamente com um ronco raivoso, largando-as no chão. O que é um erro. Ele pode ser quase trinta centímetros mais alto, mas vai precisar das lâminas se quiser me matar. Aqueles músculos, porém... vão ser difíceis de vencer.

Pare de tentar dar golpes grandes que te deixam exposta. As palavras que Xaden me disse ano passado ecoam na cabeça como se ele estivesse ao meu lado. Preciso usar o que tenho para tirar vantagem (no caso, minha velocidade).

Corro na direção dele, que tenta golpear minha cabeça com os punhos carnudos, mas me abaixo de joelhos antes que ele consiga me acertar. Ignorando a dor nas pernas que sofro com o impacto, uso o impulso para deslizar por ele, cortando os tendões do lado de seus joelhos quando passo por ali.

Ele solta um grito e cai para a frente como se fosse a porra de uma árvore, colidindo com o chão.

— Violet! — grita Dain de algum lugar atrás de mim.

Eu me apresso para ficar em pé e giro o corpo na direção do gigante, que também já se virou e agora está de costas, como se fosse imune à dor, mas não consegue ficar em pé depois do que fiz. No entanto, naquela posição, ele conseguiria pegar uma das adagas que jogou no chão para atirar em mim.

E é isso que ele faz.

— Merda! — Eu me viro para o lado para evitar minha própria lâmina, e ele me chuta com a perna que não cortei.

A bota dele me atinge atrás da coxa.

O golpe me faz cair, e tudo que vejo é o teto quando caio para trás, o quadril sofrendo o impacto com a força de todo o meu peso. A dor me deixa cega por um instante quando minha cabeça bate no chão, tão intensa que os ouvidos começam a zumbir, mas ao menos não me esfaqueei com minhas próprias lâminas. Uma delas ainda está na minha mão, mas minha visão está borrada, então meus olhos me fazem acreditar que são duas.

O primeiranista agarra minha coxa direita e me puxa, arrastando meu corpo e produzindo um guincho distinto de couro contra o piso frio. Se enfiar minha adaga pela mão dele, vou acertar meu próprio músculo.

Em vez disso, tento golpear o braço, meu alcance cortando apenas seu antebraço. Sinto o coração na garganta quando as pessoas ao meu lado gritam meu nome, mas elas não podem interferir. Estou no segundo ano e esse cuzão não é do meu esquadrão.

O aperto dele é firme, e ele me puxa pelos pés em sua direção, a poça de sangue dele encharcando minha nuca, molhando meu cabelo.

Se eu não conseguir me desvencilhar dele agora, estou morta.

Ergo a perna esquerda e dou um chute assim que chego perto o bastante, acertando-o na mandíbula, mas ele não me solta. Desgraçado teimoso.

Um som de algo sendo esmigalhado ecoa quando dou meu próximo chute. Quebrei o nariz dele. O sangue jorra, mas ele se sacode, tentando se sentar e então rolando para cima de mim, prendendo meu corpo ao chão com aquele peso incompreensível.

Porra, porra, *porra*.

Eu o golpeio com a faca, mas ele segura minha mão direita, prendendo meu pulso contra o chão. Então ele posiciona a outra mão ao redor do meu pescoço e aperta.

— Morre logo, caralho — fala ele, enraivecido, a voz misturada ao zumbido nos meus ouvidos enquanto ele abaixa o rosto até chegar perto do meu.

Não consigo respirar quando ele aperta ainda mais minha traqueia.

— Os segredos morrem com aqueles que os guardam — sussurra ele, o nariz apenas a centímetros do meu. Os olhos dele são castanho-claros, mas estão envoltos em um aro vermelho, como se estivesse drogado.

Aetos.

O medo invade minha mente, rompendo os escudos, mas não me pertence.

Não posso me concentrar no medo de Tairn. Ali, só resta o choque e a morte.

E eu não vou morrer por causa de um primeiranista qualquer.

Minha visão entra em foco quando pego uma das adagas embainhadas em minha costela com a mão livre, puxando-a rapidamente e depois afundando a lâmina nas costas do gigante, mirando no ângulo certo, do jeito que Xaden me ensinou. Eu o acerto no rim. Uma. Duas. Três vezes. Perco a conta de quantas vezes eu o esfaqueio, de novo e de novo, até o peso na minha garganta afrouxar, até o aluno pesar ainda mais em cima de mim.

Peso morto.

Meus pulmões relutam para expandir enquanto uso a força que me resta para empurrá-lo para longe de mim. Ele é mais pesado que um boi, mas consigo empurrá-lo para o lado o bastante para me desvencilhar de debaixo dele.

Ar, lindo e precioso, enche meu peito, e eu ofego, tentando respirar apesar da ardência na garganta, encarando as vigas no teto. Dor. Meu corpo é só isso: *dor*.

— Violet? — A voz de Dain está trêmula quando ele se abaixa ao meu lado. — Você está bem?

Os segredos morrem com aqueles que os guardam.

Não, eu não estou bem. O pai dele acabou de mandar uma pessoa para tentar me assassinar.

Eu me obrigo a encontrar aquele espaço mental familiar que fica além da dor e rolo para me colocar de joelhos. A náusea me invade em ondas, mas respiro fundo pelo nariz, soltando o ar pela boca até conseguir reprimir tudo.

— Fala alguma coisa — implora Dain em um sussurro frenético.

Eu me apoio nas mãos até estar de joelhos, e então arqueio o pescoço, estremecendo enquanto respiro, uma vez e depois de novo.

— Vi... — Ele fica em pé e oferece uma mão para me ajudar. Aquela preocupação familiar nos olhos dele...

Nem fodendo.

Uso toda a minha energia para subir os escudos.

— Não. Toque. Em. Mim — respondo com a voz rangendo, entre dentes, como se fosse uma lixa.

Fico em pé lentamente, sabendo muito bem quantas pessoas estão me encarando. Minha cabeça gira, mas reluto contra a tontura enquanto recupero minhas cinco adagas. Todo mundo ali perto continua observando enquanto me abaixo e uso o uniforme do aluno do primeiro ano como se fosse um pano para limpar o sangue antes de embainhar minhas armas.

O medo que invadia meus caminhos mentais se transforma em alívio.

— *Estou bem* — digo para Tairn e Andarna.

— Matthias, Henrick, levem os corpos — ordena Dain.

Ao menos acho que a ordem vem dele. O zumbido no ouvido abafa qualquer coisa que esteja a mais de trinta centímetros de distância.

Emetterio aparece na minha frente.

— Posso tocar em você? — ele pergunta.

Claramente eu falei aquilo para Dain um pouco alto demais.

Aceno que sim, me certificando de que os escudos estejam no lugar, e Emetterio segura meu rosto, examinando meus olhos. Bloqueia a luz e depois ergue a mão. Uma nova onda de náusea revira meu estômago.

— Você sofreu uma concussão. Quer sair mais cedo? — Ele retira a mão do meu rosto e me segura firme nos braços quando cambaleio.

— Não.

Eu não vou embora do dia de avaliação da mesma forma que fiz no ano passado.

— Pode deixar ela comigo — diz Imogen, segurando meu cotovelo.

Emetterio aperta a boca, estreitando os olhos escuros.

— Não vou tentar matar Violet esse ano. Prometo. — Ela me puxa para o lado, mas não segura o meu corpo, só me deixa me apoiar um pouco sobre ela.

Tá, me apoiar *bastante* sobre ela.

— Você acabou de ser estrangulada, cadete Sorrengail — diz Emetterio.

— Não foi a primeira vez — respondo, sentindo como se lâminas na garganta estivessem enrouquecendo minha voz. — Vou me recuperar. Eu vou ficar.

Ele suspira, mas por fim assente e volta para o seu lugar perto do tatame, pegando a prancheta que aparentemente derrubara.

— Foi Aetos que o mandou — sussurro para Imogen. — Acho que estamos sendo caçados.

Deuses, espero que não tenha sido por isso que Xaden não apareceu ontem.

Os olhos verdes dela se arregalam um segundo antes de Ridoc aparecer do meu outro lado, o ombro roçando no meu.

— Caramba, Sorrengail — murmura ele, me oferecendo um braço. Eu não aceito.

— Sempre tem alguma coisa, né? — Tento sorrir enquanto os dois lentamente me acompanham até a beirada do tatame, me apoiando quando preciso para que não caia de nenhum dos lados.

— Provavelmente foi mandado como um recado para a sua mãe — diz Emetterio, balançando a cabeça. — Aconteceu o mesmo com a sua irmã mais velha quando ela estudou aqui.

Os primeiranistas encaram de olhos esbugalhados e horrorizados, e percorro o olhar pelo tatame ensanguentado, notando que Rhiannon, Dain e Sawyer não estão ali. Claro, porque precisaram levar embora o corpo de Nadine e do aluno do primeiro ano.

Nadine está morta porque disse que era eu.

Uma tristeza pesarosa, de trazer lágrimas aos olhos, ameaça me deixar de joelhos, mas não posso me permitir sentir nada. Não posso deixar o luto entrar. Não com todo mundo olhando. Ele vai direto para a caixa onde guardo todas as outras emoções que me sobrecarregam.

Sloane e Aaric ficam parados no meio do tatame, me observando com expressões diferentes de choque no rosto. Uma preocupação muito maior estampa o rosto de Aaric do que o de Sloane.

— E aí, ninguém vai limpar essa bagunça e lutar? — pergunto, ignorando o gotejar de líquido espesso que escorre pela minha nuca. Estar aqui parada encharcada no sangue dele é bem melhor do que se estivesse deitada lá, banhada no meu.

— E você ainda queria enfrentar ela, Mairi. — Um dos cadetes do primeiro ano bufa do outro lado do tatame. Tem olhos castanhos afundados sob sobrancelhas angulosas e um queixo quadrado grande, mas não sei o nome dele.

Não *quero* saber o nome dele.

Eu já sei o nome de Sloane e o de Aaric, e já são nomes demais.

Eu sabia o nome de Nadine.

Ficamos parados ali, ombro a ombro, enquanto os primeiranistas esfregam o sangue e depois terminam a avaliação, e eu me concentro em catalogar cada uma das coisinhas erradas no estilo de combate de Sloane, que são... muitas. Na verdade, parece que ela não passou tempo nenhum treinando para entrar na Divisão.

Isso não parece certo. Liam era o melhor lutador do nosso ano, e todos os marcados sabem que vão precisar se alistar na Divisão dos Cavaleiros quando forem maiores de idade. Ela, com certeza, havia treinado.

— Tem certeza de que ela é irmã do Liam? — pergunta Ridoc.

— Certeza. — Imogen suspira profundamente. — Mas ela não foi criada com lutadores, e dá pra ver.

Aaric a derruba seis vezes, quase sem esforço.

Que merda. Isso complica algumas coisas. Tipo mantê-la viva, por exemplo.

Uma hora depois, consigo aguentar a aula de física sob o olhar atento de Ridoc, sabendo muito bem que o sangue do aluno do primeiro ano está secando na minha pele. Fico de cabeça erguida enquanto os outros cadetes encaram. Fica mais fácil depois que o zumbido em meus ouvidos diminui, mas ainda estou enjoada depois da aula.

Imploro para pular o jantar e rejeito a oferta de Rhi para me ajudar a chegar no quarto, caminhando de forma lenta, mas cuidadosa, ao subir os degraus até o andar do segundo ano. Cada osso, cada músculo, cada fibra do meu ser dói.

Um segundo antes de alcançar a maçaneta, sinto uma pontada, aquela sombra cor de meia-noite que abraça minha mente.

O alívio me toma quando empurro a porta e vejo Xaden inclinado na parede entre a escrivaninha e minha cama, de braços cruzados, parecendo que vai matar alguém, como sempre.

— Faz oito dias — eu consigo dizer, estremecendo.

— Eu sei — responde ele, afastando-se da parede e atravessando o quarto com poucos passos. — E, pelo que Tairn mostrou a Sgaeyl, eu deveria ter mandado o meu comandante para a puta que o pariu e chegado mais cedo.

Ele segura meu rosto entre as mãos e me faz sentir de um jeito completamente diferente de quando Emetterio fez o mesmo gesto mais cedo, e a raiva que brilha nos olhos dele é um contraste com a gentileza de seu toque enquanto avalia meus ferimentos.

— O sangue é dele. — Minha garganta arde como se eu tivesse acabado de engolir fogo.

— Ótimo. — Ele flexiona a mandíbula, o olhar abaixando-se para os hematomas que sei que circundam meu pescoço.

— Eu nem sei qual era o nome dele.

— Eu sei. — Ele afasta as mãos, e imediatamente me entristeço pela falta delas.

— Foi o coronel Aetos que mandou ele me matar.

Ele assente, um gesto contido.

— Fiquei mal por não poder ter matado ele primeiro.

— O aluno? Ou Aetos?

— Os dois. — Ele não sorri ao ouvir minha tentativa de piada. — Vamos limpar você e fazer curativos.

— Você não pode sair por aí matando cadetes. Agora você é um oficial.

— Espere só pra ver.

***

— Como é lá em Samara? — eu pergunto horas depois, sentada de pernas cruzadas na minha cama depois do banho, engolindo uma tigela de sopa que ele me trouxe da cantina.

Cada vez que eu engulo dói, mas ele está certo: não posso ficar sem comer e me arriscar a ficar fraca.

— Olha só pra você, fazendo perguntas.

Um canto da boca de Xaden se levanta quando ele inclina o corpo para trás, ocupando a poltrona no canto do quarto, afiando as adagas com uma faixa de couro. Ele trocou o uniforme de voo enquanto eu estava no banho, mas de alguma forma fica ainda mais lindo nesse novo uniforme. Não deixo de notar que não acrescentou os brasões a este, tampouco. Ele só usava o brasão de Dirigente de Asa e da designação de Asa quando estava aqui na Divisão.

— Não vou brigar com você por causa do seu joguinho de perguntas hoje à noite. — Eu lanço um olhar feio para ele, vendo os dois livros que Jesinia me emprestou na estante ao lado dele.

Porém, qualquer ideia de contar a ele sobre a minha pesquisa desaparece com esse lembrete de que eu não vou receber a verdade completa quando se trata dele.

— Querer que você pergunte o que quer saber não é um joguinho. Entre você e eu? Não tem joguinho. — Ele passa a lâmina no couro, um movimento repetitivo. — E Samara é... diferente.

— Essa resposta de uma palavra só não vai rolar.

Ele ergue o olhar.

— Preciso ficar provando meu valor todas as vezes no que provavelmente é o entreposto mais cruel que nós temos. É... irritante.

Abro um sorriso. É claro que Xaden ficaria *irritado*.

— Eles tratam você muito diferente?

— Por causa disso? — Ele indica a lateral do pescoço, dando um tapinha com a parte chata da lâmina na relíquia.

— Sim.

Ele dá de ombros.

— Acho que meu sobrenome é pior do que a relíquia. Os cavaleiros mais velhos pegam leve com Garrick, e sou grato por isso.

Solto a colher dentro da tigela.

— Sinto muito.

— Não é pior do que o que eu esperava, e meu sinete já deixa todo mundo bem cauteloso. — Ele enfia a faixa de couro na mochila e depois embainha a última lâmina quando fica em pé. — Você sabe como é. Todo mundo julga você pelo seu sobrenome o tempo todo.

— Acho que é seguro dizer que, pra você, é pior.

— Só dentro das fronteiras.

Ele vira minha armadura de onde está secando nas costas da cadeira da escrivaninha e atravessa o quarto para se sentar no pé da minha cama. Não é tão grande quanto a cama dele era no ano passado, mas tem espaço para nós dois se eu pedir para ele ficar. O que eu não vou fazer. Já é difícil o bastante ficar perto dele sem beijá-lo. Se eu dormir do lado dele? Vou acabar cedendo à tentação.

— Justo — respondo, deixando a tigela na mesa de cabeceira, e pego minha escova, meu olhar indo até a porta quando ouço a voz de Rhiannon no corredor um segundo antes de ela fechar a porta. O que me lembra... — Você fez uma égide no meu quarto para me proteger de visitantes antes de ir embora?

Ele assente.

— E também para não escapar som. — Ele cruza o tornozelo em cima do joelho sem deixar as botas encostarem na cama. — Só de um lado, claro. Você pode ouvir tudo que está acontecendo lá fora, mas ninguém vai ouvir nada que estiver rolando aqui dentro. Achei que talvez fosse gostar de um pouco de privacidade.

— Privacidade que vou poder ter com todas as pessoas que *não* posso trazer para cá?

— Você pode trazer quem quiser — retruca ele.

— Ah, é mesmo? — Minha voz fica sarcástica enquanto passo a escova pelos cabelos molhados. — Porque a Rhiannon tentou entrar outro dia e foi arremessada para o outro lado do corredor.

O canto da boca dele se levanta, formando uma sombra de sorriso.

— Diga a ela para segurar sua mão da próxima vez. A única forma de entrar é tocando em você.

— Espera aí. — Eu paro de falar, terminando de passar a escova pelas pontas duplas. — Então a égide não permite só eu e você?

— O quarto é seu, Violet. — O olhar dele acompanha o movimento da escova nos meus cabelos, e a forma como os dedos dele se curvam sobre o colo me faz engolir em seco. — O quarto está protegido para deixar entrar quem você quiser puxar para dentro. — Ele pigarreia e muda de posição enquanto termino de escovar o cabelo. — E eu, de uma forma mais egoísta.

Eu amo o seu cabelo. Se você algum dia quiser me fazer ficar de joelhos ou ganhar uma discussão, é só soltá-lo. Eu vou entender.

Prendo a respiração ao me recordar dessa memória. Faz poucos meses desde que ele me dissera isso? Parece que faz uma eternidade… mas, ao mesmo tempo, é como se tivesse sido ontem.

— Você criou uma égide para o quarto que me dá privacidade total para mim e para qualquer pessoa que eu quiser trazer para cá? — Ergo as sobrancelhas para ele. — Caso eu tenha vontade de…

— Fazer o que você quiser. — O ardor no olhar dele me rouba o fôlego. — Ninguém vai ouvir nada. Mesmo se destruir um armário.

Eu me atrapalho com a escova e ela cai no meu colo, mas eu a pego de volta rapidamente. Ou quase.

— Este armário aqui parece bem sólido. Não é nada parecido com aquele fajuto do meu quarto no ano passado.

Aquele que acidentalmente transformamos em lenha na primeira vez que colocamos a mão um no outro.

— Será que é um desafio? — Ele olha para os móveis. — Porque eu aposto que a gente consegue destruí-lo depois que você estiver completamente curada.

— Ninguém nunca está completamente curado por aqui.

— Você tem razão. Então é só pedir, Violet. — A forma como ele me encara é o suficiente para fazer a temperatura do meu corpo subir. — Só precisa dizer três palavras.

Três palavras?

Ah, nem *fodendo* que vou falar para ele que eu o quero. Ele já tem poder demais sobre mim.

— *Conseguir* é uma coisa, *dever* é outra — eu consigo falar. Minha força de vontade, quando se trata de Xaden, é uma merda. Basta um toque e eu me jogo nos braços dele, aceitando qualquer coisa que ele me diga como verdade, em vez do acesso irrestrito que eu mereço… ou melhor, de que eu preciso. — E a gente definitivamente não deveria fazer isso.

— Então me conta como foi a sua semana em vez disso. — Ele muda de assunto bem rápido.

— Eu não consegui ver todos — confesso. — No Parapeito. Eu tentei, mas… não deu.

— Você estava na torre? — Ele franze a testa.

— Sim. — Eu mudo minha posição, colocando os joelhos doloridos para o lado. — Prometi a Liam que ia ajudar Sloane, e não poderia fazer isso se ficasse no pátio. — Uma risada sarcástica escapa dos meus lábios. — E ela me odeia. Muito.

— É impossível odiar você. — Ele fica em pé e vai até onde deixou a mochila apoiada contra a parede. — Confie em mim. Eu tentei.

— Bom, acredite em *mim*, ela me odeia. Ela queria me desafiar hoje na hora da avaliação. — Eu me recosto na cabeceira. — Ela me culpa pela morte de Liam. Não que esteja errada, mas…

— A morte de Liam não foi culpa sua — interrompe ele, o corpo rígido. — Foi minha. Se Sloane quer odiar alguém, pode mirar bem aqui.

Ele dá um tapinha no peito e gira o corpo, depositando a mochila em cima da mesa.

— Não foi culpa sua.

Não é a primeira vez que temos essa discussão, e certamente não vai ser a última. Acho que a culpa é grande o bastante para nós dois carregarmos um pouco.

— Foi sim. — Ele abre a mochila e começa a vasculhar lá dentro.

— Xaden…

— Quantos cadetes caíram esse ano? — Ele tira de lá um papel dobrado, fechando a mochila.

— Cadetes demais.

Eu ainda consigo ouvir os gritos.

— Sempre são cadetes demais. — Ele volta a se sentar na cama, dessa vez perto o bastante para meus joelhos roçarem contra a coxa dele. — E tudo bem você não ter conseguido ficar vendo os mais jovens morrerem. Quer dizer que você ainda é você.

— E eu lá poderia ser outra pessoa? — Meu estômago revira diante da expressão vazia do rosto dele, a muralha que se ergue sólida entre nós com a menção da morte de Liam. — Porque às vezes sinto que sou. Eu nem quero aprender o nome dos alunos do primeiro ano. Não quero nem *saber* quem eles são. Não quero ficar magoada quando morrerem. O que isso faz de mim?

— Uma aluna do segundo ano — responde ele, como se fosse simples, da mesma forma que tinha declarado que não poderia salvar todos os marcados no ano anterior, apenas aqueles que estavam dispostos a tentar.

Às vezes eu me esqueço do quanto ele é impiedoso.

O quanto pode ser impiedoso em meu nome.

— Eu já fiquei frente a frente com a morte antes — rebato. — Fui praticamente rodeada por ela ano passado.

— Não é a mesma coisa. Ver nossos amigos, nossos iguais, morrerem na Armadilha, na Ceifa, nos desafios e até mesmo em batalha é uma coisa. Todo mundo aqui está lutando para sobreviver, e isso nos prepara para o que vamos enfrentar lá fora. Só que quando são os cadetes mais novos…

Ele balança a cabeça e a inclina para a frente.

Eu aperto a mão na escova para evitar tocá-lo.

— O primeiro ano é quando alguns de nós perdemos nossas vidas — fala ele baixinho, colocando uma mecha do meu cabelo molhado para trás. — O segundo ano é quando o resto de nós perde nossa humanidade. Tudo isso faz parte do processo de nos transformarmos em armas eficientes, e não se esqueça, nem por um segundo, de que esse é o objetivo.

— Para não ficarmos sensíveis com a morte?

Ele assente.

Uma batida ressoa na porta, e eu me sobressalto, mas não deixo de notar que Xaden não reage. Ele só suspira e fica em pé, indo até a porta.

— Já? — pergunta ele, depois de abri-la, impedindo minha vista. Ou impedindo que *me* vejam.

— Já. — Reconheço a voz de Bodhi.

— Me dá só mais um minuto. — Xaden fecha a porta antes de esperar por uma resposta.

— Deixa que eu vou com você. — Jogo os pés pela lateral da cama.

— Não. — Ele se abaixa na minha frente até ficarmos olho no olho, o pergaminho da mochila ainda na sua mão. — Dormir é o jeito mais rápido de se curar, a não ser que esteja querendo ir atrás do Nolon, mas, pelo que ouvi por aí, ele está com a agenda cheia ultimamente.

— Você também precisa dormir — protesto, apesar do pavor que entala em minha garganta. Só temos algumas horas, e não estou pronta para ele ir embora outra vez. — Ficou voando metade do dia.

— Preciso fazer muita coisa antes de amanhã.

— Deixa eu ajudar.

Merda, agora estou implorando.

— Ainda não. — Ele estica a mão para segurar meu rosto, mas então se afasta, como se estivesse repensando a questão. — Mas preciso que preste atenção no que vai acontecer quando sair daqui a sete dias com Tairn. — Ele pressiona o papel na minha mão. — Até lá... você tem isso.

— O que é isso? — Olho para baixo, mas me parece só um pergaminho dobrado.

— Você me disse uma vez que eu tinha medo de que você não gostasse de mim se me conhecesse de verdade.

— Eu me lembro disso.

— Todas as vezes em que estamos juntos, estamos treinando ou lutando. Não temos muito tempo para caminhadas longas pelo rio ou seja lá qual for o rolê romântico aqui em Basgiath. — Ele aperta minha mão gentilmente, mas consigo sentir os calos que tem ali de tanto treinar com armas. — Mas eu falei que encontraria um jeito de me abrir mais, e isso é tudo que posso fazer.

Meu olhar encontra o dele, meu coração parecendo bater na garganta.

— A gente se vê em Samara — diz ele, e se levanta, pegando a mochila e as duas espadas que deixou recostadas ao lado da porta.

— Como vou achar você quando chegar? — Fecho os dedos ao redor do pergaminho. Nunca nem vi Samara. Mamãe nunca foi mandada para um posto lá.

Ele se vira na minha direção ao chegar na porta, sustentando o meu olhar.

— Terceiro andar, ala sul, na segunda porta à direita. As égides vão deixar você entrar.

O quarto dele no quartel.

— Deixa eu adivinhar. A égide impede que qualquer som saia e permite que eu, você e qualquer um que você quiser puxar para dentro entrem?

Só de pensar nele usando o quarto à prova de som para quebrar armários junto de outra pessoa é o bastante para azedar a sopa no meu estômago.

Podemos até não estar juntos, mas o ciúme não é uma emoção muito racional.

— Não, Violet. — Ele ergue as duas espadas, embainhando-as na mochila nas costas com uma habilidade treinada e lançando um sorrisinho torto para mim. — Só eu e você.

E vai embora antes que eu possa sequer pensar em uma resposta.

Com as mãos trêmulas, desdobro o papel… e abro um sorriso.

Xaden Riorson me escreveu uma carta.

Garrick sempre foi o meu melhor amigo. O pai dele era assistente do meu pai, e de certa forma ele é o meu Dain, só que consigo confiar nele. Depois de Liam, Bodhi era e sempre foi a coisa mais próxima que já tive de um irmão, sempre nos acompanhando, sempre um passo atrás de nós.

— Correspondência recuperada do tenente Xaden Riorson endereçada à cadete Violet Sorrengail

CAPÍTULO ONZE

Com um sorriso nos lábios, apoio as mãos na cabeça e caminho para recuperar o fôlego depois que Imogen e eu terminamos nossa corrida matinal algumas manhãs depois disso, entrando no pátio meia hora antes de o café da manhã começar a ser servido.

Ele me escreveu uma *carta*, e eu já a reli tantas vezes que memorizei cada palavra. Não há nada nem remotamente perigoso ali, nenhum segredo da revolução ou qualquer dica de como ajudar, mas não é como se ele pudesse se arriscar ao escrever esse tipo de coisa. Não, o que ele escreveu é ainda melhor. É só sobre *ele*. Os pequenos detalhes que o compõem, o fato de que ele costumava se sentar no telhado da Casa Riorson durante a rebelião na esperança de que o pai fosse voltar e contar a ele que a guerra havia terminado.

— Faz uns três dias que você não para de sorrir feito bêbada — reclama Imogen, abaixando-se para verificar a plataforma enquanto passamos. — Como é que *qualquer pessoa* consegue ser feliz a essa hora da manhã?

Não posso culpá-la. Eu estivera tensa desde o dia da avaliação, também. Assim como Bodhi e Eya.

— Não tive nenhum pesadelo nos últimos dias, e ninguém acordou ainda, assim tão cedo, pra tentar me matar. — Deixo as mãos penderem na lateral do corpo. Consegui ganhar um pouco mais de fôlego entre as pausas para caminhar dessa vez.

— Tá, até parece que *esse* é o motivo. — Ela alonga o pescoço. — Por que você não aceita ele de volta logo de uma vez?

— Ele não confia em mim. — Dou de ombros. — E não posso confiar nele. É complicado demais. — Mas, caramba, como sinto falta de vê-lo de vez em quando todos os dias. O sábado parece que não vai chegar nunca. — Além do mais, mesmo que duas pessoas tenham uma química inigualável, não significa que deveriam estar em um relacionamento que envolva algo além do físico…

— Ah, não. — Ela balança a cabeça, colocando uma mecha de cabelo rosa atrás da orelha. — Minha ideia era encerrar essa conversa, não começar. Eu até topo correr e puxar ferro com você, mas você tem amigos e pode conversar sobre sua vida sexual com eles. Lembra? Os que estou vendo você evitar de propósito toda vez?

Não vou entrar nesse assunto.

— E nós não somos amigas? — questiono.

— Nós somos… — Ela franze o cenho. — Colegas de conspiração com um interesse mútuo em sobreviver.

Isso me faz sorrir ainda mais.

— Ah, você tá ficando tão fofa comigo.

Ela estreita os olhos e encara algo mais longe, na direção da parede externa.

— O que, em nome de Dunne, uma escriba estaria fazendo aqui na Divisão a essa hora da manhã?

Eu me sobressalto ao ver Jesinia esperando em uma das alcovas nas sombras, parada ali como se estivesse tentando se esconder.

— Relaxa. É amiga minha.

Imogen me olha de soslaio, desdenhosa.

— Você está se escondendo dos outros alunos do segundo ano, mas fazendo amizade com *escribas*?

— Estou me distanciando para não mentir para eles, e sou amiga de Jes… olha, quer saber do que mais? Eu não preciso me explicar pra você. Vou ver o que *minha amiga* precisa.

Eu aperto o passo, mas Imogen me acompanha mesmo assim.

— Oi — eu sinalizo em língua de sinais para Jesinia conforme nos aproximamos da alcova. Essa, em particular, tem um túnel que leva direto aos dormitórios. — Tá tudo bem aí?

— Vim encontrar você… — A sobrancelha dela franze sob o capuz quando olha para Imogen, que a avalia como se encarasse uma oponente.

— Tá tudo bem — digo para Imogen, sinalizando ao mesmo tempo. — Jesinia não vai tentar me matar.

Imogen inclina a cabeça, o olhar perscrutando o saco bege que Jesinia traz consigo.

— Não vou tentar matar ninguém — gesticula Jesinia, os olhos castanhos arregalados. — Eu nem saberia como.

— Violet sabia muito bem matar uma pessoa, mesmo só com a educação que recebeu dos escribas — responde Imogen, as mãos se movimentando rapidamente.

Jesinia pisca.

Ergo as sobrancelhas para Imogen.

— Tudo bem — responde Imogen, e continua sinalizando enquanto dá passos para trás. — Mas, se ela vier atrás de você com uma pena afiada, a culpa não foi minha.

— Foi mal, ela é assim mesmo — sinalizo, depois que Imogen dá as costas para nós.

— Estão tentando te matar? — Jesinia franze as sobrancelhas.

— É uma quinta-feira normal. — Entro na alcova para não ficar de costas para o pátio. — Sempre fico feliz em ver você, mas no que posso ajudar?

Cadetes escribas quase nunca vêm à Divisão dos Cavaleiros, a não ser que estejam aqui a mando do capitão Fitzgibbons.

— Duas coisas — sinaliza ela quando nós duas nos sentamos no banco, e então pega algo na bolsa para me entregar. É uma cópia do livro *O dom dos Seis Primeiros*. Parece ter centenas de anos. — Você disse que queria um relato antigo dos primeiros cavaleiros quando devolveu os outros livros. Esse é um dos mais antigos que encontrei e que pode ser retirado dos Arquivos. Está se preparando para outro debate?

Eu coloco o livro no colo e escolho as palavras que vou usar com cuidado. Minha intuição diz que posso confiar nela, mas, depois do que aconteceu com Dain, não sei se posso confiar nos meus instintos. Principalmente sabendo que não é seguro para ela.

— Só estou estudando. Obrigada, mas não precisava ter trazido até aqui. Eu teria ido encontrar você.

— Não queria que você esperasse até eu estar trabalhando nos Arquivos, e você me disse que corre todos os dias pela manhã… — Ela respira fundo várias vezes, o que geralmente significa que está reorganizando os pensamentos. — E odeio admitir, mas preciso de ajuda.

Ela termina de gesticular e depois tira da bolsa um livro esfarrapado e me entrega. Eu o pego para liberar as mãos dela, notando as folhas gastas e a lombada solta.

— Estou tentando traduzir isso aqui para um trabalho que estou fazendo e estou tendo dificuldade para compreender algumas frases.

É lucerino antigo, e, do que eu me lembro, é uma das línguas mortas que você sabe ler. — As bochechas dela ficam coradas e ela olha por cima do ombro para o túnel iluminado por luzes mágicas, como se outro escriba pudesse nos ver ali. — Eu ficaria encrencada se soubessem que estou pedindo ajuda. Adeptos não deveriam pedir ajuda.

— Eu sou boa em guardar segredos — sinalizo, meu rosto desmoronando ao me lembrar de como eu usava o idioma para trocar bilhetes em código com Dain quando éramos crianças.

— Obrigada. Eu conheço quase todas as outras línguas. — Os gestos de mão que me lança são rápidos e precisos, e a boca dela está tensa. — Você sabe bem mais línguas do que eu.

Compartilhamos um sorriso, e abro o livro na página que está marcada, analisando os círculos de tinta que compõem a escrita logossilábica. Jesinia aponta para uma frase.

— Estou travada nessa aqui.

Leio rapidamente o início do parágrafo para garantir que entendi a qual parágrafo ela está se referindo e então sinalizo a frase que ela está querendo traduzir, soletrando a última palavra: o nome de um rei antigo que viveu mil antes de Navarre existir.

— Obrigada. — Ela escreve a frase no caderno que trouxe consigo.

Rei antigo. Viro as páginas do livro até chegar na primeira e meus ombros caem. A data é de vinte e cinco anos atrás.

— Foi copiado à mão de um original — sinaliza Jesinia. — Cerca de cinco anos antes de a Divisão ter recebido a primeira prensa tipográfica.

Certo. Porque não tem nada mais velho do que quatrocentos anos nos Arquivos, com exceção dos pergaminhos da Unificação. Sinto o suor gelar na nuca enquanto traduzo algumas outras frases para ela de diversas páginas diferentes, chocada que ainda me lembre de tanta coisa depois de não ter praticado por um ano, e depois entrego o livro de volta para ela quando termino a última frase que ela marcara.

Se eu me apressar, consigo tomar um banho e ainda chegar no horário para o café da manhã.

— Nosso trabalho ultimamente tem sido na intenção de retirar todas as línguas mortas da seção pública dos Arquivos e traduzir tudo para facilitar a leitura — sinaliza ela com um sorriso empolgado, e então guarda o resto das coisas. — Você deveria vir dar uma olhada no quanto já fizemos.

— Os cavaleiros não podem passar da mesa da entrada — eu a lembro.

— Eu abriria uma exceção para você. — Ela sorri. — Os Arquivos quase sempre estão vazios aos domingos, especialmente com a maioria dos terceiranistas voltando para casa para aproveitar a folga.

Um grito irrompe no ar e me faz erguer a cabeça. Do outro lado do pátio, um segundanista da Terceira Asa foi arrastado da Ala Acadêmica, entre dois outros cavaleiros mais velhos, acompanhado pelo professor Markham.

O que, em nome de Amari, está acontecendo?

Jesinia empalidece e afunda mais nas sombras da alcova enquanto o aluno é levado ao dormitório, onde os túneis se conectam ao outro lado do cânion e ao prédio principal de Basgiath.

— Acho… — sinaliza ela, começando a respirar ofegante. — Acho que isso aí foi culpa minha.

— Como assim? — Eu me viro para encará-la.

— Aquele cavaleiro pediu um livro ontem e eu registrei o pedido dele. — Ela se inclina na minha direção, o pânico crescente nos olhos. — Preciso registrar os pedidos. É…

— O regulamento — nós duas sinalizamos ao mesmo tempo.

Eu assinto com a cabeça.

— Você não fez nada de errado — volto a sinalizar. — Qual era o livro?

Ela olha na direção das portas por onde o cavaleiro desapareceu.

— Eu preciso ir. Obrigada.

O medo que vejo estampado em seus olhos me impede de repetir a pergunta antes de ela se afastar. Encaro o livro que está no meu colo, percebendo o quanto meu "projeto de pesquisa" pode ser perigoso.

***

— Me espera! — grita Rhiannon mais tarde naquele mesmo dia, correndo para atravessar a multidão de cavaleiros enquanto chegamos aos degraus ao lado da Armadilha, onde a maioria de nós está presa em um engarrafamento de alunos enquanto esperamos nossa vez de subir ao campo de voo.

— A gente ainda tá aqui! — Eu aceno antes de voltar o olhar para as pessoas inquietas ali perto, observando as mãos e as armas que carregam.

Eu confio nos membros do meu esquadrão implicitamente, mas ninguém além deles. Só precisam de uma faca bem posicionada na multidão e eu sangraria até morrer sem nem saber quem me matou.

— Acho que isso tá errado — murmura Sawyer, dobrando nosso mapa de lição de casa para ASC. — Não consigo entender a número quatro, não importa quantas vezes eu conte as linhas de elevação.

— É ao norte — digo, dando um tapinha no canto daquela monstruosidade dobrada. — Você está olhando para o setor errado nessa pergunta. Confie em mim. Precisei pedir ajuda ao Ridoc ontem à noite.

— Argh. Isso é só uma merda da infantaria. — Ele enfia o mapa no bolso.

— Por que você não aceita que eu sou um deus da navegação por terra e pede logo minha ajuda igual a todo mundo? — provoca Ridoc, e Rhi finalmente nos alcança. — Até que enfim! Achei que a liderança nunca se atrasava.

— A liderança estava em reunião — responde Rhi, segurando um punhado de cartas. — E a liderança recebeu o correio!

A esperança toma conta de mim, substituindo a hipervigilância por um segundo antes de conseguir esmagá-la.

— Ridoc — diz Rhiannon, entregando uma carta para ele. — Sawyer. — Ela se vira, entregando outra. — Essa é minha. — Ela joga a dela para o fundo da pilha. — E Violet.

Ele não faria isso, eu me lembro, antes de pegar a carta, e ainda assim não consigo evitar prender a respiração enquanto abro o envelope que não foi selado.

> Violet,
>
> Desculpa ter demorado tanto tempo pra escrever. Só agora eu vi a data. Você está no segundo ano!

Meus ombros desabam, o que é… patético.

— De quem é? — pergunta Rhiannon. — Você parece decepcionada.

— É da Mira — respondo. — E não, não estou decepcionada… — Paro de falar enquanto andamos um pouco na fila.

— Você achou que seria de um tenente também, mas outro — chuta ela, certeira, os olhos se suavizando em empatia.

Dou de ombros, mas é difícil impedir que a frustração transpareça na voz.

— Eu já devia saber.

— Está com saudades dele, né? — Ela abaixa a voz enquanto chegamos mais perto dos degraus.

Faço que sim com a cabeça.

— Não devia, mas estou.

— Vocês dois estão juntos? — sussurra ela. — Sabe, todo mundo sabe que vocês estão transando, mas você anda meio esquisita.

Olho adiante, me certificando de que Sawyer e Ridoc estão absortos nas próprias cartas. Essa é uma verdade que posso conceder a ela.

— Não estamos mais.

— Por quê? — pergunta ela, franzindo o cenho. — O que rolou?

Abro a boca, depois a fecho. Talvez a verdade *não* seja fácil. Que porra eu vou contar pra ela? Deuses, por que tudo isso ficou tão complicado?

— Você pode me contar, sabe? — Ela força um sorriso, e a mágoa que vejo ali me faz sentir como um grande saco de bosta.

— Eu sei.

Para minha sorte, logo começamos a subir as escadas, e assim tenho uma oportunidade de pensar.

Chegamos ao topo, entrando no cânion em formato de caixa que é o campo de voo, e meu coração parece inchar ao ver os dragões organizados da mesma forma que fazemos formatura no pátio. É lindo, aterrorizante, um caleidoscópio de poder que me faz sentir pequena, roubando o ar dos meus pulmões.

— Essa sensação não vai mudar nunca, né? — diz Rhiannon, enquanto seguimos Ridoc e Sawyer pela formatura, o sorriso dominando o rosto.

— Acho que não. — Compartilhamos um olhar e resolvo ceder. — Xaden não foi sincero comigo — eu conto baixinho, sentindo que devo ao menos *uma* verdade para minha melhor amiga. — Precisei terminar o que a gente tinha.

Ela arregala os olhos.

— Ele mentiu?

— Não. — Aperto a carta de Mira com força. — Mas não me contou toda a verdade. E ainda se recusa a contar.

— Ele tem outra? — Ela ergue as sobrancelhas. — Porque, se vocês tinham combinado exclusividade e aquele cuzão dominador das sombras te traiu, eu te ajudo a aniquilar…

— Não, não — respondo, rindo. — Nada desse tipo. — Nós passamos pelos dragões da Segunda Asa. — É… — Minhas palavras somem. — É… complicado. E você e a Tara? Não vi ela por aí ultimamente.

Ela suspira.

— Nenhuma de nós duas tem tempo uma pra outra. É uma merda, mas talvez melhore ano que vem, quando nenhuma de nós vai ser Líder de Esquadrão.

— Ou talvez vocês sejam promovidas a Dirigentes de Asa. — Esse pensamento me faz reprimir um sorriso. Rhi seria uma Dirigente de Asa incrível.

— Pode ser. — Ela dá pulinhos ao andar. — Mas nesse meio-tempo podemos sair com quem a gente quiser. E você? Porque, se estiver solteira, preciso admitir que tem uns caras da Segunda Asa que, de alguma forma, ficaram mais gostosos depois dos Jogos de Guerra. — Os olhos dela se iluminam. — Ou podemos fazer uma visita secreta a Chantara esse final de semana e beijar uns cadetes da infantaria! — Ela ergue um dedo. — O pessoal da Hospitalar até pode ser bom, mas nada de escribas. Aquelas túnicas me broxam. Não que eu vá te julgar se você gostar. Só estou dizendo que agora somos do segundo ano, e nossas opções de extravasar são *infinitas*.

Talvez um estranho aleatório seja exatamente o que preciso para me esquecer de Xaden, mas não é isso que quero.

Ela examina meu rosto como se eu fosse um quebra-cabeças que precisa ser resolvido antes de continuarmos a andar pelo campo.

— Merda. Você ainda tá muito na dele.

— Eu… — suspiro. — É complicado.

— Já disse isso mil vezes. — Ela tenta controlar a expressão, mas vejo que está decepcionada quando não elaboro mais do que isso. — Mira falou alguma coisa sobre o fronte nessa carta aí?

— Não sei. — Olho para a carta e a leio rapidamente. — Ela foi alocada em Athebyne. Diz que a comida lá é só um pouco melhor do que a da nossa mãe. — Isso me faz rir e eu viro a página, mas o sorriso morre rapidamente quando vejo as linhas pretas grossas que censuram diversos parágrafos. — Mas que porra…

Viro para a próxima página, mas tudo que vejo são mais linhas pretas grossas antes de um parágrafo de despedida, dizendo que vai tentar voar até Samara durante uma das visitas que farei no futuro.

— O que aconteceu? — Rhiannon ergue o olhar da própria carta enquanto continuamos andando, passando agora pelos dragões da Terceira Asa.

— Acho que a carta foi censurada. — Mostro a folha de papel para ela para que veja as linhas pretas e depois olho em volta para garantir que ninguém mais percebeu o que fiz.

— Alguém censurou sua correspondência? — Ela parece surpresa. — Alguém *leu* sua carta?

— Não estava selada.

Eu a enfio de novo no envelope.

— Quem faria isso?

Melgren. Varrish. Markham. Qualquer um que receba ordens de Aetos. A minha própria mãe. As opções são vastas.

— Não sei.

E isso nem é bem mentira. Eu coloco o envelope no bolso interno da jaqueta de voo e estremeço quando a abotoo. Está quente pra caralho para usar essas coisas aqui no campo, mas sei que vou ficar grata pela camada extra quando estiver voando daqui a alguns minutos.

Um dragão vermelho na segunda fileira bufa um filete de fumaça, em aviso a um cadete da Terceira Asa que chega perto demais, e nós nos apressamos.

Tairn é, de longe, o maior dragão do campo, e parece terrível e completamente entediado enquanto espera por mim, o metal da sela brilhando contra as escamas ao sol. Não consigo evitar um suspiro de decepção por Andarna não estar com ele quando vejo suas patas dianteiras.

— Ei, o Tairn mencionou algum outro dragão preto no Vale? — pergunta Ridoc por cima do ombro enquanto passamos pelo Setor Garra, chegando primeiro em Tairn, que está parado na posição de liderança, apesar de Rhiannon e Sawyer terem uma patente mais alta.

Praticamente tropeço.

— Quê?

— Eu sei, parece ridículo, mas, quando a gente passou pelo Kaori lá atrás, juro que ouvi ele falando de alguém ter visto algum outro dragão preto. Estava praticamente dando pulinhos de tão empolgado.

— *Tairn?* — chamo.

Se o professor da aula de Biologia Dracônica descobrir sobre Andarna, estamos ferrados.

— *Só alguns dragões a avistaram antes que ela entrasse nas cavernas para o Sono Sem Sonhos. Tente você mantê-la escondida para ver se consegue.*

Ótimo.

— Talvez tenham visto só o Tairn — digo a Ridoc. Não é mentira. — Ou algum ancião?

— Kaori acha que é um dragão novo. — Ele ergue as sobrancelhas. — Você devia perguntar a Tairn.

— Hm. — Engulo em seco. — É, eu devia.

Ainda não é mentira.

Meus três colegas seguem em frente, montando os próprios dragões. Tairn abaixa o ombro esquerdo para mim, mas logo se endireita.

— À esquerda — avisa ele, quando algo se aproxima de mim por trás.

Eu rapidamente me viro para encarar a ameaça e reforço meus escudos.

Varrish caminha até mim, os braços firmemente atrás de si, e o major nem deve mais ser humano, porque não tem sequer uma única gota de suor brilhando em sua testa larga.

— Ah, Sorrengail, aí está você.

Como se fosse muito difícil de encontrar Tairn entre os outros dragões.

— Major Varrish. — Deixo as mãos perto da coxa, de onde consigo desembainhar as adagas com facilidade, me perguntando qual seria o sinete dele. Nunca o vi com um brasão. Ou ele é convencido como Xaden e acredita que sua reputação fala mais alto, ou é parte do clubinho dos sinetes-secretos.

— É um colar e tanto que está exibindo. — Ele aponta para os hematomas esverdeados no meu pescoço.

— Obrigada. Custou caro. — Ergo o queixo. — O preço foi a vida de alguém.

— Ah, é mesmo. Eu me lembro de ter ouvido por aí que você quase morreu por causa de um *primeiranista*. Que bom que ele não terminou o trabalho vergonhoso que começou. Mas imagino que esteja acostumada com isso de mal conseguir sair com vida das lutas, considerando o quanto os rumores dizem que você é frágil.

Eu oficialmente detesto esse homem, mas ao menos sei que Tairn vai comê-lo vivo se tentar me atacar no campo.

Ele se inclina para a esquerda, como se olhasse por cima de mim.

— Achei que tivesse se unido a dois dragões?

— Eu me uni. — Sinto o suor descer pela coluna.

— Ainda assim, estou vendo só um. — Ele olha para Tairn. — Onde está a menor, dourada? A Rabo-de-pena de que tanto ouvi falar? Estava com esperança de vê-la pessoalmente.

Um rosnado ecoa pela garganta de Tairn, e ele inclina a cabeça para mim. A saliva se acumula em gotas gordas, pingando no chão na frente de Varrish.

O major fica tenso, mas continua exibindo uma máscara de divertimento enquanto dá um passo para trás.

— Esse aí sempre foi tão temperamental.

— Ele não gosta que invadam o espaço dele.

— Percebi que faz questão de que não invadam o seu também — comenta ele. — Me diga, Sorrengail, como você se sente sabendo que ele… hm, digamos, *facilita* as coisas para você, te dando mais vantagem sobre os outros cadetes?

— Se quer saber como eu me sinto sobre ele ter impedido a matança desnecessária de cavaleiros unidos que seu dragão planejava executar depois do Parapeito, então preciso dizer que me sinto ótima. Imagino que seja necessário um dragão *temperamental* para garantir que o outro se comporte.

— *Lembre a ele que eu ameacei digeri-lo vivo.*

— *Acho que não pegaria bem para mim* — respondo.

— *Seria divertido observar Tairn comer o pomposo.* — A voz de Andarna sai sonolenta.

— *Volte a dormir* — eu ralho.

Tairn avisou que ela só deveria acordar dali a um mês.

Os olhos de Varrish se estreitam momentaneamente para mim, e então ele abre um sorriso, mas não tem nada de gentil ou feliz nele.

— Quanto a sua Rabo-de-pena…

— Ela não consegue carregar um cavaleiro. — Não é mentira, já que ela não voou mais desde que acordou em Aretia. — Eu voo em Tairn, mas ela repassa algumas manobras nos dias mais fáceis.

— Bem, então tenha certeza de que ela esteja aqui, voando com você na semana que vem. Considere isso uma ordem.

Outro rosnado de Tairn ressoa.

— Dragões não recebem ordens de humanos — vocifero, o poder acordando dentro de mim, zumbindo sob a pele, fazendo meus dedos faiscarem.

— Claro que não. — O sorriso dele se alarga como se eu tivesse dito algo divertido. — Mas você recebe, não é?

— *Humano insolente* — rosna Tairn.

Ergo o queixo, sabendo que não há nada que possa dizer sem sofrer uma ação disciplinar.

— Isso é bem irônico, não acha? — pergunta Varrish, recuando um passo por vez. — Pelo que o coronel Aetos me contou, seu pai estava escrevendo um livro sobre os Rabos-de-pena, dragões que não são vistos há centenas de anos… e aí você acaba se unindo a um.

— "Coincidência" — eu o corrijo. — Acho que a palavra que queria usar é "coincidência".

— É mesmo? — Ele parece refletir, afastando-se e passando por Bodhi.

Meu estômago revira.

— *É, não é?* — eu pergunto.

— *Eu desconheço a pesquisa do seu pai* — garante Tairn.

Porém, Andarna ficou em silêncio.

— Cavaleiros! — Kaori projeta a voz pelo campo e Bodhi se aproxima de mim. — Os alunos do terceiro ano se juntaram a nós hoje por um motivo especial! Vão demonstrar um desmonte em corrida. — Ele gesticula para o céu.

Cath se aproxima pelo oeste, o Rabo-de-espada-vermelho bloqueando a visão do sol enquanto mergulha na direção do campo.

— Ele não está desacelerando — murmuro. Uma parte de mim torce para Dain cair dali.

— Ele vai desacelerar — promete Bodhi. — Mas só não muito.

Fico boquiaberta. Dain está abaixado no *ombro* de Cath, esticando os braços para se equilibrar enquanto Cath mergulha para ficar rente ao campo. As batidas das asas de Cath desaceleram apenas um pouco quando chega mais perto, e eu prendo a respiração quando Dain escorrega da perna de Cath para se empoleirar na garra enquanto o dragão ainda está *voando*.

Puta. Merda.

— *Isso não é aconselhável para você* — diz Tairn.

— *Para* qualquer um *que tem amor à própria vida* — rebato.

Cath abre as asas sutilmente, o bastante para desacelerar, e Dain dá um pulo enquanto passa pelos professores. Ele cai sobre a grama queimada de sol, correndo para dispersar o *momentum* do voo dentro de poucos metros e parando em seguida.

Os terceiranistas aplaudem, mas Bodhi permanece silencioso ao meu lado.

— E é por isso que Aetos é um Dirigente de Asa — anuncia Kaori. — Execução perfeita. Esse é o jeito mais eficiente de desmontar para iniciar o combate terrestre. Quando o ano terminar, vão ser capazes de desmontar assim em qualquer muralha de entreposto. Se prestarem bastante atenção, poderão executar essa manobra com segurança. Se tentarem pelos próprios métodos, vão acabar mortos antes de encostarem no chão.

Nem fodendo que eu vou tentar.

— *Algumas adaptações serão necessárias* — decreta Tairn.

— Por hoje, vamos praticar os movimentos básicos de saída do assento para o ombro — instrui Kaori.

— *Como vamos nos adaptar a* isto*?* — pergunto a Tairn.

— *Não disse que deveríamos.* — Ele bufa. — *O que eu quis dizer é que o observador de dragões terá que adaptar o que espera de você, ou almoçarei mais cedo.*

Essa manobra é completamente inútil no tipo de guerra que precisamos lutar.

— Kaori não sabe o que estamos enfrentando lá fora de verdade — digo para Bodhi, baixinho.

— Por que acha isso? — Ele olha para mim.

— Se ele soubesse, estaria ensinando um jeito mais rápido de *decolagem*, e não de pouso, porra.

***

— Avise a ele que ainda estamos trabalhando na próxima remessa — Bodhi me diz enquanto passamos pelo campo de voo iluminado pela lua, pouco antes da meia-noite, alguns dias depois.

— Remessa do quê? — pergunto, ajeitando a mochila nos ombros.

— Ele vai saber do que eu estou falando — promete Bodhi, estremecendo enquanto passa os dedos pelo hematoma escuro que tem no queixo. — E diga que é bruto. A forja está ocupada dia e noite, então não conseguimos… — Ele sacode a cabeça. — Só avise que é bruto.

— Estou começando a me sentir uma carta. — Lanço um olhar feio para ele.

É tudo que estou disposta a fazer, considerando o terreno irregular. Não vou arriscar virar o tornozelo antes de um voo de doze horas.

— Você é a melhor forma de levar informações até ele — confessa Bodhi.

— Sem que eu saiba de nada.

— Exatamente. — Ele assente. — É mais seguro até você ser capaz de se proteger de Aetos o tempo todo. Xaden deveria ter continuado o treino com você na última visita, mas aí…

— Eu fui estrangulada. — Ao menos só fui atacada uma vez este ano, mas os desafios voltam a acontecer daqui a uma semana.

— Foi. Fodeu um pouco a cabeça dele.

— Imagino que cair morto do nada teria sido inconveniente para ele — murmuro, prestando pouca atenção.

Merda. Os desafios começam daqui a uma *semana*. É hora de começar a verificar as listas para que eu possa voltar a envenenar meus inimigos.

— Você sabe que não é isso — ele diz para me repreender, no mesmo tom de sermão que Xaden usaria. — Eu nunca vi Xaden…

— Vamos mudar de assunto.

— … se importar assim…

— Sério. Para.

— … e isso inclui a Catriona.

Eu me viro na direção dele.

— Quem é Catriona, caralho?

Ele estremece, espremendo os lábios.

— Quais as chances de você se esquecer de que eu disse isso durante a viagem até Samara?

— Zero.

Tropeço em uma pedra, ou nos meus sentimentos, mas recupero o equilíbrio. Ao menos fisicamente. Já meus pensamentos? Tropeçam por ali, perguntando-se quem é Catriona. Seria uma cavaleira mais velha? Alguém em Aretia?

— Entendi. — Ele esfrega a nuca e solta um suspiro. — Nem uma chancezinha? Porque o acordo que vocês têm com Tairn e Sgaeyl é que Xaden deve voltar pra cá na semana que vem, e eu não estou nem um pouco a fim de levar uma surra depois de passar por mais uma tentativa de assassinato.

Agarro o braço dele e paro de andar.

— *Mais uma* tentativa?

Bodhi suspira.

— Isso. Foi a segunda vez que alguém tentou me pegar de surpresa no banho essa semana.

Arregalo os olhos, meu coração martelando no peito.

— Você está bem?

Ele tem a ousadia de abrir um sorriso.

— Eu abri a barriga de um babaca qualquer da Segunda Asa enquanto estava pelado e saí só com um hematoma. Estou bem. Mas vamos voltar para a parte em que você não menciona o meu comentário para o meu primo esquentadinho com quem está dormindo…

— Sabe do que mais? — Recomeço a andar. Se ele não quer nem assimilar o fato de que sofreu tentativas de assassinato, então não temos mais nada para conversar. — Eu não conheço você assim tão bem para discutir com quem eu durmo ou não, Bodhi.

Ele enfia as mãos nos bolsos e se apoia sobre os calcanhares.

— Você tem razão.

— Pois é.

A silhueta de Tairn bloqueia a luz da lua por um instante antes de ele pousar à nossa frente.

Bodhi sorri, tímido.

— Seu dragão chegou bem na hora de evitar que a gente tenha uma conversa constrangedora.

— *Vamos logo* — Tairn praticamente rosna.

Tento não levar para o lado pessoal. Ele está insuportável faz dias, e não posso culpá-lo. Sinto a dor física que ele sente como se fosse uma adaga no próprio peito quando ele invade minhas emoções.

— Ele está com pressa — informo a Bodhi. — Obrigada por me acompanhar…

— *Humanos!*

— Eita, porra — pragueja Bodhi, baixinho, quando as luzes mágicas se acendem atrás de nós, iluminando o campo inteiro da mesma forma que na noite em que voamos para os Jogos de Guerra.

— Cadete Sorrengail, vai precisar adiar o seu voo. — Varrish amplia a voz pelo campo.

Quando nos viramos, vejo que está acompanhado por dois outros cavaleiros que andam na nossa direção.

Tairn rosna em resposta.

Bodhi e eu trocamos olhares, mas ficamos em silêncio enquanto o trio se aproxima.

— *O que vamos fazer se ele tentar nos impedir?* — pergunto a Tairn.

— *Um banquete.*

Que nojo.

— Não esperava que fosse sair até o amanhecer — diz Varrish, lançando aquele sorriso nojento na minha direção enquanto os outros dois cavaleiros se posicionam ao nosso redor. As faixas nos uniformes declaram que são Primeiros-Tenentes, a mesma patente de Mira, uma acima de Xaden.

— Os quinze dias se completam hoje. Estou de folga.

É mesmo. — Varrish olha para a tenente mulher à minha esquerda. — Nora, vasculhe a bolsa dela.

— Como assim? — Dou um passo para trás.

— A bolsa — repete Varrish. — O Artigo Quarto, Seção Um do Códex declara…

— Que todos os pertences dos cadetes podem ser revistados a pedido do comando — termino por ele.

— Ah, você conhece o Códex a que também deve obedecer. Muito bem. Agora a bolsa.

Engulo em seco, rolando os ombros, e tiro a mochila antes de esticá-la para a esquerda, sem tirar os olhos de Varrish. A Primeira-Tenente pega a mochila.

— Pode ir embora, cadete Durran — diz Varrish.

Bodhi chega mais perto de mim e o tenente homem também dá um passo à frente, as luzes mágicas refletindo no brasão de sinete que está em seu uniforme: dominador de fogo.

— Como Líder de Setor da cadete Sorrengail, eu sou o próximo na cadeia hierárquica de comando dela. E o Artigo Quarto, Seção Dois do Códex declara que ela seja disciplinada dentro da cadeia hierárquica *antes* de ser levada à alta hierarquia. Eu estaria negligenciando meu dever se a deixasse em posse de potencialmente… seja lá o que estiverem procurando.

Varrish estreita os olhos enquanto Nora vira minha mochila no chão.

E lá se vai minha troca de roupa limpa.

Tairn abaixa a cabeça atrás de mim, posicionando-se um pouco para a minha direita e emitindo um rosnado baixo vindo do fundo da garganta. Nesse ângulo, ele conseguiria queimar os dois sem nem tocar em Bodhi e em mim, e com isso precisaríamos dar conta só de um cara.

A raiva me faz fervilhar, e fecho os punhos como se isso ajudasse a conter o poder que corre em minhas veias.

— Isso é mesmo necessário? — pergunta o outro tenente.

— Ele disse para fazer a revista — Nora responde antes de olhar para Varrish. — Roupas — ela declara, virando as peças. As mãos dela tremem quando olha na direção de Tairn. — Um texto de física do segundo ano, um manual de navegação terrestre e uma escova de cabelo.

— Me entregue o livro e o manual. — Varrish estica a mão para Nora.

— Precisa estudar pra alguma prova? — pergunto, sentindo gratidão repentina por ter deixado *O dom dos Seis Primeiros* no quarto.

Não que eu tenha aprendido alguma coisa com ele além do fato de que os Seis Primeiros não foram os primeiros cavaleiros a existir: foram apenas os primeiros a sobreviver.

Varrish não responde enquanto folheia as páginas, sem dúvida em busca de segredos rabiscados nas margens. Aperta a mandíbula quando não encontra nada.

— Satisfeito? — pergunto, os dedos tamborilando nas bainhas da coxa.

— Acabamos por aqui. — Ele larga o livro em cima da pilha de roupas. — Vejo você daqui a quarenta e oito horas, cadete Sorrengail. E não se esqueça de que, se a sua Rabo-de-pena decidir não aparecer com você outra vez na formatura, vou elaborar a punição correta que vai receber por abandono de função enquanto estiver fora.

Com essa ameaça, o trio se afasta, as luzes mágicas se apagando uma por uma quando passam, nos deixando outra vez no escuro exceto pelo círculo de luzes diretamente acima de nós.

— Você sabia que isso ia acontecer. — Eu encaro Bodhi antes de me abaixar para pegar minhas coisas reviradas, enfiando-as de volta na mochila. — Foi por isso que insistiu em vir até aqui comigo.

— Além das tentativas reais de assassinato que *todo mundo* está sofrendo, já que Imogen e Eya foram atacadas hoje também, saindo de uma aula de terceiranistas, já suspeitávamos que revistariam você, mas queríamos confirmar — ele confessa, abaixando-se para me ajudar.

Elas poderiam ter morrido. Meu coração palpita no peito, e compartimentalizo rapidamente esse medo em uma caixa onde decidi guardar todos os meus sentimentos nesse ano. Bem, todas as emoções exceto uma: a raiva.

— Você me usou de *cobaia?* — Eu fecho a fivela da mochila e enfio os braços pelas alças, sustentando o peso dela outra vez. — Sem me contar? Deixa eu adivinhar. A ideia foi de Xaden.

— Foi um experimento. — Ele faz uma careta. — Você foi o grupo controle.

— Então qual era a porra da variável?

Os sinos badalam, um som distante daqui.

— Confirma com o Tairn. Já é meia-noite. Acho que precisa ir embora logo — fala Bodhi. — Cada minuto que passa aqui é um minuto a menos que Tairn tem com Sgaeyl.

— *Concordo.*

— Pare de me usar como se eu fosse uma pecinha de jogo, Bodhi. — Cada palavra que pronuncio sai afiada. — Vocês dois querem minha ajuda? É só pedir. E nem comecem com essa merda das minhas habilidades de escudo. Não têm nenhuma desculpa pra me fazer entrar numa situação sem preparo.

Ele parece envergonhado.

— Você tem razão.

Aceno com a cabeça e subo na rampa que Tairn cria ao abaixar o ombro. O luar e as poucas luzes mágicas que nos alcançam a essa altura são o suficiente para eu encontrar a sela. Eu seria capaz de navegar pelos espinhos nas costas de Tairn durante a noite mais escura. Tinha provado isso em Resson.

Duas outras bolsas, com o dobro do tamanho da minha, estão presas atrás da sela.

— *Que bom que decidiram não me revistar* — comenta Tairn.

— *Estamos carregando…* — pisco duas vezes.

— *Estamos* — confirma ele. — *Agora suba na sela antes que mudem de ideia e eu seja forçado a incinerar sua liderança. Mais tarde terei uma conversinha com o Dirigente de Asa sobre não ter preparado você para o que aconteceria. Confie em mim.*

Preciso de um segundo para ajeitar a mochila e depois me acomodo na sela para o voo, segurando as faixas de couro e atando-as às coxas.

— *Vamos lá* — digo, assim que estou afivelada.

Tairn recua alguns passos, sem dúvida para manter uma distância segura de Bodhi, e então se lança em direção à noite, cada batida de asas nos levando para mais perto do fronte… e de Xaden.

Sgaeyl me viu matar outro cadete por atacar Garrick durante a Ceifa. Disse que me escolheu porque sou impiedoso, mas acho que, para ela, eu só pareço com o meu avô.

— Correspondência recuperada do tenente Xaden Riorson endereçada à cadete Violet Sorrengail

CAPÍTULO DOZE

A paisagem nos arredores do entreposto de Samara é tão rígida quanto o comando que o coordena.

Ele fica muito alto nas montanhas Esben, cerca de dois ou três quilômetros da fronteira leste com Poromiel, cercado por cumes que ainda estão cobertos de neve mesmo no auge do verão. O vilarejo mais próximo está a um voo de meia hora de distância. Sequer existe um entreposto comercial a uma distância que dê para andar a pé. Fica o mais remoto possível do resto da sociedade.

— *Tenha cuidado* — ordena Tairn, esperando atrás de mim no campo onde pousamos. — *Este lugar é conhecido por ser... brutal como primeiro posto.*

Então é natural que tenham mandado Xaden para cá.

— *Vou ficar bem* — prometo. — *E estou com os escudos erguidos.*

Para me certificar, verifico as paredes dos Arquivos que construí em minha mente, onde firmo meu poder, e não consigo evitar comemorar com pulinhos quando percebo que apenas um rastro pequeno de luz das minhas uniões sai pela fresta da porta. Estou mesmo pegando o jeito.

Caminho até a entrada da gigantesca fortaleza que se ergue diante de mim, a pedra vermelha escura que corta o céu azul límpido. Provavelmente foi construída da mesma forma que Athebyne e Montserrat, só que é facilmente duas vezes maior do que as duas. Duas companhias da infantaria e dezoito dragões com seus cavaleiros foram lotados aqui.

Algo balança muito alto na muralha, e ergo o olhar para me deparar com um homem usando as cores da infantaria sentado em uma gaiola cerca de quatro andares acima.

Beleza, então tá. Passou um pouco das oito da manhã, e não consigo evitar me perguntar se ele ficou ali a noite toda.

Um zumbido nas minhas veias se intensifica enquanto subo pela rampa que leva à porta corrediça, onde dois guardas estão postados. Um batalhão passa por mim, saindo para uma corrida matinal.

— *São as égides* — diz Tairn.

— *Não tinham essa sensação em Montserrat* — respondo.

— *São mais fortes aqui, e agora que seu sinete se manifestou você fica mais sensível a elas.* — O tom dele é contido, e, quando olho por cima do ombro, noto que os soldados passam longe dele, pegando um caminho pela lateral do campo.

— *Não precisa ficar me vigiando* — digo, chegando no topo da rampa. — *Estamos num entreposto. Estou segura aqui.*

— *Tem uma revoada do outro lado da montanha, um quilômetro e meio além da fronteira. Sgaeyl acabou de me informar. Não vai estar segura até adentrar as muralhas ou encontrar o Dirigente de Asa.*

Eu nem me dou ao trabalho de lembrá-lo de que Xaden não é mais Dirigente de Asa quando meu estômago revira.

— *Uma revoada aliada?*

— *Qual é a sua definição de "aliada"?*

Os guardas nos portões endireitam a postura quando veem meu uniforme, mas continuam em silêncio enquanto passo por eles.

— *Não estão agindo como se existisse uma revoada do outro lado da montanha* — comento.

— *Aparentemente, isso é algo comum.*

Melhor ainda.

— *Pronto, agora estou segura dentro das muralhas* — aviso a Tairn, entrando no pátio da fortaleza. Ao menos aqui está mais fresco do que em Basgiath, mas não tenho certeza de que gostaria de saber como é o inverno em uma altitude dessas.

Ou mesmo em Aretia, agora que estou pensando no assunto.

— *Me chame se precisar. Estarei por perto.* — Um segundo depois, o som de asas batendo preenche o ar.

Até parece que vou chamar Tairn, independentemente do que for. Na verdade, vou considerar as próximas 24 horas um sucesso se conseguir bloqueá-lo por completo. Já estive do lado errado da barreira mental que projeto em nossa união durante uma das escapulidas dele com Sgaeyl e não quero passar por isso de novo, obrigada.

Passo por diversos batalhões da infantaria parados em posição de sentido e noto que a enfermaria fica à direita, na mesma localização de Montserrat, mas sou a única pessoa de preto ali.

Onde caralhos estão todos os outros cavaleiros? Escondo um bocejo (não consegui dormir muito em cima da sela) e localizo a entrada dos dormitórios que compõem a ala sul da fortaleza. O corredor é mal iluminado, e eu caminho passando pelo escritório dos escribas, mas encontro escadarias ao final dele. Uma sensação de familiaridade nada bem-vinda me causa arrepios enquanto subo.

Respire fundo.

Esse entreposto não está deserto. Não existe qualquer horda de venin e wyvern pronta para ser avistada do lugar mais alto da fortaleza, tampouco. Só tem a mesma planta porque quase todos os entrepostos são construídos seguindo os mesmos projetos.

Abro a porta do terceiro andar sem encontrar ninguém. Esquisito. Um lado do corredor é cheio de janelas que dão vista para o pátio, e o outro contém portas de madeira equidistantes. Sinto os batimentos acelerarem quando coloco a mão na segunda porta. Ela se abre com um rangido, e reconheço o choque de energia que sobe pela minha pele, arrepiando meu corpo enquanto atravesso as égides que protegem o quarto de Xaden.

O quarto *vazio* de Xaden.

Merda.

Suspiro, decepcionada, e deixo minha mochila perto da escrivaninha.

O quarto dele é austero, com móveis utilitários e uma porta que provavelmente dá para um quarto vizinho, mas vislumbro toques de Xaden aqui e ali. Ele está nos livros que estão empilhados nas prateleiras da estante ao lado da janela, e reconheço a prateleira de armas que tinha em seu quarto em Basgiath, além das duas espadas deixadas ao lado da porta, como se ele fosse voltar a qualquer segundo para buscá-las.

A única coisa macia ali são as cortinas pretas e pesadas (padrão para qualquer cavaleiro que provavelmente tenha sido designado para patrulhas noturnas) e o cobertor cinza-escuro espesso que cobre a cama dele. Que é bem grande.

Não. Não vou pensar nisso.

O que eu deveria estar fazendo, considerando que ele não está aqui? As espadas indicam que ele não está voando, então fecho os olhos e me abro aos meus sentidos, encontrando a sombra que só sinto presente quando ele está por perto. Se eu o encontrei aquela noite no Parapeito, certamente consigo fazer o mesmo aqui.

Ele está perto, mas deve estar com os escudos erguidos, porque não tenta falar comigo como faz quando estou por perto. A união que temos parece me puxar para baixo, como se ele estivesse… embaixo de mim.

Fecho a porta de Xaden quando saio do quarto e sigo aquela sensação, chegando até a escadaria e descendo. Passo pela entrada em arco do segundo andar, observando um corredor de pedras largas com mais portas de dormitório, e depois pela entrada do primeiro andar, chegando, por fim, ao subsolo da fortaleza, onde não há mais luz natural e a escadaria acaba no chão de pedra. Luzes mágicas iluminam dois caminhos possíveis ao longo dos alicerces da fortaleza, mal iluminados e tão acolhedores quanto uma masmorra. O cheiro de terra molhada e metal permeia o ar.

Gritos e assobios ressoam de um corredor à direita, ecoando pelas paredes e pelo chão. Sigo nossa união naquela direção e encontro uma dupla de guardas da infantaria a cerca de vinte metros das escadas que dão uma única olhada para o meu uniforme e andam para o lado, permitindo que eu entre em uma sala construída na base da fundação.

O barulho sobrecarrega todos os outros sentidos quando entro, e paro de andar quando atravesso o batente, chocada.

Pelos deuses, o que é que está acontecendo aqui?

Mais de uma dúzia de cavaleiros, todos vestidos de preto, estão parados nas beiradas de uma sala quadrada sem janelas que parece mais adequada para um depósito do que para ocupação. Estão todos reclinados sobre um corrimão de madeira grossa, observando com intensidade algo que se desenrola no fosso escavado mais abaixo.

Ocupo um espaço no corrimão diretamente à minha frente, ficando entre um cavaleiro veterano com uma barba grisalha à minha esquerda e uma mulher que parece só alguns anos mais velha do que eu à direita. Então, vejo quem está lá embaixo e meu coração dá um salto.

Xaden. E está sem camisa.

O outro cavaleiro também está, e os dois se circundam, os punhos erguidos como se estivessem lutando. Mas não há tatame nenhum debaixo deles, apenas chão de terra batida, decorado com manchas escarlates suspeitas, tanto antigas quanto frescas.

Eles têm a mesma altura, mas o outro cavaleiro é mais corpulento, largo como Garrick, e parece ter dez quilos a mais do que Xaden, cujo corpo sinuoso é marcado por linhas de músculos.

O cavaleiro tenta acertar o rosto de Xaden com um soco, e seguro o corrimão com firmeza até os nós dos dedos ficarem brancos, prendendo a respiração enquanto Xaden o evita com facilidade, aproveitando para acertá-lo nas costelas. Os cavaleiros ao meu redor aplaudem e tenho bastante certeza de que vejo dinheiro sendo trocado de mãos do outro lado do fosso.

Isso não é uma luta para fins de treino. É uma *rinha*.

E considerando a forma como Xaden acertou o outro cara? Ele está se segurando.

— Por que que eles estão… — pergunto para a tenente de dragonas prateadas ao meu lado, minhas palavras sumindo no instante em que Xaden se abaixa e rodopia, evitando outro golpe. Definitivamente vejo um brilho naqueles olhos escuros quando ele pula habilmente para trás, evitando o oponente.

O meu coração acelera. Caramba, ele é *rápido*.

— Lutando? — A mulher completa a minha pergunta.

— Isso.

Mantenho o olhar fixo em Xaden, que consegue acertar dois socos rápidos consecutivos nos rins do outro cavaleiro.

— Tem só um passe para tenentes esse final de semana — diz ela, aproximando-se mais. — Jarrett pegou, mas Riorson quer pra ele.

— Então eles estão *lutando* por isso?

Tiro os olhos de Xaden por tempo o bastante para olhar de soslaio para a cavaleira ao meu lado. Tem cabelos castanhos curtos e feições pequenas, como as de um pássaro, além de uma cicatriz no queixo do tamanho da unha de um dedão.

— Se ganhar, o orgulho é todo seu. São as regras do coronel Degrensi. Você quer? Então lute pelo que quer. Quer manter o que já conquistou? Então prepare-se para defender.

— Precisam lutar pelos *passes*? Isso não é meio cruel? — Além de errado. E meio extremo. E horrível. — E prejudicial para a moral da Asa?

Ele está lutando para que Sgaeyl tenha tempo de ficar com Tairn, para que ele possa ficar *comigo*.

— Cruel? Não muito. — Ela bufa. — A luta não envolve armas, nem sinetes. Só socos. Se quiser saber mesmo o que é cruel, é melhor visitar um dos entrepostos na costa, onde eles não têm nada para fazer a não ser ficar se matando. — Ela se inclina para a frente, gritando, quando Xaden desvia do soco seguinte e agarra Jarrett pelo bíceps, arremessando-o para trás em seguida. — Caramba. Eu achei mesmo que Jarrett ia ganhar dele em menos tempo.

Um sorriso lento e orgulhoso se espalha pelo meu rosto.

— Ele não vai ganhar. — Balanço a cabeça, encarando Xaden com certo prazer enquanto espera Jarrett se recuperar. — Xaden está só brincando com ele.

A cavaleira se vira para mim, o olhar claramente me avaliando da cabeça aos pés, mas estou ocupada demais observando Xaden acertar um golpe bem dado para querer saber o que a tenente acha de mim.

— É você, não é? — pergunta a cavaleira, o olhar se demorando no meu cabelo.

— Quem?

Aqui vamos nós.

— A irmã da tenente Sorrengail.

Não a filha da general Sorrengail.

Não a cadete com quem Xaden está presa por causa de Tairn.

— Você conhece minha irmã? — pergunto. O comentário faz com que ela mereça um segundo olhar.

— Ela tem um gancho de direita do caralho. — Ela assente, os nós dos dedos passando pela cicatriz na mandíbula.

— Tem mesmo — concordo, abrindo um sorriso. Parece que Mira deixou sua marca.

Xaden consegue acertar um soco brutal na mandíbula de Jarrett, fazendo-a estalar.

— Parece que o Riorson também tem.

— Ele tem, sim.

— Você parece bem confiante. — Ela volta a atenção para a luta.

— Estou mesmo.

Minha confiança em Xaden beira a… arrogância. Deuses, como ele é *lindo*. As luzes mágicas que iluminam o cômodo destacam cada linha de músculo demarcado em seu peito e abdômen e brincam com os ângulos de seu rosto. E, quando ele se vira, as cento e sete cicatrizes nas costas refletem sob a luz, embaixo da relíquia de Sgaeyl.

Fico encarando. Não consigo evitar. O corpo dele é uma obra de arte, aperfeiçoada para ser letal. Conheço cada centímetro dele, e ainda assim fico encarando, hipnotizada como se fosse a primeira vez que o visse sem camisa. Isso definitivamente *não* deveria me deixar com tesão, mas a forma como ele se mexe, a graciosidade letal de cada golpe calculado…

É. Estou com tesão.

Talvez isso seja meio tóxico, mas não faz sentido negar que cada parte do meu ser sente atração por cada parte do ser de Xaden. E não é só pelo corpo. É por… tudo. Até mesmo as partes mais sombrias, as que sei que são impiedosas e estão dispostas a aniquilar toda e qualquer pessoa que fique entre ele e seu objetivo; elas me atraem como se eu fosse a porra de uma mariposa procurando luz nas chamas.

Meu coração bate como um tambor, e sinto dor no peito só de vê-lo fazer manobras pelo chão da fossa, brincando com o oponente. Senti falta de observá-lo no ginásio, treinando com Garrick. Sinto falta de estar com ele no tatame, sentir o corpo dele cobrir o meu enquanto me joga de costas no chão de novo e de novo. Sinto falta dos pequenos momentos do meu dia, quando nossos olhos se encontravam em um corredor cheio, e também dos grandes momentos, em que tinha Xaden só para mim.

Estou tão apaixonada por ele que chega a doer, e por um instante não consigo me lembrar do motivo de estar me recusando esse amor.

A cavaleira à minha esquerda grita, e Xaden ergue o olhar, encontrando meus olhos.

Vejo surpresa em seu rosto por cerca de um segundo antes de o oponente socá-lo, o punho fechado acertando a mandíbula de Xaden com um barulho que faz meu estômago revirar.

Ofego quando a cabeça de Xaden vira para o lado com a força do golpe.

Ele cambaleia para trás, os cavaleiros ao redor aplaudindo.

— *Pare de brincar e acabe logo com isso* — digo, através da nossa união, usando-a pela primeira vez desde Resson.

— *Sempre tão violenta.*

Ele limpa uma gota de sangue do rasgo no lábio inferior, o olhar encontrando o meu, e juro que vejo uma sombra de sorriso antes de ele se virar para Jarrett.

Jarrett tenta um golpe, depois outro, errando Xaden nas duas vezes. E então Xaden dá o bote com dois socos rápidos, usando todo o seu peso, diferentemente de antes, e Jarrett cai de quatro na terra. A cabeça dele pende para a frente e ele a sacode lentamente, o sangue escorrendo de sua boca.

— Caramba — diz a cavaleira.

— Exatamente.

É meio errado sorrir assim de tão convencida? Porque não consigo controlar meus músculos faciais.

Xaden dá um passo para trás e os cavaleiros ficam em silêncio; aí ele estende a mão.

O peito de Jarrett sobe e desce por um minuto de tensão enquanto ele ergue o olhar para Xaden e empurra a mão que foi oferecida. Dá dois tapas no chão, e, por mais que alguns cavaleiros à minha volta resmunguem (e, sim, definitivamente troquem moedas douradas), alguns outros aplaudem. Jarrett cospe sangue no chão e depois fica em pé, acenando respeitosamente para Xaden.

A luta, se é que pode ser chamada disso, acabou.

Os cavaleiros vêm na minha direção, passando por mim para irem até a porta.

Xaden fala algo para Jarrett que não consigo ouvir e usa os canos de metal fixados na alvenaria de pedra no fundo da fossa para subir de lá.

Chega ao topo, pega a camiseta onde a deixou, pendurada no corrimão, e em seguida vem na minha direção, me observando com um olhar tão tórrido que incinera meu corpo. Eu realmente não consigo me lembrar por que estou recusando qualquer parte desse homem.

— Parece que ele ganhou o passe — diz a mulher ao meu lado. — Eu sou Cornelia Sahalie, aliás.

— Violet Sorrengail.

Sei que é grosseria não olhar para ela, mas não consigo desviar os olhos de Xaden enquanto ele vira a esquina, aproximando-se pela esquerda.

Ele passa a língua pelo pequeno corte no lábio inferior, como se estivesse constatando alguma coisa, e depois veste a camisa. Sumir com essa visão deveria esfriar meu sangue, mas não resolve. Tenho bastante certeza de que nem se derrubassem um balde de neve lá do alto das montanhas na minha cabeça o calor que sinto diminuiria. Eu provavelmente só começaria a soltar fumaça.

Deuses, estou *ferrada* quando se trata desse homem.

Não importa que ele tenha me magoado e não confiado em mim.

Eu nem sei se confio *nele*.

Ainda assim, eu o quero para mim.

— Bom trabalho, Riorson — diz a tenente Sahalie para Xaden. — Vou avisar ao major para tirá-lo da patrulha pelos próximos dois dias.

— Um dia só — corrige ele, os olhos fixos em mim. — Só preciso de vinte e quatro horas. Jarrett pode ficar com o outro dia.

Porque depois disso eu já vou ter ido embora.

— Como preferir. — Ela dá uma batida no ombro de Jarrett em consolo enquanto ele passa por nós e então o segue lá para fora.

Ficamos sozinhos.

— Chegou mais cedo — diz Xaden, mas o olhar que me lança não parece de censura.

Ergo a sobrancelha, tentando ignorar a forma como minhas mãos coçam para tocá-lo.

— Está reclamando?

— Não. — Ele balança a cabeça devagar. — Só estava esperando que fosse chegar depois do meio-dia.

— Quem diria que Tairn voa tão rápido assim quando não precisa ficar para trás para acompanhar a legião?

Deuses, por que de repente ficou tão difícil respirar? O ar entre nós dois é espesso e meu coração bate forte enquanto demoro o olhar sobre a boca dele.

Ele já matou pessoas por mim antes, então por que vê-lo lutando por um passe de final de semana conseguiu arrancar qualquer autocontrole que eu tinha?

— Violet. — Xaden abaixa a voz, aquele tom grave que só usa quando estamos sozinhos, e geralmente pelados.

Muito pelados.

— Hmmm?

Deuses, sinto saudades da sensação da pele dele contra a minha.

— Me conte o que está se passando nessa sua linda cabecinha. — Ele chega mais perto, invadindo meu espaço sem realmente encostar em mim.

Porra, eu *quero* que ele encoste em mim, mesmo que isso seja uma péssima ideia. Uma ideia muito, *muito* péssima.

— Está doendo? — pergunto, levando a ponta do dedo até o canto da boca dele, que está rachado.

Ele balança a cabeça.

— Já tive ferimentos piores. É o que eu ganho por ter bloqueado meus escudos para me concentrar na luta, ou eu teria sentido você chegar. Olhe para mim. — Ele segura meu queixo entre o indicador e o dedão, inclinando levemente minha cabeça para trás, examinando meus olhos. — No que está pensando? Porque estou entendendo um monte de coisas pela forma como você está me olhando, mas vou precisar que fale palavras.

Eu quero Xaden. É tão difícil assim dizer isso? Minha língua dá um nó. O que significaria, para mim, ceder a essa necessidade insaciável que tenho por ele?

Que você é humana.

— Estou a três segundos de levar você para o meu quarto para continuar essa conversa. — A mão dele desliza pelo queixo, o dedão acariciando meu lábio inferior.

— No seu quarto, não. — Balanço a cabeça. — Eu. Você. Uma cama. Acho que não é lá uma boa ideia neste momento.

Seria tentador demais.

— Pelo que eu me lembro, e eu costumo me lembrar bastante disso, nem sempre precisamos de uma cama.

A mão livre dele me segura pela cintura.

Fecho as coxas com força.

— Violet?

Não posso beijar esse homem. Não posso. Mas seria realmente o fim do mundo se fizesse isso? Tipo, não seria a primeira vez. Merda. Eu vou acabar cedendo. Mesmo que seja só por esse instante.

— Hipoteticamente, se eu quisesse que você me beijasse, mas *só* me beijasse… — começo a dizer.

A boca dele encontra a minha antes que eu consiga terminar a frase. *Isso*. É exatamente disso que estou precisando. Abro os lábios para permitir que ele entre, e Xaden não hesita em deslizar a língua contra a minha. Ele solta um grunhido, e o som reverbera pelos meus ossos quando passo os braços ao redor do pescoço dele.

Parece que estou em casa. Deuses, o gosto dele faz eu me sentir em casa.

Escuto a porta se fechar um segundo antes de as minhas costas serem pressionadas contra a parede áspera do cômodo. Xaden desliza as mãos sob minhas coxas e me levanta para que fiquemos na mesma altura enquanto aproveita para reivindicar cada canto da minha boca com autoridade, como se esta fosse a única oportunidade que fosse ter na vida. Como se me beijar fosse mais vital do que respirar para ele. E talvez essa seja a forma com a qual estou retribuindo o beijo de Xaden também. Tanto faz. Não ligo para quem está beijando quem, desde que ninguém pare.

Travo os tornozelos nas costas dele, aproximando ainda mais nossos corpos, e prendo o fôlego ao sentir o calor de sua pele irradiando pelo tecido de seu uniforme e do meu, e de repente sinto como se estivéssemos indo longe demais, mas, ao mesmo tempo, não estivéssemos longe o bastante.

Isso aqui foi uma péssima ideia, só um gostinho provocante de tudo que quero, e ainda assim não consigo parar. Fora desse beijo, nada mais importa. Guerra. Mentira. Segredo. Tudo o que importa é a boca dele, e as mãos que alisam meu corpo, o desejo que acompanha o fogo dentro de mim. É aqui que quero viver, um lugar em que nada mais importa tirando a forma como ele faz eu me sentir.

— *Como uma mariposa procurando luz nas chamas.* — O lamento escapa da minha mente, invadindo nossa conexão. Ele é como a gravidade, me puxando de volta para si com a mera força de sua existência.

— *Estou disposto a deixar você me queimar.*

Espera aí, não foi isso que eu quis…

Ele segura minha nuca, me protegendo da pedra dura, e vira minha cabeça para aprofundar ainda mais o beijo. Deuses, isso, *mais fundo*. Mais. Ainda estou com vontade. Uma vontade que parece que não vai acabar nunca.

A energia se acumula entre nós, mais quente a cada beijo, a cada toque de sua língua. As chamas urgentes dançam pela minha pele, causando calafrios antes de se acomodarem dentro de mim, queimando perigosamente, me fazendo lembrar de como Xaden sabe saciar perfeitamente esse desejo insaciável.

Ele tem a habilidade enlouquecedora de me viciar e me satisfazer, tudo ao mesmo tempo.

Minhas mãos percorrem o cabelo dele enquanto seus lábios deslizam pela minha garganta, e sinto o coração acelerar quando ele encontra aquele lugar perfeito logo acima do colarinho da minha jaqueta e o cultua sem piedade com a boca.

Meu corpo, de repente, vira líquido, e me derreto contra ele.

— *Deuses, como senti saudade do seu gosto.* — Até a voz de dentro da cabeça sai como um gemido. — *A sensação de ter você nos braços.*

Levo minhas mãos de novo ao rosto dele e o puxo de volta para um beijo. Ele chupa minha língua para dentro de sua boca e eu gemo, sabendo que poderia estar dizendo a exata mesma coisa sobre ele. Senti falta de tudo: do gosto, do beijo, dele em si.

Se um botão da minha jaqueta de voo abrir, *todos* vão abrir.

A curva da boca dele, de novo e de novo contra a minha, faz eu me sentir viva pela primeira vez desde… deuses, eu nem consigo me lembrar. Desde a última vez que ele me beijou.

As mãos dele apertam minha cintura com carinho e sobem, a ponta de seus dedos roçando um pouco abaixo dos meus seios. Foda-se: eu posso tirar a jaqueta. E a camiseta também. E a armadura. Todas as camadas que me separam dele.

Coloco as mãos nos botões.

No entanto, ele diminui a força do beijo, transformando-o de urgente a uma coisa deliciosamente lenta.

— *A gente deveria se controlar.*

— *E se eu não quiser?*

O gemido que me escapa é de pura negação. Não estou pronta para acabar o que estamos tendo aqui, não estou pronta para voltar para a realidade onde não estamos juntos, mesmo que eu seja a única coisa impedindo nossa relação.

— *A gente tem que se controlar, senão eu não vou conseguir ficar no* só um beijo *que você impôs na sua pergunta hipotética.* — As mãos dele descem até a minha bunda e sua boca fica mais suave, repuxando meu lábio inferior com um último beijo demorado. — *Porra, eu quero você.*

— Então não precisa parar. — Eu o encaro nos olhos para ele saber que estou falando sério. — Podemos fazer só sexo sem compromisso. A gente fez isso no ano passado… não que tenha dado muito certo.

— Violet. — O som que escapa dele é metade apelo e metade gemido, e existe uma guerra em seus olhos que aperta meu peito. — Você não faz nem ideia do quanto eu quero arrancar as calças dessa sua bunda gostosa e meter em você até estar rouca de tanto gritar meu nome, tão frouxa por causa dos orgasmos que nunca mais vai pensar em sair da minha cama outra vez e todas as árvores aqui em volta estiverem pegando fogo por causa dos relâmpagos. — A mão dele desliza pela parte de trás da minha nuca e se apoia na curva do meu pescoço. — Até você se lembrar exatamente do quanto nós dois somos incríveis juntos.

— Eu nunca me esqueci.

Minha voz sai em um ganido. Meu corpo ainda está em chamas.

— Não estou falando só da parte física. — Ele se inclina na minha direção e me beija de forma terna.

É doce. Carinhoso. Tudo que eu *não* quero sentir, não quando se trata dele. Consigo lidar com o calor e o tesão, mas o resto?

— Xaden — sussurro, balançando a cabeça lentamente.

Ele examina meu rosto por um instante e esconde a decepção que certamente está sentindo com um sorriso torto.

— Exatamente. — Ele me põe no chão novamente, ainda com as mãos na minha cintura quando meus joelhos oscilam. — Meu desejo por você é maior do que pelo ar que respiro, mas não posso meter em você até que olhe para mim da forma como me olhava antes. Eu me recuso a usar sexo como arma para trazer você de volta pra mim. — Ele segura minha mão, pressionando-a contra o meu coração. — Não quando o lugar em que eu quero estar é aqui.

Arregalo os olhos, e a apreensão que sinto revira meu estômago.

— É, era isso mesmo que eu estava achando. — Ele suspira, mas não é derrota que retesa sua boca. É frustração. — Você ainda não confia em mim, e tá tudo bem. Eu disse que não entrei nessa guerra pra fazer joguinhos. Entrei pra vencer. E eu sou imbecil pra caralho por falar isso, mas quando é que não sou imbecil quando se trata de você?

— Quê? — Eu me irrito. A memória dele deve estar com defeito, porque eu sempre fui a trouxa quando se trata dele.

— Eu quero deixar uma coisa bem clara. — Ele olha para a minha boca. — Eu vou te beijar sempre que você quiser, porque meu autocontrole é uma merda quando você está na jogada…

— Sempre que *eu* quiser? — Levanto as sobrancelhas. Que porra é essa?

— Sim, sempre que *você* quiser, porque se dependesse de *mim* eu passaria o resto da vida com a boca colada na sua. — Ele recua alguns passos e sinto falta do toque das mãos dele e do calor de sua pele imediatamente. — Mas estou implorando, Violet. Não me ofereça o seu corpo a não ser que esteja me oferecendo *tudo*. Eu quero você para além de transar com você. Quero ouvir aquelas três palavrinhas de volta.

Eu o encaro, boquiaberta. Ele não quer me ouvir dizer que sinto desejo por ele. Ele quer me ouvir dizer que eu o *amo*.

— Isso tudo é meio novo pra mim também. — Ele passa as mãos pelo cabelo. — Acredite, eu também estou surpreso com isso tudo.

— Pera aí, foi mal, mas não foi você que me disse, no ano passado, que poderíamos transar à vontade desde que isso não envolvesse sentimento nenhum? — Eu cruzo os braços.

— Tá vendo? Eu sou *imbecil* pra caralho. — Ele olha para o teto de vigas largas como se a resposta para tudo estivesse ali em cima. — Ano passado eu teria usado de qualquer método para ter você de volta, mas, naqueles três dias em que você ficou inconsciente, tudo que eu conseguia fazer era ficar sentado lá vendo você dormir, e pensei em tudo que teria feito diferente. — A determinação está escrita em cada linha do rosto dele quando volta o olhar para o meu. — Agora estou aqui, tentando fazer diferente.

De alguma forma, no último mês, nós invertemos nossos papéis.

— É isso que estou fazendo para me provar para você. — Ele dá um passo para trás e abre as portas, gesticulando para que eu saia primeiro, e depois coloca a mão nas minhas costas enquanto caminhamos pelo corredor. — Ainda não chegamos lá, mas você vai voltar a confiar em mim em algum momento.

— Claro, assim que você parar de esconder coisas de mim.

Como é que essa porra virou *minha* culpa?

Ele suspira, um som que parece ter sido arrancado de sua alma.

— Você precisa confiar em mim mesmo que eu *tenha* alguns segredos para isso funcionar.

Seguro o corrimão da escada e subo dois degraus por vez.

— Desse jeito não vai funcionar.

— Vai sim — responde ele enquanto nos aproximamos do térreo, e então muda de assunto. — Está com fome?

— Preciso me lavar primeiro. — Franzo o nariz. — Tenho certeza de que estou fedendo a oito horas de voo.

— Pode ir para o meu quarto, eu levo a comida pra lá. — Ele tira a mão das minhas costas enquanto andamos até o quarto. Ele aponta para a esquerda e completa: — Essa porta vai dar no quarto de banho.

— Como é que você conseguiu um quarto de banho particular sendo um tenente recém-chegado? — balbucio. — Nem a Mira conseguiu isso.

— Você ficaria maravilhada com o que dá para conseguir quando ninguém quer dividir o quarto com o filho de Fen Riorson — responde ele, baixinho.

Meu estômago embrulha. Não consigo pensar em uma resposta.

— Não precisa ficar com essa cara triste. Garrick precisa dividir o dele com outros quatro cavaleiros. Agora vai lá — ele gesticula para a outra porta. — Eu já volto.

***

Uma hora depois, tomei banho e me alimentei, e Xaden está sentado na escrivaninha, mexendo em algo que parece com uma besta, mas é menor, e fico sentada na cama dele, penteando os cabelos. Não consigo evitar sorrir ao pensar na sensação de que isso está virando uma rotina: Xaden acertando alguma arma e eu sentada na cama.

— Então eles não fizeram revista em Tairn? — pergunta ele, sem erguer os olhos.

— Não, só jogaram minhas coisas no chão.

Meu olhar recai momentaneamente sobre uma pedra cinza do tamanho da palma de uma mão que exibe uma runa preta decorativa na mesa de cabeceira de Xaden antes de eu avistar um pedaço de grama em meu braço que deve ter sido trazido da jornada do campo de voo até aqui, e eu o tiro.

— Eles vasculharam Sgaeyl? — pergunto.

Ele balança a cabeça.

— Só eu. E Garrick. E todos os outros tenentes que saem de Basgiath com uma relíquia da rebelião.

— Eles sabem que vocês estão contrabandeando alguma coisa. — Eu me inclino sobre a beirada da cama e jogo a escova de volta na mochila. — Me passa aí uma pedra de amolar.

— Acho que por enquanto eles ainda só suspeitam.

Ele abre a primeira gaveta da escrivaninha e pega uma pedra de amolar cinza e pesada lá de dentro. Inclina-se na minha direção, tomando cuidado para não encostar os dedos nos meus, e depois volta a remexer na própria arma.

— Obrigada.

Seguro a pedra com força e tiro a primeira adaga da bainha da coxa, começando a afiá-la. Só são boas se estiverem bem cuidadas. Mas, independentemente do quanto eu ocupe minhas mãos, nada vai deixar a próxima pergunta mais fácil de fazer sem sentir que agora sou eu quem está escondendo coisas de Xaden.

Escolho as palavras com cuidado.

— Quando a gente estava no lago, antes de Resson, você me falou que a única coisa que pode matar um venin é o que dá poder às égides.

— Isso. — Ele se reclina sobre a cadeira, uma sobrancelha erguida, a arma de lado.

— Então as adagas são feitas do material que alimenta as égides — arrisco. — A liga metálica que Brennan mencionou.

Xaden abre a última gaveta e vasculha alguma coisa antes de puxar uma réplica da adaga que usei para matar a venin nas costas de Tairn. Ele anda até mim e me entrega, com o cabo virado na minha direção.

Eu a pego, e o peso e o zumbido do poder que ela emite me causam náuseas instantâneas; se por causa da energia que ela transmite ou da memória que me provoca da última vez que segurei uma dessas, não sei ao certo. De qualquer forma, respiro fundo e me lembro de que não estou montada em Tairn. Não tem ninguém tentando me matar ou matar meu dragão. Estou no quarto de Xaden. O quarto bem protegido de Xaden. Segura. Não existe lugar mais seguro no Continente para eu estar neste momento.

A lâmina, em si, é prateada, afiada nas laterais, e o cabo é de um preto fosco idêntico ao que usei em Resson, a mesma que estivera na escrivaninha da minha mãe no ano passado. Passo o dedo pelo medalhão no pomo, que é de um cinza mais desbotado, decorado com runas.

— Esse pedaço é a liga. — Ele se senta ao meu lado na cama. — O metal está no cabo. Existe uma receita muito específica de metais derretidos para que se torne o que você está vendo aí. Sozinha ela não é lá muito poderosa, mas tem a capacidade de... armazenar poder. As égides se originam no Vale, perto de Basgiath, mas se estendem só até um certo ponto. — Ele dá um tapinha no medalhão. — Isso aqui contém o poder extra para alimentar as égides e estender o campo de proteção. Quanto mais material, mais forte são as égides. Temos um arsenal disso aqui lá embaixo, reforçando as égides. Os detalhes são todos confidenciais, mas é por isso que os entrepostos são construídos tão estrategicamente: para impedir que nossas fronteiras desenvolvam pontos fracos.

— Mas por que as égides falhariam, se isso aqui as alimenta constantemente? — Passo o dedão pela liga de metal e sinto meu próprio poder crescer, estalando no ar.

— Porque essas coisas armazenam uma quantidade limitada de poder. Depois que foram usadas, precisam ser imbuídas outra vez.

— Calma aí. Imbuídas de poder?

— Isso. Imbuir é um processo que fixa poder estático em um objeto. Um cavaleiro precisa jorrar o próprio poder no objeto, e essa habilidade não é muito comum. — Ele me olha de forma significativa. — E não me pergunte mais nada. Não quero falar sobre como isso funciona hoje.

— Isso sempre foi usado em adagas?

Ele balança a cabeça.

— Não. Começou a ser usado pouco antes da rebelião. Meu chute é que Melgren teve uma visão sobre alguma batalha futura e a forma como ela vai se desenrolar e essas adagas sejam elementos essenciais para a vitória. Depois que Sgaeyl me escolheu na Ceifa, começamos a bolar um plano para contrabandear algumas adagas de cada vez para fornecer às revoadas e estabelecer um contato amigável.

— Aretia precisa de uma forja para derreter a liga e fazer mais armas.

— Isso. Precisamos de um dragão para acender o cadinho, o que nós temos, e também de uma lucerna para intensificar o fogo de dragão até que ele derreta os metais — explica Xaden.

Aceno com a cabeça indicando que entendi e encaro o medalhão, que tem o tamanho de uma unha. Como algo tão pequeno pode ser a chave para a sobrevivência de todo um continente?

— Então é só colocar a liga em uma adaga e aí ela vira uma arma de matar venin assim, sem mais nem menos?

Um sorriso repuxa a boca dele.

— É um pouquinho mais complicado que isso.

— O que você acha que veio primeiro? — pergunto, examinando a adaga. — As égides? Ou a habilidade desenvolvida para fortalecê-las? Ou essas duas coisas estão interligadas?

— Isso tudo é confidencial. — Ele pega a adaga e a devolve para a gaveta. — Então que tal trabalharmos nos *seus* escudos em vez de nos preocuparmos com os de Navarre?

Solto um bocejo.

— Estou cansada.

— *Aetos não vai se importar com isso*. — Ele entra na minha mente com facilidade.

— Tá bom. — Eu me reclino para trás, apoiando o peso nas mãos, e rapidamente ergo meus escudos, pouco a pouco. — Pode fazer o pior que conseguir.

O sorriso dele me deixa arrependida de ter lançado esse desafio.

Apesar de a cadeia hierárquica poder ser consultada, a palavra final para definir cada punição acadêmica ou repercussão dela está nas mãos de sua liderança direta.

— Artigo Quinto, Seção Sete
Códex do Cavaleiro de Dragão

CAPÍTULO TREZE

— *Por acaso você não saberia como erguer égides, né?* — pergunto a Tairn conforme nos aproximamos de Basgiath vindos do sudeste no dia seguinte, estreitando os olhos para o sol da tarde. O vento que sopra em meu rosto adicionou algumas horas ao nosso voo, fazendo meus quadris protestarem e praticamente quererem iniciar uma rebelião contra mim.

— *Embora você ache o contrário, eu não tenho seiscentos anos.*

— *Achei que valia perguntar para o caso de você estar guardando algum conhecimento secreto de dragão.*

— *Estou sempre guardando conhecimentos secretos de dragão, mas as égides não estão entre eles.* — Os ombros dele ficam tensos, erguendo-se de leve, e as batidas das asas ficam mais baixas. — *Estamos sendo convocados para os campos de treinamento. Carr e Varrish estão nos aguardando lá.*

Meu estômago vai aos pés, apesar de a altitude não ter mudado.

— *Ele ameaçou pensar em uma punição caso eu não forçasse Andarna a participar das manobras. Eu deveria ter levado o aviso mais a sério.*

O rosnado de Tairn faz seu corpo inteiro vibrar.

— *O que deseja fazer?*

— *Não sei se tenho escolha.* — Um pressentimento sinistro entala na minha garganta.

— *Sempre há uma escolha.*

Ele continua voando na mesma direção, mesmo que logo vá precisar dar uma guinada para mudar o rumo se quiser voar até os campos de treinamento.

Eu consigo lidar com seja lá qual for a punição se isso significar que Andarna vai continuar segura.

— *Vamos.*

Uma hora depois, não sei se estou *lidando* com alguma coisa. Estou mais é *aguentando.*

— Mais uma vez — ordena o professor Carr, os cabelos brancos finos se remexendo com cada sopro de vento enquanto permanecemos parados no cume da montanha que usamos quando vou treinar meu sinete.

E pensar que… isso é só um *aviso.*

A fadiga recai sobre mim outra vez, mas sei que é melhor não reclamar. Tinha cometido esse erro perto do vigésimo quinto relâmpago que precisei invocar, e só adiantou para acrescentar mais uma marcação ao registro que o professor Carr está mantendo em seu caderno enquanto o major Varrish supervisiona o treino ao lado dele.

— Mais uma vez, cadete Sorrengail — repete Varrish, sorrindo para mim como se estivéssemos trocando cordialidades.

Os dragões dos dois, Breugan e Solas, ficam o mais longe possível sem cair das montanhas. Tairn tentou agarrar o pescoço deles lá pelo décimo terceiro relâmpago, a mandíbula se fechando no ar e a cabeça dele se afastando ao chegar bem perto. Foi a primeira vez que vi dragões se afastarem *de fininho.*

— A não ser que queira passar o resto do seu futuro próximo no calabouço — acrescenta Varrish.

O peito de Tairn retumba com um rosnado baixo enquanto ele continua parado atrás de mim, as garras afundando na pedra descampada do cume da montanha. Porém, ele não pode fazer muita coisa. Ele é guiado pelo Empyriano, mas eu preciso seguir as regras da Divisão ou arriscar ir parar na masmorra (e prefiro invocar mil relâmpagos a ter que passar uma noite trancada numa gaiola à mercê de Varrish).

Quando eu não me mexo, Carr lança um olhar de súplica na minha direção, olhando de soslaio para Varrish.

Suspiro, mas ergo as mãos, os braços tremendo enquanto alcanço o poder que Tairn fornece. Então, firmo os pés na construção mental dos Arquivos que tenho na cabeça para não me perder no fogo que ameaça me consumir. O poder surge, rápido e de prontidão, e o suor se acumula em meu rosto, pingando pelas costas enquanto me esforço para controlá-lo.

Raiva. Desejo. Medo. São sempre as emoções mais extremas que fazem os relâmpagos surgirem. Neste momento, é a raiva que me alimenta enquanto invoco aquela energia ardente e a libero, rasgando o céu com mais um relâmpago que atinge um pico próximo.

— Este foi o trigésimo segundo — anota Carr.

Ninguém se importa se estou acertando a mira. Não ligam para a minha demonstração de domínio ou de força. O único objetivo deles aqui é gastar a minha energia, e o meu é me segurar no pouco autocontrole que ainda tenho para não acordar Andarna.

— De novo — ordena Varrish.

Deuses, meu corpo parece que vai cozinhar. Seguro os botões da jaqueta e os abro, deixando um pouco daquele calor infernal sair.

— *Violet?* — pergunta Andarna, a voz sonolenta.

A culpa me atinge mais forte do que qualquer raio.

— *Estou bem* — eu garanto a ela.

— *Acordar é perigoso para o processo de crescimento* — ralha Tairn. — *Durma.*

— *O que está acontecendo?* — Ela parece em total estado de alerta.

— *Nada que eu não consiga encarar.*

Não é bem mentira. Certo?

— Eu nunca a vi produzir mais do que vinte e seis relâmpagos em uma hora, major. Ela está correndo o risco de superaquecer e chamuscar se continuar forçando o sinete dessa forma — sugere Carr para Varrish.

— Ah, ela aguenta bem.

Ele olha para mim como se *soubesse*. Como se tivesse estado presente em Resson, observado enquanto eu lançava um relâmpago atrás do outro em cima dos wyvern. Se ele é o modelo de controle que devo seguir, então talvez eu devesse ficar feliz por não ter qualquer controle.

— Se ela perder a firmeza ou ficar exaurida fisicamente, *vai* chamuscar — avisa Carr, o olhar me acompanhando, nervoso. — Punir a cadete por insubordinação é uma coisa, mas matá-la é outra.

— De novo. — Varrish ergue a sobrancelha. — A não ser que sua dragão dourada queira voar até aqui e dar um oi, já que não apareceu para cumprir minhas ordens. Se ela resolver aparecer, vamos pedir que você faça só mais três.

— *Isso aí é por minha causa?*

Abaixo os ombros, meu estômago embrulhado.

— *Isto é um exemplo do que acontece quando dragões fazem más escolhas* — rebate Tairn. — *Solas jamais deveria ter dado ainda mais poder a esse bárbaro.*

— Não quero submetê-la a testes ou qualquer coisa bárbara do tipo — rebate Varrish, como se tivesse escutado os pensamentos de Tairn. — Só quero que ela compreenda que não é especial e não está acima da cadeia hierárquica.

— *Eu odeio ele pra caralho* — digo a Tairn.

— *Dá pra sentir que ele está drenando você! Eu vou aí e...* — Andarna começa a dizer.

— *Não vai fazer nada disso, ou vai arriscar todos os Rabos-de-pena do Vale* — eu a lembro. — *Quer que uma pessoa igual ao Varrish, que se alegra com a dor alheia, se una a um filhote?*

Andarna solta um rosnado baixo de frustração.

Tairn faz um ângulo com a asa para direcionar o vento para a minha pele escaldante.

— E daí? — pergunta Varrish, repuxando o casaco mais para perto enquanto meu corpo começa a fumegar.

Tairn rosna.

— Humanos não dão ordens para dragões, e isso inclui você — declaro.

Ergo os braços, impossivelmente pesados, e invoco meu poder uma vez mais.

Por volta do quadragésimo relâmpago, meus joelhos cedem e eu caio sobre a rocha pesada. Chego ao chão bem rápido e estico as mãos, fazendo a dor brotar no meu ombro esquerdo quando uma articulação se desloca com o impacto. Minha boca se enche de água pela náusea instantânea que vem da dor, mas seguro o braço esquerdo e me forço a ficar de joelhos só para tirar o peso do membro machucado.

Esticando o pescoço, Tairn ruge tão alto para Varrish e Carr que o caderninho é soprado da mão de Carr e cai montanha abaixo, sumindo da vista.

— *Chega de fazer isso com a Prateada!* — grita ele.

— *Eles não conseguem te ouvir* — eu o relembro, ofegante, tentando afastar a dor.

— *Mas os dragões deles conseguem.*

— Se ela morrer, você vai provocar a fúria não só da general Sorrengail, como também do general Melgren. O sinete dela é a arma que os generais mais sonham em ter na guerra — comenta Carr, alternando o olhar entre mim e Varrish. — E, se isso não for o bastante para incentivá-lo a encontrar uma boa dose de cautela, *vice-comandante*, então lembre-se de que a morte dela vai custar dois dos dragões mais poderosos do Continente a nós, *além* da habilidade insubstituível do tenente Riorson de dominar sombras.

— Ah, sim, esse elo consorte, tão irritante. — Varrish estala a língua e vira a cabeça para o lado, examinando meu corpo como se eu fosse apenas um experimento com o qual ele pudesse brincar mais. — Só mais um. Para provar que você sabe obedecer às minhas ordens, mesmo que o seu dragão não saiba.

— *Prateada…*

— *Eu consigo.*

Eu me coloco em pé e rezo para o meu ombro aguentar se eu prender o cotovelo contra o corpo. Consigo fazer isso por Andarna e pelos filhotes protegidos no Vale.

Meus músculos tremem, com cãibra, e meu ombro lateja como se uma adaga estivesse enfiada na articulação, mas ergo a palma das mãos e invoco o poder de Tairn. Faço a conexão, deixando a energia fluir mais uma vez.

Libero tudo aquilo e mais um relâmpago cai.

Meus braços, porém, travam quando o relâmpago acerta o pico mais próximo, os músculos deles se retesando e se encolhendo de uma forma nada natural, o que me faz segurar o poder por mais tempo que normalmente, quando apenas solto de imediato.

Cacete! Não consigo me libertar disso!

— *Prateada!* — berra Tairn.

O poder irrompe de mim, estendendo o relâmpago, que rasga uma seção do cume mais ao norte bem na minha frente. A rocha se parte e cai montanha abaixo, e ainda assim o relâmpago continua fluindo ali como uma lâmina incandescente, chicoteando o terreno.

Não consigo me mexer. Não consigo abaixar as mãos. Não consigo sequer movimentar os dedos.

Isso vai me matar.

Tairn. Sgaeyl. Xaden. Vai matar todos nós. O medo e a dor se unem numa coisa só, preenchendo minha mente da única emoção que não posso me dar ao luxo de ter: pânico.

— *Liberte-se disso usando a mente!* — berra Tairn enquanto o relâmpago continua caindo, e, muito longe, ouço Andarna chorar.

Meus ossos parecem estar pegando fogo, e um grito rasga minha garganta enquanto tento empurrar mentalmente as portas do Arquivo.

O relâmpago cessa e eu cambaleio para trás, caindo contra a pata dianteira de Tairn e desabando entre suas garras. Cada respiração arde.

Carr engole em seco.

— Acabamos por hoje.

Eu não conseguiria ficar em pé nem se quisesse.

Varrish avalia a destruição que causei e se vira na minha direção.

— Fascinante. Você será indispensável assim que disciplinar esse sinete. — Então ele se vira, o manto esvoaçando atrás de si enquanto caminha na direção de Solas. — Este é o único aviso que vou te dar, cadete Sorrengail.

A ameaça dele é como um soco no estômago, mas não consigo sequer pensar com o calor insuportável que sinto.

Carr dá uma corridinha até mim e leva o dorso da mão à minha testa.

— Você está queimando — sibila ele. Olha para Tairn. — Diga ao seu dragão para levar você direto para o pátio. Não vai conseguir sair do campo de voo. Precisa de comida e de um banho gelado. — Algo que parece muito com empatia aparece nos olhos dele enquanto me examina. — E, por mais que eu concorde que nós não damos ordens a dragões, talvez possa convencer Andarna a aparecer. Você é um sinete raro e poderoso, cadete Sorrengail. Seria abominável usar suas sessões de treinamento para estes fins mais uma vez.

Eu não sou um sinete, sou uma pessoa. Só que estou quente demais, cansada demais para formar essas palavras. Não que isso importe: ele não vê dessa forma. Carr nunca pensou assim. Para ele, somos a soma dos nossos poderes e só. Meu peito sobe e desce, mas mesmo o ar frio das montanhas não parece alcançar o incêndio que arde em minhas veias.

Tairn me envolve em uma garra, passando uma unha embaixo de cada braço para segurar meu corpo inerte, e então se lança no ar, deixando Carr para trás no pico.

Em um segundo, já decolamos. Ou talvez tenha sido uma hora. O tempo perdeu qualquer significado. Só sinto a dor, me puxando, implorando para eu soltar, implorando para deixar a alma escapar da prisão que é meu corpo.

— *Você não vai ceder* — ordena Tairn enquanto voamos até Basgiath o mais rápido que já o senti voar antes.

O ar que vem em nossa direção é ótimo, mas não é o bastante para cessar a fornalha que se aloja em meus pulmões ou resfriar o tutano derretido dos meus ossos.

As montanhas e vales passam por mim em um borrão antes que consiga reconhecer as muralhas da Divisão, mas Tairn passa pelo pátio e mergulha na direção do vale lá embaixo.

O rio. Água. Fria. Água. Limpa.

— *Já convoquei reforços.*

Meu estômago embrulha enquanto ele recua para pairar no ar no último segundo, meu corpo sacolejando com a mudança de movimento.

— *Prenda a respiração.*

É o único aviso que recebo antes que a água me cubra dos pés à cabeça, borbulhando com uma força esmagadora, ainda gelada do último degelo do verão. A grande diferença de temperatura ameaça me rachar ao meio, me descascar camada por camada.

Vivi a vida inteira sentindo dor, mas essa agonia está além da minha capacidade de aguentar.

Sem emitir som, eu grito, o ar sendo expelido dos pulmões enquanto continuo pendurada na garra de Tairn, a água forçando o calor a sair do meu corpo, me salvando com golpes inóspitos que parecem chicotear a pele.

Tairn me puxa até que minha cabeça emerja e eu ofego, puxando grandes golfadas de ar.

— *Falta pouco* — ele me informa, me segurando ali na correnteza.

A água me açoita, impiedosa, mas ajuda a abaixar a temperatura do corpo até que as últimas chamas dos meus ossos parecem se extinguir.

— Violet! — Alguém grita da margem.

Bato os dentes, meu batimento desacelerando.

— *Ali.*

Tairn anda até a margem (eu sequer percebi que ele estava parado no rio comigo) e me solta na grama comprida do verão sob uma fileira de árvores que cresce às margens do Iakobos.

Eu fico lá, inerte, lutando para ter energia para inspirar outra vez enquanto meu coração parece bater cada vez mais devagar. Reunindo toda a minha energia, forço os pulmões a expandirem, a puxarem o ar.

— Violet! — grita Imogen de algum lugar à minha direita, e um segundo depois está de joelhos ao meu lado. — Que porra aconteceu com você?

— Relâmpagos. Demais. — Um cobertor é jogado em cima dos meus ombros e eu tremo, a água pingando do nariz, do queixo, dos botões abertos da jaqueta, que milagrosamente também sobreviveu ao mergulho.

O calor foi substituído por um frio de rachar os ossos, mas ao menos volto a respirar normalmente.

— Puta merda. — Bodhi se acomoda do meu outro lado, tentando segurar meus ombros e depois se afastando.

— Você tá tão… vermelha — fala… Eya. Eu acho.

— Glane diz que ela quase chamuscou — comenta Imogen, a mão surpreendentemente gentil contra minhas costas. — Tairn avisou a ela. O que você precisa que a gente faça, Violet? Você é a única dominadora de relâmpagos que conheço.

— Eu só… preciso… — Eu me viro de lado, curvando-me em posição fetal, as palavras pontuadas pelos dentes tiritando. — Um minuto.

Ergo o olhar para o tronco do carvalho familiar na minha frente e me concentro em ficar bem.

— Cuir está me dizendo que ela precisa comer agora que a temperatura abaixou — acrescenta Bodhi.

— Os verdes sabem das coisas — diz Eya, com convicção. — Então, ela precisa comer.

— Como foi que isso aconteceu? — pergunta Imogen. — Foi o Carr?

Aceno que sim.

— E Varrish.

O rosto de pele marrom quente de Bodhi aparece na minha frente.

— Porra — fala ele, puxando o cobertor para me cobrir ainda mais. — Foi por causa da Andarna?

— Isso.

Bodhi arregala os olhos.

— Você tá me zoando, porra? — Imogen ergue a voz. — Ele usou seu sinete como punição porque a Andarna não apareceu nas manobras de voo?

— Cuzão — responde Eya, passando a mão nos cabelos escuros enquanto troca um olhar com Bodhi.

Depois de um minuto, encontro forças para eu mesma segurar o cobertor. Ao menos meus músculos voltaram a funcionar. Sinto uma saudade estranha quando olho para aquela árvore, o tronco largo que sei que ainda exibe as marcas de duas adagas.

Eu queria que Xaden estivesse aqui.

É uma coisa ilógica. Ele não conseguiria ter impedido Varrish. Eu não preciso da proteção dele. Não preciso que ele me carregue de volta para os dormitórios. Só… queria ele aqui. Ele é a única pessoa com quem eu quero conversar sobre o que aconteceu na montanha.

— Acho que precisamos levar ela de volta para o dormitório — sugere Imogen.

— Eu cuido disso — promete Bodhi, encontrando meu olhar com o dele. — Isso não vai acontecer de novo.

— *Informe aos humanos que eu vou me encarregar das questões referentes aos dragões* — fala Tairn.

— *Como…*

— *Confie em mim.*

É uma ordem.

— Tairn diz que vai cuidar disso. — Eu oscilo para a frente, e então me forço a ficar em pé. Bodhi segura meus ombros com cuidado, estremecendo quando faço uma careta. — Estou pronta. Vamos.

— Você consegue andar? — pergunta ele.

Assinto, olhando por cima do ombro dele na direção da árvore.

— Eu sinto falta dele — sussurro.

— É. Eu também.

Ninguém me carrega. Só ficam ao meu lado, um degrau de cada vez, enquanto subimos as centenas de degraus em espiral que nos levam, pelas paredes da fortaleza, aos dormitórios; nossos passos são a única coisa que rompe o silêncio ao nosso redor.

Afinal, ninguém quer falar o que todos estamos pensando… que, se Andarna não aparecer na próxima formatura, a segunda punição de Varrish pode acabar me matando.

***

— Já conseguiu acertar o desmonte de corrida? — Imogen me pergunta na sexta-feira.

Sloane é jogada outra vez sobre o tatame, e nós nos encolhemos ao lado do ginásio, nossas costas na parede para ninguém se esgueirar por trás. As costas de Sloane estão sem nenhum tipo de proteção e ela vai estar toda roxa e verde amanhã.

Diferentemente de Rhiannon, que está aqui porque precisa liderar o treino extra de luta que negociou para todos os membros do primeiro ano do nosso esquadrão contra alguns alunos da Terceira Asa, Imogen e eu viemos vestidas no uniforme completo entre as aulas por apenas um motivo: Sloane, e a sua completa falta de habilidade. Estávamos com esperanças de que ela tivesse melhorado durante a semana. Mas não foi dessa vez.

— Tairn não me deixa sair da sela — falo baixinho, como se ele não estivesse constantemente na minha cabeça desde que quase chamusquei na montanha.

— *Eu ouvi* — resmunga ele.

— É só você não escutar.

Quando nem mudar a posição do corpo resolve, eu me afasto da parede para aliviar a pressão na minha pele vermelha e ardente. Pelo menos o quase desastre deixou como consequência física apenas o que parece uma queimadura dolorida de sol, mas mesmo isso é muito irritante.

— *Fortaleça seus escudos e talvez não precise mais de ninguém monitorando você.*

— Não vai completar as manobras? E se recusa a levar Andarna para a aula? — ofega Imogen, fingindo surpresa. — Você está virando uma aluna bem rebelde. — O olhar dela percorre meu rosto e chega até o meu pescoço. — Seus amigos ainda acham que você perdeu o controle durante uma sessão de treinamento?

Aceno que sim.

— Se soubessem o que aconteceu, não sairiam do meu lado.

— Você ficaria mais segura — comenta ela.

— Mas eles não.

Fim de papo.

— Não tire os olhos do oponente! — grita Rhi para Sloane da lateral do tatame no instante em que Sloane faz o oposto, olhando para baixo enquanto se aproxima da beirada do tatame.

É tudo de que o oponente precisa. O primeiranista dá um soco de estalar os ossos e joga Sloane no chão outra vez.

Eu e Imogen estremecemos ao mesmo tempo.

— A gente tá aqui pra praticar luta, não para um desafio! Qual foi, Tomas? — rebate Rhi para o Líder de Esquadrão da Segunda Asa.

— Foi mal, Rhi. Pega leve, Jacek — ralha o Líder de Esquadrão.

— Caramba. — Imogen balança a cabeça, cruzando os braços. — Dá pra ver que Jacek está com raiva, mas eu nunca vi ele acertar com tanta força.

— Jacek? Tipo Navil Jacek?

Era o nome do segundanista da Terceira Asa que Jesinia e eu tínhamos visto ser arrastado por Markham. Alguns dias depois, o nome dele apareceu na lista de mortos.

— É o irmão mais novo dele aí no tatame — explica Imogen.

— Que merda.

Agora eu me sinto mal pelo cara, apesar de Sloane estar em uma situação parecida.

— Acho que Markham mandou matá-lo — sussurro.

— Porque ele não devolveu um livro da biblioteca no prazo? — Imogen levanta as sobrancelhas.

— Acho que ele pediu algum livro que não devia, e tá, eu sei que parece megarridículo, mas não tem nenhuma outra explicação para ele aparecer morto no quarto dele com diversos hematomas.

— Entendi — reflete Imogen. — Só faria sentido se ele fosse um de nós.

Para os outros, tudo se encaixa no que Panchek declarou que seria um início *particularmente* brutal do nosso ano. Fui a única no nosso grupo que não sofreu mais nenhuma tentativa de assassinato.

— É melhor você tomar *muito* cuidado com o que fala pra sua amiguinha de robe se os escribas estão andando por aí mandando matar cavaleiros.

— Jesinia não é uma ameaça — protesto, mas as palavras morrem na minha boca quando me lembro de que foi o relatório dela que denunciou Jacek.

— Vamos acabar logo com isso — sugere o Líder de Esquadrão da Segunda Asa depois que Sloane é derrubada no tatame outra vez.

— Eu estou bem! — Sloane cambaleia e fica em pé, limpando o sangue da boca com o dorso da mão.

— Certeza? — pergunta Rhi, o tom deixando implícito que Sloane está claramente tomando a decisão errada, como todo mundo ali bem sabe.

— Definitivamente. — Sloane fica na posição de defesa contra Jacek.

— Aquela ali adora um castigo — diz Imogen. — É como se ela *quisesse* ficar levando surra.

— Eu não entendo. — Aaric se remexe na minha frente, as costas bloqueando a visão que tenho do tatame, e eu mudo de posição para continuar assistindo à luta. — Achei que todo mundo que era marcado recebia um treinamento para lutar.

— Depende de onde você foi criado. — Imogen anda para a frente junto comigo. — E, depois que o Xaden começou a subir de posição aqui dentro… bom, algumas das famílias responsáveis *pararam* de nos treinar, se os boatos que ouvi por aí dos alunos do primeiro ano estiverem certos. Que bom que ela não estava na lista de desafios essa semana.

Jacek derruba Sloane no chão pelo que parece a centésima vez e leva o joelho até a garganta dela, só para reforçar a dominância. Se estivessem na vida real, ela estaria encrencada.

— O primeiro desafio dela está marcado para segunda-feira e ela vai apanhar. Isso se não acontecer coisa pior — comento.

Desembainho uma adaga e a viro, pegando-a pela ponta, como se minha habilidade de alguma forma pudesse ajudar quando ela se recusa a falar comigo.

— Segunda? — Imogen se vira lentamente para olhar para mim. — E como é que a senhorita sabe disso?

Caralho. Bom, não é como se ela já não estivesse guardando um monte de segredos que podem me matar.

— É uma longa história, mas… por causa de um livro que meu irmão escreveu.

— Quem é que Sloane vai enfrentar? — pergunta Imogen, voltando-se para o tatame.

— Você não vai me perguntar sobre o livro que eu não deveria ter?

— Não. Ao contrário de *certas* pessoas, nem sempre eu preciso saber de tudo o que os outros consideram assunto particular.

Eu não caio na provocação.

— Bom, você não está dormindo comigo.

— Você *amaria* ser meu tipo. Eu sou incrível na cama. — Ela enruga o nariz quando Sloane cai de cara no chão. — Agora é sério. Quem ela vai enfrentar?

— Uma pessoa que ela não vai conseguir vencer.

Uma aluna do primeiro ano da Terceira Asa que se move como se tivesse nascido já com a habilidade de lutar. Precisei de quase uma hora para encontrar alguém que pudesse me informar quem ela era mais cedo.

— Eu já ofereci ajuda — comenta Imogen, baixinho. — Mas ela não aceitou.

— E por quê, caralho? — pergunto, pegando a adaga e a jogando no ar usando só a memória muscular.

Imogen suspira.

— Sei lá, porra, mas a teimosia vai acabar matando essa menina.

Fico só observando enquanto a irmã de Liam se debate embaixo do corpo de Jacek, o rosto inchado e vermelho pela exaustão, e solto uma respiração lenta e resignada, meu punho se fechando no cabo da adaga. A regra tácita da Divisão é deixar que os fortes eliminem os fracos antes que se tornem um risco para a Asa. Como cavaleira, eu deveria simplesmente aceitar. Deveria deixar Sloane fracassar ou vencer por mérito próprio. Porém, como amiga de Liam, não vou ficar parada assistindo enquanto ela morre.

— Na segunda-feira, não.

— De repente você desenvolveu o mesmo sinete de Melgren, é? — retruca Imogen, puxando uma mecha de cabelo rosa atrás da orelha.

— Chega! — grita Rhi, encerrando a luta.

Respiro aliviada.

— Não exatamente. — Olhando em volta do ginásio, localizo a oponente de Sloane da segunda-feira. — Só preciso fazer umas coisas depois da aula de física, mas te vejo na sessão de musculação hoje.

Todos os músculos que desenvolvi são resultado da dedicação de Imogen a me torturar nas máquinas de peso desde o ano passado.

— Como você está indo nessa aula, aliás? — pergunta Imogen com um sorriso sarcástico, sabendo muito bem que não vou passar sem a ajuda de Rhiannon.

Posso até ser a melhor aluna do nosso ano em história, geografia e qualquer outra disciplina que se mistura aos conhecimentos dos escribas, mas física? Não é minha especialidade.

— Oi, Vi…

Uma mão se fecha no meu ombro vinda de detrás de mim, e meu coração palpita, ecoando como um tambor em meus ouvidos.

De novo, não.

A memória muscular assume meu corpo e eu dou um giro, me soltando do aperto daquela mão e empurrando o antebraço esquerdo contra um peito coberto por couro, pegando o agressor de surpresa; isso permite que eu o empurre alguns centímetros na direção da parede enquanto seguro minha adaga contra a garganta tatuada dele em um movimento instintivo.

— Epa, epa! — Os olhos de Ridoc ficam arregalados e ele ergue as mãos com as palmas para a frente. — Violet!

Pisco rapidamente e o gogó dele oscila, raspando na lâmina da minha faca.

Ridoc. Não é um assassino. É só *Ridoc*.

A adrenalina invade meu sistema, e minha mão estremece de leve enquanto abaixo a arma.

— Desculpa — murmuro.

— Por quase arrancar minha jugular? — Ridoc dá um passo para o lado antes de abaixar as mãos. — Eu sabia que você era rápida, mas *cacete*.

Fico horrorizada e sem palavras, o calor subindo às bochechas. Quase rasguei o pescoço de um amigo. De alguma forma, consigo encontrar a bainha e guardar a arma.

— Você deveria saber que não pode chegar assim de surpresa em alguém — censura Imogen, o tom calmo contrastando com a faca que segura na mão esquerda.

— Foi mal. Não vai acontecer de novo — promete ele, o olhar parecendo preocupado enquanto olha por cima do ombro. — Eu só ia perguntar se você quer ir com a gente pra aula de física. Sawyer já está ali na porta.

— Tá tudo bem aí? — pergunta Rhi, caminhando até onde estou, ajeitando a mochila no ombro.

— Tudo ótimo — responde Imogen. — Aliás, você está fazendo um ótimo trabalho como Líder de Esquadrão. Foi uma ótima ideia arrumar um tempo a mais para os primeiranistas praticarem a luta.

— Obrigada? — Rhi encara Imogen como se ela tivesse sete cabeças.

— Vejo você de noite — Imogen fala para mim, embainhando a adaga e me olhando com mais compreensão do que qualquer uma de nós gostaria de ter. Ela se afasta. — Vou lá oferecer ajuda para a Mairi. Outra vez.

Aceno com a cabeça.

— Tem certeza de que tá tudo bem? — pergunta Rhi, enquanto pego a mochila do chão e quase a derrubo de tão nervosa. Que caralho de adrenalina.

— Tá tudo perfeito. — Forço o sorriso mais falso do mundo. — Vamos para a aula de física. Eu amo física!

Rhi troca um olhar com Ridoc.

— Ela provavelmente está nervosa com a prova, e eu não ajudei dando um susto nela igual a um babaca. — Ele massageia a pele do pescoço enquanto caminhamos na direção da porta, onde Sawyer nos espera.

Rhiannon abre a boca, embasbacada.

— Violet! Achei que você tivesse dito que tinha conseguido estudar! A gente podia ter repassado a matéria hoje de manhã. Não dá pra eu te ajudar se você não me pedir ajuda.

E essa não é a mais pura verdade?

— Não esquece que você só precisa de dois, dos três elementos, para uma manobra de voo — recita ela enquanto Sawyer morde uma maçã, abrindo a porta para nós. — Velocidade, poder, ou…

Analiso o primeiro andar da Ala Acadêmica enquanto atravessamos o corredor, olhando para cada alcova e para cada porta de sala de aula, procurando alguém que possa tentar nos atacar.

— Violet?

Desviando o foco da escadaria à nossa frente, vejo Rhi me encarar, na expectativa. Ah, é mesmo. Ela está me perguntando sobre física e aerodinâmica.

— Altitude — responde Sawyer.

— Isso. — Aceno com a cabeça, e começamos a subir a escada. — Altitude.

— Você vai acabar me matando… — começa Rhiannon.

— Agora! — grita alguém atrás de nós.

Antes que eu consiga reagir, alguém joga um saco sobre a minha cabeça, e em apenas um instante fico inconsciente.

Existe uma desconfiança natural que precisa ser superada entre os cadetes da infantaria e os cavaleiros. Isso existe principalmente porque os cavaleiros nunca confiam que a infantaria terá coragem de se manter em posição quando os dragões chegarem, e a infantaria nunca confia que os dragões não vão devorá-los.

— O guia para a Divisão dos Cavaleiros, por major Afendra (edição não autorizada)

CAPÍTULO CATORZE

Acordo de um sobressalto quando o cheiro de algo acre enche meus pulmões, e faço um gesto abrupto com o punho, afastando uma mão do rosto. Sais para atiçar o olfato.

— Ela acordou — anuncia uma mulher vestida de azul-marinho, afastando-se para falar com… o professor Grady?

Minha cabeça imediatamente começa a zumbir enquanto me sento, esticando as pernas diante de mim, e tento me comunicar com Tairn.

— *O que está acontecendo?*

Meus olhos demoram para se ajustarem à luz forte, mas parece que estamos em algum tipo de floresta.

— *A aula que humanos não precisariam ter se simplesmente continuassem sentados nos dragões, conhecida como ASC* — rosna ele, parecendo bastante frustrado, como se fosse ele que tivesse acabado de ser drogado e arrastado para longe da Divisão.

Rhiannon, Sawyer e Ridoc estão à minha direita, todos parecendo tão confusos quanto me sinto. À esquerda, vejo quatro cavaleiros do segundo ano, do Segundo Esquadrão, Setor Fogo da Segunda Asa, que encaram a floresta espantados. Que bom que não somos os únicos.

— *Pelo menos não é uma tentativa de assassinato* — comento.

Se fosse, estaríamos todos mortos, considerando o quanto estou atordoada.

— *Vai ser, se não estivermos de volta a Basgiath quando Sgaeyl chegar amanhã.*

Ai. Puta merda.

— *Não deve durar mais de um dia* — respondo. Ou será que vai? — *Se demorar, você deveria voar sozinho de volta.*

Na nossa frente, dois grupos de cadetes da infantaria estão sentados (considerando que estão vestindo uniformes azuis) e conversam baixinho. São todos tão… homogêneos. Os quatro homens exibem o mesmo corte militar raspado, os cabelos rentes ao crânio, e as mulheres usam coques apertados. Os uniformes azuis são todos iguais, assim como a bota, assim como… tudo. Apenas as gandolas exibem nomes diferentes, exceto pela designação de Líder de Esquadrão no ombro de um membro de cada grupo.

No meu esquadrão, estamos todos usando o uniforme de veraneio, mas cada um fez as próprias modificações. Minha camiseta preta tem rasgos na frente que me dão acesso direto às adagas embainhadas em minha armadura, na altura das costelas. Rhiannon prefere uma túnica que já tem bainhas costuradas. Sawyer prefere usar mangas curtas, as armas embainhadas nos antebraços, e Ridoc nunca nem se deu ao trabalho de levar o uniforme para fazer modificações, só rasgou as mangas. Nem mesmo estamos *usando* as gandolas com nomes, e o mesmo pode se dizer da Segunda Asa.

— *E deixar você aí para sobreviver sozinha?*

O chão da floresta é macio e lamacento em alguns lugares, e o sol da tarde entra pelas frestas entre os galhos por um ângulo torto, o que significa que estamos desacordados já faz uma hora, talvez no máximo duas. Só o que avisto ao nosso redor são árvores.

— *Acho que esse é o objetivo* — rebato. Pisco com força, tentando fazer o meu cérebro se concentrar. — *Me prometa que se eu ficar presa aqui em terra você vai ver Sgaeyl, se puder. Não devemos estar assim tão longe de Basgiath.*

O professor Grady entrega um cantil de água para cada cavaleiro.

— Desculpem pela mudança abrupta de cenário — diz ele. — Hidratem-se.

Nós todos abrimos as tampas para beber. A água está límpida e fria… e também tem outro gosto. Pungente. Terroso. E algo que parece floral, mas não consigo identificar. Tampo o cantil, fazendo uma careta com o gosto residual. O professor Grady *realmente* deveria cuidar melhor dos cantis.

— Tudo bem aí? — pergunto para Rhi, que está examinando as bainhas com suas armas.

— Estou um pouco atordoada, mas só. E você?

Aceno que sim, passando as mãos pela lateral do corpo para garantir que as adagas estão exatamente onde as deixei. Estão, sim. E minha mochila também ainda está comigo.

— Eles nos pegaram na escada? — Estico o pescoço e vejo Sawyer esfregando as têmporas, e Ridoc coçando a tatuagem no pescoço.

— É a última coisa de que eu me lembro. — Ela assente para concordar, examinando o esquadrão ao nosso lado e o pessoal na nossa frente.

— Alguém sabe onde nós estamos? — pergunta Sawyer para o esquadrão da infantaria, que parece mais alerta.

Os cadetes nos encaram, mas ninguém responde. Ou sequer fala.

— Imagino que isso seja um não — comenta Ridoc.

— A gente também não sabe — diz o cavaleiro com a designação de Líder de Esquadrão da Segunda Asa, erguendo a mão para nos cumprimentar.

— *Você sabe onde...* — começo a dizer para Tairn, mas a conexão, que normalmente é tão clara, parece abafada, como se alguém tivesse jogado um cobertor em cima dela. Sinto o pânico domar meu coração quando percebo que o mesmo aconteceu com Andarna, apesar de não querer arriscar acordá-la fazendo perguntas. — Não consigo me comunicar com Tairn.

Rhi me encara e inclina a cabeça.

— Merda. Também não consigo falar com Feirge. Parece que tem alguma coisa...

— Abafando a conexão — completa Sawyer.

Deixo o cantil de lado e os outros percebem logo, fazendo o mesmo. O que foi que acabamos de beber?

— Fomos bloqueados — diz uma cavaleira com uma trança loira escura na altura dos ombros.

— Respire fundo, Mirabel — ordena o líder do esquadrão, passando a mão bronzeada nos cachos negros como se ele mesmo estivesse tentando se beneficiar do próprio conselho. — Não deve ser por muito tempo.

Ridoc cerra as mãos em punhos.

— Não está certo isso. Não estou nem aí se é por causa da aula ou não, a gente não deveria perder o acesso aos nossos dragões.

— Tomas? — pergunta Rhiannon, inclinando-se para a frente para olhar além de mim.

— Oi, Rhi. — O Líder de Esquadrão acena. — Essa é a Brisa. — Ele aponta para uma mulher de cabeça raspada e pele marrom-escura, com olhos atentos que se movem rápido, e ela acena em reconhecimento. — Mirabel. — Ele aponta o dedo para a loira com uma marca de bronzeamento bem forte onde deveriam estar seus óculos de voo nas bochechas pálidas e um brasão de dominadora de chamas. Ela acena de volta. — E o Cohen.

O cavaleiro mais perto de mim lança um sorriso rápido. Ele tem cabelos pretos escuros e uma pele cor de bronze com tom avermelhado, e ergue a mão para nos cumprimentar.

— Oi. — Rhiannon assente. — Estes aqui são Sawyer, Ridoc e Violet.

As cordialidades são interrompidas quando o professor Grady anota alguma coisa em uma pasta e depois pigarreia.

— Agora que estão todos acordados, sejam bem-vindos ao primeiro exercício conjunto de navegação terrestre de vocês. — Ele pega dois mapas fechados de dentro da pasta. — Nas últimas duas semanas vocês aprenderam a ler um mapa, e hoje vão testar essas habilidades de forma prática. Se estivéssemos numa operação de verdade com a composição normal de um entreposto, esta unidade consistiria nisso que estão vendo aqui.

Ele dá um passo para longe de uma mulher, que deve ser professora da infantaria, e revela dois cadetes vestindo um uniforme azul-claro sentados ao lado de um escriba. O capuz está abaixado e ele usa calças cor de creme e uma túnica (em vez de manto), mas definitivamente é um escriba.

— Cavaleiros e infantaria para lutar, um escriba para registrar o evento e médicos por motivos óbvios. — Ele gesticula para que sigam em frente, e o grupo de três fica em pé no fim da linha da infantaria.

A professora da infantaria, que tem patente de capitã, anda até o professor Grady, e para ao lado dele com uma postura impecável.

— Cadetes, levantem — diz ela.

Os esquadrões da infantaria praticamente pulam e imediatamente assumem posição de sentido.

Eu recuo de leve, pega de surpresa pelo meu instinto, que é de mandar a professora se foder porque eu não obedeço à autoridade dela. Nenhum cavaleiro obedece.

O professor Grady olha para nós e depois assente.

Nós oito ficamos em pé, mas não assumimos nem posição de *descanso*. Estamos simplesmente parados lá.

A capitã da infantaria nos avalia e parece mal conseguir conter uma revirada de olhos.

— Esse será o treinamento mais curto que vão enfrentar esse ano, então tentem se conhecer melhor. Quarta Asa, vocês serão acompanhados pelo quarto esquadrão. — Ela olha em volta e um dos cadetes na nossa frente ergue a mão. — Segunda Asa, vocês vão acompanhar o segundo esquadrão, só para facilitar as coisas. — Uma cadete ergue a mão à esquerda. — O objetivo de vocês é encontrar a localização marcada nos mapas e fazer um perímetro seguro. Assim que tiverem feito isso, serão extraídos da missão.

Não deve ser assim tão fácil.

O professor Grady estende os mapas e Rhiannon dá um passo à frente, pegando os dois e entregando um para Tomas.

Um dos cadetes da infantaria começa a dar um passo à frente, mas logo fica imóvel.

— Dois mapas — instrui o professor Grady. — E dois times que devem formar uma única unidade coerente. Vocês não estão acostumados a trabalhar juntos. Sequer foram avisados de que este seria o caso. Porém, a segurança de Navarre exige trabalho em grupo dos diversos segmentos do nosso exército. Vão existir ocasiões na carreira de vocês em que vão precisar de alguém em quem confiar, seja no céu, seja no chão, e essa união é forjada aqui em Basgiath. — Ele olha para nossos grupos. — Nós nos vemos na tarde de amanhã.

Amanhã à tarde?

Meu estômago embrulha. Tairn não vai ver Sgaeyl a não ser que escute meu pedido e vá embora. E eu… vou perder algumas horas de Xaden por aqui. Vai levar mais *uma semana* até eu vê-lo de novo. A decepção dói mais do que deveria.

— Só precisamos encontrar um ponto de extração e fazer um perímetro? Essa é a missão? — pergunta Sawyer, encarando o mapa como se ele mordesse. Esse definitivamente não é um dos pontos fortes de Sawyer.

— Moleza. — Ridoc infla o peito.

— Ah. Então — responde o professor Grady —, sabem, vamos precisar nivelar um pouco as coisas. A infantaria aprende a navegar por terra desde o primeiro ano, então naturalmente eles vão um pouco melhor do que vocês nisso.

Ridoc fica rígido.

O cadete da infantaria dá um sorrisinho torto.

— E, como devem ter percebido — ele continua, encarando cada um de nós —, nenhum de vocês oito está conseguindo se comunicar com o próprio dragão completamente.

— O que é uma merda ridícula — comenta Ridoc, em alto e bom som.

Uma mulher do lado da infantaria fica boquiaberta.

— É sim — concorda o professor. — Não é algo que fazemos sem pensar, e os dragões de vocês detestam isso tanto quanto vocês. Todos receberam uma dose de uma mistura específica de ervas que não só abafa a conexão, mas também o sinete. Por mais que possa parecer frustrante, estamos bem orgulhosos por termos descoberto essa poção, então nos avisem se tiverem qualquer efeito colateral.

— Para além de tirar de nós o elo mais importante que temos? — argumenta Rhi.

— Precisamente — responde o professor.

Tento alcançar meu poder, mas só sinto um leve formigar nos dedos. Deuses, eu me sinto tão… vulnerável, e isso é horrível pra caralho. Minha mente começa de imediato a pensar no que possivelmente poderia ser a composição dessa poção enquanto os dois professores andam no meio dos grupos.

Quando Grady chega ao fim da seção, ele gira o corpo e volta.

— Ah, e eu mencionei que tem dois grupos de vocês por aqui? O outro está do outro lado da floresta, e, enquanto os dragões de vocês estarão caçando eles, os dragões deles estarão caçando *vocês*. Alguns dragões sem união também resolveram participar.

Mas que porra é essa? Sinto meu estômago embrulhar.

Quase todos os cadetes da infantaria parecem pálidos, e um deles oscila onde está.

— Infantaria, os cavaleiros vão precisar contar com o conhecimento de navegação terrestre de vocês, e vocês, por sua vez, não vão sobreviver sem eles caso encontrem um dragão. — Grady encara nós oito nos olhos e se afasta. — Tentem garantir que a maioria saia vivo daqui, por favor.

Ele lança um sorriso em nossa direção e vira de costas, caminhando pela floresta com a professora da infantaria, nos largando no meio do mato sem suprimentos ou dragões.

Nós encaramos o esquadrão da infantaria.

O esquadrão da infantaria nos encara.

Os médicos parecem desconfortáveis de forma quase cômica, e o escriba já pegou o caderno, o lápis em riste.

— Uau, isso parece que vai ser muito divertido — murmura Ridoc.

— Ele acabou de insinuar que podemos morrer? — pergunta o médico mais baixo, a pele marrom-clara empalidecendo.

— Tente irritar um dragão e você vai descobrir — responde Sawyer.

— Você vai ficar bem — começo, procurando o nome na gandola dele —, Dyre.

Lanço um sorriso para ele e olho para o representante dos escribas. Cabelos ruivos emolduram um rosto branco quase inteiramente tomado de sardas, e a mulher baixinha pisca ao me ver, os cílios curtos castanhos tremulando com o movimento.

— Aoife? — pergunto. — Eles arrastam os escribas para a aula de ASC?

— Oi, Violet. Sou a primeira aluna do meu ano que decidiu treinar para missões em campo, e não para ser adepta — fala ela. — Você é a cavaleira mais poderosa da sua Divisão. Dyre e Calvin são os melhores no ano deles. — Ela dá de ombros. — Naturalmente eles formam os times mais fortes primeiros.

Ridoc abre um sorriso.

— Então está dizendo que nós somos os favoritos?

— Algo do tipo. — A escriba parece reprimir um sorriso.

— Então precisamos garantir essa posição e *ganhar* — fala Rhiannon, antes de voltar a atenção para o mapa. — Tomas, o que você acha?

Ele entrega um mapa para Brisa e olha para o de Rhi.

Duas horas e diversas discussões com a infantaria depois, estamos a uns sete quilômetros da nossa localização inicial, e ainda precisamos percorrer mais dez. Rhiannon e Ridoc examinaram nosso mapa (marcado com o lugar em que tínhamos sido deixados e o ponto de extração, mas sem mostrar a exata localização) e discutiram uma rota com Tomas, que se certificou de que todos estivéssemos vendo tudo e entregou o mapa para a infantaria concordar com a rota antes de começarmos a andar.

— Estou falando, estamos na floresta de Parchille — argumenta o cadete Cuzão, cujo nome de verdade é Calvin.

Está discutindo com Rhiannon alguns passos adiante. Já faz quase quinze minutos que ele não nos relembra de que é o oficial mais alto entre todos nós, então tenho certeza de que o próximo lembrete vai ser feito a qualquer instante.

— Este mapa aqui não parece com nenhum dos que vi de Shedrick, o que significa que poderíamos estar andando na direção oposta da qual deveríamos pegar. Nenhuma parte da paisagem corresponde a Shedrick.

— E eu acho que você está errado — rebate Rhiannon, em tom tranquilo.

— Eu acho que estamos na Mata de Hadden — solta Aoife, segurando o caderno bem perto do corpo. Já fez três páginas de anotações. — É a única floresta perto o bastante para nos trazerem a cavalo, já que duvido que os dragões de vocês tenham trazido todo mundo para cá voando.

— Também é a única floresta perto o bastante para Tairn ficar para trás e sair para ver Sgaeyl sem provocar uma dor de separação em nós dois — reforço.

— O Líder de Esquadrão deles é o equivalente de Aetos na infantaria — murmura Ridoc, à minha direita.

Eu faço que sim, mas consigo impedir uma risada.

Cohen atira a cabeça para trás do outro lado e não se dá ao trabalho de conter a gargalhada. Imagino que a reputação de Dain tenha se espalhado por todas as Asas.

— Quem é Aetos? — pergunta a cadete Quietinha, do lado esquerdo de Aoife.

É a primeira vez que a morena curvilínea fala em horas, mas os olhos castanhos dela estão sempre atentos, avaliando nossos arredores. Aposto que ela e Brisa (que está na nossa retaguarda, acompanhada de Tomas e Sawyer) são as pessoas mais observadoras do grupo, em pé de igualdade.

— Um dos nossos Dirigentes de Asa — respondo. — É meio igual ao seu comandante de batalhão.

— Ah. — Ela assente para Rhiannon e o Cuzão, que continuam discutindo lá na frente. — Vocês se separam em seções, certo?

— Isso — confirmo.

A paisagem não mudou. A floresta é, na maior parte, reta, com alguns montes que foram facilmente escalados. O calor, porém, é abafado pra caralho. Amarrei a camiseta do uniforme na cintura e fiquei só de armadura. Não faço ideia de como Aoife ainda está sobrevivendo de capuz, mas ela não o abaixou.

— Esquadrão, setor e Asa — eu complemento.

— O que a gente faz se encontrar um dragão? — pergunta ela.

— Primeiro escolhemos alguém para oferecer como sacrifício — fala Ridoc. — Depois a gente dá no pé.

Ela arregala os olhos.

— Não seja babaca. — Eu dou uma cotovelada nele. — Depende da cor, mas uma boa regra é abaixar os olhos e se afastar — informo para a cadete. — Mas normalmente dá para ouvir quando eles se aproximam.

— E aí, depois, prepare-se para ser digerida — diz Cohen.

— Ah, *deuses* — sussurra a morena.

— Você agora é o meu colega favorito. — Ridoc lança o braço dele por cima do ombro do outro.

— Posso ver o mapa de vocês? — pergunta Brisa, da retaguarda da nossa formação.

— Vocês não têm o de vocês? — retruca Calvin.

Rhi vira a cabeça na direção dele.

— Se você não der seu mapa pra ela, eu corto sua mão fora e dou.

Ele faz cara feia para Rhi, mas passa o mapa para trás para podermos repassar até chegar em Brisa.

Deuses, essa grama é alta. Está batendo quase na minha cintura nos lugares onde as árvores não cobrem o chão de sombras. Piso em cima de um pedaço irregular do chão e meu tornozelo vira. Ridoc me segura antes que eu caia e me equilibra sem falar uma palavra enquanto continuamos a subir.

— Obrigada — digo baixinho.

— Você passou a atadura nos joelhos? — pergunta Ridoc, franzindo a testa de preocupação.

Eu aceno a cabeça.

— Aham. Mas não passei nos tornozelos, já que não estava esperando uma caminhada.

— Tenho bandagens, se precisar atar alguma coisa — sugere Dyre, atrás de nós.

— Eu aviso se precisar, obrigada.

Um cara atrás de mim pergunta:

— Os escribas são sempre assim tão quietinhos?

— Meu trabalho é registrar, e não participar — responde Aoife.

— Mesmo que não participe, vai virar comida de dragão do mesmo jeito — argumenta ele.

— Eu nunca deixaria um *escriba* ser devorado por um dragão — digo a ela, encarando o cadete.

A voz de Rhiannon, que continua discutindo lá na frente, fica mais intensa.

— Porque nem ferrando que eles arrastaram a gente dos quartos e nos trouxeram tão longe em só quatro horas.

— Diz isso porque os dragões de vocês não conseguem voar assim tão rápido? — Calvin tem cerca de três centímetros a menos que Rhi, mas não vê problema em encará-la de frente.

— Porque os nossos dragões não levariam *você* no lombo, ô imbecil — responde Ridoc.

Aoife dá uma bufada e Mirabel ri, acompanhada do resto do esquadrão da infantaria atrás de nós.

Calvin se vira e dá uma encarada em Ridoc.

— Tenha um pouco mais de respeito com a minha patente. — Ele dá um tapinha no ombro, onde exibe um triângulo aberto sob duas folhas de carvalho.

— Sua patente não significa porra nenhuma pra mim.

— Ah, porque vocês estão tão *acima* da infantaria, né? — rebate Calvin.

— Tecnicamente, quando a gente voa, está acima de *todo mundo* — argumenta Ridoc. — Mas, se estiver me perguntando se eu sou melhor do que você, a resposta é obviamente sim.

Suspiro e observo as mãos de Calvin, só para o caso de ele decidir desembainhar a espada curta que carrega na lateral do corpo. Não é uma arma ruim, mas todos eles trazem uma espada consigo. Não existe variação de altura e especialização. É tudo tão… uniforme.

Mas, até aí, nós fomos raptados direto do corredor, então não é como se Ridoc estivesse com seu arco preferido. Sawyer e Rhiannon também não estão com suas espadas favoritas.

— Para de irritar ele de propósito — pede Rhiannon, virando-se para encarar Ridoc enquanto começamos a subir outro monte. Talvez esse monte nos proporcione um ângulo de visão mais favorecido que o anterior. — Vamos precisar de água fresca, ou a coisa aqui vai ficar feia bem rápido.

Ridoc abre um sorriso.

— Mas está tão divertido!

Ela arqueia uma sobrancelha.

— Tudo bem. — Ele ergue as mãos, derrotado. — Vou deixar ele com a mania de grandeza dele.

— Ah, mas *ela* você escuta…

— Ela é minha Líder de Esquadrão. Você não.

— Então vocês só respeitam os Líderes de Esquadrão dos cavaleiros — provoca Calvin.

Aoife começa a escrever furiosamente no próprio caderno.

— Cala a boca, Calvin — um cadete atrás de mim fala, bastante exasperado.

— Quer meu respeito? Então faça por merecer. — Ridoc dá de ombros. — Atravesse o Parapeito, suba pela Armadilha, sobreviva à Ceifa e aí vamos estar equiparados.

— E vocês acham que a gente também não passa por umas merdas assim na Divisão da Infantaria? — desafia alguém atrás de nós.

— Está vendo aquela ali? — diz Sawyer, e eu juro que consigo *sentir* que ele está apontando para mim. — Ela não só se uniu com um dos maiores dragões da porra do Continente, mas com *dois* dragões, e aí entrou em um combate com grifos uns meses atrás e saiu viva. Vocês passam por esse tipo de merda na Divisão de vocês?

Os cadetes ao nosso redor ficam em silêncio. Até mesmo o lápis de Aoife continua pairando sobre o caderno enquanto ela me encara.

O clima fica esquisito. E *bate errado*. Ninguém no nosso grupinho sabe o que vamos enfrentar lá fora de verdade. E meu silêncio? Começa a parecer muito menos como autopreservação e bem mais como se eu fosse conivente com tudo o que está rolando.

— Seu sobrenome é Sorrengail, né? — pergunta Mirabel. —Você é filha da comandante-general? — Ela estremece. — O seu cabelo meio que te denuncia.

— Isso. — Não adianta negar.

— Sua mãe dá medo — sussurra ela.

A escriba olha de uma de nós para a outra antes de voltar a escrever no pergaminho.

Faço que sim.

— É uma das qualidades mais marcantes dela.

— Gente? — Brisa eleva a voz atrás de nós. — Acho que eu entendi por que a gente sente que não está chegando a lugar nenhum.

— Por quê? — pergunta Rhiannon, por cima do ombro.

— O Calvin está certo, mas você também está. Eles deram dois mapas diferentes pra gente — diz ela.

No instante em que diz isso, os primeiros do grupo sobem pelo morro e… congelam.

Até meu coração parece parar no peito enquanto Rhiannon ergue as mãos para o alto para impedir o resto do grupo.

Um Rabo-de-clava-laranja… não, um Rabo-de-escorpião emite um rosnado baixo na nossa frente, onde estava esperando do outro lado do morro. Todos nós inclinamos a cabeça e acompanhamos o movimento enquanto o dragão se eleva em sua altura habitual, dominando o céu, o rabo chicoteando atrás do corpo.

Baide. É a dragão de Jack Barlowe. Ou ao menos costumava ser.

— Amari nos proteja — sussurra Calvin, o pânico palpável na voz dele.

Abaixo o olhar em deferência como Kaori nos ensinou, e meu pulso acelera, meu cérebro relutando contra a vontade de entrar em pânico.

— Os laranja são os mais imprevisíveis — sussurro. — Olhem para baixo. *Não* corram. Ela vai matar quem correr primeiro. Tentem não demonstrar medo.

Merda, era sobre *isso* que deveríamos estar conversando em vez de discutir qual Divisão é superior e em qual floresta estamos.

Sinto um peso no peito quando não consigo acessar meu instinto imediato, de tentar falar com Tairn. Se estivéssemos lidando com qualquer outro dragão, eu apostaria que ele não arriscaria sofrer a raiva de nossos dragões se nos queimasse vivos, mas os cadetes atrás de nós já são outra história. E, considerando que fui eu quem matou Jack no ano passado? Eu já não aposto é mais nada.

Ela não tem nada a perder, e, considerando o sopro de fumaça quente que achata a grama e umedece meu rosto, ela se lembra exatamente de quem sou.

— Cavaleiros! — chama Rhiannon. — Tomem a dianteira! — Ela obviamente pensa o mesmo que eu. — Infantaria, proteja os médicos e a escriba! — Ela olha de soslaio para mim, tomando cuidado para não erguer o olhar. — Violet, talvez você devesse…

Mantendo a cabeça baixa, passo por Calvin e fico parada ali na frente, tentando captar qualquer movimento com a visão periférica.

— Eu não vou me esconder.

— O que vocês estão fazendo? Isso aí vai comer você — sibila um cadete atrás de nós.

Eu viro a cabeça e vejo o médico, Dyre, alguns metros à minha direita, encarando Baide diretamente com a boca escancarada.

Um rosnado retumba pela garganta da laranja e eu dou um salto, agarrando as alças da mochila médica de Dyre e o puxando para trás de nós, passando-o para Ridoc, que rapidamente o empurra para um lugar mais seguro e se posta ao meu lado.

— Não, ela não vai — responde Sawyer, andando para a frente com Ridoc para que a infantaria fique para trás. — É por isso que estamos na dianteira.

Baide vira a cabeça, abre a boca e enrola a língua, e eu arrisco uma olhada rápida, observando os olhos dourados escuros se estreitando até virarem fendas enquanto ela arqueia o pescoço, mudando o ângulo em vez de abaixar a cabeça na forma de ataque mais típica…

Prendo a respiração.

— Rhi, ela vai soprar por cima da gente, igual Solas fez.

Rhi demora menos de meio segundo para avaliar e decidir.

— Segunda Asa — anuncia ela. — Fiquem alertas e protejam a infantaria onde estiverem!

O movimento atrás de nós cessa e Baide flexiona as garras no chão e se vira outra vez, escolhendo um alvo.

— Vai… vai… — balbucia Calvin.

— Abaixe os olhos e cale a boca — ordena Rhi.

— Deuses, eles todos *fedem* de tanto medo — sussurra Ridoc ao meu lado.

— Vocês acham que ela ainda está com muita raiva da Violet? — pergunta Sawyer, à esquerda de Rhi.

— Violet esmagou o cavaleiro dela com uma montanha. — Ridoc suspira como se estivéssemos todos fodidos, e eu não posso discordar.

Sinto meu coração na garganta quando Baide recua para trás, baixando a cabeça para encarar cada um de nós. É um ângulo perfeito para nos arrasar com o fogo, mas eu resisto ao impulso de olhar, e mantenho o olhar fixo na grama à nossa frente.

Um sopro de ar quente vem em nossa direção enquanto ela fareja cada um de nós, a começar por Rhiannon e então seguindo para Sawyer. Ouço alguns gemidos abafados dos cadetes da infantaria enquanto ela exala um sopro fétido de vapor e puxa o ar novamente na minha frente.

Tento acalmar meu coração. No ano passado eu talvez tivesse aceitado a morte. Neste ano, porém… neste ano, forjei uma união com um dos dragões mais mortais no Continente.

É isso aí. Você pode até me odiar, mas eu pertenço a Tairn.

E, por mais que exista uma boa chance de que Tairn morra se eu morrer, não sei se algum dragão está disposto a arriscar a ira dele se ele acabar não morrendo. Baide recua e se impele para a frente com a boca aberta, fechando os dentes no ar diretamente na minha frente, lançando respingos de saliva em meu rosto.

Puta. Que. Pariu.

Alguém atrás de nós grita e *sai correndo.*

— Não! Gwen! — grita Calvin enquanto a cadete Quietinha sai correndo pela esquerda, lançando-se sobre a grama.

Baide vira a cabeça para o lado, acompanhando o movimento, e meu coração se aperta quando ela abre a mandíbula, a lateral da língua visível na minha frente enquanto se enrola…

— Abaixem! — grita Rhi.

Tomas, o líder do outro esquadrão, corre atrás de Gwen, alcançando-a com alguns passos e puxando-a para trás pelo uniforme da mesma forma como eu puxara Dyre da dianteira, praticamente jogando ela de volta para Calvin enquanto todos abaixamos, como ordenado. Gwen tropeça e cai no chão na frente de Calvin no instante em que as narinas de Baide se alargam.

O calor parece dominar o ar ao nosso redor no instante em que meu peito colide com o chão, e fecho os olhos para bloquear melhor o som dos gritos atrás de nós.

— Acredita-se que o norte das montanhas Esben já tenha sido, no passado, o lugar dos ninhos dos dragões laranja antes da unificação, apesar de que, seguindo a natureza imprevisível do tipo, eles costumam escolher, com certa frequência, vales diferentes na mesma cordilheira — sussurro enquanto as labaredas passam por cima de mim, relutando para impedir que meu coração pare de vez.

Não me lembro de ter sentido tanto terror assim desde que Tairn começou a canalizar, e definitivamente antes de eu ter manifestado meu sinete.

O sopro cessa e Baide fecha a mandíbula, vira a cabeça gigantesca na nossa frente mais uma vez e depois se agacha e decola diretamente por cima de nós. Abaixo o olhar enquanto a cauda, com um espinho venenoso, passa a meros trinta centímetros de mim.

E ela vai embora.

Nós todos ficamos em pé, e os cavaleiros correm… na direção do nada. Brisa é a primeira a chegar ao chão queimado onde Tomas estava parado. As mãos dela tremem enquanto estica os dedos na direção da terra chamuscada. Minha boca se enche d'água enquanto a náusea passa por mim, mas consigo segurar meu café da manhã.

Mirabel não tem tanta sorte, vomitando na grama a alguns metros de distância.

— Tomas… — Cohen se ajoelha ao lado de Brisa.

Rhi se vira para a infantaria, aterrorizada, os punhos cerrados na lateral do corpo.

— E é por *isso* — ela berra — que vocês não devem correr, porra!

Existe uma aula no segundo ano sobre a qual eu não posso falar muito, mas preciso avisar que é um inferno. Meu único conselho? Não irrite o dragão de nenhum outro cavaleiro.

— Página 96, o Livro de Brennan

CAPÍTULO QUINZE

Quando o sol se põe no dia seguinte e ainda não chegamos ao ponto de extração, fica evidente que fracassamos no exercício de navegação terrestre.

Tudo porque não paramos para nos certificar de que a porra dos dois mapas eram *iguais* e agora não temos ideia de onde estamos. Bolhas se formaram e estouraram nos meus pés, e meus ossos doem por ter dormido no chão na noite de ontem; a ideia de passar mais uma noite ali só para ficar circulando perdidos na manhã seguinte me faz querer gritar de tanta frustração.

Como algo tão simples quanto conseguirmos nos orientar por terra pode foder tanto assim a nossa vida?

Voltamos um pouco pelo caminho, atravessamos dois riachos que poderiam pertencer a qualquer um dos mapas e evitamos por pouco encontrar com um Rabo-de-adaga-vermelho irritadiço que, para a nossa sorte, decidira que uma vaca ali perto parecia mais apetitosa do que um bando de cadetes cansados e famintos.

Enquanto estou sentada contra o tronco de uma árvore em uma encosta leve no nosso acampamento improvisado, quebrando um galho para o Ridoc no turno de vigia dele, percebo que agora sei o nome de um monte de gente nova. Não que a infantaria morra em Basgiath com a mesma frequência que cavaleiros, embora sejam a maior Divisão, com mais de mil cadetes em qualquer época do ano, mas assim que forem para as suas unidades? A guerra que vem vindo vai devorá-los muito mais rápido.

— Você jantou? — pergunta Ridoc, espanando a grama do uniforme enquanto fica em pé.

— Eu como um pouco quando terminar aqui. — Tiro a mochila dos ombros e a deposito ao meu lado. Não só caminhei pelos últimos dois dias, como carreguei os livros que usamos em aula. Todos nós estamos carregando os livros. — A infantaria conseguiu pegar bastantes coelhos, e devem acabar de cozinhar daqui a pouco.

— Eles são melhores do que nós nisso — admite ele, relutante, esfregando o cabelo. — Você não acha que eles vão largar a gente aqui perdido pra sempre, né?

— Acho que, seja lá o que tenham nos dado para beber, uma hora, inevitavelmente, o efeito vai passar. — Viro a cabeça e vejo o cadete Dyre andando em nossa direção ao lado de Rhiannon, que traz um prato. — E nossos dragões não vão nos deixar morrer só por causa da nossa inabilidade de trabalhar juntos para comparar dois mapas. Mas, até aí, pode ser que deixem. Talvez até seja uma coisa que a gente merece, já que a nossa teimosia custou a vida do Tomas.

— É… — Ele suspira, acenando para o par que se aproxima. — Oi, Rhi. Eu estava falando agorinha que esse exercício é meio cruel, você não acha? Eu até entendo praticar tortura. Fazer a gente navegar por terra. Escapar de ser capturado, faz sentido. Consigo entender até eles quererem convencer a gente a decorar quais insetos são comestíveis. Mas não é como se tivesse dragões esperando pela gente do outro lado das linhas inimigas.

— Você ficaria chocado — murmuro, a exaustão vencendo minha língua.

— Quê? — questiona Rhi.

— Só estou falando que a gente não sabe o que tem lá, né?

— Espero que nenhum grifo que cuspa fogo — comenta Ridoc.

— É. — Rhiannon inclina a cabeça, examinando meu rosto.

Dou de ombros rapidamente e consigo botar um sorriso no rosto para dizer:

— Oi, Dyre.

— Eu te trouxe o jantar. — Ele me olha com uma reverência que não mereço.

— Não precisava.

— Devo minha vida a você, cadete Sorrengail. — Ele me entrega um prato de coelho assado. — O mínimo que posso fazer é trazer o seu jantar.

— Obrigada. — Deixo o prato no colo. — Só me faça um favor e abaixe a cabeça da próxima vez.

Outra coisa que a infantaria tem de vantagem é que carrega um kit de ferramentas de sobrevivência básico (incluindo um kit de utensílios de cozinha) na mochila o tempo todo, como se pudesse ser acionada para uma linha de combate a qualquer instante. Definitivamente temos coisas a aprender uns com os outros.

— Pode deixar. Estou ao seu dispor. Minha dívida com você é para a vida.

Antes que eu diga mais uma vez que não tem dívida nenhuma, Ridoc dá um tapa nas costas dele.

— Vou levar o Dívida de Vida aqui de volta lá para o acampamento.

Aceno com a cabeça, agradecendo, e os dois sobem o morro de volta para o acampamento. Dyre é um fofo, mas só atrapalhou nesses dois dias intermináveis em que estamos perdidos nessa merda de floresta.

— Você sabe o que nos espera lá fora — afirma Rhi, sentando-se ao meu lado e puxando a trança por cima de um ombro.

— Quê? — Eu me atrapalho e quase derrubo o prato.

— Você foi atacada por grifos. — Ela estica a perna diante de si e me lança um olhar cético. — Então você *sabe mesmo* o que estamos enfrentando... né?

— É.

Eu aceno com a cabeça rápido demais e cubro um bocejo com a mão. Meu corpo está chegando ao limite, mas tenho certeza de que consigo aguentar mais umas duas horas no turno da vigia.

Ela franze o cenho rápido, de forma inconfundível.

— Pode deixar que eu assumo o turno. Seu corpo precisa dormir mais.

— Eu consigo ficar — protesto.

— Pode até conseguir, mas é meu trabalho cuidar das necessidades do meu esquadrão, e você precisa dormir. Considere isso uma ordem.

Percebo que não adianta tentar argumentar pelo tom de voz dela. Não estou falando com a minha melhor amiga, e sim com minha Líder de Esquadrão.

— Bom, se é uma ordem...

Eu fico em pé, espanando a grama da calça com uma mão e segurando o prato com a outra, e então lanço um sorriso forçado na direção de Rhiannon antes de me virar para o acampamento.

— Vi? — ela chama.

Olho para trás.

— Tem alguma coisa acontecendo com você — ela fala baixinho, mas não dá para confundir a dureza em seu tom de voz. — Eu nunca mais vi a Andarna desde que você voltou, e aí você começa a andar por aí com a *Imogen*, imagina só, e não desabafa sobre nada do que está rolando entre você e o Xaden, além de se recusar a falar sobre os Jogos de Guerra. Você pode até achar que eu não notei que está se afastando de todo mundo de propósito, mas eu notei. Você quase nem come mais com a gente, e toda vez que a gente tem uma chance de ir visitar Chantara você está trancada no quarto lendo. — Ela balança a cabeça, passando a mão pela grama. — Se não estiver pronta para falar sobre o que está acontecendo com você, quero que saiba que tá tudo bem…

— Não tem… — Meu estômago embrulha e eu tento negar a acusação.

— Não começa — interrompe ela baixinho, o olhar inflexível sustentando o meu. — Eu vou estar aqui quando você estiver pronta, porque nossa amizade é uma coisa preciosa para mim, mas, por favor, pelo bem dessa amizade, não me ofenda com mentiras.

Ela desvia o olhar antes que eu possa tentar encontrar uma resposta.

Não consigo dormir naquela noite, mas ao menos não sofro com pesadelos.

***

Um comboio de cavalos e carroças chega na manhã seguinte, acompanhados dos professores, que dispensam palavras duras sobre nosso fracasso.

— Vocês estavam na Mata de Hadden, apesar de nenhum de vocês ter tido a capacidade de trabalhar em equipe para entender isso. É evidente que precisamos aprender muito uns com os outros. — Grady entrega um cantil para cada cavaleiro e sorri para a professora da infantaria, que faz o mesmo para seus alunos. — Considerando que vocês eram os nossos melhores esquadrões, não posso negar que estou decepcionado, mas ao menos a maior parte de vocês sobreviveu.

Ele está decepcionado, mas Tomas está *morto*.

Destampo o cantil e bebo, sentindo um gosto doce e difícil de distinguir enquanto viro a água.

— Da próxima vez vamos garantir que vocês tenham suprimentos — promete ele. — Queríamos avaliar se conseguiriam se virar dessa primeira vez, e agora sabemos.

Dessa primeira vez. Que ótimo. Vamos ter que repetir a experiência.

O cobertor que abafou minha união com meus dragões se ergue, e sinto o poder fluir nas veias. Eu me sinto como se fosse *eu mesma* outra vez.

— *Tairn!*

— *Atrás de você* — ele responde.

O som de asas preenche o ar, e os cavalos se remexem nervosos enquanto nossos dragões pousam na beirada das árvores, o chão vibrando com a força dos baques.

— Puta merda — diz Calvin baixinho, afastando-se com os outros cadetes.

— Vão precisar se acostumar com eles. — Ridoc dá um tapinha no ombro do líder do esquadrão. — Eles vão estar em todos os entrepostos quando estiverem em seus postos depois da graduação.

— Tudo bem… mas perto assim? — sussurra ele.

— Provavelmente ainda mais perto — sussurra Ridoc de volta, assentindo.

Os sete de nós que vestem uniformes pretos se despedem e então caminhamos até nossos dragões.

— Mais alguém está incomodado com o fato de eles terem tirado nossa união da gente? Nossos sinetes? E depois nos dado isso de volta como se não fosse… — Sawyer balança a cabeça. Até o ritmo dos passos dele demonstra que está bravo.

— Uma violação pessoal? — sugiro.

— Precisamente — ele concorda. — Se fizeram isso agora, significa que podem fazer na hora em que bem entenderem.

— É algo novo *que criaram para este ano* — diz Tairn, estreitando os olhos para encarar o professor Grady. — *E não gosto muito dessa mudança. Eu conseguia ouvi-la e senti-la, mas você não podia responder.*

— Tairn também não gostou muito, não.

Deuses, estou tão *exausta*. Por que caralhos a liderança estaria desenvolvendo formas de nos deixar mais fracos? Porque essa havia sido a sensação, de estar mais fraca, afastada não só da minha maior fonte de força e apoio (Tairn e Andarna), mas do poder do qual comecei a depender.

— Estão vendo? — diz Rhiannon. — Sei que não acreditam em mim, mas estou dizendo que as coisas estão *esquisitas* este ano. Portas da enfermaria com guardas? Elixires que abafam a nossa união? Você quase foi assassinada no dia da avaliação.

— Panchek acha que era alguém que queria se vingar da minha mãe, e eu nunca disse que não acreditava em você — rebato, usando verdades parciais.

— É que você não está dizendo quase nada mesmo, só isso. — Ela lança um olhar para mim.

Guardar segredos dela vai destruir a nossa amizade. Já consigo sentir os rasgos ali. Ela pode até estar tentando ser paciente, mas faz parte da natureza dela resolver problemas, e eu sou um problemão.

Tairn abaixa os ombros quando me aproximo.

— *Me diz que você conseguiu ver Sgaeyl?* — pergunto, reunindo energia para montar nele.

Não sei nem como, mas consigo subir nas costas dele e me acomodar na sela.

— *Por algumas horas, sim. Foi todo o tempo que estava disposto a ficar longe de você, e só depois que Baide foi embora.*

— *E eles já foram embora, né?*

Por que tenho a sensação de que meu coração está se partindo outra vez? Não tem a menor lógica, é irritante e até meio patético o tamanho da saudade que sinto de Xaden, mas não consigo diminuir essa sensação.

— *Vamos vê-los daqui a uma semana.*

Então por que meus instintos parecem gritar que isso não vai acontecer?

Meu pai esperava que eu tivesse ido para a infantaria, assim como ele. Achava que cavaleiros eram babacas metidos, e, em defesa dele... nós somos mesmo.

— Correspondência recuperada do tenente Xaden Riorson endereçada à cadete Violet Sorrengail

CAPÍTULO DEZESSEIS

Chegamos de volta a tempo de eu fazer uma visita aos Arquivos, e é isso que faço. Se não posso ver Xaden, o melhor é gastar meu tempo continuando minha pesquisa. Já está no fim da tarde quando termino de me banhar e me arrumo para descer, e abro um sorriso ao ver Jesinia trabalhando em uma das mesas ao lado de Aoife.

Aoife ergue o olhar ao ouvir o som das minhas botas, o que leva Jesinia a fazer o mesmo. As duas acenam e eu retribuo o gesto.

Paro diante da mesa, deixando meu livro para devolução enquanto as duas discutem rapidamente antes de Aoife se levantar e ir para o fundo dos Arquivos. Então Jesinia anda até mim, trazendo o que parece ser o caderno que Aoife levou consigo para o exercício de navegação terrestre.

— O que está fazendo aqui em um domingo? — sinalizo com as mãos quando ela se aproxima mais.

Ela deixa o caderno no topo da mesa de carvalho antiga e ergue a mão para falar.

— Ajudando Aoife a transcrever o relato dela para um relatório oficial que vai ser feito. Ela vai fazer uma pausa agora. Quer ver o que ela registrou? — Jesinia pega o caderno e me oferece.

— Claro.

Aceno com a cabeça, pego o caderno e dou uma espiada na caligrafia ordenada de Aoife. É incrivelmente preciso, com os mínimos detalhes até de coisas que eu nem reparei, como os dois cadetes da infantaria que se ofereceram para ajudar os médicos porque esse era o trabalho deles no esquadrão. Eles têm papéis designados para cada missão. Deixo o caderno no topo do livro que estou devolvendo para ficar com as mãos livres e poder sinalizar.

— Isso é incrível — falo.

— Bom saber que está preciso. — Ela olha por cima do ombro como se quisesse verificar que estamos sozinhas, o que é o caso. — A coisa mais difícil é registrar a verdade dos fatos, e não uma interpretação própria. As histórias mudam dependendo de quem as conta.

Se ao menos ela soubesse a verdade. Como alguém como Jesinia poderia estudar para se tornar seja lá quem Markham se tornou?

— Será que posso perguntar... qual foi o livro que Jacek solicitou a você para que matassem ele depois que foi levado? — pergunto, antes de pensar demais nisso.

Jesinia arregala os olhos.

— Ele foi morto?

Afirmo, acenando com a cabeça.

— Alguns dias depois que vimos Markham levá-lo do pátio.

O rosto dela empalidece até ficar da cor da roupa que está usando.

— Ele estava procurando por um registro de um ataque fronteiriço que não existe. Falei que não existia nenhum registro do tipo, mas ele voltou três vezes, porque tinha certeza de que existia, já que tinha um membro da família que morrera nesse ataque. Registrei o pedido e mandei para meu superior, achando que isso poderia ajudá-lo, mas... — Ela balança a cabeça e abaixa as mãos, piscando para conter as lágrimas.

— Não foi culpa sua — sinalizo, mas ela não responde, e é aí que percebo que eu poderia ter sido levada por Markham no ano passado, mas não fui. E só existe uma explicação lógica para isso. Olho em volta rapidamente para me certificar de que ainda estamos sozinhas. — No ano passado você não registrou quando *eu* pedi um livro que não estava nos Arquivos.

Ela arregala os olhos.

— Registrou? — Minhas mãos tremem enquanto sinalizo.

Merda. Isso é uma péssima ideia. Ela vai correr perigo se eu envolvê-la nisso, mas também é a melhor pessoa para me ajudar com o que estou procurando, e só temos alguns *meses*.

— Não.

— Por quê?

Eu preciso saber. Tudo depende dessa resposta.

— No começo, porque não queria me envergonhar tendo que explicar que não encontrei um livro. — Ela franze o nariz. — E depois porque... eu não conseguia encontrar. — Ela olha por cima do ombro para os Arquivos vazios. — Nós deveríamos ter uma cópia de quase todos os livros de Navarre aqui, e ainda assim você me disse que leu um que não temos.

Eu assinto.

— Então eu procurei por wyvern. — Ela soletra as letras individuais, porque não existe um sinal específico para tais criaturas aladas. — E não encontrei nada. Não temos nenhum registro do folclore que você disse ter lido.

— Eu sei.

Meu coração fica acelerado. Agora estamos entrando em território perigoso.

Ela franze o cenho sob o capuz.

— Se você fosse qualquer outra cavaleira, eu teria considerado isso um lapso de memória ou que tivesse confundido o título, ou até mesmo o assunto. Mas você é… você.

Eu sinalizo a próxima parte bem lentamente para ela não perder uma única palavra.

— O título não estava errado. Eu encontrei o livro.

Ela respira fundo.

— O que significa que os Arquivos estão incompletos. Existem livros por aí dos quais não temos nenhum registro.

— Sim.

E agora estamos falando em alta traição. Não posso contar demais para ela, e não apenas pela segurança de Jesinia, mas para o caso… para o caso de eu estar errada sobre a lealdade dela.

— Solicitei informações de outras bibliotecas, procurando por uma coleção mais abrangente de folclore, mas todas as respostas deixaram claro que a nossa seleção é a mais completa. — A testa dela continua franzida, preocupada.

— É mesmo. — Deuses, ela está percebendo tudo sem eu nem precisar falar. — Alguém mais sabe o que você estava procurando?

— Deixei implícito que o que fiz tinha a ver com uma paixão pessoal por coletar histórias do folclore perdido das regiões fronteiriças. — Ela estremece. — E depois disse que estava considerando compilar tudo num livro novo como meu projeto para me graduar no terceiro ano. Menti.

Ela aperta a boca, abaixando as mãos.

— Tenho feito isso bastante também, ultimamente — respondo. Mais uma vez, verifico se ainda estamos sozinhas antes de prosseguir. — Você registrou alguma coisa do que eu pedi esse ano?

— Não.

Graças a Dunne. Se ela for pega ignorando o regulamento, não vai somente receber uma rejeição do caminho de adepta. Vai ser expulsa de Basgiath… ou até pior. Já vai estar arriscando coisa demais por minha causa, mesmo se contar a verdade.

— Você está procurando por alguma coisa. Eu sabia no segundo em que mentiu sobre se preparar para um debate. — Ela sustenta meu olhar. — Você mente mal demais, Violet.

Dou uma risada.

— Estou tentando melhorar.

— Pode me contar pelo que está procurando? Não vou registrar seus pedidos, não se estiver pensando no mesmo que eu.

— E no que você está pensando?

— Que nossos Arquivos estão incompletos, seja por ignorância… — Ela respira fundo. — Seja de propósito.

— Me ajudar pode te causar problemas. — Meu estômago fica embrulhado. — Pode até causar a sua morte. Não é justo envolver você em algo tão perigoso.

— Eu sei me cuidar. — Ela ergue o queixo, e os próximos gestos saem concisos. — Me diga do que você precisa.

O que posso contar a ela sem colocá-la em ainda mais risco? Ou arriscar que sejamos expostos? Não faço ideia se ela é capaz de se proteger de Dain ou de algum outro leitor de memórias que pode invadir sua mente. Então, claramente, não pode ser nada sobre batalhas ou venin. Mas, enfim, nem é disso que estou precisando.

— Preciso dos textos mais completos que você tiver sobre como os Seis Primeiros fizeram as égides.

— As égides? — Ela arregala os olhos.

— Isso. — É um pedido simples que, no pior dos casos, eu poderia explicar dando uma de louca e dizendo que estou pesquisando para fortalecer nossas defesas… se ela decidir contar. — Mas ninguém pode saber que estou pedindo ou pesquisando esse tema. Muitas vidas além da minha dependem disso. Quanto mais antigo o texto, melhor.

Ela desvia o olhar pelo que parece ser o minuto mais longo de toda a minha vida. Jesinia tem todo o direito de fazer uma pausa para avaliar o que estou pedindo e pesar o quanto isso poderia deixar nós duas em uma situação pior. Não estamos falando de um lapso de memória, ou só de se esquecer de registrar um pedido de uma amiga. Estamos cometendo traição contra a Divisão e o treinamento dela. Jesinia firma os olhos nos meus.

— Não posso arriscar fazer isso agora bem debaixo do nariz de Aoife, mas vou vir encontrar você essa semana com o livro no qual estou pensando. Só pode ser um, porque é o máximo que posso arriscar deixar faltando na biblioteca. Trabalho nos Arquivos aos sábados, normalmente, quando está tudo quieto. Traga este primeiro de volta se não ajudar no que você precisa e eu tento de novo. Só aos sábados.

Ela ergue a sobrancelha enquanto sinaliza essas três últimas palavras.

— Quando estiver quieto. — Eu aceno que sim, compreendendo, e meu estômago revira com uma mistura de medo e esperança de que talvez minhas atitudes acabem por machucá-la… ou coisa pior. Olhando por cima do ombro dela, vejo Aoife vindo na nossa direção. — Aoife está vindo — sinalizo, mantendo as mãos onde a outra escriba não possa ver. — Muito obrigada.

— Mas tem uma coisa que eu quero em troca — ela sinaliza rapidamente, virando as costas para que Aoife não veja nada.

— O que quiser.

***

— Você acha que Sloane tem chance? — pergunta Rhi na segunda-feira enquanto observamos a primeira rodada de desafios ser anunciada.

Meu estômago fica embrulhado como se fosse eu que estivesse sendo chamada para o tatame. Porra, eu me sentiria bem melhor se fosse o meu nome sendo chamado em vez do de Sloane.

— Ela vai ganhar — respondo, confiante.

Apalpo a última carta que Xaden deixou na minha cama (e que eu já reli quatro vezes) enquanto Aaric ocupa seu lugar no tatame. Olho em volta e vejo que Eya está esperando com o Primeiro Esquadrão, e lanço um sorriso rápido na direção dela, que é retribuído. Desde o dia em que ela me ajudou depois que quase chamusquei, nós desenvolvemos um tipo estranho de relação. Temos uma relação amigável, se não somos de fato amigas.

No fim, descobri que Xaden conhece Eya desde que eles tinham dez anos, pela carta que ele mandou. A mãe dela era uma parte ativa do governo de Tyrrendor, com uma cadeira no conselho mesmo quando era cavaleira, o que não é algo comum. Na verdade, a maior parte da aristocracia escolhe servir na infantaria, assim como o pai de Xaden, porque cavaleiros são desencorajados a continuar com suas funções familiares. Não só nosso tempo de serviço, que dura a vida toda, é bem maior do que os poucos anos que um oficial pode ficar na infantaria, como muito poder concentrado em uma pessoa só assusta qualquer rei.

— Você vai perdoar ele por sei lá qual mentira ele tenha contado? — pergunta Rhi, lançando um olhar significativo para o meu bolso, cruzando os braços e encarando feio o par de alunos do primeiro ano se empurrando perto da beirada do tatame. — Parem de baderna aí, porra!

Eles param de imediato.

— Impressionante. — Abro um sorriso, mas logo desaparece. — E, sabe, fica meio difícil falar sobre isso com ele quando nos vemos só uma vez por semana.

— Mas que caralho de primeiro ano — murmura ela, desviando o olhar para mim. — Você tem razão. Mas deve conseguir um tempinho esse final de semana. Ei, o Ridoc te contou que viu o Nolon ontem?

— Ele só disse que precisou levar um dos primeiranistas até a enfermaria — digo, erguendo a sobrancelha.

— O Trysten. — Ela assente. — O do cabelo bagunçadinho que tá sempre caindo no olho.

— Foda-se o nome dele. O cara que ficou com o antebraço destruído.

Não quero saber o nome dele. Já me sinto responsável por Sloane, que neste momento balança o corpo para a frente e para trás, nervosa, no tatame. Me apegar emocionalmente a qualquer outro aluno do primeiro ano seria imprudente.

— Ridoc disse que Nolon nem conseguiu *atender* ninguém antes do jantar, e só tinha meia dúzia de outros cadetes na enfermaria — explica Rhi.

— E, quando ele saiu daquela salinha secreta que divide com Varrish no fundo da enfermaria, estava com um dominador do ar que parecia tão exausto quanto ele — completa Ridoc, quando aparece ao nosso lado. — Então Nolon claramente não está fazendo um bom trabalho. O cara precisa de férias urgente.

Aaric dá um soco tão forte na mandíbula do oponente que faz a cabeça do cara voar para trás.

— Hm, eu daria nota sete — palpita Ridoc em voz alta para o tatame.

— De dez? Esse aí foi um oito, com certeza — rebate Sawyer do outro lado de Rhiannon. — A postura estava perfeita. — Então abaixa a voz e acrescenta só para nós quatro: — E ainda estou apostando na teoria da tortura. Aposto que levaram uns cavaleiros de grifo lá pra dentro ou algo do tipo.

— Vocês acham mesmo que ele tá torturando pessoas por lá? — pergunta Rhiannon, abaixando mais a voz.

— Não faço ideia — respondo. Pisco quando Aaric acotovela o oponente no pescoço com um golpe rápido que até mesmo Xaden acharia bom. — Imagino que usariam as câmaras principais de interrogatório se estivessem fazendo algo do tipo. Aquelas que ficam embaixo do instituto.

— Esse aí foi um nove, cacete — grita Sawyer.

— Nove! — concorda Ridoc aos berros, erguendo as mãos com os nove dedos erguidos exceto por um dos dedões.

Dou uma risada, mas depois ofego quando Aaric quebra o nariz do oponente com o pulso, encerrando a luta. Emetterio declara que ele é o vencedor e o aluno do primeiro ano tem a decência de sair do tatame antes de tirar a mão do nariz ensanguentado.

Caramba, quanto sangue.

Sawyer e Ridoc aplaudem, os dois gritando notas para a luta.

— Deuses, aquele ali sabe lutar. — Rhi assente com aprovação enquanto Aaric volta a ocupar seu lugar no esquadrão.

— Bom, é fácil quando você teve os melhores professores — sussurro, grata por ao menos esse ser um segredo que ela sabe.

— O papai ainda não veio tentar tirar ele daqui? — Ela olha de soslaio para mim.

— Aparentemente não.

Os desafios ao nosso redor começam a terminar e os professores comunicam a próxima rodada.

— Sloane Mairi e Dasha Fabrren — anuncia Emetterio.

— Ei, Rhi? — pergunto, engolindo em seco.

Os esquadrões mudam de posição, mas o nosso continua no tatame. É o benefício por termos o brasão de Esquadrão de Ferro do ano passado.

— Oi?

— Lembra que eu disse que Sloane ia ganhar?

— Sim, claro que eu lembro de uma coisa que você falou há dez minutos — brinca ela.

Alguns alunos do primeiro ano dão tapinhas nas costas de Sloane e oferecem o que espero serem palavras encorajadoras enquanto ela anda até o tatame na nossa frente.

— Pois é. Então…

Merda, se eu contar para ela, será que vai sentir que precisa me denunciar? Ela não me denunciaria, e isso é um problema. Ela me ajudaria a invadir a porra dos Arquivos se eu precisasse.

Se não consegue mentir, se afaste. Porém, essa é outra coisa sobre a qual não preciso mentir.

Dasha caminha até o tatame de Sloane, os cabelos negros sedosos trançados em uma única linha da ponta da testa até a nuca. Ela é miudinha e ainda tem a palidez de um primeiranista que não viu muito o sol, mas não está nem perto do tom de verde que vejo no rosto de Sloane.

Vejo um leve rubor escarlate nos lábios de Dasha, que me informa que ela comeu um dos salgadinhos da bandeja que eu colocara na mesa do café da manhã do esquadrão dela naquela manhã antes que eles chegassem para comer. Agora que observo de perto, todos os membros do esquadrão dela estão com a mesma cor na boca.

Olha. Não era como se eu fosse saber qual dos salgados Dasha ia escolher comer, então…

— Se você vai mudar de ideia e falar que ela vai perder, então melhor nem me contar. — Rhiannon balança a cabeça. — Estou meio nervosa com essa.

— Eu também — diz Imogen, aparecendo à minha direita.

— Então somos três — comenta Quinn ao lado dela. — Ela não é uma primeiranista qualquer.

— Não — concordo, notando que até mesmo Dain parou para observar do tatame ao lado. E pensar que no ano passado eu esperava estar em um *relacionamento* com ele. — Rhi — falo, abaixando a voz. — Ela não vai perder.

Rhiannon estreita os olhos.

— O que você vai fazer?

— Se você não souber, não precisa se sentir culpada por não reportar. Só confie em mim. — Deslizo a mão para dentro do bolso da forma mais discreta possível e destampo o pequeno frasco ali enquanto as duas garotas assentem e tomam posições de luta.

Rhi me examina e depois assente, voltando o rosto para assistir à luta.

As duas andam em círculos no tatame enquanto emborco o frasco na mão rapidamente para que o que sei ser um pó incolor caia do vidro nas linhas entre a palma da minha mão e meus dedos. Puxo a mão e a fecho, mantendo o pó lá dentro na lateral do corpo enquanto Dasha dá seu golpe inicial, um soco que acerta a bochecha de Sloane.

A pele da loira racha.

— Porra — murmura Imogen. — Qual é, Mairi, levanta essa defesa, levanta a mão!

Alguém grita no tatame atrás de nós, e todos olhamos por cima do ombro para ver um primeiranista encarando seu oponente sem vida. Merda. Matar um oponente durante um desafio não é louvável, mas também não gera qualquer punição. Mais de um ressentimento já foi resolvido nesses tatames com a desculpa de "fortalecer as Asas".

De repente, me sinto bem menos culpada pelos meus planos.

As garotas voltam a andar em círculos e Dasha dá um chute alto, acertando Sloane no lado de seu rosto que não estava machucado com tanta força que a cabeça dela vira para o lado, seguida de seu corpo, que se vira, e ela cai no tatame de costas.

— Isso foi mais rápido do que eu esperava — comenta Rhi, a preocupação evidente na voz.

— Eu também — respondo.

Ergo o punho fechado até a boca e apoio meu corpo na outra perna, me certificando de que pareço tão preocupada quanto me sinto quando Dasha segue Sloane para o chão. As duas estão a só alguns metros de distância, então não vou precisar ficar dando voltas no tatame.

— Abaixe — digo baixinho para Imogen.

Ela se agacha sem fazer perguntas.

— Vamos, Mairi!

Eu também me abaixo, o pânico subindo pela garganta enquanto encaro o rosto atordoado de Sloane e Dasha dá outro soco, e depois mais outro. O sangue respinga no tatame.

Beleza, agora chega.

Espero Dasha inspirar e abro a palma da mão de leve, dando uma tossida. Com força.

Dasha respira fundo e consegue acertar outro golpe.

Então balança a cabeça e seus olhos ficam aturdidos.

— Levanta, Sloane! — grito, olhando diretamente para ela.

Dasha cai de bunda no chão, piscando rapidamente, a cabeça oscilando como se tivesse passado a noite em um bar.

Sloane rola para o lado e coloca as palmas da mão no chão.

— Agora — ordeno a ela.

Os olhos de Sloane se enchem de raiva e ela se lança para a frente na direção de Dasha.

Os punhos de Dasha estão fechados, mas os golpes que dá não acertam Sloane, que enterra o ombro no estômago de Dasha. Naquele ângulo, ela deve ter deixado a outra sem fôlego.

Ótimo. Porque ela só tem mais um instante. Talvez dois.

Sloane dá um passo para trás de Dasha e a puxa no mata-leão mais fraco que já vi na vida. Mas, sabe, se está funcionando, então…

— Renda-se! — exige Sloane.

Dasha tenta dar um pulo para cima, a força e o foco retornando.

— Renda-se! — Sloane dá um grito, e eu prendo o fôlego.

Deuses, se eu julguei errado e Dasha conseguir contornar isso…

Dasha finalmente abaixa a mão até o tatame e dá dois tapas ali.

Meus ombros relaxam em puro alívio quando Emetterio encerra o desafio.

— O que você fez? — sussurra Imogen sem olhar na minha direção.

— O que precisava ser feito.

Nós duas tomamos impulso para nos levantarmos ao mesmo tempo, mas, ao contrário delas, não cambaleamos quando ficamos em pé.

— Você tá falando igual ao Xaden — solta Imogen. Eu me viro na direção dela. — Relaxa. Foi um elogio. — Então ela sorri. — Liam deve estar se sentindo imensamente grato agora.

Engulo o nó que se forma em minha garganta.

— Nada mal — diz Rhiannon, olhando de soslaio para mim enquanto Sloane toma seu lugar ao lado dos outros primeiranistas do nosso esquadrão. — Mas também nada bom.

— Essa luta foi um seis — comenta Ridoc. — Tipo, ela não perdeu, então claramente está acima da média.

O próximo par assume seu lugar no tatame.

Quando os desafios do dia acabam, olho para Imogen e aceno com a cabeça na direção de Sloane antes de ir para aquela direção.

— Me dá um segundo — digo por cima do ombro para Rhiannon.

Imogen dá uma corridinha para nos alcançar.

— Mairi — digo, enquanto damos a volta no tatame pelo canto, apontando um dedo para ela, chamando-a de lado.

Sloane ergue o queixo, mas ao menos obedece. Esse não é o tipo de discussão que quero ter aos gritos no meio do ginásio.

— Ai. — Imogen aponta para o olho direito dela quando se aproxima. — Isso aí vai inchar tanto que vai fechar seu olho.

— É, mas eu ganhei, não ganhei? — A voz dela treme.

— Você ganhou porque eu dei um jeito na Dasha. — Mantenho a voz baixa e abro as mãos, mostrando onde ainda resta um traço do pó incolor e brilhante em minha pele.

— Não. — Ela balança a cabeça. — Eu ganhei de forma justa.

— Deuses, como eu queria que *isso* fosse verdade — falo, soltando a respiração, frustrada. — É pó de ardício, que, quando combinado a uma dose de liriobelo, tem o poder de desorientar alguém por um minuto, até dois, dependendo da quantidade administrada. Parece bastante com estar bêbado. Individualmente, dão só uma leve azia. Juntos? — Ergo as sobrancelhas. — Foi o que te deixou sair viva dali.

Sloanc abre a boca e depois a fecha. Duas vezes.

— Caramba. — Imogen abre um sorriso, oscilando nos calcanhares enquanto cadetes passam por nós na direção da porta. — Foi *assim* que você ganhou os primeiros desafios no ano passado? Que ardilosa, Sorrengail. Brilhante que só o caralho, mas ardilosa.

— Eu fiz isso pelo seu irmão — digo para Sloane, mantendo o contato visual, mesmo que o ódio que vejo brilhando em seus olhos me machuque. — Ele foi um dos meus amigos mais próximos, e prometi, quando ele estava morrendo, que tomaria conta de você. Então aqui estou eu, cuidando de você.

— Eu não preciso…

— Tática errada — ralha Imogen. — Um "obrigada" seria mais apropriado.

— Eu não vou agradecer ela — diz Sloane, irritada, estreitando os olhos. — Ele estaria aqui se não fosse por você.

— Que mentira do caralho! — rebate Imogen. — Xaden mandou…

— Você está certa — interrompo. — Ele estaria mesmo. E eu tenho saudades dele todos os dias. E, por causa do amor que tenho por ele, aceito que você me odeie. Pode pensar o que quiser de mim se conseguir chegar viva ao fim do dia, Sloane. Mas vai precisar treinar. Vai ter que aceitar ajuda.

— Se for do desejo de Malek que eu me junte ao meu irmão, então que seja. O Liam nunca precisou de ajuda — retruca ela, mas existe uma pontada de medo em seus olhos que eu sei que é só valentia vazia. — Ele conseguiu sozinho.

— Não conseguiu não — argumenta Imogen. — A Violet salvou a vida dele nos Jogos de Guerra. Ele caiu das costas de Deigh, e Violet e Tairn voaram para conseguir pegar ele.

Sloane fica com os lábios entreabertos.

— O acordo é o seguinte. — Dou um passo em frente e me aproximo de Sloane. — Você vai treinar para não acabar se matando. Não comigo. Não preciso fazer parte dessa sua fase de evolução. Mas vai se encontrar com a Imogen todos os dias, se ela achar que isso é necessário, porque eu tenho algo do seu interesse.

— Duvido muito disso. — Sloane cruza os braços, mas o efeito é arruinado pelo inchaço em seu olho.

— Estou com cinquenta cartas que Liam escreveu para você.

Sloane arregala os olhos.

— Puta merda. — Imogen vira a cabeça para mim. — É sério isso?

— Sério — eu afirmo, mas não desvio o olhar de Sloane. — E, no final de cada semana que você aparecer e participar das atividades de que Imogen achar que você precisa participar, vou dar uma delas pra você.

— Todas as coisas dele foram queimadas — balbucia Sloane. — Foram sacrificadas para Malek, como deveriam ser!

— Bom, então vou precisar pedir desculpas para Malek quando me encontrar com ele — eu garanto. — Se quiser as cartas, vai treinar bastante até consegui-las.

O rosto dela fica de um vermelho escarlate.

— Você vai tirar de mim as cartas do meu irmão? Se elas existem, são *minhas*. Você tem mesmo muita coragem.

— Neste caso, acho que Liam aprovaria. — Dou de ombros. — A decisão é sua, Sloane. Venha até aqui, treine, saia viva e vai receber uma carta por semana. Ou não faça nada disso.

Sem esperar por seja lá qual for a resposta sarcástica que ela tenha conseguido pensar, eu me viro e vou embora, andando na direção de onde Rhiannon está esperando com os outros membros mais velhos do nosso esquadrão.

— Você. É... — Imogen balança a cabeça enquanto corre para me alcançar. — Agora eu entendi.

— O quê?

— O motivo para Xaden ter se apaixonado por você.

Bufo.

— De verdade. — Ela ergue as mãos. — Você é esperta pra cacete. Bem mais do que eu achava que era. Aposto que você irrita ele o tempo todo. — Um sorriso aparece no rosto dela. — Que delícia.

Reviro os olhos na direção dela.

— E você fez a Sloane concordar em aparecer amanhã cedo, depois de terminar a tarefa — ela informa. — Foi arriscado, mas funcionou.

Agora sou eu que abro um sorriso.

***

Jesinia me traz *A história completa dos Seis Primeiros* no dia seguinte, que não apenas é um texto de trezentos anos, mas também tem um carimbo de CONFIDENCIAL na folha de rosto. Cumpro com a minha parte do acordo e entrego *Fábulas dos Ermos* para ela.

Então, me escondo a cada segundo que tenho disponível para ler o livro dela enquanto não estamos levando um sermão do professor Grady sobre nossa incapacidade de controlar nossos egos e o que parece ser uma aula inútil de Preparo de Batalha.

No entanto, por mais que o livro analise em detalhes os relacionamentos interpessoais complexos dos Seis Primeiros, e até mesmo a experiência deles em batalhas durante a Grande Guerra, denomina o inimigo como sendo apenas o general Daramor, e nossos aliados como os reinos dos arquipélagos.

Não é de muita ajuda.

O livro que Jesinia me entrega no sábado seguinte se chama *O sacrifício dos dragões*, escrito por um dos predecessores de Kaori, e entra em detalhes nos motivos de Basgiath ter sido escolhida para a localização das égides.

— Dragões verdes, especialmente os descendentes da linhagem de Cruaidhuaine, têm uma conexão extraordinariamente estável com a magia, o que alguns acreditam ser resultado de sua natureza mais defensiva e racional — repito em um sussurro enquanto arrumo a mochila para ir para Samara naquela noite.

Nada poderia arruinar minha noite. Não quando estou prestes a ver Xaden pela manhã.

Arregalo os olhos quando abro a porta e vejo que Varrish está parado ali, em vez de Bodhi, acompanhado de dois dos seus capangas, e imediatamente me lembro de agradecer Xaden pelas égides que impedem que ele entre em meu quarto. Dou um passo rápido para trás para me manter longe do alcance dele.

— Relaxa, Sorrengail. — Ele sorri como se não tivesse quase me matado com a sua puniçãozinha. — Vim só verificar sua mochila e acompanhar você até Tairn.

Tiro a mochila dos ombros e a entrego para ele, tomando cuidado para não deixar que toque na minha pele para não conseguir passar pelas proteções. Então, mantenho o olhar fixo nos capangas enquanto eles jogam meus pertences no chão para evitar olhar para minha estante e ter certeza de que meu livro confidencial está escondido.

— Tudo certo — diz a mulher, e ela é *educada* o bastante para guardar minhas coisas de volta.

— Excelente. — Varrish assente. — Então vamos só escoltá-la até seu dragão. O cuidado por aqui nunca é demais, considerando o número de ataques que tivemos nessas últimas semanas. — Ele inclina a cabeça. — Engraçado. Parece que estão mais focados naqueles de vocês que desapareceram durante os Jogos de Guerra, você também não acha?

— Não sei se descreveria tentativas de assassinato como algo "engraçado" — respondo. — E não preciso de escolta.

— Bobagem. — Ele dá um passo para trás e gesticula para que eu o siga pelo corredor. — Não queremos que nada aconteça com a filha da comandante-general.

Meu coração dispara em um ritmo insustentável.

— Isso não é uma sugestão. — O sorriso dele desaparece.

Verifico as bainhas para me certificar de que as adagas estão no lugar e só depois saio no corredor, sentindo o puxão das égides de Xaden enquanto deixo a segurança delas. Cada passo que dou nos quinze minutos seguintes é meticuloso, deliberado, e tomo o cuidado de nunca estar ao alcance deles ou perto o bastante para levar um golpe.

— Notei que seu esquadrão não foi designado para manobras de voo essa semana — comenta Varrish enquanto nos aproximamos de Tairn no campo de voo.

— *Vou jantá-lo se ele fizer qualquer movimento em falso* — promete Tairn, e eu começo a respirar normalmente.

— Alguns membros precisavam se recuperar dos ferimentos depois de começarmos a treinar os desmontes correndo.

— Hm. — Ele gesticula na direção de Tairn, como se me convidasse para montar em meu próprio dragão. — Bem, isso foi percebido, como você logo vai descobrir. E imagino que eu vou encontrar sua pequena dourada na semana que vem.

Andarna.

— *Ela está segura e no estágio mais profundo do Sono Sem Sonhos. Você deve conseguir vê-la daqui a algumas semanas* — afirma Tairn.

— *Foi o que você disse na semana passada.* — Eu monto rapidamente, me acomodando enquanto aperto a sela. — *Antes do ano passado, eu nunca teria considerado que o lugar mais seguro do mundo seria nas costas de um dragão.*

— *Antes do ano passado, talvez eu a considerasse só um aperitivo.*

Ele rola os ombros para trás e decola.

Quando chego em Samara, compreendo o porquê de Varrish ter me avisado de que eu compreenderia o fato de ele ter notado a nossa ausência nas manobras de voo.

Posso até estar em Samara, mas Xaden está preso em um turno de vinte e quatro horas no centro de operações.

E eu não tenho autorização para entrar.

Muitos historiadores escolhem ignorar os sacrifícios que foram feitos tanto por humanos quanto por dragões para estabelecer Navarre sob as primeiras égides e escolhem louvar, por sua vez, o espírito da união. Eu seria negligente, entretanto, se não mencionasse as baixas sofridas tanto em termos de ninhos ancestrais de cada raça de dragão quanto em termos de civis, que não sobreviveram à migração continental, resultado direto da abertura das fronteiras de Navarre... ou que foram perdidos quando nós as fechamos.

— O sacrifício dos Dragões, por major Deandra Naveen

CAPÍTULO DEZESSETE

— Bodhi não pode continuar mudando as manobras do nosso setor, ou outros professores além do Varrish vão começar a notar — comenta Imogen na quarta-feira enquanto caminhamos até a aula de Preparo de Batalha, subindo pela escadaria principal em meio a um mar de uniforme pretos.

— Tairn vai levar a questão de Andarna até o Empyriano, mas não existe nada que possa ser feito até ela acordar do Sono Sem Sonhos.

Ela suspira.

— E como estão as coisas com Xaden?

Eu quase tropeço no último degrau antes da porta.

— Agora você quer conversar sobre o meu relacionamento com o Xaden?

— Só estou tentando matar o tempo até a gente chegar na sala de Preparo de Batalha. — O rosto dela se contorce como se tivesse mordido algo azedo. — Então, se precisar... desabafar, essa é a sua chance, já que notei que ainda está dando um gelo nos seus amigos. O que é um erro, aliás.

Bom, se esse é o caso, então...

— Primeiro, foi Xaden que disse para eu me distanciar deles se não conseguisse mentir; e segundo, entre o exercício de navegação terrestre, em que nós *fracassamos*, e o horário dos deveres dele, acho que a liderança está propositalmente mantendo nós dois afastados como punição por Andarna não aparecer. E está codificado, mas ele disse basicamente a mesma coisa na carta que deixou na cama dele em Samara para mim.

Uma carta que rapidamente se transformou na minha favorita porque fala sobre como era a vida dele antes da rebelião. Também me faz pensar como ele seria se aquela ainda fosse a realidade que ele estivesse vivendo.

— Que coisa mais… esquisita — solta Imogen, franzindo a testa enquanto seu olhar examina o corredor em busca de ameaças.

— Total. — Faço a mesma coisa, observando cada mão que encontro. — A coincidência com que as coisas aconteceram nessas últimas duas semanas é demais para não terem sido feitas de propósito.

— Ah, não, essa parte aí é completamente compreensível. — Ela me olha de soslaio. — Separar vocês dois seria a primeira coisa que eu faria se estivesse em uma posição de poder. Individualmente, vocês dois são capazes de coisas assustadoras com os seus sinetes. Mas juntos? São uma ameaça real. O que é esquisito é que ele esteja escrevendo *cartas* pra você.

— Por quê? Eu acho… fofo.

— Exatamente. Você acha mesmo que ele é o tipo de cara que escrever *cartinhas*? — Ela balança a cabeça. — Ele é o tipo de cara que nem sabe *conversar* direito.

— Estamos tentando melhorar a nossa comunicação — respondo, e soa como se eu estivesse na defensiva.

— Uma hora você vai precisar perdoar ele por ter deixado você no escuro, sabe? — Ela me lança um olhar que diz que acha claramente que era isso que eu já devia ter feito e tira dois grampos do bolso. — Melhor responder rápido, estamos quase lá.

— Ah, é? E você acharia possível amar alguém que se recusa a se abrir com você? — pergunto, em tom de desafio.

— Primeiro — responde ela, imitando minha voz sem vergonha nenhuma —, não estamos falando da minha vida amorosa. Pra isso eu tenho a Quinn, que é minha amiga de verdade. — Ela coloca uma faixa de cabelo rosa mais comprida para trás com movimentos eficientes e prende com o grampo. — Segundo, a gente nunca conta tudo sobre a nossa vida. Você teria o mesmo problema com qualquer cavaleiro que namorasse.

— Isso não… — Tá, ela tem certa razão, mas não está me entendendo. — Tá, vamos supor que você está com alguém, aí um dia um machado de batalha cai do armário da pessoa com tudo…

— Do armário? Eu preferia *mesmo* que você voltasse a falar com a Rhiannon sobre esse tipo de coisa. — Ela balança a cabeça.

— ... e quase mata você — termino, ignorando o comentário dela. — Você não exigiria ver o resto do armário para saber se não existe mais nenhum machado ali dentro que vai te matar antes de voltarem a ficar juntos?

Estamos quase chegando na sala de aula.

— Sempre vai ter um machado.

Enquanto passamos pela porta, ela acena com a cabeça para Eya, que está conversando com Bodhi, e meus olhos ficam arregalados quando vejo o olho roxo e o nariz quebrado dela.

— Então isso é pra ser uma coisa *normal*?

— Você não está com ele pra ter uma coisa normal. Se quisesse uma coisa normal, estaria de namorico com o Aetos. — Ela estremece visivelmente. — Ou qualquer um desses porras por aqui. Mas você escolheu o Riorson. Se não achasse que ele fosse esconder diversos machados, então está brava com a pessoa errada, porque aí quem mentiu foi você para *você mesma*.

Eu abro e fecho a boca sem resposta enquanto passamos pelas portas largas da sala de Preparo de Batalha. Sem janelas para deixar o sol entrar, a sala é um refúgio bem-vindo do calor grudento que faz no mês de agosto.

— Ah, olha só, nosso tempo acabou. — Ela suspira, obviamente aliviada.

— Nossa, você ajudou tanto.

Sinto tanta falta de desabafar com Rhi.

— Quer um conselho profundo de verdade? — Ela agarra meu cotovelo e me puxa pela lateral da escada, onde os terceiranistas estão parados. — Beleza. Todo mundo fracassa no primeiro exercício de navegação terrestre. Somos todos uns babacas com egos gigantes e não sabemos admitir que estamos errados. O instrutor só quer que você se sinta mal por isso, o que claramente está funcionando. Sem mencionar o fato de que você tem mais coisa com que se preocupar do que um macho. Por exemplo, como vai sobreviver ao resto da ASC, incluindo as partes de interrogatório, quando eles te derem a maior surra só porque estão a fim, ou tipo, sei lá... quando for pra guerra? E foi você que perguntou se eu queria falar sobre o seu relacionamento, o que deixa implícito que você sabe muito bem que ainda está em um...

Eu me afasto dela.

— Não foi isso...

— Eu não terminei — interrompe Imogen. Um terceiranista da Primeira Asa chega perto demais e ela dá um empurrão no ombro dele.

— Você não precisa dar um gelo em todo mundo com quem não pode ser completamente honesta só porque o Riorson acha que isso funciona pra ele. Inclusive *não* funciona, e por isso vocês estão tendo todos esses problemas, e parece muito que sua amiga precisa de *você*, então vai lá.

Ela gesticula na direção da escadaria atrás de mim e eu me viro, avistando Rhi recostada na parede.

A preocupação faz as feições dela ficarem franzidas enquanto lê um pergaminho que está segurando ao lado de Tara, alheia a todos os cadetes que passam ao lado dela na escadaria larga.

Começo a subir as escadas, desviando de mais de um primeiranista ansioso, enquanto caminho na direção de Rhi.

— Tenho certeza de que não é nada — fala Tara, esfregando os ombros de Rhi quando as alcanço. — Acho bom você mostrar pro Markham depois da aula. Eu preciso ir. — Ela prende os cabelos pretos atrás das orelhas e sorri outra vez quando me vê. — Oi, Violet.

— Oi, Tara. — Aceno com a mão enquanto ela vai embora, seguindo para os assentos designados da Primeira Asa. — Tudo bem aí, Rhi? — pergunto, sabendo que ela tem todo o direito de me afastar, da mesma forma que fiz com ela.

— Não sei. — Ela me entrega o pergaminho. — Isso aqui veio junto com uma carta que recebi dos meus pais hoje de manhã. Disseram que está circulando pelo vilarejo.

Abro o pergaminho e arregalo os olhos por um instante antes de conseguir controlar minha expressão. Tem o tamanho dos anúncios que os escribas pregam em todos os vilarejos de Navarre, mas não vejo nenhum número de comunicado oficial no topo da página.

CUIDADO COM ESTRANHOS PROCURANDO ABRIGO.

— Mas que porra é essa? — murmuro, baixinho.

— Foi exatamente isso que pensei — responde ela. — Agora lê o resto.

EM TEMPOS DE VIOLAÇÕES NUNCA ANTES VISTAS COMO AS QUE OCORREM NESTE MOMENTO EM NOSSAS FRONTEIRAS SOBERANAS, DEPENDEMOS DE VOCÊS, NOSSOS VILAREJOS FRONTEIRIÇOS, PARA AGIR SENDO NOSSOS OLHOS E OUVIDOS. NOSSA SEGURANÇA DEPENDE DA VIGILÂNCIA DE VOCÊS. NÃO ABRIGUEM NENHUM ESTRANHO. A SUA GENTILEZA PODE SIGNIFICAR A MORTE DE OUTROS.

— "A sua gentileza pode significar a morte de outros" — repito, baixinho, enquanto os cadetes passam por nós. — E que violações de fronteira são essas?

— O que temos aqui? — pergunta Markham, aparecendo de repente, arrancando o pergaminho das minhas mãos.

— Isso aí veio do meu vilarejo — explica Rhi.

— É mesmo. — Ele olha para mim e depois para Rhiannon. — Obrigado por trazer isso para a aula.

Ele continua descendo as escadas sem nem mais uma palavra.

— Desculpa por isso — falo para Rhi.

— Não foi culpa sua — responde ela. — E eu teria levado isso pra ele depois da aula mesmo. Se alguém pode explicar isso, é ele.

— Claro. — Forço um sorriso. — Vamos procurar um lugar logo.

Percorremos o caminho até nossos assentos ao lado de Ridoc e Sawyer e tiramos nossas coisas das mochilas.

— Como estão seus pais? — pergunto para Rhi, tentando fazer a mudança de assunto soar natural.

— Estão bem. — Ela sorri. — A loja deles está indo muito bem depois que mandaram outra companhia da infantaria para Montserrat.

Pisco. Essa informação me indica que o entreposto está com mais pessoas do que tem capacidade de sustentar.

— Bom dia — diz Markham, a voz ecoando pela sala, enquanto ergue o papel que veio junto com a carta de Rhiannon. — Hoje vamos começar falando sobre as batalhas que não são assim tão óbvias. Uma colega de vocês acabou de receber este aviso.

Ele lê o aviso em voz alta, a entonação mudando para fazer com que pareça mais um discurso acalorado.

A professora Devera, ao lado dele, está de braços cruzados, os olhos voltados para baixo enquanto Markham termina a leitura.

— Isto aqui é um informe regional — explica Markham —, e é por isso que não está numerado de forma oficial. Temos acompanhado um número alarmante de tentativas de travessia nos vilarejos montanhosos perto dos nossos entrepostos mais estratégicos. Por que isso é perigoso?

Aperto ainda mais minha caneta. Será que os civis poromieleses estão fugindo de novos ataques? A náusea embrulha meu estômago. As égides poderiam proteger muito mais gente do que protegem, mas ainda não estou mais perto da resposta do que estava quando cheguei de Aretia. Cada livro que li menciona aquela gloriosa conquista, mas nenhum diz *como* ela foi executada. Se a resposta estiver dentro dos Arquivos, está muito bem escondida.

— Porque não temos como saber quais são as intenções dessas pessoas — responde um primeiranista. — É por isso que mantemos nossas fronteiras fechadas.

Markham assente.

Mas *quando* exatamente fechamos as fronteiras? Assim que nos unificamos? Ou mais perto do ano 400 D.U., depois da unificação, quando, pelas minhas estimativas, foi o momento em que apagamos a história dos livros? Eu me remexo no assento quando meu poder parece responder de forma proporcional à minha frustração crescente. Normalmente as respostas vêm sempre depois de perguntas. Sempre foi assim durante toda a minha vida. Até o momento, nunca havia me deparado com uma pergunta cuja resposta não poderia ser encontrada depois de vasculhar os Arquivos por algumas horas, e agora não tenho certeza nem se *posso* confiar em qualquer resposta que conseguir encontrar por lá. Nada mais faz sentido.

As pontas dos meus dedos estalam de eletricidade, e o calor logo a acompanha.

— *Prateada.* — Ouço um tom de aviso na voz de Tairn.

— *Eu sei.*

Respiro fundo, afastando aqueles sentimentos e depositando-os na caixinha que contém todos meus sentimentos inconvenientes, e reforço os escudos ao meu redor.

— Essa poderia ser uma tática nova — diz alguém do terceiro ano atrás de nós. — Se infiltrar nos nossos entrepostos com uma justificativa falsa.

— Exatamente. — Markham assente.

Devera se remexe e ergue o queixo, olhando na nossa direção. Será que ela sabe? Deuses, eu preferiria que não soubesse de nada. Quero que ela seja uma pessoa tão boa quanto eu acho que é. E Kaori? Emetterio? Grady? Será que algum dos meus professores é alguém em quem posso confiar?

— E ainda mais preocupante do que isso é o tipo de propaganda que esses cidadãos poromieleses trazem até os nossos entrepostos, anúncios falsificados da própria liderança que falam de cidades destruídas que eles dizem terem sido vítimas de ataques violentos. — Ele faz uma pausa, como se estivesse debatendo o que nos contar, mas sei que é só encenação. — Ataques que eles dizem terem sido orquestrados por dragões.

Mentiroso do caralho. Sinto o calor queimar minhas bochechas e desvio o olhar bem rápido quando ele olha na minha direção. Essa sensação vira um zumbido quando a energia se acumula, parecendo pinicar a pele, procurando por uma saída.

Um murmúrio descontente se alastra pelos cadetes ao meu redor.

— Como se dragões fossem arruinar cidades — murmura Rhiannon, balançando a cabeça.

Eles não fariam isso, mas os wyvern fariam... no caso, fazem mesmo.

Markham suspira.

— Esse informe não significa que somos pessoas sem compaixão. Na verdade, pela primeira vez em centenas de anos, autorizamos missões confidenciais, que agora já foram completadas, claro, para fazer um reconhecimento justamente nessas cidades.

A caneta na minha mão geme e o poder ondula sobre minha pele, erguendo os pelos do braço.

— Tudo bem aí? — pergunta Rhiannon.

— Tudo certo.

— Tem certeza? — Ela encara minha mão de forma sugestiva.

Vejo um fiapo de fumaça se erguendo da caneta. Deixo a caneta de lado e esfrego as mãos como se isso fosse dissipar a energia contida em meu corpo.

— As legiões designadas reportaram que as cidades dentro de Poromiel estavam intactas, nos levando à mesma conclusão de vocês. Que essa é uma tática nova que apela para a nossa compaixão — ele declara isso com tanta certeza que quase começo a aplaudir sua atuação. — Professora Devera?

Ela pigarreia.

— Li os relatórios agora de manhã. Não havia menções a destruição.

Relatórios feitos por quem? Não podemos confiar nos escribas.

— Pronto. — Markham balança a cabeça. — Acho que agora é uma boa hora para concentrarmos nossa discussão na eficiência da propaganda e no papel que os civis cumprem ao apoiar os empenhos da guerra. Mentiras são armas poderosas.

É claro que ele sabe disso.

Sei lá como eu faço isso, mas consigo passar o resto da aula sem incendiar o mapa, depois guardo minhas coisas às pressas e esbarro com os outros cadetes para sair de lá o mais rápido possível.

Começo a correr pelo corredor, puxando as alças da mochila pesada para que não fique batendo em minhas costas enquanto desço os degraus. Um calor agonizante continua se acumulando, crescendo, preparado para o golpe, e, quando finalmente atravesso as portas e chego no pátio, cambaleio para a frente e ergo as mãos para soltá-lo.

O poder ondula por mim e o relâmpago cai perto das muralhas mais distantes, longe o bastante para o cascalho que se projeta da queda acertar apenas a parede.

Sinto Tairn pairando ali na beirada da minha mente, mas ele não fala nada.

— Violet? — Rhiannon dá um passo na minha frente, o peito subindo e descendo, ofegante, depois de obviamente ter corrido atrás de mim.

— Tá tudo bem — eu minto.

Deuses, mentir pra ela está ficando cada vez mais fácil, e é a única coisa que ela me pediu para não fazer, porra.

— Ah, sim, claro. — Ela gesticula para o pátio.

— Preciso ir. — Eu me afasto dela um passo de cada vez, um nó do tamanho da Divisão inteira se formando em minha garganta. — Vou chegar atrasada para a aula de ASC. Você me passa suas anotações depois?

— Claro, porque essa é *mesmo* a aula em que você deveria chegar atrasada — responde ela, sarcástica. — O que seria mais importante do que aprender técnicas de interrogatório?

Balanço a cabeça, viro o corpo e corro antes de contar outra mentira. Vou para a ala dos dormitórios, desço as escadas, atravesso o túnel e depois a ponte. Alcanço a Divisão Hospitalar. Só paro de correr quando estou quase chegando nos Arquivos, e só então meu corpo desacelera, mas meus pensamentos continuam a mil.

O guarda se põe em pé, mas não contesta meu direito de passar pela porta enorme e circular e entrar nos Arquivos. Papel, cola e meu pai. Os aromas preenchem meus pulmões e o nó que se forma em minha garganta se desata, acalmando meu coração.

Até que percebo que duzentos escribas estão sentados às mesas, e todos eles estão me encarando. Então, o órgão que bate no meu peito volta a ficar acelerado.

O que, por Amari, estou fazendo?

— *Você aparentemente perdeu todo e qualquer bom senso junto do seu autocontrole e voltou para onde achou que fosse conseguir encontrá-los* — rosna Tairn.

Justo. Não que eu vá contar isso para ele.

— *Você acabou de me contar* — constata ele.

Uma figura alta usando trajes cor de creme se ergue da cadeira e me olha de cima a baixo.

— Os Arquivos não estão abertos para consulta de cavaleiros a esta hora.

— Eu sei. — Assinto com a cabeça.

E mesmo assim vim até aqui.

— Como podemos ajudar? — pergunta a professora, num tom que sugere que eu deveria encontrar outro lugar para ir.

— Só preciso…

Do quê? Devolver um livro que eu nem deveria ter conseguido pegar?

Na terceira fileira de mesas, uma escriba se levanta e caminha até mim, me lançando um olhar incrédulo antes de sinalizar com as mãos na direção da professora. Jesinia, claro.

A professora assente, e Jesinia caminha até mim, os olhos arregalados em uma pergunta de "mas que porra é essa" silenciosa.

— Desculpa — eu sinalizo.

Ela se vira para a minha direita na frente da mesa dos estudos e eu a sigo, notando que as pilhas de livros nos protegem dos olhares da sala.

— O que está fazendo? — ela sinaliza. — Não pode entrar aqui neste horário.

— Eu sei. Acabei vindo até aqui por acidente.

Eu tiro a mochila dos ombros e procuro pelo livro, entregando-o para ela como se aquilo tivesse sido uma reunião planejada.

Ela olha de mim para o livro, solta um suspiro e dá um passo para trás, estremecendo ao enfiá-lo em uma estante à qual com certeza ele não pertence.

— Você parece agitada.

— Desculpa — repito. — Vai dar merda pra você depois?

— Claro que não. Eu disse a ela que você é uma cavaleira impaciente e arrogante e que seria menos disruptivo para os nossos estudos se eu ajudasse você, e tudo isso é verdade. — Ela olha para o fim da pilha. — Não dava para esperar até sábado?

Eu assinto e depois balanço a cabeça.

— Preciso ler mais rápido.

Ela examina minha expressão, duas linhas se formando entre as sobrancelhas.

— Eu perguntei o que você estava procurando, mas o que deveria ter perguntado mesmo é o que vai acontecer se você não encontrar a resposta.

— Pessoas vão morrer. — Meu estômago vai embrulhando a cada nova palavra que sinalizo. — É tudo que posso dizer.

Ela absorve a informação por alguns segundos.

— Você contou pelo menos para os seus colegas de esquadrão seja lá o que estiver com medo demais para me contar?

— Não. — Eu hesito, tentando encontrar as palavras. — Não posso deixar que mais ninguém morra por minha causa. Eu já te coloquei em perigo demais.

— Você me deu uma escolha. Não acha que eles merecem uma escolha também? — Ela me lança um olhar decepcionado quando não respondo. — Vou levar um livro novo para você hoje à noite. Me encontre na ponte às oito. — Ela se aproxima mais de mim. — Mas só aos sábados, Violet. Ou você vai acabar nos denunciando.

Faço que sim com a cabeça.

— Obrigada.

Foi só quando levamos as égides até seus verdadeiros limites, estendendo-as até muito além do que acreditávamos ser possível – e que agora me faz pensar se é, de fato, sustentável –, que definimos as fronteiras de Navarre, sabendo, com tristeza, que nem todos os cidadãos seriam beneficiados por sua proteção.

— A jornada dos Seis Primeiros, um relato em segunda mão por Sagar Olsen, 1º Curador da Divisão dos Escribas, Instituto Militar Basgiath

— Traduzido para o idioma comum por capitã Madilyn Calros, 12ª Curadora da Divisão dos Escribas, Instituto Militar Basgiath

— Traduzido e adaptado para estudos de fins acadêmicos por coronel Phineas Cartland, 27º Curador da Divisão dos Escribas, Instituto Militar Basgiath

CAPÍTULO DEZOITO

— Você chegou mais cedo! — balbucio quando Xaden abre a porta do meu quarto no sábado de manhã e me encontra no chão, rodeada por todos os textos de história que possuo e mais dois que Jesinia me emprestou.

Merda. Eu deveria encontrá-la daqui a menos de uma hora.

Ele pisca, surpreso, e fecha a porta atrás de si.

— Oi pra você também.

— Oi — respondo, em tom mais gentil. A alegria em vê-lo logo diminui um pouco quando noto as olheiras escuras embaixo de seus olhos. — Desculpa, eu só não estava esperando você fosse chegar antes do meio-dia, se é que iam deixar você vir e… você parece… exausto.

Até os movimentos dele estão mais lentos. Não muito, mas o suficiente para eu notar.

— É isso que todo homem gosta de ouvir.

Ele deixa as espadas perto da porta e larga a mochila ao lado delas, como se fosse ali que elas pertencessem. Como se este quarto fosse meio dele também. Assim como o quarto dele em Samara parece meio meu também. Nenhum dos dois pediu por quartos separados.

Talvez eu não possa confiar nele por inteiro, mas também não suporto a ideia de ficar longe dele.

— Eu nunca disse que você não estava lindo. Só quis deixar implícito que você precisa tirar um cochilo. — Indico a cama vazia com a cabeça. — Você deveria dormir.

O sorriso lento que ele exibe faz meu coração dar um pulinho.

— Você me acha lindo?

— Como se você já não soubesse disso. — Reviro os olhos e viro a página de *A jornada dos Seis Primeiros, um relato em segunda mão*, desviando o olhar. — Mas também acho que você está fedendo a doze horas de voo.

Não é bem verdade, mas talvez isso dê uma diminuída nesse ego enorme que acabei de inflar um pouco mais.

— Deuses, eu estava com saudade. — Ele dá uma risada e tira a jaqueta de voo, revelando as mangas curtas do uniforme de verão e os braços indecentes e musculosos.

Respiro fundo para tentar resistir ao impulso de me esquecer de todas as minhas preocupações por algumas horas e colocar *Xaden* no chão em vez desses livros, e tento muito me concentrar nos textos que estão à minha frente.

— Acha que alguém vai me reportar se eu tomar um banho? — pergunta Xaden, vasculhando a mochila.

— Acho que ninguém aqui reportaria você nem por assassinato premeditado, muito menos por tomar banho.

— Tenentes não deveriam dormir no quarto de cadetes quando estão aqui em visita — ele me informa. — Estamos quebrando algumas regras.

— Isso nunca te impediu de fazer nada antes.

Deixando a presunção de que ele vai dormir aqui passar batido, ergo o olhar do livro e imediatamente me arrependo quando vejo que ele está sem camisa. Que os deuses me ajudem se ele resolver se despir ainda mais.

— Não disse que tem alguma coisa me impedindo. — Ele se endireita, a roupa limpa da mochila nos braços. — Só não quero que você seja punida pelas minhas ações. Achei que iam tentar dar um jeito de mandar você fazer manobras hoje, ou simplesmente te trancafiar em algum lugar.

— Eu também. — Aquela percepção parece se espalhar pelo meu corpo todo quando encontro o olhar dele. — Certeza que vão achar algum calabouço escuro pra enfiar você no fim de semana que vem, então é melhor a gente aproveitar este aqui.

— Você e eu temos definições muito diferentes para a palavra "aproveitar" — fala ele, apontando para os livros esparramados no chão.

— Nem tanto. — Passo os olhos pela página rapidamente e viro para a próxima. — Eu imagino que a minha definição de *aproveitar* seria passar o dia enroscados juntos naquela cama, mas, já que você estabeleceu o seu limite, aqui estou eu com uma pilha de livros chatos e sem sexo.

— É só falar as três palavrinhas e eu te deixo pelada em *segundos*. — Ele me encara com um olhar tão ardente que eu me sobressalto quando ergo o olhar, perdendo o fôlego.

— Eu te quero.

O dia todo. Todos os dias.

— *Não são essas as três palavras que eu quero ouvir*. — Ele entra na minha mente como uma carícia. — *E por que está com os escudos abaixados?*

— Bom, essas são as palavras que você vai ter quando me contar tudo. — Desvio o olhar. — E só tem nós dois aqui dentro.

— Hm. — Ele me lança um olhar que não consigo decifrar. — Eu já volto.

— Você não está fedendo de verdade — sussurro, detestando que ele fique longe de mim nem que seja por um segundo.

— Se você chegar mais perto, vai retirar o que disse.

Ele sai do quarto e faço o meu melhor para me concentrar no livro à minha frente e não pensar que ele vai estar nu dali a alguns passos no corredor.

Tudo que preciso fazer é ser honesta com ele sobre o que sinto, e aí posso tê-lo. Quer dizer, ter o corpo dele, pelo menos. Só que não era exatamente isso que eu tinha antes? É muito irônico que a minha honestidade seja o que pode acabar com a minha miséria quando a sinceridade dele é o que eu desejo. Acho que dessa forma somos meio parecidos, os dois querendo mais do que a outra pessoa está disposta a arriscar.

Alguns minutos depois, ele entra no quarto e o cômodo parece instantaneamente menor, ou talvez seja o meu coração acelerado que torna mais difícil respirar, e não a falta de ar.

— Que rápido — comento.

Só tive tempo de ler mais vinte páginas, mas não me dou ao trabalho de esconder os dois livros que preciso devolver. Não é como se ele soubesse quais são os meus e quais foram emprestados. Quanto menos eu precisar esconder, melhor.

— Eu poderia fazer várias piadinhas, mas vou me conter. — Ele joga as coisas dele de volta na mochila e afunda na poltrona, inclinando-se para a frente e apoiando os braços nos joelhos abertos. Pega um dos livros do chão. — De onde são todos esses livros? Você não tinha tantos assim no ano passado.

— A maior parte é do meu antigo quarto no prédio principal. — Viro a página que estava encarando e dou um suspiro. Esse livro se concentra em histórias de escribas sobre a Grande Guerra que foram editadas com uma mão pesada, com apenas uma passagem muito vaga sobre expandir as égides. — Guardei tudo em caixas antes do Parapeito e imaginei que minha mãe teria mandado tudo para um depósito, mas aparentemente ela é mais sentimental do que Mira e eu imaginávamos. Estavam exatamente onde deixei. — Havia sido uma descoberta bastante surpreendente. Meu antigo quarto estava intocado, como se eu fosse voltar a qualquer minuto. — Sério, você deveria dormir um pouco.

Jesinia vai ficar irritada se eu não aparecer para o nosso encontro.

— *O guia do coronel Daxton para se destacar na Divisão dos Escribas* — ele lê pela lombada.

— Esse aí não foi tão útil quanto achei que seria da primeira vez que li — brinco.

— Eu diria que não mesmo. — Ele deixa o livro de lado e inclina a cabeça, lendo o livro que está aberto à minha frente. — *A jornada dos Seis Primeiros, um relato em segunda mão.*

— Isso. — Meu batimento acelera, e tenho a mesma sensação no estômago de quando Tairn dá um mergulho no ar. Eu deveria ter escondido a porcaria dos livros.

— *Ou talvez você quisesse que ele soubesse* — sugere Tairn.

— *Vai arrumar o que fazer* — reclamo.

— Isso é para alguma aula? — Xaden estreita os olhos quando eu não respondo.

— Isso é para uma pesquisa pessoal.

Por algum motivo que não consigo decifrar, meu limite é mentir para ele diretamente.

— Eu não me lembro de nada sobre os Seis Primeiros serem… — Ele aperta a mandíbula e me encara. — Você está escondendo alguma coisa de mim.

Merda. Ele sabe. Ou imagina. Ele foi bem rápido.

— Violet? — Sua voz sai quase como um rosnado. Ele definitivamente sabe. — Por que você está pesquisando sobre os Seis Primeiros?

— Por causa de Aretia.

Fecho o livro. Não tem nada ali que vá me ajudar, de qualquer forma.

Xaden respira fundo e sombras parecem se esticar da cadeira, subindo pelos pés dele como uma névoa escura.

— Por você, na verdade — eu admito baixinho.

Ele ainda está tão imóvel que nem sei se está respirando.

— Brennan contou pra você que temos uma pedra de égide. — As palavras dele saem controladas e tensas. As sombras começam a se mexer como mãos, juntando todos os livros ao meu redor, menos o que está na minha mão, empilhando tudo. — Eu vou matar esse cara.

— Por quê? Porque ele resolveu ser mais direto comigo do que *você*? — acuso. — Relaxa, não é como se ele tivesse me deixado ler seu diário.

— Eu não tenho um diário, mas teria sido até melhor — ele rebate. — Ficar procurando informações sobre a defesa mais confidencial de Navarre vai acabar te matando.

— Os civis estão fugindo das fronteiras, ninguém em Navarre sabe da verdade e Aretia precisa se defender. Para proteger as pessoas que imagino que vocês estão preparados para receber quando os venin inevitavelmente chegarem até Tyrrendor. — Seguro o livro velho contra o peito. — Vocês *vão* aceitar os refugiados, não é?

— Claro que vamos.

— Que bom.

Ao menos minha fé não está sendo depositada no lugar errado. Olho para o relógio na escrivaninha. Temos vinte minutos até eu precisar devolver o livro.

— Mas são armas que vão defender Tyrrendor — argumenta ele.

— Eu não concordo, e vou continuar a pesquisa até descobrir como os Seis Primeiros conseguiram erguer as primeiras égides para repetir o processo em Aretia. — Ergo o queixo na direção dele.

— Ninguém sabe como foi feito originalmente, apenas como mantê-las no lugar. — Ele se ergue da cadeira e as sombras o seguem quando anda em círculos, um indicador óbvio de suas emoções. — É uma magia que foi perdida, e não dá pra negar que provavelmente foi perdida *de propósito*.

— Alguém deve saber — eu rebato, acompanhando os movimentos dele. — Não é possível que ninguém tenha deixado nenhum registro em nenhum lugar para o caso de elas pararem de funcionar. A gente não destruiria a única coisa que poderia nos salvar. Poderíamos até esconder a informação, mas não a destruir.

— E qual é a sua sugestão para encontrar esse registro sem avisar aos escribas o que está fazendo? — desafia ele, virando de novo para mim quando chega à beirada da cama, as mãos atrás das costas, e me encarando com um olhar que teria me feito fugir para as montanhas no ano passado.

O estalo dos meus dentes é audível quando fecho a boca.

Ele respira fundo, depois respira outra vez, fechando os olhos.

— Esse livro que você está segurando como se fosse um bebê. Não é seu, né?

— Está em minha posse atualmente.

— Violet.

Eu consigo praticamente sentir ele contar até dez dentro da própria cabeça, tentando ter paciência.

— Tá. Eu peguei emprestado dos Arquivos. Vai gritar comigo só por estar tentando ajudar?

— Quem mais sabe? — A pergunta sai tão baixinho que eu preferia que ele gritasse. O humor dele está sempre mais letal quando ele está calmo dessa forma.

— Uma amiga.

Ele abre os olhos de repente.

— Existe um motivo para não ficarmos zanzando pelos Arquivos. É onde fica o coração do inimigo. — Ele sustenta meu olhar. — Não temos amigos por lá.

— Bom, eu tenho. — Fico em pé devagar. — E vou me atrasar para devolver o livro se não for até lá neste minuto. Então por que você não dorme um pouco enquanto eu…

— Eu vou com você.

— Nem fodendo. — Coloco o livro na mochila emprestada. — Você vai assustar ela pra caralho. Eu não falei nada de você, nem de Aretia ou de qualquer coisa que está acontecendo nas fronteiras, então relaxa.

E, como você deve imaginar, ele não relaxa.

— Ela já sabe que você está pesquisando um material confidencial. Eu não vou *relaxar* sabendo que você está se colocando em perigo.

— Você se coloca em perigo todos os dias. — A raiva esquenta minha pele.

Alguém bate na porta e ele suspira antes de abri-la com força.

— Ah! — Rhiannon dá um passo para trás, praticamente trombando com Ridoc. — Não sabia que você estava aqui hoje, tenente Riorson. — Ela dá uma olhada na minha direção. — Vi, a gente ia perguntar se você quer vir pra Chantara com a gente…

— Ela está ocupada — responde Xaden, segurando minha mão.

— Larga de ser babaca. — Eu me desvencilho dele.

— Ui. — Ridoc ergue as sobrancelhas.

Eu me viro para Xaden.

— *Eu fiz exatamente o que você pediu. Não contei nada para meus amigos.* — Olho feio para ele, até o fundo de sua alma. — *Então para de ser escroto com eles.*

— *Fez exatamente o que eu pedi?* — Ele se inclina para baixo, o rosto próximo do meu. — *Mantendo essa sua pesquisa em segredo?*

Fico boquiaberta.

— *Você realmente vai querer ficar aqui comparando segredos comigo?*

— *Não é a mesma coisa.* — Ele estremece.

— *É* exatamente *a mesma coisa!* — Eu seguro a alça da mochila com força para não enfiar um dedo no peito dele. Como ele *ousa*? — *Estou pesquisando sobre as égides por* você.

— *E por que acha que estou tão bravo?* — A tensão na postura, nos olhos e no tom de voz dele se equipara à minha.

— *Porque você não gosta de não saber de todos os segredos.*

— O que tá rolando aqui? — pergunta Sawyer do outro lado do corredor.

— Eu… hm… — Ridoc coça a cabeça. — Acho que eles estão brigando.

— *Isso não tem… faz quanto tempo que você está escondendo isso de mim?* — questiona Xaden.

— Eles não tão nem… falando — murmura Rhiannon.

— *Não escondi* porra nenhuma *de você. Só selecionei as verdades parciais que queria te contar.*

Ele se afasta como se eu tivesse dado um tapa nele.

— Foi mal, gente. — Eu me viro para meus amigos. — Não tem nada que eu adoraria mais do que ir pra Chantara com vocês, mas infelizmente tenho umas tarefas para resolver. Podemos deixar pro fim de semana que vem?

— Você vai estar em Samara. — Xaden cruza os braços.

Como é possível amar e detestar tanto alguém ao mesmo tempo?

Rhiannon alterna o olhar de mim para Xaden, depois se vira na minha direção.

— Não nesse, no outro então — sugere ela, baixinho.

Eu assinto.

Ela franze a sobrancelha, formando uma pergunta silenciosa.

— Eu estou bem, juro. Espero que vocês se divirtam bastante. — Forço um sorriso. — Eu aviso se precisar de ajuda pra esconder um corpo depois.

Ridoc começa a tossir para esconder uma risada, e Sawyer dá um tapão nas costas dele.

— Acho que ela está falando de você — comenta Rhiannon, olhando para Xaden com a sobrancelha arqueada.

— Ah, eu tenho certeza de que está.

— Vamos logo — fala Sawyer, levando os três pelo corredor.

— Eu ajudo, viu? — solta Rhiannon, por cima do ombro. — Nunca precisei mover nada tão grande quanto você, mas aposto que consigo enfiar você no chão sem nem abrir um buraco se eu estiver com bastante raiva e usar meu sinete.

Ela lança um olhar feio para ele antes de continuar andando pelo corredor.

Xaden suspira e fecha a porta.

— Você tem amigos leais.

— Tenho sim — concordo. — Só lembre-se de que disse isso quando chegar a hora de contar para eles o que está acontecendo debaixo do nariz do país inteiro.

A resposta que ele me dá sai num grunhido.

— Preciso ir…

— Estou bravo por você ter escondido isso de mim — interrompe ele. — Mas estou ainda mais furioso por você ter colocado a própria vida em risco *por* mim. Não queria ter que lidar com esse tipo de coisa.

— Não estou me colocando em risco. Posso confiar nela. — Estico a mão para a maçaneta e ele dá um passo para o lado.

A boca de Xaden se retesa em raiva, mas é o vislumbre de medo nos olhos dele que me faz hesitar. Se existisse uma chance de saber que ele estaria só um pouco mais seguro em Samara, eu daria tudo por ela. Mesmo que ele esteja sendo um babaca.

— Tá, tudo bem — digo. — Você pode vir comigo se concordar em *não* assustar minha amiga.

— Não dá pra eu controlar o que ela vai sentir na minha presença — bufa ele.

Ergo uma sobrancelha.

— Só quero conhecê-la. — Ele ergue as mãos na defensiva, as palmas à mostra.

— Para ver se ela é confiável? Só de olhar? Nem mesmo você é assim tão poderoso. — Abro a porta e passo por ela para chegar ao corredor. — Vamos.

— *Eu vou saber. Julgo muito bem o caráter das pessoas.* — Ele me acompanha, fechando a porta.

— O seu ego não tem nenhum limite mesmo. — Descemos pelo corredor dos quartos até chegarmos ao corredor central. — *E só porque estou deixando que venha comigo não significa que não esteja mais brava com você.*

— *Posso dizer o mesmo.*

Ele coloca a mão nas minhas costas quando passamos por um grupo de cadetes.

— *Você não precisa tocar em mim para eles saberem que você tem um motivo para estar aqui. Todo mundo sabe que a gente…*

— *Sabem que a gente o quê? Você deixou bem claro que nós não estamos mais juntos.*

Espera… Isso que estou sentindo no tom de voz dele é mágoa? Odeio a forma como minha raiva se amaina. É mais fácil conviver com a fúria.

Descemos pelas escadas centrais, passando pelo térreo, onde a maioria dos cadetes se afasta, e desembocamos no subterrâneo da Divisão.

Lá embaixo é um labirinto de túneis, mas eu já conheço bem o caminho.

— Você nunca ficaria sentado aqui fazendo nada se pudesse fazer algo para ajudar. Me pedir para simplesmente ficar sentada chega a ser… ofensivo — sussurro para ele quando me certifico de que estamos sozinhos nos túneis. — Eu sou bem inteligente para ter cuidado com o que faço nos Arquivos.

— Eu nunca disse que você não era brilhante. Nem sequer disse que seu plano não era brilhante. Só disse que você está se colocando em perigo e pedi que seja honesta comigo.

As luzes mágicas se acendem quando caminhamos na direção da ponte coberta que atravessa o cânion entre a Divisão dos Cavaleiros e o prédio principal de Basgiath.

— Varrish obrigou você a quase chamuscar e você também não me contou nada disso — solta ele, travando a mandíbula. — Ou que você precisou usar magia no meio do pátio depois de uma aula de Preparo de Batalha.

— Como você ficou sabendo dessas coisas?

Eu não mencionara Varrish na carta que deixara para ele.

— Você achou que Bodhi não ia me contar? — As sombras dele se impelem para a frente, abrindo a porta, e atravessamos a ponte fechada. Acho que nunca vou me acostumar com a forma casual com que ele usa os próprios poderes.

— Estava torcendo para ele não contar — confesso.

— Esse é o tipo de coisa que você precisa me contar, Violet.

— E o que você teria feito? Voado até aqui e matado Varrish? Ele é o vice-comandante.

— Eu considerei.

Ele abre as portas seguintes da mesma forma.

— Bodhi encontrou, milagrosamente, motivos para o nosso esquadrão não ter que comparecer ao treino de manobras — comento com ele enquanto adentramos o campus principal, passando pela enfermaria.

— E quanto tempo você acha que vai ganhar com *isso*? Temos duas vezes mais chances de encontrar uma solução se você me contar o que...

Xaden ergue a cabeça e me agarra pela cintura, detendo-nos no meio de um corredor.

Porém, já fomos vistos.

— *Erga seus escudos.*

— É só o Nolon — digo, mas ergo os escudos mesmo assim enquanto sinto uma onda de culpa por tê-los deixado baixados até então.

Ainda estou à espera do momento que Xaden me prometeu que vai chegar: o momento em que erguer os escudos vai ser uma reação automática; até agora, no entanto, preciso de esforço máximo para mantê-los erguidos.

— Nolon? — chamo em voz alta, boquiaberta.

O regenerador perdeu muito peso. A pele dele parece macilenta, frouxa feito o próprio uniforme preto, e seus olhos não contêm a mesma faísca atenta quando ele tenta sorrir para mim.

— Violet. Que bom ver você. — Ele olha para Xaden, o olhar descendo para o braço que segura minha cintura de forma protetora. — Você recuou porque está achando que vou machucar a jovem que regenerei pelos últimos seis anos, Riorson? Ou é o fato de que pensa que ninguém sabe que vocês dois passam o tempo todo juntos nos dias de folga? Porque posso garantir que nunca colocaria Violet em perigo, e *todo mundo* já sabe disso.

Eu me desvencilho dos braços de Xaden.

— O que está fazendo aqui no meio do corredor? Parece que está pra cair morto.

— *Hoje você está caprichando nos elogios* — comenta Xaden.

Claramente, preciso de escudos melhores se é fácil assim para ele me driblar.

— Estou esperando uma pessoa. — Nolon cofia os fios da barba por fazer há alguns dias. — E acho que eu devia descansar um pouco, mesmo. Regenerar uma alma não é trabalho fácil. Faz alguns meses que estou trabalhando nisso. — O sorriso dele fica torto de um lado, e não sei se está brincando ou não. — Você tem se virado bem até agora este ano? Nunca mais fui chamado para regenerar você.

— Tenho me virado, sim. Desloquei o ombro umas semanas atrás... — Eu não sei se ele é próximo de Varrish como meus amigos supõem. Esse pensamento me faz parar o que estava para dizer e não menciono que quase chamusquei. — E estou tomando o cuidado de sempre enfaixar os joelhos. Também não quebrei nenhum osso ainda.

— Isso é ótimo. — Nolon acena para a porta quando ela se abre atrás de nós. — Bom mesmo.

— Cheguei! — Caroline Ashton corre até onde estamos, passando à nossa esquerda. — Desculpe o atraso!

— Sou uma pessoa que gosta muito de pontualidade — censura Nolon, antes de olhar para mim. — Faça um favor a nós dois e continue saudável, Violet.

— Prometo — respondo.

Caroline olha rapidamente na minha direção e os dois desaparecem pela porta da enfermaria, que se fecha atrás deles.

— Ela não parecia machucada — comento, quando Xaden e eu retomamos o caminho na direção dos Arquivos.

— Não mesmo — concorda ele. — Deve estar visitando outro cadete da Primeira Asa. Nolon tá com uma cara de que parece que *ele* vai chamuscar. As pessoas estão se machucando mais do que o normal?

— Não que eu saiba. Ridoc acha que estão usando Nolon nos interrogatórios. — Franzo o cenho. — Mas não sei se ele está zoando ou não. Difícil saber quando é o Ridoc falando.

— Hm.

É tudo que ele diz antes de descermos, os túneis inclinando-se para baixo na direção do lugar mais profundo de Basgiath. Quanto mais nos aprofundamos, mais frio fica o ar e mais aguda fica a dor que reconheço como luto dentro do meu peito.

— No que está pensando? Seu rosto ficou triste — nota Xaden, baixinho, quando passamos pelas escadas que sobem na direção do campus principal.

— Nada.

— Você não pode esperar respostas mais elaboradas minhas se me dá a mesma coisa.

Ele tem certa razão.

— Meu pai amava este lugar. Ficou tão feliz quando minha mãe foi mandada para cá, porque significava que ele teria todos os recursos dos Arquivos ao seu dispor — conto, sorrindo com a memória. — Não que ele não amasse registrar os relatos e organizar as bibliotecas dos entrepostos em que éramos lotados, mas, para um escriba, este lugar é o auge da carreira. É um templo.

Dobramos a última curva e nos deparamos com a porta redonda no estilo de um cofre. A entrada circular tem três metros de diâmetro e é guardada por um único escriba, que está dormindo na cadeira.

— Muito bem guardado. — Xaden lança um olhar de desprezo para o escriba adormecido.

— Me prometa que vai se comportar direitinho. — Eu seguro o cotovelo dele para saber que estou falando sério. — *Ela é uma amiga de anos.*

— *O Aetos também era.*

Estreito os olhos.

— *Se ela for uma amiga de verdade, então não tem com o que se preocupar* — ele diz.

— *Olha, se ela fosse me denunciar, já teria feito isso ano passado, quando pedi para ela encontrar o* Fábulas dos Ermos — conto para ele quando entramos nos Arquivos.

— *Você fez o quê?* — Ele aperta a mandíbula, respirando fundo quando chegamos na mesa principal.

Os Arquivos estão vazios outra vez, graças a Zihnal, mas é por isso que Jesinia escolheu o sábado como nosso dia de encontro.

— *Antes de Mira me dar o livro em Montserrat, eu pedi aqui. Achei que não era nada demais na época. Mas ninguém foi bater na minha porta. Ninguém me arrastou da cama e arrancou minha cabeça. Porque. Nós. Somos. Amigas.*

Ele fica em silêncio enquanto Jesinia se aproxima, os olhos se arregalando quando olha para nós dois.

Os passos dela são demorados.

— Ele está comigo — eu sinalizo, lançando um sorriso para ela. Então, para Xaden, falo: — *Pare de assustá-la.*

— *Eu só estou parado aqui.*

— *E isso já é o suficiente. Confie em mim.*

— Você encontrou o que estava procurando? — sinaliza Jesinia, mordendo o lábio nervosa, encarando Xaden com o canto do olho.

— Não. — Entrego a bolsa para ela, que passa a alça por cima do próprio ombro. — Esses todos que você tem trazido são recentes demais… e muito vagos.

Ela pressiona os lábios, pensativa.

— Talvez devêssemos mudar o foco da pesquisa para uma coisa que tenha mais a ver com a história geral das égides? — sugiro.

— Espera aí uns minutos. Tenho uma ideia.

— Obrigado por nos ajudar — sinaliza Xaden.

Jesinia assente e desaparece em meio às fileiras de livros.

— Você sabe falar a língua de sinais — sussurro para ele.

— E você sabe falar týrrico — responde ele. — Uma dessas coisas é bem menos comum do que a outra.

Ficamos ali parados em um silêncio constrangido, nossa discussão ainda borbulhando (pelo menos na minha mente). Nunca sei o que ele está sentindo, o que é um dos nossos problemas. Ao usar aquela palavra para falar com Jesinia, o "nos", ele se vinculou a mim. Se ela me denunciar, ele cai junto.

— Tente esses dois — sinaliza Jesinia quando volta, e então me entrega a bolsa. — Estou devolvendo o seu aí dentro também. Obrigada por permitir que eu lesse.

— O que achou? — pergunto, sabendo muito bem que Xaden está observando tudo.

Seja lá o que ela disser em seguida, vai selar o destino dele.

— É uma boa base folclórica com excelentes histórias. — Ela inclina a cabeça para o lado. — Foi uma tiragem limitada, claramente feita por uma prensa tipográfica, mas não tão limitada assim para que uma cópia não tivesse que ser enviada para os Arquivos quando foi publicada. — Ela me olha, cheia de expectativa. — É… um assunto bem estranho para deixar de fora dos Arquivos, não acha?

Engulo em seco.

— Eu também acho.

Xaden fica tenso ao meu lado.

— Como disse, fiquei intrigada — conclui ela. — Vejo você não no próximo sábado, no outro, então?

Aceno com a cabeça, e, depois de agradecer, saímos de novo. Passamos por Nasya, que agora começou a roncar no assento.

Estamos na metade dos túneis quando Xaden finalmente fala.

— *Me diga qual é o outro livro que está na bolsa.*

Acho que a nossa discussão estava borbulhando dentro da mente dele também.

— *Minha cópia de* Fábulas dos Ermos.

Não adianta mentir para ele.

— *Você deu para ela? Por quê?* — Xaden inclina a cabeça na minha direção e para de andar no meio do túnel, segurando meu cotovelo com cuidado mesmo quando seus olhos são tomados pelo medo.

— *Eu emprestei, e foi porque ela pediu.*

— *Com aquele texto, ela poderia ter denunciado você.* — A raiva fica evidente em seu olhar.

— *E, se eu reportar que ela não está registrando meus pedidos, ela vai estar à mercê de Markham.* — Seguro a alça da bolsa com mais força. — *A confiança é uma via de mão dupla.*

— *Você diz isso, mas está guardando segredos enquanto eu estou fazendo de tudo para me abrir com você.*

Diz o homem que nem falou ainda que me ama, se é que ama mesmo. Deuses, eu estou tão cansada de ter que sempre ser a primeira quando se trata desse homem. E hoje não é o dia em que vou me abrir para essa nova rejeição.

— *Claro, desde que você possa continuar guardando os* seus. *Já te ocorreu que isso aqui* — gesticulo para o espaço entre nós dois — *só existe porque você não confia em mim?* — Dou um passo para trás. — *Você espera que eu tenha uma fé completa e inquestionável em você sem me dar nada em troca. Via. De. Mão. Dupla.*

— *Sou* eu *que não confio em você?* — As sombras se curvam ao redor dos calcanhares dele, seguindo-o enquanto gira o corpo, subindo pelo túnel. — *Vejo você depois. Preciso encontrar Bodhi.*

Lá vai ele se reunir para os assuntos da revolução, sem dúvida, e vai me deixar aqui. Outra vez.

— É só isso que você tem a dizer? — falo em voz alta, a frustração travando todos meus músculos.

— Nada do que eu quero falar agora vai ser legal com você, Violet — responde ele por cima do ombro. — Então, em vez de cavar um buraco mais fundo com palavras das quais vou me arrepender mais tarde, vou me afastar e fazer algo mais produtivo do que discutir com você.

Quero dizer a ele que não é ele quem escolhe quando vamos brigar, e já está na ponta da língua, mas ele pediu espaço, e posso tomar uma atitude madura e conceder isso a ele.

Quando acordo na manhã seguinte, a outra metade da minha cama está arrumada porque ninguém dormiu nela, e as coisas dele sumiram. Não consigo me impedir de sentir um aperto no peito ao pensar que ele está voltando para o fronte e que qualquer um de nós poderia ser morto a qualquer instante, e as últimas palavras que dissemos um para o outro foram ditas com raiva.

Dragões não obedecem aos caprichos dos homens.

— O GUIA DAS ESPÉCIES DE DRAGÕES, POR CORONEL KAORI

CAPÍTULO DEZENOVE

Meu coração bate de forma errática quando passo pelos dragões da Primeira e da Segunda Asa acompanhando o resto do meu esquadrão dois dias depois para fazermos manobras de voo.

Kaori está na frente da Quarta Asa, titubeando, nervoso, ao lado de Varrish, que me observa com um olhar tão compenetrado que faz minha pele inteira coçar, como se estivesse calculando mentalmente quantos relâmpagos vai me fazer projetar como punição por Andarna não estar presente. E a forma como Solas espreita atrás dele, o único olho dourado estreitado em sua direção, me faz ter dúvidas se Varrish sequer vai esperar até amanhã para isso.

Porque obviamente, do ângulo em que ele olha, consegue ver que ela não está ali, e, pior ainda, parece *feliz* por isso.

Consegui chegar a vinte e sete relâmpagos no período de uma hora hoje de manhã com Carr antes de a temperatura do meu corpo se elevar, e ele pareceu decepcionado. Eu também fiquei bem decepcionada, considerando que não tinha acertado um único ponto em que estivera mirando. Meus braços parecem um peso morto depois de usar tanta magia. Se Varrish me forçar a subir naquela montanha outra vez hoje, não tenho certeza se vou sair de lá viva.

— Tem alguma coisa *errada* com aquele laranja — comenta Rhiannon, ajustando a faixa dos óculos de voo enquanto chegamos perto da Terceira Asa.

— Fora o fato de ele ter torrado o Terceiro Esquadrão sem nem piscar? — questiona Ridoc, terminando de abotoar a jaqueta de voo.

— E Varrish parece tão… controlado. — Sawyer estica os braços ao longo do peito. — Meio acertadinho demais, sabe?

Ao contrário de mim, Sawyer só olhou para ele de relance. Eu inspiro pelo nariz e expiro pela boca, tentando afastar a náusea que ameaça me fazer regurgitar todo o café da manhã.

— Essa combinação é mesmo bem esquisita — concorda Rhi, quando chegamos nos dragões do Setor Garra.

Não tem nenhum aluno do terceiro ano no campo hoje, o que deixa bastante espaço para os dragões do segundo se espaçarem, mas até parece que Tairn não ia ficar na primeira fileira como se fosse a estrela do lugar. Já consigo ver a cabeça dele acima da dos outros de onde estou, e tenho bastante certeza de que acabei de ouvir ele bufar de irritação.

A boca de Varrish forma um sorriso educado, mas a faísca em seu olhar me faz ceder um pouco o controle das portas fechadas dos Arquivos em minha mente, permitindo que o poder inunde meu sistema para me preparar para uma briga.

— E por que ele fica encarando você assim? — pergunta Sawyer, parando ao meu lado para bloquear a visão de Varrish. — Ele fica sorrindo pra você como se... — Ele balança a cabeça. — Não sei, aí tem coisa.

— Como se ele soubesse de algo que você não sabe — completa Rhi, passando bem longe do Rabo-de-maça-vermelho do Primeiro Esquadrão quando passamos por eles. — Será que ele tem um passado com a sua mãe? Guarda algum ressentimento?

— Não que eu saiba. — É claro que eles não sabem o que é, mas não poderiam nem imaginar, já que não posso contar para ninguém. — Mas ele é obcecado por Andarna.

Pronto, soltei um pouco da verdade.

— Ela está bem? — pergunta Sawyer. — Faz tempo que a gente não vê ela por aí.

— Ela está descansando bastante. — Eu me preparo para o sofrimento angustiante que é usar o uniforme de couro completo naquele calor estagnado do fim do verão, mas começo a abotoar a jaqueta enquanto nos aproximamos de Tairn. — Ela consegue acompanhar manobras simples, mas as coisas que a gente vem fazendo? Voos em formação e rolamento com tempo? Nem adianta tentar fazer ela aprender esse tipo de coisa agora.

Verdades parciais.

— É, faz sentido. — Sawyer me dá uma cotovelada. — Vejo você lá em cima.

— Você parece meio enjoada — comenta Rhi quando os meninos estão longe. — Tá tudo bem mesmo?

— Tá sim. — Forço um sorriso rápido e tento pensar em qualquer coisa que não seja a dor que vou sentir quando Varrish me punir. Para

Tairn, eu acrescento: — *Varrish parece muito animado por Andarna não estar aqui.*

— *Eu vou dar um jeito nisso.*

— Entendi. Você tá bem, então. — A boca de Rhi se curva em um leve sorriso tristonho antes de ela se virar, seguindo na direção de Feirge, que espera do outro lado de Tairn.

— Cacete — murmuro, esfregando o dorso do nariz. Não importa o que eu diga ultimamente, sempre parece ser a coisa errada. — *Ela nunca vai me perdoar por ter guardado segredo quando descobrir.*

— *Ela vai perdoar, sim* — diz Tairn, abaixando a cabeça de leve, mas sem abaixar o ombro mesmo quando chego perto da garra dele na pata dianteira esquerda. — *A memória dos humanos é como a de uma mosca. São os dragões que guardam ressentimento.*

— *Vou esquecer que você me disse isso* — provoco.

— *Em guarda.*

A cabeça dele vira, e eu giro nos calcanhares, desembainhando a adaga de prontidão.

— Certamente não está pensando em atacar um professor, não é, Sorrengail? — Varrish dá uma olhada na minha arma, mantendo aquele mesmo sorriso falso no rosto. — Muito menos um vice-comandante.

Um rosnado baixo sobe pela garganta de Tairn, e ele curva o beiço o bastante apenas para deixar a ponta dos dentes à mostra.

— Eu ataco qualquer um que seja tolo o bastante para se aproximar de mim por trás. — Rolo meu ombro para trás e ergo o queixo.

— Hm. — Ele se inclina para o lado, olhando para além da pata dianteira de Tairn. — A Rabo-de-pena não veio hoje?

— Acho que a resposta é óbvia.

Sinto o medo congelar minha coluna.

— Que infelicidade. — Ele suspira, e então se vira novamente na minha direção, as botas esmagando a grama seca enquanto anda na direção de Solas. — Você não vai fazer manobras hoje, Sorrengail.

Meu estômago fica embrulhado.

— Perdão?

Tairn se remexe ao meu lado, passando a perna na minha frente para que eu fique parada embaixo das escamas do peito dele.

— O seu perdão ainda não é necessário — responde Varrish por cima do ombro, a sobrancelha levantada por um segundo ao notar a postura de Tairn. — Vai se desculpar quando aprender a lição. Aparentemente, avisos não funcionam, portanto estou acusando você de negligenciar o dever devido à recusa da sua dragão de aparecer para as manobras de voo. Deve montar em seu dragão e voar até o local de treino com o professor Carr para receber a devida punição.

— *Isso não vai acontecer.*

Tairn abaixa a cabeça por completo, o corpo recuando em uma posição defensiva.

— O que está acontecendo aqui? — pergunta Rhi, o olhar indo de Varrish para mim enquanto ela volta a caminhar até onde estou.

— Obviamente, a primeira punição que ela recebeu não foi o bastante para dar uma lição em sua subordinada, Líder de Esquadrão Matthias, então ela vai precisar de outra. — Ele pisca, inclinando a cabeça. — E, como vice-comandante, não devo explicações a ninguém. Agora monte em seu dragão para fazer manobras antes que eu decida puni-la junto com Sorrengail.

— *Não vai haver punição!* — ruge Tairn, e, da forma abrupta como todos os dragões viram as cabeças no campo, incluindo Solas, todos o ouviram. — *Não é da sua alçada convocar a presença de um dragão.*

Demora um segundo para que esses pensamentos sejam repassados para os cavaleiros, e Varrish fica rígido.

— Pode ser que seu dragão não esteja sob meu comando, Sorrengail, mas *você* está. Então, a não ser que queira explorar ainda mais o limiar delicado entre o chamuscar e a morte, *vai* montar seu dragão e se apresentar...

— *Nem mesmo o menor dos dragões deve qualquer obediência ao humano mais poderoso, e você definitivamente não é um humano poderoso.* — Tairn fecha os dentes no ar, e o som ressoa pelo vale.

Feirge afasta a cabeça, os olhos dourados arregalados.

— *Andarna não deve obediência a você.* — Tairn caminha para a frente, a cabeça e o peito tão baixos no chão que ele quase toca meu cabelo, e Varrish recua. — Eu não obedeço a você.

Ah, puta merda. Isso pode dar muito errado.

— Mas você... — Varrish aponta para mim —, você obedece a mim!

— É mesmo?

Tairn se lança para a frente, passando direto por Varrish e pulando em cima de Solas com um rugido de romper tímpanos, o rabo de chicote golpeando o ar acima de mim. Solas vira a cabeça na direção do chão para proteger a área mais vulnerável de seu corpo, o pescoço, mas Tairn é mais rápido, maior e muito mais forte. Já estava preparado, e a bocarra enorme se fecha em cima do pescoço de Solas.

Ofego quando os caninos gigantescos de Tairn afundam entre o espaço das escamas de Solas, perfurando seu pescoço, e Kaori corre para sair do campo de batalha dos dragões.

Varrish se vira e fica completamente rígido enquanto gotas enormes de sangue escarlate escorrem das escamas laranja de Solas, pingando pelas diversas cristas.

— *Tairn…*

O que o Empyriano vai fazer com ele se matar Solas?

— *Para ser vice-comandante de Basgiath, é necessário ser cavaleiro* — avisa Tairn, e Solas emite um ruído que é metade um rugido, metade um guincho de dor. — *Sem um dragão, você* não é *cavaleiro.*

Meus *deuses*. Meu coração acelera, parecendo mais um galope.

— Entendido! — grita Varrish, fechando os punhos na lateral do corpo. — Ela não vai pagar preço algum por seu dragão ter se recusado a comparecer.

— *Não é isso.* — Os dentes de Tairn chegam nas beiradas das escamas de Solas, e eu observo tudo horrorizada e boquiaberta. — *O que estou fazendo tem a ver com* você.

Solas tenta rugir, o que faz com que o sangue jorre ainda mais rápido das feridas expostas de seu pescoço enquanto tenta golpear Tairn com o rabo, mas só tem metade do tamanho dele e não conseguiria acertá-lo, graças a Dunne.

— Tudo bem! — Varrish cambaleia para a frente e, por meio segundo, sinto pena dele. — Tudo bem — repete ele, erguendo as mãos. — Humanos não têm autoridade para convocar dragões.

Rhiannon dá um passo para o lado até o braço dela roçar no meu ombro e Feirge abaixa a cabeça, assim como Aotrom e Sliseag. Caralho, todos os dragões que estão no meu campo de visão se abaixam na mesma pose.

— *Peça perdão* — exige Tairn, a voz baixa e afiada.

— Desculpe! — A voz de Varrish está fraca.

— *Peça perdão àquela que Andarna designou como digna de sua união.*

Tento engolir, mas minha boca está seca.

— Ele acabou de… — sussurra Rhiannon.

— Acho que sim. — Assinto com a cabeça e falo para Tairn: — *As desculpas não são necessárias para mim, Tairn. Sério. Já fico feliz por não morrer hoje.*

— *Mas são necessárias para* mim, *Prateada.* — A voz dele retumba em minha cabeça. — *Sou eu o porta-voz de Andarna enquanto ela está no Sono Sem Sonhos.*

Varrish se vira para mim, o pavor e o ódio estampados em seu olhar.

— Eu… peço desculpas. Não tenho autoridade para convocar qualquer dragão.

— *De joelhos.*

Rhiannon prende a respiração, e Varrish se ajoelha no chão.

— Peço as mais sinceras desculpas, para você *e* para o seu dragão. Para seus dois dragões.

— *Eu aceito.* — Eu me viro para Tairn rapidamente. — Eu aceito! — grito, caso ele não tenha me ouvido pela conexão mental.

Tairn abre a mandíbula com um som molhado e estrangulado, os caninos erguendo-se do pescoço de Solas, e recua a passos arrogantes, sequer se dando ao trabalho de abaixar a cabeça ou proteger o pescoço. Rhiannon e eu ficamos na sombra enquanto Tairn se ergue e bloqueia o sol acima de nós.

Varrish me encara com um ódio tão amargo que consigo sentir o gosto na língua, e Solas levanta voo atrás dele com um rugido na minha direção (ou talvez na de Tairn), deixando para trás poças de sangue na grama. Só depois que Solas se afastou do campo de voo é que Varrish se põe em pé outra vez, e eu não preciso de palavras para entender o que ele quer dizer quando lança um último olhar letal na minha direção e caminha até a saída do campo para os degraus ao lado da Armadilha.

— *Problema resolvido.* — Tairn vira a cabeça, observando o caminho que Solas faz no ar, e por fim o resto dos dragões no campo ergue as cabeças.

Meu coração, porém, não se acalma ou desacelera enquanto o pavor se alastra pelo meu corpo. Se Varrish já era meu inimigo antes disso, agora sinto que Solas virou meu arqui-inimigo.

***

— Eu achei que ele fosse cancelar a sua folga depois que Tairn quase matou Solas — comenta Rhiannon, caminhando comigo na direção do campo de voo três noites depois.

— Eu também — confesso, a dobra dos sinos indicando que são quinze para a meia-noite. — Tenho certeza de que assim que Solas estiver curado ele vai voltar a me atormentar. Ou fazer coisa pior.

— Bom, já faz uns dias.

Ela lança um olhar de soslaio na minha direção, e, apesar de ter menos de um metro entre nós, a distância parece intransponível.

— Vai mesmo me obrigar a usar uma daquelas táticas de interrogatório novas que aprendemos para arrancar a verdade de você? — pergunta ela. — Prefere que eu tente uma abordagem mais empática ou uma confrontação direta?

— Em que sentido? — Cutuco o ombro dela.

Ela balança a cabeça, frustrada.

— No sentido do comentário que Varrish fez sobre você já ter sido punida.

— Ah. Tá. — Respiro fundo, e volto a me concentrar nos passos enquanto nos aproximamos da Armadilha. — Umas semanas atrás ele ficou bravo porque Andarna não apareceu para fazer as manobras e usou meu treinamento de sinete como punição.

— Ele fez o *quê*? — Ela levanta a voz. — Por que você não contou isso pra gente?

— Porque não queria que vocês virassem alvos.

É a verdade mais simples.

— E você vem sendo alvo dele? — Ela parece incrédula.

— Ele não gosta quando as coisas não são do jeito dele.

Ajeito a mochila nos ombros e faço uma careta quando nos aproximamos da escada que sobe pela lateral da Armadilha. Vou sentir dor pra caralho. Desloquei o joelho ontem durante um desafio, mas ao menos ganhei.

— Você não precisa mesmo vir até aqui comigo, sabe? — falo para Rhiannon, mudando de assunto antes que ela possa insistir mais no tópico de Varrish. — Já está tarde.

— Eu não me importo. Parece que ultimamente a gente quase nem se vê.

Deuses, eu me sinto tão culpada. E frustrada. E... sozinha. Estou com saudades de ter amigos.

— Desculpa. — É tudo que consigo pensar para dizer. — É meio difícil pensar que os primeiranistas vão começar a treinar nessa coisa.

Olho para a Armadilha, para as cinco camadas de obstáculos que os primeiranistas precisam vencer para conseguir chegar na Apresentação.

— Morrer nessa coisa, né, no caso — diz ela, amarga.

— Isso também.

Meu joelho protesta a cada passo, ameaçando ceder a cada degrau que subo, mas a atadura o segura no lugar enquanto manco escadaria acima, uma mão apoiada na pedra áspera que faz o corrimão da escadaria de cada lado.

— É inútil pra porra. — Ela balança a cabeça. — É só mais um jeito de erradicar os mais fracos... ou, pior ainda, os mais azarados.

— Não é inútil.

Por mais que odeie admitir, a Armadilha tem um objetivo no nosso treinamento.

— Sério? — Ela chega ao topo das escadas e espera por mim lá.

— Sério — solto, quando chego, e começamos a caminhar pelo campo. — Me fez olhar para tudo de forma diferente. Eu não conseguia subir da forma que você conseguia, e que os outros conseguiam, então precisei dar o meu jeito. A Armadilha me ensinou que *dá* pra encontrar outra saída e ainda assim sobreviver.

Aquele momento nas costas de Tairn, lutando contra a venin, fica repassando mil vezes na minha cabeça, e minha mão se fecha no ar como se ainda segurasse uma adaga.

— Eu só não sei se vale todas as vidas que custa. A maior parte das coisas que acontecem aqui parece que não vale.

— Vale, sim. — Minha resposta sai em voz baixa.

— Como pode dizer isso? — Ela se detém, virando-se na minha direção. — Você estava lá quando a Aurelie caiu. Você acredita, mesmo que só um pouquinho, que ela teria sido uma fraqueza para a Asa se tivesse sobrevivido à Ceifa? Ela era filha de cavaleiros!

Olho para o céu estrelado e respiro fundo antes de encará-la.

— Não. Acho que ela teria sido uma cavaleira incrível. Melhor do que eu, com certeza. Mas também sei que…

Não consigo pronunciar as palavras. Ficam presas na minha garganta, aprisionadas pela memória dos olhos de Aurelie se arregalando no segundo antes de ela cair.

— Eu só queria que uma vez na vida você falasse o que está pensando — diz Rhiannon. — Eu não consigo mais saber o que você está pensando.

— Você não quer saber.

Foi a coisa mais verdadeira que já disse para ela desde que voltei para Basgiath.

— Eu quero sim, Violet! Só tem nós duas aqui. Fala comigo!

— Falar com você — respondo, como se fosse uma coisa simples, e sinto algo dentro de mim se partir sob o peso da frustração que nós duas estamos carregando. — Tudo bem. Sim, é horrível que Aurelie tenha caído. Que ela tenha morrido. Mas acho que *eu* sou uma cavaleira melhor porque, depois que a vi cair e morrer, sabia que precisava me mexer ou seria a próxima.

— Isso é… horrível. — Rhiannon abre a boca e me encara como se nunca tivesse olhado para mim antes.

— Assim como *tudo* o que está nos esperando lá fora. — Eu abro os braços. — A Armadilha não existe só pra gente subir nesse caralho imbecil. A gente precisa superar o medo de falhar. Precisa subir nela *mesmo depois* de termos visto que ela matou nossos amigos. O Parapeito, a Armadilha, a Apresentação… parecem uma coisa exagerada quando estamos aqui, mas nos preparam para algo bem pior quando sairmos. E até você… — Eu balanço a cabeça. — Você não faz ideia de como são as coisas lá fora, Rhi. Não consegue entender.

— É claro que eu não sei — retruca ela, o corpo ficando mais tenso a cada palavra. — Você nem fala comigo! Está sempre correndo com Imogen ou trancada no quarto lendo ou passando todos os sábados com o Riorson. E tudo bem, eu quero que você tenha todo o apoio de que precisa, mas não está falando comigo de jeito nenhum, então como espera que eu saiba de *qualquer* coisa? E pode ser que você tenha se esquecido, mas Liam era meu amigo também!

— Você não estava lá!

A raiva escapa da caixinha que construí dolorosamente para ela, e o poder me invade, escaldando minhas veias.

— Você não ficou segurando ele enquanto a luz desaparecia de seus olhos — segui —, sabendo que não tinha nada fisicamente errado com ele, que ele estava morrendo porque Deigh estava lá, estirado a alguns metros. Nada do que eu fizesse naqueles momentos finais importaria! Deuses, fiquei segurando ele com tanta força! — Minhas mãos se fecham em punhos, as unhas afundando na carne. — Eu quase desloquei os ombros porque ele era pesado demais para mim, mas fiquei segurando! E não adiantou! — A raiva arde em minha garganta, devorando meu corpo por inteiro. — Você não sabe o que tem lá fora! É justamente isso que me motiva a correr todo dia de manhã, cacete!

— Vi — sussurra ela, a postura desmoronando.

— E a expressão no rosto dele? — Minha voz fraqueja, os olhos ardendo com a memória de segurar o rosto de Liam em minhas mãos. — Não é você que tem que lembrar disso toda vez que tenta dormir. Não é você que ouve Liam implorando para você cuidar de Sloane. E com certeza não é você que ouve os gritos de Deigh...

Entrelaço os dedos na testa e desvio o olhar, travando uma guerra com o luto, a dor, a culpa sem fim, e, como sempre, eu perco. Só tem uma caixa e aquele vazio abençoado que sei que consigo alcançar se puder recuperar o mínimo do controle, mas as palavras saem num jorro impossível de ser contido. É como se minha boca tivesse se desconectado da cabeça e agora minhas emoções ditassem as regras.

— E por mais horrível que seja, por mais insensível que isso me torne, ver Aurelie cair, Pryor queimar e até mesmo o filho da puta do Jack Barlowe ser esmagado na minha avalanche me preparou para o momento em que precisei largar o corpo de Liam no chão e me levantar para lutar. Se eu tivesse ficado lá sentada, vivendo o meu luto da forma como eu queria, nenhum de nós estaria aqui. Imogen, Bodhi, Xaden, Garrick. Todo mundo. Todo mundo estaria morto. Tem um motivo para eles quererem que a gente assista à morte dos nossos amigos, Rhi. — Eu levo um dedo ao peito. — Nós somos as armas, e este lugar aqui é a pedra que eles usam para nos afiar.

A energia no meu corpo se dissipa e o calor se esvai.

Sinto um vazio na altura do estômago diante da devastação completa que vejo no rosto de Rhiannon.

O som das asas de Tairn fica mais alto quando ele se aproxima, e me ajuda a acertar o ritmo do meu batimento cardíaco.

— Me desculpa — sussurro. — E fico feliz por você não saber como é isso. — Pisco rapidamente para limpar o borrão que oculta minha visão. — Sou grata, todos os dias, por você não ter essas memórias, por nem você, nem Sawyer e nem Ridoc terem estado lá. Eu não desejaria isso nem para o meu pior inimigo, muito menos para minha amiga mais próxima, e, mesmo que ultimamente eu esteja mais na minha, você ainda é minha amiga mais próxima.

Embora amigos contem a verdade. Contar a verdade a colocaria em perigo, mas não contar a deixa despreparada, da mesma forma que nós estávamos. *Merda.*

— E você está certa. Eu deveria falar com você. Você também perdeu o Liam. Você tem todo o direito de saber…

— *Não.* — A voz de Tairn irrompe na minha cabeça, e o vento sopra nas minhas costas um segundo antes de ele pousar atrás de mim. — *O cavaleiro de Solas.*

— Boa noite, cadete Sorrengail — diz o major Varrish diretamente à nossa esquerda, luzes mágicas se acendendo acima dele enquanto contorna as pedras onde estava esperando com seus guardas a poucos metros de distância. — Cadete Matthias. Parece que interrompi uma discussão?

Os guardas o acompanham.

Deuses. Eu quase…

— *Mas não contou* — corta Tairn.

— Senhor? — Rhiannon arregala os olhos, o olhar seguindo de mim para o vice-comandante.

— Já conhece o processo, cadete. — Ele diminui a distância entre nós e aponta para o chão. — Ou agora vai querer dizer que você também não me deve obediência?

Tairn abaixa a cabeça e emite um rosnado.

Sinto um nó na garganta se formar de apreensão e dou um passo para o lado, tirando Rhi do caminho direto de Varrish. Indignação agora não ajudaria em nada, então tiro a mochila dos ombros e a abro, esvaziando todo o conteúdo dela no chão. Então sacudo a mochila aberta para mostrar que está vazia.

— Satisfeito?

— Ainda não, mas um dia… — O sorriso dele embrulha meu estômago. — Sou um homem paciente.

O cavaleiro termina a revista, dando uma espiada na mochila só para se certificar de que eu realmente a esvaziei.

— Aproveite sua folga enquanto ainda tem direito a ela. — Varrish assente, com o sorriso ainda congelado, e os três saem do campo.

— Cuzões — murmuro, e abaixo para pegar as coisas. Rhi também me acompanha, me ajudando a refazer a mala. — Obrigada.

— Isso é *normal*?

— Sim.

Ficamos em pé quando terminamos de guardar tudo.

— *Estamos felizes por eles não terem revistado você hoje de novo?* — pergunto para Tairn.

— *Estamos.*

— Mas… por quê? — A testa dela franze em confusão. — O que está rolando? Não tem sentido isso acontecer por causa da Andarna.

— Eles nunca vão confiar completamente no sobrenome de Xaden. — E têm motivos para isso. Jogo a mochila por cima do ombro e passo os braços pelas alças. — Desculpa mesmo por ter explodido com você lá atrás. Nada justifica.

— Não precisa pedir desculpas. — Ela me lança um sorriso fraco. — Prefiro que grite comigo a ver você continuar fingindo que está tudo bem em silêncio.

Ao menos existe uma verdade que posso contar a ela:

— Não tem nada bem.

Nos anos depois da morte do meu pai, me esqueci de como era a sensação de ser amado. Então, entrei para a Divisão e me tornei o monstro que todos precisavam que eu fosse, e nunca me arrependi disso. Mas aí você disse que me amava e eu me lembrei... e também quase te perdi. Como prometi a você, estou tentando ser uma pessoa melhor, mas preciso que saiba que o monstro ainda está por aí, gritando para eu usar cada parte impiedosa de mim para ouvir aquelas mesmas palavras ditas por você outra vez.

— Correspondência recuperada do Tenente Xaden Riorson endereçada à cadete Violet Sorrengail

CAPÍTULO VINTE

O chão vem ao nosso encontro quando Tairn estende as asas, desacelerando a descida quando pousamos no campo ao lado de Samara.

— *Vamos dar um jeito* — argumenta Tairn. — *Mesmo que seja com você indo até o meu ombro e deslizando com sucesso para se empoleirar...*

Ele estremece.

Passamos a maior parte das últimas duas horas discutindo se eu deveria ou não tentar aterrissar correndo, e, se eu perguntasse a Tairn, a resposta dele seria "nunca".

— *Você não pode mudar os requisitos básicos para os cavaleiros se graduarem.* — Desafivelo os cintos da sela e estremeço com a dor no quadril que me informa que passei tempo demais na mesma posição.

— *Nunca tentei mudar* — rebate Tairn, e vira a cabeça na direção da beirada da clareira, parecendo empolgado enquanto observa o movimento no meio das árvores.

Abro um sorriso, sabendo que Sgaeyl deve estar por perto.

— *Vamos concordar que precisamos encontrar uma solução que preencha os requisitos básicos para a graduação sem quebrar todos os ossos do seu corpo* — sugere ele rapidamente.

— *Sim, de acordo.*

Eu deveria me lembrar com mais frequência de só discutir com Tairn quando ele estiver com pressa para fazer alguma outra coisa. Subo de volta na sela e desafivelo as mochilas, quase perdendo o equilíbrio na pressa.

— *Estaremos todos mortos se você cair do meu dorso e quebrar esse pescoço impaciente.*

— *Ah, tá, porque sou eu a impaciente.* — Coloco a mochila pequena nas costas e deixo as bolsas mais pesadas uma de cada lado do ombro. — *Não dá pra acreditar que você deixou alguém subir aqui para prender essas bolsas. Fico chocada com o seu controle.*

— *O líder do setor enganchou as bolsas na sela antes de eu vesti-la, naturalmente.*

— *E eu achando que você já estava mais evoluído.*

Meu joelho dói enquanto ando cuidadosamente pelas costas de Tairn, mas me esqueço de tudo isso no segundo em que baixo os escudos e sinto aquele elo sombrio enlaçar minha mente.

É contra meus instintos bloqueá-lo, mas forço meus escudos mentais a voltarem ao lugar. Depois de como as coisas terminaram no final de semana passado, não faço ideia do que esperar dele, mas Xaden certamente vai esperar que eu esteja com os escudos erguidos, não importa o quanto eu esteja brava com ele. Com as bolsas presas, deslizo pela perna de Tairn e recebo o grosso do impacto no joelho bom quando aterrisso.

— *Pode ir encontrar a Sgaeyl* — digo a Tairn, passando pelo campo de grama amassada na direção da fortaleza adiante.

— *Vou esperar você entrar, como sempre.*

— *Está perdendo tempo.*

Consigo sentir a ânsia dele em meu sangue, mas não bloqueio a sensação. Ao menos um de nós está feliz. O que vem depois do reencontro desses dois? Isso sim eu vou bloquear como se minha vida dependesse disso.

— *Então ande mais rápido* — censura ele.

Dou risada e continuo a caminhada. Deuses, essas sacolas estão *pesadas*, e estranhamente... parecem vibrar com alguma energia. Acho que essas aqui já foram imbuídas de poder.

Uma companhia da infantaria inteira marcha na minha direção vinda da entrada em arco enquanto subo pela rampa de pedra. Ah, merda, estou bem no meio do caminho.

— Cavaleira! — grita o comandante.

Antes que eu possa dar um passo para o lado, a companhia se divide ao meio e passa correndo por mim, tão perto que consigo sentir a brisa do ar que deslocam, como se eu fosse uma pedra no meio de um riacho fluido. Fico completamente imóvel para evitar qualquer impacto, sequer ousando respirar enquanto passam correndo.

Quando o último deles passa por mim, solto a respiração e continuo andando na direção da fortaleza. Um grupo de médicos atravessa o meu caminho, e, quando passam, vejo Xaden caminhando na minha direção do outro lado do pátio, o rosto indecifrável. Meu coração balança e começa a bater como um tambor, mas eu me obrigo a continuar andando.

Não sei como isso é possível, mas quero, ao mesmo tempo, montar nele e dar um chute bem dado naquelas canelas.

Um grupo de cavaleiros está no pátio atrás de Xaden, mas são apenas um borrão preto, porque não consigo desviar o olhar do dele e não enxergo nada além disso. Por mais complicada que seja nossa conexão, também é inegavelmente simples. Ele é o horizonte, e nada existe além dele.

— *Vou precisar forçar a sua mão, e sinto muito* — diz ele rapidamente enquanto se aproxima, rompendo meus escudos como se fossem feitos de renda.

— *E qual a novidade?* — Paro de andar, notando que todos entre nós saem do caminho dele.

— *Você tem mais ou menos dois segundos para decidir se quer conversar em particular hoje à noite.* — Ele está a pouco menos de quatro metros de mim.

— *Não tenho certeza se vai querer ficar sozinho comigo, considerando o que estou levando.* — Fico toda arrepiada. É a primeira coisa que ele tem a dizer para mim depois de ter ido embora daquele jeito na semana passada?

— *Faça sua escolha.*

— *Sim. É claro que quero falar com você em particular.*

— *Então mande eu te beijar. Mesmo que seja só para os outros.*

O espaço entre nós é ínfimo, e ele não diminui o passo.

— *Quê?*

— *Agora, Violet. Ou vai passar a noite dormindo no quarto de outra pessoa.*

A intensidade no olhar dele exige uma resposta imediata. Tá. Isso porque uns meses atrás ele disse que só me beijaria quando eu pedisse. Ele me alcança, uma mão deslizando pela minha nuca e a outra segurando minha cintura quando nossos corpos se encontram.

O impacto do corpo dele no meu faz todos os meus sentidos entrarem em colapso.

— *Me beija* — eu peço, mesmo que seja só para os outros.

— Senti saudades — fala ele em voz alta um segundo antes de sua boca colidir contra a minha.

— *Você me deixou falando sozinha* — acuso, mordiscando a pele macia do lábio inferior dele com os dentes.

— *A gente briga depois.* — A mão dele desliza pelo meu rosto, e ele pressiona o dedão um pouco acima do meu queixo. — *Agora me beija como se quisesse mesmo fazer isso.*

— *Já que pediu com educação...*

Retribuo o beijo, abrindo a boca de encontro à dele, e imediatamente me arrependo de cada segundo que passei *sem* beijá-lo nos últimos tempos.

Solto um gemido na primeira carícia da língua dele contra a minha, e as mãos dele se flexionam sobre a minha cintura, apertando meu corpo com mais força enquanto aprofunda nosso enlace. *Isso.* Eu só preciso de um toque dele para o mundo ao nosso redor parar de existir. Isso aqui é *tudo* o que importa. A energia zumbindo no ar ao nosso redor empalidece em comparação ao poder que inunda minhas veias, a urgência que nasce dentro de mim enquanto nós dois lutamos para ver quem controla o beijo.

Ele ganha, me consumindo, devorando cada pensamento que passa pela minha cabeça que não seja chegar mais perto. As mochilas escorregam pelos meus ombros, caindo no chão ao meu lado com um baque, e passo os braços pelo pescoço dele, arqueando-me contra Xaden. Retribuo o beijo dele como se minha vida dependesse dessa entrega que ele demonstra, inclinando a cabeça para tentar encontrar um ângulo perfeito. Xaden o encontra sem nem tentar, aprofundando o beijo, roubando um pedaço da minha alma com cada carícia e toque da língua que desliza contra a minha de forma experiente, e não consigo lutar contra isso.

Não consigo me lembrar do motivo para querer lutar contra isso.

Por que eu negaria a mim mesma o prazer explosivo que é beijar Xaden? Este é o momento em que nós dois fazemos sentido. Quando nada mais importa a não ser a sensação dos lábios dele, o toque de sua língua atrás dos meus dentes, o tesão que incendeia meu corpo e que sei que só ele pode saciar por completo. Meu coração salta em galope e meu corpo flutua enquanto deslizo a mão pelo cabelo macio dele.

Leveza. Ele me faz sentir completa e totalmente leve, como se fosse possível voar apenas com aquela sensação.

Deuses, como eu o *desejo*. Desse jeitinho. Só nós dois.

— *Violet.* — Ouço o grunhido mental enquanto a boca de Xaden reivindica a minha por completo.

— Ah, puta que pariu. — Uma voz familiar invade aquele meu paraíso particular, e é aí que eu me lembro.

Estamos fazendo isso só para os outros verem, e aqui estou eu, me perdendo por completo no beijo. No meio do pátio. Na frente de só deuses sabem quem. E aquele sentimento leve? É porque estou ancorada no peito dele por uma de suas mãos fortes, e meus pés balançam no ar.

— *Será que os outros gostaram do show?* — Eu me afasto lentamente, arrastando os dentes pelo seu lábio inferior antes de soltá-lo.

— *Fodam-se os outros.*

Os olhos dele ardem com o mesmo calor que me faz querer entrar em combustão. Pelo menos sei que não sou a única perdendo o controle. Conheço aquele olhar. Ele está com tanto tesão quanto eu.

Ele me beija outra vez, perdendo aquela sutileza controlada e decidindo por fazer uma exigência indomada, e eu me *derreto*.

— Coloque minha irmã no chão, Riorson. Eu já entendi.

Aquela voz familiar...

Viro a cabeça para a direita, interrompendo o beijo.

— Mira? — eu pergunto.

Ela tamborila os dedos nos braços cruzados, mas a expressão severa dela (que se parece, de um jeito meio bizarro, com a da nossa mãe) não dura mais do que um segundo antes de sua boca formar um sorriso.

— É bom te ver, Vi.

— O que está fazendo aqui?

Abro um sorriso enquanto Xaden me coloca no chão e depois pulo por cima das sacolas caídas para abraçar minha irmã.

— Desde ontem, esse é meu novo posto. — Ela me abraça com força, como sempre faz, e depois me afasta pelos ombros para a inspeção costumeira à procura de ferimentos mortais.

— Eu estou bem — eu lhe asseguro.

— Certeza? — As mãos dela passam para a minha cabeça, e então ela fica na ponta dos pés para olhar para mim. — Porque acho que você deve ter batido a cabeça com força para se envolver com esse aí.

Pisco, aturdida. O que devo responder a isso?

— *Entre no jogo ou vai passar a noite no quarto dela em vez do meu* — informa Xaden. — *Ela foi bastante inflexível.*

— Pois é, então...

Merda, eu realmente não quero mentir para minha irmã mais do que o necessário.

— Vou levar suas malas para o meu quarto — diz Xaden, me ajudando a tirar a mochila e pegando as duas sacolas que larguei no chão.

— Obrigada — digo, por hábito.

Ele se inclina e deposita um beijo na minha testa.

— Estou em serviço ativo hoje.

— Não — sussurro, meu estômago embrulhado de decepção. Não vai sobrar muito tempo para conversarmos, e provavelmente é por esse motivo que ele está fazendo tudo isso. — *Acho que a gente não vai brigar se não conversar.*

— *Vamos ter tempo depois* — promete ele. — Divirta-se com a sua irmã. Vejo você à noite.

Ele afasta para trás da orelha uma mecha do meu cabelo, solta pelo voo, passando os nós dos dedos gentilmente pela minha bochecha.

— Tudo bem — respondo.

Se isso não fosse só atuação para os outros, eu teria derretido até virar uma poça. Enxergar aquele calor nos olhos dele quando encontram os meus por um segundo? Sinto meu corpo aquecer de imediato, apesar do ar frio da montanha.

— Não deixa ela botar fogo em nada — diz ele por cima do ombro para Mira enquanto se afasta, encaminhando-se para o corredor perto da escadaria sudoeste.

Bufo, irritada, mas isso não me impede de ficar olhando enquanto ele vai embora.

— *Erga seus escudos.*

— *Não é como se fossem muito úteis contra você.*

— *Eu já disse que é mais difícil me bloquear* — responde ele. — *Mas fique com eles todos erguidos. Não é comigo que você precisa se preocupar.*

— Ele… está levando suas malas para o quarto dele para você — comenta Mira lentamente, colocando-se ao meu lado enquanto observa Xaden se afastar e olhando para mim de soslaio.

— Está mesmo.

Aceno que sim. Será que está de verdade? A dor em meu peito fica amarga. Talvez ele esteja levando duas daquelas malas para serem despachadas e me deixando com Mira para me distrair. Odeio o fato de que não posso confiar nele, de que ele não pode confiar em mim e de que estamos nesse impasse.

— Puta merda — murmura Mira.

— Que foi? — digo, soltando um suspiro enquanto ele desaparece prédio adentro.

— Você não tá só transando com ele, né? Está se apaixonando por ele.

Ela me encara como se eu tivesse perdido a cabeça.

Eu me viro para encará-la, e, apesar de saber que deveria, não consigo mentir para ela. Não sobre isso.

— Não exatamente.

— Quem você acha que está enganando? Vocês estavam se atracando e agora você tá aí olhando na direção dele com esses olhões grandes que estão praticamente pingando… — Ela gesticula para meu rosto, o nariz franzindo como se estivesse sentindo um cheiro ruim. — O que tá rolando? Desejo? Paixão?

Reviro os olhos.

— Amor? — Ela fala a palavra como se fosse um veneno, e algo no meu rosto deve me denunciar, porque o desgosto se transforma em choque. — Ah, não. Você não está apaixonada por ele, está?

— Não dá pra você saber disso só de olhar para mim — rebato, endireitando as costas.

— Credo. É melhor a gente ir jogar umas facas em alguma coisa.

***

B*rennan está vivo. Brennan está vivo. Brennan. Está. Vivo.* É tudo em que consigo pensar enquanto esvaziamos nossas bainhas nos alvos de madeira que estão nos fundos do ginásio de luta pequeno, do lado norte e no primeiro andar do entreposto. É muito diferente do fosso na ala sul da fortaleza – onde encontrei Xaden lutando quando vim até aqui pela primeira vez.

Guardar segredo de Rhiannon faz eu me sentir uma merda, mas não falar para Mira que Brennan está vivo talvez me torne a pior pessoa do Continente.

— Eu sou a última pessoa que vai julgar com quem você transa… — começa Mira.

— Então não começa.

Viro minha penúltima adaga, pegando-a pela ponta, e a atiro, atingindo o pescoço do alvo.

— Para além do regulamento, porque, sim, o que você tá fazendo é fraternizar com um *oficial* — ela fala, atirando a próxima adaga sem nem olhar e atingindo o alvo no meio do peito —, só estou falando que, se as coisas derem errado, vocês estão presos um com o outro pelo resto das carreiras de vocês.

— Isso porque você não tá julgando.

Atiro minha última adaga, atingindo o alvo *dela* no pescoço.

— Tá, talvez eu esteja. — Ela dá de ombros, e caminhamos até os alvos. — Mas você é minha única irmã. Deixa eu me preocupar com você.

Só que eu não sou. Ela e Brennan eram inseparáveis quando crianças. Se uma de nós duas deveria saber que ele está vivo e saudável, é Mira.

— Você não precisa se preocupar comigo. — Arranco as adagas uma por uma da madeira, embainhando-as de volta nas coxas e nas costelas.

— Você é uma aluna do segundo ano. Claro que eu vou me preocupar. — Ela recupera as próprias adagas e olha por cima do ombro para um par de cavaleiros que treina atrás de nós. — Como estão as aulas de ASC? — pergunta, baixando a voz.

— Perdemos um cavaleiro no primeiro exercício. O dos dois mapas?

— É, esse é arrombado pra cacete. — Ela pressiona os lábios com força. — Mas não era disso que eu queria saber.

— Você está preocupada com a parte do interrogatório — chuto, embainhando a décima primeira adaga nas costelas.

— Vão te bater até você ficar roxa só pra ver se você aguenta. — Ela pega minha adaga do alvo dela. — E essa sua facilidade pra quebrar ossos…

— Eu consigo lidar com a dor. — Eu me viro na direção dela. — Eu vivo com dor. Eu praticamente construí uma casa na minha dor, um mundo com economia própria. Vou aguentar o que quer que façam comigo.

— Depois dos Jogos de Guerra, ASC é o maior motivo das mortes dos alunos do segundo ano — admite ela, baixinho. — E eles pegam um ou dois esquadrões por vez para fazer os exercícios, então não dá pra perceber o aumento nas mortes, mas ele existe. Se você não cede, eles podem acabar te torturando até a morte por acidente, e, se você fraquejar, matam você por ter fraquejado.

Ela abaixa o olhar para a minha adaga, parecendo preocupada.

— Vão ser uns dias ruins, mas vou ficar bem. Aguentei firme até agora.

Quebrar ossos é uma coisa que me acontece em dias comuns.

— E desde quando você usa adagas týrricas? — Ela pergunta, erguendo a minha para examinar o cabo preto com a runa decorativa no pomo. — Não vejo runas assim… já faz tempo.

— Xaden me deu.

— Deu? — Ela me entrega.

— Ganhei dele em uma luta no ano passado. — Embainho a última nas costelas ao lado das outras, e ela ergue uma sobrancelha de maneira cética, soltando uma risadinha. — Tá, tudo bem, ele praticamente me deu de presente.

— Hm. — Ela inclina a cabeça para o lado e me examina, vendo mais em mim do que eu gostaria que visse, como sempre. — Parecem customizadas.

— É porque são. São mais difíceis de tirar da minha mão do que as de tamanho tradicional, além de não serem tão pesadas.

Ela não desvia o olhar enquanto voltamos para a linha demarcada para atirar.

— Que foi? — Sinto as bochechas esquentarem. — Ele tem muito interesse em me manter viva. Sei que você não gosta dele. Sei que não confia nele…

— Ele é um Riorson — interrompe ela. — Você também não deveria confiar nele.

— Não confio. — Desvio o olhar depois dessa confissão sussurrada.

— Mas está apaixonada por ele. — Ela dá um suspiro frustrado, atirando uma adaga. — Isso é meio… sei lá, nem sei, mas não acho que seja muito saudável.

— É o jeito como a gente funciona — murmuro, e decido mudar de assunto. — Mas, enfim, por que mandaram você pra cá? — Escolho um lugar no alvo na parte superior do abdome e acerto. — Samara está sob as égides e você é tipo um escudo ambulante. Parece desperdiçar o seu sinete.

Ela é um *escudo*.

Por que eu não pensei em perguntar a ela sobre as égides antes? Talvez a resposta não esteja em um livro. Talvez esteja em Mira. Afinal, o sinete dela é a habilidade de estender as égides, de puxar as proteções com ela mesmo quando não deveriam poder se esticar mais.

Ela olha por cima do ombro para a dupla, que ainda luta.

— Acho que estão preocupados com os ataques por aqui, porque este entreposto tem um dos maiores suprimentos de poder para as égides. Se este lugar cair, uma porção gigantesca da fronteira vai ficar vulnerável.

— Então eles pensaram nos entrepostos alinhados, tipo dominó? — Atiro outra adaga, estremecendo quando percebo que não fui tão cuidadosa com o meu joelho dolorido.

— Não é bem isso. O que você sabe sobre o assunto? — Ela atira outra adaga sem olhar, acertando o alvo certinho.

— Exibida — murmuro. — Tem *alguma coisa* na qual você não é boa?

— Venenos — responde ela, atirando outra adaga no alvo. — Nunca tive aptidão igual a você e Brennan. Ou talvez eu só nunca tenha tido a paciência necessária para ficar sentada lá ouvindo as aulas do papai. Agora me diz o que você sabe sobre as égides. — Ela me olha de soslaio. — Tecer égides é matéria do terceiro ano, e o resto é tudo confidencial.

— Ah, eu li um pouco sobre o assunto. — Dou de ombros e imploro a Zihnal que esse gesto tenha parecido desinteressado. — Sei que elas se originam da pedra de égide no vale por causa dos ninhos que ficam lá e que são potencializadas com uma fonte de poder nos entrepostos das fronteiras para expandir a distância natural nos lugares e manter uma defesa forte.

Tudo isso é de conhecimento público, ou ao menos é fácil de encontrar fazendo uma pesquisa.

Ela atira outra adaga.

— Elas foram tecidas no chão por aqui — diz ela, baixinho, enquanto o par atrás de nós continua sua luta. — Pense nisso como se fosse um guarda-chuva. A pedra de égide funciona como se fosse a haste, e as égides são uma cúpula em cima de Navarre. — Ela faz um gesto com a mão para se expressar. — Mas, assim como as varetas de um guarda-chuva são mais fortes perto da haste, quando as égides chegam no chão, estão fracas demais para fazer alguma coisa sem um reforço.

— Que é providenciado pela liga metálica — sussurro. Meu coração começa a bater mais forte.

— E pelos dragões. — Ela assente, duas linhas aparecendo entre suas sobrancelhas. — Você sabe sobre a liga? Ensinam isso agora? Ou foi o papai…

— É a liga metálica guardada nos entrepostos que estende as varetas do guarda-chuva ainda mais — continuo, virando a adaga na minha mão só por memória muscular. — E isso estende a proteção das égides duas vezes mais longe do que chegariam em alguns lugares, né?

— É isso mesmo.

— E do que ela é feita?

— Isso definitivamente está acima do seu nível de autorização. — Ela bufa.

— Tudo bem. — Dói um pouco saber que ela não vai me contar. — Mas como você tece *novas* égides? Tipo, se quiséssemos proteger lugares como Athebyne?

Fico jogando a adaga no ar. Vira. Vira. Vira. Espero que ela ache que esse gesto é casual.

— Não dá. — Ela balança a cabeça. — Só dá pra tecer extensões. É tipo aumentar o tamanho de uma tapeçaria que já foi esticada além da conta. Só dá pra adicionar fios em algo que já existe, não dá para estender as égides até Athebyne. Já tentamos. Mas quem foi que falou para você…

— É assim que o seu sinete funciona? — Paro de virar a adaga. — Você é basicamente uma égide, certo?

— Não exatamente. Eu meio que levo as égides comigo. Às vezes consigo manifestar uma sozinha, mas preciso estar perto de um entreposto. Como se eu fosse mais um fio. O que deu em você, hein?

Ela atira outra adaga e acerta bem no alvo.

— Você sabe como as pedras de égide funcionam? — pergunto, abaixando a voz até um sussurro.

— Não. — Os olhos dela ficam arregalados. — Não para de atirar, senão uns ouvidos curiosos podem te escutar.

Atiro outra adaga, obediente.

— Essa informação está muito acima da minha patente. Da *sua* também — ela diz. A adaga seguinte de Mira para exatamente ao lado da primeira. — Por que está querendo saber disso?

— Só de curiosidade.

— Então pode parar. Essa informação é confidencial por um motivo. — Ela vira o pulso, atirando outra adaga no alvo. — As únicas pessoas que sabem são as que precisam saber, assim como todas as outras informações confidenciais.

— Entendi.

Forço um sorriso, atirando a adaga seguinte com mais força do que o necessário. Hora de mudar de assunto. Talvez ela saiba, talvez não saiba, mas definitivamente não vai me contar.

— Falando em confidencial, você estava em alguma das missões para contabilizar os danos naquelas cidades em Poromiel? — Ergo as mãos quando ela me encara boquiaberta. — Contaram isso para a gente em Preparo de Batalha. Não é mais segredo.

— Não — responde ela. — Mas vi uma das legiões que estavam voando quando eu e Teine estávamos em patrulha.

Meu estômago embrulha.

— Conhece alguém que estava em uma dessas missões?

— Não. — Outra adaga, outro acerto. — Mas li os relatórios. Repassaram eles pra vocês?

Balanço a cabeça.

— E você confia nos relatórios?

A pergunta não sai em um tom tão casual quanto eu gostaria.

— Claro que confio. — Ela me encara, procurando uma resposta em meu rosto que não posso dar. — Por que eu não confiaria? Por que *você* não confiaria?

As mãos dela fazem um gesto rápido, empurrando para fora, e o barulho do par lutando atrás de nós desaparece. É um escudo de som, assim como o que ela usou em Montserrat. É uma magia menor, mas ainda assim complicada o bastante para eu não conseguir fazer.

— Eu quero saber o que tá rolando com você. *Agora.*

Fui parar numa batalha com dominadores sombrios, perdi um dos meus amigos mais próximos, lutei contra uma venin nas costas do meu dragão e aí fui regenerada pelo nosso irmão, que não está nem um pouco morto.

— Nada — respondo.

Ela me lança um *olhar*. Aquele que sempre soltava minha língua quando éramos crianças.

Fico balançada. Se eu pudesse contar tudo o que sei para uma única pessoa no Continente, seria Mira.

— Só acho estranho que você não conheça ninguém das missões de Poromiel. Você conhece *todo mundo*. E como sabe que o que você viu era uma das legiões da tarefa de reconhecimento? — pergunto.

— Porque tinha mais de uma dúzia de dragões ao sul, do outro lado da fronteira. O que mais poderia ter sido, Violet? — Ela me lança um olhar cético.

Pronto. Essa é a abertura para contar a verdade a ela. A chance de trazê-la para o nosso lado, para que lute do lado certo desse conflito, para que possa ver nosso irmão. Wyvern. Ela viu *wyvern*. Só que não é só a minha vida que estou arriscando ao contar isso. Meu coração aperta, mas é o que preciso fazer.

Xaden jamais entenderia. Ele não tem irmã.

— Sei lá — sussurro. — E se o que você viu forem wyvern?

Pronto. Falei. Mais ou menos.

Ela pisca e afasta a cabeça.

— Quê?

— E se o que você viu foram wyvern? E se forem eles que estão destruindo as cidades em Poromiel, já que nós duas sabemos que não são os dragões? — Minha mão aperta o cabo da minha última adaga. — E se lá fora estiver acontecendo toda uma guerra que nós não conhecemos?

Ela abaixa os ombros, o rosto cheio de empatia.

— Você precisa passar menos tempo lendo aquelas fábulas, Vi. Conseguiu descansar depois daquele ataque de grifos? Porque parece que não anda dormindo muito. — A preocupação no tom dela me quebra como nada mais poderia. — E sei que é difícil ver um combate pela primeira vez, ainda mais sendo aluna do primeiro ano, mas se você não estiver dormindo bem e mostrar que é forte e resiliente… Cavaleiros precisam ser firmes, Violet. Entende o que estou dizendo?

É claro que ela não acredita em mim. Eu também não acreditaria. Só que ela é a única pessoa no mundo que me ama incondicionalmente, sem nenhuma exceção. Brennan me fez acreditar que estava morto (e ainda estaria me fazendo acreditar nisso). Mamãe só me vê como um risco. E Xaden? Não vou nem tentar entrar nesse assunto.

— Não. — Balanço a cabeça lentamente. — Não, eu não estou dormindo bem.

É só uma desculpa, mas é o caminho que decido trilhar. Sinto algo pesado dentro do peito.

Ela suspira, e o alívio em seus olhos ameniza o peso dos meus.

— Tá explicado, então. Posso recomendar uns chás muito bons que podem ajudar. Vem, vamos pegar essas adagas e aí você vai pra cama. Você fez um voo longo, e de qualquer forma preciso voltar para o trabalho em algumas horas.

Ela me leva até os alvos e retiramos nossas adagas outra vez.

— Você está na mesma função que Xaden? — pergunto para preencher o silêncio enquanto arrancamos as lâminas da madeira.

— Não. Ele está no centro de operações, algo que está…

— Acima da minha autorização, eu sei.

— Eu estou num voo de patrulha. — Ela coloca um braço ao redor dos meus ombros. — Não se preocupa. Vamos passar um tempo juntas quando você voltar aqui. Vai vir a cada duas semanas, né?

— Isso mesmo.

***

O céu já está escuro quando Xaden desliza para debaixo dos lençóis sem camisa, e o movimento me acorda de uma tentativa aflitiva de dormir. A luz do luar entra pela janela numa nesga que permite que eu veja as linhas bonitas e duras do rosto dele quando se vira na minha direção, nós dois deitados de lado. Ilumina o bastante para que veja a cicatriz prateada acima do coração dele, que de alguma forma não notei no fosso de luta. Ele se machucou em Resson?

— Você está acordada. — Ele se ergue sobre o cotovelo, apoiando a cabeça na mão.

— Eu não tenho dormido muito bem esses tempos. — Puxo a manta de verão para cima do ombro como se ele já não tivesse me visto com muito menos do que a camisola que estou usando. — E não estou com vontade de brigar esta noite.

— Então não vamos brigar.

— Como se fosse fácil assim. — Até mesmo meu sarcasmo soa exausto.

— Mas é mesmo, se for isso que decidirmos. — O olhar dele percorre meu rosto, suavizando-se a cada segundo.

— Que horas são?

— Passou um pouco da meia-noite. Queria ter voltado mais cedo para falar com você, mas tivemos um acidente…

— Mira! — exclamo, me levantando na cama, o medo profundo.

— Ela está bem. Está tudo bem. Foram só alguns civis que estavam tentando atravessar a fronteira, e a infantaria… não ficou muito contente com isso.

— *Contente*?

— Mataram todos — admite ele, baixinho. — Acontece o tempo todo por aqui. Só não chega em Basgiath. Vem cá, deita de novo. — A sugestão é gentil. — Mira está bem.

Nós matamos *civis*? Essa informação vai direto para a caixinha proibida.

— Quase contei para ela hoje — sussurro a confissão quando abaixo a cabeça no travesseiro, mesmo sabendo que ninguém pode nos ouvir aqui. — Por mais raiva que eu sinta, você está certo de não confiar em mim, porque quase contei tudo. Até dei uma dica, esperando que ela sacasse. — Uma risada amarga escapa dos meus lábios. — Eu quero que ela saiba. Quero que veja Brennan. Quero que ela esteja do nosso lado. Eu só…

Minha garganta ameaça se fechar.

Xaden estica a mão e segura meu rosto. Não existe repreensão no olhar dele, ou sequer julgamento, apesar de ter dado a ele um motivo para me afastar pelo resto de nossas vidas. O silêncio dele, a aceitação resignada que vejo em seus olhos, me motiva a continuar falando.

— Eu tô sentindo… um peso — admito. — Não tenho mais ninguém que saiba quem eu sou agora. O cara que eu considerava ser meu melhor amigo quase nos matou. Estou guardando segredos de Rhiannon, da minha irmã, de… você. Não existe uma pessoa no mundo com quem eu esteja sendo completamente honesta.

— Eu também não facilitei em nada para que você confiasse em mim — responde ele, acariciando minha bochecha com o dedão. — Ainda não estou facilitando. Mas eu e você não somos pessoas *fáceis*. O que construirmos juntos precisa ser forte o bastante para aguentar uma tempestade. Ou uma guerra. Coisas *fáceis* não vão trazer o que a gente precisa.

O que construirmos juntos. As palavras fazem meu coração insensato ficar apertado.

— Eu deveria ter te contado que estava pesquisando sobre as égides. — Coloco a mão na pele quente do braço dele. — Eu sabia que você ia dizer para eu não fazer isso, e provavelmente eu faria mesmo assim, mas não queria contar principalmente porque…

Não consigo nem pronunciar as palavras.

— Porque eu também não te conto tudo. — O dedo dele continua a me acariciar. — Você quis fazer isso de propósito. Guardou um segredo porque eu me recusei a compartilhar todos os meus.

Aceno que sim.

— Você pode guardar segredos. Esse é o ponto. Eu preferiria que esses segredos não arriscassem tudo em que venho trabalhando durante os últimos anos, ou a sua vida. E tudo bem, ainda não estou feliz com o negócio da escriba, mas a gente não quer brigar hoje. Só preciso saber das coisas importantes. Eu não guardaria uma informação que poderia mudar o jeito como você toma suas decisões, e só peço o mesmo de você.

O dedão dele continua a traçar aquele mesmo padrão preguiçoso que me tranquiliza.

Não quero que tenhamos segredos, mas ele já deixou claro que isso não vai mudar. Talvez seja hora de mudar de estratégia.

— Por quanto tempo você vai ficar estocando armas?

Um canto da boca dele se levanta.

— Vou encontrar uma revoada só daqui a algumas semanas.

Puta merda, funcionou.

— Você respondeu — digo.

— Respondi. — Ele sorri, e uma dor acorda no meu peito. — Como foi com o Varrish?

— Tairn quase arrancou a cabeça de Solas, o que funcionou para Andarna não precisar comparecer às manobras, mas talvez me cause problemas maiores no futuro.

Um sorriso pequeno se espalha pelo meu rosto. Olha só: estamos tendo uma conversa sem brigar.

— Vamos ficar de olho nisso. Estou um pouco preocupado que talvez eu mate Varrish se ele te esgotar a ponto de chamuscar outra vez.

Percebo, pelo tom de sua voz, que ele não está brincando e é capaz de fazer isso de verdade.

— Qual é a do livro de tecer nós que você me deixou depois da graduação? — mudo de assunto, balançando a cabeça de leve. — E o tecido? Você acha que eu vou começar a curtir essa onda de trabalhos manuais assim de repente?

— Só achei que talvez quisesse manter as mãos ocupadas. — Ele dá de ombros com um ombro só, mas a faísca astuta que vejo em seu olhar me informa de que existe algo além disso.

— Para elas não irem passear pelo corpo de outros cadetes?

— Só achei que você talvez fosse gostar de explorar um aspecto da cultura týrrica. Eu consigo fazer todos os nós daquele livro. — Ele me lança um sorriso. — Vai ser divertido competir com você.

— Em ficar fazendo nós?

Será que ele caiu de Sgaeyl recentemente e bateu a cabeça?

— Chama-se cultura, Violência. — Ele desliza a mão até minha nuca, e seu olhar fica sério. — Você tem tido pesadelos com Resson? É por isso que não consegue dormir?

Aceno com a cabeça.

— Sonho de um milhão de jeitos diferentes que poderíamos ter perdido. Às vezes, no meu sonho, quem morre é Imogen, ou Garrick... ou você.

Este último sonho é um que torna impossível voltar a dormir, quando o Mestre dos venin arranca Xaden de mim.

— Vem cá — pede ele, e passa as mãos pela minha cintura, rolando meu corpo de lado para ficar perto dele.

Minhas costas se acomodam contra o peito dele enquanto ele me puxa para me aninhar. Deuses, ele não me segura assim desde a noite em que destruímos meu quarto. O calor irradia por cada centímetro da minha pele exposta, afastando o frio dos meus ossos. A dor no meu peito parece aumentar.

— Me diz alguma coisa que seja verdade. — Isso sai como um apelo, assim como no ano passado.

Ele suspira, curvando-se para perto de mim.

— Eu te conheço, Violet. Mesmo quando esconde coisas de mim, eu conheço *você* — promete ele.

E eu o conheço bem o bastante para isso ser um risco real durante o interrogatório da aula de ASC, quando chegar a hora.

— Ainda não sou forte o bastante para me proteger de você com o escudo — digo.

Neste instante, com os braços de Xaden na minha cintura, não sei se quero me proteger dele.

— Não sou um bom parâmetro para as suas habilidades — responde ele contra a pele nua do meu ombro, e um calafrio gostoso me percorre. — O dia em que você conseguir me bloquear por completo e com sucesso vai ser o dia em que eu estiver morto. O dia em que nós dois estivermos mortos. Eu também não consigo te bloquear, e é por isso que você me encontrou no subsolo mesmo com os escudos erguidos. Talvez não consiga invadir meus escudos, mas sabe que estou ali. Funciona do mesmo jeito com Tairn e Andarna, cujas emoções você consegue abafar, mas não os trancar para fora para sempre.

Minha respiração fica ofegante.

— Então talvez eu consiga ficar forte a ponto de bloquear Dain?

— É, se você estiver com os escudos erguidos o tempo todo.

— Do que é feita a liga metálica? — pergunto, inebriada ao saber que posso manter Dain longe de mim.

— Uma combinação de talládio, alguns outros minérios e cascas de ovo de dragão.

Pisco, surpresa tanto com a resposta quanto com o fato de que ele tenha me contado.

— *Cascas de ovo* de dragão?

Nossa, que coisa mais… estranha.

— São metálicas, e guardam magia mesmo bem depois de os dragões terem chocado os ovos. — Os lábios dele roçam minha nuca e ele respira fundo e depois suspira. — Agora vá dormir antes que eu me esqueça de todas as minhas intenções nobres.

— Eu poderia lembrar você de algumas coisas bem divertidas e nada nobres. — Inclino meu corpo contra o dele e ele joga a perna por cima da minha, me prendendo no lugar.

— Quer me falar aquelas três palavrinhas?

Eu fico rígida.

— Achei mesmo que não fosse querer. Agora vê se dorme, Violet. — Os braços dele me apertam mais, e ele sussurra: — Você me ama.

— Pare de me lembrar dessa informação. Achei que tivéssemos concordado em não brigar hoje.

Eu me aconchego mais, o calor dele me levando para aquele espaço intermediário entre estar acordada e o transe.

— Talvez não seja você que precise desse lembrete.

A Migração do Primeiro Ano é uma das culminações das conquistas da unificação de Navarre. Uma celebração digna do espírito da humanidade, deixando uma vida de guerra para trás para entrar em uma era de paz, mesclando pessoas, idiomas e cultura de todas as regiões do continente, formando uma sociedade coesa e unificada, cujo único objetivo é garantir a segurança mútua.

— Navarre, uma história completa,
por coronel Lewis Markham

CAPÍTULO VINTE E UM

Talvez os desmontes em rolamento ainda sejam a minha ruína.

A quinta-feira de manhã começa com o meu braço em uma tipoia, preso contra as costelas por uma faixa, e com o ombro imobilizado, graças às manobras de ontem. No fim, Tairn estava certo, e, apesar de eu ser capaz de alcançar o ombro dele, meu corpo não recebe bem o impacto da queda. Dessa vez, nós dois concordamos: vamos precisar de adaptações antes da graduação.

— Como está hoje? — pergunta Rhiannon enquanto andamos até a aula de história que dividimos com a Terceira Asa no segundo andar.

— Como se Tairn tivesse me largado e eu só tivesse tentado continuar voando — respondo. — Não é a primeira vez que distendi um músculo. Os médicos disseram que vou ficar quatro semanas com a tipoia. Vou ficar umas duas. E olhe lá.

Vou ser a primeira no quadro de desafios depois da Ceifa se ficar mais tempo que isso.

— Você deveria pedir ao Nolon… — começa Ridoc, mas para quando vê a expressão no meu rosto. — Que foi? Agora vai me dizer que o Varrish não deixa você ser regenerada.

— Não que eu saiba — respondo, e nos acomodamos em nossos assentos. — Coloquei meu nome na lista do Nolon, mas fui informada de que ele provavelmente não teria uma abertura na agenda antes de sarar naturalmente.

Rhi me lança um olhar de eu-te-disse, mas só balanço a cabeça rapidamente. Não estamos num bom lugar para explorar as teorias da conspiração dela, mesmo que esteja começando a parecer, cada vez mais, que elas contêm um fragmento de verdade. Nunca conheci nenhum regenerador cuja lista de espera fosse de *um mês*.

Quintas-feiras são meu segundo dia favorito da semana. Não temos manobras, nem aula de ASC ou de física. Deposito o livro didático pesado e as anotações que fiz sobre a leitura de hoje, que funcionou mais como revisão de matéria para mim. Não tive nada nessa aula que já não tivesse estudado com meu pai ou com Markham (ou que agora tenha dificuldade para acreditar que seja verdade).

Depois, pego algumas faixas de tecido azul-claro que Xaden me deixou e deposito sobre o colo. Já consegui completar dois dos nós do livro, e estou determinada a conseguir mais dois antes que ele chegue aqui no sábado. É uma competição meio ridícula, mas isso não quer dizer que eu esteja disposta a perder. Nem mesmo a tipoia vai me impedir.

— Quem será que está aqui para dar a aula? — pergunta Sawyer, passando por cima das costas da cadeira atrás de nós e se sentando à minha esquerda, ao lado de Ridoc. — Vi quase toda a liderança correndo para o campo de voo.

Meu coração quase para por um minuto.

— Quê?

Só um ataque dos grandes deixaria Basgiath sem alguém da liderança. Eu me viro na cadeira para olhar para a janela atrás de nós, mas a visão do pátio não oferece respostas.

— Estavam todos correndo. — Sawyer faz um gesto com dois dedos dando passos acelerados. — É só isso que eu sei.

— Bom dia. — A professora Devera entra na sala, o sorriso apertado enquanto passa por três fileiras de carteiras para chegar à frente da sala. — Vou substituir o professor Levini hoje. Ele foi convocado devido a um ataque na Asa Leste. — Ela dá uma espiada rápida na escrivaninha atulhada de coisas e pega o livro que está mais em cima. — Vão saber mais sobre isso em Preparo de Batalha amanhã, mas até agora só tivemos uma morte. — A garganta dela sobe e desce antes de tirar o olhar do livro. — Masen Sanborn. Talvez alguns de vocês o conhecessem, já que ele havia se formado recentemente.

Masen. Ah, meus deuses, *não*. O rosto dele passa pela minha mente, sorrindo enquanto ajeita os óculos no rosto. Poderia ser só coincidência.

Não existe motivo lógico para um ataque ser usado para acobertar uma única morte... né?

— A não ser que eles o tenham assassinado *durante* o ataque — murmuro baixinho.

Nós nem éramos amigos. Eu não o conhecia assim tão bem, mas, entre os dez de nós que voaram para Resson, agora apenas seis estão vivos.

— Quê? — Rhi se inclina para mais perto. — Violet?

Pisco rapidamente, segurando o tecido no colo.

— Não foi nada.

Rhi baixa as sobrancelhas, mas volta a se endireitar na cadeira.

— Estou vendo aqui que ele estava discutindo a segunda incursão cygnisense do ano de 328. — Devera esfrega a nuca. — Mas eu sinceramente não faço ideia de como isso tem qualquer aplicação prática na vida real.

— Você e todo mundo, então — comenta Ridoc, batendo com a caneta no livro, e todos ali perto dão uma risadinha.

— Mas só para dizer que cumprimos a tarefa — continua Devera, passando a mão na cicatriz apagada contra a pele marrom-escura do braço. — Todo mundo deveria saber que o resultado desse chilique de quatro dias foi que Cygnisen foi anexada pelo Reino de Poromiel, onde tem estado pelos últimos trezentos anos. A história e os acontecimentos atuais estão conectados porque uma coisa influencia a outra. — Ela olha para o mapa na parede, que tem cerca de um quinto do tamanho daquele exibido na sala de Preparo de Batalha. — Alguém pode me dizer as diferenças entre as províncias de Poromiel e as nossas?

A sala fica em silêncio.

— Isso é importante, cadetes. — Devera anda até a frente da escrivaninha do professor Levini e se inclina contra ela. Quando ninguém responde, ela me lança um olhar significativo.

— As províncias de Poromiel mantiveram as identidades culturais próprias — respondo. — Uma pessoa de Cygnisen provavelmente se descreverá como cygnisense antes de dizer que é poromielesa. Ao contrário das nossas províncias, que se unificaram sob a proteção das primeiras égides e que escolheram um idioma comum e misturaram a cultura de todas as seis províncias para se tornar um único reino coeso.

É praticamente uma passagem recitada do livro de Markham.

— Tirando Tyrrendor — aponta alguém do lado esquerdo da sala. Terceira Asa. — Eles nunca entenderam o que "unificado" significa.

Meu estômago embrulha. *Babaca.*

— Não. — Devera aponta para o cara. — Não tolerarei esse tipo de comentário aqui. São comentários desse tipo que ameaçam a união de Navarre. Agora, Sorrengail levantou um ponto interessante do debate que alguns de vocês talvez não tenham percebido. Navarre escolheu um idioma comum, mas para quem era comum primeiro?

Ela pede que alguém do Setor Cauda responda.

— As províncias de Calldyr, Deaconshire e Elsum — responde a moça.

— Correto. — O olhar de Devera percorre todos nós assim como fazia em Preparo de Batalha, quando ela espera que não apenas pensemos em respostas, mas também façamos perguntas. — O que isso significa?

— Que as províncias de Luceras, Morraine e Tyrrendor perderam os próprios idiomas — responde Sawyer, remexendo-se em seu assento. Ele é de Luceras, de um lugar extremamente frio na costa noroeste. — Tecnicamente *desistiram* de seus idiomas por vontade própria pelo bem da Unificação, mas, fora algumas palavras aqui e ali que foram assimiladas, são línguas mortas.

— Correto. Sempre existe um custo — atesta Devera, enunciando cada palavra. — Isso não significa que o preço não compense, mas não estar ciente do custo para viver sob a proteção das égides é um dos motivos que deram início a uma rebelião. Agora me digam quais outros custos podem ter existido. — Ela cruza os braços e aguarda. — Vamos lá, gente. Não estou falando para cometerem alta traição. Estou pedindo fatos históricos em uma aula de história para cavaleiros do segundo ano. O que mais foi sacrificado para que a Unificação acontecesse?

— Viagens — alguém responde do Setor Garra. — Estamos seguros aqui, mas não somos bem-vindos para além de nossas fronteiras.

E ninguém é bem-vindo para entrar nas nossas.

— Um ótimo argumento — assente Devera. — Navarre pode ser o maior reino do Continente, mas não somos o único. E nós também não viajamos mais para as ilhas. O que mais, além disso?

— Perdemos partes imensas da nossa cultura — diz uma garota com uma relíquia da rebelião no braço duas fileiras à minha frente. Setor Cauda, acho. — Não só nosso idioma. Nossas músicas, nossos festivais, nossas bibliotecas… tudo que havia sido escrito em týrrico precisou ser mudado. A única coisa que mantivemos foram as runas, porque estão presentes demais em nossa arquitetura para justificar uma mudança.

Tipo as runas das minhas adagas. Aquelas nas colunas do templo em Aretia. As que estou tecendo no meu colo.

— Isso. — De alguma forma, Devera faz com que a palavra soe brusca e cheia de empatia ao mesmo tempo. — Não sou historiadora. Sou estrategista, mas nem consigo imaginar a quantidade de coisas que perdemos no quesito conhecimento.

— Os livros foram todos traduzidos para o idioma comum — argumenta alguém da Terceira Asa. — Os festivais ainda acontecem. As músicas ainda são cantadas.

— E aquilo que foi perdido na tradução? — questiona a garota týrrica na minha frente. — Você sabe?

— Claro que não. — O garoto sorri, desdenhoso. — É uma língua morta, a não ser para alguns escribas.

Desço o olhar para o meu caderno.

— Só porque não está em týrrico não quer dizer que você não possa ir aos Arquivos e ler qualquer livro týrrico traduzido que queira. — É o tom arrogante e convencido que me irrita.

— Na verdade, não dá não. — Eu deixo o tecido cair no colo. — Só pra começar, ninguém pode entrar nos Arquivos e ler o que bem entender. É necessário registrar um pedido, que qualquer escriba pode negar. Segundo, só uma pequena porção dos escribas originais falava týrrico, o que significa que teria demorado centenas de anos para traduzir *todos* os textos, e mesmo assim, pelo que eu saiba, não existe nenhum volume histórico com mais de quatrocentos anos nos Arquivos. São todos volumes da sexta, sétima ou oitava edição. Então, pela lógica, ela está certa. — Aponto para a garota algumas fileiras à frente. — Algumas coisas se perderam ao serem traduzidas.

Ele parece pronto para uma discussão.

— Cadete Trebor, se eu fosse você, antes de responder à cadete Sorrengail, consideraria o fato de que ela passou mais tempo nos Arquivos que qualquer outra pessoa nesta sala, então eu arquitetaria uma resposta inteligente. — E arqueia uma sobrancelha.

O cara da Terceira Asa me lança um olhar feio e volta a se acomodar na carteira.

— Nós perdemos nosso folclore — comenta Rhiannon.

Todos os músculos no meu corpo travam.

Devera inclina a cabeça para o lado.

— Continue.

— Venho de um vilarejo fronteiriço perto de Cygnisen — diz Rhiannon. — Muito do nosso folclore veio do outro lado da fronteira, provavelmente resultado da Migração do Primeiro Ano, e, pelo que eu saiba, nenhuma dessas histórias foi registrada. Só sobrevive como história oral. — Ela olha para mim. — Violet e eu conversamos sobre isso no ano passado. As pessoas de Calldyr e Luceras ou outras províncias não cresceram com o mesmo folclore. Não conhecem as histórias, e, a cada nova geração, perdemos mais um pouco delas. — Ela olha para a esquerda, depois para a direita. — Tenho certeza de que todos nós temos histórias parecidas, dependendo de onde fomos criados. Sawyer conhece histórias que Ridoc não conhece. Ridoc conhece histórias que Violet não conhece.

— Duvido — rebate Ridoc. — Violet é uma sabe-tudo.

Sawyer dá uma risada e eu reviro os olhos.

— São todos excelentes argumentos — assente Devera, com um sorriso satisfeito. — E o que foi que a Migração do Primeiro Ano nos legou?

— Uma cultura mais unificada — responde uma garota do Setor Cauda. — Não só dentro de nossas províncias, mas por todo o Continente. E permitiu que aqueles que vivem agora em Poromiel pudessem ter uma chance de viver na segurança das égides quando migraram.

Um ano. Foi o máximo de tempo que Navarre concedeu antes de fechar as fronteiras.

E se não fosse possível, de um ponto de vista financeiro, mudar-se com toda a família ou arriscar uma jornada perigosa… nada na guerra ou no que vem a partir dela é gentil.

— Correto — responde Devera. — O que significa que, quando voarem contra uma revoada, é possível que encontrem parentes distantes. A pergunta que precisamos todos nos fazer quando começamos a servir a nação é o seguinte: nossos sacrifícios valem a pena para manter os cidadãos de Navarre em segurança?

— Sim.

A resposta é murmurada ao meu redor, alguns cavaleiros falando mais alto do que outros.

Mas eu mesma fico em silêncio, porque sei que não é só Navarre que paga esse preço: são todos aqueles que estão longe das nossas égides.

***

O ginásio parece zumbir de ansiedade naquela tarde enquanto os professores de combate chamam os primeiros nomes do dia para o tatame. Serão os últimos desafios que teremos em meses. Os primeiranistas agora precisam se preocupar com a Armadilha a partir de semana que vem, e, depois, a Apresentação e a Ceifa. E os segundanistas vão começar a desaparecer em esquadrões inteiros por alguns dias para que possam nos ensinar a lidar com a tortura.

Quanta diversão.

Um esquadrão do Setor Cauda é chamado para o nosso tatame.

— Estou torcendo pra ser chamado hoje. — Ridoc começa a dar pulinhos sem sair do lugar. — Estou a fim de dar uma surra em alguém.

— Fale por você — respondo, apertando mais a faixa da tipoia em cima da armadura.

Do outro lado do tatame, aceno com a cabeça para Imogen, erguendo as sobrancelhas enquanto ela conversa com Sloane.

Ela me cumprimenta de volta com um sorriso, me informando sem usar palavras que Sloane está pronta para enfrentar o oponente dela de hoje. Rhiannon e Sawyer estão fazendo o mesmo com os outros primeiranistas, verificando um por um enquanto os nomes são chamados no ginásio. Lanço um olhar para Aaric, mas, como sempre, ele está completamente focado e se esquece de tudo ao redor enquanto encara o tatame.

— Você acha que o ataque na Asa Leste foi tão ruim assim? Precisa ter sido algo gigantesco para que tenham precisado convocar metade da liderança para lá por um dia inteiro — reflete Ridoc.

Foi alguma coisa grande o bastante para matar Masen.

— Especular só vai alimentar os rumores — diz Dain, ocupando o espaço à minha esquerda.

Cacete. Consegui ficar semanas sem precisar interagir com ele. Dou um passo para mais perto de Ridoc e travo todos os tijolos dos meus escudos.

— E você acha que ninguém vai notar que a maioria dos professores saiu vazado daqui como se as égides tivessem parado de funcionar? — pergunta Ridoc.

— As égides não pararam de funcionar. — Dain mal olha para ele, cruzando os braços. — Você saberia, se fosse o caso.

— Acha que daria pra gente sentir?

— Nós também teríamos sido chamados — respondo. — E os dragões teriam nos informado.

— Você não pode perguntar pra sua mãe? — Ridoc inclina a cabeça.

— A mulher que sabia que eu havia desaparecido por uma semana, e mesmo assim me pediu para voltar para a formatura quando percebeu que eu havia sobrevivido à minha primeira missão de combate? Ah, sim, com certeza ela vai ficar muito feliz em compartilhar todas as informações que tiver.

Faço um sinal de joinha sarcástico para ele.

O primeiro par é chamado para o tatame, e eu simultaneamente fico horrorizada e grata por não saber o nome do aluno do primeiro ano.

— Decidiu que vai finalmente voltar a falar comigo? — pergunta Dain.

— Não. — Não dou a ele sequer a cortesia do meu olhar, e, só para garantir que ele tenha entendido o recado, passo para o outro lado de Ridoc para que fique entre nós dois.

— Violet, é sério. — Ele circunda Ridoc e se espreme entre Quinn e eu. — Em algum momento você vai ter que falar comigo. Somos amigos desde que você tinha cinco anos.

— Nós não somos mais amigos, e vou estar pronta para falar com você assim que a sua imagem não me fizer querer enterrar uma faca no seu peito até o cabo sumir.

Vou embora antes que decida de fato esfaquear esse cuzão que rouba memórias.

— Não dá pra você continuar fugindo de mim!

Ergo o dedo do meio e circundo o tatame, parando ao lado de Rhiannon.

— O que foi isso? — pergunta ela, estremecendo quando o nosso primeiranista leva um soco no rim.

— Dain está sendo escroto, como sempre.

Às vezes a melhor resposta é a mais simples.

O nosso primeiranista dá um chute, acertando o aluno do Setor Cauda na boca, e o sangue esguicha livremente.

— Não consigo entender isso aí. — Ela me lança um olhar confuso, inclinando-se para murmurar a fim de que Dain não ouça nossa conversa. — Achei que aquele treco na graduação tivesse sido só porque ele e Riorson estivessem competindo para ver quem tem o pau maior, mas você nem fala mais com o Aetos. Achei que ele fosse seu melhor amigo. Tudo bem que vocês se afastaram no ano passado, mas não vai nunca mais falar com ele?

— Ele era. — Passo os olhos por Dain enquanto ele caminha pelo tatame, passando pelo professor Emetterio. — Ele *era* meu melhor amigo.

Durante quinze anos, não tive nenhuma outra amizade tão forte quanto a dele. Achei que ele seria sempre o meu mundo.

— Olha. Posso odiar ele numa boa, se é isso que a gente vai fazer agora. Não tenho nenhum problema com isso. Mas eu te conheço, e você não é de cortar relações assim, a não ser que te machuquem muito feio. Então me conta, de amiga pra amiga: ele machucou você? — pergunta ela baixinho. — Ou isso é mais uma coisa sobre a qual *nós* não falamos?

Sinto a garganta fechar.

— Ele roubou uma coisa de mim.

— Sério? — Ela me encara. — Então é só reportar ele por violação do Códex. Ele não deveria ser nosso Dirigente de Asa.

Se ao menos ela soubesse o que o nosso último Dirigente de Asa estava roubando.

— É mais complicado que isso.

Até onde posso contar para ela sem ser *demais*?

Nosso primeiranista consegue se recuperar, segurando a perna do oponente em uma manobra de rendição. É fácil o oponente se render depois disso.

Todos aplaudimos. Até agora, parece que somos o esquadrão que precisa ser vencido de novo esse ano, especialmente considerando que Aaric está vencendo todas.

Emetterio olha para Dain e pigarreia. Respiro fundo, esperando que ele chame o nome de Sloane.

— Certeza? — pergunta Emetterio.

— É meu direito como Dirigente de Asa.

Ele se desarma, tirando as bainhas e deixando-as na beirada do tatame.

Mas que porra é essa?

— Não posso negar. — Emetterio esfrega a mão encorpada na careca. — A próxima luta é Dain Aetos contra Violet Sorrengail.

Meu estômago vai parar no chão. Se meus escudos fraquejarem, eu posso condenar *todo mundo* em Aretia, além de todos os marcados aqui na Divisão.

Os olhos de Imogen não ficam sequer arregalados, e estão mais para gigantescos quando ela olha para mim, afastando-se do tatame antes de desaparecer rapidamente. Para onde ela vai? Não é como se pudesse correr e ir buscar Xaden para interferir como no ano passado. Estou sozinha nessa.

— Nem fodendo. — Rhiannon balança a cabeça. — Ela está machucada.

Talvez não tão sozinha.

— E desde quando isso importa? — rebate o líder do outro esquadrão.

Respiro fundo. Preciso de ar.

— Isso é trapaça. — Olho para o fundo dos olhos de Dain quando falo.

Ele simplesmente cruza os braços. Não vou conseguir sair dessa. Ele é Dirigente de Asa. Pode desafiar quem bem quiser quando quiser, assim como Xaden no ano passado. Ironicamente, eu estava correndo bem menos perigo na primeira vez que Xaden me derrubou no tatame. Naquela época eu estava arriscando só a *minha* vida, mas agora eu poderia acabar matando pessoas com quem me importo.

— *Mantenha seus escudos erguidos* — avisa Tairn. A agitação dele me percorre como uma onda, submetendo um calafrio pela minha nuca.

Dain pisa no tatame, completamente desarmado, mas eu já o vi lutar. Ele não é Xaden, mas é bem letal, mesmo sem armas, e estou com um braço amarrado.

— Você não deveria fazer isso! — grita Bodhi enquanto corre até nós, deslizando até parar ao meu lado. Imogen não está muito atrás. Ah, ela saiu correndo para encontrar a pessoa mais próxima de Xaden possível. Faz sentido. — Ela está usando uma porra de uma tipoia, Aetos.

— Da última vez que conferi, você ainda era Líder de Setor. — Dain estreita os olhos para Bodhi. — E seu primo não é mais o Dirigente de Asa de Violet. Sou eu, agora.

Os músculos no pescoço de Bodhi se retesam.

— Xaden vai matar esse filho da puta — sussurra ele.

— Bom, mas ele não está aqui. Tá tudo bem — minto, alcançando minha primeira adaga. — Não se esqueça de quem me treinou.

Não estou falando sobre combate corpo a corpo, e, pelo olhar que Bodhi me lança, ele sabe do que estou falando.

— Pode ficar com as adagas se for se sentir melhor assim, cadete Sorrengail — diz Dain, indo até o centro do tatame.

Ergo as sobrancelhas.

— Você sabe que ela tem a habilidade necessária pra te matar daqui mesmo com elas — Bodhi o relembra.

— Mas ela não vai fazer isso. — Dain inclina a cabeça para mim. — Sou o amigo mais antigo dela. Lembra?

— E esse tipo de comportamento é mesmo o que um amigo teria — rebate Rhiannon.

Respirando fundo para me fortalecer, verifico todos os tijolos dos meus escudos do jeito que Xaden me ensinou e dou um passo na direção do tatame, segurando uma das adagas na mão livre. Se a escolha for matar Dain ou salvar Xaden, não existe bem uma escolha.

Emetterio sinaliza para que iniciemos a luta, e Dain e eu começamos a andar em círculos.

— Se tentar encostar no meu rosto, vou rasgar a sua cara — aviso.

— Combinado — responde ele um segundo antes de se atirar em cima de mim, mirando meu torso.

Conheço muito bem os movimentos dele, e desvio com agilidade da primeira tentativa, girando o corpo para sair de seu alcance. Ele é rápido. Dain não é Dirigente de Asa só por nepotismo. Sempre foi bom no tatame.

— Está mais rápida este ano. — Ele sorri como se estivesse orgulhoso de mim enquanto damos mais voltas.

— Xaden me ensinou umas coisas no ano passado.

Ele estremece e ataca, tentando acertar meu torso outra vez. Viro a adaga para que a lâmina esteja perpendicular ao meu antebraço enquanto passo embaixo do golpe dele e retribuo com um soco para cima, acertando-o sob o queixo sem cortá-lo.

— Porra, aí sim! — Escuto Ridoc comemorar, mas não tiro os olhos de Dain.

Dain pisca e flexiona a mandíbula.

— Caramba.

Dessa vez, ele é mais rápido. É mais difícil abaixar e desviar dos golpes dele sem o outro braço para me equilibrar, mas consigo aguentar bem até ele me pegar de surpresa com uma rasteira.

Caio de costas no tatame e a dor explode em meu ombro com tanta força que vejo estrelas e solto um grito. Mesmo assim, minha lâmina fica rente ao pescoço de Dain quando ele me prende com um antebraço na clavícula meio segundo depois.

Escudos. Preciso manter meus escudos erguidos.

— Eu só quero conversar — sussurra ele, o rosto a centímetros do meu.

A dor não é nada se comparada ao medo gélido de sentir as mãos dele tão perto da minha pele.

— E eu quero que você me deixe em paz, caralho. — Seguro a adaga firme, onde ele consegue sentir. — O que estou fazendo não é uma ameaça vazia, Dain. Você vai sangrar até morrer nesse tatame se sequer *pensar* em roubar memórias minhas.

— Era disso que Riorson estava falando quando mencionou *Athebyne*, não era? — pergunta ele.

O tom que usa comigo é tão suave quanto aqueles olhos familiares, que sempre foram meu porto-seguro. Como é que fomos acabar desse jeito, porra? Quinze anos do relacionamento mais íntimo que já tive, e minha adaga está pronta para separar a cabeça dele do pescoço com um único movimento do pulso.

— Você sabe muito bem do que ele estava falando, caralho — respondo, mantendo a voz baixa.

Duas linhas aparecem entre as sobrancelhas dele.

— Eu contei para o meu pai o que vi quando toquei em você…

— Quando *roubou* uma memória minha — corrijo.

— Mas o que vi foi só um vislumbre. Riorson dizendo a você que havia ido para Athebyne com o primo. — Ele vasculha meus olhos. — Os segundanistas não podem sair nesse tipo de incursão, então comuniquei isso ao meu pai. Sei que vocês foram atacados a caminho de lá, mas não tinha como saber que…

— Você falou que *ia sentir saudades*. — As palavras saem sibiladas. — E aí me mandou para a morte, mandou Liam e Soleil para a morte. Você sabia o que estava nos esperando lá?

— Não. — Ele balança a cabeça. — Eu disse que ia sentir saudades porque você escolheu o *Riorson*. Eu disse que sabia coisas sobre ele, coisas que o faziam ter razões que você desconhecia para te odiar, e *ainda assim* você o escolheu. Eu sabia que estava dizendo adeus a qualquer chance que nós poderíamos ter naquele campo. Eu não fazia ideia de que grifos estariam esperando vocês para uma emboscada.

— Se espera que eu acredite nisso, então está me subestimando demais; além do mais, eu conheço *todos* os motivos que Xaden tem para me odiar e nenhum deles importa.

— Você sabe sobre as cicatrizes nas costas dele? — desafia ele, e eu contemplo a ideia de cortar a garganta dele só para que saia de cima de mim.

— As cento e sete cicatrizes, uma para cada marcado pelo qual ele é responsável? Sei, sim. Você vai precisar fazer melhor que…

— Você sabe quem foi que fez os cortes na pele dele?

Eu pisco, e, puta merda, ele consegue ver: enxerga que fiquei em dúvida.

— Renda-se! — grita Sawyer da ponta do tatame.

— Minha mão está meio ocupada no momento — respondo, sem desviar os olhos de Dain.

— Violet… — começa Dain.

— Você pode ter sido meu amigo mais antigo, meu melhor amigo, mas tudo isso morreu no dia em que você *violou* minha intimidade, roubou uma memória minha e acabou tendo um papel crucial na morte de Liam e Soleil. Eu *nunca* vou perdoar você por isso.

Pressiono a adaga forte o bastante para arranhar a pele na garganta dele.

Os olhos dele faíscam com algo que parece ser angústia.

— Foi a sua mãe — sussurra ele, e lentamente se levanta. Primeiro de joelhos, tirando o braço do meu colarinho, e então fica em pé. — Ela ganhou — ele diz, e sai do tatame. — Eu me rendo.

Ele não estava falando sério. Não é possível que tenha sido a minha mãe que cortou Xaden cento e sete vezes. Dain só deve estar tentando me deixar abalada. Fico ali parada por uns instantes, acalmando meu batimento cardíaco. Então guardo a adaga e rolo para o lado, levantando o corpo de forma atrapalhada.

Emetterio chama o próximo desafio e eu saio do tatame e fico ao lado de Rhiannon e Bodhi como se nada tivesse acontecido.

— Violet? — A pergunta nos olhos de Bodhi me faz balançar a cabeça.

— Ele não tocou em mim.

Todos os segredos que guardo estão seguros.

Bodhi assente e sai do nosso tatame enquanto Aaric enfrenta um cara do Setor Cauda que parece que tem chance de acabar com a sequência invicta dele.

— Vamos sair para dar uma volta — exige Rhiannon, a mandíbula tensa. — Agora.

— Isso é uma ordem de comandante?

— Você precisa que eu ordene? — Ela cruza os braços.

— Não. Claro que não. — Suspiro, e então a sigo até o canto do ginásio.

— Isso que aconteceu foi por causa do que ele roubou de você? — pergunta Rhiannon. — Porque, seja lá o que tenha sido, ele não parecia querer derrotar você.

— Sim — respondo, rolando o pescoço enquanto o efeito da adrenalina me percorre, a náusea me atingindo primeiro.

Ela espera que eu elabore a resposta, e como não faço isso, ela suspira.

— Você está esquisita o dia todo. É por causa do ataque?

— É.

Olho por cima do ombro de Rhiannon e vejo Imogen nos observando. Será que ela sabe que Masen morreu?

— Você vai mesmo me forçar a arrancar respostas de você? — Ela deixa os braços penderem na lateral do corpo. — Juro por Amari, se você me responder com *mais um monossílabo…*

Em vez disso, não digo nada.

— Ouvi o que você falou na aula, sabe? — Ela abaixa os ombros. — Você disse algo sobre alguém ter sido assassinado.

Cacete.

— É. Acho que cheguei a falar, mesmo.

Ela me examina, o olhar fixo em meu rosto.

— Quem mais morreu além de Masen que tenha ido para Athebyne com você?

Meu olhar encontra o dela, e meu coração começa a acelerar.

— Ciaran. Ele era do Terceiro Esquadrão.

Não vou falar mais nada para ela que não possa facilmente ser respondido por outras pessoas.

— E você foi atacada no dia da avaliação. Imogen sofreu dois ataques desde o Parapeito também. E Bodhi e Eya também. — Ela estreita os olhos. — Dain tem um sinete confidencial — sussurra ela. — O que foi que ele roubou de você, Violet?

Deuses, ela entendeu tudo rápido demais. Ela merece o máximo de verdade que for possível conceder.

— Uma memória — respondo, lentamente.

Ela arregala os olhos.

— Ele consegue ler memórias.

Assinto.

— Ninguém pode saber disso.

— Eu sei guardar segredos, Violet. — A mágoa fica estampada em seu rosto, e sinto outro fio da nossa amizade se desfazer como se eu mesma o tivesse puxado.

Um coro de comemoração explode atrás de nós, mas nenhuma das duas vira para olhar.

— Eu sei. — Minha voz está tão baixa que mal é um sussurro. — E eu confio em você, mas nem todos os segredos que guardo são meus.

O temor finca as garras em meu estômago. Ela vai descobrir. É questão de tempo. E então a vida dela vai estar em risco, assim como a minha.

— Dain roubou uma memória sua — continua ela. — E agora você acha que os outros cavaleiros que estavam com você durante os Jogos de Guerra estão sendo mortos.

— Pare — imploro. — Faça um favor para nós duas e só… — balanço a cabeça. — Pare de pensar nisso.

Ela franze as sobrancelhas.

— Você viu algo que não deveria ter visto, né? — Ela inclina a cabeça para o lado e desvia o olhar.

Paro de respirar. Conheço esse olhar. Ela está pensando.

— Era isso que estava na memória que ele roubou? — questiona ela.

— Não. — Eu respiro aliviada.

Graças aos deuses ela errou esse palpite. O movimento à minha direita chama a atenção, e vejo Aaric andando na nossa direção, segurando o pulso esquerdo.

— Merda, acho que ele se machucou — eu digo.

— O que foi que matou Deigh? — pergunta Rhiannon.

De repente, é como se o oxigênio tivesse sumido da sala, do Continente inteiro, mas consigo puxar o ar para os pulmões quando me viro na direção dela.

— Você já sabe essa parte da história.

— Mas não ouvi de você — diz ela baixinho, os olhos castanhos formando rugas na lateral quando ela os estreita. — Você estava segurando

Liam, e aí precisou lutar. Foi o que você me disse. O que foi. Que matou. Deigh? — As palavras sussurradas me cortam no fundo da alma. — Foi outro dragão? Foi isso que aconteceu lá?

— Não. — Balanço a cabeça de forma enfática e me viro na direção de Aaric quando ele nos alcança. — Até que enfim perdeu?

Ele bufa.

— Claro que não. Mas quebrei o pulso. Parece que eu preciso vir avisar você — diz ele para Rhiannon.

— Eu levo ele para a enfermaria — informo a ela.

— Violet… — começa ela, o tom indicando que não acha que nossa conversa acabou... mas acabou, sim.

Precisa ter acabado.

— Pare. — Eu me viro de costas para Aaric e abaixo a voz. — E nunca mais me faça essa pergunta. Por favor, não me obrigue a mentir para você.

Ela afasta a cabeça, me encarando em um silêncio perplexo.

— Vamos logo — digo para Aaric, e ando na direção da saída, enfiando tudo que aconteceu com Rhi no que está rapidamente se tornando uma caixa lotada demais para a tampa fechar.

Ele me alcança, as pernas compridas cobrindo a distância com velocidade. O corredor do primeiro andar da Ala Acadêmica está deserto quando entramos, e os passos das nossas botas ecoam contra as janelas.

— Então onde seu pai acha que você está? — pergunto quando viramos na direção do átrio, tentando me distrair com tudo que contei a Rhiannon e tudo que não contei.

— Ele acha que estou fazendo uma viagem para comemorar meu aniversário de vinte anos — responde Aaric, esfregando a mão no queixo quadrado e na barba castanha por fazer, curvando o lábio superior. — Bebendo e comendo gente pelo reino inteiro.

— Parece bem mais divertido do que o que estamos fazendo aqui. — Empurro a porta com meu braço bom.

— E que parte disso aqui não é divertida? — pergunta ele, andando à minha frente e abrindo a porta com a mão que não está quebrada. — Se a gente somar eu e você, temos um par de braços perfeitamente funcionais.

Abro um sorriso e entramos no corredor dos dormitórios.

— Sempre um charme, né, Cam… — Estremeço. — Aaric. Foi mal. Tem sido um dia meio complicado.

E tudo que quero fazer é desabafar sobre ele com Xaden, mas ele só vai chegar daqui a dois dias.

Nós descemos as escadas, e, apesar de Aaric ser mais ou menos da mesma altura de Xaden, ele diminui o passo para eu conseguir acompanhá-lo com facilidade.

— Ela está sacando, né? — fala ele, quando chegamos ao túnel.

O cabelo na minha nuca arrepia, e eu o encaro.

— Sacando o quê, exatamente?

— Eles não conseguiram esconder tudo assim tão bem quanto acham que esconderam. — Ele flexiona a mandíbula. — É fácil deduzir coisas se você souber o que está procurando. Pra mim, foi quando percebi que meus guardas tinham começado a andar com aquelas adagas. — Ele me encara. — Aquelas com os disquinhos de metal.

Meu coração bate feito um tambor, tão alto que consigo ouvi-los. Adagas. Discos de metal.

— Meus guardas foram as pessoas mais difíceis de quem tive que escapar — comenta ele, fazendo uma careta. — Não vão contar ao meu pai que me perderam até que seja absolutamente necessário. Só espero que seja depois da Ceifa. Ele não pode fazer porra nenhuma depois da Ceifa. Os dragões não obedecem nem aos reis.

— Ah, merda. — Meu peito parece que está sendo triturado, e agarro o braço bom dele, parando de andar antes do túnel. — Você sabe de tudo, né?

Ele ergue a sobrancelha, as luzes mágicas refletindo naqueles olhos verdes imperiais.

— Por que outro motivo eu estaria aqui?

A certa altura, provavelmente durante o seu segundo ano, você vai perceber que a confiança que sente nos seus amigos e familiares sequer se compara à lealdade que desenvolve com o seu esquadrão.

— PÁGINA 91, O LIVRO DE BRENNAN

CAPÍTULO VINTE E DOIS

Mais rápido. Preciso correr mais *rápido*. O medo fecha minha garganta enquanto uma onda massiva de morte me persegue nos campos queimados de sol onde Tairn me espera, de costas. O vento ruge ao meu redor, roubando qualquer outro som, até do meu próprio batimento. Tairn vai morrer, e ele sequer enxerga a morte chegando.

Um brilho dourado cintila perto da ponta de sua asa.

Deuses, *não*. Andarna. Ela está aqui. Ela não deveria estar aqui.

A onda está colada aos meus calcanhares, transformando o chão sob meus pés em um deserto cinzento e dissecado.

— Não há mais para onde correr, cavaleira. — Do nada, uma figura encapuzada aparece em meu caminho, erguendo o braço.

Sou arrancada do chão por uma força invisível e alçada ao ar, completamente imobilizada. A onda de morte cessa e o vento fica silencioso, como se o tempo parasse.

Ele pega o cetro com a outra mão, puxando o capuz marrom grosso do manto que vai até os pés com dedos retorcidos, e revela um escalpo branco sob os cabelos escassos penteados para trás. Sombras marcam as cavidades esqueléticas de seu rosto sinistramente jovial, e os lábios estão rachados e secos, assim como a terra atrás de mim. Porém, são os olhos contornados de vermelho e as veias distendidas que emaranham nas têmporas e bochechas que me fazem lutar para abrir a boca e começar a gritar. *Venin*.

— Que decepção — comenta ele, como se fosse o *meu* Mestre, e não o professor da dominadora das trevas que matei nas costas de Tairn.

— Você tem tanto poder nas mãos e ainda assim insiste em fugir usando as mesmas estratégias falhas, e na esperança de quê? — Ele inclina a cabeça para o lado. — Conseguir escapar, dessa vez?

Minhas costelas se comprimem ao redor de meus pulmões enquanto o medo me domina, e forço um som engasgado a escapar da garganta, mas não funciona como aviso para Tairn e Andarna.

— Não tem como escapar de mim, cavaleira — sussurra ele, os dedos farfalhando sobre a minha pele, mas sem me tocar. — Lute comigo e morra, ou junte-se a mim e viva para além da eternidade. Mas você jamais vai escapar, não quando esperei *séculos* por alguém que tivesse o seu poder.

— Vai se foder. — Sai como um sussurro, mas imponho uma certeza no que digo com cada átomo do meu corpo.

— Então você escolhe a morte.

Ele parece tão… decepcionado quando abaixa a mão.

O vento uiva e eu caio ao chão. Um grito percorre meu corpo quando uma onda de agonia se espalha pela minha pele e meus ossos, drenando toda a minha energia, até que…

Acordo com o coração acelerado, a pele ensopada, meus dedos enroscados na adaga de cabo negro.

Foi só um sonho. Foi só um sonho. Foi só um sonho.

***

— Vai me contar para onde estamos indo? — pergunto a Xaden no sábado enquanto descemos as escadas do meu dormitório.

— *Para as forjas de Basgiath* — diz ele, quando saímos da Ala Acadêmica e nos deparamos com um pátio vazio.

Finalmente estamos na época do ano em que a temperatura do lado de fora é a mesma que do lado de dentro. O outono veio para ficar.

Meu peito fica apertado quando percebo que ele está me levando para ver de onde eles têm roubado as armas (e o que isso significa). Ele está me deixando participar.

— *Obrigada por confiar em mim.* — Palavras não bastam para expressar o que sinto.

— *Por nada.* — Ele olha para mim, a expressão mudando. — *Agora vou recuperar a sua confiança?*

Assinto, desviando o olhar dele antes de fazer algo imprudente, como deixar aquelas três palavrinhas que ele quer ouvir saírem da minha boca só porque estamos tendo um momento importante. No entanto, posso compartilhar outro segredo meu.

— *Encontrei um texto que disse que os Seis Primeiros não só estabeleceram as égides, mas entalharam a primeira pedra de égides pessoalmente.*

— *Já sabíamos disso.*

— *Só parcialmente.*

Atravessamos os túneis na direção do campo de voo e eu cumprimento um dos primeiranistas. Channing? Chapman? Charan? Merda, alguma coisa desse tipo. Vou aprender daqui a algumas semanas, depois da Ceifa.

— *O texto disse a* primeira *pedra de égide, o que significa que, se entalharam esta aqui, tem uma boa chance de também terem entalhado a que fica em Aretia. Eu estou no caminho certo.*

— *Tem razão* — diz Xaden, abrindo a porta dos túneis, e eu entro por ela.

— *Sei o que preciso procurar, mas não sei se isso sequer existe.*

— *E o que você está procurando?* — ele pergunta enquanto seguimos para as escadas.

Meu batimento está acelerado de tanta empolgação por finalmente ver as forjas e também dar uma boa olhada na lucerna de que a revolução tanto precisa.

— *Preciso de um relato pessoal de um dos Seis. Meu pai falou de ter visto uma vez, então sei que existem. A questão é se foram traduzidos e depois editados até ficarem inúteis.*

Viramos na escadaria e paramos de forma abrupta.

O major Varrish está ali bloqueando o caminho.

— Ah, que bom ver você, tenente Riorson. — O sorriso dele está mais pegajoso do que nunca.

O medo aperta meu coração. Xaden já contrabandeou tanto que seria o bastante para ser executado uma dúzia de vezes.

— Queria poder dizer o mesmo — rebate Xaden.

— Encontrei ela! — grita Varrish para as escadas acima. — Não deveria estar no edifício principal, Riorson? É o lugar que oficiais visitantes deveriam frequentar.

O olhar dele se volta para o meu. Preciso de todo o meu autocontrole para não recuar.

— Aí está você, cadete Sorrengail. — O professor Grady me lança um sorriso genuíno enquanto desce as escadas de braço dados com Ridoc, cujas mãos estão atrás das costas.

Ridoc me lança um olhar de aviso, e o pavor se assenta pesadamente em meu peito.

Não. Hoje não. Estamos sendo levados.

— Parece que é bem difícil pegar você de surpresa — diz o professor Grady, com certa admiração na voz. — Sua porta não permite que ninguém entre. — Ele olha para o rosto de Xaden, com o foco mudando para os redemoinhos expostos da relíquia da rebelião logo abaixo de seu queixo. — Imagino que tenha sido você o responsável por isso, considerando que os alunos do segundo ano não sabem produzir égides. Dificulta um pouco nosso rapto para levá-la ao treinamento de interrogatório.

— Não vou pedir desculpas por isso — diz Xaden.

As sobrancelhas dele se abaixam quando os cavaleiros de Varrish (os que normalmente jogam meus pertences no chão no campo de voo) dobram o corredor acima do professor Grady. Um está acompanhando Rhiannon, e a outra, Sawyer. Meus dois colegas estão com as mãos atrás das costas.

Parece que o nosso esquadrão é o próximo a ser interrogado... e eu quase vi o maior dos segredos, que fica nestes corredores. Forço meus pulmões a respirarem fundo, tentando aplacar a náusea.

— Ela está de folga. — Xaden me puxa para o lado, me posicionando atrás dele. — E se recuperando de um ferimento.

As sombras correm pelas beiradas da escadaria, erguendo-se para formar uma parede na altura de nossa cintura.

— *Ele vai usar esta oportunidade para te matar pela vergonha que Tairn fez ele e Solas passarem* — diz Xaden.

— *Não tem como você saber disso.*

— *Estou entendendo bem até demais as intenções de merda dele. Confie em mim.*

— Não, é *você* quem está de folga — retruca Varrish, seus olhos faiscando em deleite. — A cadete Sorrengail vai para o treinamento. — Ele enfia um dedo na parede de sombras e estremece. — Isso é fascinante. Não é à toa que seja um oficial tão cobiçado. Vocês dois juntos são realmente uma força da natureza.

— *Não vai poder me proteger disso mais do que conseguia me proteger durante a Ceifa* — solto para Xaden, afastando meu corpo da proteção do dele. — *Sabe que é verdade.*

— *Você ainda não era minha na Ceifa* — rebate ele.

— *Eu também não sou sua* agora — eu o relembro, e, em voz alta, digo: — Vai dar tudo certo. Pode abaixar a muralha.

— Escute o que a sua namoradinha diz — sugere Varrish. — Eu odiaria ter que relatar que desobedeceu a uma ordem direta, ou pior, cancelar a folga dela na semana que vem. Você não tem poder para fazer nada aqui.

Ah, caralho. Essa *não* é a melhor forma de lidar com Xaden. Mandá-lo ele fazer alguma coisa só faz com que ele resista ainda mais. E separar Tairn e Sgaeyl por duas semanas é mais do que eles conseguem aguentar.

— Não faço parte da sua cadeia de comando, portanto não tenho obrigação de obedecer às suas ordens de merda, e *sempre* tenho poder para fazer algo que eu queira. Ela não está em condição de ser torturada, e, se a porra do Dirigente de Asa dela não está aqui para defendê-la, então quem vai defender sou eu.

— *Sgaeyl!* — Traço o caminho mental que evito quase a qualquer custo. — *Vão cancelar a folga da semana que vem se o Xaden* não baixar a bola.

— Você ainda está muito machucada? — pergunta Grady, a preocupação evidente em seu rosto.

— Eu desloquei o ombro na semana passada — respondo.

— *Eu o escolhi pela incapacidade dele em ceder* — me lembra Sgaeyl.

— *Isso não vai ajudar em nada na situação em que estamos. Será que vou ter que te lembrar do que está em jogo?*

— *Está bem. Mas vou fazer isso só para encerrarmos logo essa conversa.*

— O Dirigente de Asa dela está ocupado — informa Varrish para Xaden. — Sinta-se livre para continuar a discutir comigo. Você está certo. Não está na minha cadeia de comando, mas, como precisei lembrar ao dragão dela, *ela* está. Ou não ficou sabendo da sessão de disciplina a que precisei submetê-la? Eu odiaria ter que obrigá-la a repetir o processo para que você aprenda a lição agora, tenente. Mas, até aí, você sempre está convidado a se juntar a nós.

Xaden sorri, mas não é um sorriso do tipo que aquece meu coração. É do tipo que congela todas as células do meu corpo, uma curva cruel e ameaçadora que vi na plataforma pela primeira vez quando ele era meu Dirigente de Asa.

— Um dia, major Varrish, você e eu teremos uma conversinha. — Ele abaixa a barreira de sombras e ergue uma sobrancelha para mim. — *Você foi falar com Sgaeyl?*

— *Não precisa agradecer por eu ter te salvado da sua própria teimosia.*

Ofereço minha mão boa e Grady dá um passo à frente, prendendo-a de forma gentil na que está pendurada na tipoia. Ao menos ele não puxou meu ombro machucado para trás nas costas, mas caramba, a corda está mesmo apertada.

— *Tem um livro na minha cabeceira que precisa ser devolvido para os Arquivos* — informo a Xaden.

A raiva incendeia a profundeza daqueles olhos de ônix com lascas douradas.

— *Deixa isso comigo.*

— Até semana que vem — sussurro. — *Diga a ela que a página 304 menciona um texto que eu gostaria de ler na próxima vez.*

— Até semana que vem — responde ele, assentindo, os punhos fechados enquanto Varrish passa por nós com os outros membros do meu esquadrão. — Ah, e Violência, lembre-se de que só o corpo é frágil. *Você* é indestrutível.

— Indestrutível — repito para mim mesma enquanto o professor Grady me leva para longe.

Se as pessoas soubessem as coisas que acontecem atrás de portas fechadas na Divisão dos Cavaleiros no processo de transformação de jovens cadetes em cavaleiros completos, ficariam enojadas. Aos que têm estômago fraco, não aconselho que se aprofundem no assunto.

— O GUIA PARA A DIVISÃO DOS CAVALEIROS, POR MAJOR AFENDRA (EDIÇÃO NÃO AUTORIZADA)

CAPÍTULO VINTE E TRÊS

A chave pode ser encontrada na gaveta da minha escrivaninha. No que se trata de frases secretas, essa é pouco criativa, quase risível, mesmo assim é a que me é dita quando entramos nas instalações de treinamento. A entrada é tão bem escondida na lateral do penhasco, sob as paredes dos alicerces da Divisão, que nunca a vi em todos esses anos em que morei aqui. É incrivelmente acessível, considerando o seu propósito.

A antessala da caverna protegida e sem janelas não é tão ruim quando se para pra pensar que é uma câmara de tortura. Se me dissessem que é um escritório, eu acreditaria. Uma escrivaninha grande de madeira ocupa o centro daquele espaço, com uma cadeira de costas altas de um lado e duas outras de frente para ela. Eles nos desarmam assim que chegamos, nossas armas ocupando um espaço considerável da superfície da mesa.

Só que são as duas câmaras depois dessa que me fazem desejar não ter tomado café da manhã. As duas portas são reforçadas por aço e têm janelas com grades fechadas por um trinco de metal.

— Vocês todos receberam informações confidenciais que devem proteger — diz o professor Grady, nos levando para o cômodo à direita.

O cômodo, em formato circular, é ocupado apenas por uma mesa de madeira arranhada no centro e seis cadeiras, e perto das paredes de pedra estão cinco camas de madeira sem um colchão, além de uma porta que espero com todo o meu coração que leve a um banheiro, ou as coisas vão acabar ficando meio esquisitas nos próximos dias.

— Sentem-se — ordena ele, gesticulando para a mesa.

Nós obedecemos. Rhiannon e eu nos sentamos de frente para Ridoc e Sawyer, madeira se arrastando em pedra quando nos sentamos, e todos conseguimos fazer isso sem usar as mãos.

— Por enquanto, estamos no lugar que chamamos de ambiente escolar. Vocês se lembram do que isso significa? — O professor Grady anda atrás de Sawyer, e, um segundo depois, as mãos dele estão livres.

— Significa que ainda não estamos sendo testados — responde Rhiannon. — Podemos fazer perguntas.

— Correto. — O professor Grady passa para Ridoc e faz a mesma coisa. — O propósito deste exercício é, na verdade, ensinar vocês a sobreviverem a uma captura — garante ele. — Esses próximos dias têm um caráter exclusivamente didático. — Ele agarra minhas amarras em seguida, desfazendo o nó da corda com um cuidado surpreendente. — É uma avaliação.

— Para você saber como agir quando for pra valer — completa Ridoc, esfregando os pulsos.

— Exato. — Grady sorri. — Se vai ser divertido? Claro que não. Se vamos ter dó de vocês? Também não. — Ele passa para Rhiannon assim que minhas mãos estão livres. — E o vice-comandante Varrish parece ter adquirido um interesse especial no seu esquadrão, sem dúvida porque tem um legado e tanto aqui com a cadete Sorrengail. Então, infelizmente, parece que vamos todos ser avaliados em como lidamos com essa situação.

Dois cavaleiros entram com bandejas de comida e canecas de latão e as depositam na mesa. Há biscoitos o bastante para nós quatro e um pote do que parece ser geleia de morango.

— Comam e bebam — avisa o professor Grady, gesticulando para as bandejas. — Não vão mais poder se alimentar depois que entrarmos no cenário. Aliás… — Ele abre um sorriso. — Serão condecorados com um brasão se conseguirem escapar. Apesar de que ouvi falar que faz uma década que nenhum esquadrão consegue.

— Então já começa a separar os nossos — responde Ridoc.

— Que confiança. — O professor Grady assente para Ridoc. — Gosto de ver isso em um segundanista. — Ele vai até a porta e se vira. — Vou avisar vocês quando começarmos. Até lá, precisam compartilhar um segredo. Algo que ninguém mais além de vocês quatro teria como saber. E, sim, vamos tentar extrair esse segredo de vocês à força, assim como as frases secretas que foram informadas a cada um. Se vocês não se esquecerem dos mecanismos que ensinamos nas aulas até agora para sobreviver, as coisas devem acabar mais rápido. Todos os cavaleiros graduados sentaram onde vocês estão sentados e sobreviveram a essa experiência pela qual vão passar agora. Acreditem em vocês mesmos. Estamos fazendo isso *por* vocês, e não *contra* vocês.

Ele lança um último sorriso tranquilizador e depois vai embora, fechando a porta atrás de si.

Rhiannon anda instantaneamente até a porta, examinando as grades e a escotilha selada.

— Não me parece ser à prova de som, mas se falarmos baixinho acho que dá para termos um pouco de privacidade — declara ela. Depois força a maçaneta. — E definitivamente estamos trancados aqui.

Sawyer avalia a comida nos quatro pratos que nos foram dados.

— É tudo tão… civilizado — comento quando ele desliza um dos pratos na minha direção.

Rhiannon verifica a outra porta.

— E esta porta aqui é um banheiro, graças aos deuses.

— Eu me pergunto se vamos perder o acesso ao banheiro no teste de verdade — reflete Ridoc, botando um monte de geleia no biscoito com a única faca que nos foi dada.

— Porra, espero que não — solta Sawyer, pegando a faca da mão de Ridoc. — Alguém mais está se perguntando se vamos ter mais companhia?

Ele assente na direção da última cama, que fica no fundo da sala.

— Estatisticamente falando, temos cinco segundanistas vivos em cada esquadrão nessa altura do ano — digo, pegando uma das canecas. — Perdemos Nadine.

O silêncio ecoa por um segundo, e mais outro.

— Bom, não vamos perder mais ninguém. Nós quatro vamos chegar até a graduação — declara Rhiannon, pegando uma caneca também. Ela dá uma cheirada e depois deixa a caneca de lado. — Parece suco de maçã. Beleza, então. Não dá pra saber quanto tempo a gente tem, então é melhor começarmos. Escolham um segredo, qualquer segredo, e compartilhem com o grupo. — A faca e geleia são passadas para ela. — Eu começo. Ano passado, quando a gente estava em Montserrat, Violet e eu escapamos de fininho para eu poder ver a minha família.

— Vocês fizeram o quê? — Sawyer ergue as sobrancelhas.

Ridoc engole o biscoito.

— Amo, fodonas. Não sabia que você conseguia quebrar regras, Violet.

— Ah, a Violet é *cheia* dos segredos, não é? — Rhiannon me lança um olhar significativo e me passa a faca.

— Sério mesmo? — Passo a geleia no biscoito mais agressivamente do que o necessário.

— Eita. — Ridoc olha para nós duas. — Tá rolando alguma coisa que eu não sei?

— Não — eu e Rhiannon respondemos simultaneamente, e nos encaramos.

Nossos ombros afrouxam e ela suspira, desviando o olhar. Acho que esse é o nosso limite. Esse negócio que tá acontecendo vai ficar só entre nós duas.

— Estamos bem — diz ela.

De alguma forma, isso me faz sentir um pouco melhor, mas não muito.

Mordo o biscoito e mastigo com cuidado só para caso o que nos façam passar depois me dê vontade de vomitar. Preciso de um segredo que possa compartilhar e que não tenha o potencial de acabar matando meus amigos.

— Eu não contei para os meus pais que precisei repetir — confessa Sawyer, olhando para o próprio prato. — Eles nem questionaram o fato da minha primeira carta só ter chegado este ano. Só presumiram que os cadetes da Divisão dos Cavaleiros não escreviam durante os primeiros dois anos, e não corrigi esse pensamento. Não queria que eles se envergonhassem.

— Você não é uma vergonha — digo, baixinho, pegando minha caneca. — E tenho certeza de que já ficam felizes só por você estar vivo. Um monte de gente não está.

— Concordo. — Ridoc assente, as mãos envolvendo a caneca. — Bom, eu morro de medo de cobras.

— Que segredo de merda — rebate Sawyer, a boca formando um sorriso.

— Me mostra uma cobra aí então, vai ver o que é uma merda. Além do mais, você não sabia disso, então acho que vale como segredo. — Ridoc dá de ombros. — A gente não pode demonstrar fraquezas na Divisão, certo? Essa é a minha fraqueza. Eu grito igual uma criancinha toda vez que vejo uma cobra.

Todos os olhares se voltam para a minha direção. Aqui vamos nós.

— Estou apaixonada por Xaden Riorson.

Consigo falar isso para Mira. E até para eles. Para todo mundo que *não seja* Xaden.

— Odeio ter que ser eu a te avisar, mas isso aí não é segredo — rebate Ridoc, balançando a cabeça.

— Claro que é — argumento, segurando a caneca com mais força.

— Não — opina Sawyer. — Não é mesmo.

— Já faz um tempo que não é — acrescenta Rhi, me lançando o primeiro sorriso verdadeiro que vejo vindo dela em semanas. — Vai precisar fazer melhor do que isso.

Eles deveriam ser o meu centro, minha coragem, meu porto seguro. É por isso que proíbem que a gente mate membros do nosso próprio esquadrão. Venin. Wyvern. As adagas. As égides. Andarna. Brennan. Aretia. Tenho segredos demais para contar e nenhum deles é seguro para esta tarefa: meus colegas estarão melhores se não souberem de nada disso.

— Meu segredo não pode ser o mesmo da Rhiannon? — pergunto.

— Não — os três respondem em uníssono.

Uma coisa. Precisa haver uma coisa que eu possa relatar que pode ajudar no que está por vir.

— Nossa infantaria está matando civis poromieleses na fronteira — digo.

— Quê? — Sawyer se inclina para a frente, as sardas se destacando quando o rosto empalidece.

— Nem fodendo — argumenta Ridoc.

Rhiannon me encara em silêncio.

— Aconteceu quando eu estava em Samara. — Encaro todos eles nos olhos. — E vem acontecendo, mesmo que não tenham nos informado nada em Preparo de Batalha. Pronto, isso serve como segredo?

Eles assentem, e eu desvio o olhar quando percebo que Rhiannon está me observando.

— Que bom — respondo, erguendo a caneca. Os outros fazem o mesmo. Eu respiro fundo, virando a caneca para beber e… — Parem! — sibilo. — Não bebam isso.

Afasto a caneca com todo o cuidado que o veneno que ela é exige.

— Que foi, porra? — pergunta Ridoc, largando a caneca na mesa.

— Tem o mesmo cheiro da água que nos deram antes do exercício de navegação — sussurro.

Rhi e Sawyer deixam as deles na mesa também.

— Estão tentando nos desconectar dos nossos dragões — atesta Sawyer.

— Ou enfraquecer nossos sinetes — acrescenta Rhiannon. — Alguém bebeu?

Balançamos a cabeça.

— Ótimo. Não falem pra ele que não beberam. Finjam que estão desconectados. — Ela se levanta rapidamente e nós a seguimos, jogando o conteúdo das canecas na privada. — Conseguimos sobreviver até três dias sem água, e provavelmente vamos sair daqui amanhã. Não importa se estivermos com sede, vamos sobreviver. Aguentaremos firme.

Agora entendo os biscoitos. Estou com a sensação de que comi areia.

— Aguentaremos firme — concorda Sawyer enquanto retornamos até as cadeiras e nos sentamos.

— Foda-se isso de esperar até amanhã. Vamos tentar escapar hoje — sussurra Ridoc. — Deve ter alguma chave que você consiga transportar, né? — pergunta ele para Rhi.

— Ainda não consigo atravessar paredes. — Ela balança a cabeça. — Estou perto, mas ainda não.

— Será que você não consegue amassar as dobradiças de metal? — Essa pergunta é para Sawyer. — Inferno, talvez dê pra eu tirar a umidade do ar e forçar a fechadura a congelar.

Ele se vira para mim.

— Eu sou completamente inútil nessa situação — digo, respondendo à pergunta não dita, e me inclino de volta na cadeira.

A porta volta a se abrir e o professor Grady entra.

— Perdemos a comunicação com nossos dragões — diz Rhi, erguendo o queixo. — Você nos enganou.

— Lição número um. — Ele ergue um dedo. — Estamos sempre dentro de um cenário.

Dez minutos depois, descobrimos o que tem na segunda câmara (mais ou menos) quando eles prendem correntes em Ridoc, Rhiannon e Sawyer contra uma parede de pedra. Só tem isso na sala, e nos deram ordens para nos sentarmos contra as paredes. Os três estão perto o bastante para quase conseguirem se encostar, quando seus pulsos são presos por algemas às correntes. Vejo ao menos seis outros pares de algemas de cada lado do trio, e as luzes mágicas acima evidenciam cada mancha de sangue seco nas pedras.

— Imagino que a cadeira seja para mim? — pergunto ao professor Grady, encarando a cadeira de madeira manchada no centro da sala cilíndrica e as manilhas que estão presas em cada braço e perna da cadeira.

Meu coração bate tão forte que parece que quer escapar do peito e dessa sala. Tem um bueiro embaixo da cadeira, mas eu me recuso a sequer *pensar* no motivo para aquilo existir.

— Isso.

Ele gesticula para a cadeira e eu me sento, ignorando cada instinto que tenho de fugir. O pânico ameaça me sufocar enquanto ele prende meu braço direito na manilha e repete o processo com minhas pernas, deixando meu ombro deslocado na tipoia.

— Bom, meu papel termina aqui — declara ele.

— O quê? — Ridoc se debate contra as algemas no pulso, mas não adianta de nada.

— Vou ler os relatórios da atividade e aconselhar vocês antes do exame oficial — informa ele. — Mas uma coisa que aprendemos faz tempo é que, se são os professores que conduzem o interrogatório, fica mais difícil para vocês confiarem em mim. — Ele olha para cada um de nós. — Não se esqueçam do que aprenderam. Vão tentar separar vocês, virar um contra o outro ou fazer com que pensem que falar é um ato misericordioso. Usem as estratégias que aprenderam nos livros. Apoiem-se uns nos outros. Eu vou estar lá fora. Se conseguirem chegar até onde estou, ganham o brasão. Boa sorte.

Ele sorri como se não tivesse nos deixado aqui para sermos torturados e vai embora.

— Será que essa é uma boa hora para confessar que eu não li nada dessa matéria? — pergunta Ridoc, assim que ficamos sozinhos.

— Não! — Rhiannon encara ele feio.

— Violet, tudo bem aí? — pergunta Sawyer.

— Eu sou a única na cadeira, então parece que saí na vantagem — brinco, mas a piada bate errado quando a porta atrás de mim se abre.

Dois cavaleiros que nunca vi antes entram: uma mulher e um homem. O homem nos lança um sorriso.

— E aí, gente. Vocês são todos prisioneiros, selecionados para o interrogatório — diz ele, inclinando-se contra a parede um pouco longe de Sawyer.

Ele é um cara completamente normal em altura, feições e até no cabelo. Poderíamos ter passado por ele uma dúzia de vezes nos corredores de Basgiath ou nos entrepostos sem notá-lo. O mesmo vale para a mulher. É como se ser uma pessoa sem nenhuma feição distinguível fosse um critério necessário para este trabalho.

A mulher dá uma volta em mim, um urubu farejando fraquezas. Ergo o queixo, determinada a não demonstrar nenhuma delas.

— Cada um de vocês tem um pedaço de informação de que precisamos — informa o homem. — Se nos passarem a informação agora, tudo isso aqui acaba. É fácil assim.

— Meu mapa está embaixo do colchão — diz Ridoc.

Fico *boquiaberta*.

— Ah, começando pela estratégia de mentir imediatamente para não saberem quando você estiver dizendo a verdade. — O homem sorri. — É uma boa, mas, infelizmente para você, meu sinete é parecido com o da tenente Nora, e tem a ver com detectar funções corporais. Pra simplificar, eu vou saber identificar quando você estiver mentindo, e você *está* mentindo.

A mulher ataca, as costas da mão dela acertando minha bochecha com tanta força que minha cabeça dá um tranco para o lado. A dor explode dentro de mim e eu pisco rapidamente, depois passo a língua pelos dentes. Não tem sangue.

— *Prateada!* — grita Tairn.

— *Agora não.*

Ergo meus escudos para poupá-lo disso.

— Violet! — grita Ridoc, tentando se desvencilhar das correntes.

— Eu tô bem — falo para ele, para *todos* eles. É o que sempre faço, compartimentalizo a dor e depois supero, forçando um sorriso. — Estão vendo? Tudo certo.

Rhiannon rapidamente esconde o horror que sente, mas Sawyer não se dá ao trabalho de esconder o nojo dos nossos captores.

— Você é a mais fraca. É por isso que vai primeiro — diz a mulher, o desdém pingando na voz. — Lemos a ficha de cada um de vocês. — Ela se abaixa na minha frente e então me encara, a atenção se fixando em meu cabelo, na mancha de calor na bochecha, que certamente tem a marca exata da mão dela, e, por fim, na tipoia. — Como alguém tão *frágil* quanto você conseguiu sobreviver ao primeiro ano?

— Vocês três vêm carregando ela, né? — comenta o homem, olhando para os meus colegas de esquadrão. — É um fardo injusto para alunos do primeiro ano.

— Não diga nada a eles que possam usar contra nós — ordena Rhiannon.

A mulher ri.

— Como se já não soubéssemos de tudo. — Ela fica em pé lentamente. — Me diga o segredo que está guardando.

— Vai se foder — respondo.

Eu me preparo, e dito e feito: a mão dela voa contra o meu rosto. Dessa vez sinto o gosto de sangue, mas nenhum dos meus dentes se soltou. Armo uma barreira mental em volta da dor, imaginando que ela desaparece atrás da caixa que montei para ela, exatamente como faço com meus escudos.

— Que boquinha mais suja para a filha de uma general — desdenha a mulher.

— De quem você acha que herdei isso?

A máscara dela se desfaz e eu percebo que sorri de forma genuína por um segundo antes de esconder as verdadeiras expressões novamente.

— E se a gente combinasse uma coisa? Vocês me dão o segredo e eu não esmago o rostinho bonito dela.

— Vai precisar de bem mais do que isso para nos fazer ceder — diz Rhiannon.

— Concordo demais. Não olhem — peço aos meus colegas de esquadrão, e me preparo.

Ela acerta do outro lado, mais alto, e sinto a bochecha explodir. Ao menos essa é a sensação. A onda inicial me causa enjoo, mas depois vai embora com uma pulsação entorpecida. A visão do meu olho direito fica borrada e uma coisa molhada escorre pela minha bochecha.

— Talvez ela não seja a chave — diz a mulher, afastando-se de mim e indo na direção dos outros. — Talvez vocês estejam todos exaustos de precisar carregar o peso que ela é. — Ela ergue a cabeça de Ridoc. — Ou talvez ela só consiga ser forte por ela mesma.

O punho fechado dela acerta o rosto de Ridoc. Sangue e saliva respingam na parede atrás dele.

A raiva supera minha dor, e tento me jogar para a frente, mas não só meus braços e pernas estão presos como a cadeira também foi parafusada ao chão.

Ela olha por cima do ombro para mim.

— A decisão de acabar com isso é sua — diz ela, e soca ele outra vez.

Fecho os olhos e desejo poder tampar os ouvidos quando ouço o grunhido dele no próximo golpe. E no outro. E em mais outro. Quando abro os olhos (correção, *o olho*) todos nós já recebemos socos.

— E se a gente deixasse eles aí por um tempo? — sugere o homem. — Vão amolecer daqui a umas horas.

A mulher concorda e eles saem, fechando a porta, mas não o trinco da janelinha que há nela.

— Caralho, que merda. — Sawyer cospe sangue no chão.

— Violet, seu olho… — Rhiannon fala baixinho.

— Está inchado, mas não vai cair. — Dou de ombros, com o meu ombro bom.

— Se isso aqui foi só o começo, como é que vai terminar? — pergunta Ridoc. Ele está com um rasgo na bochecha.

— Vão tentar fazer a gente se voltar uns contra os outros — responde Rhiannon. — A gente não vai ceder. De acordo?

— De acordo — todos falamos ao mesmo tempo.

A pior parte não é a dor ou o olho inchado. São as horas de espera, sem saber quando vão voltar para nos fazer passar por algo pior. E então o pior vem e nos deixa ainda com mais hematomas em diversos outros lugares.

Tenho bastante certeza de que o último golpe fez Sawyer sofrer uma concussão.

Sem janelas, é impossível saber quanto tempo ainda vamos precisar aguentar quando não sabemos que horas…

— *Que horas são?* — pergunto para Xaden, baixando os escudos só para nos comunicarmos.

— *Quase meia-noite* — responde ele. — *Você está…*

— *Não termine essa pergunta. Você sabe o que acontece por aqui.*

— *É. Eu sei.*

— É quase meia-noite — informo aos outros baixinho. — Ainda vamos ter que passar a noite inteira aqui.

— Tairn está conseguindo escutar os sinos? — pergunta Sawyer, esfregando o rosto contra o braço amarrado para limpar um pouco do sangue.

— Não é bem iss…

A porta se abre e o homem entra trazendo uma caneca de latão.

— Quem tá com sede? — Ele se abaixa na frente de Sawyer, impedindo a minha visão. — Eu tenho uma caneca aqui. E nem quero que você me conte o seu segredo. Só precisa me contar um dos segredos pessoais deles. — Ele gesticula com a cabeça na nossa direção. — Isso não conta como ceder. É só um detalhe pessoal que não significa nada.

— Vai se foder.

— Que pena. — O homem inclina a cabeça. — Sua sede ainda não está insuportável. Não se preocupe. A gente chega lá.

Ele passa para Rhiannon, depois Ridoc, depois eu. Nossas respostas são todas iguais.

— Que grupinho mais unido!

Sinto um calafrio na espinha quando Varrish entra, encarando a todos nós com uma alegria incontida.

— São, sim, senhor — diz o homem.

Varrish esfrega o dedão em meu queixo.

— Normalmente não é neste momento que alguém solta um detalhe pessoal?

— Normalmente sim, senhor.

Sinto um orgulho tomar conta de mim.

Varrish se inclina e dá um peteleco no brasão verde do Esquadrão de Ferro no peito de Ridoc.

— Imagino que tenha sido assim que conseguiram isso aqui no ano passado. — Ele fica em pé e solta um suspiro. — Isso está levando tempo demais.

— Senhor, estamos usando o protocolo de interrogatório padrão — diz a mulher, adentrando a sala.

— Então que bom que eu cheguei. — O humor alegre dele me assusta mais do que o punho da mulher. — Afinal, sou especialista na área. Interrogatórios. E trouxe a ferramenta certa para fazê-los ceder em tempo recorde. — Ele olha para o corredor e dobra um dedo. — Venha. Não fique tímido.

Rhiannon arregala os olhos, alternando a visão entre mim e a porta. O medo que vejo ali me acerta como um soco no estômago.

— Acredito que todos vocês estejam familiarizados com o Dirigente de Asa Aetos.

De vez em quando aparece um esquadrão que desafia todas as nossas expectativas. Ele se eleva acima do esperado, garante todos os brasões e ganha todos os desafios. E então... inexplicavelmente fraqueja e fracassa. Chamamos isso de efeito chamuscar: brilha rápido e forte demais para sustentar o ritmo. É triste, mas também divertido ver os membros se voltarem uns contra os outros.

— O GUIA PARA A DIVISÃO DOS CAVALEIROS, POR MAJOR AFENDRA (EDIÇÃO NÃO AUTORIZADA)

CAPÍTULO VINTE E QUATRO

Dain aparece na minha frente e meu coração sobe para a boca enquanto ele analisa meus amigos e depois se vira na minha direção. Os olhos dele se arregalam quando nota meu rosto inchado e cheio de hematomas.

— Violet — diz ele.

— *Dain está aqui* — comunico a Xaden usando a mente, mesmo com o medo paralisante.

Isso não pode acontecer. Não sei bem quanto Dain sabe, mas definitivamente não é o tanto que eu sei.

— *Estou chegando.* — A tensão na voz de Xaden é só o que preciso para entender o tamanho da merda que está prestes a acontecer aqui.

— *Você não pode fazer nada.*

Reforço meus escudos, usando toda a minha energia mental nessa tarefa e acessando o poder de Tairn para um reforço, empilhando tijolos em duas camadas ao redor dos meus Arquivos mentais.

— Não estou entendendo — diz Sawyer. — Por que o nosso Dirigente de Asa veio até aqui?

— Ele veio defender Violet do jeito que Riorson disse que um Dirigente de Asa deveria fazer — responde Ridoc, com esperança na voz. — Não veio?

— Não — respondo, fixando os olhos em Dain e nas mãos dele.

— O regulamento diz que cavaleiros deveriam estar saudáveis antes de começar a avaliação do interrogatório — diz Dain, tenso, tirando o olhar de mim para se dirigir a Varrish. — A cadete Sorrengail *claramente* não está saudável.

Pisco, completamente aturdida.

— Você gosta demais de regras. — Varrish estala a língua. — O regulamento diz que *deveriam*, e não que *precisam* estar. É mais realista considerar que um cavaleiro vai estar machucado quando for capturado.

— O que eu vim fazer aqui? — Dain exige saber.

— Veio testar uma teoria. — Varrish sorri. — Mas, enquanto esperamos nosso convidado chegar, vai praticar nela.

Ele aponta para mim.

Convidado? Meu medo é substituído por raiva.

— *Não venha* — digo para Xaden. — *Varrish quer que você venha. Acho que está testando a mistura de bloquear nossas uniões.*

— *Se ele vasculhar sua memória, toda a revolução está em risco.*

— *E, se você vier até aqui chicoteando essas suas sombras em deuses e o mundo, ele vai saber que tenho algo a esconder, e aí vai começar um interrogatório* real. *A única opção que você tem é confiar que seu treino comigo foi bom o bastante.*

Me resgatar parece uma ideia excelente em teoria, mas foderia *todos* nós.

— *Violet...* — Ele implora na minha mente, e isso quase me quebra.

Coloco o último tijolo na minha cabeça e bloqueio Xaden.

— Você quer que eu... — Dain ergue as sobrancelhas.

— Sim. Use seu sinete nela. Só para extrair dela a frase secreta, é claro.

— Meu sinete é *confidencial*.

— E ela já sabe qual é — retruca Varrish, balançando a cabeça como se isso não fosse um problema. — Não sabe? É por isso que está com tanta raiva de você. Ela culpa você pelo que aconteceu com o amigo dela. — Ele dá um passo em frente. — É incrível as coisas que a gente descobre só de observar.

Dain balança a cabeça.

— Não vou fazer isso.

— Então em quem vai praticar para melhorar as suas habilidades depois dos eventos recentes? Estamos ficando sem civis por aqui para Nolon regenerar, e, se você acha que ela não contou ao resto do esquadrão dela sobre o seu segredinho, está se enganando sobre quem ela é.

Puta merda. Se Carr é meu professor de treinamento, Varrish é o de Dain. Qual é o sinete do nosso vice-comandante, caralho?

Dain fica rígido, os olhos buscando algo nos meus.

Não nego. Não posso negar. Minto muito mal, e, com o detector de mentiras, ou seja lá qual for o nome do sinete desse cara do outro lado da sala, é melhor ficar de boca fechada.

— É para isso que *serve* o seu sinete. Você é a primeira linha de defesa, Aetos. Ela poderia ser uma espiã poromielesa ou uma cavaleira de grifos. Você poderia salvar um reino inteiro só ao extrair os segredos dela de suas memórias. — Varrish olha para mim como se eu fosse um animal a ser estudado num microscópio. — Pode ver o que realmente aconteceu no dia que os dois marcados foram mortos por… — Ele inclina a cabeça para o lado. — Foram grifos, né, cadete Sorrengail? A verdade nos aguarda, Dirigente de Asa Aetos, e você é o único que pode vê-la.

Inspiro. Expiro. Me concentro em acalmar meu batimento cardíaco e encaro Dain fixamente.

— Puta merda — murmura Ridoc. — Ele consegue fazer o quê?

Mantenho o foco em Dain. Como é possível que alguém seja tão familiar e, ainda assim, um estranho? Ele é o mesmo menino com quem subi em árvores, quem eu sempre procurava quando alguma coisa dava errado. Mas ele também é o motivo para Soleil e Liam estarem mortos.

— Você poderia descobrir o que ela vê nele — sussurra Varrish, chegando mais perto de Dain. — O motivo de ela escolher ele e não você. Não gostaria de saber disso? Todas as respostas estão bem ali. Você só precisa saber onde procurar.

Não dá pra negar: o cara é convincente pra *caralho*.

A guerra travada nos olhos de Dain ata um nó em minha garganta, e, quando ele estica as mãos na direção do meu rosto, arqueio o pescoço, tentando me afastar o máximo que a cadeira permite.

— Não. — Forço a palavra a sair.

— Não. — Ele repete minha recusa lentamente e abaixa as mãos, desviando o olhar. — Eu não vou participar de uma avaliação de interrogatório com um cadete que já está machucado — informa ele por cima do ombro para Varrish.

Então vai embora.

Respiro fundo, o ar entrando apesar da minha garganta apertada e chegando até os pulmões.

O olhar de Rhiannon encontra o meu e ela fecha os olhos, aliviada.

— Bem, isso foi decepcionante e anticlimático — atesta Varrish, franzindo o cenho. É a primeira vez que vejo uma carranca no rosto dele. — Para o caralho com essas regras. Imagino que vamos ter que voltar para as minhas táticas básicas.

Ele se afasta antes que eu consiga me dar conta e me dá um soco forte no ombro deslocado.

A agonia afoga todos os meus outros sentidos.

Então só vejo a escuridão.

***

Quando acordo, vejo que Nolon está na minha frente. Eu me sobressalto na cama de madeira e ele se afasta.

— Pronto, ela voltou — diz ele, acomodando-se na cadeira ao lado da cama.

— Que horas são? — pergunto, olhando ao redor do quarto, e vejo Rhiannon, Sawyer e Ridoc sentados nas camas. Não parecem estar mais machucados do que estavam antes do meu desmaio.

Antes de Varrish dar um soco que deslocou completamente o meu ombro. Com cuidado, testo a articulação e olho para Nolon. Fui regenerada. Sinto dor, mas nada além disso, além de agora conseguir enxergar pelos dois olhos.

Ele assente, como se entendesse o que estou pensando.

— Já é de manhã — responde Rhi, a preocupação enrugando sua testa. — Eu acho.

Tento alcançar Xaden, mas aquele caminho está opaco outra vez. Ele já foi embora.

— O vice-comandante me chamou para regenerar você. — Nolon abaixa a voz e se inclina para a frente. — Para que ele possa acabar com você de novo e de novo até que ceda. Recebi ordens para ficar na antecâmara durante o resto do seu interrogatório, que ele prorrogou até amanhã.

Sinto um nó de pavor no estômago vazio.

— Isso é normal? — pergunta Sawyer, inclinando-se na minha direção e apoiando os antebraços nos joelhos.

— Não — responde Nolon, sustentando meu olhar. — Ele quer saber seja lá o que você souber, Violet. — Ele pega a minha mão e aperta de leve. — Vale a pena guardar isso?

Assinto.

— Vale a pena a ponto de ver seus colegas de esquadrão serem torturados?

Estremeço, mas ainda assim assinto.

— Acho que estive com a cabeça mergulhada em outros problemas por tempo demais. — Ele suspira e fica em pé. — Por que não vem comigo até a porta?

Passo as pernas pela lateral da cama e faço o que ele pede, seguindo-o até a porta da câmara. Rhiannon não fica muito atrás.

— É melhor que encontrem um jeito de sair daqui — sussurra ele, antes de comunicar alguma coisa pela janelinha. — Agora preciso ir.

A porta se abre e Nolon vai embora.

— Eu vou fechar — diz ele para seja lá quem estiver do outro lado. Os olhos dele me encontram pela janelinha enquanto bate a porta, a fechadura audivelmente se trancando... mas a janelinha continua aberta.

Rhiannon me puxa para baixo e nós duas ficamos agachadas.

— Estive pensando no meu outro paciente — solta Nolon, num tom casual.

— O que tem ele? — responde Varrish, do outro lado.

— Ele passou a noite na enfermaria outra vez. Sorrengail vai precisar dormir por mais uma hora e pouco por conta do efeito da regeneração. Por que você não volta comigo e verifica se suas habilidades particulares podem ser úteis? Pode ser que eu tenha deixado alguma coisa escapar.

Rhiannon e eu trocamos um olhar confuso.

— Acha que as sessões estão fracassando? — pergunta Varrish.

— Acho que fiz tudo que podia por ele — responde Nolon. — Não vou ficar sentado aqui o dia todo e perder tempo enquanto ela está dormindo...

— Tá, então vamos — retruca Varrish. — Mas precisamos ser rápidos. Os outros estão buscando o café da manhã.

— Então vamos rápido.

Um momento depois, a porta da antessala se abre e se fecha outra vez.

Rhiannon e eu ficamos em pé lentamente e damos uma espiada pela janela da porta.

— Acho que estamos sozinhos — sussurra ela.

— Concordo.

— Precisamos dar o fora daqui — diz Rhiannon para os outros. — Eu sinceramente acho que Varrish vai tentar matar a Violet.

Meu estômago embrulha. Ah, Dunne, ela *falou* isso em voz alta agora.

— Está falando sério? — pergunta Sawyer, arregalando os olhos, mas Ridoc fica em silêncio, olhando de mim para Rhiannon.

— Ele já quase me fez chamuscar uma vez — confesso, baixinho.

Eles trocam um olhar e ficam em pé.

— Beleza, então sou eu que vou ter que fazer a pergunta que todo mundo quer fazer — fala Ridoc, enquanto os dois atravessam a sala. — Que porra é essa que você sabe e que nós não sabemos?

Demoro o olhar em cada um deles.

— Se eu contasse, e, confiem em mim, eu considerei contar, seria a vez de vocês ficarem presos naquela cadeira. Eu não vou permitir que isso aconteça.

— Talvez você devesse deixar *nós* decidirmos que tipo de risco queremos correr. — Sawyer estala os dedos e rola os ombros para trás, olhando para a porta.

— Magias menores não estão funcionando na fechadura — murmura Ridoc, os dedos estendidos na direção da maçaneta.

— Você tem razão, Sawyer, mas o meu segredo… — Eu balanço a cabeça. — Não é só meu.

— Bom, neste momento, é sim — responde Rhiannon. — Porque é você que temos que salvar. Depois a gente fala do resto. Sawyer, faça as honras.

— Deixa comigo.

Nós saímos do caminho dele, que coloca as mãos na direção das dobradiças. Os dedos dele estremecem e as dobradiças soltam fumaça e, por fim, derretem. Metal quente escorre pelas beiradas da porta enquanto ele trabalha.

— Vai mais rápido, antes que você feche nós quatro aqui dentro por acidente — ralha Ridoc.

— Pelo que eu sei, não é você que tá derretendo nada — retruca Sawyer de onde está agachado, o suor escorrendo pelo rosto enquanto ele derrete a última dobradiça.

O alívio quase faz meus joelhos cederem. Nós vamos conseguir!

A porta oscila e Rhiannon e eu pulamos na direção de Ridoc e Sawyer, erguendo as mãos por cima deles. A madeira se choca contra a palma das nossas mãos, lançando uma onda de dor pelo meu ombro recém-regenerado enquanto sustentamos o peso do que parece ser a porta mais pesada do mundo.

— Vão logo! — grita Rhiannon.

Os dois saem de debaixo da porta e nos ajudam a abaixá-la com cuidado até o chão.

— A gente devia pensar em desistir desse negócio de Divisão — brinca Ridoc enquanto atravessamos o batente e saímos da sala. — Daríamos uns ladrões irados.

— Com dragões — concorda Sawyer.

— Ninguém ia ser capaz de nos deter — completa Ridoc com um sorrisão.

Paramos na escrivaninha só por tempo o bastante para recuperar nossas armas. Eu me sinto menos em pânico e menos vulnerável com cada lâmina que embainho.

— Prontos? — pergunta Rhiannon, segurando a espada com firmeza.

Acho que não sou a única que detesta se sentir impotente.

Nós todos assentimos, e então seguimos para a porta principal. A esperança dura um milésimo de segundo.

— Tem o mesmo tipo de tranca. Magias menores não funcionam — atesta Sawyer, já estendendo as mãos.

— Eu não… — começo, e então sinto um calor nas costelas.

Sinto a mesma sensação de quando atravesso as égides na minha porta. Olho para baixo e encaro a situação. A adaga mais próxima da maçaneta está quente e… formigando. Eu a tiro da bainha, roçando na maçaneta enquanto passo o dedão por sobre o pomo decorado.

O metal colide com metal e todos nós olhamos para a fechadura.

— Mas que porra é essa? — Sawyer ergue as sobrancelhas.

— Sei lá. Isso é… impossível — digo.

Adagas não abrem fechaduras, mas a sensação de calor e formigamento foi embora.

— Parem de ficar olhando pra porta e tentem abrir, caralho! — ordena Rhi.

Esticando a mão, eu prendo a respiração e tento abrir a maçaneta, levando-a para baixo. Puxo. A porta se abre.

— Puta merda.

É coincidência. Só pode ser. Magia não se atrela a objetos dessa forma.

— Xinga depois, agora foge — diz Rhi. — Vai!

— Beleza. — Embainho a lâmina e escancaro a porta.

Se algum dia escolhermos invadir o território inimigo (o que não faremos), eu escolheria Zolya como meu primeiro alvo. Se eliminarmos a Academia Rochedo, destruiremos *anos* de cavaleiros de grifos com um só golpe.

— Táticas: uma autobiografia,
por tenente Lyron Panchek

CAPÍTULO VINTE E CINCO

Corremos pela caverna e saímos para o ar matinal, e o sol se levanta brilhando em nosso rosto. Erguendo as mãos para proteger os olhos, corremos pela grama na altura dos joelhos que se estende entre os penhascos e as árvores.

— Onde você arrumou essas adagas? — pergunta Rhiannon quando estamos na metade do caminho da linha de carvalhos.

— Xaden. — Nessa hora, nem me ocorre mentir. — Ele mandou fazer para mim…

— Que prazer inesperado… — diz o professor Grady atrás de nós.

Nós nos viramos rapidamente e eu desembainho duas adagas. Prefiro fazer uma visita a Malek a voltar para aquela sala. Porém, vou precisar fazer isso… para o exame final.

— *Deixe para pensar nisso depois* — ordena Tairn.

— *Eu estou bem, obrigada por perguntar.*

— *É claro que está. Fiz uma boa escolha.*

O professor Grady abre um sorriso e abaixa a caneca enquanto se levanta da cadeira que fica a alguns metros da porta escondida em meio ao penhasco.

Rhiannon dá um passo à frente, erguendo a espada em posição de ataque com o braço direito, e estende a mão esquerda com a palma virada para cima.

— Vamos querer aquele brasão agora.

***

Dain não me encara nos olhos em nenhuma das vezes que nos encontramos nos dias seguintes, e não me esforço para ir falar com ele. O que é que eu poderia dizer? *Obrigada por fazer a coisa decente e não violar a minha privacidade?*

— Só estou dizendo que passar todos os finais de semana voando até Samara ou enfiada no seu quarto com Riorson não é uma coisa boa pra você — insiste Ridoc enquanto subimos a escadaria da Ala Acadêmica junto do resto da multidão que vai para a aula de Preparo de Batalha.

— E a alternativa é... — digo, olhando para ele e estremecendo. A bochecha dele ainda está cheia de hematomas.

Graças a Nolon, não fiquei com nenhuma marca. Não é justo.

Perdemos um aluno do primeiro ano, Trysten, no treino da Armadilha enquanto estávamos no interrogatório, e perdemos a formatura onde falaram o nome dele na chamada dos mortos. Isso também não é justo.

— Ser uma aluna normal do segundo ano e passar um tempo curtindo a vida de vez em quando — responde Sawyer por Ridoc do meu outro lado. Desde o interrogatório, meus colegas de esquadrão não têm me deixado sozinha.

— Eu estou bem — digo para os dois. — É só o que acontece quando dragões consortes se unem a cavaleiros de anos diferentes.

Daqui a vinte e quatro horas, estarei montada na sela para ir ver Xaden.

— É por isso que normalmente *não* fazem isso — murmura Ridoc.

— O Primeiro Esquadrão perdeu uma pessoa — diz Rhiannon, aparecendo atrás de nós quando chegamos ao patamar do segundo andar. — Acabaram de sair do interrogatório faz uma hora. O nome de Sorrel vai estar na lista de mortes de amanhã.

Meu coração fica apertado. Até agora, a avaliação do interrogatório já levou dois segundanistas.

— Aquela menina que era boa pra caralho no arco? — Sawyer encara Rhiannon boquiaberto enquanto ela se enfia no meio de nós.

— Essa mesmo — responde ela baixinho.

Um cadete escriba passa por nós, mas não consigo identificar quem é por causa do capuz erguido. O que é estranho. Normalmente, escribas só aparecem na nossa Divisão para lerem a lista de mortes ou quando Markham precisa de uma ajudinha extra.

— Ela cedeu? — pergunta Ridoc. — Ou foram eles que fizeram *ela* ceder?

— Eu não… — Rhiannon para de falar, e nós também quando dois esquadrões da Primeira Asa se afastam da parede e entram à nossa frente. — Precisam de alguma coisa?

São todos alunos do segundo ano. Eu abaixo as mãos na lateral do corpo, perto das adagas.

— Vocês escaparam, né? — pergunta Caroline Ashton, abaixando a voz. — É isso que estão dizendo sobre o novo brasão de vocês.

Ela dá um tapinha no próprio ombro, onde agora temos um brasão prateado circular com uma chave preta no meio.

— Este brasão é confidencial — diz Sawyer.

— Só queremos saber como foi que escaparam — sussurra Caroline enquanto a multidão nos empurra para o lado para chegar na sala de aula. — Ouvi um boato de que demoraram um dia inteiro para consertar a sala de interrogatório depois que vocês foram embora.

O fato de que ela fala "sala" no singular, e não no plural, me informa de que não tem boato nenhum.

— Tudo que podemos dizer é o mesmo conselho que já receberam. Não cedam sob pressão — diz Rhiannon.

— Fiquem juntos — eu acrescento, sustentando o olhar de Caroline enquanto ela os estreita na minha direção.

— Vocês não deveriam todos estar na sala de Preparo de Batalha? — pergunta Bodhi, a voz ecoando quando aparece atrás de nós. Basta um único olhar para que os outros esquadrões se dispersem rapidamente.

— Tairn me disse que sentiu Sgaeyl ficar *muito* brava ontem à noite — digo por cima do ombro para Bodhi enquanto continuamos andando. — Você tem alguma coisa pra me dizer?

— Não que eu saiba — responde ele.

Nós nos separamos ao passar pelas portas duplas largas e entramos na sala.

Eu e meus colegas de esquadrão começamos a descer os degraus, mas tem alguma coisa errada. Conforme nos aproximamos, o burburinho normal da sala de aula começa a soar como um rugido de murmúrios e exclamações altas enquanto os cadetes pegam o que parecem ser folhetos que foram distribuídos em todos os assentos.

— O que rolou? — pergunta Ridoc.

— Não sei — respondo, passando pelos primeiros cadetes na nossa fileira e seguindo para nossos assentos.

Pego o folheto de pergaminho cortado ao meio na minha cadeira e o viro para ver o texto enquanto todos fazem o mesmo.

Sinto os joelhos enfraquecerem quando leio a manchete.

ZOLYA DESTRUÍDA POR FOGO DE DRAGÃO

A terceira maior cidade da província de Braevick foi destruída pelos dragões de fogo azul e seus cavaleiros. Apesar de a cidade e as revoadas terem lutado corajosamente, a batalha de dois dias acabou com uma derrota poromielesa. Todos os que não evacuaram foram mortos. Estima-se que dez mil vidas tenham sido perdidas, incluindo a da general Fenella, comandante da frota de grifos de Braevick. Todas as rotas comerciais que levam à cidade foram barricadas para prevenir mais perdas.

A data é de dois dias atrás.

Minha mão estremece e eu me viro de costas para os fundos da sala, meu olhar passando por cada aluno do terceiro ano até encontrar Bodhi e Imogen.

— Ah, deuses — sussurra Rhiannon ao meu lado.

Bodhi e Imogen trocam um olhar apavorado e nossos olhos se encontram. Como caralhos deveríamos agir? Bodhi balança a cabeça, tenso, para me dizer que ele também não sabe.

Chamar o mínimo de atenção para mim parece o mais prudente, então me viro para o mapa e me sento na cadeira.

— Isso aqui é verdade? — pergunta Sawyer, virando o pergaminho para examinar mais de perto.

— Parece… que sim? — Ridoc coça a nuca e se senta. — Será que é um tipo de teste pra ver se a gente sabe diferenciar uma declaração oficial no panfleto do que é propaganda política?

— Acho que não — solta Rhiannon lentamente, me encarando.

Porém, meus olhos estão fixos no chão afundado e na professora Devera, que acabou de pegar um dos folhetos.

Por favor, seja quem eu penso que você é.

Os olhos dela se arregalam, mas eu apenas os vejo por um segundo antes que ela se vire para o mapa, a cabeça inclinada para trás. Apostaria minha vida que ela está encarando o mesmo lugar que eu, o pequeno círculo no sopé das Montanhas Esben ao longo do Rio das Pedras que marca onde fica Zolya, quer dizer, onde *ficava*. Deve ser um voo de quatro horas partindo da nossa fronteira.

— Violet? — Rhiannon ergue a voz como se não fosse a primeira vez que chama meu nome.

— Que comoção toda é essa hoje? — grita Markham por cima de todo o burburinho da sala enquanto desce os degraus.

Alguém entrega um folheto para ele.

— O que você acha? — pergunta Rhiannon para mim.

Eu olho para as sobrancelhas franzidas da minha colega de esquadrão e de volta para o folheto, ignorando o zumbido dos meus ouvidos silenciar enquanto estudo brevemente o pergaminho.

— O pergaminho se parece com o nosso, mas pessoalmente nunca vi nenhum desses ser feito fora do nosso território. A fonte é a padrão usada para todas as imprensas que já vi. Não tem nenhum selo, seja de Navarre ou Poromiel. — Passo o dedão sobre as letras maiores e blocadas da manchete e a tinta borra. — Tem menos de vinte e quatro horas. A tinta ainda não aderiu totalmente.

— Mas isso é *real*? — Sawyer repete a pergunta.

— As chances de alguém ter arrastado todos esses panfletos da fronteira são quase nulas — respondo a ele. — Então, se está me perguntando se foi impresso em Poromiel…

Ergo a cabeça e vejo o rosto vermelho de Markham enquanto ele fala algo para Caroline Ashton na fileira dela. Ela dá um salto do assento em que estava sentada e corre escadaria acima, desaparecendo pela porta.

— Foi impresso aqui — sussurro, o medo revirando meu estômago já embrulhado.

Seja lá quem tenha feito isso, acabou de assinar uma sentença de morte se deixou qualquer rastro.

— Então não é real. — Sawyer ergue as sobrancelhas, as sardas na testa desaparecendo em meio às rugas na pele.

— Só porque foi impresso aqui para ser disseminado ao público não significa que o que está escrito não seja real — explico —, mas também não significa que seja.

— Nós não faríamos isso — argumenta Sawyer. — Nem fodendo que iríamos mandar uma legião aniquilar uma cidade de civis.

— Atenção! — grita Markham, os passos ecoando enquanto desce os degraus.

O barulho não cessa.

— Se alguém estivesse tentando espalhar essa notícia, mandaria um panfleto desses para a imprensa para ser aprovado pelos escribas — digo aos meus colegas de esquadrão rapidamente, sabendo que o tempo que temos é curto. — Depois que foi aprovado, demoraria horas para arrumar os blocos para que fossem impressos a não ser que diversos escribas estivessem trabalhando nisso. Só que isso não é oficial. Não tem selo nenhum. Então, ou é falso e foi impresso só para essa aula, o que daria *muito* trabalho, ou é real… e não foi aprovado.

É exatamente o que eu diria se não soubesse a verdade, e, para ser sincera, não tenho certeza se o panfleto é, de fato, verdadeiro.

— Cavaleiros! — berra Devera, virando-se para nós. — Silêncio!

A sala toda se cala.

Markham chegou à frente da sala de aula, as feições controladas em uma máscara de serenidade enquanto fica parado ao lado da professora Devera. Se eu não o conhecesse, diria que está quase gostando do caos, mas conheço, e ele esfrega o indicador no dedão.

Não importa o que vá nos dizer, isso não fazia parte de um plano.

— Aparentemente — ele começa, gesticulando para nós, a palma virada para cima —, não estamos prontos para o exercício de hoje. Iríamos continuar a nossa discussão sobre propaganda, mas agora posso ver que superestimei a habilidade de vocês em julgar um folheto simples como esse sem histeria.

O insulto é cuspido em um tom monótono e sem emoções.

De súbito, me sinto com quinze anos outra vez, todo o meu valor sendo determinado pela opinião deste homem sobre o meu autocontrole e intelecto.

— Caramba. — Ridoc desmorona na cadeira. — Isso foi… pesado.

— O Markham é assim mesmo — digo, baixinho. — Você acha que só cavaleiros podem ser cruéis? Palavras podem eviscerar tanto quanto uma adaga, e ele é mestre nelas.

— No caso de talvez, por uma chancezinha mínima, nós termos feito isso mesmo e alguém ter vazado essa informação… — pergunta Rhiannon, olhando para mim. — Você conhece Markham melhor do que nós. O que ele vai fazer agora?

— Primeiro, não acho que nós atacaríamos civis do outro lado da fronteira — digo, porque é verdade. Só não fazemos nada para ajudar. — Mas, se ele não imprimiu os panfletos, vai tentar desacreditá-los, deturpar o assunto e nos distrair.

— No caso, temos assuntos mais urgentes a serem discutidos — instrui Markham, o tom ainda gélido. — Então agora passem todos esses folhetos para a pessoa à sua esquerda, e que o aluno do final de cada fileira traga aqui. Deixaremos o assunto para discutir em um dia em que forem capazes de exercer um pensamento racional.

Uma onda percorre a sala enquanto todos se apressam a fazer o que ele pede. Reluto em entregar o meu folheto dessa forma, mas não vale a pena chamar a atenção para mim.

A professora Devera dobra o dela com movimentos rápidos e precisos e o enfia no bolso.

— Sinceramente. — Markham balança a cabeça. — Vocês deveriam ter percebido que os folhetos eram só propaganda em poucos segundos.

Desacreditar. Preciso admitir que ele é bom. Os folhetos chegam ao fim das fileiras e os cadetes os levam para a frente, a pilha crescendo mais e mais até começar a cair no chão da sala.

— Quando foi que, na história de Navarre, voamos em uma horda exclusiva de dragões azuis? — Ele nos encara como se fôssemos crianças. Como se tivéssemos sido pegos falhando em um teste.

Esperto. Ele é esperto pra cacete. Com os folhetos retirados, nenhum cadete na sala vai se lembrar das palavras exatas. Nenhum dos cadetes, exceto os cavaleiros que entenderam o significado daquele parágrafo inteiro, vai se lembrar da palavra *fogo*.

— Mas como eu disse — declara ele, batendo as palmas das mãos e suspirando —, vamos voltar para essa lição quando estivermos prontos. Agora vamos falar sobre nossa primeira tarefa de hoje, que é uma celebração.

Ele conseguiu deturpar o assunto. Agora é hora da distração.

— Eu não tinha certeza se esse dia chegaria, e é por isso que espero que nos perdoem por manter os meses de trabalho duro do coronel Nolon em segredo. Não queríamos decepcionar ninguém se ele não conseguisse alcançar o que talvez seja o maior feito de qualquer regenerador em nossa história.

Não queriam decepcionar ninguém? Eu mal consigo me conter para não revirar os olhos.

Markham ergue a mão na direção da porta e sorri.

— Alguns meses atrás ele foi esmagado pelo peso de uma montanha, mas Nolon regenerou ossos e mais ossos para devolvê-lo à nossa Divisão.

Esmagado sob uma montanha? Não pode ser. Meu estômago parece esvaziar, e o barulho na sala fica abafado sob o som do meu próprio sangue pulsando nos ouvidos com a mesma cadência de um tambor.

— Nem fodendo — solta Ridoc, como que sentindo meu pânico.

— *Tairn?* — pergunto, sem nem conseguir olhar.

— *Estou verificando agora.* — Esse tom tenso e curto me faz lembrar de Resson.

— Por favor, juntem-se a mim nas boas-vindas ao colega cavaleiro de vocês, Jack Barlowe!

Markham bate palmas. Toda a sala o acompanha, os gritos mais altos vindos da Primeira Asa enquanto duas figuras descem as escadas.

Respire fundo. Solte o ar. Forço o ar a passar por meus pulmões enquanto Rhiannon agarra minha mão e a segura firme.

— É ele — diz Rhiannon. — É ele *mesmo*.

— Você jogou um penhasco inteiro em cima desse escroto maluco. — Sawyer bate palmas lentamente, mas é só por educação. — Como foi que sobrou qualquer coisa para ser regenerada, caralho?

Voltando meu olhar à esquerda, finalmente tomo coragem para olhar.

A mesma estatura corpulenta. O mesmo cabelo loiro. O mesmo perfil. As mesmas mãos que quase me mataram durante um desafio ano passado… antes que eu o matasse durante os Jogos de Guerra na primeira vez que meu sinete apareceu.

Ele anda mais algumas fileiras, passando pelos outros segundanistas enquanto Caroline Ashton o escolta de volta para seu esquadrão. Agora tudo faz sentido. O segredo. Ela visitando a enfermaria. A exaustão de Nolon.

Jack se vira quando chega ao assento vazio, virando-se lentamente e assentindo enquanto os aplausos continuam. O olhar no rosto dele parece quase humilde, como o de um homem que recebeu uma segunda chance que definitivamente não merece, e então ele se vira outra vez, erguendo o olhar para me encontrar.

Olhos azuis glaciais encontram os meus. Qualquer dúvida que eu pudesse ter morre repentinamente. É ele, sim. Meu coração acelerado parece entalar na garganta.

— Talvez ele tenha aprendido a lição? — A voz de Rhiannon fica aguda, com uma esperança vazia.

— Não — diz Ridoc, abaixando as mãos para o colo. — Ele definitivamente vai tentar te matar. De novo.

Regeneradores não são médicos. Médicos fazem um juramento ao Código de Chricton, um ato solene em que juram ajudar a todos em tempos de necessidade e nunca ferir um coração que ainda bate. Regeneradores são cavaleiros. O juramento deles é apenas ao Códex. Podem tanto ferir quanto curar.

— Guia hospitalar moderno, por major Frederick

CAPÍTULO VINTE E SEIS

— Não estão ajudando! — sibila Rhiannon, vendo que todos nós encaramos o filho da puta do Jack Barlowe.

Um sorriso pequeno e quase suave curva a boca dele por um instante, e ficamos em silêncio enquanto ele acena com a cabeça na minha direção e desvia o olhar rapidamente antes de se sentar.

— Que porra é essa? — pergunta Ridoc.

— Não faço a menor ideia.

É a primeira vez desde o Parapeito que ele olha para mim com algo diferente de maldade pura.

— *É ele* — ruge Tairn. — *Baide escondeu a verdade durante todos esses meses.*

— *Estou vendo agora.*

Eu perguntaria como é que um dragão consegue esconder algo no Vale, mas Andarna também não é uma coisa de conhecimento comum.

— *Tome cuidado com ele o tempo todo* — avisa Tairn.

Rhiannon aperta minha mão enquanto se remexe na cadeira.

— Talvez passar alguns meses morto tenha mudado a forma como ele vê as coisas.

— Talvez. — Sawyer estreita os olhos, encarando a nuca de Jack de forma fulminante. — Mas acho que talvez seja mais seguro matar ele outra vez.

— Eu topo — concorda Ridoc.

— Vamos só ficar de olho nele por enquanto — sugiro, forçando minha voz a sair apesar do nó na garganta quando o aplauso finalmente cessa, permitindo que eu processe todos os meus pensamentos.

Jack está vivo. Tudo bem. Ele dificilmente foi a pior coisa que encarei no ano passado. Eu não só matei um venin. Foram dois. Destruí uma horda inteira de wyvern com Xaden. Talvez Jack tenha mudado; talvez não. De qualquer forma, meu sinete e minhas habilidades de luta corpo a corpo melhoraram, e eu duvido que ele tenha praticado luta no tempo que passou na enfermaria.

Ridoc, Sawyer e Rhiannon me encaram como se tivesse uma chance de eu ganhar chifres e soprar fogo a qualquer instante.

— Eu estou bem — digo a eles. — Sério. Parem de encarar.

Eu não tenho outra opção a não ser ficar bem.

Eles me lançam olhares céticos em graus diferentes e então se voltam para a frente.

Markham pigarreia.

— Agora para o nosso segundo assunto da aula — diz ele, e olha para a professora Devera.

— Ontem à noite, um ataque sem precedentes aconteceu em um dos nossos maiores entrepostos — diz ela, endireitando os ombros enquanto avalia a sala.

— Outra vez? — murmura Rhiannon. — O que é que está acontecendo?

Ela solta minha mão e começa a fazer anotações. Um murmúrio ressoa entre os cadetes.

Foco. Preciso de foco.

— E isso não é nenhuma suposição, propaganda e nem brincadeira — diz ela, olhando para Markham de soslaio. — É um ataque sem precedentes não só pela proximidade, já que nunca sofremos ataques em entrepostos tão próximos em tão pouco tempo, mas também porque envolveu três revoadas.

Ela ergue o queixo.

Olho para o mapa, forçando minha mente a pensar. Pelham, que fica perto da fronteira de Cygnisen, é meu primeiro chute, mas Keldavi (perto da fronteira de Braevick) seria o segundo, já que quase caiu na semana passada. Talvez os paladinos tenham começado a reconhecer nossas fraquezas.

— Atacaram Samara pouco depois do pôr do sol, enquanto a maior parte da legião terminava a patrulha do dia.

Sinto o ar congelar nos pulmões e o coração palpitar. Estou totalmente concentrada em Devera, imersa. Quem se importa se Jack

Barlowe está sentado logo abaixo ou se recebemos folhetos com notícias de Poromiel? Nada disso importa mais do que o que a professora Devera está prestes a dizer.

Estão vivos. Precisam estar.

Não consigo sequer imaginar um mundo sem Mira… e Xaden? Meu coração se recusa a considerar a possibilidade.

Ah, deuses, a ira de Sgaeyl. Abaixo os escudos por completo, procurando por um elo que não conseguiria sentir assim de tão longe. Ainda assim, procuro por ela.

— *Tairn?* — pergunto, mas a ansiedade invade meu fluxo sanguíneo, esmagando qualquer pensamento lógico.

O pensamento não é meu, mas poderia ser. Meu coração começa a martelar no peito, minhas costelas se fechando para comprimir o pulmão.

— O entreposto foi defendido, com sucesso, por três cavaleiros que *não* estavam em patrulha. A vitória deles foi fenomenal. Por mais que nenhum cavaleiro tenha sido morto no ataque — ela fala, o olhar encontrando o meu —, um dos cavaleiros foi gravemente ferido.

Não. A negação vem afiada e rápida.

Raiva e terror pulsam em minhas veias.

A professora Devera levanta a mão e coça o lado esquerdo do pescoço antes de desviar o olhar.

— Que perguntas vocês fariam?

O lado *esquerdo* do pescoço.

Exatamente onde fica a relíquia de Xaden.

Mira está bem, mas Xaden… não posso ficar aqui. É impossível ficar aqui quando preciso estar lá. Não existe outra realidade em que eu não esteja lá. Aqui não significa nada. Sequer existe.

— Preciso ir. — Pego minha mochila do chão e passo uma alça por cima do ombro.

— O entreposto foi invadido? — alguém pergunta à minha frente.

— Vi? — Rhi tenta me alcançar, mas já estou em pé, andando na direção da fileira de degraus.

— Cadete Sorrengail! — chama o professor Markham.

Não tenho tempo de responder enquanto subo as escadas. Nada existe no mundo, fora o impulso que me faz seguir em frente, impossível de ignorar. Meu corpo sequer me pertence, porque não estou mais aqui.

— Cadete Sorrengail! — grita Markham enquanto saio da sala. — Você não está liberada!

— *Vá até o pátio* — Tairn retumba em minha mente.

Nós dois estamos pensando a mesma coisa, nenhum de nós disposto a esperar que eu ande até o campo de voo. Não importa se o ímpeto incontrolável vem de mim ou de Tairn, não quando nós dois precisamos exatamente da mesma coisa.

— Violet! — alguém grita atrás de mim. Ouço passos de botas correndo pelo corredor.

Jack Barlowe está vivo. Arranco a adaga da bainha na minha coxa e me viro na direção da ameaça.

— Ei, calma aí! — Bodhi ergue as duas mãos, a outra segurando a mochila. — Não quero que congele no trajeto.

Ele pega a jaqueta de voo da mochila e entrega para mim.

— Obrigada. — Eu pego a jaqueta com movimentos que não parecem meus. Ele está certo. Eu teria subido em Tairn sem a jaqueta. Ao menos os óculos de voo estão sempre na minha mochila. — Não posso ficar. Não posso explicar. Não posso ficar aqui.

— É o Tairn — fala ele, assentindo. — Vai.

Eu vou.

Quando chega ao terceiro ano, um cavaleiro deve ter controle total e completo de seus escudos. Se não tiver, em momentos de estresse extremo, não ficará meramente suscetível às emoções de seus dragões, mas será controlado por elas.

— O guia das espécies de dragões, por coronel Kaori

CAPÍTULO VINTE E SETE

Quando chegamos a Samara, pouco antes do cair da noite, estou uma bagunça frenética e inquieta. Não consigo me importar com qualquer consequência que esteja me aguardando quando voltar para Basgiath. Eu enfrento qualquer punição de Varrish.

Passei cada minuto das oito horas de voo tentando separar meus sentimentos dos de Tairn, mas não consigo, e ele está definitivamente em sua forma mais animalesca.

Esse deve ser o motivo para eu estar sentindo um fosso vazio no estômago que ameaça devorar todos os pensamentos lógicos se não puder ver Xaden no próximo minuto. É o desespero de Tairn para constatar que Sgaeyl está em segurança que acelera meu coração, e não minha própria preocupação com Xaden. Afinal, se ele estivesse à beira da morte, Sgaeyl teria nos dito assim que estivéssemos voando perto o bastante para nos comunicarmos. Quer dizer, é isso que a parte lógica que mal funciona do meu cérebro está me dizendo.

Tudo o que estou sentindo vem de Tairn. Mas e se não estiver? O que significa o estado grave de Xaden?

Sgaeyl talvez tenha dito a Tairn que Xaden está vivo e que era melhor que eu visse o estado em que ele se encontra, mas ainda assim conto cada segundo que leva para os guardas erguerem as portas corrediças. O aumento na segurança é protocolar, além de totalmente compreensível, considerando o ataque de ontem, mas cada momento que passa parece pinçar mais e mais meus nervos.

Saber, dentro de mim, que estou sendo inundada pelas emoções de Tairn não significa que consiga controlá-las.

No segundo em que a grade se ergue o bastante para que consiga passar meu corpo por baixo dela, faço isso. Pela primeira vez, meu tamanho funciona como vantagem. Entro no entreposto antes mesmo de a grade estar erguida pela metade.

Um caos organizado reina ali dentro. Entulhos de construções desde metade do meu tamanho até o dobro dele estão espalhados pelo pátio, e, com um olhar rápido para cima, noto de onde caíram. Manchas escuras de fogo marcam as paredes ao norte. Os paladinos devem ter invadido o perímetro.

Os médicos trabalham em uma estação de triagem na ala sul da fortaleza, a área ao redor deles cheia de pessoas da infantaria feridas, mas não vejo nenhum uniforme preto entre aquele mar de azul ou cor de creme.

— Violet? — Mira me chama, saindo da escadaria noroeste que sei que leva à sala de operações.

Não está mancando e não usa talas, e não vejo nenhum rastro de sangue. Ela está bem. Atestando a verdade do que Devera falou, apenas um cavaleiro foi ferido, e não foi Mira.

— Onde ele está? — Arranco os óculos de voo do topo da cabeça e os enfio na mala sem interromper meus passos.

— O que você está fazendo aqui? — Ela me segura pelos ombros, encarando meu rosto com a inspeção costumeira. — Você só deveria chegar no sábado.

— Você não se machucou?

— Não. — Ela balança a cabeça. — Eu não estava aqui. Estava na patrulha.

— Ótimo, então me fala onde ele está. — Meu tom fica mais afiado enquanto meus olhos vão de um lado para o outro, procurando por ele. Porra, eu não consigo nem senti-lo com a união de Tairn sobrecarregando todo o resto.

— Você não recebeu permissão, né? Deuses, você vai estar fodida quando voltar. — Ela suspira. Uma coisa eu preciso admitir sobre Mira: ela não entra em nenhuma batalha sem a certeza da vitória. — Está no ginásio de treino. Pelo que ouvi falar, o seu garoto é o motivo do entreposto ainda existir.

Ele não é *meu*. Não de verdade.

— Obrigada.

Eu me afasto dela sem mais nenhuma palavra e sigo para onde me mandou. Eu amo Mira, e fico grata por ela estar bem, mas todos os meus outros sentimentos estão enterrados sob o desespero que finca as garras na minha alma até que eu veja Xaden.

A fortaleza está ocupada com os esforços de recuperação, mas o corredor que leva ao ginásio está deserto. Por que levariam ele até lá para se recuperar? Será que ele não consegue subir os degraus até o quarto? O buraco no meu estômago fica ainda mais profundo. Qual a gravidade dos ferimentos dele?

As luzes mágicas compensam a luz do fim de tarde, que as três janelas enormes refletem quando entro no ginásio. Mas certamente o ambiente que adentro não é o de uma enfermaria improvisada.

Espera. O quê? Eu pisco, aturdida.

Xaden está no tatame ainda usando um uniforme de treino de mangas curtas que destaca todos os seus músculos. Está com as duas espadas nas mãos, metal ressoando contra metal enquanto luta com Garrick.

— Você está meio lento hoje — censura Xaden, avançando sem dó.

Ele se move como sempre, com proficiência letal e concentração total. Não tem nem chance de ele estar sequer *perto* de gravemente ferido. A onda de alívio me permite respirar pela primeira vez antes de sair de Basgiath, mas rapidamente desaparece.

Preciso. Colocar as mãos nele. Agora.

— Eu. Não. Posso. Fazer. Nada! — argumenta Garrick, bloqueando o avanço de Xaden.

— Vai, fica mais rápido.

Xaden desfere golpes e mais golpes deliberados, desviando habilmente dos contragolpes. Cada movimento daquelas espadas colidindo e tilintando vai mudando gradativamente a minha preocupação, o terror esmagador que senti ao pensar que ele estava *ferido*, e que agora se transmuta em raiva.

Ele não está ferido, e sou uma completa imbecil por permitir que minhas emoções me dominassem de tal forma descontrolada, por permitir que meu amor por ele vencesse o meu bom senso. Isso foi culpa minha, e não de Tairn.

Mas e esse sentimento selvagem que me arranca o fôlego? Isso vem totalmente do Rabo-de-chicote-preto, e não consigo me libertar, não consigo erguer meus escudos a ponto de bloqueá-lo e dominar meus próprios sentimentos.

Dou um passo para entrar na linha de visão de Xaden, aproximando a ponta dos pés do tatame.

Xaden olha na minha direção e os olhos dele se arregalam por um segundo antes que Garrick acerte o cotovelo em seu rosto, derrubando-o no chão.

Ai.

Garrick cambaleia no tatame, as espadas caindo de suas mãos.

— Eita!

— A gente terminou por aqui — diz Xaden, sem nem mesmo olhar para ele, já caminhando na minha direção, consumindo aqueles dois metros que nos separam a passos largos de predador. — Eu estava com os escudos erguidos. O que você está fazendo aqui? — Ele arregala os olhos como se sentisse o caos instaurado dentro de mim. — Violência, você está bem?

— O que eu estou fazendo aqui? — pronuncio cada sílaba afiada enquanto meus olhos o percorrem, procurando os ferimentos que Devera mencionou. Será que eu interpretei mal o gesto dela? Será mesmo que voei para cá a troco de *nada*? Minhas mãos começam a tremer. — Não faço a menor ideia, caralho!

— Não é você que está no controle. — O olhar dele me percorre, avaliativo.

— Sei disso! — grito, dividida entre me debulhar em lágrimas pela gratidão em saber que ele está vivo e aparentemente sem ferimentos e também destruir todo aquele ginásio, aquela fortaleza inteira, porque ele correu perigo. — Não consigo tirar ele da minha cabeça!

— Aguenta aí.

Ele tira a mochila dos meus ombros e ela cai no chão do ginásio antes de me levantar nos braços e me puxar contra o peito dele.

Passo os braços ao redor dele e enfio o rosto em seu pescoço, respirando fundo. Ele cheira a menta, couro, e algo só meu… Puta que pariu, por que estou farejando a pele dele?

Xaden nos leva direto para a área de banhos do ginásio, e vislumbro as paredes de pedra polida. As janelas são altas e embaçadas, parcialmente abertas, e uma fileira de bancos largos fica no meio de três fileiras de canos, não muito diferente dos chuveiros de Basgiath. Com um estalo de dedos, a porta se fecha ao comando de Xaden, e ele aciona uma alavanca da parede. A água jorra de um dos canos do aqueduto acima, nos encharcando com água *gelada*.

Ofego, meu corpo retesando de choque com o frio, e, por um segundo, é tudo que consigo sentir.

— Erga seus escudos — ordena Xaden. — Agora, Violet!

Eu me arrasto pela geleira da minha própria mente, erguendo os tijolos dos meus escudos. As emoções de Tairn estão entorpecidas a ponto de eu conseguir recuperar um resquício do meu autocontrole.

— Caralho. Que. Frio — digo, meus dentes tiritando.

— Pronto, agora sim. — Xaden aciona outra alavanca e a água fica mais quente. — Que porra aconteceu para te darem permissão para vir mais cedo?

A preocupação marca o pedaço entre as sobrancelhas dele quando me solta, a água jorrando em cima de nós dois. Volto a dominar minha mente, apesar de ainda sentir a intensidade das emoções de Tairn atrás de meus escudos.

— Eles não me deram permissão…

— Você não pediu? — Ele abaixa a voz e ela chega num tom perigoso que mete medo em todo mundo, menos em mim. — Mesmo sabendo muito bem que Varrish vai… — As palavras dele morrem de súbito quando seu foco passa para o meu ombro. — De quem é a porra da jaqueta que você está vestindo?

— Sério isso? — Ergo os braços, feliz em deixar a água quente me encharcar. — Tem uma patente do terceiro ano, uma insígnia da Quarta Asa e uma designação de Líder de Setor. De quem você *acha* que é a jaqueta que estou vestindo?

Ele cerra a mandíbula, a água escorrendo pelo rosto.

— É do Bodhi, seu babaca territorialista!

A resposta não ajuda.

— Você só pode estar brincando! — grito, desabotoando a porra da jaqueta e puxando as mangas, mas o couro é um inferno quando fica molhado, e preciso de um instante demorado para me livrar dela. — Eu saí correndo da aula de Preparo de Batalha no segundo em que Devera me deu uma dica de que você tinha sido *ferido*. Sim, saí sem pedir permissão. Aí eu voei oito horas em uma velocidade impossível com um Tairn que estava completamente irracional e que pensou que, se você estivesse ferido, Sgaeyl também poderia estar. E agora você resolve fazer esse showzinho possessivo e ciumento de *ai-de-quem-é-essa-jaqueta* só porque o seu primo sabia que eu estava com tanto pânico que não deu nem para parar e ir buscar a minha própria jaqueta? — Fulmino esse idiota sem noção com o olhar, largando a jaqueta no chão. — Pois você que vá se foder!

Um canto da boca dele se levanta.

— Você ficou preocupada comigo?

— Agora não estou mais.

Minha visão fica *vermelha*. Como ele pode achar que isso é engraçado?

— Mas você estava. — Um sorriso lento se esparrama pelo rosto dele, seus olhos se iluminando. — Você ficou preocupada comigo.

Ele tenta me segurar.

— Tá achando engraçado? — Eu me afasto da mão dele e encontro apenas uma parede molhada em minhas costas.

— Não. — Ele vira a cabeça para o lado, o sorriso esvanecendo. — Você me parece meio pouco brava demais por eu não estar batendo na porta de Malek. Seria melhor se eu estivesse sangrando até a morte na enfermaria?

— Não!

É claro que ele não entende nada do que estou sentindo. Pode ser até que a vida dele dependa da minha, mas Xaden não consegue sentir o que sinto por ele. Ele me deseja e disse até que se apaixonou por mim, mas nunca disse que me ama.

— Eu não estou brava com você por não estar machucado. Não quero que você se machuque *nunca*. Estou brava comigo por ter sido tão imprudente, tão obcecada por você, por ter tão pouco controle sobre minhas próprias emoções que só corri até você feito… feito uma… — Uma tola apaixonada. — E você, você está *sempre* calmo e controlado. Você teria esperado para receber todas as informações e nunca, nunca mesmo, teria deixado que as emoções de Sgaeyl dominassem as suas…

Minhas palavras cessam quando Xaden estica a manga do braço direito, exibindo uma linha vermelha e inchada que vai do topo do ombro até metade do bíceps. Tem quase três centímetros de largura no topo, e o triplo disso onde acaba. Ele obviamente foi regenerado, e, se a cicatriz ainda está *tão* visível assim, deve quase ter perdido o braço.

— Então você se machucou mesmo — sussurro, e toda a raiva se esvai do meu corpo. Meu peito fica apertado. Aquilo deve ter doído pra caralho. — Você está bem?

A pergunta escapa mesmo depois de eu ter acabado de vê-lo quase destruindo um oponente.

— Estou bem. O relatório do escriba deve ter sido enviado antes de o regenerador da Asa Leste chegar. — A cicatriz desaparece e ele puxa a manga para baixo. — E você está errada. Eu não teria esperado para ter todas as informações, nem mesmo provas, se você estivesse machucada.

Dessa vez sou eu que não me afasto quando a mão dele vem na minha direção. O braço dele passa pela minha cintura, a mão espalmada contra minhas costas para nos guiar até embaixo do jorro de água. Os centímetros entre nós são uma benção e uma maldição quando ele se inclina para mais perto.

— Não estou sempre calmo e controlado, e *nunca* consigo manter o controle quando o assunto é você.

Meu coração se sobressalta ao ouvir essas palavras enquanto a tensão entre nós, sempre presente, parece aumentar, com tudo que se espalha por mim com um único toque. Não é só a água que me aquece.

— Por exemplo, nem mesmo agora estou fazendo o que deveria fazer. — As palavras dele saem roucas.

— Que é o quê?

— Arrastar você para o tatame até estar com calor, suada e dolorida depois de uma dúzia de lutas. — Ele cerra a mandíbula. — Porque eu avisei que você não deveria arriscar sua vida nunca por algo tão trivial quanto falar comigo, e foi exatamente o que você fez. De novo.

— Aceito qualquer coisa, menos a luta.

Merda. Essa última frase sai sem fôlego.

— E não cabe a você me punir — acrescento. — Não estou mais sob o seu comando.

— Ah, eu sei. E de certa forma era bem mais fácil para nós dois quando você estava. Quer que eu seja totalmente honesto? Então deixa eu te falar. — Ele abaixa o olhar para minha boca. — Eu teria feito a mesma coisa que você, porque sou tão inconsequente por você quanto você é por mim.

Uma dor doce e afiada invade meu peito. Deuses, eu quero acreditar nisso. Mas também quero mais. Também quero ouvir as mesmas três palavras que ele exigiu de mim. Passo minha língua pelo meu lábio inferior e os olhos dele ardem enquanto vapor preenche o cômodo.

— Você estava preocupada *comigo*. — Na primeira vez que disse isso, ele pareceu estar se divertindo, e na segunda, pareceu feliz. Dessa vez, o tom de voz muda como se fosse uma revelação.

— É claro que estava preocupada com você.

Ele me puxa lentamente, deixando tempo para que eu proteste várias vezes antes de unir nossos corpos. O calor do corpo dele invade cada uma das minhas partes geladas, e toda a preocupação ardente que senti no voo até ali e a raiva flamejante que se seguiu se transformam em um calor muito diferente… e muito mais perigoso.

Porra, eu quero ele para mim. Quero tocar cada centímetro de sua pele, sentir o coração dele batendo contra o meu, ter certeza de que ele está bem mesmo. Quero o corpo dele em cima do meu, dentro de mim, o mais perto que pudermos chegar. Quero que ele me faça esquecer que existe qualquer coisa fora dessa sala e além de nós dois.

— E você voou até aqui sem nem parar para pegar uma jaqueta. — Ele abaixa a cabeça lentamente, centímetro a centímetro torturante.

Assinto.

— Porque você ainda me ama — sussurra ele contra meus lábios, um segundo antes de me beijar.

Graças aos deuses ele não espera que eu negue, porque não sei se tenho forças para fazer isso, não com a forma que ele brinca com meu lábio inferior, mordiscando-o gentilmente e depois passando a língua na curva da minha boca. Parece bom demais, certo demais… só *demais*.

É a primeira vez desde Aretia que ele não esperou que eu pedisse. A primeira vez que seu famoso autocontrole desapareceu. A primeira vez que ele arriscou a possibilidade de ser rejeitado e me beijou simplesmente por querer me beijar, e, cacete, isso é exatamente do que eu preciso. Que ele precise de *mim*.

Abro meus lábios em um convite não só porque o quero de volta, mas porque ele está agindo e confirmando uma confissão que não precisei arrancar dele ou sequer pedir. Ele solta um grunhido, seus braços ao meu redor, e o beijo que me entrega é exatamente o que ele descreveu: inconsequente. A sensação da língua dele roçando na minha e depois reivindicando minha boca com carícias é uma chama na lenha, e eu pego fogo.

Urgência, luxúria, desejo, seja lá o que for, dança pela minha coluna e se acumula em uma dor insistente entre as minhas coxas. Ficando na ponta dos pés para chegar mais perto, passo os braços ao redor do pescoço dele, mas nem assim estamos perto o bastante.

As mãos dele passam pelos botões do meu uniforme, e eu o solto meio sem intenção, para que possa tirar tudo. Minha blusa cai no chão em algum lugar a nossa esquerda. Puxo a camisa dele, desesperada pela sensação de tê-lo ali, e ele aceita, pegando a camisa atrás do pescoço e a puxando por cima da cabeça, revelando o que parecem ser quilômetros de pele quente e molhada.

Beijo a cicatriz acima do coração de Xaden e passo as mãos pela lateral do corpo dele, meus dedos traçando as reentrâncias de sua barriga. Não há nada no mundo que possa se comparar a ele. Ele é perfeição, pura e simples, o corpo entalhado por anos passados lutando e voando.

— Violet. — Ele inclina minha cabeça para trás e me dá um beijo forte e profundo, depois mais demorado, mudando o ritmo, me deixando ávida por mais.

Minhas mãos traçam as linhas das suas costas enquanto ele aprofunda os dedos nas mechas molhadas e soltas da minha trança e me puxa, arqueando meu pescoço antes de colocar a boca contra a minha pele.

Ele sabe exatamente onde ficam os meus lugares mais sensíveis e *nossa*, como ele sabe usar cada pedacinho desse conhecimento, chupando e lambendo aquele ponto bem na lateral do meu pescoço para enfraquecer meus joelhos, meus dedos fincando na pele dele.

— Xaden — gemo, minhas mãos descendo para a curva da bunda dele.

Meu. Esse homem é meu. Ao menos por enquanto. Mesmo que seja só pelos próximos minutos.

Ele mordisca a pele delicada da minha orelha, provocando um arrepio que perpassa minha coluna, e sua boca volta a encontrar a minha, roubando minha sanidade e substituindo todos os meus pensamentos por pura urgência. Esse beijo não é tão paciente ou controlado quanto os outros. Existe uma qualidade selvagem e carnal nele que faz minha boca se curvar contra a de Xaden, me faz ficar mais ousada. Passo a mão pelo espaço entre nós dois e suspiro.

Ele já está duro por mim, o volume apertado contra o cós da minha calça quando aperto seu corpo contra o meu.

— Caralho — grunhe ele, afastando nosso beijo, a respiração tão ofegante quanto a minha enquanto eu o acaricio por cima do tecido. — Se continuar fazendo isso…

Ele fecha os olhos com força, pendendo a cabeça para trás.

— Vou acabar tendo você pra mim? — pergunto, sentindo meu centro se contrair.

Ele abre os olhos e me encara, e o conflito que vejo naquelas profundezas escuras me faz hesitar.

— Não me faça lutar por isso. De novo, não — falo, me afastando do calor dos braços dele, e cada nervo no meu corpo grita em protesto. — Não posso ser a pessoa que está sempre lutando por isso enquanto você inventa novas formas de hesitar ou de negar meu toque, Xaden. Ou você me quer, ou não quer.

— Você estava pegando no meu pau, Violet, tenho certeza de que sabe exatamente o quanto eu te quero. — Ele passa a mão pelo cabelo molhado. — Deuses, sou *eu* que estou lutando por isso! — argumenta ele, gesticulando com a mão entre nós dois. — Eu já disse que não vou usar sexo como arma para recuperar você.

— Não, você só vai usar o sexo como arma para essa sua regrinha inventada de não fazer nada até eu dizer as três palavras que ainda não estou pronta para dizer a você.

E aquela urgência enlouquecedora que ele acorda dentro de mim talvez seja o suficiente para eu ceder. Neste momento, meu desejo por ele é tão grande que talvez eu fale o que ele quer, caralho.

— Usar o sexo como arma contra você? — Ele balança a cabeça. — Foi você que me disse que não sabe separar emoções de sexo. Lembra disso?

Eu abro a boca e depois a fecho. Ele está certo. Eu falei isso mesmo. *Merda.*

— Talvez eu esteja aprendendo.

— Talvez eu não queira que você aprenda. — Ele dá um passo em frente e segura minha nuca. — Quero você exatamente do jeito que você é, com todas as suas emoções. Quero a mulher por quem eu me apaixonei. Parece que vou morrer todas as vezes que preciso me afastar de você, todas as noites que passo acordado ao seu lado me sentindo abençoado e amaldiçoado pela memória do quanto você fica gostosa, molhada e *perfeita* quando estou me perdendo dentro de você.

Abro a boca e o calor inunda minha pele como se as palavras dele fossem uma carícia.

— Quando eu finalmente consigo dormir, sonho com os sons que você faz logo antes de gozar e a forma como o azul fica mais intenso do que o âmbar nos seus olhos logo depois, satisfeito e nebuloso. Acordo já faminto por você, só por você, mesmo nas manhãs em que você está do outro lado do reino. Não estou negando o seu toque e nem querendo te manipular. Estou lutando por você.

Ele me segura pelo quadril e seu dedão acaricia o pedaço de pele exposto entre minha calça e a armadura.

— Você quer lutar por mim? — pergunto, esticando a mão para o meu cabelo, e um a um, solto os grampos, derrubando-os no chão de pedra. — Então corra esse risco *sem* saber como eu me sinto. Quer recuperar meu coração? Arrisque o seu primeiro dessa vez.

— Se eu te falar como me estou me sentindo neste momento, você nunca confiaria que não estou fazendo isso só por estar desesperado pelo seu corpo. — Ele franze a testa.

— É isso que estou querendo dizer. — Puxo o último grampo do cabelo. — Faça a sua escolha, Xaden. Você pode me deixar sair por aquela porta ou pode ser a pessoa que aceita o que estou disposta a dar agora.

Balanço o cabelo para soltá-lo e passo os dedos pela massa molhada a fim de desfazer a trança.

— Está tentando me fazer ficar de joelhos por você? Ou ganhar a discussão? — ele pergunta, a mão flexionando-se sobre meu quadril enquanto o olhar incandescente percorre meu corpo.

— Sim — respondo, esticando a mão para alcançar os fios que prendem minha armadura nas costas. — Passei as últimas oito horas aterrorizada imaginando o seu estado quando te encontrasse e agora não estou dizendo apenas que quero você, mas que *preciso* de você. Essas são as palavras que eu consigo te dizer agora. — Puxo o cordão molhado, e ele cede. — É tudo o que eu posso te dar neste momento. É pegar ou largar.

O conflito dentro dele é palpável, a tensão entre nós afiada o bastante para perfurar escamas de dragão. E, por um segundo, penso que talvez ele seja teimoso o bastante para ir embora e continuar naquele impasse.

Mas no instante seguinte (graças aos deuses) ele cede, colando a boca à minha, e o incêndio que quase fora controlado durante a discussão ruge ainda mais quente do que antes. Ele me beija como se eu fosse a resposta para todas as suas perguntas. Como se tudo o que fomos e tudo o que seremos dependessem apenas desse instante. E talvez dependam mesmo.

As mãos dele puxam o cordão nas minhas costas enquanto eu desabotoo as calças dele. Consigo concluir o trabalho mais rápido do que ele, deslizando minha mão para baixo do tecido para tocá-lo desde a base até a cabeça.

O grunhido gutural que ele solta soa para mim como uma recompensa e reverbera direto até o centro de minhas coxas, a dor se intensificando até chegar a um pulsar.

— Solta o meu pau para eu deixar você nua. — Ele pontua a última palavra dando uma mordiscada no meu lábio inferior.

Sim, por favor. Eu solto o corpo dele, que consegue desamarrar minha armadura só o bastante para passá-la por cima da minha cabeça. Ela cai no chão, e, um segundo depois, o bico sensível do meu peito é cercado pela boca dele, acariciado pela língua. Solto um gemido, meus dedos passando pelos cabelos de Xaden para prendê-lo ali.

— Isso é bom pra caralho.

Passando um braço pela minha cintura e o outro embaixo dos meus joelhos, ele me ergue, e então me apoia sobre um banco de pedra aquecido pela água com um movimento fluido.

— Certeza de que quer fazer isso aqui e *agora*? — pergunta ele, erguendo-se acima de mim, bloqueando o jorro de água dos meus seios, os olhos embaçados e o cabelo bagunçado. — Se me der cinco minutos, levo você pro conforto da minha cama.

Ele é tão lindo que meu coração começa a doer só de olhar para ele.

— Agora — respondo, a mão passando pelos ombros largos e descendo pela relíquia que vai do queixo até o braço.

— Agora — concorda ele.

O próximo beijo que damos não sai nada ensaiado ou requintado. É adocicado pelo desespero dele, que se iguala ao meu, e por isso fica ainda mais gostoso. Eu preciso exatamente disso, ser esmagada pelo corpo forte dele contra a pedra, devorada pela mesma urgência que sinto por ele.

A mão de Xaden roça minhas curvas, seguindo a reentrância do quadril antes de se esgueirar pelo cós da minha calça e desatar os botões um por um. O toque dele não hesita quando seus dedos afundam pelo tecido e chegam à minha pele, acariciando desde a minha entrada até o clitóris.

Arqueio as costas e ofego, sentindo um prazer ardente.

— Ainda mais gostosa do que eu me lembrava. — A boca dele desce pelo meu pescoço, me sobrecarregando de sensações enquanto seus dedos me provocam com toques leves como pena. — Porra, sua pele parece seda. Seda quente e molhada.

A voz dele fica com aquela rouquidão de que tanto senti saudades. Ele se move mais para baixo para venerar meus seios com a boca, os dentes arrastando-se levemente por cima do mamilo com a quantidade perfeita de fricção que aumenta o prazer acumulado dentro de mim. É claro que ele sabe do que eu gosto. Essa não é a nossa primeira vez. Também não vai ser a última.

Sinto o poder surgir embaixo da pele enquanto ele circunda meu clitóris inchado com os dedos, recusando-se a pressioná-lo do jeito que quero.

— Xaden — imploro, minhas unhas fincando no topo de seus ombros, mas tomo cuidado para não raspar a mão na nova cicatriz.

Cada toque de seus dedos e carícia de sua língua percorrem meu corpo todo como relâmpago, eletrizando cada nervo até eu estar sensível como uma corda de arco retesada, mas ainda não atingi o ápice.

— Eu sei exatamente o que você quer — diz ele, roçando meu clitóris —, e do que você precisa.

Ele desliza dois dedos para dentro de mim.

Mais fundo. Mais perto. Mais. É disso que preciso.

— Então me dê logo — exijo, remexendo os quadris.

— Eu esperei tanto tempo para tocar em você.

Minha respiração sai entrecortada com gemidos, e minha pele está corada, o calor ardendo enquanto ele aumenta a pressão dolorosa com dedadas mais apertadas e rápidas.

— *Deuses, olha só pra você. Você é tudo que vou querer para sempre. Só você. Só isso. Só nós dois.*

A voz dele se curva em minha mente até que Xaden seja tudo que vejo, ouço, sinto ou penso. Ele é tudo, me observando como se pensasse exatamente o mesmo sobre mim.

— Eu preciso de você.

Talvez precisar não seja a palavra certa, mas não existe outra palavra que capte o quanto ele é essencial para a minha existência. Deslizo os dedões pelo cós da minha calça e a empurro para baixo. Preciso tirá-la *agora*.

— Eu também preciso de você — responde ele.

Viramos um frenesi de mãos e bocas nos procurando enquanto tentamos nos desfazer do resto das roupas molhadas. Tenho outro novo motivo para amaldiçoar essas botas, mas Xaden trabalha rapidamente, me deixando nua.

Passo meus lábios levemente sobre a cicatriz nova no braço dele, sabendo muito bem o quanto estive perto de perdê-lo, e quando vejo ele está em cima de mim outra vez, apoiando o peso nos antebraços, os olhos examinando os meus com uma intensidade que me faz estremecer de expectativa enquanto ele se acomoda entre minhas coxas.

Passando a mão entre nossos corpos, enrolo meus dedos no pau dele, levando a cabeça até a minha entrada. Vou morrer se ele me fizer esperar mais. Não vou sobreviver mais um instante sequer se ele não estiver dentro de mim.

— Preciso de mais, Violet. — Ele segura meu rosto e balança os quadris, me penetrando, me esticando enquanto consome aqueles primeiros centímetros sensíveis. — Seja lá o quanto você acha que precisa disso e precisa de mim... eu preciso *mais* de você.

Ele dá uma estocada, me preenchendo com um único movimento demorado até estar tão fundo dentro de mim que meus olhos se fecham e eu solto um gemido causado pelo prazer sublime.

Não existe mais nada parecido com isso no mundo, disso eu tenho certeza.

— *Bom. Pra. Caralho.* — Ele ecoa meus pensamentos com um grunhido, e então volta a se mexer, afastando-se só o bastante para me penetrar mais uma vez e depois outra vez, roubando meu fôlego ofegante com beijos e mais beijos. Apoio as costas na pedra atrás de mim e arqueio o corpo na direção dele a cada estocada para que chegue mais fundo. É coisa demais, é bom demais, e ao mesmo tempo não é suficiente.

Cada estocada poderosa me deixa ávida por mais. É aqui que quero existir, com ele em cima de mim, enfiando-se em mim, focando total e completamente em mim.

— *Vai mais forte. E mais fundo* — falo mentalmente, porque estou ofegante demais para usar palavras. — *Não me trate como se eu fosse frágil.*

— *Ah, eu sei direitinho o quanto você aguenta.*

Ele desliza as mãos para baixo de mim e me ergue contra o próprio peito enquanto levanta o corpo, virando-se para se sentar na beirada do banco.

Meu grito ecoa no cômodo quando afundo em cima de Xaden, meus joelhos apoiados um de cada lado dos quadris dele, que acerta um ângulo mais fundo e mais doce e me rouba o fôlego.

— *Isso. Bem aí.* Deuses, é tão bom sentir você inteiro.

— *E continuamos bem de onde paramos.* — A mão dele desliza para a minha bunda. — *Com você montada em mim.*

Passo os braços ao redor do pescoço dele e abro um sorriso contra a boca de Xaden. Ninguém vai passar por aquelas portas para nos interromper desta vez. Nós só ouvimos o som da água batendo no banco ao nosso lado e nossos corpos colidindo de novo e de novo, nossos corações batendo forte, as respirações ofegantes entre os beijos demorados e enlouquecedores.

A realidade fica limitada a sensações, o sentimento delicioso do peito dele contra os meus seios, a boca venerando a minha, o pau dele preenchendo cada centímetro de dentro de mim e querendo mais. Uma pressão que se aperta cada vez mais em meu centro, o prazer tão doce que quase consigo sentir o gosto. Sinto essa pressão vibrar dentro de mim conforme meu poder aumenta, me transformando em uma energia frenética e pura até que eu, de fato, viro os relâmpagos que domino, estalando pela expectativa do golpe final.

— Mais — ele grunhe. — Eu quero tudo, Violet.

— É seu.

A barba por fazer dele roça minhas palmas quando seguro seu rosto e o beijo. A eletricidade me percorre, acumulando-se num pico perigoso, e sei que não preciso perguntar. Sei que ele vai me ajudar nessa.

A energia que sinto irrompe num estalo que ilumina o lado de fora das janelas por um segundo antes de ser engolido por sombras que saem para abafá-lo. Nada ali estilhaça. Nada pega fogo. Ele conhece meu corpo e as reações que provoca e vai me proteger quando eu explodir.

Eu o amo. Eu o amo. Eu o amo. Não estou pronta para dizer as palavras para ele e dar a ele o poder que vem junto com tal declaração, mas posso mantê-las ali comigo, entoando-as como se fossem meu Códex particular, a única certeza que tenho na vida.

O corpo dele fica mais tenso embaixo do meu, as estocadas mais fortes enquanto passa um braço por mim, encaixando no meu ombro e me puxando para baixo a cada guinada.

A pressão retesada chega ao auge, e reluto contra ela, segurando firme. Ainda não. Eu quero mais. Porra, quero me sentir assim todos os minutos de todos os dias durante o resto da minha vida.

— Vai, goza. — Ele muda o ângulo, esfregando o corpo contra o meu clitóris ao me entregar a próxima estocada.

— Eu não quero que isso acabe ainda.

Consigo ouvir a nota de pânico em minha voz, o medo afiado de que essa talvez seja a única vez que vou me sentir assim, a única vez que ele vai ser meu. Porém, as ondas se aproximam cada vez que nos nossos quadris se movimentam, e meus músculos ficam retesados até quase travarem.

— Violet. — As mãos dele descem do meu ombro e sobem para o pescoço, segurando as mechas compridas do meu cabelo enquanto me encara nos olhos como se contemplasse o interior da minha alma. — Eu nunca desistiria disso. *Não* vou desistir de você. Agora goza.

Minhas coxas tremem, e, com a próxima estocada, eu me fragmento com um grito. Um relâmpago cai, o poder me arrebentando com um trovão instantâneo enquanto mergulho de novo e de novo. Tudo que posso fazer é me segurar em Xaden e montar nele até que todos os relâmpagos estejam fora de mim, o prazer inundando meu corpo até eu estar frouxa demais para conseguir me movimentar contra o corpo dele.

— *Perfeito*.

O autocontrole dele some em um instante. As estocadas precisas e medidas agora já se foram. Ele grunhe contra meu pescoço e me penetra loucamente usando a força dos quadris, me consumindo sem restrições, e percebo que era isso que eu queria, acima de tudo, acima de todos os segredos. Que ele perdesse o controle.

Quero ser a única pessoa que o deixa desequilibrado.

Segurando os ombros dele, eu afundo a cada estocada, rebolando os quadris e saboreando o grito que ele solta quando finalmente estremece embaixo de mim, as sombras explodindo pela sala. Pedras racham e água emerge dos aquedutos.

Meu coração está acelerado, e eu sorrio.

— Porra. — Ele descansa a testa contra a minha, o peito subindo e descendo enquanto tentamos recuperar o fôlego. — Quando eu começo a achar que consigo lidar com essa sua explosão, perco o controle outra vez.

— Essa é a minha parte favorita.

— Ah, jura? — Ele roça os lábios nos meus e trava os braços ao meu redor, impedindo que eu amoleça e saia do colo dele. — Você vai acabar me matando, juro.

— O que vamos fazer agora?

A pergunta sai antes que eu consiga impedir. Afinal, eu é quem estava relutando contra isso, seja lá o que for.

— Bom, tenho algumas opções. — Ele acaricia o meu rosto e examina meus olhos. — A primeira é que podemos ficar aqui e começar uma segunda rodada. A segunda é que podemos nos limpar, nos vestir e nos esgueirar até o meu quarto para uma segunda rodada por lá. A terceira... — Ele faz uma pausa. — É que podemos nos limpar, encontrar um dominador de água para secar nossas roupas, arrumar uma jaqueta de voo para você e voar até o ponto de encontro para deixar as adagas...

Eu me levanto de imediato, agarrando as roupas antes que ele possa concluir a frase. É claro que quero ir com ele.

— Acho que isso quer dizer que você não quer as duas primeiras opções? — constata ele, soltando um suspiro decepcionado.

Apesar de os cavaleiros de grifos não serem capazes de manifestar sinetes, não perdem tanto em poder. Na verdade, alguns argumentariam até que eles aprimoraram tanto o uso de magias menores, especialmente as feitas com a mente, que as transformaram na arma mais fatal de todas. Subestimá-los é um erro.

— OS GRIFOS DE POROMIEL: UM ESTUDO DE COMBATE, POR MAJOR GARION SAVOY

CAPÍTULO VINTE E OITO

A vantagem de sermos dois cavaleiros em um relacionamento público que por acaso são unidos a um par de dragões consortes é que ninguém questiona o fato de querermos escapulir para um voo noturno, e não existe uma visão melhor das estrelas no Continente do que a que tenho em cima de Tairn.

— *Ainda sou contra essa ideia* — censura Tairn enquanto atravessamos as barreiras das égides pouco depois da meia-noite.

— *E mesmo assim estamos voando* — rebato, sacudindo o corpo para tentar me desfazer da sensação *errada* que parece penetrar meus ossos a cada bater de asas. Por experiência, sei que vai passar assim que estivermos longe o bastante das égides para meus sentidos se acostumarem.

— *Só porque jurei que iria te deixar tomar as próprias decisões depois de Resson, e não porque concordo com o que está fazendo.* — Ele acompanha a inclinação de uma montanha, dando uma guinada para a esquerda para seguir a paisagem. A lua cheia daquela noite significa que precisamos nos esconder. — *O risco que está correndo é totalmente desnecessário.*

— *Um risco que Xaden e Sgaeyl correm o tempo todo.*

Paro de lutar contra o vento e me inclino para a frente quando ele mergulha, sorrindo.

— *O dominador das sombras não é responsabilidade minha.*

— *Mas Sgaeyl é.*

As faixas da sela prendem minhas coxas, um lembrete constante de que não consigo ficar sentada sem elas.

— *Sgaeyl jamais seria derrubada por uma coisa tão insignificante quanto um grifo* — bufa ele. — *E, se perdesse o dominador das sombras, é verdade que ela sofreria uma inconveniência emocional.*

Balanço a cabeça ao ouvir esse disparate.

— *Uma inconveniência emocional? É isso que eu sou para você?*

Se for, então não precisamos nos preocupar com a minha morte sendo a causa da morte de Tairn, de Sgaeyl ou de Xaden.

— *No momento, você é minha irritação preferida.*

O vento rouba minha risada e me preparo quando nos aproximamos do que parece ser um vale coberto por uma floresta. A beirada dos penhascos mais próximos brilha sob a luz de um vilarejo poromielês, mas não sei qual é.

Tairn abre as asas e a gravidade nos alcança, me forçando a me abaixar mais na sela no instante antes de ele pousar ao lado de um lago escuro, fazendo todos os meus ossos se sacudirem. Antes que eu possa me recuperar, ele se vira, e seguro o pomo do corpo dele enquanto se projeta de costas para a água, encarando a clareira aberta.

— *Que abrupto* — comento. Ainda bem que continuo presa na sela.

— *Da próxima vez, então, você voa e eu monto em você.* — A cabeça dele se vira da esquerda para a direita quando Sgaeyl pousa ao nosso lado, Xaden montado nela.

— *Ele ainda está revoltado por eu ter vindo junto* — informo a Xaden, desafivelando o cinto.

— *Você já está bem forte por ter lidado tanto com Aetos* — responde Xaden, descendo pelo ombro de Sgaeyl. A luz do luar reflete nas lâminas da espada dele quando desmonta.

— *Estou mais preocupado com a companhia do tenente do que com Aetos* — rosna Tairn. — *E nem sequer pense em desmontar, Prateada.*

— *Oi?* — Passo o couro do cinto pela primeira fivela.

— *Se soltar esse cinto eu vou sair voando.* — Ele vira a cabeça de forma sinistramente serpentina para me fulminar com o olhar por cima do ombro.

Fico boquiaberta.

— Você não pode estar falando sério — sussurro, sibilando.

— *Experimente me desafiar.* — Ele estreita os olhos dourados. — *O que eu concordei foi em vir até o lugar combinado. Não concordei em colocar sua vida em perigo, considerando que estamos a uma distância fácil de um voo de wyvern de Zolya. Eu também me lembro bem do que acontece com cavaleiros que desmontam.*

— *Você está sendo um bobo superprotetor.*

E ele não está errado. Talvez não seja só eu que continue atormentada por pesadelos.

— *Eu sou o maior representante da minha linhagem.* — Ele vira a cabeça para a frente, dispensando qualquer comentário meu.

— Não se preocupe, você vai conseguir ouvir tudo daí de cima. — A voz de Xaden vem de onde ele está parado esperando, um pouco à frente de Tairn e Sgaeyl.

— Você só tá dizendo isso porque a sua dragão não está te botando de castigo — resmungo.

— *Eu poderia ter me recusado a vir a este encontro. O que estamos fazendo já é um meio-termo.* — Tairn bufa. — *Eles estão chegando.*

Tenho uma resposta na ponta da língua, mas fico de boca fechada quando ouço asas de grifos. O som delas é mais suave do que as de dragões, menos pronunciado. Como se fosse uma ventania, em vez de um rufar de tambores.

Sete grifos (uma revoada completa) pousam na clareira à nossa frente e caminham adiante, as cabeças formidáveis olhando para o lado enquanto encaram Tairn e Sgaeyl. Os grifos têm cerca de trinta centímetros a mais do que Xaden, e, apesar de não conseguir distinguir as cores tão bem sob o luar, consigo ver os bicos afiados muito bem da posição que ocupo.

— *Por favor me diga que você sabe quem são* — digo para Xaden, meu coração acelerado. Sinto meu poder estalar embaixo da pele, carregando o ar ao meu redor.

— *Ah, eu sei quem eles são, sim. Você também vai reconhecê-los daqui a pouquinho* — responde ele, como se estivéssemos numa taverna perto de casa para encontrar uns amigos.

Tairn abaixa a cabeça em um gesto que reconheço tanto como ameaça quanto um favor para mim, me permitindo que olhe para quem se aproxima.

Os grifos, metade águia e metade leão, param a cerca de seis metros de distância, e três dos paladinos desmontam, deixando os outros pares nas beiradas prontos para decolar a qualquer instante.

A confiança que um grupo tem no outro parece tão quebradiça quanto o gelo de dezembro. Um passo em falso e a rachadura pode ter consequências fatais.

O trio caminha na direção de Xaden, atravessando a grama na altura dos joelhos, e eu reconheço a mulher do meio quase que imediatamente como a veterana que nos encontrou no lago e depois lutou conosco em Resson. O rosto dela está fechado, e vejo que a lateral de seu pescoço tem uma nova cicatriz que desaparece embaixo do uniforme, mas é definitivamente ela.

Porém, o homem que está à esquerda dela não é o mesmo. É um pouco mais baixo e mais esguio do que o companheiro anterior dela, e não vejo maldade sob aquelas sobrancelhas retas quando olha para além de Xaden até onde estou antes de desviar o olhar rapidamente.

Não consigo evitar de me perguntar se o homem que estava no lago ao lado dela morreu durante o ataque.

— Riorson — cumprimenta a mulher, parando a três metros de Xaden.

— Syrena — responde Xaden, erguendo dois sacos e os depositando na frente do próprio corpo.

A mensagem é clara: se quiserem o conteúdo daqueles sacos, vão ter que chegar mais perto de Tairn e Sgaeyl.

Syrena suspira e gesticula para os outros seguirem em frente.

A mulher mais jovem à direita de Syrena está vestida em um tom de marrom mais claro que os outros. Ela parece ter a minha idade e tem bastante semelhança com Syrena, a ponto de parecerem parentes. Primas, ou… talvez até irmãs. Ambas têm o mesmo nariz reto, boca volumosa, corpo esguio e cabelo negro e sedoso que contrasta com a pele alva, apesar de que o cabelo da mais jovem está preso em uma trança simples por cima do ombro dela. Os olhos da mais nova também são levemente maiores, e as maçãs do rosto mais altas que as de Syrena. Ela tem o tipo de beleza que normalmente a levaria a receber uma posição na corte de um rei ou em um palco nos teatros de Calldyr.

Sinto um aperto no peito. A forma como ela olha para Xaden não é só meiga. Existe um desejo inconfundível ali, um tipo de anseio que me faz piscar, aturdida. É como se ela estivesse atravessando um deserto e ele fosse o oásis.

Ela parece… do jeito como eu me sinto quando olho para ele.

— Bom saber que vocês conseguiram sobreviver ao ataque infeliz em Samara — diz Syrena quando os outros chegam mais perto de Xaden.

— Quer me explicar que porra aconteceu por lá? — O tom de Xaden, de repente, fica bem menos amigável. — Porque um dos grifos de vocês quase me apagou. Se não tivéssemos um regenerador ali perto na Asa Leste, eu teria perdido um braço porque hesitei, pensando que poderia ser um de vocês. — Ele encara a outra mulher. — Pensei que estivéssemos do mesmo lado, mas não vou hesitar em atacar se isso acontecer outra vez.

Eu me inclino para a frente na sela, mas ela não cede muito. Ficar ali em cima onde só posso tentar adivinhar a expressão dele é excruciante.

A energia estala nas pontas dos meus dedos, mas me mantenho firme, ficando de prontidão para o caso de essa entrega não seguir conforme o planejado.

— Não posso controlar a decisão de todas as revoadas, Riorson — responde Syrena. — E não vou culpar revoadas que sejam de outras linhas de comando e estão só seguindo ordens. Precisamos de mais armas do que vocês estão nos fornecendo. Temos adagas no entreposto para armar só cem paladinos…

— Adagas que alimentam as nossas égides. — As mãos dele se fecham em punhos na lateral do corpo.

— As *nossas* égides? Desde quando você se declara navarriano? Pelo menos você *tem* égides, Xaden — rebate a garota à direita.

— Por enquanto. — Xaden olha para ela um segundo antes de se virar para Syrena.

Aquele tom. A forma como ela pronunciou o nome dele… esses dois definitivamente se conhecem.

— Os ataques precisam parar, Syrena — continua Xaden. — Se estiverem sob seu comando ou não, no segundo em que eu ouvir falar que paladinos estão roubando adagas dos entrepostos ou que as égides navarrianas estão enfraquecidas por causa de roubos de paladinos, vou cortar todos os suprimentos já combinados para o futuro.

Prendo a respiração diante dessa ameaça.

— Então vai nos condenar à morte. — Ela endireita os ombros.

— Vocês é que vão condenar *todos* nós à morte se continuarem tentando derrubar as únicas égides que protegem os ninhos em Basgiath dos venin — falo. — É lá que fica a nossa única forja para produzir armamento, e tem magia pura o bastante naquelas montanhas para alimentar os venin por séculos. Eles ficariam invencíveis.

Todas as cabeças se viram na minha direção.

— *Você está chamando a atenção.* — Tairn rosna para os paladinos, que imediatamente desviam o olhar.

— *Eu nunca disse que ficaria sentada aqui em silêncio.*

— Bom ver você sem a cara do Riorson grudada na sua, Sorrengail — diz Syrena, desviando o olhar de Tairn. Mulher esperta. — Mas imagino que ele ainda não confie tanto assim na gente, considerando que você está aí sentada nas costas do seu dragão enorme.

Xaden continua em silêncio.

— Fico feliz que tenha sobrevivido a Resson — respondo, sorrindo. Não que ela consiga me ver sorrir.

Porém, a paladina mais jovem consegue. Ela me encara com uma mistura de choque e… merda, acho que vejo raiva estreitando os olhos dela.

— *Meu sobrenome não vai ajudar muito a aumentar os laços de amizade com essa daí à sua esquerda* — digo para Xaden.

— *Só ignore ela.*

— Só sobrevivemos por sua causa e por causa desses relâmpagos incríveis que você domina — comenta Syrena.

Outro rosnado retumbante sobe pela garganta de Tairn quando ele vira a cabeça para a direita e arreganha os dentes.

Syrena olha para a paladina mais jovem e recua.

— Você sabe que não deve encarar um dragão, Cat!

Cat. O nome é a cara dela mesmo, meio predatório, considerando a forma como me encara.

— Eu não estava encarando o dragão — diz a mulher, alto o bastante apenas para eu conseguir ouvir, mas muda o olhar fulminante para Xaden. — Ela é bonita. Nisso você tem razão.

Mas que porra está acontecendo?

— Não começa — responde Xaden, o tom voltando para aquela calmaria gélida de antes de falar com Syrena. — Sorrengail está certa. Se derrubarem nossas égides, nada vai impedir que os venin esgotem todo o poder dos ninhos. Seria impossível lutar com eles, e muito mais vencer o inimigo.

— Então você prefere que a gente morra enquanto você fica protegido, sentado em cima da arma que poderia salvar os *nossos* civis? — pergunta o homem, como se estivesse perguntando sobre o tempo.

— Sim. — Xaden dá de ombros.

Ergo as sobrancelhas.

— Estamos em guerra — prossegue Xaden. — Pessoas morrem em guerras. Então, se você está perguntando se prefiro que o seu povo morra antes do meu, obviamente minha resposta é sim. É tolice pensar que vamos conseguir salvar todo mundo. Não dá.

Prendo o fôlego ao me lembrar de que o homem com quem convivo atrás de portas fechadas não é o mesmo que o resto do mundo conhece. Não é a primeira vez que o ouço expressar um sentimento como esse. É a forma como ele age com os marcados que não ralam para saírem vivos em Basgiath.

— Não mudou nada. É o mesmo babaca de sempre. — Cat cruza os braços.

— A gente também perdeu cavaleiros para os venin — retruca ele. — Estamos lutando junto com vocês. Mas não vou sacrificar a segurança do nosso movimento ou os nossos civis em troca dos de vocês. Se isso faz de mim um babaca, então que seja. Não estamos aqui olhando o circo pegar fogo, sentados e protegidos pelas nossas égides. Estou arriscando minha vida e a vida das pessoas com quem me importo para conseguir armamento de Basgiath para vocês e para construir a nossa própria forja. Nossa ideia é providenciar as armas de que precisamos para estarmos prontos para a luta quando os dominadores das trevas e Navarre inevitavelmente vierem nos enfrentar. O que vai acontecer, sem sombra de dúvida.

— Construir uma forja? — Cat arrisca outro olhar feio na minha direção. — O visconde Tecarus contestaria fortemente essa sua declaração. Vocês não tiveram só uma, mas duas chances de conseguir uma lucerna, e não é como se você não tivesse o que ele pediu nas duas vezes.

— Isso está fora de cogitação — declara Xaden.

— Você está disposto a deixar que um reino inteiro seja destruído por esses monstros porque você o quê? — pergunta Cat, inclinando a cabeça para Xaden. — Está apaixonadinho? Ah, tá. Me poupe, eu te conheço.

— Cat! — ralha Syrena.

Meu estômago fica embrulhado.

— *De que porra ela tá falando*? — pergunto na minha mente.

Por mais bizarro que seja, acho que… ela pode estar falando de mim. Mas o que eu tenho a ver com um visconde poromielês?

— *Nada que seja importante.* — O tom de Xaden não é nada reconfortante.

Tairn bufa, soprando fumaça.

— *Vamos discutir isso depois* — aviso para Xaden, acrescentando o assunto a uma lista sem fim.

— Você não sabe de nada que envolva ela. — Xaden balança a cabeça uma vez para Cat antes de se virar para Syrena. — A forja está no topo das nossas prioridades. Assim que conseguirmos uma lucerna, podemos começar a funcionar e a fornecer armamento completo a vocês. Temos todo o resto do material de que precisamos e agora não vou falar mais nada sobre o tema porque você está certa, Syrena. Não confio em vocês. Até que isso aconteça, tem vinte e três adagas nestes sacos.

Ele gesticula para as sacolas no chão.

— Vinte e três? — pergunta Syrena, erguendo a sobrancelha.

— Precisei de uma delas. — Não há desculpa nas palavras ou no tom com que pronuncia isso. — É pegar ou largar. De qualquer forma, Garrick vai garantir que a próxima remessa seja entregue no lugar combinado.

Ele se afasta, mantendo o rosto virado para os paladinos.

— *É perto de Athebyne. Não estou escondendo nada de você, só não quero ficar repetindo para o resto da revoada.*

— *Aprecio a sinceridade.*

É surpreendente e revigorante.

— Vocês têm talvez um ano até que eles cheguem às suas fronteiras — solta Syrena.

Meu estômago fica azedo quando me lembro de que Brennan acha que temos ainda menos que isso. Preciso me dedicar a pesquisar mais sobre as égides assim que voltar para Basgiath.

— Nós somos a defesa que fica entre vocês e eles. Sabe disso, né? Ou ainda está com essa desculpinha que você usou no ano passado, a de achar que é melhor não saber demais para o caso de serem interrogados?

— Nós sabemos — responde Xaden. — Vamos estar prontos.

Syrena assente.

— Vou fazer o que puder para diminuir os ataques nos entrepostos, mas, até que diga abertamente que vai nos armar, vai ser igual a pedir para as nossas forças acreditarem em fantasmas. Eles não *confiam* em você do jeito que eu confio.

— O que você vai precisar fazer para impedir os ataques é problema seu. Eu estava falando sério. — Ele inclina a cabeça. — Se derrubarem nossas égides, vou ficar só olhando enquanto vocês morrem.

Precisamos arrumar égides para eles. É o caminho mais lógico.

Sgaeyl solta um sopro de fumaça e o paladino se atrapalha, mas pega as duas sacolas e vira o corpo, entregando uma para Syrena no trajeto de volta para o restante da revoada.

— Obrigada — Syrena fala para Xaden antes de olhar para mim. — Sorrengail, fale para o seu dragão que ele ainda é a coisa mais apavorante do caralho que já vi na vida.

— Eu falaria, mas isso só inflaria o ego dele — respondo, me acomodando na sela quando Xaden corre pela perna dianteira de Sgaeyl para montar. — Vê se fica viva, Syrena. Estou começando a gostar de você.

Ela me lança um sorriso convencido e se vira para a outra paladina.

— Vamos embora, Catriona.

Catriona. Cat.

Meu estômago embrulha de uma forma que não tem nada a ver com o arranque repentino de Tairn em direção ao céu noturno e tudo a ver com me lembrar do que Bodhi falou algumas semanas atrás.

Eu nunca vi Xaden se importar assim, e isso inclui a Catriona.

Ah, pelo amor dos deuses. Ela estava olhando para ele não só com desejo… mas com saudades.

Cadetes que se ausentarem sem permissão estarão sujeitos a um tribunal militar regido por seus comandantes, se não forem prontamente executados.

— Artigo Quarto, Seção Um, Código de Conduta do Instituto Militar Basgiath

CAPÍTULO VINTE E NOVE

O ar rouba o calor das minhas bochechas, e eu ajeito os óculos enquanto Tairn voa sobre a fronteira com batidas de asas poderosas.

— *Vou evitar tirar conclusões precipitadas como no ano passado, então prefiro perguntar: ela é sua ex, não é?* — questiono Xaden, torcendo para que a minha voz na cabeça dele pareça muito mais estável do que estou me sentindo.

— *Como você… deixa pra lá, não importa. Sim, ela é.* — Ele fala lentamente, como se estivesse escolhendo as palavras com o máximo de cuidado. — *Nós terminamos antes de eu conhecer você.*

Não deveria importar. Eu também tenho ex-namorados. Não é como se nós já tivéssemos discutido nosso passado sexual e romântico. Claro que nenhum dos meus ex é um paladino de grifos que tem… essa cara, mas enfim. Não existe nenhum motivo lógico para eu sentir essa pontada raivosa e irracional de…

Merda. Que porra é essa que estou sentindo? Ciúmes? Ansiedade? Insegurança?

— *As três coisas* — responde Tairn, profundamente irritado. — *E devo lembrar a você de que nem um único dragão escolheu aquela lá. Você, no caso, foi escolhida por* dois. *Controle-se.*

O raciocínio dele parece correto, mas não ajuda muito com o que estou sentindo.

— *Mas no passado Xaden escolheu ela.*

Eu me inclino para a direita enquanto Tairn se vira para acompanhar as montanhas, continuando a subida.

— Bom, no passado você pensava que mingau era uma refeição satisfatória até seus dentes começarem a crescer na boca e você experimentar todas as outras comidas que existem no mundo. Agora pare de pensar nisso dessa forma. Não te fortalece em nada.

É fácil pra ele falar.

O silêncio me acompanha durante o resto do voo, e respiro mais facilmente quando atravessamos as égides de Navarre. Então, a culpa se assenta no fundo do meu estômago. Estamos seguros atrás dos escudos, mas a revoada para quem oferecemos armas não vai dormir com a mesma certeza.

Pousamos no campo e eu desmonto depois de desafivelar o cinto, deslizando pela perna dianteira de Tairn.

— Fique pronta para partir pela manhã — ordena Tairn. *— É possível que uma volta rápida diminua a punição inevitável que vá receber por ter se ausentado de forma tão repentina.*

Sou eu que vou ser punida, já que ninguém ousaria punir dragões.

— Duvido muito, mas podemos tentar.

Ergo os óculos de voo enquanto Tairn anda junto de Sgaeyl, os rabos se movimentando no mesmo ritmo. É só um detalhezinho, mas me faz sorrir.

Xaden se aproxima e passa o braço pela minha cintura, puxando meu corpo firmemente contra o peito antes de erguer meu queixo com o dedão para nossos olhares se encontrarem. Rugas de preocupação marcam a testa dele.

— Sério que a gente vai ter que passar as nossas últimas horas juntos conversando sobre Cat?

— Não — respondo, passando os braços em volta do pescoço dele. — A não ser que você queira gastar um tempinho falando sobre os meus ex-namorados.

Ele desce o olhar para a minha boca.

— Eu prefiro escolher a nossa antiga opção número dois, na qual você volta para o meu quarto e nós usamos nosso tempo de forma mais eficiente.

— Ótimo plano — concordo, sentindo calor só de ouvir a sugestão. *— Mas vamos precisar conversar sobre o visconde Tecarus.*

— Caralho. — Ele desvia o olhar. — Eu quase prefiro falar sobre os nossos ex. — Ele volta a me encarar. — Quem são os seus ex? Eu conheço algum?

— *Tecarus.* — Arqueio uma sobrancelha. — Agora. Eu sei que você quer guardar alguns segredos, mas você me disse que daria informações se elas fossem afetar minhas decisões, e estou com a pulga atrás da orelha porque acho que isso tem a ver *comigo*. — Passo os dedos pela lateral do pescoço dele, acompanhando a relíquia ali, porque não consigo evitar tocá-lo. — *Então estou te* perguntando*: o que Tecarus quer em troca da lucerna, a única ferramenta que pode completar a sua forja, e que você não está disposto a ceder?*

Ele me aperta mais na cintura, me puxando ainda mais perto.

— *Além de armas e um exército particular?* — Ele faz uma pausa, o conflito evidente nos olhos antes de soltar um suspiro. — *Você é a primeira dominadora de relâmpagos em mais de um século. Ele jura que vai nos deixar levar a lucerna para Aretia se puder ver você usando seus poderes.*

Pisco, aturdida.

— Ué, isso parece fácil.

— Não é. Nosso primeiro acordo foi desfeito quando descobri que ele só estava disposto a nos deixar *usar* a lucerna, e não levá-la embora, o que significaria que teríamos que lotar dragões em Cordyn. Em segundo lugar, eu não confio que ele vá parar depois de ver você. Ele é conhecido por colecionar coisas preciosas e mantê-las ali contra a vontade de quem quer que seja. — O dedão dele roça meu lábio inferior, provocando um arrepio que desce pela minha espinha. — Não quero arriscar. Não vou arriscar você.

— Não me parece que a decisão sobre esse risco seja sua — digo, baixinho.

Ele precisa da lucerna, mas talvez, se eu conseguir erguer mais égides, ganhemos mais tempo.

— Eu já falei isso pra você em Aretia. Prefiro perder a guerra inteira a viver sem você. — Ele acaricia meu queixo com os dedos antes de abaixar a mão.

— Não achei que estivesse falando sério quando disse aquilo.

A dor que se espalha pelo meu peito parece quase explodir. Amo esse homem com cada batida do meu coração inconsequente, que seria dele se parasse de guardar segredos e permitisse que eu o conhecesse por inteiro.

— Alguma hora você vai precisar confiar em mim de novo. — Ele aperta a boca. — *Ir até Cordyn está fora de cogitação. Brennan já está tentando negociar esse acordo*.

— Mas eu estou bem aqui. Não vai conseguir me proteger de cada... — Lanço um olhar para o peso que ele afunda numa bainha de adaga que fica em meu ombro, que só está ali porque estou usando a jaqueta *dele*. — O que é isso?

Só que eu já sei o que é. O metal do cabo brilha sob o luar antes que desapareça, escondido contra o meu braço.

— Quero que você possa se defender independentemente do que aconteça. Você não é a única que está tendo pesadelos, sabia?

Abro a boca.

— Xaden — sussurro, deslizando as mãos pelo rosto dele, roçando a barba por fazer. — Eu domino relâmpagos. Nunca ficaria indefesa contra venin.

— Vai precisar escondê-la, é claro. — A voz dele fica rouca. — Costurar uma bainha mais escondida onde quer que seja mais confortável para você na sua armadura.

Aceno que sim. Neste instante, a não ser que a adaga estivesse virada para fora ou soubessem onde procurar, ninguém a veria por nada no mundo.

— Tem mais alguma coisa que você queira discutir? — pergunta ele.

Faço uma careta.

— Fora a batalha de Zolya ter vazado na aula de Preparo de Batalha e Markham ter fingido que era tudo propaganda planejada? — pergunto, retorcendo a boca.

Ele fica me encarando.

— Ou o fato de que Nolon passou meses salvando a vida de Jack Barlowe? — Eu me afasto dos braços dele e começamos a andar na direção do entreposto com as tochas acesas, beirando o parapeito. — Ah, e Varrish deu um soco no meu ombro e deslocou por completo durante o interrogatório depois que Dain se recusou a usar o sinete dele em mim.

Xaden para de andar.

— Não se preocupe — digo, por cima do ombro, puxando-o para que continue a andar. — Nós escapamos. Eles tentaram usar um elixir novo para entorpecer a conexão com os nossos dragões e sinetes, mas eu me lembrei do cheiro daquilo depois do exercício de navegação terrestre e a gente não tomou.

— Elixir de bloquear sinetes? — A voz dele sobe um tom.

— Está tudo certo. Se conseguir colocar as mãos na mistura, provavelmente consigo arrumar um antídoto. — Olho para ele. — *Ou Brennan consegue.*

Ele encara meus olhos.

— O que aconteceu com tudo que falamos sobre manter a comunicação aberta?

— Eu poderia fazer você pedir essas informações — digo, lançando um sorriso sarcástico na direção dele. — Ah, eu cheguei a falar que o Dain me desafiou? — Eu definitivamente não vou perguntar sobre a declaração ridícula que ele fez sobre a minha mãe. Dain não merece ocupar espaço nenhum nos meus pensamentos. — Merda. Eu provavelmente deveria te contar sobre Aaric também.

Xaden suspira.

— E lá se vai a opção número dois.

***

Uma estranha esperança me preenche quando Tairn e eu pousamos no campo de voo de Basgiath na tarde do dia seguinte. Talvez porque eu sinta que Xaden e eu estejamos finalmente confiando um no outro de forma honesta para além dos nossos corpos, apesar de ele ainda não ter me dado acesso definitivo a tudo.

E o corpo dele é *definitivamente* uma vantagem. Sinto uma dor deliciosa em lugares que não foram machucados só pelo voo. Desmonto de Tairn na ponta do campo para evitar as outras aterrisagens da Primeira Asa quando praticarem manobras do terceiro ano.

Merda, eu deveria ter guardado a adaga na mochila antes de pousar. Tem dragões e cavaleiros por *todo lado.*

— *Com todos esses dragões presentes, eu não tenho dúvidas de que Varrish e Aetos foram alertados da sua chegada* — avisa Tairn.

— Eu vou encarar seja lá qual for a punição que eu receba — respondo, coçando as escamas opacas embaixo do queixo dele. — Você precisa se hidratar. Está seco depois de voar esse tanto.

— *Nossa partida é mais minha culpa do que sua. Não vou permitir que arque com o que deveria ser punição minha.*

— Pare de ser tão fofo, estou ficando assustada. — Dou um tapinha nas escamas dele mais uma vez e levo a mochila ao ombro. — *Aliás, já faz algumas semanas. Você acha que Andarna vai acordar logo?*

Estou com saudades dela.

— *Não tem como sabermos* — responde ele, rápido. Rápido demais.

Ergo as sobrancelhas, desconfiada.

— Tem alguma coisa que você não esteja me contando?

— *Todos os adolescentes dormem o tempo que o corpo deles necessita. Aparentemente, o dela requer mais do que a média.*

E, até um pouco antes dessas duas últimas semanas, ela estava acordando a cada vez que eu passava por uma situação difícil. Cacete.

— *Eu deveria ficar preocupada?*

— *Se preocupar não mudaria nada. Ela está sendo assistida por anciões e dormindo segura.*

Hm. Tá.

— *Eu te conto se minha punição incluir a morte ou alguma outra inconveniência dessas.*

— *Eu vou saber, já que estou constantemente acompanhando você* — resmunga ele. — *Forçado a testemunhar toda a inépcia de humanos de vinte e um anos.*

— *Vou tentar deixar as coisas menos vergonhosas.*

— *Se fosse capaz de cumprir tal promessa, acredito que você já teria feito isso.*

Ele espera até eu passar na frente dele, indo na direção das escadas perto da Armadilha, e por fim levanta voo, as asas gerando uma torrente de vento às minhas costas.

Não consigo evitar olhar para a esquerda enquanto desço as escadas. O nosso esquadrão está praticando a pista de obstáculos mortal que custou a vida de Trysten enquanto estávamos presos na prática de interrogatório.

Aaric e Visia já conseguiram chegar ao topo (e isso não é surpresa nenhuma), mas os outros estão com dificuldades. Ainda não descobri o nome dos demais, mas até agora só perdemos duas pessoas.

Sloane morde o lábio enquanto observa uma garota de cabelos pretos azulados se atrapalhar nos troncos de árvores giratórios durante a quarta subida e… então ela cai. Meu coração dá um salto na garganta, mas a garota agarra uma das cordas verticais que ficam ao lado da subida.

— Tente fazer essa correndo — digo para Sloane enquanto passo por ela. — Se hesitar, você vai cair.

— Eu não pedi ajuda — murmura ela em resposta.

— Seu irmão ganhou o brasão da Armadilha no ano passado. Ninguém espera que você consiga fazer igual, mas e se de repente você tentasse não morrer? — falo por cima do ombro, sem me dar ao trabalho de parar de andar.

Não é como se ela fosse me deixar ajudar, e não posso salvá-la da prova. Ou ela consegue, ou não.

Porra, agora eu estou me sentindo igualzinha ao *Xaden*. Credo.

Quando chego ao final da escadaria, vejo Emetterio, o sol refletindo na cabeça recém-raspada e cheia de óleo.

— Você irritou bastante a liderança, Sorrengail — diz ele.

— Fazer o quê? — respondo baixinho, parando ao lado dele.

Ele me olha de soslaio.

— Eu não tenho alunos favoritos. Isso seria tolice, considerando o lugar em que estamos.

— Sei.

— Mas caso eu tivesse… — Ele levanta um dedo para mim. — E não estou dizendo que tenho. Mas, *caso* eu tivesse, sugeriria para essa tal aluna favorita que, enquanto estivesse argumentando ao seu próprio favor, enfatizasse a união inevitavelmente forte que tem com o dragão de batalha lendário e se esquecesse de mencionar que fortalecer os próprios escudos mentais talvez a tivesse poupado de tomar uma decisão tão afobada quanto sair do instituto sem permissão. — Ele ergue uma sobrancelha escura para mim. — Mas eu também esperaria que um outro aluno favorito meu, caso eu tivesse alunos favoritos, fosse ensinar a você técnicas de escudos mais fortes para que isso não se repetisse.

Ele abaixa o olhar significativamente para o meu colarinho, que exibe uma única linha prateada da patente de tenente.

— Entendi o recado. — Abro um sorriso. — Obrigada por se importar, professor Emetterio.

— Eu nunca disse que me importava.

Ele se volta para a Armadilha, onde Sloane acabou de atravessar a quarta subida.

— É mesmo. Claro que não.

Continuo sorrindo enquanto me afasto, usando o caminho cheio de pedregulhos para chegar à Divisão e tentando conter o medo da punição que está por vir. Se Varrish tentar me matar, vou lutar. Se quiser me torturar, vou lidar com isso. Ou talvez eu devesse ir direto até Panchek para falar com ele?

O caminho fica apinhado quando outro esquadrão passa por mim em direção ao próprio horário de treino na Armadilha, e paro de me preocupar em esconder a adaga na mochila. Se continuar assim, vou conseguir chegar no quarto sem que ninguém veja a adaga com o cabo da liga metálica.

Quando chego ao andar do segundo ano, já passei por uma dúzia de cenários diferentes, raciocinando sobre a melhor forma de me entregar.

O professor Kaori ergue o olhar do livro que está lendo enquanto passa por mim no corredor principal, as sobrancelhas franzidas em concentração, e aceno antes de dobrar o corredor dos quartos do meu esquadrão.

Paro de súbito, meu coração pulando o que deveria ser o tempo de duas batidas quando os vejo.

— Aí está ela. — A voz oleosa de Varrish faz os pelos da minha nuca arrepiarem enquanto dois capangas se afastam da parede e vêm na minha direção. — Estávamos esperando você, Sorrengail.

— Eu só ia tomar um banho depois do voo e me apresentaria para julgamento.

Estou perto. Estou *tão* perto da segurança que as portas do meu quarto representam.

— Ah, então você *sabe* que se ausentou sem permissão — atesta Varrish, com um sorriso que é tudo menos tranquilizante.

O trio passa pela minha porta e a de Rhiannon do outro lado do corredor e se aproxima dos quartos de Sawyer à minha esquerda e Ridoc à direita.

— É claro. — Aceno com a cabeça.

A porta de Rhiannon se abre silenciosamente e ela coloca a cabeça para fora para dar uma espiada, arregalando os olhos.

Balanço a cabeça sutilmente em aviso e ela assente, entrando de novo no quarto e deixando apenas uma frestinha na porta. Isso é bom. Não quero que a envolvam na minha punição assim que ela, inevitavelmente, tentar me defender como líder do meu esquadrão.

— A mochila — ordena Varrish.

Ah. *Cacete*. Pelo menos não escondi a adaga ali. Meu deslize pode acabar salvando minha vida.

Nora estica a mão e eu tiro a mochila do ombro e a entrego.

— Não se deu ao trabalho nem de vestir o próprio uniforme? — pergunta Varrish, encarando a patente de Xaden no colarinho. — Sabe que se passar por oficial é contra o Códex, não sabe?

Nora joga minha mala no chão de pedra, estragando a lombada do meu livro de história. Ai.

— Olha, ela tem outra aqui. — Ela pega a jaqueta de Bodhi e a entrega para Varrish.

— Está fazendo coleção? — Varrish pega a jaqueta sem olhar para mim. O foco dele está na minha mochila nas mãos dos outros cavaleiros.

Ele vai pegar a jaqueta de Xaden. Eu *sei* que vai. Sinto o pânico entalar na garganta, ameaçando interromper minha respiração. Ergo o olhar para a frente e encontro o olhar de Rhi, que espia tudo através da fresta que deixou na porta.

Ela inclina a cabeça para o lado silenciosamente e eu encaro a adaga embainhada no meu ombro fixamente antes de erguer as sobrancelhas para ela.

— Só tem livros, óculos de voo e a jaqueta — diz Nora.

— Uma jaqueta que nem é dela — corrige Varrish. — Assim como a que está vestindo agora.

A porta de Rhiannon range, mas ela consegue fechá-la antes de que se voltem para ela.

Caralho. Caralho. *Caralho*. Estou sozinha nessa. A adaga é mais do que suficiente para formalizar uma acusação contra mim se ele souber do que se trata, e, se não souber, Markham vai saber. Ainda pior, a acusação acabaria arrastando Xaden comigo. Vão matar todos os marcados pelo que acreditarão ser a traição dele.

— Vasculhem a que ela está usando — ordena Varrish. — Já que claramente não está no regulamento.

— Perdão — interrompe a voz do professor Kaori, aparecendo atrás de mim. — Acabei de ouvir você mandando os seus... ajudantes, seja lá como os chama, despir uma cadete?

— É uma *jaqueta*. Ela está violando o Artigo Sétimo, Seção Três, que declara que se passar por um oficial de patente... — começa Varrish.

— É o Artigo Segundo, na verdade — interrompo, cruzando os braços. O tecido do ombro cede mais do que eu esperaria, mas não sou tola o bastante para chamar a atenção para ele ao olhar outra vez. — E declara que *se passar* por um oficial de patente é uma ofensa passível de punição, e não vestir a jaqueta de outra pessoa. Como pode ver, essa farda não tem o nome de ninguém e não estou fingindo ser outra pessoa.

— Ela está certa, vice-comandante. — Kaori coloca o livro embaixo do braço. — E desde quando revistamos os pertences pessoais dos cadetes?

— Desde que assumi o posto de vice-comandante. — Varrish ergue a cabeça, endireitando a postura. — Isso não é da sua alçada, Kaori.

— Ainda assim, vou ficar — retruca Kaori. — É sempre bom garantir que não estejamos perdendo os limites de nossa autoridade, não acha, major Varrish?

— Está me acusando de abuso de autoridade contra essa cadete, *coronel* Kaori? — Varrish dá um passo na nossa direção, mas minha mochila está no meio do caminho.

— Ah, imagine. — Kaori balança a cabeça. — Acredito que esteja cometendo abuso de autoridade no geral.

Preciso controlar todos os músculos do meu corpo para não reagir. Varrish estreita os olhos para Kaori antes de se virar para mim.

— Entregue a jaqueta de voo para mim. — Ele estende a mão.

Abro os botões, torcendo para que meus dedos não tremam, e a entrego.

Varrish a vasculha. Cada. Um. Dos. Bolsos.

Eu nem preciso avisar nada a Tairn: já consigo sentir a presença silenciosa dele no fundo da minha mente.

— Hm. — Kaori se inclina na minha direção, virando a cabeça e examinando o meu uniforme. — Na gandula que ela está vestindo lê-se claramente "Sorrengail", e estou vendo que ela está com os dois brasões do esquadrão. Não parece estar se passando por ninguém.

— Ela... — O rosto de Varrish fica inchado quando revira a jaqueta e não encontra nada. — Ela ainda deve ser julgada por um tribunal por ter saído do instituto sem permissão...

— Ah. — Kaori assente. — Então está explicado. Acho que você ainda não falou com Panchek. Minha opinião de especialista é que Sorrengail não deve ser punida pelo que claramente foi uma escolha de seu dragão. O dragão dela é muito poderoso, muito preocupado e *unido a uma consorte*. Panchek concordou comigo. Ela foi inocentada de qualquer acusação.

— O que disse? — Varrish larga a jaqueta de Xaden no chão em cima da de Bodhi, e seus dois capangas o ladeiam.

— Pense comigo — diz Kaori, como se estivesse falando com uma criança. — Não podemos esperar que um aluno do segundo ano crie um escudo para se proteger das emoções poderosas do próprio dragão sabendo que nós ainda temos dificuldade em realizar essa tarefa sendo oficiais, ainda mais se considerarmos que o dragão dela é o poderoso Tairn.

— Fale por você — retruca Varrish, perdendo a postura indiferente de sempre. — Alguns de nós não se curvam aos caprichos de nossos dragões. Na verdade, nós os *influenciamos*.

— Bem, sua teoria deixa brechas para pensarmos em algumas coisas. — Kaori faz uma pausa, esperando uma resposta que não vem. — Estranho, né? Isso significaria que foi você que influenciou Solas a incinerar o esquadrão de cavaleiros unido a outros dragões logo depois do Parapeito?

Varrish olha de mim para Kaori.

— Chega.

O trio dá um passo para o lado para pular a bagunça que fez com as minhas coisas e se afasta do professor Kaori.

— Está fazendo inimigos, Sorrengail — Kaori fala baixinho depois de esperarmos até os outros terem ido embora.

— Não sei se fui eu que fiz esse aí, professor — digo com sinceridade, abaixando o corpo para enfiar todas as coisas de volta na mochila. — Acho que ele já nasceu assim.

— Hm. — Ele me observa enquanto fico em pé. — De qualquer forma, tome cuidado.

Ele me lança um olhar cauteloso e depois desaparece pelo corredor.

Aperto a jaqueta entre as mãos, encontrando uma bainha *vazia*.

Ah, deuses.

— Entre aqui! — sibila Rhiannon, praticamente me empurrando para dentro do quarto dela e fechando a porta.

Ridoc e Sawyer se levantam de onde estão sentados perto da janela e fecham os livros de física, trocando um olhar antes de vir na nossa direção.

— Eu não queria que você se envolvesse… — Minhas palavras morrem quando ela me mostra a adaga, segurando-a pela ponta. — *Puta merda*! — Fico boquiaberta, e abro um sorriso aturdido. — Você acabou de passar isso aí pela parede? Achei que ainda não conseguisse fazer isso!

— Não consigo! — responde ela. — Quer dizer, não conseguia, no caso. Só consegui agora. Pelo olhar que você me lançou, eu precisava conseguir, porque achei que isso aqui tivesse a chance de te matar.

— Você é incrível! — exclamo, olhando para os caras. — Ela não é o máximo?

— Chega de falar do meu sinete! — ela ergue a voz, cheia de tensão. — O que é isso? E por que eles *não* podiam te encontrar com isso?

— Ah. Então.

Dou um passo à frente e ela me entrega a adaga. Mil possibilidades com variações da verdade passam pela minha cabeça. Só que estou farta demais de mentir para ela e para o meu esquadrão. Especialmente considerando o aumento dos ataques, e deixá-los na ignorância só vai acabar por feri-los.

— A adaga — suspiro.

Deuses, espero que Xaden me perdoe por isso.

Ela é minha amiga mais próxima, e não só acabou de salvar a minha vida como a de todos os marcados aqui em Basgiath. Ela merece que eu seja mais honesta com ela. Merece a verdade. Todos eles merecem.

— Violet? — implora ela.

Engulo o nó que se forma em minha garganta, encontrando o olhar dela.

— Serve pra matar venin.

Salvo em casos de invasão, apenas cavaleiros e escribas designados têm permissão para adentrar a Divisão dos Cavaleiros. Adentrar sem convite enquanto membro da Divisão da Infantaria, ou mesmo da Divisão Hospitalar, equivale a aceitar a morte iminente.

— Artigo segundo, seção três, Código de Conduta do Instituto Militar Basgiath

CAPÍTULO TRINTA

Conto tudo a eles.

Cada acontecimento desde o instante em que tomei a decisão de sair do nosso esquadrão e ir com Xaden para os Jogos de Guerra até o segundo em que caí das costas de Tairn depois de ter sido esfaqueada. Porém, quando se trata de revelar como e onde acordei, seguro a língua. Não consigo.

Enfim, conto *quase* tudo que aconteceu depois de Resson. Sobre Andarna, as tentativas de assassinato, as adagas, oferecer suprimentos para as revoadas amigáveis, Jesinia me passando livros confidenciais escondidos sobre as égides, até mesmo a teoria de que Navarre sabe como chamar venin (o resto sai da minha boca em um dilúvio de palavras enquanto me encaram, as expressões variando entre choque e incredulidade).

— Eu estava certa. Deigh não foi morto por grifos — solta Rhi, sentando-se na cama e encarando a parede, os olhos dela desfocando enquanto processa todas as informações.

— Deigh não foi morto por grifos — afirmo, acenando com a cabeça devagar sentada ao lado dela.

— E você deixou que ele... deixou que Riorson mentisse para você. — Sawyer cruza os braços.

Aceno que sim com a cabeça mais uma vez, um fosso se abrindo em minha barriga enquanto espero que eles me condenem, gritem comigo e me chutem para fora do quarto e enfim terminem a nossa amizade.

— E você tem certeza de que os dragões sabem disso? — Ridoc inclina a cabeça para o lado, os olhos arregalados levemente como se estivesse falando com Aotrom. — Os dragões *sabem*.

— Feirge sabe também. — Rhi se agarra à beirada da cama. — Ela está chocada por eu saber. Por *você* saber disso.

— Tairn diz que o Empyriano está dividido. Alguns dragões querem agir e outros não. Já que o Empyriano ainda não assumiu uma posição oficial, nenhum dos dragões está disposto a colocar os cavaleiros em perigo ao contar tudo isso para eles, se já não souberem.

— E as pessoas estão morrendo além das égides. Tudo aquilo que falaram de *propaganda* na verdade é real.

— Sim. — Aceno com a cabeça mais uma vez.

— Eles não vão conseguir esconder uma mentira grande dessas por muito tempo — argumenta Ridoc, passando a mão pelo cabelo recém--raspado. — É impossível.

— Não é não. — Sawyer se inclina em cima da escrivaninha de Rhiannon. — Juro para vocês que as únicas notícias que recebemos morando na costa em Luceras vinham das coisas que os escribas escrevem em pronunciamentos oficiais. É só o Markham escolher quais notícias serão publicadas e quais não serão. Fácil assim. Não estamos abertos nem a fazer negócios com as embarcações comerciais dos reinos das ilhas.

Ridoc balança a cabeça.

— Tá, mas e os wabern, ou sei lá o nome?

— Wyvern? — corrige Rhiannon.

— Isso aí. Se você matou todos aqueles monstros do tamanho dos dragões, então cadê os corpos? Eles não podem esconder um massacre inteiro, e Resson é perto o bastante de Athebyne para alguém ter visto. Liam não era o único cavaleiro que tinha visão além do alcance.

— Queimaram todos — diz Rhiannon, baixinho, desviando o olhar, pensativa. — Os relatórios das patrulhas em Preparo de Batalha reportaram que o entreposto foi queimado e que precisaríamos encontrar uma nova localização para o comércio trimestral.

— Quanto tempo ainda temos? — Ridoc começa a andar em círculos. — Até que essas coisas apareçam na fronteira?

— Alguns estimam um ano, alguns menos. Bem menos. — Eu me viro para Rhi. — Você precisa fazer a sua família ir embora. Quanto mais longe da fronteira, melhor.

Ela ergue as sobrancelhas.

— Quer que eu peça aos meus pais que abandonem a loja em que trabalharam a vida inteira e desloque a minha irmã e a família dela sem falar o motivo?

— Você precisa tentar — sussurro. — Sinto muito por não ter podido falar antes. — O sentimento de culpa ameaça me consumir por inteiro. — E a verdade é que vocês ainda não sabem de tudo. Tem coisas que *não posso* contar até vocês poderem se proteger de Dain. E sei que isso parece uma enrolação do caralho porque eu basicamente venho mentindo pra vocês por todos esses últimos meses. E claro que vocês têm todo o direito de ficarem bravos comigo ou me odiarem, ou se sentirem da forma como quiserem… — Solto uma risadinha autodepreciativa. — Porque é exatamente por esse motivo que estou tão brava com Xaden — termino em um sussurro.

— Para com isso. — Rhiannon respira fundo, trêmula, e finalmente encontra meu olhar. — Eu não estou brava com você.

Eu me afasto, sem palavras.

— Eu tô meio puto — murmura Ridoc.

— Eu estou chocado, mas não com raiva — acrescenta Sawyer, lançando um olhar irritado para Ridoc.

— Eu não estou brava com você, Vi — repete Rhiannon, o olhar fixo no meu. — Só sinto muito por você achar que não poderia me contar tudo. Se estou meio decepcionada e bem frustrada por você não ter confiado em mim antes? Isso sim, mas não consigo imaginar o tamanho do peso que vem carregando sozinha esse tempo todo.

— Mas você deveria estar brava. — Meus olhos ardem, e um nó do tamanho de uma rocha se forma em minha garganta quando olho para cada um deles. — Vocês *todos* deveriam estar com raiva.

Rhiannon ergue as sobrancelhas para mim.

— Então só posso me sentir do jeito que quiser se eu acabar com você por não ter me contado antes? Não sei se isso é justo.

Eu preciso respirar. Preciso respirar. Só que a rocha agora parece mais uma montanha.

— Eu não mereço vocês — digo. A reação dela para a minha falta de honestidade não poderia ser mais diferente de como eu trucidara Xaden em pedacinhos por não me contar as coisas. — Nenhum de vocês.

Ela me puxa para um abraço, encaixando o queixo no meu ombro.

— Mesmo que agora eu seja um alvo por saber de tudo isso, você colocou sua própria vida em risco e dividiu sua bota comigo no Parapeito quando a gente ainda nem se conhecia. Como você poderia pensar que eu não dividiria esse risco com você agora que é minha melhor amiga?

Eu a seguro apertado, dividida entre o alívio absoluto agora que ela sabe de tudo (agora que todos eles sabem) e o medo gélido de que tudo que fiz tenha sido expô-los ao perigo.

— Nós não vamos fugir. — Sawyer vem até nós e segura meu ombro, apertando de leve.

Ridoc caminha até nós lentamente e coloca a mão nas minhas costas.

— Nós quatro, juntos. Esse é o combinado. Vamos chegar até a graduação, não importa o que aconteça.

— Se é que Basgiath vai existir para graduar alunos — comenta Sawyer.

— Eu tenho uma pergunta — diz Rhiannon, afastando-se, e os outros abaixam a mão. — Se temos só meses, então o que vamos fazer? — Não vejo medo nos olhos dela, apenas uma determinação de ferro. — Precisamos contar para todo mundo, certo? Não podemos deixar que aquelas coisas apareçam na fronteira e comecem a sugar a vida de todo mundo.

Claro que Rhiannon começaria imediatamente a tentar resolver os problemas. Pela primeira vez desde que voltei a Basgiath depois de Resson, não me sinto tão sozinha. Talvez manter distância funcione para Xaden, mas eu preciso dos meus amigos.

— Não podemos. Não até estarmos com tudo certo para lutar. Vão matar todos nós antes que possamos espalhar a verdade, exatamente como aconteceu na Rebelião Týrrica.

— Você não espera que a gente fique só olhando para o teto enquanto Riorson e os outros marcados estão por aí definindo o destino do Continente, né? — Sawyer esfrega o nariz.

— Ele está certo. — Rhiannon assente. — E, se acha que estabelecer um segundo conjunto de égides pode ajudar a salvar pessoas, então é isso que vamos fazer. Vamos deixar que os marcados continuem com o contrabando de armas e vamos focar em ajudar a sua pesquisa.

— Bom plano — concorda Ridoc, pegando a adaga com o cabo de liga metálica e a examinando de perto.

— Vocês estão mesmo se voluntariando para passar tempo lendo dúzias de livros confidenciais sobre égides? — pergunto, olhando para eles de sobrancelhas erguidas.

— Se isso significa passar mais tempo nos Arquivos, eu topo. — Sawyer assente, entusiasmado.

— E todo mundo sabe o motivo disso, amigão. — Ridoc abre um sorriso e dá um tapa nas costas dele.

Uma fagulha de esperança se acende em meu peito. Podemos ler quatro vezes mais rápido e cobrir quatro vezes mais livros.

— Deve existir um registro em algum lugar sobre *como* os Seis Primeiros criaram as primeiras égides. Jesinia está procurando, mas não tem acesso a todos os livros confidenciais, e tudo que já li foi editado ou censurado durante a tradução, incluindo um relato dos primeiros escribas. É como se tivessem escondido esse conhecimento quando mudaram a nossa história, o que acho que aconteceu quatrocentos anos atrás, aproximadamente.

— Então estamos procurando um livro de mais de quatrocentos anos. — Rhiannon tamborila os dedos no joelho, pensando. — E um que não tenha passado por nenhuma mão que o tenha alterado ou traduzido.

— Exatamente. E Jesinia já me emprestou o livro mais antigo ao qual tem acesso sobre criação de égides, e ele só fala sobre a expansão, e não a criação. — Meus ombros afrouxam e eu solto um suspiro. — Precisamos de uma fonte primária, e duvido que os Seis Primeiros tenham ficado sentados escrevendo livros depois que fundaram Basgiath. Acho que estavam meio ocupados.

— Bom, não estavam ocupados demais para escreverem diários pessoais — comenta Ridoc, deslocando o pomo da adaga até o meio da mão, tentando equilibrá-la.

Viramos na direção dele e meu coração parece que vai parar de funcionar.

— Como assim? — pergunta Rhiannon.

— Eles tinham diários — afirma ele, dando de ombros, andando enquanto tenta manter a lâmina ereta para cima. — Pelo menos dois deles. O War…

Ele nos vê encarando e agarra a adaga pelo cabo rapidamente.

— Espera aí. Eu sei uma coisa sobre os Arquivos que vocês não sabem? — Ele abre um sorriso imenso. — Ahá. Sei, né?

— Ridoc… — avisa Rhiannon, lançando um olhar severo para ele, e não quero ter nada a ver com isso.

— Tá. Foi mal. — Ele deixa a adaga na escrivaninha e se senta ao lado dela. — Os diários de Lyra e Warrick estão aqui. Ao menos de acordo com o registro confidencial que fica no escritório da sua mãe.

— No escritório da minha mãe? — pergunto, boquiaberta.

— O registro está lá, mas os diários não. — Ele dá de ombros. — Dei uma olhadinha enquanto a gente procurava algo para roubar na Batalha dos Esquadrões, mas estavam listados no cofre subterrâneo, e você já disse que os Arquivos estavam fechados, e aí sugeriu o mapa…

— Não existe cofre subterrâneo — rebato, balançando a cabeça.

— Não que você saiba — retruca ele.

Pisco, surpresa.

— Jesinia saberia se tivéssemos esses livros, e saberia de algum cofre subterrâneo.

E meu pai teria me contado… não teria?

Ridoc bufa.

— Ah, claro. Porque os escribas guardaram o maior segredo da história de Navarre durante todos esses anos garantindo o acesso a todas as informações a alunos do segundo ano, mesmo.

— Ele tem razão — comenta Sawyer.

Tem mesmo.

— Vou pedir para ela dar uma olhada.

E então percebo que teria descoberto isso muito tempo antes se tivesse confiado em meus amigos.

— Mas se eu não fazia nem ideia de que existe um cofre, então deve ser uma coisa muito mais séria do que apenas uma informação confidencial. Ter acesso a esses diários definitivamente nos garantiria uma pena de morte.

Ridoc revira os olhos.

— Ai, ufa. Eu já tava começando a me perguntar mesmo quando é que as coisas iam voltar a ser perigosas por aqui.

***

Jesinia não sabe de nada sobre um cofre subterrâneo, então, enquanto procura saber mais, o resto de nós vasculha cada livro sobre tecer égides e os Primeiros Seis que ela consegue fornecer. A pesquisa vai muito mais rápido quando são quatro pessoas ocupadas com ela. E preciso admitir que é bom erguer o olhar dos textos nas horas de estudo no meu quarto e encontrar meus amigos ali.

No entanto, não encontramos respostas, e Andarna continua dormindo de forma suspeita. E Tairn pedindo continuamente que eu não me preocupe me parece um enorme gatilho para fazer exatamente isso, então é o que faço.

Não tenho oportunidade para contar a Xaden sobre nossa descoberta, ou a falta dela. No sábado seguinte, nosso esquadrão é convocado para outra sessão de navegação terrestre com a infantaria, dessa vez com a Primeira Asa, e passo dois dias percorrendo o terreno íngreme das montanhas perto de Basgiath e tentando, a qualquer custo, evitar Jack Barlowe (que por alguma razão vem sendo legal com *todo mundo*).

— É como se, depois que ele se encontrou com Malek, tivesse levado a maior bronca e resolvido ser um cara decente — observa Rhiannon quando o pegamos dando aula para os primeiranistas no tatame. — Mas eu ainda assim não confio nele.

— Eu também não.

Agora até os professores parecem adorá-lo.

Na semana seguinte, Andarna ainda está dormindo, e Sawyer encontra um trecho em um livro de trezentos anos que confirma que mais de uma pedra de égide foi criada.

No sábado, não é só Xaden que está atuando na sala de operações, mas Mira também está fora, em patrulha, na maior parte do tempo da minha visita. No final de semana depois daquele, nosso esquadrão é largado sem suprimentos na floresta Parchille, no meio do monte de folhas que já começam a cair, e nos dizem para sair dela a pé.

Entendi o recado. Ninguém vai recusar que Tairn e Sgaeyl se encontrem, mas Xaden e eu só podemos nos ver quando seguirmos as regras, e Varrish determinou que já quebramos regras demais.

No final de semana depois daquele, preciso escolher entre meu esquadrão receber nota zero se não participar de uma operação de evasão estilo gato-e-rato contra a Terceira Asa no bosque Shedrick ou viajar para Samara para ver Xaden.

É exatamente o cenário que Mira previu que aconteceria no ano passado, quando descobriu que eu tinha me unido a Tairn: ser forçada a escolher entre minha educação e meu esquadrão ou Xaden e Sgaeyl. Tairn faz a escolha antes que eu possa me martirizar com aquilo.

Acabamos ficando, mas ele está bem borocoxô no dia seguinte, que é o dia da Ceifa, e não posso culpá-lo. Posso até não estar num elo consorte, mas eu cortaria meu braço fora pela chance de ter cinco minutos para falar com Xaden. Nada do que eu preciso contar para ele pode ser relatado por carta.

— Você parece mais nervosa do que na nossa própria Ceifa — comenta Rhiannon, parando ao meu lado onde meus colegas de esquadrão arrumaram um lugar na encosta do morro, do lado oposto onde os primeiranistas da Quarta Asa esperam seus novos dragões.

— Ainda não vi a Sloane, e preciso sair para ficar de vigia logo — respondo.

Cambaleio para a frente e para trás, nervosa feito uma mãe aninhando um recém-nascido com cólica. *Vou dar um jeito de ir até um templo se abençoá-la nesta prova*, prometo a Dunne, a deusa da guerra.

— Ela vai conseguir — afirma Imogen. A tensão nos braços cruzados dela me informa de que não está tão certa disso quanto declara em voz alta.

Além de adicionar repetições extras às nossas sessões de treino noturnas, ela anda mais impaciente comigo desde que lhe confessei que espalhei nosso segredo, o que a pressionou a contar para Quinn também.

Quinn recebeu tudo aquilo de um jeito muito parecido com Rhiannon, com graciosidade e determinação.

Xaden vai perder a cabeça quando contar a ele, mas vou lidar com isso quando ele chegar aqui no sábado. Se é que vão permitir que nos encontremos.

— O Setor Chama inteiro parece forte. Bodhi deveria estar orgulhoso — diz Quinn, com um sorriso esperançoso.

— Visia se uniu a um Rabo-de-adaga-marrom — constata Rhi, acenando com a cabeça para a primeiranista, que está na frente de seu dragão. — Avalynn, Lynx e Baylor também conseguiram. Mas não estou vendo Aaric e nem Mischa. — Ela olha para mim. — É aquela que está sempre roendo as unhas.

— Ah. Sei.

A culpa parece tampar minha garganta e engulo em seco, mas não tem como me tranquilizar. Enquanto evitei ao máximo aprender qualquer coisa sobre os alunos do primeiro ano, Rhi não pode ter esse luxo.

Batidas de asas de dragão enchem o ar outra vez e todos nós olhamos para a direita quando um Rabo-de-clava-azul se aproxima com escamas cor de safira que contrastam com a cor do pôr do sol. O dragão é *lindo*.

— *Sempre fomos a espécie mais bela* — comenta Tairn.

— *E a Andarna, como está?* — pergunto a ele, como faço todos os dias. Hoje, já é a segunda vez.

— *Ainda está dormindo.*

— *Isso não pode ser normal.* — Alterno o peso do corpo sobre a outra perna, apoiada no morro.

— *Está... demorando mais do que o esperado.*

— *Você já disse isso. Vai se reunir com o Empyriano, né?* — pergunto, mudando de assunto e olhando por cima do ombro para a montanha repleta de dragões, olhando para Tairn lá do alto da cordilheira acima, só um pouco mais abaixo do que os dragões que presumo serem os anciões. — *Estão planejando discutir alguma coisa importante hoje à noite?*

Sem a cooperação do Empyriano, continuamos na mesma.

— *Se fosse o caso, não poderia dizer a você.*

— *Imaginei* — falo, suspirando, observando o dragão azul pousar no campo diretamente na frente da plataforma, onde toda a liderança assiste à Ceifa, incluindo minha mãe.

— Caralho — solta Rhiannon, quando Aaric desmonta do Rabo-de-clava-azul como se já fizesse isso há anos, com uma facilidade que me lembra a de Xaden e Liam. Abro um sorriso enquanto ele mantém a cabeça baixa e registra o nome do seu dragão, voltando a ocupar o próprio lugar sem que minha mãe o reconheça.

— Olha só — murmura Rhiannon. — Bem ali.

Ela aponta para o outro lado do campo.

Um dragão vermelho de tamanho médio da cor de um morango voa até o campo, chicoteando o rabo-de-adaga quando pousa no meio do campo.

— Um Rabo-de-adaga-vermelho — sussurro, sentindo o alívio encher minhas veias quando Sloane desmonta de maneira desajeitada, apertando o ombro. — Igualzinha ao irmão.

Sloane dá um abraço em Visia e eu abro um sorriso. Fico feliz que ela tenha amigos e que os colegas de esquadrão do ano dela tenham a chance de se tornar um grupo tão unido quanto o nosso.

— É difícil não detestar ela por odiar você — suspira Rhiannon. — Mas fico feliz que tenha sobrevivido.

— Não preciso que ela goste de mim. — Dou de ombros. — Só preciso que continue viva.

— Líder de Esquadrão Matthias? — Um cavaleiro da Terceira Asa vestindo uma faixa preta com o brasão cinza de mensageiro se aproxima.

— Sou eu. — Rhi o chama para mais perto e então pega o pergaminho dobrado. — Obrigada.

Ele vai embora e ela rompe o selo de cera na carta. Olha para mim rapidamente e então abaixa a voz enquanto Ridoc se inclina para ouvir.

— Jesinia pediu para nos encontrarmos na porta dos Arquivos em quinze minutos. Está com o livro que pedimos.

Ela lê a frase que combinamos como código lentamente, a empolgação transparecendo nos olhos.

Prendo a respiração, meu coração acelerado e o sorriso aumentando.

— Ela encontrou o cofre — sussurro. — Mas sou a próxima no turno de vigia e a Ceifa já está quase no fim. Você precisa cumprir seus deveres de Líder de Esquadrão.

— Eu fico com o seu turno — Ridoc oferece baixinho.

— E entregar de mão beijada para o Varrish mais um motivo para não me encontrar com Xaden neste fim de semana? De jeito nenhum. — Balanço a cabeça.

— Então vou me encontrar com Jesinia. — Ele estica a mão para pegar a carta e Rhi a entrega. — Sawyer cobre a gente.

Todos concordamos, e Ridoc e eu seguimos de volta para a Divisão, afastando nossos passos da direção de voo dos dragões recém-unidos.

— Em que torre vamos fazer o turno da vigia? — pergunta ele, enquanto entramos no pátio. — Na do dormitório?

— Na da Ala Acadêmica. — Aponto para a torre onde o fogo incessante continua ardendo.

— Ah. No braseiro. Vai ser uma noite agitada lá em cima depois que a cerimônia acabar. — Ele me dá um cutucão no ombro. — Subo lá pra te encontrar assim que falar com Jesinia. E aí meu voto é que a gente vá para a comemoração da Ceifa depois que o seu turno acabar. — Ele inclina a cabeça. — Quer dizer, eu, pelo menos, vou querer comemorar. Acho que você se limitou, infelizmente, a ter esse tipo de comemoração só com o Riorson agora.

— Vai lá descobrir se os nossos problemas vão ser resolvidos, vai — solto, rindo.

Nós nos separamos e eu empurro as portas para entrar na Ala Acadêmica. Está um silêncio sinistro no prédio enquanto subo pelas escadas largas em espiral até o último andar. Pensando bem, acho que nunca estive sozinha no prédio da Ala Acadêmica até agora. Tem sempre alguém por perto. Meu batimento cardíaco acelera a cada lance de escada, mas não chego nem perto de ficar tão ofegante quanto naquela vez em que fiz essa travessia para queimar os pertences de Aurelie no ano passado.

Abro a porta da torre reta e sou imediatamente abraçada pelas chamas que saem do barril de ferro no centro dela.

— Violet? — cumprimenta Eya, abrindo um sorriso e pulando da parede grossa de pedra do outro lado do braseiro. — Não sabia que era você que ia me substituir.

— Não sabia que era você na vigia antes de mim. Como você está?

Passo ao redor do braseiro e tento não pensar em quantos cadetes terão suas coisas oferecidas a Malek amanhã.

— Bem…

Ela não termina a frase, arregalando os olhos ao ver algo atrás de mim. Eu me viro, desembainhando a adaga da minha coxa imediatamente e me posicionando ao lado dela.

Quatro soldados adultos em uniformes azuis da infantaria saem pela porta, cada um empunhando uma espada enquanto nos encaram. Meu estômago vai ao chão, revirando. Eles definitivamente não parecem perdidos.

— A infantaria não tem permissão para entrar na Divisão dos Cavaleiros! — grita Eya, pegando sua machadinha e segurando o cabo com firmeza.

— Nós temos permissão para estar aqui — retruca um dos soldados à direita.

— E fomos bem pagos para entregar uma mensagem específica.

Essa frase agourenta é dita pelo mais alto à esquerda enquanto se espalham ao redor do braseiro, dividindo-se para nos atacar dos dois lados.

Quatro assassinos contra duas de nós. Eles se colocam ao lado da saída e nós estamos entre o fogo, a parede e quatro andares de queda livre. *Nada bom*. E eles sabem, e eu percebo isso em especial quando vejo o sorriso lento do soldado mais ao centro, o fogo das chamas refletindo na lâmina quando ele a ergue.

Eles que se fodam. Eu não sobrevivi o ano passado inteiro e esses últimos meses para morrer no topo da Ala Acadêmica.

— *Mate todos eles* — ordena Tairn.

— Vai para a esquerda — murmura Eya.

Assinto e pego outra adaga da bainha.

— Deixa eu adivinhar — digo, enquanto eles caminham de forma coordenada e lenta até nós. Eya e eu nos viramos para ficarmos de costas uma para a outra. — Segredos morrem com aqueles que os guardam?

O homem à esquerda pisca, aturdido.

— Essa frase não é assim tão original quanto você pensa — comento.

Com movimentos rápidos, atiro duas adagas na direção dele, atingindo-o no pescoço e no coração. Eya grita atrás de mim, impelindo-se contra os dois soldados que estão ao seu lado enquanto meu primeiro agressor cai feito uma árvore serrada, o corpo dele colidindo contra a pedra e enterrando ainda mais minhas adagas em seu corpo.

Lâminas se chocam atrás de mim e eu perco a visão que tinha do agressor que sobrou atrás das chamas altas enquanto desembainho mais duas adagas. Merda, merda, *merda*. Cadê…

O fogo sopra na direção do meu rosto e eu mergulho à esquerda, escapando por um triz do barril que rola pelo chão de pedras e se choca contra a parede com um baque alto o bastante para acordar os mortos. Caio em cima do meu ombro, que recebe a maior parte do impacto, e, com uma careta, sou forçada a ficar de joelhos, ignorando os olhos arregalados e inertes do soltado que já matei.

— *Estou a caminho!* — grita Tairn.

Eya dá um berro e eu cometo o erro de olhar por cima do ombro e ver que um dos soldados arranca a própria espada do meio do peito dela.

Sangue. Tem tanto *sangue*. Sangue escorre pelo uniforme dela enquanto segura as próprias costelas, e observo horrorizada enquanto ela cai de joelhos.

— Eya! — grito, cambaleando para ficar em pé, mas não consigo chegar até onde ela está com o caminho de fogo criado pelo barril entre nós.

Segurando as adagas pelas pontas, lanço o corpo para a frente, atirando as lâminas no assassino que ela ainda não tinha matado e o atingindo bem no peito.

Já tirei outras duas adagas da bainha quando me viro para encarar o único homem que restou, mas não tenho tempo de atirá-las. Ele usou a morte de Eya para diminuir a distância entre nós. Ofego quando ele agarra minha cintura e me prende com uma força maior do que a que tenho para me desvencilhar enquanto dá três passos rápidos na direção da beirada da torre.

Não! Golpeio os braços dele, mas o homem continua segurando firme, apesar das feridas. Chuto o estômago dele, que vacila, e, com o próximo chute, ele me solta. O impulso do movimento me faz voar para trás, e minhas adagas raspam no parapeito da torre enquanto cambaleio na direção da beirada, meus pés encontrando apenas o ar.

Rápido. Tudo está acontecendo rápido demais para que eu faça qualquer outra coisa que não apenas reagir.

O instinto toma conta do meu corpo e eu espalmo as mãos no parapeito, soltando as adagas. Me agarrando a qualquer apoio, voo para trás, raspando minha pele contra a pedra para tentar me desacelerar, e as pontas das minhas botas se encaixam na extremidade da torre... mas escorregam.

O impacto, porém, é o bastante para que consiga mudar o ângulo da queda, e a pedra vem ao encontro do meu rosto apenas um segundo antes de a minha barriga colidir com a beirada da torre, roubando o resto do meu fôlego com o impacto.

O peso do meu corpo me arrasta para trás, e enterro as unhas e tento me segurar enquanto a metade de baixo do corpo chuta as fissuras na pedra embaixo de mim, procurando um apoio para os pés.

Isso não pode estar acontecendo, mas está.

— Não é nada pessoal — diz o soldado, arrastando-se para a frente para subir no parapeito de quase um metro de grossura.

Ofego e tusso quando consigo inspirar. Precisa ter algum apoio mais para baixo. Precisa ter. Não vou morrer desse jeito.

Meus pés continuam a procurar por segurança e até sinto uma textura na pedra, mas não existe nada substancial ali que sustente meu peso.

— É pelo dinheiro — sussurra ele de joelhos, tentando alcançar minhas mãos.

Ah, deuses, ele vai...

— Não! — Poder inunda minhas veias, mas não vou poder produzir um relâmpago com a ameaça assim tão perto do meu próprio corpo.

— Só pelo dinheiro — repete ele, tirando uma das minhas mãos da pedra.

Xaden. Sgaeyl. Tairn. Isso vai matar *todos* nós.

O soldado solta a minha mão.

Grito, o som tão agudo que parece rasgar minha garganta, e deslizo para baixo, raspando a pele do antebraço até ficar em carne viva enquanto a gravidade me arrasta para baixo, o topo da torre desaparecendo, mas meus dedos segurando a beiradinha menor... e consigo me firmar ali.

Meu coração vai parar na garganta, meus pés chutando o ar.

Não tenho apoio para os pés.

Quase não tenho apoio para as mãos, e meus ombros começam a *gritar* enquanto continuo pendurada.

— Solta logo — pede o soldado, engatinhando para a frente. — Vai estar tudo acabado antes que…

Os olhos do soldado se arregalam e ele se afoga em sangue, segurando o próprio pescoço, a ponta de uma adaga se projetando alguns centímetros abaixo de seu queixo.

Alguém atravessou o pescoço dele com uma adaga.

As pessoas acham que a maioria dos cadetes da Divisão dos Cavaleiros morre queimada por fogo de dragão. Na verdade, geralmente a gravidade é a nossa maior inimiga.

— Página 47, o Livro de Brennan

CAPÍTULO TRINTA E UM

Escorrego alguns centímetros preciosos enquanto o soldado é puxado para trás e então atirado para a frente, acima da minha cabeça, e desaparece na escuridão.

É Eya. Precisa ser. Talvez o ferimento não tenha sido…

Cabelos loiros e olhos azuis gélidos aparecem acima de mim, e meu coração parece estar em queda livre junto com o corpo do assassino. É Jack Barlowe.

— Sorrengail? — pergunta ele, e se joga para a frente, agarrando meus pulsos com uma força indestrutível.

— *Sinto muito* — digo para Tairn, e me preparo para o momento em que não vou sentir peso nenhum e que será o meu último.

— Peguei você — grita Jack, segurando meus pulsos com firmeza e jogando o corpo para trás, me puxando para cima da torre.

Minhas costelas se chocam contra a pedra e ele solta uma mão, agarrando meu uniforme e dando um puxão, me arrastando pelo resto do caminho até dentro das paredes da torre.

Não perco tempo e cambaleio para a frente até estar em segurança. Assim que meus pés encontram o chão da torre, ele se afasta alguns passos, ofegante pelo esforço, e me dá espaço, desviando do corpo caído à esquerda enquanto o fogo continua ardendo à direita.

— Você salvou a minha vida? — Eu me afasto mais, deixando as mãos soltas em volta do meu corpo para ser fácil de desembainhar adagas.

— Não sabia que era você — confessa ele, caindo contra uma parede da torre e recuperando o fôlego. — Mas salvei, sim.

— Você poderia ter me deixado cair, mas me puxou para cima — digo, como se precisasse tentar convencer a mim mesma do que acabou de acontecer.

— Quer voltar lá pra gente fazer de outro jeito? — sugere ele, apontando para a parede.

— Não!

Ouvimos asas batendo lá em cima e erguemos o olhar enquanto Tairn passa voando por nós. Ele teria chegado tarde demais, e nós dois sabemos disso. O alívio que percorre meu corpo não é só meu. É do meu dragão também.

— Que coisa. — Jack balança a cabeça e encara o corpo sem vida de Eya. — Eu estava de vigia nos dormitórios para a Primeira Asa e corri quando ouvi os gritos. E… sabe… cavaleiros não morrem nas mãos da infantaria.

— Eu matei você. Você tinha todo o direito de me jogar da torre.

Estico as mãos, uma de cada vez, e pego as duas adagas que deixei cair quando fui jogada, embainhando-as lentamente e me preparando para qualquer coisa.

— Eu sei. — Ele passa as mãos pelo cabelo loiro curto. — Bom, a morte foi meio que uma segunda chance para mim. Não dá para saber quem você é de verdade até se encontrar com Malek. Na minha forma de ver as coisas, acabei de dar uma segunda chance para você também. Estamos quites.

Ele assente uma vez com a cabeça e se afasta, entrando de volta na torre.

Ando lentamente pelo espaço da torre, parando para rolar o corpo do primeiro assassino que matei. Retiro as adagas de seu corpo primeiro, limpando-as no uniforme dele antes de guardá-las na coxa. O fogo estala lentamente no barril, e me recosto contra a parede antes de soltar o corpo e sentir todas as vértebras colidindo contra o peitoril de pedra enquanto deslizo para me sentar.

Encaro as pontas das botas de Eya. É tudo que consigo ver deste ângulo. Recosto a cabeça contra a parede, respiro e espero a adrenalina e o choque passarem por completo, e também que minhas mãos doloridas parem de tremer.

Eya está morta. Agora já se foi metade das pessoas que voaram até Resson. Aetos não vai parar até todos nós estarmos mortos. Vai nos pegar um por um. Abraço os joelhos. Quem é o próximo que ele vai tentar matar? Garrick? Imogen? Xaden? Bodhi? Não dá para as coisas continuarem assim.

— Puta merda. — Ouço a voz de Ridoc um segundo antes de vê-lo. — O que aconteceu aqui? — Ele cai de joelhos ao meu lado, me avaliando. — Você se machucou? Levou uma facada? — Ele olha para o lado. — Se queimou?

— Não. — Balanço a cabeça. — Mas Eya morreu. Assassinos. Foi o Aetos.

— Caralho.

Dou uma risada, o som escapando histérico dos meus lábios.

— Jack Barlowe acabou de salvar minha vida.

— Você só pode estar zoando. — Ridoc se levanta e segura meu rosto, procurando sinais de concussão em meus olhos.

— Não. Ele disse que agora estamos quites, e acho que ele não é lá muito bom em matemática, porque, pelos meus cálculos, agora eu estou devendo *duas* vidas a ele. A que eu tirei e essa que ele acabou de me dar.

— Eu deveria ter vindo com você. — Ele abaixa as mãos.

— Não. — Balanço a cabeça, e minha visão fica borrada. — Eles poderiam ter te matado também.

Sinto um calafrio me percorrer.

— Do que você precisa? — pergunta Ridoc.

— Espera até isso passar aqui comigo.

O silêncio se estende entre nós dois.

— Eu encontrei a Jesinia — diz ele baixinho. — A boa notícia é que ela sabe onde fica o cofre. Tem égides, mas ela também sabe como passar por elas. A má notícia é que vamos precisar de alguém que tenha sangue do rei Tauri pra fazer isso. Não é só um cofre subterrâneo. É um cofre da realeza. — Ele abaixa os ombros, derrotado. — Sinto muito, Violet.

Olho para as botas de Eya. Não está mais ao meu alcance protegê-la, mas posso proteger aquilo pelo que ela lutou.

— Que bom que a gente conhece um príncipe que odeia o próprio pai bem aqui em Basgiath, então.

Que os deuses nos salvem da ambição dos segundanistas. Acham que são as pessoas mais experientes do mundo porque sobreviveram ao primeiro ano, mas na realidade sabem o necessário só para acabarem morrendo por estupidez.

— O guia para a Divisão dos Cavaleiros, por major Afendra (edição não autorizada)

CAPÍTULO TRINTA E DOIS

Xaden me encara no sábado seguinte, os olhos parecendo perfurar a minha alma, e o músculo de sua mandíbula trava. Duas vezes.

Pelo menos nenhuma sombra se esgueira por baixo da minha cama, então ele não deve estar *tão* bravo, certo?

— Fala alguma coisa — peço, sustentando o olhar dele e cambaleando quando a beirada da escrivaninha afunda na parte de trás das minhas coxas.

Os ombros dele se levantam quando ele respira fundo. Ao menos um de nós está conseguindo respirar. Meu peito parece tão apertado que vai acabar espremendo cada sopro de ar dos meus pulmões.

— Rhiannon salvou minha vida. Se ela não tivesse pegado a adaga antes de Varrish revistar a sua jaqueta, eu não estaria sentada aqui. — Isso soa como o apelo que de fato é. — Eles teriam que saber disso uma hora ou outra. Ela acabou vendo a adaga. Sabia que tinha *alguma coisa* rolando.

Aqueles olhos lindos se fecham e juro que posso *sentir* que ele está contando até dez.

Tudo bem, talvez até vinte.

— Fala alguma coisa. Por favor — sussurro.

— Estou pensando muito bem no que vou falar — responde ele, respirando fundo outra vez.

— Obrigada por isso.

Abro a boca para dar mais uma desculpa, mas não consigo pensar em nenhuma outra, então continuo apoiada na escrivaninha escutando o relógio tiquetaquear e a chuva bater na janela enquanto ele organiza os pensamentos.

— Quem está sabendo? — pergunta ele por fim, abrindo os olhos lentamente.

— Rhiannon, Sawyer, Ridoc e Quinn.

— A Quinn também? — Os olhos dele ficam arregalados de leve.

Eu levanto um dedo.

— Foi culpa da Imogen.

— Puta que pariu. — Ele passa uma mão pelo rosto.

— Eles não sabem de tudo.

Ele levanta a sobrancelha que ostenta a cicatriz, não parecendo nem um pouco tranquilizado por essa informação.

— Eles não sabem sobre Aretia, Brennan ou a questão da lucerna. — Inclino a cabeça para o lado. — Aliás, não seria mais um problema se eu desse um jeito de ter férias por uma semana para voar até Cordyn. O voo até lá dá o quê? Uns dois dias?

Uma cidade na costa sul da província de Krovla não deve ser muito longe.

— Para com isso. — Ele se inclina para a frente, vindo com o rosto de encontro ao meu, segurando meus quadris na escrivaninha com as mãos. — Você *não* vai começar essa discussão. Agora não. Essa sua ideia absurda de invadir os Arquivos hoje à noite já está me fazendo suar frio sem eu precisar me preocupar com você voando por aí e sendo capturada e morta em território inimigo.

— Isso não é uma ideia. É um plano. — Seguro as bochechas dele. — E não me parece que você está suando.

Um som parecido com um rosnado escapa da garganta dele, que se afasta, dando um passo para trás.

— Você não tem *ideia* do que estou pensando.

— Tem razão. Não faço a menor ideia mesmo. Então me conta.

Eu me seguro na beirada da escrivaninha e espero para ver se ele vai se fechar, como sempre.

Ele passa o dedão pelo lábio inferior que ainda não tive a chance de beijar e olha para os livros empilhados na escrivaninha.

— Obrigado por esperar por mim para botar o plano em prática, mas detectei diversas falhas nele.

— Como assim, falhas?

— Para começar, você não tem certeza de que o participante-chave vai topar... — Ele ergue um dedo.

— Mas isso é porque…

— Não, não. Agora é a minha vez de falar. Você perguntou o que eu estava pensando, certo?

Ele me lança aquele olhar de Dirigente de Asa (aquele astuto e calculista que costumava me assustar para caramba) e eu fecho a boca. Ele levanta um segundo dedo.

— Jesinia não vai ser a única escriba presente, o que significa que existe uma grande probabilidade de vocês serem pegos. — Um terceiro dedo acompanha os outros dois. — E os livros não precisam ser só roubados, mas devolvidos antes que alguém dê falta deles. Ou você estava planejando passar a noite lá para ler?

— Eu estava evitando me preocupar com isso até chegar a hora — confesso.

— E acha mesmo que vamos conseguir entrar e sair do cofre em menos de uma hora? Porque, se não conseguirmos, a pena é de morte.

— Bom, não temos muitas alternativas para conseguir esses diários.

Ele solta um suspiro profundo e diminui a distância entre nós, segurando meu queixo entre o dedão e o indicador para virar minha cabeça de leve na direção do rosto dele.

— Você tem certeza absoluta de que a resposta para a pedra de égide está nesses livros? — pergunta Xaden.

— A gente deu conta de ler metade dos livros confidenciais sobre tecer e reparar égides nesse último mês, e o que não lemos Jesinia leu. Tudo o que eles falam é sobre aumentar a extensão de égides já existentes ou repará-las. Os diários seriam a nossa melhor chance de descobrir como os Seis Primeiros teceram as primeiras égides. Nossa *única* chance.

— Você sabe que vão nos matar se formos pegos, né?

Nós, plural. Repouso a mão no peito dele.

— A gente vai morrer de qualquer forma se não conseguir erguer égides em Aretia. Temos só mais uns *meses*, se Brennan estiver certo, e ele geralmente está. A verdade vai acabar vindo à tona. É questão de tempo.

A atenção dele desce para a minha boca e meu coração acelera.

— Se tem certeza de que esse é o único jeito, então estou dentro. Não existe a menor chance de eu deixar você fazer isso sozinha.

Meu sorriso é imediato.

— Não vai discutir comigo? Ou me dizer que existe outro jeito?

— Eu? Discutir com você sobre livros? — Ele balança a cabeça, deslizando a mão para segurar minha bochecha. — Eu só entro em brigas que sei que posso vencer. — Ele aproxima a boca, centímetro a centímetro, lentamente, e então para a apenas um sopro de distância. — Agora é a sua vez de falar.

Ele fica ali por um instante, esperando, nossas bocas tão próximas que bastaria um único movimento para nos conectar. Eu só preciso dessa proximidade, do toque dele, para o meu sangue começar a ferver. A expectativa cora minha pele e ele acaricia minha bochecha com o dedão, mas não faz o que preciso desesperadamente que ele faça.

Prendo a respiração ao perceber que ele está me dando uma escolha não só de beijá-lo ou não, mas de dizer que a nossa noite em Samara foi uma exceção.

Só que não foi.

Na ponta dos pés, roço os lábios nos dele e o beijo com cuidado como se fosse a primeira vez. Não é um movimento cheio de calor e paixão, apesar de eu saber que vai acabar virando isso daqui a segundos. O que estou fazendo é uma coisa bem diferente. Que me assusta até a alma, e ainda assim não consigo me afastar, nem mesmo por autopreservação.

Estou escolhendo Xaden, escolhendo nós dois. Não por um lapso de julgamento ou como resultado de adrenalina ou tesão demais.

Eu o amo. Não importa o que ele tenha feito ou por qual motivo, eu ainda o amo, e sei que ele se importa comigo.

Talvez não seja amor.

Talvez, depois de tudo pelo que passou, ele não consiga sentir essa emoção.

Mas eu sei que significo *alguma coisa* para ele.

Ele me beija lentamente, um beijo comprido, como se tivéssemos todo o tempo do mundo, como se nada na vida fosse mais importante do que deslizar a língua contra a minha, arrastar os dentes pelo meu lábio inferior.

É um arroubo intenso que pega todos os meus sentidos de assalto e derrete meus ossos, e, quando ele levanta a cabeça, nós dois estamos ofegantes.

— Precisamos parar ou não vamos mais sair desse quarto hoje — diz ele, passando os dedos pela minha bochecha, e então se afasta.

Eu me forço a assentir, concordando. Balanço a cabeça para limpar os pensamentos e ele anda até a porta.

Onde é que ele pensa que vai, caralho?

— Eu ainda não pedi para ele nos ajudar por um motivo.

— Sim, eu imaginei. — Xaden faz uma pausa, segurando a maçaneta, e olha por cima do ombro na minha direção. — Estou *com você* nessa. Quero fazer isso. Mas você precisa saber das consequências se ele disser que não vai participar.

Meu estômago embrulha. Contar a ele vai nos expor…

— Ele não vai dizer não.

Tenho certeza disso.

Xaden inclina o queixo para baixo uma vez e depois abre a porta.

Ridoc e Sawyer tombam para a frente e colidem contra as nossas égides, o que os faz cair de cara no chão do corredor.

Levo as mãos à boca para esconder uma risada.

— É à prova de som quando a porta está fechada, seus babacas — rosna Xaden. — E que porra *ele* já está fazendo aqui?

— *Ele* não sabe o que está fazendo aqui — responde Bodhi. — Só tirei ele das aulas de voo.

Saio de perto da escrivaninha e corro para a porta, assistindo enquanto Ridoc e Sawyer se levantam e dão um passo para o lado, revelando Bodhi, Rhiannon, Imogen e Quinn do outro lado do corredor.

Aaric está parado no meio deles, encostado na parede, os braços cruzados.

— Achei que você acabaria vindo atrás de mim mais cedo ou mais tarde — diz ele, estreitando os olhos para Xaden, que brilham com algo que mais parece maldade.

A energia entre os dois não é nada boa, o que eu deveria imaginar. O pai de Xaden começou uma guerra que o pai de Aaric encerrou.

Um por um, puxo todos eles para dentro das proteções do meu quarto, incluindo Aaric, que fica parado perto do batente, mas deixo a porta aberta para o caso de alguém precisar fazer uma saída rápida. Eu me viro para Aaric.

— Nós precisamos da sua ajuda. E é seu direito negar e ir embora, mas se eu explicar o motivo para precisarmos de você e você negar… — Respiro, trêmula, relutante em completar o que precisa ser dito.

— Se falarmos o motivo e você se recusar, não vai sair vivo desse quarto — completa Xaden quando eu não consigo.

— Você acha que vou mover um dedo para ajudar *você*? — pergunta Aaric, esticando a mão para o cabo da espada.

— Epa, epa! — Bodhi coloca a mão na própria espada, tentando se colocar entre os dois.

— Você sabe o que está acontecendo além da fronteira, e veio até Basgiath por um motivo, não foi? — pergunto em resposta para Aaric, me colocando na frente de Xaden. — Então ajuda a gente a tentar mudar essa realidade.

— Você não tem ideia do que ele fez com Alic! — esbraveja Aaric.

— Seu irmão era um babaca covarde e assassino. — Xaden passa uma mão pelo cós da minha calça e me puxa para trás para que eu fique atrás dele antes de empurrar Aaric pelo batente da porta em direção ao corredor. — E eu não estou nem um pouco arrependido de tê-lo matado.

Ah, *merda*. Por *essa* eu não esperava.

***

Três horas depois, repassamos o plano até sabermos não só o nosso papel, mas também o de todos os outros. Bodhi precisou separar Aaric e Xaden duas vezes, mas finalmente estamos a caminho dos Arquivos. No fim das contas, a chave para garantirmos a participação de Aaric foi acrescentar que ele estaria roubando algo que pertencia ao próprio pai. Daqui a uma hora, ou vamos ter conseguido acesso aos diários, ou vamos estar todos mortos. Os Arquivos não são muito receptivos com visitantes depois do horário em que a porta, em formato de cofre, já fechou.

— Tem certeza de que quer fazer isso? — pergunto baixinho para Aaric enquanto passamos pelo túnel da enfermaria andando em pares.

Nós oito estamos vestidos com trajes de escribas bordados com retângulos dourados de cadetes do segundo ano. O plano inteiro depende da participação de Aaric.

— Absoluta — responde ele, o olhar fixo à frente. — Se tem uma pessoa que eu odeio mais do que Xaden Riorson é meu pai. É só manter esse merda do seu namorado longe de mim.

— Ele vai ficar longe — prometo, encarando os outros por cima dos ombros.

Encontro o olhar de Xaden, que nos segue de perto, o único que se recusou a vestir um disfarce. Mas até aí, se eu dominasse as sombras, também não sei se aceitaria vestir qualquer coisa que não fosse da cor preta.

— *Vou estar onde você estiver* — rebate Xaden, quando os sinos tocam seis vezes, marcando a hora cheia. Em um tom baixo, ele fala para os outros: — Lembrem-se de que o objetivo é fazer tudo em segredo, e não se exibir. Não estamos na Batalha de Esquadrões.

Passamos pelas escadas à direita que nos levam ao resto do campus e descemos na direção do calabouço, dobrando o último corredor. A porta dos Arquivos aparece no fim do corredor, e, para nossa sorte, Nasya está exatamente do jeito que precisávamos que ele estivesse: adormecido em seu posto.

Bodhi se mexe rapidamente ao mesmo tempo que Ridoc, passando pelas costas de Nasya e se escondendo atrás da porta para ficar de vigia.

O primeiro obstáculo está completo.

Jesinia me surpreende ao nos encontrar na porta.

— Não — sinaliza ela, avaliando o grupo, a boca tensa. — Só quatro entram. Se estiverem em mais pessoas, levantarão suspeitas. — Ela avalia Xaden. — Especialmente você.

Cacete. Escolhemos quem está aqui não só pelo quesito lealdade, mas por seus sinetes.

— Ninguém vai me ver — garante Xaden, mantendo a voz baixa enquanto sinaliza ao mesmo tempo. — Aaric. Violet. Imogen.

Jesinia lança um olhar para Aaric e vejo o instante em que ela percebe quem ele é. Ela empalidece e olha para mim.

— Ele tá dando tão na cara assim? — sinalizo enquanto os outros começam a discutir baixinho.

— Só se alguém estiver procurando por sinais — responde ela. — Os olhos deles são todos os mesmos.

— A maravilha da hereditariedade — sinaliza Aaric.

— Eu consigo pegar objetos — argumenta Rhiannon com Xaden em um sussurro.

— E eu consigo apagar memórias recentes se formos vistos — responde Imogen. — Sinete confidencial, lembra? Seu poder é impressionante, Matthias, mas eu sou a linha de defesa mais importante por aqui. — Ela dá um passo na direção de Nasya, colocando as mãos de leve na cabeça dele. — Só por precaução.

— Ficaremos por aqui — responde Quinn, afastando-se do grupo e gesticulando para que Sawyer e Rhiannon a acompanhem. — Caso vocês precisem de nós.

Rhiannon olha de Xaden para mim, claramente dividida.

— Se alguma coisa der errado…

— Vocês voltam para os quartos de vocês e fingem que nada aconteceu. — Eu sustento o olhar dela para que saiba que estou falando sério. — Não importa o que aconteça, vocês precisam seguir o plano.

Ela deixa os ombros caírem visivelmente e assente, lançando um último olhar frustrado para mim antes de se juntar aos outros atrás das portas enormes.

— Passos leves — Jesinia nos lembra, e meu coração começa a bater acelerado enquanto entramos nos Arquivos. — Precisamos ser rápidas. Os Arquivos fecham em uma hora, e, se estivermos aqui quando as portas forem seladas…

Engulo a náusea que ameaça me fazer vomitar.

— Já sei. Vamos morrer.

Os Arquivos são protegidos pela melhor das proteções contra as pragas.

— Só mostre o caminho até lá — gesticula Xaden. — Nós cuidamos do resto.

Ele desaparece no instante em que atravessamos o batente, escondendo-se nas sombras ao longo das paredes mal iluminadas. Consigo ter uma vaga noção da silhueta dele só se olhar com muita atenção, e é chocante a forma como ele se mistura bem à escuridão.

Ou talvez seja o fato de que o resto do espaço é claro até demais, com luzes mágicas iluminando fileiras e mais fileiras de estantes e mesas de estudo vazias que se estendem até o fundo do espaço cavernoso. O fato de estar vazio é bom (e esperado para um sábado à noite), mas não tem como saber quem poderia estar entre as estantes ou nas salas de estudo que ficam dentro dos Arquivos.

Eu me forço a segurar a leve hesitação quando passo pela mesa de estudos de carvalho e sigo Jesinia. Sinto a familiaridade daquele mármore debaixo de minhas botas, mas ele ainda assim parece completamente estranho. Por mais que eu tenha passado anos aqui, este é o mais longe que cheguei no interior dos Arquivos.

Aaric olha por cada fileira conforme passamos, mas não tiro os olhos de Jesinia, forçando os meus maneirismos, postura e ritmo a refletirem os dela. O silêncio que normalmente acho pacífico é inquietante nas circunstâncias em que nos encontramos.

Deuses, tanta coisa pode dar errado. O pouco que comi no jantar ameaça voltar.

Eu, Aaric e Imogen seguimos Jesinia quando ela vira à esquerda e atravessa a penúltima fileira de mesas, guiando o grupo na direção das salas de ofício. O cheiro de cola de encadernação fica mais forte, e meu coração tem um sobressalto ao ver um escriba caminhando em nossa direção vindo do mesmo corredor para o qual iremos em seguida.

O único retângulo dourado no ombro dele determina que é um aluno do primeiro ano, e, apesar de a Divisão dos Escribas receber o dobro do contingente de cadetes quando comparado à Divisão dos Cavaleiros, o número de alunos ainda é pequeno o bastante para que ele *devesse* nos reconhecer, caso fôssemos quem fingimos ser.

— Cadete Neilwart? — sinaliza ele ao mesmo tempo que fala em voz alta, olhando para nós, confuso.

Abaixo a cabeça e vejo Aaric fazer o mesmo com o canto dos olhos, escondendo nossos rostos o máximo possível.

— Cadete Samuelson — responde Jesinia, virando-se levemente para que eu olhe para as mãos dela.

Porra, nós vamos ser pegos antes mesmo de chegarmos *perto* das égides.

— *Eu cuido disso.* — A voz de Xaden aplaca minha ansiedade, mas não totalmente.

Mas o que importa é que ele está aqui. Ele é o exato motivo para termos esperado por essa noite em particular.

As sombras espreitam entre as mesas, correndo até os pés de Samuelson, e Aaric fica tenso ao meu lado.

— Pensei que só você e o cadete Nasya estivessem de serviço hoje à noite — aponta Samuelson.

— E mesmo assim você veio até aqui — responde ela.

Tentáculos de sombra erguem-se atrás do primeiranista.

— *Espere* — peço. A última coisa de que precisamos é um cadete escriba morto.

— *Já fui paciente demais* — responde Xaden.

— Esqueci a minha tarefa de encadernação na sala do Culley. — Samuelson lança um olhar significativo para a própria mochila cor de creme que leva pendurada no ombro.

— Distração não é uma qualidade desejável num escriba — sinaliza Jesinia, e levanto as sobrancelhas de leve, surpresa, enquanto tento reprimir um sorriso. — Se não se importa, primeiranista, nós, do segundo ano, temos tarefas a cumprir. Não é todo mundo que se dá ao luxo de solicitar folga nos finais de semana para estudar.

O cadete fica corado, obviamente envergonhado, e dá um passo para o lado no corredor.

As sombras voltam aos seus devidos lugares e continuamos em frente, em grupo.

— Achei que ele ia matar o garoto — sussurra Aaric, assim que alcançamos uma distância segura do primeiranista.

— Eu não teria ficado surpresa — responde Imogen. — Talvez tivesse sido mais eficiente.

Nós dois viramos a cabeça para encará-la e ela dá de ombros.

Jesinia nos guia para fora da biblioteca principal e passamos por um corredor bem iluminado com janelas e algumas salas de aula de cada lado. Quanto mais fundo vamos nos arquivos, mais sinto o colarinho do uniforme apertar.

Xaden nos alcança em apenas alguns passos, andando calmamente ao meu lado.

— Alguém vai notar essa roupa toda preta — censuro baixinho quando Jesinia vira à direita.

Este lugar é a porra de um labirinto, e tudo aqui parece exatamente igual.

— Não tem ninguém aqui. — As mãos de Xaden pendem livremente ao lado do corpo, e percebo que ele trocou as espadas de preferência que leva nas costas por lâminas mais curtas, o que me informa que ele está preparado para lutas em espaços mais apertados. — Pelo menos não neste cômodo.

— Foram as suas sombras que te deram essa informação? — pergunta Aaric.

— Achei que tivéssemos combinado de não falar um com o outro — retruca Xaden.

Jesinia abre a terceira porta à esquerda e nós a seguimos para dentro do que parece ser uma sala de aula. Não é à toa que o corredor era cheio de janelas; aqui dentro, tudo é escuro. Duas das paredes são feitas de pedra, e a parede dos fundos está repleta de livros. O resto do espaço é meio vazio, preenchido por fileiras de mesas e bancos compridos voltados para uma escrivaninha solitária na frente da sala.

— A partir de agora, dependemos totalmente das informações que recebi — sinaliza ela, espremendo os lábios em preocupação. — Nunca cheguei mais longe do que isso. Se eu estiver errada…

— A gente se vira — prometo.

Ela assente e anda até o canto da sala, na direção de uma estante comprida.

— Imogen — ordena Xaden, indicando a porta com a cabeça.

Ela fica na posição de vigia, segurando uma faca que escondeu embaixo da roupa. Enquanto isso, Jesinia estica a mão para os fundos da estante, tirando diversos livros da prateleira antes de localizar uma alavanca.

Ela puxa a alavanca de metal para baixo e um dos cantos da sala se desloca das outras pedras. Ele gira por um quarto de volta quase que silenciosamente, me surpreendendo, revelando uma escada em espiral íngreme naquela abertura.

Olhando mais de perto, consigo ver o brilho leve dos trilhos de metal no qual a escada se desdobra.

— Incrível — sussurro.

Quantas dessas maravilhas temos escondidas por aqui?

Quando pego Xaden me encarando, sibilo:

— Que foi?

— É como se eu estivesse contemplando o que poderia ter sido.

— E qual é o veredito?

A entrada secreta solta um clique, encaixando-se no lugar e interrompendo a rotação.

— Você fica melhor de preto — sussurra Xaden, os lábios roçando no meu ouvido e provocando um arrepio pela presença dele, apesar da situação em que nos encontramos.

— Aqui é o mais longe que posso levar vocês — sinaliza Jesinia. — Se ficar muito mais tempo longe do meu posto, alguém pode notar. De acordo com os outros, as égides normais dos Arquivos acabam aqui, então, se não puderem voltar a tempo, é mais seguro que passem a noite lá embaixo.

— Obrigada — respondo. — Entro em contato assim que pudermos devolver os livros.

— Boa sorte. — Ela me lança um sorriso encorajador e depois vai embora, deixando nós quatro parados lá.

Xaden espia a escada.

— Cuidado com os degraus — alerta ele. — Tem uma luz vindo do fundo, mas vamos precisar impedir que o resto das luzes seja acionado.

— Só temos quarenta e cinco minutos — lembra Imogen.

Se precisarmos de mais tempo, ou vamos ficar presos lá e acabar em um tribunal... ou morremos.

Sem pressão.

— Então é melhor irmos rápido — responde Xaden, entrelaçando os dedos nos meus antes de começar a descer as escadas.

A primeira vez que uma pessoa é pega nos Arquivos depois que a porta é selada durante a noite também é sempre a última. A magia complexa que atua para preservar nossos textos não é compatível com nenhuma forma de vida.

— O GUIA PARA SE DESTACAR NA DIVISÃO DOS ESCRIBAS, POR CORONEL DAXTON

CAPÍTULO TRINTA E TRÊS

Sombras recobrem o teto, bloqueando qualquer luz mágica que se acenderia ao detectar nossa presença, então apoio minha mão livre na parede para me guiar enquanto descemos lentamente as escadas. Cada degrau que descemos é uma aposta na escuridão, mas, milagrosamente, ninguém tropeça.

Uma luz azul fraca emana do fundo da escada.

— *Luz mágica?* — pergunto.

— *Tem dois guardas no fim do corredor* — responde Xaden, tirando a mão da minha. — *Espere aqui enquanto eu resolvo esse problema.*

Levanto a mão para sinalizar aos outros que parem quando chegamos ao último degrau. O espaço se abre para o que parece ser um corredor, mas Xaden não questiona a direção que devemos tomar. Ele se move com destreza para a direita, erguendo as duas mãos. O som de algo atingindo o chão segue o gesto.

— Pronto — diz ele, em voz alta.

O corredor tem, talvez, dez metros de comprimento, e é pouco mais do que um túnel sustentado por pilares entalhados cravados num chão de pedra. Tem cheiro de terra e metal, além de feder a mofo pela umidade. No fim de um dos lados do corredor, uma luz brilha através de um arco aberto. Olhando por cima do ombro, tudo o que consigo ver é a escuridão, que domina o outro caminho possível.

— Não tem nem uma porta? — pergunta Imogen enquanto nos apressamos pelo corredor.

— Não precisa, já que as égides são bem fortes — responde Xaden.

— Consigo senti-las — comento.

O zumbido de um poder intenso e afiado fica mais forte quanto mais nos aproximamos. Os cabelos da minha nuca ficam arrepiados e meu próprio poder ruge dentro de mim em resposta ao que parece ser uma ameaça fodida.

— Temos alguns minutos antes desses dois acordarem. Não acertei tão forte assim — diz Xaden enquanto ele e Imogen arrastam os guardas da infantaria para o lado, abrindo caminho.

— Essas égides são uma merda desconfortável. — Imogen revira os ombros para trás.

— Tem um zumbido, sim, mas não é tão ruim — responde Aaric enquanto encaramos o arco de pedra protegido cheio de entalhes complexos e as estantes de uma pequena biblioteca circular para além dele.

— Então isso me parece um bom sinal de que vamos conseguir passar — comenta Imogen. — E é melhor você se apressar.

— O que estamos procurando são dois diários — eu o lembro, nervosa, mesmo que já tenhamos repassado isso outras três vezes.

— Deve ter pelo menos uns quinhentos livros lá dentro — diz Aaric, percorrendo as estantes com os olhos e dando um suspiro.

— Você vai precisar procurar…

— Violet! — grita Xaden quando Aaric segura minha mão e passa pelo arco, me puxando junto com ele.

Uma magia poderosa ondula sobre mim quando tropeço biblioteca adentro puxada por Aaric, pinicando cada centímetro da minha pele e revirando meu estômago como se eu estivesse caindo de um penhasco em queda livre.

Ele solta minha mão e eu caio de joelhos, usando as mãos como apoio. A náusea sobrecarrega todos os meus outros sentidos. Saliva enche minha boca e eu pendo com a cabeça para baixo enquanto luto contra a vontade de vomitar.

— Por que você fez isso, porra? — grita Xaden do outro lado das égides. — *Me diz que você não se machucou.*

— *Estou* só *com ânsia, mas vou sobreviver.*

Aaric ignora Xaden, abaixando-se à minha frente.

— Tá tudo bem aí, Violet?

Forço o ar a entrar pelo nariz e a sair pela boca.

— Me diz que você sabia que essa porra de égide me deixaria passar com você — digo, quando o pior da náusea esvaece. — Porque não me parece que ela tava muito a fim.

— Meu pai não mandaria tecerem égides em lugares que não valesse a pena exibir para os outros — explica ele, estendendo uma mão. — Então eu me arrisquei porque achei que você não ia se chocar contra as égides igual a uma parede. E não vou conseguir consultar todos esses livros em quarenta minutos sozinho. Você é quem sabe o que estamos procurando.

Ignoro a mão oferecida e me coloco em pé, apesar da dor nos joelhos que sinto com o impacto. Dou uma volta completa, examinando a biblioteca. São seis estantes pesadas com portas de vidro ladeando as paredes circulares e um pedestal em gabinete no meio, adornado com uma toalha de veludo bordada com o brasão do rei. Acima, luzes mágicas emitem um brilho suave e se projetam sobre as curvas e as linhas que mais parecem nós entalhados no teto decorado um metro e meio acima da cabeça de Aaric.

O cheiro de terra molhada desapareceu e aqui dentro é consideravelmente mais frio do que no túnel que fica além do arco. Examino o teto, mas não vejo janelas para ventilação ou qualquer outra modificação visível. Não são só égides que a protegem. Existe magia atuando nesta sala.

— Me puxe para dentro. Agora — exige Xaden.

— Não — responde Aaric, sem nem sequer olhar para ele. — A única vantagem que vou tirar nessa excursão toda é saber que você deve estar ficando maluco por não poder ficar do lado dela.

— Aaric, para de atormentar o Xaden e vê se me ajuda. Comece pela esquerda e ignore qualquer coisa que não tenha sido escrita à mão — ordeno.

Olho pelo arco e vejo que Xaden está no modo *vai-se-foder*. As mãos dele estão soltas e sombras se erguem ao redor de seu corpo, formando lâminas tão afiadas quanto as que ele carrega nas aljavas. Mas é a fúria gélida e calculista que vejo nos olhos dele que me deixa preocupada com o bem-estar de Aaric. É por isso que não insisto que ele puxe Xaden para dentro da biblioteca.

— *Eu estou bem* — prometo a ele.

— *Eu vou matar esse filho da puta.*

— *Aí você seria responsável pela morte de dois príncipes.*

— Warrick e Lyra, né? — questiona Aaric, já começando a tirar livros das estantes.

— Isso — respondo.

— *Alic mereceu. Ele era metido a valentão e perdeu o direito que tinha de viver ao atacar Garrick durante a Ceifa. Mas me pergunto quem foi que contou isso pro Aaric, considerando que, se o pai dele soubesse, duvido muito que eu ainda estaria andando por aí com a cabeça no pescoço.*

— *Bom, Aaric não merece a sua retribuição.*

Desisto do lado direito das estantes e começo a procurar no gabinete. Se eu tivesse um livro de seiscentos anos que valesse o meu reino inteiro, guardaria onde ficasse menos exposto aos elementos. Abro a primeira gaveta e ela me revela dois livros: *Estudo de Criaturas Aladas*, que parece ter pelo menos meio século; e *História das Guerras dos Arquipélagos*, que parece ainda mais antigo.

— São todos diários — diz Aaric. — Parece que todos os comandantes-generais dos exércitos escreveram um desde a Unificação.

— Continue.

Checo a gaveta seguinte, depois a outra e assim por diante até ter aberto três quartos do arquivo. É um exercício de autocontrole não abrir cada livro para devorar o conteúdo ali presente. Tem livros aqui sobre as guerras mais antigas, a história individual de cada província, mitologia dos deuses e o que parece ser o livro mais antigo que já vi sobre práticas de mineração. Meus dedos coçam para virar as páginas, mas sei que tocá-las com a mão sem proteção danifica o pergaminho.

— Essa estante é só de diários dos comandantes-generais dos cavaleiros? — Aaric abaixa o capuz e olha para mim por cima do ombro.

— Costumavam ser cargos separados — explico, passando para a última sessão do gabinete central. — Médicos, infantaria ou até mesmo escribas podiam se tornar o General do Exército até cerca de duzentos anos atrás, quando aconteceu o levante krovlano. Depois disso, todas as forças de Navarre acabaram ficando a cargo do comandante dos cavaleiros.

— Você sabe que nenhum cavaleiro já foi nomeado rei, certo? — pergunta Imogen, do outro lado do arco.

— Isso não é bem verdade… — começo, abrindo a gaveta de cima.

— Se está querendo me perguntar se eu dou a mínima para ser o segundo na linha de sucessão ao trono, minha resposta é não — diz Aaric para Imogen sem se virar. — É destino de Halden ser rei. Não o meu.

— O Halden sabe? — pergunto, lendo os títulos dos tomos que vejo na gaveta mais alta. — Sobre o que está acontecendo do outro lado da fronteira?

— Sabe — responde Aaric, baixinho.

— E? — pergunto, olhando para ele.

Nossos olhares se encontram por um segundo antes de ele devolver um livro para a estante e passar para o próximo.

— Eu vim parar aqui, não foi?

Recado entendido. Halden não vai ajudar.

— Acho que temos isso em comum.

— Não consigo acreditar que você vem guardando o segredo dele esses meses todos — comenta Imogen.

— Eu guardei o seu também — lembro a ela, abrindo a próxima gaveta. Aquela seção inteira parece ser dedicada a registros históricos.

— Conheço a Violet há mais tempo, e é por isso que *não* estou chocado por ela ter guardado o seu segredo. — Ele olha na minha direção antes de passar para as próximas estantes. — Mas essa sua briga com o Aetos é que me pegou de surpresa. Vocês dois eram inseparáveis quando éramos crianças.

— Bom, crianças crescem. — Pronuncio as palavras em tom mordaz, fechando a gaveta com mais força do que o necessário. — Você não deveria confiar nele.

— Imaginei, considerando o que rolou entre vocês dois no tatame. — Ele pega outro livro. — Estes daqui são dos generais dos médicos.

— Úteis, mas não são o que precisamos. — Eu me abaixo para abrir a última gaveta. — Cacete. Mais registros.

— A gente só tem vinte minutos, e demora dez só para voltarmos até a porta dos Arquivos — avisa Imogen, a voz tensa de urgência.

O colarinho da minha armadura parece apertar mais, e eu o puxo para longe da garganta.

— Estes são dos escribas — diz Aaric na quarta estante.

— Da forma mais cuidadosa que conseguir, tente dar uma olhada nos mais antigos. Tente tocar só os cantos da página. — Fecho a última gaveta e fico em pé. Temos mais duas estantes para vasculhar. — Procure qualquer coisa que mencione égides ou pedras de égides.

Ele assente e pega o primeiro livro.

Minha atenção se volta para a sexta estante.

— Metade desses parece ser sobre a história týrrica — falo para Xaden.

— Fascinante. Podemos voltar e estudar depois que vencermos essa guerra — responde ele.

Um dos guardas se remexe e todos se viram, alarmados, mas Xaden o derruba outra vez antes que ele sequer consiga abrir os olhos.

— Andem logo, antes que eu acabe danificando o cérebro desse aqui de forma permanente — diz ele.

— Este aqui é de 6 D.U. — atesta Aaric, fechando o diário. — As égides já estavam erguidas nessa época.

— Merda. — A frustração só aumenta o nó em minha garganta. — Parte para a próxima.

Tiro da prateleira um volume promissor com a lombada rachada, mas é a porra de um almanaque *climático*.

— Quer aprender artesanato? — Aaric me mostra a capa pintada de outro livro.

— Violet — avisa Imogen. — Aquela porta gigante vai fechar a gente aqui dentro em quinze minutos!

Não era assim que eu tinha planejado as coisas, mas essa não vem sendo a história da minha vida nesses últimos meses? Os folhetos deveriam ter aberto os olhos dos outros cadetes. Mira deveria ter acreditado em mim. Andarna deveria estar acordada.

— *Respira fundo* — ordena Xaden. — *Você parece que vai desmaiar e eu não estou aí para segurar você.*

— *E se tudo isso não der em nada?*

Eu me concentro em desacelerar meu batimento cardíaco, tentando impedir o pânico de me devorar, e inclino a cabeça para o lado, lendo a lombada da coleção à minha frente que diz respeito aos reinos dos arquipélagos.

— *Então a gente descobriu que precisa procurar em outro lugar. O único jeito dessa missão fracassar é se formos pegos. Você ainda tem cinco minutos. Faça bom uso deles.*

— Astronomia — solta Aaric, abaixando-se para ler a última fileira de títulos.

Fecho os olhos e respiro fundo, tentando me concentrar. Então abro os olhos e dou um passo para trás das estantes.

— "Ao armazenar documentos antigos" — começo a recitar, lembrando do Manual dos Escribas —, "não é só a temperatura e o toque que precisam ser monitorados…"

— Que bom ver que você não mudou tanto assim. — A boca de Aaric se curva no primeiro sorriso que o vejo exibir em anos.

— "… mas também a luz." — Olho para cima. — "A luz desgasta o pigmento das tintas e resseca o couro das lombadas e capas."

— Uma vez tive que escutar ela recitar o acordo da unificação inteiro enquanto subíamos até a torre em Calldyr — comenta Aaric, passando para o topo da próxima estante.

Luz. Precisariam estar escondidos da luz. Começo a procurar marcas no chão que sinalizem uma porta ou gabinete escondido ou *alguma coisa.*

— Achei que não fôssemos conversar — diz Xaden.

— Eu não estava falando com você — responde Aaric, olhando para Imogen.

— Então você não odeia todos os marcados — responde ela, cruzando os braços.

— Por que eu odiaria? — Aaric devolve um livro para a estante. — Os pais de vocês lideraram uma rebelião justa, e, pelo que estou vendo, vocês estão tentando continuar o legado deles. Eu odeio *esse aí* porque ele matou o meu irmão.

— Justo. — Imogen cambaleia, impaciente.

— Onde seu pai guardaria a posse mais preciosa de sua coleção? — pergunto a Aaric. — Ele ia querer mostrar para todo mundo, certo?

— Ele deixaria em um lugar fácil — concorda Aaric. — E você vai me contar o que é que vocês estão tentando proteger com égides? É um entreposto rebelde, né?

Os olhos de Xaden encontram os meus e eu cutuco os pedaços de madeira entre as gavetas no gabinete central, procurando por um compartimento secreto.

O rei Tauri guardaria os diários em um lugar fácil.

— É a coisa mais lógica a se fazer — continua Aaric, abaixando-se até o chão e procurando por algo embaixo do pedestal. — Tecerem as próprias égides para não dependerem das de Basgiath, porque vocês sabem que vão enfrentar uma guerra em dois frontes. Não tem nada aqui embaixo. — Ele se põe em pé de novo. — Onde fica? Em Draithus? É a escolha mais lógica. Fica à mesma distância da fronteira de Navarre e do mar.

— Violet, a gente tem que ir — avisa Imogen, andando na direção dos guardas e subindo as mangas cor de creme do manto.

O rei Tauri iria gostar de deixá-los à mostra.

Pego a toalha de veludo e a puxo.

— Ali! — grito, apontando para o círculo de vidro em cima do pedestal. — Aaric! Embaixo do vidro!

Lá repousam dois livros de couro pouco maiores do que a minha mão. Um tamanho perfeito para guardar na mochila… enquanto voavam nos primeiros dragões.

— Não é vidro. São mais égides.

Ele se inclina sobre o gabinete e estica a mão, e então sibila baixinho, o rosto contorcendo-se de dor ao tirar os dois livros dali de dentro.

— Caralho! — xinga ele, deixando-os na beirada do gabinete e erguendo as mãos.

Observo horrorizada enquanto bolhas do tamanho do meu dedão começam a inflamar sobre cada centímetro da pele de Aaric que atravessou as égides.

— Acho que essas égides perceberam que eu não sou ele. — O rosto dele se contorce em uma careta. — Vamos embora!

Desamarro meu manto e revelo duas sacolas cor de creme que Jesinia me deu precisamente para essa ocasião, e cuidadosamente coloco um livro em cada uma.

— Temos dois minutos! — grita Imogen de onde está ajoelhada ao lado dos guardas, a cabeça na mão do maior.

Xaden joga dois cantis de vinho no colo deles e eu pego a toalhinha do chão, jogando-a sobre o gabinete.

— Parece que Zihnal ama você, mas não quero testar ele ainda mais hoje — fala Aaric, entre dentes, esticando a mão ferida.

— Vai doer… — protesto, amarrando o cinto apertado.

— E não vou largar você aqui.

Ele agarra minha mão e grunhe de dor enquanto puxa nós dois pelas égides e de volta para o corredor.

Minha mão está grudenta com a pele dele quando ele me solta.

— Precisamos correr. — Xaden gesticula pelo corredor, e é exatamente isso que eu faço.

Corro.

Quando o manto fica no caminho, junto o tecido nas mãos e volto a correr, seguindo Xaden enquanto ele sobe as escadas, apressado.

— Que bom que agora a gente corre todo dia de manhã! — diz Imogen atrás de mim enquanto viramos e viramos e viramos, a escada me deixando zonza quando finalmente saímos para a sala de aula.

Xaden segura a alavanca que Jesinia usou e, assim que Imogen e Aaric passam pela porta, ele a ativa. Nós esperamos só o suficiente para garantir que a entrada esteja começando a se fechar antes de sair correndo mais uma vez.

Meu peito ofega enquanto corremos pelo labirinto, com Xaden percorrendo, sem hesitar, o caminho que Jesinia nos mostrou. Ou ele tem bastante certeza do caminho ou sabe que não podemos perder tempo com qualquer discussão.

Chegamos à biblioteca principal e os sinos ressoam, sinalizando que uma hora se passou.

— Mais rápido! — ordena Xaden.

Os sinos tocam uma vez.

Não tem como ir *mais rápido*, mas eu não tenho fôlego para brigar com ele. Nossas botas marretam o mármore enquanto corremos pelas mesas.

Duas vezes.

— Corram! — grita Sawyer da entrada.

Ah, *deuses*, a porta.

Três vezes.

A porta está se fechando sozinha, e o mecanismo de tranca não vai permitir que se abra até que doze horas completas tenham se passado. Os músculos das minhas coxas ardem, protestando.

Deslizo na virada da última mesa, derrapando contra uma estante e batendo o ombro com força o bastante para gemer.

Quatro vezes.

Xaden se volta para correr ao meu lado, mas ele é o mais rápido de nós.

— Pegue os livros! — grito, entre respirações entrecortadas. — Você consegue!

Cinco vezes.

— Se você ficar, eu fico!

Ele ergue uma mão e as sombras esticadas correm das paredes e começam a empurrar a porta que está se fechando enquanto passamos pela mesa de estudos.

Sawyer se afasta do caminho estreito que fica entre as portas de aço densas e o batente.

Os sinos ressoam pela sexta vez.

Xaden me empurra pela porta primeiro, e assim que passo por ela eu me viro para trás, a respiração entrecortada e o coração batendo tão forte que consigo sentir o pulsar no cérebro.

Imogen passa correndo, e Xaden chega ao batente na hora em que o sétimo sino ressoa.

Ah, deuses, ele vai perder um braço, e *Aaric*…

Eles não vão conseguir.

As últimas palavras que troquei com o meu pai antes da Batalha de Aretia foram ditas com raiva porque ele estava me mandando embora de lá para minha segurança. Não sei se algum dia vou me perdoar por isso, mas gosto de pensar que ele *me* perdoou.

— Correspondência recuperada do tenente Xaden Riorson endereçada à cadete Violet Sorrengail

CAPÍTULO TRINTA E QUATRO

Xaden puxa Aaric pela porta no instante em que ela se fecha, as sombras se espalhando pelo chão feito folhas caídas.

Eu solto o corpo no chão, pendendo para a frente e apoiando as mãos acima do joelho enquanto ofego, tentando puxar mais ar.

— Vocês conseguiram! — Rhiannon abaixa a cabeça para ficar na altura da minha, abrindo um sorriso largo.

— E precisamos continuar conseguindo — nos lembra Xaden. — Tirem esses mantos. Sigam o plano.

Meu coração dá uma desacelerada e eu me endireito, depois tiro os trajes de escriba, colocando-os nas mãos esticadas de Quinn.

Bodhi ajuda Aaric a tirar o dele, tomando cuidado com as mãos queimadas.

— Vocês conseguiram pegar os livros? — sinaliza Jesinia, a esperança iluminando seu rosto.

Faço que sim.

— Vão suspeitar de você? — pergunto.

Nasya parece mais inconsciente do que adormecido contra a parede.

— Não se eu voltar rápido para o dormitório — responde ela.

— Eu cuido dele — diz Imogen, seguindo até onde Nasya está encostado.

— Ele não vai se lembrar de muita coisa. Eu acertei ele por trás — confessa Sawyer, enfiando as roupas em uma sacola de lavanderia grande.

Traduzo o que ele disse para Jesinia.

— Só vou dar uma bronca nele por ter dormido — sinaliza ela de volta, lançando um sorriso para Sawyer, e eu traduzo isso a ele.

Sawyer pisca, parando por um segundo antes de pegar o último manto (o de Aaric) e enfiá-lo na sacola.

— Caramba, as suas mãos…

As bolhas que estouraram estão sangrando, e as que não estouraram parece que vão fazer isso a qualquer segundo.

— É uma queimadura mágica — diz Bodhi. — Deve desaparecer durante a noite, se for tratada.

— Mudança de planos. — Olho para Xaden, mas ele só ergue uma sobrancelha. — Ridoc, você leva Aaric para o seu quarto e mantém essas mãos escondidas. Rhi, você vai até a enfermaria e pergunta por Dyre. Se chamar um regenerador, vai chamar atenção demais. Talvez demore um tempo para localizarem ele se não estiver na ativa, mas deve ficar de bico fechado se você mencionar a dívida que ele tem comigo. Você vai precisar entrar com ele escondido na Divisão…

— Boa ideia. Posso fazer isso. — Ela indica os caras com a cabeça. — Vamos. Agora.

Os três a acompanham pelo corredor.

— Eu fico com os mantos sujos — sinaliza Jesinia.

Traduzo para Sawyer e ele entrega a sacola.

— Vamos logo — ordena Xaden.

— Vão — pede Jesinia, com urgência. — Até agora tudo certo.

— Obrigada — eu sinalizo, e então saio com Xaden e os outros.

— Deu certo? — pergunta Xaden para Quinn enquanto passamos pelas escadas à nossa esquerda e continuamos na direção da Divisão Hospitalar.

— Eu me projetei na sala comunal e fiz questão de perguntar se alguém tinha limonada porque estávamos todos bebendo no quarto de Imogen. — Ela abre um sorriso, a covinha aparecendo na bochecha. — E aí depois ainda consegui caminhar por aí com Violet *e* Rhiannon.

Fico boquiaberta e quase tropeço.

— Você se projetou usando outra aparência?

Ela assente.

— Eu consigo distorcer um pouco minhas próprias feições, mas é bem mais fácil no plano astral. Meu sinete é mais forte porque Cruth era o dragão da minha tia-avó. Só que, como não sou uma descendente direta dela, não preciso me preocupar em enlouquecer igual a todas as pessoas que enlouquecem porque os dragões se unem à mesma linhagem familiar direta. Dragões não deveriam se apegar demais a linhagens familiares humanas por esse motivo, mas até parece que eles ligam pra qualquer regra humana. — Ela lança um olhar para Imogen. — Mas ainda não consegui acertar bem o tom exato do rosa do seu cabelo.

Ficamos em silêncio quando passamos pela enfermaria. É o último obstáculo antes de nos dividirmos para entrar na Divisão, conforme o planejado.

— Bom, que aventura mais entediante, graças aos deuses — diz Bodhi, empurrando a porta que dá para a ponte.

— Fale por você — responde Imogen, dando um tapa no peito dele quando passa. — Você não ficou responsável por acalmar o Xaden enquanto Aaric prendia Violet do outro lado das égides com ele.

Bufo, porque nós duas sabemos que *não* foi isso que aconteceu.

Xaden cerra a mandíbula.

Nós nos separamos assim que chegamos ao outro lado da ponte. Imogen e Quinn sobem as escadas para o quarto delas, Bodhi e Sawyer seguem para a área comum para fazerem o maior auê para que se lembrem deles depois e Xaden e eu subimos para o primeiro andar e nos dirigimos ao pátio.

O ar frio de outubro esfria as minhas bochechas quentes.

— Você está bem? — pergunta Xaden, enquanto passamos por um grupo de cadetes.

— Com sede depois da correria, mas… — não me dou ao trabalho de esconder o sorriso que se espalha pelo meu rosto. — Mas estou bem.

Ele olha para mim, o olhar descendo para a minha boca, e então me puxa para uma das alcovas cheias de sombras entalhadas nas paredes espessas.

— Esse sorriso — murmura ele, antes de sua boca encontrar a minha em um beijo faminto.

Arqueio o corpo contra o dele, passando as mãos por seu cabelo enquanto beijo seus lábios com tudo que estou sentindo. Não é lento ou sensual como o beijo que compartilhamos no meu quarto. Este é rápido, feroz e… feliz.

Nós dois estamos sorrindo quando nos afastamos.

— *Conseguimos* — digo, repousando minhas mãos nos ombros dele.

— *Conseguimos* — concorda ele, descansando a testa na minha. — *Odeio ter que ir embora antes do planejado.*

— *Eu também odeio que você precise ir embora.* — Afasto um pouco meu corpo do dele e solto uma das bolsas do ombro, tirando o diário que está dentro dela. — *Mas assim é mais seguro. Você precisa entregar este aqui para o Brennan.*

Abro o diário de Warrick no meio e sorrio ao ver a caligrafia esparramada em lucerino antigo, tendo a certeza de tocá-lo com dedos sem luvas só nas beiradas. O que eu leio me faz arreganhar ainda mais o sorriso, o sentimento vitorioso se expandindo em meu peito.

— "*Depois de posicionar a última runa, colocamos a pedra de égides onde os dragões sentiam as correntes de magia mais antigas*" — traduzo lentamente na minha mente para Xaden, e então ergo o olhar. — *Posso ter errado uma palavra ou duas, mas está aqui!* — Reviro mais umas páginas. — "*O último passo está completo, e as proteções se ergueram...*" — Faço uma careta enquanto tento decifrar o resto. — "*... ao surgir a chuva de ferro.*"

Vejo mais três menções a este mesmo termo antes de rapidamente devolver o diário à sacola.

— *Está tudo aqui* — digo, entregando-a para Xaden. — *Leve isso para Brennan. Ele deve conseguir traduzir tudo. Devem estar esperando que você saia só amanhã de manhã, então vai conseguir sair sem ser revistado se for agora, e dividir os diários significa que poderemos ler duas vezes mais rápido.*

E também garante que ao menos um deles consiga sair desse lugar.

Ele dobra a sacola creme ao redor do diário lá dentro e depois abre os botões da jaqueta de voo e o aninha contra o peito antes de abotoar a jaqueta outra vez.

— Eu queria poder passar a noite aqui — diz ele naquele tom grave que instantaneamente me faz ficar com tesão.

— Eu também queria.

Ele me encara com algo que parece ser desejo e estica a mão para as sombras para pegar a mochila que escondeu ali mais cedo. Mantendo os olhos fixos nos meus, ele joga a mochila nas costas e segura meu rosto para me beijar outra vez.

O prazer é simples, mas perfeito.

— Você é deslumbrante — confessa ele, perto dos meus lábios. — Vejo você daqui a sete dias.

— Sete dias — concordo, relutando contra o ímpeto de puxá-lo para outro beijo, e mais outro. — Agora vai. Precisamos seguir o plano, lembra?

Ele me dá um beijo forte e rápido e depois vai embora, caminhando pelo pátio como se fosse o dono do mundo. Esfrego uma mão no coração, esperando aliviar a dor de vê-lo se afastando, mas a dor não é nada se comparada ao triunfo que sinto.

Dou um passo na direção do pátio e ergo os olhos, esperando vê-lo uma última vez contra o céu nublado enquanto voa na direção sudeste.

Pela primeira vez em meses, é a esperança que inunda minhas veias em vez do temor.

Nós vamos conseguir. *Já estamos* conseguindo. Temos um relato em primeira mão de como os Seis Primeiros ativaram a pedra de égides que criaram, e sei que posso convencer Xaden a voar até Cordyn para conseguir a lucerna comigo. Ele não vai gostar nada disso, mas vai acabar cedendo. Só preciso descobrir como vou conseguir permissão para ter uma folga. E até lá, vamos continuar fazendo o que já estamos fazendo, contrabandeando nossas armas e construindo nossa força em Navarre até termos força por conta própria. Aretia vai ter égides em questão de dias; tenho certeza disso.

— Violet?

Olho por cima do ombro e sorrio para Nolon quando ele se aproxima, trazendo um cantil em uma mão e uma caneca de latão na outra. Ele parece tão cansado que mais parece que saiu de uma sessão das grandes, ou talvez doze delas.

— E aí, Nolon — cumprimento, acenando.

— Achei que fosse você. Estava pegando limonada quando Jack me disse que viu você por aqui, e aí lembrei que você estava na minha lista de regeneração. — Ele me entrega a caneca e então fica ao meu lado, olhando para o céu. — É a sua bebida favorita, se bem me lembro.

— É gentileza sua.

Ergo a caneca e tomo um gole profundo, tentando aliviar a sede que arde em minha garganta desde a corrida pelos Arquivos.

— E não se preocupe com o meu ombro — digo. — Já sarou. Sabe, nunca tive a chance de agradecer por nos ajudar durante o interrogatório.

— Não gosto de ver você machucada, e Varrish tem uma implicância com você. — Ele toma um gole do próprio cantil, coçando a bochecha com a barba por fazer. — Onde está Riorson? Não costumo ver vocês longe um do outro aos sábados.

Meu estômago embrulha quando vejo Jack Barlowe atravessar o pátio, Caroline Ashton ao lado dele com alguns outros alunos do segundo ano da Primeira Asa. Fico completamente atordoada quando ele assente na minha direção e devolvo o gesto, constrangida.

— Violet? — inquere Nolon, seguindo minha visão até Jack. — Tudo bem?

— Tudo bem, sim. Xaden foi embora mais cedo. Nem sempre nós nos damos bem.

Tomo outro gole da limonada e só então encaro o conteúdo dela. A cozinha deve ter mudado a receita, porque deixa um retrogosto esquisito, mas familiar.

— Eu estava falando a verdade — diz Nolon baixinho, olhando para a bolsa creme que estou carregando.

Creme. Não é preta.

Minha visão fica borrada, minha cabeça aturdida momentaneamente quando viro a cabeça para olhar para ele.

— *Tairn*… — eu chamo, mas Tairn não está lá.

Todas as conexões que tenho estão abafadas.

Não. Ah, pelo amor dos deuses, *não*.

Mas… mas eu confiei em Nolon com a minha vida durante *anos*.

— Não gosto de ver você machucada — sussurra Nolon, o pedido de desculpas franzindo sua testa. A caneca escapa da minha mão, espatifando-se no cascalho um segundo depois. — Mas não posso proteger você das consequências das suas próprias ações quando arrisca a segurança de todos os civis deste reino.

Sons de passos calçando botas ressoam ao meu redor e o mundo começa a girar, mas é o rosto de Varrish que vejo acima do meu.

— Bem, cadete Sorrengail, *qual* foi a encrenca que arrumou dessa vez?

O único sinete mais assustador do que um inntínnsico é um oráculo da verdade. E mesmo assim permitimos que *eles* fiquem vivos.

— O GUIA PARA A DIVISÃO DOS CAVALEIROS, POR MAJOR AFENDRA (EDIÇÃO NÃO AUTORIZADA)

CAPÍTULO TRINTA E CINCO

Pisco lentamente, minha visão entrando em foco com a mesma urgência de uma lesma. Uma pressão pulsante e chata irradia da parte de trás da minha cabeça, e o cinza fica levemente mais claro, revelando pedras em um padrão espiral (e um caminho delas queimado por fumaça). Um teto?

— Não é problema nosso — diz um homem, a voz estranha e rouca. — Nós seguimos ordens.

Uma adrenalina carregada de medo me preenche, mas travo os músculos, me forçando a ficar o mais imóvel possível para conseguir entender que porra está acontecendo.

— É sim, se ela descobrir — responde outra voz, dessa vez de uma mulher.

O cheiro no ar é de musgo molhado e ferro, mas está fresco e espesso. Estamos no subterrâneo. Um som de uma goteira constante preenche o silêncio.

— Ela está em Calldyr. Temos uma semana até a volta dela — responde a voz áspera.

Estou sentada; é isso que está apertando a base do meu crânio – as costas de uma cadeira. O peso nos pulsos e tornozelos é familiar. Estou presa ali, assim como na avaliação.

— *Tairn*... — tento, mas a conexão está nebulosa, e meu poder não responde ao chamado.

A limonada. A bolsa. *Nolon*.

Cacete. Fui pega.

— Aah, aí está ela. — Um rosto envelhecido aparece em cima do meu e o homem sorri, revelando três dentes faltando na boca. — Major? Sua prisioneira acordou!

Ele se afasta e eu ergo a cabeça, avaliando os arredores.

A cela de prisão é triangular, e uma porta quase idêntica à que estava na câmara de interrogatório fica alocada na parte mais estreita, mas essa cela não serve para propósitos educativos. Meu carcereiro está com um uniforme azul da infantaria, o que significa que devo estar na masmorra.

Presumo que a tábua de madeira à minha direita deva ser uma cama, e ao menos tem uma privada do outro lado dela. Medo pulsa em minhas veias ao ver as paredes sujas e manchadas de sangue, mas desvio o olhar rapidamente, avaliando o restante da cela enquanto minha cabeça se recupera. Nora, a mulher que sempre joga minha mochila no chão, está recostada em uma mesa de madeira de braços cruzados, e o rosto dela franze de leve no que pode ser uma demonstração de preocupação quando a porta ao lado dela se abre.

O sorriso no rosto do major Varrish escava um abismo na minha barriga quando ele entra.

Ah, *deuses*. Os outros. Será que estão aqui? Será que estão machucados? Um nó do tamanho de uma pedra entala na minha garganta, fazendo com que seja praticamente impossível respirar fundo.

— Saia daqui — ordena ele ao outro homem, que vai embora apressado como uma aranha de volta para a câmara principal, mas sem fechar a porta atrás dele. Vejo de relance uma escrivaninha coberta das minhas adagas de cabo preto antes que Varrish bloqueie minha visão. — Prometi que iria tentar o seu método *uma* vez — diz Varrish por cima do ombro.

O pavor faz a pressão em minha garganta aumentar. Não consigo me comunicar com Tairn nem com Xaden. Não posso usar meu sinete ou minhas habilidades com a adaga, já que minhas mãos estão atadas.

Estou sozinha e *indefensa pra caralho*.

Nolon entra na sala, os passos lentos, os olhos pesados de tristeza.

— A gente só precisa que você responda algumas perguntas, Violet.

— Você me drogou. — Minha voz falha. — Eu confiei em você. *Sempre* confiei em você.

— Se conseguir esclarecer as coisas rapidamente, podemos voltar a confiar um no outro — responde Nolon. — Vamos começar com uma pergunta: por que roubou o diário de Lyra?

Ele pega o diário que estava atrás de Nora.

Todas as técnicas de interrogatório que me foram ensinadas somem da minha cabeça, e encaro... só encaro o diário, minha mente tentando procurar uma forma de sair deste lugar quando claramente não existe escapatória.

— Eu queria estar errado — diz ele, bondoso. — Mas Markham tinha soado o alarme de que as égides reais dentro da biblioteca particular do rei haviam sido invadidas, e aí eu vi você parada no pátio com a bolsa de um escriba…

— Que é de uso comum para transportar livros dos Arquivos — rebato.

Droga. Nós fomos idiotas por não presumir que atravessar as égides poderiam alertar Markham.

— E, se fosse esse o caso, você teria acordado na enfermaria com uma dor de cabeça e minhas sinceras desculpas. — Nolon levanta o diário de couro batido, a chave para proteger Aretia. — Mas você estava com isto aqui.

— Não estamos aqui para discutir se você estava ou não com o diário. — Varrish me observa com um fascínio ganancioso. — Responda minhas perguntas e vamos deixar que durma até a dor de cabeça passar antes das aulas de amanhã. Se mentir uma vez que seja, as coisas vão ficar piores.

Então já é domingo.

— Três perguntas. — Nolon lança um olhar severo para Varrish. — Queremos saber como fez isso, com quem fez e, mais importante de tudo, *por que* fez.

O nó na minha garganta se afrouxa, e encho os pulmões completamente, determinada a aplacar meu pânico. Eles não sabem quem, o que significa que mais ninguém está acorrentado aqui embaixo. Nem Xaden, nem Rhiannon, nem Aaric nem nenhum dos outros. Sou só eu. Estar sozinha acabou de virar uma *benção*.

E eu não estou indefesa. Ainda tenho domínio completo sobre a minha mente.

— Vamos começar pelo como. Como passou pelas égides reais? — questiona Varrish.

— Seria impossível que eu atravessasse uma égide real, visto que não sou da realeza. — Ergo o queixo e mentalmente me preparo para o pior.

— Ela está falando a verdade — diz Nora, inclinando a cabeça para o lado. — Meu sinete detecta mentiras. Se contar uma, eu vou saber.

Meu coração tem um sobressalto.

Então o melhor é usar a verdade. Depois que isso aqui acabar, vou precisar explicar minhas respostas (ou a falta delas) para minha mãe. Cada palavra que eu disser aqui importa.

— Violet, por favor — implora Nolon, deixando o diário na mesa. — Só explique. Foi um desafio de esquadrão não autorizado? Algum tipo de trote dos alunos do segundo ano? Ainda estão tentando determinar exatamente o que está faltando. Nos ajude. Se nos contar, as coisas vão ficar mais fáceis para você.

Tentando determinar. Eles não conseguem entrar.

— Você está pulando o *motivo*. — Varrish revira os olhos. — Sinceramente, Nolon, é por isso que você nunca se adequou aos interrogatórios. — Aquele olhar claro dele se fixa ao meu. — Como?

— Por que presumiu que o livro não é uma reprodução se nem verificou ainda se o original está faltando ou não? — questiono Nolon.

Nolon olha de soslaio para Varrish.

— Markham disse que a toalha não foi removida.

— E ainda assim estamos com a porra do diário. — Varrish dá uma volta ao redor da minha cadeira. — É uma reprodução?

Ele está tentando me pegar no pulo.

— Eu não saberia, já que não o examinei.

Não tive tempo.

— Verdade — determina Nora.

Varrish para na minha frente, e sou forçada a olhar diretamente para aqueles olhos pálidos e sem alma.

— Imagino que não tenha provas, major Varrish, porque nenhum de vocês consegue atravessar uma égide real, e nenhum de vocês vai se voluntariar para avisar ao rei que um alarme foi acionado, seja ele falso ou não. Devo lembrar a você que, da última vez que uma pessoa me acusou de mentir sem provas, ela foi transferida para o entreposto mais longínquo que Luceras tinha a oferecer.

— Ah, está falando de Aetos. — Ele sequer estremece. — Não se preocupe. Vou conseguir a evidência de que ele precisa enquanto você está aqui sob minha supervisão, já que está se provando mais combativa do que prestativa, que era o que Nolon achava que você seria. Grady é um idiota que adora regras, então o nosso último encontro não foi tão frutífero quanto eu gostaria. — Ele se abaixa, olhando para mim como se eu fosse um brinquedo novo que ele mal pode esperar para quebrar ao meio. — Quem roubou aquele livro para você? — Ele encara minhas mãos. — Porque nós dois sabemos que não foi você.

Verdades parciais. É tudo que tenho no meu arsenal para proteger meus amigos.

— Coloquei aquele livro em específico sozinha na sacola.

— Ela está falando a verdade — atesta Nora.

Olho de Varrish para Nolon.

— E cansei de responder perguntas de vocês. Se quiserem me levar a um tribunal, então formem um com os Dirigentes de Asa e façam isso de acordo com as regras estabelecidas pelo Códex.

Varrish se põe em pé lentamente e me dá um tapa com as costas da mão. A dor irrompe pela minha bochecha e minha cabeça é jogada para o lado com a força do golpe.

— Major! — grita Nolon.

— Nora, convoque uma formatura imediata e verifique as mãos de todos os cadetes da Divisão — ordena Varrish, e eu pisco para afastar a ardência dos olhos. — Nolon, você está dispensado.

Respiro fundo, me preparando para a dor. Varrish enrola as mangas do uniforme, e tento me concentrar no tijolo disforme na parede, tentando me desassociar do meu corpo.

Não importa o que aconteça nesta sala, não podem mudar o fato de que Xaden foi embora com o diário de Warrick. Brennan vai ter o que precisa para erguer as égides em Aretia. Qualquer tortura que Varrish tenha preparado vai valer a pena por isso.

Violência, lembre-se de que só o corpo é frágil. Você *é indestrutível.* Eu me apego às palavras de Xaden.

— Vou chamar quando precisar da sua presença — promete Varrish, acenando para que Nolon vá embora.

Quando ele precisar me regenerar.

— Não se preocupe. Vou começar devagar — diz Varrish. — E você tem todo o poder aqui, cadete Sorrengail. Isso acaba assim que você começar a falar.

Eu ofego quando ele desloca o primeiro dedo.

E aí grito quando ele o quebra.

***

Plic. Plic. Plic.

Finjo que o som é de chuva na minha janela, finjo que a tábua de madeira dura e implacável sob a minha bochecha é o peito de Xaden, que o braço dobrado em um ângulo nada natural na minha frente, pulsando de acordo com o meu batimento cardíaco, pertence a outra pessoa.

— Durma um pouco se der. — A sugestão é baixinha, a voz dolorosamente familiar, e fecho o olho que não foi danificado.

Você não está aqui. Você é uma alucinação causada pela dor e pela desidratação. Você é uma miragem.

— Talvez — diz Liam, e abro o olho só o bastante para vê-lo sentado no chão ao meu lado. Ele puxa os joelhos para cima, descansando o cotovelo na lateral da tábua da cama embaixo do meu braço quebrado. — Ou talvez Malek tenha me enviado como uma gentileza.

Malek não faz gentilezas. E também não permite que almas fiquem vagando por aí. Parabéns para o meu cérebro: a alucinação que tenho de Liam é excelente. Ele está com a aparência exata de quando o vi pela última vez, vestindo o uniforme de voo e exibindo um sorriso que faz meu coração doer.

— Não estou vagando, Violet. Estou exatamente onde preciso estar.

Tudo dói. Uma dor infinita ameaça me deixar inconsciente outra vez, mas, ao contrário das últimas duas vezes, luto para ficar consciente. É a primeira vez que estou sozinha em horas, e não tenho mais medo da cadeira no meio da sala.

Agora sei que mais ossos se quebram quando Varrish me tira dela.

— Eu sei — diz Liam, bondoso. — Mas você continua firme. Estou orgulhoso de você.

É claro que é isso que meu subconsciente diria: exatamente o que preciso ouvir.

Passo a língua pelo lábio rachado e sinto gosto de sangue. Varrish ainda não usou nenhuma lâmina, mas minha pele já rachou pelos golpes que ele me deu em tantos lugares que sinto que meu corpo é uma enorme ferida aberta. Da última vez que me mexi, meu uniforme estralou de tanto sangue seco.

— Traga o esquadrão dela — sugere Nora da antessala. — Ela vai ceder assim que você começar a torturar os outros.

Liam flexiona a mandíbula, e meu estômago vazio dá um nó.

— Ela não cedeu durante a avaliação — responde Varrish.

Deuses. Eu queria não reconhecer aquela voz.

— E trazer eles até aqui significaria que vão descobrir o que aconteceu, e, considerando a relíquia no braço de Imogen Cardulo, duvido que ela vá estar disposta a apagar as memórias deles. Matá-los também representaria um conjunto de problemas diferentes. Tem certeza de que nenhum dos cadetes está com ferimentos nas mãos?

— Inspecionei cada um deles pessoalmente — responde Nora. — Devera e Emetterio estão perguntando onde ela está, assim como o resto do esquadrão. Ela faltou à aula hoje.

É segunda-feira.

Tento me comunicar com Tairn, mas nossa união ainda está enevoada. Certo, porque me forçaram a beber a poção outra vez antes de estilhaçarem o meu braço e torcerem meu tornozelo. Ele nem precisou tirar minhas botas para fazer isso.

Mas é só meu corpo que está quebrado. Ainda não falei uma única palavra.

— Isso significa que você está aqui faz dois dias — diz Liam.

Vai demorar ainda cinco dias até Xaden saber que estou desaparecida. Sem dúvida estão monitorando a correspondência para garantir que ninguém o alerte. Ele não pode reagir, Liam. Se reagir, vai arriscar tudo o que conseguimos.

— Você acha que ele já não está enlouquecido? — Um canto da boca de Liam se levanta naquele sorriso convencido de que senti tantas saudades. — Aposto que ele já sabe. Sgaeyl deve ter sentido o pânico de Tairn. Esse seu dragão pode até não estar conseguindo chegar até aqui com você tão embaixo de Basgiath, mas Xaden vai destruir esse lugar tijolo por tijolo até encontrar você. Você só precisa sobreviver até lá.

Ele não pode arriscar a revolução. Não vai. As prioridades de Xaden sempre estiveram claras, e essa é uma das coisas que amo nele.

— Ah, ele vai, sim.

A porta se abre e não tenho energia para me erguer, para virar a cabeça ou levantar uma mão. Meu coração dá um salto, batendo como se tivesse visto uma chance de fugir do inferno que é meu corpo. Não sei como dizer a ele que a armadura de Mira vai mantê-lo seguro por muito mais tempo depois de desejar só parar de funcionar.

Varrish se abaixa na altura dos meus olhos, a pouco menos de trinta centímetros de Liam.

— Você deve estar sentindo tanta dor. Tudo isso pode acabar. Talvez Nolon esteja certo. Vamos nos esquecer de como você roubou o diário. Você claramente não vai denunciar nenhum dos seus cúmplices. Mas preciso saber o *porquê*. Por que você precisaria de um diário dos Seis Primeiros? Eu estive lendo. É uma história interessante. O que está tentando proteger com égides, Sorrengail?

Ele espera, mas guardo minhas palavras para mim. Ele está perto demais.

— Podemos parar de ficar fazendo essa dancinha e conversar de verdade — oferece ele. — Tenho certeza de que você tem perguntas que eu poderia responder sobre os motivos de não nos envolvermos em questões poromielesas. É esse o motivo? Uma indignação motivada por justiça? Podemos fazer uma troca equivalente de informações, já que nós dois sabemos que não foram só grifos que mataram o dragão do seu amigo.

Eu me sobressalto, e a dor irrompe pelo meu corpo, renovada e violenta.

— Não cai nessa. — Liam balança a cabeça. — Você sabe que ele só está fazendo um joguinho mental.

— Mas o quanto você *sabe* mesmo? — questiona Varrish, baixinho, como se fosse uma gentileza. — E o que você vem fazendo com os marcados? Temos observado todos eles há anos, claro, mas, até o cadete Aetos entregar você, só conseguíamos especular. Depois você não voltou para Basgiath. Nenhum entreposto registrou qualquer solicitação por um médico. Então vou reformular minha pergunta de antes: para onde você foi, cadete Sorrengail? *Onde* está tentando tecer égides?

A questão aqui é tão maior do que eu ter roubado um livro.

— Deuses, você é boa. Ou está com dor demais para reagir. — Varrish inclina a cabeça, assemelhando-se a uma coruja enquanto me examina. — Sabe qual é o meu sinete, cadete Sorrengail? O motivo de eu ser tão bom nesta sala aqui? É confidencial, mas nós somos amigos, não somos?

Eu o encaro, mas não respondo.

— Eu não vejo pessoas. — Ele inclina a cabeça, me avaliando. — Vejo as fraquezas delas. É uma grande vantagem em batalha. Sinceramente, você me surpreendeu quando nos conhecemos. De tudo que ouvi falar da Sorrengail mais jovem, esperava olhar para você e ver dor, ossos quebrados e até mesmo vergonha por nunca atender às expectativas da sua mãe. — Ele passa um dedo pela fratura óbvia em meu antebraço, mas não faz pressão. A ameaça é o bastante para que eu sinta meu peito apertado. — Mas eu não vi… nada. Alguém ensinou você a projetar um escudo, e admito que você é boa nisso. — Ele se aproxima. — Quer saber o que estou vendo agora que separei você do seu poder?

Ódio flameja dentro de mim, e espero que ele veja isso.

— Por Dunne, só eu vou falar aqui? "Sim, é claro que quero saber" — ele levanta a voz para me imitar. — Bem, cadete Sorrengail, sua fraqueza são as pessoas que você ama. Tem tantas que dá até para escolher. A líder de esquadrão Matthias e o resto do seu esquadrão, sua irmã, seus dragões. — Um sorriso retorcido repuxa os cantos da boca dele. — O tenente Riorson.

Meu coração para de bater por um segundo.

— Fica firme, Violet — encoraja Liam.

— Ela está respondendo — comenta Nora da porta.

— Eu sei — responde Varrish. — E aposto que está pensando que ele vai vir atrás de você, não vai? — Ele admira os hematomas no meu braço como se fossem uma obra de arte. — Que, quando o sábado que vem chegar e você não aparecer em Samara, ele vai vir procurar por você, mesmo que isso viole a permissão que lhe foi concedida. Você está depositando todas as suas esperanças no fato de que ele vai quebrar as regras por você. Que vai vir salvá-la, já que nem a sua própria mãe ergueu um dedo sequer por você.

Minha garganta coça, mesmo que eu esteja desidratada demais para engolir.

— Ele não vai esperar até sábado — promete Liam.

— Estou contando com isso. — Varrish assente. — Venho esperando o ano inteiro para você quebrar uma regra para que eu pudesse fazer um interrogatório de acordo com o Códex. A sua mãe também gosta de seguir regras. Mas você não tem ideia da alegria que vou sentir quando o filho de Fen Riorson quebrar as regras do Códex ao abandonar o seu posto para vir salvar você, e aí vai ser ele o próximo amarrado naquela cadeira. E ele *vai* me dar as respostas de que preciso.

Espera. Como assim?

— Merda. Ele não está só interrogando você. Está armando uma arapuca para Xaden. — Liam fica tenso.

Meu coração começa a *galopar*.

— Você tem tanto poder nas mãos, Sorrengail. Só você pode salvar o tenente Riorson do que o aguarda aqui caso ele venha. Me conte o que preciso saber e não vou machucá-lo.

Por um instante, fico tentada. Pensar em Xaden sendo torturado faz minha mão se fechar, minhas unhas raspando na madeira áspera da tábua.

— Onde está tentando tecer égides? O que os marcados estão planejando?

— Aguenta firme, Vi. — Liam descansa a mão na lateral do meu corpo, e, deuses, como ele *parece* real. — Se você falar, pode acarretar a morte de todos os seres vivos do Continente. Se eles tivessem *alguma coisa* contra Xaden, ele já estaria sob custódia militar. Não vão machucar Xaden. Não podem.

Pela lógica, eu sei disso, mas emocionalmente…

— Não? Tem certeza? Você tem o poder de salvá-lo. Bem aqui. Agora. Porque eu acho que ele vai vir, e, quando chegar, vou parti-lo em dois… e vou fazer você assistir — promete Varrish, sussurrando. — Mas não se preocupe. Logo vai estar gritando seus segredos. É claro que a essa altura não vou mais precisar deles. Já vou ter conseguido quem eu quero.

Ele abaixa o olhar para o meu pescoço como se conseguisse ver meu batimento cardíaco acelerado.

— Ah, agora você está entendendo, né? — Varrish abre um sorriso. — Tenho certeza de que você pensa que ele é indestrutível, mas posso garantir a você, tive sorte o bastante de ver o *cavaleiro mais poderoso da sua geração* se atrapalhar com os escudos feito um novato certa vez. Foi por menos de um segundo, mas foi tudo de que precisei para ver o que acabaria com ele. Vamos ter a informação de que precisamos em questão de dias. Você não é o prêmio, Sorrengail. Você é a ferramenta.

Ele que se foda.

— O Solas gosta de se esconder? — pergunto, a voz rachando, e então tusso.

Ele pisca, surpreso, mas rapidamente esconde o sentimento.

— Bloquear minha habilidade de me comunicar com Tairn não o impede de saber exatamente o que você fez comigo. — Meu lábio racha outra vez quando me forço a sorrir. — Você está caçando Xaden, mas Tairn está caçando Solas. Você é o lado mais fraco em qualquer uma das equações. Até agora, minha morte nesta sala é uma possibilidade, mas prometo a você que a sua é uma *certeza*.

— Só porque não posso matar você sem perder meu alvo não significa que não vá quebrar você de novo e de novo até ele chegar. A gente ainda tem muito pra se divertir. — Ele fica em pé e limpa as mãos na calça do uniforme antes de sair. Escuto as palavras abafadas dele atrás da porta: — Chame Nolon. Precisamos começar do zero.

Só que Varrish está errado. Xaden não vai vir. Vai escolher a segurança da revolução. Agora virei uma das pessoas que ele não pode salvar. Só posso torcer para que estejam todos errados e que ele sobreviva ao impacto da minha morte.

— Não me abandone — sussurro para Liam.

Não ligo mais para o fato de estar tão destruída que comecei a ter alucinações, que meu cérebro começou a usar Liam como uma atadura, desde que a presença dessa alucinação signifique que não estou sozinha.

— Não vou abandonar. Juro.

***

Plic. Plic. Plic. Perco a noção das horas, das surras, das perguntas que me recuso a responder.

Nolon me visita duas vezes, ou talvez tenham sido três.

A vida agora é uma variação do grau de dor que sinto, mas Liam nunca vai embora. Ele está ali a cada vez que abro os olhos, observando e conversando comigo durante a tortura, tentando me manter sã enquanto prova simultaneamente que já não estou nem perto disso.

Ao menos uma vez por dia, sou amarrada à cadeira e me forçam a beber a poção que bloqueia minha conexão com Tairn. Me alimento da comida que me dão porque a sobrevivência é o que mais importa e durmo depois de cada sessão de regeneração, apenas para acordar e ter ossos quebrados outra vez.

Minhas costelas estão trincadas graças a um chute bem dado, e meu braço esquerdo rachou no mesmo lugar em que Varrish o quebrou da primeira vez, o que me informa de que não sou só eu que não estou recuperando totalmente minhas forças; Nolon também não está.

— Podemos trazer Jack Barlowe até aqui se isso não funcionar. — Nora ergue a voz, me acordando de onde estava cochilando na cadeira. — Só os deuses sabem o quanto ele vem esperando por uma retribuição.

— É tentador — responde Varrish. — Tenho certeza de que ele ficaria feliz de encontrar formas novas e criativas de motivá-la, mas não podemos confiar que ele não vai matá-la. Não dá para confiar nele com nada, né? Ele é imprevisível.

— Ainda não acredito que aquele cuzão sobreviveu — murmura Liam de onde está parado recostado na parede, ao lado direito da porta.

Deuses, estou dolorida e inchada nos lugares que estão quebrados, e a pele está macilenta nos pedaços que consigo ver. Tudo *dói*. Nem sei se sou mais *eu* ou se sou apenas a dor que envolve meu corpo enfraquecido.

Só que não é Rhiannon que está passando por isso, nem Ridoc, Sawyer, Imogen ou Quinn. Todos com quem me importo estão seguros. É isso que me sustenta.

— Sabe, a Sloane me odeia — sussurro.

— A Sloane é difícil. — Liam me lança um sorriso carregado de desculpas. — Você está fazendo um ótimo trabalho.

— É. Sou um ótimo exemplo a ser seguido. — Praticamente reviro os olhos.

— Pediu para me ver, senhor? Aqui embaixo? Tem uma dúzia de guardas na escada.

Aquela *voz*. O medo desliza pela minha coluna, provocando calafrios por onde passa, e a cabeça de Liam se ergue para a porta.

Dain. Eu estou fodida. Todos estamos.

— Pedi, sim — responde Varrish. — Preciso da sua ajuda. *Navarre* precisa da sua ajuda.

— Como posso ajudar?

Eu me debato contra as faixas que me prendem à cadeira, mas as fivelas aguentam firme.

— Fique calma — sussurra Liam, como se algum *deles* pudesse ouvir.

— Passamos por uma violação de segurança essa semana e documentos confidenciais foram roubados. Capturamos o responsável e prevenimos a perda de inteligência, mas a prisioneira… — Ele faz uma pausa dramática. — É evidente, pelas conexões dela, que essa cavaleira está trabalhando com o que suspeitamos ser uma segunda rebelião, determinada a destruir Navarre. Pela segurança de todos os civis dentro de nossas proteções, preciso das memórias da prisioneira, Dirigente de Asa. Você deve extrair a verdade, ou a nossa maneira de viver está em risco.

Bem, quando ele coloca as coisas desse jeito...

Eu me debato contra as amarras outra vez, fazendo com que ondas de agonia ricocheteiem pelo meu sistema nervoso. Não consigo levantar escudos. Não vou conseguir bloqueá-lo.

Todo mundo em Aretia vai morrer, e vai ser *minha* culpa.

— Devo alertá-lo — continua Varrish, em tom bondoso — de que a identidade da prisioneira pode ser um choque para você.

A porta se abre antes que eu consiga me preparar.

Varrish entra na sala, deixando Dain parado no batente, os olhos arregalados quando me avalia, demorando-se em minhas mãos inchadas e violeta, nos braços amarrados à cadeira, e no rosto que tenho certeza de que está cheio de hematomas. Isso porque ele nem consegue ver o pior, que está embaixo do meu uniforme, os ossos quebrados e as contusões.

— Violet?

— Por favor, me ajude — sussurro, mesmo sabendo que estou implorando para um Dain que não existe mais, o Dain que eu conhecia antes de atravessar o Parapeito, e não o terceiranista calejado à minha frente.

— Você está torturando ela há *cinco dias*? — acusa Dain.

Cinco dias? Ainda é quinta-feira?

— Desde que ela roubou o diário de Lyra da biblioteca particular do rei? — Varrish soa entediado. — Mas é claro. Ela pode até ser sua amiga de infância, Aetos, mas nós dois sabemos a quem pertencem as lealdades dela: Riorson e a guerra que ele está planejando contra nós. Ela quer derrubar as égides.

— Isso não é verdade! — quero gritar, mas a fala sai mais como um gemido, minha voz rouca depois de dias gritando. Varrish já distorceu tudo. — Eu nunca machucaria ninguém. Dain, você sabe...

— Eu não sei de mais *porra nenhuma* sobre você — retruca Dain, o rosto retorcido de raiva.

— Tem uma guerra acontecendo — digo para ele, desesperada para conseguir destruir a barreira entre nós antes que *ele* me destrua. — Os civis de Poromiel estão morrendo e não estamos fazendo nada para ajudar. Estamos só assistindo, Dain.

— Acha que deveríamos nos envolver em uma guerra civil deles? — argumenta Dain.

Afrouxo os ombros.

— Acho que mentiram para você por tanto tempo que não saberia reconhecer a verdade mesmo se ela estivesse dançando na sua frente.

— Eu poderia dizer o mesmo de você. — Dain olha para Varrish. — Você tem certeza de que ela está tentando destruir as égides?

— Mandei o diário ser devolvido para os Arquivos por segurança, mas sim. O livro que ela roubou dava instruções detalhadas sobre como as égides foram erguidas e poderia ser usado como instrução para destruí-las. — Varrish segura o ombro de Dain. — Sei que é difícil ouvir isso, mas as pessoas nem sempre são quem queremos que elas sejam.

Liam se afasta da parede e passa pelos dois, ficando ao meu lado e se abaixando.

— Não acho que vá conseguir impedir isso.

Eu também não acho.

— Tente não ficar bravo com ela — Varrish instrui Dain, a expressão mudando para empatia. — Nem sempre podemos escolher por quem nos apaixonamos, não é?

Dain fica rígido.

— Riorson a envolveu em algo que ela jamais poderia compreender. Você sabe disso. Viu tudo acontecer no ano passado. — Ele suspira. — Eu não queria ter que mostrar isso a você, mas… — Ele pega a minha adaga de liga metálica da bainha da roupa dele. — Ela estava carregando isto. O metal que vê aqui é o que alimenta as égides. Suspeitamos que eles vêm contrabandeando armas para seja lá onde pretendam lutar essa guerra, enfraquecendo nossas égides pouco a pouco.

— Isso é verdade? — O olhar de Dain encontra o meu.

Vejo que Nora está recostada no batente e estremeço.

— Eu posso explicar. Não é do jeito que ele está falando…

— Não preciso que você explique — rosna Dain. — Tenho pedido para você falar comigo faz *meses* e agora entendi por que não falava. O motivo de você estar tão determinada para que eu nunca toque em você. Está com medo de que eu veja o que você vem escondendo.

Ele caminha para a frente e eu me encolho na cadeira.

Xaden, me perdoe.

— Lembre-se da sua ética, cadete — instrui Varrish. — Especialmente considerando a relação que tem com a cadete Sorrengail. Procure da forma como você vem praticando, mas concentre-se na palavra égide.

— Tenente Nora — chama uma voz da antessala. — A liderança recebeu ordens para se reunir. Houve… acidentes na fronteira.

— A mando de quem? — Nora exige saber.

— Da general Sorrengail.

— Estaremos lá daqui a pouco — responde Nora, dispensando o outro.

— Talvez já seja tarde demais — diz Varrish, balançando a cabeça. — Riorson desertou dias atrás, de acordo com relatórios que recebemos hoje de manhã. Estamos reunindo os marcados neste momento.

Minha respiração cessa. Ele desertou. Pode ser que esteja seguro em Aretia nesse instante, tecendo as égides. Mas e Imogen? Bodhi? Sloane? São eles que a liderança está reunindo.

A mão de Liam se acomoda no meu ombro, me firmando ali. Vão matar todos eles, e, assim que descobrirem sobre Aretia, vão caçar os outros.

— Ele pode vasculhar sua memória — Liam me informa. — Mas a lógica dita que vai precisar atravessar o que você está pensando primeiro.

— O que você fez, Violet? — pergunta Varrish. — Orquestrou outro ataque em um entreposto? Descubra o que puder, Aetos. A segurança do nosso reino depende disso. O tempo é crucial.

Os olhos de Dain se arregalam e ele levanta as mãos.

— Você matou Liam — eu o acuso.

Ele congela.

— Você continua insistindo nessa. Mas só vasculhei sua memória para provar ao meu pai que ele estava errado, Violet, e o que você fez foi provar que ele estava certo. Se os marcados morreram traindo nosso reino, mereceram o fim que tiveram.

— Eu odeio você — sussurro, o som estrangulado, meus olhos ardendo e coçando.

— Ela está enrolando — ralha Varrish. — Faça isso agora. E se você vir algo que não compreenda, explico quando tivermos certeza de onde o exército deles está se escondendo. Só confie em mim que estamos agindo pelo melhor interesse dos cidadãos de Navarre. Nosso único objetivo é manter a nação segura.

Dain assente e estica a mão, mas hesita no último segundo.

— O corpo *inteiro* dela está machucado.

— Mostre a ele o que você *quer* que ele veja — pede Liam.

— Ela é só uma traidora — retruca Varrish.

— Certo. — Dain assente.

Fecho os olhos no segundo em que os dedos dele encostam nas minhas têmporas doloridas e machucadas.

Eles podem ter me separado do meu poder que vem de Tairn. Mas o controle que tenho sobre a minha mente é *meu*, e é tudo que me resta.

Diferentemente do ano passado, sinto a presença de Dain às margens da minha mente, onde meus escudos deveriam estar, e, em vez de recuar desse ataque, eu me seguro a essa presença e então me jogo de novo para minhas memórias, arrastando Dain comigo.

— Temos uma legião por perto? — pergunta Liam.

A gravidade some quando percebo que meu pior pesadelo é de fato um monstro que vive e respira.

Duas pernas, em vez de quatro.

Wyvern.

Nos mandaram ali para morrer.

Venin com veias vermelhas se espalhando dos olhos, matando pessoas inocentes.

Fogo azul. Terra arrasada. Soleil e Fuil caindo.

Nunca vamos conseguir contrabandear armas o bastante para fazer a diferença. Eles nos mantiveram no escuro, apagaram nossa história para evitar o conflito, para nos manter seguros enquanto pessoas inocentes estão morrendo.

Liam... deuses, *Liam*. Finco as unhas em Dain na minha mente e o seguro ali, fazendo com que sinta tudo que estou sentindo. A impotência. A tristeza que estilhaça meu peito. A fúria que faz minha visão virar um borrão.

Foi uma honra. As últimas palavras que Liam me disse.

Minha vingança projetada nos céus, lutando no dorso de Tairn, usando a única arma que pode matar a dominadora das trevas que está dando o seu melhor para matar o meu dragão e me tirar a vida.

No instante em que a adaga desliza pela lateral do meu corpo, paro de puxar Dain comigo e começo a empurrá-lo, gritando na minha mente e também na vida real, preenchendo minha cabeça com cada centímetro de dor que foi infligida em mim nos últimos quatro dias.

Dain ofega, e as mãos dele caem das minhas têmporas.

Abro os olhos, o som do meu grito ainda ecoando nos ouvidos enquanto ele se afasta, o pavor exprimido em cada linha do rosto.

— Estou aqui — promete Liam. — E ainda não me arrependo de nada, Vi. Nem por um segundo.

As lágrimas traçam um caminho pela minha bochecha.

— Conseguiu o que queria? — consigo perguntar, mesmo com as cordas vocais arrebentadas.

— Você está contrabandeando armas — diz Dain lentamente, buscando algo em meus olhos. — Roubando nossas armas para ajudar outro reino?

Meu estômago embrulha ao me deparar com meu fracasso completo.

De tudo que mostrei a ele, foi *isso* que entendeu?

Desvio meu olhar de Dain para olhar para Liam, memorizando as linhas do rosto dele e aqueles olhos azuis inconfundíveis.

— Sinto muito por fracassar com você — digo.

— Você nunca fracassou comigo. Nem uma vez — sussurra ele, balançando a cabeça. — Puxamos você para a nossa guerra. Se alguém sente muito, esse alguém sou eu.

— E você deveria se arrepender mesmo — desdenha Varrish.

Se Dain conquistou minhas memórias e viu os nossos contrabandos que ajudei a fazer, então sabe de *tudo*. Uma onda de desespero me domina, roubando minha determinação a não ceder. Tudo que tenho dentro de mim é dor, e não vale a pena lutar por isso, não quando acabei de entregar tudo (e todos) que significam algo para mim.

— Precisam de nós *agora*! — grita o homem da antessala.

— Varrish — chama Nora. — É uma convocação que se estende a *toda* a liderança.

— O que você descobriu? — Varrish se vira para Dain, perdendo a compostura. — Onde eles estão se reunindo para lutar?

— Me dê a adaga. — Dain exige, estendendo a mão. — Quero comparar com a que vi na memória. As que estão *roubando* de nós.

— Só não a mate. Precisamos encontrar e questionar Riorson primeiro, e vamos usá-la como incentivo.

Varrish entrega minha adaga para Dain.

Ele olha para a arma e assente.

— É essa mesmo. Estão roubando em alta quantidade para armar o inimigo. Eu vi tudo. — Olhos castanhos encontram os meus. — Tem ao menos uma revoada envolvida.

Meu coração se despedaça. Ele sabe. Viu tudo, apesar de todos os meus esforços.

Vão me questionar outra vez. Vão me manter prisioneira para atrair Xaden para cá, mas não vão me deixar sair daqui viva. Este lugar que chamei de lar, os corredores em que andei com meu pai, os Arquivos que venerei junto aos deuses, o campo onde voei junto de Tairn e Andarna, as salas onde ri com meus amigos e os quartos onde Xaden me abraçou serão meu túmulo.

E o garoto com quem eu costumava subir nas árvores à beira do rio vai ser a minha morte.

Eu me deixo cair, minha coragem se esvaindo, completamente derrotada.

— Que bom. Que bom. Agora me diga onde eles estão — ordena Varrish.

Dain segura a adaga na mão esquerda, girando-a para que a lâmina fique paralela ao antebraço enquanto a leva até meu pescoço.

— Você deveria ter confiado em mim, Violet.

Não ouso sequer engolir enquanto sustento o olhar desse babaca. Não vou morrer com medo.

— Nada disso teria acontecido se você tivesse confiado em mim. — A mágoa nos olhos dele só aumenta minha fúria. Como ele ousa parecer tão ressentido? — E agora é tarde demais.

— Varrish! — grita Nora, os berros ecoando na antessala.

Varrish se vira na direção dela e eu sinto a faca deslizar perto da minha pele.

Dain vai me matar.

— Está tudo bem. — Liam sustenta meu ombro. — Eu vou ficar bem aqui. Não vou abandonar você.

Tairn. Andarna. Deuses, espero que eles sobrevivam. Xaden precisa ficar vivo. Precisa.

Eu o amo.

Eu deveria ter dito para ele todos os dias, sido honesta sobre meus sentimentos, mesmo em meio às brigas e às dúvidas.

Agora, em vez de entregar esses sentimentos para Xaden, eles vão morrer comigo. Minha visão fica borrada, e as lágrimas escorrem pelas minhas bochechas, mas ainda assim ergo o queixo.

Dain afasta o braço para trás e eu espero o golpe, o corte, a dor e o fluxo de sangue.

Mas nada disso chega.

Varrish cambaleia para trás, segurando a lateral do corpo, os olhos arregalados enquanto sinto um retumbar enchendo meus ouvidos. Dain pega a faca ensanguentada e corta as amarras nos meus pulsos, primeiro de um lado, depois de outro.

— Não sei se vamos conseguir lutar para sair daqui — diz ele rapidamente, abaixando-se para libertar meus tornozelos. — Você consegue se mexer?

Que porra está acontecendo?

— Aetos! — rosna Varrish, cambaleando até a parede e deslizando pela pedra. Ele deixa um rastro de vermelho por onde passa.

— Violet! — grita Dain, forçando algo na minha mão. — Você precisa se mexer ou vamos todos morrer!

Firmo os dedos da mão que não foi quebrada no cabo familiar da adaga enquanto Dain desembainha a espada na lateral do corpo, segurando-a contra o pescoço de Nora quando ela entra na sala.

— Se nos deixar passar, você continua viva.

Ele firma a lâmina e passa o outro braço pelas minhas costas enquanto tento ficar em pé, me segurando ali quando minhas pernas tentam fraquejar. Não estão quebradas desde a última visita de Nolon, pelo que eu me lembro, mas gemo com a pressão contra as costelas fraturadas e a náusea que me toma quando a sala começa a girar.

— Eu não faria uma promessa dessas. — A ameaça baixa e feroz faz meus joelhos fraquejarem um segundo antes de uma mão com uma adaga passar pelo pescoço de Nora, cortando-o de fora a fora sem hesitar.

Ela cai no chão, uma torrente de sangue fluindo da ferida aberta no pescoço.

Ergo o olhar para a fúria de Dunne na forma de olhos cor de ônix salpicados de dourado.

O único crime pior do que assassinar um cadete é o ato inconcebível de atacar a liderança.

— O guia para a Divisão dos Cavaleiros, por major Afendra (edição não autorizada)

CAPÍTULO TRINTA E SEIS

A fúria brilha nos olhos de Xaden enquanto ele segura a espada na mão direita e uma adaga na esquerda, as duas pingando sangue e voltadas para atacar Dain.

Ah, *deuses*.

— Não! — grito, impelindo meu corpo para me postar na frente de Dain, mas meus pés não cooperam e o chão parece vir ao meu encontro.

— Merda! — O aço cai no chão quando Dain me pega com as duas mãos.

Os cantos da minha visão ficam escuros quando a dor ameaça me apagar. Cada centímetro do meu corpo grita em protesto quando apoio os pés no chão. Mas não é só a mão de Dain que me segura: sinto mãos macias feitas de sombras nos meus quadris e debaixo dos braços. Dois Xadens aparecem e se fundem em um só enquanto luto para manter a consciência.

— Ele me salvou — sussurro. — Não mate Dain.

Dain merece uma chance por ter esfaqueado Varrish… né?

O olhar de Xaden encontra o meu e ele pisca, sobressaltado.

— Pelo amor dos deuses, *Violet*.

Sombras explodem ao nosso redor, rachando pedras e dizimando a tábua de madeira manchada com o meu sangue.

Acho que o meu rosto está tão machucado quanto o resto do meu corpo.

— Você veio.

Cambaleio para a frente e Dain é inteligente o bastante para me soltar.

Xaden me segura, as sombras pegando a espada enquanto ele coloca uma mão nas minhas costas e me aninha contra o peito dele com um toque leve, como se tivesse medo de eu quebrar a qualquer instante.

— Não existe lugar no mundo para onde você fosse que eu não te encontraria, lembra?

Xaden leva os lábios ao que sobrou da minha trança, agora desgrenhada, suja e cheia de sangue, e beija o topo da minha cabeça.

O cheiro de couro e menta vence o cheiro de ferro e musgo da cela, e, pela primeira vez desde que Nolon me drogou, eu me sinto segura. Lágrimas encharcam o peito dele: não sei se minhas ou dele.

— Que *inferno* — Garrick diz atrás de Xaden. — Você saiu correndo e não deixou nenhum para mim? Demorou um século para eu tirar a barricada de corpos da escadaria.

O sorriso que se forma em meus lábios os racha outra vez enquanto me viro para descansar a bochecha no peito de Xaden, encostando o rosto onde sinto o coração dele bater forte e firme.

— Oi, Garrick.

Ele empalidece, largando as duas espadas, mas rapidamente disfarça com um sorriso.

— Você já esteve mais bonita, Violet, mas estou feliz por estar viva.

— Eu também.

— Está o maior caos lá em cima — Garrick informa a Xaden, lançando apenas um olhar inquisitivo para Dain. — A liderança está disparando contra os dragões para conseguir chegar na fronteira.

— Então funcionou — declara Xaden.

Varrish grunhe e todos viramos a cabeça na direção dele.

— Vai virar um traidor? — ele acusa Dain, enquanto se esforça para ficar em pé, ainda segurando a ferida na lateral do corpo.

— Ah, foi isso que rolou? — questiona Garrick, passando os olhos de Dain para Varrish.

— Seu pai vai ficar tão decepcionado — sibila Varrish, entre dentes, a boca pingando sangue. Tossir sangue é um sinal de que ele não vai durar muito tempo.

— Se ele já sabe o que Violet me mostrou, então sou eu que estou decepcionado com *ele* — rebate Dain, pegando a espada e a apontando para Varrish.

— Não — rosna Xaden. — Você, não.

Ele flexiona a mão em minhas costas e as sombras envolvem Varrish um segundo antes de arrastá-lo pelo chão. Ele arregala os olhos, horrorizado, quando os feixes pretos o jogam na cadeira e em seguida prendem os pulsos e tornozelos dele em vez das algemas.

— Essa honra pertence a Violet, se ela quiser — declara Xaden.

— Ela quer, sim — respondo imediatamente.

Xaden troca a mão de lugar, passando o braço ao redor da minha cintura e observando minha reação.

— *Não sei onde posso te tocar.*

— Está tudo bem — prometo, segurando a adaga de liga metálica em minha mão direita enquanto a esquerda continua pendendo, inútil, ao lado do meu corpo.

Dain dá um passo para trás, abaixando a espada. Xaden me ajuda a andar, e eu arrasto os pés por cima das manchas secas do meu próprio sangue no chão de pedra.

Varrish estreita os olhos, a pele empalidecida, e Xaden me segura firme enquanto levo a adaga ao peito dele com um punho trêmulo e fraco, descansando a ponta dela acima do coração de Varrish, num lugar entre as costelas.

— Prometi que você morreria nessa sala — sussurro, mas estou tremendo demais para conseguir empurrar a adaga. Toda a força que ainda tenho está sendo usada para me manter em pé.

A mão de Xaden envolve a minha e ele a impele para a frente, enfiando a adaga no coração de Varrish. Memorizo o olhar no rosto do vice-comandante enquanto a vida se esvai dele só para eu conseguir me tranquilizar de que ele está mesmo morto quando os pesadelos inevitavelmente me perseguirem.

Continuo encarando, encarando e *encarando* o nada enquanto o peso de tudo que aconteceu me cerca, ameaçando me deixar sem fôlego. Minha garganta se fecha e meus olhos parecem alfinetados com ardência enquanto meus pensamentos rodopiam. Acabei de matar o vice-comandante da Divisão.

E agora, o que eu vou fazer? Voltar para a aula?

E Xaden… Xaden arriscou *tudo* ao vir até aqui.

— Nos dê um segundo e deixe Aetos respirando por enquanto — ordena Xaden, e escuto a sala ser esvaziada enquanto ele se vira cuidadosamente para me encarar, girando nosso corpo para estarmos longe do cadáver de Varrish. — Você está viva. Não importa o que tenha acontecido nessa sala e o que tenha sido dito, você está viva e é isso que importa.

— Eu não cedi — sussurro. — Dain… ele viu tudo pouco antes de esfaquear Varrish, mas eu não cedi, juro.

Balanço a cabeça, e minha visão fica borrada por um segundo antes de ficar nítida novamente enquanto a água escorre dos meus olhos.

— Confio em você. — Ele me segura pela nuca, aquele olhar lindo encontrando o meu, me engolindo por inteiro. — Mas não importaria para mim se você tivesse cedido. Estamos indo embora. Vou tirar você daqui.

Pisco, aturdida.

— Não podemos ir embora agora. Vão seguir a gente, e Brennan não está pronto. — Meu rosto desmorona. — Você vai perder acesso às armas de Basgiath…

— Eu não dou a mínima, *porra*. Vamos dar um jeito assim que chegarmos lá.

— Você vai perder tudo pelo que lutou. — Minha voz fraqueja. — Por minha causa.

— Então vou ter tudo de que preciso. — Xaden abaixa o rosto, chegando mais perto para que ele seja tudo que eu vejo, tudo que sinto. — Por mim, eu veria Aretia queimar até o caralho outra vez se isso significasse que você está viva.

— Você não está falando sério.

Ele ama a própria casa. Fez *tudo* para proteger o próprio lar.

— Estou, sim. Me perdoa se esperava que eu fosse fazer uma coisa mais nobre. Eu avisei. Não sou doce, gentil e sensível e você se apaixonou por mim do mesmo jeito. É isso que você está levando, Violet: eu. Junto com todas as partes boas, ruins e imperdoáveis. Tudo seu. Eu sou *seu*. — O braço dele me envolve pela cintura, segurando firmemente meu corpo perto do dele. — Quer que eu diga a verdade? Uma coisa real? Eu amo você. Estou *apaixonado* por você. Desde a noite em que a neve caiu no seu cabelo e você me beijou pela primeira vez. Fico *grato* que minha vida esteja ligada à sua porque significa que eu não preciso encarar nenhum dia sem você estar nele. Meu coração só vai bater enquanto o seu bater, e, quando você morrer, vou encontrar Malek ao seu lado. E é uma coisa ótima que você me ame também, porque está presa a mim nessa vida e em qualquer outra que possamos ter.

Meu queixo cai. É tudo que sempre quis ou precisava ouvir.

— Eu te amo — admito, num sussurro.

— Estou feliz por você não ter se esquecido. — Ele se aproxima e roça os lábios nos meus, tomando cuidado para não machucar. — Vamos embora daqui juntos.

Assinto.

— Precisamos ir — chama Garrick.

— Abra caminho pela escada! — ordena Xaden. — E diga a Bodhi para conseguir o antídoto de que ela e o resto do esquadrão precisam.

— Pode deixar — responde Garrick.

— Meu esquadrão?

Xaden olha na minha direção.

— Eles estão bem, mas ficaram sob vigilância na sala de interrogatório depois que tentaram executar uma missão de resgate ontem. Você consegue andar?

— Não sei — respondo com sinceridade. — Perdi a noção do que ainda está quebrado e do que Nolon regenerou. Sei que meu braço esquerdo está quebrado, e mais três costelas do lado direito. Meu quadril parece que não está no lugar que deveria.

— Ele vai morrer pelo papel que teve nisso.

Xaden se vira e nos tira da cela, passando pelo corpo de Nora, e nos deparamos com a porra de um massacre. Tem pelo menos meia dúzia de corpos nos separando da escada. Ele embainha com agilidade minhas adagas nos devidos lugares, mas não tira da minha mão aquela que ainda estou segurando.

Dain entrega suprimentos de um armário ali do lado e Xaden improvisa uma tala para o meu braço o mais rápido possível. Mordo o lábio rachado para não chorar e ele ata minhas costelas por cima da armadura.

— Xaden! — chama Garrick, da escadaria. — Temos um problema!

— Caralho — murmura Xaden, alternando o olhar entre as espadas encostadas na parede e eu.

— Posso carregar Violet — oferece Dain.

Xaden lança um olhar que significa uma morte lenta e dolorosa na direção dele.

— Eu ainda não decidi se vou deixar você sair vivo dessa. Mas de uma coisa pode ter certeza: não vou confiar ela a você.

— Eu consigo andar. Acho — digo.

Mas, no segundo em que tento, a sala rodopia. E pela primeira vez na vida eu me *sinto* fraca. Foi isso que aquele monstro fez comigo nesta sala. Tirou minha força de mim.

— Mas ele não acabou com quem *você é*, Violet — diz Liam baixinho do canto da sala, e meu peito fica apertado enquanto ele dá um passo na direção das sombras. E depois outro.

— E se a gente fizesse assim: eu prometo que, da próxima vez que for torturado por cinco dias seguidos, deixo você me carregar da prisão — diz Xaden, embainhando as espadas nas costas.

— Obrigada — digo.

Para ele e para Liam.

Xaden me ergue nos braços, aninhando meu corpo contra o peito sem colocar pressão nas minhas costelas.

— Me siga ou morra. A escolha é sua, mas precisa tomar a decisão agora — ele diz para Dain enquanto as sombras nos engolem, formando um círculo de lâminas enquanto Xaden se move, carregando meu corpo escadaria acima.

Minha cabeça pende do ombro dele e eu gemo, mas de que importa a dor se estamos indo embora? Se estamos vivos, nós dois? Ele veio me salvar.

— Que tipo de problema estamos tendo, Garrick? — pergunta Xaden quando subimos o primeiro lance das escadarias e dobramos a esquina do próximo.

— Um do tamanho de uma general — responde Garrick, as mãos levantadas.

A espada da minha mãe está apontada para o pescoço dele.

Puta merda.

Ergo a cabeça e Xaden para de andar, o corpo retesando-se contra o meu.

Os olhos dela encontram os meus de onde está no degrau acima de Garrick, as linhas de seu rosto parecendo se agravar por... espera, o que vejo é *preocupação*?

— Violet — chama ela.

— Mãe — respondo, piscando. É a primeira vez que ela diz meu nome desde antes do Parapeito.

— Quem foi que você matou? — Ela direciona a pergunta para Xaden.

— Todo mundo — responde ele, firme.

Ela assente e em seguida abaixa a espada.

Garrick respira fundo, afastando-se dela e ficando com as costas contra a parede.

— Aqui. — Ela leva a mão ao bolso lateral do uniforme e tira de lá um frasco com um líquido transparente. — É o antídoto da poção.

Encaro o frasco e meu coração acelera de uma batida letárgica para um galope. Como vou saber que o conteúdo dele é mesmo o que ela diz ser?

— Eu teria vindo mais cedo se soubesse — comenta minha mãe, a voz dela se suavizando como os olhos. — Eu não sabia, Violet. Juro. Estive em Calldyr a semana toda.

— Então voltou por quê? Foi coincidência? — respondo com perguntas.

Ela aperta a boca e seus dedos se fecham ao redor do frasco.

— Gostaria de ter um momento a sós com a minha filha.

— Não vai rolar — rebate Xaden.

Os olhos dela ficam mais severos quando o encara.

— De todas as pessoas do mundo, você é quem mais deveria saber a extensão do que estou disposta a fazer para proteger minha filha.

E, já que tenho bastante certeza de que é você o motivo para estarmos recebendo relatórios de dragões jogando carcaças de wyvern em todos os entrepostos na nossa fronteira, o motivo deste instituto estar sendo esvaziado dos membros de liderança que estão saindo às pressas para *conter* o problema, o mínimo que pode fazer é me dar a chance de me despedir dela.

— Você fez o quê? — Eu me viro para Xaden, mas o olhar dele está fixo em minha mãe.

— Eu teria feito isso antes, mas demorei uns dias para conseguir caçar e matar todos eles — responde Xaden para ela.

— Você ameaçou o nosso reino inteiro. — Ela estreita os olhos.

— Fico feliz. Você permitiu que ela fosse torturada durante *dias*. Estou pouco me fodendo se foi porque você estava ausente ou por negligência. O erro é seu do mesmo jeito.

— Três minutos — ordena ela. — Agora.

— Três minutos — concordo.

Xaden encontra meu olhar.

— Ela é uma porra de um monstro. — A voz dele soa baixa, mas ecoa mesmo assim.

— Mas é minha mãe.

Ele parece que vai querer arranjar briga comigo por um segundo, mas então me baixa lentamente e me apoia contra a parede.

— Três minutos — sussurra ele. — E vou estar no topo dessa escada. — O aviso é dado mais para minha mãe, e ele começa a subir os degraus com Garrick na frente. — Aetos, decidiu seguir a gente?

— Acho que sim — diz Dain, esperando alguns passos atrás de mim.

— Então segue, porra — ordena Xaden.

Dain resmunga, mas sobe as escadas e me deixa a sós com a minha mãe.

Ela é o epítome da compostura, a postura ereta, o rosto sem expressão quando me entrega o frasco.

— Tome.

— Você sabia o que estava acontecendo do outro lado da fronteira esses anos todos. — Seguro minha arma firme até os dedos ficarem brancos.

Ela dá um passo à frente, o olhar indo da adaga na minha mão à tala do outro braço, e então escolhe um bolso do uniforme e enfia o frasco lá dentro.

— Quando tiver os seus filhos, podemos discutir os riscos que vai estar disposta a correr e as mentiras que vai estar disposta a contar para garantir a segurança deles.

— E os filhos das pessoas que *estão morrendo*? — levanto a voz.

— Vou repetir. — Ela passa um braço pela parte de cima das minhas costas, colocando a mão embaixo do braço, e me puxa para ficar ao lado dela. — Quando você for mãe, podemos conversar sobre quem você está disposta a sacrificar para que seu filho fique vivo. Agora *ande*.

Cerro os dentes e coloco um pé na frente do outro, relutando contra a vertigem, a exaustão e as ondas de dor enquanto subo a escada.

— Não é certo deixá-los morrer indefesos.

— Nunca disse que era. — Viramos no primeiro patamar, subindo lentamente. — E eu sabia que você nunca enxergaria o nosso lado. Nunca concordaria com a nossa postura de autopreservação. Markham via você como a protegida dele, a próxima líder dos escribas, a única candidata que ele considerava inteligente e astuciosa o bastante para continuar tecendo a venda complexa que escolhemos para cobrir os olhos do povo há centenas de anos. — Ela bufa. — Ele cometeu o erro de pensar que você seria facilmente controlada, mas eu conheço minha filha.

— Tenho certeza de que você pensa que conhece mesmo.

Cada degrau que subo é uma batalha, sacudindo meus ossos e testando minhas articulações. Sinto tudo solto de um jeito lancinante e ainda assim tão apertado que parece que vou rachar com a pressão.

— Posso ser uma estranha para você, Violet, mas você nunca será uma estranha para mim. Você ia acabar descobrindo a verdade. Talvez não enquanto estudasse na Divisão dos Escribas, mas certamente quando chegasse à patente de capitã ou major, no momento em que Markham começasse a explicar as coisas do jeito que fazemos com as patentes mais altas, e aí você despedaçaria *tudo* em nome da misericórdia ou de qualquer outra emoção que quisesse culpar, e eles matariam você por isso. Já perdi um filho mantendo nossas fronteiras seguras, e não estou disposta a perder outro. Por que acha que forcei você a entrar para a Divisão dos Cavaleiros?

— Porque você acha que escribas são inferiores — respondo.

— Besteira. O amor da minha vida era um escriba.

Devagar e sempre, continuamos a subida, dando voltas na escadaria em espiral.

— Fui eu que coloquei você na Divisão dos Cavaleiros para que pudesse ter uma chance de sobreviver, e então cobrei o favor que Riorson me devia por colocar todos os marcados na Divisão.

Paro de andar quando avisto a porta dos Arquivos.

— Você fez o quê? — pergunto.

Ela não pode ter acabado de dizer o que penso que disse.

Minha mãe inclina a cabeça para olhar diretamente em meus olhos.

— Foi uma transação simples. Ele queria que os marcados tivessem uma chance. Dei a ele a oportunidade de estarem na Divisão, desde que ficasse responsável por eles e em troca de um favor que poderia ser reivindicado no futuro. Você foi esse favor. Se sobrevivesse ao Parapeito sozinha, tudo que ele precisava fazer era garantir que ninguém matasse você fora dos desafios ou se aproveitando da sua própria ingenuidade no primeiro ano, e foi isso que ele fez. Foi um milagre, considerando pelo que o coronel Aetos fez vocês passarem nos Jogos de Guerra.

— Você sabia?

Vou vomitar.

— Descobri depois que já tinha acontecido, mas sabia. Não me olha com essa cara — ralha ela, me puxando para subir outro degrau. — Funcionou. Você está viva, não está? Mas eu vou confessar que não planejei a coisa dos dragões consortes ou qualquer outro emaranhado emocional no qual você se meteu. Aquilo tudo foi bem decepcionante.

Tudo se encaixa. A noite na árvore no ano passado, um momento em que ele deveria ter me matado por vê-lo se encontrando com os outros marcados. O desafio em que ele teve toda a oportunidade de se vingar da minha mãe ao me matar, e em vez disso resolveu me ensinar. Ele quase intervir durante a Ceifa...

Parece que minhas costelas vão rachar outra vez. Ele nunca teve nenhuma escolha quando a questão era eu. A vida dele (bem como a de todos que ele ama) sempre foi ligada à minha. E de repente eu *preciso* saber.

— Foi sua faca que fez aquelas cicatrizes nas costas dele?

— Sim. — O tom dela é neutro. — É um costume týr...

— Chega.

Não quero ouvir mais nenhuma explicação para um ato imperdoável. Mas é claro que ela não me escuta.

— Parece que, ao colocar você na Divisão dos Cavaleiros, tudo que fiz foi apressar o seu fim — comenta ela enquanto subimos os últimos quatro degraus, chegando ao túnel ao lado dos Arquivos.

Xaden estica a mão para me segurar e os braços da minha mãe me soltam.

— Posso confiar que vai usar do caos para conseguir tirá-la daqui? — pergunta ela, mas nós dois sabemos que é mais uma ordem.

— É o que planejo fazer.

Ele me aninha contra seu corpo.

— Ótimo. Não me contem para onde vão. Não quero saber. Markham ainda está em Calldyr com o rei. Façam o que quiserem com essa informação. — Ela olha para Dain, que está aguardando ao lado de Garrick, o rosto pálido. — Você tomou sua decisão, agora que já sabe de tudo?

— Tomei.

Ele endireita os ombros enquanto um grupo de cadetes de escriba passa por nós correndo, os capuzes desalinhados, o pânico evidente nos rostos.

— Hm. — Ela dispensa Dain com um único som e volta-se para Xaden. — E assim a guerra do pai se torna a guerra do filho. É você, não é? Que vem roubando armamento? Entregando armas para o inimigo que tenta nos destruir?

— Já está arrependida de ter me deixado entrar na Divisão? — Ele mantém a voz calma, mas é uma ilusão. Vejo sombras subindo pelas paredes do túnel.

— Não — declara ela, e volta o olhar para mim. — Fique viva, ou tudo isso terá sido por nada. — Ela roça o nós dos dedos no meu rosto inchado. — Eu diria para você tomar arnica e ir ver um médico, mas você já sabe disso. Seu pai garantiu que você saberia de tudo de que precisasse ou onde encontrar. Você é tudo que restou dele, sabe?

Só que eu não sou. Mira tem a mesma risada e o calor dele, e Brennan...

Ela não sabe de Brennan, e, nesse momento, não me arrependo de ter guardado esse segredo.

O sorriso que ela lança para mim é apertado e tão cheio de tristeza que não sei se estou alucinando. Desaparece tão rápido quanto surgiu, e ela dá as costas para nós, voltando para a escadaria que vai conduzi-la ao edifício principal.

— Ah, e Violet — solta ela, por cima do ombro. — Sorrengails andam ou voam no campo de batalha, mas nunca são carregados.

Inacreditável. Observo até ela desaparecer pelas escadarias.

— Não é à toa que você é tão querida e calorosa, Violet — murmura Garrick.

— Vamos embora — anuncia Xaden. — Junte os marcados e nos encontre no campo de voo...

— Não. — Balanço a cabeça.

Xaden me encara como se de repente tivessem surgido sete cabeças no meu ombro.

— Já discutimos isso. Não podemos ficar aqui, e eu não vou abandonar você.

— Não só os marcados — esclareço. — Se Markham não está aqui e a maior parte da liderança está voando até a fronteira, então essa é a nossa única chance.

— De ir embora? — Xaden ergue as sobrancelhas. — Então concordamos nessa.

— De dar uma escolha para todo mundo. — Olho para o túnel vazio. — Vão trancar este lugar a sete chaves quando voltarem, assim que descobrirem que não vão conseguir impedir a informação de se espalhar, e nossos amigos... — Balanço a cabeça. — Precisamos dar uma escolha a eles, Xaden, ou não vamos ser muito melhores que a liderança.

Xaden estreita os olhos.

— Os dragões vão tomar a decisão para aqueles que quiserem ir embora pelos motivos certos — sussurro.

Ele cerra os dentes, mas assente.

— Tudo bem.

— Aqui não vai mais ser seguro para você. Não depois do que você acabou de fazer — digo para Dain, erguendo as sobrancelhas.

Uma coisa é me proteger no particular, ou enfrentar a minha mãe, que ele conhece a vida toda. Outra é ser conhecido como o cavaleiro que destruiu este lugar.

— Não que o lugar para onde vamos depois vá ser assim tão seguro para ele. — Garrick olha de Dain para Xaden. — Ah, não é possível. Agora a gente vai confiar nesse cara?

— Se ele quiser nossa confiança, vai ter que fazer por merecer — atesta Xaden.

Um músculo na mandíbula de Dain trava, mas ele assente.

— Acho que meu último ato oficial como Dirigente de Asa vai ser convocar uma formatura.

***

— É lá que a liderança está neste exato momento! Tentando esconder os cadáveres de uma dúzia de wyvern mortos! — termina Dain, a voz ecoando pelo pátio meia hora depois enquanto estamos em pé na plataforma na frente da formatura, os outros Dirigentes de Asa à direita dele.

O sol já se escondeu atrás das montanhas às nossas costas, mas ainda assim temos luz o bastante para ver o choque e a incredulidade no rosto de quase todos os cavaleiros.

Só os marcados e o meu esquadrão não começam a discutir entre si, alguns falando baixo, outros gritando.

— Era isso que tinha em mente? — me pergunta Xaden, o olhar avaliando a multidão.

— Não exatamente — confesso, apoiando o peso do meu corpo inteiro sobre ele, mas ainda em pé.

Meu uniforme está limpo, minha mala foi feita e recebi ataduras desde o tornozelo até o braço quebrado, mas mais de um cadete encara meu rosto. Depois de ter dado uma rápida olhada no espelho, entendo o motivo.

Nolon deve ter regenerado apenas meus ferimentos mais sérios, porque meu rosto é um mosaico de hematomas recentes pretos e arroxeados, e os mais velhos, esverdeados, e esse padrão prossegue até embaixo do meu uniforme.

Xaden tremeu praticamente o tempo inteiro que levei para me trocar.

— Se não acreditam em mim, perguntem aos seus dragões! — grita Dain.

— *Isso se os dragões deles concordarem em contar para eles* — diz Tairn, voltando do Vale.

Confiei em minha mãe, finalmente, a ponto de conseguir beber o antídoto cerca de dez minutos atrás, o que Tairn declarou ter sido a única saída lógica, e ele se unira a mim pela minha inteligência, afinal.

— *O que o Empyriano decidiu?* — pergunto. Não somos os únicos tomando decisões esta noite.

— *Vai depender individualmente de cada dragão. Não vão interferir ou punir aqueles que escolherem ir embora, levando seus consortes e filhotes consigo.*

É melhor do que o que penso ser a única alternativa, que é um massacre completo caso os dragões decidissem lutar.

— *Está mesmo tudo bem?* — eu pergunto a ele. A união entre nós parece estranha, como se ele estivesse se segurando mais do que o normal.

— *Perdi o rastro de Solas numa rede de cavernas enquanto o caçava, então não consegui matar ele e Varrish para puni-los pelas ações que praticaram. Quando eu o encontrar, vou prolongar o sofrimento antes da morte.*

Entendo bem o sentimento.

— *E Andarna?*

— *Está sendo preparada para o voo. Vamos pegá-la quando partirmos.* — Ele hesita. — *Prepare-se. Ela ainda está adormecida.*

Um nó de apreensão se forma em meu estômago.

— *O que aconteceu de errado? O que você não anda me contando?*

— *Os anciões nunca viram um adolescente ficar tanto tempo assim no Sono Sem Sonhos.*

Meu coração tem um sobressalto.

— Você está mentindo! — berra Aura Beinhaven, trazendo minha atenção novamente para a situação atual enquanto se impele na direção de Dain, empunhando uma lâmina.

Garrick se coloca no caminho dela, desembainhando a espada.

— Não tenho nenhum problema em aumentar o número de corpos que matei hoje, Beinhaven.

Heaton puxa a machadinha na base dos degraus da plataforma, as chamas roxas do cabelo combinando com o mesmo tom do meu mindinho, encarando a formatura ao lado de Emery, que já está com a espada puxada, Cianna protegendo as costas dele.

Xaden esteve ocupado nos cinco dias que passei trancafiada na cela. Voltou para Basgiath com cada um dos graduados que exibe uma relíquia de rebelião, assim como uma boa parte de seus colegas de classe. Mas nem todo mundo veio.

— Melhor a gente acelerar as coisas — digo, e olho para Xaden. — Os professores vão chegar a qualquer instante.

A distração que Bodhi planejou no campo de voo nos fez ganhar tempo para esta reunião sem os professores notarem, mas nem tanto tempo assim, considerando que Devera, Kaori, Carr e Emetterio ainda estão no campus.

— Com certeza — responde Xaden, parecendo entediado. — Fique livre para convencê-los.

— *Compartilhe a memória de Resson, mas nada além disso* — digo a Tairn. — *É o jeito mais fácil de todos terem a mesma informação.*

— *Detestei essa ideia.*

Ele já reclamou antes de que compartilhar memórias fora de um elo consorte não é algo muito confortável.

— *Tem alguma ideia melhor?*

Tairn resmunga e consigo ver o instante em que meu pedido é acatado. Uma onda percorre a formatura, as pessoas ofegando e virando a cabeça.

— Pronto — digo, alternando o peso do corpo para que fique apoiado no joelho menos machucado. Xaden firma ainda mais a mão em minha cintura, deixando meu braço dominante livre.

Depois, solta um suspiro.

— Essa é uma forma de você alcançar o objetivo, mas eu preferiria que tivesse deixado algumas partes de fora.

Partes como a morte de Liam.

— É verdade! — grita alguém na Segunda Asa, saindo da formatura e cambaleando, chocado.

— De que porra você está falando? — grita outra pessoa, olhando para os outros, confusa.

— Se os dragões de vocês não escolherem… — começa Dain, mas a voz dele é abafada pelo caos que se instaura pelas fileiras.

— Isso está dando bem certo, né, Dirigente de Asa? — pergunta Xaden, sarcástico.

— Faz melhor, então — Dain se vira para fulminá-lo com o olhar.

— Você consegue ficar em pé sozinha? — pergunta Xaden para mim.

Assinto, meu rosto se contorcendo numa careta enquanto meu corpo inteiro parece protestar quando me endireito.

Ele dá um passo em frente, erguendo os braços, e sombras se descolam da parede às nossas costas e engolem a formatura (e todos nós) em escuridão absoluta. Sinto uma carícia na bochecha, bem num lugar em que a pele parece rachada até os ossos, e diversos cadetes gritam ao fundo.

— Chega! — berra Xaden, a voz amplificada parecendo sacudir a plataforma sob os nossos pés.

O pátio fica silencioso.

Sombras retrocedem às pressas, e mais de uma pessoa encara Xaden, boquiaberta.

— Exibido do caralho — murmura Garrick por cima do ombro, ainda encarando Aura de frente.

Xaden dá um sorrisinho de canto de boca.

— Vocês são todos cavaleiros! — grita ele. — Foram todos escolhidos, passaram todos pela Ceifa e são todos responsáveis pelo que vai acontecer a partir de agora. Então ajam de acordo! O que Aetos contou é verdade. Se acreditam em nós ou não, cabe somente a vocês. Se o dragão de vocês escolheu não compartilhar o que alguns viram, então a escolha já foi feita por vocês.

O som de asas preenche o ar e um murmúrio aumenta entre a formatura. Olho para onde Rhi está, em frente ao nosso esquadrão. Ela acena com a cabeça sutilmente na direção do átrio.

Olho naquela direção e vejo um trio em mantos cor de creme, liderado por Jesinia, todos carregando mochilas. Graças aos deuses eles vieram. Agora só preciso de três dragões dispostos a levá-los.

— *Já cuidei disso* — promete Tairn. — *E somente dessa vez.*

Só precisaremos dessa única vez para salvar a vida deles.

— As guerras não esperam até que estejamos prontos — continua Xaden —, e não se deixem enganar: nós estamos em guerra. Uma guerra em que não somos superados apenas em força de sinetes, mas em superioridade aérea como um todo.

— *Está tentando encorajar alguém ou desencorajar?* — exijo saber.

— *Se estão precisando ser encorajados, não deveriam vir com a gente.*

Justo.

— A decisão que tomarem nessa próxima hora vai determinar o curso, ou talvez o fim, da vida de vocês. Se vierem conosco, não posso prometer que vão sair vivos dessa. Mas se ficarem garanto que vão morrer lutando pelo lado errado. Os venin não vão parar na fronteira. Vão drenar cada pingo de magia em Poromiel e depois virão atacar os ninhos no Vale.

— Se formos com vocês, seremos caçados como traidores! — grita uma voz da Terceira Asa. — Porque seríamos traidores, de fato!

— Se definir como traidor requer que você declare lealdade — rebate Xaden. — E quanto a nos caçar... — Ele ergue os ombros e depois os deixa cair, respirando fundo. — Não vão conseguir nos encontrar.

Meu coração começa a acelerar com a reverberação das asas cada vez mais perto.

A porta que leva à Armadilha e ao campo de voo é escancarada, e uma dúzia de professores corre de lá, os rostos um amálgama de choque e raiva.

— O que vocês fizeram? — grita Carr, correndo até nós, os cabelos lisos voando em todas as direções enquanto ergue as mãos. — Vão acabar com *todos* nós, e por causa de quem? Pessoas que nunca nem conheceram? Não vou permitir isso!

— Bodhi! — ordena Xaden quando Carr chega à Terceira Asa.

Fogo irrompe das mãos de Carr, labaredas dirigindo-se à plataforma, e meu estômago embrulha.

O tempo parece desacelerar enquanto Bodhi dá um passo à frente e vira a mão no ar como se estivesse girando uma alavanca.

O fogo morre, extinguindo-se como se nunca tivesse existido, e Carr encara as próprias mãos.

— Você nos ensinou bem, professor — declara Bodhi, segurando as mãos no alto. — Talvez bem até demais.

Caramba.

— *Ele consegue anular sinetes* — Xaden me informa.

Uau, isso é aterrorizante pra caralho.

O resto dos professores ergue o olhar enquanto os dragões preenchem o céu, as asas se abrindo ao se aproximarem.

Verdes. Laranja. Vermelhos. Marrons. Azuis. Ergo o olhar, encontrando a descida rápida de Tairn. *Preto.*

Xaden agarra minha cintura quando as paredes chacoalham sob o peso de todos aqueles pousos. Garras fincam-se nas muralhas, destruindo pedaços de alvenaria enquanto dezenas de dragões (talvez até mais do que isso) empoleiram-se em todos os espaços disponíveis. Alguns preenchem as montanhas atrás de nós, e outros reivindicam o topo das torres na Divisão, pairando feito esculturas vivas.

— Não vamos impedir vocês — informa Devera para Xaden, e então se vira para onde o próprio dragão está empoleirado ao lado do parapeito. — Na verdade, alguns de nós estávamos esperando para nos juntarmos à causa.

— Sério? — Bodhi abre um sorriso.

— Quem você acha que distribuiu as notícias de Zolya nas carteiras antes da aula de Preparo de Batalha?

Abro um sorriso. Ela é exatamente quem eu pensei que fosse.

— Vamos partir em uma hora — declara Xaden para todos. — A escolha de vocês deve ser simples e também pessoal. Podem ficar e defender Navarre ou podem lutar pelo Continente.

Em menos de uma hora, alçamos voo, dirigindo-nos para o sul na maior legião que já vi antes: duzentos dragões e cento e um cavaleiros (o que representa quase metade da Divisão). E mais estão vindo atrás, formando uma rota mais lenta com os filhotes.

Antes, Tairn se deitou na frente da plataforma e permitiu, de forma relutante, que Xaden me ajudasse a subir na sela, mas acabamos conseguindo. Depois, ele se enganchou a Andarna, o corpo preto do dragão menor assustadoramente inerte de sono, e agora estamos voando. Eu também passei a maior parte da viagem dormindo, dobrada na frente da minha sela, meu corpo procurando reivindicar o descanso do qual precisa para se remendar.

Foi tudo frenético demais para identificar cada rosto, mas fiquei orgulhosa de ver todos os membros do meu esquadrão conosco, até mesmo os primeiranistas que estão se esforçando para ficar no dorso dos dragões. O caminho segue pela manhã e durante o dia seguinte inteiro, a legião se esforçando ao máximo.

Os marcados estão posicionados nos limites da formação de voo, escondendo a todos da vista de Melgren para o caso de ele decidir nos enfrentar, e voamos pela rota menos populosa, mas é difícil disfarçar uma verdadeira nuvem de dragões, mesmo em alta atitude.

Não deve ter sido apenas a liderança que foi chamada para as fronteiras. Não encontramos uma única patrulha quando cruzamos a fronteira de Tyrrendor, voando acima dos Penhascos de Dralor em direção ao planalto.

— *Estamos quase lá* — Tairn me informa enquanto passamos pelas águas cristalinas do Rio Beatha.

— *Eu estou bem.*

— *Não se dê ao trabalho de mentir para mim. Eu sinto tudo o que você sente. A exaustão. A dor. O incômodo do seu braço esquerdo quebrado. Os ferimentos secos do seu rosto. O latejar do joelho esquerdo que só é aliviado…*

— *Já entendi.* — Eu me reviro na sela, tentando aliviar tudo. — *Foi você que não parou nem para beber água em mais de doze horas.*

— *E voaria mais doze, se fosse necessário. Vocês são uma espécie muito carente se comparada à nossa.*

Quando finalmente nos aproximamos de Aretia, estou praticamente morta em cima da sela.

Tairn e Sgaeyl voam na frente, rompendo a formação enquanto passamos pela cidade, seguindo na direção da Casa Riorson enquanto o resto da legião continua na direção do vale lá em cima.

— *Não vai conseguir fazer a caminhada para descer nas atuais condições de seu corpo* — decreta Tairn.

Estou exaurida pra caralho, exausta demais até para brigar com ele.

Meu corpo sacoleja em protesto quando Tairn abre as asas, a mudança no ritmo me fazendo afundar no assento enquanto ele pousa gentilmente em consideração a Andarna, bem no meio do pátio da Casa Riorson.

Tairn vira a cabeça na direção da porta quando ela é escancarada e eu o acompanho, lenta pela fraqueza e falta de sono.

— Violet! — grita Brennan, descendo os degraus de mármore correndo.

Desafivelo a sela e me forço a desmontar, apesar da agonia dos meus ossos, que parecem raspar um no outro. Segurando meu braço quebrado, deslizo pela perna dianteira de Tairn e caio nos braços de Xaden, praticamente desmoronando.

— Vou cuidar de você — sussurra ele contra meu cabelo, apoiando meu corpo ao lado do dele enquanto nos viramos para encarar a Casa Riorson.

Meu irmão se aproxima, o rosto furioso. Tairn levanta voo atrás de mim antes que eu possa me virar e ver Andarna de perto.

— Mas em que *porra* você enfiou ela agora? — grita Brennan para Xaden.

— Ele não me enfiou em nada, ele me *tirou* — retruco.

— Ah, é? Então por que é que ela quase sempre está morta toda vez que você a traz até aqui? — O olhar que Brennan lança para Xaden me faz reconsiderar qual dos dois é o mais violento. Brennan estica a mão para tocar o meu rosto, mas para antes de encostar em mim. — Ah, deuses, Violet, você... O que fizeram com você?

— Eu estou bem — digo, mais uma vez. Dou um passo à frente e Brennan me dá um abraço cuidadoso. — Mas acho que uma regeneração cairia bem.

Ele inclina a cabeça ao som do vento, que se aproxima com um rugido baixo, e eu acompanho o olhar dele, examinando a enorme legião se aproximar da cidade, em rota para o vale.

— O que foi que vocês dois fizeram?

— Pergunte para a sua irmã — responde Xaden.

Brennan abaixa o olhar para mim, os olhos arregalados e em choque, e percebo também um pouco de medo.

— Olha… — Tento forçar um sorriso, mas meu lábio simplesmente racha de novo. — Foi você que disse que precisava de mais cavaleiros.

PARTE DOIS

Metade palácio, metade quartel e uma fortaleza por inteiro, a Casa Riorson nunca foi invadida por exército algum. Sobreviveu a incontáveis cercos e três ataques diretos antes de cair sob as chamas dos mesmos dragões que existia para servir.

— Sobre a história Týrrica, um relato completo, 3ª edição, por capitão Fitzgibbons

CAPÍTULO TRINTA E SETE

— É uma escolha audaciosa, distanciar-se tanto assim do que acreditam ser a segurança das égides — diz o Mestre, mantendo meu corpo imóvel, meus pés a centímetros do chão congelado da minha câmara de tortura pessoal.

Estou presa neste pesadelo de merda mais uma vez, mas pelo menos nessa consegui correr por mais tempo naquele campo coberto de sol.

— É claro que, *outra vez* — sibila o dominador das trevas, o rosto retorcido em desdém —, você nunca se verá livre de mim. Caçarei você até o fim do Continente, e muito além.

Com a garganta seca, tento relaxar, acalmar meu coração e mudar meu jeito de respirar na esperança de acordar, mas é só minha mente que sabe que isso não é real. Meu corpo parece preso na ilusão.

— Você só pode me caçar até as égides — digo, a voz fraquejando.

— E ainda assim você está dormindo para além delas. — Um sorriso grotesco distorce a boca rachada dele. — E a noite mais longa ainda não chegou.

Ele pega a adaga cheia de veneno e…

Pisco, meu coração batendo forte contra as costelas no segundo que demoro para me desfazer desse pesadelo vívido e reconhecer meus arredores.

Não estou num campo cheio de vento ou numa cela fria e encharcada de sangue em Basgiath; estou no quarto de Xaden, bem iluminado, em Aretia. Janelas grandes, cortinas grossas de veludo, estantes de livros de uma parede a outra e uma cama enorme. Estou em segurança. Varrish não está esperando do outro lado da porta para me quebrar de novo porque ele está morto. Eu o matei.

Ainda estou viva.

Pela primeira vez em dias, não sinto dor quando respiro fundo, ou quando me estico embaixo do edredom grosso, nem quando me viro da janela iluminada por raios de sol para encarar Xaden.

Bom, com essa visão todo dia eu acordaria feliz pelo resto da vida.

Ele está adormecido, de bruços, os braços dobrados embaixo do travesseiro, o cabelo caindo sobre a testa, os lábios perfeitamente esculpidos entreabertos. As cobertas só chegam até a base de suas costas, permitindo que eu admire o que parecem ser quilômetros de pele coberta de marcas. Quase nunca consigo vê-lo dessa forma, nunca consigo ficar só observando o corpo dele, e aproveito cada segundo, estudando os ângulos do braço musculoso, subindo o olhar até o ombro ressaltado e passando pelas linhas prateadas leves que marcam suas costas. Ele sempre é mais do que suficiente para acelerar meu batimento cardíaco, mas, adormecido e completamente relaxado, me rouba o fôlego.

Deuses, como ele é lindo.

E me ama.

O tecido preto da minha camisola de alcinha fica amassado quando me levanto e me apoio sobre os joelhos, e o edredom cai na cama quando estico a mão para tocar Xaden. Traço as linhas prateadas com as pontas dos dedos e não me dou ao trabalho de contá-las. São cento e sete, representando cada um dos marcados que são responsabilidade dele e para quem ele ganhou uma chance de mudar de vida e entrar para a Divisão.

Apesar de todas as vezes que disse que ele não é gentil ou bom, ele também é o único homem que conheço cujas costas estão cobertas pelas promessas que fez em nome de outras pessoas. Mesmo que o motivo seja a guerra que estamos nos preparando para enfrentar, ainda assim ele arriscou a própria vida para garantir o futuro dos outros.

Arriscou a vida para me libertar. Dain e eu nunca teríamos conseguido sair vivos sem ele.

Viva. Estou viva.

E é exatamente desse jeito que quero me sentir.

Inclino o corpo para a frente e pressiono os lábios contra a pele quente, beijando a cicatriz que está mais perto, desejando ter o poder de desfazer os danos que minha mãe infligiu a ele.

— Hm. Violet. — A voz rouca de sono faz meus lábios se curvarem e meu sangue aquecer.

Os músculos de seu corpo ondulam quando Xaden começa a acordar, e eu me demoro ali, beijando um caminho lento pelas costas dele.

Ele prende a respiração, os braços tensionando quando alcanço o lugar em que o pescoço encontra o ombro. Virando na cama, ele fica de costas e me puxa para baixo em um gesto fluido.

— Bom dia — falo sorrindo, meus quadris em cima dos dele. Prendo a respiração ao senti-lo embaixo de mim, pronto e endurecido.

— Seria fácil me acostumar a acordar assim todo dia.

Ele me olha com uma sede que reflete a minha e suas mãos deslizam do meu quadril para a curva da minha cintura, subindo por entre os picos dos meus seios para acariciar meu pescoço com cuidado.

— Eu também — respondo, a respiração acelerada ao me inclinar para baixo, pressionando os lábios no pescoço dele. — Mas a gente não deveria se acostumar — digo, entre beijos, descendo para o peito dele. — Provavelmente vão me colocar com os outros cadetes hoje à noite.

Na noite passada, o quarto de Xaden fora o lugar mais particular que encontramos para Brennan poder me regenerar, e eu queria muito dormir ao lado de Xaden, então nem discuti quando ele sugeriu que eu ficasse ali depois que finalmente tive a oportunidade de tomar banho.

— Estamos na minha casa. — Ele passa os dedos pelo meu cabelo, a outra mão flexionando-se em meu quadril quando roço os lábios sobre a cicatriz de sete centímetros acima de seu coração. — E eu durmo onde você dormir, que preferencialmente é nesta cama enorme e confortável. Você ainda *deveria* estar dormindo.

Deslizo mais para baixo do corpo dele, minhas mãos perambulando e acariciando enquanto beijo cada reentrância desse abdome incrível, que fica rígido sob a minha boca. Os olhos de Xaden são minha parte favorita dele, mas a linha esculpida em cima do quadril que desaparece no cós da calça fica em segundo lugar por pouco. Sigo seu traçado com a língua.

— *Violet.* — A voz de Xaden fica rouca.

Eu derreto, imediatamente molhada quando ele fala meu nome desse jeito, e esta ocasião não é uma exceção.

— Bom plano. — Coloco a mão sob o cós dele e seguro o volume grosso com os dedos.

Como é possível que cada centímetro desse homem seja perfeito? Deve ter um defeito em algum lugar.

— Você não se recuperou o bastante para as coisas que eu quero fazer com você — rosna ele.

Sinto meu centro se apertar com esse aviso, essa promessa: seja lá o que for, eu quero. Quero *Xaden*.

— Eu me recuperei, sim. Fui regenerada, lembra?

O meu desejo por ele fala mais alto do que qualquer resquício de exaustão. Uma sensação de poder inebriante preenche meu sistema quando acaricio a cabeça do pau dele com o dedão e ele mexe os quadris em resposta. Não há nada mais sensual do que vê-lo perder o controle, nada mais gostoso do que saber que sou eu que o levo até esse ponto de perdição.

É preciso que ele faça exatamente isso, que *se perca*, para que passe dos beijos bonzinhos e toques cuidadosos para a força completa de que ele é capaz. Sem se segurar. Não quero nada devagar e tranquilo.

— Está tentando me matar? — pergunta ele, segurando meu cabelo com mais força, e encontro o olhar dele, observando uma faísca satisfatória e selvagem ali.

A urgência assoma no meu centro, meu corpo recordando-se do que vem depois desse tipo de olhar. Ele sequer me tocou e já estou precisando de mais.

— Sim — respondo, com sinceridade, e então abaixo a cabeça até o meio das pernas dele, sustentando nossos olhares enquanto passo a língua pela cabeça do pau dele.

O gemido gutural faz meu sangue arder, então fecho a mão ao redor da base e o chupo até que esteja em minha garganta.

— *Violet.* — Ele fecha os olhos e atira a cabeça para trás, engolindo em seco quando o pescoço arqueia, o corpo ficando tenso como se estivesse lutando contra o prazer mesmo que seus quadris estejam pedindo por mais. — *Isso é tão bom, cacete.*

Solto um ruído de aprovação e o chupo com mais determinação, passando a língua por todo o nervo em que ele é mais sensível, subindo e descendo a cabeça.

— Caralho, caralho, *caralho*. — Ele puxa meu cabelo, a respiração cada vez mais rápida. — Você precisa parar. Ou eu vou acabar gozando em você. — A barriga dele se flexiona quando ergue a cabeça para olhar para mim. — *E eu não sei se vou conseguir ser gentil.*

— *Pois goze.* — Por mim, seria excelente. — *Eu não quero que seja gentil.*

— *Regenerar ossos não é uma coisa instantânea. Você ainda está se cur...*

Desço a cabeça para que o pau dele preencha minha garganta até o fundo.

Ele rosna.

— *Você quer mesmo?*

— *Quero ver você feroz.*

O pensamento mal sai da minha cabeça e ele pula em cima de mim, me tirando de cima dele e me rolando para que fique de costas na cama.

Então a boca dele encontra a minha, beijando meus lábios de forma forte e profunda. É um beijo feito de línguas emaranhadas e dentes que se tocam, carnal e animalesco e exatamente do que eu precisava

Ele desliza uma mão pela parte interna da minha coxa e seus dedos estão *bem ali,* empurrando minha calcinha de lado para me acariciar e provocar antes de arrancar o tecido pelas minhas pernas. Puxo a camisola por cima da cabeça e ele tira a calça de dormir.

Isso. Deuses, *isso*. Ele é tudo que consigo ver, tudo que consigo sentir enquanto se acomoda entre minhas coxas, a cabeça do pau roçando minha abertura. A mão dele acaricia minhas costelas recém-regeneradas e ele arregala o olhar, encontrando o meu.

— A gente deveria...

— Por favor, Xaden. — Eu o seguro pela bochecha. — Por favor.

Ele levanta minha mão e beija a palma, e então o lugar em que meu antebraço foi fraturado. Franze o cenho por um segundo enquanto avalia meu corpo como se estivesse procurando o lugar mais seguro para me tocar, como se ainda estivesse visualizando cada hematoma, cada rachadura.

Meu estômago se embola num nó ao perceber que ele talvez pare.

— Feroz — eu o lembro, num sussurro.

Ele encontra meu olhar, e o jeito como sorri, erguendo o canto da boca naquele sorrisinho arrogante que eu amo, acelera meu coração. Me segurando pelos quadris, ele me vira de bruços e empina minha bunda no ar, me deixando de joelhos.

— Me avise se for demais.

Não é um pedido.

Assinto, meus dedos emaranhados nos lençóis.

Então ele nos alinha e encaixa os quadris nos meus, metendo dentro de mim cada vez mais fundo, cada vez mais fundo, até estar tão fundo que consigo senti-lo me preencher *inteira*. Solto um gemido com o encaixe, a perfeição completa que ele é, e abafo o som no travesseiro.

Ele agarra o travesseiro e o joga no chão.

— Quero que eles ouçam — ordena ele, afastando-se devagar e acariciando cada centímetro de mim para depois enfiar-se com tudo outra vez. — *Deuses, você é perfeita pra caralho.*

Solto um grito. Ele é tão gostoso.

— *Tem centenas de pessoas neste palácio que você chama de casa.*

Não sei como consigo pensar em mais do que duas palavras coerentes.

Ele se inclina sobre as minhas costas e roça os dentes pelo meu ouvido.

— *E quero que cada uma delas ouça que você é minha.*

Não contesto essa lógica. Não consigo. Não quando ele desliza o pau quase todo para fora de mim e depois movimenta os quadris para a frente de novo, fazendo todos os meus pensamentos desaparecerem. Xaden determina um ritmo profundo e rápido, transformando meu ser numa existência feita de prazer puro e incandescente.

É exatamente do que preciso: que ele me tome para si, que me consuma, que sopre vida para dentro de mim.

Os dedos dele afundam nos meus quadris, puxando meu corpo a cada estocada, e não tenho como me jogar para trás nem me apoiar em nada para forçá-lo a ir mais rápido. Só posso aceitar o que ele me der, me render por completo e simplesmente *sentir*.

Ele me estimula, fazendo a pressão acumulada dentro de mim ficar cada vez mais reprimida, meus gritos preenchendo o quarto junto dos grunhidos dele e das palavras sussurradas em elogios.

A coisa só fica melhor, mais gostosa e mais doce até que de repente não existe mais mundo para além dele, nenhuma existência além de nós dois. Tudo o que importa é a próxima vez em que ele for entrar em mim.

— *Xaden.* — O nome dele em meus lábios é uma súplica enquanto a tensão se retesa tanto que chega a doer, o poder acordando dentro de mim, intenso e incontrolável.

A mão dele sobe pelo meu estômago até o esterno e depois me levanta para que minhas costas fiquem contra o seu peito. Viro a cabeça, emaranhando os dedos nos cabelos dele, e Xaden junta nossas bocas, beijando meus lábios até perder o fôlego enquanto continua metendo de novo e de novo dentro de mim, os movimentos cada vez mais descontrolados.

Ele está perto de gozar.

— *Você está viva.* — A voz dele parece abraçar minha mente enquanto seus dedos descem por entre minhas coxas, deslizando sobre meu clitóris. — *Viva, forte e toda minha.*

Deuses, ele sabia do que eu precisava sem que eu falasse. Minhas coxas travam e depois estremecem. É demais, mas também exatamente do que preciso.

— *E você é meu.* — Ofego para respirar, meu batimento acelerado enquanto ele me acaricia até me fazer perder o controle e gozar.

E eu me deixo levar. *Estilhaço* por inteira. Um relâmpago brilha e rapidamente é apagado pela escuridão fria enquanto onda atrás de onda de prazer toma meu corpo.

Ele trava os braços ao meu redor, segurando meu corpo perto do dele enquanto estremece, encontrando a própria libertação.

Ficamos desse jeito, abraçados juntos de todas as formas possíveis, nossa respiração ofegante enquanto voltamos à realidade.

Uma realidade em que não fui nem *remotamente* silenciosa.

Minhas bochechas ficam ainda mais ruborizadas.

— Quer que eu durma aqui com você? — pergunto, quando consigo formular palavras.

— Todas as noites. — Ele me dá um beijo suave.

— Você pode não conseguir tecer uma égide aqui ainda, mas é melhor fazer um escudo de som neste quarto *hoje*. — Ergo as sobrancelhas para que ele saiba que estou falando sério.

A boca de Xaden se transforma num sorriso de parar o coração.

— Eu já fiz o escudo.

Reviro os olhos.

— Claro que já fez.

***

Quando saímos do quarto de Xaden uma hora depois, tem cadete pra *todo lado*.

— Aqui está… — Me faltam palavras para descrever enquanto descemos pelo lado direito da enorme escadaria dupla que leva até o saguão.

— Está mais barulhento do que a última vez que estivemos aqui — completa Xaden, olhando para a multidão. Alguns cavaleiros estão parados em grupos, outros estão sentados pertos das paredes.

Cada um deles ostenta a mesma expressão, que é uma variação do sentimento que me arrebatou: o que é que a gente vai fazer agora, porra? Aretia não estava pronta para isso, e mesmo assim eu os trouxe para cá.

Xaden pode ter arriscado a revolução ao ir me salvar, mas eu acabei de colocar um alvo gigante nela.

— *Vai dar para acomodar todos esses cavaleiros por aqui?* — pergunto a Xaden enquanto tentamos atravessar aquele caos.

— *Tem centenas de acomodações simples nos três andares superiores* — ele me informa. — *E sem falar dos aposentos para famílias no segundo andar. A questão é se estão todos utilizáveis. Nem tudo foi consertado e reconstruído.*

— Violet! — Rhiannon acena de onde está com o nosso esquadrão, esperando na frente de um arco que leva ao Salão Principal. Ela me avalia. — Você parece melhor.

— Eu estou me sentindo melhor — garanto, notando que Imogen não está presente. — O que está acontecendo?

— Eu esperava que você soubesse. — Ela olha para o nosso esquadrão e então se aproxima, abaixando a voz. — Fizeram uma chamada rápida ontem à noite, fomos alocados em quartos e nos deram café da manhã faz uma hora. Agora estamos só… — Ela gesticula para o saguão. — Esperando.

— Acho que pegamos eles de surpresa — confesso, a culpa dando um nó no meu estômago.

— Vamos descobrir o tamanho da surpresa, exatamente — responde Xaden. — A gente vai tentar achar respostas para você, Rhiannon. — Ele indica o corredor. — *Precisamos nos encontrar com a Assembleia.*

— *Não dava pra dizer isso de um jeito só um pouquinho menos assustador?*

Paro de andar quando passamos por Aaric.

Ele está parado do lado do esquadrão, de braços cruzados, observando tudo e todos ao redor.

— O que fazemos agora, Sorrengail? — pergunta ele, apertando a boca.

— *Ele não está perguntando sobre as atividades do dia* — comenta Xaden.

— *Eu entendi.* — Olho de Xaden para Aaric. — Seu segredo está a salvo conosco.

— *Quanta presunção* — comenta Xaden.

Lanço um olhar feio para ele.

— Cabe a você decidir se quer contar às pessoas sobre a sua família. Não é, Riorson?

Um músculo se destaca na mandíbula de Xaden, mas ele assente.

— Você jura? — exige Aaric.

— Juro — prometo.

É tudo que consigo dizer antes de Xaden me pegar pela mão e me puxar pelo corredor largo, onde a multidão finalmente fica mais escassa.

— Acho que eu ferrei as coisas — sussurro, a apreensão aumentando a cada passo que dou.

— *Nós* ferramos as coisas — diz ele, apertando minha mão e nos parando diante de uma porta de madeira alta, de onde é possível ouvir algumas vozes raivosas e alteradas. — Não significa que não tenhamos feito a coisa certa.

— Da última vez que estivemos aqui, as pessoas nesta sala queriam me prender porque eu era uma ameaça à segurança de todos. — Sinto um aperto no peito. — Estou começando a achar que estavam certos.

— Só quatro queriam fazer isso — retruca ele, os dedos se fechando ao redor da maçaneta de metal preto. — E garanto que estão mais irritados comigo do que com você. Eu não respondi à convocação ontem à noite depois que Brennan regenerou você.

Ele abre a porta e as vozes alteradas se transformam em gritos quando eu o sigo para dentro.

— Vocês expuseram tudo pelo que trabalhamos! — grita uma mulher.

— Sem esperar nem um voto desse conselho! — concorda um homem.

— Eu tomei a decisão — decreta Xaden quando passamos pela porta. — Se quiserem gritar, é melhor gritarem comigo.

Seis membros da Assembleia olham na nossa direção a partir da mesa comprida, e Bodhi, Garrick e Imogen estão parados diante deles como se estivessem em um tribunal. Somos tudo o que restou do esquadrão que lutou em Resson.

— Estamos aqui justamente para discutir suas escolhas, tenente Riorson — diz Suri. — Apesar de não ter certeza do que a filha da general está fazendo aqui.

— Ué, o filho da general está bem aqui — retruca Brennan do outro lado da mesa quando Xaden e eu damos um passo à frente, nos posicionando entre Garrick e Imogen.

— Você entendeu o que eu quis dizer — dispara a mulher, lançando um olhar frustrado para Brennan.

A enorme poltrona vazia que Xaden havia usado na nossa última reunião aqui foi puxada para ficar perto dos outros. Imagino que ainda estejam esperando mais alguém. Olho para as costas altas e intricadamente entalhadas da figura do dragão adormecido empoleirado na ponta afiada e então me sobressalto. Sob aquela luz, vejo que uma metade é de madeira de nogueira polida e a outra tem um brilho preto por cima, como se alguém tivesse lustrado e passado cera em cima de lenha de fogueira... como se a cadeira tivesse sido queimada pela metade.

Provavelmente porque foi.

— E acho que sabemos o motivo de ela estar aqui. — Nariz de Gavião me encara com um olho só como se eu fosse uma sujeira que precisasse ser limpa da bota, mas ao menos não empunha a espada que leva no corpo quando vê que Xaden e eu estamos de mãos dadas.

Afasto minha mão da de Xaden.

Ele suspira como se eu fosse o maior dos problemas e segura minha mão outra vez.

— O que foi feito já foi. Vocês podem ficar aqui dando bronca o dia todo ou podem descobrir o que fazer com a centena de cavaleiros que trouxemos para vocês.

— Vocês não trouxeram cavaleiros, trouxeram cadetes! — grita Suri, batendo com o punho fechado na mesa. — O que é que a gente vai fazer com cadetes, porra?

— Esses teatrinhos não têm nada a ver com você, Suri. — Felix cofia a barba e praticamente revira os olhos. — Apesar de a pergunta ser válida.

— Sugiro que convoquem uma formatura e dividam todos em asas iguais, só para começar — sugere Xaden, o tom entediado. — Apesar de talvez preferirem continuar da forma que estão. Pelo que vi, a Quarta Asa está em maior número.

— Porque você era o Dirigente de Asa — declara Brennan. — Eles estão acostumados a seguir você.

— E Aetos — acrescenta Xaden, relutante. — Foi ele que convocou a formatura depois de matar o vice-comandante.

— Aetos é outra questão. — Machado de Batalha passa o dedo sobre a própria arma, como se fizesse esse movimento por hábito. — Ele está confinado aos seus aposentos até podermos ter certeza da lealdade dele, assim como os *escribas*.

— Cath é o bastante para garantir a lealdade de Dain — argumento. — E Jesinia é o único motivo de termos conseguido acesso ao diário de Warrick.

Minha mão se aperta na de Xaden quando todos os cavaleiros se sobressaltam, surpresos.

— *Você ainda está com o diário de Warrick, né?* — questiono mentalmente.

— Vocês conseguiram um diário de Warrick? — Machado de Batalha se inclina para a frente. — Warrick, dos Seis Primeiros?

— Sim. Jesinia ajudou Violet e seu esquadrão a roubarem o diário para terem instruções de como usar a pedra de égides — diz Xaden, virando-se para Brennan. — E ela estava certa. O diário contém instruções crípticas em lucerino antigo que precisam de uma tradução detalhada e precisa, mas é melhor do que nada. Supostamente, era para eu ter trazido o diário até aqui, mas quando Violet foi capturada precisei dar prioridade ao assunto.

— Papai nunca me ensinou lucerino antigo, só týrrico — diz Brennan para mim, rugas se formando entre as sobrancelhas, e uma mulher silenciosa de cabelos pretos sedosos e olhos afastados volta seu olhar afiado como diamante para ele. — Mas, se vocês conseguirem traduzir, temos uma chance de conseguir proteger…

— Proteger? — interrompe Nariz de Gavião. — Você traz cem cavaleiros e *duzentos* dragões até aqui e ainda tem a audácia de pronunciar essa palavra? — Ele estreita os olhos para mim. — Era mais fácil entregar um mapa da nossa localização para Melgren. Ou essa era a intenção dela?

— E lá vamos nós, porra — murmura Imogen.

— Violet arriscou a vida para nos ajudar — responde Xaden. — E quase a perdeu ao fazer isso.

— Ela deveria ser presa e interrogada — sugere Nariz de Gavião.

— Se chegar perto da minha irmã, arranco seu olho bom, Ulices — avisa Brennan, inclinando-se sobre a mesa e olhando, carrancudo, para o outro lado dela. — Ela já foi interrogada o bastante por duas vidas inteiras.

— Isso não muda o fato de que ela nos arruinou! — declara Machado de Batalha. — Tivemos que dobrar as patrulhas na fronteira e ficamos totalmente desprotegidos aqui para o caso de Melgren decidir ordenar um ataque contra nós. — Ela ergue um dedo para Felix. — E nem comece com o seu "Melgren não sabe que estamos aqui". Nem todas as relíquias de rebelião do Continente inteiro juntas conseguem esconder uma legião do tamanho de uma tempestade. Não temos égides, não temos forja e agora temos *crianças* correndo soltas pelos corredores!

— São cadetes, e estão agindo com mais compostura do que você — censura Xaden. — Controle-se.

Ele inclina a cabeça para o lado.

— Melgren não vai vir até aqui. Mesmo que saiba onde estamos, o que não sabe, não pode arriscar as forças que ainda tem quando o reino está se recuperando das carcaças de wyvern que deixamos por toda a fronteira. Metade dos cavaleiros que ele planeja ter daqui a três anos está *aqui*. Ele pode até querer acabar com a gente, mas não pode arcar com as consequências disso agora. E quanto a Violet... — Xaden solta a minha mão e desabotoa a própria jaqueta de voo, puxando o colarinho para baixo logo em seguida e expondo a cicatriz no peito. — Se quiserem prendê-la e *interrogá-la*, então precisam começar comigo. Sou responsável por ela e por qualquer decisão que tomar. Estão lembrados?

A gravidade parece mudar o prumo do mundo enquanto encaro a pequena linha prateada, o corte preciso. É... *deuses*, é do mesmo comprimento das que ele tem nas costas. Xaden não é só responsável pelos marcados; ele é responsável por *mim*. Responsável pelas minhas escolhas, minha lealdade; não a Navarre, como é o caso dos marcados, mas a Aretia.

Imogen tentou me dizer isso naquele dia no campo de voo, mas eu não tinha entendido.

— *Quando foi que fez isso?* — pergunto.

— *Uns dois segundos depois de deixar você no colo de Brennan depois de Resson.*

Meu olhar vai ao chão enquanto todos eles continuam a gritar em týrrico. Fui eu que trouxe os cadetes até aqui. Que acabei sendo pega por roubar o diário de Lyra. Que forcei a mão de Xaden, forcei *todos eles* a enfrentarem essa situação.

— Então a partir de agora vocês devem considerar todos eles meus convidados. — As palavras de Xaden me acordam da crise de autopiedade.

Sombras preenchem o chão, curvando-se sobre a mesa. — Eu não preciso pedir permissão para vocês, e nem para *ninguém*, para trazer convidados até a minha casa.

O tom de Xaden fica frio como uma geleira.

Garrick xinga baixinho e leva a mão ao cabo de uma das espadas.

— Xaden… — começa Ulices.

— Ou vocês se esqueceram de que estamos na *minha* casa? — Xaden vira a cabeça de lado e os encara da mesma forma que Sgaeyl examina sua presa. — Minha vida está unida à de Violet, então, se quiserem que eu me sente na porra dessa cadeira, vão ter que aceitá-la.

A pele de Ulices fica ruborizada e eu fico pálida.

A cadeira dele. A cadeira vazia. Ele é o sétimo membro.

Puta merda. Eu sabia que essa era a casa dele, claro, mas nunca tinha entendido o que isso de fato significava. Tudo isso aqui pertence a Xaden. Nenhum nobre reivindicou o ducado de Aretia. Todos acham que essa terra está arruinada, ou coisa pior: amaldiçoada. É *tudo* dele.

— Certo — diz a mulher que ficara em silêncio, a voz baixa e tranquila. — Vamos confiar em Violet Sorrengail. Mas isso não nos ajuda a fornecer armas para as revoadas sem uma forja em operação. Talvez ao ganhar essa primeira batalha contra Navarre e tirar deles metade da Divisão dos Cavaleiros você tenha perdido a guerra.

— E o que a gente vai fazer com todos esses cadetes? — pergunta Machado de Batalha, receosa, esfregando o nariz. — Deuses, você trouxe Aetos e *escribas* até aqui. Não é como se desse para mandá-los para batalhar contra wyvern e venin.

— Eu também trouxe professores, e não é como se vocês não tivessem conhecimento também — responde Xaden. — Já questionei os escribas. Podemos confiar neles, e Cath é responsável por Aetos. Quanto aos outros cadetes, sugiro que os façam voltar para a aula.

Algo… cintila, espreitando nos Arquivos que mantenho em minha cabeça.

— *Violet.*

A voz suave me sacode até a alma, e me agarro ao braço de Xaden para conseguir me manter em pé. Alívio, alegria e espanto. Tudo isso faz meus joelhos fraquejarem e meus olhos arderem.

Pela primeira vez em meses, sinto que estou completa. Um sorriso se abre em meu rosto.

— *Andarna.*

Considerando tudo o que sacrificamos para conseguir este reino, é melhor que sejamos capazes de defendê-lo.

— Diário de Warrick de Luceras.
Traduzido por cadete Violet Sorrengail

CAPÍTULO TRINTA E OITO

O vale acima de Aretia parece sinistramente idêntico à última vez que estive aqui, como se o outono a esta altura não significasse nada, mesmo que haja sinais claros do inverno que se aproxima na cidade abaixo de nós. Só que, diferentemente da última vez, agora tem dragões *para todo lado*: nos rebordos dos picos de pedra acima de nós, nas bocas das cavernas a oeste, no vale largo a leste… Em todo lugar.

E dois dos maiores estão na minha frente como se fossem suportes de livros, com Andarna entre eles.

— Achei que tivesse dito que ela estava acordada — sussurro para Tairn como se minha voz pudesse acordá-la, como se um dragão marrom enorme não estivesse marchando por uma abertura nas árvores onde Andarna está cochilando, o corpo sinuoso formando um S.

A grama se move na frente de seu focinho a cada sopro que ela exala, e Andarna parece bem contente, com o rabo de escorpião curvado perto do corpo. Além de estar também meio… verde?

Não, as escamas dela ainda são pretas. Deve ser uma coisa de adolescente que as escamas sejam tão brilhantes que reflitam um pouco da cor ao redor dela.

— *Há uma hora.* — sopra Tairn, e tenho certeza de que Sgaeyl acabou de revirar os olhos.

— Precisei de uma hora para sair da reunião, e aí precisei subir a trilha que mais parece um penhasco.

Eu não deveria acordá-la. A atitude mais responsável seria não fazer mais nada, deixá-la dormir para passar o restante do coma de dragão que durou quase três meses. Só que senti tantas saudades dela…

Olhos dourados se abrem.

O alívio quase me leva a ficar de joelhos. Ela está acordada.

Abro um sorriso enorme, sentindo meu mundo se endireitar.

— *Oi* — digo.

— *Violet.* — Andarna levanta a cabeça e um sopro de fumaça afasta as mechas soltas da minha trança comprida. — *Eu queria ficar acordada.*

— Tudo bem. Tairn disse que vai cochilar bastante por mais uma semana. — Dando um passo à frente, estico a mão para coçar o queixo escamoso dela. — Você apagou por *muito* tempo.

— *Não pareceu tanto tempo assim.*

Ela estica o pescoço para que eu consiga alcançar o lugar bem embaixo de seu queixo.

— Para mim pareceu. — Dou um passo para trás para olhar para ela de verdade. Se eu precisasse apostar, diria que ela está quase com dois terços do tamanho de Sgaeyl. — Acho que você cresceu.

— *Claro.* — Ela bufa, afundando as unhas no chão ao se endireitar.

Dou mais alguns passos para trás, olhando cada vez mais para o alto enquanto ela se sacode para afastar o sono, as asas farfalhando enquanto vira a cabeça, observando o vale.

— O que quer fazer? — pergunto. — Voar? Dar uma volta?

Tem tanta coisa que preciso contar para ela.

— *Comida. A gente devia ir atrás de umas ovelhas.*

Ela abre as asas e tropeça para a frente da mesma forma que fez no auge do verão.

Merda.

Corro para trás pela grama incômoda, me apressando para tentar não ser cortada pelas garras de Andarna enquanto ela tenta recuperar o equilíbrio.

— *Será que daria para você não esmagar a nossa humana?* — ralha Tairn.

— *Eu não cheguei nem perto dela* — retruca Andarna, fulminando-o com o olhar enquanto abre as asas e chega no mesmo resultado de antes.

— *Eu já disse que você precisa ser paciente* — repreende Tairn.

O olhar que ela lança a ele faz Sgaeyl bufar com o que parece ser apreciação, e Andarna rola os ombros para trás, finca as garras e tenta erguer as asas outra vez.

Meu estômago embrulha, minha mente num turbilhão tão rápido que mal consigo pensar em algo coerente enquanto examino as duas asas dela. A asa esquerda não está se abrindo por completo. Chega a abrir até a metade, mas o retalho de pele preto entre os ossos nunca se estende.

Ela tenta uma vez, duas, e então arreganha os dentes afiados e sopra fumaça quando não consegue abrir pela terceira vez.

Ah, deuses. Tem alguma coisa errada.

Não faço a menor ideia do que dizer ou fazer. Fico… sem palavras. Impotente para ajudar. *Cacete.* Será que eu deveria perguntar se está tudo bem com ela? Ou ignorar isso como se ignorasse um ferimento de batalha num adulto? Será que a asa dela está quebrada? Precisa ser regenerada? Ou é tudo parte do processo de crescimento?

Andarna vira a cabeça na minha direção, estreitando os olhos.

— *Eu não estou quebrada.*

Meu coração fica apertado.

— Eu nunca disse que estava — sussurro.

Merda, merda, *merda*. Eu magoei ela.

— *Falar não é necessário quando consigo ouvir seus pensamentos. Sou tão quebrada quanto você.* — Ela curva os lábios, arreganhando os dentes.

Ai.

— *Sinto muito. Não era isso que eu estava querendo dizer.* — O pensamento sai em pouco mais de um sussurro.

— *Chega.* — Tairn abaixa a cabeça para onde Andarna está. — *Ela tem todo o direito de se preocupar com você do mesmo jeito que você se preocupa com ela. Agora vá comer antes que sua fome fale mais alto do que seu bom senso.*

Sgaeyl passa por mim à direita, o chão tremendo de leve sob meus pés enquanto anda na direção de uma campina ao leste. Feirge sai do caminho dela.

— *Tem um rebanho que é muito melhor quando caçado do chão* — diz Tairn, um grunhido suave vibrando na garganta. — *Siga Sgaeyl.*

Andarna guarda as asas, flexiona as garras e então passa por mim sem dizer nada, seguindo Sgaeyl. Eu me viro e observo as duas se afastarem.

— *Aborrescentes* — resmunga Tairn. — *São insuportáveis quando estão famintos.*

— A asa dela… — sussurro, passando os braços ao redor do corpo.

O suspiro dele ondula a grama ao meu redor.

— *Os anciões e eu trabalharemos com ela para que fortaleça os músculos, mas vamos ter complicações.*

— Tipo quais? — Sinto um aperto no peito e ergo o olhar para ele.

— *Erga seus escudos e bloqueie-a o máximo possível.*

Eu me concentro, criando um escudo ao redor daquela união perolada que agora reconheço como sendo Andarna.

— *Pronto.*

— *Existem muitos motivos para os filhotes não saírem do Vale. O consumo imenso de energia em Resson a induziu a um crescimento acelerado. Você sabe disso. Porém, se tivesse acontecido aqui ou em Basgiath, onde ela poderia ter sido protegida rapidamente e levada em segurança para adormecer no Sono Sem Sonhos, talvez tivesse crescido do jeito normal.* — O tom dele é o bastante para eriçar os pelos na minha nuca. Ele nunca é tão cuidadoso com as palavras, e nunca tão cuidadoso com meus sentimentos. Então prossegue: — *Mas nós voamos naquele dia crítico entre Resson e Aretia, e aí esperamos mais uma vez para voar até Basgiath, e mesmo lá ela acordou diversas vezes. Os anciões nunca viram nenhum outro dragão permanecer adormecido por tanto tempo. Agora, o crescimento dela é imprevisível. Existe um segundo conjunto de músculos junto das nossas asas que se formam durante o crescimento. Com ela, não aconteceu. Os anciões acreditam que ela ainda poderá voar... mas no tempo dela. Quando fortalecer o músculo existente o bastante para compensar.*

— Não dá para o Brennan regenerar Andarna?

É culpa minha, porque usei o poder dela em Resson. Porque voamos naquele dia. Porque precisamos voltar para Basgiath. Porque ela se uniu a mim quando era um filhote e eu interrompi o Sono Sem Sonhos dela. Eu poderia continuar listando motivos para sempre.

— *Não dá para regenerar o que não existe.*

Eu a observo acelerar o passo para alcançar Sgaeyl, fechando os dentes em um pássaro que imediatamente se arrepende de voar perto demais com um guincho.

— Mas ela vai conseguir voar? — Eu já aprendi o bastante sobre dragões para saber que uma vida sem voar é muito mais do que uma tragédia.

— *Acreditamos que seja possível que ela consiga treinar os músculos existentes para sustentarem o peso da asa* — ele me garante, mas existe algo além no tom dele que me faz me preparar para o pior.

— Vocês acreditam. — Eu me viro lentamente para olhar feio para o segundo maior dragão do Continente. — O que quer dizer que teve tempo de discutir esse assunto. Quanto tempo faz que você sabe disso?

— *Desde que ela acordou aqui, no verão.*

Meu coração para de afundar e praticamente sai pela boca. Na época ela também não estendera a asa por completo, mas não pensei muito no assunto, já que ela era aparentemente... desajeitada.

— O que mais você não está me contando?

Ele nunca a teria cortado da conversa a não ser que estivesse preocupado com a minha reação a uma determinada informação, ou com a reação dela.

— *O que ela ainda não reconheceu ser verdade.* — Ele abaixa a cabeça, os olhos grandes e dourados encarando os meus. — *Ela vai voar, mas nunca vai conseguir sustentar um cavaleiro.*

***

Ela nunca vai conseguir sustentar um cavaleiro. As palavras de Tairn ficam se repetindo na minha cabeça durante os três dias seguintes, enquanto somos jogados em aulas outra vez, presididas pelos professores que voaram conosco até Aretia, além de alguns outros membros da revolução e da Assembleia. Mesmo a tradução do diário de Warrick não consegue afastar os pensamentos e cada vez que a previsão de Tairn passa pela minha cabeça, preciso imediatamente pensar em outra coisa para o caso de Andarna estar me escutando.

— Chuva… de ferro — digo, escrevendo as palavras em um pergaminho enquanto termino de traduzir aquele parágrafo pela terceira vez.

Acabo chegando ao mesmo resultado todas as vezes, não importa o quanto seja… estranho.

— *Chuva de ferro significa algo para você?* — pergunto através do elo mental, fechando o caderno na escrivaninha de Xaden e pegando a mochila. Vou me atrasar se não me apressar.

— *Deveria?* — É a resposta de Tairn.

— *Claramente, ou ela não estaria perguntando.* — Eu praticamente consigo sentir Andarna revirar os olhos. — *Ah! Ovelhas!*

— *Elas não vão ser digeridas se você ficar se empanturrando dessa…* — Tairn suspira. — *Dessa forma.*

Reprimo um sorriso e corro para encontrar meu esquadrão.

Preciso dar o braço a torcer para Brennan e a Assembleia: podemos até estar dividindo livros e nos espremendo em cada sala disponível no primeiro andar para as aulas, mas todos os cadetes aqui estão limpos, bem alimentados, com um lugar para morar e dispostos a aprender.

A aula de história acontece no que penso que devia ser o escritório do pai de Xaden, e começamos uma unidade nova sobre a Rebelião Týrrica ontem para que todos saibam o que aconteceu de verdade seis anos atrás, mas só chegamos até a parte que cobre o panorama político dos anos que antecederam a rebelião.

Em vez dos desafios e combate corpo a corpo, Emetterio nos faz correr pela trilha íngreme e rochosa do vale todos os dias até que nossos pulmões doloridos se ajustem à altitude, mas já avisou que não devemos ficar confortáveis demais. Tenho certeza de que o número de cadetes que vomitam na trilha serve como uma boa indicação de que não estamos nada tranquilos, mas a urgência no tom dele funciona como encorajamento para que corramos cada vez mais.

Ulices, ou "Nariz de Gavião", está ministrando as aulas de física, o que só dá a ele mais um motivo para passar uma hora inteira me olhando feio. E Kylynn, "Machado de Batalha", vai assumir as manobras de voo assim que a Assembleia concluir que estamos seguros a ponto de que os dragões voem acima da proteção escondida do vale, o que significa que estamos lidando com mais de duzentos dragões inquietos.

Suri, a membro da Assembleia de cabelo grisalho e que me detesta abertamente, voou para longe com Xaden e outros tenentes dias atrás. O fato de eu não saber onde ele está e ficar me perguntando se está correndo perigo, preocupada a cada segundo que possa estar em batalha, me deixa ainda mais enjoada enquanto entramos no teatro reconstruído na ala noroeste da Casa Riorson.

A visão desse ambiente é extremamente impressionante. Não apenas tem assentos disponíveis para todos os cadetes, mas, de todas as coisas que poderiam ter escolhido reconstruir nos últimos seis anos... eles escolheram um teatro.

— Bem-vindos à aula de Preparo de Batalha — diz Rhiannon, levando o grupo pela metade dos degraus, dando um passo à direita e mostrando nossos assentos.

— Que bom. Talvez eles finalmente contem pra gente o que está acontecendo em Navarre — responde Visia da fileira à nossa frente. Além de Aaric e Sloane, tem outros quatro primeiranistas cujos nomes ainda não aprendi.

Diferentemente da disposição normal de cadetes na aula de Preparo de Batalha, nós nos sentamos como se estivéssemos em formatura: divididos por asa, setor e esquadrão. E, diferentemente do mapa de Basgiath, o que temos aqui é da altura e largura do palco grande onde as cortinas ficariam penduradas, e também inclui as ilhas: as cinco ilhas maiores e as treze menores que cercam o Continente em todas as direções.

— As bandeirolas vermelhas e laranja — comenta Ridoc à minha esquerda, apontando o mapa. — Elas são...

— Território inimigo, imagino — aponta Sawyer, sentado ao lado de Ridoc.

— E não tipo o inimigo poromielês. — Ridoc pega caneta e pergaminho da mochila e eu faço o mesmo, equilibrando meu caderno no colo. — Inimigos tipo... dominadores das trevas.

— Isso. Terra arrasada, cidades destruídas como Zolya. Vermelho significa movimento antigo, e laranja, novo — digo.

Quase toda a província de Krovla permanece intocada, mas o inimigo está apenas a um dia de voo da nossa fronteira. O único movimento novo que noto desde que vi esse mapa no verão está no Rio das Pedras, na direção de Navarre.

— Vocês escreveram cartas para as famílias de vocês? — pergunto.

Meus amigos não podiam entregar nossa localização, mas podiam avisar os entes queridos para sair das regiões fronteiriças, ou simplesmente *para ir embora*. Eu não acharia irreal se Melgren começasse a executar famílias para punir aqueles que desertaram.

E tudo isso é minha culpa. Sou responsável pela asa de Andarna, por forçar a verdade a ser exposta antes que Aretia estivesse pronta para agir, por trazer uma centena de cavaleiros para cá sem permissão, pela preocupação na testa de Brennan sobre aumentar a população de ovelhas para todos os dragões que eu trouxe até aqui e por colocar um alvo nas famílias dos meus amigos. Seguro minha caneta com tanta força que ela range com o esforço.

Como pude tomar todas as decisões certas ano passado e todas as *erradas* este ano?

Eles assentem, e Rhiannon acrescenta:

— Espero que isso os tenha convencido a se mudarem.

Aaric não se dá ao trabalho de se virar no assento na minha frente.

— Recusei a oferta de correspondência — comenta ele por cima do ombro.

— Imaginei que recusaria — respondo, forçando um sorrisinho.

O pai dele cagaria nas calças se soubesse que Aaric não só se juntou à Divisão, mas se voltou contra Navarre.

— Já tem alguma novidade sobre a pedra de égide? — pergunta Rhi, e todas as cabeças se viram na nossa direção. Até Aaric e Sloane me encaram por cima do ombro.

— Traduzi a seção de que precisamos três vezes e acho que estou chegando perto. — Meu sorriso reflete o deles porque acho que posso ter *conseguido*. — Sei que já faz três dias, mas estou meio enferrujada, e essa é a forma de magia mais estranha sobre a qual já li, o que provavelmente é o motivo de nunca ter sido feita duas vezes.

— Mas você acha que vai funcionar? — pergunta Sloane, a esperança óbvia no olhar.

— Acho. — Assinto, endireitando os ombros como se o peso daquelas expectativas fosse físico. — Eu só preciso ter certeza de que está certo.

E é melhor que esteja. Essas égides serão a nossa melhor defesa se os wyvern passarem pelos Penhascos de Dralor.

— Vamos começar! — exclama a professora Devera do palco, a voz se sobrepondo à de centenas de cadetes com facilidade, e todos se viram para encará-la.

— É quase como estar em Basgiath — diz Ridoc, sorrindo. — Mas… meio que não ao mesmo tempo.

Rhi se inclina e sussurra:

— Magia estranha?

— Eu… — franzo a testa. — Acho que os Seis Primeiros praticavam algum tipo de magia de sangue — sussurro, ainda mais baixo do que ela.

Já traduzi a passagem três vezes e chego nas mesmas palavras todas as vezes, mas nunca ouvi falar de alguém usando sangue para… nada.

Ela levanta as sobrancelhas.

— Certeza?

— O máximo que posso ter. Jesinia traduziu o trecho do mesmo jeito, mas acho que eu provavelmente deveria tentar mais uma vez. Só para garantir.

— Isso. Só para garantir — afirma ela.

— Bem-vindos à primeira aula de Preparo de Batalha de vocês oficialmente como traidores — anuncia Devera.

Isso faz todo mundo prestar atenção. Sinto um vazio no estômago.

— É melhor se acostumarem ao som dessa palavra — continua ela, sem preâmbulos, o olhar nos avaliando. — Porque é isso que Navarre considera que somos agora. Seja lá como nos sintamos com a escolha que fizemos de defender aqueles que não podem se defender sozinhos, é assim que seremos vistos pelos amigos e amados que deixamos para trás. Mas, pessoalmente, estou orgulhosa de cada um de vocês. — O olhar dela encontra o meu. — É difícil abandonar tudo o que a gente conhece, tudo o que a gente ama, porque nossa honra exige esse sacrifício. Dito isso, por favor deem boas-vindas ao tenente-coronel Aisereigh, que agora vai assumir o papel de Curador da Divisão dos Escribas, já que não temos ninguém aqui para fazer isso.

A posição de Markham. Será que Jesinia e os outros dois cadetes vão começar a própria Divisão deles aqui sem ninguém para ensiná-los? A Assembleia terminou de avaliar Dain e o liberou para comparecer à aula hoje, então ele está sentado na fileira da frente com os líderes de setor. Fico feliz que ele tenha saído do isolamento, mas também grata por ele estar mantendo distância de mim.

— Acreditamos no compartilhamento de informações aqui em Aretia — diz Brennan enquanto sobe no palco ao lado de Devera.

— Ainda não dá pra acreditar que ele se desfez do sobrenome — diz Sawyer baixinho.

Meus colegas de esquadrão do meu ano são os únicos que sabem quem Brennan é de verdade, e parece que Devera e Emetterio também se adaptaram à mudança de nome. Talvez Kaori fizesse a mesma coisa se tivesse vindo conosco, mas ele olhara para mim, claramente dividido, e dissera que seu lugar era perto do Empyriano.

Todo mundo que ficou para trás teve seus motivos. Ao menos é disso que estou tentando me convencer.

— Ele precisou. Além disso, eu gosto do nome. Significa "ressuscitado" em týrrico — respondo. E o nome dele ainda é Brennan para mim.

— Primeiro — começa Brennan —, fizemos o que vocês pediram e mantivemos todos vocês em suas respectivas asas. Segunda Asa e Terceira Asa, vocês sabem que Eleni Jareth e Tibbot Vasant agora são seus respectivos Dirigentes de Asas. Esperamos que quaisquer líderes de setor e esquadrão sejam substituídos até amanhã, e vamos notificar Devera sobre as escolhas de vocês.

Ergo as sobrancelhas.

— Vocês não vão escolher por nós? — pergunta alguém da Primeira Asa. Esse é o protocolo em Basgiath.

— Estão dizendo que não são capazes de fazer as próprias escolhas? — desafia Brennan.

— Não, senhor.

— Excelente. Então vamos continuar. — Ele se vira para nós. — Verifiquei a chamada só para ter certeza, mas aparentemente a Quarta Asa não apenas tem a honra de ser o Esquadrão de Ferro desse ano...

Os alunos do primeiro ano na nossa frente dão gritos, já que a honra de ter o maior número de alunos sobreviventes depois da Ceifa é nossa pelo segundo ano seguido. Baylor, o garoto corpulento com o cabelo cortado rente ao crânio, grita mais alto do que todos, e levanto o canto da boca quando ele dá uma cutucada no ombro de Aaric para que ele se junte à comemoração.

— ... mas o Setor Fogo também tem a honra única de estar completamente intacto. — Brennan olha na direção de Bodhi. — Durran, você conseguiu trazer cada um dos seus cadetes. Acho que isso torna vocês o Setor de Ferro.

Puta merda. Nem tento esconder meu sorriso agora. Sabia que a Quarta Asa tinha trazido o maior número de cadetes, mas manter o setor *inteiro*?

— Presumo que gostariam de receber um brasão? — pergunta Brennan, sorrindo.

— Porra, claro que sim! — grita Ridoc, levantando-se da cadeira, e nosso setor inteiro aplaude e grita em comemoração, até mesmo eu.

— Sim, senhor — responde Bodhi quando nos acalmamos, olhando para nós como se não pudéssemos ser deixados sem supervisão em lugar nenhum.

— Vou ver o que podemos fazer. — Brennan olha para mim e abre um sorriso. — Agora, vamos falar de coisa séria. Comecemos com uma atualização de Navarre. Pelo que podemos dizer das nossas fontes, a população geral ainda não sabe.

Quê? Como assim? Rhi e eu trocamos um olhar confuso enquanto murmúrios percorrem o teatro.

— Para nossa surpresa, os entrepostos conseguiram se desfazer com sucesso dos wyvern que o tenente Riorson deixou de presente, e o general Melgren impediu que as notícias chegassem ao público geral, apesar de que obviamente toda a força militar sabe do ocorrido. E, infelizmente, ainda estão mandando todos os cidadãos da fronteira poromielesa dar meia-volta.

Meu coração dá um salto e a pequena parte de mim que torcia para que nossa saída causasse ação e reflexão morre de forma dolorosa e desiludida. Mas, assim que conseguirmos tecer égides, seremos uma opção segura para os cidadãos de Poromiel, que Navarre ainda se recusa a abrigar.

— Nossas forças dobraram as patrulhas nas fronteiras de Tyrrendor — diz ele, passando o dedão pelo queixo —, mas estamos confiantes de que nossa localização ainda é um segredo.

— Mesmo depois de voarmos a maior legião do Continente por Navarre? — pergunta alguém da Primeira Asa.

— Os týrricos são leais — comenta Sloane, erguendo o queixo. — Nós passamos pela última rebelião. Seja lá o que tivermos visto, vamos guardar para nós mesmos.

Brennan assente.

— A boa notícia é que, até onde nossos informantes conseguiram saber, as famílias de vocês não viraram alvos, e estamos contatando todos não apenas com as cartas que enviaram, mas com ofertas de abrigo. Se estiverem dispostos a arriscar rumo ao desconhecido, vamos trabalhar bastante para fazê-los chegar em segurança até aqui.

O nó na minha garganta dificulta a ação de respirar por um segundo. Papai ficaria tão orgulhoso de Brennan.

— O que essa falta de movimentação das tropas nos informa? — pergunta Devera, olhando de soslaio para Brennan. — Ou já esqueceu como funciona Preparo de Batalha?

— Perdão. — Brennan levanta as mãos e dá um passo para trás. — Já faz uns anos.

— Estão ocupados demais arrumando a bagunça que Riorson fez na fronteira para se importar conosco — responde Dain.

— Por enquanto — concorda Brennan, com um aceno de cabeça. — Pode ser que agora eles estejam em choque, mas não tenham dúvida de que vamos lutar uma guerra em duas frentes assim que eles conseguirem se organizar e decidirem assumir o risco de informar à população o que vem acontecendo.

— E quando vamos lutar? — pergunta um cara da Terceira Asa, apontando para o mapa. — Contra os dominadores das trevas?

— Quando vocês se formarem — responde Brennan, erguendo as sobrancelhas em uma expressão indiscutível que o faz parecer ainda mais com papai. — *Nós* não mandamos cadetes para a morte, e é exatamente o que vai acontecer com vocês se decidirem enfrentar um dominador das trevas antes de estarem prontos. Vocês vão morrer. Estão assim tão ansiosos para começar uma nova lista de mortes?

— Sorrengail e os outros não morreram — responde ele.

— *Dois* de nós morremos — retruca Imogen, e o cavaleiro afunda no assento.

— Quando você dominar relâmpagos, vem falar comigo — acrescenta Devera.

— Antes de vocês se formarem, vão aprender a enfrentar um dominador das trevas e a sobreviver — promete Brennan. — Esse tipo de ação requer outro estilo de luta e um treino dos sinetes de vocês, o que devem ter notado que ficou meio complicado de fazer por aqui. Lembrem-se de que a magia fora da proteção das égides é um pouco mais selvagem, e estamos tentando decifrar o diário de Warrick no momento, para conseguirmos tecer égides o mais rápido possível. Também estamos trabalhando para conseguir uma forja funcional a fim de fornecer armas para nossas forças e também para os paladinos de grifos, o que é parte da nossa missão…

Um grunhido de reprovação ondula pelo auditório.

— Cortem essa — ralha Brennan. — Os paladinos são perigosos, mas *não* são o inimigo que vocês cresceram acreditando que eram, apesar de alguns ainda serem hostis, como evidenciado pelo ataque em Samara há quatro dias.

Ataque de paladinos em Samara? Meu pulso acelera. *Mira.*

— O que nos leva de novo à aula de Preparo de Batalha — continua Devera. — Um dragão foi machucado, mas nenhum cavaleiro foi perdido no ataque, e, de acordo com nossas fontes, isso só aconteceu porque havia apenas um dragão presente no entreposto durante o ataque. Tumulto político, estão lembrados? As égides não fracassaram, mas uma revoada de paladinos conseguiu se infiltrar no entreposto, matando uma dúzia da infantaria antes de dois deles serem mortos no subsolo da fortaleza.

Nenhum cavaleiro foi perdido. Ela está bem. Assim que meu coração para de bater na boca, sou capaz de pensar de novo.

— Estavam procurando armas — sussurro. — É lá que fica o armamento.

Os cidadãos de Navarre podem não saber que não estamos mais lá, mas as revoadas sabem.

— Diga em voz alta — pede Rhiannon, baixinho.

Balanço a cabeça, indisposta a seguir meus pensamentos para a conclusão lógica.

— Que perguntas vocês fariam sobre o ataque? — insiste Devera. — Este aqui vem dando ordens a oficiais por tempo demais e não lembra mais a arte de *ensinar* — acrescenta ela, lançando outro olhar de soslaio para Brennan.

— Foda-se. Eu vou falar em voz alta então — murmura Ridoc, e diz: — Será que estavam procurando armas?

— Com certeza. — Brennan assente. — Esse é o único motivo plausível para paladinos atacarem entrepostos navarrianos diretamente.

Ele olha para mim como se *soubesse* que essa pergunta na verdade era minha e me encara com aquele olhar desafiador de repreensão que dominou aos quinze anos, me provocando a enfrentar tudo isso e parar de evitar as consequências das minhas ações.

Tudo bem, então.

— Os paladinos atacaram Samara antes ou depois da notícia de que a gente… — Deuses, quais são as palavras certas para o que fizemos? — Depois que partimos de Basgiath e as notícias repercutiram em Poromiel?

O olhar de Brennan se suaviza, aprovador.

— Depois — responde Devera.

O nó na minha garganta incha, dolorido, ameaçando rasgar a fachada calma que estou tentando manter. Eles atacaram porque sabem que não podemos mais oferecer os suprimentos. Estão indefesos.

— Não é culpa sua — sussurra Rhiannon.

— É, sim. — Concentro toda a minha atenção em anotar as coisas.

Brennan se vira para o mapa.

— Vamos repassar a movimentação inimiga. Na última semana, os venin tomaram a cidade de Anca. Isso não é surpresa alguma, considerando a proximidade de Zolya, que recentemente foi destruída.

Não me dou ao trabalho de olhar para Anca. Fixo o olhar em Cordyn, onde o visconde Tecarus está em posse da única outra lucerna existente. É a maior cidade entre Zolya e Draithus, e, ainda assim, fora do território controlado por venin. A cidade litorânea era um voo de dois dias de Basgiath, mas daqui? Aposto que Tairn conseguiria em doze horas.

— *Dez* — corrige ele. — *Mas fazer isso não seria inteiramente seguro* — declara, ainda que não seja um argumento.

— É o que Xaden diz, mas ficar aqui além das égides sem uma forja para armar as pessoas, incluindo nós mesmos, também não é.

Que bom que logo vamos ser capazes de tecer égides.

— *Ela tem razão* — concorda Andarna. — *Você consegue carregar uma lucerna?*

— *Essa pergunta é ofensiva para mim.*

— *Você consegue carregar uma lucerna, mesmo se sentindo ofendido?* — ela brinca.

Tairn rosna.

— O que é mais preocupante é que, aparentemente, a cidade foi drenada, então os dominadores das trevas recuaram para se reunir em Zolya — diz Devera. — O que isso nos diz?

— Que eles estão se organizando e formaram uma nova base em Zolya — responde Rhiannon. — É como se estivessem fazendo viagens em busca de suprimentos durante uma campanha em andamento.

— *Prateada!* — o tom de Tairn muda de repente. — *Uma legião se aproxima!*

Perco o fôlego enquanto viro a cabeça na direção da parte de trás do teatro, como se as pequenas janelas ali pudessem me dar uma ideia do que está por vir.

— Sim. Não estão só consumindo, mas ocupando território pela primeira vez. Boa… — Brennan fica em silêncio, sem dúvida falando com Marbh, e então se concentra quando o teatro inteiro recai em silêncio. — Todo mundo precisa ir até o Salão Principal e esperar por lá — ordena ele, virando-se para Devera enquanto o auditório começa a se transformar em um caos silencioso.

— *Quantos são?* — Eu me obrigo a respirar apesar do pavor, enfiando todas as minhas coisas na mochila e ficando em pé enquanto os outros cadetes seguem meu exemplo num pânico contido.

— Estão vindo nos matar? — pergunta Ridoc baixinho. — Navarre?

Pensei que teríamos mais tempo. Como isso pode estar acontecendo justo agora?

— Não sei — responde Rhiannon.

— Tairn consegue enfrentar Codagh? — pergunta Aaric enquanto jogo a mochila nas costas.

Abro e fecho a boca, pensando no dragão do general Melgren. Eu nem *quero* saber a resposta para essa pergunta.

E Tairn não se prontificou a responder, o que é suspeito.

— Essa é a revolução mais curta da história — murmura Sawyer, acompanhado de um palavrão, fechando a mochila.

— *Quarenta. Sgaeyl também se aproxima, mas está longe demais para...* — Tairn pausa. — *Espere aí. Teine está liderando a legião.*

Teine?

Mira. O medo dá um nó em meu estômago.

Foda-se. Não vou esperar.

Passo por Sawyer para chegar até o corredor do teatro e começo a correr, ignorando todas as vozes que me chamam, até mesmo a de Brennan. Correr todas as manhãs nos últimos três meses aumentou ainda mais a vantagem que eu já tinha sobre a maioria dos cavaleiros: velocidade.

— Preparem as bestas! — grita Brennan acima do caos.

Mira vai acabar se matando. Ou talvez tenha vindo para *nos* matar. De qualquer forma, vai precisar me enfrentar antes de conseguir.

Com as pernas ardendo, corro até o fundo do teatro, cortando na frente da Primeira Asa para a saída e passando pelo corredor principal. As estátuas e tapeçarias formam um borrão enquanto passo correndo, meus pulmões queimando conforme disparo por guardas e cavaleiros que entram pela passagem.

Por favor, Dunne, não deixe que ela incinere essa casa antes que eu tenha a chance de falar com ela direito.

Passo correndo por Emetterio enquanto ele grita para eu voltar para o salão, e então derrapo ao fazer uma curva no saguão, sem ousar interromper minha velocidade mesmo enquanto meu coração bate forte, protestando pela altitude. Os guardas deixam a porta aberta, sem dúvida para que os cavaleiros consigam montar, e eu a atravesso voando, meus pés mal tocando os degraus de mármore do pátio, bem a tempo de ver as asas de Teine se abrirem diretamente em cima de mim para impedir a descida rápida.

Aquele nó de medo vai até minha garganta e paro a cerca de dez metros da porta da frente, meus pés enterrando no cascalho.

As pedras voam em uma nuvem poeirenta com o impacto das garras do Rabo-de-maça-verde, e ergo os braços para cobrir o rosto quando Teine pousa diretamente na frente das portas do pátio, impedindo a saída até a cidade, além de dois outros dragões o ladearem, pousando de forma abrupta.

Tusso, a poeira baixando, e imediatamente vejo um dragão laranja raivoso e um vermelho possesso me encarando, os dentes arreganhados.

Puta que pariu, outros quatro pousam nas muralhas, sacudindo a alvenaria. Estão por toda parte.

Meu estômago afunda. Fomos traídos. Alguém denunciou nossa localização para Navarre.

— *Tairn...*

— *Aqui* — responde ele, um segundo antes de disparar pelo céu como se fosse um meteoro.

O chão estremece com a força da aterrisagem de Tairn à minha esquerda, e a sombra das asas dele bloqueia o sol acima. Ele solta um rugido tão alto que sinto os dentes trincarem, depois abaixa a cabeça, o pescoço a apenas alguns centímetros do meu ombro, soprando uma labareda de fogo como aviso perto das pernas dianteiras dos dragões.

Calor inunda meu rosto por um instante antes de ele se afastar, a cabeça sinuosa.

Teine dá um passo à frente e o tempo parece desacelerar em milissegundos, e Tairn dá um bote, abrindo a bocarra e se segurando no pescoço de Teine exatamente igual ao que fez com Solas.

— Tairn! — grito, num pavor visceral.

Se Teine morrer, Mira também morre.

— Mas que caralho, Violet! — grita Mira.

— *Estou segurando o pescoço, mas não rompi escamas* — Tairn me assegura, como se eu estivesse sendo a mais dramática de nós dois.

— *Bom, desde que isso seja só uma ameaça* — respondo, sarcástica, e, em voz alta, grito: — Desmonte em paz e Teine continuará vivo!

Os outros correm no pátio atrás de mim, os pés fazendo barulho no cascalho, mas mantenho os olhos fixos em Teine e Mira.

Ela desmonta com uma facilidade invejável e anda até mim. As bochechas estão coradas pelo vento, e os olhos, arregalados quando ergue os óculos de voo até o topo da cabeça.

— Viemos em paz. Riorson veio atrás de nós. Como teríamos encontrado vocês se ele não tivesse nos dito? — Ela olha para a casa sem hesitar. — Deuses, achei que este lugar tivesse virado pó.

Xaden foi atrás dela?

— Não virou. — Ergo os dedos perto das adagas. Não sei se consigo usá-las para matar minha irmã, mas eu é que não vou ser morta *por* ela.

— *Sgaeyl confirmou* — diz Tairn, soltando o pescoço de Teine e voltando até perto de mim. — *Eles também estão chegando.*

Ah, graças aos deuses. Minha respiração sai aliviada um segundo antes de Mira me envolver em um abraço.

— Sinto muito — diz ela, contra meu cabelo, me apertando com ainda mais força. — Sinto muito que não tenha te escutado. Você estava tentando me contar em Samara.

Abaixo os ombros e relaxo, lentamente retribuindo o abraço.

— Eu precisava de você — sussurro, sem conseguir deixar a mágoa não transparecer em minha voz. Tem tantas outras coisas que precisam ser ditas, mas é *isso* que sai. — Eu precisava de você, Mira.

— Eu sei. — O queixo dela dá um empurrãozinho na minha cabeça antes de ela se afastar, me segurando pelos ombros. Pela primeira vez desde que comecei as aulas em Basgiath, ela não me avalia para ver se estou machucada. Olha para mim diretamente nos olhos. — Me desculpa. Eu decepcionei você, e prometo que não vai acontecer de novo. — Um leve sorriso passa pelos lábios dela. — Você realmente roubou metade dos cadetes de Basgiath? E matou o vice-comandante?

— Dain matou o vice-comandante, eu só terminei o que ele começou. Bem, Xaden ajudou. Foi um trabalho em grupo — confesso, sacudindo a cabeça para clarear os pensamentos. — Você sabia? Quando eu contei pra você, e você disse que eu precisava dormir mais, você *já sabia*?

Pensar nela tentando me convencer de que aquilo era coisa da minha cabeça, mesmo sabendo de tudo, me deixa transtornada.

— Eu não sabia. Juro, não sabia. — Os olhos castanhos arregalados dela buscam os meus. — Só descobri depois que o wyvern foi largado nos portões de Samara. Mamãe chegou umas dez horas depois e me contou a verdade. Contou a verdade para *todos os cavaleiros*.

Eu pisco, chocada.

— Ela só... te contou?

— Foi. — Ela abaixa o queixo. — Provavelmente achou que não adiantava mais mentir depois que todo mundo já tinha visto o cadáver gigante de wyvern.

E nós já estávamos a caminho daqui.

— *Xaden* — tento me comunicar com ele, não porque não confio em minha irmã, mas porque confio mais nele.

— *Se ela te contou que a mãe de vocês confessou, então está dizendo a verdade. Estamos no perímetro da cidade, voando com os retardatários.*

— E aí depois o quê, ela só deixou quarenta de vocês desertarem? Eu me afasto dela e gesticulo para os dragões empoleirados nas muralhas ao nosso redor. De jeito nenhum que deixariam dezenas de cavaleiros desertarem.

— Ela deu uma hora para decidirmos, e metade escolheu ir embora. Voamos com outros cavaleiros, seguindo aqueles que receberam o mesmo ultimato. A liderança decidiu que nos deixar ir embora era uma escolha mais segura do que nos obrigar a ficar e acabarmos convencendo outros a irem embora com a gente mais tarde, ou pior, informações começarem a vazar. Além do mais, isso não é bem uma escolha nossa, né?

Ela olha para Teine.

Isso... não parece certo. Por que mamãe e Melgren simplesmente deixariam todos... desertarem?

— Acho que ela sabia que eu encontraria… — Mira está dizendo, mas então olha por cima do meu ombro e congela, começando a tremer imediatamente, os olhos arregalados.

— Mira?

Eu me viro na direção da casa e vejo exatamente o que a abalou.

Brennan desce as escadas apressado, a boca formando um sorriso que não consigo evitar imitar. Nós três estamos aqui, e não existem palavras para descrever o sentimento de *completude* que me atinge. Meus olhos começam a arder e eu pisco, a emoção agridoce e completamente alegre ameaçando me sobrecarregar.

Estamos finalmente juntos outra vez.

— Brennan? — diz Mira, a voz fraca, e eu me afasto para dar espaço aos dois. — Como?

— E aí, Mira. — Ele está a menos de três metros, e seu sorriso só aumenta.

— Você está vivo? — Ela cambaleia para a frente, balançando a cabeça. — Depois que… sabe… faz seis *anos*, e você está… *vivo*?

— Sou eu, em carne e osso. — Ele abre os braços. — Deuses, como é bom te ver.

Ela afasta o punho e soca a cara dele.

O sangue vital dos seis e do um unidos sobre a pedra incendeia uma chuva de ferro.

— Diário de Warrick de Luceras. Traduzido por cadete Violet Sorrengail

CAPÍTULO TRINTA E NOVE

Tem. Tanto. Sangue.

— Vá até o salão e diga a Ridoc Gamlyn que eu preciso de gelo agora! — grito para o guarda enquanto passamos pelo saguão.

— Eu estou bem! — Brennan consegue dizer, apesar do lenço que estanca o rio de sangue tentando escorrer pelo seu rosto. Ele mexe na cartilagem e estremece. — Caramba, Mira, acho que você quebrou!

— Eu ouvi o osso — digo, olhando feio para minha irmã por cima do ombro enquanto nos dirigimos ao escritório onde costumamos ter aula de história. Está arrumado para os cadetes, com uma dúzia de cadeiras rodeando uma mesa construída às pressas.

— Você mereceu — declara Mira, desvencilhando-se do guarda que tenta segurá-la. — Não toca em mim, porra.

— Deixa a minha irmã em paz — ordena Brennan, apoiando-se na beirada da mesa. — É um assunto de família.

— Família? Nenhum membro de nenhuma família faria outro membro acreditar que ele está *morto* por seis anos. — Mira se recosta na parede à minha direita, o que me faz ficar exatamente entre os dois. — A única família presente nesta sala sou eu e Violet.

— Mira… — começo.

— Tenente-coronel? — interrompe Ulices, passando pelos guardas, e dessa vez ele não estreita os olhos para mim.

— Como assim tenente-coronel? — O olhar de Mira vai de Ulices a Brennan, e ela cruza os braços. — Você ficou aí se fingindo de morto por seis anos e ainda subiu de patente?

Brennan lança um olhar impaciente para ela antes de se virar para Ulices.

— Eu estou bem. Relaxa, todo mundo. Já sofri ferimentos piores em treinos.

— E não seria a primeira vez que eu quebro o nariz dele. — Mira lança um sorriso doce e irônico para Ulices, que continua encarando minha irmã com desconfiança.

Um guarda passa por Ulices, entregando um lenço de pano envolto em um cubo de gelo grande para mim, e nunca amei tanto o sinete de Ridoc.

— Obrigada — digo para o guarda. — E repasse o meu agradecimento ao Ridoc, por favor.

— Despachem todos os cavaleiros que não estão no cronograma para verificar os entrepostos týrricos o mais discretamente possível, por favor — ordena Brennan para Ulices. — Precisamos saber se outros cavaleiros estão desertando ou se estão se reunindo aqui para se preparar para nos atacar.

— Aproveitando todos os cavaleiros de sobra que temos — murmura Ulices.

— Troca o lenço — ordeno para Brennan, estendendo o gelo.

— E a nova legião? — pergunta Ulices. — Devemos proceder da mesma forma que fizemos com a chegada dos cadetes?

— Riorson está clamando a responsabilidade por eles, de acordo com Marbh, mas certifique-se de que os dragões façam o mesmo. Levem-nos para o vale. — Brennan assente, e sangue escorre pelo queixo dele.

Que nojo.

— Troca o lenço — digo outra vez, acenando o gelo na frente dele para que veja.

Ulices olha para Mira.

— Tem certeza de que…

— Pode deixar que eu sei lidar com a minha irmã — garante Brennan.

— Eu não teria tanta certeza disso — retruca Mira, erguendo uma sobrancelha quando Ulices vai embora, deixando a porta aberta, mas com um guarda postado do lado de fora.

— Não acredito que você me *socou* — murmura Brennan. — Você sabe como é difícil usar meu sinete de regeneração em mim mesmo? Se fosse em você eu não teria qualquer problema. Mas fazer isso em mim mesmo? É um saco.

— Vai chorar? Então chora mais, maninho. — Mira faz uma careta enquanto zomba dele. — Sabe, do jeito que a gente chorou por você.

E de repente me sinto com dez anos outra vez, a personalidade mais fraca dentro de uma sala de gigantes.

— Eu sabia que você não entenderia. — Ele aponta um dedo para Mira e então recua. — Merda, vou precisar consertar a cartilagem.

— Entender? Entender o quê, que você largou a gente lá para queimar suas coisas?

— Eu já tive essa briga com ele — garanto a ela.

— Que você largou a nossa mãe lá, virando uma sombra do que um dia já foi? — continua ela, ignorando o que acabei de falar. — Que você largou a gente lá pra assistir ao coração do nosso próprio *pai* desistir de bater porque a sua morte acabou com ele?

Mira se afasta da parede e eu ergo a mão com a palma estendida, como se tivesse qualquer chance de impedi-la se ela quisesse bater em Brennan outra vez.

— Talvez eu não tenha ido *tão* longe assim — admito. Não que ela não esteja falando a verdade, mas *caramba*, está pegando bem pesado.

— Nosso pai entenderia o que estou fazendo — a voz de Brennan sai anasalada enquanto ele muda o fluxo do sangue.

— Pode por favor trocar o lenço? — peço, a água pingando do meu punho ao chão.

— E, quanto a nossa mãe — continua Brennan, pondo-se em pé —, espero que a minha morte a assombre para sempre. Ela estava disposta a me sacrificar por uma *mentira*.

— Isso não é justo! — rebate Mira. — Posso até não concordar com o que ela fez, mas entendo que achou que era a melhor forma de nos manter seguros.

— *Nos* manter seguros? — Brennan estreita os olhos. — Não foi você que morreu!

Eles estão gritando um com o outro como se eu nem estivesse *ali*. Aham, definitivamente voltei a ser a irmãzinha caçula e quietinha.

— Você também não morreu! — berra Mira. — Você se escondeu aqui igual a um covarde, em vez de voltar para casa quando a gente mais precisava de você! — Ela aponta para mim. — Você escolheu completos estranhos em vez das próprias irmãs!

— Eu escolhi o bem do Continente!

— Ah, puta que me pariu, parem com essa porra! — grito, fazendo os dois se calarem. — Mira, ele era um tenente recém-formado, e o que foi feito já foi. — Quando me viro na direção de Brennan, enfio o gelo na mão dele. — Brennan, coloque a porra do gelo no caralho do seu rosto antes que comece a manchar o chão de sangue, seu teimoso!

Brennan lentamente leva o gelo ao nariz, olhando para mim como se nunca tivesse me visto antes.

— E pensar que quando eu era mais novo queria ter irmãos — comenta Xaden do batente, recostado casualmente ali como se estivesse observando todos nós há um tempo.

Toda a raiva que eu sentia se transforma em puro alívio, e vou diretamente até ele, tomando cuidado para não escorregar no sangue que Brennan respingou por todo o chão.

— Oi — digo.

— Oi — responde Xaden, passando um braço pela minha cintura e me puxando para perto dele.

Meu batimento cardíaco dá pulinhos como uma pedra saltando em cima de um lago liso, e eu afundo em cada detalhe dele. Não vejo cortes ou hematomas no rosto, mas vai saber o que vou encontrar debaixo do uniforme.

— Tudo bem? — pergunto.

— Melhor agora. — A voz dele está naquele tom suave que ele só usa comigo, o que faz meus joelhos fraquejarem quando ele abaixa a boca até a minha, deixando tempo o suficiente para eu protestar.

Mas eu não protesto.

Ele me beija lentamente, com cuidado, e subo na ponta dos pés para chegar mais perto, segurando o rosto dele com a aspereza da barba por fazer entre as palmas da mão.

Isto aqui faz tudo valer a pena. O mundo poderia desintegrar ao nosso redor e eu acho que sequer notaria (ou me importaria) desde que Xaden estivesse em meus braços.

— Sério isso? — pergunta Brennan. — Bem na minha frente?

— Ah, isso aí é eles sendo bem *puros* — responde Mira. — Espera só até decidirem basicamente montar um no outro em público. Não dá pra apagar essa merda da cabeça nem que você queira *muito*, confia em mim.

Sorrio contra o beijo de Xaden e ele aumenta a pressão, mas mantém a língua atrás dos dentes, infelizmente. Ele se afasta, relutante, mas existe uma promessa em seus olhos que faz meu sangue esquentar.

— Então o que os irmãos Sorrengail vão fazer agora que estão todos reunidos? — pergunta Xaden, erguendo a cabeça para olhar para a minha família.

— A gente vai acabar com a raça do meu irmão — responde Mira, sorrindo.

— Eu vou sobreviver — comenta Brennan.

Retiro as mãos do rosto de Xaden e olho para os meus irmãos. Tudo que eu amo de verdade, todos os que importam para mim, estão aqui agora, e, pela primeira vez na vida, posso *protegê-los.*

— Preciso do sangue dos seis cavaleiros mais poderosos.

Brennan ergue as sobrancelhas, e Mira franze o nariz como se tivesse acabado de engolir leite azedo.

— De toda a história? Ou os vivos atualmente? — pergunta Xaden, sem nem piscar.

— Por quê? — pergunta Brennan, água escorrendo pelo seu pulso.

— Presentes aqui, acho — respondo para Xaden, e então me viro para encarar meus irmãos, respirando fundo. — Descobri como tecer égides.

***

Nove de nós (a Assembleia, Bodhi e eu) saímos pelas portas dos fundos da Casa Riorson cinco horas depois e começamos a trilhar o caminho que leva ao penhasco acima, subindo em pares.

— Tem certeza disso? — pergunta Ulices ao meu irmão enquanto o grupo anda à frente de Xaden e eu.

— Minha irmã tem certeza, e isso é o que importa para mim — responde Brennan.

— Sim, com certeza, vamos desperdiçar tempo cedendo aos caprichos de uma cadete — comenta Suri, de onde anda ao lado de Kylynn.

— Uma cadete que descobriu como tecer égides — retruca Xaden. Sem pressão.

Tremendo, enfio as mãos nos bolsos da jaqueta de voo para afastar o frio enquanto o sol se põe atrás da montanha. Por fim, a trilha volta a ficar reta e nós nos aproximamos do par de guardas sérios que dão um passo para o lado para que possamos passar, seguindo a trilha de cascalho que leva para dentro da montanha, transformando-se em um cânion feito por homens e aberto aos céus.

Luzes mágicas se acendem enquanto caminhamos pelo abismo e meu estômago palpita de energia nervosa. Não, o que sinto é apreensão. Não… só energia nervosa mesmo. Seja lá o que for, fico feliz por ter decidido não jantar.

— Deveríamos estar usando esse tempo para discutir negociações com Tecarus, já que estamos todos aqui. — Ulices lança um olhar significativo para meu irmão.

— Chegou uma carta hoje. Ele quer que o ajudemos quando formos chamados — diz Brennan. — As revoadas no litoral devem ser armadas primeiro, e ele diz que vai nos deixar trazer a lucerna para Aretia…

— Não vai — interrompe Xaden.

— ... se puder ver Violet usar seus poderes — termina Brennan.

— Então vamos precisar procurar outra lucerna, porque no que depender de mim esse cara vai se encontrar com Malek antes de chegar perto de Violet — diz Xaden naquele tom calmo e gélido que usa quando já se decidiu sobre uma coisa. — A não ser que você esteja ansioso por nunca mais ver sua irmã. Ele vai querer mantê-la lá como arma. Você sabe bem disso, tanto quanto eu.

— Posso garantir que ele não vai chegar nem perto de pensar nisso — retruca Brennan, apertando a mandíbula.

— Se existisse outra lucerna, acha que já não estaríamos tentando negociar? — pergunta Kylynn.

— Então ofereça a ele armamento completo e deixe Violet fora dessa negociação. — Xaden olha para trás e lança um olhar feio a Kylynn.

— *Eu não me importo de ir* — digo, através de nossa conexão mental. Os ombros dele roçam os meus enquanto o caminho se estreita e as paredes do cânion se erguem cada vez mais altas. — *Você precisa disso.*

— *Pois eu me importo. A resposta é não. Pra tudo tem um jeito.*

Então que bom que vamos tecer égides logo, logo. Não vai resolver o problema de proteção de Poromiel, não até conseguirmos tecer extensões iguais às de Navarre, mas ao menos todos aqui estarão seguros.

Quando já avançamos cerca de seis metros na trilha, o cânion se abre em uma câmara circular que poderia facilmente abrigar todos os nossos dez dragões, e meus olhos imediatamente se elevam até chegarem a uma série de runas entalhadas até o céu.

— *Como foi que eu nunca vi isso antes enquanto voava por cima deste lugar?*

— *São runas muito antigas e complicadas de ocultamento.*

Os cavaleiros na nossa frente se afastam e finalmente vejo a pedra de égide.

Fico boquiaberta porque... uau.

O pilar preto cintilante se ergue até o dobro da altura de Xaden, e precisaria de todos os nove ali presentes com os braços esticados para rodeá-lo. Entalhada no centro, com pelo menos dois metros, está uma série de círculos, cada um encaixando no outro, exibindo uma runa cravada naquele caminho. Formam quase o padrão idêntico ao que vi nas páginas do diário de Warrick.

Dou um passo na direção da pedra, absorvendo cada detalhe.

— É de ônix? — pergunto a Xaden.

É *colossal*. Pesada demais até para um dragão carregar. Deve ter sido entalhada aqui, neste exato lugar.

— Não dá pra ter certeza, mas meu pai achava que era ferro polido — responde ele.

Chuva de ferro. Meu coração dá um salto. É isso. Estamos prestes a tecer égides.

— Vamos logo com isso. — A voz de Ulices ressoa pela câmara, ecoando pelas paredes altas de pedra.

— E o que exatamente a gente tem que fazer para tecer égides? — pergunta Bodhi, postando-se do meu outro lado enquanto os outros formam um semicírculo ao redor da pedra.

— Um segundo.

Pego o diário de Warrick de dentro do saco de couro de proteção da minha jaqueta de voo e retiro o pergaminho traduzido que deixei ali para marcar o trecho antes de olhar para a pedra e comparar os desenhos. O símbolo que Warrick desenhou não é idêntico, mas está com as runas nas mesmas posições, o que é um bom sinal.

— Tá, então — digo, e recito do pergaminho: — "E nós reunimos os seis cavaleiros mais poderosos na residência, e o sangue vital dos seis e do um unidos sobre a pedra incendeia uma chuva de ferro."

Olho em volta depois que leio essa frase.

— Seis — digo, e então aponto para a pedra —, e um.

— Sua ideia é que a gente sangre em cima da pedra de égides? — pergunta Felix, as sobrancelhas prateadas erguidas.

— Só estou relatando como Warrick e os Seis Primeiros fizeram para tecer. — Ergo o diário. — A não ser que alguém aqui consiga traduzir lucerino antigo melhor do que eu.

Ninguém se pronuncia.

— Beleza, então. — Abaixo o queixo e estudo o restante da tradução.

— Pelos nossos cálculos — diz Brennan, esfregando as mãos para mantê-las aquecidas —, os seis cavaleiros mais poderosos atualmente em Aretia são Xaden, Felix, Suri, Bodhi, Violet e eu.

— Parece que essa coisa de linhagem de família importa mesmo, no fim — comenta Suri.

— De acordo com Warrick, os Seis Primeiros usaram o sangue da vida… — começo a dizer.

Todas as cabeças se viram na minha direção.

— Acho que não no sentido de sangrar até morrer — esclareço rapidamente. — Eles ficaram vivos, é claro, depois que construíram as égides de Basgiath. — Ouço um suspiro coletivo de alívio ao redor. — Se eu tivesse que apostar, diria que vai ser só um corte rápido na palma da mão, depois colocamos o sangue sobre a pedra de égides e aí pronto, teremos égides.

— Em uma chuva de ferro — diz Bodhi, lentamente.

Suri pega uma adaga.

— Vamos logo com isso.

Nós seis andamos até a pedra de égides e eu guardo o diário na jaqueta.

— Qualquer lugar? — pergunta Bodhi, abaixando a própria faca até quase cortar a palma da mão.

— O diário não especifica — responde Brennan, usando uma adaga para abrir uma linha na palma da mão e pressionando o corte contra a pedra.

Todos seguimos o exemplo.

Esperança preenche meu peito, acelerando meu batimento cardíaco, e sibilo entre dentes com a dor do corte. O sangue aparece, então empurro a palma da mão cortada contra a pedra, seguindo os outros. É mais fria do que eu esperava, e o calor das minhas mãos é rapidamente sugado enquanto o sangue goteja pela superfície preta cintilante.

A pedra parece congelada. Sem vida. Só que não por muito tempo. Olho para o lado para me certificar de que todos estão com as palmas das mãos contra a pedra e vejo seis fluxos estreitos de sangue escorrendo pelo ferro.

— Está funcionando? — pergunta Bodhi, sangrando a alguns metros de mim.

Abro a boca, mas fecho logo em seguida.

Ninguém responde.

Vamos, imploro à pedra, como se pudesse obrigar essa porcaria a obedecer à minha força de vontade.

Não ouvimos qualquer zumbido, nem sentimos qualquer oscilação poderosa, nada além da pedra fria e preta. Aquela sensibilização que nos atinge quando estamos próximos das égides nos entrepostos, ou até mesmo segurando a adaga de liga metálica nas mãos, não surge.

Não acontece… nada.

Meu estômago se manifesta primeiro, depois meu coração se aperta e, por fim, baixo os ombros e a cabeça.

— Pra mim chega. — Suri retira a mão da pedra. — Se quiserem, fiquem aí sentados sangrando a noite inteira, mas isso claramente não está funcionando.

Não, não, *não*.

Felix, Brennan e Bodhi afastam as mãos.

O fracasso preenche minha garganta, deixando um gosto amargo na língua. Fiz tudo *certo*. Pesquisei, li e roubei uma fonte primária. Traduzi e verifiquei duas vezes. Essa deveria ser a solução. Trabalhei durante meses para conseguir essa coisa, a chave para manter todos seguros.

Será que escolhemos os seis cavaleiros errados? Será que existe outro elemento de magia que não estou levando em conta? Algo além do sangue? O que está faltando?

— Violência — diz Xaden, baixinho.

Lentamente, viro a cabeça para olhar para ele, esperando decepção ou censura, e não encontro nenhum dos dois ali, mas tampouco vejo pena.

— Fracassei — sussurro, finalmente retirando a mão.

Ele me observa por um segundo, depois dois, e finalmente afasta a própria mão.

— Então tenta outra vez.

Mas isso não é uma ordem. É só um fato.

— Violet, eu posso… — começa Brennan, tentando pegar minha mão.

Balanço a cabeça e então encaro o sangue acumulado na palma da mão. Se ele regenerar um corte recente assim, duvido que vá ficar cicatriz. O que significa que não vou ter nem *isso* para registrar todo o trabalho que venho tendo nos últimos três meses.

O som de algo rasgando preenche aquele espaço, e Xaden enrola um pedaço do uniforme rasgado na palma da minha mão para estancar o sangramento.

— Obrigada — digo.

— Então tenta outra vez — repete ele, enfaixando a própria mão em seguida.

Assinto, e ele se vira para falar com Kylynn, mantendo a voz baixa.

— Agora podemos *por favor* discutir como vamos planejar adquirir a lucerna? — O tom de Suri se eleva, irritado.

Encaro a pedra manchada de sangue procurando por respostas que ela não pode me dar.

— É uma magia perdida — diz Bodhi, baixinho, aparecendo ao meu lado. Ele esfrega o dedão na palma da mão recém-regenerada e sem cicatrizes. — Talvez exista um motivo para essa pedra nunca ter funcionado. Talvez esteja quebrada.

Assinto outra vez, incapaz de falar qualquer coisa. Bodhi. Xaden. Mira. Rhi. Brennan. Ridoc. Sawyer. Imogen… a lista de pessoas com quem fracassei continua infinitamente. Nós só estamos aqui porque fiz meus amigos roubarem o diário, para começo de conversa, e agora… nada? Raiva faísca em meu peito, e o poder responde, aquecendo minha pele.

Não é do meu feitio *fracassar*. Nunca fracassei em nada na vida. Bom, teve aquele primeiro exercício de navegação terrestre na aula de ASC, mas isso não conta. Todo mundo fracassou junto. Agora sou só *eu*.

— Ofereça ao visconde o dobro de armas que ele pediu — diz Ulices, a voz sumindo junto aos passos.

— Vou mandar uma carta amanhã — promete Brennan enquanto os outros se afastam do lugar.

Não temos égides. Não temos armas. Quase não temos cavaleiros experientes. Tudo porque agi de forma imprudente.

O poder me toma, fazendo as pontas dos meus dedos vibrarem.

Felix se posta ao meu lado, o olhar sério me examinando antes de esticar a própria mão.

Pisco, olhando para a palma dele, e então para o rosto.

— Sua mão. — Ele ergue a sobrancelha.

Estico a mão que não está cortada, e em vez de me tocar, ele inclina a cabeça e examina o jeito como meus dedos tremem.

— Suponho que seja melhor começarmos amanhã. — Suspira ele. — Não precisa ir correr amanhã. Vamos treinar o seu sinete.

Os passos dele ecoam na câmara, e, quando me viro para observá-lo se afastar, meu olhar examina a linha firme da boca de Xaden enquanto Kylynn lhe dá uma bronca em voz baixa, as luzes mágicas refletindo no aço do machado de batalha que carrega nas costas.

Xaden estava certo. A guerra requer armas.

— *Me leve até Tecarus* — exijo.

Ele olha para mim, apertando a mandíbula.

— *Prefiro morrer*.

— *Vamos todos morrer se você não me levar até lá*.

— *Não vou levar. Assunto encerrado*.

Ele cruza os braços e volta a discutir com Kylynn.

Quer saber? Foda-se.

Passo por Xaden, tomando o caminho para fora da câmara. Não vou deixar meus amigos indefesos sabendo que sou o motivo de estarem envolvidos nisso, de jeito nenhum.

— Violet! — grita Brennan, correndo para me alcançar.

— Me deixa em paz — retruco para meu irmão.

— Quando você está com essa cara? Acho melhor não.

— Que cara? — Lanço um olhar feio para Brennan, mesmo sabendo que nada disso é culpa dele.

— A mesma cara que você fez quando tinha oito anos e ficou encarando a mamãe por doze horas sem parar por causa de um prato de abobrinha.

— Quê? — pergunto.

Tudo o que ouço são os cascalhos que esmagamos com os pés enquanto caminhamos pela trilha de volta para a Casa Riorson.

— Doze. Horas. — Ele assente. — Papai sugeriu que ela te deixasse ir para a cama porque você não ia comer, mas mamãe falou que você não podia ir dormir até terminar o jantar.

— E o que isso tem a ver?

— Quando eu acordei na manhã seguinte, os dois estavam dormindo em cima da mesa e você estava lanchando pão com queijo. Eu conheço essa cara, Violet. Quando você quer uma coisa, é mais determinada do que todos nós juntos, então, não, eu não vou *te deixar em paz*.

— Tudo bem. — Dou de ombros. — Então seja o irmão que se importa uma vez na vida.

Em minutos, passamos pelas portas protegidas da Casa Riorson, percorrendo a rede de corredores que leva ao principal.

— *Tairn* — chamo.

— *Ah, isso vai ser divertido* — responde Andarna.

Sinto o suspiro de Tairn antes de ouvi-lo.

— *Você sabe que é o único jeito* — insisto.

Depois de virarmos outra esquina, adentramos o barulho ensurdecedor do salão. Enormes mesas compridas cobrem o espaço, e meu olhar percorre cada uma delas, passando pela mesa onde meu esquadrão está sentado e se fixando na mesa de cavaleiros novos que acabaram de chegar.

— *Vou considerar a questão* — concorda Tairn, relutante.

— *Obrigada.*

Passo pelo mar de pessoas vestidas de preto com Brennan me seguindo, encontrando o olhar de Mira quando me aproximo de onde ela está sentada na ponta da mesa com seus amigos.

— Violet? — O olhar dela se estreita até a atadura em minha mão antes de largar o caneco de latão na mesa.

— Preciso da sua ajuda.

O primeiro ato efetivo de rebelião dele foi procurar por aliados, o primeiro dos quais foi o visconde Tecarus, da província poromielesa de Krovla.

— A rebelião Týrrica: uma história proibida, por coronel Felix Gerault

CAPÍTULO QUARENTA

Xaden vetou meu segundo pedido de ir até Cordyn feito o babaca superprotetor que é, e depois eu o levei para a cama alegremente, satisfeita por ter feito meus próprios planos. Ele partiu pela manhã para procurar por mais desertores navarrianos antes mesmo de eu ter acordado.

Se eu não ainda o sentisse em meus lábios inchados e nos músculos exaustos do meu corpo, quase pensaria que sonhei com a volta dele ontem.

Acho que esse será o nosso novo normal.

— E então? — Felix cruza os braços sobre o peito largo, erguendo uma sobrancelha prateada para mim.

Um vento frígido que cheira a neve chicoteia minhas bochechas enquanto ficamos parados entre nossos dragões cerca de trezentos metros acima da linha das árvores na lateral de uma montanha em formato de tigela, a um voo de cerca de dez minutos do vale acima de Aretia.

— Aquelas pedras? — aponto para o outro lado do desfiladeiro na direção de uma pilha de três pedras grandes enquanto Tairn troca o peso de perna, esmagando a neve sob as garras.

— Ajudaria se eu pintasse olhos nelas?

Eu me contenho para não revirar os olhos.

— Não, é que Carr nunca se importou muito com a direção da minha mira, desde que eu conseguisse aumentar o número de relâmpagos produzidos dentro de uma hora.

Rolo os ombros para trás e abro os portões que me levam ao poder de Tairn, sentindo-o inundar minhas veias e aquecer minha pele.

Felix me encara como se eu tivesse sete cabeças.

— Bem, vamos ver, então, até onde essa técnica nos levou.

— Consigo produzir vinte e seis relâmpagos em uma hora num dia bom, e já consegui chegar a quarenta, mas aí o último relâmpago quebrou uma montanha e…

A terrível memória rouba minhas palavras.

— E você quase chamuscou? — pergunta ele. — Por que, em nome de Malek, alguém se levaria a esse limite?

— Foi uma punição — respondo, levantando os braços enquanto o poder responde em um zumbido ardente.

— Pelo quê? — Ele me observa com uma expressão que poderia chamar de compaixão, mas que já sou perspicaz demais para saber que não é só isso.

— Ignorei uma ordem direta para proteger meu dragão.

O chiado aquece, transformando-se em fogo, e eu flexiono as mãos, deixando o relâmpago correr solto.

O céu nublado se abre e o relâmpago atinge o lado oposto de onde estamos, acertando muito acima da linha das árvores, facilmente a quatrocentos metros do alvo.

Felix pisca.

— Tente outra vez.

Alcançando o poder de Tairn, repito o processo, deixando que ele me preencha e então transborde e exploda, dominando outro relâmpago que acerta metade do caminho entre a primeira tentativa e o alvo. O orgulho faz meus lábios se curvarem. O tempo não foi nada ruim. Consegui produzir um relâmpago bem rápido logo depois do primeiro.

Mas, quando olho para Felix, ele não está sorrindo. Leva o olhar aturdido lentamente até o meu.

— Que merda foi essa?

— Eu consegui em menos de um minuto depois do primeiro! — rebato.

— E, se aquelas pedras fossem dominadores das trevas, você e eu já estaríamos mortos. — Duas rugas aparecem entre as sobrancelhas dele. — Tente outra vez. E dessa vez vamos tentar a tática revolucionária de *mirar* no alvo, que tal?

O sarcasmo dele aumenta minha frustração, e outro relâmpago é lançado, acertando um lugar entre nós e as pedras.

— É um milagre que ainda não tenha acertado você mesma — murmura ele, esfregando o nariz.

— Eu não consigo mirar, tá? — esbravejo, reavaliando meus pensamentos anteriores de que ele e Trissa, a mulher pequena e mais silenciosa, eram os membros mais bonzinhos da Assembleia.

— De acordo com os relatórios de Resson, você consegue sim — retruca ele, a voz profunda se erguendo com a última palavra. — Consegue mirar o bastante para acertar um dominador das trevas que está voando em cima de um wyvern.

— Foi porque Andarna parou o tempo, mas ela não consegue mais fazer isso, então agora tudo o que eu tenho é o que nos salvou no restante da batalha. O velho método de soltar o raio e rezar para ele acertar.

— E eu não tenho dúvidas de que, em um campo com tantos wyvern, você de fato conseguiu causar danos por pura sorte. — Ele suspira. — Explica pra mim como você acertou aquele último relâmpago em Resson.

— É… É meio difícil explicar.

— Tente.

— Eu puxei. Acho. — Abraço minha cintura para tentar afastar o frio. Normalmente eu estaria começando a ficar mais aquecida agora ao usar o poder, em vez de sentir que meus dedos dos pés estão dormentes. — Eu soltei o relâmpago, mas daí arrastei ele até o lugar certo enquanto Andarna parava o tempo.

— E se produzisse raios menores? — Ele se vira para me encarar de frente, as botas esmagando as pedras. — Como aqueles que fluem das suas mãos?

De que porra ele está falando? Minha cara deve estampar a mesma surpresa, porque ele arregala os olhos.

— Vai me dizer que até agora você só produziu relâmpagos de verdade, daqueles que vêm do céu? — exclama ele, apontando para cima. — E que só começou a atirar raios por aí e nunca refinou essa habilidade?

— Eu joguei um penhasco inteiro em cima de um colega que por acaso não morreu, e a partir daí a preocupação de Carr era só garantir que os relâmpagos fossem grandes e frequentes. — Ergo as mãos entre nós. — E os raios vêm do céu, não da minha mão.

— Maravilha. — Ele ri, e o som é profundo e… me deixa enfurecida. — Você possui o sinete mais devastador do Continente, mas não sabe nada sobre ele. Nada sobre os campos de energia que o limitam. Em vez de atirar seu poder como uma flecha, preciso e mensurado, você está apenas o atirando por aí feito óleo quente, esperando que acerte *qualquer coisa*. E o relâmpago pode vir do céu ou do chão, dependendo da tempestade, então por que não poderia vir das suas mãos?

A raiva ruboriza minha pele, aquece minha temperatura, estala meus dedos e faz com que o poder dentro de mim vire um rugido.

— Você provavelmente é a cavaleira mais poderosa do seu ano, quiçá da sua geração, e ainda assim fica só fazendo teatrinho de luz com esse sinete…

O poder irrompe, e um relâmpago cai perto o bastante para que eu sinta o calor dele.

Felix olha para a direita, onde uma marca preta ainda está fumegando no chão, a seis metros de distância.

Caralho. A vergonha abafa os últimos vestígios da minha raiva.

— E não é só que você não consegue mirar, mas também não tem *nenhum controle* sobre ele — diz Felix, sem hesitar, como se eu não tivesse acabado de quase fritar nós dois.

— Eu consigo contro…

— Não. — Ele larga a mochila nos pés e começa a vasculhar dentro dela. — Isso não foi uma pergunta, Sorrengail. Foi um fato. *Isso* aí vem acontecendo com frequência?

Sempre que estou com raiva. Ou nos braços de Xaden.

— Até demais.

— Finalmente concordamos em algo. — Ele fica em pé e estende algo para mim. — Segure isto.

— O que é? — Encaro a oferenda e a aceito, tomando da mão estendida dele.

A esfera de vidro cabe confortavelmente na minha palma, e o metal prateado entalhado que a adorna por fora em quatro correntes se encontra no que parece ser o topo e o fundo, onde um medalhão prateado de uma liga metálica do tamanho do meu dedão descansa dentro do vidro.

— É um conduíte — explica Felix. — Os relâmpagos podem aparecer de diversas fontes, mas Tairn canaliza o poder através de *você*. Você é a hospedeira. Você é o caminho. Você é a nuvem, por falta de um termo melhor. De que outra forma acha que conseguiria produzir um relâmpago quando o céu está azul? Nunca chegou a perceber que é mais fácil usar seu poder quando está chuvoso, mas que você é capaz de usá-lo mesmo em outros climas?

— Nunca cheguei a pensar nisso. — Meus dedos formigam quando encostam na faixa de metal.

— Não, nunca *ensinaram* isso a você. — Ele gesticula para a montanha. — Sua falta de mira e controle não é culpa sua. É culpa de Carr.

— Mas o Xaden só trabalha com as sombras que já existem — argumento, relutando contra as emoções volúveis que me deixam preocupada, e talvez levem a mais um relâmpago vergonhoso.

— Xaden consegue controlar e aumentar o que já existe. É por isso que ele é mais poderoso durante a noite. Nenhum sinete é idêntico a outro, e o seu tem o potencial de criar algo que não existia antes. Você domina um poder puro que toma a forma de relâmpago porque é isso que deixa você mais confortável ao formá-lo. Pelo jeito o Carr também nunca ensinou isso a você.

— Por que ele não ensinaria? — Olho da esfera para Felix, enquanto os primeiros flocos de neve começam a cair das nuvens. — Se eu era a melhor arma para eles?

Um canto da boca de Felix forma um sorriso irônico.

— Se bem conheço Carr, eu diria que ele morre de medo de você. Afinal, você tirou metade dos cadetes de Navarre sem ter um plano. Você destruiu Basgiath por um capricho, nada menos do que isso.

A risada dele é mais incrédula do que zombeteira, mas ainda assim me incomoda.

— Não fui eu que fiz isso. — Meus dedos se fecham na esfera. — Foi Xaden.

— Ele caçou wyvern sem cavaleiros, depositou-os na porta de Melgren e expôs o maior segredo de Navarre a todos os entrepostos fronteiriços antes do meio-dia — concorda Felix. — Mas foi você que exigiu que ele desse uma escolha aos cadetes. Naquele momento, foi você que dominou *ele*, nosso herdeiro aparente teimoso, inflexível e intransigente.

— Não fiz nada disso. — A energia estala, e eu rolo os ombros enquanto ela vibra pelos meus braços, chegando a ponto de entrar em erupção. — Apresentei uma opção humana, e ele a aceitou. Fez isso pelos outros cadetes.

— Ele fez por você — diz Felix, baixinho. — Os wyvern, a exposição, invadir Basgiath e roubar metade dos cavaleiros. Tudo foi por você. Por que acha que a Assembleia queria trancá-la num calabouço em julho? Eles reconheceram seu poder. De certa forma, suponho que seja tão perigosa para Aretia quanto foi para Basgiath, não é? O poder não se demonstra apenas através de nossos sinetes.

— Não sou poderosa só porque ele me ama.

O gosto amargo do medo enche minha boca por um instante antes que o poder irrompa, passando por mim como um chicote, mas o relâmpago não brilha, ao menos não no céu.

Pisco, encarando a esfera brilhante, e então vejo, maravilhada, o relâmpago que a percorre, a partir de onde meu indicador está descansando na faixa de metal até o pingente metálico lá de dentro. Um segundo depois, o raio some.

— Não. Você é poderosa *e* ele ama você, o que piora muito as coisas. Seu poder está relacionado demais às suas emoções — comenta Felix. — Isso aí vai ajudar. Não é uma solução permanente, mas vai deixar todos em Aretia mais seguros do seu temperamento por enquanto.

— Não estou entendendo.

Não consigo parar de encarar a esfera, como se o relâmpago minúsculo fosse reaparecer a qualquer instante.

— As runas esculpidas no conduíte foram feitas para absorver poder específico. Eu as teci especialmente para você da última vez que esteve aqui, mas você foi forçada a ir embora antes que eu pudesse ensiná-la a usar. Tinha esperanças de que não fosse precisar disso aí, pra ser sincero, mas parece que o Carr não mudou muito nos últimos seis anos em que estive fora.

— Runas? — repito como um papagaio, encarando as formas entalhadas.

— É, runas. É um poder dominado e tecido para um propósito específico. — Ele exala lentamente. — E é claro que você não sabe nada sobre isso porque Basgiath não ensina runas týrricas, mesmo que o instituto tenha sido *construído* com base nisso. Teremos que pedir a Trissa para ensiná-las em aula. Ela é a mais paciente de toda a Assembleia.

Tiro meu olhar da esfera e encaro Felix.

— Isto aqui... ceifa meu poder?

— De certa forma. Fiz com que fosse um facilitador de indução do poder ao metal. Vai deslocá-lo de você quando o poder ameaçar dominá-la ou quando escolher direcioná-lo. Com sorte... — ele ergue as sobrancelhas —, apenas em quantidades pequenas e controladas. Pratique esta semana. Precisa aprender a controlar isso, Sorrengail, ou vai continuar a ser uma ameaça a todos ao seu redor. Que os deuses nunca permitam que você esteja voando com raiva, perto das nuvens, com o seu esquadrão.

— Eu não sou uma ameaça.

— O que você deseja ser não muda o que é de verdade, se não se esforçar para melhorar. — Ele pega a mochila e a joga por cima do ombro. — Você nunca aprendeu a usar seu poder aos poucos, como o resto do seu esquadrão, só foi instigada a produzir relâmpagos cada vez maiores e mais fortes. Precisa aprender o básico, algo que nunca ensinaram a você. Relâmpagos precisos e pequenos. Pequenos feixes do seu poder em vez de... — ele gesticula para o céu. — Seja lá o que for isso aí que você vem produzindo, pelo amor de Dunne.

— Eu não tenho tempo para aprender a controlar relâmpagos pequenos e precisos. Preciso de uma ajuda mais *imediata* — argumento. — Precisamos que Tecarus nos entregue a lucerna ou...

Eu me interrompo.

— Ou você e Xaden foderam o movimento inteiro só por um capricho, como mencionei mais cedo? — Ele ergue as sobrancelhas para mim.

— Por aí. Era bem mais fácil ano passado, quando eu só precisava me preocupar em ficar viva, e não em salvar o Continente inteiro.

E fracassei.

— Bem, todos dizem que o segundo é o ano decisivo. — Ele conta a piada com uma cara séria, mas seus olhos estão alegres. — E quanto a Tecarus, ele quer ver você usar o poder, não necessariamente que use *bem*. Seu maior obstáculo é convencer Xaden a voar até lá com você, já que imagino que ele não vá ceder nessa questão. Já descartou a possibilidade em julho. — Ele dá de ombros. — Mas encerramos aqui por hoje. Vamos nos encontrar daqui a uma semana e aí vou poder ver o tanto de poder guardado nessa liga metálica e avaliar se esteve praticando. Se conseguir acumular poder o bastante, vou continuar a te dar lições.

— E se eu não conseguir acumular? — Fecho os dedos em volta da esfera.

— Daí não vou — diz ele simplesmente por cima do ombro enquanto caminha até seu Rabo-de-espada-vermelho. — Não estou interessado em perder tempo com cadetes que não querem aprender, quando outros cem deles adorariam ter a oportunidade.

A marca de queimado atrás dele. As pedras intocadas. O relâmpago do outro lado do desfiladeiro. Tudo isso chama minha atenção. Ele está certo. Eu venho só fazendo um teatrinho de luzes com consequências mortais, e o tanto de vezes que produzi meu poder perto dos meus amigos e de Xaden… minha garganta se aperta. Sou a ameaça que todos pensam que *Xaden* é.

Ele pode ser uma arma, mas eu sou um desastre natural.

E estou farta de fazer todas as pessoas a minha volta sofrerem porque não consigo me conter.

— Eu quero aprender — digo para ele.

Assim que eu voltar.

— Que bom. Então me prova.

***

— Tem certeza disso? — pergunta Mira quando entramos no vale sob o luar mais intenso deste mês.

A grama está coberta pela geada da madrugada, que faz o campo brilhar como uma joia preciosa.

— "Certeza" é uma coisa muito relativa.

— Relativa tipo quanto? — Ela ergue as sobrancelhas. — Porque o que nós estamos prestes a fazer talvez tenha consequências bem graves.

— Tenho certeza de que essa é a única forma de conseguirmos produzir as armas de que precisamos. — Fecho o topo da minha jaqueta de voo para afastar o frio do fim de outubro. — E tenho certeza de que, se nos concentrarmos na tarefa, vamos estar de volta em no máximo dois dias. E certamente isso vai impedir mais ataques de grifos nos entrepostos navarrianos. Mas se estou segura de que não vamos falhar ou acabar como convidados permanentes do visconde Tecarus? Isso já não.

— Bom, já *eu* tenho certeza de que Xaden vai ter uma síncope quando descobrir que fomos até lá sem autorização dele — responde Mira enquanto caminhamos até nossos dragões.

— Ai, beleza, mas Xaden vai me perdoar assim que perceber que vamos poder voltar a produzir armas capazes de matar venin. Só estou fazendo isso porque ele se recusa a fazer o que precisa porque quer me proteger.

— E, só para constar, eu só estou fazendo isso porque, mesmo que eu fizesse tudo o que você me pedisse pelo resto de nossas vidas, ainda assim não compensaria o fato de eu não ter acreditado em você. Gosto do Xaden superprotetor. Desse jeito fico menos preocupada com você.

Eu meio que sinto falta de quando ele queria me matar. Ao menos *naquela* época ele não ficava insistindo em me *cercar*.

— E eu só estou fazendo isso para garantir que nenhuma de vocês duas morra — comenta Brennan, à minha direita.

— Até parece — bufa Mira. — Você só está aqui por causa da patente do seu uniforme.

— Nenhuma de vocês pode negociar um acordo de armas em nome da Assembleia. Vocês duas sabem que isso pode dar muito errado, né? — Ele enfia as mãos nos bolsos da jaqueta de voo.

— Tem aí um certo risco? — Eu assinto, e ignoro meu batimento cardíaco acelerado. — Tem. Mas ele quer me ver usar meu poder em troca da lucerna. Até Xaden reconhece que a maior ameaça é que ele me mantenha por lá, e não que me mate.

E, se precisar ficar em Poromiel para que meus amigos e família fiquem bem, então está ótimo. Desde que Brennan e Mira consigam ir embora com a lucerna, é uma troca justa.

— Sinta-se livre para ficar no lugar que chamou de lar pelos últimos seis anos — Mira alfineta Brennan, e então dá de ombros. — Eu sempre fui melhor que você manejando a espada. Vou trazer Violet de volta sem nenhum arranhão.

— Não — digo, olhando para os dois. Será que eles sempre discutiram assim? — Nós não vamos brigar o caminho inteiro até lá, e de jeito nenhum podemos brigar quando *estivermos lá*. O simples fato de irmos até lá já é bem perigoso. Vocês dois são adultos. Chega de picuinha.

— Tá bom, mamãe — brinca Mira.

Mamãe. O que ela pensaria se visse que nós três estamos trabalhando juntos?

Ficamos em silêncio, rompido apenas pela geada sendo quebrada debaixo de nossas botas.

— Pesei o clima? — pergunta Mira.

— Pesou — respondo, apertando as alças da mochila.

— É, pesou mesmo — opina Brennan.

Nós três estamos sorrindo de leve quando chegamos aos nossos dragões.

— *Certeza que consegue achar o caminho*? — pergunto a Tairn depois de amarrar a mochila atrás da sela.

— *Fingirei que não me perguntou tal coisa.*

— *E Sgaeyl?* — Eu me inclino e começo a afivelar a sela, tremendo enquanto o frio parece atravessar meu uniforme.

— *Ela está longe, mas sinto as emoções dela calmas.*

— *E você promete não contar nada a ela até voltarmos?* — Seguro o pomo e olho pelo vale, procurando algum sinal de Andarna, mas não consigo vê-la em lugar nenhum.

— *Ela já foi, e a Faminta está enraivecida desde mais cedo quando descobriu que não vinha conosco*.

Tairn se abaixa e então decola. O chão se afasta a cada batida poderosa de suas asas, e prendo a respiração como uma tola enquanto passamos por uma Aretia ainda adormecida, como se o som da minha respiração pudesse acordar meus amigos.

Rhiannon é a única que sabe para onde vamos, e vai me dar cobertura o máximo possível. Porém, mesmo que eu seja dispensável por um dia, sem dúvida alguém vai notar que Brennan não está presente.

Minhas bochechas já estão dormentes antes mesmo de chegarmos ao fim de Aretia, e paro de sentir as pernas quando chegamos aos Penhascos de Dralor algumas horas depois. Voar por qualquer quantidade de tempo nessa altura do outono não é para os fracos.

Tairn segue voando pela manhã, indo mais devagar por causa de Teine e Marbh, quando vislumbramos a segunda cidade mais populosa de Krovla, Draithus, ao sul, e então continuamos na direção da escuridão adiante. A sensação volta a tocar meus braços e pernas quando nossa altitude de voo baixa um pouco, e o sol começa a aparecer.

— *Durma, Prateada. Não sou eu que Tecarus espera ver como se fosse uma mascote.*

Sigo o conselho dele e descanso o máximo possível, mas a ansiedade me faz ficar remexendo no assento enquanto voamos pela terra que só vi em pinturas. Campos cor de âmbar prontos para a colheita cedem caminho para praias claras e um mar azul-esverdeado conforme o dia vai se desgastando em noite.

Quanto mais perto chegamos, maior fica a ansiedade em meu peito. Ou essa é a melhor ideia que já tive… ou a pior. Quando uma revoada de três grifos aparece, voando diretamente na nossa direção em uma formação de ataque em V padrão, decido que definitivamente tive a *pior ideia do mundo.*

Só porque são menores, não significa que não podem causar dano real a Tairn com aquelas garras.

— *Está tudo bem. Eles vieram para nos escoltar até Cordyn* — informa Tairn, mas noto uma mudança no tom que me diz que ele não está feliz com aquela comitiva ou com a velocidade lenta a que precisa chegar para acomodá-los no bando. Eles se espalham, voando em uma formação que rodeia nós seis. — *Está vendo aquela mísera suposta fortaleza a leste, no pico mais distante?* — pergunta ele, enquanto seguimos a linha da praia.

Nunca vi água daquela cor, como se ela própria não conseguisse decidir se é turquesa ou verde-água.

— *Está falando do palácio, que parece brilhar?*

A estrutura é extensiva, uma combinação cintilante de pilares brancos e piscinas azuis que cascateiam em cinco terraços diferentes nos declives gentis dos morros acima da praia.

— *É só o sol, que reflete no mármore branco* — resmunga ele. — *Essa construção inteira é ridícula e indefensável.*

Mas… como é linda. Que luxo deve ser construir um lugar como esse, projetado simplesmente para ser bonito. Sem a necessidade de muralha ou grade. Tairn está certo. É inteiramente impossível de defender, e a construção vai ser derrubada caso os venin decidam tomá-la, mas meu coração se aperta ao pensar que nunca vou ter paz o bastante para viver num lugar como este. Consigo distinguir um jardim vasto e colorido quando nos aproximamos ao lado da cidade banhada pelo rio abaixo.

O grifo na nossa frente mergulha em uma descida abrupta e Tairn o acompanha, guardando as asas e nos aproximando o bastante para que o grifo saiba que ele não é páreo.

— *Pare de intimidá-los* — ralho. A última coisa que precisamos é um acidente antes mesmo de pedirmos a lucerna a Tecarus.

— *Não posso evitar demarcar a inferioridade deles.* — Ouço um sorriso no tom dele, mas seu humor muda assim que chegamos a um gramado bem-cuidado na frente do terceiro terraço do palácio. — *Você não ficará contente com a recepção que nos aguarda.*

Ele pousa atrás do grifo e do paladino, que pula para nos encarar.

— *Tenho certeza de que vamos ficar bem. Você se preocupa demais.*

— *É o que vamos ver.*

Tiro a mochila rapidamente da sela, mas, caramba, como minhas articulações rígidas doem enquanto deslizo pela perna dianteira de Tairn e pouso na grama verde e macia.

— Você está bem? — pergunta Mira, já esperando por mim lá embaixo porque ela é *bem* mais rápida.

— Só dolorida de ficar sentada na mesma posição por tempo demais.

Deuses, como está *quente* aqui embaixo.

— Talvez a gente devesse ter avisado antes. Parece que querem mais uma briga do que uma negociação — comenta ela, virando-se para a frente para ver os três grifos e paladinos que encaram nossos dragões, que, apesar de serem drasticamente menores, formam uma muralha de penas e garras que bloqueiam nossa entrada no palácio.

— Eles são corajosos, isso preciso admitir — murmuro enquanto Brennan vem para o nosso lado, e fico entre meus dois irmãos.

Tem coisas que nunca mudam.

— Eles também estavam nos esperando — comenta Brennan baixinho enquanto andamos.

— Você acha? — pergunta Mira, o olhar avaliando os arredores.

Mantenho o olhar fixo nos paladinos e nas mãos deles.

— Tem pelo menos três dúzias de pessoas observando das varandas acima, e tem outro grupo atrás dos grifos — comenta Brennan. — Estavam nos esperando.

— Além do mais, ninguém está gritando porque viu dragões — acrescento, murmurando.

Mira dá um sorriso.

— Verdade.

— Tomem cuidado com o que vão falar lá dentro. Tecarus vai nos obrigar a cumprir qualquer acordo que fizermos. Não gosta que ninguém desonre a própria palavra. E mantenham os escudos erguidos, apesar de não saber se vai adiantar de muita coisa — ordena Brennan quando estamos a menos de quatro metros dos paladinos. — Os paladinos podem não ter sinetes, mas a maior parte dos dons de magias menores deles envolve a mente, e é a única área onde têm a vantagem.

— Entendido. — Nem preciso checar meus escudos. Eles estão prontos desde que saímos de Aretia.

Os grifos nos encaram com os olhos miúdos e escuros quando nos aproximamos, fechando os bicos afiados em um ritmo que me faz lembrar uma fala. A forma agressiva como um deles, à direita, estala o bico me faz ficar feliz de não entender nada do que estão conversando.

Dois dos paladinos usam o mesmo uniforme marrom que já vi Syrena usando, mas o cara à esquerda, com a barba falha, usa um uniforme mais claro, e vejo símbolos diferentes bordados no colarinho.

— *Cadete?* — pergunto a Tairn.

— *Sim.* — Ele faz uma pausa. — *De acordo com os plumados, um terço do escalão deles se abriga aqui. A Academia de Voo Rochedo ficava em Zolya.*

Brennan diz algo em krovlês, o tom dele mudando para uma entonação mais rígida que usa em conversas em que sua patente importa mais do que seu nome.

— Sabemos quem vocês são — interrompe o paladino no meio, usando a língua comum, estudando nós três como se avaliasse quem de nós é a maior ameaça.

A atenção dele se demora sobre a minha trança-coroa abatida pelo vento, e sua postura muda levemente, assumindo uma pose de batalha mais casual.

Bom. Acho que ganhei essa.

Mira fica mais perto de mim e o encara, a mão dela descansando pouco acima do cabo da espada.

— E você fala navarriano — comenta Brennan.

— É claro. Nem todos os reinos pensam que a língua deles é a única que deveria ser falada — comenta a paladina da esquerda, os dedos tamborilando sobre a espada.

Ela tem razão.

— Contem pra gente a verdade e vamos permitir que se encontrem com o visconde — diz o paladino do meio, franzindo as sobrancelhas avermelhadas.

— Você é um oráculo da verdade — digo.

Igual a Nora. É só um chute, mas sei que estou certa quando ele arregala os olhos claros. Então alguns dos nossos poderes são os mesmos. Que interessante.

— Ao contrário dos cavaleiros, nós não nos rotulamos de acordo com nossas habilidades, mas sim, eu tenho o *dom* de saber quando alguém está mentindo — ele me corrige.

— Entendido — digo, pela segunda vez em menos de cinco minutos.

Eu *odeio* estar na porra da desvantagem por ignorância, mas não é como se os Arquivos tivessem uma bibliografia cheia de livros sobre paladinos ou o que eles passaram nos últimos seiscentos anos.

— Considerando que chegaram até aqui sem convite, exigimos que tenham intenções sinceras antes de permitir que continuem adiante. — A mão dele flexiona-se perto das adagas, e Mira fecha os dedos no cabo da espada.

Estamos a um passo de desembainhar armas, e todos sabem disso.

— Estou aqui para dominar relâmpagos em troca da ajuda do visconde — digo, decidindo falar tudo logo de uma vez.

Ele inclina a cabeça para o lado e assente, olhando na direção de Brennan.

— Estou aqui para intermediar um acordo pela lucerna de vocês em troca de armamento — declara Brennan.

O paladino assente e olha para Mira.

— Beleza. — Ela suspira. — Se tentar encostar na minha irmã, vou estripar você igual a um peixe. Isso vale para qualquer pessoa desta cidade. Fui honesta o bastante?

Fico de queixo caído, encarando minha irmã de soslaio.

— Que merda, Mira — rosna Brennan.

A boca do paladino se curva em um sorriso cheio de dentes.

— Respeito essa declaração.

Ele olha na direção do grifo acima de si e o trio se afasta, revelando a figura que espera imediatamente atrás deles.

Uma pessoa que está vestida de preto da cabeça aos pés.

A mandíbula dele fica rígida, as mãos cerradas em punho na lateral do corpo, e seu rosto lindo… bom, não me olha com tanta raiva assim desde que descobriu meu sobrenome no Parapeito, quando ainda queria me matar. Imagino que eu deva tomar cuidado com o que desejo, porque estou *muito* fodida.

— Você não ficou onde mandei, Violência.

Depois de recusar todas as propostas dos reinos arquipélagos, a rainha Maraya nomeou seu primo distante, o visconde Tecarus de Cordyn, como seu herdeiro. Considerando que o visconde está na sua quinta década de vida e não tem herdeiros diretos, essa decisão não foi muito popular.

— A aristocracia de Poromiel, por Pearson Kito

CAPÍTULO QUARENTA E UM

— Onde você *mandou*? — sussurro baixinho para Xaden enquanto atravessamos o gramado vigiado, passando por mais meia dúzia de paladinos a caminho de uma fileira de portas abertas feitas de vidro. São completamente inúteis, e sublimemente maravilhosas. — Como se eu fosse um tipo de bichinho que deveria ficar dormindo na sua cama só porque você quer?

Ele que se foda.

— Essa ideia não é lá tão desagradável — rebate ele.

Respiro pelo nariz e solto o ar pela boca para impedir que meu poder responda, me recusando a tirar o conduíte da bolsa.

— Deixem a DR para o quarto, pombinhos — ordena Brennan atrás de nós. — Precisamos demonstrar uma frente unida.

— Não estou acreditando que você trouxe ela até aqui — retruca Xaden, lançando um olhar gélido para Brennan.

— Não estou acreditando que você acha que é o superior aqui — responde Brennan, o tom mais afiado.

— Só não sou na patente. De resto… — Xaden se volta para a frente, a raiva irradiando de cada linha de seu corpo.

— E a patente é a única coisa que importa aqui — argumenta Brennan.

— Eles realmente plantam grama só com a função de ornamento? — Mira muda de assunto enquanto nos aproximamos de dois guardas vestidos em uniformes escarlates perto das portas.

— Você precisa ver o jardim de borboletas — diz Xaden, cumprimentando o guarda à direita com a cabeça enquanto passamos pelo batente.

Pera aí. Por que não estamos sendo escoltados por paladinos? E como caralhos Xaden conhece tanto este lugar a ponto de saber que tem um jardim de borboletas?

— Há quanto tempo você está aqui? — pergunto, entrando no palácio.

E, *puta merda*, é um palácio e tanto.

Cada superfície parece cintilar, o interior de mármore branco refletindo não só a luz natural como o brilho reduzido das luzes mágicas brancas muito acima no teto e assentadas nas profundezas da estrutura, onde consigo ver diversos grupos de mobília de costas baixas. Os tetos são da altura de Sgaeyl, o espaço dividido não só por colunas tão espessas quanto as pernas de Tairn, com murais entalhados lindamente em cada bloco circular, mas também por uma escadaria larga que deve levar ao próximo andar.

Tenho bastante certeza de que, se gritasse meu nome alto o bastante, ecoaria por todo o lugar, não fosse pela multidão de pessoas em diversos tipos de vestimentas aglomeradas perto de um agrupamento de pilares em tons de preto. Marrom ali com certeza é a cor predominante, e somos *definitivamente* o assunto quando passamos por eles.

— Pousamos faz algumas horas — responde Xaden. — Mudamos de direção assim que Sgaeyl sentiu que Tairn estava voando.

Você não ficará contente com a recepção que nos aguarda. Era isso que Tairn tinha me dito quando pousamos.

— *Você e eu vamos ter uma conversinha* — falo para ele mentalmente. — *Você prometeu.*

— *Eu prometi não contar, e não que ela não poderia sentir aonde eu iria.*

Para o caralho com essas questões semânticas. Dragões, que ódio.

— Aquilo ali é… uma piscina? — Mira encara o caminho sinuoso turquesa que se curva ao redor da escada e desaparece no terraço.

— Você acaba se acostumando — comenta Xaden, guiando-nos por uma ponte de mármore achatada e larga o bastante para duas pessoas. — Só tomem cuidado se forem beber. Não tem corrimão.

— Não planejamos ficar tempo o bastante para beber. — As palavras de Brennan desaceleram com nossos passos enquanto um grupo de uma dúzia de pessoas desce a escada à nossa frente.

Mas Xaden já ficou por aqui tempo o bastante para ter bebido? Para ter caído nessa piscina?

— Lá vamos nós. — Xaden abaixa a voz. — Tente não botar fogo em nada.

Dois guardas de uniformes escarlates se posicionam em lados diferentes da escadaria em curva. Um homem alto e de cabelos escuros, usando uma túnica azul-marinho com brocados dourados, caminha em frente, encarando nosso grupo com fascinação ávida. O uniforme dele é justo na cintura, as bochechas macias e redondas.

— Visconde — Xaden o cumprimenta. — Esta aqui é a cadete Violet Sorrengail e a irmã dela, Mira Sorrengail. Acredito que você e o tenente-coronel Aisereigh já se conhecem.

— Sim, nos conhecemos. — Ele mostra dentes impossivelmente brancos quando sorri para mim, fazendo rugas aparecerem na testa e no canto dos olhos. — Mas é você que mais desperta a minha curiosidade, Violet. — O deleite inquietante no olhar dele faz com que seja quase impossível ficar parada enquanto me examina, as palavras lentas quando termina a avaliação: — É verdade que consegue invocar relâmpagos dos céus?

— É, sim.

Mantenho a concentração no visconde, mas consigo sentir o peso do séquito que me encara atrás dele.

— Que maravilha! — Ele bate palmas na frente do peito, os anéis cintilando, cheios de pedras preciosas.

— Será que podemos… — começa Brennan.

— É falta de educação discutir negócios antes do jantar. Já conhece as regras, Riorson — declara Tecarus, passando os olhos por Xaden. — Eles certamente não podem comparecer dessa forma. Vão precisar se vestir adequadamente, assim como você.

Xaden assente uma vez.

— *Você conhece as regras?* — pergunto para Xaden. — *Quantas vezes você já veio até aqui?*

E por que nossos uniformes não são adequados para o jantar?

— *Eu não fico contando assim com tanta precisão.*

— Não se preocupem se não tiverem trazido roupas para a ocasião — Tecarus me informa. — Tomei a liberdade de fazer uma seleção de vestimentas da minha melhor coleção quando Riorson me informou que estavam a caminho. Minha sobrinha vai garantir que as roupas de vocês sejam adequadas, não vai, Cat? — ele diz por cima do ombro.

Meu estômago parece que vai ao chão de mármore cintilante.

Ah, mas isso aqui só pode ser a porra de uma *brincadeira*.

— Claro, tio. — Catriona desce um degrau na frente do séquito, usando um vestido roxo de mangas compridas que exibe a sua figura elegante por completo. Achei que ela era bonita a distância, mas de perto suas feições são tão impecáveis que ela chega a ser completa e inteiramente… devastadora.

De repente, entendo o motivo de Xaden ter vindo aqui vezes demais para contar.

***

— Não esperava que estivesse aqui — diz Xaden para Cat naquele tom frio e contido que usa quando está irritado, enquanto somos levados por outro corredor, dois andares acima de onde estávamos quando entramos.

— Onde achava que eu estaria depois que os dominadores das trevas destruíram Zolya e decidiram fixar residência em Rochedo? — pergunta Cat, parando na frente de uma entre as dezenas de portas daquela ala.

Mira me lança um olhar, erguendo as sobrancelhas quando paramos no meio do corredor, com Brennan apenas alguns passos atrás.

Explico depois, enuncio com a boca, sem som.

Cat estica a mão para a maçaneta dourada.

— Por que não leva Aisereigh para se vestir para o jantar enquanto essas duas se lavam? — sugere ela.

Ela lança um olhar lânguido para Xaden, e eu ergo as sobrancelhas. É sério que ela vai ficar secando ele bem na minha frente?

— O seu quarto está do jeitinho que você deixou da última vez, claro — termina ela.

Então abre a porta, revelando um aposento de tamanho considerável, com duas camas grandes e um sofá de brocado dourado entre elas, e adentra aquele aposento. Ela deixa Mira e eu para trás, mas nós a seguimos prontamente.

Pera aí. Ele tem um *quarto* aqui?

O que mais ele não me contou? Ou melhor, *o que foi que não perguntei*?

— *Por que você não vem se vestir no meu quarto?* — pergunta Xaden, e não parece uma sugestão.

— *No* seu *quarto? Acho que preciso de um tempinho.*

O calor irradia por baixo da minha pele e eu respiro fundo para mantê-lo aprisionado. Agora *não* é hora de perder o controle, não que eu tenha algum.

— Violet.

Eu me viro na porta para encarar Xaden e seguro a maçaneta, erguendo as sobrancelhas para ele enquanto Mira passa por mim para entrar.

— Estou na porta logo ao lado — garante ele, e então olha por cima do ombro. — Vou ouvir se você gritar.

— Bom saber. — Forço um sorriso e ele estreita os olhos.

— Você não está achando que ela vai correr qualquer perigo aqui por minha causa, está? — pergunta Cat.

Reviro os olhos com aquele tom incrédulo.

— A Violet pode… — começa Xaden.

— A Violet sabe se virar — interrompo, sobressaltando Xaden.

— Eu não queria que você precisasse se virar. Aqui, não. — Ele abaixa a cabeça e a voz, levando a conversa para a nossa privacidade, com raiva e tudo. — *Tecarus pode até querer manter você aqui, mas qualquer outro paladino nesse palácio ficaria feliz em abrir um buraco na sua garganta e na de Mira para se vingar da sua mãe. O anonimato de Brennan é o que o mantém seguro por aqui. Você não faz ideia do perigo que está correndo, o tanto que me esforcei para manter você segura…*

— Pare de me manter segura! — Sinto um arrependimento imediato ao levantar a voz quando Cat está no quarto, e tento retesar minha fúria com uma respiração longa. — Você nunca teria feito uma merda dessas ano passado. Você nunca me passou para trás, nunca me prendeu só para me *proteger*. Foi você que me disse para tentar descobrir um jeito de passar pela Armadilha, me viu lutar com os outros cadetes na Ceifa…

— *Eu não amava você na época.* — A mão dele segura minha nuca, o dedão acariciando o pulsar em meu pescoço. — *Durante a Armadilha, a Ceifa… eu não fazia ideia do que você se tornaria para mim.*

E ele não podia me matar graças ao acordo que tinha feito com a minha mãe, o acordo que ainda não confiou em mim o bastante para relatar.

— *Eu ainda não tinha ficado sentado do lado da porra da sua cama por três dias, sabendo que a minha vida, se é que ainda existia vida além da sua, não significaria nada sem você nela* — completa ele. O dourado de seus olhos reflete a luz, e não consigo evitar ficar aturdida com o que vejo ali.

— *Você… está morrendo de medo, não está?*

Eu me seguro na porta para não tocar nele.

— *De perder você? Estou aterrorizado. E, quando Sgaeyl me disse que Tairn estava vindo para cá, quase enlouqueci.*

Merda. O que vou dizer em resposta a isso?

— *Meu plano de tecer égides fracassou, e você precisa da lucerna. Não vou ficar sentada em Aretia esperando só porque está preocupado que alguma coisa possa acontecer comigo. Se eu ficasse, não seria a mulher por quem você se apaixonou.*

— *A primeira tentativa que você faz de traduzir aquele diário fracassa e aí você decide fugir para o território inimigo com seus irmãos?* — A raiva dele é palpável, acompanhando a minha enquanto ergue a cabeça. — *Não se deixe enganar. Estamos em território inimigo.*

— *Nós dois sabemos que precisamos da lucerna, e eu não precisaria ter fugido de Aretia se você tivesse sido remotamente compreensivo. Poderíamos já ter feito isso meses atrás.*

Dou um passo para trás, entrando no quarto e deixando Xaden no corredor. Se tivéssemos feito isso meses atrás, teríamos prevenido o ataque nos entrepostos e muitas mortes.

— Compreensivo? — pergunta ele, em voz alta, o timbre gélido. — Por procurar outro jeito em vez de servir você em uma bandeja para Tecarus? Quero deixar uma coisa bem clara aqui. Se eu descobrir uma forma de manter você segura, *independentemente* da ocasião, vou tomar as providências para que aconteça.

Mas nem *fodendo*.

— Você está igualzinho a uma pessoa agora. Sabe quem? — pergunto.

— Me fala então, por favor. — Ele cruza os braços.

— Ao Dain.

Bato a porta na cara dele.

***

— Obrigada — digo a Zara, a criada que foi nos designada, enquanto aliso as linhas da cintura, maravilhada por ela ter conseguido encontrar diversos vestidos do meu tamanho em um tempo tão curto. Até as sapatilhas pretas leves cabem nos meus pés. — Você tem certeza que é assim que as pessoas se vestem para o jantar?

— Com o visconde? Todas as noites.

É... inviavelmente lindo.

— Acabei. — Zara gesticula para a abertura, e eu saio de trás do biombo.

Mira escolheu um vestido preto de veludo com um decote quadrado e mangas transparentes, mas eu sei que foram os bolsos que a convenceram. Não consigo evitar um sorriso ao vê-la esconder duas adagas em meio ao tecido.

— Acho que não te vejo sem uniforme faz anos.

— Bom, é preto, então serve. — Ela abre um sorriso enquanto me coloco diante do espelho. — Você está linda.

— O vestido é espetacular.

Nunca usei nada do tipo, e combina perfeitamente com o meu humor. O corpete, que exibe um decote em V profundo quase até a base das minhas costelas, foi bordado com folhas pretas, nunca maiores do que a palma da minha mão, que se estreitam sobre meus seios até se transformarem em fios de trepadeira que decoram meus ombros com folhas minúsculas, descendo pelas laterais das costas, deixando a maior parte da minha coluna e minha relíquia completamente expostas.

— Que tipo de material é este? — pergunto a Zara, passando os dedos pelo tecido preto diáfano que cai da minha cintura ao chão em diversas camadas. Se fosse apenas uma, o vestido seria transparente.

— É seda deverelli — responde Zara. — É tão fina que chega a ser transparente.

— Vem da ilha? — pergunto. É mais macio do que qualquer outro tecido que já toquei. Navarre não faz comércio com eles há séculos. — Vocês ainda fazem negócios com eles?

Ela assente.

— Até poucos anos atrás, mas agora os mercadores acham perigoso demais vir até aqui. De qualquer forma, o visconde gosta de guardar os objetos mais extraordinários para si.

— Então é verdade que o visconde coleciona objetos raros? — pergunta Mira, parando atrás de mim.

— É, sim.

— E quanto a pessoas? — pergunto, baixinho.

Ela arregala os olhos.

— Só se concordarem em serem colecionadas.

— Ele não curte muito esse negócio de sequestro?

Pego a bainha e a adaga de cabo com liga metálica que Mira me entrega e procuro a fenda na minha coxa para amarrá-la na perna. Com sorte, essa única arma será o bastante para sobreviver ao jantar. Se o visconde não gosta de sequestrar pessoas, então por que Xaden estava com tanto medo de me trazer até aqui?

Alguém bate à porta.

— Não — responde Zara, e anda até a porta. — Ele não vai trancafiar você nem nada, mas vai fazer uma proposta tentadora para tentar te colocar na coleção. Cantores, tecelões e contadores de histórias… uma hora, todos eles acabam ficando — completa ela, e abre a porta.

Não existe nada que Tecarus possa me oferecer, mas Xaden deve pensar que existe.

— Você preferiu o preto? — encara Cat do batente.

— Sou cavaleira.

— Aham. — Ela inclina a cabeça para o lado. — Eu só teria escolhido alguma coisa mais colorida. Xaden sempre se lamentou por tudo ser tão… monótono em Basgiath. Ainda dá tempo de trocar, se preferir.

O sorriso dela não é nada gentil.

Pronto. Eu oficialmente odeio essa garota.

— Xaden nunca *lamenta* nada. — Uma chama feia e traiçoeira se acende em meu estômago, e preciso de todo o meu autocontrole para me impedir de atirar uma adaga na cabeça daquela convencida. Ou ao menos *perto* dela. — Será que você consegue ter uma discussão sequer que não o envolva?

— Consigo. Se for mais confortável pra você, podemos discutir a forma como sua mãe perpetuou uma mentira que custou milhares de vidas poromielesas, algumas das quais sua irmã é responsável por tirar pessoalmente.

Ergo as sobrancelhas. Ela acabou de insinuar que...

Mira me encara, confirmando o que é *fato*.

— Eu ia lembrar a você, Violet, que provavelmente é falta de educação esfaquear a anfitriã, mas sabe o quê? — Mira dá de ombros. — Foda-se. A gente não precisa de uma lucerna.

Cat pisca, aturdida, para Mira.

— Pare de ser uma megera, Cat. — Syrena aparece na porta vestida numa túnica formal azul-marinho com um colarinho assimétrico em uma linha alta na frente, bordado com penas douradas. — Bom ver você fora do seu dragão, Sorrengail. Riorson está escondido aí dentro ou por algum milagre permitiu que você estivesse num lugar em que ele não está de olho?

— Bom te ver também, Syrena. — Eu me deixo sorrir com aquele tom brincalhão, e a chama em meu estômago se dissipa um pouco. — Ele é meio superprotetor, né?

— Ele não seria se você fosse forte o bastante para ficar ao lado dele — comenta Cat.

Deixa para lá. A chama fica mais quente do que nunca, forte, nauseante e irritantemente intensa.

Syrena lança um olhar para Cat que quase me faz ter pena dela.

Quase.

— Syrena, essa aqui é a minha irmã, Mira — digo, para mudar de assunto.

Syrena aperta a boca enquanto examina Mira.

— Conheço você de ouvir falar. Tinha amigos em Strythmore.

Ah, que merda. De tenso para... mais tenso.

— Não tenho remorso por ganhar batalhas. — Mira embainha a próxima adaga na cintura, à vista de todos. — E, se você é Syrena Cordella, então também já ouvi falar de você, para além da fronteira.

— Vai jantar no meio de um monte de paladinos que estão torcendo pela sua morte e escolheu usar um vestido? — Syrena ergue a sobrancelha. — Me parece que não é tão astuciosa quanto o que ouvi falar.

— Posso matar tão facilmente num vestido quanto num uniforme. Quer ver? — provoca Mira, e só um tolo chamaria a expressão dela de sorriso.

Syrena solta uma risada de sacudir os ombros.

— Ah, agora eu entendi por que a Sorrengail caçula é tão durona, se precisou crescer com você. Vamos logo. Os homens já foram jantar.

Lanço um olhar para Mira assim que as costas das paladinas se viram para nós e ela dá de ombros, sem remorsos.

Passamos para o corredor, e o arrependimento da escolha do vestido vem como uma facada ao ver o traje de Cat sob a luz. O cabelo dela foi preso em um estilo complexo e está usando uma seda vermelha viva que deixa os ombros de fora e é da mesma cor dos lábios pintados.

De repente, eu me sinto apagada.

A dúvida deixa meus passos incertos. Talvez eu devesse ter escolhido alguma outra cor. Talvez ela esteja falando a verdade e Xaden já tenha se cansado de todo aquele preto. Talvez ela o conheça melhor do que eu.

— Tudo bem aí? — pergunta Mira enquanto as paladinas nos guiam pelo corredor, o que nos faz virar o grupo de pessoas mais improvável que já caminhou pelo Continente.

— Sim.

Rolo os ombros para trás, tentando afastar a sensação que me domina. O que tem de errado comigo? Não gosto de me comparar com outras mulheres no quesito beleza. No jeito de lutar? Claro. De montar? Definitivamente. Mas nada tão fútil quanto… aparência física.

Ser bonitinha não salva ninguém em Basgiath.

— Ouvi dizer que vocês têm um irmão mais velho — diz Mira para Syrena quando chegamos na primeira escadaria.

Começo a descer degrau a degrau com uma força mortal. A última coisa que quero fazer é tropeçar e cair na frente de Cat.

— Você está pensando em Drake — diz Syrena por cima do ombro. — O sobrenome é o mesmo, mas ele é nosso primo, e, pensando bem, você faz bem o tipinho dele. Ele gosta de mulheres que provavelmente o matariam.

— Pena que eu não gosto de paladinos de grifos — responde Mira enquanto viramos a esquina e continuamos descendo o próximo lance de escadas.

— É, e ele provavelmente pensaria o mesmo de um cavaleiro de dragão. — Syrena ri, mas logo para. — Ele está com a revoada noturna ao norte, na fronteira de Braevick.

Não conheço a terminologia das unidades, mas, se ele está na fronteira de Braevick, significa que está no fronte.

Chegamos ao terraço do meio (o mesmo no qual chegamos naquela tarde) e elas viram à esquerda, afastando-se da piscina e passando por uma linha de guardas.

— Zara não soube pentear seu cabelo? — pergunta Cat, com um olhar de pena na minha direção enquanto nos aproximamos das portas duplas emolduradas por guardas. — Ela com certeza conseguiria inventar alguma coisa mais elegante do que só deixá-lo solto dessa forma. Achei que prendesse o cabelo só para o caso de entrar em alguma luta.

Como é que ela sabe disso? E sabe do que mais? Para mim já *chega.*

— *Seria uma pena matá-la agora. Estou caçando a dez minutos de distância, e eu perderia o espetáculo* — comenta Tairn.

Poder irrompe dentro de mim.

— *Controle-o. Agora* — exige Tairn, qualquer traço de sarcasmo desaparecendo.

Engolindo em seco e com as unhas fincadas na palma da mão, resisto ao ímpeto de acertá-la com um raio. Por que Cat me deixa tão irracional?

— Fofo que você se preocupe tanto assim comigo, mas não é com você que vou brigar essa noite — garanto a Cat.

— É com Xaden? — Ela estreita os olhos e exibe uma falsa simpatia. — Se você ainda não descobriu que ele não é o tipo de homem que se abala ou perde o controle, acho que as coisas não vão durar muito entre vocês. Poupe a sua energia, porque ele vai achar sempre que qualquer briga em que você *escolher* entrar é infantil.

Merda. Ela está certa. O que estou fazendo? Xaden não se abala, muito menos por *mim.*

Madeira rangendo quando quebra e estilhaça. O som de adagas caindo no chão. A sensação do meu coração batendo forte, minha respiração entrecortada quando o deleite se assenta em meus ossos.

— *Nunca perdi o controle assim antes.*

O vislumbre daquela memória me deixa aturdida, clareando meus pensamentos o suficiente para me fazer respirar fundo, apesar do ciúme insuportável que sinto de uma mulher que sequer *conheço.*

Os guardas assentem para as paladinas e começam a abrir as portas.

— Dá um tempo. — O tom de Syrena fica mais afiado quando fala com a irmã. — Você é só um ano mais velha que Violet e já faz muito tempo que vocês namoraram. Ele é só um cara, e ela é a melhor arma que temos contra os dominadores das trevas.

— Você está bem? — pergunta Mira, o olhar preocupado avaliando meu rosto.

— Não — sussurro. — Mas também não sei o que tem de errado comigo.

As portas se abrem e entramos no maior salão de jantar que já vi em toda a minha vida. As portas de vidro que compõem a parede do fundo estão abertas para o terraço, apesar das nuvens ameaçadoras que escurecem o céu. Uma brisa úmida noturna faz as velas na mesa bruxulearem quando os guardas fecham as portas atrás de nós. Mais de cinquenta pessoas devem estar presentes à mesa comprida e ricamente decorada que percorre todo o espaço.

E todos os olhos se voltam para avaliar as quatro pessoas que acabaram de entrar.

Meu olhar encontra o de Xaden em menos de um segundo, e não só porque ele está sentado no meio da mesa, ou porque é um dos únicos dois homens vestidos de preto ali presentes, nem mesmo porque já se virou como se tivesse pressentido minha chegada (o que provavelmente pressentiu). Eu o localizo em um instante porque ele é o centro da minha gravidade.

Por mais irritada que esteja por ele ter me dado uma bronca, por ter se recusado a me trazer até aqui, por existirem anos de história pregressa de nós dois que não tenhamos discutido ainda, pela túnica que ele está vestindo ao vir na minha direção, costurada com perfeição, obviamente pensando *nele*, nada disso muda o fato de que ele é a porra de um ímã para o meu coração.

— *Esse vestido...* — O olhar dele me percorre e aquece com uma intensidade que faz minhas bochechas corarem e meu batimento acelerar. — *Decidiu jogar sujo, Violência.*

Mas por que ele está vindo na minha direção quando a escolha óbvia é a mulher de vermelho a alguns metros de distância?

— *Ainda estou com muita raiva de você.* — Ergo o queixo, furiosa comigo mesma por me colocar nessa posição e sentir seja lá o que estiver sentindo.

— *O sentimento é recíproco.* — Ele passa uma mão pelo meu cabelo e então respira entre dentes quando os dedos dele roçam a pele da base das minhas costas. — *Mas é perfeitamente possível estar com raiva enquanto ainda está louca e incontrolavelmente apaixonada por mim.*

A boca de Xaden encontra a minha no mesmo instante em que o mundo escurece ao nosso redor, bloqueando tudo (e todos) exceto ele. Poderíamos ser as únicas duas pessoas vivas na província inteira. Meu corpo fica em *chamas*. Deuses, a química entre nós é a única coisa mais forte do que a raiva que sinto. Tudo o que importa é a pressão dos lábios dele abrindo os meus, o jeito como reivindica, de forma rápida e sem deixar dúvidas, minha língua com a dele, a urgência imediata que me faz segurar com força a túnica dele enquanto ele me beija até perder o fôlego.

E, simples assim, o ciúme intenso e a insegurança exasperante que me fizeram hesitar desaparecem. É como se a parede de sombras que ele ergueu tivesse…

— *O que você fez?* — pergunto, interrompendo o beijo, respirando fundo, e ele inclina a testa contra a minha, mantendo nossos corpos unidos em escuridão total.

— *O que eu deveria ter feito no segundo em que vi você hoje à tarde.* — A mão dele se fecha sobre meu cabelo, puxando as mechas de leve. — *E provavelmente chocar Cat o bastante para fazê-la parar de bagunçar a sua cabeça.*

— *Como assim?*

— *Ela tem o dom de aumentar as emoções das pessoas ao redor de si e é excepcionalmente poderosa. Se não tivesse me bloqueado a tarde inteira, eu teria contado mais cedo.*

Fico boquiaberta por um instante antes de fechá-la. Primeiro por reconhecer que eu de fato consegui bloqueá-lo de verdade, e depois porque não foi à toa que não estava conseguindo me conter. Ela vem travando uma guerra para a qual eu nem sabia que tinha sido convocada. Mas espera aí. Como assim ele teria me dito isso *antes*? Teve *semanas* para me contar.

— Você ganhou — sussurra Xaden. As sombras se dissipam tão rápido quanto apareceram e ele ergue a cabeça, sustentando meu olhar.

— Eu nem *comecei* a brigar com você ainda.

Abaixo as mãos do peito dele e uso o novo arroubo de poder dentro de mim para aumentar meus escudos. Como foi que ela conseguiu passar por eles, para começo de conversa? Se são fortes o bastante para bloquear Xaden, deveriam ser fortes o bastante para bloqueá-la.

— Tudo bem. Podemos brigar o quanto você quiser mais tarde. Mas saiba que você já ganhou. Ouvi o que você disse. — O aperto dele em meu cabelo fica mais suave e sua mão desliza até minha nuca. — Sinto muito por não ter te dado ouvidos antes. Sinto muito por vir reagindo mal a tudo desde que tirei você da sala do interrogatório… caralho, desde Resson, na verdade. Quando Sgaeyl me disse que estavam torturando você e eu não conseguia chegar até lá… — Ele fecha os olhos por um instante, e, quando os abre, o medo que vi antes está presente e inescapável. — Não consigo nem respirar quando você está em perigo, mas isso não é culpa sua. Devia ter te trazido para cá quando você me pediu.

Abro a boca e pisco, aturdida, tendo certeza de que escutei errado.

— Agora é a sua vez. Será que consegue admitir que deveria ter esperado que eu a trouxesse para cá para termos tempo de bolar um plano? — Os dedos dele traçam deliciosamente minhas costas nuas.

— Não — falo, arrepiada com o toque. — Sinto muito por não ter contado a você, mas não me arrependo de ter vindo. Precisamos da lucerna *agora*.

Um canto da boca dele se levanta.

— Imaginei.

— Vocês dois não se importam de se juntar a nós? São essenciais para a discussão de hoje — declara o visconde em meio à sala silenciosa, o tom levemente irritado.

Ah. Todos os presentes estão em pé, esperando por nós perto das portas abertas.

— *Esteja preparada para qualquer coisa* — fala Xaden mentalmente antes de se virar para Tecarus e falar em voz alta: — Acho que nem preciso pedir desculpas. — Ele entrelaça os dedos com os meus e contornamos a mesa na direção da multidão, onde o visconde aguarda. — Manter o controle é quase impossível quando estou perto de Violet.

Sinto o rosto corar. Mas que porra é essa? Será que ele escutou o que Cat disse antes? Impossível.

Cat fica rígida ao lado do tio, o rosto desmoronando como se Xaden tivesse acabado de dar um golpe mortal numa batalha que eu nem sabia que *eles* estavam travando.

— Ouvi dizer.

Tecarus gesticula para que todos o sigam até o lado de fora e é isso que fazemos, adentrando o pátio de mármore. Mira e Brennan nos seguem de perto.

— Fofocas se espalham rápido, e dizem por aí que você arruinou aquele institutozinho militar por causa dela. — Tecarus inclina a taça de vinho na minha direção como se estivesse me cumprimentando. — Rachou a Divisão de vocês na metade. Parabéns. Faz *anos* que tento derrubar aquele lugar, e você conseguiu em o quê, seis dias?

A culpa se assenta em meu peito com o peso de um dragão.

— Cinco — responde ele.

A mão de Xaden segura a minha com mais força enquanto atravessamos o pátio, chegando ao topo de uma escadaria larga. Não, não é uma escadaria: são assentos. O declive norte inteiro do morro foi entalhado em assentos, formando uma arena oval na parte externa do prédio que tem a profundidade da altura de Tairn, e duas vezes o seu tamanho.

— Cinco dias. — Tecarus balança a cabeça, incrédulo, e então se vira para mim. — Maravilhoso. Agora, presumo que gostariam de discutir a aquisição da lucerna que tenho em minha posse?

— E presumo que tenha nos trazido até aqui fora para me ver dominar relâmpagos antes de começarmos a discussão? — pergunto, enquanto o vento que cheira a chuva sopra em minhas costas.

Estamos a minutos, talvez até menos, de um dilúvio.

— Me pareceu prudente ter certeza do que você é capaz antes de negociar um item tão valioso.

Ele gesticula para a arena, iluminada por luzes mágicas.

— Justo — respondo.

Tiro a mão do aperto de Xaden e acesso meu poder.

— Ah, aqui em cima não. — Tecarus balança a cabeça enquanto os outros nos acompanham, ladeando o pátio e munidos de bebida. — Lá embaixo, no campo. Afinal, é uma performance, não é? Seria uma tristeza desperdiçar aquela arena de jogos, que levei anos para construir. Ela é bastante especial. Todas as pedras foram retiradas da pedreira de Braevick, a leste do Rio Dunness. Veja, já estão até trazendo o alvo.

Alvo? *Ah, merda.*

Um grupo de quatro guardas uniformizados empurra um baú de metal do tamanho de um armário em meio ao gramado na base da arena. Eu sequer consegui acertar aquele trio de pedras que Felix me direcionou e agora tenho que conseguir acertar aquele baú? Isso vai acabar antes mesmo das discussões começarem.

— Deve ter reconhecido o baú de Rybestad, Xaden. Foi o que seu pai me trouxe nas negociações pelo que poderia ser considerado um tesouro maior.

— *Aquele baú ali pertencia ao seu pai?*

— *Era um dos itens mais valiosos que ele possuía.* — Xaden fica tenso. — Vou levá-la até lá embaixo.

— Não — diz Tecarus, a voz sem nenhuma emoção.

Nós dois viramos a cabeça na direção dele.

— Como eu saberia do que ela é capaz sem você? — Tecarus estreita os olhos na direção de Xaden. — Minha oferta é simples. Desde que não pise naquela arena, Riorson, e ela não saia do campo até acertar o alvo, podemos negociar a lucerna. São os meus termos. Aceitem ou podem ir embora.

— Então vamos emb… — começa Xaden, a voz tensa.

— Eu aceito — digo, e olho para Xaden. — Você não precisa me proteger do meu próprio sinete. Se ele quer que eu exploda o baú do seu pai, eu vou explodir o baú do seu pai.

Ele estreita os olhos por um segundo, depois suspira.

— Entendido.

Seguro as camadas da saia e começo a descer os degraus. O nervosismo contrai minhas costelas, mas tento me controlar. Se eu produzir vários relâmpagos, *um* deles deve acertar o alvo.

Não foi isso que nos salvou na batalha em Resson antes de Andarna chegar?

— Eu vou junto — anuncia Mira atrás de mim. — Eu não tenho nada a ver com o sinete dela — grita ela na direção de Tecarus antes de me alcançar.

O visconde não a contradiz.

— E o meu sinete não é tão eficiente assim tão longe das égides — completa ela, com um sussurro. — Tentei mais cedo e não rolou.

— Não se preocupe. Não vamos precisar dos seus escudos. Só desvie do baú se ele explodir — respondo, lançando um sorriso apertado a ela. Para Xaden, na nossa conexão mental, pergunto, quando já estamos na metade do caminho, numa pedra cor de areia: — *Qual era o tesouro maior que seu pai tentou negociar?*

Não consigo nem imaginar quanto tempo levou para tirar tantas pedras para fazer essa construção, e muito menos para trazê-las de Braevick até aqui.

— *Uma aliança que meu pai fez e que oficialmente rejeitei no ano passado. O baú tem um valor inestimável. Se ele quer que você o destrua com relâmpagos, então isso é mais uma declaração para mim e menos para você.*

— *Por que não estou surpresa?* — Minhas mãos esmagam a seda delicada do vestido enquanto tento completar aquele quebra-cabeça nauseante. — *Essa aliança tem qualquer coisa a ver com Cat?*

A hesitação que sinto na nossa conexão responde antes dele.

— *Sim.*

— *Essa informação teria sido útil antes de eu vir para cá.*

Para dizer o mínimo, né, caralho. Não é à toa que ela me detesta. Não sou egocêntrica o bastante para pensar que sou o motivo para ele ter cancelado seja lá qual for a aliança que tinham antes, mas definitivamente sou a barreira que impede essa for a aliança que agora. O tio dela quer que eu exploda o símbolo do que quer que tinham concordado.

— *Ainda estamos brigando. Entendi.*

Mira e eu chegamos à grama quando as primeiras gotas de chuva caem.

— Nós deveríamos estar é de uniforme — murmura ela, me acompanhando.

— Eu não consigo mirar — digo, baixinho, parando diante do que parecem ser seis metros do baú, só perto o bastante para ver as runas entalhadas nas portas espessas. — Carr preferiu focar na quantidade do que na qualidade, e Felix e eu acabamos de começar as aulas, então talvez demore um tempinho.

Dois dos guardas se postam à frente do baú, que é mais alto e espesso do que eles. Graças a Amari, é gigantesco. Um alvo maior vai ser mais fácil acertar. Um guarda pega um item menor do bolso, que não consigo distinguir o que é daquela distância.

— Não acho que estejam interessados no quanto você vai demorar. — Mira indica o topo da arena com a cabeça. Dezenas de paladinos de grifos com seus arcos rodearam o topo dos assentos, todos com flechas na nossa direção. — Provavelmente estão mais preocupados que você tente acertar Tecarus em vez do alvo.

— É mesmo. Sem pressão.

Erguendo as mãos, alcanço o poder de Tairn. É engraçado que esse poder, que normalmente eu considerava um calor brutal, tenha virado um conforto depois de tantos dias sob a tortura de Varrish sem poder usá-lo.

— Vocês talvez queiram sair daí — sugiro para os guardas.

O mais corpulento na frente ergue o punho até a frente do baú, como se pensasse que tivesse uma chance de impedir que a caixa de ferro gigantesca caísse em cima dele… ou como se tivesse uma chave.

Um calafrio apreensivo percorre minha espinha.

— O Oceano Árctile ao sul é conhecido por suas águas calmas e quentes, e o que outrora foram rotas de comércio lucrativas — recito, tentando acalmar meu coração.

— Você ainda faz isso? — Mira ergue as sobrancelhas para mim.

— Só quando eu…

As portas duplas do baú se escancaram, lançando os dois guardas no chão com uma força arrebatadora enquanto um homem se lança para a frente, caindo de quatro no gramado. A túnica e calças marrons estão puídas, como se fosse um prisioneiro sendo mantido preso há *semanas*.

— Caralho, quê? — murmura Mira.

A cabeça do prisioneiro levanta para nos encarar e meu coração é dominado por um terror puro e inarredável.

Veias vermelhas se distendem de olhos inchados.

— Violet! — ruge Xaden.

É um venin.

Apesar do sinete extraordinário que permite que ela estenda as égides sobre si e o dragão, a cadete Sorrengail carece da habilidade consistente de produzir as próprias égides sem estar em estado de desespero emocional extremo. Lamento relatar que duvido que essa habilidade se desenvolva com o tempo. Eu tinha altas expectativas para ela.

— Memorando do professor Carr endereçado à general Sorrengail

CAPÍTULO QUARENTA E DOIS

— Isso é… — sussurra Mira, já segurando uma adaga quando o dominador das trevas enterra as mãos na grama verde macia do chão da arena, dando uma gargalhada maníaca.

Respire fundo. Eu preciso respirar, mas não existe ar.

Manto roxo esvoaçando. Soleil correndo para a frente, Fuil atrás dela. A morte e a degradação se espalhando e chegando até eles. A queda. Os corpos se tornando nada além de cascas, esvaziadas de poder e vida.

— *Prateada!* — o rugido de Tairn parece rachar minha cabeça, me arrancando do passado antes que ele me devore.

A chuva cai no chão ao nosso redor, em gotas pesadas e esporádicas. Não estamos em Resson. Estamos em Cordyn, e preciso proteger Mira.

— Mexam-se! — grito para os guardas, e dois deles correm enquanto um cambaleia para trás. O último encara o nada, chocado e congelado. Para Mira, ordeno: — Saia daqui!

Sinto o poder ardente preencher minhas veias, abrindo os portões para Tairn.

— Não vou deixar você aqui sozinha com aquela coisa! — berra ela, e então atira uma adaga.

— Não! — grito, mas já é tarde demais.

A adaga acerta o ombro do venin. Ele sibila, arrancando a arma e esticando a mão para o guarda petrificado ao mesmo tempo.

— Que ótimo, agora ele tem uma arma! — Ergo as mãos e libero a energia que incendeia meus braços.

O relâmpago rompe o céu, tão branco que é quase azul, e ergo a mão para proteger os olhos enquanto acerta o baú de ferro quase como se tivesse sido atraído a ele. Faíscas chovem pela arena, uma delas atingindo o dorso da minha mão antes que eu possa me afastar.

— *Tairn, preciso de você!*

— *Estou a caminho.*

O pânico ameaça me tomar, e desperdiço segundos preciosos olhando por cima do ombro, onde encontro Xaden já descendo as escadas.

— *Fique aí e guarde suas emoções para si* — ordeno. — *Precisamos daquela lucerna.*

— *Violência…*

— *Eu dou conta.*

Se eu não for capaz de enfrentar nem um único venin definhando, que chance tem o Continente de sobreviver?

O vento muda de direção, soprando meu cabelo contra o rosto, e ao me virar encontro as mãos do venin segurando o pescoço do guarda, mas nem precisaria assistir para saber exatamente o que vai acontecer.

— Só a adaga com o cabo de liga metálica é capaz de matar um venin — digo para Mira, arrancando minha adaga da bainha e cortando um pedaço de tecido da barra do vestido. Se eu não consigo mirar, vai ter que ser um combate corpo a corpo.

Os gritos do guarda parecem cortar o meu cerne.

— Puta merda… ele acabou de… qual é o plano, Vi? — pergunta Mira, segurando a outra faca.

— Matar o venin antes que ele nos mate, e não importa o que você faça, não deixe ele colocar as mãos em você.

Pego meu cabelo e o amarro em um rabo de cavalo baixo usando a faixa do vestido para prendê-lo. Estou morta se não conseguir enxergar direito.

O venin segura o guarda como um escudo, impedindo que eu atire a adaga. Os gritos param quando o homem lentamente definha diante dos meus olhos. Ao menos dois dos outros três já saíram do gramado.

Deixando que o poder de Tairn me consuma, lanço outro relâmpago e depois outro, acertando a grama ao lado do venin sem atingi-lo. O guarda cai no chão, partes dele já se despedaçando quando a chuva começa a cair mais intensa.

— Droga! — grito, frustrada.

— É você — diz o dominador das trevas por cima do ruído crescente da tempestade. — Aquela que comanda o céu. — Os olhos dele ficam arregalados de maneira sinistra. — Ah, como eu vou ser recompensado quando voltar trazendo *você*.

— E eu achando que era a única Sorrengail que tinha fama do outro lado da fronteira — comenta Mira, assumindo uma posição de luta a centímetros de mim.

— Vai ser recompensado pelo seu Mestre? — pergunto, acompanhando os movimentos enquanto a chuva cai, torrencial.

Merda, não posso tentar atirar a adaga. Se errar, ficarei indefesa, e não estou sozinha neste campo.

— *Preciso de adagas* — peço pela conexão.

— Qual Mestre? Juro que você vai desejar... — começa ele, erguendo os braços.

— Ter morrido? — eu o interrompo. — Já escutei essa ladainha. Já matei o primeiro que me falou isso.

Só que eu não estava em um vestido de baile incômodo. Isso aqui é uma porra de um risco.

— *Atrás de você* — diz Xaden.

Olho para trás e vejo duas adagas de liga metálica fincadas no chão a menos de dois metros de distância.

— Mira!

Ela acompanha minha linha de visão e já começa a se mexer quando pego minha adaga pela ponta da lâmina e viro o pulso, atirando na garganta do dominador das trevas.

A adaga acerta a lateral do corpo dele.

Merda. Não considerei a pressão que a chuva faz sobre a adaga, desviando sua trajetória para baixo.

O venin uiva de dor, arrancando a adaga enquanto Mira me entrega uma das duas que Xaden atirou para nós. Meus dedos se fecham sobre o cabo escorregadio pela chuva, e me preparo para o pior quando o venin ergue as mãos.

Só que ele não atira as adagas.

O baú Rybestad é jogado na nossa direção, vindo tão rápido que mal tenho tempo de lançar Mira contra o chão antes que passe por cima de nós, perto o bastante para que eu ouça o deslocamento de ar.

A adaga vem logo em seguida, e então a outra, errando meu corpo, mas prendendo o lado esquerdo do meu vestido. Uso o impulso para continuar rolando, rasgando a seda diáfana enquanto fico em pé, ajudada por Brennan (que aparentemente decidiu vir ajudar).

Deuses, não. Não posso perder os dois nesta batalha.

— Precisamos cercá-lo — brada Brennan, agarrando a adaga de liga metálica da grama molhada. A água se acumula rapidamente, encharcando meus pés, o cabelo e o que restou do vestido.

— E como você sugere que a gente faça isso se não dá pra ver porra nenhuma? — pergunta Mira.

— *Estou a poucos minutos!* — grita Tairn na minha mente.

Pode ser que a gente morra dentro desses poucos minutos, mas *todos* estaremos mortos de qualquer maneira se eu não conseguir esse caralho de lucerna.

— Precisamos manter o venin no limite do gramado, não importa o que aconteça. Só um já seria o suficiente para drenar todo mundo que está no palácio — digo aos meus irmãos.

De um lado a outro, avaliamos o gramado, e prendo o fôlego quando o dominador das trevas entra no meu campo de visão e ajoelha-se a cerca de seis metros de distância.

Não. O tempo desacelera a batidas lentas enquanto eu o observo colocar a mão no chão.

Não há tempo de correr. Não vamos conseguir.

Meu pior pesadelo está a *segundos* de se tornar realidade.

Nossa missão vai matar meu irmão e minha irmã.

— Eu sinto muito — digo, e isso sai mais baixo do que um sussurro.

Os punhos do venin se enterram no chão e, através da tempestade, observo horrorizada e sem fôlego quando os olhos dele começam a brilhar de um vermelho intenso, a grama ao redor ressequindo e ficando marrom.

— Mira! — grita Brennan. — Escudo!

— Eu não... não consigo projetar escudos assim tão longe das égides! — Ela fica boquiaberta enquanto a morte certa se aproxima, o chão ondulando à medida que se rende e entrega toda a magia disponível.

— Projete um escudo, ou vamos todos morrer! — Brennan agarra nós duas e nos puxa em um abraço apertado.

Eu me encolho, torcendo para que nosso trio fique o menor possível, enquanto Mira atira os braços por cima de nós. O corpo dela treme, e Brennan e eu agarramos as costas dela para mantê-la de pé. Ela grita como se estivesse sendo esquartejada.

Ela vai chamuscar.

Sombras correm até nós, mas não vão chegar a tempo.

— *Eu te amo.* — Empurro esse pensamento na direção de Xaden, e espero meu poder se esvair, aguardando a morte certa, que tornará o venin invencível.

Só que isso nunca acontece.

— *Você vai ficar viva!* — ordena Xaden, como se fosse fácil assim.

Mira desmaia, e Brennan segura a maior parte do peso dela enquanto avalio nossos arredores.

O gramado inteiro está morto, exceto pelo minúsculo círculo que ocupamos. Ela nos salvou. Percebo que só o campo foi drenado. Os espectadores estão todos vivos e bem acima dos degraus, pelo que consigo ver em meio ao dilúvio. *Toda a pedra foi tirada de Braevick, a leste do Rio Dunness.* Foi isso que Tecarus disse, não foi?

Afasto a água dos olhos e fico de frente para o dominador das trevas. Ele revira os ombros, satisfeito, um sorriso contente distorcendo suas feições, e ergue a cabeça na direção do céu.

— Se não conseguir acertá-lo com um raio, vamos precisar chegar perto para lutar. Ele não vai conseguir enfrentar nós dois — diz Brennan, erguendo uma Mira inconsciente nos braços.

— *Você ainda está muito longe?* — pergunto a Tairn.

A chuva cai sobre o que restou da grama e se acumula na água que já estava sobre a grama morta, incapaz de escorrer para outro lugar.

— *Chego em menos de um minuto.*

— Não preciso acertá-lo — sussurro, enquanto a ideia se forma, analisando aquele campo inundado. — Leve Mira para os degraus. Vocês vão ficar seguros por lá.

Brennan me encara como se eu tivesse acabado de sugerir que nosso planeta é plano.

— Mas só até ele drenar…

— Preciso que confie em mim — interrompo Brennan. — Leve nossa irmã para os degraus.

Olho para meu irmão e me encho do poder de Tairn, deixando-o livre, deixando que preencha cada centímetro do meu corpo.

— Violet… — Tem tanto amor, preocupação e medo no olhar dele que tudo que posso fazer é forçar um sorriso.

— Sei o que estou fazendo. Agora, corra.

Pego a adaga de liga metálica de Brennan e dou as costas para os dois.

— *Que porra você está fazendo, Violência?* — Xaden exige saber.

— *Shh. Preciso me concentrar.*

Ergo meus escudos, bloqueando Xaden. O venin dá uma volta.

Aquele cuzão abre um sorriso ainda maior quando me vê.

— Você vai ser um prêmio e tanto — diz ele para a chuva, andando na minha direção como se tivéssemos todo o tempo do mundo. — E pensar que, se eu levar você, ainda ganho um dragão! Não podem ficar separados por muito tempo, né?

Seguro uma adaga em cada mão e espero.

Se eu perder a compostura, vou morrer.

Se eu atacá-lo e errar? Vou morrer.

Se eu esperar tempo demais e deixar ele colocar as mãos em mim? Isso mesmo, vou morrer.

A venin que matei no dorso de Tairn me observou lutando e imediatamente se adaptou ao meu estilo, o que significa que preciso esperar até o último segundo possível para dar minha cartada.

Gotas de chuva chiam quando recaem sobre minha pele quente. Se eu tentar acumular mais poder, vou perder a habilidade de controlá-lo e chamuscar, então fico pairando naquele precipício até ouvir um som mais retumbante do que a chuva.

O bater de asas.

— *Não preciso reforçar a importância do tempo para esse seu plano dar certo, não é?* — pergunta Tairn.

— *Não se preocupe, eu vou acertar o tempo.*

Meu coração bate mais estável a cada novo passo do venin, pois me consola com a certeza de que meu plano vai dar certo. Não pode haver erros. Dou uma rápida olhada para a direita para garantir que Mira e Brennan tenham saído da grama.

— *Não espero nada menos do que isso.*

O dominador das trevas está a só alguns metros de distância, o olhar me percorrendo, sem dúvida procurando fraquezas, quando sinto o sopro de vento das asas de Tairn nas costas.

Agora. Atiro as adagas no venin simultaneamente, dessa vez calculando a força da chuva. No instante em que vejo as adagas perpassarem as botas dele, prendendo-o ao chão, estendo os braços para o lado, libertando todo meu poder em uma torrente ardente de relâmpago.

Fico rígida, travando os músculos.

As garras de Tairn seguram meus ombros com firmeza no instante em que o relâmpago atinge um lugar atrás do venin enfurecido, iluminando o céu em um rasgo brilhante… e então percorrendo a água que cobre a arena e os pés do venin com uma energia letal.

O dominador das trevas grita em agonia e depois cai morto, atingindo o gramado com um chapinhar enquanto voamos acima da arena.

Consegui. Que Dunne seja louvado, *eu consegui*.

— *Essa foi por pouco.*

Reviro os olhos e respiro fundo, apesar da chuva que escorre pelo meu rosto, e Tairn dá uma guinada para a esquerda, conduzindo-nos pela curva da arena de volta ao palácio.

Sgaeyl, Teine e Marbh já se empoleiraram defensivamente no terraço acima, posicionados para incinerar a multidão.

— *Vou devorar qualquer um que ouse levantar um dedo contra você* — diz Tairn. — *Minha paciência já se esgotou.*

As asas de Tairn batem mais fracas quando nos aproximamos do pátio.

— *Pode deixar que eu mando seu recado* — respondo.

Tairn espera até eu estar equilibrada sobre meus pés encharcados nas sapatilhas e então atravessa a multidão, arrancando gritos tanto de paladinos quanto de aristocratas, rachando o mármore sob suas garras até chegar ao gramado e se virar, balançando a cauda como a arma que ela é e completando o círculo defensivo de quatro lados que os dragões criaram.

Brennan fica ao meu lado, Mira apoiada no braço dele, mas acordada e andando por conta própria.

— Tudo bem com vocês? — pergunto, baixinho, enquanto passamos por nobres com *guarda-chuvas*. Isso era só uma porra de um espetáculo de circo para eles.

— Não é com a gente que você deveria se preocupar — murmura Brennan.

A última fileira de aristocratas (incluindo Cat e Syrena) se abre, revelando uma situação muito mais perigosa do que a que acabei de enfrentar.

A mão de Xaden está levantada até a altura do próprio peito, fechada em um punho semicerrado, e a fúria esfria seu olhar enquanto ele encara o visconde, cujos pés chutam debilmente o chão.

Tecarus tenta arrancar as sombras que o estrangulam pelo pescoço sem efeito, e, pelo som entrecortado de sua respiração, Xaden o está asfixiando lentamente.

— Xaden, pare, por favor! — choraminga Cat.

O aperto de Xaden só aumenta enquanto a chuva se dissipa, virando uma garoa.

Tecarus continua a sufocar, e os paladinos chegaram a empunhar armas, mas um rosnado de Sgaeyl basta para que não avancem contra Xaden.

Abaixo meus escudos para permitir que Xaden entre, e então envio todo o meu amor por aquela conexão.

— *Eu estou bem.*

Ele desvia o olhar de Tecarus, a fúria incontida dos olhos deixando-o quase irreconhecível.

— Solte a garganta dele — digo, calmamente. — Não vai poder responder minhas perguntas se estiver morto.

Duas rugas aparecem entre as sobrancelhas escuras de Xaden, e ele afrouxa o aperto.

Indo para o lado dele, eu me certifico de que meu ombro roce em seu braço, para que ele me sinta tanto no plano mental quanto no físico.

— Você tem sorte de não estar morto — digo para o rosto inchado de Tecarus. — Se tivesse colocado Xaden nesse tipo de perigo, eu não tenho certeza se conseguiria ser assim tão misericordiosa.

— Chama isso de misericórdia? — pergunta Tecarus, a respiração ofegante, ainda chutando o chão.

— Sim — responde Xaden, baixinho.

— Você tirou essas pedras do leste do Rio Dunness, da terra que faz fronteira com os Ermos. Já tinha sido drenada de toda a magia.

— Sim! — grita Tecarus.

Xaden pragueja baixinho.

— Você construiu uma fossa para eles, o que significa que capturou mais do que só esse daí — digo. Sopros de fumaça se erguem da minha pele, mas ao menos não sinto mais que estou queimando viva.

— Vou contar tudo o que sabemos — Tecarus nos garante. — Mas primeiro me solta.

— E será que a gente pode confiar em você? — pergunta Brennan, do meu outro lado.

— Impedimos que aquele venin se alimentasse por dias…

— Porque as runas no baú Rybestad seguram os itens colocados lá dentro suspensos no ar — interrompe Xaden. — Ele não conseguia chegar ao chão para drenar a magia até abrir o baú. Não precisa me contar coisas que já sei.

Ele abaixa a mão e as sombras evaporam.

Tecarus cai no chão de mármore do pátio, segurando o próprio pescoço com força.

Xaden se abaixa na frente dele.

— Se algum dia quiser discutir o motivo de eu ter rompido aquela aliança, então você vem falar *comigo*. Violet está fora do seu alcance. Se algum dia sequer olhar na direção dela com alguma coisa que não seja gentileza ou respeito, vou te matar sem pensar duas vezes e deixar que Syrena assuma o seu posto como herdeira. Está me entendendo?

A voz dele tem aquela qualidade gélida que faz um arrepio percorrer minha espinha.

Tecarus assente.

— Peça desculpas — ordena Xaden.

— *Eu estou bem.*

Ele está levando as coisas longe demais. Este homem é o herdeiro do trono poromielês.

— *Você* não vai *receber punições que deveriam ser minhas.*

— Peço as mais sinceras desculpas, Violet Sorrengail — grunhe Tecarus, as cordas vocais esmagadas. — Mas em que pé isso nos coloca, Riorson?

Xaden fica em pé.

— Agora eu quero negociar.

***

Uma hora depois, fomos alimentados e nos trocamos, colocando novamente os uniformes de voo secos. Estamos sentados, nós quatro, de um lado da mesa de jantar limpa, e Tecarus, Cat, Syrena e meia dúzia de aristocratas se sentam do outro lado, acompanhados de um general à esquerda de Tecarus.

Cada pessoa presente na sala está desarmada, exceto por Xaden e eu, mas nossos sinetes garantem que nunca estejamos indefesos.

— Posso apresentar minha oferta primeiro? — pergunta Tecarus, repuxando o colarinho da marca vermelha do pescoço.

— À vontade — responde Brennan.

A mão de Xaden desliza pela minha coxa esquerda e permanece ali. Ele não tirou a mão de mim desde que saímos do pátio. É um milagre eu ter conseguido colocar meu uniforme, mas compreendo o sentimento. Se eu tivesse acabado de vê-lo enfrentar um venin, provavelmente estaria sentada no colo dele nesse instante.

— Seu poder é... admirável. — Tecarus balança a cabeça lentamente para mim, maravilhado. — Mas ainda está destreinado. Pense em como será daqui a alguns anos, ou talvez um único.

Xaden espalma a mão, e entrelaço meus dedos nos dele.

— Isso não me parece uma oferta. — Mantenho a voz o mais neutra possível, fazendo força para ignorar que esse homem não só quase me matou, mas também quase matou Brennan e Mira.

A raiva vira uma fúria fervilhante rápido, rápido demais.

Olho na direção de Cat.

— Fique fora da minha cabeça ou vou começar a usar meu sinete *aqui dentro*.

Ela se recosta na cadeira, mas estreita os olhos. Não é uma derrota. Ah, não, ela está me avaliando como uma oponente digna.

Agora começa o jogo.

— Sabe por que sou um colecionador tão bem-sucedido? — pergunta o visconde, praticamente vibrando de empolgação. — Tenho o dom de saber o que as pessoas querem, o que as motiva a desistirem de seus tesouros.

Deuses, ele é o oposto de Varrish. Realmente, nossos sinetes não são *tão* diferentes assim da forma como usam o controle de mentes.

— Acho que você e eu chegaríamos a um acordo se considerar que eu posso te entregar tudo o que quiser em seus sonhos mais malucos — completa Tecarus.

Xaden acaricia minha perna, uma forma de se distrair, mas esse toque me mantém ainda mais focada.

— E que sonhos malucos são esses que você acha que tenho? — pergunto.

— Paz. — Tecarus gesticula com a cabeça, os movimentos ficando mais erráticos à medida que se empolga. — Não para você, é claro. Não é isso que a motiva. Paz para as pessoas que você ama.

Os dedos de Xaden ficam parados.

— Paz para *ele* — completa Tecarus.

Minha próxima respiração sai trêmula.

— Continue.

Ele apresenta uma oferta, e, por um segundo, preciso admitir que é tentadora. Eu passaria alguns anos fazendo a guarda pessoal dele, monitorando wyvern sem cavaleiros que começaram a voar rotineiramente em padrões que parecem muito com *controle*, e em troca viveria o resto dos meus dias com Xaden, nossos dragões e as pessoas que mais amo em uma ilha dedicada à paz. Parece perfeito. Só que essa saída seria uma covardia, e completamente impraticável. As ilhas não aceitam navarrianos nem como visitantes.

— Fugir do Continente para um lugar que você conseguiu tirar de Deverelli não vai ajudar as pessoas de que gosto, nem mesmo as pessoas que não conheço. No fim, não passaria disso: uma fuga.

Tecarus flexiona a mandíbula, e fico com a impressão de que ele não costuma receber respostas negativas.

— Mesmo se eu der a lucerna para Tyrrendor? — Ele olha para Brennan. — Os boatos de que Navarre deixou seus cadetes partirem sem uma única gota de sangue se espalharam rápido. Fico me perguntando o motivo disso. Vocês não?

Sim. Todos os dias.

— Dragões não devem explicação a ninguém. — Brennan dá de ombros. — E Violet acabou de *conquistar* a lucerna. Ou vai dizer que não cumprimos o acordo?

— Eu nunca desonraria minha palavra. — Tecarus olha para Xaden e se inclina pesadamente sobre os antebraços bordados da túnica. — Tudo o que sabemos sobre os dominadores das trevas está aqui.

Ele acena com a cabeça para o general de sobrancelhas prateadas, que desliza um caderno de couro pela mesa até Brennan. Meus dedos começam a coçar para abrir a capa e ler o arquivo.

— Mas nunca disse que daria a lucerna se ela usasse o sinete — esclarece ele. — Disse que estaríamos abertos a negociação.

Caralho, ele só pode estar brincando. Aperto a mão na de Xaden, como se isso fosse impedi-lo de estrangular o visconde com sombras, ou me impedir de perder o controle sobre o meu poder. Deveria ter trazido o conduíte para essa reunião.

— Então vamos negociar. O que você quer em troca de nos deixar ir embora com a lucerna hoje? Armamento? — pergunta Brennan. — Porque é isso que temos a oferecer. A lucerna é inútil aqui, mas nós a colocaremos na forja e vamos suprir as suas revoadas com as armas de que precisam para os venin que você *não* conseguiu capturar.

Se tivermos sorte, os detalhes de como conseguiram capturar aquele vão estar no livro.

— Armamento é um bom começo — concorda Tecarus, assentindo, e então olha para Cat. — Além disso, vocês devem levar para Aretia junto da lucerna uma centena de cadetes de paladino que abriguei depois que a academia foi destruída.

Espera… mas que porra é essa?

— E o que gostaria que fizéssemos com esses cadetes? — pergunta Xaden, inclinando a cabeça de leve. — Os grifos não se dão bem naquela altitude.

— Nunca tiveram oportunidade de se adaptarem — argumenta Tecarus. — E quero que os eduque, assim como presumo que estão fazendo com os cadetes de cavaleiros. Mantenha-os seguros, ensine-os a trabalharem juntos e talvez tenhamos uma chance de sobreviver a essa guerra. Vimos wyvern sem cavaleiros patrulharem os céus, sem dúvida relatando tudo o que veem instantaneamente a seus criadores nas últimas semanas. Nossos relatórios nos informam que eles seguiram a oeste, até Draithus. Não ajuda em nada se os paladinos ficarem a salvo aqui, ao sul, não quando querem lutar. E quem melhor para ensinar os paladinos a matarem wyvern do que cavaleiros de dragão?

Treinar com paladinos de grifos? Levar *Cat* para Aretia? Eu prefiro enfrentar uma dúzia de venin. Sem armas. Sem Tairn ou Andarna.

— Não dá pra levarmos todos eles pra Tyrrendor voando em nossos dragões — pontua Mira.

O músculo da mandíbula de Xaden se tensiona.

— Existe um jeito. Mas não há garantia de que vão sobreviver.

— Vamos arriscar — responde Syrena. — É a melhor chance que os cadetes têm de tentarem ficar vivos para enfrentarem os dominadores das trevas.

— Minha oferta é esta. É pegar ou largar — exige Tecarus.

De jeito nenhum…

— Feito — responde Brennan. — Desde que cada paladino leve um arpão consigo.

Eu vou *assassinar* meu irmão.

Das ondas perigosas do Oceano Árctile ao ponto mais baixo das planícies do platô de Tyrrendor, os Penhascos de Dralor chegam a quase três mil e quinhentos metros em alguns lugares, fazendo com que sejam impossíveis de serem sobrevoados por grifos. Por mais que existam três caminhos bem escavados dentro de Navarre para subir ao platô, na fronteira de Krovla existe apenas um... e é fatal, tanto para grifos quanto para paladinos. Não procure percorrê-lo sob nenhuma circunstância.

— Capítulo dois, Guia tático para derrotar dragões, por coronel Elijah Joben

CAPÍTULO QUARENTA E TRÊS

Meu pescoço dói enquanto olho para cima, e mais para cima, e *mais* para cima dos Penhascos de Dralor, onde desaparecem sob uma camada espessa de nuvens.

Já faz quatro dias que assinamos o acordo com Tecarus. Há três noites, entregamos a lucerna (um anel quase tão alto quanto Sgaeyl, feito de cristais azuis vibrantes) para um ramo do vale acima de Aretia, onde fica a nova forja. Ontem, todos os cadetes receberam ordens de dormirem uma boa noite de sono, fazerem as malas para uma missão de três dias e estarem de prontidão na formatura de voo às quatro da manhã, e agora estamos num campo a oeste de Draithus, encarando as revoadas unidas do outro lado da Primeira Asa enquanto o sol começa a arder nos céus.

— Ele não pode estar falando sério — diz Ridoc ao meu lado na formatura, o pescoço esticado no mesmo ângulo que o meu.

Entre a centena de cadetes de Aretia, e um número semelhante de paladinos reunidos no gramado, eu chutaria que quase todos exibem a mesma expressão de incredulidade absoluta, encarando a trilha íngreme, estreita e quase invisível para a qual meu irmão acabou de apontar.

O conjunto de plataformas e ladeiras entalhado no penhasco de granito parece mais adequado para uma cabra do que um grifo, e fica tão bem escondido no terreno que não é de se espantar que o Desfiladeiro de Medaro tenha sido mantido em segredo.

Até agora.

— Concordo — assente Visia. — Ele só pode estar zoando. Isso não é uma trilha. É uma arapuca.

O caminho que deixou Brennan tão empolgado não é largo o bastante para aguentar uma carroça cheia, muito menos a largura de um grifo… e ele quer que todos subam por ali? E que a gente suba junto com eles enquanto os dragões nos dão cobertura voando?

— Tenho bastante certeza de que ele está falando sério, ou não estaríamos todos aqui — responde Rhiannon, por cima do ombro.

— Mas o que caralhos ele espera que façamos além de subir junto com eles? — pergunta Aaric, mantendo a voz baixa.

— Ficar na rabeira e segurar caso algum deles caia? — sugere Ridoc.

— Ah, sim, porque é muito fácil mesmo aguentar o peso de um grifo — comenta Imogen.

Franzo o cenho enquanto examino a trilha íngreme. Não é o caminho estreito ou as armadilhas de grifos que Brennan descreveu que me preocupam, mas o quanto consigo aguentar disso aqui. Doze horas de subida constante vai ser uma tortura para os meus joelhos e tornozelos.

— *Fique alerta* — avisa Xaden, a voz já desaparecendo enquanto voa a leste com Sgaeyl em uma missão secreta. — *Não tive tempo de interrogar todos os paladinos para saber a intenção de cada um.*

Como se a recomendação pessoal dele fosse ajudar muito a falta de confiança entre nossos dois institutos.

— *Você já me avisou* — eu o lembro, sentindo o afastamento. — *Vê se não morre. Vejo você daqui a alguns dias.*

Sinto um arroubo de calor que desaparece do nada, assim como a presença de sombras na minha mente.

À minha frente, Baylor esconde, com o punho, um bocejo largo o bastante para quebrar um queixo, enquanto Brennan, de onde está parado, em cima de uma pilha de bestas, continua a explicar sobre a duração da jornada que temos adiante, projetando a voz acima do gramado.

— A jornada deve levar cerca de doze horas, embora eu recomende que descansem durante a trilha — termina ele.

O olhar dele nos percorre, como se avaliasse nossa reação, e o que nos domina, na maior parte, é… assombro.

O único som na brisa outonal vem das folhas de árvores de carvalho ao sul do campo. Até mesmo os dragões e grifos ficaram em silêncio ao nosso redor, como se não conseguissem acreditar no que está sendo proposto.

— A gente sobe junto pra ficar mais fácil pra eles empurrarem a gente lá de cima? — pergunta um cavaleiro da Terceira Asa, e não acho que ele esteja brincando.

— Essa pergunta é o exato motivo para vocês estarem acompanhando os paladinos — responde Brennan, evitando meu olhar por completo enquanto Syrena sobe na pilha de bestas presas para ficar ao lado dele. — Além de os Dirigentes de Asa terem recebido a localização das armadilhas de grifos para desarmá-las, vocês também aprenderão a ter respeito mútuo e confiança antes que possam ter aulas juntos. Nenhum cavaleiro respeitaria cadetes que não atravessaram o Parapeito. — Ele aponta para a trilha atrás dele. — Parabéns, agora temos um Parapeito para eles atravessarem.

— É estreito, mas não é tão estreito assim! — grita Ridoc, e alguns cavaleiros bufam em concordância ao nosso redor.

— E, considerando que isso tudo é um grande risco para nós, talvez fosse adequado que o desafio fosse menor, mesmo, do que a ponte da morte pela qual vocês passam em Basgiath — declara Syrena, juntando as mãos atrás das costas e encarando a metade da formatura composta por cavaleiros. A luz do sol reflete nos aros de metal que caem sobre os ombros dela, conectados ao couro da jaqueta. — Mas levem em consideração, enquanto fazem a subida, enquanto decidem se vão aceitar, de verdade, os paladinos em seu meio… — ela encontra meu olhar — que, por mais que esta trilha seja perfeitamente segura para humanos, é perigosa para grifos. E comecem a se questionar se vocês arriscariam a vida dos *dragões* de vocês ao subirem uma trilha projetada especificamente para matá-los, ainda mais em direção a um território hostil, só para que pudessem aprender a destruir o inimigo ao lado de pessoas que até semana passada vocês também consideravam inimigos.

Todos os cavaleiros ao meu redor se remexem.

— *Ela tem razão* — digo para Tairn, já que Andarna está a um voo de três horas de distância, indubitavelmente no meio do seu treinamento matinal com os anciões. Ontem ela quase conseguiu estender a asa por completo. Quase. — *Eu não arriscaria nenhum de vocês.*

— É claro que não. Por que faria isso, considerando que sou perfeitamente capaz de transportá-la para qualquer lugar? — Consigo sentir o revirar de olhos de Tairn. — *Você não se uniu à inferioridade dos grifos. Uniu-se aos dragões. Leve-os para passear e permita que provem do que são feitos.*

— *Pelas encaradas que os paladinos estão nos dando, acho que são eles que querem que* a gente *prove que é capaz.*

— *Vocês foram escolhidos por dragões. Isso basta.*

— Cada esquadrão vai ser combinado a uma revoada de força semelhante para fazer a subida — informa Brennan. — Com sorte, quando chegarem ao topo, já vão ter encontrado coisas em comum o bastante para começarem a construir uma parceria.

Isso tudo para que a gente crie um espírito de equipe?

— Duvido muito — murmura Ridoc.

— Enquanto isso, os dragões de vocês vão permanecer por perto — garante Brennan.

— *Nunca estarei a mais do que um minuto de voo de distância* — promete Tairn. — *Divirta-se na subida.*

Espero que ele cumpra essa promessa, já que em seguida recebemos nossa designação: a revoada de Cat.

***

Três horas depois, minhas coxas estão gritando de dor pela subida constante, e o silêncio em nosso grupo pequeno e forçado foi de algo desconfortável para algo dolorosamente constrangedor. Tirando a mão direita da fachada de pedra, ajusto o peso da mochila nos ombros para aliviar a coluna, que protesta com mais força a cada passo, e verifico como está o progresso de Sloane. Ela vem subindo com firmeza alguns metros adiante, dando espaço para que o grifo na frente dela possa balançar a cauda de leão.

Subimos em fila única, e a Quarta Asa lidera o caminho. Só o Setor Garra vai à nossa frente.

A trilha em si é bastante desafiadora, mas não é impossível. Tem quase dois metros de largura em alguns lugares, ficando com apenas trinta centímetros em outros, onde o caminho se desintegrou. Nesses trechos, enormes buracos obrigam os humanos da fila a abraçarem a parede do penhasco para conseguirem passar. Cada vez que chegamos a um desses lugares, os grifos esticam as próprias garras, em ganchos, e se equilibram nas patas traseiras, e eu me vejo prendendo a respiração para que consigam atravessar. Considerando que os grifos com que caminhamos têm facilmente uma largura maior do que a trilha, fico surpresa ao constatar que apenas dois deles tenham caído, que eu saiba. E ainda conseguiram dar um jeito e voltar para a trilha até agora... Mas em altitudes maiores? A coisa pode ficar feia.

Olho para trás, na direção de Maren, a paladina que me foi designada como dupla até a noite, e do grifo dela, enquanto nos aproximamos de uma armadilha já desarmada: um tronco do tamanho de um aríete, agora inofensivo ao lado da fachada do penhasco onde o caminho se estreita.

— Tenha cuidado aqui — digo.

— Bem na altura do peito. — Ela me oferece um sorriso de lábios apertados. — Legal, hein.

Ela é pequena para uma paladina, mas ainda assim mais alta do que eu, com o rosto em formato de coração e cabelos escuros, penteados em uma única trança que recai sobre a pele marrom com tom de bronze no pescoço. Os olhos escuros dela encontram os meus sem hesitar cada vez que olho para trás para me certificar de que ainda está me seguindo, o que merece meu respeito, mas ela também é a melhor amiga de Cat, o que me faz ter o dobro de cautela.

Olho para trás mais uma vez para garantir que eles conseguiram passar em segurança.

— Não vou cair do penhasco — promete ela, enquanto damos uma guinada abrupta na quarta subida. Ou talvez seja a quinta. As curvas são os únicos lugares na trilha largos o bastante para andarmos em pares. — Dajalair também não vai.

A garra esquerda dianteira da grifo marrom e branca desliza pela trilha, e a unha produz um guincho contra a pedra no som mais terrível que já escutei enquanto ela recupera o equilíbrio.

Sloane e eu trocamos um olhar surpreendentemente livre de hostilidades.

— Certeza? — pergunto a Maren quando nós três paramos, averiguando se alguma pedra caiu do terreno rochoso. Qualquer coisa que cair daqui pode ser mortal para aqueles que estão subindo embaixo de nós.

A grifo arqueia a cabeça por cima de Maren e fecha o bico na minha direção.

Tá, isso definitivamente poderia esmagar minha cabeça.

— Entendi, você tem certeza — digo, erguendo as mãos e rezando para Dunne que os grifos não decidam punir humanos por falarem com eles assim como os dragões fazem.

Maren assente, coçando o peito cheio de penas da grifo.

— Ela tem firmeza na pata e é meio temperamental.

A grifo faz um ruído engasgado e voltamos a andar.

O relevo estreito é o motivo exato para os grifos não terem permissão de voar por qualquer parte do penhasco. Não há nenhuma garantia de que vão conseguir pousar novamente sem causar um desabamento de rochas e matar todo mundo lá embaixo.

— Mesmo se ela caísse dessa altura, só teríamos que voar até lá embaixo e começar outra vez — diz Maren, tentando acalmar os ânimos de todos. — É o pedaço superior da trilha que me preocupa. Mais uns mil e quinhentos metros e ela vai ter dificuldade de bater as asas. Não foi feita para as revoadas cumeeiras.

— Revoadas cumeeiras? — não consigo evitar a pergunta.

— São as que se saem melhor em altitude, para voar pelos cumes das montanhas Esben — explica ela. — Daja pode até não querer admitir, mas é uma garota das planícies. — O sorriso dela aumenta mesmo depois que a grifo estala o bico rapidamente a centímetros do ouvido de Maren. — Ah, tá, até parece que você não gostaria de ficar na revoada marítima depois da formatura. — Ela solta uma risadinha, sem dúvida ouvindo a resposta da grifo. — Foi o que pensei. Confie em mim: do mesmo jeito que vocês não querem a gente em Tyrrendor, a gente não quer ter que ir pra lá também.

— Então por que estão indo? — pergunta Sloane, chegando perto demais do grifo seguinte e recebendo uma rabada na cara.

— É como falou a Syrena: essa é a nossa melhor chance de sobreviver. Não só a gente, mas nosso povo também.

Depois de mais alguns minutos de silêncio tenso, eu pergunto:

— Então, de onde você é?

— De Draithus — responde Maren. — Eu perguntaria de onde você é, mas todo mundo sabe que você cresceu entre um entreposto e outro até sua mãe receber o comando de Basgiath.

Eu quase escorrego.

Sloane olha para mim, erguendo as sobrancelhas.

— Você seria uma refém e tanto — explica Maren quando chegamos a uma série de degraus entalhados que servem para deter carroças. — Sinceramente, a maioria de nós achou que Riorson capturaria você depois da colheita, no primeiro ano dele, e te daria de presente para nós.

— Você quer dizer que *Cat* achava isso, no caso. — O tom de Sloane é ríspido e desconfiado.

— Ah, a Cat definitivamente achava — concorda Maren.

— Colheita? — pergunto, evitando pensar em toda essa insinuação de Xaden-deveria-ter-me-raptado. — Você quis dizer Ceifa?

— Isso. — Maren verifica o progresso de Daja nas escadas antes de continuar a subida. — Sei lá como vocês chamam. Quando os dragões te matam ou te escolhem.

— Então o primeiro ano inteiro — ri Sloane.

— Imagine qual não foi nossa surpresa quando, no ano passado, de repente Xaden apareceu prontinho para defender você até a morte.

Olho para Maren, porque não ouço a animosidade que esperava encontrar ali. Também não vejo hostilidade em seus olhos.

— Ficou decepcionada? — pergunto.

Ela dá de ombros, os anéis de metal nos ombros refletindo a luz com o gesto.

— Fiquei decepcionada pela Cat, mas não estava torcendo tanto por aquela coisa tóxica mais do que você torceria se a sua melhor amiga estivesse na mesma. É ela que está lá em cima com a Cat, né? A líder de esquadrão de vocês?

Aceno com a cabeça, passando pelas escadas que ficam mais estreitas, mantendo meu corpo o mais perto da fachada de pedras sem arranhar a minha jaqueta de voo.

— Rhiannon não queria que Cat tentasse me empurrar da trilha.

— Ela provavelmente tentaria — admite Maren, sorrindo um pouco. — Ela é meio…

— Desequilibrada? — arrisca Sloane, deixando uns bons três metros de segurança entre ela e o grifo à sua frente com Ridoc, Visia e a paladina. Acho que a outra se chama Luella, mas não tenho certeza. — Tomara que não tente fazer os joguinhos mentais com Rhiannon, ou vai acabar pendurada no penhasco. Não se brinca com a Rhi.

Ergo as sobrancelhas.

— Está chocada? — solta Sloane, por cima do ombro, na minha direção, mantendo uma mão na parede do penhasco quando chegamos ao topo das escadas. — Não fique. Liam não odiava muita gente, mas Cat estava na lista.

Ah, é mesmo. Porque ele e Xaden foram criados juntos. Devem ter se conhecido.

— Ela é meio brava — corrige Maren. — Eu ia falar "brava". E relaxa, Sloane. Ninguém ousaria canalizar o poder dos nossos grifos quando eles precisam estar completamente focados para não cair e morrer.

— Bom, pelo menos agora eu não sou a única que você odeia — comento, tentando reprimir um sorriso para Sloane.

— Eu não odeio você — responde Sloane, tão baixinho que eu quase questiono se estou ouvindo direito. — É difícil odiar você quando Liam não odiava.

Meu olhar confuso deve ser incentivo o bastante para que ela continue falando.

— Cheguei nas cartas de outubro — solta ela.

— Ah, foi quando Xaden forçou Liam a virar meu guarda-costas.

Viramos na trilha para começar a subida seguinte, que dessa vez é ainda mais íngreme, sobre a pedra cinzenta do rochedo. Ergo o olhar e imediatamente me arrependo de ter feito isso: meu estômago embrulha ao perceber que a vista lá em cima é quase idêntica à que temos para baixo. Penhascos e mais penhascos.

— Nós duas conhecemos meu irmão bem o bastante para saber que ninguém podia forçar ele a nada — responde Sloane, abaixando os ombros. — Só queria que Xaden tivesse pedido a outra pessoa. Qualquer outra pessoa.

— Eu também — confesso em um sussurro, concentrada em firmar os pés no caminho, a alguns metros de onde a trilha se desfez.

— Cuidado! — vozes em pânico chamam acima de nós.

Nossa atenção se volta para cima.

O céu fica cinza e cai rapidamente na nossa direção.

Mas não é o céu. É uma pedra.

Vamos virar destroços graças a uma armadilha ativada.

— Protejam-se! — grito, erguendo as mãos e me achatando contra a parede do penhasco, me apequenando o máximo possível enquanto tento canalizar o poder de Tairn quando a pedra bate com força em uma beirada acima de nós e então se lança na nossa direção.

Meu coração pulsa nos ouvidos. É como virar a maçaneta de uma porta. Virar a fechadura. É uma magia menor. Eu consigo fazer magias menores...

Com uma pedra do tamanho de um Rabo-de-pena?

Imagino a pedra mudando seu rumo e viro as mãos...

Uma mancha preta corta minha visão um segundo antes de uma explosão ressoar acima de mim, e cubro a cabeça com a mão enquanto pedrinhas chovem no ar.

Tairn pulverizou a pedra com a cauda.

— *Obrigada.* — Eu me deixo relaxar contra a parede de pedras e respiro fundo algumas vezes para desacelerar meu coração.

— Vi! — grita Rhiannon lá de cima.

— Estamos bem! — respondo, gritando de volta.

— Puta merda. — Maren se inclina ao meu lado, a mão no peito.

— Rabo-de-chicote? — pergunta Sloane.

— Rabo-de-chicote — confirmo, observando Tairn voando para longe e então voltando na nossa direção.

Em poucos segundos, ele paira na minha frente com a batida precisa de asas, os olhos dourados estreitando.

Maren abaixa a cabeça e Sloane desvia o olhar.

— Ei, isso não foi culpa minha. Eu não escorreguei. — Levanto as sobrancelhas para ele.

— *Seria uma vergonha ter passado por tudo o que aconteceu ano passado para você nos matar numa caminhadinha simples dessas.*

Bufo.

— Entendido.

Ele flexiona as asas, o vento resultante dessa ação atingindo minha bochecha antes de ele mergulhar outra vez.

— Isso é… hm… normal? — pergunta Maren enquanto voltamos a caminhar, meu coração palpitando com o arroubo de adrenalina.

— Que parte? Tairn me salvar? Ou ficar resmungando depois? As duas coisas são bem normais.

— Quando vocês andam no Parapeito, ficam atirando pedras em vocês? — esclarece ela.

— Ah. — Balanço a cabeça. — Não. Você só precisa atravessar, mas é mais difícil do que parece. Como vocês são escolhidos?

— Andamos até a beirada de Rochedo, olhamos para o rio, que tem uns dez metros de profundidade naquela altura, e esperamos a revoada passar. — O tom dela se suaviza, e, quando olho para trás, ela está sorrindo. — Quando se aproximam, a gente pula.

— Vocês pulam? — Sloane vira a cabeça para trás, os olhos arregalados.

Maren assente, e uma covinha se forma em sua bochecha como resultado do sorriso.

— A gente pula. E, se conseguirmos subir num grifo, ficar em posição e segurar firme, então eles permitem a união.

Ela estica a mão e coça a parte de baixo do queixo de Dajalair, onde o bico encontra as penas.

— Que fodonas — admite Sloane, relutante. — O que acontece com quem erra? Os mortos acabam voltando para a margem?

Nós duas paramos, virando nossos rostos para observar Maren responder. Preciso admitir que eu também estou curiosa.

Maren pisca, confusa.

— *Mortos*? Ninguém morre. É igual pular de um penhasco. Se a gente errar, é só nadar até a margem, se secar e deixar a vergonha passar, e aí escolhemos outro ramo do exército. Infantaria e artilharia são bem populares.

Sloane e eu trocamos outro olhar.

— Vocês só… nadam até a margem — digo, lentamente.

— Isso — Maren assente, e então aponta para Sloane e para mim. — E, antes que perguntem, vocês é que são os esquisitões que ficam matando cadetes no dia do Alistamento.

Eu me afasto, absorvendo essas palavras.

— Tecnicamente, ainda são só candidatos — murmura Sloane. — Só viramos cadetes quando cruzamos o Parapeito.

— Ah, sim, então isso é muito melhor, né? — comenta Maren, sarcástica.

— Ow, vocês vão andar aí na frente ou não? — grita Sawyer atrás de nós.

— Estamos andando! — respondo, então me viro e continuo a subida.

Sinto um pulso de energia brilhante vindo da união com Tairn.

— Uau — diz Sloane, colocando a mão sobre o coração. — O que foi isso?

— Eu também senti. — Maren pisca.

— *O primeiro filhote de Aretia escolheu sair do ovo* — me conta Tairn, o tom neutro, avaliando a notícia.

— *Temos filhotes?* — Abro um sorriso. — *Por que você não parece feliz com isso?*

— *A escolha do filhote transforma o vale em ninho de novo. Altera a magia. Todas as criaturas que canalizam dentro de um voo de quatro horas do vale vão ficar sabendo.*

— *Mas somos só nós aqui. Estamos a uma distância de três horas.* — Olho em volta, avaliando que os outros também parecem conversar com suas uniões. — *Bem, nós e os paladinos, mas eles descobririam quando chegássemos lá.* — Abro um sorriso maior ao pensar em um Rabo-de-pena nascido em Aretia. — *Precisamos confiar neles para que o plano dê certo.*

— *Suponho que sim.*

***

No fim da tarde, eu preferia que minha alma fosse protegida por Malek a dar mais um único passo nessa trilha interminável. Não é à toa que Tyrrendor nunca sofreu uma invasão de Poromiel. As tropas estariam exaustas ou mortas (tolhidas por dragões em patrulha) quando finalmente chegassem ao topo.

Todos os meus músculos ardem, queimando de exaustão. Ao mesmo tempo, eles enrijecem a cada passo, um mais calculado que o outro conforme subimos mais alto, resultado de uma vertigem que não passa. Nem mesmo recitar fatos na minha cabeça me faz sentir conectada ao meu próprio corpo. Meu coração bate em um ritmo estressado e irrequieto, e eu daria *qualquer coisa* para me inclinar contra o penhasco à direita, parar e descansar por uma hora. Ou duas. Ou quatro.

Paramos pelo menos duas vezes na última hora. Os grifos estão diminuindo o passo, e isso me faz ficar preocupada e pensar que nunca vamos chegar ao topo, mas ao menos não tivemos quedas fatais ainda.

As brigas que irrompem entre os cavaleiros e paladinos também não ajudam em nada. Tivemos que parar a marcha três vezes só para trocar alguns cadetes de lugar, e Brennan pode até estar certo no fato de que podemos começar a respeitar os paladinos depois dessa subida, mas uma caminhada de um dia não vai resolver *anos* de ódio que nutrimos uns pelos outros.

A tarde fica ainda mais divertida quando entramos numa camada espessa de nuvens que só permite três metros de visibilidade, e nosso progresso desacelera tanto que parece que estamos rastejando.

— Espero que essas nuvens signifiquem que estamos perto do topo — suspira Maren, olhando para Daja com preocupação.

Os passos da grifo ficaram mais lentos a cada subida. A cabeça está voltada para baixo, e o peito de penas se contrai mais rápido e mais fraco a cada passo. É hipóxia. Maren está com a mesma condição, assim como o par na nossa frente, o grifo Cibbelair e sua paladina, Luella. As asas com manchas prateadas dele não estão apenas guardadas perto do corpo; estão frouxas.

Enquanto nós, cavaleiros, fomos condicionados às montanhas ao redor de Basgiath e com frequência voamos em uma altitude superior a três mil e quinhentos metros, os paladinos não podem dizer o mesmo. O cume da montanha mais alta de Poromiel chega a apenas dois mil e quatrocentos metros de altura, o que explica o motivo de apenas as revoadas cumeeiras conseguirem executar os ataques a vilarejos de alta atitude que estudamos em Preparo de Batalha.

Até mesmo Sloane parece preocupada.

— Deixa eu ver quanto tempo ainda falta — digo para Maren, suavizando a voz. — *Por favor, me diga que estamos quase saindo desse penhasco maldito?*

— *Parecem estar mais perto. Talvez a três ou quatro aclives do topo* — responde Tairn. — *Mas nenhum de nós consegue ver nada nessa névoa. O Setor Garra está chegando ao cume agora.*

— Acho que temos menos de uma hora de subida.

Lanço a Maren o que espero ser um sorriso encorajador, mas que provavelmente só parece uma careta exausta.

— *Certeza que vocês não podem pegá-los nas garras, igual fizeram com os arpões, e voar com eles até o topo?* — pergunto a Tairn.

— *Eles nunca tolerariam tamanha indignidade. Além do mais, tudo que precisam fazer é passar pelo penhasco. Temos carroças esperando para levar aqueles que permitirem.*

É mesmo. Porque não vão conseguir voar até Aretia. Não nas condições em que estamos.

— Acho que aguentamos mais uma hora — diz Maren, as respirações entrecortadas. — Luella! — chama ela adiante. — Acho que só mais uma hora! Como você está?

— Vai dar tudo certo — responde a voz fraca na frente do grifo manchado prateado.

Sloane apoia uma mão no penhasco e olha para mim.

— Ela e Visia estão discutindo — sussurra Sloane. — As vozes estão ficando mais baixas, mas não sei se é porque já conseguiram resolver as coisas ou porque Luella não consegue respirar. E acho que ela acabou de vomitar.

— São náuseas por conta da altitude — respondo, num murmúrio.

— Vocês não precisam sussurrar — declara Maren. — Grifos têm uma audição excelente.

— Igual a dragões — respondo. — Zero privacidade.

— Exatamente. — Maren afaga a parte que fica bem em cima do bico de Daja, me fazendo lembrar do mesmo lugar no focinho acima das narinas em que Andarna gosta de receber carinho. — Eles são uns fofoqueiros — diz ela, carinhosa. — Não se preocupe, Luella vai acabar ganhando. Ela é a mais boazinha de todos nós.

— Eu não teria tanta certeza. — Sloane desacelera, esperando que nós a alcancemos. — A família de Visia foi morta no ataque de Sumerton no ano passado.

— Lu não era nem uma cadete quando isso aconteceu — argumenta Maren, com a respiração ofegante.

— Se cavaleiros tivessem incendiado Draithus — comenta Sloane, arqueando a sobrancelha —, você se importaria se estivesse andando com alguém da Asa Norte? Ou detestaria todos os cavaleiros igualmente?

— Você tem razão — admite Maren. — Mas é difícil odiar Luella. Além do mais, ela faz um bolo *muito* bom. Ela vai acabar ganhando a simpatia de Visia com o recheio de caramelo quando chegarmos em Aretia. Espera só pra ver.

Um vislumbre de asa de dragão atravessa a névoa, cortando a nuvem como uma faca antes de desaparecer outra vez.

— Ao menos ainda estão tentando fazer patrulhas — diz Sloane enquanto continuamos.

— Corajoso, considerando que não dá para ver a ponta do penhasco — eu acrescento.

Uma onda de tensão… de consciência vem correndo pela minha união com Tairn. Acho que ele também não está muito contente com a falta de visibilidade.

— Aqui não! — grita uma voz familiar logo em frente, e a fila para de andar. — Vocês vão acionar a armadilha!

Dain.

— Que porra ele está fazendo aqui atrás? — murmura Sloane.

Não importa quantas vezes eu tenha explicado que Dain não compreendia as consequências de roubar minhas memórias, Sloane ainda o detesta.

E confesso que uma parte enorme dentro de mim continua com esse mesmo sentimento.

Cibbelair começa a se mexer, tomando cuidado ao subir, e nós seguimos. Por fim chegamos aonde Dain está parado, rígido, contra a lateral do penhasco, para os grifos poderem passar.

— É um gatilho de pressão — avisa ele, gesticulando para uma parte da trilha na frente dele com um mapa em uma mão, estendendo o outro braço para que Ridoc e Luella não continuem. — Sabemos que disparam flechas, mas não sabemos de *onde*, então não conseguimos desarmar. Então fiquei parado aqui pra avisar todo mundo sobre esse pedaço específico.

Olho para a parede do penhasco, notando as diversas rachaduras na fachada que poderiam esconder um grande número de munições, e depois olho pela trilha, onde uma corda foi estendida pela pedra para demarcar a área que não deve ser tocada. Deve ter entre um metro e meio e dois metros, o que já me faria hesitar se estivéssemos em terra firme, mas pular uma área grande como aquela em um parapeito impiedoso, com o nosso cansaço de agora (e o dos grifos também), é uma ideia completamente intimidadora.

E eu mal consigo ver qualquer coisa além da corda com essa névoa toda.

— Vamos ter que pular — diz Ridoc, encarando a trilha.

— Todo mundo conseguiu até agora — confirma Dain.

— Luella? — Maren se inclina sobre o penhasco para olhar para além de Cibbelair.

Uma paladina pequena de cabelos quase brancos e sardas que me faz lembrar de Sawyer olha para nós.

— Não sei. Nunca pulei assim tão longe.

— Ela é a menor de nós — comenta Maren, sem se dar o trabalho de sussurrar.

— Igual você — acrescenta Sloane, olhando para mim.

— Ridoc, será que você e Dain conseguem jogá-la até o outro lado? — pergunto.

— Está perguntando se eu consigo jogar *você*? — pergunta Ridoc, com seu sarcasmo de sempre.

Bufo.

— Eu vou conseguir pular.

Até parece que Ridoc vai *me* jogar.

A cabeça de Luella se afasta, ofendida. Ah, *merda*.

— Estou acostumada com a altitude — eu a lembro, esperando que isso encoberte minha ofensa acidental. — O que o resto do pessoal fez? — pergunto a Dain.

— Um salto impulsionado por uma corrida — responde ele. — Só estamos tentando garantir que seja lá quem estiver do outro lado já tenha acabado de se recuperar para não termos nenhuma colisão.

Deuses, como eu queria que Xaden estivesse aqui. Ele pegaria Luella com as sombras e a levaria para o outro lado. Ou talvez deixasse que ela caísse. Nunca sei, quando se trata de outras pessoas.

Rhiannon não consegue pegar algo tão grande quanto uma pessoa com o seu sinete. Cianna, nossa sublíder do último ano, está lá em cima, mas usar o vento também não ajudaria. Nossos sinetes são inúteis para essa tarefa.

— Você pula primeiro, Ridoc — ordena Dain.

— Então eu *não* vou jogar Luella?

— Ou ela consegue ou não consegue, assim como no Parapeito — diz Visia, puxando os cabelos na altura dos ombros para trás e amarrando-os. — Eu vou primeiro.

— Cibbe disse que ele vai primeiro — anuncia Luella, e então todos os três se achatam contra a fachada do penhasco ao lado de Dain para o grifo passar.

Sloane está certa. Luella é parecida comigo fisicamente, pequena e mais baixa que a média. Também tem a minha idade, já que paladinos começam um ano depois de cavaleiros. A diferença é que ela está enjoada por causa da altitude, e eu não.

Só estou um pouco zonza, o que pode ser uma sentença de morte aqui em cima.

A ponta de outra asa de dragão aparece na névoa, o padrão de voo vindo da direção oposta. Um marrom, talvez?

— Aquele ali é o Aotrom? — pergunto a Ridoc. Nessa altura, estou pronta para implorar por ajuda, e que se dane o orgulho dos paladinos.

— Não. Ele está lá em cima com os outros. Acabaram de carregar os arpões e estão reclamando que estão sendo tratados feito burros de carga.

Levanto o canto da boca.

— Imagino.

Cibbelair se agacha no traseiro ocre e marrom-claro e então se impele para a frente, pulando a armadilha e deslizando na trilha quando pousa.

Luella prende o fôlego quando as garras de Cibbe derrapam na beirada, mas ele se apoia rapidamente no penhasco, as costas se contraindo e esticando com a respiração entrecortada.

Fico dividida entre respirar de alívio pelo grifo ter conseguido e reconhecer o vazio no meu estômago que se forma ao perceber que Luella não vai conseguir, de jeito nenhum.

— Você se importa de perguntar a ele se poderia nos servir de corrimão? — pergunto à paladina. — Nós duas vamos precisar correr e pular, e seria bom se ele pudesse nos impedir de cair do penhasco.

A cabeça de Cibbe se afasta em um ângulo nada natural e ele grasna agressivamente na minha direção.

— Ele… — Um sorriso pequeno aparece na boca de Luella. — Ele disse que sim, mas de forma relutante.

— Visia e Ridoc, venham aqui — ordena Dain. — A fila precisa andar.

Visia se afasta até onde nós estamos, pulando nos dedões, e então começa a correr, movendo os braços e pernas juntos e se atirando por cima da área coberta de corda, pousando firme do outro lado.

— Está vendo? Se ela consegue, nós conseguimos — digo a Luella, torcendo para que isso não seja mentira.

— Ela é quinze centímetros mais alta que nós duas e não está tão cansada. — Luella engole em seco. — E sem ofensas, mas você está com cara de que vai desmaiar.

— Não vou — minto, tomando um segundo para ajustar a atadura do meu joelho esquerdo.

Não bebi água o bastante nem descansei por muito tempo hoje, e meu corpo mais do que demonstra essas negligências.

Deuses, eu nunca teria conseguido passar pela Armadilha se estivesse me sentindo como estou me sentindo *hoje*.

Armadilha. Uma ideia começa a se formar em minha cabeça.

— Eu… — começa Ridoc.

— Pera aí — digo.

Apoio a mão direita no penhasco para me impedir de perder o equilíbrio e examino a área acima da armadilha da trilha, notando uma das rachaduras mais finas na pedra. Ridoc é o melhor alpinista que temos, então talvez funcione.

— No que está pensando? — pergunta Dain. — Não me diga que não é nada. Você está com aquelas ruguinhas entre as sobrancelhas.

— O que preciso saber é o quanto Ridoc é apegado à espada que está trazendo consigo — digo. Respiro fundo, tentando afastar a náusea que acompanha a tontura.

— É uma espada padrão — responde ele, e então acompanha meu olhar. — Ah. Saquei, você acha…

— Isso.

Olho para Luella para que Ridoc entenda, e ele assente lentamente.

— Olha, não sei se vai segurar.

— Mas dá pra tentar. — Ergo as sobrancelhas.

Ridoc pega a espada.

— Não. — Dain desembainha a espada mais curta, deixando a mais comprida embainhada. — Use essa aqui. O pomo é maior e vai ser mais fácil de fincar. — Ele entrega a espada para Ridoc e depois se volta para mim. — Ainda sei como a sua cabeça funciona.

Sloane bufa, irritada.

Ridoc pega a espada de Dain e a coloca na bainha vazia à esquerda. Em seguida, sobe um pouco e começa a andar horizontalmente pela fachada do penhasco.

— O que ele está fazendo? — pergunta Luella.

— Você vai ver — digo, baixinho, para não atrapalhar Ridoc.

Ele se move pela pedra cuidadosamente, uma mão depois da outra, e coloca o pé em um apoio que não consigo ver, muito menos confiar, em mais ou menos metade do caminho. Então, pega a espada, afastando o cotovelo para trás o máximo que consegue sem perder o equilíbrio, e a finca na fachada de pedra com toda a força. O som produzido é pior do que um guincho de um grifo irado.

— Pedra — pede ele para Dain, esticando a mão direita.

Dain pega uma pedra solta do tamanho do meu punho e estica o braço comprido na direção de Ridoc, entregando o pedido.

Ridoc bate a pedra com força contra o pomo, afundando-a no penhasco como um martelo com um prego, até quase todos os centímetros da lâmina terem desaparecido, e eu não deixo de ver o rosto de Dain estremecer. Ridoc segura o cabo com uma mão e testa com uma palma, depois duas.

Prendo a respiração quando ele se pendura nela, e graças a Dunne a espada não cede. Ele usa o próprio peso para projetar o corpo para trás e depois se joga para a frente, soltando quando chega no auge do arco e caindo do outro lado da corda.

Pode ser que isso funcione.

— De repente a gente tá na Armadilha, em vez do Parapeito — murmura Sloane.

— Facinho — diz Ridoc, e então se vira para me encarar e estende os braços. — Vem, Vi. Eu te pego.

— Vai tomar no cu. — Ergo o dedo do meio, mas ainda assim sorrio para ele através da névoa. Eu me viro para Luella. — Espero de verdade que você seja destra.

Ela assente.

— Ótimo. O cabo tem vinte centímetros…

— Dezoito — corrige Dain.

— Olha só, um homem humilde que admite que é menor do que a mulher acha — provoca Maren.

Não consigo reprimir um sorriso.

— Tá. Dezoito centímetros. Você só precisa pular longe o bastante para conseguir segurar e aí se balançar igual Ridoc fez.

Luella me encara como se eu tivesse dito que vamos subir o resto do penhasco plantando bananeira.

— Quer que eu vá primeiro? — ofereço.

Ela assente.

Por favor, acabe com essa tontura e eu juro que vou construir um templo seu ainda maior em Aretia, rezo para Dunne. Porém, talvez essa reza devesse ter sido dirigida a Zihnal, porque, caramba, precisamos de sorte. As borboletas parecem atacar meu estômago por dentro.

— Certeza? — pergunta Dain.

Eu o fulmino com o olhar.

— Certeza, então — repete ele, atestando aquele fato, e se afasta para me dar mais espaço.

Dou pulinhos usando o peito dos meus pés e corro para a frente, firmando com força aquele último passo antes da corda e pulando na direção do cabo.

Sinto cada batida do meu coração marcando o tempo que estou no ar.

Segura. Segura. SEGURA!

Minha mão direita faz contato primeiro e eu seguro o cabo da adaga com força, batendo a mão esquerda no espaço disponível e me segurando com força enquanto meu corpo balança, para que eu não caia para a frente e acabe acionando a armadilha.

— Você consegue! — grita Ridoc, estendendo os braços.

— Eu vou chutar sua cara se você tentar me pegar! — aviso.

Ele abre um sorriso e dá uns passos para trás, e eu respiro fundo, afastando os borrões pretos da visão por pura força de vontade, me recusando a deixar a tontura vencer.

Eu me recuso a morrer hoje, caralho.

Impelindo meu corpo para trás, começo a balançar como se estivesse em um obstáculo da Armadilha, jogando os pés para frente e para trás. Quando pego bastante impulso, murmuro outra prece e me solto, voando por cima da corda.

Chego do outro lado e a dor explode em meus joelhos quando caio para a frente, me segurando nas mãos. *Você conseguiu, você conseguiu, você conseguiu*, reforço na mente, forçando a dor naquela caixinha e tampando; em seguida, cambaleio para ficar em pé. Uma rápida avaliação com as mãos me diz que não desloquei as patelas, apesar de que a perna esquerda está reclamando a ponto de desistir de vez.

— Viu? — Eu forço um sorriso e me viro. — Você consegue.

Maren dá um tapinha no ombro de Luella e, seja lá o que tenha dito, faz com que a paladina menor assinta enquanto eu me afasto, indo para o centro do caminho, abrindo espaço para ela aterrissar.

Ela passa pelo obstáculo da mesma forma que eu, os pés chutando o chão antes de alcançar o cabo e segurar.

— Muito bom! — grito. — Agora balance até sentir que o impulso vai te levar até o outro lado.

— Não consigo! — ela choraminga. — Minha mão está escorregando.

Merda.

— Consegue sim — encoraja Dain. — Mas é melhor ir *agora*.

— Vai, Luella! — grita Maren.

Luella começa o mesmo movimento oscilante que Ridoc e eu usamos, balançando os pés para pegar impulso, e então se solta.

Prendo o fôlego enquanto ela se lança até a linha de segurança.

Os pés dela pousam um pouco antes da corda e seu olhar encontra o meu, arregalando os olhos horrorizada enquanto se lança para a frente, como se a armadilha não notasse o erro se ela se mexesse rápido o bastante.

Ah, *cacete*. Talvez Dain esteja errado. Talvez a armadilha esteja trinta centímetros *antes* da corda. Talvez ela tenha conseguido passar ilesa. Talvez todos nós estejamos tranquilos.

Porém, eu claramente rezei para o deus errado.

Tudo desacelera de alguma forma, e também parece acontecer ao mesmo tempo.

Luella mergulha para a frente, lançando o corpo para onde estava olhando (na minha direção, em vez da de Cibbelair), e eu mal tenho espaço para abrir os braços antes da colisão do corpo dela com o meu, e ela me empurra para trás num ângulo no qual atinjo Visia… lançando nós três na direção da borda do penhasco.

— Vi! — grita Ridoc.

Tento me virar para tentar contrabalancear nosso peso na direção da parede o máximo possível, mas não tenho tempo ou força, e nós nos debatemos, enroscadas.

Nossos pés tropeçam um no outro, e começo a cair. Todas caímos.

Uma mão agarra o cós do meu uniforme e puxa com força, mudando a direção da queda. *Ridoc.* Meus pés perdem a tração quando o impulso muda, e caio de joelhos perto da beirada, bem a tempo de ver Visia e Luella começarem a escorregar.

E não consigo mais parar o tempo.

— Não! — eu me jogo para a frente, a pedra arranhando o peito, e estico os braços, tentando pegar quem estiver mais perto quando o som de um vento forte passa por cima da minha cabeça.

Visia agarra minha mão esquerda e Luella segura meu pulso direito, o peso das duas mulheres quase me puxando para me juntar a elas. Sinto meu ombro direito deslocar da articulação, e a agonia faz um grito ser arrancado da minha garganta.

Visia procura um apoio na fachada do penhasco, mas Luella agarrou meu pulso com as duas mãos, os pés chutando o ar e procurando um apoio.

— Me puxe para cima! — grita Luella, e estou com dor demais para verbalizar que *não consigo*.

— Ridoc! — grito, no instante em que minha visão borra e começa a escurecer. — Me ajuda!

Passos ressoam no chão, mas o apoio de Luella no meu pulso começa a escorregar até minha mão, e arrisco olhar por cima do ombro direito, esperando um resgate, quando o peso de Visia desaparece, tirado da lateral do penhasco por um bico gigante.

Cibbe.

Visia estava no caminho dele. O grifo solta a cavaleira na trilha e estica o pescoço enorme na direção de Luella enquanto passos correm para *baixo* do declive.

Mas tudo que consigo ver é Ridoc cambaleando para trás na direção da parede, duas flechas perfurando a lateral de seu corpo.

— Eu estou bem — diz ele, assentindo rápido e olhando para as flechas, sangue escorrendo de sua boca.

Não. Não. NÃO.

Grito penhasco acima para a única pessoa que pode salvá-lo agora.

— BRENNAN!

Quando um grifo se une, é pela vida toda.
Guarde a sua vida como faria com a do seu grifo,
pois estarão entrelaçadas para sempre.

— Capítulo Um, O Cânone do Paladino

CAPÍTULO QUARENTA E QUATRO

Passos de botas se apressam na minha direção dos dois lados, e Sloane agarra Ridoc enquanto Dain se ajoelha ao meu lado, impelindo-se para a frente, pegando Luella no mesmo instante em que Cibbe o alcança.

Desvio o olhar de Ridoc e me concentro em Luella, no seu olhar cor de mel, enquanto ela escorrega dos meus dedos frouxos.

— Segura firme! — grito. Eles só precisam de mais um segundo.

Só que ela só escorrega mais, e o bico de Cibbe se fecha no ar no instante em que ela me solta e cai para baixo, as nuvens a engolindo por inteiro.

— Luella! — uma mulher grita à esquerda.

Cibbelair grita, o som estridente preenchendo meu peito, e continuo encarando o lugar em que Luella estava, como se de alguma forma ela pudesse surgir em meio à névoa.

Como se houvesse qualquer chance de ela ainda estar viva.

— Droga! — Dain rapidamente se afasta, de joelhos. — Vi…

— Não consigo me mexer. — Minha voz se transforma em gemido. — Desloquei o ombro.

A adrenalina vai acabar a qualquer segundo, e então a dor verdadeira da lesão vai me dominar.

— Tudo bem. — O tom de voz dele se suaviza imediatamente. — Peguei você.

Ele passa as mãos pelo meu torso e cuidadosamente me coloca em pé, meu braço direito pendurado, inútil, na lateral do corpo.

Os gritos de Cibbe se transformam em um choro esganiçado.

— *Algo parece errado* — diz Tairn.

— *Tá tudo errado, porra* — respondo.

— Você soltou ela! — Cat se impele na nossa direção do outro lado de Cibbe, a raiva demarcada em cada linha da carranca.

— Eu nunca nem consegui segurar.

Meu peito desmorona com o peso insustentável da culpa, porque ela tem um pouco de *razão*. Eu posso não ter derrubado Luella, mas eu também não a salvei.

— Cat, não. — Maren passa por nós às pressas, erguendo as mãos como se quisesse bloquear a melhor amiga. — Eu vi tudo. *Não* foi culpa da Violet. Luella quase matou dois cavaleiros porque não conseguiu pular a armadilha.

— Você derrubou ela, porra! — Cat tenta pular por cima de Maren. — Cibbe salvou a sua cavaleira preciosa, e você *derrubou* a nossa paladina! Eu vou *matar* você por isso!

— Para com essa porra! — grita Maren. — Se matar Violet, vai estar matando Riorson. Todo mundo sabe disso.

Porra, tudo *sempre* acaba nisso, então, né?

— Eu podia… — começa Cat.

— Se der um passo na direção de Violet, eu mesmo vou jogar você dessa porra desse penhasco — avisa Dain, a voz baixa e ameaçadora. — Ao contrário de Riorson, não estou nem aí para quem é seu tio.

— E eu faria isso só por diversão — acrescenta Sloane.

— Ridoc — consigo dizer, apesar da dor que lateja pelo meu ombro e devora o restante do meu corpo.

— Estou vivo — responde ele, fraco.

— Cat, deixa quieto. Cibbe não tem muito tempo — diz Maren, a mão trêmula quando a estende para o grifo.

Cat respira fundo, depois assente, indo até o lado do grifo.

— Grifos morrem com seus paladinos — explica Maren, o tom suavizando enquanto ela acaricia o lugar em que as penas se transformam em pelos.

A união é como a minha e a de Tairn.

Cibbe emite um choro baixo, lastimoso, e o penhasco inteiro, tanto acima quanto abaixo, o ecoa, como se todos os grifos sentissem o luto pela vida do paladino como um só.

O bater de asas se aproxima enquanto Dain me afasta da beirada, e fico observando a névoa, procurando um vislumbre laranja, esperando Brennan e Marbh.

— Encaixa meu ombro. — Minha voz fica rouca e eu encaro Dain.

— Merda. Tá falando sério? — Ele ergue as sobrancelhas.

— Vai logo. Igual quando a gente tinha catorze anos.

— E dezessete — murmura ele.

— Isso. Você sabe fazer e não tem nenhum médico por perto.

— Não quer esperar por Brennan? — pergunta Dain, segurando meu braço.

— Brennan vai tentar me regenerar primeiro, e Ridoc está morrendo. Agora *vai logo*! — brigo, me preparando para a dor.

Uma faixa de couro aparece diante de mim.

— Morde — ordena Maren, falando acima do choro de Cibbe.

Não consigo olhar para ele, não posso ficar aqui só olhando enquanto o corpo saudável dele morre da mesma forma que Liam morreu, então viro o rosto e mordo a faixa.

— Um. — Dain ergue o meu braço de leve e ajusta a posição. — Dois.

Ele ergue meu braço em um ângulo de noventa graus. Meus dedos fincam no couro enquanto reluto contra o grito que parece entalar na garganta. Ridoc está caído no chão, atingido por duas flechas. Eu consigo aguentar.

— Desculpa por isso, porra — sussurra Dain, colocando a outra mão entre meu pescoço e meu ombro. — Três!

Ele rola meu braço para a frente e eu aperto a mandíbula, fechando os olhos com força enquanto uma dor lacerante borra e embranquece minha visão, à medida que ele encaixa a articulação de volta no lugar.

O alívio da dor maior acaba em um instante, e tiro a faixa de couro de entre os dentes.

— Obrigada.

— Não precisa me agradecer por isso nunca.

Dain ergue meu braço acima da cabeça, certificando-se de que está no lugar, gira-o de volta para baixo e então dobra meu cotovelo, segurando meu braço contra o meu peito antes de tirar o próprio cinto para fazer uma tala temporária.

— Como ele está? — pergunta Dain, por cima do ombro.

— Perdendo sangue — responde Sloane, quando uma garra laranja pousa na beirada onde a armadilha estava.

Brennan executa um pouso com rolamento perfeito.

— Você está... — Ele vem correndo até onde estou, me examinando à procura de sangue.

— Eu estou bem! Salve o Ridoc!

— Cacete. — Brennan olha para a perna de Dain. — Você é o próximo.

— É só um arranhão. — Dain olha para mim. — Só pegou minha coxa de raspão.

Brennan se abaixa ao lado de Ridoc e começa a trabalhar.

— Está tudo bem — diz Maren para Cibbe quando o grifo desaba, a cabeça pendurada na beirada do penhasco enquanto seu choro fica mais e mais manso. — Você alcançou uma morte honrada.

Mais batidas de asa preenchem o ar e eu encaro a névoa, esperando a carranca reprovadora de Tairn. Porém, não me sinto mais próxima dele do que antes.

— *Você não pediu que eu fosse buscá-la* — diz ele, severo.

A névoa se rompe igual a uma cena saída direto de um pesadelo, e uma bocarra cinza e enorme enche minha visão, abrindo-se para revelar dentes afiados que se fecham no pescoço de Cibbe, pegando o grifo da trilha antes de desaparecer mais uma vez na direção da névoa.

Meu coração tem um sobressalto.

— Mas que porra… — sussurra Sloane.

— Wyvern — eu consigo murmurar, minha cabeça se virando para Maren e Cat. São as únicas pessoas ali que já viram um. — Era um wyvern, né?

— Era — responde Cat, os olhos arregalados em choque.

Maren está imóvel igual a uma estátua.

— Wyvern! — grita Dain, e então o caos irrompe.

— *Não conseguimos ver nada sob essas nuvens* — rosna Tairn.

— *Mas eles conseguem ver o bastante para nos engolir!* — respondo.

Já sinto Tairn se mexendo. Graças aos deuses Andarna ficou em Aretia.

— Termine de subir o penhasco! — grito para Maren, agarrando o ombro dela com a mão que está boa e a sacudindo para que saia do transe. — Ajude Daja a fazer a subida da trilha!

Ela pisca e então assente.

— Daja!

Dain me puxa do caminho enquanto a grifo se impele para a frente, e só espero que o arroubo de adrenalina seja o suficiente para fazê-los subir os pedaços que faltam.

— Não consigo movê-lo — diz Brennan, o foco voltado para os ferimentos de Ridoc. — Estou bloqueando a maior parte da dor, mas não posso tirá-lo daqui, Vi.

— E nós somos alvos fáceis — murmura Sloane, olhando para a névoa enquanto mais cavaleiros de grifos passam por nós.

— Vão — sussurra Ridoc, abrindo os olhos, encontrando os meus. — Vão embora desse lugar.

Eu me ajoelho ao lado dele, segurando sua mão.

— A gente fez um acordo, lembra? Nós quatros vamos ficar vivos até a graduação. A gente. Fez. Um. Acordo.

— Ridoc? — Sawyer chega até nós, os olhos arregalados de medo quando traz o último pedaço do nosso esquadrão, e o Setor Cauda começa.

— Eles não conseguem ver — diz Brennan, a voz ficando tensa enquanto as mãos se mexem rapidamente, quebrando uma flecha ao meio, depois a outra. — Aetos, os dragões não conseguem ver!

— Vou resolver! — Dain ergue o olhar para o penhasco e eu continuo apertando a mão de Ridoc enquanto Brennan retira a primeira flecha de seu abdome.

— Você vai fazer o *quê*, no caso? — Sawyer ralha com Dain.

— Cath está repassando para Gaothal que Cianna precisa dominar o vento para melhorar a visão da legião — responde Dain. — Você não vai conseguir fazer nada aqui, Henrick, então leve os outros até um lugar seguro!

Sawyer aperta os punhos.

— Se acha que vou largar meus colegas aqui…

— Me parece que o seu Dirigente de Asa te deu uma ordem, cadete — diz Brennan, a voz firme.

— Leve Sloane. — Olho para onde Sloane está e ela se afasta, claramente ofendida. — Fui eu que fiquei segurando Liam enquanto ele morria, sendo que o dragão dele já tinha sido eviscerado por um wyvern, então não vou ficar olhando a irmã dele sofrer o mesmo destino. Subam a porra do penhasco!

Sawyer praticamente levanta Sloane de uma vez e os dois se juntam à marcha firme e apressada enquanto as nuvens começam a se dissipar.

— Acha que Cianna vai conseguir? — pergunto para Dain, baixinho, absorvendo a pressão na mão de Ridoc, que aperta a minha enquanto Brennan retira a segunda flecha.

A expressão tensa dele responde minha pergunta.

A visibilidade pode estar melhorando, mas não é o bastante para vermos o que estamos enfrentando, e, mesmo que fosse, sem arpões, eu sou a melhor arma que temos.

— *Já cheguei à mesma conclusão* — diz Tairn, um sopro de ar atingindo minhas costas com a força de suas asas.

— Beleza. — Solto a mão de Ridoc e afasto o cabelo dele da testa. — Você não vai morrer. Está me ouvindo?

Ele assente, os olhos castanho-escuros fechando as pálpebras enquanto fico em pé.

— Aonde você pensa que vai? — pergunta Brennan, a concentração vacilando.

— Eu sou a melhor chance que temos aqui. Nós sabemos disso.

— Puta que pariu — murmura Brennan.

— Encontre todos os dominadores de vento disponíveis — digo para Dain, enquanto ando até a beirada do penhasco, impedindo temporariamente a fileira enquanto Tairn vira seu corpo enorme na direção de Poromiel. — Acho que tem um dominador de tempestade na Primeira Asa. Não é tão poderoso quanto minha mãe, mas veja se dá para erguer a temperatura por aqui e talvez dissipar as nuvens.

— Violet! — grita Brennan. — Se não puder tirar as nuvens, então use elas como vantagem! Ninguém aqui é tão poderoso quanto a general Sorrengail. Invente um novo plano.

Ele é sempre o estrategista.

— Podemos deslocar a legião inteira para ajudar — sugere Dain.

— E, se tiver *um* único venin montado naquele wyvern, perdemos a legião — digo, balançando a cabeça.

— Você está ferida. Sabe disso, né? — questiona Dain, olhando para o cinto pendurado no meu ombro.

— E você é um leitor de memórias.

Ele estreita os olhos.

— Ah, achei que estivéssemos só soltando fatos aleatórios. — Examino as nuvens ao nosso redor, procurando por qualquer ruptura e sinal no céu azul. — Odeio ser eu a ter que te dizer isso, mas o seu sinete não é de muita ajuda nessa situação.

— *Não temos tempo para discutir.*

Tairn coloca a cauda enorme ao lado da beirada da trilha enquanto se mantém no ar, firme.

— Acha que Riorson deixaria você entrar numa batalha contra sabe deuses quantos wyvern, ou, pior ainda, um venin que criou todos eles, estando *machucada?* — Ele ergue as sobrancelhas.

— Acho. — Dou um passo para a frente e piso num ponto no meio da cauda de Tairn, meu estômago se acostumando ao sentir sob minhas botas aquele território familiar, enquanto olho por cima do ombro para Dain. — É por isso que eu amo ele.

Não espero pela resposta de Dain, não quando Tairn virou um alvo gigantesco. Ele permanece surpreendentemente estável enquanto avanço, navegando entre os espinhos e as escamas com facilidade.

— *A morte da paladina não foi sua culpa* — Tairn diz para mim quando chego em minha sela e me abaixo para me sentar.

— *Vamos deixar essa conversa para outro dia.* — Eu me atrapalho com o cinto por segundos preciosos. Essa coisa é impossível de amarrar com um braço só, mas eu consigo, segurando a faixa na mão direita enquanto a amarro com a esquerda. — *Sabe que eu não consigo canalizar poder com uma mão só, né?*

— *Não precisa me informar de seus limites.*

Tairn mergulha e sou jogada para a frente no assento enquanto despencamos por milhares de metros de nuvens finas.

— *Não consegue senti-los, consegue?*

— *Eu sabia que tinha alguma coisa estranha acontecendo, mas se conseguisse detectar wyvern com tanta precisão, se qualquer um de nós conseguisse sem vê-los, não estaríamos nessa situação.*

Justo.

O vento corta meu rosto e arranca lágrimas dos meus olhos, mas não vou desperdiçar movimentos de braço preciosos tentando pegar os óculos da minha mochila. Saímos da cobertura das nuvens e paramos no céu pouco abaixo dela.

— *As subidas estão livres* — diz Tairn. — *Não arriscaremos o terreno mais alto se não tivermos cavaleiros para nos dar cobertura.*

Com um bater de asas poderoso, seguimos para cima, de volta para a névoa.

— *Tem mais algum dragão por aí?* — Pego a fivela do cinto de Dain e puxo o couro cuidadosamente para o lado para soltar meu braço. Vou precisar da tala de novo assim que acabarmos. — *Não quero acertar ninguém por acidente.*

Isso porque acertar até mesmo um wyvern provavelmente *seria* um acidente, considerando minha mira.

— *Estão todos no pico, protegendo os cavaleiros.*

— *Ótimo.*

Voamos direto para a parte mais espessa da nuvem, mas não vejo traço do wyvern.

Até que eles — *dois* wyvern — passam por nós voando, um de cada lado, rasgos de cinza em meio a um branco infinito.

— *Puta merda* — digo.

Tairn voa mais alto, tentando alçar ao céu azul.

As nuvens se estendem dos penhascos acima da paisagem que nos cerca. Não é à toa que a legião não viu wyvern algum. Eles têm a cobertura perfeita.

E Cianna não é poderosa o bastante para dissipar as nuvens.

Use as nuvens. Foi isso que Brennan sugeriu.

Wyvern não estão apenas vivos... foram criados. Carregam uma forma de energia dentro de si que foi forçada para dentro deles por dominadores das trevas.

— *Tive uma ideia.*

— *Aprovada.* — Tairn adentra a cobertura das nuvens. — *Já avisei Gaothal para instruir sua cavaleira a parar de eliminar as nuvens, e em vez disso empurrá-las para longe do penhasco.*

— *Só afaste-as do caminho. Até lá, distraia os wyvern.*

Seguro o pomo da sela com a mão boa e empurro a mão direita para dentro da jaqueta de voo, entre os botões, para estabilizar meu ombro o máximo possível.

Então Tairn mergulha outra vez névoa adentro.

— *São só dois, segundo Aotrom* — anuncia Tairn, as asas batendo nas nuvens em pequenos rodopios atrás de nós. — *A cobertura se diluiu o bastante ao norte para detectar as formas deles.*

— *Será que é só uma patrulha?*

— *Sem cavaleiros* — confirma ele.

— *Graças a Zihnal.* — Eu me inclino para a frente e as lágrimas se acumulam no canto dos meus olhos. — *Eu sei, eu sei. Os dragões não se importam com nossos deuses.*

Tairn bufa, seguindo um padrão de rodopios próprio. Está tentando detectar o wyvern.

— *Você é mais rápido do que eles, certo?*

Sinto o medo causar um calafrio em minha espinha.

— *Não me ofenda assim quando estamos prestes a entrar em batalha.*

— Beleza — murmuro para mim mesma.

— *Quer usar o conduíte?* — pergunta Tairn, ao ver duas caudas aparecerem logo em frente.

— *Não. Se eu usar a mira, talvez não alcance meu objetivo.*

— *Entendido.*

As asas dele batem mais rápido, alcançando uma velocidade que faz meu estômago ficar no ar lá atrás, e aperto os olhos enquanto ele se aproxima dos wyvern para chamar a atenção deles.

A manobra funciona, e fico nauseada quando trocamos de predador para presa.

— *Se fosse apenas um, eu rasgaria o pescoço dele e daríamos esse assunto por encerrado.*

— *Eu sei.*

Porém, não existe garantia nenhuma de que sejam só dois.

— *Segura firme, Prateada.*

Eu me abaixo, apequenando-me o máximo possível, deitada em cima da sela para minimizar a resistência do ar enquanto Tairn acelera até um ritmo que nunca experimentei antes. Preciso de todo o meu esforço para respirar, para resistir à escuridão que ameaça dominar os cantos da minha visão, só para manter a consciência enquanto ele sai das nuvens e mergulha de novo na cobertura da névoa um segundo depois.

— *Eles vieram atrás.*

— Ótimo. — Meus dentes começam a chacoalhar. — *Como está a cobertura de nuvens? Porque não posso usar meu poder se desmaiar.*

— *Estão quase limpas.*

Cerro os dentes e ignoro a dor latejante no ombro. As nuvens não podem ficar no caminho, ou tem uma grande chance de que eu mate Ridoc e Brennan se ainda estiverem na trilha.

— *Vamos rolar* — Tairn me avisa um segundo antes de se mover, executando uma manobra que me desorienta por inteiro, uma manobra que a maioria dos cavaleiros despencaria se fizesse.

Meu estômago parece se misturar aos meus pulmões e ele volta a se nivelar no ar, voando no caminho oposto e parando precisamente *embaixo* dos wyvern.

— *Eu sei que não devemos questionar nossos dragões…*

— *Então não questione.*

Um par de garras pontudas e cinza vem rapidamente em nossa direção.

— *Tairn!*

Ele dá uma guinada forte para a direita e volta a subir rapidamente.

— *As nuvens não estão mais na trilha.*

Meu coração começa a galopar.

— *Garanta que eles estejam nos seguindo.*

— *Não se vire, ou talvez* desmaie *de verdade* — instrui ele, pegando ainda mais velocidade em seu voo.

Deslizo a mão pela jaqueta com um gemido e ofego de dor enquanto viro as palmas da mão para baixo e me abro para os poderes de Tairn. Poder flui por mim, preenchendo meus músculos, veias, o tutano dos meus ossos, até eu virar apenas poder e o poder virar apenas eu. Minha pele começa a zumbir e depois chiar.

Rompemos as nuvens e abro os braços, ignorando a dor e gritando, tudo no mesmo fôlego, deixando a energia líquida dentro de mim livre, e pela primeira vez na vida forço meu poder para *baixo*.

A energia irrompe por mim, queimando minha pele enquanto os relâmpagos se desdobram na nuvem abaixo de nós, esparramando-se pelo céu como diversos galhos de arbustos, revoltos e retorcidos, atraídos pela energia reunida dentro dos wyvern.

Quatro figuras distintas ficam acesas abaixo de nós, duas diretamente abaixo e duas mais perto da beirada do penhasco, brilhando, ofuscantes, sob o fluxo infinito do poder produzido.

— *Pare de canalizar!* — exige Tairn.

Forço minhas mãos a se fecharem e empurro a porta dos Arquivos em minha mente para que se feche, rompendo a torrente infindável do poder de Tairn antes que acabe na mesma condição na qual estivera em Basgiath durante a punição de Carr e Varrish.

Os relâmpagos cessam.

— *Vai!* — grito por nosso elo, segurando meu braço direito com o esquerdo, e Tairn dá uma guinada brusca para a esquerda e mergulha em direção ao chão.

Desta vez, o vento é um alívio bem-vindo ao calor da minha pele e à ardência dos meus pulmões enquanto passamos pelas nuvens e saímos do outro lado.

Quatro carcaças de wyvern estão caídas no chão, uma precisamente no meio do campo em que começamos nossa jornada naquela manhã. Tairn voa em cima de cada um deles apenas tempo o bastante para garantir que de fato não carregavam nenhum venin, e quatro outros na legião se juntam a nós para fazer uma última patrulha na área.

Em seguida, subimos outra vez, elevando-nos nas nuvens e saindo na beirada do penhasco, onde todos estão reunidos. Alguns grifos sobem nas carroças pesadas com passos cambaleantes, enquanto outros parecem ter desmaiado no chão, mas os paladinos estão todos em pé, assim como os esquadrões de cavaleiros.

Tairn rapidamente localiza nosso esquadrão, e os cavaleiros se afastam quando ele pousa abruptamente.

— *Você poderia ter esmagado alguém* — dou uma bronca nele.

— *Poderia, mas, bom, eles saíram da frente.*

Vejo Rhiannon e Sawyer com Ridoc apoiado entre eles, andando até Aotrom, e respiro aliviada.

— Que foi? Achou que eu ia deixar seu amigo morrer? — pergunta Brennan, cruzando os braços e virando a cabeça para mim de onde está parado ao lado de Bodhi e Dain, perto da perna dianteira de Tairn.

— Não duvidei nem por um segundo. — Eu me forço a sorrir.

— Quer descer logo daí pra me deixar regenerar esse ombro? — Ele me lança o olhar reprovador de irmão mais velho, que domina de forma profissional.

— Não tô muito a fim, não.

Faço uma careta e devolvo o cinto de Dain para a posição correta, me recusando a correr o risco de que talvez não consiga montar outra vez se uma sessão de regeneração me fizer desmaiar.

— Teimosa do caralho — murmura Brennan, passando as mãos pelo cabelo. — Como sabia que conseguiria matá-los daquele jeito?

— Eu não sabia. — Respiro fundo, sentindo uma onda de dor que ameaça me apagar enquanto deixo o peso do meu ombro voltar para a tala improvisada. — Wyvern são criados com magia de dominadores das trevas, e Felix me disse uma coisa sobre campos de energia no outro dia. Mas resolvi assumir esse risco, imaginando que o relâmpago seria atraído pela magia deles, e Tairn concordou em tentar.

Brennan fica boquiaberto, e Dain reprime um sorriso pouco característico, me lembrando dos dias em que ele se importava mais em subir em árvores do que em voltar a tempo para casa antes do toque de recolher.

— O risco se pagou — diz Bodhi, abrindo um sorriso.

— Pois é — falo, assentindo. — *Não vai elogiar minha ideia e dizer que foi brilhante?*

Tairn bufa.

— *Escolhi você no último ano por esse brilhantismo, e agora quer ser parabenizada como se fosse alguma novidade? Que inusitado.*

— *É impossível agradar você.*

— *Eu sou um dragão, um Rabo-de-chicote-preto. Descendente de…*

— *Tá, tá, entendi* — interrompo antes que ele me obrigue a recitar a linhagem inteira dele.

— Cath falou que havia quatro deles ali. — Dain rapidamente muda de assunto. — Ao menos sem nenhum cavaleiro em cima. Consegue imaginar o que aconteceria se dominadores das trevas descobrissem que estamos reunindo forças com paladinos e levando todos para Tyrrendor? Onde um dragão acabou de *nascer*? Eles nos veriam como um alvo perfeito para drenar poder.

O rosto de Bodhi desmorona.

Ah, merda.

— *Era por isso que você estava preocupado* — digo.

— *Não temos como saber o que mais está no raio de um voo de quatro horas.* — As últimas palavras saem secas.

— Eles já sabem. — Meu estômago fica embrulhado. — É por isso que estão usando wyvern sem cavaleiros na patrulha.

Brennan fica completamente imóvel, o rosto empalidecendo.

— Como assim? — Dain olha de mim para ele.

— Os venin compartilham uma consciência coletiva com os wyvern que criam — diz Brennan, baixinho. — Era isso que dizia o arquivo de Tecarus.

— O arquivo que você não me deixou ler nos quatro dias em que ficou com você?

Toco a cabeça com a ponta dos dedos quando sinto a tontura voltar.

— Foram só três dias, e agora você já sabe da informação, de qualquer jeito — retruca Brennan. — E algumas coisas não são da sua alçada, cadete, especialmente informações que ainda não terminamos de analisar.

— Sei porque li o livro que *meu pai* me deu — argumento, e quase me arrependo da ênfase quando ele estremece visivelmente.

Ele não se separou só da nossa mãe quando mudou de sobrenome: cortou laços com papai também.

— E o Bodhi sabe, porque foi assim que matei uma legião inteira em Resson — completo.

— Eu não sabia — interrompe Dain. — Então, se algum deles sentiu aquele pulso de energia… se algum deles sabe o que significa…

— A pessoa que os criou vai saber — termino por ele, me virando para Brennan. — E pode apostar que vão vir atrás de nós logo, logo.

Foi só nos últimos cinquenta anos que descobrimos que não estavam vindo unicamente dos Ermos. Começaram a recrutar pessoas, ensinando aqueles que nunca se uniram a um grifo a canalizar o que nunca foi deles por direito, para comprometer o equilíbrio da magia ao roubá-la direto da fonte. O problema da humanidade é que nós também consideramos que nossas almas são um preço justo a se pagar pelo poder.

— Guia para derrotar os Venin, por capitã Lera Dorrell, propriedade da Academia Rochedo

CAPÍTULO QUARENTA E CINCO

— Coralee Ryle. Nicholai Panya — uma recém-condecorada major Devera chama pelo pátio coberto de geada, lendo os nomes do que se tornou a nova lista de mortes.

Pela primeira vez desde que entrei na Divisão, os nomes na lista todas as manhãs na última semana não foram os de cadetes, mas de cavaleiros na ativa (e de paladinos também) da linha de frente, que lutam para fortificar vilarejos ao longo do Rio das Pedras. Tentando desviar a atenção dos venin do nosso vale, onde *quatro* filhotes de dragão chocaram seus ovos.

Não diga Mira. Não diga Mira. Não diga Mira. Essa frase se tornou minha prece pessoal a seja lá qual deus estiver me escutando enquanto fico parada ali em formatura.

Estou me sentindo inútil pra um caralho. Diferentemente das últimas duas semanas, não existe uma lucerna para buscar, e nenhuma égide para fracassar em fazer. Existe uma guerra de verdade lá fora, e nós estamos aqui dentro aprendendo história e física.

— Perdemos *dois* ontem? — Aaric fica tenso na fileira da frente.

Rhiannon olha por cima do ombro para mim, a tristeza assombrando seus olhos por um instante antes que ela se recomponha com uma graciosidade que pareço nunca conseguir, e endireita os ombros ao lado de Sawyer. Dois cavaleiros em um dia é uma coisa impensável no serviço ativo. A Divisão Aretiana inteira vai estar morta em menos de dois meses se seguirmos nesse ritmo.

— Acho que é o irmão da Isar — diz Ridoc, ao meu lado. — Segunda Asa.

Nós dois olhamos para a esquerda, além da Terceira Asa. Isar Panya abaixa a cabeça no meio do seu esquadrão no Setor Cauda.

Pisco para afastar a ardência dos meus olhos e meus dedos se apertam no conduíte que seguro na mão esquerda.

— Ele era tenente — diz Imogen, baixinho.

— Dois anos à nossa frente — acrescenta Quinn. — Tinha um ótimo senso de humor.

— Isso é cruel — sussurro. — Nos contar que nossos irmãos e amigos estão mortos dessa forma é cruel demais.

É mais duro do que qualquer outra coisa pela qual passamos em Basgiath.

— Não é tão diferente da formatura matinal — diz Visia, por cima do ombro.

— É cruel, sim — argumenta Sloane. — Ouvir alguém falar que uma pessoa morreu de uma Asa diferente ou até do nosso esquadrão não é a mesma coisa que receber a notícia de que seu irmão morreu.

A voz dela fraqueja nas últimas palavras.

Um nó doloroso se forma em minha garganta. Brennan está lá dentro, sem dúvida discutindo com a Assembleia onde encontrar comida para o tsunami de predadores que trouxemos para cá no último mês, ou coordenar as entregas da forja que agora está na ativa. Está seguro.

Todos os cavaleiros ativos que não estão aqui nos ensinando foram mandados em turnos para ocupar os entrepostos nos Picos de Dralor, como é o caso de Xaden, Garrick, Heaton e Emery… ou para se posicionar no fronte, como Mira.

Devera pigarreia e troca o pergaminho pelo que Jesinia está segurando.

Meus ombros relaxam, uma respiração aliviada produzindo fumaça no ar gélido. Mira está viva. Ou estava na noite de ontem, quando o cavaleiro designado trouxe as notícias. A formatura matinal não me assusta com relação a Xaden. Eu saberia imediatamente se ele…

Deuses, não consigo nem pensar nessa possibilidade.

— Chrissa Verlin — Devera começa a ler a lista de paladinos na ativa. — Mika Renfrew…

— Mika! — Um grito baixo e gutural irrompe à nossa direita e todas as cabeças se viram para uma revoada no centro da formatura dos paladinos quando um homem cai de joelhos. O restante da revoada dele se vira, cobrindo-o com abraços reconfortantes.

— Eu nunca vou me acostumar a ouvir eles fazerem isso — murmura Aaric, trocando o peso de perna.

— Ouvir eles o quê? — retruca Sloane. — Tendo emoções?

— Sorrengail sabe do que estou falando. Você estava lá quando... — começa Aaric.

— E eu chorei feito um bebê quando Liam morreu. Agora endireita essa cabeça.

Merda, isso não é o oposto de tudo que falei para Rhiannon quando brigamos ao lado da Armadilha? As mortes supostamente deveriam nos endurecer, então por que estou concordando com Sloane neste assunto? Tem algo infinitamente mais... humano na forma como os paladinos reagem.

Mesmo a forma como conduzem a própria versão da Ceifa no Rochedo é consideravelmente menos cruel do que sofremos em Basgiath. Não sei definir se isso nos deixa mais fortes... ou simplesmente mais endurecidos.

— ... e Alvar Gilana — conclui Devera. — Que Malek proteja as almas de todos.

Olho para a direita, como faço todos os dias de manhã, e vejo a postura de Cat relaxar, os olhos fechando lentamente de onde está parada com sua revoada na beirada mais perto da formatura. Syrena também continua viva.

Ela olha para mim e eu aceno com a cabeça, e ela devolve o gesto, mesmo que de forma brusca. É o nosso momento diário de trégua, a única vez em que nos reconhecemos como irmãs caçulas em vez de inimigas, e acaba em instantes.

O olhar dela fica fulminante quando a formatura se desfaz.

Juro por Amari, Cat está determinada a fazer da minha vida o mais miserável possível a cada minuto do dia, e tenta com o dobro de afinco nos dias em que Xaden está por aqui. O ódio que ela sente faz Sloane parecer uma querida, afável e carinhosa. Pior ainda, a revoada dela inteira parece estar concentrada em nosso esquadrão, com cinco, dos seis membros que sobraram dele (Maren sendo a exceção), me culpando pela morte de Luella e anunciando em alto e bom som por aí que escolhi salvar uma cavaleira em vez de uma paladina.

O cara mais alto e de cabelos castanhos na altura dos ombros (tenho quase certeza de que o nome dele é Trager) tentou pegar Ridoc no campo de voo do vale dois dias atrás e acabou levando um soco na cara, aplicado por Rhiannon, quando resolveu abrir a boca sobre como o vilarejo fronteiriço dela estava se recusando a receber refugiados. O lábio dele ainda estava com uma casquinha. Acho que a nossa caminhada pelos penhascos não fomentou tanta amizade assim como estavam esperando.

— O que ela fez hoje de manhã? — pergunta Rhiannon, olhando na direção de Cat com uma sobrancelha levantada.

— Bateu na minha porta antes do nascer do sol e aí ficou irritada quando levantei para abrir.

O simples fato de pensar naquilo faz minha mão aquecer mais o conduíte. Felix já teve que substituir a liga metálica do meu conduíte duas vezes só nessa semana, mas ao menos minha ineficácia em controlar meu próprio poder está ajudando a imbuir a liga metálica para as adagas, então, de certa forma, estou ajudando na guerra, já que minha tentativa de ativar a pedra de égides fracassou. Rolo meu ombro direito, tentando diminuir a dor agora que já me desfiz da tala, mas ele ainda protesta.

— Ela está ficando sem ideias de outras palhaçadas pra fazer com você? — pergunta Ridoc, enquanto começamos a caminhar na direção da porta.

Demoramos o dobro para sair da formatura do que levávamos em Basgiath, considerando que a Casa Riorson foi feita para afastar as pessoas de seu interior, e não permitir que entrem.

— Não parece tão ruim quanto no sábado, quando ela divulgou a lista de todos os paladinos que Mira matou nos últimos anos — comenta ele.

Aquele dia foi ótimo, e definitivamente aliviou muito as tensões entre cavaleiros e paladinos. Tivemos ao menos uma dúzia a mais de brigas do que o normal nos corredores.

— Ela estava usando um robe de seda deverelli quando abri a porta — respondo, pegando minha mochila do chão e jogando por cima do ombro, estremecendo sob o peso. — E como eu sabia que era seda deverelli? Porque era praticamente transparente.

— Caramba. — Sawyer estremece. — Por que ela iria… você…

Rhiannon, Quinn e até Imogen olham para ele enquanto os primeiranistas entram na fortaleza.

— Pensa bem onde ela tá dormindo, cabeção! — Ridoc dá um tapa na nuca de Sawyer.

— Ah, é! Você ainda está ficando no quarto do Riorson — responde Sawyer lentamente, dando as costas para Cat de propósito enquanto ela passa por nós com sua revoada. — Esqueci. A chamada diz que você está no quarto de Rhiannon.

Trazer mais uma centena de cadetes para cá significa dividir quartos, e, tecnicamente, eu não deveria estar dormindo no quarto de um tenente. Não que algum de nós ou a liderança vá reclamar, considerando que o tenente é o dono da casa.

— O que agradeço demais por ter feito. — Rhiannon leva a mão ao coração. — Já que me dá um pouco de privacidade sempre que Tara e eu conseguimos nos ver.

— Fico feliz em ajudar. — Abro um sorriso.

— Preciso admitir... — Imogen sacode a cabeça, suspirando quando olha na direção de Cat e sua revoada. — Ela ganha por insistência.

Todo mundo se vira na direção dela.

— Epa. — Imogen ergue as mãos. — Eu faço parte do time Violet. Só estou dizendo que aposto que, se Xaden um dia terminar com você, você também ficaria lutando para voltar.

Argh. Quando ela coloca as coisas dessa forma…

— Não humanize aquele terror ambulante — rebate Rhiannon. — Eu subi o penhasco *inteiro* com ela e estou começando a achar que seria melhor estar com Jack Barlowe do que com ela.

Ele é uma pessoa que fico feliz que tenha ficado para trás, não importa quanto tenha sido legal comigo. Ainda não confio naquele cara. Nunca vou confiar.

— Cat está sendo… Cat outra vez? — pergunta Bodhi, aproximando-se do nosso grupo enquanto o pátio se esvazia.

— Mas tá tudo bem. Ela está bem. Eu estou bem. — Balanço a cabeça, mentindo na cara dura para que ele não conte a Xaden que não sei me virar. — Rhiannon e eu temos compromisso.

— Temos? — Rhi ergue as sobrancelhas. — Temos, sim.

— Tudo bem. — Bodhi se vira para Rhiannon. — Bom, a professora Trissa acabou de escolher vocês, do segundo ano, para uma nova aula. Amanhã às duas da tarde no vale.

Trissa? É a mulher pequena e silenciosa da Assembleia.

— Estaremos lá — promete Rhi.

***

A neve cai em Aretia mais cedo do que costuma vir em Basgiath, e, na primeira semana de novembro, um cobertor branco e fino cobre a cidade que cresce rapidamente. No entanto, o vale mais acima permanece sem neve, graças à combinação do calor termal natural da cordilheira de montanhas e à magia canalizada por grifos e dragões, que parece só aumentar.

Encaro o caminho de terra batida no fim do vale que leva à Casa Riorson, a ansiedade embrulhando meu estômago.

— Que constrangedor, hein. — Sawyer cruza os braços e lança um olhar entediado até o outro lado dos cinco metros de grama do vale que separam os cavaleiros do segundo ano do nosso esquadrão dos paladinos do segundo ano da revoada de Cat.

Parece que nós duas fomos chamadas.

Mas, se até mesmo os dragões parados em fila atrás de nós e os grifos atrás dos paladinos estão conseguindo não se atacar, então nós também podemos agir feito pessoas civilizadas.

— Concordo.

— *Essa coisa de ser civilizado é superestimada* — comenta Andarna, flexionando as garras na grama. — *Nunca senti o gosto de carne de grifo...*

— *Nós não devoramos aliados* — censura Tairn. — *Encontre outro lanchinho.*

Virando a cabeça para a direita, pego Sawyer alternando o olhar entre Andarna e Tairn de novo e de novo, como se estivesse comparando os tamanhos deles.

— Relaxa, eu sinto que estou vendo dobrado o tempo todo — eu digo.

— Não é isso. Ela cresceu mais uma vez? — pergunta ele, repuxando o colarinho. — Parece ter crescido.

— Acho que alguns centímetros essa semana. — Assinto. — Tivemos que adicionar mais um elo de cada lado no arreio.

— *Logo vou conseguir voar sem isso* — comenta Andarna, soprando fumaça pela narina.

Ridoc se vira para fazer sua própria observação, abrindo um sorriso na direção de Andarna.

— A mini-Tairn está ficando feroz, né?

— *Eu não sou miniatura de ninguém.*

A cabeça de Andarna se projeta na direção dele, as mandíbulas colidindo com um som de dentes a centímetros de seu rosto.

Meu coração *dispara.*

— Andarna! — grito, me virando rapidamente para me colocar entre ela e Ridoc, no que ela recua.

— Caramba! — Ridoc ergue as mãos, o cabelo soprado para trás pela força do que só pode ser descrito como o bufar frustrado do suspiro de Tairn. — Grande. O que eu tinha intenção de falar era *grande.*

— Chega de passar tempo com Sgaeyl — falo, apontando para Andarna, parando pouco antes de dar um tapinha no queixo dela e erguendo o olhar para Tairn, que encara a dragão como se quisesse colocar o pescoço dela entre os dentes e tirá-la do campo como se fosse um cachorrinho. — *Estou falando sério. Você está ficando parecida demais com ela.*

— *Eu queria ter essa sorte.* — Andarna ergue a cabeça, convencida, e Tairn resmunga algo em seu próprio idioma.

— Caralho — murmura Maren atrás de mim.

— Foi mal. Aborrescentes — falo, dando de ombros para Ridoc.

— Ainda não acredito que Rabos-de-pena são só filhotes — comenta Sawyer, dando um passo para trás de Andarna. — Ou que você se uniu a *dois* dragões pretos.

— Essa parte me pegou de surpresa também.

Olho outra vez para o caminho, mas não vejo nem sinal de Rhiannon. Se a professora Trissa chegar antes de Rhi, ela vai estar encrencada. Trissa pode ser o membro mais calmo da Assembleia, mas é quem tem a língua mais afiada quando está irritada, de acordo com o que Xaden me disse antes de voar de volta para a fronteira naquela manhã com Heaton e Emery. Ao menos conseguimos passar uma noite juntos.

Os terceiranistas também os acompanharam, patrulhando os Penhascos de Dralor à procura de wyvern e cavaleiros navarrianos.

Não precisaríamos estar nos preocupando tanto com wyvern se eu tivesse conseguido erguer as égides.

— O que é pior? — pergunta Ridoc, batendo na covinha do próprio queixo. — Eles nos encarando silenciosamente como se a gente entendesse a porra do motivo pra estarmos todos aqui? Ou aquela escolta ameaçadora?

O olhar dele encontra o dos grifos, parados de guarda atrás de seus paladinos.

Dajalair oscila de leve, claramente ainda se adaptando à altitude. Até agora não vi nenhum grifo voar, e já faz uma semana que estão aqui.

— Acho que os dois. — Sawyer desabotoa a jaqueta. — Sou só eu ou está ficando mais quente?

— Está mesmo — concordo, suspirando aliviada quando Rhiannon aparece, exibindo um sorriso empolgado enquanto caminha na nossa direção do outro lado do campo. Para Ridoc, falo: — Seja legal. Eu gosto da Maren.

— Eu também gosto da Maren, mas a melhor amiga dela deveria ser jogada desse penhasco — comenta Sawyer, baixinho.

— Os grifos estão se movimentando mais rápido do que eu imaginava que estariam — observa Ridoc. — A maioria ainda estava dormindo por causa da altitude até uns dias atrás.

O grifo parado atrás de Trager, o cara de cabelos castanhos na altura do ombro e de sorriso torto, nota a avaliação de Ridoc, e fecha o bico de sessenta centímetros em um aviso.

Trager exibe um sorrisinho.

Aotrom lança um sopro de fumaça quente acima de nossas cabeças, atravessando os três cavaleiros não apenas com vapor, mas com uma camada de… pera, isso é *ranho*?

— Em defesa deles, nós trouxemos a nossa própria escolta — digo, notando que Andarna deu um passo à frente, as garras afundando na grama de cada lado meu em claro sinal de aviso.

As garras dela estão ficando cada dia mais afiadas, e nessa manhã ela estendeu a asa por completo pela primeira vez, o que a deixou ainda mais ousada agora à tarde.

— *Os anciões disseram que vou poder voar dentro de algumas semanas.* — Um rosnado sobe pela garganta dela, direcionado ao grifo, e os olhos miúdos se arregalam e depois piscam.

— *Está arreganhando os dentes, não está?* — Eu não me dou ao trabalho de esconder o sorriso.

— *Não confio neles* — responde ela. — *Especialmente na do meio, que parece estar tramando a sua morte.*

— *Não deixe ela te incomodar.*

Os olhos de Cat estão mais estreitos do que o normal.

— *Mas ela incomoda você.* — Andarna dá um único passo à frente, colocando as escamas do peito acima da minha cabeça.

— *E é melhor a Prateada se acostumar, ou vai matá-la* — responde Tairn atrás de nós, quando outros três, não, quatro dragões estão esperando agora que Feirge chegou. — *Qualquer opção é aceitável.*

— *Achei que você fosse contrário a matar aliados.*

Olho por cima do ombro enquanto a sombra dele me cobre, graças ao sol da tarde. Talvez seja Sliseag se aproximando à direita, mas vejo um brilho avermelhado nas escamas de Andarna e não consigo evitar me perguntar se aquele cintilar acabará ficando mais opaco, de uma cor mais parecida com as de Tairn.

— *Ela ainda não provou ser aliada* — comenta Tairn.

— *Ainda me culpa pela morte de Luella.*

— Ei, já que estamos aqui… — Sawyer esfrega a nuca, e suas bochechas coram. — Eu…

— Você… o quê? — Ergo as sobrancelhas diante da pergunta interrompida.

— Queria saber se você podia… — ele estremece e depois suspira. — Deixa pra lá.

— Ele quer que você ensine língua de sinais a ele — termina Ridoc, cambaleando, claramente entediado.

— Ridoc! — Sawyer lança um olhar fulminante na direção dele.

— Que foi? Você está piorando tudo bem mais do que o necessário. Puta que pariu, você parecia prestes a chamar ela pra sair, sei lá. — Ele estremece visivelmente.

— E se ele estivesse? — retruco.

— Aí eu acabaria tendo que pegar uma vassoura para varrer os pedacinhos dele quando o Riorson terminasse o serviço. — Ridoc balança a cabeça. — Seria a maior bagunça.

— Primeiro, a confiança de Xaden vai permitir que ele sobreviva se eu for chamada para um *encontro*. — Olho para Sawyer. — E, sim, posso te ensinar língua de sinais. Mas por que isso seria constrangedor?

— Porque eu já deveria ter aprendido faz anos. — Sawyer abaixa a mão. — E por… outros motivos óbvios.

— Aparentemente, minha fluência não é tão boa a ponto de eu ser um bom professor. — Ridoc revira os olhos.

— Tenho certeza de que você me ensinaria o sinal para *sexo* e diria que é um *oi* só para ver o que aconteceria quando eu usasse — retruca Sawyer.

— Mas o quê? Eu não sou assim tão babaca. — Um sorriso se forma na boca de Ridoc. — Eu teria esperado você me pedir para te ensinar a palavra *jantar*, porque aí, quando você chamasse ela pra sair…

— Ah! — exclamo, piscando e finalmente encaixando o quebra-cabeça. *Jesinia*. — Não se preocupe, Sawyer, eu te ensino. Rhi também é fluente. Aaric e Quinn também, e…

— Todo mundo menos eu. — Sawyer suspira, abaixando os ombros.

— Quase não cheguei a tempo — diz Rhiannon, levemente ofegante quando nos alcança.

Os olhos de Trager se estreitam mais na direção de Rhi quando a professora Trissa alcança o auge da trilha atrás dela.

— Como vai o lábio? — pergunta Rhiannon, lançando uma piscadela para Trager.

Ele tenta dar um passo à frente, mas Maren o impede, balançando a cabeça.

— Eu teria te dado cobertura. Conseguiu arrumar as coisas para a sua família? — pergunto para Rhi.

Eles chegaram tarde na noite anterior, cansados da viagem e trazendo apenas o que coube numa carroça estreita capaz de passar pelo Desfiladeiro do Precipício, a rota mercantil serpentina a noroeste dos Penhascos de Dralor, perto da província de Deaconshire.

— Consegui. — Rhi abre um sorriso e joga a mochila na grama surpreendentemente macia ao lado da minha. Juro, parece que as estações do ano estão acontecendo ao contrário neste vale. — Agradeça o seu irmão por mim. Ele designou casas vizinhas para todos eles perto da praça do mercado, e já arrumaram um lugar para abrir a loja.

— Pode deixar, vou agradecer. E o Lukas? — pergunto.

Só de pensar nas bochechas perfeitas e redondas do sobrinho dela, já sorrio.

— Ainda é o menino mais fofo do *mundo*. — Ela desabotoa a jaqueta de voo e a tira dos ombros. — Estão exaustos, mas em segurança. E o fato de que agora posso vê-los sempre que quiser é incrível. Eu ainda consegui um tempo pra mostrar meu sinete a eles, que ficaram maravilhados do jeito que eu esperava que ficassem.

— Isso é ótimo. Fico tão feliz por você.

Sinto meus ombros relaxarem e respiro fundo de verdade. Faz uma semana que as famílias começaram a chegar em Aretia, levadas pelos membros da revolução que entregavam suas ofertas de santuário, em grupos pequenos para não chamar a atenção. O pai de Ridoc deve chegar a qualquer momento, mas ainda não temos notícias dos pais de Sawyer.

— Devem estar se perguntando por que convoquei uma reunião neste vale — diz a professora Trissa, a respiração perfeitamente estável enquanto vasculha algo na própria mochila e tira de lá sete ilustrações impressas.

Então entrega um papel para cada um de nós.

Outro sorriso se forma em meus lábios. Jesinia e os outros escribas conseguiram fazer a prensa tipográfica funcionar.

A ilustração mostra uma runa týrrica, não muito diferente daquelas do livro que Xaden me deixou quando se formou. Depois de avaliar melhor a ilustração, eu a reconheço. A série de quadrados gradativos é praticamente idêntica ao cabo da adaga que levo no lado direito do quadril.

— Como atualmente são o melhor esquadrão e revoada, vocês foram escolhidos como um grupo de… teste, de certa forma. — A professora Trissa dá um passo para trás para que possa encarar as duas fileiras ao mesmo tempo. Para os paladinos, ela pergunta: — Estão conseguindo canalizar?

— Cerca de metade do poder desde ontem de manhã — responde Cat.

— E o mentalismo? — pergunta a professora, em tom de curiosidade.

— Ainda não — responde Maren.

— Mas logo vamos conseguir — diz Cat, me encarando. — As revoadas estão ficando mais fortes a cada dia.

Como se eu tivesse me esquecido de qual era a sensação de tê-la bagunçando minha cabeça.

— Então, vamos voltar para a aula de artes? — pergunta Ridoc, cruzando os braços.

— Quem aqui sabe como luzes mágicas são produzidas? — pergunta a professora Trissa, ignorando o comentário e pegando outra coisa na mochila. Ela tira de lá seis tábuas pequenas de madeira do tamanho de um prato. Coloca-as na frente de nossos grupos. — E aí?

— Magia menor — responde Maren.

— Aquelas que vocês criam sozinhos. — A professora assente. — E quanto àquelas que ficam constantemente acesas, digamos, nos dormitórios do primeiro ano? Aquelas que funcionam antes de vocês conseguirem canalizar?

Todos os cavaleiros olham na minha direção.

— São alimentadas por magia excedente que tanto nós quanto os dragões canalizamos — respondo. — Ela emana de nós naturalmente como se fosse... ondas de calor, mas é uma quantidade tão pequena que sequer notamos.

— Precisamente — concorda a professora. — E o que torna esse tipo de magia possível? Magia ligada a objetos, em vez de dominadores? — Ela olha para nós com seus olhos castanho-escuros, na expectativa, e então esfrega o nariz. — Deuses, achei que Felix estivesse exagerando. Sorrengail, você está praticamente *coberta* delas.

Olho para baixo, vendo o brilho da minha armadura de escamas de dragão sob o decote em V da camiseta do uniforme, e então as adagas que Xaden me deu.

— Runas? — pergunto.

— Runas — confirma a professora Trissa. — Runas não são meramente decorativas: são feixes de magia tirados do nosso poder, tecidas em padrões geométricos para usos específicos e então colocadas em objetos, ou para uso imediato, ou para o futuro. Chamamos esse processo de "temperar".

— Isso não é possível. — Maren balança a cabeça. — A magia só pode ser dominada.

— Ainda é uma forma de dominar. — A professora Trissa praticamente suspira, decepcionada com tamanha ignorância da nossa parte. — Mas, assim como estocamos comida para o inverno, um dominador pode temperar uma runa usando pouco ou muito poder, de acordo com a própria preferência, e aí depositar em alguma coisa. — Ela se abaixa e pega uma das tábuas, acenando na nossa direção. — Como madeira, metal, ou qualquer objeto que o usuário preferir. A runa é ativada quando engatilhada, e então desempenha seja lá qual for a função com a qual tiver sido temperada. Ao contrário da liga metálica, que se enche de poder, as runas são temperadas com poder para ações específicas.

Rhi e eu trocamos um olhar perplexo.

— Vejo que vão precisar de um pouco de convencimento. — A professora Trissa deixa a tábua de lado e ergue as mãos. — Primeiro, devem separar um feixe do próprio poder. — Ela estica a mão e segura o ar entre o dedão e o indicador. — Que pode ser o passo mais complicado de se aprender, sinceramente.

— Ela só está fingindo, né? — sussurra Ridoc.

A professora Trissa lança um olhar afiado para ele.

— Só porque você é incapaz de ver meu poder, não significa que eu não consiga. Ou estão pouco familiarizados com o processo de aterramento? Do mesmo jeito que os escudos, seu poder é visível apenas para vocês quando toma forma, seja no formato do seu sinete como cavaleiros, seja em magias menores, que todos vocês são capazes de produzir.

— Entendi, entendi. — Ridoc ergue as mãos, derrotado.

— O poder pode ser moldado.

As mãos dela se movem rapidamente, tirando pedaços do ar e depois usando os dedos para traçar formas invisíveis. Círculos? Quadrados? Um triângulo? É difícil identificar quando não conseguimos enxergar.

— Cada formato tem significado — ela instrui. — Os nós onde atamos o poder mudam esse significado. E vocês vão precisar memorizar tudo isso.

Ela desenha algo no ar outra vez e então cria um… losango?

— As formas que combinamos adicionam ao significado, o que transforma a runa. Ela se ativará imediatamente? Entrará num estado adormecido? Quantas vezes pode ser ativada sem perder poder? Tudo isso é decidido aqui.

Ela parece mudar seja lá o que for aquilo em que está trabalhando, puxando, em seguida, outro fio e fazendo… alguma coisa.

— Esquisito pra caralho — Ridoc murmura baixinho. — É igual quando a gente é pequeno e pede para os nossos pais beberem uma xícara sem ter nada dentro.

Rhiannon manda ele ficar quieto.

— Assim que estiver pronta… — A professora Trissa se abaixa, pega a tábua e depois se põe de pé. — Nós aplicamos a runa. Até que esteja firmada, não possui significado ou propósito, e vai desaparecer rapidamente. É o processo de temperar a runa que a torna uma magia ativa. — Ela pega o que presumo ser a runa em que estava trabalhando na mão direita e a empurra contra a tábua. — Essa, em particular, é uma runa simples de aquecimento.

— Isso aí foi simples? — pergunta Sawyer.

A tábua começa a soltar fumaça, e eu me inclino para a frente, arregalando os olhos.

— E pronto, aí está — completa Trissa. Ela vira a tábua na direção dos paladinos e depois na nossa. — Assim que compreenderem quais formas são combinadas para fazer os símbolos, as combinações são praticamente ilimitadas.

Fico boquiaberta por um segundo. As formas parecem ter sido *queimadas* no que eu teria descrito como uma runa decorativa dez minutos atrás. Baixo os olhos para a ilustração em minhas mãos e me pergunto que porra a adaga no meu quadril supostamente faz.

Cada formato tem significado. Os nós onde atamos o poder mudam esse significado. Olho mais uma vez para o formato multifacetado antes de ela virar a tábua, erguendo-a para o céu, e meus olhos se arregalam diante daquela descoberta.

— É um idioma logossilábico — falo, sem pensar. — Igual ao lucerino antigo e ao e morrainino.

A professora Trissa ergue as sobrancelhas e olha na minha direção.

— É muito parecido, sim. — Então abre um sorriso e assente com a cabeça. — Ah, é verdade, você também sabe ler lucerino antigo. Impressionante.

— Obrigada.

— Ela é nossa — fala Ridoc, olhando para os paladinos e apontando para mim.

Não sei se sou grandes coisas para se gabar, considerando que mal passei na prova de *história* daquela manhã. Ao menos estou indo bem em matemática, mas não é como se matemática fosse uma matéria que muda do dia para a noite.

— Você é um dominador de gelo, não é? — a professora Trissa pergunta a Ridoc.

Ele assente, e ela estende a mão.

Ridoc destampa o cantil ao lado do quadril e puxa a água pelo bocal em um cilindro congelado antes de andar até a professora.

Ela coloca o gelo sobre a tábua, e não sou a única a reagir audivelmente quando o gelo derrete em questão de segundos e a água começa a gotejar pela madeira quente.

— Tomem cuidado com o material que usarem para aplicar a runa. Se eu aplicasse só mais um pouco de poder, essa tábua se incendiaria.

— Por que ninguém ensina isso? — pergunta Maren, olhando do pergaminho para a tábua.

— É uma habilidade que os týrricos controlaram e aperfeiçoaram no passado, mas foi banida anos depois da unificação de Navarre, mesmo que muitos dos nossos entrepostos e a própria Basgiath tenham sido construídos utilizando precisamente essa técnica. E qual o motivo para isso? — Ela levanta as sobrancelhas. — Fico feliz que tenham perguntado. Entendam, cavaleiros são naturalmente mais poderosos, considerando a quantidade de magia que canalizamos, junto dos sinetes.

Trager revira os olhos.

— Mas as runas são um ótimo jeito de nos nivelar — continua a professora Trissa, deixando a tábua na grama uma vez que parou de fumegar. — Uma runa só se limita à quantidade de poder tecido, ao tempo de duração determinado e a quantos usos ela tem antes de ser esgotada. Baniram as runas para que não caíssem em mãos erradas. — Ela olha para os paladinos. — Para que não caíssem nas mãos de vocês, para ser mais específica. Se dominarem direito a arte de tecer runas, poderão competir quase que em pé de igualdade com diversos sinetes.

— Então você quer que nós... teçamos runas nisso? — pergunta Cat, estudando a ilustração com uma sobrancelha arqueada. — Usando... magia?

Odeio admitir, mas meio que concordo com Cat nessa, e, pela expressão que vejo no rosto de todo mundo, estamos todos de acordo. Até mesmo Rhi encara o desenho com apreensão. Parece... grande demais.

— Sim. Com o poder que vão aprender a projetar de si mesmos, como demonstrei.

A professora abre a mochila e joga mais uma pilha de tábuas em cima da primeira.

Ela fez parecer tão *fácil*.

— Vamos começar com uma runa simples de destrancar. Fácil de tecer e de testar. — Ela olha entre nossas fileiras.

— Todos conseguimos destrancar portas com magias menores — comenta Trager.

— É claro que conseguem — suspira a professora. — Mas uma runa de destrancar pode ser usada por alguém sem acesso a magias menores. Agora vamos. Espero que teçam as primeiras runas de vocês antes do pôr do sol.

— De jeito nenhum que vamos aprender a fazer isso antes do pôr do sol — rebate Sawyer.

— Bobagem. Todos os marcados aprenderam a runa simples de destrancar no primeiro dia.

— Sem pressão — murmura Rhi.

— Sloane e Imogen já sabem fazer isso?

— Claro. — A professora Trissa balança a cabeça na minha direção.

Era por isso que Xaden me fazia praticar runas com tecidos. Será que algum dia esse homem vai aprender a simplesmente me contar as coisas direto? Ou vou precisar ficar sempre arrancando as informações dele? "Vou responder qualquer pergunta que você tiver", penso, zombeteira. É difícil fazer perguntas que eu nem sabia que *existiam*.

— Supostamente, vocês são os melhores do ano de vocês, então parem de encarar e comecem a trabalhar — instrui a professora. — A primeira coisa que precisam saber é aprender a separar um traço do poder de vocês. Deixem que o poder preencha a mente de vocês e depois tentem tocá-lo, imaginando, por fim, que estão tirando um fio de dentro dessa corrente.

Rhiannon, Sawyer, Ridoc e eu trocamos olhares de *mas que porra é essa*, imitados pelos paladinos à nossa frente.

— *Algum conselho?* — peço para Tairn e Andarna.

— *Não exploda nada.* — Tairn troca o peso de perna atrás de mim.

— *Se alguma coisa explodir, as coisas pelo menos ficariam interessantes* — comenta Andarna, o que faz com que Tairn rosne para ela.

— Comecem logo — exige Trissa, erguendo um dedo. — Ah, por favor, tomem cuidado. O poder pode ficar temperamental quando tiram um pedaço dele. É por isso que as uniões de vocês foram convocadas também. Quanto mais perto estiverem da fonte, mais fácil é a primeira vez. — Ela nos encara, cruzando os braços em seguida. — Estão esperando o quê?

Fecho os olhos e visualizo os meus Arquivos, o enorme poder que os rodeia. O fluxo quente e derretido do poder de Tairn que flui por trás da porta gigante parece capaz de me consumir, mas a corrente perolada do poder de Andarna que sinto além da janela parece mais… acessível.

Respirando fundo, tento alcançar o poder de Andarna e…

BUM.

Uma explosão ressoa; abro os olhos e todas as cabeças estão viradas para Sawyer, que voa para trás. Ele é jogado até perto das garras de Sliseag, uma mancha chamuscada em cima da grama onde estava parado antes.

— E é por *isso* que estamos fazendo essa aula aqui fora. — A professora Trissa balança a cabeça. — De pé. Tente outra vez.

Ridoc anda até Sawyer e o ajuda a se levantar, e fazemos o que nos foi pedido.

De novo. E de novo. E de novo.

Antes do pôr do sol, consigo tecer uma runa de destrancar, mas não sou a primeira.

A honra é de Cat, e, ao contrário do resto de nós, ela não tem nenhuma mancha de queimado debaixo dos pés.

É irônico que a única arma capaz de matar um dominador das trevas seja a mesma que os levou a perderem a própria alma… o poder.

— Guia para derrotar os Venin, por capitã Lera Dorrell, propriedade da Academia Rochedo

CAPÍTULO QUARENTA E SEIS

— Runas? — pergunta Xaden, alguns dias depois, olhando por cima do meu ombro enquanto me sento na escrivaninha do quarto dele, praticando a lição de hoje, uma forma triangular torturante que supostamente deveria funcionar para aumentar nossa audição.

Ele pega uma entre as minhas cinco tentativas descartadas, queimadas em discos de madeira do tamanho de uma mão, e eu respiro fundo, saboreando o aroma de sabonete exalado pela pele recém-lavada dele.

Um banheiro privativo definitivamente é uma das vantagens de dormir no quarto dele.

— Somos o esquadrão teste. Eu ia te contar ontem à noite.

Pego o feixe delicado de poder perolado e o dobro na terceira forma, seguindo o padrão que a professora Trissa nos deu como lição de casa, e então o deixo queimar intensamente na minha frente enquanto busco outro feixe, com cuidado. Agora que já sei o que procurar, enxergo o fluxo de poder claramente diante de mim, de alguma forma sólido e insubstancial, fios brilhantes que se dobram debaixo do meu toque. Enxergá-los, porém, não facilita a tarefa de puxá-los individualmente.

— Eu também queria te contar muita coisa ontem à noite — responde ele, deixando o disco de lado e colocando-o junto com os outros de novo. — Mas assim que te encontrei na cama minha boca ficou ocupada com outra coisa.

Meus lábios se curvam ao me lembrar do que fizemos. Formo o triângulo seguinte, menor dessa vez, e o coloco dentro dos maiores, que flutuam à minha frente. Ele vem passando mais tempo fora do que dentro de casa, entregando as armas da nossa forja para as linhas de frente perto do Rio das Pedras e enchendo os cofres de Tecarus de armas. Essa última viagem demorou um dia a mais porque ele e Garrick acabaram sendo atacados.

— Quer minha ajuda? — pergunta ele, roçando a boca na lateral do meu pescoço.

— Isso… — Minha respiração ofega quando ele chega ao colarinho da armadura. — Não está ajudando.

— Que pena.

Ele beija a lateral do meu pescoço e então fica em pé, me deixando ali com a lição de casa. O que é bom, considerando que tenho aula daqui a alguns minutos.

— Foi por isso que me deixou aquele livro em Basgiath, não foi? — pergunto, pegando o próximo feixe e formando um círculo que deveria estabilizar as formas geométricas, colocando-o para circundar a runa.

Isso deve funcionar.

— Queria que você começasse na vantagem — comenta ele, pegando o diário de Warrick onde o abandonei na escrivaninha e o folheando.

— Obrigada.

— Isso é impossível de ler — murmura Xaden, fechando o diário e o devolvendo à mesa antes de andar até onde o uniforme dele está pendurado, no armário grande, ao lado do meu.

Abro um sorriso, pensando em como isso parece rotineiro. Não tem nada que eu não faria para continuar essa vida assim, compartilhada por nós dois.

— Meu pai me ensinou — digo, dando de ombros. Examino a runa para ver se deixei algo de lado. — E Dain e eu usávamos essa língua como código secreto para nos comunicarmos quando éramos crianças.

— Nunca imaginei que Aetos seria o tipo de cara que aprenderia lucerino antigo — comenta Xaden.

Pegando o disco de madeira na mão esquerda, mexo cuidadosamente os feixes de poder, pressionando-os contra o disco. Está bem melhor do que os últimos cinco.

— Você teceu runas nas minhas adagas — afirmo, girando o corpo na cadeira de madeira.

Xaden tira o uniforme do armário vestindo só uma toalha em volta da cintura. Abro a boca e o encaro abertamente. Como foi que não notei que ele estava praticamente pelado atrás de mim esse tempo todo? Que desperdício de oportunidade.

— Se continuar me olhando assim, não vai chegar a tempo para a aula — avisa ele, os olhos escurecendo enquanto atravessa o quarto e joga as roupas na cama.

Eu me obrigo a ficar de costas. Brennan avisou a Xaden que a primeira vez que eu me atrasasse para a aula por causa de onde estou dormindo seria a última, porque ele me mandaria de volta para o quarto que me foi designado.

— Você teceu uma runa de destrancar na minha adaga, não foi? — pergunto, deslizando todos os discos ao lado do que acabei de completar na minha mochila, ignorando o diário de Warrick, que me encara, zombeteiro, da escrivaninha. — Foi por causa dela que conseguimos sair da sala de interrogatório.

— Uma variação dela, mas sim.

Segurando a melhor tentativa que já fiz até agora nas mãos, jogo a mochila por sobre os ombros e passo o braço pelas alças, ficando em pé e me virando para ele. O peitoral dele ainda está gloriosamente desnudo, mas infelizmente (ou felizmente, considerando meu horário) ele já vestiu as calças.

— Vai me explicar mais do que isso?

Para minha consternação, ele decide calçar as meias antes de colocar uma camisa.

— Eu poderia ter tecido só a runa de destrancar. É bem simples. — Ele dá de ombros. — Mas acrescentei um elemento de necessidade na runa. Então, não dá para abrir qualquer porta usando a adaga só porque está com vontade, mas se ela estiver com você e identificar a *necessidade* de uma porta ser destrancada, vai usar o próprio poder. Se tivesse conseguido chegar até a forja de Basgiath, teria aberto diante da sua necessidade.

Sentado na beirada da cama, ele calça as botas.

— Então a chave esteve comigo esse tempo todo? — pergunto, levantando as sobrancelhas.

Se eu já não o amasse, teria me apaixonado nesse instante.

— Esteve. — Ele sorri com o canto da boca. — Está perguntando bastante hoje, hein?

Agarro o disco e mordo o lábio inferior. O problema de me sentir feliz em meio ao caos completo que causei é que fico aterrorizada ao fazer uma única pergunta que pode arriscar essa alegria.

— O que faz a runa que você tem na pedra ao lado da cama? Aquilo é uma runa também, né?

— Sim, é uma runa bem complicada. — Ele endireita e corpo e pega a pedrinha cinza, oferecendo-a para mim em seguida, quando fica em pé. — Não existe nenhuma pessoa viva que saiba replicar isso. A coronel Mairi era a última.

A mãe de Liam e Sloane. Pego a pedra, que tem o tamanho da palma da minha mão, e examino as linhas complexas que vejo na runa.

— Deve ter sido gigante quando ela a teceu.

— Imagino que tenha sido, sim. Ela deve ter diminuído para caber aí quando colocou nas pedras.

— Pedras? — Ergo o olhar. — Tem mais de uma?

— São cento e sete — responde ele, me encarando com expectativa.

Os marcados. Ele quer que eu pergunte.

— O que ela faz?

Passo os dedos pelo padrão escurecido.

— O que ela *fazia*. É uma runa de proteção, mas só podia ser usada uma única vez. — Ele passa as mãos no cabelo molhado e hesita. — Conforme você vai ficando melhor na arte de tecer runas, vai conseguindo adicionar elementos dentro delas. Coisas como mechas de cabelo ou até mesmo outras runas completas para localizar um objeto. Ou protegê-los. Esta runa, em particular, foi feita para proteger uma pessoa da linhagem sanguínea do meu pai.

— Você. — Ergo o olhar, entregando a pedra de volta. — Você é filho único, não é?

Xaden assente.

— Cada um dos filhos dos oficiais recebeu uma pedra antes que nossos pais partissem para a Batalha de Aretia. Fomos instruídos a carregá-las conosco o tempo todo, e foi o que fizemos, até mesmo no dia da execução.

Os dedos dele roçam nos meus quando a pegam de volta.

Eu praticamente paro de respirar, mantendo o olhar fixo no dele.

— Foi projetada para anular o sinete do cavaleiro cujo dragão fosse matá-los. — Ele engole em seco. — Mas só seria ativada se fossem mortos por fogo de dragão.

— Que é o método principal para executar traidores — sussurro.

Ele assente.

— Eu a guardei fechada no punho, assim como todo mundo, enquanto estávamos parados ali, observando nossos pais sendo mandados, em fileiras, para a execução. E no segundo em que foram… — Os ombros dele se erguem quando respira fundo. — Quando foram queimados, senti um calor subir pelo meu braço. Só fui sentir uma coisa parecida depois da Ceifa.

Arregalo os olhos e entrelaço nossas mãos.

— As relíquias de rebelião?

Deve ser por isso que existem marcas em redemoinho que sempre começam nos braços dos marcados.

Ele assente.

— Nossos pais sabiam que iam morrer de um jeito ou de outro, e a última coisa que fizeram foi garantir que estivéssemos protegidos.

Guardo a minha por motivos puramente sentimentais. — Inclinando-se na minha direção, ele beija minha testa e depois se afasta, deixando a pedra outra vez na mesa de cabeceira. — Eu gosto quando você faz perguntas — continua ele, abaixando-se para pegar a camisa do uniforme. — Quer saber de mais alguma coisa?

A pergunta do motivo de ele não ter me contado sobre o acordo que fez com minha mãe está na ponta da língua, e se isso de alguma forma influenciou os sentimentos que ele tem por mim. Só que aí ele fica em pé e meu olhar se demora nas linhas prateadas de suas costas (as cicatrizes que ela deixou nele), então não consigo pronunciar as palavras. Ele me disse que me amava desde a primeira vez que nos beijamos. Isso deveria ser o suficiente. Eu não deveria precisar saber mais nada sobre o acordo além do que minha mãe já me contou… Ou talvez eu não queira saber, não se existe uma chance de que isso abale nosso relacionamento.

— Violência? — pergunta ele, vestindo a camiseta e virando o corpo na minha direção.

— Não tenho mais nada para perguntar. — Forço um sorriso.

— Está tudo bem? — Duas linhas aparecem entre as sobrancelhas dele. — Bodhi comentou que Cat não está facilitando as coisas pra você, e você soltou alguns raios…

— Bodhi precisa parar de se meter na minha vida.

De jeito nenhum que vou deixar Xaden se preocupar comigo antes de ficar fora por diversos dias. Erguendo-me na ponta dos pés, dou um beijo suave nele.

— Vejo você de noite — falo.

A decepção aparece nos olhos dele por um instante antes de segurar minha nuca e inclinar a boca sobre a minha por mais um segundo delicioso, mas ele logo se afasta.

— Você está quase lá, mas precisa de uma inserção direcional para essa runa.

— Minha runa está ótima, e pode deixar que eu peço ajuda se estiver precisando.

Eu o beijo rapidamente só porque eu posso, e então saio apressada pela porta para conseguir chegar à aula a tempo. No segundo em que chego ao corredor, levo o disco ao meu ouvido.

O barulho vem com tudo. Passos de botas ressoando acima de mim, portas se fechando na minha frente, pessoas gritando abaixo… barulhos demais para distinguir algo que faça sentido.

— Odeio quando ele está certo — murmuro, indo para a aula.

Naturalmente, Cat teceu a runa *perfeitamente* quando chego lá, o que quase me faz pedir a ajuda de Xaden, mas ele já foi embora antes mesmo de eu terminar minhas aulas naquele dia.

***

— Demos duas semanas para que descobrissem uma maneira de se integrarem pacificamente e vocês não deram conta do recado, para nossa decepção — ralha Devera na semana seguinte, da lateral do tatame central.

Emetterio e uma das professoras dos paladinos estão postados ao lado dela. O ginásio de treino é só uma fração do tamanho do que tínhamos em Basgiath (só cabem nove tatames no total), e todos os cadetes de Aretia estão presentes, abarrotados ombro a ombro.

Incluindo os paladinos.

Até agora, só tivemos aula de runas juntos, e mesmo assim em pequenos grupos, e interagimos durante as refeições, que geralmente acabam com ao menos um soco desferido.

— O que é que eles esperavam, porra? — pergunta Rhiannon, cruzando os braços ao meu lado. — Estamos nos matando há séculos, e aí agora a gente deveria fazer o quê… trançar flores no cabelo uns dos outros e confessar nossos maiores segredos só porque eles subiram um penhasco e nos deram uma lucerna?

— É meio tenso — concordo, segurando o conduíte na mão direita, revirando o ombro dolorido, torcendo para que me perdoe por ter dormido de mal jeito.

Tenho uma aula com Felix daqui a dois dias e venho enfiando o máximo de poder que consigo naquela esfera.

Meu poder está sobrecarregando com frequência até demais ultimamente, com os paladinos pronunciando ofensas cada vez que têm oportunidade, insinuando que preferi deixar Luella cair e morrer de propósito para salvar Visia.

Existe uma divisão clara no nosso corpo discente: um mar de uniformes pretos à direita e uma onda marrom à esquerda, com uma faixa do chão livre entre nós. Mais de uma dúzia de cadetes exibe hematomas da briga que estourou ontem no salão principal entre a Terceira Asa e duas revoadas.

— O surto de violência de ontem é absolutamente inaceitável — começa a professora dos paladinos, a trança ruiva descendo pelo ombro quando vira a cabeça, dirigindo-se a todos os cadetes, e não só aos seus. — Trabalharmos juntos vai fazer toda a diferença nessa guerra, e isso precisa começar aqui!

Ela aponta o dedo para os cadetes de cavaleiros.

— Boa sorte aí — Ridoc murmura baixinho.

— Por isso, faremos mudanças significativas — anuncia Devera. — Não vamos mais separar vocês de acordo com as aulas.

Meu estômago revira, e um murmúrio descontente retumba no ginásio.

— O que significa... — Devera levanta a voz, abafando um dos lados da nossa formatura improvisada. — Que vão *precisar* se respeitar como iguais. Podemos estar em Aretia, mas decidimos que, a partir de hoje, o Códex dos Cavaleiros de Dragão vai se aplicar a todos os cadetes.

— E, enquanto formos hóspedes aqui — diz a professora dos paladinos, levando a mão ao quadril largo —, todos os paladinos vão obedecê-lo também. — Um murmúrio insatisfeito ecoa pela sua metade. — Entenderam?

— Sim, professora Kiandra — eles respondem, em uníssono.

Caramba. Esse negócio deles é meio impressionante, mesmo que pareça a infantaria.

— Mas reconhecemos que não podemos seguir adiante sem darmos espaço para a hostilidade que estamos vendo entre vocês — anuncia Emetterio, o olhar avaliando os dois grupos. — Em Basgiath, tínhamos um método para dar espaço aos ressentimentos entre cadetes. Vocês podem requisitar um desafio. Uma luta de treino que termina quando um de vocês fica inconsciente ou se rende.

— Ou morre — acrescenta Aaric.

Os paladinos arfam coletivamente, e a maioria de nós revira os olhos. Eles não aguentariam um dia em Basgiath.

— *Sem* matar os oponentes — continua Emetterio, dirigindo-se a Aaric especificamente antes de continuar. — Pelas próximas seis horas, cada pedido de desafio entre cadetes do mesmo ano será concedido. Vocês terão espaço para resolver as divergências de vocês *uma vez* nesses tatames, depois vão deixá-las para trás.

— Pera, vão permitir que a gente merende paladinos na porrada? — pergunta Ridoc baixinho.

— Acho que é isso mesmo — sussurra Sloane, em resposta.

— Vai ser uma tarde fenomenal — fala Imogen, abrindo um sorriso e estalando os nós nos dedos.

— Eles foram treinados para lutar contra venin — eu os lembro. — Eu não subestimaria ninguém.

Usando sinetes, conseguimos explodir venin em pleno céu, mas no corpo a corpo? Tem uma boa chance de que estejamos em desvantagem.

— Cada pessoa só pode desafiar um único oponente, e cada cadete pode ser desafiado uma única vez — acrescenta Emetterio, erguendo o dedo indicador e levantando as sobrancelhas grossas. — Então escolham com cuidado, porque é possível que amanhã o cavaleiro ou o paladino que detestam não esteja mais disponível para o desafio.

Ah, merda. Meu estômago embrulha. Só existe um jeito de alguém não poder desafiar outra pessoa, mas eles não fariam isso… Ou fariam?

— Desafios entre membros de um esquadrão são proibidos pelo Códex — explica Devera aos paladinos, virando-se para nós em seguida. — E, a partir de amanhã, cada esquadrão de cavaleiros vai absorver uma revoada de paladinos.

Bom, acho que *fariam*, sim.

A raiva que sobe pelas minhas bochechas as cora, e Rhiannon e eu trocamos um olhar inquieto, refletido por todos os membros do nosso esquadrão. Especialmente Visia.

— Notem que eu usei a palavra *absorver*. — Devera nos lança um olhar significativo. — Não usei *virar parceiro* ou *virar um time*. Vocês vão se fundir, vão se combinar, vão *se unir*.

Isso vai contra tudo que nos foi ensinado. Esquadrões são sagrados. Esquadrões são *família*. Esquadrões nascem depois do Parapeito e são forjados na Armadilha, na Ceifa, e nos Jogos de Guerra. Esquadrões nunca são desfeitos a menos que sejam dissolvidos devido a mortes. E nós somos o Esquadrão de Ferro.

Nós não nos curvamos. E definitivamente não nos *misturamos*.

— E, se não fizerem isso — o tom da professora Kiandra se suaviza, os olhos percorrendo o ginásio —, vamos fracassar quando chegar a hora da luta. Vamos todos morrer.

— Estamos abertos aos pedidos de desafio de vocês agora — diz Emetterio, concluindo a parte do sermão das festividades do dia.

Fileiras se formam para aqueles que querem requerer um desafio, e não me surpreende que a maior parte da fila esteja vestida de marrom. Eles têm muito mais motivos para nos odiar do que nós temos para odiá-los.

— Somos o Esquadrão de Ferro, e vamos agir como tal — comanda Rhiannon, enquanto a última pessoa da fileira se aproxima de Emetterio. — Ficaremos unidos e iremos de tatame em tatame com qualquer desafio que nos for dado.

Todos os onze concordam.

Os primeiros desafios são anunciados, e não fico surpresa quando Trager convoca Rhiannon a se aproximar do tatame. Sem dúvida ele ainda está irritado com o soco que levou no campo de voo.

Ela vence em menos de cinco minutos, e o lábio dele volta a sangrar.

O líder do esquadrão da revoada de Cat, um terceiranista corpulento com um colar de cicatrizes, Bragen, nocauteia Quinn com uma combinação de socos que me deixa boquiaberta.

Assim que Imogen é chamada para o tatame por Neve (outra terceiranista da revoada de Cat, de cabelos loiros avermelhados curtos e olhos afundados), identifico o padrão.

— Isso tudo é por minha causa — digo, baixinho, para Rhiannon quando Imogen dá um chute bem dado na cabeça da outra garota.

— O que faz com que seja por *nossa* causa — responde ela. — Por favor, me diga que está com as ataduras no lugar e vestindo sua armadura.

Eu aceno que sim.

Imogen e Neve trocam golpes precisos e calculados até Devera cansar e declarar empate quando as duas já estão sangrando.

— Catriona Cordella e Violet Sorrengail — anuncia Devera. — Desarmem-se e subam no tatame.

— Não faz isso. — Maren tenta convencer Cat, mas não vejo nada além de determinação pura no olhar estreito dela.

— Mas é claro, né, cacete — resmungo, entregando o conduíte para Rhiannon.

— Nossa, Cat, que previsível — resmunga Imogen, fulminando o outro lado do tatame antes de se virar para mim.

— Está tudo bem. Previsível, mas tranquilo.

Uma por uma, desembainho minhas treze adagas e as entrego para Imogen.

— Ela tem pelo menos uns doze centímetros de vantagem sobre você, então cuidado com o alcance dela — orienta Rhiannon, baixinho.

— Pelo que eu me lembre, ela ataca rápido e não deixa muito tempo para reação — acrescenta Imogen. — Então escolha seus movimentos e não hesite.

— Beleza.

Respiro fundo pelo nariz e solto o ar pela boca, lutando para acalmar os nervos que fazem meu estômago dar piruetas. Se eu soubesse que seria assim que as coisas se desenrolariam hoje, teria agido mais cedo. Talvez envenenado o café da manhã dela com as foníleas que vi crescendo no desfiladeiro embaixo do vale.

— Você consegue — diz Rhiannon, assentindo. — Foi treinada pela melhor pessoa possível.

— Xaden — sussurro, desejando que ele estivesse aqui, e não na fronteira.

— Eu. — Ela me acotovela, forçando um sorriso.

— Violet? — Sloane aparece do lado de Imogen. — Me faz um favor. Mói ela na porrada.

Abro um sorriso verdadeiro e assinto para ela antes de subir no tatame. Acho que nada tem o poder de unir inimigos mais do que um inimigo em comum, e, por algum motivo, Cat decidiu que sou inimiga dela. O tatame é da mesma densidade do que usávamos nos treinos em Basgiath, e tenho a mesma sensação sob minhas botas enquanto ando até o centro, onde Cat me aguarda com um sorrisinho perverso.

— *Arranque os olhos dela com a unha* — sugere Andarna. — *De verdade. Os olhos são tecido mole. É só enfiar os dedões lá e...*

— *Andarna! Tenha bom senso* — interrompe Tairn. — *As rótulas são alvos bem mais fáceis.*

— *Agora preciso de silêncio* — respondo, erguendo meus escudos e abafando a voz de Tairn e Andarna.

— Sem armas. Sem sinetes — declara Devera. — A luta termina quando uma de vocês...

— Ficar inconsciente ou se render — termina Cat, sem tirar os olhos de mim. — Nós sabemos.

— Podem começar — solta Devera, saindo do tatame.

Bloqueio o barulho ao meu redor, concentrando toda a minha atenção em Cat enquanto ela se posiciona em uma postura familiar.

Faço o mesmo, mantendo o corpo solto, pronta para movimentos. Se ela for rápida para atacar como Imogen avisou, vou precisar ficar na defensiva.

— Isso é por Luella.

Ela me ataca com uma combinação de socos que bloqueio com os antebraços, e mexo o corpo para que os golpes sejam desviados sem que acertem completamente. É... fácil, como se eu já conhecesse essa coreografia. Como se fosse memória muscular. Ela ajusta a postura e eu dou um salto para trás um segundo antes de ela chutar. Acertando apenas ar, ela se desequilibra e cambaleia para o lado quando aterrisso no chão.

Puta *merda*. Ela luta igualzinho ao Xaden.

Ele treinou nós duas.

Derrotar um dominador das trevas começa em saber a idade e a experiência dele. Os neófitos têm círculos vermelhos nos olhos que aparecem e desaparecem, dependendo da frequência com que drenam a própria magia. Os olhos de aprendizes variam entre tons de vermelho, e as veias se distendem quando são provocados. Os dos Mestres (os responsáveis pelos neófitos) são permanentemente vermelhos, as veias estendidas, em definitivo, até as têmporas, e continuam expandindo com a idade. Os Guardiões (os generais) nunca chegaram a ser capturados para serem examinados.

— Venin, um compêndio, por capitão Drake Cordella, Revoada Noturna

CAPÍTULO QUARENTA E SETE

Bem, lá se vai minha vantagem.

Os olhos dela ficam arregalados, como se tivesse chegado à mesma conclusão que eu enquanto andamos em círculos no tatame. Depois, ela os estreita de uma forma que faz meu estômago embrulhar. Devera pode ter determinado as regras, mas algo me diz que Cat vai quebrá-las.

— Isso incomoda você? — pergunta ela, abaixando a voz e erguendo as mãos. — Saber que ele me ensinou primeiro? Que ele foi meu primeiro?

— Nem um pouco. Ele é meu agora.

Engulo o ciúme amargo que parece subir com a bile até minha garganta.

— Sério? — Ela dá um golpe, do qual eu desvio. — Mesmo sabendo que eu sei qual é o gosto dele? — Ela faz outra combinação de golpes que eu bloqueio, depois se afasta como se aquilo fosse só um teste. — Que eu sei como é sentir o peso dele em cima de mim?

Não vou vomitar neste tatame. Eu me recuso.

— Não — respondo.

Só que, *porra*, essa imagem mental começa a se formar na minha mente, tão vívida quanto um pesadelo.

As mãos dela na pele dele, a boca traçando os rodopios da relíquia da rebelião. Inveja e raiva rugem em meus ouvidos, embotando meus sentidos, e eu pisco rapidamente para afastar a imagem, mas o calor pinica minha pele e o poder começa a se revoltar dentro de mim.

Ela se lança contra mim outra vez e eu levanto o antebraço para bloqueá-la, mas então ela se vira inesperadamente e, quando tento bloquear o próximo golpe, ela me acerta com um gancho de esquerda.

A dor explode na minha bochecha, acertando o osso em cheio, e eu cambaleio para trás, tocando meu rosto por reflexo para verificar se está sangrando, mas ela não chegou a rasgar a pele.

— Acho que te incomoda, sim — diz ela, baixinho, quando voltamos a andar em círculos. — Me ver aqui, onde é o meu lugar. Dormindo do outro lado do corredor. Aposto que fica acordada à noite pensando nisso, sabendo que sou muito melhor para ele de todas as formas, contando os segundos até ele se cansar dessa desculpinha frágil que você chama de corpo e voltar para a mulher que sabe exatamente do que ele gosta e de como ele gosta.

Cada palavra que sai de sua boca aumenta minha temperatura corporal mais e mais, mas eu me recuso a morder a isca, então estou preparada quando ela tenta o próximo golpe, me virando de lado enquanto tenta me acertar no rosto. Consigo revidar, acertando um soco no mesmo lugar em que ela me acertou.

Sinto a dor disparar pelo pulso, mas fico feliz com a ardência.

— Sabe o que me incomoda de verdade? — pergunto, enquanto ela cambaleia sobre os próprios pés, xingando quando o dorso de sua mão passa por sua bochecha e volta vermelho de sangue. — Você ser obcecada em brigar comigo por causa de macho.

A raiva impulsiona meus movimentos quando me lanço ao ataque, mas ela está pronta para todas as combinações que tento.

Porque são todas *dele*, cacete.

— Você não vai fazer nada? — ouço alguém perguntar, distante da névoa de raiva que lentamente desacelera meu tempo de reação.

— Ela não ia querer que eu fizesse.

A resposta vem da beirada do tatame quando Cat se lança contra mim, e estou concentrada demais em suas mãos para bloquear os pés quando ela me passa uma rasteira e me derruba.

Sou lançada no ar por um segundo e sinto minhas costas irem de encontro ao chão, sacudindo meus ossos e me tirando o fôlego.

Cat me segue até o chão, prendendo o antebraço contra minha garganta e impedindo que respire enquanto força o corpo ainda mais para baixo, a boca ao lado do meu ouvido.

— Você parece brava, Violet. Percebeu só agora que não é especial? Que é só uma substituta conveniente que ele pode comer? — A risada dela é baixa e cruel. — Sei como ele é bom. Fui eu que ensinei aquele truque que ele faz com os dedos. Sabe, aquele de quando ele curva…

Minha visão fica *vermelha* e lanço toda a minha fúria no soco que acerto na lateral das costelas dela, bem no lugar em que Xaden me ensinou a esfaquear, e aí eu afasto a mão e repito o golpe, saboreando o baque entorpecido e o *craque* das costelas dela, a dor atordoante que passa pela minha mão, pelo meu pulso e meu braço, porque mesmo assim sei que estou gerando uma dor dez vezes pior.

Ela dá um grito, saindo de cima de mim e se apoiando no lado que não está machucado, e eu ofego, enchendo meus pulmões de ar antes de me jogar em cima dela; então fico de joelhos e bato o punho com força na lateral do rosto dela, provocando outro baque satisfatório antes que ela se recupere. Agora ela vai ficar com um hematoma meu de cada lado.

— Que porra tem de *errado* com você? — eu retruco. — *Não* é minha culpa se ele não te ama!

— É claro que ele não ama! — Ela agarra meu braço e rola com uma velocidade atordoante, retorcendo meus braços atrás das minhas costas.

Uma agonia ofuscante me percorre, fazendo minha boca encher de saliva.

— Ele não é capaz de amar *ninguém* — sibila ela em meus ouvidos. — Acha mesmo que eu seria tão mesquinha a ponto de atacar outra mulher só por causa de *amor*?

— Acho. — Forço a palavra entre dentes e ela me empurra para baixo, controlando o meu corpo pelo braço que poderia facilmente quebrar, o ombro que está a apenas um centímetro de deslocar nessa posição.

O meu rosto se choca contra o tatame.

Rápido. Preciso pensar. Mas, *caralho*, tudo que consigo fazer é *sentir*. Raiva e inveja fluem por minhas veias a cada nova batida do meu coração, estrangulando toda a lógica até eu me tornar apenas fúria.

— Você não é ambiciosa o bastante para ele — diz ela, baixinho, como se tivesse medo de ser ouvida. — Ele gosta de pensar lá na frente, igual a mim. Deuses, você sabe o motivo de ele não ter te matado no primeiro ano? Porque eu sei. Ele confiou em mim o bastante para pensar lá na frente *junto* com ele.

Ela sabe do acordo que ele fez com a minha mãe. Ele *contou* para ela.

Sinto meus dedos formigarem e sei que logo vou perder qualquer sensação no braço, mas isso não impede meu corpo de tremer de raiva… e de poder.

Pense. Eu tenho que pensar. Ela conhece todos os meus movimentos, ou pelo menos todos os que Xaden me ensinou.

— Olha só para onde estamos. *Na Casa Riorson*. — A boca dela está perto o bastante da minha orelha para que eu consiga *sentir* a respiração pesada dela. — Quem é que não amaria ter todo esse poder e o que vem junto com ele? Mas eu é que não vou lutar com você por causa da *afeição* de um *homem*. Estou lutando com você por uma *coroa*. Era por isso que estávamos noivos. A coroa foi prometida a mim, e não vou cedê-la para uma maldita *Sorrengail* que escolheu derrubar uma paladina em vez de um membro do próprio esquadrão. Sua família inteira merece morrer pelo que nos fizeram passar.

Uma *coroa*? Noivos? Meu peito dói porque tudo isso faz sentido. Duas famílias aristocráticas que precisavam de uma aliança. E eu não tenho um pingo de sangue nobre.

— E, deuses, seria bom controlar um pouco essas suas emoções, não acha? Você é tão fraca que chega a ser patético.

As palavras dela saem numa série de sibilos.

Ela que se foda.

Rhiannon também me treinou.

Jogo a cabeça para trás com a maior força que consigo, e, pelo som que a cartilagem faz, acredito que tenha quebrado, e a pressão some do meu braço e ombro, me libertando.

Ela dá um grito, o som levemente abafado, e eu levo o cotovelo que não está machucado para trás, acertando a carne macia acima de seu estômago, do jeito como Rhi me ensinou.

Bloqueando a dor, eu me levanto de joelhos e então me viro, jogando todo o meu peso em cima dela. Ela cai para trás e eu aproveito a vantagem da abertura que ela deixou para enfiar o joelho com tudo em seu esterno e esticar as mãos para apertar seu pescoço.

Eu quero *matar ela*, porra. Como *ousa* me desafiar como se eu tivesse alguma coisa a ver com a queda de Luella? Como se eu tivesse qualquer coisa a ver com o fato de que Xaden decidiu terminar com ela? Foda-se tudo isso. Como ela *ousa* tentar tirar o que é *meu*? Ele não é uma coroa. Ele não é um degrau onde ela pode subir para chegar ao poder. Ele não é uma ferramenta que ela possa usar para aumentar a própria posição. Ele é *tudo*.

O rosto dela fica vermelho e inchado, os olhos arregalando de pânico.

— Violet! — alguém grita.

Uma mulher. Uma amiga, talvez?

Poder inunda minhas veias, eriçando os cabelos da minha nuca, levantando-os com a força de um tornado. As mãos dela tentam alcançar meus dedos, mas eu só aperto com mais força.

— Caralho, Cat! — alguém grita do lado oposto. — Só se rende!

Só se rende? Eu não quero que ela se submeta a mim. Quero que ela pare de existir.

— *Sinceramente, eu não me importo se você matá-la, Violência.* — A voz de Xaden surge em meio à fúria que me domina com a mesma força indestrutível que estou usando para sufocar minha oponente. — *Mas* você *vai se importar.*

Pisco ao ouvir as palavras claras o bastante a ponto de romper o poder da névoa e sentir o batimento cada vez mais lento sob minhas mãos, mas não a solto.

— Renda-se! — diversas pessoas gritam.

— *Vou respeitar a escolha que fizer, independentemente do que acontecer.*

Só que não estou fazendo uma escolha. Não existe escolha a ser feita aqui. Só existe o turbilhão caótico e intenso da raiva, do ciúme e…

Ela está *trapaceando*, porra, usando o próprio poder de mentalismo.

— Saia da minha cabeça! — grito tão alto que minha garganta começa a arder.

Cat me fulmina com o olhar, e a raiva é ainda mais arrebatadora quando tenta passar os dedões por debaixo das minhas mãos, a fúria incendiando seus olhos.

Ela não vai se render. Ela prefere morrer a perder para mim.

— *Eu não quero matá-la.*

Preciso soltar. Mas minhas mãos não entendem esse comando.

— *Então não mate.*

A voz dele envolve minha mente e a raiva cede só o bastante para que eu perceba que ele está aqui. Faz uma semana que eu não o vejo, mas agora ele está *aqui*.

E eu o amo mais do que a odeio.

Tiro as mãos do pescoço dela, mas não consigo fazer meu corpo ir mais longe.

— *Preciso da sua ajuda.*

Cat ofega enquanto passos de botas pesadas se aproximam pela esquerda.

Os braços de Xaden me envolvem, me colocando em pé, e me apego ao amor que sinto por ele com garras e dentes para impedir que a raiva me devore.

— Eu não me rendi! — reclama Cat, rouca, enquanto engatinha para trás, as marcas da minha mão vermelhas em seu pescoço.

— Riorson! — grita a professora Devera. — Por que você interferiria em um desaf…

— Porque ela trapaceou! — grita Imogen. — Ela usou mentalismo!

— É ela que é louca! — A voz de Cat fraqueja diversas vezes e ela aponta o dedo na minha direção.

— *Eu* que sou a louca? Vou te mostrar como sou louca quando te matar por mexer com a porra da minha cabeça! — grito, me debatendo nos braços de Xaden, mas ele me segura com força.

— Me avise se estiver falando sério — comenta Xaden, me erguendo nos braços e me tirando do chão.

— Catriona! — A professora Kiandra abre caminho em meio à fileira de paladinos. — Me diga que não… — Ela olha de Cat para mim, e de novo para a própria aluna. — Pare agora mesmo, Cat!

— Ela que se foda! — berra Cat, um ódio puro emanando de cada linha de seu corpo e que apenas alimenta o fogo embaixo da minha pele. — E que a *família inteira* dela se foda também! Espero que vocês todos morram pelo que fizeram conosco!

Me debater contra a força de Xaden não adianta. Ele me prendeu bem. Mesmo assim, o poder me atinge e então se liberta com um *craque* ardente.

Os relâmpagos atingem a sala ao mesmo tempo que chegam os trovões, um brilho branco ofuscando minha visão. Cadetes gritam, e o cheiro de fumaça toma conta do ar.

Xaden estica a mão para fora e sombras correm na direção da arquibancada de madeira, apagando as chamas do incêndio que aumenta rapidamente.

— Bragen! Maren! Escoltem Catriona de volta para o quarto dela — ordena Kiandra. — O poder dela é limitado pela…

— Distância. Eu sei — interrompe Xaden.

Ele me ergue por cima do ombro como se eu fosse um saco de batatas.

— Riorson! — grita Rhiannon, chamando a atenção dele antes de jogar o conduíte em sua direção.

Ele pega com uma mão só, assente e então se dirige à saída.

Todos os meus instintos me dizem para chutar, me debater, bater nele até ele me soltar, mas eu me forço a ficar completamente imóvel até ele me levar para fora do corredor, passando pelos rostos embasbacados da liderança ao longo das paredes, esperando que o período dos desafios se encerre.

— Vai melhorar — promete Xaden.

E melhora. A névoa do poder de Cat vai esvanecendo a cada passo, me deixando exaurida igual aos destroços de uma praia assim que as ondas de um maremoto recuam. Deuses, como vou impedir isso de acontecer de novo?

Não escorre nem mesmo uma gota de suor de Xaden enquanto ele percorre o grande salão, e então fico surpresa quando ele não se vira na direção do saguão. Não, ele me leva direto para a câmara da Assembleia, sobressaltando as quatro pessoas reunidas ali, incluindo Brennan.

E agora que estou de volta ao controle das minhas emoções, sinto cada pingo de vergonha que ruboriza meu rosto, mas meu corpo ainda vibra com a raiva. Agora, pelo menos, trata-se da *minha* própria raiva, e é genuína.

— O que você… — começa meu irmão.

— Saiam daqui — ordena Xaden, atravessando a sala e subindo, passo por passo, até a plataforma nova, onde todas as cadeiras da Assembleia ficam atrás da mesa comprida e formal. — Todos vocês. Agora, porra.

Eles se entreolham e então me chocam por completo ao obedecer, pegando uma pilha de pergaminhos do canto da mesa e indo embora, fechando a porta atrás de si.

Xaden joga o conduíte na enorme cadeira no centro antes de me abaixar, meu corpo deslizando contra o dele até meus dedões tocarem a plataforma. Quando nossos olhares se encontram, ele arqueia a sobrancelha que ostenta a cicatriz.

— Ela pegou você de jeito. — Ele segura o meu rosto e vira minha cabeça cuidadosamente para examinar minha bochecha. — Mas acho que a última palavra foi sua.

— E quantas daquelas palavras humilhantes você ouviu?

Não quero saber a resposta, mas preciso saber.

— Cada uma delas.

Puta que pariu.

**Como resultado do Tratado de Aretia,
o poder de representar a província de Tyrrendor
no Senarium do Rei a partir desta data fica transferido
da Casa de Riorson para a Casa de Lewellen.**

— Comunicado 628.86, transcrito por Cerella Neilwart

CAPÍTULO QUARENTA E OITO

— As coisas que ela disse… — Aperto meus punhos com força, notando que arrebentei a pele dos nós dos dedos.

— Eu sei.

O olhar de Xaden me percorre de uma forma que conheço bem demais: está procurando por ferimentos.

— Ela disse que sou só uma substituta conveniente para você comer.

— Eu ouvi. Você se machucou muito?

— Eu estou bem — respondo. A não ser que ele esteja falando do meu orgulho. — Meu ombro está um pouco dolorido, mas acho que o rosto foi o que levou a pior.

— Beleza.

Ele passa o braço pela minha cintura, aproximando nossos corpos, e então anda para a frente, me forçando a andar para trás até que a parte de trás das minhas coxas colida com a cadeira atrás de mim.

— Sente-se — ele ordena.

— Quê? Acabei de perder a cabeça e perdi todo o controle que tinha na frente da Divisão inteira por causa de todas as palavras venenosas que ela falou, todas aquelas emoções que ela atiçou dentro de mim, e tudo que você diz é que eu preciso me *sentar*?

Ele abaixa a cabeça, invadindo meu espaço.

— Nada do que eu possa dizer agora vai apagar as palavras dela da sua cabeça, então sente-se, Violência. A gente conversa depois.

— Tá.

Eu me sento na almofada grossa e tiro os pés do chão. Essa mobília em particular definitivamente foi pensada para alguém da altura de Xaden. Duas pessoas do meu tamanho poderiam se sentar nessa coisa.

— Ela quer você pelo sobrenome que você carrega — digo.

— Eu sei — responde Xaden. Ele apoia as mãos nos braços da cadeira e se inclina para a frente, roçando os lábios nos meus. — E você me ama apesar dele. Este é só um dos muitos motivos pelos quais eu *sempre* vou escolher você.

Ele se ajoelha diante de mim e começa a desamarrar os cadarços das minhas botas com movimentos rápidos e eficientes.

— O que você está fazendo? — pergunto.

A boca dele forma um sorriso malicioso que imediatamente aumenta meu batimento cardíaco e transforma o calor da raiva que arde em meu sangue em outro tipo de calor, um fogo mais intenso.

Meus lábios se abrem quando uma das botas cai na plataforma, e a outra segue a primeira de imediato.

— Aqui? — pergunto, passando os olhos por cima da cabeça dele para a sala vazia. — A gente não pode…

E lá se vão minhas meias.

— Ah, a gente pode sim. — Ele vira o pulso, e o som da tranca se fechando na porta ecoa pela pedra. — Estamos na minha casa, lembra? Todos os cômodos aqui são *meus*.

Os olhos dele encontram os meus, capturando-os de boa vontade enquanto as mãos dele deslizam por minhas pernas, acariciando a parte interna das minhas coxas, acordando todas as terminações nervosas ali antes de chegarem aos botões das minhas calças de treino.

Prendo o fôlego.

— Minha casa. Minha cadeira. Minha mulher.

Ele pontua cada uma dessas reivindicações com um giro do dedão, abrindo cada um dos botões. A urgência preenche meu corpo, corando minha pele com um arroubo inebriante e viciante.

Ele segura meus quadris e me puxa em direção à beirada da cadeira, levantando uma das mãos, em seguida, para segurar minha nuca e me puxar para um beijo devastador. Abro os lábios e, no segundo em que ele lambe minha boca, a língua acariciando a minha, meu interior se *derrete*.

O beijo é lento e sensual, nossas bocas se encontrando de novo e de novo enquanto passo os dedos pelo cabelo dele, entregando meu corpo por inteiro. Ele sente a mudança, soltando um grunhido baixo pela garganta, e o beijo sai de controle em menos de um segundo, ficando selvagem e urgente, com o gosto daquela doce loucura que só existe entre nós dois.

Ele é a única pessoa no mundo de quem eu não me canso. A única de quem preciso constantemente. Amor. Química. Atração. Desejo. Tudo que existe ali me mantém numa ardência constante feito brasa; um único toque dele é o bastante para irrompermos em chamas. Quando ele interrompe o beijo, está sem fôlego e me manda levantar os quadris, e eu não me importo mais com o lugar onde estamos desde que ele continue com as mãos em cima de mim. A Assembleia inteira poderia passar por aquelas portas e eu sequer notaria, não quando Xaden está olhando para mim do jeito que olha agora. A chama nos olhos dele seria capaz de derreter ferro.

Ele engancha os dedos no cós da minha calça e da minha calcinha e as puxa para baixo, beijando o topo das minhas coxas, a curva dos meus joelhos e cada centímetro de pele que despe, arrancando suspiros suaves e gemidos impacientes dos meus lábios.

O tecido vai ao chão, me deixando nua da cintura para baixo.

— Xaden — imploro, meus dedos puxando o cabelo dele, meu coração batendo com tanta força que fico pensando que talvez ele também o esteja escutando, que talvez o mundo inteiro consiga escutar meu coração.

Em vez de se levantar para que eu o pegue nas mãos, ele afasta meus joelhos.

Ofego com o ar frio entre minhas coxas de repente, mas, no instante seguinte, a boca dele me *incendeia* quando ele arrasta a língua pelos meus lábios úmidos, até o clitóris. Um calor ofuscante percorre meu corpo feito relâmpago e eu gemo, o som preenchendo o cômodo.

— É com isso que eu sonho quando estou longe de você — diz ele, contra minha pele quente. — O seu gosto. O seu cheiro. Os gemidinhos que você dá logo antes de ter um orgasmo.

Ele se acomoda melhor, as mãos espalmando a parte interna das minhas coxas, me prendendo ali enquanto usa a língua para roubar todos os meus pensamentos. Ele passa a língua naquele ponto sensível de novo e de novo, provocando, excitando, me levando mais e mais longe, mas me nega o toque de que preciso.

— *É nisso que você pensa?* — pergunta ele, através de nossa conexão mental. — *Na minha boca entre as suas coxas macias?*

Deuses, como é que ele consegue *pensar*, e ainda por cima formar frases coerentes?

Xaden raspa os dentes delicadamente sobre minha pele e eu ofego com a sensação, gemendo baixinho quando a língua dele continua os trabalhos. Não consigo fazer nada além de gemer ainda mais quando ele desliza um dedo comprido para dentro de mim, e o grunhido que solta em resposta vibra por cada nervo do meu corpo.

— *Isso.* — É tão delicioso que preciso abafar o próximo grito com o punho. — *Continua.*

Eu sempre quero que ele *continue* quando estou com ele.

Xaden alterna entre carícias rápidas e provocantes e lambidas longas e preguiçosas, e uma espiral de prazer cresce, cada vez mais tensa, dentro de mim. Outro dedo se junta ao primeiro, me alargando ainda mais com uma queimação deliciosa, e rebolo os quadris enquanto ele me penetra num ritmo lento e forte que me faz querer senti-lo por inteiro.

Poder me inunda, escaldando a pele já quente, estalando o ar ao nosso redor.

Sem parar de me chupar, ele solta minha coxa e pega algo atrás do meu quadril, e então segura o conduíte.

— *Segure.*

— *Eu quero você.*

Meus dedos deslizam do cabelo dele para segurar a esfera, meus quadris acompanhando todo o movimento que me fornece, minha respiração ofegante.

— *Eu sou todinho seu* — responde ele, e eu choramingo com o prazer inebriante que sobe pela minha coluna. — *E* você *está exatamente onde eu preciso que esteja.*

Nem mesmo minha mão consegue abafar os sons que ele arranca de mim quando sua língua começa a acompanhar o ritmo dos dedos, o prazer aumentando a cada carícia, reunindo-se e crescendo, retesando meu corpo como um arco.

Deuses, vê-lo ali, ajoelhado e vestido, sentindo o couro da jaqueta de voo contra minhas coxas nuas… a visão me leva até a beira do ápice e parece queimar na minha mente.

Minhas coxas tremem quando ele curva um dedo por dentro de mim, acariciando aquela parede sensível e me fazendo ver estrelas.

— Xaden… — minha respiração sai trêmula.

— *Isso. Esses gemidos mesmo. É isso que eu escuto quando acordo, já de pau duro pensando em você.*

Com a carícia seguinte, o prazer e o poder me sobrecarregam e se derramam por mim em ondas simultâneas que parecem quebrar uma vez e depois de novo. Não ouço trovão ou vejo raios, apenas o zumbido de energia em minha mão que ofusca os movimentos da boca e dos dedos de Xaden.

Mas também não sinto alívio. Nem uma suspensão gentil. Só ondas de êxtase infinito que chegam sem romper.

Ele ergue a cabeça, me mantendo num estado suspenso de prazer indescritível, os olhos encontrando os meus.

— Eu não vou aguentar — consigo dizer, enquanto as ondas continuam vindo sem parar e sem me transmitir uma previsão de quando vão parar.

— Vai, sim. Olha para onde você está.

Ele agarra meu quadril e me empurra para cima, me afundando ainda mais na cadeira até minhas costas tocarem a madeira enegrecida, e ainda assim continua me acariciando, me tornando refém do meu próprio prazer. Quando roça os lábios contra os meus, sorri.

— Olha como você é linda, Violet, gozando pra mim em cima do trono de Tyrrendor.

Puta merda. Suspeitei que era este o lugar em que estávamos, mas não *sabia* de verdade.

Ele agarra uma das minhas coxas e a pendura no braço do trono, apoiando o joelho na beirada da almofada e levantando minha outra perna por cima do ombro dele enquanto desliza pelo meu corpo, abaixando a boca enquanto continua me penetrando com os dedos sem parar, invocando as ondas incansáveis de prazer.

Ah, *deuses*. Eu vou morrer. Aqui. Agora.

— Toda vez que eu precisar me sentar com a Assembleia, vou pensar neste momento aqui, vou pensar em *você*.

Ele desliza a mão por baixo da minha bunda e me ergue até a própria boca, substituindo os dedos pelo volume quente da língua.

Um prazer ardente me chicoteia, me provocando a arquear as costas, e não consigo abafar o grito que ele arranca de mim, mas ele também não faz nada para conter o próprio gemido profundo que solta.

— *Não consigo.*

Alguma hora meu coração vai desistir de bater.

— *Consegue, e vai.*

Ele passa o dedão levemente pelo meu clitóris inchado e eu rebolo os quadris.

O prazer é mais cortante do que uma adaga.

Uma sombra ônix toma conta da minha mente e *tudo* se intensifica. *Uma necessidade urgente e palpitante percorre meu corpo a cada batida do meu coração, exigindo alívio, exigindo que eu arranque o couro que me prende e troque o doce gosto que ela tem pela perfeição incomparável de me afundar dentro dela quando ela gozar.*

Xaden. Ofego, segurando o conduíte com tanta força que me preparo para ouvir o som do vidro quebrando. É o desejo dele que inunda nossa conexão mental, aumentando o meu. O desespero que ele está sentindo. O poder dele contra o meu.

Preciso fodê-la, colocá-la em cima do braço desse trono e meter dentro dela, mas não posso. Preciso das marcas de unha dela na madeira, preciso que os gritos dela encham a porra dessa fortaleza inteira, preciso que ela saiba o que posso ser por ela: qualquer coisa, tudo que ela precisar. O gosto dela é divino em minha boca. Perfeito. Minha. E está quase lá. Pelo amor dos deuses, sim, as pernas dela estão tremendo, e sinto sua boceta trêmula em minha boca. Eu a amo pra um caralho.

Eu me estilhaço, despedaçando em um milhão de fragmentos brilhantes de prazer e gritando o nome dele. O poder e a luz percorrem meu corpo sem queimar e eu arqueio meu corpo de novo e de novo, me desfazendo do que talvez seja eu mesma, mas talvez seja ele.

Ele se desvencilha da minha mente e eu fico triste por essa perda mesmo quando meu corpo relaxa. São os meus pulmões que sinto puxarem o ar, meu próprio poder estalando pela esfera que seguro antes de me acomodar, meu próprio coração finalmente desacelerando quando o último resquício do orgasmo desaparece.

— O que foi que você fez, porra? — pergunto, erguendo a cabeça, arregalando os olhos quando percebo que Xaden não está mais ali, enroscado comigo.

Ele está, ao mesmo tempo, a um metro e um milhão de quilômetros de distância, recostado contra a mesa da Assembleia, agarrando-se nas beiradas cobertas de sombras com os nós dos dedos brancos, os olhos fechados com tanta força que estremeço.

— Xaden? — eu chamo.

— Só um segundo.

Consigo me sentar direito no trono, constrangida, e começo a me levantar.

— Fique onde está — diz ele, estendendo a mão.

Cada linha do corpo lindo dele está retesada, e as calças… deuses, ele deve estar sentindo *dor*.

— Vem aqui — sussurro.

— Não.

Afasto a cabeça.

— Não pode estar achando que eu vou deixar você me fazer gozar duas vezes, muito menos com seja lá o que tenha acontecido nessa última vez, sem…

— Mas isso é exatamente o que vai acontecer.

Ele abre os olhos e é como se o calor, o anseio e o desespero que vejo ali fossem meus… porque, até alguns segundos atrás, eram mesmo.

— Eu senti o quanto você precisava de mim. — Eu me sento mais para a frente até chegar na beirada da cadeira, do trono, sei lá, tanto faz.

— Você me quer deitada no trono, né? Segurando o braço para deixar a marca das minhas unhas.

— Caralho. — A mesa range ainda mais sob o aperto dele. — Eu *não* devia ter feito isso.

— Ah, devia sim. Provavelmente foi a coisa mais sexy que já senti em toda a minha vida. Se você algum dia quiser me fazer ficar de joelhos ou ganhar uma discussão? Pode apostar nisso.

Um sorriso tenso curva a boca dele ao se lembrar das palavras que me disse ano passado.

Toco a plataforma com os pés.

— Você me deu uma coisa com a qual eu sonhava…

— Por favor, não faz isso.

Ele parece estar forçando as palavras a saírem, entre dentes. É o *por favor* que me faz ficar imóvel.

— Eu estou por um fio, então estou te implorando — ele diz. — Por favor. Não. Faz. Isso.

Ele abaixa a cabeça e as sombras passeiam pela plataforma, empurrando as minhas roupas na minha direção.

Confusa nem começaria a descrever o que estou sentindo, mas fico em pé e rapidamente visto o resto das minhas roupas, calçando as meias e depois as botas.

— Não tá a fim de me contar por que de repente ficou tão determinado a se torturar?

Ele expira um golinho do fôlego que parece estar segurando.

— Porque preciso que você entenda que sou mais do que capaz de venerar seu corpo sem esperar reciprocidade. Você não é só uma substituta conveniente para eu comer.

Espera, isso tudo é por causa da *Cat*?

— Eu sei disso — respondo.

E lá se vai todo o brilho que adquiri depois do orgasmo mais longo do mundo. Voltei a ficar brava.

— Não sabe, não. — Ele solta o aperto mortal da mesa e aponta para o trono. — Sente-se.

— Vai repetir aquilo que você fez?

Ele sorri com o canto da boca.

— Para eu poder te ajudar com as botas. Você é baixinha demais para a cadeira.

— Ah, disso eu bem sei — murmuro, me sentando de volta no trono e deixando meus pés pendurados no ar. — Eu não gosto dessa coisa de você… não esperar reciprocidade.

Ele ergue meu pé esquerdo, calçando uma bota.

— E eu não gosto que você pense que não é o centro da porra do meu mundo, mas olha só aonde chegamos. E, antes que você pense em outra coisa pra dizer, pode ficar tranquila porque eu vou transar com você hoje à noite de novo. Só estou tentando te provar um argumento meu, por ora. Não é um voto de masoquismo eterno.

Ele pega meu pé e apoia na própria coxa, amarrando meus cadarços em seguida.

A visão faz com que um pouco da tensão se dissipe em meu peito. Ninguém jamais acreditaria que o assustador e perigoso Xaden Riorson amarraria os cadarços *de qualquer pessoa*.

— Achei que você fosse matá-la — diz ele, baixinho.

Beleza. Estamos falando de Cat outra vez.

— Eu quase matei. — Abaixo o pé e levanto o outro para ele, quando me pede. — Teria sido uma coisa imperdoável para você?

Ele termina de amarrar o cadarço e então solta meu pé.

— Nada que você seja capaz de fazer seria imperdoável para mim — atesta ele, dando um passo para trás e se inclinando contra a mesa outra vez. — E, pra ser sincero, eu não me importo muito com a vida de Cat, mas também não vou ficar torcendo para ela morrer. Ela é uma aliada volátil, mas necessária, e seria desastroso transformar Syrena em inimiga. Mas eu me preocupo com você nessa história, porque você teria se arrependido de matá-la.

E com a fúria que estava sentindo eu a teria matado mesmo, se ele não tivesse aparecido.

— Como é que você foi capaz de amar uma pessoa como ela?

— Não fui. — Ele dá de ombros. — Você é a primeira e única mulher que já amei.

— Ah, sim, você só ficou noivo dela por… — faço uma pausa. — Sei lá quanto tempo.

Eu me sinto… estúpida.

— Eu teria contado se você tivesse perguntado. Esse é o problema, Violet. Você não pergunta.

— Não é como se você tivesse me perguntado sobre os meus ex — respondo, cruzando as pernas.

— Porque eu não *quero* saber, o que suspeito que seja o mesmo motivo de você continuar a não me perguntar sobre as coisas que te incomodam, mas vamos ignorar isso do jeito que a gente sempre faz. Parece estar dando certo para nós dois — retruca ele, o sarcasmo evidente na voz.

Desvio o olhar porque, droga, ele está certo. Evitar perguntas potencialmente devastadoras, como o motivo de ele nunca ter me contado sobre o acordo que fez com a minha mãe, parece prudente quando existe uma possibilidade de perdê-lo ao receber uma resposta errada.

Ele continua falando quando fico em silêncio.

— Cat e eu não éramos noivos, fomos prometidos um ao outro. E sim, existe uma diferença para mim.

— Olha só quem resolveu discutir semântica agora. E ainda por cima por causa de uma mulher que acabou de deturpar todas as minhas emoções e me transformar em um abismo de raiva.

E um pouco dessa raiva já está voltando.

— A gente já fala disso. Essa cláusula da aliança que fala sobre o casamento entrou em vigor quando ela fez vinte anos. — A mesa range quando ele se senta com todo o peso sobre ela. — Nós tentamos nos relacionar por três quartos de um ano, mas não somos compatíveis, e ficou óbvio que, independentemente disso, Tecarus nunca nos deixaria usar a lucerna. Ele queria que a usássemos *lá*. Encerrei nosso compromisso e, como você sabe, isso causou problemas.

— *Não são compatíveis*? — pergunto. Não posso culpar Cat dessa vez pela pontada de ciúme insistente. Essa sensação ardente em meu estômago vem unicamente de mim. — Não foi isso que ela quis dizer quando falou da vida sexual de vocês.

— Você não precisa gostar de uma pessoa para transar com ela. — Ele dá de ombros.

Fico boquiaberta, considerando o que acabamos de fazer.

Ele inclina a cabeça, me observando.

— Se bem me lembro, você também não gostava muito de *mim* na primeira vez que a gente… — ele começa.

— Não *ouse* terminar essa frase. — Aponto um dedo na direção dele.

— Por outro lado, eu já estava apaixonado por você.

Minha postura se suaviza. É por isso que estou desesperadamente apaixonada por *ele*. Porque ninguém mais tem permissão para vê-lo dessa forma. Só eu.

— Não parece muito justo, agora que estou pensando no assunto — comenta ele, tamborilando os dedos na mesa. — E eu sentia um desejo intenso demais por você para me importar com o fato de você não sentir o mesmo desejo por mim, não que eu tenha dado *qualquer* motivo para você me desejar. Porra, eu queria que você *fugisse* na direção contrária.

— Eu lembro disso.

Nossos olhares se encontram e meus dedos se fecham com a necessidade de tocá-lo. Em vez disso, seguro o conduíte.

— Que bom. Talvez você se lembre disso da próxima vez que Cat decidir vasculhar a sua cabeça.

— Vasculhar? Ela *me fez* ficar com ciúmes! — Sinto a palavra amarga em minha língua.

— Ela não *fez* você fazer nada.

Imagino que Felix não vá sentir falta do conduíte se eu atirá-lo na cabeça de Xaden, né?

— Ah, é mesmo? Você ouviu o que ela disse. Como você se sentiria se um dos meus ex desafiasse você para uma luta e aí falasse que sabe o gosto que eu tenho?

Ele fica tenso.

— Que conhece a sensação de ter meu peso em cima dele? — insisto, abaixando o tom de voz, deixando o sexo implícito a cada palavra. — Que eu era dele primeiro, insinuando que tem planos de me ter por último, também?

Ele flexiona a mandíbula, e as sombras se curvam pelas pernas da mesa.

— Ela não foi a minha primeira, nem de longe.

— Essa não é a questão. Você quer que eu faça mais perguntas? Então pare de evitá-las.

— Tudo bem. Nenhum dos seus antigos amantes era cavaleiro, a não ser que eu não saiba de alguma coisa que tenha feito com Aetos, então nunca me chamariam para um desafio. Imagino que sejam infantaria, mas, até aí, não quero saber, então não pergunto.

— Eu não transei com *Dain*.

Mas ele acertou em cheio com o chute da infantaria.

— Soube disso no instante em que ele beijou você depois da Ceifa. Ficou parecendo esquisito pra caralho. — Ele passa as mãos pelo cabelo ainda bagunçado. — E para responder a sua pergunta, eu sentiria ciúmes, que é uma coisa que só você tem a habilidade de provocar em mim. E então acabaria com ele, em parte porque é o que eu faço quando alguém me desafia, e mais importante, por insinuar que exista qualquer outro futuro além daquele em que eu e você acabamos juntos no final.

Meu fôlego me abandona de súbito de uma forma que recuso a chamar de suspiro. Deuses, ele *acaba* comigo quando diz coisas desse tipo.

— O que mais você estava sentindo naquele tatame? — pergunta ele.

— Raiva. — Olho para o teto de vigas, derrotada. — Inferioridade. Insegurança. Ela jogou tudo que estava pensando em cima de mim e funcionou.

— A raiva eu entendo. Ela disse muita coisa para me irritar também. — Ele balança a cabeça. — Mas inferioridade é uma coisa que você vai ter que me explicar, considerando que é mais poderosa do que qualquer outro cadete.

— Não tem nada a ver com sinetes. — Gesticulo para a cadeira gigante em que estou sentada. — Ela enfatizou que você é um Riorson.

— Você sabe disso desde que atravessou o Parapeito — responde ele, tamborilando com o dedo na relíquia da rebelião que tem no pescoço.

— Não nesse sentido. Você acabou de chamar essa cadeira de trono.

— Porque é um trono. Ou era, antes da unificação.

Ele dá de ombros outra vez, casual, e isso me enfurece. Pisco lentamente, percebendo algo que não tinha me ocorrido até agora e estava bem debaixo do meu nariz.

— Espera aí. Você é… você é o *rei* de Tyrrendor?

— Porra, claro que não. — Ele balança a cabeça, depois pausa. — Quer dizer, tecnicamente, sim, eu sou o Duque de Aretia por direito de nascença, mas Lewellen está do nosso lado e está fazendo um bom trabalho em governar a província. Mesmo que Tyrrendor se tornasse independente, sou mais útil no campo de batalha do que num trono. Estamos desviando do assunto. Eu sei muito bem que não se sente inferior a mim, então é em relação a quem? Cat?

Pressiono os lábios entre os dentes.

— Acho que gostava mais de você antes de decidir que precisávamos discutir sentimentos.

— Desculpe ser um inconveniente, mas nesse ano o papel de Violet Sorrengail — diz ele, apontando para mim — vai ser interpretado por Xaden Riorson — ele aponta para o próprio peito —, que vai arrastá-la aos gritos, se necessário, na direção de um relacionamento de verdade, com discussões de verdade, porque ele se *recusa* a perdê-la outra vez. Se eu preciso evoluir, você também precisa.

Ele termina o discurso, cruzando os braços.

— E o Xaden por acaso terminou de falar em terceira pessoa? — pergunto, cutucando o aro de metal que envolve a esfera. — Cat estava certa em uma questão. Ela é um par melhor para você. É nobre de nascimento, e foi corajosa por se tornar paladina, e é determinada, impiedosa e muito malvada, igualzinha a você.

Porra, eles são praticamente a mesma pessoa.

Os olhos dele faíscam e ele os semicerra na minha direção.

— Espera aí. Você acha que *eu* te acho inferior a ela?

Não consigo fazer meu dar de ombros parecer tão casual quanto gostaria.

Ele se mexe como se fosse vir até mim, mas se impede, posicionando as mãos de volta firmes na mesa.

— Violet, você acabou de ouvir meus pensamentos. Sabe que acho que você é perfeita, mesmo quando me frustra pra caralho. Agora me fala sobre essa sua insegurança. Achei que tínhamos lidado com ela no ano passado.

— Claro, antes de eu saber que você estava liderando uma revolução e de você declarar que sempre guardaria segredos de mim, além de muito antes de uma certa aristocrata linda que era sua noiva, mas que você convenientemente nunca mencionou antes, resolver aparecer com aqueles olhos castanhos imensos e unhas afiadas na porta do nosso quarto praticamente pelada...

— Ela fez o quê? — Ele levanta as sobrancelhas.

— ... e ainda por cima ter a audácia de me dizer que não sou especial só porque você gosta de me comer.

— Eu gosto, mesmo, de te comer. — Um sorriso lento se esparrama na boca dele. — Amo, na verdade.

— Não fique do lado dela! — Minhas unhas afundam na almofada embaixo de mim. — Argh! — grito, e o som ecoa pelas vigas, então cubro o rosto com as mãos. — Por que ela me faz sentir esse caos do caralho? Como faço isso parar?

Vou acabar matando Cat antes do solstício.

Ouço os passos dele e então sinto suas mãos gentilmente se fecharem em volta dos meus pulsos.

— Olha pra mim.

Abaixo lentamente as mãos e Xaden as segura enquanto abro os olhos. Ele está bem onde começamos essa conversa, ajoelhado na minha frente.

— Não quero ter que discutir isso de novo — diz ele, naquele tom de Dirigente de Asa, que então se suaviza. — Mas vou. Você vai ter que enfrentar umas verdades terríveis porque não fui honesto o bastante em Cordyn.

Endireito os ombros.

— Você estava furiosa hoje porque o sentimento de raiva já era seu. — Ele acaricia meu pulso com os dedões. — Ficou toda ciumenta porque o sentimento de ciúmes já estava aí. Teve que lidar com a inferioridade porque, por algum motivo que eu não compreendo, você já se sente inferior. E descontou seus sentimentos em palavras, insegura, porque acho que nós dois estamos descobrindo o jeito como esse relacionamento funciona enquanto seguimos vivendo nele. Admita seus sentimentos do jeito que fez no ano passado e seja sincera comigo. Cat não consegue inventar emoções, mudá-las e nem mesmo balançá-las a menos que já estejam pendendo naquela direção. Cat só consegue ampliar o que você já está sentindo.

Engulo em seco, mesmo assim sinto um nó se formar em minha garganta. Tudo isso sou… eu.

— É, é uma merda perceber isso, eu sei. Já estive no seu lugar. — Ele entrelaça os dedos nos meus. — Ela pode te levar da irritação à fúria completa em um minuto ou dois. E, sim, ela é poderosa pra caralho, mas você também é. Só que as únicas armas que ela pode usar são as que você entrega a ela. Se quiser controlar suas emoções, precisa ter controle sobre você, para começo de conversa.

— Eu não… — sinto um vazio no estômago. — Desde Resson não tenho mais controle sobre nada na minha vida — confesso, sussurrando. — Deixei as emoções de Tairn me dominarem. Estou carregando esse conduíte por aí para não incendiar sua casa com a porcaria do meu poder. Fracassei em tecer as égides e agora quase zerei provas, estou tomando decisões de merda, estragando tudo a torto e a direito mesmo quando tem vida de pessoas em risco. Fico torcendo para que eu me encontre, mas…

Balanço a cabeça.

Ele leva uma mão à minha bochecha, evitando tocar no inchaço que há onde Cat me acertou.

— Você precisa encontrar seu centro outra vez, Violet. Não posso fazer isso por você. — Ele sustenta meu olhar, me deixando absorver as palavras antes de acrescentar: — Você é uma criatura de lógicas e fatos, e tudo que conhecia virou de ponta-cabeça e foi sacudido. Nunca vai saber o quanto eu lamento que tudo isso tenha acontecido. Mas não pode só ficar só sentada e torcer pelo melhor. Se quiser que as coisas mudem, precisa dar um jeito, assim como fez na Armadilha. Você é a única capaz de fazer isso.

Ele pronuncia essas palavras de uma forma muito mais bondosa do que no ano passado.

— Mas como é que vou conseguir encontrar meu centro quando estou no meio da tempestade que Cat jogou em cima de mim? — reclamo.

Ele desvia o olhar.

— Olha, Cat afetou você porque não estava usando as adagas. Aquela com os dois "V" entrelaçados? É uma runa tecida para proteger você do dom dela. Se ficar com as adagas no corpo até você se equilibrar, ela não vai mais conseguir zoar sua cabeça. Aconteceu a mesma coisa em Cordyn. Você tirou a adaga para usar aquela coisinha de renda que chamou de vestido. Porra, eu queria arrancar aquilo de você com os dentes.

Ele trava o maxilar.

— Você me deu aquelas adagas no ano passado — digo, a mão deslizando ao pulso dele.

— Achei que ela encontraria um jeito de dificultar minha vida por romper o acordo, e inevitavelmente isso envolveria você. — Ele se inclina para perto. — Eu te amo. Ela nunca vai poder se sentar nessa cadeira. Nunca vai vestir uma coroa týrrica. *Nunca* me deixou de joelhos na frente dela. — Ele me lança um sorriso perverso que me faz ficar imediatamente pronta para que isso aconteça hoje à noite. — E nunca meti minha língua dentro dela.

Abro a boca, as bochechas ruborizando.

— Será que a gente pode considerar que terminou de falar desse assunto, agora? Infelizmente, preciso ir para uma reunião — ele diz.

Eu aceno com a cabeça.

— E eu tenho aula.

— É verdade. Física? — ele adivinha.

Nós dois ficamos em pé.

— História.

Ele oferece a mão e eu aceito, e descemos da plataforma.

— E parece que sou surpreendentemente horrível nessa matéria — digo. — Tem a ver com o fato de que li todos os livros errados.

— Talvez seja hora de encontrar os livros certos.

O sorriso dele é idêntico ao meu, e, por um segundo abençoado, tudo isso parece… normal. Se é que essa palavra algum dia vai poder se aplicar a nós.

— Talvez.

Quando chegamos ao corredor agitado, ele me segura pela nuca e me puxa para um beijo rápido e intenso.

— Me faz um favor? — ele pergunta, contra a minha boca.

— É só pedir.

— Vem *mais cedo* para a cama hoje.

Paladinos e cavaleiros serão considerados iguais de todas as formas, com exceção da estrutura de Asas. Os cavaleiros manterão suas Asas, Setores e Esquadrão, além de seus postos de comando. Cada revoada será absorvida por um Esquadrão, e o líder da revoada substituirá o Sublíder atual do Esquadrão, para garantir integração e eficiência.

— Artigo segundo, Seção Um, O Acordo de Aretia

CAPÍTULO QUARENTA E NOVE

— Sinto que você é a única que não está surpresa — comenta Imogen na manhã seguinte, enquanto estamos todos parados no pátio depois da formatura.

— Somos o esquadrão mais forte, e eles a revoada mais forte. Não sei por que *vocês* estão chocados — respondo, dando de ombros.

Encaro a revoada de Cat e todos parecem estar com a pele em variados tons de roxo e verde depois dos desafios de ontem.

O mesmo vale para o nosso esquadrão.

— Aqui vamos nós — comenta Rhiannon, nos entregando brasões verdes familiares.

— Precisamos mesmo dar isso a eles? — Ridoc curva os lábios ao ver o brasão pelo qual demos duro, o brasão que todos os primeiranistas se esforçaram para conseguir.

— Precisamos — ralha Rhiannon. — É a coisa certa a fazer. E a partir de agora eles são parte do nosso esquadrão, quer a gente queira, quer não.

— Eu prefiro não querer — comenta Sloane.

Solto uma risada, passando o dedo pelo brasão.

— Eu levo o de Cat — diz Rhiannon, baixinho. — Você não precisa...

— Pode deixar comigo. — Lanço a ela o que espero ser um sorriso confiante. — Vamos nessa.

— Vamos nessa — repete ela. — Segundo Esquadrão, mexam-se.

Atravessamos o pátio coberto de geada juntos e eu checo a adaga no meu quadril esquerdo, me certificando de que está onde a deixei.

Xaden me ama. Ele me escolheu. Eu serei a cavaleira mais poderosa da minha geração.

Cat só tem poder sobre mim se eu escolher dar poder a ela, com ou sem adaga.

Os seis paladinos ficam tensos quando veem que estamos nos aproximando.

— Acho que eles também preferiram *não* querer — murmura Sloane para Aaric.

Cat estreita os olhos para Sloane, e eu me coloco entre as duas, oferecendo o brasão a ela.

— Bem-vinda ao Segundo Esquadrão, Setor Chama, Quarta Asa. Também conhecido como o Esquadrão de Ferro.

Cumprimentos semelhantes são ditos ao nosso redor, mas mantenho os olhos fixos em Cat enquanto ela encara o brasão como se ele fosse morder.

— Pegue o brasão — digo.

— E o que a gente deveria fazer com isso aí?

— A gente costura no uniforme — responde Ridoc ao meu lado, fazendo um gesto de pinça com as mãos de um lado ao outro para imitar uma agulha passando pelo uniforme, como se estivesse explicando o que é para uma criança analfabeta.

— Por quê...?

O olhar de Cat nos percorre, notando os brasões diferentes que exibimos, como se nunca os tivesse notado antes.

Aponto para o meu colarinho.

— Patente — digo, explicando, e então aponto para meu ombro. — Asa. Esquadrão de Ferro. Sinete. Você precisa mostrar que merece ganhar brasões. Cavaleiros, e agora paladinos também, podem escolher qualquer lugar do uniforme para prender o brasão para além dos de Asa e Patente, e não usamos brasão no uniforme de voo, o que provavelmente justifica o fato de você nunca ter visto Xaden usando nenhum. Ele detesta brasões, no geral.

Pronto. Não foi tão ruim assim. Eu consigo ser educada.

— Eu sabia disso — responde Cat, arrancando o brasão da minha mão. — Eu conheço Xaden há *anos*.

Rhiannon ergue uma sobrancelha ao meu lado.

Percebo a pontada de ciúmes que me atinge por ela conhecer partes da vida dele que eu nunca conheci, mas não sinto raiva, não sinto a amargura da insegurança ou ódio de mim mesma. Eu *amo* minhas adagas por um novo motivo agora.

Ela arregala os olhos de leve como se tivesse acabado de perceber que não consegue usar os poderes em mim e então os estreita, maldosa. Ser educada com certeza não faz parte de suas preocupações.

— Como eu disse — lanço um sorriso animado para ela —, bem--vinda ao único Esquadrão de Ferro da Divisão.

Engancho meu braço no de Rhiannon e começamos a andar na direção dos outros cavaleiros com o nosso novo esquadrão aumentado.

— Estar no mesmo esquadrão não muda o fato de que a coroa ainda é minha — solta Cat, atrás de mim.

— Vamos dar ela de lanchinho para Sgaeyl — sussurra Rhiannon.

Paramos de andar e olho para Cat por cima do ombro.

— Você sabia que faz mais de seiscentos anos que Tyrrendor não possui uma coroa? Parece que derreteram todas elas para forjar a coroa da unificação, então boa sorte tentando encontrar uma.

— Vai ser muito divertido tornar a sua vida tão miserável quanto você tornou a minha.

Ah, então a educação foi para a casa do caralho.

— Deuses, ela não consegue evitar, né? — Rhiannon fala baixinho.

— Cat, já deu — ralha Maren. — Ficou feio, já. Eu já te falei um milhão de vezes que ela não derrubou a Luella. A Luella caiu. Foi isso que aconteceu.

— Boa sorte nas tentativas de me fazer miserável — digo para Cat, soltando Rhiannon e voltando até onde a paladina está. — Ah! E mais uma coisinha.

Abaixo a voz de leve, sabendo muito bem que todos no nosso esquadrão estão virados para nós duas.

— Que foi? — ela exige saber.

— Aquele truque que você mencionou? Sabe, o dos dedos? — Deixo um sorriso preguiçoso se espalhar pelo meu rosto. — Obrigada mesmo.

Cat arregala os olhos.

Imogen ri tão alto que acaba engasgando, e, dando as costas para Cat, volto ao lado de Rhiannon.

— Caramba. Só... caramba — comenta Rhi, batendo palmas.

— Eu amo você pra caralho. — Ridoc joga o braço por cima do meu ombro. — Tem mais alguém com fome? Acordei em um lugar que não estava planejando hoje e perdi o café.

— Eu comeria — respondo —, mas já tenho planos de ir até a biblioteca.

— Até a biblioteca? Então eu também tenho planos. — Sawyer se oferece, me seguindo.

— Eu vou junto — completa Rhiannon, assentindo.

— Bom, se vocês três vão, eu vou também — retorque Ridoc.

— Vocês não precisam vir comigo — respondo, assim que passamos pelo saguão.

— Na verdade a gente quer sair de perto da Cat. — Ridoc gesticula com a mão. — Você é só a nossa desculpa.

— As habilidades dela são… terríveis — conclui Sawyer. — E se ela decidir que eu vou começar a odiar você?

— Ou fazer Xaden te odiar? — Rhiannon sugere, levantando as sobrancelhas.

— Ela não tem esse poder. — Balanço a cabeça.

— Ou fazer você ficar com um tesão absurdo por um paladino aleatório, e aí você não vai ser a única naquela cama quando Xaden voltar — reflete Ridoc. — O sinete dela, ou sei lá como chama aquilo, é aterrorizante pra caralho.

— Ela só pode ampliar emoções que vocês já estiver sentindo — explico a eles.

— Daria pra gente matar ela. — Sawyer estica a mão para abrir a maçaneta. — Todos os paladinos ainda estão tendo dificuldades com a altitude, e os grifos passam metade do dia dormindo, de acordo com Sliseag. Provavelmente estão mais fracos agora.

Nós todos ficamos em silêncio, não por choque, mas porque todos consideramos essa possibilidade por alguns segundos. Pelo menos eu considero.

— Não podemos matar Cat. Ela é do nosso esquadrão.

Espera. Esse é mesmo o único problema ético dessa questão?

— Certeza? — Sawyer inclina a cabeça. — É só falar que nós estamos dispostos a te ajudar a enterrar o corpo. Ainda temos algumas horas antes da aula de Preparo de Batalha.

— Ótima ideia — comenta Andarna, o tom indecentemente empolgado. — *Eu adoraria fazer um lanchinho.*

— *Não comemos nossos aliados* — ralha Tairn.

— *Você sempre estraga a minha brincadeira.*

Abro um sorriso genuíno.

— Agradeço pela oferta, pessoal.

Entramos na biblioteca e eu respiro fundo. O cheiro da sala de dois andares é diferente do aroma dos Arquivos. Pergaminho e tinta ainda têm o mesmo cheiro aqui, mas não existe o odor terroso porque estamos acima da terra, e a luz entra pelas janelas. Só as prateleiras do primeiro andar estão cheias de livros, mas tomei como missão pessoal deixar o segundo andar idêntico até a próxima década.

A pedra pode não queimar, mas os livros queimam.

— Enfim, o que viemos fazer aqui? — pergunta Ridoc.

Tiro a mochila do ombro, seguindo até a primeira mesa vazia que vejo para deixá-la ali.

— Quer dizer, *ele* a gente sabe o que veio fazer aqui — comenta Ridoc, gesticulando para Sawyer, que está vasculhando os fundos da biblioteca.

— Tentando encontrar meu centro. — Minha resposta me faz receber dois olhares perplexos. — Tecarus mandou alguns livros para mim através de Xaden depois que ele terminou de entregar as armas ontem, provavelmente querendo ganhar alguma simpatia comigo.

Um por um, retiro os seis livros da mochila com os quais ele me presenteou, empilhando-os na mesa e deixando a sacola de proteção com o diário de Warrick no topo.

— Krovlês não é meu ponto forte — eu digo.

— Krovlês não é o ponto forte de…

Abro um sorriso quando Sawyer para de falar no meio da frase ao ver Jesinia.

— Bom dia — ele gesticula para mim. — Acertei?

— Certinho.

Ele sai correndo e vai até ela.

— Teria sido mais divertido do meu jeito — resmunga Ridoc. — Ela tem um ótimo senso de humor.

— Ele está aprendendo a língua de sinais! — Rhiannon abre um sorriso, sentando-se na beirada da mesa.

Ficamos acompanhando, descaradamente, Sawyer cumprimentar Jesinia.

— E já está voltando? — Ridoc franze o cenho.

Olho para o relógio.

— Ele só sabe umas quatro frases, mas está pegando o jeito.

— Então krovlês é a especialidade de Jesinia? — pergunta Rhi, pegando o livro no topo, que é um relato da primeira aparição de venin depois da Grande Guerra. Ao menos, acho que é isso.

— Não. — Balanço a cabeça enquanto a porta da biblioteca se abre, às sete e meia da manhã em ponto. Bem na hora, como sempre. — É a especialidade dele.

— Tá falando sério? — Ridoc murmura enquanto eu me afasto da mesa.

— Você queria me ver? — Dain cruza os braços. — Por vontade própria? Sem ordens nem nada?

Por um segundo, hesito. Então, eu me lembro de que ele esfaqueou Varrish, invocou a formatura na Divisão e, quando a verdade foi revelada, escolheu se exilar com um grupo de pessoas que o detestam porque era a coisa certa a fazer.

— Preciso da sua ajuda — respondo.

— Beleza. — Ele assente, sem esperar uma explicação.

E é simples assim: de repente me lembro por que ele era uma das minhas pessoas favoritas no Continente.

***

— Essa não é a palavra para chuva — comenta Dain no dia seguinte, indicando um símbolo no diário de Warrick com a ponta da caneta enquanto estamos sentados na câmara da pedra de égides, nossas costas contra a parede, as pernas esticadas à nossa frente.

O sol do meio-dia nos assola, mas ainda assim está frio o bastante para minha respiração sair em fumaça.

— Tenho bastante certeza de que é.

Eu me abaixo, examinando o diário que está apoiado metade na perna dele, metade na minha.

— Você perguntou para Jesinia? — questiona ele, parando de consultar os registros que se concentram nas égides e voltando ao início deles.

— Ela também achou que era chuva.

— Mas a especialidade dela é morrainino, não é? — Ele inclina a cabeça, examinando o primeiro registro.

Arregalo os olhos, voltando-me para ele.

— Que foi? — Dain me encara, e então abruptamente volta o foco para o diário. — Não fique tão chocada por eu me lembrar da especialidade de Jesinia. Eu presto atenção quando você fala. — Ele estremece. — Ou ao menos costumava prestar.

— Quando parou? — A pergunta escapa da minha boca antes que eu possa me impedir.

Ele suspira e muda a posição de leve, só o bastante para eu saber que está nervoso. Passou dois anos na Divisão e não conseguiu se livrar dessa marca óbvia.

— Não sei. Provavelmente quando me despedi de você no Dia do Alistamento. No meu, claro, não no seu.

no meu pai quando deveria ter confiado no seu julgamento. E agora não há nada que eu possa fazer ou falar que vá trazer ninguém de volta. Não dá pra trazer Liam de volta.

— É verdade.

Meus olhos se enchem de lágrimas, e forço um sorriso numa careta que logo desmorona.

— Eu sinto muito, Violet.

— Mas não está tudo bem — sussurro. — Eu nem sei como começar a consertar as coisas para ficarem bem. Só sei que não posso pensar em Liam e olhar para você ao mesmo tempo sem... — Balanço a cabeça. — Não quero te odiar, Dain, mas não sei se algum dia vou conseguir...

Eu me interrompo, minha atenção voltando para a mão dele. Minha mão *quente* ao lado da dele na pedra.

— Você está imbuindo a pedra com poder?

— Sim. Achei que fosse o que você queria.

— É, sim. — Faço que sim com a cabeça. — Quanto tempo acha que vai demorar para imbuir algo tão grande por completo?

— Semanas. Talvez até um mês.

Retiro a minha mão e então volto para a mochila e me abaixo para colocar tudo lá dentro.

— Preciso da sua ajuda com o diário. E não é justo, porque preciso ter certeza de que não vamos mais falar disso. Sobre Liam e Soleil. Ao menos não até ter passado tempo o bastante.

Assim que está tudo guardado, fico em pé, encarando Dain outra vez.

Ele abaixa os ombros, mas a mão continua na pedra.

— Por mim tudo bem — ele promete.

— Obrigada. — Encaro o céu nublado muito acima de nós. — Eu geralmente estou livre por uma meia hora neste horário todos os dias.

— Eu também. E vou continuar trabalhando em imbuir poder na pedra.

— Vou pedir a Xaden para ajudar também.

Passo as alças da mochila pelos ombros e me ajeito.

Ele retira a mão da pedra.

— Sobre o Riorson...

Meu corpo inteiro fica tenso.

— Tenha muito cuidado com as suas próximas palavras.

— Você está apaixonada por ele? — pergunta Dain, a voz fraquejando no meio da frase quando se vira para me encarar por completo. — Porque Garrick e eu ouvimos o finzinho do que ele disse para você naquela câmara de interrogatório e até *eu* teria me apaixonado por ele depois daquela declaração. Mas e você? Você o ama de verdade?

— Amo. — Sustento o olhar dele por tempo o bastante para saber que estou sendo sincera. — E isso nunca vai mudar.

Dain trava a mandíbula e assente.

— Então vou confiar nele do mesmo jeito que você confia.

Eu também aceno com a cabeça, lentamente.

— Vejo você amanhã.

— Até amanhã — ele concorda.

Ninguém domina um sinete plenamente em Basgiath, nem mesmo nos anos seguintes, em serviço. Nenhum cavaleiro vivo acredita de fato ter chegado ao limite máximo de seu poder. Talvez os cavaleiros mortos discordem.

— O guia para a Divisão dos Cavaleiros, por major Afendra (edição não autorizada)

CAPÍTULO CINQUENTA

— Está melhor.

Uma semana depois, Felix coloca uma uva na boca e gesticula para as pedras empilhadas e os fiapos de fumaça na base, que só duram um segundo antes de desaparecerem, dissipados pelo vento e pela neve.

— Você quase acertou dessa vez — completa ele.

Seguro o conduíte aquecido pela energia na minha mão.

— Eu acertei.

Oscilo sobre os pés e tento sacudir do corpo a sensação de exaustão. Passei noites demais em claro traduzindo o diário de Warrick desde o começo, gastei tempo de almoço demais na câmara fria que contém a pedra de égide e tenho passado, definitivamente, tempo demais com Dain.

Eu quase tinha me esquecido do quanto ele é bom com idiomas, do quanto entende as coisas rapidamente.

— Não acertou — rebate Felix, balançando a cabeça e pegando outra uva do cacho.

Como essas coisas não estão congeladas? O chão aqui em cima já deve ter acumulado uns quinze centímetros de neve desde que chegamos.

— Se você tivesse acertado, as pedras não estariam mais ali — ele explica.

— Disse para usar menos poder, lembra? Raios menores. Mais controle. — Eu balanço a esfera na direção dele. — Do que você chama isso?

— Errar o alvo.

Os flocos de neve fervilham e começam a evaporar ao cair na pele exposta das minhas mãos, e faço meu melhor para não fulminar meu professor com o olhar.

— Aqui. — Ele enfia o cacho de uvas dentro da mochila aos seus pés e pega a esfera, arrancando-a das minhas mãos. — Acerte o conduíte.

— Quê? — Arregalo os olhos, afastando as mechas soltas do cabelo do rosto.

— Acerte o conduíte — repete ele, como se fosse uma tarefa simples, estendendo a esfera de metal e vidro a apenas centímetros dos meus dedos.

— Se eu fizer isso, vou acabar te matando.

— Se existisse um jeito de conseguir mirar… — provoca ele, o sorriso revelando dentes brancos. — Você claramente entende como energia e atração funcionam, levando em conta a forma como matou aqueles wyvern, correto?

— Eu acertei a nuvem — respondo, franzindo a testa. — Acho. Não consigo explicar. Só sabia que os relâmpagos podem existir dentro de uma nuvem e, quando invoquei meu poder, ele apareceu lá.

Felix assente.

— É por causa dos campos de energia. É semelhante à magia. E você… — Ele toca minha mão com a esfera. — Você é o maior campo de energia. Invoque seu poder, mas, em vez de deixar que o conduíte fique com tudo, interrompa você mesma o fluxo.

Troco o peso de perna e engulo em seco, tentando relutar contra a maré de fogo que eriça os pelos do meu braço. Imaginando a porta dos Arquivos quase se fechando, deixando poucos centímetros aberta, permito que apenas uma fração do poder de Tairn chegue às minhas mãos.

A ponta dos meus dedos roça no metal da esfera e estala com a visão familiar de feixes branco-azulados de energia pura saindo dos meus dedos contra o vidro e reunindo-se em um único fluxo delicado no medalhão de liga metálica no centro do conduíte. Diferente dos feixes brilhantes que invoco do poder de Andarna para tecer runas, isso aqui é algo mais físico, tipo um relâmpago minúsculo e contínuo. Um sorriso aparece no canto da minha boca enquanto deixo o poder fluir de mim até o conduíte do mesmo jeito que faço todas as noites, imbuindo pedra após pedra agora que sei como alternar entre elas assim que estão totalmente imbuídas.

— Adoro ficar assistindo isso acontecer.

É a única vez que meu poder é belo sem ser destruidor… ou violento.

— Você não está só assistindo, Violet. Está fazendo acontecer. E deveria adorar mesmo. É melhor encontrar alegria no seu poder do que ter medo dele.

— Não tenho medo do meu poder.

Como é que eu poderia, quando é tão lindo? Tão múltiplo? Tenho medo mesmo de *mim*.

— *Não deveria ter* — Tairn me repreende. Tem soltado uns comentários de vez em quando durante a última hora, quando não está ocupado tentando fazer Andarna parar de correr atrás de dois novos rebanhos de ovelhas que Brennan conduziu ao vale. — *Foi você quem eu escolhi, e dragões não cometem erros.*

— *Qual é a sensação de viver uma vida com tanta confiança em si mesmo?*

— *É... a sensação de viver.*

Consigo não revirar os olhos e mantenho toda a minha concentração em limitar o poder de Tairn.

— Boa. Continue. Deixe fluir, mas pense em gotas, e não numa inundação. — Lentamente, Felix começa a afastar o conduíte. — Não pare.

Todos os músculos no meu corpo ficam tensos, mas faço o que ele pede e não interrompo o fluxo de poder. Feixes daquela mesma energia azulada se esticam nos centímetros de espaço entre meus dedos e a esfera.

— O quê... — balbucio.

Meu coração começa a bater com tanta força que sou capaz de sentir o pulsar nos ouvidos, e os cinco filamentos de poder diferentes pulsam junto das batidas.

— É tudo você — responde Felix, com cuidado, na voz mais gentil que já usou comigo, enquanto leva lentamente a esfera para mais longe, centímetro a centímetro. Até aí, eu também tomaria cuidado comigo se fosse ele. — Aumente lentamente esse fluxo.

A porta dos Arquivos abre cerca de mais trinta centímetros, e o poder se estende sem dor, com apenas um calor moderado e evaporando qualquer floco de neve azarado que passe por seu caminho.

— Está começando a compreender agora, não está? — Felix dá um passo inteiro para trás, e minha mão começa a tremer enquanto me esforço para ampliar o poder o suficiente apenas para alcançar o conduíte, mas sem projetar um raio.

— Compreender. O. Quê?

Meu braço agora treme abertamente.

— O controle — Felix constata, sorrindo, e eu me atrapalho, meu olhar voltando para o dele.

O poder estoura pela porta e me toma em uma onda de calor escaldante. Ergo as mãos para cima, para longe de Felix, só um segundo antes de um relâmpago cortar o céu nublado, acertando a montanha com um impacto tremendo a menos de dez metros da cumeeira.

O Rabo-de-adaga-vermelho de Felix sopra fumaça, agitado, mas tudo que sinto vindo de Tairn é orgulho.

— Bom, você *estava* no controle. — Felix me entrega o conduíte novamente. — Mas isso pelo menos significa que você consegue. Por um tempo, achei que não fosse conseguir.

— Eu também achei que não fosse.

Examino a esfera como se nunca tivesse a visto antes.

— Você usa seu poder igual a um machado de batalha, e às vezes é exatamente disso que precisa. Mas você, mais do que ninguém… — Ele gesticula para as adagas embainhadas na minha jaqueta de voo. — Deveria entender o momento de usar uma adaga e o momento de usar um machado, e os momentos em que cortes mais precisos são necessários.

Ele tira a mochila do chão e a joga por cima do ombro.

— Acabamos por hoje. Até segunda-feira que vem, quero que consiga manter esse poder fluindo de… que tal uns três metros?

— Três metros?!

Mas nem fodendo.

— Tem razão. — Ele assente, virando-se para o próprio dragão agitado. — Vamos tentar cinco metros. — Ele inclina a cabeça para o lado e para de falar como se estivesse se dirigindo ao dragão. — Quando entrar, diga a Riorson que precisamos de vocês dois na câmara de Assembleia às cinco.

— Mas Xaden não…

Abaixo os escudos e dito e feito: lá está ele. Sinto o caminho de sombras entre nossas mentes forte com a proximidade, mas pesaroso com… desânimo?

— *Você voltou mais cedo. Tudo bem com você?*

— *Não.*

Ele não dá mais detalhes, e o tom que usa não é lá muito convidativo.

— *Tudo bem com Sgaeyl?* — pergunto a Tairn enquanto ando até o antebraço que ele abaixou para eu subir.

— *Ela não está ferida.*

Raiva e frustração borbulham e, de súbito, inundam nosso elo, e eu rapidamente ergo os escudos entre nós dois para impedir que perca o controle das minhas próprias emoções.

Meia hora depois, depois de voarmos de volta para o vale e assistirmos a Andarna exibir a habilidade que está desenvolvendo de estender a asa enquanto conta até trinta e termina o show com aplausos entusiasmados de nossa parte, volto para os corredores caóticos da Casa Riorson e vou direto para a cozinha.

Assim que consigo reunir tudo de que preciso num prato, começo a subir a escadaria e vejo que Garrick, Bodhi e Heaton estão conversando no patamar do segundo andar. A expressão no rosto coberto de cinzas de Garrick corresponde ao peso sinistro que senti no humor de Xaden, e, quando Heaton vira a cabeça, praticamente derrubo o prato.

O lado direito do rosto delu inteiro é só uma grande contusão, e seu braço direito está com uma tala que vai do cotovelo até a ponta dos dedos.

— O que aconteceu? — pergunto.

Garrick e Bodhi trocam um olhar que faz meu estômago embrulhar, mesmo sabendo que Xaden está vivo (e não no nosso quarto neste andar, mas quatro andares acima de mim).

— Tomaram Pavis — Heaton me diz baixinho, olhando em volta para ter certeza de que não tem mais ninguém ouvindo.

Pisco, aturdida. Não pode ser.

— Pavis fica só a uma hora de voo a leste de Draithus.

Heaton assente, devagar.

— Eles eram sete, com uma horda de wyvern. A cidade foi tomada antes de sequer conseguirmos chegar até lá. Sua irmã… ela está bem, só precisou levar Emery até os médicos por conta de uma perna quebrada. Mandou que a gente fosse embora depois que… — A voz delu fraqueja, e elu desvia o olhar.

— Depois que Nyra Voldaren morreu durante nossa missão hoje — termina Garrick.

— Nyra?

Ela era a Dirigente de Asa sênior da Divisão ano passado, e era praticamente invencível.

— É. Ela saiu em defesa de um grupo de civis que se abrigou perto do arsenal, e… — Garrick trava a mandíbula. — E depois não sobrou mais nada dela ou de Malla. Foi parecido com o que aconteceu com Soleil e Fuil, foram completamente drenadas. Tenho certeza de que vão repassar essas informações em Preparo de Batalha amanhã, mas chamaram os primeiros e segundos tenentes de volta para Aretia para nos reorganizarmos.

— Acho que vão mudar a estrutura de Asas — acrescenta Heaton.

— Vai ser necessário — concorda Garrick. — Deixar cavaleiros menos experientes longe do fronte não ajuda em nada quando o fronte está mudando tanto o tempo todo.

— Eles conseguiram tomar Cordyn?

Garrick balança a cabeça.

— Passaram direto pela cidade e por mais umas centenas de quilômetros. O alvo era Pavis, e por lá eles ficaram.

— É um lugar estratégico — responde Bodhi, baixando a voz quando um trio de paladinos da Primeira Asa passa por nós. — Para seguir até Draithus. Só pode ser.

Eles estão vindo para cá.

Muitos dos nossos estrategistas mais renomados tentaram estimar quando se dará o momento crítico, aquele no qual o resultado da guerra poderá ser decidido, mesmo que ainda estejamos lutando. Boa parte acredita que acontecerá na próxima década. Mas temo que esse momento chegará muito mais cedo do que isso.

— Guia para Derrotar os Venin, por capitã Lera Dorrell, propriedade da Academia Rochedo

CAPÍTULO CINQUENTA E UM

Nós nos separamos quando os corredores ficam abarrotados demais, e continuo a subir as escadarias, chegando ao quinto andar e lançando um aceno de cabeça significativo para Rhi e Tara quando passo pela porta do quarto de Rhiannon, que estava aberta. É evidente, pela forma como as duas estavam sorrindo abertamente, que ainda não receberam as notícias, e decido preservar mais alguns minutos daquela felicidade abençoada, ainda que alienada, seguindo reto pelo corredor comprido até chegar à escadaria que fica nos fundos.

A escadaria da criadagem é escura, mas luzes mágicas se acendem enquanto subo pelos degraus íngremes, que seguem em espiral e são ladeados por barras de ferro. No topo, abro a porta usando uma magia menor e adentro a passarela estreita que corre pelo telhado, lembrando de fechar a porta atrás de mim.

Xaden está sentado na beirada da pequena torre de defesa, a dez metros de distância, e as únicas sombras que o cercam são as projetadas pelo sol poente sobre o piso. Se eu não conseguisse sentir a agitação que retesa a conexão entre nós, acharia que ele está ali apenas para admirar a vista, perfeitamente controlado.

Pé ante pé, a passos cuidadosos, atravesso a linha leste do telhado, tomando cuidado para não deixar a brisa derrubar o prato que tenho na mão ou me desequilibrar.

— O que foi que eu já te falei sobre arriscar a vida para vir falar comigo? — pergunta Xaden, o olhar fixo na cidade lá embaixo.

— Eu não chamaria isso de arriscar minha vida — respondo, deixando o prato na muralha e subindo para me sentar ao lado de Xaden. — Mas agora entendo por que você é tão bom em andar pelo Parapeito.

— Eu pratico desde criança — confessa ele. — Como sabia que eu estaria aqui em cima?

— Além do fato de que consigo rastrear você através de nossa conexão? Teve uma carta em que você me contou que costumava ficar sentado aqui esperando seu pai voltar para casa. — Estico o braço, pego o prato e o ofereço para Xaden. — Sei que bolo de chocolate não vai consertar as coisas, mas, em minha defesa, peguei quando ainda achava que você só tinha tido um dia ruim, antes de descobrir o que aconteceu de verdade.

Ele olha para a fatia de bolo, inclina-se e encosta a boca na minha antes de aceitar o prato.

— Não estou acostumado a ter pessoas cuidando de mim. Obrigado.

— Bom, então se acostume.

O frio entra pelas frestas do meu uniforme, vindo da parede embaixo de nós, e percebo as nuvens cinzentas pesadas sendo sopradas do oeste.

— Já está nevando no desfiladeiro. Aposto que chega a uns dezoito centímetros durante a noite.

— Talvez mais, se você for boazinha. — Um canto da boca de Xaden se levanta enquanto ele corta um pedaço do bolo com o garfo.

— Agora vai dar de fazer piada de pinto? — pergunto, apoiando a mão na beirada da parede.

— Foi você que começou a falar do *clima*. — Ele dá uma garfada, corta outro pedaço e me entrega o garfo.

— Eu estava só sendo legal e te dando uma opção para não falar sobre o que aconteceu. Prefere que eu fale sobre o processo de tradução com Dain?

Dou uma garfada do pedaço oferecido e devolvo o garfo para Xaden. Caramba, não é à toa que ele ama esse bolo. É melhor do que qualquer outra coisa que comíamos em Basgiath.

— Eu prefiro que você seja menos legal e pergunte logo de uma vez. — Ele encontra o meu olhar.

Engulo em seco. Tenho a sensação de que ele não está falando só sobre as perdas de hoje.

— Você estava lá?

— Estava.

O garfo bate contra o prato quando ele o leva ao colo.

— Tairn não me contou nada.

— Acho que Sgaeyl bloqueou ele, de alguma forma. — Ele vira a cabeça de lado. — Tenho bastante certeza de que nós *dois* estamos bloqueados agora, o que significa...

— Que estão brigando.

Sinto uma muralha dura atrás dos meus próprios escudos.

— Garrick e eu voamos de Draithus assim que Emery fez o chamado, mas, quando finalmente chegamos... — Ele balança a cabeça. — Imagine Resson, só que dez vezes maior. Tinha dez vezes mais civis.

— Ah.

Sinto o bolo pesar no meu estômago como se tivesse comido cinzas, e nós dois ficamos em silêncio. Um longo momento se passa antes de eu ter coragem de encontrar o desafio nos olhos dele.

— No que ficou pensando aqui em cima?

— Estamos em desvantagem. — Ele desvia o olhar e trava a mandíbula. — Em *desvantagem*, e já dispersos demais para sermos nada além de uma pedra no sapato deles. Não conseguimos nos comunicar rápido o bastante. Nossa defesa não é efetiva, e não conseguimos fazer nenhum tipo de barreira real quando mandamos legiões de só três dragões.

Ele volta o olhar para o leste.

— Eles podem tomar o resto de Poromiel e nos invadir quando bem entenderem, e não faço ideia do motivo de não terem feito isso ainda. Nós não temos ideia de quantos deles estão ocupando Zolya, e onde estão conseguindo chocar tantos daqueles wyvern do caralho. Nosso plano é só aguentar firme, e ultimamente não temos conseguido nem isso.

— Nós não estávamos prontos.

Olho para a cidade que cresce cada vez mais acelerada, notando uma dúzia de novos telhados sendo construídos e um número incontável de chaminés soprando fumaças das casas.

— Não tínhamos como estar prontos nunca — retruca ele, erguendo o garfo e então o enfiando no bolo com força. — Então nem compensa acrescentar isso à lista de coisas para se culpar. Mesmo que tivéssemos esperado para vir depois que a forja já estivesse estabelecida, depois de termos reunido cavaleiros o bastante para imbuir a liga metálica e tecer runas nas adagas... — Ele abaixa os ombros, suspirando. — Nunca diria isso na frente dos outros, mas estamos com uns cinquenta anos de atraso.

A próxima lufada de ar que inspiro é pesada, e sinto minhas costelas se comprimirem.

— O que a gente pode fazer? — pergunto.

Além do óbvio: Dain e eu precisamos traduzir mais rápido, só para o caso de termos uma chance real de erguer as égides. Já sabemos que um dos símbolos que eu traduzi originalmente estava incorreto. Não era *chuva*. Era *chama*. O que, é claro, não nos ajudou muito.

— O que a gente vai fazer não é decisão minha. Seu irmão é o estrategista, e Suri e Ulices comandam os exércitos. — Ele enfia mais bolo na boca.

— Mas a cidade é *sua*.

A província é dele, também.

— Não deixei de notar essa ironia — comenta ele, separando mais uma garfada de bolo e levando até a minha boca, mas é como se o pedaço tivesse perdido o gosto adocicado para se desfazer em minha boca feito areia. — Sua irmã me *ordenou* que saísse de lá.

Levanto as sobrancelhas.

A risada dele é dura e sarcástica.

— Ela *me* deu ordens. Eu já tinha matado um deles e só estava tentando recuperar a adaga, que é outro problema, no caso, quando o segundo canalizou logo atrás de Sgaeyl. Se ela tivesse levantado voo um segundo depois, não estaríamos aqui comendo bolo.

Ele abaixa o garfo.

Meu coração começa a bater de forma errática. Não vejo nenhuma marca nele, e ainda assim quase o perdi sem nem mesmo saber que chegara tão perto de nunca mais voltar para casa. O pensamento é tão intangível que fico baqueada, em silêncio.

— Ela me pegou nas garras, mas sua irmã viu o que aconteceu e foi ali que declarou derrota. Não porque Nyra morreu, ou porque três paladinos da Revoada Terrestre morreram também, ou porque só tínhamos outros cinco dragões restantes. — Ele balança a cabeça. — Ela declarou derrota porque eu estava ali, e ela não iria arriscar você.

— Foi isso que ela te disse? — pergunto.

Os primeiros flocos de neve começam a cair.

— Ela não precisou me dizer. Ficou óbvio pra caralho.

— Então você não sabe…

— Eu sei, sim — retruca ele, e imediatamente fecha os olhos. — Eu sei. E, apesar da raiva e do horror de ter que ver todos aqueles civis fugirem, ver todos eles *morrerem*, percebi que ela me tratou do mesmo jeito que todos os marcados vêm tratando você desde que passou pela Ceifa. Como se você fosse só uma extensão vulnerável de mim.

— Eu não acho que ninguém acreditaria que você é vulnerável. — Pego a mão dele e entrelaço nossos dedos. — Mas é essa a sensação.

Ele encontra meu olhar, apertando a minha mão.

— Sinto muito.

— Obrigada, mas, por mais que seja irritante, eu entendo. Nós dois estamos conectados.

Dou de ombros. Ele me dá um beijo silencioso, rápido e forte.

— Pelo resto das nossas vidas — confirma ele.

***

Depois de uma semana, ninguém mais sequer pisca duas vezes ao ver Dain e eu juntos em uma mesa de biblioteca, mesmo muito depois que a maioria dos cadetes já foi para a cama. Estamos fazendo reuniões ao meio-dia também, e Xaden sempre aparece quando pode para ajudar a imbuir a pedra. E aquele feixe de raios que Felix me ensinou a sustentar? No fim, significa que eu também consigo imbuir.

O desespero crava suas garras em mim ao fim da semana seguinte àquela. Estamos quase finalizando a tradução do diário inteiro, mas o trecho sobre erguer as égides ainda não está muito diferente da minha primeira interpretação errônea e fracassada. A gente entendeu, de uma vez por todas, que Warrick insiste que, assim que o sangue de um dos seis cavaleiros poderosos é usado na pedra, não pode ser utilizado na outra que ele citou ter entalhado.

— Você notou que a linguagem do resto do diário é muito mais casual, se comparada à única seção que realmente precisamos compreender? — Dain esfrega os olhos e se recosta contra a cadeira ao meu lado. — Como se estivesse querendo foder nossa vida de propósito do além-túmulo.

— Verdade.

Só temos mais quatro registros no diário. O que, em nome de Malek, vamos fazer se não encontrarmos a resposta neles?

— Ele não parece ter nenhuma reserva quanto a aconselhar como deve ser feita a escrita do Códex…

— Ou a detalhar a bagunça dos relacionamentos que aqueles seis tinham — comenta Dain, assentindo e abrindo um bocejo gigantesco.

— Exatamente. — Eu o encaro. — Você deveria ir para a cama.

— Você também. — Ele olha para o relógio mais perto. — É quase meia-noite. Tenho certeza de que Riorson está querendo saber…

— Ele não está por aqui. — Balanço a cabeça e suspiro alto demais, sentindo pena de mim mesma. — O esquadrão dele está vigiando Draithus essa semana. Mas você realmente deveria ir dormir. Só vou ficar mais uns minutinhos.

Ele franze as sobrancelhas.

— Vai logo — eu digo, abrindo um sorriso reconfortante. — Vejo você amanhã.

Ele suspira, mas assente, afastando a cadeira. Fica em pé e dá uma espreguiçada, levantando os braços.

— Não conte a ele que eu disse isso — diz ele, abaixando os braços —, mas, pelo que ouvi dizer, ele quer reorganizar os esquadrões de combate por força, já que os cavaleiros em atividade não têm uma Asa completa. Achei a ideia brilhante.

— Pode deixar que eu não vou contar — prometo, um canto da boca se levantando.

Dain pega a mochila em cima da mesa.

— Vejo você amanhã — ele se despede.

Eu assinto e ele vai embora.

A biblioteca está confortavelmente silenciosa enquanto analiso o registro seguinte do diário, traduzindo o que chamamos de diário de rascunho.

— O ar já ficou frio o bastante — eu digo em voz alta, enquanto escrevo as palavras no nosso rascunho — para ver meu próprio sangue pela manhã.

Pisco por um segundo e fico encarando o símbolo que representa "sangue". Minha mente rodopia diante da possibilidade, e então volto para os registros anteriores, só para garantir. Em todas as vezes que precisamos traduzir o símbolo de "sangue"... na verdade, a palavra "sopro", referindo-se à *respiração*, se encaixaria de forma melhor. Por todo esse tempo, viemos usando a palavra errada.

O sangue vital, na verdade, é um *sopro* vital, e acender a pedra em uma chama de ferro...

Fecho os diários e me recosto na cadeira. Aquele *seis* não se refere a cavaleiros.

— São os dragões — digo em voz alta na biblioteca vazia.

Dain. Eu deveria...

Não. Ele vai pensar só em regras, sem nem pensar na ética da coisa. Só existe uma pessoa em quem eu confio para *sempre* fazer a coisa certa.

Enfio as coisas na mochila, jogando-a por cima do ombro, e saio correndo da biblioteca, subindo os quatro lances de escada. Meu coração está disparado quando chego na porta de Rhiannon e bato.

— Oi — saúda ela, abrindo a porta, o sorriso alegre se desmanchando quando não retribuo.

Sem dizer mais nada, ela dá um passo para trás, me convidando a entrar.

Olho para a decoração sóbria e esparsa enquanto começo a andar pelo quarto, vendo as duas escrivaninhas, os dois armários sem portas e duas camas com lençóis pretos simples que foram empurradas no espaço que obviamente deveria ser ocupado por uma só, resultado da chegada dos paladinos.

— Essa aí era para ser a sua — diz Rhi, apontando para a cama à direita. — Só para o caso de você querer passar uma noite longe de Riorson.

Pressiono os lábios entre os dentes, procurando pelas palavras certas enquanto traço um caminho pelo chão do quarto.

— Preciso te contar uma coisa.

— Tudo bem.

Parando de súbito no meio da sala, eu me viro para ela.

— Descobri como erguer as égides. Só não tenho certeza se *deveríamos* fazer isso.

O sopro vital dos seis e do um unidos sobre a pedra incendeia uma chama de ferro.

— Diário de Warrick de Luceras.
Traduzido por cadetes Violet Sorrengail e Dain Aetos

CAPÍTULO CINQUENTA E DOIS

No dia seguinte, Rhiannon me passa uma caneca de cidra de maçã quente por cima da mesa de jantar da irmã dela e depois se senta no lugar vazio entre Ridoc e Sloane. A casa tem o mesmo cheiro da maior parte dos quartéis na Casa Riorson: madeira recém-cortada e um pouco de tinta. Os carpinteiros vêm trabalhando dia e noite por aqui para entregar móveis.

Eu me recuso a acreditar que tudo isso poderia se acabar se aqueles dominadores das trevas decidissem testar os wyvern nessa altitude. Quatro horas. É tudo de que precisariam para chegar até aqui vindo de Draithus.

— Obrigada — agradeço, levando a caneca até o rosto e respirando fundo o aroma reconfortante antes de beber.

Olhando por cima da caneca, sorrio ao ver Sawyer sentado ao lado de Jesinia em um cobertor perto da lareira, uma expressão de concentração intensa no rosto enquanto ele sinaliza…

Merda, talvez ele tenha acabado de dizer para ela que acha que a tartaruga dela é azul, mas eu é que não vou entrar no meio dessa conversa.

É a segunda vez nessa semana que Raegan cedeu a própria casa para o nosso esquadrão, a pedido de Rhi, e é a primeira que Jesinia se juntou a nós. Preciso dar o braço a torcer para a minha melhor amiga: a ideia dela foi genial. Reunir nosso esquadrão inteiro (agora em dezoito pessoas) fora do local acadêmico da Casa Riorson não resolveu a tensão entre cavaleiros e paladinos, mas é um passo na direção certa.

Até mesmo Cat, que está sentada o mais longe possível de mim no canto da sala, não está com uma careta enquanto ela e Neve conversam com Quinn. Ela ainda odeia estar no Segundo Esquadrão, mas ao menos é educada com todo mundo – fora eu, claro.

Na semana anterior, a última semana de novembro, começamos uma nova rotina para ajustar a formatura a fim de incluir paladinos, frequentar as aulas juntos com os outros do nosso ano e até mesmo passar pela primeira sessão de lutas de treinamento, e ontem ninguém derramou sangue algum. Rhiannon estabeleceu uma regra na semana passada e agora é obrigatório que a gente corra junto todos os dias de manhã e que nos sentemos juntos durante a aula de Preparo de Batalha e as refeições. Ela até nos designou como parceiros de estudo, esperando que a proximidade nos leve a um entendimento mútuo, ou, no mínimo, certa tolerância. Graças aos deuses, Maren é minha parceira, mas ainda assim me sinto mal porque Rhi ficou com Cat para me poupar.

— Existe alguma chance de você falar lucerino antigo? — pergunto a Aaric na ponta da mesa.

As lições que ele recebeu de tutores devem ter perdido apenas para as minhas, considerando que Markham era o meu mentor. Eu me sentiria melhor se mais alguém corrigisse a tradução, alguém que não fosse Dain, o caga-regras, mas tenho bastante certeza de que acertamos. Senão, por que estaríamos aqui?

— Claro que não. — Aaric balança a cabeça e se concentra na própria caneta, a testa enrugada pelo esforço.

Todos os primeiranistas começaram a canalizar, e, apesar de nenhum deles ainda ter manifestado um sinete, começaram a apostar em quem seria o primeiro a dominar as magias menores necessárias para trabalhar com uma caneta. Minha aposta é que Kai, o paladino do primeiro ano, solitário sem Luella, vai vencer todos eles.

No momento, ele está sentado no sofá entre outros primeiranistas, o cabelo preto espetado balançando, uma covinha aparecendo na bochecha cor de bronze enquanto ri de uma história que Bragen (que era líder da revoada e é nosso atual sublíder) está contando. Tirando Maren, Bragen é o cara mais de boa dos paladinos. Ele também passa tempo demais lançando olhares demorados para Cat.

— Por que Aaric falaria lucerino antigo? — pergunta Visia, do outro lado da mesa, erguendo o olhar do dever de casa de física. — Você não é de Calldyr?

Congelo. Porra, preciso ser mais cuidadosa.

— Sou. — Aaric ergue o olhar para mim, o rosto moldado em uma máscara perfeita e neutra. — Acho que você me confundiu com o Lynx. Ele é de Luceras.

— É mesmo. Óbvio — assinto, agradecida por ele ter encoberto essa bem rápido.

— Em certa altura, você vai precisar conhecer os primeiranistas. Eles agora são pessoas — provoca Ridoc, o sorriso apertado.

Ele concorda conosco sobre o que estamos prestes a fazer, mas está preocupado com a reação dos paladinos, o que é compreensível.

— Não dá pra culpar ela — diz Imogen, trazendo uma caneca da cozinha e com Maren em seu encalço. — Acrescentamos seis primeiranistas e seis paladinos ao esquadrão nas últimas seis semanas.

— Nós estamos no esquadrão desde julho — argumenta Visa.

— Não conta antes da Ceifa. — Imogen dá de ombros, percorrendo a sala com o olhar. — Acho que vou salvar Quinn de Cat.

— Nada de derrubar sangue no chão da minha irmã. — Rhiannon lança um olhar ameaçador para ela.

— Beleza, pode deixar, mãe. — Imogen faz uma continência zombeteira com a mão vazia e vai até onde Quinn está.

Maren se senta ao meu lado e Rhiannon levanta as sobrancelhas para mim, uma pergunta sutil.

Sinto um nó na garganta. *Aqui vamos nós.* Foi por esse motivo que planejamos esta reuniãozinha hoje à noite... Então por que fiquei tão nervosa de repente?

Talvez porque não tenha discutido minha decisão com Xaden. Não que ele esteja ficando por aqui mais do que um dia por semana desde que ele e Brennan decidiram reorganizar a operação dos esquadrões de batalha.

— *Você está fazendo a coisa certa* — sugere Andarna.

— *A coisa honrosa* — opina Tairn.

— Pode começar — digo para Rhiannon, segurando a caneca com as duas mãos.

— Atenção! — Rhi chama enquanto fica em pé, silenciando a casa, o olhar percorrendo cada cadete presente. — Para os cavaleiros, os esquadrões são mais do que uma unidade. Somos uma família. Para sobreviver, precisamos confiar uns nos outros no campo de batalha... e também fora dele. E estamos confiando no juízo de vocês com a informação que estamos prestes a dar.

Ela olha para mim.

O que estamos prestes a fazer é praticamente uma traição, mas não posso imaginar fazer isso de nenhuma outra forma.

Respiro fundo.

— Estive traduzindo o diário de Warrick, que foi um dos Seis Primeiros e que construiu as égides de Basgiath — esclareço, para os que não estão familiarizados com nossa história. — Na esperança de conseguirmos erguer as égides em Aretia antes dos wyvern decidirem que somos o próximo alvo... e acho que descobri como fazer isso. Mas por esse motivo queríamos falar com vocês, porque isso significaria que os paladinos não conseguiriam mais usar os próprios poderes.

Os paladinos encaram, aturdidos. Até os olhos de Cat se arregalam com algo que se assemelha a medo.

— Ficamos sabendo que duas outras cidades poromielesas sofreram ataques nas últimas duas semanas, deixando Draithus vulnerável, e a Assembleia quer as égides em pleno funcionamento *imediatamente* — continua Rhiannon. — Por isso, achamos que vocês merecem saber.

— Merecemos saber o quê? — Cat exige saber, pondo-se em pé, a cadeira arrastando no chão de madeira. — Que vocês estão prestes a destruir nossa habilidade de canalizar? Nossos grifos ainda estão com dificuldade para se ajustar a essa altitude e agora vão nos deixar *impotentes*?

— Égides de proteção sempre foram nosso objetivo, muito antes de vocês virem para cá — diz Imogen, afastando-se da parede e levando casualmente a mão até o quadril, perto de sua adaga favorita, virando o corpo na direção de Cat, no que Quinn dá um passo para o lado para cercar a paladina raivosa.

— Mas agora, nós *estamos aqui* — retruca Cat. — Se meu tio soubesse que vocês amarrariam nossas mãos, nunca teria feito o acordo.

— Controle-se, Cat — censura Bragen, mantendo o tom neutro. Os olhos dele, porém, estão afiados quando fica em pé, esticando o braço esquerdo para evitar que Cat avance pra cima da gente. — Quanto tempo temos até as égides serem erguidas? — pergunta ele para mim.

— Assim que eu comunicar à Assembleia o que descobri.

Desde aquela manhã, a pedra havia adquirido um zumbido distinto, uma vibração na câmara que me lembrou a forma como Xaden descreveu o arsenal em Samara, que continha as adagas com cabos de liga metálica.

— E quando vai ser isso? — dispara Cat.

— Se vocês não estivessem aqui, eu já teria comunicado — rebato no mesmo tom que ela está usando. Sem dúvida, a maior parte da Assembleia me consideraria uma traidora por isso, e talvez estejam certos. — Mas vocês *estão mesmo* aqui. E *importam*.

Maren se remexe no assento ao meu lado, e, embora eu me recuse a descer a mão até minhas adagas, Ridoc não hesita, cruzando os braços para ter acesso mais fácil à bainha do ombro.

— E quanto tempo vai nos dar? — questiona Bragen, inclinando o queixo e expondo as cicatrizes verticais prateadas que descem por seu pescoço e desaparecem embaixo da camisa.

Todos os olhares se voltam na minha direção.

— Não vou mentir para Xaden. No momento em que ele voltar para casa, vou precisar contar — confesso.

Diversos paladinos praguejam.

— Mas também vou dizer a ele que deveríamos esperar o máximo possível — eu digo. — Para dar a vocês a chance de decidirem se ainda querem ficar, sabendo que não vão mais ter o poder de canalizar.

— E acha mesmo que ele vai escutar você? — Cat fecha os punhos na lateral do corpo.

Junto com todas as partes boas, ruins, e imperdoáveis. Foi isso que ele me disse quando colocou minha segurança acima dos interesses da rebelião. E pode até querer as égides, porque eu estou aqui e ele não, mas também precisa pensar na província no geral.

— Não — eu digo, balançando a cabeça devagar. — Acho que ele vai agir de acordo com os interesses de Tyrrendor — eu me omito dessa equação —, e vai querer erguê-las assim que possível, mas ainda posso tentar.

— Nós não valemos de nada para o nosso povo se não conseguirmos canalizar — diz Maren, olhando para a janela além de Aaric, tamborilando os dedos na mesa.

— Tá, mas também não valem nada se estiverem mortos — retruca Imogen, ainda de olho em Cat. — E, se não erguermos aquelas égides agora, vamos colocar em risco toda Aretia, sejam as legiões, as revoadas e o caralho, *Tyrrendor* inteira além das égides de Navarre de um jeito que não é mais necessário. Então é melhor decidirem se estão dispostos a ficar aqui, sabendo que isso pode acontecer a qualquer momento, ou se é melhor se abrigarem em Cordyn, onde vão ter poder *e* também dominadores das trevas.

Não invejo essa escolha, mas ao menos podemos conceder que a tomem.

— E, se ficarem, não vão ficar totalmente impotentes. — Estico o braço para pegar a mochila de couro embaixo da mesa e abro o bolso de cima. — Parece que a liga metálica não é a única coisa que podemos imbuir.

Tiro de lá de dentro os seis conduítes que Felix me deu ontem depois que confiei a verdade a ele, cada um deles contendo a ponta de uma flecha igual às que venho imbuindo durante semanas.

— O que é isso? — pergunta Bragen, duas rugas aparecendo entre as sobrancelhas.

— O tipo de metal que não usamos para fazer a liga. Não é tão raro quanto Talladium, mas é cerca de dez vezes mais explosivo. Confie em mim, eu já vi esse metal explodir bem alto no céu em sua forma bruta, e deve ser ainda mais poderoso se imbuído.

Olho para Sloane, que lentamente sorri antes de responder.

— Maorsita.

***

Estou suspensa outra vez acima daquele campo queimado de sol, a onda mortal a apenas um segundo de me tomar no momento em que o Mestre me libera de seu aperto, e ela vai acabar me tomando. Ela me toma todas as vezes.

Agora reconheço o cenário pelo que é (um pesadelo recorrente), mas ainda assim fico impotente, ainda lenta demais para acessar Tairn, e ainda não consigo forçar minha consciência a me acordar.

— Eu já cansei disso. Agora, domine — sussurra o Mestre, usando um manto roxo hoje. — Liberte-se. Mostre o poder que usou para assassinar nossas forças acima do entreposto. Me prove que você é uma arma valiosa a ponto de ficarmos assistindo e valiosa a ponto de precisarmos recuperar. — A mão dele paira acima da minha, mas não me toca. — Aquele que assistiu primeiro acha que você nunca vai ceder, que deveríamos matar você antes que assuma o controle total de suas habilidades.

Meu estômago revira, minha boca enchendo de saliva pela náusea enquanto a mão esquelética sobe mais, parando no meu pescoço.

— Normalmente, a inveja oscila a língua dos jovens dominadores. — Ele arrasta uma única unha comprida embaixo da minha garganta, expondo o braço bronzeado sob os robes, e eu me reviro, o medo acelerando meu coração.

Forço minha boca a se abrir, mas não consigo projetar som algum. Tocar em mim é algo novo. Tocar em mim é *aterrorizante*.

— O resto se volta por poder — sussurra ele, chegando tão perto que sinto o cheiro de algo doce em seu bafo. — Mas você vai traí-los por algo muito mais perigoso, e muito mais volátil.

Ele envolve meu pescoço com os dedos, frouxo. Consigo balançar a cabeça em negação.

— Vai, sim. — Os olhos dele, que já são escuros e sem cílios, ficam semicerrados, e as unhas afiadas cortam a minha pele com uma pontada de dor que parece real demais. — Você mesma vai derrubar as égides quando chegar a hora.

A temperatura abaixa de repente, e minha próxima respiração fica visível no ar gelado. Eu pisco, e a neve cobre o chão. A única fonte de calor é uma gota de sangue que parece esfriar rapidamente em meu pescoço.

— E não vai fazer isso por algo tão prosaico quanto poder, ou tão facilmente saciável quanto a cobiça — promete ele, sussurrando. — Mas pela emoção mortal mais ilógica… o amor. Ou então morrerá. — Ele dá de ombros. — Vocês dois morrerão.

Ele vira o pulso e um *craque* de estremecer os ossos me arranca do sono.

Eu me sento de súbito na cama, segurando o pescoço e sorvendo o ar em lufadas poderosas, mas não sinto o corte, nem a dor, e, quando acendo a luz mágica com uma magia menor e o girar da mão, vejo que também não tem sangue.

— É claro que não tem — sussurro em voz alta, o som puro rompendo o silêncio do quarto enquanto os primeiros raios da aurora tingem o céu de roxo além da janela. — Foi só a porra de um pesadelo.

Nada pode me atingir aqui, com Xaden dormindo ao meu lado.

— *Pare de falar sozinha* — resmunga Tairn, como se eu o tivesse acordado. — *Faz com que nós dois pareçamos instáveis.*

— *Você vê meus sonhos?*

— *Tenho mais afazeres do que monitorar as maquinações do seu subconsciente. Se um sonho estiver incomodando você, esqueça-o. Pare de permitir que você mesma se torture feito um filhotinho e comece a acordar feito adulta.*

Ele interrompe a conversa antes que eu possa dizer que os sonhos humanos nem sempre funcionam dessa forma, mas nossa união fica entorpecida, um indicativo de que ele já voltou a dormir.

Então eu me deito outra vez, e penso em como me sinto ao me aninhar contra Xaden, o braço dele passando pelas minhas costas e me puxando para mais perto, como se fôssemos dormir dessa forma pelos próximos cinquenta anos. O calor de seu corpo sempre me traz conforto quando encosto a cabeça contra seu peito, bem em cima do ritmo mais reconfortante que existe no mundo além das asas de Tairn e Andarna: o som do coração de Xaden.

***

Seis dias depois, mais seis novos nomes aparecem na lista dos mortos. A neve em dezembro torna os voos fora do vale lastimáveis, e, se estivéssemos em Basgiath, os dragões estariam simplesmente se recusando a treinar devido ao desconforto (o deles, no caso, e não o nosso), mas não podemos arcar com os custos de não voar em todas as oportunidades disponíveis, então aqui estamos no campo de voo, esperando para receber ordens, encarando o Setor Garra e Cauda para os exercícios de esquadrão que Devera e Trissa organizaram.

— Dá quase pra fingir que estamos nos Ermos. Está quente pra caralho nessa porra de vale — murmura Ridoc, desabotoando a jaqueta de voo à minha direita. — E não são nem onze da manhã ainda.

Uma gota de suor desce da minha nuca até o colarinho da jaqueta, então não posso discordar. As jaquetas de voo do inverno não eram adequadas nem ao vale... nem a qualquer vale de dragões.

— Vai esfriar no segundo em que levantarmos voo — comenta Sawyer, semicerrando os olhos, encarando um ponto à frente.

O lugar em que Rhiannon, Bragen e os outros líderes de esquadrão estão reunidos com Devera e Trissa.

— Tudo bem aí? — pergunto, baixinho, para que os primeiranistas à nossa frente não ouçam.

— É pelo bem do esquadrão, né? — Sawyer força um sorriso de lábios apertados. — Se eles podem ficar e tolerar o fato de que talvez os poderes deles sejam retirados a qualquer momento, eu consigo lidar com o fato de que perdi minha patente de sublíder.

— *Quero ir com você* — resmunga Andarna, pela décima vez em menos de quinze minutos.

Olho por cima do ombro e a vejo flexionando as garras ao lado de Tairn, fincando as unhas na terra. As escamas negras dela brilham com um tom de verde nessa manhã, refletindo a grama ao redor. Talvez seja resultado do resquício de dourado, e soprar fogo vai tirar esse último brilho dela.

— *Não tenho ideia da distância que querem que voemos* — respondo, tentando manter minha voz o mais bondosa possível.

— *Mais do que você é capaz, Pequenina* — acrescenta Tairn.

— *Consegui voar por uma hora inteira ontem* — argumenta Andarna, porque é *isso* que ela faz agora.

Tairn poderia dizer a ela que a grama é verde, e ela ainda assim massacraria mais uma ovelha só para mudar a cor.

Ergo as sobrancelhas para Tairn, que simplesmente bufa, seja lá o que isso signifique.

— Problemas na terra dos dragões? — pergunta Ridoc, e Cat me lança um olhar de soslaio do outro lado dele.

Maren também me olha, agora que estamos parados em fileiras de quatro.

— Ela quer voar com a gente — respondo.

— *Eu* vou *voar com vocês* — insiste ela, enterrando ainda mais as garras no chão. — *E isso não será objeto de debate entre seus amigos humanos. Dragões não levam em consideração a opinião de humanos.*

— *Estou começando a desejar ter protestado contra seu direito de benefício quando pediu ao Empyriano para fazer uma união* — resmunga Tairn.

— *Que bom que você não é o chefe da minha casta, então, né?*

— *Codagh deveria ter...* — ele começa.

— *O que os outros adolescentes estão fazendo hoje?* — interrompo, esperando distraí-la.

A última coisa que quero hoje é subir a uma altitude que ela não consiga acompanhar e sua asa fraquejar. Deuses, a consequência de um erro desses seria incompreensível.

— *Os outros adolescentes não têm uma união, e eles* não *me entendem.*

Juro que consigo *sentir* Tairn revirar os olhos.

— *Você prefere arriscar todo o trabalho que fez com a sua asa para brincar de guerra a só...* — Merda, o que é que os adolescentes dragões gostam de fazer normalmente? — *A só brincar?*

— *Prefiro testar minha asa em uma missão de treino, sim.*

Rhiannon e Bragen voltam para nosso esquadrão perdidos numa discussão, os dois gesticulando com as mãos de uma forma que parece ser sobre manobras. Vejo certa empolgação no sorriso rápido de Rhiannon e me pego sorrindo também.

— Ela parece feliz — comento.

— Talvez finalmente deixem a gente voar mais do que meia hora... sabe, sem fazer ninguém escalar os Penhascos de Dralor depois — reflete Ridoc. — Deuses, estou com saudades de *voar.*

— Seria bem legal, mesmo — concorda Sawyer, me lançando um sorrisinho piadista. — Nem todo mundo pode voar só por prazer até Cordyn, sabe.

— Ei, essa viagem nos trouxe a lucerna — rebato.

Lanço um olhar significativo para a bainha na lateral do corpo dele, que contém uma adaga de liga metálica. Uma para eles, uma para nós. Foi esse o acordo que Brennan fez com a Assembleia quando definiu os termos de fornecimento de arsenal para as revoadas, e finalmente conseguimos produzir adagas o bastante para equipar todos os cavaleiros de Aretia com diversas.

— Escutem, Segundo Esquadrão — chama Rhiannon, olhando para nosso grupo. — Nossa missão é simples. Sabem as runas de invocação que Trissa vem treinando a gente para tecer?

Até mesmo os primeiranistas assentem. Pode até ser que não consigam tecer runas, mas ao menos sabem o que são, o que significa que estão melhores do que nós no ano passado.

— Tem trinta runas escondidas ao longo de trinta quilômetros junto da cordilheira oeste. Não é só um teste para nós, mas também para nossos dragões, para ver se conseguem senti-las.

— *Você consegue...* — começo.

Tairn rosna em resposta.

Já entendi.

— O vencedor ganha um passe livre para o final de semana. Sem treinamento. Sem dever de casa. Sem limites.

Ela olha para Bragen, cujos lábios abrem um sorriso.

— Temos permissão de voar para onde quisermos. Se os grifos de vocês estiverem mais confortáveis para voarem até depois da fachada de pedra, isso significa que podem ir a qualquer lugar — declara ele, e então olha para Cat. — Até mesmo Cordyn, ainda que sobrem poucas horas para desfrutar lá antes que seja necessário voar de volta. Se ganhar, claro.

— Ah, nós vamos ganhar — solta Maren, dando uma batida com o ombro em Cat da mesma forma que Rhiannon faz comigo.

— Excelente. Se quiserem o passe, vamos precisar encontrar e fechar mais daquelas caixas com runas do que eles — instrui Rhiannon, apontando com a cabeça para o Setor Garra e Cauda.

— *Estão voltando* — diz Tairn, enquanto batidas de asas preenchem o céu.

Ergo o olhar, um sorriso lento se abrindo ao ver Sgaeyl voando lá em cima com Chradh e mais oito dragões, mas só reconheço os três que se uniram a Heaton, Emery e Cianna. Xaden voltou para casa... com uma legião completa de dez dragões.

— *Imagino que tenha conseguido o que queria fazendo a nova estrutura?* — pergunto para Xaden enquanto eles aterrissam atrás da nossa fileira de grifos e dragões.

Tairn se afasta, como se não estivéssemos prestes a ser mandados em uma missão de treino.

— Bragen e eu vamos dividir vocês em grupos de quatro de acordo com suas habilidades — prossegue Rhiannon.

— *De certa forma* — responde Xaden, executando um desmonte perfeito e andando até onde estamos.

Meu batimento cardíaco acelera, e a preocupação que parece morar em meu peito se dissipa um pouco quando não vejo ferimentos ou sangue.

— Sorrengail, está prestando atenção? — Rhi me chama.

Volto a cabeça para a frente da formatura. Rhi levanta uma sobrancelha para mim.

— Times de quatro. Divididos por habilidades — repito com um aceno de cabeça, e então lanço a ela um olhar de súplica que é uma tentativa de abusar do meu status de melhor amiga dela.

— Temos uma hora assim que levantarmos voo — completa Bragen.

Vai logo, Rhiannon mexe os lábios sem pronunciar em voz alta, assim que a atenção do esquadrão se volta para ele.

Abro um sorriso agradecido, saio da formatura, passo por Andarna e Feirge, correndo pela grama amassada, e vou direto até Xaden. A barba por fazer já está grossa em suas mandíbulas porque vem crescendo há dias, e vejo olheiras embaixo de seus olhos quando ele estica os braços, me surpreendendo ao me puxar contra o próprio peito na frente da Quarta Asa inteira.

A barba gelada faz cócegas enquanto ele enterra o rosto frio no meu pescoço e respira fundo.

— Estava com saudades — ele diz.

— Eu também. — Passo os braços ao redor do torso dele, deslizando as mãos pelo espaço entre as espadas que ele usa atravessadas nas costas e a jaqueta de voo, e então o abraço firme para ajudá-lo a se aquecer. — Preciso falar com você.

— Más notícias? — Ele se afasta de leve, examinando meus olhos.

— *Não. Só notícias que é melhor serem dadas quando houver mais tempo para discutirmos.*

Ele cerra as sobrancelhas.

— Bom te ver, Vi — diz Garrick, quando passa por mim, dando um tapinha do meu ombro. — Você *precisa* fazer ele te contar sobre o venin que matou perto de Draithus.

— Você fez o quê? — Meu estômago embrulha.

— Valeu aí, seu escroto — comenta Xaden, fulminando Garrick com o olhar.

— Só estou fazendo meu papel de dar uma ajuda em suas habilidades de comunicação para que floresçam em um relacionamento saudável. — Garrick vira de costas e continua andando para trás, erguendo as mãos e dando de ombros.

— Como se você fosse especialista em relacionamentos saudáveis — retruca Imogen atrás dele, a formatura do esquadrão obviamente dissipada para se preparar para a missão.

— Bom, ninguém nunca reclamou da saúde que demonstro nos meus relacionamentos. — Ele exibe um sorrisinho e vira na direção do caminho ao fim do vale. — Mas não vou me gabar por isso porque agora não sou mais cadete, e sim um oficial maduro e responsável.

Ela bufa quando ele passa por ela.

— Precisamos ir, Sorrengail.

— Você matou um venin? — Eu me viro, mantendo o foco em Xaden. — Perto de *Draithus*?

É a última fortaleza poromielesa antes dos Penhascos de Dralor.

— Você tem notícias maiores para discutir? — responde ele, levantando as sobrancelhas.

— Você está bem?

Levo as mãos até o rosto de Xaden, examinando-o como se aquele pouco de pele exposta fosse qualquer indicativo de que a totalidade dele não estivesse machucada. Ser capaz de erguer as égides não vai significar nada se ele não estiver seguro. Ao menos, não para mim.

— Notícias? — Ele semicerra os olhos.

— Violet! — chama Rhiannon.

— Preciso ir voar. — Abaixo as mãos, relutante, e ele pega uma delas quando dou um passo para trás. — A gente conversa quando eu voltar.

— *Me conta agora.*

— Essa sua voz de Dirigente de Asa não funciona comigo — respondo, apertando a mão dele e depois soltando.

Os olhos dele faíscam.

— *Você descobriu como erguer as égides.*

Pisco, e então faço uma carranca.

— *Odeio quando você faz isso. É tão fácil assim ler minha expressão?*

— *Para mim? Sim.* — Ele olha na direção do caminho rochoso que leva à Casa Riorson. — *A gente devia fazer isso agora. Quanto tempo vai levar para erguê-las?*

— *Não.*

Balanço a cabeça e me viro para meu esquadrão, vendo Sloane, Visia e Cat claramente esperando por mim. Acho que não preciso perguntar em que time estou.

— *Vamos falar sobre isso depois* — digo. — *Vamos fazer uma pausa nessa discussão.*

— *Ao menos me diga o que deixou passar da primeira vez.* — Xaden dá passos largos e me alcança.

— *Dragões.* — Dou um tapinha na pata dianteira de Andarna quando nos aproximamos do trio de cadetes que nos espera. — *Os "seis mais poderosos" se refere aos dragões, e não aos cavaleiros.*

— *Neste caso, posso erguê-las antes de você voltar.*

— *Não pode, não.* — Lanço um olhar feio.

— Vocês dois estão brigando em silêncio? — pergunta Cat, olhando entre Xaden e eu, as sobrancelhas perfeitamente arqueadas levantando lentamente.

— Eles fazem dessas — informa Sloane.

Xaden ignora as duas completamente, mantendo os olhos fixos em mim quando as alcançamos.

— *E por que não posso?*

Eu me ergo na ponta dos pés e deposito um beijo na bochecha fria dele.

— Porque para isso você precisaria de Tairn. Agora vá se esquentar. Tenho uma missão para a qual voar. — Sem dirigir mais nenhuma palavra a ele, eu me viro para minhas colegas de esquadrão. — Vamos.

A arte de imbuir é natural para apenas alguns sinetes e automática para um *único* deles: o sifão.

— Estudos sobre sinetes, por Major Dalton Sisneros

CAPÍTULO CINQUENTA E TRÊS

Quarenta minutos depois, nós quatro estamos *descendo* uma cumeeira coberta de neve até uma caverna cuja entrada é acessível apenas a pé no setor que foi designado ao nosso grupo, e uau, que sorte a minha, estou na liderança, o que significa que Cat está atrás de mim.

Ao menos Andarna está aqui para me proteger caso a paladina tenha alguma estratégia maligna para me tirar da cama de Xaden.

— *Não era isso que eu tinha em mente quando disse que queria voar com você.* — Andarna bufa com a neve leve, espalhando uma porção dela numa nuvem brilhante de frustração congelada.

— *Era isso que a missão requisitava, e você precisa da sua força para voar de volta* — eu informo a ela, caminhando em frente sobre a camada de neve recente que chega aos joelhos, e torcendo muito para não cair em algum estrato mais antigo.

A única que não está tendo problemas é Kiralair, a grifo de asas prateadas de Cat, que caminha ao lado de Andarna. São as únicas duas leves o bastante para não provocarem uma avalanche no caminho praticamente inexistente.

— *Alguma coisa?* — Tairn pergunta enquanto voa até o próximo pico, a voz tensa.

— *Nem chegamos ainda na caverna que você selecionou* — respondo, encontrando a entrada cerca de vinte metros à frente só porque Tairn a apontou sob a camuflagem da neve do afloramento rochoso acima.

A legião nos deixou na única parte completamente estável do terreno, uma série de pedras sem neve devido ao vento brutal.

— *Ainda acho esse plano incompleto* — ele reclama. — *Deixar vocês no pico para explorar outra assinatura de energia possível te expõe a um perigo inaceitável.*

— *E qual seria a ameaça?* — Repuxo o capuz forrado de pelo para afastar o vento quando ele muda de direção, açoitando o topo de minhas orelhas expostas. — *Acha mesmo que algum wyvern poderia...*

— *Estou dando meia-volta.*

— *É fácil demais provocar você.*

Solto uma risada, e o som ecoa pela bacia coberta de neve em que estamos, obrigando todas nós a pararmos.

— Puta que pariu, Sorrengail — sibila Cat, assim que fica claro que a neve ao nosso redor não vai desmoronar. — Está tentando nos enterrar em uma avalanche?

— Desculpa — sussurro, por cima do ombro.

Ela arregala os olhos.

— Você acabou de pedir desculpas para mim?

— Consigo admitir quando estou errada. — Dou de ombros e continuo andando para a frente.

— *Estou aqui e sou capaz de protegê-la* — Andarna retruca para Tairn.

— *Você ainda não cospe fogo.*

— *O fogo só serviria para derreter a neve da montanha* — ela o lembra, e olho para trás e a vejo cuidadosamente escolhendo onde pisar, as escamas refletindo a neve em brilhos prateados em alguns lugares. — *Ainda tenho dentes e garras, caso essa aristocrata resolva usar os venenos dela.*

— Está insinuando que eu não faço isso? — exige Cat.

— Alguma vez você já achou que estava errada? Na vida? — pergunto, continuando. — Sinceramente, acho que você pode ser pior do que um dragão no que se trata de autoconfiança.

— *Arrogância* — Andarna me corrige. — *A paladina não tem as habilidades necessárias para sustentar uma palavra como "autoconfiança".*

Bufo, mas reprimo a risada dessa vez antes que nos coloque em perigo. Mais três metros e chegaremos à caverna. Se Tairn localizar uma segunda runa antes de recuperarmos a primeira, vamos passar na frente do Setor Garra, que já encontrou três contra as duas do nosso setor, de acordo com Tairn.

Dragões são muito competitivos.

— Que foi? — pergunta Cat.

— Andarna acha que você é arrogante, e não autoconfiante — eu digo a ela.

— Ela é, mesmo — concorda Sloane.

— Só porque seu irmão não gostava de mim não significa que você me conheça — Cat sussurra para Sloane.

— Isso eu não vou admitir — digo, me virando para Cat. Ela para de andar nos mesmos passos que eu delineei como caminho na subida. — Se quiser comprar uma briga, vai comprar *comigo*.

Cat inclina a cabeça para o lado e me examina.

— Só porque você se sente culpada pela morte do irmão dela — ela adivinha.

Não é uma acusação ou uma provocação. É só a verdade.

— Porque prometi ao Liam que cuidaria dela. Então você pode direcionar todo esse ódio bem aqui. — Dou um tapinha com a luva no meu peito.

— Foi errado ele pedir isso a você — Sloane diz, me alcançando, Visia logo atrás.

— Acha que Imogen teria sido uma escolha melhor? — pergunto, conseguindo sustentar os olhos azuis familiares por um segundo antes de desviar o olhar.

— Não. Porque você já carrega o peso de proteger a vida de Xaden. Foi injusto da parte dele colocar o peso da minha vida sobre você também. — Ela sopra nas mãos enluvadas para esquentá-las.

Pisco, aturdida, os olhos ardendo por algo que não é só o vento, e então me viro para continuar caminhando pela neve na direção da caverna, cuja entrada é apenas um parapeito estreito e coberto de gelo.

— *Parece maior do que pensávamos que seria, do ar* — comento, mas ainda não é grande o bastante para que algum dragão maior do que Andarna consiga passar.

— *Houve um tempo em que minha espécie fazia seus ninhos em todas as montanhas nessa cordilheira* — Tairn me conta. — *Essa caverna aí sem dúvida é parte da rede de cavernas que percorre todas as montanhas e que servia de lar durante o inverno. Essa entrada teria sido inóspita para qualquer um que se aproximasse a não ser num voo direto. Fizeram isso para proteger os filhotes… e os adolescentes.*

— *Eu estou aqui escutando* — comenta Andarna.

— Kiralair disse que nosso esquadrão já está com outra caixa em mãos — Cat nos informa quando finalmente chega na entrada da caverna, protegendo-se do vento.

— Nós *com certeza* vamos ganhar o passe. — Visia abre um sorriso, e Cat sai da neve e entra no chão rochoso da caverna.

— Todos os grifos têm "lair" como sufixo no nome? — pergunto para Cat, esperando que uma mudança no assunto possa mudar a direção daquela língua afiada em vez de ter como foco Sloane.

— Claro que não. Todos os cavaleiros se chamam Sorrengail? — Ela dispara, cruzando os braços e oscilando nos calcanhares como se tentasse se aquecer.

— É por este exato motivo que eu não gosto de você. — Sloane entra na caverna. — Você é uma...

Visia escorrega e eu me jogo para a frente, pegando a mão dela e a puxando para dentro da caverna enquanto a neve desaba onde ela estivera pisando há pouco.

— Tudo bem aí? — pergunto, puxando-a mais para perto para adentrar a caverna, examinando o rosto assustado dela.

— Claro que sim. Você parece que sempre consegue salvar *ela* — murmura Cat.

— Estou bem — confirma Visia, assentindo, baixando o capuz e revelando a queimadura de fogo de dragão na linha do couro cabeludo. — Vai ser meio difícil sair agora.

Lanço um olhar seco para Cat, mas ela está ocupada demais para me notar, observando sua grifo, Kira, esticando-se para entrar no buraco da caverna e chegando com segurança.

— Razão número dois. — Sloane ergue dois dedos e passa por Cat, adentrando na caverna escura. — Nem precisaria dizer, mas não tem luzes mágicas por aqui.

E eu nunca fui muito boa em invocá-las. Qualquer coisa que eu tente criar com magia menor vai ser engolida nessa escuridão. Repouso a mão na barriga como se isso fosse ajudar a conter a náusea repentina que sinto com o cheiro de terra ao nosso redor. Pelo menos não parece ter aquele mesmo cheiro úmido da câmara de interrogatório, mas é semelhante o bastante para me fazer hesitar.

— *Você acabou com aquele que te aprisionou* — Andarna me lembra, seguindo Kira ao entrar, guardando as asas rente ao corpo para conseguir passar pela abertura.

— *O medo nem sempre é uma coisa lógica.*

Olho para as outras cavaleiras.

— Alguma chance de uma de vocês ser uma dominadora de fogo? Porque acho que não vão querer que eu tente usar meus poderes aqui.

Manter a energia retesada entre as mãos e o conduíte por quase cinco metros me deixa suando em bicas todas as vezes, e só consigo fazer isso durante alguns segundos.

— Ainda nem sinal do meu sinete — responde Visia.

— Do meu também não — complementa Sloane, encarando a escuridão.

— Você trouxe um *dragão* — comenta Cat, gesticulando evidentemente para Andarna.

— Ela ainda não consegue cuspir fogo. — Abro um sorriso para Andarna. — Mas logo vai conseguir.

— *Lembre a ela que posso arrancar essa cabeça dela com uma única mordida* — rosna Andarna, o som mais agudo do que o retumbar ameaçador de Tairn.

— *Não vou fazer isso. O que é que Tairn sempre diz?*

— *Que nós não devoramos aliados* — resmunga ela, mas ouço uma batida distinta de suas garras no chão rochoso.

— Nossa, que ótimo. Nunca vou entender por que fui designada a ficar com vocês três. Era de pensar que uma de nós teria que conseguir conjurar uma luz mágica. — Cat retira o arco das costas e depois emborca a mochila, vasculhando além da aljava cheia de flechas e pegando uma tocha pequena que não foi acesa.

— Está brincando? — Eu pergunto, encarando-a enquanto ela tira um pedaço de madeira pouco maior do que a palma da mão da mochila, balança a cabeça e pega outra coisa. — Você leva isso para cima e para baixo?

— Óbvio. — Cat vasculha mais a mochila. — O fato de que você não faz isso significa que ainda não teve uma boa oportunidade de se assustar com o escuro. Merda. Não consigo achar a runa de fogo que Maren fez.

— Vocês trocam runas? — encara Visia, embasbacada.

— E vocês ficam por aí dizendo que são uma *família* — desdenha Cat. — Claro que compartilhamos tudo. Quem consegue fazer divide com os outros. Então distribuímos tudo para garantir que todos tenham a mesma quantidade de equipamentos. — Cat balança a cabeça e se endireita, praguejando. — Não consigo encontrar.

— Isso é… incrível — confesso. — Por que não contou para nós?

— Vocês estão acostumados a acumular poder — diz ela, dando de ombros. — E não a compartilhar. Agora, a não ser que mais alguém tenha uma ideia de como produzir fogo…

— Eu tenho — interrompo.

Tiro as luvas e as enfio no bolso, pegando o conduíte do outro bolso e incentivando um feixe de poder a aparecer. Sinto um leve formigamento que depois queima enquanto flui das minhas mãos, passando pelos dedos e seguindo para o conduíte. O feixe de energia acende nossos arredores.

— Irado. — Visia sorri. — Todo mundo consegue fazer isso?

— Não. A maioria de nós só consegue produzir um zumbido. Bom saber que você tem toda a luz de que *só você* precisa — comenta Cat, sarcástica.

— Fique com isso — digo para Sloane.

— Prefiro continuar viva — ela rebate, erguendo as mãos.

— Se eu achasse que ia matar quem segura, entregaria o conduíte para Cat.

Estendo a esfera na direção dela.

Cat bufa, mas acho que senti uma risadinha ali.

— Justo — aceita Sloane, pegando o conduíte, e eu me concentro em manter a energia conectada e fluindo.

— Três passos para trás. Isso. Agora mais dois — instruo, e meus dedos tremem enquanto ela faz o que ordeno, esticando meu sinete.

— Uau — sussurra Visia.

— Passe a tocha pela corrente, Cat.

— Acha que é seguro? — ela pergunta.

— Não faço ideia, mas estou disposta a tentar se você estiver.

Mantenho a concentração no conduíte, no fluxo de energia, no calor que contenho ao controlar a abertura da porta que me concede o poder de Tairn.

Kira estala a língua, emitindo uma série de sons com os quais me acostumei, mas jamais tenho esperança de compreender.

— Tudo bem. Vou tentar — murmura Cat, e então abaixa a tocha até pegar fogo.

Imediatamente abaixo as mãos, interrompendo o fluxo de poder, e murmuro uma prece agradecendo a Dunne pela ideia ter funcionado. Felix provavelmente vai colocar minha cabeça em uma estaca amanhã durante o treino.

— Eu fico com isso. Obrigada, Sloane.

Sloane entrega o conduíte de volta para mim como se o objeto fosse explodir.

— Droga — diz Cat, olhando para a tocha, para o conduíte e depois para mim. — Odeio o fato de você ser tão…

— Foda? — sugere Sloane, sorrindo de uma forma que me faz lembrar do irmão dela.

— Poderosa — admite Cat, desviando o olhar antes de colocar a mochila no lugar, mudando a tocha de mão ao fazer isso, em vez de entregá-la para outra pessoa.

— Não é o poder que permite isso — informo, canalizando no interior do conduíte para que ilumine as coisas outra vez e marchando escuridão adentro. — É o controle.

— Beleza, detesto isso também — murmura ela, me alcançando para caminhar ao meu lado.

— Um momento raro de sinceridade. Por mim, ótimo. — Entramos na caverna propriamente dita, que parece se alargar a cada passo que damos. — E nos colocaram no mesmo time porque eu supostamente sou a cavaleira mais poderosa do esquadrão — informo a ela, ignorando a resposta que ela murmura. — Só que você é melhor em runas. Nossa relação é complexa, mas a gente se *completa.* — Abro um sorriso, apesar da escuridão que nos abraça. — Sacou? É um trocadilho.

Cat olha para mim como se eu tivesse sete cabeças e a tocha começa a oscilar.

Tem uma brisa na caverna.

— Está contando piadas de escriba? — pergunta Sloane, uns passos atrás de nós, com Visia ao lado.

— Jesinia acharia engraçada — sugere Visia, como se estivesse tentando me salvar.

— Jesinia é uma escriba — decreta Sloane.

A caverna se abre depois de seis metros, um túnel largo seguindo para a esquerda.

— Aparentemente, tem uma entrada bem mais acessível para essa caverna — murmura Cat.

— Ela faz parte de uma rede de cavernas dessa cordilheira — explico.

— Será que é melhor nos dividirmos? — pergunta Visia.

— Não! — respondo, ao mesmo tempo que as outras duas.

— Então para que lado vamos? — Sloane faz a pergunta que todas estamos nos fazendo.

Ninguém responde.

— *Uma ajudinha?* — peço a Tairn, sentindo nossa união se estender. Ele não está longe, mas definitivamente não está por perto.

— *Existe uma assinatura energética nessa caverna. Isso é tudo que detectei.*

— Acho que a gente deveria ir para a direita. Se não funcionar, voltamos e seguimos pela esquerda — sugiro, olhando para as outras.

Cat assente, e nós seguimos.

— Então, acha que vai receber um segundo sinete? — pergunta Visia, interrompendo o silêncio. — Dois dragões, dois sinetes, né?

— Não sei — respondo, olhando para Andarna por cima do ombro.

Eu imaginava que, já que ela havia se unido a mim tão jovem e perdido a habilidade de parar o tempo, o sinete de dominar relâmpagos seria tudo que eu receberia como bênção. Mas ultimamente venho me perguntando…

— *Eu vou ter outro sinete?* — questiono.

— *Por que está perguntando isso para mim? Os sinetes se manifestam de acordo com a pessoa que os domina.* — Os olhos dourados piscam, as escamas negras se fundindo à escuridão.

— Dois sinetes só se manifestam quando um dragão se une a um cavaleiro que faça parte da linhagem familiar direta da união anterior — informa Sloane, sem compreender a pergunta de Visia. — Mas existe uma chance bem alta de isso ser um fator que leve ao enlouquecimento do cavaleiro. Pelo que Thoirt me contou, foi por isso que Cruth não foi punida por se unir a Quinn. Ela é só a sobrinha-neta da cavaleira anterior de Cruth. O sinete de Quinn é mais poderoso, mas não é completamente diferente.

— Thoirt não deveria estar te contando questões que foram resolvidas dentro do Empyriano — ralha Visia, e então se sobressalta quando olha na minha direção.

Sinto a gravidade se alterar. Isso não poderia estar certo. Significaria que…

— Violet, está tudo bem? — pergunta Visia.

Balanço a cabeça, mas digo:

— Sim.

Como eu ia conseguir explicar que meu coração parece ter afundado para muito abaixo das pedras do chão da caverna? Respiro fundo, flexionando os dedos enquanto aperto nas mãos o conduíte de brilho intenso. Andarna rosna à minha direita e eu asseguro a ela mais uma vez:

— Estou bem, sim.

Porém, nós duas sabemos que não estou nada bem… e também tenho igual certeza de que agora não é hora de deixar minha mente perambular por esse caminho.

— Puta merda, olha ali — diz Sloane, me forçando a voltar a prestar atenção enquanto passa por nós para pegar um baú de metal simples trancado em uma posição aberta pela runa que contém à frente.

— É… simples — comenta Visia.

— Pode reverter a runa de invocação? — pergunto a Cat. Quando ela levanta a sobrancelha, acrescento: — Você é a melhor com runas, lembra?

— Sou, sim. — Ela assente, um sorriso genuíno aparecendo em sua boca pela primeira vez desde que a conheci. — Só queria ver se você repetiria isso.

A asa de Kiralair roça meu ombro quando passa por nós na escuridão, como se Cat precisasse ser protegida do invisível.

Cat olha para nós três com a boca crispada, parecendo incerta e descontente, e então entrega a tocha para Visia com o que parece ser um sacrifício doloroso.

Não, não é um sacrifício: é um gesto de confiança.

Ela tece a runa de destrancar com uma velocidade invejável, as mãos se mexendo rápidas e confiantes, e Andarna remexe o peso atrás de mim.

— *O que foi?* — pergunto.

— *O cheiro de outros está mais forte.*

— *Wyvern?* — Todos os músculos no meu corpo se retesam.

— *Não. Eles cheiram a magia roubada quando chegam perto demais.* — Ela ergue a cabeça, ocupando três quartos da altura do túnel. — *Tem cheiro de... dragão.*

— Consegui! — Cat diz.

Eu me viro ao ouvir o som de metal se fechando. O baú está fechado e trancado.

— Melhor voltarmos rápido — informo. — Andarna está sentindo cheiro de outros dragões, o que significa que os outros Setores podem estar por perto.

— Não vou perder esse passe. — Visia troca com Cat, oferecendo a tocha e pegando o baú. — Vou ter tempo de ir para casa e convencer meus primos a irem embora da fronteira, mesmo que minha tia e meu tio ainda se recusem.

— Vai voar para Navarre? — Sloane praticamente grita.

— Só até a fronteira. Nem vão ficar sabendo — Visia ajusta o baú na mão e passa por Andarna, apressada. — Então vamos sair logo daqui.

— É bem audacioso voltar para Navarre. — Cat dá uma corridinha para alcançar Visia, iluminando o caminho. — Respeito isso.

O esforço que ela fez e a consideração por Visia derrete um pouco meu coração com relação a Cat. Talvez ela não seja horrível com todo mundo... só comigo.

— É a única coisa que está dentro do meu alcance — comenta Visia, e se sobressalta quando chegamos à bifurcação do túnel.

Um grunhido baixo reverbera pelo chão abaixo de nós, fazendo nós quatro pararmos de andar e eriçando os cabelos da minha nuca.

— Mas o quê... — começa Cat.

Outro rosnado faz as pedrinhas perto dos nossos pés pularem, e então um dragão laranja adulto aparece no caminho, as costas raspando no topo da caverna quando vira a cabeça na nossa direção, nos encarando com raiva com o único olho que possui.

Ah. *Cacete.*

Visia grita.

— *Tairn!* — grito mentalmente, forçando meu corpo a superar o choque, o medo, e a desesperança de dar náuseas da situação em que nos metemos.

O conduíte cai da minha mão, estilhaçando no chão no segundo em que tento alcançar as mulheres à minha frente, mas minha mão só consegue segurar o couro da mochila de Cat.

Eu a puxo para trás com toda a força no instante em que Visia é arrancada do caminho por uma garra pontuda e afiada. O corpo de Cat colide com o meu, levando nós duas ao chão, e a tocha cai da mão dela. Visia é jogada contra a parede da caverna com um barulho estrondoso que embrulha meu estômago.

O ângulo, o impacto… deuses… ela está… ela está morta.

— *Prateada?* — A voz de Tairn ruge na minha cabeça quando o dragão que bloqueia nosso caminho foca o olho semicerrado em mim e escancara a bocarra.

Um sopro fétido preenche o ar um segundo antes de ele enrolar a língua, o fundo da garganta acumulando um brilho laranja com o fogo que se acumula ali.

— *Solas nos encontrou!*

**Uma coisa eu posso dizer sobre o fogo dos dragões:
ele mata rápido.**

— O GUIA DAS ESPÉCIES DE DRAGÕES, POR CORONEL KAORI

CAPÍTULO CINQUENTA E QUATRO

Uma sombra escura voa em nossa direção vinda da esquerda e pegando Cat e eu num emaranhado de braços e pernas, jogando-nos para trás. Eu me seguro nela naquele caos, forçando o corpo dela à minha frente quando paramos, rodopiando, sabendo que o abrigo do meu corpo não vai ser o suficiente para poupá-la de Solas, mas tentando mesmo assim.

Ela precisa ficar viva. É a terceira na linhagem do trono de Poromiel. Se morrer em Tyrrendor, Cordyn vai caçar Xaden e executá-lo… se ele sobreviver à minha morte.

Sobreviva. Sobreviva. Sobreviva. Propago aquela exigência por todas as conexões mentais que tenho, só para o caso de não estarmos longe demais. Xaden está bem longe, mas Tairn vai ouvir, e Andarna… Deuses, Tairn precisa chegar a tempo de salvá-la.

Kiralair e Sloane voam contra nós em seguida, lançadas por uma força invisível, empurrando Sloane e eu para trás na direção de Solas, mas minhas costas colidem contra uma superfície dura e áspera enquanto as paredes das cavernas são iluminadas pelo brilho sinistro do fogo iminente um segundo antes de sermos embrulhadas pela escuridão.

— *Prenda a respiração!* — ordena Andarna. — *Não discuta.*

Não é escuridão. São asas. A barriga dela está atrás de mim, e ela colocou as asas ao nosso redor.

— Respirem fundo e prendam o fôlego! — grito.

Então, encho os pulmões com o ar que cheira a enxofre.

Calor nos atinge, rugindo por cima de nós numa intensidade que faz as asas de Andarna tremerem, e a temperatura aumenta abruptamente. Forço meus olhos a permanecerem fechados para impedir que a retina se machuque enquanto minha pele *queima* como se estivéssemos dentro de um forno. Como ela pode sobreviver a isso?

— *Ela é à prova de fogo* — Tairn me lembra, mas o pânico na voz dele não alivia muito o pavor que sinto dominando meu coração.

— *Não respire!* — exige Andarna, e sei que é porque vou queimar meus pulmões se fizer isso, se *alguma* de nós fizer isso.

Conto as batidas do meu coração.

Uma. Duas. Três.

A rajada de fogo parece durar para sempre, como se tivesse virado uma eternidade, como se minha alma tivesse feito o que Sloane me mandou fazer no começo do ano, indo parar direto nas profundezas do inferno sem a proteção de Malek.

Oito. Nove.

Quando chego a dez, o sopro acaba, e as asas de Andarna abaixam. O ar entra e eu espero até sentir o alívio frio na bochecha antes de respirar fundo, ouvindo as outras fazerem o mesmo.

Abro os olhos para ver Cat dar um pulo na direção da luz da tocha naquele espaço pequeno, usando a mão enluvada para apagar o fogo nas pontas das penas da asa de Kira. Ela deve ter sido exposta às chamas. Sloane corre para ajudar enquanto Andarna recupera o equilíbrio, e evito a cauda dela por pouco quando se vira para encarar Solas.

— *Não! Ele tem quase o dobro do seu tamanho!*

Ergo as mãos e abro os portões do poder de Tairn, deixando que queime através de mim do jeito que as labaredas de Solas não queimaram, até eu estar em chamas por dentro. Só que não posso usar meu poder aqui, não quando existe uma chance de acertar uma de nós.

O rugido de Andarna enche a caverna e meu coração para quando ela tenta morder o pescoço de Solas. Ele a empurra para longe como se ela não passasse de uma inconveniência, e abafo um grito quando ela desliza pela parede, acima dos restos chamuscados dos ossos de Visia.

— *Estou bem.* — Andarna se sacode e se levanta enquanto Solas me encara.

— *Três minutos* — avisa Tairn. — *Você não morrerá hoje.*

Três minutos. A gente consegue aguentar por três minutos. O tempo, porém, não é o problema aqui. Tairn não consegue passar pela abertura da caverna. Vai ter que achar a mesma entrada que Solas usou.

— *Como é que se mata um dragão, cacete?*

— Me solta! — grita Cat. — Você… você está drenando meu poder!

Que porra está acontecendo? Arrisco um olhar para trás, mas tudo que vejo é Cat se desvencilhando do aperto de Sloane, que parece estar em pânico.

— *Acerte o outro olho.*

— *Saia do caminho* — ordeno a Andarna, e dessa vez ela me escuta, correndo de volta para o meu lado.

Tiro duas adagas das bainhas e as viro, segurando-as pelas pontas das lâminas por um instante antes de atirá-las.

A primeira erra o alvo e Solas se vira, mas a segunda acerta em cheio. O urro de dor é acompanhado pela fúria, e ele cambaleia para trás no túnel forquilhado, criando uma distância pequena e preciosa entre a própria cabeça e a parede.

Cat e Sloane estão mais perto. Elas vão conseguir sair.

— Leve ela! — grito para Cat. — Agora!

— Violet! — grita Sloane.

O bico de Kira, no entanto, fecha-se rapidamente sobre a mochila dela, e a grifo ergue Sloane no ar enquanto Cat se apressa para montá-la.

Elas se impelem para o lado esquerdo, conseguindo passar bem a tempo, antes das garras de Solas aparecerem e rasgarem o ar, as unhas se cravando nos entalhes da pedra.

Caio no chão, a dor irrompendo por meu ombro. Não sinto nada se deslocar quando as garras tentam nos arranhar, mas algo finca na palma da minha mão. O vidro do conduíte.

Esparramo os dedos sangrando sob a luz fraca da tocha que quase se apagou, localizando o restante do metal antes que se vá por completo. A parte de cima da liga de metal quebrou, deixando quatro pontas dentadas e um pedaço da liga no meio.

— *Eu ainda não produzo fogo* — Andarna me informa, seguindo minha linha de pensamento.

Mas eu tenho poder.

— *Vai ficar bem escuro aqui daqui a pouco* — digo. É nossa única chance, e vou aproveitar. — *Você precisa correr assim que tiver oportunidade.*

— *Não vou abandonar você aqui* — argumenta ela, teimosa.

— *Um minuto!* — anuncia Tairn.

Como é que vou chegar perto o bastante para fincar os restos do conduíte nele? Não tenho tempo de amarrá-lo em uma adaga, e a força de um arremesso não seria o bastante para…

Solas ruge de dor, a cabeça revirando no ar em direção ao ombro, e, através da abertura, vejo Cat parada sob a luz fraca, mirando outra flecha.

Não há tempo de ficar ruminando o fato de que ela ficou para trás para me salvar. Já estou me mexendo, pegando a tocha agonizante com a mão livre e correndo até o lugar vulnerável debaixo da perna dianteira de Solas, onde as escamas se separam por poucos centímetros para permitir o movimento das juntas.

Ele ruge outra vez, o fogo iluminando a caverna em uma explosão rápida enquanto ele mira sem ver, atingindo a parede à sua frente em vez de Cat. Corro até o espaço mortal debaixo dele e mudo meu alvo quando percebo que vai me esmagar se cair, tentando atingir seu ombro direito.

Enfio as pontas do conduíte na articulação macia entre as escamas no instante em que Andarna afunda os dentes entre o pescoço e o ombro de Solas, distraindo-o, e então *invoco meu poder*. A energia corre pelo meu braço até a ponta dos dedos onde encontram o metal.

Controle. Eu estou no *controle*.

Com uma mão levantada, sustentando o feixe delicado de energia, eu me afasto o mais rápido que consigo de Solas, inserindo mais e mais poder naquele fluxo e, por fim, jorrando tudo de uma vez…

Solas urra, virando o traseiro. Alguma coisa vem na minha direção, e consigo distinguir a parte mais grossa da cauda sob a luz fraca um segundo antes de me atingir no estômago, fazendo com que meu corpo seja jogado para longe e interrompendo o fluxo de relâmpagos.

Estou no ar, nada além de um projétil enquanto meu corpo é lançado para trás, caindo de bunda e depois batendo as costas, e finalmente batendo a cabeça no chão, por último. No entanto, continuo segurando meu poder em vez de deixá-lo solto, permitindo que me queime de dentro para fora. É melhor que eu sofra do que acerte Andarna por acidente.

O único som que ouço agora é um zumbido alto nos ouvidos, e toda a visão que consigo ter me vem apenas em vislumbres rápidos. Fica borrada quando tento me sentar, apesar da névoa das batidas do meu coração, revelando Andarna atracada com Solas, segurando firme mesmo enquanto ele se debate, batendo o corpo menor dela contra as paredes da caverna.

— NÃO! — eu acho que grito, mas o bater incessante de sinos dentro da minha cabeça bloqueia todo o resto.

De repente, estou me mexendo, sendo arrastada para trás por um par de braços. Minha cabeça cai para trás e eu reconheço aqueles olhos.

Liam. Eu *devo* estar morta.

— Ela ainda não está longe! — alguém grita enquanto os sinos somem aos poucos, e então outro sopro de fogo revela duas outras flechas fincadas no buraco ensanguentado que costumava ser o ombro de Solas.

Cat. Ela está do meu lado, já mirando outra flecha, os lábios se movendo silenciosamente.

E os olhos acima de mim não pertencem a Liam. Pertencem a Sloane.

Somos momentaneamente mergulhadas na escuridão outra vez, e o zumbido some o bastante para que eu consiga ouvir a voz de Cat com clareza.

— Noventa. Cem. Cento e um. — A voz dela *treme*.

Luz surge outra vez e sou arrastada para trás; Cat dispara a flecha, acertando Solas na mesma ferida. Andarna finalmente se solta, arrancando um pedaço de Solas e trazendo na boca enquanto sou arrastada novamente da escuridão para a luz que vem da boca da caverna.

— Andarna! — chamo, tentando arrancar as mãos de Sloane de cima de mim, mas, quanto mais luto, mais fraca me sinto.

O calor insuportável do meu poder diminui e Sloane começa a gritar, me deixando cair no chão.

— *Prateada!*

Sinto as batidas estáveis do ar às minhas costas e sei que Tairn está lá, pairando, mas não consigo desviar o olhar da escuridão da caverna enquanto cambaleio, procurando ficar em pé perto da entrada.

Um dragão *grita* e depois, de um jeito horroroso, fica em silêncio.

Ela não está... não pode estar...

— *Ela está viva* — promete Tairn, e não consigo respirar até alcançar a conexão mental, sentir a união de Andarna brilhante e forte.

— Eu drenei você. — Sloane ergue as mãos trêmulas, encarando-as como se não pertencessem a si própria. — Eu drenei você!

Ela segura meus ombros, tirando meu foco da escuridão, e minha cabeça parece *rodopiar*.

— Puta que pariu, Sloane, deixa ela se recuperar. Acabou de bater a cabeça — diz Cat, ainda mirando na escuridão enquanto ficamos em pé sob a luz brilhante.

Ela não solta a flecha sem ter um alvo.

— Meus olhos estão vermelhos? — pergunta Sloane, me sacudindo, ou talvez seja só *ela* que esteja tremendo e simplesmente me segurando. — Estão vermelhos? Juro que não era minha intenção te drenar, Violet. Não peguei nada de você de propósito. Meus deuses, será que estou virando um venin?

— *Ela é como Naolin* — diz Tairn.

— Você não está se transformando. — Tiro as mãos dela dos meus ombros e encaro a escuridão enquanto passos ressoam, garras clicam na pedra.

— Não?

— Seu sinete acabou de se manifestar — sussurro, meus olhos se esforçando para enxergar a abertura da caverna. — Você é um sifão.

Andarna vem até a luz, mas não é o sangue que cobre o focinho dela que chama a minha atenção, e sim o sangue que escorre do ferrão envenenado de sua cauda.

— Você o matou — digo, os ombros relaxando em alívio. — Você matou Solas.

O orgulho e a preocupação me tomam ao mesmo tempo, mas não consigo forçar meus escudos a se erguerem a tempo antes que a voz de Tairn pareça preencher todo o meu ser.

— *Assassina.*

***

Xaden irrompe pela porta do nosso quarto no instante em que a médica termina de examinar meus olhos, cobrindo minha visão e me expondo à luz logo em seguida.

— Violet… — Ele se detém a alguns passos de onde estou sentada na beirada da cama. — Cat? O que caralhos você está fazendo aqui?

— Ela salvou minha vida. Me certificar de que fosse examinada por um médico era o mínimo que eu poderia fazer — responde Cat.

— Ela fez o *quê*? — Xaden dá um passo em frente.

A médica se endireita.

— Você me ouviu. Ela se colocou entre aquele dragão laranja imenso e eu. — Cat se ergue do assento, a mesma cadeira em que Xaden ficou sentado enquanto passei dias dormindo aqui depois do que aconteceu em Resson, envenenada pela lâmina da venin. — Obrigada, Sorrengail.

Ela engasga um pouco ao pronunciar essas palavras, passando por Xaden ao sair do quarto.

— Solas… — eu começo a explicar.

— Ah, eu já sei de tudo — ele bufa. — Sgaeyl me contou.

— Você estava em reunião. Achei melhor não incomodar.

Acompanho o dedo da médica quando ela me pede para segui-lo.

— Incomodar? — Xaden diz, as sombras inundando o chão.

A médica nota, piscando rapidamente.

— Você vai ficar bem. Não acho que tenha sofrido uma concussão, mas está com um galo grande na nuca, e vou pedir que tome cuidado com os pontos da mão. — Ela arqueia uma sobrancelha prateada para mim.

— Pode deixar. — Ergo a mão esquerda cheia de ataduras. — Muito obrigada.

Ela assente e vai embora, desaparecendo pelo corredor.

Encaro Xaden, que me encara de volta, a tensão irradiando por cada linha do seu corpo.

— Se quiser brigar comigo por causa das égides, tudo bem, mas não vou me sentir culpada por ter lutado para sair daquela caverna.

Ele dá outro passo à frente, abaixando-se e invadindo meu espaço em seguida e me dando um beijo lento e carinhoso.

— Você está viva — sussurra ele, contra meus lábios.

— Parece que meu coração ainda está batendo, então sim.

— Que bom. — Ele fica em pé, cruzando os braços. — Agora podemos brigar. No que você estava pensando, cacete, salvando *Cat*?

Eu pisco, aturdida.

— Espera aí, você está bravo *comigo*? Eu tenho que lutar contra um dragão pra sair viva de uma caverna e você está bravo *comigo*? Por salvar uma mulher que está na linha de sucessão do trono de Poromiel?

Ele dá um passo para trás, o horror aparecendo em seus olhos um segundo antes da raiva os inundar.

— Você salvou Cat porque ela é a *terceira* herdeira do trono?

— Em primeiro lugar, eu teria lutado para salvar quem quer que fosse…

— Irresponsável, negligente consigo mesma… — ele começa a acusar, afastando-se lentamente.

— Em segundo, a morte dela acabaria causando a sua, então, foda-se, é claro que eu salvei Cat!

Coloco os pés no chão e minha cabeça gira por um instante, mas meu batimento cardíaco se mantém firme e eu respiro fundo.

— Tecarus teria mandado executar você se ela tivesse morrido aos seus cuidados — eu completo.

— Inacreditável, porra. — Ele junta as mãos no topo da cabeça. — Você odeia a garota e ainda assim se recusa a erguer as égides, sem dúvida para que ela não fique sem nenhum poder, e aí coloca a vida dela acima da sua…

— Por sua causa!

— Tudo que eu quero é *você*! — Ele gira a mão, e as sombras fecham a porta um pouco mais forte do que o necessário, trancando nós dois dentro de um escudo de som. — Se ela morrer, eu vou lidar com as consequências. Se os paladinos não puderem mais canalizar, eu também vou lidar com essas consequências. Não você. Você nunca… pelo amor dos deuses, Violet. Estou dando tudo de mim para respeitar a sua liberdade e também te manter segura, e você… — Ele balança a cabeça. — Eu nem sei o que você está fazendo.

— Me manter segura — repito, dando uma risada, o sarcasmo pingando na voz, e meus olhos ardendo. — É isso que você vem fazendo? Eu me confundo um pouco com a coisa de não me deixar morrer.

— Pronto. — Ele recua até estar com as costas contra a parede, cruza os braços e se inclina contra ela, cruzando os tornozelos casualmente. — Está finalmente pronta para me perguntar sobre o acordo que fiz com a sua mãe?

Nada mata um amor poderoso e inabalável mais rápido do que ideologias opostas.

— Diário de Warrick de Luceras.
Traduzido por cadetes Violet Sorrengail e Dain Aetos

CAPÍTULO CINQUENTA E CINCO

Fico boquiaberta.

Depois eu a fecho outra vez antes de, por fim, me pronunciar:

— Você sabia... que eu sabia?

— É claro que eu sabia. — Ele arqueia a sobrancelha escura como se *eu* fosse o problema dessa conversa. — Estava só esperando você ter coragem, confiança ou seja lá como queira chamar, de me *perguntar* logo, cacete.

Fecho as mãos em punho na lateral do corpo e empurro todo o meu poder para trás da porta dos Arquivos, erguendo os escudos. Sem o conduíte, existe uma chance alta de que eu incendeie as cortinas pelos motivos errados.

— Você me deixou ficar remoendo isso por *meses*?

— Você não me perguntou! — Ele se afasta da parede, mas se detém antes de dar outro passo. — Implorei a você por *meses* para me perguntar tudo o que queria saber, para quebrar essa última muralha intransponível que insiste em manter entre nós dois, mas você não fez isso. Por quê?

Ele ainda tem a pachorra de jogar a culpa disso em *mim*?

— Foi você que disse que não teria como ser sincero comigo nunca. Como é que eu vou fazer ideia do que você vai me responder e do que não? Como é que vou saber o que existe para perguntar para você?

— No segundo que você tem uma pergunta, faça em voz alta. Parece bem simples para mim.

— Simples? Brennan está vivo. Você fez um acordo com a minha mãe valendo a minha vida. Ela colocou aquelas cicatrizes nas suas costas.

Me conta, Xaden, tem mais algum outro segredo da minha família que você quer que eu arranque de você? Por acaso sabe alguma coisa sobre a Mira?

— Merda. — Ele passa as mãos pelo cabelo. — Eu não queria que você soubesse das cicatrizes, é verdade, mas eu *teria* te contado se tivesse me perguntado.

— Eu perguntei no ano passado — rebato, andando até a janela para olhar para a cidade reconstruída, minha raiva aquecendo meu sangue… mas ainda não a minha pele, graças aos deuses.

— Perdão por isso. Não tenho o poder de mudar o que aconteceu no ano passado, e, apesar de você ter dito que entende o motivo de eu ter te deixado no escuro, não acho que tenha me perdoado de verdade.

— Eu…

Será que de fato o perdoei? Abraçando o corpo com meus próprios braços, observo uma legião de dez voar no céu, minha mente um turbilhão ao pensar no acordo que ele fez, e ele *sabendo*, ele me testando com toda essa coisa ridícula das perguntas. E ainda assim não me contou tudo sobre as cicatrizes que tem nas costas, ou o que comecei a suspeitar sobre a união dele com Sgaeyl na caverna. Quantas coisas mais ele está escondendo de mim?

— E, quanto às cicatrizes, eu disse que você não iria querer saber onde arrumei — diz ele. — Não vai me dizer que ficou feliz quando descobriu, vai?

Sinto o estômago embrulhar.

— Claro que não! — Giro o corpo para encará-lo. — Ela cortou você várias vezes seguidas!

Balanço a cabeça, sem compreender de verdade o que a levou a executar essa ação, e entendendo menos ainda como foi que ele a aguentou.

— Sim — diz ele, assentindo, como se isso fosse apenas fato, um pedaço da história. — E não te falei nada sobre isso porque sabia que daria um jeito de se culpar por isso, assim como vem se culpando por tudo que aconteceu de errado nos últimos meses.

Fico rígida.

— Eu não me…

— Você se culpa, sim. — Ele caminha para a frente, parando na beirada da cama. — E as cicatrizes nas minhas costas *não* são culpa sua. Sim, a sua vida foi o preço que não havia sido informado pela entrada dos marcados na Divisão. — Ele dá de ombros. — Sua mãe pediu o favor, e eu concedi. Quer que eu peça desculpas por um acordo que fiz antes de te conhecer? Antes de te amar? Um acordo que manteve todos nós vivos? Que permitiu o fluxo de armamento para os paladinos? Porque não vou pedir. E não me arrependo nem um pouco disso.

— Não é por causa do acordo que estou brava — digo.

Como ele pode não entender?

— Estou brava porque você escondeu isso de mim, por você insistir em me fazer *perguntar* por coisas que deveria simplesmente compartilhar abertamente — completo. — Como é que estou tão apaixonada por você se às vezes sinto que mal te conheço, porra?

— Porque deixei você viver tempo o bastante para nós nos apaixonarmos — responde ele. — Sem o acordo, só os deuses sabem o que eu teria feito na ânsia por vingança. Me pergunte por que eu não me arrependo. Me pergunte sobre a primeira vez que vi você. Me pergunte sobre o instante em que quase te matei, apesar do acordo, mas decidi não fazer isso. Me pergunte o *porquê*. Me pergunte qualquer coisa! Brigue comigo, como teria feito no ano passado, antes de eu quebrar sua confiança. Pare de ter tanto medo das respostas, ou de esperar que eu simplesmente dê tudo de mão beijada. Exija respostas! Preciso que me ame por completo, e não só o que você decide ver de mim.

— Como é que ainda estamos tendo a mesma briga cinco meses depois?

Balanço a cabeça. Ele pode me contar, ou pode escolher não contar, mas para mim já deu. Estou farta de ter que imaginar quais perguntas preciso fazer.

— Porque não fui só eu que destruí a sua confiança no ano passado. Porque você estava com raiva demais da minha recusa em responder perguntas superficiais sobre a revolução para fazer as perguntas que importavam de verdade, as perguntas sobre *nós*. Porque não teve a chance de se encontrar direito antes de ser torturada. Porque eu fui até lá salvar você, disse que te amava, e você decidiu que poderia até admitir que me amava, até mesmo estar comigo, mas pulamos a parte em que você confessa que confia em mim plenamente. Faça sua escolha. É como se ainda estivéssemos no Parapeito no ano passado, mas não sou eu que estou preocupado em encontrar algo desagradável se você for mais fundo. É *você* que está com medo.

— Que besteira. — Continuo balançando a cabeça. — E como é que eu vou confiar em você quando machados de batalha saem voando de dentro do seu armário do nada, o tempo todo, a torto e a direito?

Ele ergue a sobrancelha com a cicatriz.

— Não sei se entendi o que…

— Foi uma analogia que usei com Imogen. Deixa pra lá — respondo, acenando com a mão.

— Uma analogia envolvendo machados de batalha dentro de armários? — Ele inclina a cabeça, me examinando.

Esfrego a testa.

— Eu basicamente falei que, quando um machado sai voando de dentro de um armário e quase te mata, você vai começar a verificar o armário para garantir que isso não aconteça outras vezes.

— Hum. — Ele encara de soslaio nossos uniformes pendurados lado a lado e franze as sobrancelhas, pensativo. — Beleza, isso serve.

— Quê?

— O que tem no nosso armário nesse instante? — Ele cruza os braços.

Abro a boca, fecho e volto a abrir quando encontro a resposta.

— Uniformes. Botas. Uniformes de voo de couro.

— Quantos uniformes? Quais pares de botas? — ele pergunta. As sombras se curvam pelo chão, esticando-se da cama até as portas do armário. — Você *sabe* mesmo o que tem lá dentro? Ou simplesmente confia no fato de que não mexi em nenhum dos seus pertences e está tudo onde você deixou?

— É só uma analogia — rebato. Que discussão mais ridícula. — E eu abro esse armário todo dia. Sei onde as coisas estão porque olho para elas.

— E o cobertor que minha mãe me deu, lá no fundo da prateleira de cima?

Dois feixes de sombras alcançam as maçanetas da porta do armário.

— Eu não fui xeretar. — Balanço a cabeça, semicerrando os olhos.

Ele abre um sorriso torto.

— Porque você confia em mim.

— A-na-lo-gi-a — digo, enunciando cada sílaba.

— Então faça a pergunta, Violet — diz ele, baixinho, naquele tom calmo e controlado que me faz erguer o queixo. — Entra no jogo.

— Tudo bem — digo, entre dentes. — Você por acaso tem um machado…

Sombras surgem vindas do armário, e vejo um vislumbre de metal um segundo antes da escuridão segurar uma adaga a centímetros do meu queixo.

Ofego, e então travo todos os músculos do meu corpo.

— Que porra é essa, Xaden?

— Será que vou machucar você? — pergunta. O tapete faz os passos de bota soarem silenciosos enquanto ele atravessa a sala, me dando bastante tempo para protestar ou recuar, mas não faço isso.

— Sou eu que vou machucar *você* se não tirar isso de cima de mim — respondo, mantendo os olhos nele.

— Eu algum dia deixaria essa faca te machucar?

As botas dele tocam as pontas das minhas e ele invade meu espaço.

— Claro que não — digo.

As sombras levam lentamente a lâmina para mais perto da garganta de Xaden até eu agarrar o cabo, puxando a arma para longe e lançando-a na direção da escrivaninha antes que ele se machuque por acidente.

Ele abre um sorriso que some rapidamente.

— Sabe de uma coisa, Violência?

— O quê?

— Tem uma faca no meu armário. — Ele desliza as mãos para a minha nuca e se inclina para perto, estreitando o mundo para caber só nós dois. — Tudo que você precisava fazer era perguntar, e, mesmo que não soubesse que iria aparecer, você sabe que eu jamais deixaria que te machucasse. Não sou eu a pessoa em quem você não confia.

Bufo.

— O que está querendo dizer com isso?

— Meu amor, você é a pessoa mais inteligente que conheço. Se quisesse respostas, faria as perguntas certas. — A voz dele fica mais suave enquanto o dedão passeia pelo meu queixo. — Você sabia do acordo. Talvez a pergunta que precise ser feita é *por que* resolveu não me confrontar sobre isso.

— Porque eu te amo!

Minha voz fraqueja, transformando-se em um sussurro agonizante que é quase tão constrangedor quanto os pensamentos que não consigo evitar na minha mente. Os pensamentos com os quais venho lutando desde que minha mãe contou sobre o acordo que fez com ele. O calor inunda minhas bochechas quando ele sustenta meu olhar, e a frustração me faz cerrar os punhos.

— Porque eu gosto de pensar que você me manteve viva aqueles primeiros meses antes da Ceifa porque ficou intrigado, impressionado ou atraído por mim, que era o que eu sentia por você, e não porque você fez um acordo com a *minha mãe* — continuo. — Porque é aterrorizante pensar que o único motivo para você ter se apaixonado por mim é por causa *dela*. Porque talvez você esteja certo, e eu não queira saber essa verdade em particular, já que sei que existe uma linha muito tênue entre devoção e obsessão, entre covardia e autopreservação, e eu estou nessa corda bamba eterna com você. Eu amo você tanto, tanto, que ignorei todos os avisos que recebi no ano passado, e agora passo metade do tempo sem saber de que lado dessa corda eu estou, porque estou ocupada demais olhando para você para prestar atenção em onde estou pisando!

— Porque você não *quer* saber onde está *pisando* — diz ele, baixinho.

Fecho a boca. Como ele *ousa*.

Alguém bate com força na porta.

— Dá o fora, caralho! — grita Xaden, por cima do ombro, e então solta um suspiro como se lembrasse do escudo de som.

— Vamos testar essa sua teoria — sugiro. — Você quer que eu exija a verdade? Que eu pergunte algo verdadeiro?

Eu sustento aquele olhar e preparo meu coração.

— Faça isso, por favor — ele desafia.

— Qual é o seu segundo sinete?

Ele arregala os olhos, e o sangue se esvai de seu rosto, as mãos caindo do meu rosto. Pela primeira vez, acho que consegui provocar um sentimento de choque de verdade em Xaden Riorson.

— Eu sei que você tem um — sussurro, enquanto as batidas na porta continuam. — Você me contou que Sgaeyl se uniu ao seu avô, o que torna você um descendente direto. Se um dragão se une a um membro da família, pode fortalecer um sinete, mas quando se trata de um *descendente direto*, ou um segundo sinete vai surgir, ou… a pessoa enlouquece, e você parece bem são para mim.

Ele prende o fôlego, forçando as feições a ficarem neutras.

Balanço a cabeça, bufando.

— Está vendo como adianta *perguntar*? Eu só não consigo entender por que Sgaeyl pôde escolher você, e como conseguiu. Como vocês *dois* conseguiram se safar.

As batidas ficam mais afoitas.

— Estamos com uma emergência aqui!

Brennan?

Viramos na direção da porta e Xaden vai até lá rapidamente para abrir. Escuta as palavras rápidas do meu irmão e me encara por cima do ombro.

— Uma horda de wyvern foi avistada voando de Pavis na direção dos penhascos.

Xaden diz alguma outra coisa para Brennan e depois se vira para mim outra vez.

— Está pronta para erguer as égides? Ou vai querer esperar até eles estarem batendo no nosso portão?

Puta que pariu.

O Continente nunca foi nosso. Desde o princípio, foi deles, e recebemos apenas permissão para viver aqui.

— Diário de Warrick de Luceras.
Traduzido por cadetes Violet Sorrengail e Dain Aetos

CAPÍTULO CINQUENTA E SEIS

— Dragões — diz Brennan.

Passamos pelo caminho que leva à câmara da pedra de égides e, em vez de segui-lo, subimos a trilha que leva ao topo do morro com os outros membros da Assembleia, Xaden e Rhiannon em nosso encalce sob a luz da tarde.

O vento uiva enquanto as nuvens de tempestade retumbam lá em cima. Até o clima parece conter uma certa urgência. E se eu estiver errada? Se eu tiver errado mais um símbolo? Tiver entendido errado algum outro significado? Em algumas horas, vamos ter que lutar por nossas vidas. Porém, consigo sentir o zumbido distinto e poderoso da pedra de égides daqui, então significa que devo ter conseguido entender ao menos uma parte corretamente.

O tempo que Dain, Xaden e eu dedicamos a imbuir a pedra de égide se provou valioso. Isso não a fez tecer égides, claro, mas ao menos acumulou certo poder.

O caos dentro da Casa Riorson se esparrama pela trilha que leva até o vale enquanto tanto cavaleiros quanto paladinos fazem a subida até o campo de voo, armados até os dentes com espadas, machados, adagas e arcos. Minhas próprias adagas estão embainhadas (todas menos as duas que deixei na caverna com o corpo de Solas), e minha mochila está nas costas. A maior parte dos alunos do segundo e terceiro ano está a caminho dos entrepostos nas fronteiras de Navarre, mas não estou indo com eles.

Vou ficar com Xaden, já que Tairn e Sgaeyl podem voar mais rápido do que o resto da legião, e vamos confrontar a horda que se aproxima. A última coisa que queremos é deixar que cheguem em Aretia.

Se nos apressarmos e a tradução estiver correta, vamos conseguir tecer as égides no mesmo instante em que a horda chegar ao ápice dos penhascos. Tento não pensar no que vai acontecer se tivermos errado a tradução outra vez, meu coração batendo acelerado no peito enquanto me apresso pelo caminho.

Olho para Xaden por cima do ombro. Ele está com a mandíbula travada, e seus olhos não encontram os meus. Talvez continuemos tendo sempre a mesma briga porque nunca conseguimos terminá-la de verdade. Por Malek, qual será o sinete dele, se ficou tão pálido de repente?

— Dragões — repito para Brennan, voltando minha atenção para o meu irmão e entregando o diário na mesma página que tinha traduzido de maneira equivocada originalmente. — Veja essa frase — digo, apontando com um dedo enluvado. — Pode ser interpretado como poder político, em vez de físico, o que conteria uma disposição diferente no símbolo. Foi Dain que notou isso. A pedra precisa de um representante de cada linhagem.

E é exatamente por esse motivo que Rhiannon está na trilha atrás de nós, subindo no encalço de Xaden, que continua silencioso como uma pedra. Precisamos de Feirge.

— E foi necessário ler o começo inteiro para saber que, depois que um dragão sopra sobre uma pedra de égide, o fogo dele não pode ser usado em mais nenhuma outra, e aí tivemos que ler o final todo para descobrir que eles criaram duas pedras — continuo. — Mas não diz em lugar nenhum o motivo de nunca terem ativado essa. É o fogo de dragão que aciona as runas entalhadas, e obviamente eles tinham dragões o bastante, então por que não protegeriam mais uma parte de Navarre, se podiam ter feito isso?

Meu corpo inteiro dói do ataque de hoje, especialmente a cabeça e os ombros, e me esforço para trancar a dor na caixinha mental que carrego para conseguir erguer as égides. Meus machucados não importam muito se morrermos nas próximas horas. Com cuidado, toco o galo inchado na minha nuca e estremeço.

— Deixa eu regenerar isso — oferece Brennan, a preocupação franzindo a testa quando ele ergue os olhos do diário.

— Não temos tempo para isso agora. Faz depois.

Balanço a cabeça e puxo o capuz para cima para afastar o frio. Brennan me lança um olhar reprovador, mas não tenta me convencer do contrário.

— Você não só traduziu o diário como voltou e tentou de novo, sendo que a maioria das pessoas teria desistido. Estou impressionado de verdade, Violet.

Ele me dá um sorriso.

— Valeu. — Retribuo o sorriso, sentindo um pouco de orgulho. — Papai me ensinou muita coisa, e Markham continuou de onde ele parou.

— Aposto que você decepcionou ele pra caralho quando decidiu ficar na Divisão de Cavaleiros.

— Ah, eu não tenho dúvidas de que sou o maior fracasso dele.

Só mais alguns passos.

— Mas é o maior sucesso do papai — rebate Brennan, e ergue o diário para me devolver.

— Acho que ele ficaria orgulhoso de todos nós. Você deveria ficar com isso. — Indico o diário com a cabeça quando finalmente chegamos ao topo. — Precisa ser preservado.

— A hora que você quiser, é seu, então — promete ele, guardando o diário na jaqueta para protegê-lo antes de rumar para a esquerda.

Ali, Marbh está ao lado de Cath, cuja cauda remexe sem parar enquanto Dain aguarda na frente dele, balançando o corpo de impaciência.

Seis dragões cercam o topo da câmara, parados com as asas apertadas, e vou até Tairn, que está ao lado de Sgaeyl, como esperado.

— *Como está Andarna?* — pergunto a ele, ocupando meu lugar entre as pernas dianteiras dele e olhando para a beirada do penhasco cheio de pedras, encarando a pedra de égides trinta metros abaixo, na câmara. — *Ela não está respondendo quando chamo.*

— *Foi questionada pelos anciões, mas as ações dela foram julgadas como justificadas* — responde ele. — *Assassinar um dragão, no entanto, é uma marca pesada na alma, mesmo quando em legítima defesa, tanto própria quanto do seu cavaleiro.*

— *Foi por isso que você só arrancou o olho dele em vez de matá-lo.*

Fico rígida quando Xaden se aproxima e me recuso a olhar para ele quando assume sua posição diante de Sgaeyl.

— *Eu deveria tê-lo matado naquela época. Não hesitarei quando encontrar um dilema semelhante no futuro. Ela agora sofre um fardo que deveria ter sido meu.*

— *Tenho orgulho dela.*

— *Assim como eu.*

Rhiannon fica diante de Feirge, e Suri faz o mesmo com seu Rabo-de-clava-marrom.

— Vamos começar logo — diz Suri, me fulminando com o olhar, obviamente ainda com raiva de eu ter escondido minha descoberta durante uma semana inteira.

Definitivamente não estou ganhando nenhum ponto no quesito confiança.

Nós seis trocamos olhares e assentimos rapidamente.

— *É chegada a hora* — declara Tairn.

Os dragões inalam de uma vez só e então cospem fogo na direção da câmara em seis fluxos separados, instantaneamente aquecendo o ar ao nosso redor. Foi exatamente por isso que construíram essa câmara aberta até os céus: não por algum tipo de devoção às estrelas, mas porque os dragões precisavam chegar até aqui para fazerem *isso*.

Desvio o olhar, virando a cabeça para o lado quando o calor lambe minha pele ultrassensível, ainda dolorida depois do ataque de Solas. Um instante depois, um pulso de magia vibra através de mim feito uma onda, elevando meu poder à superfície com uma sensação pouco mais leve do que aquela que ondulou no instante em que o primeiro filhote chocou no vale de Aretia.

O fogo desaparece, e o calor intenso se dissipa no ar invernal. Ficamos ali parados, encarando a pedra, nossos dragões e uns aos outros.

Aquela sensação ancorada e estável que só senti dentro das égides em Basgiath voltou, e a magia selvagem e incontida que parecia formigar sob minha pele desde que saí de Navarre parece retida, não exatamente mais fraca, mas infinitamente mais… domada. Inclino o corpo por cima da beirada para olhar, mas a pedra está com a mesma aparência de antes.

Talvez o fogo seja mais simbólico?

Lanço um olhar para Dain, que abre o maior sorriso que já vi em anos, assentindo para mim. Meu sorriso rápido é idêntico ao dele, e meu peito parece inchar, empolgado. Conseguimos. Todas aquelas noites em claro e os dias gélidos que passamos imbuindo a pedra, todas as picuinhas e discussões de tradução e até mesmo o fracasso inicial valeram a pena por causa desse momento.

— É só isso? — pergunta Brennan, alternando o olhar entre o outro lado da abertura da câmara e eu.

— Não temos muito tempo para testar. — Xaden aponta para cima, onde as revoadas já começaram a tomar os céus, e então encontra meu olhar. — Hora de voar.

***

Tairn nunca voou tão rápido, deixando Sgaeyl e Xaden para trás enquanto avança em direção ao penhasco para conseguir encontrar o melhor ponto de vista em relação aos wyvern, na fronteira das altas planícies. Normalmente um voo desses duraria duas horas para Tairn, mas hoje conseguimos tirar ainda mais minutos dessa previsão.

— *Estão quinze minutos atrás de nós* — ele me informa, enquanto voa acima de quilômetros e quilômetros de campos agrícolas, descendo lentamente até pousarmos a cinquenta metros da beira dos penhascos. — *Use esse tempo para encontrar seu centro.*

— *Não vai me dizer que você está do lado de Xaden nessa discussão.* — Desato a fivela da cela e estremeço quando desço do assento. — *Preciso esticar as pernas.*

— *Eu* jamais *estarei do lado do tenente em qualquer ocasião* — bufa ele. — *Já que tenho coisas melhores a fazer do que escutar seus problemas românticos.*

— *Desculpa. Não quis chegar a nenhuma conclusão precipitada.*

Percorro o caminho através dos espinhos de seu dorso e ele abaixa o ombro.

— *Porém, eu me ofendo com esse seu insulto* — comenta ele, quando deslizo por sua perna.

— *Que insulto?*

Meu joelho protesta quando as botas encontram o chão congelado, mas as ataduras seguram bem o impacto.

— *Você duvida do próprio discernimento como se eu não a tivesse escolhido por isso.*

— *Ah, e você ainda me diz que não estava escutando, né?*

Rolando os ombros para trás, ando até a beirada do precipício e invoco uma quantidade de poder que baste para aquecer minha pele, enquanto minha respiração espirala sopros de fumaça no ar.

Existe um zumbido aqui também, e, por instinto, sei que é aqui que as égides acabam, apenas a seis metros da beirada do penhasco. Esse ponto fica a um voo de quatro horas de Aretia para dragões medianos, se é que dá para dizer que existem dragões medianos.

Será que essa seria a distância natural das égides de Basgiath se não fossem estendidas pelos entrepostos? Essa distância deixaria Elsum, Tyrrendor e até mesmo boa parte de Calldyr sem proteções.

Deuses, se este aqui for o limite natural da pedra de égide, não estamos sequer protegendo a maior parte de Tyrrendor.

— *Recebeu mais alguma notícia?* — pergunto a Tairn.

— *A legião de três mais próxima está a trinta quilômetros ao norte, e a mesma distância ao sul.*

— *Nenhum avistamento?*

Não temos a força que Xaden gostaria de ter em cada unidade naquela noite, mas podemos cobrir mais territórios em grupos de três, e, no nosso caso, dois. Enviar unidades menores, porém com maior proximidade, dá aos dragões mais fortes uma chance de se comunicarem também.

Cada par de dragão e cavaleiro foi convocado das fronteiras do outro lado de Poromiel para defender os penhascos, mas não existe a menor chance de que aqueles que estão em Cordyn, ou além da fronteira de Braevick, possam chegar a tempo.

— *Não dos penhascos.*

— *Para além deles, então?* — questiono, encarando a paisagem cada vez mais escura, procurando qualquer sinal de asas cinzentas.

— *Estimo que temos mais quinze minutos.* — Ele bufa, soprando uma fumaça quente que passa por cima de mim. — *Prepare-se. Sgaeyl se aproxima.*

— Acha que ele está certo? — pergunto em voz alta, cruzando os braços enquanto asas de dragão rompem o silêncio relativo da noite.

— *Sei que ele crê que está.*

Caramba, quanta ajuda.

Sgaeyl pousa perto de Tairn e eu respiro fundo nos últimos instantes que vou ter de tranquilidade, preparando minha mente para a batalha antes de a guerra de fato nos alcançar.

Não demora muito para que ouça passos familiares vindos na minha direção.

— Não houve qualquer avistamento deste lado do penhasco — eu o informo assim que chega ao meu lado, mantendo os escudos firmes no lugar. — Tairn acha que temos mais quinze minutos.

— Não tem mais ninguém aqui. — As palavras dele soam curtas.

— Claro. Somos o único par nessa região. — Troco o peso de perna, a energia fazendo a ponta dos meus dedos formigar, preenchendo lentamente minhas células, saturando meu corpo para prepará-lo, em vez de me afogar como sempre faz. — Sei que isso vai contra a sua legião inteira…

— Não era disso que eu estava falando. — Ele enfia as luvas nos bolsos, deixando as mãos despidas e prontas para usar seus poderes, a figura perfeita do controle e da compostura. — Não tem mais ninguém aqui para nos ouvir.

Levanto as sobrancelhas e me viro para ele, incrédula.

— Desculpa, está sugerindo que o motivo de você não ter respondido minha pergunta em Aretia é porque não confia nos escudos de som que você mesmo teceu em seu quarto?

— Existe sempre a chance de existir alguém melhor do que eu em alguma coisa, até mesmo em tecer égides. — Ele faz uma careta. — E talvez esse não seja o único motivo.

— Me poupe de qualquer desculpinha tirada do cu que você vai inventar agora. — Meu estômago fica embrulhado, e abaixo a voz para imitar a cadência de Xaden: — "Me pergunte" — eu digo, balançando a cabeça. — E ainda assim, quando faço a primeira pergunta que importa, você foge feito um covarde.

— Nunca me ocorreu que você fosse *perguntar* sobre um segundo sinete — argumenta ele.

— Mentira.

Volto meu olhar para a frente, estudando o céu à procura de movimento e tentando relutar contra a raiva escaldante que empurra a porta do meu poder para dentro dos Arquivos mentais.

— Você não teria me contado que Sgaeyl se uniu a seu avô se nunca quisesse que eu soubesse — rebato. — Se foi uma decisão consciente ou inconsciente, foi uma escolha que você fez. Você *sabia* que eu descobriria. Ou foi só mais um dos seus testes de *me pergunte*? Porque, se foi, quem falhou nesse teste foi você, e não eu.

— Acha que eu não sei disso? — grita ele, as palavras saindo estranguladas como se estivesse tendo que arrancá-las da própria garganta.

A confissão me faz voltar toda a atenção para ele, mas aquele arroubo de emoção é rapidamente disfarçado pelo autocontrole impecável, e recaímos em um silêncio tenso enquanto Xaden encara o horizonte.

— Às vezes eu sinto que não te conheço — digo, por fim, examinando as linhas duras do rosto dele quando cerra a mandíbula. — Como é que eu vou fazer pra te amar se nem te conheço?

Eu não posso amá-lo assim, e acho que nós dois sabemos disso.

— Quanto tempo demora para alguém se desapaixonar? — Ele olha para o céu. — Um dia? Um mês? Estou perguntando porque não tenho qualquer experiência com esse assunto.

Mas que porra é essa? Cruzo os braços para não ceder ao impulso de dar uma cotovelada bem dada nele com o ossinho afiado.

— Estou perguntando — continua ele, engolindo em seco — porque acho que, para você, vai demorar só um segundo quando souber.

Apreensão percorre minha coluna e faz um nó se enroscar em minha garganta, e abaixo os escudos de leve, a ponto de perceber o terror palpável e gelado na conexão que tenho com ele. Que porra de sinete ele pode ter para que eu não o ame mais?

Ah, merda. E se ele for igual a Cat? E se estiver manipulando minhas emoções esse tempo todo? Engulo, em vão, a bile que começa a subir por meu esôfago.

— Eu nunca faria nada desse tipo — retruca ele, lançando um olhar magoado na minha direção, e depois volta os olhos para o céu.

— Merda. — Esfrego as mãos no rosto. — Não queria ter dito isso em voz alta.

Ele não responde.

— Só me conta o que é — peço, esticando a mão para segurá-lo, envolvendo um braço dele com os dedos. — Você disse que confiava em mim para ficar do seu lado, mesmo que eu não soubesse as piores coisas que já fez. Sei do que você é capaz, mesmo se não me contar.

De alguma forma, voltamos ao ponto onde estávamos meses atrás, nenhum dos dois inteiramente capaz de confiar um no outro.

Ele abre a boca, mas então a fecha, como se tivesse decidido falar, mas pensado melhor.

— Sinetes têm a ver com quem somos em nosso âmago, e também do que precisamos — digo em voz alta.

Se ele não vai me contar, eu mesma vou descobrir.

— Você é um mestre dos segredos, e por isso tem as sombras — digo, gesticulando para as sombras curvadas aos seus pés. — Você é mortal com todas as armas que usa, mas isso não é um sinete.

Franzo as sobrancelhas.

— Pare.

— Você é impiedoso, o que imagino que poderia ter algo a ver com essa habilidade de não demonstrar emoções — continuo, ignorando-o.

Troco o peso de pé e examino o rosto dele, procurando pelo sinal mais ínfimo de que estou no caminho certo, e continuo minha linha de raciocínio, confiando que Tairn vai ver os wyvern antes de nós.

— Você é um líder natural. Todo mundo se volta sempre para você, indo contra até mesmo o bom senso — digo, murmurando essa última parte. — Você está sempre no lugar certo… — Ergo as sobrancelhas. — Você domina distâncias?

Só li sobre dois cavaleiros em toda a história que conseguiam atravessar centenas de quilômetros com um único passo.

— Faz séculos que não nasce um cavaleiro que domina distâncias — responde ele, sacudindo a cabeça. — Não acha que, se esse fosse meu segundo sinete, eu teria passado todas as noites na sua cama?

— Mas o que é que você precisa? — reflito, ignorando a tensão na mandíbula dele. — Você precisa questionar todo mundo para causar suas próprias impressões. Precisa julgar o caráter dos outros rapidamente para saber em quem confiar e quem não é confiável, para ter conseguido completar todas aquelas missões de contrabando há *anos*. Mais do que tudo, você precisa de controle. Isso fica evidente em todos os aspectos da sua personalidade.

— Pare — exige ele.

Ignoro o aviso por completo, assim como ignorei o aviso de Mira no ano passado para me afastar dele.

— Você precisa consertar… deixa pra lá, se pudesse regenerar alguma coisa, não teria me levado até Aretia. Vamos tentar eliminar sinetes, em vez disso. Você não consegue ver o futuro, ou nunca teria nos levado até Athebyne. Não domina nenhum elemento, ou teria feito isso em Resson… — Paro de falar no instante em que um pensamento surge em minha cabeça, mais forte do que qualquer outro. — Quem mais sabe?

— Pare antes de chegar em um lugar de onde não poderá voltar.

As sombras se movem nos centímetros que nos separam, subindo pelas batatas da minha perna como se pensassem que será necessário lutar para me manter ao lado dele.

— Quem mais sabe? — repito, minha voz se elevando com a raiva que sinto.

Não que isso importe. Não tem mais ninguém aqui, a um raio de quilômetros e quilômetros, e não existe um caçador de sons em Aretia capaz de nos ouvir a quilômetros de distância, igual ao capitão Greely, na unidade pessoal do general Melgren, e é por isso que o lapso de tempo nas comunicações aqui é maior.

— Os marcados sabem? A Assembleia? — pergunto. — Eu sou a única pessoa próxima de você que *não* sabe, igual no ano passado?

Retiro a mão do braço dele.

É *impossível* possuir um sinete que mais ninguém detectou, que mais ninguém treinou. Será que ele vem me enganando *outra* vez? O espaço entre as costelas e meu coração parece ruir e diminuir, meus pulmões ameaçando colapsar.

— Puta que pariu, Violet. Ninguém mais sabe.

Ele se vira na minha direção num movimento tão rápido que intimidaria qualquer outra pessoa, mas sei que ele é incapaz de me machucar (ao menos fisicamente), então só ergo o queixo e encaro aqueles olhos pretos com respingos dourados num desafio evidente.

— Eu mereço mais do que isso. Eu mereço a verdade.

— Você sempre mereceu mais do que eu. E ninguém mais sabe — repete ele, abaixando a voz. — Porque se soubessem eu estaria morto.

— Por que você… — abro os lábios e meu pulso acelera, minha cabeça em um turbilhão.

Ele precisa de controle total. Precisa julgar o caráter dos outros bem rápido. Precisa saber, intrinsecamente, em quem confiar e em quem não confiar. Para que o movimento tivesse tanto sucesso como tivera dentro das muralhas de Basgiath, ele precisa saber… de tudo.

A maior necessidade de Xaden sempre foi ter informações.

Tairn se remexe, virando o corpo na direção de Sgaeyl, em vez de ficar ao lado dela.

Ah, deuses. Só existe um sinete pelos quais os cavaleiros morrem ao manifestarem. O medo embrulha meu estômago, ameaçando regurgitar o pouco que comi hoje.

— Sim — confirma ele, assentindo, o olhar encarando o meu.

Cacete, ele acabou de…

— Não — digo, balançando a cabeça, dando um passo para longe das sombras, mas ele se move como se fosse dar um passo *comigo*.

— Sim. Foi dessa forma que eu soube que podia confiar em você e que você não contaria a ninguém sobre a reunião embaixo da árvore no ano passado — diz ele, e recuo mais um passo. — Como eu sempre sei o que meu oponente planejou no tatame antes de sequer dar o próximo golpe. Como sempre sei exatamente o que alguém precisa ouvir para fazer o que preciso que seja feito, e como sabia quando alguém estava suspeitando de nós, mesmo que bem de leve, enquanto estávamos em Basgiath.

Balanço a cabeça em negação, desejando que tivesse parado de insistir, do jeito como ele havia pedido que eu fizesse.

Xaden diminui o espaço entre nós dois.

— Foi por isso que não matei Dain na câmara de interrogatório, e por isso que deixei que ele viesse conosco, porque, no segundo em que os escudos dele oscilaram, eu soube que a epifania que tivera fora verdadeira. De que outra forma eu saberia disso, Violet?

Ele leu a mente de Dain.

Xaden é mais perigoso do que eu jamais imaginaria.

— Você é um inntínnsico — sussurro.

Essa mera acusação já significaria sentença de morte entre cavaleiros.

— Sou um *tipo* de inntínnsico — repete ele, lentamente, como se fosse a primeira vez que diz as palavras em voz alta. — Consigo ler intenções. Talvez eu soubesse como chamar meu sinete, se não matassem de imediato qualquer um que demonstre sequer um resquício dele.

Levanto as sobrancelhas.

— Você consegue ler pensamentos ou não?

Ele flexiona a mandíbula.

— É mais complicado do que isso. Pense naquele centésimo de segundo *antes* do pensamento de verdade, a motivação inconsciente que talvez você nem perceba que existe em sua mente, ou quando o instinto te move a agir, ou quando você pensa em trair alguém. A intenção está sempre ali. Na maior parte das pessoas, aparece como imagem, mas algumas delas demonstram *intenção* em imagens *bem* claras.

Tairn solta um grunhido baixo com a garganta e abaixa a cabeça na direção de Sgaeyl, e um arroubo de algo amargo e enervante inunda nossa união. *Traição*. Ergo os escudos, bloqueando-o antes que eu me perca nas emoções dele, já que estou tendo que lidar com as minhas próprias.

Tairn não sabia.

Outro rugido de raiva vibra as escamas de seu peito e meu coração se debate com pontadas de empatia.

Sgaeyl recua e eu fico completamente chocada com isso, mas ela continua de cabeça erguida, expondo o próprio pescoço ao seu consorte.

Da mesma forma que Xaden se expôs metaforicamente para mim. Tudo que eu preciso fazer é contar para alguém, para qualquer pessoa, e ele vai morrer. Um rugido baixo enche meus ouvidos.

— Existem segredos que nem mesmo consortes podem compartilhar — diz Xaden, os olhos sustentando os meus, mas na verdade está se dirigindo a Tairn. — Alguns segredos que não podem ser enunciados nem mesmo sob a proteção de escudos de égide.

— E ainda assim você sabe dos segredos de todo mundo, não é? Das *intenções* de todo mundo?

É por isso que não permitem que inntínnsicos fiquem vivos. As implicações do sinete dele me atingem com a força de um aríete, e cambaleio para trás como se o golpe tivesse sido físico. Quantas vezes ele leu minha mente? Quantos pensamentos não formulados ele interceptou de mim? Será que eu o amo de verdade? Ou ele só disse o que eu queria ouvir? Só fez as coisas que sabia que eu precisaria para...

— Menos de um minuto — sussurra Xaden, no mesmo instante em que Sgaeyl se move na direção dele, na direção de nós dois. — Foi o tempo que levou para você se desapaixonar por mim.

Encontro o olhar dele.

— Não leia a minha... sei lá!

Tairn vem na minha direção, a cabeça abaixada, os dentes arreganhados enquanto se posiciona atrás de mim.

— Eu não li. — O sorriso mais triste que já presenciei agracia a boca de Xaden. — Primeiro porque você está com os escudos no lugar, e segundo... porque eu não precisei. Está estampado na sua cara.

Meu coração se esforça para voltar ao ritmo normal, dividido entre desacelerar e admitir a derrota inevitável e acelerar ainda mais (não, ávido para *lutar*) em defesa da verdade simples e dolorosa:

Eu o amo mesmo assim.

Mas quantos golpes mais esse amor consegue aguentar? Quantas adagas mais existem naquele armário metafórico? Deuses, eu não sei nem no que pensar. A náusea me domina. Ele alguma vez usou isso contra mim?

— Fala alguma coisa — implora ele, o medo evidente em seus olhos.

O rugido fica mais alto, o som como o de milhões de gotas de chuva no telhado.

— O meu amor não é inconstante. — Balanço a cabeça devagar, mantendo meu olhar fixo nele. — Então é melhor você ficar vivo, porque estou pronta para fazer perguntas pra *caralho*.

— *Prateada, monte!* — grita Tairn, demolindo a barreira dos meus escudos como se fossem mais finas do que pergaminho. — *Wyvern!*

Xaden e eu viramos o olhar para a beirada dos penhascos. Meu estômago embrulha quando percebo que a nuvem cinza que se aproxima não é de uma tempestade, e que o rugido que ouço é o som de asas batendo. Espero só um segundo e então me viro, já me mexendo, correndo pelo chão congelado e subindo pela rampa que Tairn faz da pata dianteira ao ombro.

— *Quantos são?* — pergunto, abaixando os óculos de voo e enviando a pergunta pela conexão mental que une nós quatro enquanto subo na cela.

— *Centenas* — responde Sgaeyl.

— *Que azar.*

Forço o ar pelos pulmões em sopros comedidos para me manter calma, mas minhas mãos ainda tremem enquanto afivelo o cinto no colo. No segundo em que estou presa, Tairn vira até ficar paralelo aos penhascos e levanta voo, atirando meu corpo para trás no assento enquanto sobe rapidamente com batidas de asas pesadas e fortes.

Quando temos altitude o bastante para obter a superioridade aérea, Tairn dá uma guinada para a esquerda, voando em um círculo apertado até estarmos de frente para a horda voadora. Então, ele abre as asas contra o vento, interrompendo abruptamente nossa aceleração e lançando meu corpo para a frente na direção do pomo enquanto paira trinta metros acima do campo congelado, deixando o dobro do seu comprimento entre nós e o penhasco.

— *Um avisinho da próxima vez?* — digo, usando nossa união particular.

— *Você caiu?* — retruca ele, usando o mesmo canal, as asas subindo e descendo só para nos manter pairando no ar.

Decido guardar a resposta para mim enquanto Xaden e Sgaeyl chegam à nossa direita, mantendo uma distância considerável da ponta das asas de Tairn.

— *Sinto muito por ela não ter te contado* — digo.

— *Vamos acertar as questões emocionais depois das questões de vida ou morte.*

Entendido.

Meu estômago revira quando começo a identificar as silhuetas individuais na horda, e então amarga quando o céu noturno aparece recortado entre as asas deles.

— *Trinta segundos* — estima Tairn.

Solto o pomo do assento e viro as palmas da mão para cima, abrindo as portas do Arquivo ao poder de Tairn, deixando que invada cada célula do meu corpo até que o zumbido de energia que eu detecto no limite das égides seja substituído pelo poço de energia que eu me tornei.

— *Estão diminuindo a velocidade* — comenta Xaden, enquanto a horda se espalha numa formação que, fico aterrorizada ao constatar, parece de batalha.

Sinto bile na garganta e conto um, dois, três, quatro…

— *Tem pelo menos uma dúzia de venin* aí.

— *Dezessete* — corrige Tairn, grunhindo.

Dezessete dominadores de sombras, e uma horda que poderia equivaler à legião que temos em Aretia contra… nós dois.

— *Estamos mortos se as égides não estiverem no lugar, se eu tiver errado alguma coisa na tradução.*

— *Você não errou* — responde Xaden, parecendo infinitamente mais confiante do que eu me sinto.

O calor inunda minha pele enquanto meu poder procura uma válvula de escape, mas mantenho-o contido, pronto para ser usado quando vejo que três wyvern se afastaram do grupo e estão voando mais perto. Estão pairando na distância de uma cauda da beirada dos penhascos, as escamas embotadas e cinzentas, buracos salpicados nas asas como se fossem malformados.

— *Eles conseguem sentir as égides* — dou um jeito de dizer antes do meu estômago decidir abandonar meu corpo, afundando até o chão.

O cavaleiro no wyvern do meio…

— *Então podem morrer dentro delas também* — responde Sgaeyl.

Só consigo detectar vagamente as feições faciais dessa distância, mas sei, no fundo do meu âmago, que é *ele*. O Mestre de Resson, aquele que se apossou dos meus pesadelos.

Ele vira a cabeça, olhando de mim… para Xaden.

— *Ele estava em Resson* — informo.

— *Eu sei.*

Uma fúria branca cintila em nossa conexão.

O Mestre ergue seu cetro e o vira como se fosse uma maça, apontando na nossa direção.

— *Eu te amo* — diz Xaden, enquanto o wyvern mais próximo de mim se afasta das égides, mergulhando num movimento de espiral, e começa a ganhar velocidade só para subir outra vez, estendendo-se atrás dos outros dois antes de voar na nossa direção. — *Mesmo se não acreditar em mais nada do que eu digo, por favor, acredite nisso.*

— *Não fale com ela como se a morte fosse uma possibilidade aqui* — rebate Tairn, erguendo os escudos dele ao redor de nós dois, uma muralha impenetrável de pedra preta que bloqueia tanto Xaden quanto Sgaeyl.

Respiro fundo, usando cada pingo de concentração que ainda tenho para conter meu poder e minhas emoções enquanto o wyvern ganha velocidade e passa pela liderança dos outros dois, vindo direto na direção das égides.

O tempo desacelera, minha respiração congelando no peito quente.

Então, o wyvern cruza a barreira invisível e meu coração para de bater de vez enquanto as asas dele batem uma vez, duas vezes…

— *Prepare-se para um mergulho* — avisa Tairn, virando a cabeça, a bocarra abrindo enquanto o wyvern corta a distância entre nós até estar a menos de um corpo, e eu me preparo para a manobra. — *Não, será irrelevante.*

As asas do wyvern e a cabeça pendem para a frente, e o corpo segue o movimento, como se alguém tivesse roubado sua força vital, e então ele cai em queda livre, embalado pela aceleração que pegara antes, caindo doze metros abaixo de nós e batendo com força no campo abaixo, deixando um rastro profundo antes de parar.

— *Deveríamos verificar…*

— *As batidas do coração dele cessaram* — Tairn me informa, redirecionando a atenção para os dois outros wyvern na fronteira e para a horda atrás deles. — *As égides estão funcionando.*

As égides *estão funcionando*. O alívio permite que meu coração volte a bater.

O Mestre gira seu cetro outra vez e solta um grito furioso, enviando os wyvern à direita, que encontram o mesmo destino alguns segundos depois, caindo a pouca distância do primeiro.

Tairn não olha quando Sgaeyl mergulha para pegar as carcaças, mas abaixa os escudos.

— *Estão mortos* — confirma Xaden um segundo depois, e olho para baixo, vendo Felix chegar com seu Rabo-de-espada-vermelho.

Estamos salvos. Ergo as mãos e liberto a energia contida dentro de mim, deixando-a livre quando a domino. Os relâmpagos cortam os céus, errando o wyvern que restou por alguns metros, e eu praguejo baixo.

Foi perto, mas não o acertei.

Isso, no entanto, basta para que o Mestre contenha o ataque, e, apesar de não conseguir ver os olhos dele daqui, sinto o ódio de seu olhar travando em mim quando olha por cima do ombro antes de se juntar ao resto da horda.

— *Foi só isso?* — pergunto a Tairn, enquanto nos mantemos em posição, os wyvern voltando a se tornar uma nuvem cinzenta.

Que… anticlimático.

— *E agora?* — questiono.

— *Agora permanecemos tempo o bastante para nos certificarmos da vitória, e depois voltamos para casa.*

Esperamos mais três horas antes de voar de volta para Aretia, tempo o bastante para Suri chegar e nos informar de três instâncias similares acontecendo nos penhascos. Não fomos os recipientes sortudos de uma horda solitária. Foi um ataque simultâneo e coordenado.

Mas conseguimos sobreviver.

A atmosfera alegre é contagiante quando entramos na Casa Riorson algumas horas depois, acompanhados por Felix, e sou prontamente recebida com um abraço de Rhiannon.

— Você conseguiu erguer as égides! — O uniforme de voo dela ainda está gelado do ar noturno, o que significa que ela também acabou de chegar.

— *Nós* conseguimos erguer as égides — respondo, antes de ser puxada dos braços dela e em seguida esmagada contra o peito de Ridoc, e depois o de Sawyer.

Cavaleiros e paladinos celebram ao nosso redor, o ruído enchendo o espaço cavernoso do saguão da Casa Riorson e, de alguma forma, fazendo-o parecer menor do que o normal do melhor jeito possível; está parecendo menos uma fortaleza e mais um lar.

— Fomos convocados para a Assembleia imediatamente — diz Xaden, passando por Sloane e erguendo a voz para se fazer ouvir acima da cacofonia.

Nossos olhares se encontram e eu assinto, mantendo os escudos erguidos para bloqueá-lo, o que não só parece pouco natural como também… errado. Que ironia comemorar uma vitória monumental e ainda assim estar com a sensação de que perdi uma coisa preciosa. Não tivemos um instante sozinhos para discutir o fato de que, se meus escudos estivessem abaixados, ele já saberia o quanto minha cabeça está fodida por causa da revelação do sinete que escondeu de mim.

Não consigo imaginar a ideia de me afastar disso tudo, de nós dois, mas isso não significa que não temos coisas sérias que precisam ser discutidas (nem que eu não esteja puta pra caralho por ele ter me dado *mais* um motivo para duvidar do meu próprio julgamento). E só porque não consigo me imaginar me desfazendo desse relacionamento não significa que não vá fazer isso se não conseguirmos encontrar um acordo saudável. Estou aprendendo bem rápido que é possível amar uma pessoa e, ao mesmo tempo, não querer estar com ela.

No segundo em que entramos na sala da Assembleia, um guarda fecha a porta atrás de nós; o barulho cessa e oito pares de olhos se voltam na nossa direção. Nenhum deles parece tão contente quanto deveria estar, considerando o feito que acabamos de realizar.

Syrena e Mira saem de perto da Assembleia e caminham na nossa direção no momento em que Felix convoca Xaden da plataforma em tom urgente:

— Precisamos encontrar um tempo para conversarmos — diz Xaden rapidamente, baixinho, e sei que só está dizendo isso em voz alta porque não permiti que tivesse acesso a minha mente.

— Mais tarde — concordo, só para encerrar a conversa antes que Mira e Syrena nos ouçam.

Não existe tempo no mundo que me ajude a processar o que Xaden acabou de me contar.

Ele se afasta quando elas se aproximam, e eu afasto o olhar de suas costas para voltar minha atenção à minha irmã. A tensão no rosto dela faz meu poder reagir veloz, meu corpo se preparando para uma batalha.

— O que aconteceu?

— Assim que o ataque acabou, Ulices recebeu uma carta — informa ela. — Ele estava no entreposto de Terria, que fica…

— Na fronteira de Navarre — termino por ela, ansiosa para chegar ao cerne da questão.

— Melgren requisitou uma reunião amanhã. Solicitou que a pessoa que esteja nos representando compareça, e não quer mais do que dois marcados presentes, além de Violet e Mira Sorrengail. — Ela estica a mão e pega a minha, apertando-a com carinho. — Você pode se recusar. *Deveria* se recusar.

— Por que o general comandante de todo o exército de Navarre solicitaria a presença de uma cadete e uma tenente? — Minha voz fraqueja e eu olho para a plataforma, onde Brennan está travado em uma discussão baixa e acalorada com os outros membros. — Nossa mãe vai estar presente.

— E, se uma batalha se deflagrar, vamos saber que acaba a favor dele, ou nunca teria pedido que fôssemos. Ele já deve ter previsto o resultado.

Encaminho essa nova situação para a lista crescente de coisas com as quais preciso lidar.

— Tem outra coisa que você precisa saber — fala Syrena, desembainhando uma adaga e a depositando na palma da mão esticada.

Com um movimento rápido do pulso da paladina, a adaga se levanta alguns centímetros no ar e depois gira quando ela faz um movimento circular com o indicador.

É uma magia menor, simples, algo que aprendi no ano passado…

— Você ainda consegue usar seus poderes — digo.

Meu coração desaba com as implicações maiores desse ato, e meus ombros afundam.

Ela assente, solene.

— Por mais que eu esteja feliz por não estar sem poderes, sinto informar que tem algo de errado com as égides de vocês.

Caralho.

O dia em que Augustine Melgren manifestou seu sinete, mudou as táticas de guerra do reino de Navarre para sempre.

— Navarre, uma história completa, por coronel Lewis Markham

CAPÍTULO CINQUENTA E SETE

A ironia de a reunião acontecer em Athebyne não passa despercebida por mim, tampouco o fato de que essa é a segunda vez que estou visitando o entreposto no sopé da cordilheira das Montanhas Esben depois de descobrir que Xaden Riorson escondeu de mim informações relevantes.

Passei a noite inteira na biblioteca, o que provavelmente foi melhor para todo mundo, enquanto continuo revirando meus pensamentos. Intenções. Foda-se.

Hoje estou inquieta e com os olhos cansados, e tenho mais perguntas do que respostas. No entanto, quando olho para Xaden pousando nas costas de Sgaeyl, o rosto tenso e apreensivo, consigo reconhecer que me contar, quer ele queira, quer não, foi o maior gesto de confiança que poderia ter tido.

E dessa vez não fui a última pessoa a saber. Fui a primeira. Talvez isso faça de mim uma tola completa, mas de certa forma faz toda a diferença, mesmo que não tenha tido a oportunidade de dizer isso a ele… ou a oportunidade de interrogá-lo sobre quantas das *minhas* intenções ele já leu.

Só não tenho certeza de quantos "dessa vez" eu ainda consigo aguentar, independentemente do quanto eu o ame.

Nossa legião de dez dragões pousa na clareira em cima da cumeeira no entreposto ao meio-dia (uma hora antes da hora marcada para a reunião), e quatro dos dragões se voltam para a cobertura da floresta imediatamente, escondendo-se no abrigo das enormes árvores perenes que rodeiam o campo. Os outros seis ficam parados lado a lado, prontos para levantar voo ao menor sinal.

— *Tem certeza de que não vão conseguir ver que os outros estão presentes?* — pergunto a Tairn, colocando os óculos de voo na mochila antes de descer pela perna dianteira dele.

Aterrissar no chão congelado me faz estremecer. Acordei essa manhã com um texto de cem anos grudado na minha bochecha e uma dor latejante no pescoço.

— *Não exatamente; no entanto, a neve nessa altitude não é o bastante para deixar rastros. Dragões só conseguem sentir a mente dos outros se permitirmos isso. Desde que fiquem contra o vento, os outros saberão que estão aqui, mas não vão identificar quem e quantos são.*

— *Isso não é muito reconfortante.*

Especialmente considerando quem insistiu em viajar conosco. Estico os braços para o sol e rolo o pescoço cuidadosamente para diminuir a rigidez dos músculos. Depois de lutar contra Solas ontem e acidentalmente dormir na mesa da biblioteca depois, meu corpo já está de saco cheio de mim, e não posso culpá-lo.

— *Você não é criança para precisar ser reconfortada.*

É verdade, e isso só me faz lembrar da adolescente enfurecida que espera por mim em Aretia. Depois de dizer a ela que não haveria uma forma lógica de explicar a presença dela mesmo que Tairn a carregasse até aqui, o que ela rejeitou veementemente, Andarna amaldiçoou toda a linhagem de Tairn e bloqueou nós dois antes de seguir para o treino com os anciões.

A única resposta de Tairn foi um resmungo sobre o humor dos aborrecentes.

Não deixo de notar que Sgaeyl está entre Teine e Fann, a Rabo-de-espada-verde intratável de Ulices, e não ao lado de Tairn, o que ou explica ou é o resultado direto do humor rabugento dele hoje de manhã.

Mamãe e Papai estão brigando e todo mundo sabe disso.

Xaden atravessa na frente de Fann, completamente despreocupado com a forma como ela bufa, ofendida pela proximidade dele, e tira as luvas ao se aproximar de mim.

— Você não veio para a cama ontem à noite — comenta ele.

Ele franze as sobrancelhas, examinando meu rosto rapidamente, e enfia as luvas nos bolsos. Eu o imito, caso precisemos usar nossos poderes. Em seguida, reforço meus escudos.

— Estava na biblioteca com Dain, examinando o diário de Warrick para ver o que deu errado. Nós dois dormimos na mesa mesmo, até Jesinia e alguns outros se juntarem a nós para estudar mais. — Encontro o olhar dele, mas desvio antes que comece a disparar perguntas ou fazer algo ainda mais idiota, como perdoá-lo antes de obter respostas.

— Achei que Jesinia não soubesse lucerino antigo — questiona ele, quase nem olhando para os cavaleiros que passam ali perto e se reúnem na frente de Fann.

Trouxemos três da unidade de Mira, além dos membros da Assembleia.

— Ela não sabe, mas Sawyer está caidinho por ela e os outros estavam determinados a ajudar da forma que conseguissem.

Até mesmo Cat, Maren e Trager se juntaram ao grupo para demonstrar apoio.

— Encontraram alguma coisa?

Os dragões erguem a cabeça ao ouvir um som que vem do outro lado da clareira, e a forma como se abaixam rapidamente é tudo que preciso saber. Mesmo que ainda esteja cedo, essa reunião está prestes a começar.

— Não — respondo, mantendo os olhos nas árvores, relutando contra a apreensão que tenta formar um nó na minha garganta.

O sopro vital dos seis e do um unidos sobre a pedra incendeia uma chama de ferro. O que eu não estou percebendo?

— Se eu tivesse descoberto, você saberia.

— Saberia, é? — O tom dele sai contido.

— Saberia. — Volto o olhar para o dele. — Agradeço por não ter tentado me convencer de que eu não deveria vir.

— Aprendi minha lição em Cordyn. — Ele procura algo em meu rosto, mas não tenta me tocar. — Me deixe entrar. Só por um segundo que seja, mas por favor me deixe entrar.

Meu peito fica apertado a cada batida do coração enquanto sustento o olhar de Xaden. O quanto disso tudo foram ofensas contra mim para eu perdoar? Afinal, o segredo que me contou é *dele*. Porém, não consigo evitar de me perguntar quanto das minhas intenções ele já leu. É essa parte que me faz hesitar, não importa quanto eu o ame.

— Violet? — É a súplica evidente no tom dele que me faz abaixar os escudos só o suficiente para nossa conexão voltar, e o alívio no rosto dele é palpável. — *Se decidir contar a eles o que sou como punição pelos crimes que cometi contra você, vou entender.*

— *Vai querer discutir isso agora, mesmo?* — Ergo as sobrancelhas para ele.

— *Quis discutir ontem à noite, mas aparentemente você estava ocupada trabalhando para salvar Tyrrendor.*

A atenção dele se volta para as árvores, e a sombra de Tairn se espalha sobre a grama frágil da campina, estendendo-se até nós.

— *Está reclamando?* — pergunto, e nossas mãos roçam uma na outra enquanto nos viramos para encarar seja lá quem estiver vindo daquelas árvores.

— *Por você ter escolhido pensar na segurança do meu lar em vez de brigar comigo?* — Ele faz uma careta, mas entrelaça nossos dedos. — *Não, mas…*

Mira se aproxima por trás de Xaden, os passos confiantes, embora duas ruguinhas de preocupação marquem o espaço entre suas sobrancelhas.

Aperto a mão dele, depois a solto.

— *Tem uma coisa que preciso saber* — digo mentalmente, e passo a mão pelos quadris, contando as armas embainhadas ali, todas as seis. — *Alguma vez você usou seu sinete para tirar uma informação de mim ou influenciar meus sentimentos de qualquer forma que seja?*

— *Nunca.* — Ele balança a cabeça, mas aperta as mãos nas laterais do corpo, e os músculos de sua mandíbula ficam marcados. — *Mas sempre tive pouco autocontrole quando se trata de você, e nossa conexão facilita demais que envie suas intenções para mim sem sequer perceber que está fazendo isso.*

A morte seria preferível à vergonha que acompanha essa revelação.

— *Posso queimá-lo, se preferir* — oferece Tairn. — *Mas você parece meio apegada a ele.*

O calor inunda meu pescoço e faz minhas bochechas arderem, me relembrando das vezes em que meu escalpo começava a formigar na presença de Xaden.

— *Então você sabia que eu queria te beijar naquela noite perto da muralha…*

Deuses, eu nem consigo terminar a pergunta.

O topo das árvores começa a oscilar.

Eles trouxeram dragões.

— *Sim.* — Ele olha de soslaio para mim. — *E você tem as minhas mais sinceras desculpas. Se eu soubesse o que nos tornaríamos…* — Ele sacode a cabeça. — *Porra, provavelmente ainda teria feito a mesma coisa.*

— *Você ainda faz isso?*

Eu precisava saber.

— *Não. Parei no instante em que você se tornou mais significante para mim do que a filha da general, no instante em que percebi os danos que Dain causara… e que eu não era melhor do que ele.*

Só que Xaden não divulgou nenhuma informação que roubou de mim e acabou sendo responsável pelas mortes de Liam e Soleil. E mesmo assim eu consegui encontrar um meio-termo com Dain, não é?

Talvez eu esteja ficando complacente com traição porque ela está em *todo* lugar.

— *Não vou entregar você para ninguém* — digo rapidamente, erguendo o olhar para ele no instante em que Mira chega numa distância na qual poderia nos ouvir. — *Mas vamos brigar sobre isso depois.*

Ergo as sobrancelhas, significativamente. O músculo na mandíbula dele trava como se quisesse acrescentar mais alguma coisa, mas ele só completa:

— *Vou estar disponível para você.*

— Está pronta? — pergunta Mira, atravessando na frente de Xaden para se postar ao meu lado.

— Não — respondo. — E você?

— Também não. — Ela descansa a mão no pomo da espada curta embainhada no quadril. — Mas ela nunca vai saber disso.

— Quero ser igual a você quando crescer. — Abro um sorriso, apesar da ansiedade que acelera minha respiração.

— Você vai ser ainda melhor do que eu — retruca ela, e olha para Xaden por cima da minha cabeça. — Aliás, não conseguiu convencê-lo de que teria sido melhor que ficasse em Aretia?

— Não controlo emoções, e os membros da Assembleia não receberiam muito bem a ideia de serem amarrados e amordaçados. — Ele estica a mão esquerda atrás do ombro e tira de lá uma das espadas embainhadas nas costas, deixando a mão direita livre para usar seus poderes. — Se quiser alguém para influenciar pensamentos, encontre um paladino.

Mal consigo me conter de dar uma cotovelada nele ao ouvir esse uso inteligente de palavras, porque esse homem claramente é especialista em jogos mentais.

— Lá vamos nós — murmura Mira quando sete figuras vestidas de preto entram na clareira.

Seguro uma adaga na mão direita e abro a porta dos Arquivos, deixando o poder me inundar.

Melgren está no meio, os olhos miúdos percorrendo nossa linha de cavaleiros de Aretia. Não preciso do dom de Cat para aumentar a raiva dele. É como se a raiva fizesse parte do uniforme dele.

Eu me forço a olhar para os outros membros escolhidos para a reunião, reconhecendo três pessoas, e duas delas foram ajudantes de minha mãe em um momento ou outro.

— *O segundo à esquerda, coronel Fremont,* é um dominador do ar muito poderoso — conto para Xaden. — *Ele consegue retirar todo* o ar dos pulmões do inimigo.

— *Obrigado.*

Sombras se erguem à frente de nós três, criando feixes parecidos com lâminas na altura de nossos joelhos.

Então, por fim, volto o olhar para minha mãe.

Ela caminha ao lado de Melgren, atravessando o campo com passos rápidos e eficientes, a atenção dividida entre Mira e eu. Quanto mais ela se aproxima, mais aparente fica sua exaustão. Olheiras fundas marcam seus olhos, contrastando com a pele que está mais pálida do que o normal, mesmo que as linhas dos óculos de voo indiquem que ela anda passando muito tempo no céu.

Mira inclina o queixo e neutraliza a expressão em uma máscara que eu invejo. Dou o meu melhor para imitá-la.

Os dragões os seguem, saindo da floresta na liderança de Codagh, o dragão de Melgren. Aquele dragão preto é como um pesadelo horroroso, e abaixa imediatamente a cabeça enquanto caminha em frente, os olhos dourados semicerrando-se na minha direção… não, na direção de Tairn, que está atrás de mim. Caralho, eu quase me esqueci do quanto ele era grande; facilmente um metro e meio maior do que Tairn, com inúmeras cicatrizes de batalha marcando as escamas do peito e das asas.

O dragão de mamãe, Aimsir, vem logo atrás dele, andando na nossa direção ao mesmo tempo que os outros cinco aparecem, um laranja, dois vermelhos… e um azul.

Tairn dá um passo à frente e ergue a cabeça para ficar em cima de mim, um rosnado ameaçador subindo pela garganta.

— *Ei, não vá babar em mim* — brinco, mas ele não ri.

Os cavaleiros de Navarre andam até o centro do campo, e, quando Ulices se move, nós o seguimos, deixando três metros de espaço entre nossas fileiras. As espadas e adagas cintilam a fácil alcance dos dois lados.

— E eu achando que você tinha morrido, Ulices — diz Melgren, forçando um sorriso que é praticamente feito de dentes arreganhados.

— E eu desejando que *você* tivesse — retruca Ulices, usando sua altura para encarar Melgren de cima.

— Está sem sorte — responde Melgren. — O que aconteceu com a reunião no entreposto? — Ele gesticula para as árvores. — Temos bebidas esperando, se quiserem…

— *Provavelmente estão envenenadas* — acrescenta Tairn, mas soa levemente distraído, como se estivesse em mais de uma conversa ao mesmo tempo. Provavelmente porque está mesmo.

— Nós não queremos — interrompe Xaden. — Fale o que veio dizer, Melgren.

O olhar de Melgren se volta para Xaden.

— Nunca deveríamos ter deixado você entrar na Divisão.

— Se arrependimento matasse, né? — comenta Xaden, inclinando a cabeça. — Vamos logo com isso. Pode ser até que vocês não tenham nada melhor para fazer o dia todo, mas nós estamos ocupados lutando por nosso Continente.

— Nada melhor para fazer? — rosna Melgren, o rosto adquirindo um aspecto vermelho. — Você sabe a destruição que causou nos entrepostos ao jogar aqueles wyvern? O que foi necessário fazer para abafar todo o caso? Os civis que precisamos... — Ele se interrompe, respirando fundo e endireitando os ombros. — Você quase destruiu séculos de trabalho, de uma estratégia de defesa cuidadosamente pensada para proteger as pessoas dentro dos nossos territórios.

— Mas só as pessoas dentro dos territórios — acusa Mira. — E pau no cu de todo o resto, né?

Os olhos de mamãe faíscam com uma reprimenda mal contida.

— Sim. — Melgren vira aquele olhar inquietante para minha irmã. — Quando você decide abandonar seu navio no meio de um furacão, salva quem conseguir nos botes e depois corta as mãos de todo o resto que tenta subir a bordo para não afundarem a embarcação.

— Você é um cuzão insensível — dispara ela, em resposta.

— Ora, obrigado.

— Existe um motivo para ter nos chamado aqui? — pergunta Xaden. — Sabe, fora todo esse discurso de vilão?

A luz do sol reluz na lâmina da espada dele enquanto se remexe.

— Nós *permitimos* que fossem embora — responde Melgren, olhando de Ulices para Xaden. — Deixamos que levassem metade dos cadetes da Divisão de Cavaleiros sem lutar. Permitimos que *ela* — o olhar seco dele se dirige ao meu, e travo os músculos para não estremecer — fosse embora depois de assassinar brutalmente o Vice-Comandante. Já parou pra se perguntar o motivo?

Meu estômago fica embrulhado.

— Pessoalmente, tento *não* pensar em você — responde Xaden, mentindo na cara dura, mas caramba, ele é convincente.

— Vocês não podem arcar com os custos de perder os cavaleiros necessários para uma luta contra o nosso lado — responde Ulices. — Somos caros demais para manter, especialmente com o número de cavaleiros, sem falar na legião, que decidiram deixar vocês para trás.

— Talvez. — Melgren inclina a cabeça. — Ou talvez eu tenha permitido.

Aperto o punho na adaga.

— Talvez... — continua o general, estendendo a palavra — eu soubesse que precisaríamos de vocês para uma batalha no futuro.

Altamente improvável. Com quem eles estariam lutando atrás das égides?

— É mais fácil eu me encontrar com Malek do que lutar por Navarre outra vez — rosna Ulices.

— Você sempre se precipitou ao tomar decisões importantes — diz Melgren, suspirando, espanando o uniforme. — Foi por isso que não lamentei sua perda.

Cacete. Ele pegou pesado.

— Essa reunião está encerrada... — começa Ulices, o rubor começando a subir pelo pescoço e aparecendo em suas bochechas.

— Eles vão nos vencer em Samara — interrompe Melgren.

O silêncio impera.

Eu me esforço para respirar fundo. Ele não deve estar falando sério. Olho para mamãe e meus joelhos enfraquecem ao ver o aceno sutil de cabeça que ela lança. Até mesmo Mira fica tensa.

— Previ isso em nosso futuro — continua Melgren. — Vão nos atacar no solstício e vencer.

Merda, ele estava falando sério *mesmo*. Um arrepio percorre minha coluna e o sangue se esvai do meu rosto. Se Samara cair, se *qualquer* entreposto for derrubado, wyvern teriam acesso irrestrito a partes de Navarre que as extensões das égides protegem há seiscentos anos.

Sem os entrepostos, as égides de Basgiath se estenderiam aos seus limites naturais, chegando ao raio de apenas algumas poucas horas de voo, sem nem chegar perto das fronteiras.

— Como? — desafia Ulices, e os cavaleiros da unidade de Mira trocam olhares incrédulos.

— *Me faça um favor* — digo para Xaden. — *Esqueça a culpa que sente por ler minhas intenções, e por favor leia as deles.*

— *Todo mundo, tirando a major à direita, está com os escudos erguidos, mas ela, pelo menos, está com muito medo e tem intenção de fazer seja lá o que for preciso para nos fazer concordar* — responde ele, trocando de posição, roçando o dorso da mão na minha. — *Ah, e ela quer comer depois dessa reunião, e discutir a afeição que sua mãe sente pelas próprias filhas. Agora, ergue os seus escudos e me bloqueia, além de todo o resto dessas pessoas.*

Puta merda. Não é à toa que não permitem que inntínnsicos fiquem vivos. Xaden é uma arma estonteante, mas também um risco assustador. Faço o que ele sugere, deixando espaço apenas para Tairn e para a união cintilante e opaca que sinto com Andarna, mesmo a distância.

— *Como* não é a questão. — Melgren cruza os braços, e Codagh arreganha os dentes pontudos. — Tudo que importa é que perderemos no dia do solstício.

Eles *perderão*. Se as égides forem violadas, não há como estimar a contagem de mortos. Todos os civis navarrianos entre as fronteiras e as limitações naturais das égides estarão correndo perigo mortal.

— *Prateada?*

— *Estou bem.*

Só que não estou.

— Se já previu o resultado, o que espera que façamos? — desafia Ulices, erguendo as mãos, dando de ombros.

Viro a cabeça na direção dele, mas mordo a língua antes de responder que é óbvio que esperam que nós *ajudemos*.

— Que, ao lutar ao nosso lado, o resultado seja alterado. — Melgren franze o cenho como se estivesse sendo forçado a engolir uma fruta podre. — Na batalha que estou prevendo neste momento, nenhum de vocês está presente.

Ele olha para Xaden.

— E não estaremos, mesmo. — Ulices balança a cabeça. — Não voamos por vocês.

Não, nós voamos por… espere, pelo *que* nós voamos? Não só por Aretia, ou só Tyrrendor. E, se estamos dispostos a lutar para defender os civis de Poromiel, por que não lutaríamos para defender navarrianos também?

— Não, mas vocês voam pelo Empyriano — argumenta minha mãe. — Os dragões certamente não vão ficar só olhando se os ninhos no Vale forem comprometidos.

— *Sua mãe é arrogante ao falar em nome dos dragões* — murmura Tairn.

— Isso *se* os ninhos forem comprometidos. Perder um entreposto não vai derrubar todo o sistema, e metade da sua legião deixou a escola conosco — eu a lembro.

— E você se orgulha disso? O que fez pode ser muito bem o motivo para perdermos essa batalha! — rosna o capitão corpulento ao lado da minha mãe, erguendo a espada na minha direção.

Viro minha adaga, segurando-a pela ponta, pronta para atirar, mas as sombras se impelem para a frente, derrubando a espada da mão do capitão e o jogando sentado no chão.

Xaden estala a língua e aponta um dedo.

— Não, nada disso. Eu odiaria perder esse espírito de civilidade, você não concorda? Estávamos nos dando tão bem até agora.

— Traidor maldito — cospe o capitão, atrapalhando-se com a espada antes de se levantar. — Malek virá ao seu encontro para cobrar por seus crimes.

Mamãe embainha uma adaga que eu sequer a vi erguer, o foco mudando do capitão para Xaden.

— Ele já tentou. E não me quis, nem nenhum de nós, tá lembrado? — Xaden coça a relíquia com a mão vazia.

— Basta — grita Melgren. — Não espero que sejam nossos aliados a troco de nada. Se lutarem conosco em Samara, tenho a palavra do rei Tauri de que vamos respeitar a independência da legião de vocês... e da cidade na qual se refugiaram.

Sinto a respiração congelar nos pulmões.

— *Ele sabe sobre Aretia?*

— *Não sei dizer.*

— Não vamos alistar os cidadãos de vocês em nosso exército, nem arrastar o povo de vocês para uma guerra de fronteira para a qual não existe esperança — acrescenta ele, dando de ombros.

— Se pensasse isso de verdade, deveria ter invadido no segundo em que partimos de lá. — Mira soa entediada. — A não ser que tenha previsto que batalhar conosco não daria tão certo para o lado de vocês.

— A oferta que estamos fazendo é única. — Melgren ignora Mira, concentrando-se em Ulices. — Se não são nossos aliados, então serão nossos inimigos.

Aliados. Essa é a única resposta lógica.

— Acho que ficaremos de fora dessa — declara Ulices, dispensando o comentário, como se rejeitasse uma oferta de chá. — Um reino que nunca estende a mão aos outros não merece que lhe estendam a mão no tempo de sua necessidade. Pessoalmente, acho que vocês merecem tudo o que os dominadores das trevas vêm fazendo com vocês.

Pisco, aturdida, tudo em meu corpo se rebelando contra o sentimento de que civis mereçam morrer porque a liderança fracassou com eles, não importa quem seja o responsável na liderança.

— E você fala por sua *rebelião inteira*? — A atenção de Melgren se volta para Xaden. — Ou é o herdeiro aparente que toma decisões?

Xaden não morde a isca, mas não argumenta contra a declaração de Ulices. Depois ele vai discutir com Ulices, certo?

A cor se esvai do rosto de minha mãe enquanto ela olha de mim para Mira e depois para *além* de nós, e, pela primeira vez na vida, eu a vejo fraquejar, como se alguém tirasse o chão de debaixo de seus pés.

Passos de bota soam atrás de mim, mas não consigo desviar o olhar das emoções que atravessam o rosto de minha mãe em rápida sucessão para ver quem é, e, sinceramente, nem preciso ver para saber.

— Nós governamos por comitê — anuncia Brennan, o braço roçando no meu quando para entre Mira e eu. — E creio que falo por todos quando digo que não defendemos reinos que sacrificam civis vizinhos — então, vira a cabeça na direção da nossa mãe e os olhos dela se arregalam —, isso sem falar dos próprios *filhos*, para que continuem se escondendo seguros atrás das égides. Não escaparão do sofrimento que forçaram o resto do Continente a enfrentar.

— Brennan? — sussurra mamãe, e o ímpeto de atravessar aquele espaço entre nós e segurá-la para que continue em pé é quase forte demais para que eu consiga evitar.

— Puta que pariu, Brennan — murmura Mira.

— Quando seus três filhos estão contra você, talvez seja a hora de refletir sobre os próprios atos. Essa *reunião* está oficialmente encerrada — declara Brennan, o olhar fixo em nossa mãe. — Os ninhos de vocês *não* estão correndo perigo, e nossa legião precisa proteger o nosso. — Ele leva uma mão ao coração. — E falo isso com toda a sinceridade do mundo. Recusamos a oferta de paz que fizeram e aceitamos a guerra com alegria, já que parece que não vão sobreviver mais duas semanas para lutar nela.

Ele se vira e vai embora, deixando nossa mãe encarando as costas dele boquiaberta.

Então, no fim, é só isso? Com Suri e Kylynn na floresta atrás de nós, a Assembleia de fato tem um quórum mínimo, mas Xaden ainda não se pronunciou.

— Certo. — Xaden assente, a tensão retesando os músculos de seu pescoço. — Se eu fosse vocês, começaria tentando convocar todos os aliados que ajudaram vocês a vencer a Grande Guerra... Ah, esperem. Vocês cortaram o contato com eles há séculos. Imagino que isso seja mesmo um adeus.

Ergo o olhar para ele e rapidamente controlo as feições para esconder minha surpresa. Vão mesmo deixar que todos morram. *Nós* vamos deixar que todos morram.

A fúria cintila nos olhos estreitos de Melgren.

— Acabamos por aqui. Diga adeus do seu jeito — ele informa a minha mãe antes de nos deixar no campo.

Anda em direção às árvores e Codagh vai com ele, esgueirando-se para trás e arreganhando os dentes em um aviso claro de que ninguém deveria ser tolo o bastante para atacar seu cavaleiro pelas costas.

Todos os cavaleiros de Navarre o seguem, exceto minha mãe.

— Brennan — minha mãe sussurra outra vez, os ombros encolhidos, cobrindo a boca com a mão.

Os olhos dela se enchem d'água, e a dor que vejo ali me faz desviar o olhar.

Nossos cavaleiros rapidamente montam, deixando apenas Xaden, Mira e eu naquele campo.

— Por que queria ver Violet e Mira? — pergunta Xaden, o tom dele sem qualquer empatia.

— Ele está vivo? — pergunta mamãe a Mira, a voz fraca pelo que ainda acredito que seja choque.

— Óbvio — responde minha irmã, cruzando os braços.

O olhar de mamãe se volta para mim como se eu pudesse dar uma resposta diferente.

— Foi ele que me regenerou depois que levei a facada da venin no corpo.

Ela pisca, os olhos atentos.

— Você sabem disso há *meses*?

— É meio horrível ser deixada no escuro, né, mamãe? — retruca Mira. — Receber mentiras, talvez até mesmo traições, da sua própria família.

— Mira — repreendo.

— Ela também sacrificou você, Violet — Mira me lembra. — Talvez tenha te colocado na Divisão dos Cavaleiros para poupar você de ser morta como escriba depois que descobrisse a verdade, ou talvez fez isso porque queria matar você antes que descobrisse a verdade e destruísse o precioso instituto militar por dentro. — Ela olha de soslaio para mim. — Que, no fim, foi o que você fez, caso não se lembre.

Mamãe endireita os ombros e levanta o queixo, recompondo-se com uma velocidade estonteante e invejável.

— Preciso conversar a sós com minhas filhas — diz a Xaden.

Ele arqueia a sobrancelha com a cicatriz e olha para mim, querendo saber a minha decisão.

Aceno que sim. Se o que Melgren diz for verdade e ela for chamada para o fronte, talvez seja essa a última vez que verei minha mãe. Esse pensamento embrulha meu estômago. Uma coisa é abandoná-la, romper todo o contato que tinha com ela, e outra completamente diferente é deixá-la para *morrer*.

Xaden se afasta sem mais nenhuma palavra, movimentando-se apenas para virar de costas assim que passa pelas garras de Tairn.

— O que você quer? — pergunta Mira.

— Não sei se isso importa neste instante. — Mamãe desabotoa a jaqueta de voo com dedos trêmulos. — Mas o que mais quero, o que sempre quis, é que meus filhos continuassem vivos. Seja lá quais égides vocês tenham erguido seguindo as instruções do diário de Warrick, elas vão fraquejar.

Mira fica rígida.

— Nossas égides estão ótimas.

Ela mente tão facilmente quanto Xaden.

— Não estão. — Mamãe nos passa um sermão inteiro só com um único olhar. — Abram o corpo dos wyvern que morreram ao atravessar a fronteira ontem.

Fico boquiaberta.

— Acha mesmo que não sei das atividades que acontecem na fronteira de vocês, Violet? Que não tenho conhecimento de onde minhas filhas… meus filhos estão? — Ela balança a cabeça e me lança um olhar rápido e cortante que me faz imediatamente sentir como se tivesse cinco anos de novo. Então se vira para Mira. — Você se lembra de como estavam as carcaças dos wyvern em Samara? As que Riorson entregou com tanta bondade?

Mira assente.

— As pedras usadas para criá-los eram apenas pedras frias com marcações.

Pedras? Os dominadores das trevas usam *runas*?

— Sim. Eu estava lá — responde Mira, afiada.

— Se não acreditam em mim, então verifiquem os wyvern que mataram ontem.

— E o que fazemos depois? — pergunto.

— Consertem as égides que teceram. — Ela tira um caderno da jaqueta e eu arregalo os olhos ao reconhecê-lo. — Se não fizerem isso, vão se deteriorar com o tempo e ser reduzidas a nada. O pai de vocês me disse uma vez que a pesquisa dele mostrava que Warrick nunca quis que mais ninguém tivesse poder sobre as égides. Queria que Navarre estivesse numa eterna vantagem. Lyra, porém, defendia que esse conhecimento precisava ser compartilhado.

— Warrick mentiu — sussurro.

Mas ele mentiu em *quê*, exatamente?

Ela me entrega o diário que fui torturada por roubar e então parece prender minha alma com a intensidade do seu olhar.

— Você tem o coração de um cavaleiro, mas a mente de um escriba, Violet. Confio que não vai proteger só a si mesma, mas também Mira e… — ela engole em seco —, e Brennan.

Abro o diário parcialmente, apenas para me certificar de que o idioma é morrainino. Meu coração afunda por um segundo, mas fecho o diário, abro os botões da jaqueta e o enfio dentro do bolso interno. Traduzir esse aqui será tarefa exclusiva de Jesinia. Morrainino é uma das línguas mortas que eu *não* sei ler.

Mamãe olha saudosa por cima do meu ombro e depois dirige o mesmo olhar para Mira, voltando-o para mim.

— Vocês não precisam entender as escolhas que fiz. Só precisam sobreviver. Amo vocês o bastante para aguentar o peso da decepção que sentem por mim.

Antes que uma de nós possa responder, ela nos dá as costas e passa por Aimsir, entrando na floresta.

— Acha que ela está inventando? — pergunta Mira.

— Acho que os paladinos conseguem usar seus poderes.

— É verdade.

No voo de volta a Aretia, Mira e eu nos afastamos da formatura e seguimos para a carcaça de wyvern mais próxima dentro das nossas fronteiras. Xaden continua firme em sua declaração de lição dada, lição aprendida, e não discute quando nós nos separamos da legião.

Demoramos meia hora (e um pouco de criatividade com a faca de Mira), depois de localizarmos um par de corpos de wyvern, para tirar de suas entranhas um pedaço polido do que aparenta ser ônix, marcado por uma runa complexa que eu sequer conseguiria pensar em replicar.

E aquela porcaria está zumbindo.

Ah, *merda*. Foi por isso que wyvern reapareceram de repente? Alguém deu runas para os venin?

E, como se a pedra invocasse seu parceiro, a carcaça a seis metros de distância estremece, e nossas cabeças se viram na direção do olho dourado gigante que se abre.

— Nem fodendo — sussurra Mira, desembainhando a espada.

No entanto, já abri os portões para o poder de Tairn, e, quando estendo as palmas das mãos, o poder se liberta, desencadeado pelo meu pânico. O relâmpago ressoa, causando um branco na minha visão e acertando bem no alvo.

A explosão me lança para trás junto com Mira, arremessando-nos contra o corpo gelado e rígido do wyvern atrás de nós. A dor ondula pela minha coluna, mas tudo parece estar no devido lugar quando caio no chão de bunda ao lado da minha irmã.

Ficamos as duas sentadas ali, em silêncio, observando o wyvern fumegando em busca de movimentos.

— Certeza que os raios matam essas coisas? — pergunta Mira, depois que alguns minutos tensos decorrem.

— Certeza — respondo. — Graças a Dunne que os dominadores das trevas não ficaram tempo o bastante por aqui para ver isso.

O penhasco estaria cheio de wyvern voltando à vida.

Ela vira a cabeça lentamente para olhar para mim, ainda de olho no corpo.

— Sem pressão, mas, se você não descobrir sobre o que Warrick mentiu, estamos todos fodidos.

Ah, sim, porque eu fiz um trabalho bem bom da primeira vez mesmo. E sequer entendo morrainino. Preciso depender de Jesinia completamente para traduzir e comparar os diários. Respiro fundo, trêmula.

— Claro — respondo. — Sem pressão.

Os ninhos em Basgiath são o maior recurso da nossa geração... e também nossa maior fonte de risco.

— Diário de Warrick de Luceras.
Traduzido por cadetes Violet Sorrengail e Dain Aetos

CAPÍTULO CINQUENTA E OITO

— Teimoso do caralho — resmungo, virando o corpo na frente do auditório e seguindo para a área de treinos.

Conversar com Brennan não adiantou nada na última semana, e a dispensa rápida e efetiva que ele fez da minha súplica genuína para que reconsiderasse a posição da Assembleia diante do problema de Samara só ferve ainda mais meu sangue.

Abro as portas com mais força do que o necessário e encontro o ginásio de treino tão vazio quanto o esperado às dez da noite de um final de semana, a iluminação fraca das luzes mágicas pairando acima de cada tatame individual.

Xaden está no tatame no centro do ginásio, os pés afastados e os braços cruzados, usando o uniforme de treino e aquela máscara de indiferença cuidadosamente criada pela qual ele é conhecido.

— Achei que você estivesse zoando quando recebi o bilhete — digo, fechando a porta atrás de mim, concentrando-me na fechadura e virando a mão no ar para canalizar poder o bastante apenas até ouvir o ferrolho do mecanismo se trancar com um clique satisfatório. — Não vejo você faz uma semana e é aqui que quer me encontrar?

Ele fora enviado para monitorar Draithus logo depois da nossa volta de Athebyne.

— Imaginei que fôssemos brigar. Que outro lugar seria melhor para isso do que o ginásio de treino? — questiona ele, completamente imóvel, esperando que eu vá até ele.

As espadas que sempre carrega não estão com ele, mas duas adagas estão embainhadas em seu quadril.

— Você agora tem um quarto com égides — eu o lembro, subindo ao tatame.

Apesar de não ter tanta certeza assim de que aquelas égides são fortes, considerando que nosso método de tecer égides em Aretia sofreu falhas óbvias.

— *Nós* temos um quarto com égides — ele me corrige, o olhar que me lança percorrendo meu corpo de forma sedenta enquanto caminho em frente, parando a apenas alguns metros dele.

Não posso culpá-lo porque faço exatamente a mesma coisa, examinando cada detalhe de sua aparência. Quer eu esteja quer não com raiva da última revelação que me fez, senti saudades dele por cada minuto de sua ausência, como sempre.

— Pelo que, exatamente, vamos brigar? Porque a Assembleia votou para deixar Navarre se virar? Ou pelo segredo que você escondeu de mim *outra vez*?

Ele flexiona a mandíbula.

— Foi dessa forma que a maioria votou depois que retornamos, e, apesar de os detalhes serem confidenciais, vou quebrar essa regra para dizer que eu estava na parte *perdedora*.

— Ah. — A parte mais afiada da minha raiva fica embotada. — E você prefere discutir o segundo problema aqui mesmo? Num lugar em que qualquer um pode entrar e nos ouvir?

— *A não ser que exista um inntínnsico em pleno domínio de suas habilidades por perto, ninguém vai nos ouvir assim.* — Ele gesticula na direção do ginásio vazio. Estendendo a mão, faz um gesto para mim com o dedo. — Vem. Eu sei que você está com raiva, e não, não preciso da conexão entre nós dois para saber disso. Está estampado na sua cara, no franzir dos seus lábios e na tensão dos seus ombros.

Relaxo a postura de propósito.

— Você tem razão, *não* precisa da conexão.

— Viu? Ainda está com raiva.

Ele se move tão rapidamente que mal tenho a chance de erguer as mãos antes de ele me passar uma rasteira.

Merda.

Ele cai junto comigo, aparando minha queda com uma mão, segurando o próprio peso com a outra. Pode ser que eu não tenha perdido o fôlego, mesmo assim tenho dificuldade de respirar. Apoio as mãos no peito dele, o rosto de Xaden a apenas centímetros do meu, preenchendo minha visão, bloqueando todo o resto do mundo.

— Não vou treinar com você.

— Por quê? — Ele franze o cenho. — Arrumou um professor melhor? Ouvi dizer que Emetterio vem ensinando toda uma variedade de novas técnicas, já que os venin se adaptam ao nosso estilo de luta bem rápido.

— Ele está mesmo. Mas não vou treinar com você porque quero *muito* te dar uma surra.

Balanço a cabeça, minha trança raspando no tatame embaixo de mim.

— Ah, você acha que consegue me machucar. — O sorriso lento que abre me faz semicerrar os olhos.

Mexo uma mão e tiro uma adaga da bainha nas minhas costelas, colocando-a contra a pele quente do pescoço dele, bem ao lado das linhas em redemoinhos da relíquia.

— Não preciso nem me dignar a responder esse tipo de comentário.

Ele que se foda. Abaixo os escudos de propósito para que ouça o que acabei de pensar.

Os olhos de Xaden faíscam com algo que parece orgulho, e ele se inclina sobre a lâmina.

Eu me afasto só o bastante para não tirar sangue dele.

Acho que nós dois acabamos de provar nossos próprios argumentos.

— Você é capaz de me ferir de jeitos que sequer imagina, Violet — sussurra ele. — Posso ter a habilidade para desferir um golpe mortal, mas só você tem o poder de me *destruir*. — Ele tira a mão de detrás das minhas costas para ajudar a amparar o próprio peso. — Agora, podemos conversar aqui ou podemos ir ver se Sgaeyl e Tairn já acabaram de brigar e querem voar pela tempestade de neve até o pico vazio mais próximo; mas não se engane, vamos ter que resolver isso.

Deslizo a lâmina de volta para a bainha, levando a mão ao peito dele.

— No tatame?

O coração dele bate sob a ponta dos meus dedos, firme e forte, diferente do meu, que parece rufar feito um tambor. Tive uma semana inteira para processar tudo, uma semana para desejar que ele estivesse por perto, para poder gritar com ele, mas também uma semana em que pude repensar todos os motivos lógicos para ele não ter me contado.

O motivo principal sendo que ele tem apego à própria vida.

— No quarto é que não vai ser — responde ele, os joelhos separando os meus. — Não brigamos por lá.

— Desde quando?

Essa é a coisa mais ridícula que já ouvi. É o único espaço particular que temos na casa inteira.

— A partir de agora. Acabei de inventar essa regra. Sem brigas no quarto.

— Não é assim que as coisas funcionam.

— É sim — insiste ele, baixando o olhar para a minha boca. — Vamos fazendo as regras conforme elas são necessárias. Vai, sua vez, faz uma também.

— Uma regra?

Puxo minha perna para cima, apoiando um pé no chão para ter mais firmeza caso queira, mas o movimento também faz minha coxa roçar a lateral do quadril dele, e o efeito é quase imediato, invocando um anseio para algo que ele está na posição perfeita para saciar.

— Qualquer uma.

— Sem mais segredos. Chega dessa palhaçada de *me pergunte*. Chega de testar o outro para ver quem está comprometido com esse relacionamento ou não. Vamos ser completamente sinceros um com o outro… — Respiro fundo, examinando as lascas douradas nos olhos dele, só para o caso de essa ser a última vez. — Ou é melhor encerrarmos tudo aqui.

— Feito.

— Estou falando sério. — Minhas mãos sobem pelo peito dele, chegando à junção entre o ombro e o pescoço. — Mesmo sabendo que você tinha razão. Eu não estava fazendo as perguntas certas porque estava com medo das respostas… e talvez ainda esteja, considerando o fato de que você nunca se abre comigo por completo. Quase todo mundo na minha vida escondeu segredos de mim porque não fiz as perguntas *certas*, não investiguei mais a fundo do que o que me foi dito. Sei que vão existir momentos em que você não vai poder ser completamente honesto comigo, faz parte da nossa vida enquanto cavaleiros, mas preciso que pare de criar armadilhas feitas para que eu fracasse ao insistir nessa coisa de descobrir o que *existe* para perguntar.

— Feito. — Ele assente. — Eu só…

Um músculo na mandíbula dele trava.

— Você só…? — Meus dedos sobem pelo pescoço quente dele, acariciando seu cabelo.

— Preciso saber que você vai estar aqui. Que, não importa o que aconteça, você vai voltar para podermos conversar, ou mesmo brigar, até nos resolvermos.

O olhar dele desce até minha boca e depois avalia minhas feições.

Meu coração fica apertado e eu desço as mãos pelo peito dele, por suas costelas, até as costas, e seguro firme.

— Feito — concordo.

A ruga entre as sobrancelhas dele se alisa.

— Eu preciso que *você* saiba que, não importa que tipo de informação eu esteja escondendo, você pode confiar em mim e me amar o bastante para saber que eu nunca deixaria que essa informação te machucasse. Eu não sou a pessoa mais fácil do mundo, mas aprendi minha lição, acredite em mim. Mesmo que seja confidencial, não vou mais esconder nenhuma informação que possa afetar sua habilidade de fazer escolhas. — Ele engole em seco, equilibrando o peso em um braço, passando o dorso da mão livre pela minha bochecha. — Preciso saber que você não vai fugir, que saiba que nunca vai precisar fugir.

— Eu te amo — sussurro. — Mesmo que você virasse meu mundo de ponta-cabeça, eu ainda te amaria. Mesmo que você escondesse segredos de mim, fizesse uma revolução e me frustrasse pra um caralho, mesmo que você provavelmente me *arruinasse*, eu ainda assim te amaria. Não consigo parar de te amar. E não quero parar. Você é a minha gravidade. Nada no meu mundo funciona se você não estiver nele.

— Gravidade — sussurra ele, um sorriso lindo se esparramando lentamente por sua boca.

— A única força da qual ninguém consegue escapar — provoco, e meu sorriso se esvai de repente. Ergo as sobrancelhas para ele. — Mas estou falando sério. Você precisa se abrir comigo por completo, ou nem todo o amor do mundo vai conseguir sustentar essa relação. Eu sou o tipo de pessoa que *precisa* de informação para me centrar.

— Feito — sussurra ele. — Quer saber sobre meu pai? Meu avô e Sgaeyl? A rebelião?

Talvez algo mais fácil.

— Onde está sua mãe?

Ele se sobressalta, mas rapidamente mascara o reflexo.

— Ninguém fala sobre ela — continuo. — Nunca vi nenhuma pintura ou referência a ela estar presente nas execuções em Calldyr. Nada. É como se você tivesse nascido de chocadeira.

O momento se estende entre nós dois.

— Ela foi embora quando eu era menino. O contrato de casamento deles estabelecia que um herdeiro precisava sobreviver até os dez anos, e depois disso ela estaria livre para partir. Foi o que fez. Nunca mais vi ou ouvi falar dela.

A voz dele soa como se estivesse sendo triturada por cacos de vidro.

— Ah. — Espalmo as mãos no peito dele. — Sinto muito.

Agora eu me sinto horrível por ter perguntado.

— Eu não sinto. — Ele dá de ombros. — O que mais quer saber? Porque não sei se aguento isso outra vez. Não sei se aguento passar por meses de incerteza e lutar para ganhar sua confiança, sem saber se arruinei a única coisa que importa de verdade na minha vida. — Ele fecha os olhos rapidamente. — Não que eu não fosse passar por isso, se for o que você precisa.

— *Quando foi que se manifestou?* — pergunto, através de nossa conexão mental, levando a mão ao pescoço dele. — *Seu segundo sinete?*

— *Cerca de um mês depois que as sombras apareceram. Já tinha visto Carr matar outro primeiranista por ler mentes, então, quando apareceu, eu me controlei e fui até Sgaeyl. Quando Carr perguntou se eu tinha percebido alguma outra habilidade estranha surgir, porque eles sabiam que Sgaeyl tinha se unido a um dos meus parentes anteriormente, menti na cara dura. E, quando minha habilidade de controlar sombras pareceu mais forte do que eles esperavam, não tinham motivo para continuar procurando.* — O canto de sua boca forma um sorriso torto. — *Ajudou o fato de que o cavaleiro registrado no arquivo foi nomeado como meu tio-avô, e não meu avô.*

— *Ela é a única que sabe de verdade?*

— *Sim. Ela me fez prometer que eu nunca contaria a ninguém. Acha que qualquer um que descobrisse ia me mandar me matar… ou me usar como arma.*

— *Merda, não foi exatamente isso que eu fiz?*

No segundo em que estávamos com Melgren, perguntei…

— Não — ele sussurra, erguendo a mão e fazendo carinho na minha bochecha com os nós dos dedos. — Você me perguntou pelo bem da missão, mas nunca usaria essa informação para uso pessoal. — Ele se inclina mais, descansando a testa na minha. — Me diga que está tudo bem. Me diga que não foi isso que nos quebrou.

— *Prometa que você não vai usar isso em mim de novo.*

Sustento o olhar dele, fechando os dedos no tecido de sua camiseta.

— Prometo — sussurra ele em voz alta, me dando um beijo terno em seguida. — Agora você quer seus presentes?

— Presentes? — Arqueio meu corpo contra o dele.

— Você perdeu duas adagas lutando com Solas. Mandei fazer duas novas. — Um sorriso lento se esparrama pelo rosto dele. — Você só precisa me desarmar e serão suas.

Deslizo a mão pelo peito dele e faço exatamente isso.

***

Dezenove de dezembro. Escrevo a data na folha de pergaminho em branco no meu caderno e continuo encarando a página. Estamos a dois dias do solstício, e ainda assim a Assembleia não cedeu. No entanto, são só oito horas de voo até Samara, e estou torcendo mais do que nunca para que façamos a coisa certa.

— Descobriu algo no diário de Lyra? — pergunta Rhiannon, enquanto se senta ao meu lado em Preparo de Batalha.

Quase todas as cabeças no nosso esquadrão se viram na minha direção, o peso da expectativa de todos ali formando um caroço em meu estômago. Ouço a mesma pergunta todos os dias e ainda não tenho resposta para ela.

— Já falei, assim que ela terminar eu aviso.

Foi necessário só um dia inteiro de frustrações ao tentar traduzir o diário antes de entregá-lo a Jesinia.

Pego o conduíte novo da mochila e o largo em meu colo. Felix forneceu um desses para cada aluno do segundo e terceiro ano na semana passada, e eles também seguram os deles, todos os cavaleiros imbuindo o próprio pedaço brilhante de liga metálica usado em adagas a cada segundo livre e usando cada faísca de energia que ainda tem. O meu conduíte, porém, tem uma adição especial, que pedi depois da batalha com Solas: uma faixa para fazer de pulseira, para que eu não o perca durante o combate. A faixa é longa o bastante para permitir que a esfera se encaixe em minha mão, mas também fica presa ao meu braço caso eu precise das mãos para um combate corpo a corpo.

Os paladinos vêm trabalhando em entalhar pontas de flecha de maorsita cintilante para encherem suas aljavas, também.

Duas semanas depois do encontro com Melgren, a atmosfera ali mudou de instituto militar para simplesmente *militar*. Existe uma energia irrequieta dentro da casa que me lembra a tensão no ar antes de uma tempestade. Todos os alunos do segundo e terceiro ano estão fazendo aulas de runas, e até eu preciso admitir que Cat ainda é a melhor no nosso ano. Ela é a única que consegue fazer uma runa de rastreio, capaz de rastrear a runa de *outra* pessoa. *Brilhante*.

Nossa forja brilha sem parar, produzindo armas, e todos os cavaleiros foram convocados dos entrepostos na costa e redirecionados à região das fronteiras, tanto com Navarre quanto com Poromiel.

— Silêncio! — ordena a professora Devera, do centro do palco, quando Brennan se junta e ela, e o anfiteatro rapidamente se cala. — Muito melhor.

Ridoc coloca os pés na cadeira na frente dele e Rhiannon dá um tapão nele, lançando um olhar de *comporte-se ou vai pagar caro*.

— Que foi? — resmunga ele, endireitando a postura. — Você ouviu a lista de mortes na última semana. Não temos mortes para discutir.

— Como a maioria já sabe, não temos nenhum novo ataque a reportar — começa Devera, e Ridoc lança um olhar de *eu disse* para Rhi, erguendo as sobrancelhas. — Mas o que temos é um mapa atualizado que acreditamos ter quase total confiabilidade, graças às patrulhas de voo.

Ela se vira para o mapa gigantesco do Continente e levanta as mãos. As bandeirolas vermelhas começam a se mexer num padrão inegável, saindo dos últimos fortes e se juntando ao leste.

A maior parte se acomoda do outro lado da fronteira de Samara, com algumas outras bandeiras vermelhas esparramadas pela nossa fronteira.

— Foram embora de Pavis — comenta Ridoc, inclinando-se para a frente.

— Foram embora... de todo o sul — acrescenta Sawyer. — E de boa parte da fronteira tyrrica também.

O norte, com as províncias de Cygnisen e Braevick, ainda está salpicado de bandeirolas vermelhas.

— Mas Zolya não — suspira Maren, alguns assentos à esquerda.

Cat crispa os lábios ao lado dela.

Eles obviamente não sabem que nossas égides não estão totalmente operacionais.

— O que podemos deduzir dos movimentos relatados? — pergunta Devera, virando-se para nos encarar.

Brennan cruza os braços, olhando para os pés antes de erguer o olhar. Eu conheço aquele olhar. Ele está se sentindo culpado.

Ótimo.

— Estão se preparando para a batalha que Melgren previu — responde um cavaleiro da Terceira Asa.

Ao menos a Assembleia não manteve em segredo o pedido de Melgren. Só ocultaram os votos individuais sobre agir a favor ou contra.

— Concordo — diz Devera, assentindo na direção dele. — É difícil obter uma contagem precisa, mas estimamos mais do que quinhentos wyvern. — Ela lança um olhar para Brennan, e, quando ele não se pronuncia, ela continua: — E existem dominadores das trevas entre eles.

Uma série de palavrões se ouve em murmúrios dentro da sala.

— E por que não estamos nos preparando para a batalha? — pergunta alguém da Primeira Asa.

— Porque somos mesquinhos — retruca Quinn, atrás de mim.

— O que disse, cadete? — Devera chama atenção dela.

Quinn se remexe no assento, mas, quando olho para trás, vejo que está de queixo erguido.

— Disse que é porque somos mesquinhos — repete ela, mais alto.

— Falou tudo — murmura Rhi.

Brennan pigarreia.

— Não estamos nos preparando para a batalha porque a Assembleia votou e decidiu que o número de baixas entre cavaleiros e paladinos seria alto demais. Uma batalha desse tamanho poderia chegar a aniquilar nossas forças e deixar o resto do Continente vulnerável.

Balanço a cabeça. Esse raciocínio me parece familiar a nós.

— Alguns de nós têm família em Navarre — responde Avalynn, na fileira à minha frente, com os outros primeiranistas do nosso esquadrão. — Devemos ficar sentados esperando a notícia da morte deles chegar?

— Eles deveriam ter ido embora — retruca um cavaleiro de algum lugar da Segunda Asa.

— Nem todo mundo consegue abandonar a própria vida e se mudar só por causa de uma guerra, seu babaca elitista — rebate Avalynn, a voz se elevando.

O argumento dela é válido, e os murmúrios de concordância nas Asas se elevam, tanto em volume quanto em número.

— *Não* é para isso que serve a aula de Preparo de Batalha! — grita Devera.

Ficamos em silêncio, mas a energia na sala muda, e não é para algo mais positivo.

— Vamos pensar nisso de outra forma — sugere Brennan. — Se vocês fossem Melgren, o que estariam fazendo neste instante?

— Cagando nas calças — responde Ridoc.

Brennan esfrega o nariz, impaciente.

— Fora isso…?

— Fortalecendo as égides — sugere Rhiannon. — Desde que permaneçam fortes, isso tudo é só um plano vazio da parte do inimigo.

— Seu argumento é excelente, cadete Matthias. — Brennan assente.

— Então ele precisa escolher entre armar as próprias forças e manter o suprimento de poder concentrado no arsenal? — Essa pergunta vem de alguém da Primeira Asa.

— Outro argumento excelente — concorda Brennan. — Qual é o problema em armar os soldados?

— Espalhar as adagas diminui a eficácia delas como fonte de poder para as égides — responde Rhiannon. — Mesmo que a energia não esteja sendo gasta para aniquilar, ativamente, os dominadores das trevas, as égides ainda assim ficam mais fracas.

— Correto. — Brennan olha para mim. — E o que você faria se essa decisão fosse sua, cadete Sorrengail?

— Fora ir à luta para defender civis inocentes? — disparo.

As palavras saem da minha boca antes que eu possa pensar duas vezes em enfrentar meu irmão em público.

— Se você fosse Melgren, no caso. — Ele inclina a cabeça, e, por aquele olhar, sei que vou receber o maior sermão da história depois dessa aula.

Estudo o mapa por um instante.

— Teria tirado todas as adagas dos entrepostos na costa para reforçar e aumentar os suprimentos dos entrepostos fronteiriços. Eles ficariam impotentes assim que atravessassem as égides. Os wyvern morreriam. Venin não teriam poder para canalizar. Isso resumiria a guerra a um combate corpo a corpo…

— Ou de artilharia — acrescenta Cat.

— Exatamente — digo, olhando para ela e assentindo. — Desde que as forças navarrianas consigam repelir fisicamente os dominadores das trevas e impedir que esparramem o suprimento de poder no arsenal, então não existiria um perigo real de invasão.

— E este é o meu argumento — completa Brennan.

— Mas Melgren previu que seriam derrotados — diz um paladino da Segunda Asa.

— Vamos seguir essa linha de pensamento. — Devera gesticula para o mapa. — Caso as égides em Samara fraquejem, o que vai acontecer?

— Os inimigos teriam o caminho desobstruído até o ninho — alguém responde.

— Não — eu corto. — Essa parte das égides voltaria a ter a distância natural, um raio de cerca de três ou quatro horas de voo de Basgiath, assim como as nossas. Os suprimentos de poder nos entrepostos servem para estender as égides, e não criar novas, então, por mais que um pedaço grande de Navarre fique desprotegido…

Piscando, aturdida, encontro o olhar do meu irmão.

Ele assente.

Melgren estava blefando, contando com o fato de que não entenderíamos completamente como as égides funcionam. Usou uma estratégia para nos assustar e nos obrigar a ajudá-los a lutar.

— Quer concluir esse pensamento, cadete? — pergunta Devera.

Minha mente entra em um turbilhão, meu coração entalado na garganta. Encaro o mapa, a linha fina da fronteira que permanece impenetrável pelo que parece ser uma legião do inimigo impossível de derrotar, e um pensamento tão assustador que mal consigo compreender começa a me dominar.

— De quando é essa informação?

— Perdão? — Devera ergue as sobrancelhas.

— Quanto tempo faz que estão parados na fronteira? — esclareço, as unhas enterrando nas palmas da mão, que fecho em punhos, tentando afastar o medo que ameaça me consumir.

Ela olha para Brennan.

— Estão lá faz três dias — responde ele. — O relatório dessa manhã confirma que não se mexeram.

Ah, *deuses.*

— *Precisamos agir imediatamente* — retumba a voz de Tairn na minha cabeça.

Enfio tudo na mochila enquanto Devera chama outro cavaleiro para responder uma pergunta.

— O que está fazendo? — pergunta Rhi, num sussurro, e noto que quase todo o meu esquadrão se virou para me observar.

— Preciso encontrar Xaden. — Jogo a mochila por sobre o ombro e passo os braços pelas alças, já pronta para ficar em pé. — O ataque não vai ser em Samara.

— Certo. — Rhiannon guarda as próprias coisas, o resto do esquadrão acompanhando a liderança. — Vamos com você.

Não temos tempo de discutir, então assinto e saímos da sala, e Devera grita protestos atrás de nós, mas o barulho é abafado pelo rugido do sangue pulsante em meus ouvidos, os pensamentos em espiral cada vez mais velozes.

O corredor está relativamente vazio, já que todos os cadetes estão na aula, então faço uma saída rápida até a ala leste da casa.

— *Cadê você?* — pergunto através de nossa conexão mental.

— *Em uma reunião de estratégia na câmara da Assembleia* — responde Xaden. — *Por quê?*

— *Estou indo até aí. Preciso de você.*

Passamos pela porta da sala de história e voltamos ao salão principal.

— Alguém vai nos contar o motivo de termos saído da aula do nada? — pergunta Cat, alguns passos atrás de mim.

— Violet está fazendo aquela cara — explica Rhiannon, andando ao meu lado.

— A mesma de antes da Batalha dos Esquadrões no ano passado — comenta Sawyer.

— Ela sabe de alguma coisa, e, pela nossa experiência, o melhor é só aceitar e seguir o baile — termina Rhiannon.

Xaden sai da câmara da Assembleia e vem direto até mim, nos encontrando no meio do corredor.

— O que aconteceu?

— Não é com Samara que precisamos nos preocupar.

— Por quê? — Ele mantém os olhos fixos em mim, apesar dos meus colegas de esquadrão estarem irrequietos ali.

— Porque eles estão lá sentados *à espera* — explico. — Estão esperando faz três dias. Pelo quê?

— Se eu soubesse a linha de raciocínio deles, já teria acabado com essa guerra — responde ele.

— Melgren disse que eles serão atacados no solstício. Isso é depois de amanhã.

Deuses, vamos precisar agir bem rápido.

Ele assente.

— Os wyvern não vão tentar derrubar as égides em Samara. Não conseguem ultrapassá-las lá. Além do mais, hordas menores foram mexidas ao longo da fronteira. Acho que Samara é só uma distração. Acho que estão esperando que *todas* as égides falhem.

Os olhos dele faíscam por um instante.

— A batalha não pode acontecer em outro lugar — argumenta Sawyer. — Melgren teria previsto.

— Não se estivermos lá — rebate Sloane. — Melgren não consegue prever o resultado se três de nós estivermos presentes, lembra?

Ela ergue o antebraço, onde sua relíquia brilha embaixo da manga.

— Precisamente — reforço, as unhas enterrando na palma da mão. — Ele não consegue prever a luta real se estivermos lá. Mandou todas as forças se concentrarem em Samara, mas na verdade elas deveriam estar…

— Em Basgiath — complexa Xaden, os olhos procurando por algo nos meus. — No Vale.

— Sim.

— Então a ideia é voltar? — pergunta ele.

— Claro que sim — responde Ridoc.

— Eu não estava perguntando para você. — Xaden sustenta meu olhar. — Você quer voltar?

Se eu quero? Navarre mentiu para o seu povo, para *nós*, por seiscentos anos.

— Eles nunca viriam nos ajudar — atesta Sloane.

— Definitivamente nunca nos ajudaram — concorda Cat.

Deixaram que civis poromieleses morressem diversas vezes enquanto estavam protegidos e seguros atrás das próprias égides, colocando uma venda sobre a vida dos cidadãos navarrianos.

— Os ninhos estão lá — argumenta Rhiannon.

— E nós temos o nosso aqui — contrapõe Trager.

Ao menos acho que a voz que escuto é a de Trager, já que não desvio o olhar de Xaden.

Ele é o chão firme sob meus pés enquanto minha mente rodopia mais e mais rápido, meus colegas de esquadrão disparando opiniões contraditórias que parecem acompanhar meus próprios pensamentos.

— Minha família está em Morraine — suplica Avalynn.

As vozes atrás de mim se tornam um borrão quando uma discussão de verdade começa.

— *Precisaríamos partir quase imediatamente* — diz Xaden, a voz dele interrompendo todo aquele ruído.

— *Eles mentiram para nós. Executaram seu pai. Me torturaram.* — Eu me obrigo a parar de contar as transgressões deles antes que dominem minha mente.

— *Sim.*

— *Não consigo parar de pensar nos cadetes da infantaria, nos médicos e até mesmo nos escribas. Pessoas como Kaori ficaram para trás, pessoas que só queriam defender o próprio lar.*

Estendendo a mão, seguro os braços dele para continuar no lugar enquanto a briga parece se alastrar ao nosso redor, e fico com a impressão distinta, pelo aumento no volume de vozes, de que não somos mais o único esquadrão aqui.

— *Sim.*

— Se não formos até lá, não somos melhores do que eles, deixando civis para morrer enquanto poderíamos ser as armas que poderiam salvá-los — digo em voz alta, apertando-o com mais força.

— Você quer lutar? — pergunta ele, inclinando-se mais para baixo, e a briga ao nosso redor diminui. Todos provavelmente estão esperando para ouvir o que vou dizer a seguir. — Basta que me peça e eu consulto isso na Assembleia. E, se eles não apoiarem, nós iremos com quem mais quiser ir. Vou para onde quer que você vá.

O pensamento de arriscar meus amigos, arriscar perdê-los, revira meu estômago. Não quero colocar Tairn e Andarna em perigo. Prefiro morrer a colocar a vida de Xaden em xeque. Mas será que existe uma escolha a ser feita aqui? Ir é um risco de morte, mas ficar é um risco de nos transformarmos em nossos inimigos.

— Nós precisamos ir — declaro.

Não comemos nossos aliados.

— Adendo pessoal de Tairn ao Livro de Brennan,
como citado pela cadete Violet Sorrengail

CAPÍTULO CINQUENTA E NOVE

— *Eu consigo sozinha* — argumenta Andarna, três horas depois, enquanto os cadetes se apressam para entrar na formatura improvisada e não autorizada no centro do vale.

— É um voo de dezoito horas — eu a lembro, verificando todas as junções da nova coleira. Graças aos deuses ela só tem metade do tamanho de Sgaeyl, então Tairn ainda consegue carregá-la. — Respeito sua decisão de vir conosco, mas esse é o único jeito.

Ela só consegue voar durante uma ou duas horas até começar a ter câimbras no músculo da asa.

— *E acha que eu deveria ser levada como um filhote?* — Ela sopra um fiapo de fumaça enquanto ando embaixo dela, encaixando os dedos entre as escamas e o metal liso que a segura pelos ombros.

— Acho que Tairn consegue aguentar seu peso. Você pode voar até se cansar ou atrasar a legião, mas vestir a coleira para se encaixar rapidamente em Tairn é a única condição inegociável para que venha junto com a gente. Não vou arriscar que fique para trás se sair da formação. — Puxo o aço só para ter certeza de que não vai ceder como o meu fez quando voamos para Basgiath no último verão. — Sei como é. Você não quer ser carregada. Às vezes eu também não quero voar numa sela, mas é o que eu preciso fazer para voar. A escolha é sua. Pode vir de coleira ou ficar aqui.

— *Dragões não obedecem humanos* — ela diz, empertigando-se e endireitando a postura.

— *Não, mas devem obediência aos mais velhos* — grunhe Tairn, flexionando as garras na grama verde ao nosso lado.

— *Só o mais velho da nossa casta* — rebate ela enquanto saio de debaixo dela.

Tomo cuidado para não pisar na jaqueta de voo e pego as coisas que deixei no chão. Está quente demais aqui no vale para me vestir de acordo com a realidade do clima de dezembro.

— Claro, vamos só perguntar a Codagh rapidinho o que ele acha — respondo, sarcástica, dando um pulo para trás quando um grifo passa ao nosso lado em velocidade máxima.

Eles podem até ser mais lentos do que dragões no ar, mas são assustadoramente rápidos no chão. Também não estão muito felizes de serem deixados para trás, de acordo com Maren.

— Tente não morrer antes de chegarmos lá, Vi. Acho que talvez precisemos de você — provoca Ridoc, à minha esquerda, esperando na frente de Aotrom, que bate os dentes em ameaça quando o grifo seguinte corre perto demais.

Quase espero ver penas caindo por entre seus dentes quando o dragão afasta a cabeça.

— *Talvez eu vire a mais velha da minha casta.* — Andarna arqueia o pescoço, acompanhando uma revoada de pássaros no céu.

Acompanho a direção do olhar dela e desvio rapidamente quando a luminosidade do sol faz meus olhos arderem, queimando minha visão por um segundo, fazendo com que as escamas dela pareçam azul-claras como o céu antes de eu piscar para que as manchas brancas desapareçam.

— *Ainda estou na meia-idade* — resmunga Tairn. — *Vai ter que esperar um tempo.*

— *É mesmo?* — Ela se remexe, ajeitando a coleira para ficar mais confortável. — *Achei que já tivesse avançado décadas na sua velhice. Pelo menos é o que parece, considerando suas ações.*

Tairn vira a cabeça lentamente, semicerrando os olhos para Andarna.

— Você age parecendo ter só uns cem anos — afirmo, tentando amenizar as coisas para Tairn e lançando um sorriso para Maren quando ela se aproxima com Cat.

— Odeio que não podemos ir junto — diz Maren, tirando a mochila de couro do ombro. — O esquadrão deveria ficar junto sempre, né?

— Vocês não conseguiriam usar os próprios poderes — eu a lembro, enquanto ela se abaixa, vasculhando a mochila. — No segundo em que atravessassem as égides navarrianas, ficariam indefesos e começariam a ser alvo tanto de cavaleiros quanto de venin. Não é uma boa combinação.

— E atrasaríamos vocês também. Já sabemos. — Cat cruza os braços, examinando o caos enquanto Feirge pousa na nossa frente, abrindo as asas antes de aterrissar perto de Rhiannon. — Não significa que não estamos nos sentindo uns inúteis por vocês todos estarem indo batalhar enquanto a gente vai ficar aqui… estudando.

— Não sei se vão ficar estudando muito, não, considerando que a Rabo-de-clava-vermelha de Devera está logo ali — acrescenta Ridoc, apontando para a cabeça da formatura.

— Aqui. — Maren tira uma pequena besta e uma aljava de couro da mochila e fica em pé, entregando para mim. — Odeio ter que te dizer isso, mas você é horrível no arco.

— Hummm. Valeu?

— É uma arma secundária para o caso de você ficar sem adagas. É só puxar a corda até travar aqui, encaixar a flecha na coronha… — ela aponta para o meio da besta — e aí puxar a alavanca com o dedo indicador.

É compacto, e não precisa de muita força para usar. Esse gesto é tão bondoso que sinto um nó formar na garganta.

— É perfeito. Obrigada.

Pego a arma da mão dela, mas ela puxa a aljava antes que eu a alcance.

— São flechas de maorsita, imbuídas de poder e com runas tecidas para explodir com o impacto — explica ela, levantando as sobrancelhas escuras. — Estão protegidas na aljava, mas *não* derrube isso. De. Jeito. Nenhum.

— Entendido.

Pego a aljava dela, colocando a arma e o armamento na mochila.

— A Assembleia não vai mudar de ideia — declara Xaden.

Ele está vestindo o uniforme de voo completo, as espadas atadas às costas, caminhando na minha direção com meus irmãos.

— Filhos da puta teimosos — comenta Mira, também vestida para voar, a espada embainhada na cintura.

Brennan, porém, não parece pronto, e a raiva que cintila em seus olhos estreitos está direcionada a mim.

— Eles não vão lutar mesmo sabendo que os ninhos correm perigo? — desafia Ridoc, vindo até onde estamos ao lado de Sawyer, Imogen e Quinn.

— Eles acham que estamos errados — responde Xaden.

— *Eles* acham que sair correndo para entrar no território inimigo com cadetes sem treinamento é um erro — dispara Brennan. — E eu concordo. Estão levando cadetes para a morte certa, incluindo vocês mesmos.

— Não é como se estivéssemos levando primeiranistas — retruca Rhiannon, encaixando as faixas das bainhas na jaqueta.

— E isso também é uma palhaçada — resmunga Aaric, Sloane e os outros alunos do primeiro ano se juntando ao coro, todos vestidos em uniformes de voo, cheios de determinação. — Temos tanto direito de defender os ninhos quanto os alunos do segundo e terceiro ano.

O olhar de súplica que me lança aperta meu coração no peito, mesmo que ainda carregado de acusação. Ele tem tanto direito (talvez até mais) quanto qualquer outra pessoa de defender Navarre.

— Nenhum de vocês vai… — começa Brennan.

— Prefere ficar aqui, mesmo sabendo que existe uma grande chance de que a mamãe vá morrer? — pergunto, dando um passo na direção do meu irmão, e Mira se vira para ficar ao meu lado, nós duas encarando Brennan.

Ele estremece, a cabeça recuando como se eu tivesse lhe dado um tapa no rosto.

— Ela não viu problema na hora de enviar qualquer um de nós três para a morte certa. — Brennan percorre o espaço entre mim e Mira com os olhos, procurando por uma compreensão que nenhuma de nós está disposta a dar.

— Não temos tempo para isso — censura Xaden. — Se você não vem conosco, Brennan, é problema seu, mas se não sairmos agora existe uma chance grande de chegarmos tarde demais para defender Basgiath. — Ele se vira, apontando para os primeiranistas. — E de jeito nenhum que vocês vão. A maioria ainda nem manifestou um sinete, e não vou servir nem vocês, nem os dragões de vocês, de bandeja para os venin como fonte de energia alternativa.

— Eu manifestei — protesta Sloane, segurando a alça da mochila.

— E ainda assim é primeiranista — responde Xaden. — Matthias, prepare seu esquadrão para a decolagem e encontre seu Dirigente de Asa para receber mais ordens. Vamos precisar fazer um voo direto. Vou levar Violet com…

— Com todo o respeito — interrompe Rhiannon, endireitando a postura e o encarando —, diferentemente dos Jogos de Guerra, o Segundo Esquadrão, Setor Chama, Quarta Asa permanecerá intacto, mas você é bem-vindo para se juntar a *nós*.

Sawyer e Ridoc ficam ao meu lado, e sei que se eu der um passo para trás vou sentir Quinn e Imogen ali.

Xaden levanta a sobrancelha com a cicatriz, e, em vez de contradizer Rhiannon, eu me viro para a minha irmã.

— O mesmo vale para você. Está mais do que convidada para vir com a gente, mas eu vou ficar com meu esquadrão.

***

O vento sopra um frio cortante contra meu rosto quase dezoito horas depois quando cruzamos a Província de Morraine e seguimos pelo Rio Iakobos através da cordilheira sinuosa que nos levará até Basgiath. Nunca me senti tão grata pelo fato de meu corpo esquentar quando canaliza. Todo o resto do nosso grupo deve estar gelado até os ossos.

Não somos parados por nenhuma patrulha no caminho, e isso evidencia de forma clara que o general Melgren tem certeza sobre o que vai acontecer em Samara… porque não existe patrulha ali para nos impedir. Até mesmo os entrepostos de guarda estão sem cavaleiros enquanto sobrevoamos o céu com uma legião de cinquenta, liderados por Tairn e Sgaeyl.

Podemos até ter deixado os primeiranistas para trás, mas ganhamos alguns dos cavaleiros na ativa que não estavam postados na fronteira dos penhascos, como Mira, que voa atrás de mim com Teine como se tivesse medo de que eu ficasse longe de sua vista.

— *Aimsir está de fato dentro do vale. Teine vai distribuir as comunicações para o esquadrão enquanto você localiza sua mãe* — informa Tairn sobre o plano feito pela liderança durante o voo, que vai nos permitir fazer um reconhecimento do território e das condições a fim de nos ajustarmos de acordo com o que quer que encontremos por lá.

A tarefa que me foi designada é convencer minha mãe do que vai acontecer. Sem pressão.

— *Quando chegarmos à próxima curva do rio, você vai soltar a sua coleira* — Tairn informa a Andarna. — *E vai voar para o Vale e ficar por lá. Um dragão preto adolescente só fará aumentar as suspeitas dos humanos em Basgiath. Esconda-se entre os seus até tudo acabar.*

— *E se precisarem de mim? Igual da última vez? Posso ficar escondida ao lado de vocês.*

Meu coração se aperta quando me lembro de como ela aparecera no campo de batalha depois que eu implorara a ela para permanecer escondida. Andarna arriscara a própria vida para nos ajudar e quase a perdera no processo.

— *Fique com os Rabos-de-pena. Eles vão precisar da sua proteção se as égides caírem, e relate qualquer coisa que achar estranha.*

Se tivermos chegado tarde demais, só os deuses poderão nos ajudar.

Na curva do rio, Andarna se solta e voa junto da nossa legião até que as batidas das asas menores não consigam acompanhar, e então mergulha na direção do rio coberto de gelo abaixo.

— *Vá até o Vale* — eu a lembro.

— *Ficarei onde precisarem de mim* — retruca ela, dando uma guinada para a esquerda, saindo da trilha do rio e seguindo pela cumeeira cheia de neve que leva até o campo de voo, e depois, para o Vale.

— *Não me pareceu que ela esteja com a intenção de obedecer* — digo a Tairn, observando-a até que desapareça atrás das montanhas.

— *Eu avisei a você sobre os adolescentes.*

Ele guarda as asas e mergulha, deixando meu estômago para trás enquanto descemos trezentos metros de altitude em questão de poucos segundos, endireitando-se assim que estamos apenas trinta metros acima dos carvalhos altos que ladeiam o rio, chegando em Basgiath pelo sul.

Tudo parece exatamente como deveria estar sob a luz do crepúsculo, idêntico a quando a deixamos há seis semanas, simplesmente coberto de uma nova camada de neve. Olho por cima do ombro e vejo metade da legião (Primeira, Segunda e Terceira Asa) se afastar, indo na direção do campo de voo.

Se todo mundo estiver seguindo o plano, o outro quarto vai pousar no pátio da Divisão enquanto o resto vai continuar até o campus principal.

— *Está sentindo alguma coisa?* — pergunto, ao ver que as paredes da Divisão de Cavaleiros se aproximam.

Apenas metade das janelas dos dormitórios está acesa. Uma dor se acomoda em meu peito. Não importa qual foi a crueldade que aconteceu aqui, uma parte enorme de mim ainda considera este lugar como lar.

Foi aqui que estudei, que subi em árvores com Dain, e onde meu pai me ensinou sobre as maravilhas dos Arquivos. Foi onde me apaixonei por Xaden e onde aprendi o quanto esconderam de mim nestes mesmos Arquivos.

— *As égides ainda estão funcionais. Notificamos nossa presença ao Empyriano, e definitivamente consigo sentir seu desagrado, se é a isso que se refere.*

Atravessamos o pátio e os Setores Cauda e Garra saem da formação, com Devera na liderança, danificando a alvenaria de forma terrível quando começam a pousar ao longo das muralhas.

— *Greim, no entanto, está aqui atualmente, e vai falar com seu consorte, que está em Samara* — complementa Tairn. — *E ele contatará Codagh.*

— *Quando é que você e Sgaeyl vão conseguir se comunicar a distâncias grandes igual a eles?* — pergunto.

Cruzamos o Parapeito em nada menos do que meio segundo, e Tairn dá uma guinada para a esquerda.

— *Daqui a anos. Greim e Maise são consortes há muitas décadas.*

Ele passa voando por cima da torre do campanário no prédio principal de Basgiath e abre as asas, batendo-as para trás, interrompendo nosso movimento ao som de gritos alarmados dos vigias nas quatro torres, que berram avisos.

— *Tem pessoas aí embaixo* — aviso, enquanto ele pousa graciosamente sobre o pátio do campus principal.

— *Elas vão ter que sair do caminho.*

Dito e feito: as pessoas correm, saindo do caminho dele enquanto pousa.

— *Caso mude de ideia, vou arrancar o telhado para chegar até você.*

Eu desafivelo o cinto rapidamente, pegando a sacola de adagas que me foi designado carregar (cada um de nós trouxe uma) e desço da sela.

— Vou ficar bem — prometo a ele, descendo por seu ombro sem sequer tirar os óculos de voo ou ajeitar as alças da mochila.

A velocidade é crucial, já que apenas um dragão pode descer aqui por vez. Estarei sozinha aqui até Sgaeyl chegar.

Meus músculos protestam contra o movimento repentino depois de horas sentada em um dragão, mas chego ao ombro dele e escorrego pelas reentrâncias familiares das escamas até meus pés tocarem o chão de Basgiath.

No segundo em que consigo me desenroscar da cela, encaixando a alça do ombro na mochila, Tairn se lança ao céu outra vez. Ele é forte, mas também pesado, e suas garras quase rasgam o telhado da Divisão da Infantaria enquanto voa para longe.

Os oficiais permanecem em um silêncio embasbacado perto das paredes, encarando meu rosto em puro choque. Abro as portas dos Arquivos, só uma fresta, para encher meu corpo com energia o bastante para usar meu poder caso um deles decida me atacar. Com as mãos levantadas, avalio as ameaças que vejo ali perto, notando um capitão vestido de azul-marinho tentando alcançar a própria espada. Recuo até a parede ao lado das escadarias que levam ao prédio administrativo, e só paro quando sinto pedra gelada em minhas costas.

Sgaeyl pousa um instante depois, escondendo momentaneamente minha visão do que seriam os inimigos, e Xaden desmonta, as sombras em uma mão e uma espada na outra, reproduzindo meus movimentos anteriores, dando as costas para mim enquanto recua até meu lado. Quando Sgaeyl decola do pátio, Teine pousa, substituindo-a em uma coordenação perfeitamente cronometrada.

Um movimento nas escadas chama minha atenção e eu me viro, colocando-me entre Xaden e minha mãe enquanto ela desce as escadarias a passos lentos e deliberados, a mão no cabo da espada embainhada, Nolon seguindo-a de perto.

Aqui vamos nós.

As sombras fluem perto de mim, correndo pelas pedras e parando no primeiro degrau no instante em que minha mãe chega ali. O suspiro que solta é de pura irritação, e ela exibe olheiras roxas embaixo dos olhos semicerrados.

— Oi, mãe — digo, poder estalando dentro de mim, erguendo mechas soltas do meu cabelo enquanto olho para o homem que ajudou a me manter prisioneira.

— Qual a necessidade disso, Violet? Não podia ter usado a porta da frente? — Então olha na direção de Mira e volta o olhar para cima quando Cath desce em seguida. Seu rosto desmorona, mas a postura permanece rígida como sempre.

— Ele não veio — confirma Mira, erguendo a espada, apontando para o capitão que está tentando nos enfrentar. — Na verdade, ele ficou bem irritado quando decidimos vir.

Mamãe inclina a cabeça de leve, um movimento que sei que indica que está falando com Aimsir.

— Parece que sofremos uma invasão completa.

— Não estamos aqui para lutar contra vocês. Estamos aqui para lutar *por* vocês — informo. — Pode não acreditar em mim, mas as égides de Basgiath correm perigo.

— Nossas égides estão perfeitamente bem, como sei que devem estar sentindo. — Mamãe cruza os braços quando Dain se junta a nós. — Ah, misericórdia. — Então grita para o outro lado do pátio: — Hollyn, abra a porra dos portões antes que um desses dragões desmorone o telhado!

Ela olha significativamente para as sombras, que bloqueiam seu caminho.

Elas se dissipam, voltando até a ponta das minhas botas.

— *Avise aos outros que os portões estão abertos* — digo a Tairn.

— *Eu me posicionarei de acordo.*

Um minuto depois, os guardas abrem os portões, revelando o resto do nosso esquadrão desmontando.

— Confie em mim, mãe. A batalha que estão esperando não vai acontecer em Samara. Vai acontecer aqui. — Explico minha linha de raciocínio nos poucos minutos que meus colegas de esquadrão demoram para se juntar a nós. — Alguém vai derrubar as égides de vocês.

— Impossível, *cadete*. — Ela balança a cabeça enquanto a noite cai, de fato, ao nosso redor. — Estão guardadas em peso, todos os dias e todas as noites. A maior ameaça às nossas égides seriam *vocês*.

— Deixe que a gente vá verificar, então — diz Xaden, atrás de mim. — Você sabe que suas filhas nunca tirariam a proteção de Navarre.

— Sei muito bem quem são minhas filhas. E a resposta é não. — A dispensa que faz é curta. — Vocês têm sorte de ainda estarem vivos cruzando espaço aéreo inimigo desse jeito. Considerem o fato de ainda estarem com vida como meu presente pessoal.

— Hum, acho que não — observa Mira, avaliando o pátio. — Esse lugar deveria estar cheio de soldados a esta hora, voltando do jantar, e ainda assim só estou vendo cinco deles. Um capitão e quatro cadetes, e não, nem vou contar os médicos ali no canto. Você mandou todo mundo disponível para Samara, não foi?

A temperatura no pátio fica tão gélida que se torna quase impossível respirar.

— Os guardas atrás de vocês têm sinetes de poderes mentais, mãe. Na verdade, apostaria todo o meu dinheiro que os cavaleiros mais poderosos no campus são você e… quem mais? O professor Carr? — Mira segue em frente, destemida. — Nossas forças podem ajudá-los ou conquistá-los. A escolha é sua.

As narinas de minha mãe se arregalam quando um segundo tenso decorre.

— Se não vai levá-las até as égides, eu vou — atesta Dain, atrás de mim. — Meu pai me mostrou onde ficavam no ano passado.

Também acontece de ser o exato motivo pelo qual ele veio com nosso esquadrão.

— Quem você vai querer ser? — pergunto, erguendo o queixo. — A general que salvou Basgiath ou aquela que perdeu para os cadetes que rejeitaram suas mentiras?

— Preto combina muito com você, mesmo, Violet — declara ela.

Acho que essa foi a coisa mais legal que ela já me disse.

— Como a capitã Sorrengail disse, a escolha é sua. Estamos perdendo tempo — respondo.

Com o cair da noite, entramos oficialmente no solstício. O olhar de mamãe volta para Mira e então se concentra em mim.

— Pelo sim, pelo não, vamos inspecionar as égides.

Abaixo os ombros, aliviada, mas mantenho o poder em prontidão enquanto subimos os degraus do prédio administrativo. Engulo o nó de apreensão que se formou em minha garganta quando nos aproximamos de Nolon.

— Violet… — ele começa.

Só o som da voz dele me causa náuseas.

— Fique longe de Violet e vou *considerar* deixar você vivo, nem que seja só para regenerar os cavaleiros se uma batalha acontecer — avisa Xaden ao regenerador quando passamos por ele na entrada.

As luzes mágicas brilham acima das nossas cabeças enquanto percorremos os salões familiares, um par de médicos passando apressados, vindo da cantina, onde um grupo de cadetes de azul-claro encara a porta aberta.

— *Chradh está preocupado* — comenta Tairn, a voz tensa.

— *Por que o dragão de Garrick estaria preocupado?* — pergunta Xaden, na conexão mental dividida entre nós quatro.

— *Runas* — responde Sgaeyl.

É verdade. Eu me lembro de que o Rabo-de-escorpião-marrom encontrou o chamariz em Resson porque é extremamente sensível a elas.

— *Basgiath foi construída em cima de runas* — eu os lembro.

— *É diferente. Está sentindo a mesma energia que detectou antes, em Resson.* — O tom de voz de Tairn muda. — *O cavaleiro dele assumiu oficialmente o controle do dormitório ao lado de Devera.*

Garrick assumiu sua posição.

Mamãe nos conduz por um corredor e nos guia na direção da torre noroeste, descendo uma escadaria em espiral que me faz lembrar tanto da sua equivalente na torre sul que fico sem fôlego ao sentir o cheiro de terra.

Plic. Plic. Plic.

Escuto o som na minha mente, tão claro como se fosse real, como se eu estivesse na câmara de interrogatório. Xaden pega a minha mão, entrelaçando nossos dedos.

— *Tudo bem aí?* — pergunta ele, as sombras envolvendo nossas mãos, o toque tão macio quanto veludo.

Por um segundo, considero fingir costume, mas fui eu que exigi que fôssemos sempre sinceros, então parece justo que eu me abra.

— *É o mesmo cheiro da câmara de interrogatório.*

— *Vamos botar fogo naquela sala antes de irmos embora* — promete ele.

Na base da escadaria, tem… bem, nada. Só uma sala circular, cheia de pilares de alicerce.

Mamãe olha para Dain, que passa por ela, examinando o padrão e empurrando uma pedra retangular na altura de seu ombro. A pedra afunda e ouvimos um ruído de rochas se arrastando quando uma porta se abre na alvenaria, revelando um túnel tão apertado que provocaria claustrofobia até na pessoa mais corajosa do mundo, iluminado por luzes mágicas.

— *Exatamente igual aos Arquivos* — informo a Xaden.

Mamãe ordena aos soldados que nos acompanham a ficarem de guarda. Por sua vez, Rhiannon ordena que Sawyer e Imogen fiquem de guarda ao lado *dos dois* quando entramos no túnel. Mamãe vai primeiro.

— O que aconteceu com os guardas das égides? — pergunta Xaden, andando na minha frente.

Mira está atrás de mim.

— As égides *são* protegidas — responde mamãe, se virando para seguir de lado quando o túnel se estreita ainda mais. — Você não acharia suspeito se tivesse guardas posicionados no fundo de uma escadaria vazia? — desafia ela. — Às vezes, a melhor defesa é uma camuflagem simples.

Eu me viro para andar de lado, respirando pelo nariz e soltando o ar pela boca, tentando fingir que estou em outro lugar, qualquer outro lugar.

A gente ainda tem muito pra se divertir. As palavras de Varrish parecem me invadir, e meu coração dispara.

As sombras de Xaden se estendem das nossas mãos para minha cintura, e a pressão ali faz parecer que seu braço está ao meu redor, tornando a travessia dos seis metros necessários para que o túnel volte a abrir mais suportável. A passagem parece se estender por mais cinquenta metros antes de acabar em um arco azul brilhante, e o zumbido de energia que presumo ser da pedra de égides faz meus ossos vibrarem, dez vezes mais intenso do que em Aretia.

— Está vendo, estão guard… — as palavras de mamãe vão morrendo e vemos a mesma cena, no mesmo instante.

Dois corpos de uniforme preto estão no chão, poças de sangue estendendo-se na direção uma da outra. Seus olhos estão abertos, aturdidos e vagos, mortos recentemente.

Meu coração tem um sobressalto e as sombras se desfazem das mãos de Xaden quando nós dois pegamos em armas.

— Ah, merda — sussurra Ridoc, enquanto os outros entram pelo túnel apertado atrás de nós, puxando espadas, adagas e machados.

O guincho de metal deslizando contra metal ressoa quando mamãe puxa a espada, começando a correr pelo túnel.

— Não tem mesmo a menor chance de você ficar aqui se eu… — começa Xaden.

— Não — digo por cima do ombro, já começando a correr na direção da minha mãe ao longo daquela extensão do túnel.

O som vago de ordens sendo despachadas ecoa pelas paredes do túnel enquanto Mira me alcança, e então passa por mim correndo para se postar ao lado de nossa mãe enquanto Xaden fica ao meu.

— *Você sabe o local em que a câmara da pedra de égides de Basgiath se abre para o céu?* — pergunto a Tairn, minhas botas ressoando no chão de pedra do corredor.

Ela precisa ser aberta ao céu, se foi construída com qualquer semelhança à de Aretia.

— *De acordo com você, não poderei fornecer fogo a mais de um…* — ele para, como se estivesse avaliando minha situação. — *Estou a caminho*.

— Não! — O grito de minha mãe arrepia minha coluna quando ela e Mira chegam na sala à nossa frente, as duas seguindo para o lado esquerdo, as armas empunhadas.

O resto de nós chega à câmara e, antes que eu possa avaliar a situação, as sombras de Xaden me empurram e bato contra o peito dele, que nos vira de costas, pressionando minha coluna contra a parede do arco enquanto a ponta de um rabo-de-escorpião-laranja acerta o exato local em que eu estivera.

Tem a porra de um *dragão* aqui dentro?

— Você… — Ele arregala os olhos.

— Não chegou a me acertar — garanto.

Ele assente, o alívio nos olhos indo de preocupação a alerta em um instante, e nós dois nos viramos na direção da entrada quando Ridoc, Rhiannon e Dain se juntam a nós rapidamente.

Fico boquiaberta, e o poder parece irromper por minhas veias, tão potente que minhas mãos começam a tremer.

A pedra de égides tem o dobro do tamanho daquela que está em Aretia, assim como a câmara que é seu lar. Diferentemente de Aretia, porém, os anéis e runas entalhados são interrompidos por um padrão de diamante. E, diferentemente das égides de Aretia, essa pedra de égides está em *chamas*, acesa no topo por uma língua de fogo negro que crispa e estala enquanto o dragão surge por detrás dela do lado esquerdo, obrigando mamãe e Mira a recuar até a nossa posição.

Não é um dragão qualquer. É Baide.

— *Saia daí!* — ordena Tairn.

Baide abaixa a cabeça e vejo um único vislumbre em seus olhos (opacos, em vez de dourados) antes de mamãe se impelir na direção de seu focinho, erguendo a espada para desferir um golpe.

Baide a joga de lado com um simples gesto de cabeça e mamãe voa contra a parede de pedra da câmara, batendo a cabeça antes de cair, inerte.

Xaden ergue as mãos e sombras se projetam para além de nós, segurando tanto Mira quanto mamãe, puxando as duas até onde estamos enquanto Baide solta um rugido, vapor e cuspe voando de sua bocarra.

Ela caminha à frente, as garras estalando no chão enquanto manobra ao redor da pedra, revelando Jack Barlowe sentado no dorso de sua dragão. O sorriso que me lança embrulha meu estômago.

— Chegou bem na hora, Sorrengail.

— *Assim, a hora que você quiser aparecer, vou ficar bem feliz* — informo a Tairn.

As sombras de Xaden soltam Mira ao meu lado, mas arrastam o corpo inconsciente de minha mãe pelo arco atrás de nós.

Não posso usar meus poderes aqui, não sem colocar todos em perigo. Além do mais, o metal da pedra em si atrairia a eletricidade.

— *Não é uma localização muito fácil de chegar* — rosna Tairn em resposta.

— O que pensa que está fazendo, Barlowe, caralho? — grita Dain.

— O que prometi que ia fazer — responde ele, os olhos brilhando.

Xaden envia outro fluxo de sombras, dessa vez na direção de Barlowe, e Baide abaixa a mandíbula, aqueles olhos sinistros cintilando enquanto o fogo começa a brilhar em sua garganta.

— Xaden! — grito.

Ridoc passa por mim (por todos nós) e se posta em frente ao grupo, lançando os braços para a frente, as palmas erguidas.

— Abaixem! — grita ele, e vejo uma muralha de gelo se erguer na nossa frente no instante em que Xaden me puxa para me proteger junto ao seu corpo, agachando.

A câmara brilha num tom de laranja por um segundo, depois dois, enquanto o fogo ruge pelas paredes de pedra. Ridoc começa a gritar quando as labaredas cessam.

No instante em que o fogo desaparece, ficamos em pé para encarar Barlowe e Baide. A dragão, porém, já desapareceu atrás da pedra de égides.

— Deixem ele comigo! — Rhiannon se apressa, passando os braços por baixo dos de Ridoc e afastando-o da poça que marca onde o gelo estava um segundo atrás.

Nada poderia me preparar para a visão das mãos queimadas de Ridoc, cheias de bolhas e sangrando.

— Vamos pela esquerda — diz Xaden, olhando para mim.

— Eu vou pela direita — concorda Dain, olhando para Mira, que assente.

Xaden e eu corremos pelo lado esquerdo, e pego uma das minhas adagas, segurando-a pela ponta, pronta para atirar quando contornamos a pedra.

Mas que porra é essa?

Baide está apoiada nas patas traseiras, as garras dianteiras segurando o topo da pedra de égides em chamas, e Barlowe não está sentado nela. Demoramos um segundo precioso, que não temos, para vê-lo se segurando no topo do pescoço de Baide, agarrando um de seus chifres.

Nem mesmo Xaden é rápido o bastante para impedir o golpe fatal que Jack desfere por entre as escamas do pescoço de Baide, fincando a espada na própria dragão. O grito que ela solta abala os alicerces da sala, que tremem, e depois cessa abruptamente quando Jack empurra a lâmina até o outro lado de sua garganta.

A cabeça de Jack se vira na nossa direção e ele usa o próprio poder com a palma voltada para fora, erguendo um escudo que refrata as sombras de Xaden enquanto o sangue de Baide jorra sobre a pedra. As chamas negras se extinguem um instante antes de Baide desmoronar, o peso de seu cadáver pendendo para a frente.

A pedra de égides balança e Jack se esforça para se segurar, o que me dá a oportunidade perfeita para virar o pulso e lançar uma adaga.

Ouço um grito satisfatório quando Xaden agarra minha cintura, erguendo uma parede de sombras que bloqueia a câmara ao nosso redor, mas não nos protege do som da pedra indo ao chão.

E rachando ao meio.

O zumbido cessa.

As égides caíram.

Em sua essência, a magia exige equilíbrio.
Seja lá o que for tomado, será recuperado, e não
é o usuário que determina seu preço.

— MAGIA: UM ESTUDO UNIVERSAL PARA CAVALEIROS,
POR CORONEL EMEZINE RUTHORN

CAPÍTULO SESSENTA

Xaden se desfaz das sombras, e nós dois nos viramos simultaneamente para avaliar os danos.

Meu coração dá um pulo no peito e eu tento segurar a mão de Xaden por reflexo. A pedra de égides está partida em dois no chão e o fogo se extinguiu.

Que Dunne nos ajude. Navarre está *indefesa*.

Não consigo ver por cima do corpo de Baide para verificar como Mira está, então olho para a direita, encarando os olhos arregalados de Rhiannon, que está parada na frente do arco, protegendo Ridoc e minha mãe.

Jack cambaleia para trás com o golpe da minha adaga, um olhar aturdido, mas extasiado, no rosto quando a arranca do ombro e a lança ao chão.

— Ele só tem mais alguns minutos — sussurro para Xaden.

Barlowe acabou de *matar* a própria dragão. Isso é impensável. Impossível. Ainda assim, Baide está morta, sem dúvida. Jack cai de joelhos e começa a gargalhar, a cabeça voltada para o céu quinze metros acima de nós.

Mira aparece, movendo-se silenciosamente ao redor do cadáver de Baide, e Xaden balança a cabeça sutilmente quando ela ergue a espada. Ela a mantém preparada para o ataque, mas não continua.

— Você sabe que está prestes a se juntar à sua dragão, não é? — questiona Xaden, em voz baixa, e as sombras rodopiam de forma desenfreada aos seus pés.

— *O que está fazendo?* — pergunto, pegando outra adaga.

— *Obtendo o máximo de informações possível.* — A calma completa na voz dele é inquietante.

— Aí é que está — retruca Barlowe, o cabelo loiro cobrindo a testa enquanto cai para a frente, sustentando o próprio peso com uma mão. — Não vou morrer. Eles ficam dizendo que somos a espécie inferior, mas você viu como controlei ela fácil, fácil? Como a energia com que ela nos uniu foi substituída fácil, fácil?

Os olhos dele se fecham, os dedos espalmados na pedra.

— Jack! Não faça isso! — Nolon passa correndo por Rhiannon, o rosto desmoronando quando observa a destruição ao seu redor. — Você... Você é melhor do que isso! Pode escolher não fazer isso!

Sinto um aperto no peito.

— *O jeito como ele está falando é quase como se já esperasse que isso fosse acontecer.*

— *Porque esperava mesmo* — responde Xaden, os olhos fixos em Jack. — *Ele quer regenerar Jack. Vem tentando regenerá-lo desde maio. Está fraco demais para esconder as próprias intenções.*

— *Regenerar o quê? Os ferimentos da queda?*

Xaden franze o cenho, concentrado.

— *Jack se tornou um venin. De alguma forma, conseguiu fazer isso dentro da proteção das égides.*

Acho que vou vomitar.

— Não existe escolha possível! — grita Jack. — E, se tivesse, eu já teria escolhido no segundo em que vi aquela ali... — Ele lança um olhar fulminante para mim. — ... se unir ao dragão mais poderoso disponível na Ceifa. Por que *eles* podem determinar nosso potencial quando nós mesmos podemos escrever nosso destino?

Ah. Deuses. Os olhos dele estão vermelhos há *muito* tempo. Quando foi que isso aconteceu? Antes da queda. Deve ter acontecido antes de eu dominar relâmpagos pela primeira vez. Naquele dia, no ginásio...

E eu acabei de atirar a adaga *errada*.

— *Baide* — rosna Tairn, e ergo o olhar, vendo sua silhueta bloquear a luz das estrelas muito acima de nós.

— *Eu sinto muito.*

— A magia exige equilíbrio — argumenta Nolon. — Ela não cede sem um preço!

— Ah, é mesmo? — Jack inala profundamente e as pedras ao redor dele começam a se transformar de um cinza escuro a um bege empoeirado. — Você tem noção de quanto poder existe embaixo dos seus próprios pés?

Um bloco de pedra empalidece, depois outro, e então mais um.

— *Xaden…*

— *Eu sei.*

As sombras se impelem para a frente, lançando Jack para trás e o arrastando do chão, erguendo-o no ar e prendendo-o ali como um colete.

— Quando foi que você se transformou? — pergunta Xaden.

— Ah, você adoraria saber, não é? — retruca Jack, debatendo-se contra o aperto.

Xaden, entretanto, fecha o punho, as sombras prendendo Jack com ainda mais força.

— Eu sei que você vai me contar. — Xaden dá um passo à frente. — Porque não tenho nada a perder ao matar você. Então só me conte quando foi. Ganhe um pouco da minha boa vontade.

— Antes de me desafiar — respondo, quando Jack se recusa a responder. — Ele forçou o próprio poder para dentro do meu corpo. Eu só não reconheci o que era, na época. Mas como? As égides…

— Não bloqueiam *todo* o poder, como os dragões querem que vocês pensem! Ainda podemos nos alimentar do chão e canalizar o bastante para sobreviver. O bastante para enganar todos eles. Pode até ser que não consigamos usar todo o nosso potencial, que não sejamos capazes de usar uma magia maior com essas *proteções* de vocês, mas não se enganem: já existíamos entre vocês, e agora estamos livres. — Jack gesticula para Baide, o olhar dele alternando entre Xaden e eu. — Nunca vou entender por que é você que ele quer. O que torna você tão especial, cacete?

— *As circunstâncias mudaram por completo* — alerta Tairn.

— Vocês não têm ideia do que estão enfrentando. — Jack tenta segurar as sombras, os pés debatendo-se no ar, mas Xaden amarra outra faixa ao redor do pescoço dele, que fica imóvel. — Eles são mais rápidos do que vocês imaginam. *Ele* vem com uma horda de verdes. São todos mais rápidos.

— Talvez precisem de um minuto para ler um mapa. — O tom de Xaden muda para provocação. — E você vai ter morrido muito antes de eles chegarem aqui.

— *Precisamos dele vivo para interrogá-lo* — digo, trocando o peso de perna com cuidado para evitar chamar a atenção de Jack.

— *Então o que você propõe que a gente faça?* — pergunta Xaden.

Precisamos cortar o acesso dele ao próprio poder. Meu olhar vasculha os arredores e vejo Nolon se espreitando à esquerda. Ele o manteve sob controle durante todos esses…

— *O elixir* — digo a Xaden. — *Devem ter desenvolvido o elixir de bloquear sinetes por causa dele.*

O movimento perto de Mira me faz olhar para o lado dela enquanto Dain passa por ela de fininho.

— Não precisam de mapa coisa nenhuma. Não quando fui eu quem mostrou o caminho a eles. Enquanto vocês estavam ocupados contrabandeando armamento para fora daqui, estávamos ocupados trazendo armas para *dentro*. — Os movimentos de Jack ficam mais fracos, a respiração mais detida, assim como a de Liam. — Esse lugar inteiro vai ser nosso em questão de horas.

Ele abre as palmas das mãos e alcança a parede, e estremece quando a cor é sugada da pedra.

Meu coração tem um sobressalto. Estamos embaixo de Basgiath.

Xaden puxa uma adaga de cabo metálico e caminha com propósito, mas Dain chega lá mais rápido.

— Ainda não! — grita Dain, agarrando a cabeça de Jack, fechando os olhos enquanto mais e mais pedras perdem a cor.

Uma. Duas. Três. Começo a contar as batidas do meu coração enquanto a seca se expande.

Na quarta, Jack tira as mãos da parede e segura os antebraços de Dain.

— Xaden? — chamo. É um pedido, e nós dois sabemos disso, mas ele não reage.

Dain começa a tremer.

— Xaden! — grito. — Jack está drenando Dain!

Meu poder ondula pelas pontas dos dedos, pronto para ser usado.

Quando Dain começa a gritar de dor, Xaden dá um último passo e acerta o cabo da adaga na têmpora de Jack com força, fazendo-o ficar inconsciente.

Corro até Dain enquanto ele cambaleia para trás, arrancando sua jaqueta de voo, tirando-a e empurrando o tecido da camiseta do uniforme para cima e revelando um par de marcas de mão cinzentas queimadas na pele no lugar exato em que Jack o agarrou.

— Você está bem? — pergunto.

Deuses, a pele dele está *enrugada*.

— Acho que sim. — Dain passa as mãos pelos próprios braços e flexiona os dedos, avaliando. — Dói igual uma queimadura de gelo.

— Presumo que saiba o que fazer com ele? Considerando que já vem cuidando dele desde maio? — Xaden lança um olhar seco para Nolon.

Nolon assente, chegando aonde Jack está e derramando um frasco de elixir na boca dele. Xaden retira as sombras do entorno de Jack, permitindo que o corpo dele fique no chão, e então se inclina e corta a insígnia da Primeira Asa da jaqueta de Jack.

— Quantos cavaleiros temos aqui? — Dain pergunta para Nolon.

Nolon só continua encarando Jack em um misto de horror e incredulidade. De súbito, entendo o motivo de ter estado tão exausto durante o ano todo. Não estava regenerando uma alma no sentido figurativo, mas no literal.

— Quantos cavaleiros, Nolon? — esbraveja Dain.

O regenerador ergue o olhar exausto.

— Cento e dezenove cadetes — responde minha mãe, estancando o sangramento na cabeça com a mão. — Dez oficiais da liderança. O restante foi enviado para os entrepostos do interior e para Samara. — Ela me lança um olhar. — Além dos que vocês trouxeram.

— Eu vi as memórias dele — diz Dain, sacudindo a cabeça. — Não é o suficiente.

— Bom, vai ter que ser — declara Mira.

— Reúnam todos. São mais rápidos que dragões — diz Dain para minha mãe. — Temos dez horas. Talvez menos. Depois, vamos todos morrer.

***

Meia hora depois, quase todos os assentos na sala de Preparo de Batalha estão ocupados, e a divisão é clara entre aqueles que decidiram lutar por Poromiel e aqueles que decidiram defender Navarre. Os cadetes de Aretia ficam do lado direito da sala escalonada, e, pela primeira vez, não pego caneta e papel para fazer anotações enquanto minha mãe e Devera sobem ao palco ao lado de Dain.

A energia aflita de toda a sala me faz lembrar daqueles momentos no topo da torre em Athebyne, quando decidimos lutar por Resson. Só que hoje não existe escolha a ser feita; já estamos aqui.

Essa batalha começou na sala da pedra de égides, e começamos perdendo. Temos sorte por ainda estarmos respirando. Greim avisou a Tairn que Melgren e suas forças só vão chegar *depois* da horda que se aproxima, e faz uma hora que recebemos notícias de que havia uma segunda onda de wyvern voando para cá.

Como se a primeira não fosse o bastante para nos destruir.

Olhando por cima do ombro, na direção dos assentos mais acima, vejo Xaden parado ao lado de Bodhi, de braços cruzados, escutando algo que Garrick está falando. Uma pontada de dor atinge meu peito. Como é que podemos ter só mais algumas horas?

Como se ele sentisse o peso do meu olhar, vira o rosto para me encarar, e então dá uma *piscadinha*, como se não estivéssemos prestes a ser aniquilados. Como se tivéssemos nos transportado ao ano passado e estivéssemos em só mais uma aula de Preparo de Batalha.

— Como está a sua mão? — pergunta Sawyer a Ridoc enquanto os oficiais da liderança parecem discutir algo no palco.

— Nolon as regenerou logo depois de cuidar da general Sorrengail. — Ridoc flexiona os dedos, mostrando a pele lisa. Então se vira na minha direção e pergunta: — E Dain?

— Nolon não conseguiu fazer nada por ele. — Balanço a cabeça. — Não sei se é porque é uma ferida que não pode ser regenerada ou porque ele está exausto demais de tentar regenerar Jack de novo e de novo.

— Esse arrombado desse Jack — murmura Rhi.

— O arrombado do Jack — concordo.

Devera começa a reunião. A inteligência relatou que mil wyvern estão voando para cá. As boas notícias? Não se preocuparam em parar em Samara, o que significa que houve poucas baixas. As más notícias? Parece que não estão parando em *lugar nenhum*, o que significa que não vão atrasar.

Dain dá um passo em frente e pigarreia.

— Quantos de vocês sabem fazer runas de rastreio?

Nem uma única mão é levantada entre os cadetes de Aretia, incluindo a minha e a de Rhi. Os cadetes de Basgiath olham para Dain como se ele estivesse falando krovlês.

— Beleza. — Dain passa as mãos pelo cabelo e seu rosto desmorona um segundo antes de ele conseguir controlá-lo. — Isso complica nossa situação. Os dominadores das trevas sabem exatamente onde estamos porque, de acordo com as memórias de Barlowe, ele colocou chamarizes por toda Basgiath, subindo no caminho pelo Vale.

Acho que Dain está desistindo de manter seu sinete confidencial.

Fico pensativa. Foi a energia que Chradh detectou quando chegamos, a mesma energia que atraiu os venin para Resson. Destruir esses chamarizes é a nossa melhor chance de conseguirmos mais tempo, ou ao menos despistarmos outras ondas de ataques.

— Vi onde Barlowe colocou a maior parte dos caixotes com chamarizes, mas não todos — continua Dain, e passos ressoam na porta.

Todas as cabeças se viram, encarando os cadetes da infantaria que começam a entrar na sala exibindo expressões incertas e ansiosas. Vejo Calvin, o líder do pelotão com quem fomos fazer manobras, encarando aquele espaço, o olhar dele se demorando sobre o mapa de Navarre. Está usando a mesma insígnia que o resto, o que me faz acreditar que só mandaram a liderança da Divisão.

— A Divisão da Infantaria passará as próximas horas tentando encontrá-las para nós enquanto também se preparam… — Dain para de falar, engolindo em seco.

Devera fica com pena dele e dá um passo à frente.

— Vocês vão lutar com os próprios esquadrões hoje à noite. Lembrem-se de que os wyvern são a distração, mas também as armas. Se derrubarem um dos venin, matam todos os wyvern que eles tiverem criado. Não dá para enfrentar um dominador das trevas sozinho. É assim que se acaba morrendo. Trabalhem juntos, comuniquem-se, e completem os sinetes uns dos outros como se estivéssemos em uma Batalha de Esquadrões.

— Só que agora a batalha é de verdade — murmura Rhiannon, baixinho.

Onde cadetes reais *vão* morrer.

— Lembrem-se de que os venin vão procurar imitar o estilo de luta de vocês, então mudem um pouco se não tiverem escolha a não ser lutar corpo a corpo — continua Devera, crispando a boca, tensa e preocupada, e talvez até mesmo temerosa.

Os cadetes de Basgiath cochicham entre si, remexendo-se nos assentos.

— Aposto todas as adagas que trouxemos com a gente que não ensinaram ninguém a lutar contra os venin. — Sawyer balança a cabeça, tamborilando os dedos na mesa.

— Primeiranistas que não manifestaram poderes, espero que estejam de malas prontas e de prontidão para voar, caso o instituto seja tomado. Médicos estão abastecendo a enfermaria e se preparando. Os escribas estão começando a evacuação dos nossos textos mais importantes — completa Devera, olhando para minha mãe.

É claro que estão. Só me pergunto quais textos estão considerando valiosos o bastante para salvar e quais serão convenientemente deixados para trás para serem queimados.

Mamãe olha para minha direita, onde Mira está com alguns de seus amigos, e depois volta o olhar para mim.

— As tarefas distribuídas hoje à noite foram decididas pensando no melhor para Basgiath e também para o Vale. Existem diversos sinetes incrivelmente poderosos entre vocês. Cavaleiros talentosos. — Ela olha para a primeira fileira, onde Emetterio está sentado. — E até mesmo mestres em combate. Mas não vou mentir para vocês…

— Essa é novidade — murmuro, e Rhiannon ri baixinho ao meu lado.

— … eles estão em maior número — continua mamãe. — Retêm um poder maior. No entanto, por mais que as chances não estejam a nosso favor, os deuses estão conosco. Quer tenham ido embora depois da Ceifa, quer ficado aqui, somos *todos* cavaleiros de Navarre, unidos pelo propósito de defender os dragões em sua hora mais sombria, e essa hora chegou.

A hora mais sombria na noite mais longa do ano. Meu estômago revira e eu luto contra o peso avassalador da impotência.

— *Quero que você voe de volta para Aretia* — digo a Andarna. — *Vá embora antes de os venin chegarem. Esconda-se quando puder e volte para Brennan.*

— *Ficarei onde eu for necessária, e será com você* — rebate ela.

Cada argumento que eu poderia arranjar para mantê-la viva não importa, e nós duas sabemos disso. Humanos não dão ordens aos dragões. Se ela está determinada a morrer comigo e com Tairn, não posso fazer nada. Aperto os lábios com força entre os dentes e mordo para tentar afastar a ardência que inunda meus olhos.

Finco as unhas nas palmas das mãos enquanto mamãe designa cavaleiros na ativa para esquadrões de cadetes, dividindo a experiência entre os grupos. Garrick é designado para o Primeiro Esquadrão, Setor Fogo, e Heaton vai para o Primeiro Esquadrão, Setor Garra, enquanto Emery recebeu a tarefa em um esquadrão da Primeira Asa.

— Capitã Sorrengail. — Mamãe ergue o olhar para Mira. — Você vai ficar com o Segundo Esquadrão, Setor Fogo, Quarta Asa.

Nosso esquadrão inteiro olha para Mira, e meus olhos se arregalam diante do medo que vejo ali.

A raiva fervilha na minha conexão com Xaden.

— *Foda-se, eu não vou obedecer.*

— Com todo o respeito, general Sorrengail — responde Mira, endireitando os ombros —, se a ideia é que usemos nossos sinetes tirando a maior vantagem de cada um, então eu deveria ser designada como sua dupla na última linha defensiva, já que agora consigo tecer égides de proteção sem o auxílio da pedra.

Mamãe ergue as sobrancelhas, surpresa, e meu olhar vai de uma para outra como se estivesse acompanhando uma partida de algum esporte.

Mira engole em seco e depois encontra meu olhar.

— E o tenente Riorson é quem deveria ficar no Segundo Esquadrão, já que ficou comprovado que o sinete dele em batalha complementa o da cadete Sorrengail. — Mira me olha como se estivéssemos frente a frente na mesa de jantar, e não no meio de uma reunião estratégica de batalha. — Por mais que eu fosse adorar servir de escudo para ela, ele nos oferece uma probabilidade maior de manter viva nossa arma mais eficiente.

Um segundo tenso se passa e eu olho na direção da nossa mãe.

— Então que assim seja — concorda mamãe, assentindo, e termina a designação das unidades.

O calor na nossa conexão se dissipa e minha postura afrouxa, aliviada. Ao menos estaremos juntos.

— Vamos ficar com vocês dois? — Ridoc lança um sorriso breve. — Acho que agora temos uma chance aí de durar uma horinha.

— Eu aposto em duas — comenta Sawyer, assentindo.

— Vocês dois, calem a boca antes que eu bata nesses dois cabeções — avisa Imogen, do assento atrás de nós. — Se durarmos menos do que quatro horas vai ser inaceitável.

Quanto tempo duramos em Resson? Uma hora? E havia dez cavaleiros e sete paladinos contra *quatro* venin.

— Agora que tudo já está acertado — diz mamãe, no instante em que Kaori pisa no palco, erguendo uma ilusão na forma de um mapa de Basgiath e da área que cerca a construção. — Vamos dividir Basgiath, o Vale e todos os arredores em uma grade de setores diferentes.

Kaori estala os dedos e linhas-guia aparecem no mapa.

— Cada esquadrão ficará responsável por um setor de espaço aéreo, enquanto a infantaria ficará no chão — continua mamãe, assentindo para Kaori.

Brasões de esquadrões aparecem nos quadrados diferentes, e preciso de um segundo para localizar o nosso na lateral do Vale, combinado com um esquadrão da Primeira Asa. Não há brasões dentro do espaço, mas existem vários dragões sem união que sem dúvida estão prontos para defender os próprios ninhos.

— Memorizem essa grade, porque não vão ter tempo de consultar um mapa quando estiverem lá em cima. Se algo invadir o espaço aéreo de vocês, matem. Se atravessar para o espaço de outro esquadrão, deixem que *eles* o matem. Evitem sair do próprio espaço a todo custo, ou a batalha vai virar uma grande bagunça e nos deixará com lacunas inevitavelmente fracas no território. Vamos redesignar os postos conforme for necessário assim que baixas forem relatadas.

Não existe um *se* forem relatadas, no caso.

A grade atrás do campus principal, onde a câmara de égides está localizada, está apavorantemente vazia, como se já tivessem desistido daquele espaço e o entregue ao inimigo.

— Isso está errado — sussurro. — Deveríamos estar defendendo a pedra de égides.

— A que está quebrada? — questiona Sawyer, baixinho.

— Fale para eles — pede Rhiannon.

— Vai ter mais chance de sobreviver se abrir a boca — murmura Ridoc, remexendo-se no assento.

Pigarreio.

— É um erro abandonar a pedra de égides.

Minha mãe me lança um olhar reprovador, e a temperatura na sala diminui em alguns graus.

— Por que são apenas minhas filhas que falam sem serem chamadas?

— Puxamos à nossa mãe — rebate Mira, seca, e aquele olhar letal se volta para ela.

— É um erro — insisto. — Não sabemos que poder ainda permanece na pedra, e foi colocada naquela posição exata porque fica no fluxo natural de poder mais forte, de acordo com Warrick.

— Hum. — Não é minha mãe que me encara dessa vez, mas a general Sorrengail. — Sua opinião foi anotada.

Sinto esperança florescer no peito.

— Então vai designar um esquadrão para proteger a pedra?

— De forma alguma. Sua opinião, por mais que tenha sido anotada, está *errada*.

Ela me dispensa sem dizer mais uma palavra, sem explicar os motivos para tanto, como teria acontecido se estivéssemos em aula normal, me deixando encolhida na cadeira, morta de vergonha.

Uma onda de carinho flui pela conexão, mas não faz com que a frieza da rejeição que recebi da minha mãe doa menos.

— Já receberam as ordens do dia — diz mamãe. — Cavaleiros, encontrem a cama mais próxima e durmam o máximo de horas que conseguirem. A maior parte dos quartos daqueles que deixaram Basgiath não foi alterada e ainda contém lençóis. Precisamos que estejam descansados para serem eficientes. — Ela percorre o olhar pela sala como se fosse a última vez que estivesse nos vendo. — Cada minuto em que aguentarmos aqui nos dá uma chance maior de reforços chegarem. Cada segundo é crucial. Não se enganem, nós *resistiremos* o maior tempo possível.

Encaro o relógio lá em cima. Ainda não são nem oito da noite, o que significa que posso continuar com o meu mantra pelas próximas horas. Eu não vou morrer hoje.

Não posso dizer o mesmo do dia de amanhã.

***

As estrelas ainda brilham no céu noturno quando Xaden e eu nos vestimos no silêncio relativo do meu quarto. No fim, a maioria dos cadetes que ficou em Basgiath deixou praticamente todos os quartos intocados exceto pelos aposentos dos Dirigentes de Asa, como se pudéssemos compreender o erro de nossas escolhas e voltar para cá.

As poucas horas de sono que tivemos foram esporádicas, me deixando um pouco atordoada e menos firme do que gostaria, mas ao menos não fui atormentada por pesadelos.

Ou talvez minha imaginação já esteja ativa demais para gastar tempo com sonhos.

Xaden beija o caminho da minha nuca até a base da coluna, os lábios roçando cada centímetro de pele enquanto amarra minha armadura acima da atadura que prende meu ombro esquerdo ao torso e que estabiliza a articulação dolorida. Meus olhos se fecham quando ele chega à base, e o desejo que ele mais do que saciara na noite de ontem se acende outra vez, fazendo a pele ruborizar. Só é preciso alguns beijos e meu corpo imediatamente se sintoniza com o dele.

— Se continuar fazendo isso, vai ter que tirar a roupa que acabou de vestir — eu o aviso, lançando um olhar fulminante por cima do ombro.

— Isso foi uma ameaça ou uma promessa? — Os olhos dele ficam mais escuros quando volta a ficar em pé e amarra a armadura, escondendo os laços para que não desamarrem. — Porque não tenho problema nenhum em passar nossos últimos minutos de paz dessa manhã enroscado com você.

Ele desliza a mão pelo meu quadril enquanto se vira para me encarar, descendo os dedos pelo cós da calça do meu uniforme de voo e os enfiando entre os botões e minha pele.

Não podemos fazer isso, não podemos nos esconder e fingir que essa guerra não está vindo ao nosso encontro. Não podemos ignorar o fato de que mais de uma dúzia de chamarizes ainda não foi destruída (nem sequer encontrada) quando apenas *um* foi o bastante para levar os venin até Resson, e só encontramos metade dos que Jack deixou no campus. Não podemos negar que os últimos relatórios dos poucos cavaleiros corajosos o bastante para ficar nos entrepostos interiores ao longo da rota de Samara relataram que o ataque era iminente e aconteceria em algumas horas. Mas, meus *deuses*, como eu adoraria ignorar tudo isso.

— Não podemos — digo, o arrependimento carregado nas palavras, e ainda assim não consigo me impedir de passar os braços pelo pescoço dele. — Não importa o quanto eu adoraria trancar essa porta e deixar o resto do mundo queimar ao nosso redor.

— Podemos, sim. — Ele leva a mão à minha nuca e me puxa para mais perto, até nossos corpos estarem completamente encostados, da coxa ao peito. — É só falar e vamos embora voando.

Encaro os olhos dele, memorizando cada lasca de dourado que vejo ali caso não tenha outra chance.

— Você nunca conseguiria viver com o peso na consciência de termos abandonado nossos amigos.

— Talvez. — Ele franze a sobrancelha por menos de meio segundo, tão rápido que quase não vejo, inclinando-se para mais perto. — Mas sei que não consigo viver sem *você*, então confie em mim quando eu disser que existe uma parte de mim, muito real, gritando muito alto que eu deveria pegar você nos braços e voar direto para Aretia.

Conheço bem aquela sensação, então, antes que ouse falar algo em voz alta, eu me ergo na ponta dos pés e o beijo. Ao primeiro toque dos nossos lábios, o calor incendeia entre nós dois, e ele me segura pela bunda, erguendo meu corpo no ar. Sinto que Xaden está se mexendo, me virando, e abro a boca para deixar que a língua dele entre, jogando qualquer raciocínio lógico pela janela.

Minha bunda se acomoda na escrivaninha e eu o seguro firme, o beijo mais forte ainda quando ele inclina a boca sobre a minha, de novo e de novo, tomando tudo que tenho a oferecer e retribuindo em dobro. Não é a exploração lenta que compartilhamos ontem à noite, nos demorando a cada toque, sabendo que poderia ser nossa última vez. É frenético, selvagem, sensual e desesperado.

Minhas mãos passeiam pelo cabelo dele, puxando-o mais para perto como se eu ainda tivesse a habilidade de Andarna de parar o tempo, como se fosse capaz de nos manter ali, presos naquele instante, se eu apenas o beijasse com determinação.

Ele grunhe contra meus lábios e seus dedos desabotoam minha calça no mesmo instante em que encontro os botões da calça dele.

— Só uma rapidinha — prometo entre os beijos que devoram minha alma, abrindo o primeiro botão.

— Uma rapidinha — repete ele, descendo a mão pela minha barriga e enfiando-a em minhas calças — não é o que você me pede normalmente.

Os dedos dele encontram…

Alguém bate na porta.

Nós dois congelamos, ofegantes, as bocas pressionadas.

Não. Não. *Não*.

— Não para — eu digo.

Se esse minuto é tudo que nos resta, então é isso que eu quero. Deuses, se ele descer a mão só mais um centímetro…

Os olhos dele buscam os meus e ele então me dá um beijo que transmite a sensação de poder decidir a batalha que estamos prestes a enfrentar.

— Sei que vocês dois estão aí dentro! — grita Rhiannon através da porta, e a batida educada se transforma em murros. — Parem de me ignorar antes que isso aqui vire a situação mais constrangedora que já aconteceu em Navarre.

— Cinco minutinhos — imploro, enquanto a boca de Xaden desce pelo meu pescoço.

— Agora — uma voz familiar baixa exige, e Xaden se afasta de mim, praguejando baixinho.

De jeito nenhum. Será? Mas, só para o caso de *ser* verdade, tiro as mãos de dentro da calça de Xaden e rapidamente abotoo o botão da minha antes de pular de cima da escrivaninha e correr até a porta, só me demorando um segundo para garantir que as roupas de Xaden estejam no lugar.

— Separem e afastem as partes íntimas ou seja lá o que estão…

Destranco a porta com um gesto de mão e a escancaro ao ver não apenas todos os paladinos do segundo e terceiro ano do nosso esquadrão ali, mas também alguns alunos do primeiro ano, incluindo Sloane.

E, é claro, Brennan.

Sem pensar no regulamento ou no decoro, eu me atiro nos braços dele, que me segura, me puxando para um abraço apertado.

— Você veio — exclamo.

— Abandonei você e Mira aqui para lutarem sozinhas uma vez, mas nunca mais vou fazer isso de novo. Entendi que tinha errado assim que vocês foram embora, mas os grifos não voam tão rápido quanto dragões. — Ele me aperta com mais força por um segundo, depois me solta. — Me diga onde eu vou ser mais útil.

— São *paladinos*?

Todas as cabeças no corredor se viram. Minha mãe se aproxima, acompanhada de dois ajudantes, mas se detém quando seu olhar repousa em meu irmão.

— Brennan? — pergunta ela.

— Não estou aqui por sua causa. — Ele a dispensa sem dizer mais uma palavra. — Matthias vai mandar os paladinos para caçarem os chamarizes. São mais rápidos no chão e, de fato, melhores com runas.

— Somos mesmo — concorda Cat, dando de ombros casualmente, avaliando o corredor como se procurasse fraquezas estruturais. Provavelmente é exatamente o que está fazendo. — E não abandonamos nossas revoadas. Estamos aqui para lutar.

Posso não gostar dela, mas caramba, isso me faz respeitá-la ainda mais. Encontrar os chamarizes vai nos ganhar um tempo precioso para…

Agarro os braços de Brennan, uma faísca de esperança nascendo em meu peito.

— Você já encontrou alguma coisa que não tenha conseguido regenerar?

— Magia — responde ele. — Não posso regenerar uma relíquia ou algo do tipo. Nem runas, provavelmente.

Se ele der conta, vamos precisar aguentar só tempo o bastante até Codagh chegar.

— E que tal uma pedra de égides?

Brennan ergue as sobrancelhas, e olho para além dele, na direção de Rhiannon.

— Vamos precisar proteger a câmara para que ele ao menos *tente*.

Rhi assente e gira o corpo na direção da minha mãe, que ainda encara Brennan como se ele fosse uma alucinação.

— General Sorrengail, o Segundo Esquadrão, Setor Fogo, Quarta Asa, solicita permissão oficial para proteger o espaço aéreo acima da sala da pedra de égides.

Mamãe não tira os olhos de Brennan.

— Permissão concedida.

Apesar de ainda existir certo debate sobre o assunto, é amplamente aceito que se transformar em venin aguça um dos sentidos do dominador das trevas. Este acadêmico que vos escreve acredita que o venin responsável pela morte do rei Grethwild desenvolveu uma visão mais perspicaz. Isso porque nem mesmo o melhor entre os paladinos reais a serviço de Sua Majestade conseguiu ver através da escuridão em que o venin se escondeu para assassinar nosso amado rei.

— Estudo não sancionado sobre os venin,
major Edvard Tiller, propriedade da biblioteca de Cordyn

CAPÍTULO SESSENTA E UM

O sol só vai nascer daqui a uma hora, mas os cavaleiros do nosso esquadrão já estão parados na cumeeira acima do campus principal de Basgiath, nossos dragões enfileirados atrás de nós. O horizonte é uma silhueta vaga, uma promessa da luz, mas parece sumir e reaparecer do meu campo de visão enquanto a linha do céu muda, o aspecto oscilante da aproximação constante ficando maior a cada minuto que passa.

Centenas de metros abaixo, na frente dos portões de Basgiath, minha mãe aguarda montada em Aimsir com seu esquadrão pessoal, incluindo Mira e Teine, que estão logo atrás dela. Ela está à frente de *todos* nós, seus três filhos, e do lugar ao qual nos ofereceu como sacrifício, junto da própria alma.

— *Estão chegando* — avisa Tairn, a postura rígida enquanto os outros se remexem, enfiando as garras no granito decomposto coberto de neve das montanhas.

Os esquadrões da Terceira e da Quarta Asa estão em formação por toda a cordilheira de montanhas ao nosso redor, mas a Primeira e a Segunda Asas (que representam metade das nossas forças, agora que nos juntamos aos cadetes de Basgiath) foram mandadas para a beirada do Vale. Nosso esquadrão é responsável por proteger o espaço aéreo acima dos cem metros entre a parte dos fundos do campus principal e a crista íngreme em que estamos, incluindo a entrada para a câmara da pedra de égides, escondida muito abaixo de nós, onde Brennan está trabalhando. Sloane, Aaric e os outros primeiranistas estão com ele, e a desculpa para designá-los a essa posição é para que auxiliem Brennan no que ele precisar, mas Rhi deu a ordem para mantê-los seguros.

— *Eu sei* — respondo a Tairn, olhando por cima do ombro.

Andarna mordisca a coleira entre Tairn e Sgaeyl. Apareceu aqui há uma hora e se recusou a ir embora.

— Foi assim que você se sentiu em Resson? — pergunta Rhiannon, à minha direita, as mãos verificando as bainhas de espadas e adagas.

— Como você está se sentindo? — devolvo a pergunta.

— Com tanto medo que tenho certeza de que ou meu coração vai parar, ou vou cagar nas calças — responde Ridoc, do outro lado dela.

— Eu ia falar que assustada horrores, mas a resposta dele funciona também, total — concorda Rhiannon.

— Então sim. Foi exatamente assim em Resson — confirmo.

Faço as verificações costumeiras outra vez, não que eu tenha tempo para voltar para o meu quarto se tiver deixado alguma coisa para trás. Xaden recuperou a adaga que eu havia fincado no ombro de Jack, o que me deixa com doze, além das duas adagas de cabo de liga metálica e da besta de manuseio que está enganchada na minha coxa direita. Estou armada até os dentes.

Graças às adagas que trouxemos conosco e à forja disponível em Basgiath, todos os cadetes estão devidamente armados.

— Será que algum dia vai ficar mais fácil? Enfrentar uma batalha? — pergunta Sawyer ao lado de Ridoc, encarando o instituto lá embaixo.

A infantaria foi enviada para todos os pátios, corredores e entradas, a última linha de defesa de um plano frágil.

— Não — responde Xaden, à minha esquerda. — Você só começa a conseguir esconder melhor a forma como está se sentindo. Todo mundo aqui entendeu o plano?

— Os cavaleiros obedecem Rhi, os paladinos obedecem Bragen — recita Quinn para o nosso esquadrão, mais à esquerda. — Assim que eles chegarem.

Os paladinos ainda estão caçando as caixas. Sem os chamarizes, talvez os wyvern tivessem atrasado até depois do nascer do sol. Talvez tivessem demorado mais para sentir onde os ninhos ficam. Talvez destruir os chamarizes atrase a horda seguinte, que inevitavelmente virá depois da que vamos enfrentar agora. Porém, um milhão de incertezas não alterará o que estamos prestes a encarar.

— Não saiam do nosso setor — avisa Imogen ao lado de Quinn, trançando a mecha rosa mais comprida de cabelo para afastá-la dos olhos. — Se um wyvern sair do nosso espaço, ele automaticamente vira responsabilidade de outro esquadrão para não deixarmos nosso setor desprotegido por acidente. Devemos proteger nosso espaço aéreo a qualquer custo.

— Rhiannon fica responsável pelas adagas — informa Ridoc, esfregando as mãos, apesar de estar quente naquela manhã, uma coisa meio rara. Minha respiração nem está saindo em fumaça. — Ela vai buscar as armas e redistribuir caso algum venin caia de seu wyvern e leve a adaga junto com o cadáver.

— Existe um motivo para você não poder simplesmente arrastar todos eles para baixo usando seu poder das sombras? — questiona Sawyer, olhando para Xaden como se houvesse uma chance possível de que ele já não tivesse considerado aquela questão. Rhi e Ridoc o encaram da mesma forma.

— Fora o fato de eu quase ter chamuscado segurando quarenta deles num espaço estreito como um vale, e agora parece que eles estão em um número dez vezes maior numa planície aberta? — retruca Xaden, arqueando a sobrancelha com a cicatriz.

— É. Tem isso. — Sawyer assente.

— Ficar pensando nos wyvern é um erro — aviso. A brisa que descende da montanha se torna um vento, mas não contém o mesmo sopro gelado de dezembro. — Sim, eles vão tentar nos matar, mas não deixem que eles te distraiam de quem os criou. Se matar o venin que os criou, os wyvern vão cair. De acordo com a nossa experiência, eles ficam perto de suas criações durante uma batalha.

— Vocês lembram quem são seus pares? — pergunta Rhi, lançando um olhar para a fileira estendida.

Todo mundo assente. Nosso objetivo é sempre tentar trabalhar dois contra um, para deixar a luta a nosso favor.

— Então é hora de montar — ordena Rhiannon.

Eu me viro rapidamente e a envolvo nos braços, e ela puxa Sawyer e Ridoc junto de si, transformando nosso enlace num abraço em grupo.

— Não congelem — digo a eles. — Não importa o que aconteça, não parem de se mexer. E fiquem no ar. Eles podem acabar matando vocês se sugarem o poder do chão em que estiverem. Ninguém vai morrer hoje.

— Ninguém vai morrer hoje — repete Ridoc, e Sawyer assente.

Nós nos separamos.

— Você viu a Jesinia? — pergunta Rhi para Sawyer.

Ergo as sobrancelhas.

— Ela veio para cá?

— Ela voou com Maren — diz Sawyer, assentindo. — Acho que os grifos são mais tranquilos nesse departamento do que os dragões. Está nos Arquivos, comparando o diário de Warrick com o de Lyra para ver se entende o motivo das égides em Aretia estarem falhando. Quando você disse que estava com medo de que as égides fossem cair aqui em Basgiath, ela ficou preocupada que não fôssemos conseguir reerguê-la sem entender o que deu errado em Aretia. No fim, ela estava certa.

— Ela não deveria estar em Basgiath. — Balanço a cabeça, meu coração galopando no peito. — Está completamente vulnerável lá embaixo.

— Ela estava preocupada por estar longe demais para ajudar, caso descobrisse a diferença entre os diários — responde Sawyer, afastando-se para seguir Ridoc e montar em seus respectivos dragões. — E, se Brennan conseguir regenerar a pedra, ela é a nossa única chance de erguer as égides por aqui com sucesso.

— E ela tem todo o direito de arriscar a própria vida, assim como nós — diz Rhi por cima do ombro, andando na direção de Feirge. — Agora aqueça essas suas mãos aí ou faça o que for preciso para botar fogo neste lugar.

Eu me viro para Andarna enquanto Xaden termina de falar com Quinn e Imogen.

— Me prometa que vai ficar escondida.

— *Eu sei me esconder.*

Ela dá um passo para trás, e eu pisco… porque é quase como se ela tivesse desaparecido em meio à escuridão.

— *Vantagens de ser um dragão preto* — diz Tairn. — *Nós nascemos para a noite.*

Sigo Andarna e coço as escamas dela que ficam entre as narinas, no focinho, quando ela abaixa a cabeça.

— Fique assim. Marbh vai ficar embaixo de você, tomando conta de Brennan. Se a batalha virar contra nós, ele vai ficar responsável por cuidar de você, mas você precisa ir embora. Me prometa isso.

— *Eu vou ficar aqui. Vou vigiar todo mundo. Mas não vou sair do seu lado dessa vez.* — Ela dá um sopro que tem um leve cheiro de enxofre, e meu coração fica apertado.

Ela já viu coisas demais para alguém da idade dela.

— Era mais fácil quando você era uma filhotinha. — Faço um último carinho nela.

Todos os dragões no nosso esquadrão sabem que precisam cuidar dela se Tairn e eu morrermos em batalha, mas só ela pode fazer a escolha de superar isso.

— *Eu também não fazia nada do que você mandava naquela época.*

— É verdade.

— *Está quase na hora* — anuncia Tairn.

Meu coração acelera ainda mais, e eu me viro na direção do sol nascente, uma faixa alaranjada iluminando não só o horizonte, mas a enorme nuvem de wyvern que está quase aqui.

Outro sopro de vento quente nos domina e as estrelas se escondem acima de nós quando nuvens escuras cruzam o topo das montanhas, carregando o ar de uma energia que incita o poder dentro do meu corpo.

Xaden me encontra entre Tairn e Sgaeyl, um cenário que me lembra demais o que aconteceu em Resson. Ele estica a mão quente, repousando-a em minha nuca.

— Eu te amo — declara. — O mundo não existe para mim além de você. — Inclinando-se para baixo, descansa a testa na minha. — Eu não podia dizer isso da última vez que voamos em batalha, e era o que deveria ter feito.

— Eu também te amo. — Agarro-o pela cintura e forço um sorriso. — Me faz um favor: vê se não morre. Não quero viver sem você.

São tantos deles, e tão poucos de nós.

— *Nós* não vamos morrer hoje — decreta ele.

— Se ao menos todos nós pudéssemos ter essa certeza — tento brincar.

— Concentre-se no inimigo e em manter a própria vida. — Ele me dá um beijo rápido e feroz. — Nem Malek em pessoa poderia me fazer ficar longe de você.

Eu me afasto ao sentir o primeiro pingo na cabeça.

— Chuva? — Xaden ergue o olhar. — No meio de dezembro?

Calor. Chuva. A eletricidade no ar.

— É a minha mãe — digo, um sorriso lento se formando em meu rosto. — É o jeito dela de fortalecer sua arma favorita.

No caso: eu.

— Me lembre de agradecê-la depois que isso aqui passar. — Ele me dá mais um beijo rápido e depois se afasta sem dizer mais nada, montando em Sgaeyl rapidamente.

Ergo o olhar para o céu e respiro fundo para aguentar a pressão que minha mãe acabou de colocar sobre mim. A tempestade vai me ajudar, mas se a chuva aumentar vai nos custar a ajuda dos grifos. Eles não conseguem voar em um tempo mais penoso do que uma garoa.

— *Vão proteger a parte terrestre e carregar os feridos* — diz Tairn, abaixando o ombro.

Ando até a perna dianteira dele, a chuva escorregando por suas escamas. Acomodo o corpo na sela, afivelando as faixas na coxa, e verifico que a aljava que Maren me deu está presa corretamente do meu lado esquerdo, a fácil alcance. Não quero arriscar que meu ombro se desloque ao colocá-las nas costas. Então, pego o conduíte do bolso e encaixo o bracelete novo, de aço, que fica no topo dele, em meu pulso, acomodando-o.

Só depois de fazer tudo isso, quando estou o mais preparada possível, quando o poder flui pelas minhas veias com um calor que não chega a queimar, é que de fato olho para o inimigo que se aproxima.

Meu coração vacila.

Deuses, eles estão por *toda parte*, a horda maior do que qualquer legião que já vi antes. Voando em altitudes diferentes (na maior parte iguais a nossa posição), o mar de asas cinzentas, pescoços esticados e bocarras distendidas parece devorar o nascer do sol.

Subestimamos muito a quantidade de inimigos, e sabendo que haverá outra onda logo depois dessa? Sinto um aperto na garganta quando olho para o meu esquadrão enfileirado. Não há como todos sairmos dessa vivos… se é que algum de nós vai.

Porém, só precisamos aguentar tempo o bastante até Brennan regenerar a pedra. Se formos capazes de erguer as égides, mesmo que Jesinia não descubra o que deu errado em Aretia, podemos atordoar os wyvern o bastante para matá-los.

Em poucos segundos os wyvern já se aproximaram o bastante para que eu veja quais deles carregam um cavaleiro no dorso, e quando conto duas dúzias paro pelo bem da minha própria sanidade mental. Pavor percorre minha medula e eu respiro fundo para engoli-lo. Não vou ser de nenhuma utilidade para Tairn e Andarna (nem para qualquer outra pessoa do meu esquadrão) se me deixar levar pelo pânico. Pior de tudo: vou ser um risco se não conseguir me controlar por completo.

Vão chegar em Basgiath em alguns minutos.

— *Talvez devêssemos ter ido ao encontro deles. Tentando detê-los ainda nas planícies* — reflito.

Não consigo evitar questionar nosso plano quando o medo aperta meu peito, acelerando meu coração.

— *Eles são muitos. Poderiam ter nos contornado e cercado com facilidade. Aqui, conhecemos todas as ravinas, todos os picos, e eles não podem se esquivar de nós* — responde Tairn.

Vão precisar passar por cima de nós.

— *Estão se espalhando* — avisa Tairn, virando a cabeça. — *A formação que adotaram indica que decidiram enfrentar todas as nossas forças, em vez de tentar chegar ao Vale a todo custo, como tínhamos planejado.*

Meu estômago vai ao chão. Estamos mal distribuídos.

— *Então só temos que garantir que eles nunca cheguem ao Vale, certo?*

— *O campo só vai ficar desse jeito limpo e sem ataques por mais alguns segundos* — Tairn me lembra.

— *Eu sei.*

Assim que os dragões se lançarem ao ataque, é muito provável que eu acabe acertando um dos nossos em vez de um wyvern. Esse primeiro relâmpago é *crucial.* Ergo as mãos e abro as portas dos Arquivos para um fluxo de poder fluido, mas manejável, saboreando a ardência veloz da minha pele que acompanha esse arroubo de energia.

— *Diga a Aimsir que preciso que mamãe mande aquela nuvem…*

— *Pode deixar* — diz Tairn, concluindo minha linha de raciocínio sem que eu precise comunicá-la.

Deixo o conduíte descansando no antebraço e movo toda a minha atenção para a nuvem acima de nós, piscando rápido para afastar os respingos contínuos da chuva.

Os dragões ao nosso lado começam a se remexer, os ombros retesando, preparando-se para voar, mas Tairn permanece imóvel como a montanha em que estamos. Olho uma única vez por cima do ombro para ver Andarna, mas…

— *Cadê você?*

A batalha sequer começou e ela já saiu da posição.

— *Me escondendo, como prometi* — responde ela, espiando por cima de uma pilha de pedras.

— *Prepare-se* — ordena Tairn, enquanto as nuvens reviram acima com uma velocidade sobrenatural, indo em direção ao inimigo.

Eu me concentro nos inimigos. Sem um escape, o poder fica acumulado dentro de mim, tão quente que começo a pensar que seria capaz de cuspir fogo, e deixo que se acumule, que queime, que ameace me consumir.

— *Violet…* — avisa Xaden.

— *Ainda não* — respondo.

Chegarão até nós em *segundos*, mas precisa ser no segundo certo. Suor começa a escorrer por minha testa.

— *Violet!*

A tempestade de minha mãe se impele sobre os wyvern na altitude mais alta e eu liberto uma torrente de poder escaldante, direcionando-o para o céu.

O relâmpago estoura, subindo do chão da cumeeira abaixo de nós em um clarão de luz tão poderoso que meus olhos chegam a arder quando ele se projeta em direção às nuvens.

Abaixo os braços enquanto os cadáveres começam a cair.

— *Talvez dessa vez seja mais fácil do que...*

Sequer termino a frase. A estratégia dos wyvern muda em questão de segundos, assim como a dos cavaleiros que os controlam, e eles se espalham para longe da nuvem, manobrando no sentido de evitar as carcaças que despencam da própria horda.

— Puta merda! — berra Ridoc, enquanto os wyvern caem sobre as quatro estradas que levam até Basgiath, os corpos abrindo crateras profundas no chão.

Aquilo não vai funcionar de novo, então ajeito a esfera na palma da mão e invoco meu poder outra vez, puxando um fluxo mais concentrado e rápido enquanto tento mirar no wyvern com um cavaleiro mais perto.

O fogo se alastra por mim quando domino os raios, errando aquele wyvern, mas acertando outro.

Merda.

— *Concentre-se no próximo relâmpago, e não no que já passou* — aconselha Tairn.

— Esperem! — grita Xaden, mantendo o campo livre o bastante para que eu liberte outro relâmpago.

Ergo as mãos outra vez, deixando que o poder de Tairn domine meus ossos e músculos, e então o liberto para projetar outro relâmpago. A energia irrompe através de mim, e, em vez de abrir as palmas, eu me concentro na intenção dos dedos, assim como Felix me ensinou, puxando o relâmpago para baixo, direcionando-o ao alvo como se eu fosse uma compositora, e os raios, minha orquestra.

O relâmpago acerta o alvo, o wyvern e o cavaleiro em quedas separadas e sem vida. Um punhado de outros wyvern cai do céu com a morte do dominador das trevas, mas não há tempo de sentir alívio ou alegria com aquela proeza quando incontáveis inimigos ainda vivem.

E estão aqui.

O esquadrão da minha mãe deslancha para atacar a primeira onda que invade o setor designado a ela. Aimsir rasga o pescoço de um wyvern antes de perder minha mãe e Mira de vista quando a horda passa pelo setor delas e invade o próximo.

— *Concentre-se em nosso próprio setor* — ordena Tairn, e desvio os olhos do último lugar em que vi minha família.

Segundo a segundo, cada um dos esquadrões ao nosso redor e abaixo decola para defender seus próprios setores, e, quando o primeiro focinho cinzento ameaçador cruza a nossa linha (que fica no fim das estruturas de Basgiath, no início da montanha), eu me preparo.

Tairn se encolhe para trás e depois se lança para a frente, batendo as asas enquanto corre da beirada da cumeeira e alça voo. Puxo os óculos sobre os olhos ao sentir a primeira ardência do vento e os empurro para cima outra vez quando a chuva embaça o vidro, impossibilitando que eu veja qualquer coisa.

— *Este é nosso* — Tairn me diz, voando na direção do mais rápido da horda a entrar em nosso espaço aéreo.

Quinn e Imogen dão uma guinada para a esquerda, seguindo para outros alvos, e vejo o resto do esquadrão com a visão periférica, mas mantenho o foco no wyvern que Tairn decidiu perseguir enquanto voamos em uma rota de colisão frontal.

Seguro o conduíte em uma mão e ergo a outra enquanto o espaço entre nós se estreita a segundos. Não há necessidade alguma de canalizar meu poder: ele já está todo ali, percorrendo minhas veias e carregando o céu acima.

Sinto a energia estalar na ponta dos dedos e, no instante em que miro para libertar o poder, o wyvern sem cavaleiro abre a boca e cospe um fluxo de fogo verde. Meu coração tem um sobressalto, subindo à garganta, enquanto as labaredas vêm na nossa direção, e Tairn rola para a esquerda, escapando por pouco.

Jogo o corpo para a direita para me manter ereta na sela ao passarmos pelo wyvern, mantendo o foco na criatura, e então uso meu poder, projetando o raio da nuvem acima. Ele acerta o wyvern num ponto acima da cauda; não fui tão precisa e acabei desconsiderando a velocidade do relâmpago, mas a carga elétrica é mais do que suficiente para derrubá-lo.

— *Mais abaixo* — rosna Tairn, mergulhando.

Pisco furiosamente contra o vento, notando três wyvern tentando passar por uma altitude menor.

— *Não posso usar meu poder aqui. Corro o risco de acertar alguém acima se projetá-lo do céu, estão longe demais para projetar de mim mesma e, se eu errar projetando-o do chão…*

— *Segure-se.*

Seguro o pomo com as duas mãos e faço o que ele me manda, notando o cavaleiro no wyvern do meio enquanto mergulhamos centenas de metros em poucos segundos, o poder um zumbido constante em meus ouvidos.

Tairn ataca de cima, voando diretamente contra o wyvern da esquerda, e o impacto lança meu corpo para a frente quando ele enterra os dentes no pescoço da besta, arrastando-a para baixo enquanto continuamos a cair.

O wyvern grita; pego uma das lâminas de liga metálica, girando o corpo no assento para olhar as costas de Tairn, apertando os olhos contra a chuva enquanto duas figuras enormes nos perseguem.

— *Estão vindo* — aviso.

Um estalo doentio ressoa abaixo de nós e Tairn larga o wyvern com o pescoço quebrado numa queda livre pelas últimas centenas de metros que nos separam do terreno abaixo, em algum lugar atrás do prédio administrativo.

Dando uma guinada para a direita, Tairn começa a subir com batidas fortes de asas, mas não vamos conseguir chegar ao alto a tempo. Estão a menos de quinze metros de distância, e, no ângulo da descida dos dois outros wyvern, temos apenas segundos antes que Tairn vire lanchinho. Verifico abaixo de nós (não tem ninguém voando por ali) e seguro o conduíte, respirando fundo para acalmar meu coração e o arroubo selvagem de adrenalina nas veias. Controle. Preciso assumir o controle total.

Só vou ter tempo de projetar um raio. Liberto o poder, puxando-o para cima com a minha lâmina, e o relâmpago corta o céu, acertando o wyvern mais próximo bem no peito.

— Isso! — grito, enquanto a criatura desmorona, mas minha alegria dura pouco quando o outro, com o dominador das trevas nas costas, impele o corpo para a frente, abrindo a boca e revelando dentes podres e um brilho esverdeado na garganta. — Tairn!

O aviso mal deixa meus lábios quando uma faixa de sombras se enrosca no entorno do pescoço do wyvern e o puxa para trás como se fosse uma coleira controlando um cachorro raivoso, os dentes a alguns metros da ponta da asa de Tairn enquanto continuamos a subir.

— *Sgaeyl quer aquele para ela. Precisamos encontrar um nosso* — informa ele, subindo mais rápido do que já o vi antes contra a chuva constante.

Uso esses segundos preciosos para avaliar os arredores. Todos os setores estão sobrecarregados, incluindo o nosso. Apenas vislumbres de cor aparecem em meio ao enxame cinzento enquanto subimos para o conflito que ocorre acima, mas a maior parte dos wyvern ainda paira a distância, detidos na beirada da tempestade.

— *Enviaram só a primeira onda* — explica Tairn. — *Provavelmente para averiguar fraquezas.*

Despencando na nossa direção, Aotrom está com as garras enfiadas na barriga de um wyvern, e vejo um vislumbre de Ridoc enquanto passa por nós numa descida espiral com Imogen e seu Rabo-de-adaga-laranja, Glane, no encalço.

— *Ridoc!* — grito para Tairn.

— *Concentre-se na sua missão ou o plano vai desmoronar. Confie que os outros cumprirão a parte deles.*

Então, Tairn voa direto pelo meio do caos cinzento, irrompendo o espaço aéreo acima antes de se endireitar.

Ele está certo: temos um trabalho a fazer, embora confiar que meus amigos vão fazer a parte deles e seguir batalhando pareça muito com *ignorá-los*. A chuva inunda meu escalpo e escorre por meu uniforme enquanto avalio o campo de batalha abaixo de nós, forçando a respiração a entrar pelo nariz e sair pela boca para desacelerar as batidas do meu coração.

O que estamos vivendo não é a batalha de Resson. Estamos numa defesa coordenada, e preciso me concentrar para fazer meu trabalho.

Feirge está travando um combate próximo com um wyvern de fogo verde (não, na verdade é azul, pelo que vejo de suas labaredas seguintes), e meu coração se aperta quando Rhi escapa por pouco das chamas ao pular das costas de Feirge para a de Cruth. Quinn agarra o antebraço dela enquanto a Rabo-de-escorpião-verde dá um golpe com a cauda, e desvio o olhar quando vejo que está tudo sob controle e não há nada a fazer.

Sawyer, no entanto, está em perigo quinze metros abaixo quando Sliseag se vê diante de três wyvern, um deles levando um cavaleiro. Seguro o conduíte e encho o meu corpo com outra onda de poder, erguendo a mão.

— *Não erre* — avisa Tairn.

Concentro toda a minha atenção no wyvern mais distante de Sliseag só para garantir e uso o poder, puxando-o até o alvo com foco e intenção completos. A energia me percorre e o relâmpago se projeta da nuvem acima, quente e branco, e fatal aos wyvern abaixo.

O cavaleiro ergue o olhar e me encontra um segundo antes do par mergulhar, saindo da batalha. Meu estômago embrulha. Só existe um motivo para estarem se direcionando ao chão. Para se alimentar.

— *Xaden...*

— *Eu cuido disso* — garante ele.

Quando Aotrom e Glane chegam para ajudar Sawyer e Sliseag, volto minha atenção para os outros setores.

— *Três horas* — avisa Tairn, usando os ponteiros do relógio para indicar localizações no campo de batalha, como discutimos antes.

Olho para a direita, onde os wyvern estão massacrando um esquadrão da Terceira Asa. O corpo de um dragão está deitado abaixo na montanha, mas desvio o olhar antes de ver quem morreu.

Se eu ficar pensando na lista de mortos de amanhã, vou acabar nela.

— *Mantenha-se o mais firme que conseguir* — peço, e abro os portões para o poder de Tairn, que dá uma guinada para a direita, voando na direção daquele setor, sem invadi-lo, enquanto uso meu poder, o calor inundando minha pele quando derrubo um wyvern.

Então eu miro em outro.

E em mais outro.

De novo e de novo, domino relâmpagos em golpes precisos nos setores ao nosso redor, acertando dois terços dos meus alvos e sem nunca atingir nenhum dragão por acidente, o que considero a maior vitória. A chuva evapora ao bater na minha pele, mas não ouso tirar a jaqueta de voo porque minhas adagas estão todas nela, então coloco todo o calor e a dor que sinto em minha caixinha mental e fecho a tampa, forçando minha mente a ignorar as queimaduras agonizantes e usando o poder outra vez.

— *Doze horas.*

Viro para a frente e encontro o alvo, errando duas vezes antes de acertá-lo. Não tem nenhum venin no nosso setor, mas minha mão treme no conduíte quando Tairn localiza outro wyvern, outra ameaça, e repuxo os raios do céu com tanta rapidez que não sinto mais que estou direcionando a tempestade.

Eu *sou* a tempestade.

— *Você está ficando cansada* — avisa Tairn.

Foda-se a exaustão.

— *As pessoas estão morrendo* — respondo.

Uma varredura rápida que faço por cima do campo de batalha iluminado pelo nascer do sol revela mais e mais pedaços coloridos entre as carcaças cinzentas espalhadas pelo chão, mas só paro para notar que meu esquadrão ainda está lutando, lidando com cada wyvern que cruza nosso setor com eficiência e trabalho em equipe.

— *Nove horas* — resmunga Tairn, mas não me repreende mais enquanto rola para a esquerda, mantendo nossos corpos acima da batalha; uso meus poderes para o outro esquadrão, almejando apenas os alvos que tenho certeza de que posso acertar sem colocar nossos cavaleiros em perigo.

Ali embaixo, as sombras se esparramam pelos outros setores enquanto Xaden faz a mesma coisa.

Deuses, o *calor* vai me cozinhar por dentro. Nem mesmo o vento e a chuva ajudam a resfriar o inferno que ruge em meu peito. Tiro o bracelete do conduíte do pulso e o coloco entre as coxas até conseguir tirar a jaqueta de voo e a deslizar para baixo da minha sela, deixando-me com menos seis adagas, mas ao menos estão fáceis de alcançar. As outras duas são as únicas que importam de…

— *Doze horas!* — urra Tairn, e viro a cabeça na direção das planícies, vendo outra onda de wyvern planando por cima do setor da minha mãe, perigosamente perto das nuvens, mas não embaixo delas, o que me deixa sem poder acertá-los, considerando quem está embaixo.

Meu coração se sobressalta quando passam pela minha mãe sem parar e se dirigem ao próximo setor sem se engajar em nenhuma luta.

Sobrevoar o topo da batalha me deu o ponto de vantagem de que preciso para usar meus poderes, mas também me tornou inegavelmente um alvo, e estão vindo *atrás de nós*. Passo a mão rapidamente pelo bracelete para não perder o conduíte.

— *A gente deveria estar levando eles para longe…*

— *Estamos seguindo o plano* — corta Tairn, enquanto mergulha.

Meu peso se ergue contra as faixas da sela quando afundamos na direção do meu esquadrão. Os dragões do Segundo Esquadrão viram a cabeça na direção da ameaça iminente, todos se erguendo e organizando-se em formação.

— *Prepare-se* — instrui Tairn.

Três venin estão nessa missão assassina, as túnicas azuis em contraste com o cinza dos wyvern de olhos cansados que cavalgam. Temos dez segundos. E olhe lá.

Um. Ridoc abana a mão à minha direita, segurando uma adaga que foi rompida em duas. Merda, se a única lâmina que ele tem é a quebrada… Pisco, aturdida, e vejo que ele não estava acenando para mim.

Dois. Virando a cabeça para a esquerda, vejo que as peças já estão nas mãos de Rhiannon enquanto Feirge mergulha para onde Sliseag está pairando abaixo.

Três. Feirge voa junto de Sliseag e Rhiannon joga os pedaços da adaga.

Quatro. Sawyer, um exemplo de cavaleiro, pega os pedaços no ar.

Cinco. Sgaeyl se levanta para substituir Feirge, e encaro os olhos de Xaden só por tempo o bastante para saber que ele não está ferido. Sangue pinga das mandíbulas de Sgaeyl em gotas escorrendo com a chuva e pelo rosto de Xaden, mas, por instinto, sei que o sangue não é dele e volto a me concentrar na ameaça urgente.

Seis. Respiro fundo. Preciso *respirar*, mesmo com a tempestade de fogo no peito, ou vou chamuscar. Não é que eu não reconheça os sinais: os tremores, o calor, a fadiga. É só que isso não importa agora, porque todas as pessoas que amo estão nessa batalha.

Sete. Estão quase chegando, e olho para baixo, para a câmara de pedra que Marbh está guardando com um Rabo-de-clava-azul que não reconheço e uma sombra vaga que torço para ser Andarna, e, quando um vislumbre de luz do sol se reflete na adaga na mão de Sawyer, ela desaparece de novo, e Feirge já está a caminho.

Oito.

— *Dajalair está frustrado pelas condições desfavoráveis ao voo* — Tairn repassa para mim quando Feirge se levanta ao lado de Aotrom.

Nove.

— *Diga a eles que vão ser mais efetivos protegendo o pátio e carregando feridos do que se esforçando com as asas cheias de água* — digo. — *Eles seriam um risco aqui em cima neste momento, e não uma ajuda.*

A adaga muda de mãos e Ridoc é quem está armado outra vez.

Abro um sorriso ao ver o nosso trabalho integrado como time e depois encaro a onda que vem em nossa direção.

Dez.

— *Está começando a pensar como…* — começa Tairn.

— *Como Brennan?* — sugiro, no instante em que os wyvern entram em nosso espaço aéreo.

— *Como Tairn* — responde Sgaeyl, impelindo-se na direção do inimigo, o pescoço esticado enquanto as sombras se estendem embaixo dela, agarrando um wyvern pela jugular e o arrastando consigo quando a dragão sai da formação.

Tairn se lança sobre outro, atirando meu corpo na sela enquanto enfrenta um wyvern de frente. Eu me abalo com o impacto, o sangue respingando nas mandíbulas de Tairn quando ele morde o pescoço do wyvern.

O berro da criatura parece retumbar em meu cérebro enquanto os dois usam as garras para brigar, forçando-nos a assumir uma posição vertical quase impraticável, mesmo com a batida forte das asas de Tairn.

Um vislumbre azul é todo o aviso que tenho de que preciso pegar a minha adaga de liga metálica e soltar o conduíte no antebraço para desafivelar a cela. Já vi esse golpe antes. Sei o que acontece. Dessa vez não vou sair com uma facada.

— *Consegue se endireitar?*

Meu coração se sobressalta no instante em que o dominador das trevas salta do pescoço do wyvern para o de Tairn, ignorando o rugido ameaçador que vibra pelas escamas do meu dragão enquanto segura o wyvern em um aperto mortal.

— *Fique na sela!* — exige ele, mas nos rola na horizontal.

O venin agarra um dos chifres de Tairn e segura firme, os olhos sinistros rodeados de vermelho sem desviar dos meus durante a manobra nem nos segundos depois, quando começamos a descer rapidamente, o peso do wyvern nos puxando para baixo. Não tem veias distendidas no rosto do venin: é só um aprendiz, e eu dou conta.

— É você que ele quer — anuncia o dominador das trevas, afastando o cabelo loiro molhado dos olhos e caminhando pelo pescoço de Tairn.

Repuxo o cinto com a mão esquerda, mas a fivela não cede.

Ele parece tão… jovem. Mas até aí, Jack também é.

Tairn solta o wyvern, os ombros encolhendo para empurrar a criatura agonizante, mas o wyvern tenta morder o pescoço de Tairn, que retribui com uma mordida ainda mais forte, arrancando a vida do wyvern enquanto continuamos caindo.

— O seu Mestre? — pergunto, repuxando o couro, mas o cinto está preso e eu também.

Caralho.

Viro a adaga pela ponta, segurando a lâmina lisa pela água entre o dedão e o indicador, e giro o pulso, lançando a adaga na direção do venin quando ele chega aos espinhos entre os ombros de Tairn.

Ele segura a lâmina no ar e um pânico irrestrito invade meu sistema enquanto pego a única outra adaga.

— Logo, você vai conhecer todos eles — promete ele, erguendo minha própria lâmina enquanto marcha na minha direção.

Um borrão verde vem na minha direção pela direita e nós dois paramos para olhar quando Rhiannon pula de Feirge na direção de Tairn, aterrissando na frente da minha sela, agachada.

O modo mais fácil de derrotar um dragão é matar seu cavaleiro. Embora a criatura provavelmente vá sobreviver ao golpe, vai ficar atordoada a ponto de se deixar ser abatida.

— Capítulo três, Guia tático para derrotar dragões, por coronel Elijah Joben

CAPÍTULO SESSENTA E DOIS

Não. Não. Não. Isso é familiar demais.

Perder Liam foi… não posso perder Rhi. De jeito nenhum.

Ela se lança para a frente quando o wyvern urra, nossa queda acelerada tão rápida que o sangue parece correr para a minha cabeça. Puxo o cinto outra vez, mas o couro está inchado devido à chuva, apertado, então fico olhando, meu coração batendo na garganta, quando ela começa a lutar com o dominador das trevas em uma série de ataques que teria me levado ao tatame.

Ele afasta a lâmina dela com um tapa usando o dorso da mão contra o pulso dela, e a adaga sai voando da mão de Rhiannon quando ele a chuta. Ela desliza para trás em cima das escamas escorregadias de Tairn e eu tento segurá-la, passando o braço esquerdo pela cintura para equilibrá-la, pressionando minha adaga na palma da mão dela com a mão direita.

Ela olha por cima do ombro e assente para mim, recuperando a postura quando o dominador já está quase em cima de nós. Eu me forço a desviar o olhar quando as lâminas se encontram e as montanhas surgem, alertando que a nossa altitude está baixa. Desencaixo a besta presa na minha coxa e abro a aljava à esquerda habilmente, armando uma flecha no trilho. Assim de perto, o vento e a chuva não são uma questão relevante.

— *Preciso que você role e tire esse filho da puta de cima de você em três…* — começo. — Rhi! — grito em voz alta, mirando. — *Dois…*

Ela olha para trás e joga o corpo entre os ombros de Tairn, achatando-se, e eu estico a mão e seguro o tornozelo dela, puxando o gatilho sem hesitar.

— *Um!*

A flecha acerta o alvo, fincando-se no esterno do venin enquanto Tairn dá um rodopio para a direita.

O dominador das trevas cai; o som de uma explosão ressoa atrás de nós enquanto seguro o tornozelo de Rhi, ignorando os gritos de protesto do meu ombro quando sinto as ataduras se esforçando para mantê-lo no lugar.

Rhi segura firme nos espinhos dorsais de Tairn e ele volta a ficar na horizontal rapidamente, batendo as asas para subir enquanto ela volta para onde estou e gira o corpo, me abraçando com força.

Seguro Rhiannon firme, ainda com a besta na mão, e respiro fundo enquanto Feirge imita as batidas de asas de Tairn logo abaixo de nós, mantendo o ritmo. Ela está bem. As duas estão bem.

Não estamos em Resson, e eu não perdi minha melhor amiga.

— Sua doida, irresponsável… — começo a gritar.

— De nada! — grita ela, a chuva escorrendo do rosto enquanto se afasta e me entrega a adaga que emprestei. — Conserte essa sua sela. Vou pegar a adaga do chão.

Ela fica em pé e abre um sorriso antes de *pular* do ombro de Tairn.

Acompanho a queda dela, suspirando de alívio quando monta sem esforço em Feirge.

— *Minha sela está emperrada!* — informo a Tairn enquanto subimos de volta para a batalha.

— Ótimo. Talvez assim você fique *nela*.

A luz do sol reflete no lábris de Quinn enquanto ela lança, com um movimento giratório, o machado de lâmina dupla das costas de Cruth até o ombro de um wyvern que está dando seu melhor para afundar os dentes em Glane.

— *Melgren chegará em dois minutos, mas apenas dois de seus assistentes conseguiram acompanhar o ritmo, e chegamos a um consenso de que a maior parte dos dominadores das trevas está se contendo para uma segunda onda de ataque* — diz Tairn.

Ele voa ao lado de Cruth, e eu ergo o olhar para um mar cinzento quase sem conseguir reprimir a vontade de vomitar. Tem ao menos seis wyvern sem cavaleiros ali em cima. Quanto tempo ainda conseguimos aguentar? Eu me viro em cima da sela e noto que Xaden está abaixo de nós, em cima de Sgaeyl, arrastando wyvern pela garganta e os chocando contra a lateral da montanha um por um enquanto os inimigos mergulham para atacá-los.

— *Sgaeyl está em apuros!* — grito.

— *Se quiser ajuda, ela pedirá…*

Um rugido dolorido se junta à cacofonia acima, e meu peito fica apertado.

— *Andarna?* — pergunto, meu olhar se voltando para a montanha rochosa enquanto voamos para cima.

— *Estou segura, escondida e irritada* — responde ela.

— *Aotrom!* — berra Tairn, e meu estômago embrulha.

Ridoc.

Tairn vira para a direita, evitando o corpo em queda de um wyvern, mas tem outro acima de nós com os dentes fincados na traseira de Aotrom, além de três outros estarem se aproximando para o abate.

Sawyer e Sliseag voam da direção oposta do nosso setor, tentando interceptá-los ao mesmo tempo, mas todo o resto está embaixo de nós. Embainho a adaga na cintura e armo a besta, encaixando-a na coxa enquanto subimos.

O rugido de Tairn sacode o corpo todo dele quando nos aproximamos, e seguro firme no pomo, preparando-me para a colisão atordoante, mas ele passa reto quando Sawyer e Sliseag chegam na batalha, girando então a enorme cauda por cima do trio de wyvern que se aproxima.

Viro o corpo o máximo que consigo na sela quando ouço o som de ossos se partindo. Um wyvern é derrubado com metade da cabeça afundada. Beleza, um se foi. Faltam três.

Tairn faz a curva mais fechada que já presenciei montada nele e minha visão fica borrada quando ele nos coloca quase na vertical, antes de virar a asa para a esquerda e mergulhar. Pisco furiosamente contra o vento e a chuva enquanto voamos de volta para ajudar Aotrom e Ridoc.

Ridoc está fazendo o possível do dorso de Aotrom para afastar o wyvern, enfiando a espada com força no focinho da criatura, mas aquela coisa maldita não solta o dragão.

Sliseag chega primeiro, fatiando um dos wyvern com seu rabo de espada e cortando fora uma perna dianteira. Como o wyvern não solta, ele se vira para fechar a mandíbula no pescoço da criatura, mas, ao contrário de Tairn, ele não é forte o bastante para quebrar um pescoço com a mordida e perde segundos preciosos, expondo-se aos outros dois wyvern.

Não vamos chegar a tempo.

O par muda de rota, afastando-se de Aotrom no último segundo, almejando acertar Sliseag.

Estamos quase lá, mas tudo acontece *rápido para um caralho*, como se o resto do mundo desacelerasse.

Em um segundo, o wyvern mais perto abre a boca.

No segundo seguinte, ele sopra fogo verde em Sliseag e Sawyer mergulha do assento, evitando ser queimado por pouco, rolando pelo dorso de Sliseag com uma bota em chamas.

No segundo consecutivo, o wyvern completa seu ataque, fechando a mandíbula na lateral exposta de Sliseag. Sawyer chuta o focinho aberto para salvar seu dragão da mordida, mas, em um piscar de olhos, é ele quem recebe o ataque, a perna desaparecendo entre os dentes gigantescos do wyvern.

— Sawyer! — urra Ridoc.

O grito que ouço vindo de Sawyer parece arrancar minha alma de dentro do corpo, e quase o reproduzo quando a mandíbula do wyvern trava com um estalo *audível*. Tairn desacelera a subida para cima, a apenas alguns metros de Aotrom, enquanto o wyvern que sobrou se camufla embaixo da batalha.

O peso de Tairn muda, e sei que ele escolheu um ângulo de ataque e está prestes a mergulhar, mas só existe tempo para salvar um deles: ou Sawyer ou Sliseag, e não os dois. Sawyer ruge de dor quando o wyvern o arrasta de cima de Sliseag, afastando a cabeça feia cinzenta antes de fechar a boca.

Meu estômago revira e eu prendo a respiração.

Porra, não sobrou nada abaixo do joelho de Sawyer.

Ele está perdendo sangue *e* a força para se segurar.

Não. Eu não vou ficar parada e ver outro dos meus amigos morrer. Eu me recuso.

Segurando a adaga na mão esquerda e a besta na direita, corto a faixa de couro do meu cinto enquanto Tairn abaixa a asa direita, me dando o ângulo perfeito por. Um. Único. Segundo.

— *Me perdoa.*

— *Não ouse…*

— *Mata o outro bem rápido por nós dois!*

Já estou me mexendo, embainhando a adaga e saindo da sela, correndo um, dois, três passos rapidamente antes de saltar.

Andarna. Xaden. Mira. Brennan. Todos eles passam pela minha mente enquanto meus braços se levantam com a queda, encontrando apenas o ar, mas é o rosto de minha mãe que vejo quando pouso nas costas de Aotrom, as solas da bota encontrando firmeza na ponta de um dos espinhos dorsais.

— *Prateada!*

— *Gostou do meu pouso correndo?*

Caralho, eu consegui.

Ridoc deve estar pensando a mesma coisa, porque me encara completamente chocado por um segundo antes de arrancar a espada do focinho do wyvern e depois tentar fincá-la outra vez enquanto corro até ele.

— Não consigo fazer essa porra soltar ele!

Meu coração bate forte, assim como meus pés no dorso do dragão. Tairn termina o mergulho que fez à direita, um borrão preto enchendo minha visão periférica. Ignorando o senso de preservação que me diz que isso é uma *péssima* ideia, corro até Ridoc e enfio a besta nas mãos dele.

— Dispara isso aqui assim que eu estiver em cima de Sliseag e volte para o seu assento.

— Assim que você estiver *onde*?

Não paro para responder à pergunta dele, ocupada demais subindo pelo focinho da porcaria do wyvern que está com um pedaço do pescoço faltando por causa de Sliseag.

Subo correndo a inclinação entre os olhos agonizantes do wyvern enquanto ele afunda ainda mais os dentes em Aotrom e subo até o topo da cabeça, entre seus chifres, no instante em que Sliseag afasta o focinho.

— *Pode ficar tranquila que eu mesmo vou acabar com você* — rosna Tairn, e ouço o som distinto de ossos sendo esmigalhados —, *assim que estivermos no chão!*

Quase torço o calcanhar em um espinho no meio do pescoço do wyvern que se debate, e me equilibro quando Sliseag vira a cabeça de volta para o wyvern que ataca seu cavaleiro, mas Sawyer está escorregando das escamas dorsais, e Sliseag não consegue manobrar tão rápido. O dragão não vai conseguir defender seu cavaleiro sem perdê-lo.

Ele solta um rugido de sacudir o crânio quando o wyvern tenta atacar Sawyer outra vez, balançando o rabo, mas sem surtir efeito.

— Rápido, Vi! — grita Ridoc.

— Sliseag! — grito, quebrando a regra principal entre todos os cavaleiros. — Me deixe subir para ajudar Sawyer!

O vermelho vira a cabeça na minha direção, encarando meu rosto com olhos dourados furiosos, e assinto, rezando para Dunne que ele tenha compreendido, que fique imóvel, e então salto do pescoço do wyvern, meus pés chutando o bicho para aumentar o impulso.

Aterrisso acima dos olhos de Sliseag e envolvo um dos chifres com o braço esquerdo, usando o apoio tanto para interromper meu impulso como para conseguir me equilibrar, enquanto encaro o wyvern que ataca Sawyer, batendo os dentes, mas sem poder alcançá-lo.

— Ridoc, agora!

Usando o chifre de Sliseag como apoio, corro pelo pescoço dele no instante em que a explosão ressoa atrás de mim, um calor inundando minhas costas.

Sawyer se arrasta pela coluna de Sliseag e eu corro mais rápido, passando pelo assento. Se ele cair para aquele lado, Tairn não terá como fazer nada. Estamos perto demais das montanhas abaixo.

— *Cadê você?* — pergunto a Tairn, enquanto os olhos de Sawyer encontram os meus, surpresos.

Ignoro os rosnados e grunhidos que ouço acima de mim, e continuo me mexendo.

— *No lugar em que eu deveria estar, diferente de* você! — resmunga ele, no instante em que sua forma colossal aparece no céu acima, soltando o corpo inerte do quarto wyvern dos dentes.

— *Ótimo. Agora me faz um favor.*

Corro pelas asas de Sliseag, rente aos dentes enormes que batem no ar tentando devorar Sawyer.

— *Que seria...?* — pergunta Tairn, voando na nossa direção.

— Violet? — Os olhos de Sawyer ficam arregalados, em choque, e o sangue sai da perna dele em borrifos ritmados que me fazem ficar nauseada.

Ele precisa de um médico *agora*.

Fico de joelhos, deslizando os últimos centímetros e batendo em Sawyer, empurrando-o até mais longe contra a coluna de Sliseag, na direção do traseiro do dragão. Abraçando Sawyer com força, travo as mãos em suas costas.

— Segura firme! — grito, e deslizamos por inúmeras escamas vermelhas a segundos de cair.

Sliseag se afasta do cume, ganhando alguns metros preciosíssimos de altitude para a nossa queda inevitável, e nos empurra para baixo.

— *Prateada!*

Sawyer fecha os braços ao meu redor e caímos das costas de Sliseag, virando no ar.

— *Me pega.*

O vento chicoteia meu cabelo, meu rosto, meu uniforme, mas eu me seguro em Sawyer enquanto caímos em queda livre. Ainda consigo salvá-lo. Ele não precisa morrer hoje. Ele *não vai* morrer hoje.

Um. Dois. Três. Quatro. Conto minhas batidas do coração enquanto saímos de perto da montanha.

— *O que pensa que está fazendo?* — ruge Xaden, e sinto o veludo familiar na nuca, como se o poder de Xaden já tivesse se esticado aos limites do possível.

Nossa queda desacelera, mas não tanto. Asas escuras bloqueiam o céu.

— *O que parece que estou...*

O fôlego escapa dos meus pulmões quando uma garra de ferro se fecha ao nosso redor, impedindo nossa queda com uma mudança brusca de direção. *Tairn.*

— *Que parte de "fique na sua sela" ficou difícil de compreender?* — uiva Tairn, segurando o meu corpo e o de Sawyer no aperto precário de suas garras e voltando-se à esquerda, na direção de Basgiath.

— *Não dava pra você estar em dois lugares ao mesmo tempo* — argumento, relutando para respirar enquanto Sawyer fica inerte abraçado a mim, o queixo caindo em cima do meu ombro. — *Você precisava matar o quarto wyvern, e Sliseag não ia conseguir se defender se isso fosse significar perder Sawyer, então resolvi ir pegar o Sawyer.*

— *E tinha esperanças de que eu fosse conseguir chegar até você no ar?* — Ele abre as asas, desacelerando nossa velocidade.

— *Até parece que você não ia.*

O ar entra em meus pulmões aos poucos e depois volta a ficar fluido.

Tairn bufa e decide mudar de assunto.

— *Seu irmão regenerou a pedra, mas não está muito... esperançoso.*

Meu coração se eleva só para se apertar outra vez. Bom, isso é mesmo... ótimo.

— *Por quê? Não estão conseguindo imbuí-la?*

— *Marbh não quis dar mais detalhes.*

Tairn pousa usando três garras no campo pequeno entre os fundos da escola e o penhasco, abrindo gentilmente a garra que nos segura.

Mas que porra *isso* significa? Um vento gelado lambe meu rosto enquanto a chuva continua a cair; coloco Sawyer de costas no chão e me ajoelho sobre ele, usando os dedos para sentir o pulso do pescoço pálido e sardento.

— Alguém nos ajude! — grito, minha voz ecoando pelas paredes de pedra do prédio da administração.

A batida lenta do coração dele me faz ficar sobressaltada. Ele está perdendo sangue demais, numa velocidade alarmante, e não vejo ninguém ali, apesar de ser óbvio que não somos os primeiros feridos a pousar.

— *Vou convocar ajuda* — responde Tairn.

Você não pode ficar com ele, direciono aquele pensamento a Malek, ajoelhada na neve escarlate. *Já levou Liam. Você* não *vai levar Sawyer.*

— Sawyer? — chamo.

Arranco a fivela na faixa de bainhas na minha coxa esquerda, e, por sorte, ela cede. Com facas e tudo, amarro o couro gasto sob o joelho de Sawyer, centímetros acima da carne dilacerada, passando o couro pela fivela, e então puxo com o máximo de força que consigo, chorando com a dor que atravessa meu ombro esquerdo.

— Você precisa acordar! — grito. — Abra os olhos!

O gosto amargo do medo invade minha boca enquanto forço o encaixe metálico através do couro macio por pura força de vontade.

— Por favor? — imploro, minha voz fraquejando enquanto meus dedos procuram por qualquer sinal de batimento cardíaco em seu pulso e depois em seu pescoço, deixando marcas de dedo escarlates na pele incruenta. — Por favor, Sawyer, por favor. A gente prometeu que ficaria vivo até a graduação, lembra?

— *A ajuda está a caminho* — anuncia Tairn.

— Eu lembro... — sussurra Sawyer, os olhos abrindo de leve.

— Ah, graças aos deuses! — Abro um sorriso, meu lábio inferior tremendo pelo descontrole. — Aguente...

— Violet! — chama Maren do outro lado do campo, e ergo o olhar para vê-la no dorso de Daja, a grifo correndo pela chuva, cobrindo a distância rapidamente com Cat e Bragen seguindo-as logo atrás.

Tairn vira a cabeça na direção da batalha.

— *Sgaeyl...*

— *Vá!*

Se ela está em perigo, Xaden também está, e considerando os enormes feixes de sombra que emanam de um pedaço cinzento do nosso setor...

Tairn se agacha e então se lança para cima, batendo as asas com força no céu matinal. Daja nos alcança, arrastando uma maca atrás de si.

— O que aconteceu? — Maren salta das costas de Daja, as penas marrons manchadas de sangue.

— Um wyvern arrancou a perna dele. — Olho entre eles quando Bragen e Cat se aproximam. — Vocês estão bem?

— O sangue não é nosso — diz Bragen, agachando-se ao lado de Sawyer. — Vai ficar tudo bem — ele o reassegura. — Só precisamos levar você até os médicos.

Ele passa o braço embaixo de Sawyer e depois o ergue e o leva até Daja.

Os médicos. Regenerar não é uma opção, não sem metade da perna.

— Estamos carregando os feridos — diz Maren por cima do ombro, correndo até Daja enquanto Cat ajuda Bragen a levar Sawyer até a maca.

— Obrigada.

Eu me sento sobre os calcanhares e olho para o céu, deixando que a força da minha conexão com Xaden me garanta que ele está bem, em vez de distraí-lo sem querer ao perguntar.

— Não precisa agradecer — diz Maren, montando rapidamente e se encaixando entre os ombros de Daja antes de seguir na direção da Divisão Hospitalar, com Bragen em seu encalço.

— Sua aparência está uma merda. — Cat se abaixa na minha frente, a trança tão molhada quanto a minha enquanto me avalia. — Ouvi as pessoas comentando sobre o que você fez lá em cima. Na verdade, Kira viu e me contou. Foi corajoso.

— Você teria feito a mesma coisa.

A exaustão parece adentrar meus ossos, abaixando meus ombros enquanto a adrenalina se esvai.

— Eu teria corrido mais rápido. — Ela tira uma das adagas de liga metálica das bainhas e a entrega para mim. — Parece que você está com uma a menos. Eu tenho uma reserva.

— Obrigada. — Aceito, como a oferta de paz que é.

— Vou ficar de olho no Sawyer — promete ela, pondo-se de pé. — E não ouse me agradecer por isso — solta ela, por cima do ombro, andando na direção da torre sudoeste sem mais nenhuma palavra.

O conduíte fica pendurado no meu antebraço quando esfrego os olhos para tentar secá-los. Tinha me esquecido completamente de que essa coisa ainda estava aí. Olhando para a esquerda, depois para a direita, noto os corpos de wyvern espalhados, e um Rabo-de-clava-verde que faz meu coração disparar…

Teine?

— *Está vivo* — promete Tairn, já voando de volta para mim. — *Estão detendo a última onda, e sua mãe… atrás de você!*

Cambaleio para ficar em pé e me viro para encarar o penhasco… e a venin que está a seis metros de distância, o rosto em formato de coração que em algum ponto foi inegavelmente lindo olhando para mim com curiosidade.

Meu estômago embrulha e eu aperto a mão na adaga que Cat me deixou.

Cat. Não quero chamar a atenção para a paladina se a venin ainda não a viu.

— Não adianta fugir — diz a dominadora das trevas, caminhando lentamente, como se eu não fosse uma ameaça maior do que uma borboleta. — Nós duas sabemos que vou sugar o chão embaixo de você, e aí tudo terá sido em vão.

Ela ergue os braços, indicando o caos ao nosso redor.

— Sorrengail! — berra Cat, e eu escuto o som encharcado dela correndo na minha direção.

— Foge, Cat! — berro de volta, olhando para Tairn e o enxergando em meio a um mergulho, a menos de um minuto, mas os passos não desaceleram.

A dominadora das trevas arregala os olhos quando vê Cat e fica de joelhos, espalmando as mãos no chão gelado.

— Pare! — grito, meu coração batendo na garganta e entalando ali.

Isso é tão pior do que nos meus pesadelos. Mesmo que eu pudesse correr, não sei o que ela faria com Cat. Virando o pulso, agarro o conduíte na mão esquerda e levanto a direita com adaga e tudo, abrindo as portas dos poderes de Tairn que eu jamais fechara por completo.

A neve derrete embaixo dos meus pés e a fumaça fumega em minha pele quando Cat chega ao meu lado.

— Você precisa sair daqui.

— Cala a boca — grita ela, puxando a adaga de uma bainha na coxa.

— Ah, você é poderosa, né? — A dominadora das trevas inclina a cabeça para o lado, um sorriso lento e traiçoeiro passando por sua boca quando ela se levanta, examinando meu rosto. — A dominadora de relâmpagos.

O trovão soa nas nuvens acima e a energia se acumula nas minhas veias, quente e estática. Não preciso fugir. Posso usar meus poderes.

— Eu não me importo com ela — diz a venin, olhando para Cat. — Mas tenho ordens para não matar você, então não vamos tornar as coisas mais difíceis.

— Eu?

Mas que porra é essa?

Ela dá um passo em frente e eu solto um raio, acertando o chão diante dela, impedindo-a de continuar.

— Vai ser divertido demais ver *ele* dominar você.

O pesadelo volta à tona, as palavras do Mestre me percorrendo, fazendo minhas mãos tremerem.

Um olhar selvagem cruza os olhos estreitos.

— E eu vou virar a favorita dele por entregar você. Vou ser mais do que só uma aprendiz, logo, logo. — As palavras dela saem mais e mais rápido. — Vou receber o Vale quando isso aqui acabar!

Me entregar?

— A hora que você quiser matar ela, fica à vontade — Cat me lembra, o olhar travado na dominadora das trevas.

— Quero saber que porra é essa de me entregar — murmuro baixinho.

Você vai traí-los por algo muito mais perigoso, e muito mais volátil.

Não foi isso que ele disse no pesadelo?

— Vou ser eu! Eu! — A venin enfia as mãos trêmulas nos cabelos vermelhos.

Cat é responsável por isso, aumentando a ambição da mulher, fazendo-a perder o controle. Preciso admitir que é uma habilidade impressionante quando não está sendo usada contra mim.

— Chega, Wynn.

Um dominador das trevas usando roupas da mesma cor das veias pulsantes dos olhos dela aparece à esquerda, passando pelo corpo do dragão verde caído e erguendo as mãos.

Cat é lançada para trás com um grito, caindo no chão atrás de mim.

Merda. Chega de desperdiçar tempo com curiosidade. Uso meu poder, irrompendo de cada pedaço de pele enquanto arranco o raio da nuvem acima, acertando *Wynn* imediatamente. Ela cai onde estava, os olhos abertos e inertes, o cadáver fumegando.

— Fascinante — diz o novo venin, andando na minha direção, fechando o punho.

O conduíte de repente irrompe em um calor insuportável.

Eu o deixo cair, observando horrorizada quando desintegra, sobrando apenas a corrente pendurada no bracelete. Ele gira a mão, a palma para cima, e sou erguida no ar, suspensa, completamente imobilizada.

Igualzinho a como acontece no sonho, só que esse não é o Mestre.

Um nó se fecha em minha garganta. Não consigo erguer a mão para usar meus poderes ou gritar para que Cat corra enquanto ainda é tempo. Isso não é um sonho. Não vou acordar.

— *Fique calma!* — ordena Tairn, ali perto, mas não o bastante.

— *Estou a caminho!* — grita Xaden, enquanto o venin passa por cima da companheira dele como se ela fosse parte da paisagem e continua andando na minha direção.

Não vão chegar a tempo.

Eu também não vou aguentar.

O que significa que acabei de matar todos nós.

Andarna, no entanto, ainda tem chances de sair viva. Ela só precisa aguentar firme, e precisa escolher sobreviver.

— Ele já está quase chegando, então vamos deixar as coisas no jeito, né? — diz o dominador das trevas, a menos de quatro metros. — As hordas estão cansadas de ficar pairando no ar, aguardando permissão para atacar.

Uma sombra se move no penhasco atrás do dominador das trevas. Não, não uma sombra; é parte do próprio penhasco, como se fosse uma... pedra gigantesca?

Uma pedra com olhos dourados.

Salta do penhasco como um projétil, expandindo-se, abrindo as asas e garras e exibindo escamas *pretas*.

Estou sozinha quando penso que o conhecimento das égides e a proteção que providenciam não deveriam ser benefício único de Navarre, e essa crença me custou tudo.

— Diário de Lyra de Morraine.
Traduzido por cadete Jesinia Neilwart

CAPÍTULO SESSENTA E TRÊS

O dominador das trevas chega até a girar o corpo, mas não é rápido o bastante.

Andarna pousa diretamente na frente dele, abre a boca e cospe *fogo* sobre o venin, incendiando-o antes de fechar a bocarra em cima dele e arrancar sua cabeça com a mandíbula.

Caio na neve derretida na mesma hora que o cadáver, e ela cospe a cabeça chamuscada e decapitada, soprando um bufar de fumaça quente cheirando a enxofre.

Mas. Que. Porra. Foi. Isso.

— Você… — Fico em pé, cambaleando na direção dela. — Você acabou de…

— *Eu cuspi fogo.* — Ela se apruma, abrindo as asas para se exibir.

— Você acabou de *comer* ele? — Cat fica em pé, mas continua mais longe.

— *Você não fala com dragões que não monta, humana.* — Andarna arreganha os dentes na direção de Cat.

— Parecia que você era parte do *penhasco*. — Encaro Andarna como se nunca a tivesse visto antes.

Talvez nunca a tenha visto mesmo.

— *Eu disse que conseguia me esconder* — responde ela, piscando.

Abro a boca e volto a fechar, procurando por palavras que não consigo encontrar. *Isso* não é se esconder. Neste momento, as escamas dela estão tão pretas quanto as de Tairn. Talvez eu esteja vendo coisas?

Tairn pousa à direita, lançando neve para os lados, e encara o nosso pequeno campo de batalha em uma avaliação veloz.

— *Você cuidou disso bem* rápido.

— Ela cuidou — digo, apontando na direção de Andarna.

Sgaeyl e Sliseag pousam atrás de Tairn.

— *Você cospe fogo* — reconhece Tairn, com um certo quê de orgulho na voz.

— *Eu cuspo fogo.* — Andarna espicha o pescoço até o ponto mais alto que consegue.

— *Melgren deu ordens para irmos ao Vale.* — Tairn estreita os olhos, virando a cabeça na direção de Sgaeyl.

— Estão mandando o esquadrão inteiro para lá? — Ergo o olhar, notando que só mais dois wyvern sobraram no nosso setor.

As hordas estão cansadas de ficar pairando no ar, aguardando permissão para atacar. Foi isso que o dominador das trevas falou. A onda final ainda não chegou.

— O esquadrão inteiro não. Só nós dois — esclarece Xaden, contornando Tairn.

Pequenos feixes de fumaça se levantam onde a pele exposta de seus braços encontra a chuva. Ele parece tão cansado quanto me sinto, e vejo um machucado em seu antebraço, mas nenhum outro dano visível. Meus ombros afrouxam em alívio.

— A última onda ainda não chegou, e Sawyer e Aotrom já estão feridos. Mandar só nós dois deixa o esquadrão, Brennan e a pedra de égides expostos — rebato, balançando a cabeça.

Não podemos deixar que isso aconteça. Brennan é nossa melhor chance de sobreviver a isso.

— Exatamente — concorda Xaden, quando chega perto. — *Está tudo bem com você?* — ele pergunta mentalmente, passando o braço pelo meu ombro e pressionando um beijo na minha têmpora. — Estão aguentando lá em cima enquanto essa onda recua. Precisamos convencê-lo usando nossos argumentos bem rápido.

— *Eu estou bem* — prometo. — Então vamos logo.

— *Estão na frente. Encontramos vocês lá* — diz Tairn.

— *Vá ficar com Marbh* — digo para Andarna, pressionando o ombro esquerdo e rolando a articulação para tentar aliviar a dor latejante que parece vir do ligamento.

— *Vou estar onde você precisar de mim* — bufa ela.

— *Beleza, desde que isso seja perto de Marbh* — retruco, incisiva, erguendo minhas sobrancelhas. Para um dragão.

Ela abana a cauda duas vezes e sai andando, mas ao menos está indo na direção da câmara da pedra, o que a deixará segura lá embaixo.

Os corredores de Basgiath estão caóticos quando passamos por uma fileira de grifos e entramos pela porta lateral guardada sob a torre do campanário. Meu estômago vai ao chão. Cavaleiros e infantaria feridos estão sentados perto das paredes na entrada deste andar até o caminho que leva para a enfermaria em diversos estados de ferimentos, mas na maior parte queimaduras, os gritos de dor enchendo os corredores de pedra enquanto médicos do segundo e terceiro ano correm de paciente em paciente.

— Ficaram sem macas há vinte minutos — Cat nos informa baixinho. — A infantaria foi quem mais se machucou até agora.

— Normalmente é assim mesmo — comenta Xaden, mantendo o olhar firme do outro lado do corredor, na direção da porta que vai nos levar ao pátio, longe das dezenas de feridos à nossa direita.

Paramos abruptamente quando um pelotão da infantaria passa correndo por nós. Os brasões no colarinho mostram que são do primeiro ano.

— Violet. — Cat me puxa pelo cotovelo, e eu me viro na direção dela, parando quando Xaden abre a porta. — Diga para a sua mãe que podemos lutar no ar se ela conseguir parar a chuva, e, se não for possível, que nos envie como infantaria. Temos mais experiência lutando contra venin do que quase qualquer pessoa aqui, e grifos são excepcionalmente rápidos em terra firme.

Vejo apenas determinação pura naqueles olhos castanhos, então assinto.

— Vou falar com ela.

Ela abaixa a mão, e Xaden e eu entramos no pátio.

O tumulto aqui fora é extremo, e passamos por fileiras de esquadrões de uniforme azul-escuro recebendo informações de alunos trêmulos do segundo ano. É como se já tivessem perdido as contas e estivessem tentando se reunir com unidades de seja lá quem ainda não estiver ferido.

Quando chegamos ao pátio, temos uma visão clara da reunião da liderança que está acontecendo além do portão aberto.

— Eles podiam pelo menos ter fechado a merda dos portões! — um dos cadetes da infantaria grita quando Xaden e eu passamos.

— Fechar os portões não vai ajudar vocês em nada — responde Xaden, apontando para a esquerda, na direção do cadáver de um wyvern que atravessa o telhado parcialmente demolido. — Mesmo que estivessem a pé, os cinco segundos que demorariam para atravessar não valem esse esforço.

Lanço um olhar compreensivo para o aluno do segundo ano e volto a acompanhar Xaden.

— Você poderia ser mais…

— Gentil? Legal? — retruca ele. — Bondoso? E no que isso vai ajudar qualquer pessoa aqui, caralho?

Ele não está errado.

— Ei. — Uma aluna do segundo ano vestida de azul-escuro de um esquadrão à direita me chama, o olhar passando por cima do ombro.

— Desculpa, mas ele está certo. Fechar os portões não vai ajudar — digo, da forma mais bondosa que consigo.

— Não foi por isso que quis falar com você. — Ela aponta para algo atrás de mim. — Tem uma *escriba* tentando te alcançar.

Eu me viro e vejo Jesinia correndo atrás de mim na chuva, a mão escondida embaixo do manto.

Ela está mantendo o diário seco.

— Vê se consegue convencer Jesinia a ficar em um lugar seguro — sugere Xaden. — Enquanto isso, vou começar a briga sem você.

Ele passa pelo arco de dez metros de espessura que serve como portão de Basgiath, atravessando a primeira porta corrediça e seguindo em frente, chamando imediatamente a atenção da minha mãe, do general Melgren e dos três assistentes que estão parados nos segundos portões. A cauda dos dragões chacoalha no ar além dali, formando uma muralha com metade da altura da fortaleza, ainda mais no caso de Codagh.

— Você deveria estar… — começo a sinalizar para Jesinia, mas abaixo as mãos quando percebo que não existe um lugar onde ela estaria em segurança.

Ela agarra meu cotovelo com a mão livre e me puxa para baixo do arco, sob a proteção da pedra. Deixando o diário dentro das roupas, afasta a outra mão de mim para sinalizar.

— Acho que acabei de encontrar a diferença entre os dois, mas acredito que o diário de Lyra seja o falso — ela sinaliza.

— O que você descobriu? — Sinalizo de volta, mantendo as costas para Melgren e erguendo meus escudos, bloqueando a todos, até mesmo Tairn e Andarna.

— Acho que é um sete. — Ela levanta as sobrancelhas para mim. — Mas não parece certo.

— Não estou entendendo. — Balanço a cabeça. — Sete o quê?

— Essa é a única diferença entre os dois diários. Primeiro achei que eram as runas, que talvez tivéssemos traduzido errado essa parte, já que existem sete runas na pedra em Aretia — sinaliza ela, duas rugas formando-se na testa. — Mas eu conferi duas vezes.

— Me mostre.

Ela assente, tirando o diário de Lyra e abrindo-o ao meio, mostrando o símbolo no meio da página e entregando-o para mim, deixando suas mãos livres.

— Este símbolo aqui, olha, é um sete — explica ela. — Mas Warrick diz seis, como deve lembrar.

Meu coração afunda e eu assinto lentamente.

Ela só pode estar errada.

— Está escrito aqui: *O sopro vital dos sete unidos sobre a pedra incendeia uma chama de ferro.*

Abaixando os ombros, suspiro. Sete dragões seria uma coisa impossível. Existem apenas seis castas de dragões: pretos, azuis, verdes, laranja, marrons e vermelhos.

Entrego o diário de volta para Jesinia.

— Então talvez não seja um sete. Talvez você tenha traduzido algo errado?

Ela balança a cabeça, voltando para as primeiras páginas do diário, entregando-o para mim outra vez.

— Olha aqui. — Então aponta para o símbolo e ergue as mãos. — "Aqui está o registro de Lyra, dos Seis Primeiros." — Ela aponta para o símbolo do seis e depois vira a página mais uma vez até o lugar com o símbolo que estamos tentando identificar, marcando as páginas lá para o meio. — Aqui, sete.

Abro a boca. Merda. Merda. *Merda.*

— São parecidos — sinaliza ela. — Mas isto aqui é um sete. E existem sete círculos na pedra de égides em Aretia. Sete runas. Sete — ela repete a última palavra, como se eu de alguma forma não estivesse conseguindo compreendê-la.

Sete. Os pensamentos rodopiam na minha cabeça rápido demais para conseguir compreender um sequer.

— Esse diário deve estar… errado — sinaliza ela, quando permaneço em silêncio.

Fecho o livro e o entrego outra vez para ela.

— Obrigada. Você deveria ir para a enfermaria. Sawyer está lá, e se nós…

Ela empurra o diário para dentro do manto e começa a sinalizar antes que eu sequer termine a frase.

— Por que Sawyer está na enfermaria? — pergunta, os olhos arregalados.

— Um wyvern arrancou a perna dele.

Ela prende o fôlego.

— Vá. Se evacuarmos os feridos, Maren disse que ficaria de olho nele. Então, caso a evacuação aconteça, lá é o lugar mais seguro para você estar. Ela vai tirar vocês dois daqui.

Jesinia assente.

— Se cuida.

— Você também — respondo.

Ela levanta a barra do manto com as mãos e atravessa o pátio correndo, seguindo na direção da porta ao sul.

Minha cabeça continua um turbilhão quando me viro na direção da liderança reunida ao final do arco e começo andar na direção deles.

Será que as instruções se referem a um grifo? Foi isso que o primeiro diário quis dizer com seis e um? Não pode ser. Se um grifo contribuísse para as égides, a magia dos paladinos funcionaria dentro dos limites delas. Porém, não existem sete raças de dragões…

Então eu tropeço, apoiando uma mão na pedra enquanto meu cérebro cambaleia pelo único caminho que faz sentido. Mesmo que esse caminho seja inacreditável.

Mas…

Puta merda.

Interrompo imediatamente aqueles pensamentos antes que qualquer um que esteja conectado a mim possa passar pelos meus escudos e me pegar raciocinando aquilo.

— De jeito nenhum — diz Xaden para Melgren, que está entre dois dos seus assistentes.

Eu me posiciono entre minha mãe e Xaden.

— Acha que cadetes vão dar conta de defender *tudo* isso? — o coronel Panchek gesticula loucamente no ar enquanto um Rabo-de-clava-verde…

Meu coração tem um sobressalto quando Teine derruba o último wyvern que restou em nosso setor. A carcaça cinzenta despenca do céu e cai em algum lugar a nordeste, atrás da fileira de dragões.

— O que está fazendo aqui? — questiona mamãe.

Meu olhar acompanha a linha de wyvern pairando a distância. Até agora, estamos feridos, mas foram eles que mais sofreram golpes mortais, e no centro de sua formação está um buraco, como se estivessem esperando por alguém.

— Ela nunca está longe *dele* — comenta Melgren.

Aqueles wyvern estão esperando, exatamente do jeito que o dominador das trevas disse que estariam, e meu estômago revira ao pensar em *quem* estão aguardando.

— Não vamos levar Tairn e Sgaeyl para defender o Vale — declara Xaden, cruzando os braços. — A Primeira e a Segunda Asas já estão fazendo isso, além de todos os outros dragões que não se uniram a humanos.

Sgaeyl e Tairn pousam à direita, perto da torre que leva ao Parapeito, e só posso torcer para que Andarna não esteja escondida junto deles, já que não ouso abaixar os escudos para verificar. Pela primeira vez, sou eu que talvez esteja guardando o maior segredo de toda a nossa existência.

— Você é o motivo de eu não conseguir planejar nada de forma eficiente — retruca o general Melgren para Xaden. — Você é o motivo para eu sequer ter *conseguido prever* que essa batalha ocorreria.

Ele tenta olhar para Xaden por baixo do nariz de gavião, mas é pelo menos três centímetros mais baixo do que ele.

— Não precisa agradecer por termos voado até aqui só para ajudar vocês — responde Xaden, o que faz o outro homem desdenhar.

— O Vale é a única coisa que importa — interrompe mamãe, virando-se lentamente para que seu ombro fique entre Melgren e eu. — Os Arquivos já foram selados. O resto da fortaleza pode ser reconstruído.

— Você vai abandonar tudo — diz Xaden baixinho, usando aquele tom frio e ameaçador que costumava me assustar pra caralho.

Pela forma como Panchek reage, dando um passo para trás, esse tom ainda não perdeu o efeito.

O silêncio os condena. Meu olhar passa de rosto em rosto, procurando alguém, qualquer um, que vá discutir.

— Pode ser que eles despachem aquela horda a qualquer instante. — Melgren aponta para os wyvern. — Temos mais de sessenta pares feridos, seja cavaleiro ou dragão. Aquela horda ali vai nos deixar ainda mais debilitados.

— Então por que não mandar *todos* os cadetes para o Vale? — desafia Xaden.

Melgren estreita os olhos miúdos.

— Pode ser até que esteja liderando uma revolução, Riorson, mas não sabe nada sobre vencer uma *guerra*.

Ao menos ele chamou o movimento de revolução, em vez de rebelião.

— Você está usando cavaleiros como distração. — Xaden abaixa os braços. — Uma estratégia de enrolação. Vão todos morrer aqui, ganhando tempo para aqueles que estão indo para o Vale se prepararem. Mas se preparar para o *quê*, exatamente?

Fico boquiaberta.

— Não pode fazer isso — digo, me colocando na frente da minha mãe. — E não vão precisar. Brennan regenerou a pedra de égides.

— Nem mesmo Brennan consegue regenerar magia, cadete Sorrengail. — Não há qualquer hesitação na determinação que vejo nos olhos dela.

— Não — eu admito. — Mas ele não precisa fazer isso. Se a pedra tiver sido regenerada, pode conter poder. Ainda podemos erguer as égides. E eu sei como.

Uma sombra curiosa acaricia a ligação que temos e tenta escorregar através de meus escudos, mas não a deixo entrar.

— Você não obteve sucesso completo em Aretia, não é mesmo? — questiona ela, abaixando a voz para que só eu a ouça. — Uma mera possibilidade não ajuda em nada.

Essa parte é dita para o resto do público, e a repreensão faz minhas bochechas corarem.

— Eu consigo — sussurro só para ela, e então levanto a voz para ser ouvida. — Se colocarem Xaden e eu no Vale, deixarão a pedra de égides desprotegida, e ela é a única solução para sairmos todos vivos daqui hoje.

— Você não tem garantia de que ainda está funcionando depois de ter sido regenerada — diz ela lentamente, como se houvesse alguma chance de que eu a tivesse compreendido mal. — E, mesmo que fosse o caso…

— *O líder deles chegou* — Tairn me informa.

E, pela forma como a cabeça de cada cavaleiro se volta para o céu, inclusive a minha, ele não foi o único dragão que notou.

Ali, no centro da horda, um wyvern um pouco maior do que os outros chegou, carregando um cavaleiro vestido em trajes azuis reais. O pavor que domina meu estômago me informa que, se ele chegar mais perto, vou reconhecer o cabelo escasso escuro e o crispar irritado dos lábios, mesmo que a lógica me diga que não vou, que tudo não passa da porra de um *pesadelo*.

Meu coração vai a mil quando o medo parece penetrar minha pele, mais gelado do que a chuva e a neve derretendo ao nosso redor.

— Como pode ver — diz mamãe, tirando o olhar da horda —, agora é tarde demais para as égides.

— Não é não! — argumento.

— Cadete… — começa mamãe.

— Eu consigo erguê-las — prometo, bloqueando-a com o corpo quando tenta passar por mim. — Se a pedra puder ser imbuída, eu posso erguer as égides!

— Cadete — esbraveja mamãe, as bochechas ruborizando.

— Pelo menos *verifique* se a pedra consegue aguentar antes de nos sentenciar, todos nós, à morte! — insisto.

— Violet! — mamãe grita.

— Me escuta! — berro de volta. — Será que pelo menos uma vez na vida você consegue escutar o que eu tenho pra te dizer? — Ela afasta a cabeça, surpresa, e eu continuo: — Pela primeira vez na *minha* vida, confie em mim. Tenha fé em *mim*. Eu vou conseguir erguer as égides.

Ali está. O jeito como os olhos dela se estreitam de leve me informa que consegui captar a atenção dela.

— Se erguermos as égides, todos os wyvern neste campo estarão mortos. Todos os dominadores das trevas ficarão impotentes… — Engulo em seco, pensando em Jack. — Quase impotentes. Me diz aí uma arma que seja capaz de realizar um feito desses. É só ir até lá comigo e verificar se a pedra contém poder. Me ajudar a imbuir a pedra — imploro para minha mãe. — Se a pedra não estiver segurando poder, então eu me submeto a você para o que quiser, general. Mas eu vou conseguir. Sei como fazer.

— Chega. Estamos desperdiçando tempo. — Melgren abana a mão para me dispensar e anda até Codagh, os ajudantes em seu encalço.

— Espere! — diz minha mãe, e meu coração para de bater.

— Pois não, general? — retruca Melgren, parando para nos encarar do outro lado do arco.

— Esta escola ainda é minha. — Mamãe ergue o queixo. — Eu mandei esperar.

— E o exército é *meu*! — ladra ele. — E eu digo que *não* vamos esperar!

— Tecnicamente, só metade desse exército é seu — informa Xaden, o olhar fixo na horda de wyvern. — A outra metade é minha. E, já que você não teve nenhum problema em mandar executar meu pai, não tenho problema algum em bater em retirada com os meus para deixar que *você* morra sozinho se recusar a ajudá-la.

Melgren encara Xaden, a cor lentamente se esvaindo de seu rosto.

— Foi o que pensei. — Xaden estende a mão. — Quer me acompanhar, Violet?

Algo no tom dele (talvez resignação) faz com que eu entrelace nossos dedos, seguindo-o enquanto se afasta do arco, passando por Melgren, indo na direção dos nossos dragões.

— Aonde pensa que vai? Estão prestes a atacar… — começa Melgren.

— Estou indo ganhar o tempo de que ela precisa — responde Xaden, e meu estômago embrulha. — E eles não vão atacar. Ainda não. Ainda estão esperando.

— Estão esperando por quem, porra? — rosna Melgren.

Xaden aperta a minha mão.

— Por mim.

Você vai amar a Violet. Ela é inteligente e teimosa.
Na verdade, ela se parece muito com você.
Só não esquece de uma coisa quando a conhecer:
ela não é nada parecida com a própria mãe.

— Correspondência recuperada do cadete Liam Mairi
para Sloane Mairi

CAPÍTULO SESSENTA E QUATRO

— Como assim eles estão esperando por você? — pergunto, assim que estamos na frente de Codagh, encarando um campo de batalha aberto coberto de cadáveres, tanto de wyvern quanto de dragões.

Uma dor apavorante começa a latejar em meu peito.

Já ocorreram tantas mortes, e sequer enfrentamos a pior parte das forças inimigas. Pela aparência da primeira linha daquela horda, quase todos os dominadores das trevas estão nas linhas de combate mais ao fundo.

— Aquele é um dos professores deles — diz Xaden, os olhos fixos no venin que está no meio, em destaque. — O que escapou em Resson.

— Ele estava nos penhascos também.

Eu me esforço para manter a voz calma, apesar das palpitações que sinto em meu coração. Preciso erguer as égides *agora*. São a melhor chance que temos de sair dessa vivos. No entanto, cada dragão só pode contribuir com o próprio fogo em uma única pedra de égides, o que significa…

— Ele achou que estaríamos em Samara — diz Xaden. — Provavelmente achou que responderíamos ao chamado de Melgren com honra.

— Como é que você sabe disso? — franzo o cenho.

— Faça um favor a nós dois e não pergunte mais isso.

Tairn e Sgaeyl rondam atrás de Aimsir, monitorando as ameaças tanto no chão quanto no céu enquanto vêm até nós. Com o coração a mil, passo os olhos deles para a figura do Mestre, que se abaixa lentamente a mais de cem metros de distância. Ele está voando para o *chão*.

Merda. Preciso me apressar.

— Se você precisasse escolher erguer as égides corretamente aqui em Basgiath, ou as nossas em… — Não consigo pronunciar a palavra. Não aqui. — O que preferiria?

Xaden franze a testa, desviando o olhar do Mestre para olhar para mim.

— Você precisa escolher. Só tenho recursos para erguer as égides aqui ou… lá. — Existe uma súplica evidente em meu tom. — Eu nunca tiraria essa escolha de você.

Ele já deu tanto de si.

Xaden estremece e ergue o olhar para a horda, que paira a distância, e para a descida lenta e teatral do Mestre em seu wyvern antes de voltar os olhos para mim rapidamente.

— Você deve erguer as égides de onde estiver, e, no caso, o lugar em que está é aqui.

— Mas o seu lar… — Minha voz sai mais baixa do que um sussurro.

— *Você* é o meu lar. E, se morrermos todos aqui hoje, então o conhecimento vai morrer conosco. Proteja Basgiath.

— Tem certeza? — Meu coração parece bater igual ao segundo ponteiro de um relógio, fazendo uma contagem regressiva do tempo que temos.

— Absoluta.

Concordo com a cabeça, tirando a minha mão da dele, e me viro, encarando o maior dragão do Continente.

— Preciso falar com você.

— *Puta que pariu*, Violet — exclama Xaden, virando-se e se colocando ao meu lado quando Codagh lentamente abaixa a cabeça, nivelando o focinho ao meu rosto para me encarar com olhos dourados semicerrados, porque, mesmo se estivesse no chão, eu não estaria mais alta do que as narinas dele. — Tem certeza de que sabe o que está fazendo?

— Se eu não souber, vamos todos morrer.

E é melhor que eu seja rápida, porque Tairn está quase chegando. Consigo senti-lo desmoronando meus escudos. Nenhum cavaleiro consegue afastar o próprio dragão por muito tempo se ele estiver determinado a entrar.

Codagh alarga as narinas, o lábio crispando-se por cima de dentes bastante afiados, bastante compridos e exageradamente perto de mim.

— Você *sabe*. — A minha voz sai como a acusação que é. — E não contou ao seu cavaleiro porque dragões protegem outros dragões.

Um sopro de vapor atinge meu rosto, e Xaden pragueja baixinho, sombras enroscando-se em seus pés.

— Sim. Eu descobri. Já usei o fogo de Tairn na segunda pedra de égides. Então, se conseguir imbuir a pedra de Basgiath, você virá? — peço, minhas unhas fincando-se na palma da mão para me impedir de tremer.

Ele é o único dragão no Continente além de Sgaeyl que não tem medo de Tairn de forma alguma.

— Você não precisa dele como o dragão preto de Basgiath — argumenta Xaden. — Você já tem Andarna.

— Você. Virá? — Sustento o olhar ameaçador de Codagh. — Estaremos todos mortos se não vier. Será o fim do Empyriano.

Ele solta outro sopro de vapor, mais suave dessa vez, abaixando o queixo e assentindo bruscamente, erguendo a cabeça enquanto Tairn se aproxima da esquerda e Melgren aparece na perna dianteira mais distante de Codagh.

— *Está desejando a morte hoje?* — pergunta Tairn, passando por cima dos meus escudos.

— *Precisava confirmar um segredo que não era meu para compartilhar* — respondo. — *Por favor, não insista.*

As garras de Tairn amassam a neve batida ao meu lado. Eu me viro na direção de Xaden.

— Não quero te deixar aqui e tenho um milhão de perguntas sobre por que estão vindo atrás de você, mas se eu não… — Cada fibra do meu ser se rebela ao pensar em deixá-lo para trás.

Inclinando-se para mais perto, ele leva a mão à minha nuca.

— Nós dois sabemos que você não pode erguer as égides e lutar ao mesmo tempo. Quando estávamos em Resson, eu os segurei enquanto você lutava. Confiei que você aguentaria. Agora confie em *mim* para aguentar enquanto você ergue as égides antes que mais pessoas morram. Ponha um fim nisso. — Ele me dá um beijo rápido e forte, encarando meu rosto como se fosse a última vez que fosse me ver. — Eu te amo.

Ai… *Deuses*. Não. Eu me recuso a aceitar o adeus nas palavras dele.

— Você vai sair vivo dessa — ordeno a Xaden, olhando para a horda que o aguarda, a figura do Mestre que está quase no chão, demorando um tempo infinito, como se fosse um jogo que ele já venceu, e, por fim, me viro para Tairn. — Fique com ele.

Tairn rosna, crispando os lábios sobre as presas.

— Fique com ele, por mim. Não ouse deixar ele morrer!

Virando-me de costas, começo a correr sem me despedir de Xaden. O adeus não vai ser necessário quando sei que vou vê-lo daqui a pouco. Porque não existe a menor chance de que eu vá fracassar.

— Os paladinos querem lutar — digo para Melgren. — Deixe que lutem!

Finjo que não estive numa batalha durante as últimas duas horas, que não usei meus poderes à exaustão, que já não levei meu corpo ao limite e *corro*.

— Interrompa a tempestade para os grifos voarem! — grito para minha mãe quando passo por ela, correndo sob o arco.

Foda-se essa coisa de permissão ou compreensão. Se a pedra de égides ainda conseguir reter poder, vou imbuí-la com o meu.

Levanto os braços e forço minhas pernas a se *mexerem*, apesar da dor atordoante que sinto nos joelhos. Corro pelo pátio, desviando de esquadrões da infantaria, e subo correndo a escadaria central. Passo pela porta e atravesso o corredor, o coração pulsando, os pulmões ardendo. Corro porque venho treinando para este momento desde Resson.

Corro porque não consegui salvar Liam, não consegui salvar Soleil, mas posso salvar todos eles. Possa salvar *Xaden*. E, se eu parar pra pensar, por um instante que seja, na possibilidade do que ele vai enfrentar lá fora, a vontade que vai me dominar vai ser a de dar as costas a tudo que estou fazendo e correr até ele.

Descer os degraus em espiral em velocidade máxima me deixa zonza quando chego aos fundos da torre sudoeste, a respiração ofegante ao passar pelos alunos do primeiro ano que guardam a porta e entrar pelo túnel que tem cheiro de Varrish e dor.

— Saiam da frente! — grito para Lynx e Baylor.

Porque eu consegui memorizar os nomes deles. Avalynn. Sloane. Aaric. Kai, o paladino. Sei o nome de todos os primeiranistas.

Eles mergulham para lados opostos quando forço meu corpo de lado, me embrenhando na parte mais estreita do túnel.

Sinto um aperto no peito e penso em Xaden.

Xaden, e o cheiro de tempestades e livros. É tudo em que me concentro enquanto forço o caminho pela passagem. E assim que ela se abre eu me esforço mais do que nunca, correndo pelo resto do túnel até entrar na câmara da pedra, iluminada pela luz do sol matinal.

Só então paro de correr, apoiando as mãos nos joelhos, respirando fundo para não vomitar.

— Está. Retendo. Poder? — pergunto, olhando para a pedra que milagrosamente está inteira *e* no lugar no qual deveria estar.

— Caraca, Sorrengail, acho que nunca vi você correr tão rápido! — exclama Aaric, levantando as sobrancelhas.

— Aqui. — Brennan cambaleia ao lado de Aaric, os cabelos castanho-arruivados úmidos de suor, e o primeiranista o segura, passando um braço por cima do ombro dele para manter meu irmão de pé. — Precisei de tudo que eu tinha para regenerar.

— Mas ela está retendo poder? — pergunto, forçando meu corpo a permanecer em pé, apesar da náusea.

— Tente — sugere Brennan. — Se não der certo, foi tudo em vão.

Cada segundo que temos é crucial, e vou até a pedra. Está do mesmo jeito que estava quando chegamos ontem à noite, com a exceção do zumbido poderoso de energia e as chamas.

— Parece exatamente igual à nossa antes de imbuirmos com poder e ativá-la — observa Brennan.

— Exato, só que essa estava pegando fogo quando chegamos — digo, levando minha mão ao ferro preto.

— Ferro não pega fogo — argumenta Brennan.

— Pois diga isso para a pedra — retruco.

Sem um conduíte, é mais difícil do que eu imaginava, mas eu tenho que saber fazer. Abrindo a porta para os Arquivos outra vez, recebo o poder de Tairn num fluxo concentrado, assim como Felix me ensinou, mas, em vez de voltá-lo para o conduíte, deixo que as pontas dos meus dedos repousem sobre a pedra de égides e que meu poder flua até ela.

— Quanto tempo demorou para três pessoas imbuírem a pedra de égides lá em casa? — pergunta Brennan.

— Semanas — respondo, meus dedos formigando dolorosamente como se tivessem acabado de recuperar a circulação depois de um período dormente, e observo com satisfação a energia passando pelas pontas deles.

Afasto a mão só um centímetro, só para ver os feixes brancos e azulados que conectam as pontas dos meus dedos à pedra, e aumento o fluxo de poder.

Calor pinica a minha pele e eu me levo ao limite para imbuir a pedra, o que não é muito, considerando o meu estado depois de horas utilizando meus poderes. Suor pinga da minha testa; e minha pele fica vermelha.

— Não temos semanas — diz Brennan baixinho, como se estivesse falando consigo mesmo.

— Eu sei.

Rugidos soam a distância, e eu ergo o olhar para a abertura da câmara, o céu tão acima de nós. Minha garganta se fecha ao ver a quantidade de massa cinzenta chocando-se contra corpos verdes e laranja. Meu esquadrão está lá em cima, lutando sem mim. Xaden está batalhando nos portões. Não temos mais tempo.

Interrompo meu poder e descanso a palma da mão na pedra. Sinto uma vibração minúscula, igual a uma onda provocada na superfície de um lago vasto quando uma pedrinha foi atirada nele. Não temos pedrinhas o bastante.

— Ela está retendo poder, mas não temos cavaleiros o bastante que conseguem imbuir aqui embaixo — declaro.

— Vou dizer a Marbh para avisar os outros — avisa Brennan, e nós dois erguemos o olhar quando um vislumbre vermelho é seguido rapidamente por um cinza.

— Precisamos de todos os cavaleiros que conseguirmos reunir.

Só que quem é que vai parar de lutar e arriscar a batalha por um palpite? Meu coração se sobressalta. A batalha está parecendo exatamente o que minha mãe nos avisou para não deixar acontecer: uma briga sem sentido. Uma sombra escura passa por cima do topo da câmara e eu abaixo meus escudos pela primeira vez desde que falei com Jesinia.

— *Desça até aqui* — digo para Andarna, contornando a pedra para que ninguém que esteja vindo ajudar a veja.

— *Não gosto muito de poços…*

— *Agora.*

Não existe espaço para que ela retruque no meu tom de voz.

Levo a mão à pedra e invoco meu poder enquanto ela desce, escurecendo o sol momentaneamente, onde ninguém mais consegue ver. O poder flui de mim em um gotejo contínuo, formigando a ponta de meus dedos enquanto o cedo à pedra.

Ela pousa, escondida nas sombras que a luz matinal ainda não tocou.

— *Por que você não me contou?* — pergunto.

Os olhos dourados dela piscam na escuridão.

— *Contei o quê?*

— *Eu já sei, Andarna.* — Balanço a cabeça. — *Eu deveria ter descoberto antes. No segundo em que vi você depois de Resson, sabia que tinha alguma coisa diferente no brilho das suas escamas, mas achei que, como nunca tinha ficado perto de outro adolescente, não saberia dizer ao certo.*

— *Diferente* — ecoa ela. Então vira a cabeça para o lado e sai da escuridão, as escamas mudando de um tom preto como a meia-noite para um púrpura profundo e cintilante. — *Foi assim que eu sempre me senti.*

— *É por isso que você sente que não se encaixa com os outros adolescentes* — aponto, as mãos trêmulas enquanto sigo no fluxo do poder, cedendo o que posso para a pedra até os outros chegarem para ajudar. — *Foi por isso que teve a permissão de se unir. Deuses, você mesma me disse, mas achei que estava sendo* só*…*

— *Uma aborrecente?* — desafia ela, alargando as narinas.

Assentindo, tento ignorar o som da batalha acima para manter minha concentração em salvarmos nossa vida, mesmo enquanto a raiva inunda a união que tenho com Tairn, e também fúria... Não posso pensar no que Xaden está fazendo.

— *Eu deveria ter escutado quando você disse que era a chefe da própria casta. Foi por isso que ninguém podia ir contra o seu Direito de Benefício no ano passado. O motivo pelo qual o Empyriano permitiu que um filhote fizesse uma união.*

— *Diga logo. Não fique fazendo rodeios* — exige ela.

Mesmo respirar fundo não acalma meu coração acelerado.

— *Suas escamas não são pretas de verdade.*

— *Não.* — Mesmo agora, as escamas estão mudando, absorvendo a cor cinzenta das pedras ao nosso redor. — *Mas ele é, e eu quero* tanto *ser igual a ele.*

— *Tairn* — digo. Não é difícil adivinhar.

— *Ele não sabe. Só os anciões sabem.* — Ela abaixa a cabeça, descansando-a no chão à minha frente. — *Eles o reverenciam. Ele é forte, leal e valente.*

— *Você também é tudo isso.* — Oscilo por causa do esforço de usar meu poder, mas mantenho o equilíbrio, seguindo o fluxo do poder. — *Você não precisava se esconder. Poderia ter me contado.*

— *Se não descobrisse sozinha, então não valeria a pena conhecer quem sou.* — Ela bufa. — *Esperei seiscentos e cinquenta anos para chocar do meu ovo. Esperei até o verão do seu décimo oitavo aniversário, quando escutei os anciões falando sobre a filha fraquinha da general, a garota que iria se tornar a chefe dos escribas, e aí tive certeza. Você teria a mente de uma escriba e o coração de uma cavaleira. Você seria minha.* — Ela se inclina para tocar em minha mão. — *Você é tão única quanto eu. Queremos as mesmas coisas.*

— *Você não tinha como saber que eu seria uma cavaleira.*

— *Mas olha só aonde chegamos.*

Milhares de perguntas passam pela minha cabeça, e não temos tempo para nenhuma delas, então dou a ela exatamente o que eu queria: ser vista por quem e o que ela é.

— *Você não é um dragão preto, ou nenhuma das outras seis raças conhecidas. Você é de uma sétima raça.*

— *Isso.* — Ela arregala os olhos, empolgada.

Respiro fundo para me centrar.

— *Quero que me conte tudo, mas nossos amigos estão morrendo, então preciso pedir que, se estiver disposta, sopre fogo nessa pedra.*

Suor escorre por minha testa enquanto a temperatura do meu corpo se eleva, e ainda assim continuo invocando mais e mais poder, meu braço tremendo com o esforço de mantê-lo contido, deixando que flua em vez de abri-lo numa explosão.

— *Foi por isso que fui deixada para trás.* — Ela vira a cabeça para o outro lado. — *Pelo menos é o que me lembro. Já faz muitos séculos.*

— Que bom ver você, Cam. Seu pai está te procurando. — Escuto a voz de mamãe do outro lado da pedra.

— Eu sou um cavaleiro com uma união. Não tem nada que ele possa...

— Eu não dou a mínima. A pedra está retendo poder?

Mamãe? O que é que ela está fazendo aqui? Ela deveria estar na batalha.

— *Voe* — falo para Andarna, minha voz enfraquecendo. — *Não confio nela e não quero que veja você.*

— Está — responde Brennan.

Andarna hesita e decola, voando até o topo da câmara. Meus dedos roçam a pedra enquanto a contorno lentamente até o outro lado.

— *Você está chegando ao seu limite* — avisa Tairn, a voz carregada de preocupação.

— *Não tenho escolha.*

Dando alguns passos cambaleantes, tento alcançar Xaden de leve, não para distraí-lo, só para sentir... Os escudos dele estão erguidos, me bloqueando por completo.

— *Ele continua em batalha* — diz Tairn, e minha visão escurece momentaneamente.

A visão clareia novamente... com a vista do campo de batalha. Estou vendo através dos olhos dele, assim como fiz com Andarna no ano passado.

Uma massa cinzenta bloqueia o mundo um segundo antes de o céu reaparecer, o vermelho fluindo contra as nuvens em fluxo, e vejo Tairn olhar para baixo, observando o wyvern cair com um arroubo de satisfação antes de examinar o chão, encontrando Xaden perto de uma ravina.

Meu coração bate errático enquanto observo o Mestre bloquear facilmente as sombras de Xaden com explosões de adagas azuis em chamas, e então ele para de bater completamente quando a luz do sol entre as árvores reflete em duas lâminas enterradas no chão atrás do venin, que usa um cetro.

Xaden deve ter atirado as adagas e *errado* o alvo. Eu sei que ele está com uma terceira, mas será que vai conseguir usá-la? Porque o Mestre não me parece estar perdendo território. Está se lançando contra Xaden, chegando mais perto a cada passo, encurralando-o na beirada da ravina.

Fogo verde é soprado acima, e Tairn vira a cabeça na direção de Sgaeyl e de três wyvern que se voltam para atacá-la, um deles soprando fogo vermelho-cereja. *Deuses*, tem ainda mais tipos do que imaginamos antes. O terror inunda nossa união, e minha visão escurece outra vez, meus ouvidos estalando como se eu tivesse levado um golpe.

Pisco e respiro fundo, forçando o ar a passar pela minha garganta mesmo enquanto ela se fecha, e a câmara volta a aparecer. Cambaleando um passo, depois outro, passo a mão pela pedra que se aquece lentamente enquanto a contorno até a frente da câmara, vendo mamãe, Brennan e Aaric no meio de uma conversa que não consigo ouvir direito por causa do zumbido em meus ouvidos.

O poder não só queima e incendeia minhas veias, mas também meus músculos, penetrando meu corpo até os ossos.

— *Você está chamuscando* — avisa Andarna, a voz estridente de preocupação.

A respiração seguinte inflama meus pulmões.

— *Prateada!* — ruge Tairn.

As égides *precisam* ser erguidas.

— *Vocês dois precisam ficar vivos. Prometam para mim que vão escolher viver.*

Porque estou começando a perceber que o preço de imbuir a pedra de égides a tempo para salvar todos que eu amo é a minha vida. Meu poder parece insignificante demais para uma pedra deste tamanho. Precisaria de *todo* o poder de Tairn, do poder vital todo dele, e ainda assim não conseguiria. Porém, posso dar o bastante para que os cavaleiros cheguem e consigam terminar o trabalho.

Caio de joelhos, mas não retiro o contato. Continuo cedendo mais e mais do meu poder, abrindo a porta dos Arquivos e invocando toda a força do poder de Tairn, sacudindo com o esforço de mantê-lo controlado, focado, construindo em vez de destruindo.

— Violet? — A voz de Brennan soa distante.

O calor me inunda em ondas enquanto empurro o poder para a pedra, e meu mundo se torna só dor, calor, e as batidas aceleradas do meu coração.

— Violet! — Mamãe vem correndo até mim, os olhos arregalados de medo quando pega minha mão livre e ofega, tirando de lá a palma da mão quente e cheia de bolhas.

O chão de pedra vem ao meu encontro, e estendo a mão livre para me segurar contra ele, ainda canalizando. E daí se minha pele ferver, meus dedos ficarem vermelhos, meus músculos cederem e eu me sacrificar ao fogo? Nada no mundo importa além dessa pedra, além de erguer as égides para salvar meus amigos, meus irmãos, *Xaden*.

— Qual é o seu sinete? — grita mamãe.

Mas não tenho forças para erguer a cabeça.

— *Você não pode fazer isso* — argumenta Andarna, aos gritos.

— *Você tem o seu propósito.* — Até a voz que projeto em minha cabeça soa como um sussurro. — *Talvez este seja o meu.*

— Ainda não manifestei — responde Aaric, em pânico.

— E o dos outros aqui? — Mamãe eleva a voz.

Ele começa a responder aqueles que sabe, e ignoro a voz, focando em permanecer no controle, em durar tempo o bastante para ser o mais útil possível.

Brennan cai no chão à minha esquerda, agachando-se a alguns centímetros de distância de mim, os lábios se mexendo, mas fecho os olhos e pego *mais* do poder que está me matando lentamente.

— *Pare com isso!* — ordena Tairn.

— *Sinto muito* — digo. Os músculos nos meus braços travando de exaustão. Finalmente. Agora não preciso mais fazer um esforço consciente para aguentar. Estou entrando nos estágios finais de chamuscar, assim como aconteceu no topo da montanha com Varrish. — *Você não deveria ter que perder dois cavaleiros da mesma forma.*

Forçando meus olhos a ficarem abertos, encaro o padrão na pedra sob meus dedos e entendo. Finalmente compreendo o motivo de alguém recorrer a roubar magia. Todo o poder do mundo está sob meus dedos, e se eu canalizar, se tirá-lo da terra em vez de pegar de Tairn, terei poder o bastante para salvar…

— *Você precisa se salvar* — exige Tairn. — *Eu escolhi você não como mais uma de meus cavaleiros, e sim como a minha última, e, caso morra, eu* vou *fazer o mesmo.*

— *Não* — reluto. Minha pele está expelindo fumaça.

— *Solte* — implora Andarna, e o sopro de ar na câmara combinado ao tremor leve no chão me diz que ela pousou.

— Eu não vou fazer isso! — O grito de Sloane ecoa pelas paredes e irrompe a minha névoa.

Centímetro a centímetro, dolorida, eu me forço a erguer a cabeça a tempo de ver os olhos de Brennan arregalados e a bota de mamãe vindo de encontro ao meu ombro. Ela para ali do lado gentilmente, e, antes que eu abra a boca, me chuta com toda a força, atirando meu corpo para o outro lado da câmara, rompendo a conexão que tinha com a pedra de égides.

Poder se projeta no ar com um relâmpago, e caio de costas, um grito sendo arrancado da minha garganta, o som ecoado por Brennan quando o rosto dele enche minha visão e ele segura minha mão. Um alívio gélido sobe pelo meu braço, a sensação de queimadura esvaindo-se, meus músculos se regenerando do esforço e se soltando.

Se eu não interromper o poder, ele vai morrer. Não vai conseguir me regenerar rápido assim tantas vezes seguidas, e a próxima onda de calor vem com tudo…

Empurro a porta dos Arquivos até fechar com o último resquício das minhas forças mentais, e o poder cessa. O alívio de Tairn e Andarna é instantâneo, mas tudo que sinto é o amargo gosto da derrota enquanto fico deitada lá, meu irmão ajoelhado ao meu lado enquanto regenera o corpo com que fui tão imprudente.

Acima de mim, vislumbro verde antes do enxame aparecer, o céu escurecendo com o bater de asas cinzentas.

— É o único jeito — berra mamãe, e viro a cabeça enquanto meus músculos são costurados de novo e minha pele esfria. — Não vamos conseguir imbuir algo grande assim num instante. Não sem centenas de cavaleiros, o que não temos. Se quiser salvar seus amigos, vai ter que fazer isso! — Ela grita para Sloane, os dedos segurando o pulso da primeiranista enquanto a arrasta até a pedra de égides.

— Mãe? — chamo, mas ela não responde.

— Você é uma Mairi — diz mamãe para Sloane.

— Sou. — Os olhos azul-claros encontram os meus, arregalados e incertos.

— Eu matei a sua mãe. — Mamãe bate no peito como se tivesse orgulho.

— *Mãe!* — grito.

Brennan despenca ao meu lado, pálido e suado, e me ergo de joelhos.

— Eu mesma a cacei e a trouxe para a própria execução, você se lembra disso? — Mamãe diz para Sloane, empurrando-a contra a pedra. — Você estava lá. Fiz você ficar olhando. Você e o seu irmão.

— Liam — sussurra Sloane.

Mamãe assente, segurando a mão esquerda de Sloane e a colocando no círculo mais baixo da enorme runa entalhada na pedra.

— Eu poderia ter impedido a morte dele também se tivesse prestado um pouco mais de atenção no que o meu próprio auxiliar estava fazendo no ano passado.

— Não! — grito, lançando meu corpo para a frente. Aaric corre do outro lado da câmara, não apenas me segurando, mas me *impedindo*. — Me solta!

— Não posso — diz ele, em tom de desculpas. — Ela está certa. E, se eu tiver que escolher entre a vida dela ou a sua, escolho a sua.

Minha vida ou… a *dela*?

— Andarna! — grito.

— *Eu sinto muito. Escolho a sua vida também. Você é minha. Não posso deixar você morrer.*

Andarna surge ao meu lado, dando um passo adiante para que possa ficar entre minha mãe e eu.

Ah, *deuses*. Não. Sloane é um sifão.

— Consegue ouvi-los morrendo lá em cima? É isso que está acontecendo — diz mamãe, usando um tom muito mais gentil do que jamais usou comigo. — Seus amigos estão morrendo, cadete Mairi. O herdeiro de Tyrrendor está lutando pela própria vida e você tem o poder de impedir isso. Pode salvar todos eles.

Ela pega a mão livre de Sloane, que, para o meu horror, não solta a mão que segura a pedra.

— Não faz isso! — eu choro. — Sloane, é a minha *mãe*.

Isso não pode estar acontecendo. Talvez Sloane não me escute, mas vai escutar Xaden. Abaixo meus escudos…

Dor. Uma dor dilacerante e agonizante ruge pela união. Impotência e… desamparo? O sentimento me atinge de todos os ângulos, roubando meu fôlego, arrebatando meus sentidos e minha força. Meu corpo fica frouxo, meu peso inteiro pendendo nos braços de Aaric enquanto minha mente reluta para separar as emoções de Xaden das minhas.

Ele… *Eu* não consigo pensar com toda essa dor, não consigo respirar com o aperto que sinto no peito, não consigo sentir o chão sob meus pés.

— Xaden está morrendo — sussurro.

Sloane ergue o olhar para mim e percebo que era tudo de que ela precisava saber.

— Não precisa fazer nada a não ser ficar parada — promete minha mãe, em algum lugar distante. — Seu sinete vai fazer o trabalho. Pense em si mesma como um conduíte para o poder. Vai estar só facilitando que o meu poder flua na direção da pedra.

— Violet? — sussurra Sloane.

Ergo o olhar para ela, mas não estou mais ali. Não de verdade. Estou morrendo no campo de batalha, minhas forças se esvaindo, queimando, consumindo meu corpo. Mas vai valer a pena para salvar aquela que amo. *Violet.*

— *Lutem!* — grito pela união aos outros três, passando por cima do sangue e vingança, da fúria e do fogo, do gosto amargo da carne de wyvern entre os dentes.

— Você consegue — incentiva mamãe, a voz tranquilizante.

— Mãe! — Minha voz fraqueja no instante em que ela entrelaça os dedos aos de Sloane.

— Está tudo bem — responde mamãe para mim, os olhos ficando mais bondosos quando o corpo de Sloane fica rígido. — Assim que o meu poder, o poder de Aimsir, estiver dentro da pedra, soprem fogo. Ergam as égides. Não existe nada no mundo que eu não faria para proteger vocês. Está entendendo? Tudo o que eu fiz na vida foi para que você chegasse até aqui, neste momento, em que seria forte o bastante para…

Ela cai de joelhos, mas não solta a mão de Sloane.

— Não. Não. Não. — Luto contra os braços de Aaric enquanto meu peito ameaça desmoronar, desfalecer por completo.

Vejo minha mãe entrando e saindo do meu campo de visão enquanto pisco, num segundo borrada e, no segundo seguinte, mais nítida.

— Eu sinto muito — sussurra Aaric.

— Você é tudo aquilo que sonhamos quando você nasceu — diz mamãe baixinho, a pele empalidecendo enquanto a de Sloane fica cada vez mais escarlate. — Vocês três. — Ela olha para Brennan. — E logo vou poder estar com ele.

Nosso pai.

Arregalo os olhos, ainda me debatendo para me desvencilhar de Aaric.

— Não — implora Brennan, balançando a cabeça. — Não faça isso.

Ele cambaleia, ficando em pé, oscilando até ela, mas não consegue chegar muito longe antes de cair.

— Vivam bem — diz ela, por fim.

A cabeça dela pende para a frente e os olhos reviram para trás, e a pele fica com uma textura de cera que é obscena em contraste com o uniforme preto enquanto o peito se levanta cada vez mais devagar, com o fôlego interrompido, incompleto.

Brennan se arrasta até ela.

Passos ressoam atrás de mim, chegando correndo.

— Não! — grito, rasgando a minha garganta, dilacerando minha alma.

Um zumbido distinto de fazer os pelos arrepiarem se ergue da pedra de égides enquanto mamãe cai para a frente, nos braços de Brennan.

Sloane cambaleia para trás, encarando as palmas da mão como se pertencessem a outra pessoa, e Aaric finalmente me solta.

Eu me lanço para a frente, caindo de joelhos onde Brennan está sentado segurando o corpo de mamãe no colo, a mão trêmula quando toca no rosto dela. Meus dedos encontram o pescoço dela, mas não há pulso. Não há calor. Não há vida.

A única coisa que ouço são os passos de bota correndo até a câmara.

Ela se foi.

— Mãe — sussurra Brennan, o rosto desmoronando enquanto olha para ela.

— O que foi que você *fez*?! — Mira se joga de joelhos, desvencilhando o corpo de mamãe de Brennan, as mãos furiosas procurando o que as minhas procuraram há pouco, qualquer sinal de um batimento cardíaco. — Mãe? — Ela treme violentamente, mas a cabeça de mamãe rola para o ombro dela. — Mãe!

Não consigo respirar. Ela era a maré, as tempestades, o ar em si, uma força da natureza grande demais para ser extinta sem destruir o centro do mundo. Como pode só ter partido desse jeito?

— Eu sinto muito — choraminga Sloane, baixinho.

— O que foi que você fez? — berra Mira outra vez, a fúria completa voltada para Brennan.

— *Xaden precisa de você* — diz Andarna, mas não consigo me mexer. — *Tairn e Sgaeyl estão esperando ao lado dele.*

— Precisamos tirar todos daqui — fala Aaric.

Mãos seguram meus ombros, as dele, imagino, me puxando do chão e me guiando para trás.

Mira segue o comando dele, enganchando os braços embaixo do corpo de mamãe, arrastando-a da câmara. Sloane ajuda Brennan e ficamos todos no túnel. Outra pessoa ajuda a carregar mamãe. Algum dos primeiranistas?

As mãos de Mira seguram meu rosto, buscando meus olhos, e alguma coisa bloqueia a entrada do túnel.

— Você está bem?

— Eu não consegui impedir que ela fizesse isso.

Estou ouvindo a minha voz? Ou a de Brennan?

Calor me inunda, intenso o bastante para puxar o oxigênio dos meus pulmões, mas o fogo não nos toca.

Andarna está parada no batente, as asas estendidas para impedir que as chamas que circulam na câmara atravessem para o túnel, fluindo de seis lá em cima e de uma que faz toda a diferença. Um pulso de energia me percorre como uma onda. As égides.

Quando Andarna se mexe, meu olhar volta para cima, para a pedra de égides regenerada, para a chama de ferro que arde, preta, acima dela.

Ela é tudo que restou da minha mãe.

A maioria dos generais sonha morrer a serviço do próprio reino. Mas você me conhece, meu amor, e sabe que eu não faria isso. Quando eu morrer, será por um único motivo: para proteger nossos filhos.

— Correspondência nunca enviada e recuperada da general Lilith Sorrengail

CAPÍTULO SESSENTA E CINCO

Bam. Bam.

O som ecoa pela câmara de égides.

— *Cadáveres de wyvern* — informa Andarna, virando a cabeça para encarar através do batente. — *Por favor me perdoe.*

Ela pisca os olhos dourados.

Perdoá-la?

— A escolha foi dela — sussurro, mas as lágrimas que escorrem das minhas bochechas não expressam resignação, exatamente, nem os soluços que irrompem pelo corpo de Mira, e o olhar vazio que vejo no rosto de Brennan não é nada pacífico quando remove a jaqueta de voo em movimentos bruscos e lentos e a coloca sobre o corpo de mamãe.

Não tenho certeza de quanto tempo se passou enquanto somos guiados pelo túnel e pela passagem estreita. As escadas viram um borrão.

— *Você está viva. Vai viver hoje. Vai acordar amanhã* — me promete Tairn, enquanto me forço a colocar um pé na frente do outro.

— *E Xaden?* — Tento alcançá-lo pela união, mas os escudos dele estão erguidos.

— *Ele está vivo.*

Graças a Dunne.

É a minha gravidade, não é? Ele é o que mantém meus pés no chão. O que garante que o sol vai voltar amanhã.

— Ele vai colocar o corpo dela na Divisão — alguém informa a Brennan.

Um dragão deve ter trazido o corpo de mamãe da câmara de égides.

Somos saudados, saindo da torre sudoeste, pelo som da vitória. Aplausos e agradecimentos aos deuses. A infantaria, os médicos, cavaleiros e paladinos enchem os corredores com seus abraços, mas conseguimos atravessar a multidão.

Mira, Brennan e eu ficamos parados no batente do pátio, observando aquela comemoração tomar força. Nenhum de nós parece conseguir se mexer.

Um rosto aparece na minha frente. Olhos castanhos. Cabelos castanhos. Dain.

— Violet? — Ele ergue um braço ensopado de sangue para me tocar, mas repensa. — Você está…

— Saia da frente! — Rhiannon o empurra, o sorriso cansado, mas lindo demais. — Você conseguiu erguer as égides!

Ela segura meu rosto com as duas mãos.

— Sim. — Consigo assentir, meu olhar avaliando o rosto dela. Vejo alguns rasgos na calça de couro que podem ser feridas de faca, mas não consigo determinar precisamente. — Você se machucou?

— Só um arranhão — ela me garante. — Você deveria ter visto! Os wyvern começaram a despencar do céu igual peso morto, e os venin entraram em pânico e fugiram. A liderança vai caçar todos eles agora.

— Que bom. Isso é bom. — Continuo assentindo. — E os outros?

— Ridoc está bem. Imogen levou uma facada na barriga, mas quase nem reclamou. Quinn levou um soco na cara, mas acho que só ficou inchado, e eu ia checar o estado de Sawyer e dos paladinos agora. Você quer… — Ela examina minha expressão. — Xaden?

— Está vivo — consigo dizer. — De acordo com Tairn.

Ela olha para Brennan, depois para Mira, antes de se voltar para mim, a compreensão aparecendo no rosto, que desanima.

— Minha mãe — tento explicar, mas sinto um nó na garganta. — Ela… a pedra de égides não tinha nenhum poder, e minha mãe…

— Ah, Vi. — Rhi dá o passo que nos separa e me puxa para um abraço.

Não importa agora o fato de que eu não deveria, de que é só uma exibição vergonhosa de emoções e que ela não ia querer que eu fizesse isso. Desabo, soluçando no ombro de Rhiannon, a respiração ofegante. A cada lágrima, sinto meus pés encontrarem o chão em um mundo que gira, e sinto as primeiras ondas de choque começarem a se dissipar.

Quando ergo o olhar, Brennan está sentado na escadaria que leva ao prédio administrativo parecendo pronto para desmaiar enquanto dá ordens, e não vejo Mira em lugar nenhum.

— Do que você precisa? — pergunta Rhi.

Tento alcançar Xaden, mas os escudos ainda estão travados, então passo o dorso das costas pelo rosto e dou o meu máximo para assumir o controle das minhas emoções.

— Preciso ver Tairn e Xaden.

— *Estamos aqui na frente* — Tairn me informa.

Ando naquela direção, passando por negociações entre Melgren e Devera e parando quando o ouço ditando termos para o nosso retorno. Um ataque com uma horda grande como aquela? Com cadáveres caindo em todo o reino? Não existe nenhuma chance de a liderança conseguir esconder isso. É questão de horas até que todos os cidadãos de Navarre descubram as mentiras que foram contadas. Não é à toa que querem que voltemos.

Eu nem sei se *quero* voltar. Atravesso o pátio e o arco e me vejo a céu aberto.

Na verdade está mais para… um cemitério a céu aberto.

Carcaças de wyvern povoam o chão com algumas cores no entremeio, mas não reconheço nenhum dos dragões pelos quais passo enquanto caminho até as silhuetas de Tairn e Sgaeyl, perto da beirada da ravina.

— Está machucado? — pergunto para a ele.

— *Você saberia se eu estivesse* — diz ele, virando a cabeça quando Andarna se aproxima, a asa direita estremecendo pouco antes de pousar.

— Vocês dois precisam conversar. Agora.

Tairn vira os olhos dourados para mim.

— Agora — repito, incisiva.

A atenção dele se volta inteiramente para Andarna, e caminho até Sgaeyl, sentindo que Xaden está um pouco além de onde ela está sentada, de guarda.

— Vai me deixar passar? — pergunto a ela, mantendo os meus olhos fixos nos dela, e não na barba de sangue que cobre seu focinho.

— *Você lutou bravamente hoje.*

— Obrigada. — Um sorriso relutante marca meus lábios. — Você também.

— *Sim, mas é esperado que* eu *faça isso.* — Ela remexe as pernas dianteiras, revelando Xaden parado na beirada da ravina, de costas para mim. — *Tenha cuidado com as palavras que for usar.*

— Que irônico você me falar isso — murmuro, mas continuo caminhando, avaliando-o.

Vejo um corte na parte de cima de suas costas, mas é tudo que percebo até chegar ao lado dele, mantendo meus pés a centímetros das beiradas, de onde ele está praticamente se pendurando.

— O que aconteceu? — pergunto.

— Eu o matei. — A voz dele é vazia, assim como sua expressão, o sol do meio-dia varrendo quase qualquer sombra em seu rosto. — Rompi seja lá qual conexão tinha comigo e o matei. O corpo dele caiu na ravina e agora estou aqui, olhando para o rio como se a qualquer momento ele fosse emergir, mesmo que eu saiba que a correnteza provavelmente já o carregou até muito longe.

— Sinto muito por não ter estado aqui. — Tento segurar a mão dele, mas ele se afasta.

— Eu não. Você nos salvou.

— Minha mãe nos salvou. — Minha voz fraqueja. — Ela fez Sloane sugar o poder de Aimsir e a energia vital dos dois para dentro da pedra de égides. E se foi.

Ele fecha os olhos.

— Eu sinto muito, mesmo.

— Ela matou o seu pai. Por que você sentiria? — Limpo mais uma lágrima que escorre sem querer.

— Eu não queria que ela morresse — ele responde, baixinho. — Nunca seria capaz de desejar que as pessoas que você ama morressem.

O silêncio recai sobre nós e não é do tipo confortável.

— Melgren quer que a gente volte — digo, procurando por alguma reação, *qualquer* reação, vinda dele.

— Então a gente volta. — Ele assente. — As égides de Aretia já estão enfraquecendo, e essas estão intactas. Vai me explicar o que aconteceu mais tarde, né?

Ele me olha de soslaio, mas rapidamente desvia, como se olhar para mim doesse.

— Vou — prometo.

— Ótimo. — Ele assente. — É mais seguro que você fique aqui. É onde você deveria estar. — Ele respira fundo, trêmulo, e depois ri. — Não vai ter tanto medo com as égides funcionando.

Franzo o cenho.

— Acabei de lutar contra um exército inteiro de wyvern e dominadores das trevas, ergui as égides e perdi minha mãe no processo. Por favor, se souber de alguma coisa mais assustadora do que isso, me avisa.

— Você me ama — sussurra ele.

— Você sabe que sim. — Agarro a mão dele, e meu estômago embrulha quando ele se vira para mim, mas abaixa os olhos. — O que existe neste mundo que deveria me assustar, Xaden? O que foi que ele te contou? O que você viu?

O que ele poderia ter descoberto que o abalou tanto?

Lentamente, ele sobe o olhar pelo meu corpo, e parece que demora anos para que simplesmente *olhe* para mim.

Quando finalmente o faz, eu ofego, minha mão segurando a dele com mais força por reflexo.

Não. Essa é a única palavra que consigo pensar, sentir, gritar internamente enquanto encaro o homem por quem estou perdidamente apaixonada.

— De mim — sussurra ele. Um aro vermelho leve e praticamente indistinguível emana de suas íris de ônix com lascas douradas. — Você deveria ter medo de *mim*.

Tentamos todos os métodos conhecidos, como solicitado. Não existe cura. Só conseguimos controlar.

— Missiva do tenente-coronel Nolon Colbersy para a general Lilith Sorrengail

CAPÍTULO SESSENTA E SEIS

XADEN

Todo o terror de Sgaeyl parece percorrer minha coluna enquanto fico suspenso a poucos centímetros do campo de batalha, meus músculos congelados, meu poder travado, inútil, dentro de mim. Mesmo que ele me solte, não sei se vai me restar força o bastante para usá-los. Ele me exauriu só por *diversão*, caralho.

Nunca fui páreo para ele. Nenhum de nós é.

Cada nervo no meu corpo grita pela dor que me incinera, o calor de usar poder demais por tempo demais me queimando vivo. Porém, pior do que a dor é a *derrota*.

— Dói, não é? Quase chamuscar?

O Mestre faz um círculo lento ao meu redor, os trajes azuis mais escuros na bainha por causa da neve derretida, apenas a alguns metros da ravina que precisei atravessar para provar que era digno deste lugar.

— A magia gosta de equilibrar tudo. Se tomar demais, vai consumir você por se exaltar.

Tento rasgar os elos com os quais ele me prende, linhas invisíveis de poder que me atam como um frango indo ao forno.

— Você golpeia. Eu bloqueio. Você atira. Eu desvio. — Ele suspira, arrastando o cetro no chão às suas costas.

Exatamente como nos meus pesadelos.

Só que dessa vez o suor que pinga da minha nuca me faz lembrar de que isso aqui é real. Que Violet está embaixo de Basgiath, lutando para erguer as égides; que Tairn está abatendo quaisquer wyvern que estejam rasgando Sgaeyl acima de mim e que a impedem de vir me ajudar. O que acontece para eu fracassar tanto com as fêmeas na minha vida?

— Então, vou conceder a você uma última chance de fazer a escolha certa, para encerrarmos isso — diz o Mestre, parando na minha frente, sorrindo para mim com aqueles olhos sinistros contornados de vermelho e as veias distendidas como teias de aranha.

Ele recua alguns passos e finca o cetro no chão.

A gravidade reivindica meu corpo e eu caio, os pés falhando enquanto caio de quatro no chão.

— Eu avisei que você se voltaria por amor — diz ele, estendendo os braços. — E é isso que vai fazer.

— Você não sabe porra nenhuma da minha vida.

Cambaleio e fico em pé, mas acabo caindo outra vez, ajoelhado no chão enquanto Sgaeyl ruge, furiosa, acima.

— Eu sei mais do que você imagina. — Ele abaixa o cetro e se apoia nele como se fosse uma bengala.

— Porque você é um Mestre? — cuspo, firmando os pés naquele morro em Tyrrendor mentalmente e tentando alcançar mais poder.

— Um Mestre? — Ele ri. — Eu sou um *general.*

Fogo percorre meus braços e as sombras se espalham abaixo de mim, enroscando-se no torso desse cuzão arrogante. A satisfação me percorre numa adrenalina melhor do que churram.

— Generais podem morrer tanto quanto soldados.

Luto com meus próprios braços para que se mexam, mas não obedecem, os músculos já enfraquecidos muito antes de ele me levantar no ar.

— É mesmo? — Ele ri outra vez, envolto em escuridão. — Vamos, dominador das sombras. Converta-se. É a única forma de salvá-la.

— Vá se foder.

Eu me jogo na união e sinto Violet escorregando, queimando, com intenção de… minhas sombras escorregam, mas o *general* não se mexe.

Ela vai se sacrificar para *me* salvar.

Ela vai morrer.

Meu coração começa a bater na garganta e sinto o gosto outra vez, o mesmo de quando fiquei sentado ao lado dela depois de Resson. O gosto do medo.

— Sabe o que vai acontecer quando você fracassar? — provoca o general, dispensando os feixes fracos de sombras que se enroscam em seu pescoço. — Vou passar por cima do seu cadáver para encontrá-la. Então vou colocar as mãos naquele pescocinho delicado…

A fúria irrompe por minhas veias, a explosão de adrenalina forte o bastante para solidificar as sombras e puxá-las com força, mas não importa o quanto eu faça isso, ele sequer se mexe.

— … e aí vou drená-la.

Bato a mão com força no chão e aperto o punho, meu braço tremendo com o esforço que preciso fazer para segurá-lo aqui enquanto afundo na profundeza dos poderes de Sgaeyl, deixando que o fogo me consuma.

— *Segure-o!* — exige Sgaeyl.

Só que eu não consigo.

Ele é forte demais, e não tenho mais *nada*. Mas jamais vou deixar que Violet sofra as consequências. Ele não vai colocar as mãos nela. Nem hoje, nem nunca. A neve derrete sob minhas palmas e eu sinto… alguma coisa embaixo de mim.

Um fluxo contínuo e inconfundível de… *poder*.

— *Você não pode!* — berra Sgaeyl. — *Eu escolhi você!*

Só que Violet também me escolheu.

Eu cedo.

Meu coração palpita e eu ofego, sentando-me de repente na cama. Verifico a minha nuca, mas está seca. Não estou suando. Meus músculos não estão doloridos. Não estou exausto.

Só Violet, dormindo ao meu lado, a bochecha descansando no travesseiro, a respiração profunda e estável graças à exaustão que deixou marcas debaixo de seus olhos, o braço dobrado como se quisesse me segurar mesmo nos sonhos que está tendo.

Eu a observo por tempo o bastante para acalmar a palpitação que sinto no coração, meu olhar percorrendo cada parte dela que consigo enxergar, das linhas prateadas das cicatrizes até o prateado da ponta dos cabelos no travesseiro. Ela é tão linda que mal consigo respirar. E eu quase a perdi.

Meus dedos acariciam a pele macia e lisa de sua bochecha, observando o caminho que as lágrimas percorreram. Ela perdeu a mãe hoje, e, por mais que eu não chegue a lamentar a morte de Lilith Sorrengail, não consigo suportar o sofrimento da dor de Violet.

Ainda assim, estou prestes a ser a maior causa dele.

— Eu te amo — sussurro, só porque posso.

E só então saio da cama o mais silenciosamente possível, vestindo meus trajes rapidamente sob o luar.

Em silêncio, saio do quarto e passo pelo corredor e depois pela escada, rodeando-me com o calor das minhas sombras enquanto desço todos os andares até chegar aos túneis de Basgiath.

Não me dou ao trabalho de tentar acionar Sgaeyl pela nossa união. Ela tem estado estranhamente quieta desde o fim da batalha.

As portas da ponte se abrem ao meu comando, assim como as portas do outro lado quando chego até elas, mantendo meu corpo envolto na escuridão enquanto passo pela clínica sobrecarregada onde passamos horas esperando que Sawyer saísse da cirurgia mais cedo.

Evito dois cadetes da infantaria bêbados e continuo andando pelo túnel, só me virando quando chego à escadaria protegida que vai me dar acesso ao lugar a que me destino. O guarda abre um bocejo e eu passo sem ser notado graças ao aumento da força do meu sinete… ou seja lá o que seja isso.

Da última vez que desci essas escadas, tinha acabado de assassinar todos que ficaram entre Violet e eu. É muita ironia que seja a mesma cela que encaro agora, através da janela com barras, para contemplar o arrombado do Jack Barlowe.

— Você parece bem — diz o segundanista, sentando-se na cama reconstruída e sorrindo. — Veio até aqui só para administrar minha dose? Tenho bastante certeza de que só vou precisar de outra amanhã cedo.

— Qual é a cura? — Cruzo os braços.

— Para o elixir? — Ele bufa. — O antídoto.

— Você sabe do que estou falando, porra. — As sombras descem pelas paredes da cela dele. — Me diga qual é a cura e eu não mando buscar o baú de Rybestad que vai te suspender no ar até você virar uma múmia.

Ele fica em pé lentamente e estrala o pescoço antes de andar até o centro da sala, onde a cadeira em que torturaram Violet costumava ficar presa ao chão.

— A cura só existe para doenças. O que nós temos é poder, e para isso, meu caro Riorson, não existe cura. O poder é invejável.

— Teu cu — respondo, irritado. — Deve existir uma forma de eu me livrar disso.

O sorriso dele se abre ainda mais.

— Ah, não. Não existe cura. Não dá pra devolver o que já roubou… só vai ficar faminto por mais.

— Eu prefiro morrer a me tornar um de vocês.

As palavras que pronuncio estão cheias de medo porque eu consigo *sentir* o que ele está me dizendo, consigo sentir o poder embaixo do instituto, a vontade que me invade de saciar aquela necessidade.

— Bom, independentemente disso, agora você já é. — Jack gargalha, e o som faz meu sangue azedar. — Passou o tempo inteiro convencendo todo mundo de que era o herói, mas agora vai virar o vilão… especialmente da história dela. Bem-vindo à nossa família fodida. Acho que agora somos irmãos.

AGRADECIMENTOS

Agradeço ao meu marido, Jason, por ser a melhor inspiração que uma autora poderia ter para um interesse romântico literário, e pelo apoio infinito que me deu no que só consigo descrever como anos do mais completo caos. Obrigada por segurar minha mão quando o mundo ficou de cabeça para baixo, me levar para todos os médicos e ainda por cima administrar o cronograma assustador que vem junto com ter quatro filhos homens e uma esposa com síndrome de Ehlers-Danlos. Obrigada aos meus seis filhos, que são simplesmente o meu mundo. À minha irmã, Kate, que não reclamou quando ficamos enfurnadas em um quarto de hotel em Londres enquanto eu editava o livro em vez de irmos passear: eu te amo, falando sério. A meus pais, que estavam sempre presentes quando precisei deles. À minha melhor amiga, Emily Byer, por sempre ir atrás de mim quando desapareço na caverna da escrita durante meses.

Agradeço também a todo o meu time na Red Tower. Obrigada à minha editora, Liz Pelletier, por me dar a chance de escrever meu gênero favorito. Para Stacy Abrams, pelas noites em claro que passamos em julho. Você é uma deusa. Hannah, Lydia, Rae, Heather, Curtis, Molly, Jessica, Toni, Nicole, Veronica e todo mundo na Entangled e na Macmillan, por responderem a fluxos infinitos de e-mails e por fazerem este livro chegar até as livrarias. A Julia Kniep e Becky West, por todas as anotações incríveis e pelo apoio que me deram. A Bree Archer, por essa capa fenomenal, e Elizabeth e Amy, por toda a arte espetacular. A Meredith Johnson, por ser a "craque do jogo". Obrigada à minha agente fenomenal, Louise Fury, por estar sempre cuidando de mim.

Obrigada a meu gerente de negócios, KP, por cuidar da minha sanidade mental com as próprias mãos e nunca deixá-la escapar. Obrigada a minhas esposinhas, nossa trindade diabólica, Gina Maxwell e Cindi Madsen: eu estaria perdida sem vocês. A Kyla, que tornou este livro possível. A Shelby e Cassie, por organizarem minha vida e sempre serem minhas maiores fãs. A todos os blogueiros e leitores que me deram uma chance ao longo dos anos, nem sei como agradecer. A meu grupo de leitoras, as Flygirls, por alegrarem todos os meus dias.

Por último, porque você é meu começo e meu fim, agradeço de novo a Jason. Tem um pouquinho de você em cada herói que eu escrevo.

SOBRE A AUTORA

Rebecca Yarros é autora best-seller #1 do *The New York Times*, do *USA Today* e do *Wall Street Journal*. Seus mais de vinte romances receberam críticas estreladas de veículos especializados como a *Publishers Weekly*, além da indicação de Melhor Livro do Ano pela *Kirkus*.

Rebecca tem grande admiração por todos os heróis militares e conta com a sorte de estar casada com um deles há mais de vinte anos. Mãe de seis, procura sobreviver aos anos da adolescência de dois dos quatro filhos que jogam hóquei. Quando não está escrevendo, está no rinque de hóquei ou tocando guitarra enquanto toma café. Yarros e sua família vivem no Colorado, na companhia de seus teimosos buldogues ingleses, de duas ferozes chinchilas e da gata Artemis, que reina sobre todos.

Após adotar a filha mais nova, Yarros fundou, em parceria com o marido, uma organização sem fins lucrativos chamada One October, dedicada a ajudar crianças no sistema de acolhimento e de adoção nos EUA.

Seu romance *Quarta Asa* [*Fourth Wing*], publicado pela Planeta Minotauro no Brasil, tornou-se um fenômeno mundial. Depois de viralizar nas redes sociais, em especial no TikTok, foi direto para os primeiros lugares das listas de mais vendidos.

Para saber mais sobre a missão da família de melhorar a vida de crianças em processo de adoção, visite:
www.oneoctober.org

Para acompanhar os últimos lançamentos e próximos romances de Rebecca, visite:
www.rebeccayarros.com

Acreditamos nos livros

Este livro foi composto em Adobe Garamond Pro, Warnock Pro
e Animosa e impresso pela Geográfica para
a Editora Planeta do Brasil em dezembro de 2024.